ZODIAC ACADEMY

Schicksalhafter Thron

CAROLINE **PECKHAM**

SUSANNE **VALENTI**

BÜCHER VON CAROLINE PECKHAM & SUSANNE VALENTI

Solaria

Ruthless Boys of the Zodiac
Dark Fae

Savage Fae

Vicious Fae

Broken Fae

Warrior Fae

Zodiac Academy
Origins (Novella)

The Awakening

Ruthless Fae

The Reckoning

Shadow Princess

Cursed Fates

The Big A.S.S. Party (Novella)

Fated Throne

Heartless Sky

Sorrow and Starlight

Beyond The Veil (Novella)

Restless Stars

The Awakening: As Told by The Boys (Alternate POV)

Darkmore Penitentiary
Caged Wolf

Alpha Wolf

Feral Wolf

Dieses Buch ist den Sternen gewidmet. Danke, dass ihr uns widersprüchliche Botschaften schickt – ihr seid echt ein Haufen funkelnder Arschlöcher.

Deswegen haben wir Gabriel Nox gebeten, eine Prophezeiung zu diesem Buch zu schreiben ...

»Schmeeeeerz, unermesslicher, unvorstellbarer Schmeeeeerz liegt in eurer Zukunft, wenn ihr dieses Buch weiterlest.
Aber auch Gutes erwartet euch, ein bisschen Freude, ein Lächeln, das eure Seelen erhellen wird – nur um sie danach noch gründlicher in der Faust des Schicksals zu zermalmen.
Unglaubliches Glück, aber auch großes Leid kommen auf euch zu ... Aber wenn ihr genug Tränen vergießt, werden die Autorinnen des Schicksals möglicherweise Gnade walten lassen. Es ist ein unwahrscheinliches Los, aber es ist möglich.
Also vergießt eure Tränen, fangt sie in Gläsern auf und richtet den Blick zum Himmel, um die Sterne um Gnade zu bitten. Denn bisweilen hören sie sogar zu.«

PS: Wir sind die Sterne – sorry. Oder auch nicht.
Gabriel hat übrigens auch vorhergesehen, dass ihr euch unserer Lesergruppe auf Facebook anschließt. Also folgt eurem Schicksal, wir sehen uns dort.

WILLKOMMEN AN DER ZODIAC ACADEMY!

HIER IST DEIN CAMPUSPLAN.

Hinweis an alle Studenten: Vampirbisse, der Verlust von Körperteilen oder das Verirren im Wimmernden Wald gelten nicht als Entschuldigung für das Zuspätkommen zum Unterricht.

Klicke auf die Karte, um sie näher zu betrachten!

Zodiac Academy
Erd-Höhle
Pitball-Stadion
Saturn-Auditorium
Uranus-Krankenstation
Haus Aqua
Neptun-Turm
Lunar-Lounge
Wasser-Lagune
Pluto-Büro
Schwelende Quellen

Asteroidenplatz
Haus Terra
Jupiter Hall
Heulende Wiese
Orb
King's Hollow
Mars-Laboratorien
Wimmernder Wald
Erd-Observatorium
Venus-Bibliothek
Kammern des Merkur
Haus Aer
Luft-Bucht
Feuer-Arena

Gemini
Scorpio
Virgo
Cancer
Aries
Leo
Taurus
Sagittarius
Capricorn
Aquarius
Libra
Pisces

DARIUS

KAPITEL 1

Ein ungeheurer Schmerz breitete sich in meiner Seite aus, als eine Nymphe nah genug herankam, um ihre Fühler durch meine Haut zu bohren. Wütend brüllte ich auf und stürzte mich auf sie. Die Axt, die Darcy für mich aus Phönixfeuer geschmiedet hatte, brannte blau, während sie zunächst durch die Luft und dann durch den Hals der Nymphe schnitt.

Die abscheuliche Kreatur hatte nicht einmal Zeit, vor Schmerz zu schreien, bevor sie starb und zu Staub zerfiel, der wiederum von dem Sturm, den Darcy und Seth heraufbeschworen hatten, um unseren Vorstoß zu verschleiern, aufgewirbelt wurde.

Nicht, dass diese Strategie funktioniert hätte. Die verdammten Nymphen hatten uns bemerkt, sobald wir die Lichtung, auf der sich das Clubhaus befand, betreten hatten. Ich wusste nicht, ob wir bei unserer Ankunft via Sternenstaub einen magischen Alarm ausgelöst oder einfach nur Pech gehabt hatten und entdeckt worden waren, aber das spielte keine Rolle. Wir steckten bis zum Hals in der Scheiße, und die Nymphen näherten sich uns von allen Seiten.

Ich drückte eine Hand an meine Seite und heilte fluchend die tiefsten Wunden, während ich zum Stillstand gezwungen wurde.

Caleb schoss in einem Blitz aus roten und blauen Flammen durch den Wald. Die beiden Dolche, die Darcy für ihn angefertigt hatte, bohrten sich in die Nymphen, bevor diese überhaupt mitbekamen, dass er in ihrer Nähe war.

Meine Haut kribbelte mit dem Drang, mich zu verwandeln, und ein Drachenbrüllen kam über meine Lippen, während Rauch meine Zunge umhüllte. Aber hier zwischen den Bäumen war kein Platz. Außerdem gefiel mir das Gefühl, das meine neue Axt hinterließ, wenn sie durch meine Feinde schnitt, viel zu sehr.

Als Darcy uns diese Waffen präsentiert hatte, war ich voller Mitleid für sie gewesen. Sie hatte so viel durchgemacht, ihre Schwester und Lance waren weg und das Gewicht der ganzen Welt lastete auf ihren Schultern. Ich teilte ihre Qualen, die sie durch den Verlust der beiden durchlitten hatte, und verstand daher nur zu gut, wie schwer das alles für sie war. Doch anstatt unter diesem Schmerz zusammenzubrechen, hatte sie sich der Herausforderung gestellt und den Sommer damit verbracht, uns bei der Suche nach dem Imperialen Stern zu helfen.

Roxy hatte das von Gabriel vorhergesagte Opfer gebracht und Vater fürs Erste davon abgehalten, den Imperialen Stern zu finden. Und wir würden alles tun, um dafür zu sorgen, dass dieses Opfer nicht umsonst gewesen war. Jetzt, da Darcy uns vier mit Waffen ausgestattet hatte, die den Nymphen trotzen und sie durchschneiden konnten, als wären sie aus Butter, konnte uns nichts und niemand mehr davon abhalten, den Stern zu finden.

Max grölte. Er saß auf Seths riesigem weißem Wolfsrücken, der gerade auf die Lichtung stürmte, und schoss einen Pfeil mit flammendem Phönixfeuer direkt über meinen Kopf hinweg. Eine Nymphe zerfiel zu Staub, als der Pfeil ein Loch in ihre Brust riss, und Max holte seine Munition mit einer Windböe zu sich zurück. Diese Fertigkeit hatte er unermüdlich geübt, seit Darcy ihm sein Geschenk überreicht hatte. Er spannte den Bogen und zielte erneut, während ich hinter den beiden her eilte. Seths Vorderpfoten waren mit glänzendem Metall beschlagen, und seine Pranken konnten sich mit Phönixfeuer entzünden und die rindenartige Haut der Nymphen zerfetzen wie Papier.

Ich schwang meine Axt mit wildem Eifer, und schwarzes Blut spritzte in mein Gesicht und auf meine Arme, während ich wieder und wieder tötete. Doch egal, wie viele Feinde ich auch vernichtete, es schien, als würde die Flut nie enden.

Mein Herz pochte wie verrückt, während ich die Dunkelheit zwischen den Bäumen nach Darcy absuchte. Sie war trotz meines Gebots, zusammenzubleiben, mit einem Verhüllungszauber vorausgerannt. Panik kroch in mir hoch, je mehr Zeit verstrich, ohne dass ich sie sah. Ich hatte Roxy versprochen, ihre Schwester zu beschützen, bevor sie den Schatten verfallen und von meinem Vater entführt worden war, und das war gegenwärtig das Einzige, was ich für sie tun konnte.

Außerdem hatte ich in den vergangenen sechs Wochen eine eigene

Verbindung zu Darcy aufgebaut. Wann immer es mir gelang, mich heimlich von zu Hause wegzuschleichen, trafen wir uns, damit sie versuchen konnte, die Schatten aus mir herauszubrennen. Wenn ich sie nur loswerden könnte, dann wäre Clara nicht mehr in der Lage, mich zu kontrollieren. Und ich könnte sowohl sie als auch Vater angreifen. Aber es funktionierte einfach nicht, verdammt noch mal. Ich drängte Darcy immer wieder, ihre Flammen zu intensivieren, aber sie schienen mich lieber von innen heraus zu verbrennen, als die Schatten zu zerstören.

In der vergangenen Woche hatte sie sich geweigert, es überhaupt zu versuchen – seit ich vor Schmerzen ohnmächtig geworden und es Max nur mit Mühe gelungen war, mich rechtzeitig zu heilen, um mein Leben zu retten. Aber ich wollte nicht aufhören, es zu versuchen. Ich musste diese Fesseln loswerden, um mich meinem Vater gegenüber behaupten und das Mädchen retten zu können, das ich liebte.

Der Schmerz über meine Trennung von Roxy war wie ein tiefer Schnitt. Mit jedem Tag, der verging, verlor ich mehr Blut.

Vater hielt ihr Leben in den Händen und er hatte damit gedroht, ihr etwas anzutun, um mich davon abzuhalten, sie aufzuspüren. Nicht, dass mich das aufgehalten *hatte*. Ich wusste, dass er sie irgendwo auf dem Anwesen festhielt, und ich verbrachte jede wache Stunde damit, nach ihr zu suchen. Bisher hatte ich keinen einzigen Hinweis auf ihren Aufenthaltsort gefunden. Aber manchmal wachte ich mitten in der Nacht plötzlich auf, weil ich glaubte, sie allein im Dunkeln schreien zu hören.

Ich hoffte, dass es nur Albträume waren. Aber ich bezweifelte es.

Eine riesige Welle aus Phönixfeuer kam aus dem Clubhaus im Zentrum der Lichtung, und die Nymphen schrien, als sie unter Darcys Zorn starben.

Ich rannte los und kämpfte mich durch die Nymphen, die versuchten, ihren Flammen zu entkommen, bis ich endlich das Steingebäude erreichte, in dem sie auf uns wartete.

Für einen Moment warf das Licht ihres Feuers Schatten auf sie, sodass ihre blauen Haare geradezu schwarz wirkten. Sie lächelte wild und siegreich und sah ihrer Schwester dabei so ähnlich, dass mein Herz einen Satz machte. Schuldgefühle stiegen in mir auf wie ein allzu vertrauter Fluch, und ich zwang mich, nicht daran zu denken, damit ich mich auf diesen Kampf konzentrieren konnte.

»Haben wir sie alle erwischt?«, rief Darcy, als ihre Flammen erloschen und die Illusion verschwand.

»Was zur Hölle war das?«, fragte ich, als ich vor ihr stehen blieb; meine

Muskeln brannten vor Erschöpfung vom Gewicht meiner Axt, die nun locker in meiner rechten Hand hing. »Der Plan war, zusammenzubleiben.«

»Beruhige dich, Darius«, antwortete sie und schob eine Strähne ihrer blauen Haare zurück. »Ich habe nur die Nachzügler zusammengetrieben.«

»Du hättest getötet werden können«, knurrte ich. In dem Moment tauchte Seth in seiner Wolfsgestalt neben mir auf und Max rutschte von seinem Rücken.

»Tja, wurde ich aber nicht. Du musst dir also keine Sorgen um dein kostbares Versprechen machen«, murmelte sie verbittert.

»Dieses Versprechen ist momentan das Einzige, mit dem ich ihr helfen kann«, knurrte ich zurück, während sich mein Herz zusammenzog. Wir hatten geschworen, alles zu tun, um Roxy zurückzuholen, dann aber feststellen müssen, dass wir *machtlos* waren. Zumindest im Moment. Selbst Gabriel hatte nichts gesehen, was uns weiterhelfen könnte. Die ganze Situation war zum Kotzen.

Darcys Blick wurde weicher und sie nickte. »Ich weiß. Aber ich bin kein zerbrechliches Ding, das beschützt werden muss.«

»Na ja, du *bist* eine Prinzessin«, neckte Seth, während er wieder seine Fae-Gestalt annahm.

Darcy verdrehte die Augen und wandte sich von ihm – der jetzt splitterfasernackt vor ihr stand – ab, woraufhin Max ihm eine Jogginghose aus seiner Tasche zuwarf.

Caleb kam auf uns zugerauscht, während wir darauf warteten, dass Seth sich anzog, und mit funkelnden Augen löschte Caleb die Phönixflammen, die seine Dolche umhüllten.

»Es kommen noch mehr«, keuchte er, während er in Richtung Wald wies. »Zu viele. Wir müssen diese Bude durchsuchen und dann von hier verschwinden.«

Fluchend hob ich den Blick zu dem riesigen Steingebäude, das einst die Zodiac-Garde beherbergt hatte. Darcy hatte diesen Ort in einem alten Wälzer entdeckt, der im Palast der Seelen aufbewahrt wurde, und wir waren so schnell wie möglich hierhergekommen. Doch die verdammten Nymphen waren schneller gewesen. Genau wie an den letzten vier Orten, die wir durchkämmt hatten.

Ich wusste nicht, wie sie das anstellten, ob die Sterne wirklich gegen uns waren oder ob sie uns irgendwie ausspionierten, aber es war, als hätten wir einfach kein Glück.

»Dann sollten wir uns beeilen«, brummte Darcy, während sie sich bereits dem Gebäude zuwandte und in Richtung Tür ging.

Ich erwischte ihre Schulter. Meine Augen wurden schmal wie die meines Drachen, als sie mich anfauchte, aber ich schob sie dennoch zur Seite, damit ich zuerst hineingehen konnte. Es mochte ihr nicht gefallen, dass ich sie beschützte, aber ich hatte Roxy mein Wort gegeben und würde nicht davon abrücken.

Die Tür war schwer und klemmte, als ich versuchte, sie zu öffnen – Magie. Ich steckte schnell meine Axt in das Holster auf meinem Rücken, damit ich mich auf das Öffnen konzentrieren konnte.

Mit geschlossenen Augen konzentrierte ich mich auf das Schloss, arbeitete mit meiner eigenen Magie daran, wobei ich wütende Flüche ausstieß.

»Beeil dich, Mann«, zischte Seth hinter mir, und ich stöhnte frustriert, als mich das Schloss weiterhin zurückhielt, bevor ich es schließlich mit einem Energieschub durchbrach.

Die Tür schwang ächzend auf, und ich warf ein paar Fae-Lichter in den dunklen Raum, um ihn zu erhellen, bevor wir eintraten.

Das Clubhaus war in makellosem Zustand, dominiert von einem riesigen offenen Bereich, der mit Ledersesseln und dunklen Holzmöbeln ausgestattet war. Vom zentralen Raum aus führten einige Türen ab, und wir sahen uns um, während wir uns weiter in den Raum hineinbewegten. Es musste ein Zauber sein, der den Staub davon abhielt, sich hier abzusetzen, denn obwohl der Raum unberührt aussah, war der Geruch von Magie in der Luft schon lange verflogen. Hier war schon lange niemand mehr gewesen.

»Wir haben höchstens fünf Minuten«, warnte Caleb. »Dann müssen wir hier verdammt noch mal verschwinden. Ich überprüfe die Hinterzimmer.« Er schoss los, ohne auf unsere Antwort zu warten, und auch wir anderen schwärmten aus, um nach allem zu suchen, was mit dem Imperialen Stern in Verbindung stehen könnte.

Wir suchten mit einem fieberhaften Eifer, der geradezu an Aggressivität grenzte, und durchwühlten den Raum, wobei wir Aufspürzauber einsetzten, um alles zu finden, was versteckt sein könnte.

Ich fluchte, als wir erfolglos blieben, und warf Bücher, Ziergegenstände und alles andere, was mir in die Hände fiel, auf einen Haufen auf den Boden. Mein Puls raste und die Minuten verstrichen.

»Scheiße«, keuchte Darcy, und ich wirbelte herum. Sie stand mitten im Raum – mit einer Tarotkarte in der Hand.

Sie hatte mir vor ein paar Wochen von den Botschaften erzählt, die Astrum den Zwillingen aus dem Jenseits schickte, und der Ausdruck in ihren Augen verriet, dass sie gerade eine weitere dieser Nachrichten gefunden hatte.

»Was steht darauf?«, fragte ich.

Astrum war – so vermuteten wir – zuletzt im Besitz des Imperialen Sterns gewesen, und ich konnte nur hoffen, dass die Spur, die er den Zwillingen hinterlassen hatte, zu ihm führen würde.

»Sucht den gefallenen Jäger.« Darcy sah zu mir auf und hielt mir die Karte hin.

Die Tarotkarte *Die Welt* starrte mich an – eine nackte Frau, die über der Erde tanzte und in jeder Hand einen Stab hielt, wobei sie von verschiedenen Kreaturen beobachtet wurde. Das war immerhin etwas Positives; die Karte symbolisierte, dass sich die Dinge zusammenfügten, auch wenn die dazugehörige Botschaft nichts weiter als ein Rätsel zu sein schien.

»Ich finde nichts«, rief Max von der anderen Seite des Raumes.

»Ich auch nicht«, verkündete Caleb, der mit zerzausten blonden Locken in den Raum zurückkam.

»Ich glaube nicht, dass der Stern hier ist«, sagte Darcy verdrossen. »Wenn er hier wäre, hätten wir ihn längst gefunden.«

Ein furchterregender Schrei ertönte aus dem Wald, und wir sahen uns alle alarmiert um. Die Armee der Nymphen kam näher.

»Dann würde ich sagen, es ist Zeit, zu gehen«, sagte Seth, der sich gerade zu uns gesellte. Er hatte eine alte Flasche Whiskey in der Hand, die er nun öffnete, den kleinen Rest trank, der in ihr gewesen war, und sie dann wegwarf.

»Ja, lasst uns verschwinden«, stimmte ich zu und zog eine Tüte Sternenstaub aus meiner Tasche.

»Einen Moment«, sagte Caleb und zischte davon, bevor ich etwas einwenden konnte.

Das Heulen und Kreischen der Nymphen waren so nah, dass sich meine Muskeln anspannten und die Magie in meine Fingerspitzen schoss.

Caleb tauchte mit einem Kanister unter dem Arm wieder auf, den er draußen gefunden haben musste. Als er den Deckel abnahm, leuchteten seine Augen vor Aufregung.

»Faesin«, verkündete er, bevor er durch das Gebäude huschte und jede Oberfläche mit der unglaublich brennbaren Substanz bedeckte.

Seth heulte vor Aufregung, und ich warf Max den Beutel mit Sternenstaub zu, während wir uns alle enger zusammendrängten.

Die Nymphen waren jetzt so nah, dass ich das Rasseln hören konnte. Die Kälte ihrer Gegenwart dämpfte unsere Magie, und Max nahm eine Prise Sternenstaub aus dem Beutel und grinste uns an.

Darcy fing meinen Blick in dem Moment auf, als das erste Fenster zersprang. Die Nymphen kreischten vor Aufregung, uns entdeckt zu haben.

Ich hörte, wie Darcy scharf einatmete, und mein Herz machte einen Sprung, als sie sich ins Haus kämpften. Der Anblick ihrer knorrigen Körper und ihrer seelenlosen roten Augen brachte meinen Puls zum Rasen.

Max warf den Sternenstaub, und ich schnippte mit den Fingern, woraufhin Flammen aus meiner Handfläche auf das Faesin hüpften. Das gewaltige Zischen des Feuers wurde von einer alles einhüllenden Hitzewelle begleitet, und die Schreie der Nymphen durchbrachen die Luft, als sie in Flammen aufgingen. Im selben Moment begann sich unsere Welt zu drehen, und die Sterne zogen uns in ihre Umarmung.

Einen Augenblick später berührten unsere Füße festen Boden, und Seth jaulte vor Aufregung, als wir uns im dunklen Wald hinter dem Anwesen meiner Familie wiederfanden.

Ich konnte gerade so die bunten Lichter erkennen, die zu Ehren meines Geburtstags auf dem Grundstück aufgehängt worden waren. Ich unterdrückte ein Knurren, als mir klar wurde, dass ich mir einen Abend voller Schwachsinn würde anhören müssen, während Vater der Presse und seinen falschen Freunden Familienliebe und Respekt vorspielte. Ich konnte nicht einmal versuchen, mich dem Spektakel zu entziehen. Er hatte klargemacht, dass jede öffentliche Meinungsäußerung Roxy in Gefahr brachte – und das konnte ich nicht riskieren. Er hatte mich in der Hand und das wusste er.

Er hatte mir praktisch einen Maulkorb verpasst und mich an die Leine gelegt, und ich konnte verdammt noch mal nichts dagegen tun. Und die Art, wie er mich seit Beginn des Sommers ansah, ließ mich kochen vor Hass. Seine Augen funkelten, als wüsste er etwas, das ich nicht wusste. Als hütete er ein großes Geheimnis, das er am liebsten preisgegeben hätte. Und jedes Mal, wenn ich darüber nachdachte, was er wohl tun würde, verspürte ich eine Mischung aus Angst und der verzweifelten Sehnsucht, zu erfahren, worum es ging.

Es gab einen kleinen Hoffnungsschimmer, an den ich mich klammerte, während er mich weiter verspottete und Roxy in seiner Gewalt hielt. Seit der Nacht, in der ich ihn fast getötet hätte, war er nicht ein einziges Mal ohne Clara in seiner Nähe aufgetaucht. Tatsächlich schien sie ihn überhaupt nicht mehr aus den Augen zu lassen. Und ich hoffte inständig, dass der Grund dafür Angst war. Er wusste, wie nah ich ihm in jener Nacht gekommen war. Wie kurz davor ich gewesen war, ihn zu besiegen. Und nur Clara und ihre Kontrolle über mich durch die Schatten hatten ihn vor meinem Zorn bewahrt.

Wenn ich ihn also allein erwischen und einen Weg finden könnte, sie aus dem Weg zu räumen, dann würde ich ihn endgültig erledigen können. Aber er erwies sich nicht nur als Arschloch, der seiner Natur als Fae gänzlich unwürdig war, sondern auch als hinterhältiger Bastard, der seine Wächterin zwischen uns schob, anstatt sich mir zu stellen, wie er es tun sollte.

»Kommst du heute Abend zurecht? Allein im Palast?«, fragte Seth Darcy; ein leises Wimmern entwich ihm, als ich ihr den Sternenstaub gab, damit sie nach Hause zurückkehren konnte. Offensichtlich war eine Vega auf einer Party, auf der sich Leute versammelten, die unseren Anspruch auf den Thron unterstützten, nicht willkommen, also konnte sie nicht teilnehmen. Wenn die Presse Wind davon bekäme, wie viel Zeit wir dieser Tage miteinander verbrachten, wäre das ein gefundenes Fressen. Aber mir schien es jedenfalls nicht mehr so, als stünden wir auf verschiedenen Seiten eines Krieges.

»Ich bin jetzt immer allein«, sagte sie mit so matter Stimme, dass sich mein Herz vor Schuld verkrampfte. Allmählich machte ich mir ernsthafte Sorgen um sie. Erst war ihr Lance genommen worden, und jetzt auch noch Roxy. Ich wusste, dass Geraldine viel Zeit mit ihr verbrachte, aber das war nicht das Gleiche.

Bevor einer von uns etwas erwidern konnte, warf sie den Sternenstaub über ihren Kopf und verschwand.

Wir hatten uns vor einer Stunde davongeschlichen, um sie hier zu treffen, sobald sie unser neuestes Erkundungsziel ausfindig gemacht hatte. Aber jetzt, da die ersten Gäste für meine Geburtstagsparty bereits eingetroffen waren, würde es viel schwieriger werden, wieder unbemerkt zurückzukehren. Vor allem, da Vaters zusätzliche Wachen auf dem Gelände patrouillierten. Er hatte sie angeblich angeheuert, um sich vor Nymphen zu schützen, aber sie waren entweder nur eine Fassade, um den Schein zu wahren, oder sie sollten sicherstellen, dass sich niemand dem Haus näherte, ohne dass er es bemerkte. Für den Fall, dass jemand herausfand, was er hier so trieb.

Ich nahm die Axt und das Holster von meinem Rücken, zog mein zerrissenes Hemd aus und warf meinen Brüdern einen Blick zu. Es gab eine einfache Möglichkeit, sie wieder ins Haus zu bringen, aber das bedeutete, dass ich den Kodex brechen musste, auf den mein Vater immer bestanden hatte.

Warum kümmere ich mich überhaupt um seine Regeln?

»Ihr müsst einen anständigen Verschleierungszauber konstruieren«, sagte ich zu ihnen, während ich Max sowohl mein Hemd als auch meine Axt samt Holster zuwarf.

»Warum?« Cal musterte mich, als hätte er absolut keinen Schimmer, was ich vorhatte. Dabei musste es doch offensichtlich sein, dass ich plante, mich zu verwandeln. Ein Striptease war schließlich nicht wirklich mein Ding.

»Weil ich uns alle zurückfliegen werde.«

»Unmöglich«, hauchte Seth und wippte auf den Fußballen vor und zurück, während Max aufgeregt grinste.

»Meinst du das ernst?«, fragte Cal mit weit aufgerissenen Augen.

»Ja, ich meine es ernst. Ich habe es satt, euch Arschlöcher immer am Boden kleben zu sehen. Es wird Zeit, dass ihr erkennt, wie genial es ist, ein Drache zu sein. Vor allem im Vergleich zu euren beschissenen Formgebungen.«

Max prustete vor Lachen, und Seth johlte auf – eine Sekunde später legte Cal ihm die Hand auf den Mund, um ihn zum Schweigen zu bringen.

»Sehr subtil, Arschloch«, tadelte Caleb.

Seth zog seine Hand von seinem Mund zurück, sprang dann auf mich zu und leckte meine Wange. »Heilige Scheiße, ich bin so verdammt aufgeregt, dass ich mich vollpissen könnte. Das ist so gut wie damals, als ich auf dem Mond war und über den Krater gesprungen bin, obwohl alle gesagt haben, dass ich das nicht schaffen würde.«

»Wenn du mich anpisst, schmeiße ich dich in den See«, warnte ich, ließ meine Jogginghose fallen und gab sie und meine Turnschuhe Max, damit er sie in seine Tasche steckte, bevor ich mich von ihnen abwandte, um Platz zum Verwandeln zu haben.

Mein Körper brach auseinander und formte sich neu. Ich unterdrückte ein Brüllen, als Feuer unter meine Schuppen glitt, und spreizte meine Klauen, um sie in den harten Boden unter mir zu graben.

Bisher hatte ich mich nur von Lance und Roxy reiten lassen, und ich hatte die Regeln gebrochen, um das zu tun. Aber diese Regeln schienen plötzlich so sinnlos. Vater war besessen von der Idee der Drachenherrschaft, aber wen kümmerte es, wenn ich ein paar meiner Freunde auf mir durch die Wolken reiten lassen wollte? Das machte mich nicht zu einem verdammten Packesel. Es zeigte doch nur, wozu meine Formgebung fähig war.

Ich drehte mich zu den anderen Erben um, die mich zögerlich anstarrten. Ja, es war eine verdammt große Sache, aber ich musste sie dazu bringen, sich zu bewegen, bevor Vater nach mir suchte. Wenn er merkte, dass wir das Anwesen verlassen hatten, könnte er herausfinden, dass wir etwas mit dem Tod einer Gruppe seiner Nymphen zu tun hatten.

Seth trat als Erster vor, aber Caleb war einen Moment später zur Stelle, sprang auf meinen Rücken und ließ sich mit aufgeregtem Lachen zwischen den Stacheln auf meinen Schulterblättern nieder.

Max und Seth kletterten direkt hinter ihm auf meinen Rücken, und ich machte ein paar Schritte nach vorn, um mich an das Gefühl zu gewöhnen, sie alle auf mir sitzen zu haben, bevor ich meine Flügel riskierte.

»Bist du dir sicher, Darius?«, fragte Max, aber der Hauch von Heiterkeit in seiner Stimme verriet, dass er absolut nicht wollte, dass ich meine Meinung änderte.

Ich drehte meinen Kopf, um sie anzusehen, und blies ihnen als Antwort eine Rauchwolke ins Gesicht, bevor ich meine goldenen Flügel auf beiden Seiten ausklappte und mich mit hoher Geschwindigkeit in die Wolken erhob.

Seth jauchzte vor Aufregung, einen Herzschlag, bevor eine Stillekuppel über meine Schuppen floss, um den Lärm einzudämmen. Ein Verhüllungszauber sorgte dafür, dass sie niemand entdeckte. Dann schrien und jubelten sie alle, als ich mit kräftigen Flügelschlägen durch die Wolken schoss.

Ich flog so schnell und so hoch ich konnte, mein Herz schlug wie wild, als ich unter den Sternen dahinschwebte. Für ein paar endlose Momente zeigte ich ihnen die Welt, wie sie mir am liebsten war, bevor ich in halsbrecherischer Geschwindigkeit wieder zur Erde zurückkehrte.

Die Erben kreischten, als wir durch die Wolken stürzten, und ich wirbelte durch die Luft, um ihnen eine ordentliche Show zu bieten. Ich konnte spüren, wie sie sich mit aller Kraft an meinen Stacheln festklammerten, als sie fast fielen, und ich spie einen Feuerstoß aus meinem Maul, von dem wir uns schließlich einhüllen ließen.

Ich breitete meine Flügel aus und segelte über das Dach des Anwesens, bevor ich auf dem Flachdach des Turms landete, in dem meine Räumlichkeiten untergebracht waren.

Die Erben glitten von meinem Rücken und lachten aufgeregt, während ich mich wieder in meine Fae-Gestalt verwandelte und ihnen ein Halblächeln schenkte. Es war schön, zu sehen, dass sie sich amüsierten, aber ich hatte keine wirkliche Freude mehr empfinden können, seit Roxy uns genommen worden war. Mein Herz fühlte sich an, als wäre es in einem Käfig aus Eis eingeschlossen, und wenn wir sie nicht bald fanden, war ich mir nicht sicher, was aus mir werden würde.

Ich wandte mich den anderen Erben zu, als Max den Verhüllungszauber um sie herum aufhob, und konzentrierte mich auf ihre lächelnden Gesichter, anstatt nur Dunkelheit zu sehen.

Wir gingen in mein Zimmer, und ich benutzte Wassermagie, um den Schmutz von meinem Körper zu entfernen, während Seth in mein Badezimmer eilte und die Dusche anstellte.

Ich zog den anthrazitfarbenen Anzug an, den Mom für mich rausgelegt hatte, und frisierte mich brav, um mich auf die Farce meiner Geburtstagsfeier vorzubereiten. Ich kannte nicht viele Zwanzigjährige, die sich für eine Feier mit Bankett und Tanz entschieden, aber mich interessierte das Ganze nicht genug, um mich darüber zu beschweren. Wenn es nach mir ginge, würden wir gar nicht feiern. Verdammt, wenn es nach mir ginge, würde ich den Tag allein mit Roxy verbringen und egal, was wir tun würden, es wäre perfekt.

Seth blieb so lange unter der Dusche, bis Caleb fluchend ins Bad stürzte, um ihn rauszuwerfen. Max hatte sich ebenfalls mit einem Wasserzauber gereinigt und gluckste jetzt, während er seine Krawatte mit einem kleinen wissenden Lächeln auf dem Gesicht festzog. Dabei warf er einen Blick in Richtung Badezimmer, aus dem die Laute eines Streits drangen.

Einen Moment später fiel Seth klatschnass, splitternackt und fluchend ins Zimmer und hinterließ einen Arschabdruck auf meinem Teppich. Caleb lachte, und Seth stapfte davon, trocknete sich mit Luftmagie ab, bevor er sich in seinen grauen Anzug warf. Bevor es ihm gelungen war, sein Jackett anzuziehen, stürmte Cal zurück ins Zimmer, zog sich blitzschnell an, lehnte sich dann an die Tür und betrachtete seine Fingernägel, als würde er schon seit Ewigkeiten auf uns warten.

Es klopfte an der Tür, und ich rief Jenkins herein, woraufhin der alte, runzlige Butler den Raum betrat.

»Eure Gäste warten auf Euch, Master Darius«, meinte er lächelnd und verbeugte sich tief, als wäre er kein hinterhältiges Arschloch. Mit einer flüchtigen Handbewegung schickte ich ihn wieder fort.

Ich sah mich um, um sicherzustellen, dass die anderen bereit waren, und Seth benutzte Luftmagie, um seine langen Haare in perfekte Wellen zu stylen, während er uns eilig folgte.

Je näher wir dem Bankettsaal kamen, desto schwerer wurde mir das Herz. Ich wollte diese Show nicht abziehen. Ich wollte diese Rolle nicht spielen. Ich sehnte mich danach, meinen Vater öffentlich herauszufordern und seine Lügen und seinen Verrat vor allen im Königreich zu entlarven. Stattdessen wurde ich wie ein verdammter Poser vorgeführt. Mir wurde übel bei dem Gedanken, mir den ganzen Abend über seinen Schwachsinn anhören zu müssen, aber wir hatten einen Plan, der es vielleicht wert war.

Heute Abend würden die anderen Erben bei mir übernachten, und wir würden unsere vereinten magischen Kräfte nutzen, um herauszufinden, wo zum Teufel er Roxy festhielt. Ich wusste, dass die Macht des Wächterbandes sie weiterhin an ihn fesseln würde, selbst wenn wir sie von ihm trennen könnten, aber ich musste sie aus seinen Klauen befreien.

Wenn wir sie nur zu ihrer Schwester zurückbringen könnten, dann würden wir schon einen Weg finden, sie aus den Schatten zu holen. Und auch um das Wächterband würden wir uns kümmern. Selbst wenn der einzige Weg, es zu durchtrennen, darin bestand, meinen Vater zu töten. Das war in Ordnung, denn das hatte ich ohnehin vor. Seine Verbindung zu ihr gab mir nur ein weiteres Motiv.

Die Töne eines Streichquartetts drangen an mein Ohr, als wir uns dem Bankettsaal näherten, und Seth streichelte tröstend meinen Rücken, als könnte er spüren, wie sehr ich diese Farce fürchtete. Max übertrug beruhigende Gefühle auf mich, und ich ließ sie in mich eindringen, denn ich war auf jede Hilfe angewiesen, um heute Abend die Fassung zu bewahren.

Jenkins eilte voraus und kündigte unsere Ankunft an, sobald die riesigen Flügeltüren geöffnet wurden und die Gäste sich mir zuwandten, um mir zu applaudieren, als ich den Raum betrat.

Ich lächelte höflich und ließ mich von Hand zu Hand weiterreichen, während ich mit begeisterten Handschlägen begrüßt und für alles gelobt wurde – von der Breite meiner Schultern über den Schnitt meines Anzugs bis hin zu dem edlen Opfer, das ich gebracht hatte, als ich mich für das Schicksal eines Sternverfluchten entschieden hatte. Es war totaler Schwindel, und ich hasste jeden Moment davon, aber ich lächelte und nickte, machte Komplimente für hässliche Kleider und lobte die Schönheit von Frauen, die älter waren als meine Mutter, während sie ihre falschen Brüste gegen mich drückten und anzügliche Bemerkungen machten.

Vater war zum Glück noch nirgends zu sehen, aber Mildred stürzte sich mit einem *»Schatzipuh!«* durch die Menge, bevor sie mir einen nassen Kuss auf den Mund drückte und meinen ganzen Unterkiefer mit auberginefarbenem Lippenstift beschmierte.

Mein Lächeln war gezwungen und meine Haltung steif, aber niemand bemerkte es. Es war allen egal. Sie wollten sich der hübschen Lüge meines perfekten Lebens hingeben und so nah wie möglich an den mächtigsten Fae im Raum herankommen.

Schließlich wurden wir aufgefordert, unsere Plätze für das Abendessen einzunehmen, und Mom löste sich aus der Menge. Sie tätschelte meine Wange, und in ihren Augen blitzte Verständnis auf, bevor sie Mildred mit sich zog und ihr einen Platz weiter unten am Tisch zuwies, damit ich mich zumindest nicht während des Essens von ihr betatschen lassen musste.

Ich saß links vom Kopfende des Tisches, mit Xavier neben mir und meiner Mutter ihm gegenüber.

Vaters neuester Groupie schlurfte in den Raum, während alle damit beschäftigt waren, ihre Plätze zu finden, und mein Blick blieb an ihm hängen, als er sich einen Stuhl schnappte. Vard war ein Seher, der zu Beginn des Sommers aufgetaucht war und behauptete, meinem Vater zu Ruhm verhelfen zu wollen. Natürlich hatte der eitle Bastard sofort zugesagt. Ich mochte den Zyklopen kein bisschen. Er war äußerst befremdlich, und als er sich die langen schwarzen Haare aus dem Gesicht strich, fiel mein Blick auf seine ungleichen Augen. Eines davon war von einer Narbe durchzogen, die es in ein dunkles Wirbelmeer verwandelte, das meiner Meinung nach allzu deutlich mit den Schatten verbunden war.

Es waren etwa hundert Gäste anwesend, und die anderen Erben nahmen mit ihren Eltern weiter unten am Tisch Platz, wo sie mir mitfühlende Blicke zuwarfen, während ich mich zu einer höflichen Konversation zwang und wir darauf warteten, dass mein Vater auftauchte.

Lance' Mutter Stella stolzierte mit wackelndem Hintern am Tisch vorbei und sah aus, als würde sie jeden Mann hier als potenziellen Bräutigam betrachten. Mir war jedoch mehr als bewusst, dass sie nur meinen Vater wollte. Leider war Vater trotz ihrer fortwährenden Loyalität und Hingabe sehr zufrieden mit dem Tausch, den er mit ihrer Tochter gemacht hatte, sodass sie mit ihrem Hintern wackeln konnte, so viel sie wollte. Es schien ihn nicht zurückzulocken.

»Alles Gute zum Geburtstag, Darius«, schnurrte sie, als sie sich in den Stuhl gegenüber von mir fallen ließ, rechts von dem Platz, an dem mein Vater sitzen sollte. »Ich hoffe, du hattest einen aufregenden Tag.«

Ich zögerte einen Augenblick, bevor ich antwortete, da ich herausfinden wollte, ob sie etwas wusste oder einfach nur ihre übliche seltsame Art an den Tag legte. Der Großteil von Vaters Nymphen-Armee kampierte derzeit auf dem Gelände ihres Anwesens, und ich hatte mich darauf gefreut, sie dort anzugreifen, seit wir das herausgefunden hatten. Vor allem, da Darcy hofftte, die Seelenmütze zu finden, die Diego ihr im Wald hinterlassen hatte. Aber es waren entschieden zu viele Nymphen dort, als dass wir es riskieren konnten.

Bei den Angriffen, die wir bisher durchgeführt hatten, waren wir sorgfältig darauf bedacht gewesen, keine einzige Nymphe am Leben zu lassen. Nur ein Zeuge hätte unsere Tarnung auffliegen lassen, und wenn Vater herausfand, dass wir mit Darcy gegen ihn arbeiteten, könnte alles schnell den Bach runtergehen. Aber als Stella mir ihr Plastiklächeln schenkte, war ich mir sicher, dass ihre Frage nichts mit dem Kampf zu tun hatte, den wir gerade geführt hatten, also lächelte ich einfach nur.

»Wer mag es nicht, Geburtstag zu haben?« Ich lächelte ausdruckslos und machte deutlich, dass ich kein großer Fan davon war. Zumindest nicht in diesem Jahr. Aber natürlich grinste sie nur, als hätte ich gerade gesagt, den besten Tag meines Lebens zu haben, und nahm sich einen Moment Zeit, um ihre kurzen schwarzen Haare zu richten, während sie meine Mutter begrüßte, als wären sie alte Freundinnen. Meine Mutter tat so, als würde sie sich für das interessieren, was Stella zu sagen hatte, und natürlich wurde mit keinem Wort erwähnt, dass sie einander offensichtlich hassten.

»Lord Acrux und seine Wächterinnen, Clara Orion und Roxanya Vega!«, verkündete Jenkins, als die Flügeltüren aufschwangen, und mein Herz machte einen Satz, als sich alle in ihre Richtung drehten.

Ich stieß mich von meinem Stuhl und hätte ihn in meiner Eile fast umgeworfen. Mein Mund stand sperrangelweit offen, als mein Vater mit Clara am einen Arm und Roxy am anderen in den Raum schwebte.

Sie war atemberaubend schön, trug ein bodenlanges schwarzes Kleid, das sich wie Farbe an ihre Figur schmiegte. Ihre dunklen Haare waren gelockt und fielen über ihren Rücken, und ihr Make-up war wie ein Kunstwerk, dunkel und sinnlich um ihre Augen, was die schwarzen Ringe, die ihr die Sterne verliehen hatten, noch betonte. Ihre Lippen waren tiefrot geschminkt, was in mir das Verlangen weckte, erneut ihre Küsse zu schmecken.

Vater stolzierte wie ein Pfau mit einem Arsch voller neuer Federn in den Raum, aber ich hatte nur Augen für sie.

Die Gäste unterhielten sich leise und stießen Laute der Überraschung aus. Die anderen Ratsmitglieder gesellten sich zu meinem Vater, als er anfing, irgendeine Geschichte darüber zu erzählen, dass Roxy das Licht gesehen und beschlossen hatte, sich ihnen anzuschließen.

Roxy beteiligte sich nicht an der Unterhaltung, zeigte ihnen aber mit einem leichten Lächeln ihren linken Arm, auf dem das Symbol des Widders zu sehen war – sozusagen der Beweis für seine Worte.

Sie sah nicht in meine Richtung. Es schien sie nicht einmal zu kümmern, wo sie war. Sie stand einfach da, während mein Herz vor Schmerz zersprang und ich wie erstarrt war, weil ich nicht wusste, was ich tun sollte. Ich wollte zu ihr gehen, sie aus seinen Armen reißen und so weit wie möglich von ihm wegbringen, aber stattdessen war ich wie angewurzelt. Ich wusste nicht, wie ich damit umgehen sollte. Sie trat nicht um sich, schrie nicht und versuchte auch nicht, ihm zu entkommen. Sie stand einfach da, als wäre sie aus Stein. Als könnte nichts auf der Welt ihr etwas anhaben. Ich würde völlig verrückt rüberkommen, wenn ich versuchte, sie mit Gewalt von ihm wegzuzerren.

Aber sollte ich jetzt ernsthaft einfach nur hier stehen und sie anstarren?

Ich ließ meinen Blick über jeden Zentimeter ihres Körpers gleiten, während ich nach Anzeichen von Misshandlung suchte, aber natürlich wies sie keine körperlichen Spuren auf, denn die wären viel zu leicht zu heilen. Jedes Trauma, das sie erlitten hatte, befand sich in ihrem Inneren, wo es niemand sehen konnte, aber sie sah schlanker und blasser aus …

Ich werde ihm sein verdammtes Herz rausreißen!

Eine Hand landete auf meinem Arm und Max' Kraft drückte gegen meine Barrieren, als er versuchte, meine Wut zu besänftigen. Ich konnte den Blick nicht von ihr abwenden, aber ich konnte spüren, wie sich meine Muskeln zusammenzogen und sich meine Hände zu Fäusten ballten. Ein kleiner, rationaler Teil von mir wusste, dass es nichts bringen würde, wenn ich mich dem Verlangen hingäbe, meinen Vater vor all diesen Leuten anzugreifen. Roxy und Clara würden sich zwischen uns werfen, und obwohl ich bereit war, Clara zu zerstören, konnte ich Roxy nichts antun. Ich würde mir lieber das eigene Herz aus der Brust brennen, als sie in Gefahr zu bringen.

Mit einem angestrengten Grunzen ließ ich mich von Max beruhigen, gerade genug, um mich zu sammeln. Ich musste versuchen, rational zu denken und einen Plan zu entwickeln, wie ich sie von meinem Vater trennen und auf Distanz halten konnte.

Die Ratsmitglieder zerstreuten sich, und Vater drehte sich mit einem grausamen Lächeln im Gesicht zu mir um. Für alle anderen war er nur ein Vater, der seinem Sohn zum Geburtstag gratulierte. Aber ich wusste, dass dies ein Test, eine Herausforderung, ein Spiel war. Und ich musste einen Weg finden, es zu gewinnen.

»Ah, Darius, tut mir leid, dass wir zu spät sind. Die Mädchen waren etwas überdreht, als wir uns fertig gemacht haben«, säuselte Vater, als er auf uns zukam.

»Überdreht?«, fragte ich und zwang mich, neutral zu klingen, während mein Blick auf Roxy gerichtet blieb.

Sie sah nicht mich an, sondern meinen Vater, während er sprach, und ihr Blick war auf sein Gesicht gerichtet.

»Es ist schwer, sich zu konzentrieren, wenn Daddy sich auszieht«, meinte Clara kichernd, streichelte seinen Arm und fuhr mit der Hand über seine Brust. Stella starrte sie giftig an, sagte aber nichts.

Roxys Oberlippe bewegte sich ein kleines Stück zurück, während sie Clara mit zusammengekniffenen Augen ansah, und für einen Moment schien es, als wäre sie wütend oder verbittert oder … Ich weigerte mich, das Wort *eifersüchtig* auch nur in Betracht zu ziehen.

»Clara, sei so lieb und setz dich neben Xavier«, sagte Vater und schüttelte sie ab. Schmollend stampfte sie um den Tisch herum und setzte sich neben meinen Bruder. »Roxanya, gratuliere meinem Sohn zum Geburtstag.«

Mein Herz blieb stehen, als Roxy sich zu mir umdrehte und mich langsam ansah, als würde sie mich kaum erkennen. Sie war so tief in den Schatten vergraben, dass das Mädchen, das ich kannte, kaum noch zu sehen war.

Sie ließ den Arm meines Vaters los, und er schob sie ein Stück in meine Richtung, sodass sie so nah bei mir stand, dass ich sie hätte berühren können.

Max ließ mich los und trat einen Schritt zurück, während er uns mit einer Stillekuppel etwas Privatsphäre zu verschaffen versuchte. Gleichzeitig spürte ich die Blicke des ganzen Raumes auf uns.

»Alles Gute zum Geburtstag, Darius«, sagte Roxy mit rauer, dunkler Stimme, als würde sie in Sünde schwimmen.

Sie trat näher an mich heran und beugte sich vor, um ihre Lippen auf meine zu pressen. Als wollte sie all die Küsse, die wir eins geteilt hatten, auf grausame Weise verspotten. Ihr Mund war kalt und ihr Blick leer. Ein Schauer durchfuhr mich, als ich die Dunkelheit auf ihr schmeckte. In diesem Kuss war nichts, kein bisschen von dem Mädchen, das ich liebte, und es fühlte sich an, als würde jeder Teil von mir zerbrechen, als ich sie entsetzt ansah und mich fragte, was zum Teufel mit ihr geschehen war. Was hatte sie so leer gemacht? Wie hatten die Schatten ihr so viel genommen? Und was hatte mein Vater ihr sonst noch angetan, seit sie in seiner Gewalt war?

Sie wich zurück, aber ich packte ihr Handgelenk. Ich wollte sie anflehen, zu mir zurückzukommen. Wollte in ihren Augen nach dem Mädchen suchen, das ich kannte. Aber in dem Moment, in dem meine Haut die ihre berührte, durchzuckten mich Schmerz und Dunkelheit, als die Schatten in ihr meinen Körper eroberten und sich fest um mein Herz schlangen.

Meine Augen weiteten sich, und ich rang nach Atem, während Speere der Pein in mich eindrangen und mich Stück für Stück auseinanderrissen. Ein Lächeln umspielte ihre Lippen, als sie mich leiden sah, und ich war wie gelähmt von der Stärke ihrer Macht.

»Lass ihn los, Schätzchen«, murmelte Vater und streckte ihr mit einem friedlichen Lächeln auf dem Gesicht die Hand entgegen. »Schließlich hat er heute Geburtstag.«

Roxy neigte den Kopf, während sie mich noch einen Moment lang leiden ließ, bevor sie plötzlich die Schatten aus mir herauszog. Sie nahm meine Finger und zog sie sanft von ihrem Arm. Und ich beobachtete sie mit pochendem

Herzen, das in tausend Teile zerbrach, während ich in ihren Augen nach etwas Vertrautem suchte.

»Kennst du mich denn nicht?«, flüsterte ich, unfähig, die Rauheit meiner Stimme zu verbergen. Gleichzeitig musterte ich die schwarzen Ringe in ihren grünen Augen und flehte die Sterne an, sie mich sehen zu lassen.

»Du bist Darius«, erwiderte sie, ebenfalls mit rauer Stimme. »Der Mann, der mir versprochen hat, dass er mir nie wieder wehtun würde, obwohl es ihm immer gefallen hat, wenn er es doch getan hat.«

Ich schüttelte den Kopf, wollte etwas dagegen einwenden, aber Vater bewegte die Hand, die er ihr immer noch entgegenstreckte, und sie nahm sie mit einem Lächeln, das wie aufgemalt wirkte. Aber der bewundernde Blick in ihren Augen, als sie ihn ansah, war nur allzu real.

»Setz dich, Darius. Alle warten auf das Geburtstagskind, damit sie essen können.« Vater wies auf meinen Stuhl und ich ließ mich darauf fallen, weil ich nicht wusste, was ich sonst tun sollte.

Max berührte kurz meine Schulter, um mir noch mehr beruhigende Energie zu geben, bevor er seine Stillekuppel fallen ließ und sich wieder zu seinem Stuhl am Tisch begab.

Vater nahm am Kopfende des Tisches Platz und Hitze durchströmte jede Zelle meines Körpers, als er Roxy auf seinen Schoß zog.

Ein Knurren entrang sich meiner Kehle, und ich sprang fast wieder von meinem Stuhl auf, aber Clara hielt mich mittels ihrer Kontrolle über meine Schatten fest und zwang mich wieder auf meinen Platz zurück, bevor es jemand bemerkte. Ich saß steif auf meinem Stuhl; Schmerz und Entsetzen zerrissen mich, während Roxy es sich auf Vaters Knie bequemer machte.

Sie wehrte sich nicht, als er sie an sich zog, aber sie saß auch nicht einfach auf seinem Schwanz, sondern mit geradem Rücken auf seinem Knie, während ihr Blick über alle Gäste wanderte, die sie anstarrten, bevor sie wieder abschätzig wegsah.

Xaviers Hand ergriff mein Knie unter dem Tisch, und ich konnte seinen eigenen Schrecken darüber spüren, aber ich konnte keinen Funken meiner Aufmerksamkeit dafür erübrigen.

Der erste Gang wurde serviert, und ich konnte nur beobachten, wie Vater sich mit den Leuten am Tisch unterhielt und Clara mich in meinem eigenen Körper gefangen hielt.

Stella lachte laut über alles, was er sagte, warf ihre kurzen Haare zurück und beugte sich so weit vor, dass ihre Brüste aus ihrem Kleid zu quellen drohten, aber Vater schien es kaum zu bemerken.

Er streichelte Roxys Rücken und spielte mit ihren dunklen Locken, während sie einfach nur dasaß, ohne zu reagieren. Da war kein Entsetzen oder Ekel, aber ebenso wenig zeigte sie Freude oder Erregung. Sie war wie ein leeres Gefäß, das mit Schatten gefüllt war, und alles, von der Kälte ihres Blicks bis zur Leere ihres Ausdrucks, ließ mich vor Wut und Angst kochen.

»Ich kann sehen, was dich so fasziniert hat, Darius«, murmelte Vater, als der nächste Gang serviert wurde und alle abgelenkt waren. »Sie ist wirklich ein hübsches Mädchen. Und so … *ausdauernd*. Ich muss sagen, dass es mir wirklich Spaß gemacht hat, sie zu zähmen und ihr diese Wildheit auszutreiben.«

»Wenn du sie auch nur angerührt hast, werde ich dich in tausend Stücke schneiden und dich bei lebendigem Leib im Drachenfeuer verbrennen«, knurrte ich, aber Claras Griff um meine Schatten hinderte mich daran, mehr zu tun, als meinen verdammten Löffel fester zu umklammern. Wenn ich nah genug an ihn herankäme, würde ich allerdings liebend gern einen Weg finden, einen Löffel zu einer tödlichen Waffe zu machen.

Vater antwortete nicht, sondern lächelte nur wissend, während er seine verdammte Hand auf ihre Hüfte legte. Eine Wut, wie ich sie noch nie zuvor empfunden hatte, erfüllte mich, aber ich war auf meinem verdammten Stuhl gefangen und gezwungen, die Show zu ertragen, die er mir bot. Er verspottete mich mit dem Mädchen, das ich liebte, als wäre sie nicht mehr als ein Spielzeug.

Ich aß keinen Bissen, während die Gänge kamen und gingen. Ich hatte keinen Appetit, selbst als Clara mir erlaubte, mich so weit zu bewegen, dass ich essen konnte. Ich schob das Essen auf meinem Teller hin und her, aber mein Blick wich nie von Roxy. Und ich hörte nie auf, gegen Claras Einfluss auf mich zu kämpfen, um sie direkt aus dem Schoß meines Vaters zu zerren.

Als der Nachtisch serviert wurde, beugte sich mein Vater vor und flüsterte etwas in Roxys Ohr. Sie nickte einmal und stand auf. Ohne ein Wort zu sagen, drehte sie sich um und verließ den Raum.

Clara ließ von mir ab, als Roxy die Tür erreichte, und ich sprang sofort auf und rannte ihr in den Flur hinterher, ohne mich darum zu kümmern, wer mich sah oder was die anderen dachten.

Als ich die Tür erreicht hatte, war Roxy bereits am anderen Ende des Flurs, und ich rief ihr nach, während ich zu einem Sprint ansetzte, um sie einzuholen.

Sie erreichte das Treppenhaus in der Mitte des Hauses, bevor ich sie eingeholt hatte, und drehte sich um, um mich mit hochgezogenen Augenbrauen anzusehen, als wüsste sie nicht, was ich von ihr wollte.

»Was hat er dir angetan?« Ich rang nach Luft und mein Herz raste. Als ich nach ihr griff, wich sie aus, sodass ich ihre Hand nicht zu fassen bekam. Ich hätte schwören können, dass für einen Moment Angst in ihren Augen aufflackerte, bevor sie sie wieder verbarg. »Sag es mir, und ich werde ihn dafür zerstören. Sag mir, was ich tun muss, um dich rauszuholen.«

»Woraus denn?«, fragte sie mit kalter Stimme.

»Den Schatten, Roxy. Du musst dich von ihnen befreien, du musst …«

»Warum sollte ich das tun?«, fragte sie herablassend. »Die Schatten bereiten mir mehr Freude, als du dir vorstellen kannst. Sie nähren meine Seele und nehmen mir meinen Schmerz. Vielleicht solltest du in Betracht ziehen, dich mir anzuschließen.«

»Mich dir anschließen?« Ich schnaubte. »Das Mädchen, das ich liebe, würde nie …«

Plötzlich trat sie einen Schritt auf mich zu und legte ihre Hand auf meine Brust, direkt über meinem Herzen. Wir standen uns auf den Stufen gegenüber.

»Der Schmerz, den du fühlst, muss dich nicht beherrschen«, sagte sie und kam so nah, dass ihre Lippen fast die meinen berührten, aber der Blick in ihren Augen war leer, bodenlos, ohne Inhalt. »Du könntest dich mir in der Dunkelheit anschließen. Wir könnten alles haben.«

»Was ist mit Liebe?«, murmelte ich, während ich meine Hände um ihre Taille legte und sie näher zu mir zog. Ich wollte sie festhalten, bis ich sie dazu zwingen konnte, für immer zurückzukommen.

»Ich liebe nur meinen König«, hauchte sie.

»Nein«, knurrte ich wütend und wies ihre Worte mit jeder Faser meines Wesens zurück. »Du liebst ihn nicht. Du wirst ihn *nie* lieben.«

Ein dunkles Lachen entfuhr ihr, als ich sie fester umklammerte, und eine Welle der Kraft brach aus ihrer Hand, die auf meiner Brust lag. Die Schatten schlugen auf mich ein und warfen mich zurück und gegen die schweren Türen im Eingangsbereich des Hauses, wo sie mich festhielten.

»Lass mich wissen, wenn du deine Meinung änderst«, sagte Roxy schroff, drehte sich um und ging ohne einen Blick zurück die Treppe hinauf in Richtung der Gemächer meines Vaters.

Die Schatten hielten mich noch lange an der Tür fest, selbst als sie schon längst weg war.

Ich durchsuchte das ganze Haus nach ihr, aber sie war aufs Neue spurlos verschwunden. Und ich fühlte ihren Verlust aufs Neue, genauso stark wie in jener Nacht, in der sie entführt worden war. Oder vielleicht sogar noch stärker. Denn bis jetzt hatte ich die Hoffnung gehegt, sie retten zu können, wenn ich sie nur fände. Doch nun musste ich fürchten, sie nie wieder zurückzubekommen.

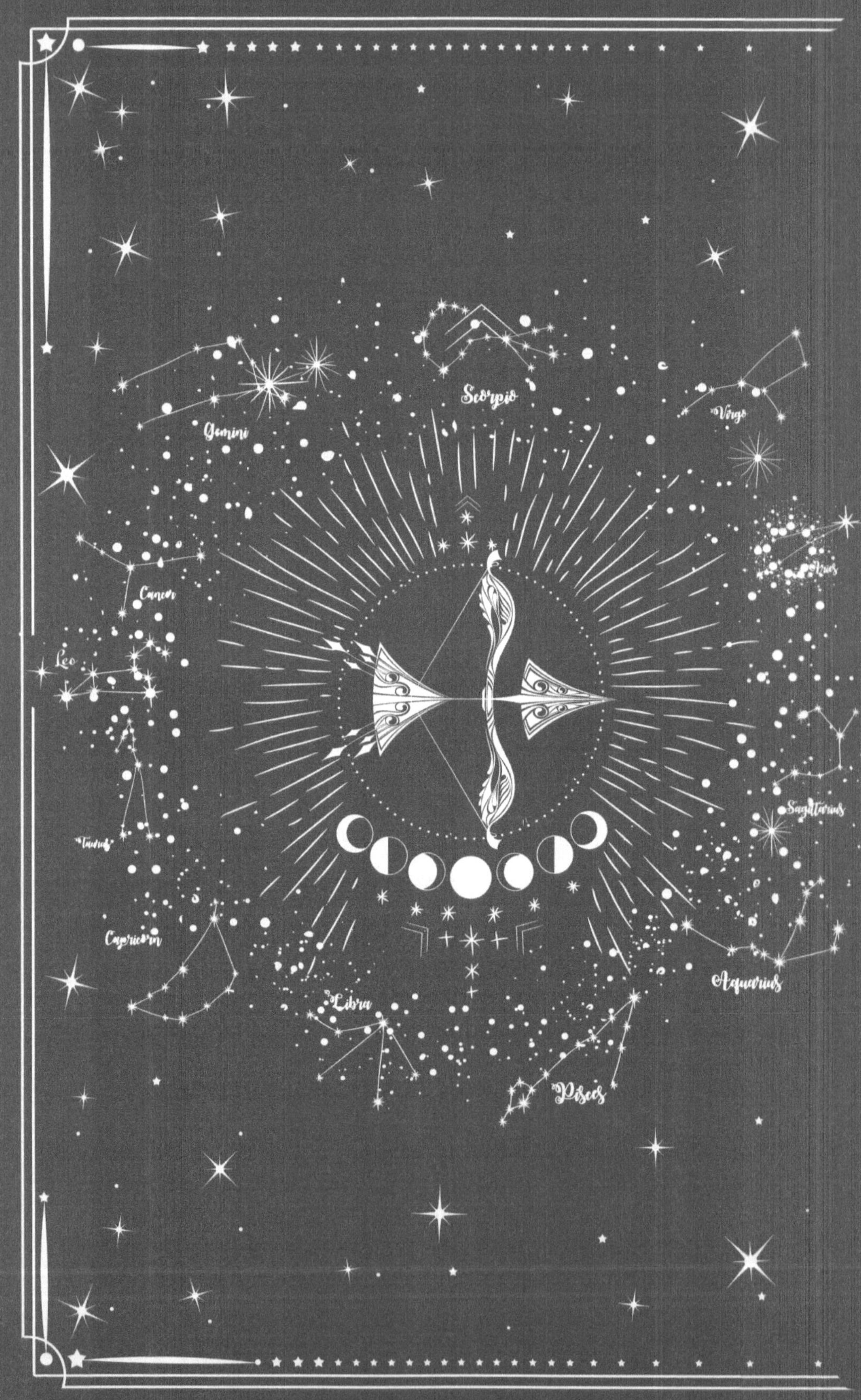

Scorpio
Virgo
Gemini
Aries
Cancer
Leo
Sagittarius
Taurus
Capricorn
Aquarius
Libra
Pisces

XAVIER

KAPITEL 2

»**J**unge!« Vaters Stimme drang aus seinem Büro; sie war fest, schneidend und durchbohrte meine Brust mit Angst.

Ich stellte meinen Koffer ab, zupfte mein Hemd zurecht und holte tief Luft, während ich mich der Tür näherte. Nichts konnte mich jetzt noch aufhalten. Ich war kurz davor, zur Zodiac Academy aufzubrechen, wo meine Magie erweckt werden würde. Ich konnte es kaum erwarten. Ich hatte in der vergangenen Nacht insgesamt nicht mehr als drei Stunden geschlafen und den ganzen verdammten Tag auf diesen Moment gewartet. Aber jetzt war es dunkel. Die Sterne waren wach, und bald würde es auch meine Magie sein.

Ich stieß die Tür auf und hob mein Kinn, als ich mich dem Mann gegenübersah, der ein Kribbeln der Angst durch meine Glieder schickte. Nach allem, was er getan hatte, empfand ich nicht das geringste bisschen Liebe für ihn. Es war schwer, sich an eine Zeit zu erinnern, in der ich das getan hatte. Bewunderung vielleicht, Ehrfurcht und Respekt – alles, bevor ich erkannt hatte, dass er nichts davon verdiente. Aber meine Abneigung ihm gegenüber hatte sich nach seinen Taten, nach den Leben, die er zerstört hatte, und denen, die er noch zerstören wollte, in mächtigen Hass verwandelt.

Er trug einen fein gearbeiteten Anzug; seine breiten Schultern wurden durch den taillierten Blazer betont und seine blonden Haare waren zurückgestrichen und perfekt gestylt. Er erhob sich von dem Stuhl hinter dem Schreibtisch und richtete sich zu seiner imposanten Größe auf.

»Schließ die Tür!«, befahl er. Meine Kehle war wie zugeschnürt und eine

Rasierklinge schien darin festzustecken, als ich schluckte. Ich schlug die Tür zu und das Geräusch hallte in meinem Schädel wider.

Vater trat um den Schreibtisch herum und sah mich mit unverhohlenem Ekel von oben herab an. »Du weißt, woher der Wind weht, nicht wahr, Junge?«, fragte er mit gefährlichem Knurren, fuhr aber fort, bevor ich herausfinden konnte, was er meinte. »Der Thron gehört mir, ich werde Solarias König sein. Und das wird dich für die Studenten der Zodiac Academy sehr interessant machen. Ich habe mich gezwungen gesehen, dich dorthin zu schicken, aber unterschätze nicht meinen Einfluss auf dich, auch wenn du nicht mehr unter diesem Dach lebst.«

Ich biss die Zähne zusammen, um meine Zunge davon abzuhalten, auch nur ein dummes Wort zu sagen. Ich würde ihn heute Abend nicht auf die Probe stellen. Nicht, wenn die Freiheit so nah war, dass ich sie meinen verdammten Namen schreien hören konnte.

Vater fuhr fort: »Du wirst dich bedeckt halten, um der Presse keinen Grund zu geben, von deiner Existenz Notiz zu nehmen. Du wirst keine Interviews geben, es sei denn, ich sage es dir, du wirst kein Aufsehen erregen, geschweige denn einen Skandal verursachen. Und du wirst nach Hause zurückkehren, wann immer ich es verlange, ist das klar?«

»Ja, Vater.« Ich senkte den Kopf und spielte den guten kleinen Untertan. Ich wollte hier einfach nur raus. Das einzige Problem war Mom. Sie war gestern Abend zu mir gekommen und hatte mich schwören lassen, dass ich mir in der Schule ein Leben aufbauen und mir keine Sorgen um sie machen würde. Aber wie sollte ich das tun? Sie hier zurückzulassen, war unerträglich. Aber ich hatte keine Wahl.

»Gut«, sagte er abfällig. »Geh nach unten, Portia wird ein kurzes Interview für die *Celestial Times* führen, bevor wir aufbrechen. Ich werde der Presse deine Elemente und dein Haus mitteilen, nachdem dein Erwachen abgeschlossen ist. Dann wird sich niemand mehr auf meinen wertlosen, überschüssigen Sohn konzentrieren.«

Ich nickte steif, wandte mich ab, während dieser bittersüße Schlag ins Gesicht auf meiner Wange brannte, und verließ den Raum. Ich spürte, wie seine allgegenwärtige Präsenz mir folgte. Samt Koffer ging ich nach unten, wo ein Page darauf wartete, ihn mir abzunehmen. Darius war bereits vor einigen Tagen an die Academy zurückgekehrt, um sich einen Vorsprung in seiner Ausbildung zu verschaffen. Vater hatte ihn gehen lassen, weil er immer wollte, dass sein Erbe der Konkurrenz voraus war. Ich wusste es besser. Darius hatte mir erzählt, dass er mit den anderen Erben und Darcy

Vega auf Nymphen-Jagd ging. Er hatte mir den ganzen Sommer lang über ihre Streifzüge berichtet, sodass ich durch seine Erzählungen daran teilhaben konnte. Ich sehnte mich danach, mich ihnen anzuschließen. Es klang wie ein Abenteuer in einem meiner Xbox-Spiele. Ein echtes Abenteuer. Und jetzt, da mein Erwachen stattfinden sollte, würde es nicht mehr lange dauern, bis ich wirklich helfen konnte. Obwohl ich im Herzen wusste, dass ich noch einiges zu lernen hatte, bevor ich wirklich von Nutzen sein würde. Aber …

Ich hörte Stimmen von der Veranda, die Haustür stand halb offen, und plötzlich legte mein Vater seine Hand auf meine Schulter und führte mich nach draußen. Als ich zu ihm aufsah, bemerkte ich, dass er eines seiner falschen Lächeln aufgesetzt hatte – inklusive Zähne. Seine Augen funkelten stolz; es war ein anständiger Versuch. Ich setzte mein eigenes Lächeln auf, das genauso unecht war wie seins, und gemeinsam gingen wir nach draußen, wo die Presse einige Lampen aufgestellt hatte, die auf die Veranda gerichtet waren. Meine Mutter plauderte mit Portia in einem fließenden grünen Kleid.

»Ah, da ist ja der Mann der Stunde!«, rief Portia aus, und ihre blonden Haare hüpften, als sie die Stufen zu mir hinaufeilte. »Du siehst umwerfend aus, Xavier. Lass uns ein paar Fotos mit deinen Eltern machen.« Sie positionierte mich zwischen ihnen, und die beiden rückten näher zusammen, als der Fotograf mit dem Knipsen begann. Grinsend sah ich zu Mom auf, und sie zwinkerte mir zu, was mein Herz erwärmte.

Als die Aufnahmen beendet waren, fragte mich Portia, wie ich mich hinsichtlich meines bevorstehenden Erwachens und dem Beginn an der Academy fühlte, und ich konnte all die überwältigenden Gefühle, die ich empfand, endlich herauslassen. Denn ich war sternverdammt glücklich darüber. Und als ich ihr alles erzählt hatte, schmerzte meine Kiefermuskulatur vom vielen Lächeln.

»Das ist nicht fair!«, schrie Clara irgendwo im Haus, und Vaters Gesicht verzog sich zu einer Grimasse.

»Entschuldigt mich«, sagte er knapp, und Portia winkte ihn fort, warf dem Fotografen aber einen vielsagenden Blick zu, der verriet, dass sie verdammt neugierig war.

»Hol deinen Mantel, Xavier«, ermutigte mich Mom mit besorgtem Blick. »Wir sollten uns auf den Weg machen.«

»Ja, natürlich, ich möchte niemanden aufhalten«, sagte Portia entschuldigend und machte sich daran, ihre Sachen zusammenzupacken.

Ich ging wieder ins Haus, während meine Mutter sich – lauter als nötig – mit ihr unterhielt, und schloss die Tür hinter mir. Clara stand auf der Treppe, umgeben von einem Mantel aus Schatten, die Hände in die Hüften gestemmt. Tory stand in einem roten Satinkleid neben meinem Vater und sah ihn mit Rehaugen an. Ich fröstelte. Mir fehlten die Worte, um meine Wut über das, was mein Vater Tory angetan hatte, auszudrücken. Ich hatte sie seit Darius' Geburtstag nicht mehr gesehen und keine Ahnung, wo er sie festhielt. Jetzt hatte er sie wie einen Hund an der Leine nach draußen gebracht. Es war einfach nur krank.

»Ich war zuerst deine Wächterin, Daddy. Wieso darf *sie* dich begleiten?« Clara schmollte, ihre Augen waren ein Wirbelsturm aus Dunkelheit. Ich hätte mich wahrscheinlich daran gewöhnen sollen, dass sie ihn *Daddy* nannte, aber verdammt, das war nicht der Fall. Ich wollte immer noch kotzen. Jedes. Verdammte. Mal.

»Clara, ich habe dir das doch erklärt«, sagte Vater mit einem Schnurren, das genauso viel Übelkeit in mir hervorrief. »Roxanya muss in der Öffentlichkeit als meine Verbündete angesehen werden. Und du hast deine Kräfte noch nicht vollständig unter Kontrolle und gehst nicht als Fae durch.«

Ich ging durch den Flur zum Kleiderständer, nahm einen eleganten schwarzen Mantel und zog ihn an, ohne den Horrorzirkus vor mir aus den Augen zu lassen.

Claras Gesicht verzerrte sich vor Wut und der dunkle Schattenmantel um sie herum wurde größer; die Kraft ihrer Macht zerrte an den Schatten, die in mir lebten.

»Ich kann mich beherrschen!«, brüllte sie, aber Vater knurrte, stürzte sich auf sie und packte sie am Hals.

»Sei still«, zischte er. »Oder ich lasse dich für eine Woche aus meinen Gemächern verbannen. Ist es das, was du willst?«

»Nein«, wimmerte Clara, und die Schatten um sie herum verschwanden, während sich meine Nase kräuselte.

Ich versuchte, Torys Blick aufzufangen, aber sie starrte Vater mit der gleichen Intensität an, mit der Clara ihn ansah. Es war widerlich, das mit anzusehen.

»Braves Mädchen«, knurrte Lionel. »Jetzt geh wieder nach oben, Wenn ich nach Hause komme, werde ich dich für dein Benehmen belohnen.«

Sie beugte sich vor, um ihn zu küssen, aber er wich zurück, bevor sie ihn erreichen konnte, legte seine Hand besitzergreifend auf Torys Rücken und führte sie zur Tür. Er gab mir mit einer Kopfbewegung zu verstehen, dass ich ihnen zu folgen hatte, als sie das Haus wieder verließen.

Portia stand noch immer da und unterhielt sich mit meiner Mutter, aber ihre

Augen sprangen ihr fast aus dem Kopf, als sie Tory an der Seite meines Vaters entdeckte. Es war keine neue Information, dass Tory jetzt an Lionels Seite zu finden war, aber für die Presse war es nach wie vor ein wahres Festmahl.

»Oh, guten Abend, Miss Vega, ich hatte nicht erwartet, Sie heute Abend zu sehen«, sagte Portia überrascht, als Vater seine Hand von Torys Wirbelsäule nahm.

»Ja, nun, hier bin ich«, sagte Tory ausdruckslos und lächelte Vater erneut an, bevor sie Portia einen abweisenden Blick zuwarf.

»Könnte ich ein paar Fragen stellen, solange ich hier bin?«, fragte Portia hoffnungsvoll und sah erst meinen Vater, dann Tory an.

»Natürlich, aber fassen Sie sich kurz, wir müssen los«, sagte Vater höflich und Portia nickte, eilte die Stufen zu Tory hinauf und hob ihr Diktiergerät an, um sie aufzunehmen.

»Haben Sie in letzter Zeit mit Ihrer Schwester gesprochen? Sie hat eine ziemlich umfangreiche Kampagne im *Daily Solaria* gestartet und behauptet, dass Sie nach wie vor planen, den Thron gemeinsam zu besteigen. Möchten Sie das kommentieren?«, fragte Portia hoffnungsvoll. Ich wünschte, ich könnte sie anschreien und ihr die Wahrheit sagen, dass mein Vater ein Monster war, die Schatten benutzte, um Tory zu kontrollieren, täglich dunkle Magie einsetzte, mit den Nymphen verbündet war – und vor allem, dass er plante, das Königreich zu übernehmen und jeden zu vernichten, der sich ihm in den Weg stellte. Aber ich stand einfach nur da, meine Gesichtszüge waren starr und mein Herz schlug unregelmäßig.

»Oh, ich kandidiere nicht mehr für den Thron«, sagte Tory schlicht, und mein Herz zog sich zusammen. Sie streckte die Hand aus und streichelte Vaters Arm. »Ich habe meinen wahren Platz gefunden.«

Portia blinzelte heftig, und Mom bemühte sich, ihre Gelassenheit zu bewahren, doch hinter ihren Augen verbarg sich tiefes Entsetzen.

»Bei den Sternen, also verzichten Sie offiziell auf Ihren Anspruch auf den Thron von Solaria?« In Portias Augen blitzten Aurenzeichen auf, weil sie die Erste war, die diese Neuigkeit erfahren hatte. *Verdammt, nein. Tu das nicht, Tory.*

»Absolut«, sagte Tory mit einem seltsam leeren Lächeln.

»Das war's für heute Abend, fürchte ich. Wir wollen nicht zu spät kommen«, sagte Vater, während Portia vor lauter Fragen zu platzen drohte. »Jenkins wird Sie hinausbegleiten. Guten Abend, Portia.«

Er führte Tory an meiner Mutter und mir vorbei, die ihm eilig folgte und mir einen besorgten Blick zuwarf. Sie nahm meine Hand, drückte sie kurz und ließ sie dann los. Mein Herz wurde ein wenig schwerer, weil ich wusste, dass sie mich insgeheim unterstützte, auch wenn sie es nicht sagen konnte. Ich wünschte mir nur, ich könnte sie heute Abend mitnehmen und für immer von Vater fernhalten.

Der Page wartete am Ende der Auffahrt mit meinem Koffer, und als wir gemeinsam durch die Tore traten und die Schutzbarrieren hinter uns ließen, warf Vater Sternenstaub in die Luft, und die Welt verschwamm in einem Schleier aus Sternen.

Dann berührten meine Füße wieder festen Boden und ich blickte zu den riesigen Toren der Zodiac Academy auf. Mittig prangte der Tierkreis und um ihn herum waren alle Sternzeichen abgebildet. Ich war nervös und aufgeregt, während mein Vater einen Seufzer ausstieß.

»Die können nicht mal für einen Abend die Schutzvorrichtungen aufheben? Diese Schule vergisst, wer sie finanziert«, murmelte er.

»Wenigstens wird unser Xavier hier sicher sein«, sagte meine Mutter leise, aber ich wusste, dass diese Worte für mich bestimmt waren.

Hier war ich vor Vater sicher. Sobald ich hinter diesen Toren war, konnte er mich nicht so leicht erreichen. Sicher, er konnte mich zu sich beordern, wann immer er es wollte, aber das war nicht annähernd so schlimm, wie wenn er mich bei schlechter Laune am Kragen aus meinem Zimmer zerrte. Nein, hier würde ich mehr Freiheit haben, als ich sie je in meinem Leben gekannt hatte. Ich spürte, wie sich ein Wiehern in meiner Kehle zusammenbraute, und kämpfte gegen den Drang an, mich zu verwandeln, in den Himmel aufzusteigen, mein neues Zuhause zu überfliegen und Glitzer aus meinem Fell rieseln zu lassen. *Später, Junge. Dann können sich der Himmel und ich auf intimste Weise vereinen.*

Einige Studenten hatten sich bereits am Tor versammelt, die meisten waren mit dem Auto gekommen. Sie umarmten ihre Familien, verabschiedeten sich, und ich stellte etwas verbittert fest, dass mein Vater erst dann gehen würde, wenn die Sterne meine Elemente erweckt hatten.

»Guten Abend, Lionel«, hörte ich eine tiefe Stimme rufen, und ich drehte mich um, als Tiberius Rigel mit seiner Frau am Arm und ihrer Tochter auf den Fersen auf uns zukam.

Ellis' Haare waren dunkel, voll und umrahmten ihre markanten Gesichtszüge, die ein wenig an ihren Bruder Max erinnerten. Ich hatte mehr als nur ein paar Abendessen mit ihr erlebt, aber wir hatten nie viel Zeit miteinander verbracht, wenn unsere Eltern nicht in der Nähe gewesen waren. Im Gegensatz zu den vier Erben, die die Ratsmitglieder dazu ermutigt hatten, Zeit miteinander zu verbringen und eine Bindung aufzubauen, hatten sie sich nie darum gekümmert, eine ähnliche Beziehung zwischen den jüngeren Kindern in den Familien zu fördern. Auch wenn es theoretisch möglich war, dass einer von uns eines Tages die Position der älteren Geschwister übernehmen könnte.

Nein, obwohl das System eigentlich fair sein sollte und wir alle die gleiche Chance haben müssten, eines Tages die Rolle eines Ratsmitglieds zu übernehmen, war uns allen mehr als klar, dass die ältesten Geschwister niemals entthront werden würden. Sie waren schon in jungen Jahren erweckt worden und hatten Jahre, bevor sie überhaupt an die Academy gekommen waren, eine fortgeschrittene Ausbildung in allen möglichen Fertigkeiten und magischen Fähigkeiten erhalten. Selbst wenn unsere Kräfte denen der anderen gleichwertig wären, hätte keiner von uns Ersatzerben eine echte Bedrohung darstellen können – und das wussten alle. Nicht, dass ich auch nur den Wunsch verspürt hätte, Darius seinen Platz streitig zu machen, aber die Ungerechtigkeit des Systems ärgerte mich trotzdem.

Ellis lächelte mich schüchtern an, und ich lächelte zurück. Ich fragte mich, ob sie jemals in Betracht gezogen hatte, dass es sich lohnen könnte, um Max' Position zu kämpfen, oder ob sie mit ihrer Stellung zufrieden war.

»Tiberius.« Lionel nickte ihm zu.

Tiberius' Blick fiel auf Tory, und ein besorgter Ausdruck trat in seine Augen, bevor er diesen schnell wieder unterdrückte.

Vater zog sie schamlos näher zu sich, während Tory ihm wieder diesen verträumten Blick zuwarf. Ich hatte keine Ahnung, was die anderen Ratsmitglieder von dem neuen Haustier meines Vaters hielten, aber nach den wenigen Blicken zu urteilen, die sie sich auf Darius' Geburtstagsfeier zugeworfen hatten, musste ich annehmen, dass sie es für verdammt seltsam hielten. Das ganze Königreich dachte sicherlich ähnlich. Und jeder, der Tory kannte, würde es in dem Moment bemerken, in dem sie sich ihr näherten. Aber das war das Problem: Vater ließ niemanden in ihre Nähe. Und wenn er es doch tat, stand er direkt neben ihr wie ein übermächtiger Ehemann. *Argh. Den Gedanken hätte ich nicht zu Ende denken sollen.*

Tiberius' Frau Linda sah sich um und rümpfte die Nase, als würde sie einen üblen Geruch wahrnehmen. Sie zog Ellis näher zu sich heran und richtete ihre Haare. Ihre Tochter ließ es geschehen und lächelte heiter über die Zuneigung ihrer Mutter.

»Melinda und Antonia werden jeden Moment ankommen«, sagte Tiberius. »Aufregend, nicht wahr?«

»Ganz recht«, erwiderte Lionel kühl.

Die Luft flimmerte hinter uns, und Melinda Altair erschien mit ihren goldenen Haaren, die in weichen Locken um ihre Schultern fielen. Antonia Capella materialisierte sich neben ihr, ihre kupferbraunen Locken zu einem Dutt hochgesteckt. Sie trugen beide elegante Kleider, und ich wäre nicht überrascht gewesen, wenn sie gerade von einem Interview mit der Presse gekommen wären. Hinter Melinda stand Calebs jüngerer Bruder Hadley mit seinem markanten Unterkiefer und den blauen Augen, die so durchdringend waren wie die seiner Familie auch. Seine Haare waren jedoch dunkel, honigbraun und an den Seiten rasiert. Wenn er ein Vampir war, würde seine Formgebung in dem Moment auftauchen, in dem seine Magie erweckt wurde. Und ich stellte mir vor, dass sie genau damit rechneten – so wie Vater erwartet hatte, dass ich mich als Drache offenbarte. Ich fragte mich, ob er die gleiche Behandlung erfahren würde wie ich, wenn er sich als Pegasus oder etwas anderes herausstellen würde, oder ob seine Familie ihn wirklich liebte und ihn so akzeptieren würde, wie er war.

Außer Antonia waren noch zwei von Seths jüngeren Geschwistern mitgekommen. Die Zwillinge waren im vergangenen Jahr groß geworden. Grayson war hochgewachsen, hatte kantige Gesichtszüge und dunkle Augen. Seine Schwester Athena war das weibliche Ebenbild von ihm, obwohl sie dunkelviolette Strähnen in ihren gewellten Haaren trug, während Graysons Haare wie ein braunes zerzaustes Durcheinander aussahen. Sie kitzelten und schubsten einander, lachten, spielten und machten ihrer Wolfsnatur alle Ehre. Ich grinste sie an und sie grinsten zurück und rannten auf mich zu, um mich in einer doppelten Umarmung zu begrüßen.

»Xavier! Ich hoffe, du lässt mich bald mit dir fliegen«, bettelte Athena, und Grayson packte mein Gesicht, um mich zu sich herumzudrehen.

»Ich zuerst, Alter«, bestand er, und ich lachte, schob sie weg und warf einen Blick auf Vater, dessen rechtes Auge zuckte.

Drachen ließen sich von niemandem reiten, aber für einen Pegasus gab es kein solches Gesetz. Erwartete er, dass ich mich wie ein Drache verweigerte, oder konnte er akzeptieren, dass meine Formgebung nach anderen Regeln lebte? Nicht, dass ich ihn nach seiner Meinung zu fragen gedachte. Er würde sie mir zweifellos klarmachen, sollte er das wollen.

Hadley ordnete sorgfältig seine Haare, während er zu uns kam, aber Ellis hielt sich mit ihrer Familie zurück, und ihre Mutter flüsterte etwas in ihr Ohr.

»Wir haben Wetten auf unsere zweiten Elemente abgeschlossen. Willst du mitmischen?«, fragte Hadley mit einem dunklen Grinsen. Sein Blick fiel auf Athena und blieb an ihrem Dekolleté hängen, das ihr enges blaues Kleid zum

Vorschein brachte, bevor er wieder zu mir sah.

»Ich wette, dass Hadley nur ein einziges Element hat«, stichelte Athena, und Hadley runzelte die Stirn.

»Du bist nur neidisch, weil ich die besten Elemente bekommen werde. Erde und Feuer.« Er strich sich über die Haare, um die Aufmerksamkeit auf seinen Bizeps zu lenken, aber Athena ließ sich nicht von seinem Gesicht ablenken.

»Im Gegensatz zu dir will ich nicht das gleiche zweite Element wie mein älterer Bruder haben, denn ich bin nicht sein kleiner Klon. Ich werde Luft und Wasser bekommen und dann einen Tornado erzeugen, der dich in einen See meiner eigenen Kreation spült, damit ich deinen eingebildeten Arsch darin ertränken kann.«

Grayson lachte und wippte auf den Fersen vor und zurück. »Vielleicht kriege ich ja Luft und Feuer und schleudere einen Feuertornado in deine Richtung, Hadley.«

Hadley verdrehte die Augen, als Grayson gegen seinen Arm boxte. »Das hättest du wohl gern, Gray.«

»Was glaubst du, was du bekommst, Xavier?« Athena drehte sich mit einem strahlenden Lächeln zu mir um.

Ich verlagerte mein Gewicht von einem Fuß auf den anderen und zuckte mit den Schultern. »Ehrlich gesagt, kann ich es kaum erwarten, ein Element zu haben, geschweige denn …«

»Unsinn«, donnerte Vater und lachte laut und auf diese gekünstelte Weise, die er auf seinen prätentiösen Partys an den Tag legte. Er schlang einen Arm um meine Schultern, lenkte mich von den anderen weg und setzte mich neben Tory. »Xavier wird uns als Doppelelementar stolz machen.« Sein Griff um meine Schultern wurde schmerzhaft, als wollte er mich daran erinnern, zwei Elemente zu produzieren, um mich nicht auszuweiden. Aber was erwartete er von mir? Ich konnte keine zusätzlichen Elemente aus dem Ärmel schütteln, wenn ich sie nicht hatte. Es lag an den Sternen, was ich heute Abend geschenkt bekam.

»Was glaubst du, was du bekommst, Ellis?« Grayson sprang wie ein Hund, der gerade von der Leine gelassen worden war, auf sie zu. Er schien ihre abweisende Haltung nicht zu bemerken, als er seinen Arm um sie legte und sich an ihre Haare kuschelte.

Sie knurrte und schob ihn weg. »Ich weiß es nicht, Grayson.«

»Wasser und Luft, genau wie Max«, sagte ihre Mutter bestimmt und stieß Tiberius an, der sich beeilte, ihr zuzustimmen.

»Ja, ja, höchstwahrscheinlich«, stimmte er zu und lächelte stolz.

»Wirst du dann Aer wählen, weil dein großer Bruder es nicht mag, wenn du ihm auf die Füße trittst?«, stichelte Grayson und sie verdrehte die Augen, als er versuchte, sie aufs Neue zu betatschen.

»Ich werde mich nicht von ihm aufhalten lassen«, sagte sie mit einem kühlen Lächeln, und Grayson lachte erneut.

Plötzlich öffneten sich die Tore, und mein Herz schlug heftig in meiner Brust, als eine große Frau mit dunklen Haaren, die zu einem Knoten gebunden waren, erschien. Ich hatte hinreichend viele Bilder von ihr gesehen, um zu wissen, dass es sich um Rektorin Nova handelte. Sie war meinem Vater in letzter Zeit besonders behilflich gewesen. Mom hatte mir erzählt, dass sie einen Brief mit dem Versprechen geschickt hatte, auf mich aufzupassen, während ich hier war. Natürlich war es nicht gerade überraschend, dass Vater das Personal unter seiner Kontrolle hatte, wenn man bedachte, dass er die Zodiac Academy mit Gold vollpumpte, wann immer der Schulvorstand darum bat. Aber ich mochte die Vorstellung, beobachtet zu werden, trotzdem nicht. Andererseits handelte es sich um ein großes Gelände und sie würden mich unmöglich rund um die Uhr im Auge behalten können. Allein die Vorstellung, dass ich meinen Tag ohne einen Drachenlord im Nacken würde verbringen können, war fünfzig Millionen Mal besser als meine vorherige Situation. Ein definitiver Gewinn.

Neben Nova stand eine Frau mit wallenden rabenschwarzen Haaren und blasser Haut. Sie war in ein langes schwarzes Gewand gekleidet und sah aus wie eine Art mittelalterliche Hexe. Sie betrachtete meinen Vater und die anderen Ratsmitglieder mit Respekt, aber etwas in ihren Augen verriet mir, dass sie nicht gerade begeistert war, dass sie hier waren. Ihr Blick fiel auf Tory, und ein Quieken des Entsetzens entfuhr ihr, während sie einen abrupten Schritt auf sie zumachte. »Meine Liebe, ist alles in Ordnung?«

»Hervorragend«, wiederholte Tory, und die Professorin zog an ihren eigenen Haaren, warf Vater einen flüchtigen Blick zu und korrigierte dann schnell ihren Gesichtsausdruck.

»Guten Abend, Ratsmitglieder«, sagte Nova fröhlich und ließ eine Gruppe vor uns treten, die uns unsere Taschen abnahm – oder zumindest unseren Trägern. »Wir freuen uns sehr, Ihre Kinder an der Zodiac Academy willkommen zu heißen.«

Hinter uns warteten noch etwa zweihundert andere Kinder, aber wen kümmerte das schon?

»Professor Zenith wird wie üblich das Erwachen durchführen«, fuhr Nova fort. »Und wir dachten, es wäre vielleicht angebracht, dass die fünf von den Sternen beschenkt werden, bevor der Rest der Studenten an der Reihe ist.«

»Oh, das ist wirklich nicht nötig«, sagte Antonia fröhlich, und Melinda nickte.

»Ich denke, es wäre angebracht«, erwiderte Vater entschieden und wies Nova und Zenith an, vor uns zu treten und die Führung zu übernehmen.

Wir folgten ihnen über den Campus, und Tory schloss sich uns an, ohne sich für irgendetwas zu interessieren, außer meinen Vater gelegentlich sehnsüchtig anzuschauen. Ich runzelte die Stirn und wünschte, ich könnte ihr helfen, aber als sie meinen Blick erwiderte, sah ich, dass sie kaum noch da war. Würde Vater ihr erlauben, dieses Jahr an die Academy zurückzukehren?

Der Gedanke, dass sie den ganzen Sommer allein mit ihm in dem Haus verbracht hatte, war schrecklich. Aber ich war nicht in der Lage gewesen, mich ihr zu nähern, und Darius schon gar nicht. Verdammt, was war zu diesem Zeitpunkt überhaupt noch auszurichten?

Wir schlenderten über das wunderschöne Campusgelände, über uns der Sternenhimmel, und die Murmellaute der Freshmen hinter uns verrieten, dass wir das Gesprächsthema des Abends waren. Grayson warf der Gruppe von Fangirls, die ihm und Hadley folgten, immer wieder kokette Blicke zu. Wenn ich es mir recht überlegte, waren da auch ein paar Mädchen, die auf mich zeigten und tuschelten. Mir wurde ganz heiß, und ich drehte mich wieder ab, um den Weg zu sehen, den wir gingen, bevor ich über meine eigenen Füße stolperte oder so.

Wir erreichten eine weitläufige Wiese mit hohem Gras, und Nova wies den Rest der Freshmen an, bei den Bäumen zu warten, bevor sie mich, Tory, die Ratsmitglieder und ihre Kinder in die Mitte des Feldes führte.

Mein Herz machte einen Sprung, als ich die Erben dort auf uns warten sah. Darius, Max, Seth und Caleb trugen schicke Anzüge und beobachteten uns genau, als wir uns näherten. Ich konnte sehen, wie sich ihre Lippen bewegten und wie Caleb seine Hand um Darius' Arm schlang, während mein Bruder Tory mit seinem Blick fixierte. Die Anspannung in seiner Haltung ließ meine Brust schmerzen, und er nickte Caleb fest zu, obwohl ihm das Ganze sichtlich Schmerzen bereitete. Sie unterhielten sich ganz klar in einer Stillekuppel, aber in dem Moment, als wir nah genug waren, lösten sie diese auf und traten nach vorn, um ihre Familien zu begrüßen.

Darius zog mich in eine Umarmung und flüsterte an meinem Ohr: »Das ist dein Abend, Xavier. Genieße ihn!«

Ich lächelte ihn an, als er mich losließ, aber mein Lächeln verschwand, als sein Blick wieder auf Tory fiel und sie so tat, als wäre er unsichtbar. Es tat mir weh, die beiden so zu sehen. War es nicht schon schlimm genug, dass sie sternverflucht waren? Musste mein Vater ihnen das jetzt auch noch antun? Das war nicht richtig. Manchmal hatte ich kein Vertrauen in die Sterne. Es war schwer, zu glauben, dass sie jemals auf unserer Seite waren, wo ich doch in letzter Zeit nur Mist vom Schicksal zu sehen bekam.

»Lasst uns anfangen«, sagte Zenith fröhlich.

Mein Herz hämmerte gegen meinen Brustkorb, als sie uns fünf anwies, uns in einem Kreis aufzustellen. Unsere Eltern und Tory standen hinter uns. Es war einfacher, mich zu konzentrieren, wenn mein Vater nicht im Blickfeld stand, und ich lächelte Hadley an, der mir gegenüberstand und wie ein eingebildetes Arschloch grinste.

Zenith trat zwischen uns, während Nova sich entfernte, um zuzusehen, und Athena und Grayson nahmen links und rechts meine Hände.

»Genau, halten Sie sich alle an den Händen«, sagte Zenith und ließ ihren prüfenden Blick über uns schweifen. Ellis und Hadley fassten sich an den Händen und ergriffen dann auch die Hände der Zwillinge, sodass wir alle in einem Kreis standen.

»Es ist mir das größte Vergnügen, heute Abend Ihre Elemente zu erwecken«, verkündete Zenith. »Jetzt neigen Sie bitte Ihre Köpfe zum Himmel, denn es ist Zeit, die Sterne Ihre innere Kraft hervorbringen zu lassen.«

Ich ließ den Kopf zurückfallen und ein Grinsen breitete sich auf meinem Gesicht aus, denn verdammt noch mal, endlich würde ich meine Magie bekommen. Ich würde nicht mehr vollkommen wehrlos sein. Ich würde lernen und stark werden und vielleicht meinem Bruder und seinen Freunden gegen das Arschloch von einem Drachen helfen können, der mich gezeugt hatte.

Die Sterne am Himmel waren unglaublich hell und funkelten wie eine Million Augen, die die Welt unter sich beobachteten. Ich konnte ihre Kraft in der Luft spüren, die meine Adern mit einem Rausch der Begeisterung erfüllte. Sie mochten Idioten sein, aber heute Nacht würden sie zumindest eine gute Tat für mich vollbringen.

»Virtus aquae invocabo!«, rief Zenith ihnen zu.

Die Welt schien stillzustehen und ich hielt den Atem an, während ich wartete. Die Spannung in der Atmosphäre wurde immer größer, während um mich herum Stille einkehrte. Dann perlten Wassertropfen über meine Wangen, und ich lachte, als die Kraft meines Wasserelements auf meine Glieder traf und durch meinen Körper strömte wie ein überschwappender See.

Ellis lachte und hinter mir ertönte begeistertes Klatschen.

»Das ist mein Mädchen!«, rief Ellis' Mutter, und Tiberius jubelte.

»Wunderbar, Sie beide haben das Element Wasser«, verkündete Zenith.

»Dann wirst du mich wohl nicht ertränken, Athena«, stichelte Hadley, und sie schmollte.

Ich holte tief Luft, als die Magie in mir wie ein Strudel wirbelte. Ich war ein Doppelelementar. Daran bestand kein Zweifel. Mein Sternzeichen war mit Feuer verbunden, also würde ich doch die gleichen Elemente besitzen wie mein Bruder. Ich konnte es kaum erwarten.

»Alle Augen zum Himmel! *Rogo vim aeris!*«, rief Zenith in den Himmel.

Graysons und Athenas Haare wehten in einem Wind, den ich nicht spüren konnte, und sie jauchzten vor Aufregung.

»Wunderbar, Ihr Luftelement ist in Ihnen beiden erwacht«, sagte Zenith zu den Zwillingen, und ich grinste, als sie beide meine Hände drückten. *»Invoco virtutem ignis!«*

Hitze flackerte zu meinen Füßen auf, und ich lächelte, als ich auf das Feuer hinunterblickte, das sich in einem Kreis um mich herum ausbreitete.

»Ja!«, schrie Hadley, als auch um ihn herum Feuer loderte. Ich grinste, als ich die Reißzähne in seinem Mund sah und den Ausdruck von Blutdurst in seinen Augen, als seine Formgebung erschien.

Die Erben jubelten hinter mir, und ein Grinsen breitete sich auf meinem Gesicht aus, das sich nicht mehr abschütteln ließ. Ich war frei. Bald würde ich lernen, wie ich meine Kräfte einsetzen konnte. Und das an der Academy, von der ich mein ganzes Leben lang geträumt hatte. Dieser Tag begann, mit meinem ersten Flug als Pegasus zu konkurrieren.

»Wunderbar, Xavier«, hörte ich Moms Stimme.

Meine Brust schwoll an, als die elementare Hitze sich in meinem Körper ausbreitete und mich bis in die Haarspitzen wärmte. Ein Gefühl wahrer Macht durchströmte mich.

»Verdammt.« Hadleys Augen verdunkelten sich, und er schnappte nach Luft, während er sich auf Zenith stürzte, die ihm sofort ihren Arm anbot, als hätte sie das schon tausendmal erlebt. Seine Reißzähne gruben sich in ihr Fleisch, und er trank gierig, um seinen Blutdurst zu stillen. Schließlich zog er seine Reißzähne zurück und trat zufrieden grinsend zurück in den Kreis.

»Sie haben die Gabe des Feuers, Xavier Acrux und Hadley Altair«, verkündete Zenith, und ich spürte, wie alle anderen mich anstarrten, da noch niemand ein zweites Element erhalten hatte. Aber das Element der Erde stand noch aus und Hadley würde definitiv Erde haben, da er vom Sternzeichen Jungfrau war, und die anderen würden sicherlich auch ein weiteres Element erhalten. Ich blickte noch einmal zum Himmel, als Zenith ihren letzten Befehl an die Sterne ausrief: *»Rogo vim terrae!«*

Ich sah mich um und beobachtete, wie Gras um Hadleys Beine wuchs und sich hungrig um seinen Körper wand. Das Gleiche geschah mit den Zwillingen, und sie lachten und jauchzten aufgeregt. Ich warf Ellis einen Blick zu, weil ich das Gleiche bei ihr vermutete, aber da war nichts, und es dauerte eine Sekunde, bis ich begriff, dass sie mich mit völligem Entsetzen in den Augen anstarrte. Etwas kitzelte meine Hand, und ich ließ meinen Blick fallen. Mein Herz machte einen Sprung, als ich sah, dass sich das Gras auch um meinen Körper wand.

»Heilige Scheiße«, hauchte ich.

»Er hat drei Elemente!«, keuchte meine Mutter, und ich drehte mich zu meiner Familie um. Vaters Augen waren weit aufgerissen, und ein Ausdruck von Stolz lag darin, den ich noch nie in meinem verdammten Leben auf mich gerichtet gesehen hatte.

»Mein Sohn hat drei Elemente«, rief er lachend, bevor er zweimal hintereinander in die Hände klatschte. Mir wurde heiß. Ich hasste das Arschloch nach wie vor, aber vielleicht war ich auch ein Trottel, denn jetzt sah er mich so an, wie ich es mir immer gewünscht hatte. Und das fühlte sich verdammt gut an.

Darius grinste über das ganze Gesicht und die anderen Erben waren wie verzaubert. Es war ein seltsames Gefühl, nach so langer Zeit im Gefängnis – versteckt und ignoriert – plötzlich im Mittelpunkt zu stehen. Aber es war ein Gefühl, das mir gefiel.

Tiberius begann, seine Frau zu trösten, die in Tränen ausgebrochen war, und mir tat Ellis leid, als sie vor Wut aufschrie. Sie hatte nur ein Element, und es war für sie sicher schwer, zu ertragen, dass wir alle mehr Macht als sie hatten. Max schnaubte, konnte sein Lachen kaum unterdrücken, und die anderen Erben stürzten sich auf ihn, raufend und jubelnd. Aber es war schwer, mich auf etwas anderes zu konzentrieren als auf den Blick in den Augen meines Vaters. Zum ersten Mal in meinem Leben sah er in mir etwas von Wert. Mein Magen zog sich plötzlich zusammen, und meine Freude über diese Tatsache verflog, als mir klar wurde, was das bedeutete.

Ich verfluchte die Sterne und ihren fortwährenden Schwachsinn, denn obwohl ich mir Macht gewünscht hatte, wollte ich eigentlich nur ein Leben ohne die Aufmerksamkeit meines Vaters. Aber jetzt würde er mich genauer als je zuvor beobachten, mich unter seiner Fuchtel halten und dafür sorgen, dass dies in jeder Zeitung Solarias veröffentlicht wurde. Und mir wurde mit einer schrecklichen, beklemmenden Gewissheit klar, dass ich nie wahrhaftig frei sein würde.

Scorpio
Gemini
Virgo
Aries
Cancer
Leo
Sagittarius
Taurus
Capricorn
Aquarius
Libra
Pisces

DARCY

KAPITEL 3

Mit einem Stöhnen wachte ich auf, als mich mein Atlas-Wecker daran erinnerte, dass es Zeit war, aufzustehen. Ich war zwar eigentlich kein Morgenmuffel, aber heute konnte mich nichts dazu bringen, aufstehen zu wollen. Ich hatte nur drei Stunden geschlafen, da wir die halbe Nacht auf Nymphen-Jagd gewesen waren.

Etwas bewegte sich auf meinem Bett, und ich schob meine Hände in weiches Fell, während ich in Richtung der wohltuenden Wärme des Körpers neben mir rutschte. Seth war in seiner Wolfsgestalt verdammt groß, aber er schaffte es trotzdem irgendwie, in mein kleines Bett zu passen und mir genug Platz zum Atmen zu lassen. Ich hatte ihn nicht gebeten, bei mir zu bleiben, aber ich hatte ihn auch nicht gebeten, mir den ganzen Sommer über Gesellschaft im Palast zu leisten – und das hatte er oft getan. Genau wie die anderen Erben auch.

Ein weiteres Stöhnen im Raum verriet mir, dass wir nicht allein waren, und ich öffnete die Augen und spähte durch das weiße Fell hindurch zu Max, der in einem Nest aus Decken am Fenster lag. Ich schnaubte, als er sich auf die Ellbogen stützte.

»Warum bist du nicht gemeinsam mit Darius und Caleb gegangen?«, fragte ich, während ich mich aufsetzte.

»Das wollte ich ja, aber dann habe ich diese Decke berührt und sie war so weich. Was ist das? Eine Wolke?« Max strich mit den Fingern darüber. »Wie auch immer, ich habe mir wie eine Art Tiberianische Ratte ein Nest gebaut und hier mein Lager aufgeschlagen. Also … gehört diese Decke jetzt mir, oder?«

Ich atmete belustigt aus. »Klar, nimm sie.« Seth war immer noch völlig weggetreten, lag auf dem Rücken, mit seinem pelzigen Kopf zwischen Matratze und Wand eingeklemmt; seine Zunge hing heraus. *Alberner Köter.*

Wir hatten gestern Abend nach der Nymphen-Jagd hier noch geredet und versucht, neue Wege zu finden, um sowohl Tory zu retten als auch Lionel zu vernichten. Aber gleichzeitig hatten wir alle vordergründig an Xavier gedacht. Er hatte drei verdammte Elemente. Und wenn man den Erben glauben konnte, war Lionel darüber sehr glücklich. Während ich mich also für Xavier freute, war alles, was Lionel glücklich machte, für mich ein weiterer Schlag ins Gesicht.

Es hatte mir das Herz gebrochen, als ich herausgefunden hatte, dass Tory auch bei Xaviers Erwachen dabei gewesen war. Hier auf dem Campus. Und jetzt war sie wieder weg, und ich wusste nicht, wie ich sie erreichen konnte. Die Nymphen-Jagd war nötig gewesen, um uns alle abzulenken. Das Problem war, dass keine Ablenkung von Dauer war. Es war schon schlimm genug, darauf zu warten, bis die Erben mit der Einschüchterung der Freshmen fertig gewesen waren und wir hatten aufbrechen können. Das Ganze hatte mich an meinen ersten Abend hier an der Academy erinnert und meine Sehnsucht nach Tory nur noch intensiviert.

Ich nahm Astrums jüngste Tarotkarten-Nachricht vom Nachttisch und drehte sie zwischen meinen Fingern. Die Worte *Sucht den gefallenen Jäger* starrten mich in schimmernden silbernen Buchstaben an. Da das Sternbild des Orion auch Jäger genannt wurde, hatte Darius mit ihm über die Karte gesprochen. Sie hatten vermutet, dass sie auf Orions Vater und das Tagebuch anspielen könnte, das er von ihm geschenkt bekommen hatte. Aber Orion war – so hatte ich gehört – bisher nicht mit der Entschlüsselung dessen weitergekommen. Ich hatte nie direkt mit ihm gesprochen, aber Darius hielt mich auf dem Laufenden. Und das war wohl die neue Realität. Er lebte, als wäre er völlig losgelöst von mir, als hätte er mein Herz nie besessen, als hätte ich nie geschworen, ihn bedingungslos zu lieben.

Mein Herz schmerzte bei dem Gedanken, dass der Beginn des neuen Studienjahres heute ohne Tory stattfinden würde. Der Sommer war lang und qualvoll gewesen, und ich hatte Wege finden müssen, mein Herz gegen all das zu verschließen. Zuerst Orion und dann auch noch Tory zu verlieren, hatte mich fast gebrochen. Und das Einzige, woran ich mich klammern konnte, war mein Ziel: Ich würde alles in meiner Macht Stehende tun, um Lionel zu vernichten und sicherzustellen, dass er seinen abscheulichen Arsch nie auf den

Thron hieven würde. Und ich würde meine Schwester aus seiner Kontrolle reißen und die Schatten auch aus ihr verbannen. Sobald ich herausgefunden hatte, wie.

Ich hatte monatelang an Darius geübt, aber egal, was ich auch versuchte, ich schaffte es einfach nicht, die Schatten zu vertreiben. Seth war dem Tod nahe gewesen und Clara hätte uns alle beinahe getötet. Es war schwer, diese Umstände zu reproduzieren, aber Darius war bereit, alles zu versuchen. Es hatte nur bislang nicht funktioniert. Aber das würde es. Und sobald ich es bei ihm geschafft hatte, würde ich es auch bei Tory und Xavier und … Orion hinbekommen.

Mein Herz zog und zerrte in verschiedene Richtungen, und ich quälte mich aus dem Bett, weil ich nicht eine Sekunde länger in dem Elend ertrinken wollte, das in meiner Seele lauerte.

»Geraldine kommt heute an«, sagte ich zu Max, und er zog die Augenbrauen hoch; seine Aufregung war deutlich zu spüren. Doch dann zuckte er mit den Schultern und fuhr mit der Hand durch seine Haare, um cool zu wirken. Als würde er sie nicht bei jeder Gelegenheit erwähnen. Er hatte den Irokesenschnitt kürzlich herauswachsen lassen, seine Haare waren jetzt durchgehend kurz und verliehen ihm ein reiferes Aussehen.

»Na und?«, fragte er, stand auf und streckte seine muskulösen Arme über den Kopf. Er trug nichts weiter als Boxershorts, auf denen Fischschwärme über blauen Stoff schwammen, und ich musste grinsen.

»Die werden ihr gefallen«, neckte ich und ging ins Badezimmer, wo ich die Tür hinter mir schloss.

Ich zog meinen Pyjama aus, duschte, wusch meine dunkelblauen Haare und fragte mich zum millionsten Mal, ob ich sie einfach rot oder grün färben oder alles rauszaubern und wieder dunkel färben sollte. Aber jedes Mal, wenn ich neue Farbe kaufte, konnte ich mich nicht dazu durchringen, es zu tun. Es ging nicht um Orion. *Scheiß auf Orion!* Etwas anderes hielt mich zurück. Vielleicht wollte ich das Mädchen, das ich vor dem Verlust der beiden Personen, die ich am meisten liebte, gewesen war, nicht loslassen. Doch möglicherweise war es an der Zeit, zu akzeptieren, dass dieses Mädchen tot und verscharrt war. Und das neue Ich hatte ein Herz, das von Mauern umgeben war und danach hungerte, den Thron zu besteigen, um sicherzustellen, dass Lionel ihn nie in seinen Besitz bringen würde.

Die Erben hatten mir geholfen, mich im Kampf zu schulen, aber nichts war so wichtig wie die Ausbildung an der Zodiac Academy, um wirklich mächtig zu werden. Manche Dinge brauchten Zeit. Und ich musste hier sein, um weiter für meine Schwester kämpfen zu können. *Ich werde einen Weg finden, dich aus den Schatten zu befreien, Tor. Halte durch!*

»Wir sehen uns beim Frühstück, kleine Vega«, rief Max durch die Badezimmertür, bevor er ging.

»Bis dann«, erwiderte ich und riss meinen Blick endlich vom Spiegel los. Ich mochte meine Haare, verdammt, warum sollte ich sie ändern? Mein neues Ich könnte ihnen eine neue Bedeutung geben. Sie mussten nichts mehr mit *ihm* zu tun haben. Wie er gesagt hatte, war die Farbe Blau in Solaria eng mit allem Königlichen verknüpft. *»Und für mich steht Blau für dich.«*

Verschwinde aus meinem Kopf!

Ich wickelte mich in ein Handtuch, stieß die Tür auf und fluchte, als ich Seth dort liegen sah, wo er auch zuvor gelegen hatte – nur, dass er sich mittlerweile verwandelt hatte. Sein nackter Hintern lag auf meiner Matratze und seine Genitalien waren unbedeckt.

»Seth!«, knurrte ich, schnappte mir ein Kissen aus dem Nest, in dem Max geschlafen hatte, und klatschte es auf seinen Schwanz, um ihn zu verstecken.

Er schoss mit einem kläglichen Jaulen in die Höhe und packte mein Handgelenk, bevor ich mich abwenden konnte.

»*Verdammt!*«, keuchte er. »Wie kannst du es wagen?«

»Wenn du dich nicht bedecken willst, solltest du vielleicht in deinem eigenen Bett schlafen.« Ich zog eine Augenbraue hoch, und er legte den Kopf schief und sah mich mit seinen treuen Dackelaugen an.

»Aber du brauchst mich«, sagte er.

»Ich brauche dich nicht, Seth«, meinte ich lachend, aber er sah mich ernst an.

»Du redest neuerdings im Schlaf, weißt du? Du sagst immer: ›Hilf mir, Sethy, komm und knuddle meinen süßen Arsch. Oh, nimm mich, Sethy, nimm mich!‹«

»Ja, klar.« Ich ging zu meinem Kleiderschrank, holte meine Uniform heraus und seufzte, während ich mit den Fingern über das Wappen auf dem Blazer strich. Meine Kehle wurde eng, als ich an Tory dachte. *Sie sollte hier sein. Ich will das nicht ohne sie machen.*

Der Schmerz über ihren Verlust war wie ein Dolch in meinem Bauch. Ich fühlte mich nicht mehr ganz. Ohne sie war ich nur ein halbes Mädchen. Wir waren dafür bestimmt, zusammen zu sein. So war es immer gewesen und so sollte es immer sein.

»Siehst du«, sagte Seth düster. »Immer, wenn deine Gedanken abschweifen, sind sie bei ihr oder bei ihm. Und sie sind es übrigens, über die du im Schlaf wirklich sprichst.«

»Wir reden nicht über *ihn*«, murmelte ich.

»Ich weiß, aber … das bedeutet nicht, dass es dir gut geht.«

»Mir geht es bestens«, knurrte ich. »Es ist vorbei, ich bin drüber weg.«

»Pah«, spöttelte er, und ich drehte mich zu ihm um, während Feuer in meinen Adern prickelte.

»Ooooh, deine Augen flackern schon wieder so.« Er lachte, stand auf, warf das Kissen achtlos auf den Boden und zog seine Boxershorts an. »Du scheinst heute wirklich intensiv an ihn zu denken.«

»Hör auf damit!«, fauchte ich, aber er hatte recht. Ich hatte wieder von ihm geträumt – wie er mich umarmt und geküsst, nicht, wie er mich verraten hatte. Die schönen Dinge eben. Schade, dass er alles ruiniert hatte.

»Darcy«, sagte er sanft. »Du weißt, dass du mit mir über ihn reden kannst. Du musst nichts davon in dich hineinfressen.«

Ich schüttelte den Kopf. Die Wunde, die Orion in meinem Herzen hinterlassen hatte, drohte wieder aufzubrechen, aber zum Teufel damit.

»Wie wäre es, wenn ich dir ein Geheimnis verrate und du mir im Gegenzug auch eins erzählst?«, fragte er mit verführerischer Stimme. Ich runzelte die Stirn und bedeutete ihm, sich umzudrehen, damit ich mich anziehen konnte. Er tat es, und ich beschloss, dass dieses Angebot zu verlockend war, um es abzulehnen.

»Na gut, dann schieß mal los!«

»Schwöre, dass du mir danach deins erzählst«, entgegnete er bestimmt.

»Na gut«, stimmte ich zu. »Jetzt erzähl schon.«

»Aber das bleibt unter uns«, sagte er mit einem Knurren, und ich wurde noch neugieriger.

»Ich schwöre es bei den Sternen und dem ganzen Mist.«

»Möglicherweise muss ich dich gleich auf sie schwören lassen«, sagte er mit leiser Stimme.

»Okay.« Ich zog meinen Slip an, bevor ich mit der Hand durch meine feuchten Haare fuhr, um sie mit Luftmagie zu trocknen.

»Okay, also … Ich bin verknallt. Und das ist ein absolutes Geheimnis.«

»Gott, du wirst wieder über den Mond reden, nicht wahr?«, fragte ich entnervt. Seit seinem Besuch dort im Sommer redete er ständig davon. Als wäre er jetzt so eine Art Mond-Zauberer. Klar, es war cool gewesen, seine Storys zu hören – aber nach vier Wochen hatten seine Mondgeschichten irgendwie ihren Glanz verloren.

Er gluckste. »Nein, aber ich muss gerade daran denken, wie ich meinen

Schwanz in einen Mondkrater gesteckt habe. Ich habe den Mond *wortwörtlich* gefickt.«

»Ich weiß«, sagte ich mit einem übertriebenen Lachen, während ich an meinem Rock zupfte. »Und du hast mir *wortwörtlich* jedes Detail erzählt.«

»Richtig. Aber egal, es geht nicht um meine Mond-Verliebtheit. Es ist eine andere Verliebtheit.«

»Okay …« Ich wartete, während ich meine Bluse anzog, aber er fuhr nicht fort. »Seth?«

»Es ist eine ziemlich große Sache.«

»Jede Schwärmerei ist eine große Sache. Neulich warst du in einen Keks verknallt und hast ihn acht Stunden lang nicht gegessen.«

»Die Schokoladenstückchen waren in Form eines Schwanzes angeordnet«, verteidigte er sich, und ich schnaubte. »Wie auch immer, das hier ist etwas anderes.«

»Worum geht es denn?«, drängte ich und schlüpfte in meinen Blazer, bevor ich mir meine Kniestrümpfe schnappte und mich auf die Bettkante setzte, um sie anzuziehen. Seth warf mir einen Blick über die Schulter zu und drehte sich ganz zu mir um, als er feststellte, dass ich angezogen war.

»Es ist … eine Schwärmerei für einen Freund«, sagte er schüchtern. Und wenn er in diesem Moment in seiner Wolfsgestalt gewesen wäre, hätte er seine Ohren ganz niedlich angelegt.

»Ach ja?« Ich runzelte die Stirn.

»Ja. Caleb, um genau zu sein«, sagte er verlegen, und mein Mund blieb offen stehen.

»Niemals«, keuchte ich.

»Doch«, sagte er mit einem schiefen Lächeln. »Ich meine, ich fand ihn schon immer heiß, aber in letzter Zeit, ich weiß nicht …« Er fuhr mit der Hand durch seine widerspenstigen langen Haare, und ich sprang auf und umarmte ihn.

»Das ist so perfekt. Hast du es ihm gesagt?«

»Perfekt?« Er lachte höhnisch. »Es ist tatsächlich alles andere als perfekt, weil er nämlich hetero ist. Also habe ich es ihm natürlich nicht gesagt. Und wenn du auch nur ein Wort in diese Richtung verlauten lässt, Babe, versohle ich dir den Hintern.«

Ich lachte. »Das werde ich nicht, Ehrenwort. Aber du solltest es ihm trotz allem sagen.«

»Nein.« Er winkte ab, aber ich funkelte ihn an.

»Seth Capella, nichts im Leben ist gewiss. Und angesichts dessen, was wir fast jeden Abend veranstalten, wirst du es bereuen, wenn ihm etwas zustößt, ohne dass du ihm die Wahrheit gesagt hast.«

»Wir werden nicht sterben«, sagte er mit einem Achselzucken. »Wir sind die Erben und die Grausame Prinzessin. Darcy and the Dude Bros. Wolfman, Bitey C, Fish Fury, Dragzilla und Phoen Dream.«

»Okay, erstens, nenn uns nie wieder so, und zweitens, wir sind nicht unsterblich, Seth. Nimm … diese Zeit einfach nicht als selbstverständlich hin, okay?«, flehte ich. »Du weißt nie, wann dir der Boden unter den Füßen weggezogen wird.« Mein Herz zog sich zusammen und ich holte zitternd Luft.

Seth trat vor und strich mir mit einem leisen Wimmern eine Haarsträhne hinters Ohr. »Es wird alles gut.«

»Dessen bin ich mir nicht mehr so sicher«, gab ich zu. »Früher dachte ich, dass sich alles irgendwie zum Guten wenden würde, aber jetzt …« Ich senkte den Blick und versuchte, die in mir wohnende Leere zu ignorieren, aber sie war gierig. Manchmal hatte ich das Gefühl, mich völlig an sie zu verlieren. Wenn ich nicht den Willen hätte, meine Schwester zu retten und Lionel in die Knie zu zwingen, wäre mir das sicher längst passiert.

Seth nahm mein Kinn, neigte meinen Kopf und zwang mich, ihm in die Augen zu sehen. Seine Iriden waren dunkel und sattbraun, voller Hoffnung und positiver Energie, wie ich sie schon lange nicht mehr gespürt hatte. Ihn anzusehen, berührte einen Teil meiner Seele, der in diesen Tagen instinktiv reagierte. Ich hatte mich immer mit Seth verbunden gefühlt, aber nie wirklich verstanden, warum das so war, wo er mich doch so grausam behandelt hatte. Jetzt war mein Feind irgendwie zu jemandem geworden, der mir sehr wichtig war. Und obwohl da immer noch ein Echo des Unrechts war, das zwischen uns hallte, war mein Hass jetzt für jemanden in Solaria reserviert, der ihn viel mehr verdient hatte.

»Du schuldest mir die Wahrheit, Babe. Und du wirst diesen Raum nicht verlassen, bis du sie mir gesagt hast.«

»Ich könnte dich auch einfach zu Boden werfen, Capella«, warnte ich, und er grinste.

»Versuch's doch.« Er bleckte die Zähne, und ich stieß einen Atemzug aus und schlug seine Hand von meinem Gesicht weg. »Also, was ist deine Wahrheit? Was fühlst du wirklich nach all der Zeit ohne Professor Dummschwanz?«

Ich ging nicht weg, wie ich es eigentlich wollte. Ich hatte schließlich ein Versprechen gegeben. Also schluckte ich schwer und hielt seinem Blick stand. »Die Wahrheit ist, dass ich wahrscheinlich für den Rest meines Lebens von Lance träumen werde. Ich werde ihn vermissen und mich nach ihm sehnen, aber wenn ich aufwache, werde ich weiterleben, als wäre er nie hier gewesen. Denn das hat er von mir gefordert, als er mich verraten hat. Und jetzt, wo er weg ist, wird er nie wieder einen Platz in meinem Herzen bekommen. Das wird niemand. Ich kann einfach niemandem mehr vertrauen.«

»Du vertraust mir nicht?« Seth wimmerte.

»Nein. Es gibt nur eine Person auf dieser Welt, der ich vertraue, und sie wird gerade von einem Monster festgehalten. Aber sobald ich sie wiederhabe, werde ich sie in meiner Nähe behalten, und das wird genügen.«

Seth streckte die Hand nach mir aus, aber ich schlug sie abermals weg, weil ich den Schmerz in seinen Augen hasste. Und weil ich fühlte, wie dieser Schmerz mein Innerstes zerfraß.

»Es wird nicht genügen«, flüsterte er traurig, und ich knirschte mit den Zähnen und ignorierte das klaffende Loch in meiner Brust, das ihm zustimmte.

»Das muss es«, grummelte ich, ging an ihm vorbei, schnappte mir meine Tasche, nahm meinen Atlas vom Nachttisch und verließ das Zimmer.

Seth folgte mir in Boxershorts in den Flur und ließ den Rest seiner Klamotten in meinem Zimmer zurück. Ernsthaft, wenn er wieder anfangen wollte, meine Schubladen für sich zu beanspruchen, wie er es im Palast getan hatte, würde er das nächste Mal meine Faust statt eines Kissens in die Eier bekommen.

Mein Blick wanderte zu Diegos altem Zimmer auf der anderen Seite des Flurs, und mein Magen verkrampfte sich. Ein brennendes Gefühl der Trauer durchzuckte mich, bevor ich mich zwang, wieder wegzusehen. Ich wusste nicht, was mit seinen Sachen passiert war, aber sein Zimmer war ausgeräumt worden, und es gab keine Spur von ihm. Wahrscheinlich war letzte Nacht irgendein Freshman dort eingezogen, und bald würde es so sein, als hätte er nie existiert. Fae starben ständig in Solaria, also würde es nicht viele Fragen über ihn geben. Ich hatte Sofia und Geraldine im Sommer davon erzählt. Sie wussten jetzt alles. Ich sah keinen Sinn darin, etwas vor ihnen geheim zu halten, und da Lionel auf dem Vormarsch war, wollte ich, dass sie auf alles vorbereitet waren, was auf sie zukommen könnte.

Geraldine war völlig aufgelöst gewesen und hatte angekündigt, ihn als erstes offizielles A. N. U. S.-Opfer im Krieg der Wiedergeborenen zu verzeichnen. Als ich sie nach der Bedeutung dieses Begriffes gefragt hatte, war mir erklärt worden, dass dies der offizielle Name für den Kampf um den Thron sei, an den sich Historiker für alle Zeiten erinnern würden. Sie hatte auch gesagt, dass wir gerade erst begonnen hätten, die Geschichte unseres Aufstiegs zur Macht zu erzählen. Ich fand das ziemlich verrückt, aber sie führte offizielle Aufzeichnungen »für die Nachwelt«, ob es mir gefiel oder nicht, und ich wusste, dass ich Geraldine nicht umstimmen konnte, wenn sie sich einmal etwas in den Kopf gesetzt hatte.

Wir erreichten die Treppe, wo wir uns verabschiedeten, aber als Seth sich vorbeugte, um mich zu umarmen, drang ein Schmerzenslaut an meine Ohren. Ich runzelte die Stirn und blickte die Treppe hinauf, wo ich Kylie in ihrer Uniform sah. Ihre Lippen waren vor Schreck geöffnet und ihre Augen voller Verrat, als sie zwischen uns hin und her blickte. Ich erinnerte mich an ihren Auftritt im Gerichtssaal, als sie gemeine Lügen über Orion und mich verbreitet hatte, und Hass durchströmte mich.

»Also seid ihr jetzt offiziell zusammen?«, fragte sie mit bebender Unterlippe.

»Hast du etwas gehört?«, sinnierte Seth, und ich wandte mich mit einem Achselzucken von Kylie ab.

»Nein, das war bestimmt nur der Wind«, sagte ich. »Bis später.«

»Ciao, Babe«, schnurrte er mit einer Stimme, die darauf abzielte, Kylie zu provozieren. Ich hörte, wie sie ihn anflehte, sie nicht mehr zu ignorieren, während er die Treppe hinaufging.

Mein Atlas vibrierte in meiner Tasche und ich stellte fest, dass mein Name in einem Artikel mit dem Titel *Roxanya Vega verzichtet auf ihren Anspruch auf den Thron* erwähnt worden war.

Mein Herz blieb stehen und meine Lunge schrumpfte in sich zusammen. Als ich aus der Tür am Fuße des Aer-Turms trat, rempelten mich ein paar verloren wirkende Freshmen an, während ich immer noch auf den Bildschirm starrte und eine Stimme in meinem Kopf *Nein!* schrie.

Ich öffnete den Artikel, obwohl ich wusste, dass ich es bereuen würde, aber ich musste es wissen. *O mein Gott, was hat sie getan?*

Roxanya (Tory) Vega hat gestern Abend in einem exklusiven Interview mit der Celestial Times auf ihren Anspruch auf den Thron von Solaria verzichtet und sich uneingeschränkt auf die Seite von High Lord Lionel Acrux gestellt. Die Vega-Prinzessin hatte sich bereits vor einiger Zeit öffentlich von ihrer Schwester Gwendalina (Darcy) distanziert, nachdem bekannt wurde, dass eine Fehde die beiden auf gegensätzliche Wege geführt hatte.
Gerüchte, die besagen, dass Gwendalina im Juli das Haus von Stella Orion in Brand gesetzt haben soll, offenbaren ihre zunehmende Instabilität. War dies ein bösartiger Angriff auf die Mutter von Lance

Orion? Die Vergeltung für Stellas Interview, in dem sie behauptete, dass ihr Sohn im Gefängnis besser aufgehoben sei als bei einer Vega? Vielleicht werden wir es nie erfahren. (Weitere Informationen zum Orion/Vega-Skandal und ein Interview mit Honey Highspell, die behauptet, Lance Orion sei Opfer eines hinterhältigen Vega-Komplotts, finden sich auf Seite 23.)

Alles in allem scheint es, als hätte Roxanya keine andere Wahl, als sich von ihrer eigenen Schwester zu distanzieren. Gwendalina war in den darauffolgenden Monaten sowohl »unberechenbar«, »temperamentvoll« als auch »aggressiv« ihr gegenüber.

Zeugen, die mit Gwendalina die Zodiac Academy besuchen, bestätigen, dass sie schon seit einiger Zeit darauf hofft, sich auf eigene Faust um den Thron zu bewerben, und sich dabei brutal von ihrer Schwester abspaltet. Roxanya hat sich mutig von Gwendalina losgesagt und hält sich nun in der Gesellschaft der Familie Acrux auf. Einige nennen diesen Schritt ehrenhaft und respektvoll gegenüber den Ratsmitgliedern, die Solaria seit den Zeiten des Grausamen Königs friedlich regiert haben.

Es ist unwahrscheinlich, dass Gwendalina jemals ihren Traum von der Übernahme des Königreichs erfüllen wird, aber es ist nicht auszuschließen. Wir müssen einfach beten, dass sie nicht in die gewalttätigen Fußstapfen ihres rücksichtslosen Vaters tritt, falls sie jemals ...

Ich hielt inne; mein Blut rauschte heiß und schnell durch meine Adern. Noch während ich meinen Atlas wegsteckte, stieß ich ein heftiges Knurren aus. Wutentbrannt über das, was Lionel Tory angetan hatte, stapfte ich zum Orb. Er verdrehte alles, tat so, als wollte sie ihn, als hätte sie sich für ihn und gegen mich entschieden. Das war krank. Und ich hätte ihm dafür am liebsten den Kopf abgerissen.

Das Feuer unter meiner Haut brannte immer heißer, während mein Phönix Anstalten machte, sich zu befreien. Eine Bewegung am Rande meines Blickfelds ließ mich zusammenzucken, und als Caleb neben mir zum Stehen kam, loderten Flammen in meinen Handflächen auf.

»Hey, bleib cool, Sweetheart. Ich schätze, du hast den Artikel gelesen?«, fragte er, und ich löschte die Flammen.

»Ja«, zischte ich. »Wie kann dieses Arschloch ihr das antun? Dazu hatte er kein Recht.«

Er runzelte traurig die Stirn. »Wir werden das in Ordnung bringen. Wir werden sie zurückholen.«

»Das sagen wir schon seit Monaten«, sagte ich schwer atmend, während ich schnell eine Stillekuppel um uns herum erzeugte. »Selbst wenn ich die Schatten aus ihr herausbrennen könnte – wie sollen wir überhaupt in ihre Nähe kommen?«

Caleb raufte sich seine blonden Locken und seufzte. »Darius kann uns ins Haus bringen.«

»Und dann? Sie ist irgendwo eingesperrt, wo wir sie nicht erreichen können. Und selbst wenn wir wüssten, wo sie festgehalten wird, bezweifle ich, dass wir in ihre Nähe kommen könnten, ohne einen Alarm auszulösen oder … oder …« Ich schüttelte den Kopf vor Verzweiflung.

Wir hatten das alles schon besprochen. Wir würden uns ihr nicht nähern können, solange Lionel das nicht wollte. Und diese Wahrheit war unerträglich.

Caleb berührte meinen Arm, und ich sah ihn mit einem traurigen Lächeln an.

»Wir werden sie nicht aufgeben«, flüsterte ich, und er nickte ernst.

»Niemals.«

»Vielleicht *sieht* Gabriel ja noch etwas«, sagte Caleb mit belegter Stimme. Gabriel war im Sommer in den Palast gekommen, nachdem er alle Erben und Geraldine ebenfalls dorthin eingeladen hatte, um ihnen die Wahrheit zu sagen. Sie hatten ihre Freundschaft zu uns bewiesen und wir ihnen unser Geheimnis anvertraut. Dass Gabriel Torys und mein Bruder war. Und der Sohn der bedeutendsten Seherin des Jahrhunderts.

»Ich hoffe es«, antwortete ich mit einem Seufzer, und er lächelte mir aufmunternd zu, obwohl seine Augen eine Dunkelheit verrieten, die auch von seinen Zweifeln zeugte. Da Clara und die Nymphen Lionels Bewegungen geheim hielten, war es für Gabriel unmöglich, etwas Konkretes zu *sehen*, das uns helfen könnte, Tory zu retten. Vor allem, da sie so weit weg war, verloren in den Schatten. Darius meinte, wir könnten die Schatten auch nicht mehr dazu benutzen, Lionel auszuspionieren, weil Clara das spüren würde. Es war zum Verrücktwerden.

Ich löste meine Stillekuppel auf, als wir uns dem Orb näherten, und Caleb öffnete die Tür, sodass ich als Erste eintreten konnte. Der Raum war brechend voll, und die Freshmen standen in Gruppen zusammen, machten große Augen und sahen völlig überfordert aus – so hatten wir zu Beginn wohl auch ausgesehen. Viele von ihnen warfen uns Blicke zu, stießen einander an und tuschelten. Mein Blick blieb an der Gruppe der Geschwister der Erben hängen, die an einem Tisch hinter der roten Couch der Erben Hof hielten. Xavier war jedoch nicht unter ihnen, und ich runzelte die Stirn, während ich nach ihm Ausschau hielt, bis meine Sicht durch Geraldine versperrt wurde, die mit zwei Bagels in den Händen auf den A. N. U. S.-Tisch kletterte.

»Mylady!« Sie schritt über den Tisch und schickte dabei Bagels in alle Richtungen. Justin Masters' Kopf als Stütze nutzend, kletterte sie auf einer Seite hinunter und rannte dann wie ein führerloser Zug auf mich zu.

Ich lachte, als sie mit mir zusammenstieß, und umarmte sie fest, während der Duft von Butter und frischem Kaffee meine Nase erreichte.

»Bis später, Darcy.« Caleb eilte los, um Kaffee zu holen, während ich zwischen Geraldines großen Brüsten zerquetscht wurde. Sie drückte mir die Luft aus der Lunge und ich schnappte nach Luft.

»Es ist auch schön, dich zu sehen, Geraldine«, krächzte ich.

Sie schob mich ein Stück zurück, sah mich an und brach dann in Tränen aus. Mit den Händen vor den Augen und wimmernd wandte sie sich von mir ab. »Karussell fahrende Kakis, du siehst so gebrochen aus, ich kann es nicht ertragen. Deine homologe Hälfte, deine synonyme Schwester, dein zusammenhängender Zwilling – fort! Es hat nie zuvor ein solches Leid gegeben. Dich hier allein zu sehen, wie du durch die Tür des Schicksals trittst, das dich auf einen anderen Weg als sie führt … Es ist eine Farce!«

»Shh.« Ich tätschelte ihren Rücken und spürte, dass uns von allen Seiten Blicke trafen. »Wir schaffen das schon.«

Geraldine schluchzte und wirbelte dann wieder zu mir zurück. Ihre Augen waren rot und ihr Gesicht war fleckig. »Dieser teuflische, hinterhältige Dragoner! Dem würde ich es zeigen. Ich würde ihm die Augen auskratzen und sie zu Pfannkuchen verarbeiten.«

Ich führte sie zurück zu unserem Tisch, wo die anderen A. N. U. S.-Mitglieder besorgt dreinschauten. Justin stand auf, umarmte sie und sie schluchzte laut an seiner Schulter.

»Ist schon gut, Grussy«, tröstete er sie.

Ich sah zu Sofia und Tyler auf der anderen Seite des Tisches, die vor Sorge die Augenbrauen zusammenzogen, und formte meine Lippen zu einem *Hey*.

»Was zum Teufel?« Max erschien, schob Justin von Geraldine weg und packte ihre Wangen in einem strafenden Griff. »Warum weinst du?«

»Lass mich los, du hässlicher Heilbutt!«, forderte sie und stieß ihn von sich. Sie schnäuzte sich und versuchte dann, sich zusammenzureißen. »Jetzt geh zurück in deinen Fischteich und lass mich in Ruhe.« Sie verscheuchte ihn und trat mit hocherhobenem Kinn um den Tisch herum, bevor sie sich wieder auf ihren Platz setzte.

Justin klopfte sich ab, als hätte Max seine Kleidung beschmutzt, fuhr mit den Fingern durch seine dunklen Haare und blähte die Brust auf, um so groß wie der Erbe zu wirken, mit dem er sich gerade törichterweise anzulegen gedachte. »Fass Grussy nicht wieder so an!«, sagte er bestimmt und stemmte die Hände in die Hüften. »Das werde ich nicht dulden.«

»Ach nein?«, knurrte Max und baute sich vor ihm auf. »Und was gedenkst du, dagegen zu tun?« Er hob das Kinn, um seine Körpergröße gegenüber Justin zu betonen, und Justin zuckte nicht einmal zusammen, was ihm hoch anzurechnen war.

»Vielleicht schreibe ich einen scharf formulierten Brief an deinen Vater«, entgegnete Justin hochmütig.

»Oh, setz dich hin, du heldenhafter Holzwurm!«, rief Geraldine zu Justin. »Ich weiß deine Geste zu schätzen, aber ich bin durchaus in der Lage, diesem kauzigen Kuttelfisch selbst deutliche Worte entgegenzubringen.«

Justin ließ sich schmollend auf seinen Stuhl fallen, aber Geraldine tätschelte seine Hand, und sein Gesichtsausdruck wurde etwas weicher.

Grummelnd ging Max zurück zur Couch der Erben. Ich rutschte auf meinen Stuhl, während im Raum wieder lebhaftes Geplauder ausbrach. Es wurden etliche Stillekuppeln produziert, und es war nicht schwer zu erraten, worüber sie sprachen.

»Hast du den Artikel gelesen?«, fragte ich Sofia, die traurig nickte, während Tyler stinksauer dreinschaute. Er hatte im Sommer bestimmt zehn Kilo Muskelmasse zugelegt, und seine Haare waren jetzt dunkelblond, wirr und funkelten silbern.

»Meine Mutter wird im *Daily Solaria* etwas schreiben, um dem entgegenzuwirken«, versprach Tyler. »Wir können ein weiteres Interview vereinbaren.«

Ich nickte, während ich an einem Bagel kaute. Ich hatte so viele Interviews gegeben, wie ich konnte, um den Schaden, den Lionel mit Tory anrichtete, zu begrenzen. Aber die nackte Tatsache war, dass alle Anzeichen auf seine Version der Wahrheit hindeuteten. Wenn wir ihn nur für die Verwendung dunkler Magie und die Beherbergung der Schatten bloßstellen könnten, dann wären meine Bemühungen vielleicht lohnenswert. Aber es könnte auch bedeuten, Darius, Tory, Xavier und Orion mit in den Abgrund zu reißen, was ich niemals riskieren würde.

Ich schob mir ein Stück Bagel in den Mund und seufzte. Ich hatte strikte Anweisung von Darius erhalten, drei Mahlzeiten am Tag zu mir zu nehmen, nachdem er im August herausgefunden hatte, dass ich Heilmagie eingesetzt hatte, um Mahlzeiten auszulassen. Das Essen schmeckte dieser Tage einfach nach nichts, aber ich wusste auch, dass es keinen Sinn hatte, zu verhungern. Ich musste stark genug sein, um weiter gegen die Nymphen zu kämpfen und meine Feinde zu verfolgen.

Ich hatte die Pfunde wieder zugelegt, die ich durch Orions Inhaftierung verloren hatte, und jetzt außerdem definierte Bauchmuskeln und einen straffen Körper, da ich die Hälfte meiner Zeit entweder im Training oder mit Kämpfen verbrachte.

Es ging nichts über die Vernichtung von Mitgliedern von Lionels Nymphenarmee, um die Spannungen in mir abzubauen. Es war irgendwie beängstigend, wie leicht mir das Töten mittlerweile fiel. Durch Diegos Tod hatte ich begriffen, dass nicht alle von ihnen seelenlose Monster waren. Aber die, die wir bekämpften, standen in jeder Hinsicht auf Lionels Seite. Und ich hatte kein schlechtes Gewissen, wenn ich sie in meinen Phönixflammen verbrannte oder zusah, wie die Erben sie mit den Waffen vernichteten, die ich ihnen geschenkt hatte. Die Kombination aus Drachen- und Phönixflammen sorgte auch für ein verdammt hübsches Lagerfeuer.

In den Nachrichten wurde über die Nymphenjäger berichtet. Das FIB suchte sogar nach Informationen über sie – *uns*. Manche Leute tuschelten aufgeregt über die selbst ernannten Weltretter, andere behaupteten, es handelte sich um eine geheime Abteilung des FIB, und wieder andere hielten uns für einen Haufen dummer Idioten, die eines Tages von Nymphen-Fühlern getötet werden und die Nymphen mit unserer Magie nur noch stärker machen würden. Was wir taten, war illegal. Aber das kümmerte mich nicht. Keinen von uns. Wir mussten so viele von ihnen wie möglich töten, um Lionel einen entscheidenden Schlag zu versetzen, bevor es zu spät war.

Das FIB unternahm nicht annähernd genug, um die Nymphen zu bekämpfen, wann immer sie angriffen, und wir alle vermuteten, dass das Bureau von Lionel und Stella mit falschen Informationen gefüttert wurde. Wir hatten sogar mehrere anonyme Hinweise an das FIB weitergeleitet, in denen wir angedeutet hatten, dass Nymphen in der Nähe von Stellas Haus gesichtet worden waren. Es hatte keine einzige Razzia gegeben. *Verdammter Lionel.*

Wir nahmen unsere Aufgabe, gegen sie anzugehen, ernst und taten, was wir konnten, um die Nymphen zu schwächen. Im Sommer war kaum eine Nacht vergangen, in der wir sie nicht verfolgt hatten, aber jetzt, da wir wieder an der Academy waren, würde es wohl nicht so einfach sein. Ich musste mich auf meine Ausbildung konzentrieren und meine Magie weiterentwickeln. Das war entscheidend.

Plötzlich versteifte sich Tyler und gab ein aggressives, pferdeähnliches Schnauben von sich, und ich runzelte überrascht die Stirn.

»Alles in Ordnung, Ty?«, fragte ich und er hob einen Arm, legte ihn um Sofias Schultern und zog sie näher zu sich heran.

»*Hey*«, sagte Sofia, die aufgrund seiner abrupten Bewegung einen Bagel fallen gelassen hatte, der auf ihren Teller gekullert war, aber Tyler sah sie nicht an.

Ich folgte seinem Blick zur Tür. Xavier Acrux war gerade hereingekommen, seine dunklen Haare zerzaust. Sein Gesichtsausdruck verriet, dass er völlig überfordert war. Eine Gruppe Mädchen sprang von ihren Plätzen in der Nähe auf und drängte sich um ihn, um Autogramme zu bekommen. Er riss die Augen auf, nickte dann aber und begann, alles zu signieren, was man ihm unter die Nase hielt.

»Er hat drei Elemente, habt ihr schon gehört?«, fragte Angelica, die sich mit einer Tasse Kaffee neben Geraldine setzte.

»Ja, und er hat sich für Haus Ignis entschieden«, sagte Sofia mit rosigen Wangen.

»Er ist in *deinem* Haus?« Tyler schnaubte verärgert, woraufhin sie mit den Achseln zuckte.

»Ähm, Tyler, was soll das Geschnaube?«, fragte ich, bevor ich mir ein weiteres Stück Bagel in den Mund schob.

Er riss den Blick von Xavier los und wandte sich schmollend an mich. »Ich habe gestern Davros und Brutus besiegt. Sie waren früh auf dem Campus und ich habe sie in Pegasusform geschlagen. Ich bin jetzt offiziell der Dom unserer Herde.« Er hob das Kinn und drückte Sofia fester an sich.

»Was bedeutet, dass ich jetzt sein bin«, erklärte sie und sah ihn mit einem stolzen Lächeln an, das verriet, dass es ihr nicht allzu viel ausmachte. Aber dann wanderte ihr Blick wieder zu Xavier, und ich vermutete, dass hier noch etwas anderes vor sich ging. »Aber Xavier Acrux ist … ernsthaftes Dom-Material.«

»Er wird mich verdammt noch mal herausfordern, das weiß ich einfach. Und ich bin gerade erst Dom geworden. Ich bekomme einen Tag und jetzt wird Mini-Acrux versuchen, mir auch den wegzunehmen.« Tyler stampfte mit dem Fuß unter dem Tisch, und ich biss mir auf die Lippe, um nicht zu lachen. Ich würde mich nie an die Gepflogenheiten aller Formgebungen gewöhnen.

Ich warf einen Blick über die Schulter; in dem Moment löste sich Xavier von seinem Fanclub und unsere Blicke trafen sich. Ich winkte, und seine

Augen leuchteten, als er auf uns zukam.

»Bei den Sternen, er schaut Sofia an«, quietschte Angelica.

»Sei still, Angelica! Wir dürfen uns nicht in die Wege ihrer großartigen Art einmischen«, flüsterte Geraldine laut genug, dass es alle hören konnten. Mit angehaltenem Atem blickte sie von Xavier zu Sofia und dann zu Tyler.

Xavier erreichte unseren Tisch, und niemand sagte etwas, was absolut peinlich war, also lächelte ich ihn ermutigend an. »Herzlichen Glückwunsch zu deinen Elementen, Xavier. Wie läuft es bisher?«

»Es ist unglaublich hier.« Sein Blick wanderte von Sofia zu Tyler und die Spannung in der Luft brachte mich fast um den Verstand.

»Hey, Sofia«, sagte er und lächelte verlegen, dann nickte er Tyler zu. »Hey, ich bin Xavier.«

»Tyler«, antwortete er und musterte ihn. »Du suchst eine Herde, nehme ich an?«

»Ja, ich denke schon.« Xavier zuckte mit den Schultern und kratzte sich am Hinterkopf. »Wie auch immer, ähm … wir sehen uns?« Er sah Sofia wieder direkt an, und ich konnte nicht anders, als zu lächeln, als sie puterrot wurde.

»Ja, wir sehen uns«, versprach sie.

»Perfekt.« Er nickte mir zu und ging zu den anderen Geschwistern der Erben.

Max und Caleb saßen auf der Rückenlehne der Couch, um mit ihnen zu sprechen, und mir wurde plötzlich klar, wie abwesend die wichtigsten H. U. R. E. N. – wie Mildred und Marguerite – waren. Es war tatsächlich ziemlich angenehm.

»Kennst du ihn oder so?«, fragte Tyler Sofia mit einem Stirnrunzeln und Sofia schuf eine Stillekuppel, bevor die beiden eine angespannte Diskussion begannen.

Ich warf Geraldine einen Blick zu, die sich laut räusperte, mit der Hand winkte und einen Wassernebel erzeugte, der sie außerdem unsichtbar machte. Sehr subtil.

Mein Blick fiel auf den Platz, an dem Diego immer gesessen hatte und der nun von einem neuen Mitglied des A. N. U. S.-Clubs eingenommen worden war. Mein Atem stockte, und ich verfluchte die Sterne für seinen Tod. Ich hatte seine Mütze nicht, obwohl er mich gebeten hatte, sie an mich zu nehmen. Mit ziemlicher Sicherheit lag sie irgendwo im Wald bei Stella Orions Haus, aber es war jetzt nahezu unmöglich, dorthin zu gelangen, da die Nymphen es bewachten. Und welche Geheimnisse auch immer in dieser Mütze verborgen waren, sie waren verloren, wenn wir keinen Weg zu ihr fanden.

Während des Sommers war es mir schwergefallen, mich auf etwas anderes als Tory zu konzentrieren – und darauf, dass Orion in einer Gefängniszelle verrottete. Es war, als hätten die Sterne unser aller Schicksal auf einen Schlag zum Scheitern verurteilt. Vermutlich hatten sie lachend zugesehen, wie alles in sich eingestürzt war. Jetzt konnten die Erben und ich nur noch versuchen, die Scherben aufzulesen und einen Weg zu finden, das Zerbrochene wieder zusammenzusetzen. Aber manchmal schien das eine unüberwindbare Aufgabe zu sein. Und das lastete auf meinem Herzen wie Blei.

Wie immer, wenn meine Gedanken abschweiften, begann ich, in die Abgründe der Verzweiflung zu sinken, die in mir wohnte. Also schottete ich mich erneut davon ab und verdrängte den Schmerz. Wenn mich diese ganze Shitshow eines gelehrt hatte, dann, dass Tränen niemanden retteten und es genauso nutzlos war, in Selbstmitleid zu versinken, wie mir die Hände abzuhacken. Darius war der Einzige, der das wirklich verstand, und gemeinsam hatten wir einen Weg gefunden, um weiterzumachen. Aufgeben war keine Option, und immer wieder über unsere Probleme zu reden, zog uns nur noch weiter runter. Eine kleine Gnade war, dass ich eine Verbindung zu ihm gefunden hatte, mit der ich nie gerechnet hätte. Und obwohl ich bezweifelte, dass ich jemals wieder Vertrauen zu jemandem außer meiner Familie fassen könnte, kam Darius Acrux dem erstaunlich nahe. Und manchmal auch die anderen Erben.

Plötzlich ließ Geraldine den Bagel fallen, der schon halb in ihrem Mund gewesen war, und riss die Augen auf. Sie stieß einen Laut aus, der an einen strangulierten Pfau erinnerte, und sprang dann auf. Ein weiterer Bagel rutschte ihr aus der Hand, als sie die Hand vor die Stirn schlug, und landete in Justins Gesicht, wo der Frischkäse kleben blieb. »Grapefruits in einem Schneesturm, das kann nicht sein!«

Ich drehte mich um und sah das Mädchen, das gerade zur Tür hereingekommen war. Mein Herz machte einen Satz, mein Atem stockte, und in meinen Ohren ertönte ein Klingeln. Ihr Gesicht war blass, und alles an ihr schien endlos dunkel, aber sie war es wirklich. Tory war hier.

Ich sprang von meinem Stuhl auf und rannte auf sie zu, während mein Herz bis zum Hals schlug. Ich konnte nicht denken oder atmen, kein vernünftiger Gedanke gelangte an mein Gehirn, als ich mit ihr kollidierte und sie in einer heftigen Umarmung an mich drückte, während sie einfach nur dastand.

Ich bemerkte halb, dass Mildred und Marguerite gemeinsam mit den anderen H. U. R. E. N. hinter ihr herschlenderten, und verzog das Gesicht, während ich sie von ihnen wegzerrte.

Ich lehnte mich zurück, um sie anzusehen. Tränen brannten in meinen Augen, als ich versuchte, eine Frage zu formulieren, und die Tatsache in mich aufnahm, dass ich sie wirklich in meinen Armen hielt.

Hinter ihr schwang erneut die Tür auf, und Darius erschien, blieb wie angewurzelt stehen, öffnete den Mund und war plötzlich bei uns. Er riss Tory aus meinen Armen und drehte sie zu sich herum.

»Du bist zurück«, krächzte er.

»Wie bist du entkommen?«, presste ich hervor, wobei ich eine von Darius' Händen von ihr wegschob, um wieder näher an sie heranzukommen. Ich bemerkte, dass es gänzlich still geworden war, und ein Blick nach links verriet mir, dass Max, Caleb und Geraldine auf uns zugingen. Der Rest der Studenten im Orb beobachtete uns aufmerksam.

»Kommt, lasst uns irgendwo hingehen, wo wir ungestört sind.« Darius zerrte an Torys Arm, aber sie befreite sich und zupfte mit verärgertem Gesichtsausdruck den Ärmel glatt, den er zerknittert hatte.

»Nein, danke«, sagte sie, ging an uns vorbei und ließ uns einfach stehen.

Ich rannte ihr nach, drehte sie zu mir um und hielt sie fest, als sie weitergehen wollte. »Tory, ich bin's, Darcy. Sieh mich an!«, forderte ich, während Verzweiflung in mir hochkroch.

Stimmengewirr brach aus, aber das war mir egal, denn mein Herz versuchte, aus meiner Brust zu hüpfen. Damit hätte ich nie gerechnet. Warum hatte Lionel sie zurückkommen lassen?

Torys kühler Blick fiel auf mein Gesicht, ihr Gesichtsausdruck war gelangweilt. »Tut mir leid, kenne ich dich?«

Marguerite lachte schrill auf, und Mildred kicherte irgendwo hinter mir, was mich gefährlich angriffslustig machte.

»*Tory*«, knurrte ich, schüttelte sie und rief meine Flammen unter meiner Haut an, um sie in sie zu lenken und die Schatten zu verbrennen, die meine Schwester gefangen hielten. »Halt still!« Die Flammen erreichten die äußersten Ränder meiner Haut, und die feurige Kreatur in mir rief nach dem Phönix, der in ihr lebte. Aber es kam keine Antwort. Ich keuchte, als mir klar wurde, was das bedeutete, und mein Griff um sie wurde fester.

»Lass mich los!« Tory riss ihren Arm weg und der Strudel der Dunkelheit in ihren Augen erfüllte mich mit Entschlossenheit. *Ich werde dich befreien.*

Ich streckte erneut die Hand nach ihr aus, und Tory hob die Hände, als wollte sie mich angreifen. Aber das war mir egal. Ich würde jede Macht dieser Welt bekämpfen, um sie zu retten.

»Darcy«, rief Caleb, der an meiner Seite aufgetaucht war, und zog mich zurück. »Nicht hier.«

Tory sah zwischen uns hin und her, rümpfte die Nase und ging dann weg – zu einem Tisch voller H. U. R. E. N. Mildred ließ sich neben sie fallen und grinste mich finster an. Xavier war von seinem Platz aufgestanden und blickte von Tory zu Darius; auf seinem Gesicht ein Ausdruck des Entsetzens.

»Nein«, knurrte ich, als Caleb meinen Arm fester packte.

Darius marschierte hinter mir vorbei und auf Tory zu, aber Max fing ihn ab und drängte ihn zurück.

»Nicht. Hier«, zischte Caleb, und ich begegnete seinem Blick, während mein Herz in der Mitte zersprang. Aber durch den Nebel der Gefühle, die meinen Verstand trübten, konnte ich erkennen, dass er recht hatte.

Ich nickte, richtete mich auf und kämpfte gegen die Wut an, die mich beim Anblick meiner Schwester überkam.

Max redete leise mit Darius und schließlich gab dieser frustriert auf und drehte sich um. Gemeinsam gingen sie zur Tür.

Mit Caleb an meiner Seite folgte ich ihnen, und Geraldine rannte uns mit immer noch tränenüberströmten Wangen hinterher.

»Meine Königin, was sollen wir nur tun?«, fragte sie flehend.

Ich hatte keine Antwort, aber ich würde verdammt noch mal eine auftreiben. »Ich weiß es noch nicht, aber wir werden eine Lösung finden.«

Sie nickte mehrmals, während Tränen über ihre Wangen liefen.

Draußen trafen wir Seth, der in Richtung Himmel heulte, nachdem Caleb ihm erklärt hatte, was los war. Dann bewegten wir uns alle in enger Formation über den Campus in Richtung King's Hollow. Die Erben hatten die Schutzzauber um ihr Versteck letzte Nacht verzehnfacht, um es vor anderen Studenten oder Lehrern zu verbergen.

Als wir den riesigen Baum erreicht hatten, der den Zugang zu ihrem Versteck bildete, stiegen wir die versteckte Treppe hinauf, während Geraldine vor sich hinmurmelte, dass sie Lionel Acrux grillen und ihn einem Rudel hungriger Hunde zum Fraß vorwerfen würde.

Mein Herz loderte in den Flammen meiner Formgebung, während ich hin- und hergerissen war zwischen meiner Verzweiflung, von Tory abgewiesen zu werden, und meiner Erleichterung, sie hier zu sehen. Denn jetzt hatten wir eine echte Chance, ihr näher zu kommen. Und darauf warteten wir seit Monaten.

Wir betraten den großen Aufenthaltsraum im Herzen des Baumhauses, und als ich Darius ansah, spiegelte sich mein eigener Schmerz in seinen Augen wider.

»Es gibt etwas, das wir tun können, um ihr zu helfen«, verkündete ich, und alle wandten sich hoffnungsvoll an mich. Darius machte einen Schritt auf mich zu, als wäre ich die Antwort auf alles, wovon er den ganzen Sommer geträumt hatte.

»Ihre Formgebung wird unterdrückt. Ich konnte ihren Phönix nicht spüren. Das muss die Lösung sein«, sagte ich fest, denn ich musste glauben, dass es die Wahrheit war. Ich wusste, dass es einen Weg gab, das zu beheben.

»Heilige Törtchen«, keuchte Geraldine, und Seth heulte erneut auf.

»Scheiße, Lionel gibt ihr bestimmt die Unterdrückungsinjektionen. Die wirken mehrere Tage lang«, sagte Max, und die anderen nickten.

»Aber es gibt ein Gegenmittel, nicht wahr?«, fragte ich nervös. Gabriel hatte mir davon in einer seiner Geschichten von seiner Zeit an der Aurora Academy erzählt.

»Ja«, bestätigte Darius, und seine Augen leuchteten vor Hoffnung. Ich spürte, wie auch in mir die dunkle Leere heller wurde.

»Woher bekommt man so etwas? Das Gegenmittel steht nicht einfach in einem Supermarktregal«, sagte Seth nachdenklich.

»Ich weiß genau, wer es für uns besorgen kann«, entgegnete ich zuversichtlich.

»Wer?«, fragte Darius mit einem Stirnrunzeln.

Ich lächelte, denn ich hatte das Gefühl, dass wir endlich eine Möglichkeit gefunden hatten, Tory zu retten. »Mein Bruder.«

Scorpio
Gemini
Virgo
Cancer
Aries
Leo
Sagittarius
Taurus
Capricorn
Aquarius
Libra
Pisces

TORY

KAPITEL 4

Ich wachte frühmorgens in einem weichen Bett auf, das sich vertraut und fremd zugleich anfühlte. Mein Brustkorb schmerzte, und die Erinnerung an einen Traum verfolgte mich, während sich die Schatten unter meiner Haut kräuselten und wanden.

Ich versuchte, sie beiseitezuschieben, um mich an den Traum zu erinnern … Ich befand mich im Regen auf einer Klippe, und jemand war bei mir. Jemand, der mein Herz viel schneller schlagen ließ als den langsamen und gleichmäßigen Rhythmus, den es jetzt aufrechterhielt. Meine Lippen prickelten angesichts der Erinnerung an eine Berührung, die ich nicht zuordnen konnte. Und da war der Geschmack von etwas Süßem … etwas, das viel süßer war, als ich es verdiente …

Die Schatten zuckten ungeduldig unter meiner Haut, und ich rieb mit dem Daumen über das juckende Widder-Symbol auf meinem linken Unterarm.

Ich setzte mich auf und nahm meinen Atlas vom Nachttisch. Meine Finger suchten nach Lionels Nummer, weil der Drang, ihn zu sehen, in mir wuchs, bis er fast unerträglich wurde. Ich war nur zwei Nächte von ihm getrennt gewesen, aber ich konnte an fast nichts anderes denken als an die Rückkehr zu ihm. Wie sollte ich den Rest der Woche überstehen, ohne ihn wiederzusehen?

Ich drückte auf das Anruf-Symbol und hielt den Atlas an mein Ohr, als es zu klingeln begann. Meine Muskeln spannten sich mit jedem Moment an, der verging, und das Bedürfnis, ihm näher zu sein, wurde immer größer, während ich den Atem anhielt und darauf wartete, dass er abnahm.

»Was ist los, Roxanya?«, knurrte Lionel, dessen Stimme vom Schlaf rau war, als hätte ich ihn geweckt. Als mein Blick auf das schwache Licht der aufgehenden Sonne am Fenster fiel, wurde mir klar, dass das wohl der Fall gewesen war.

»Ich habe dich vermisst«, flüsterte ich, und die Worte schienen sich wie von selbst auf meiner Zunge zu formen. Mein Magen zog sich für einen Moment schmerzhaft zusammen, bevor die Kraft der Schatten durch meine Glieder strömte und stattdessen ein angenehmes Kribbeln in meinem Rücken auslöste.

»Mit wem sprichst du, Daddy?« Claras Stimme ertönte im Hintergrund, während Lionel genervt grunzte.

»Mit meiner anderen Liebsten«, erklärte er mit einem Seufzer der Frustration, der mich dazu brachte, nervös auf meine Lippe zu beißen. »Du musst lernen, mit diesem Verlangen umzugehen, Roxanya. Ich habe keine Zeit, dich jedes Mal zu verhätscheln, wenn du Sehnsucht nach mir hast.«

»*Ich* sehne mich nach dir, Daddy«, stöhnte Clara. »Ich sehne mich danach, dich glücklich zu machen.«

»Ich auch«, sagte ich ein wenig gereizt, als das Geräusch von Claras Bewegungen auf dem Bett für einen Moment aus dem Lautsprecher drang.

»Gut. Dann komm heute Abend zu mir«, sagte er und meine Hoffnung flackerte auf, während Clara mit heiserer Stimme ein Loblied murmelte, das mich erschauern ließ. »Ich habe ein Meeting, bei dem ich dich an meiner Seite haben möchte. Und dann müssen wir mit der Presse sprechen.«

»Okay«, stimmte ich sofort zu.

»Oh, Daddy, lass mich dich wie ein Eis lecken«, bettelte Clara, und ich biss die Zähne in dem Versuch zusammen, sie zu ignorieren.

»Komm direkt nach dem Unterricht. Ich schicke dir die Einzelheiten«, sagte Lionel zu mir, woraufhin sich die Spannung in meinen Gliedern etwas lockerte.

»Das werde ich«, versprach ich.

Clara stöhnte im Hintergrund laut auf, und mein Daumen landete auf dem Bildschirm, um das Gespräch zu beenden, während ich vor Wut die Lippen bleckte. Ich warf den Atlas durch den Raum, wo er gegen die Wand knallte, bevor er auf den Teppich fiel. Die Schatten strömten aus meiner Haut, um mich zu umarmen.

Mein Wutausbruch verwandelte sich in ein Stöhnen der Lust, als sich die Dunkelheit in mir regte. Ihre Liebkosung beruhigte meinen Geist und vertrieb alles, was mich so aufgewühlt hatte. Aber sie war auch hungrig. Die

Schatten schenkten mir gern Genuss, aber nur, solange ich sie mit Schmerz fütterte. Und während ein Kribbeln der Dunkelheit meinen Rücken durchlief, krümmten sich meine Finger vor Verlangen, genau das zu tun.

Ich ließ die Schatten in mir emporsteigen, bis sie jeden Zentimeter meines Körpers überzogen und ich kaum noch durch sie hindurchsehen konnte, während ich mechanisch die Uniform anzog, die in meinem Schrank hing. Meine Hände folgten Bewegungsmustern, die mir in Fleisch und Blut übergegangen waren, ohne dass ich ihnen viel Aufmerksamkeit schenkte, während ich meine langen dunklen Haare bürstete und Make-up auftrug. Es dauerte nicht lange, bis ich bereit war, auf die Jagd nach dem zu gehen, wonach die Schatten lechzten.

Ich blieb neben der Tür stehen und stöhnte leise, als die Schatten meinen Körper liebkosten, bevor ich meinen Willen über sie erhob und sie so kontrollierte, wie Clara es mich gelehrt hatte.

Widerwillig zogen sie sich zurück, und ich sah im Spiegel, wie sie unter meine Haut zurückglitten, bis der einzige sichtbare Hinweis darauf, dass sie überhaupt da waren, in den schwarzen Ringen verborgen war, die meine Iriden umgaben.

Mein Blick blieb lange auf diesen Ringen haften, während das Echo von etwas Wichtigem an meiner Erinnerung rüttelte. Ich erschauderte, als ich fast den Kuss von Schnee auf meinen Armen spürte, Tränen auf meinen Lippen schmeckte und einen Stich direkt in meinem Herz fühlte. Aber als ich scharf nach Luft schnappte, weil die Erinnerung fast greifbar war, flatterten die Schatten in meiner Brust und vertrieben sie für mich.

Ein Hauch eines Lächelns berührte meine purpurrot geschminkten Lippen, und ich riss die Tür auf und trat nach draußen.

In den Fluren von Haus Ignis war es aufgrund der frühen Stunde ruhig, und ich ging leise in meinen Stilettos die Treppe hinunter in den leeren Gemeinschaftsraum, bevor ich die nächste Treppe zum Ausgang nahm.

Ich stieß die Tür auf und trat in den kühlen Morgen hinaus; fast hätte ich meine Feuermagie eingesetzt, um mich zu wärmen, doch dann spürte ich, wie die Schatten unter meiner Haut züngelten und meine Aufmerksamkeit von der Kälte ablenkten.

Ich ging ein paar Schritte, doch ein Prickeln in meinem Bewusstsein lenkte meine Aufmerksamkeit auf weitere Schatten hinter mir, und ich ballte die Faust, während ich meine eigene dunkle Magie ausstreckte, um die Kontrolle über die Bedrohung zu übernehmen.

Ein unbehagliches Grunzen ertönte, aber der Besitzer der Schatten unternahm keinen Versuch, sie wieder unter seine Kontrolle zu bringen. Langsam drehte ich mich um und sah ihn an. Ich zuckte zusammen, als mein Blick auf Darius fiel, der in einer grauen Jogginghose und einem weißen Tanktop vor mir stand. Seine muskulösen, tätowierten Arme spannten sich an, und sein Blick wurde ernst, als er mich musterte. »Roxy«, murmelte er, und ich versuchte, nicht zu reagieren, als mich das Echo von Schmerz und Angst durchströmte, weil ich meinen Namen aus seinem Mund gehört hatte.

Aber es war nicht der verschwommene Schmerz der Erinnerungen, den ich nicht ganz greifen konnte. Es war das Gefühl eines Stromschlages, der in meinen Körper einschlug und mich von innen heraus verbrannte. Es war der Geschmack von verkohltem Fleisch auf meinen Lippen und das Geräusch meiner Schreie, die die Luft erfüllten. Er war dafür verantwortlich. Und selbst der Gedanke, in seiner Gesellschaft zu verweilen, ließ mich fürchten, dass es wieder passieren könnte. Aber das konnte ich ihm nicht zeigen. Mein König hatte sich diesbezüglich sehr deutlich ausgedrückt.

»Warum stehst du hier draußen?«, fragte ich ihn und zwang mich, einen Schritt näher zu kommen, während ich mich an den Geruch von verbranntem Fleisch erinnerte und gegen den Wunsch ankämpfen musste, wegzurennen. »Du hast doch nicht ernsthaft geglaubt, du könntest dich an mich heranschleichen, oder?«

»Ich habe auf dich gewartet«, antwortete er, und seine Augenbrauen zogen sich zusammen, als müsste ich das wissen.

Ich lockerte meinen Griff um seine Schatten, während ich versuchte, zu verstehen, warum er erwartete, dass ich so früh hier draußen anzutreffen war. Doch während ich darüber nachdachte, kam mir eine andere Erinnerung in den Sinn: Er hatte mich unter die Wasseroberfläche eines Swimmingpools gedrückt und meine Albträume zum Leben erweckt. Und die Dunkelheit in mir schrie danach, ihn dafür büßen zu lassen.

»Warum?«, presste ich mit hartem Unterkiefer hervor. Die Schatten flüsterten mir dunkle Gedanken ins Ohr, die mich dazu drängten, mich für die Dinge, die er getan hatte, und für all den Schmerz, für den er verantwortlich war, zu rächen. Ich intensivierte meinen Griff um die Schatten und benutzte sie, um ihn zu verletzen.

Ich lächelte, als ein Fluch über seine Lippen kam, und sah zu, wie die Schatten ihre Krallen in ihn gruben und sich an seinem Schmerz labten, was mich mit einem Gefühl der Euphorie erfüllte, das absolut süchtig machend war.

Darius knirschte mit den Zähnen, und ich spürte, wie sich meine Kontrolle über seine Schatten löste, als er sie wieder an sich riss. Ich erwartete einen Gegenangriff und schöpfte noch mehr aus meiner eigenen Dunkelheit, um mich auf den Kampf mit ihm vorzubereiten, aber stattdessen trat er einfach auf mich zu und berührte meine Wange.

»Weil ich dich nicht aufgebe, Roxy. Es ist mir egal, was ich tun muss oder was es kostet, dich aus den Schatten zurückzuholen. Ich werde nicht ruhen, bis du wieder du selbst bist«, schwor er mit rauer Stimme.

Kurzzeitig stand ich einfach nur da und ließ meinen Blick über sein Gesicht wandern, während die Schatten durch meinen Körper strömten. Dann grinste ich.

»Glaubst du, ich würde freiwillig auf die Schatten verzichten?«, fragte ich ihn. »Für dich?«

»Nicht für mich. Für dich. Für deine Schwester. Für ...«

Der Boden unter unseren Füßen begann zu beben, und ich schlug seine Hand von meiner Wange, trat aber einen Schritt näher an ihn heran, während ich mein Kinn hob.

»Ich glaube, du hast den Eindruck, dass ich eine Art Jungfrau in Nöten bin, Darius Acrux«, flüsterte ich, während vor meinen Augen Schatten flackerten und über meine Haut glitten. Allein die Erwähnung seines Namens ließ die Erinnerung an die Qualen in meiner Brust pulsieren, aber ich konzentrierte mich auf die Schatten, um das Gefühl zu unterdrücken. Er wich nicht zurück, als ich in seinen persönlichen Bereich eindrang, aber er schluckte schwer, und mein Blick folgte den Bewegungen seines Adamsapfels, der sich auf und ab bewegte, bevor ich wieder in seine dunklen Augen sah. »Aber ich habe alles, was ich mir je wünschen könnte, und noch mehr – mit meinem König. Ich habe Macht, Liebe und Freiheit. Was könnte ich sonst wollen?«

»Du hast keine Liebe«, knurrte er, und seine Augen wurden zu Schlitzen, aus denen der Drache, der in ihm lebte, starrte. »Du liebst dieses Monster nicht. Du liebst Darcy. Du liebst ...« Er runzelte die Stirn und schüttelte den Kopf. »Ich liebe *dich*. Und du hast mir einst die Ewigkeit versprochen. Also, wenn ich ...«

»Die Ewigkeit?«, fragte ich; eine Erinnerung drängte sich in meinen Geist, aber sie floh wieder, bevor ich sie betrachten konnte.

Bei seinen Worten hämmerte mein Herz gegen meine Rippen, und die Erinnerung an brennendes, verkohltes Fleisch und Schmerzensschreie ließ mir die Galle hochkommen. Ein Klingeln ertönte in meinen Ohren.

Ich zuckte zurück, als die Stimme meines Königs in meinem Kopf ertönte: *Wen liebst du?*

»Ich liebe meinen König«, zischte ich, machte einen Schritt nach hinten und funkelte den Mann vor mir an, der mir zu folgen versuchte.

Die Schatten in mir erhoben sich, um den Schmerz des Blitzes zu lindern, der mich immer wieder gelähmt hatte. All dieser Schmerz, all dieses Leid … Es war seine Schuld. Jedes Mal, wenn ich von der Kraft des Sturms verbrannt, auseinandergerissen und im Herzen des Sturms in Brand gesetzt worden war, hatte er die Schuld daran getragen. Mein König hatte mich von dieser Qual geheilt, und ich würde mich nicht von seinen Lügen vergiften lassen. Je tiefer ich in die Schatten fiel, desto schwächer wurde die Erinnerung an den Schmerz. Und desto stärker wurde mein Verlangen nach der Dunkelheit.

Darius machte einen weiteren Schritt auf mich zu, woraufhin mein Gesicht starr wurde und ich meine Hand zur Faust ballte. Ich zog an den Schatten in ihm, während ich mit meinen eigenen in sie eindrang.

»Bleib mir vom Leib!«, warnte ich ihn, während sich seine Muskeln gegen den Schmerz versteiften, den ich in seinen Körper trieb.

»Was, wenn ich es nicht tue?«, zischte er.

»Das wirst du«, beharrte ich und drückte ihm noch weitere Schatten entgegen. Fluchend versuchte er, trotz der Schmerzen auf den Beinen zu bleiben.

»Ich habe dir auch die Ewigkeit versprochen, Roxy«, knurrte er. »Und ich habe vor, mein Wort zu halten.«

Mein Blick wanderte zu den schwarzen Ringen, die seine Iriden umgaben, genau wie bei mir, und ich hätte die Schatten fast für einen Moment zurückgezogen, bevor ein Schmerz meine Brust wie ein Blitz durchzuckte.

Mit einem wütenden Zischen schleuderte ich die Schatten so stark auf ihn, dass er gegen die Glaswand von Haus Ignis prallte, dann drehte ich mich um und ging ohne ein weiteres Wort davon.

Ich baute einen Luftschild um mich herum auf, der absolut undurchdringlich war, während ich den Weg entlangging, und konzentrierte mich auf das Gefühl der Schatten, die sich unter meiner Haut schlängelten und die Schmerzen in mir linderten.

Sie waren nicht mehr hungrig, gesättigt von dem Schmerz, den sie Darius zugefügt hatten, und doch fühlte ich mich irgendwie immer noch verunsichert durch die Interaktion.

Ich griff in meine Tasche und umschloss meinen Atlas, während ich darüber nachdachte, erneut meinen König anzurufen. Mit einem Seufzen zwang ich mich jedoch dazu, meinen Griff zu lösen. Ich würde ihn heute Abend sehen. So lange konnte ich ohne ihn auskommen. Doch bis dahin würde der Schmerz in meinem Körper nur noch stärker werden.

Ich betrat den Orb und setzte mich an einen Tisch im hinteren Teil des Raumes, an dem nur ein Stuhl stand und direkt daneben ein Kamin. Ich wollte meine Magie aufladen, während ich mich auf meine Mission konzentrierte. Es gab nur einen Grund, warum ich an diesem Ort war, und ich wollte meinen König nicht enttäuschen. Deshalb würde ich jeden Moment, den ich hatte, damit verbringen, meine magischen Kräfte zu studieren und zu perfektionieren. Genau wie er es wollte. Je stärker ich war, desto besser konnte ich ihn beschützen, und das war das Einzige, was ich in meinem Leben tun musste.

Ich zog meinen Atlas aus der Tasche und ließ meinen Blick über das Horoskop gleiten, das darauf erschienen war.

Guten Morgen, Zwilling!
Die Sterne haben deinen Tag vorausgesagt.
Auch wenn es manchmal so scheint, als würdest du dich in der Dunkelheit verlieren, solltest du immer daran denken, was dir am Herzen liegt. Dann wirst du den Weg zurück zu dir selbst finden. Das Glück begünstigt diejenigen, die ihrem eigenen Weg folgen, aber Vorsicht – es lauern Fallstricke, wenn du dich dazu verleiten lässt, von dem Weg abzuweichen, den dein Herz dir vorgibt.

Nun, das schien recht eindeutig zu sein. Ich musste meinem Herzen folgen, was bedeutete, dass ich meinem König gefallen musste. Und es gab nichts, was mich von diesem Weg abbringen würde, weder in dieser Welt noch in der nächsten.

Ich nahm mir einen Moment, um mir den Bildschirmschoner anzusehen, den Clara für mich auf dem Gerät gespeichert hatte, während ich meine Finger auf das Widder-Symbol presste, das unter meiner Bluse auf meinem Unterarm versteckt war, und seufzte. Bei dem Bild handelte es sich um eine gestellte Aufnahme Lionels, der stolz und selbstbewusst mit nacktem Oberkörper posierte, um seine muskulöse Statur zu zeigen. In der Hand hielt er ein Schwert aus Sonnenstahl, dessen Spitze er in den Boden gestoßen hatte. Dahinter stand ein Bild von ihm in seiner smaragdgrünen Drachenform, auf dem er Flammen in die Luft schleuderte, die die goldene Farbe seiner Haare hervorhoben. Ich schloss die Augen, um das Bild zu genießen, aber irgendwie stellte ich mir hinter geschlossenen Augenlidern einen goldenen Drachen vor.

Ich runzelte die Stirn, während ich versuchte, das zu verstehen. Doch plötzlich wurde meine friedliche Stimmung durch ein Hämmern gegen meinen Luftschild unterbrochen.

Ich riss die Augen auf und sah, wie Geraldine Grus mit der Faust gegen meinen Schild schlug, als wäre er eine Tür, während sie in der anderen Hand einen Teller mit einem riesigen Stapel Bagels hielt. Sie lächelte breit, als sich unsere Blicke trafen, und winkte, bevor sie zuerst auf den Teller mit den Bagels und dann auf mich zeigte.

Mein Magen knurrte und erinnerte mich daran, dass ich Nahrung brauchte. Ich löste die magische Fixierung meines Schildes.

»Den Sternen sei Dank! Ich dachte schon, du hättest ein Nickerchen gemacht wie ein Narwal im November. Dann wären dir die buttrigen Bagels entgangen, die frisch aus dem Ofen kommen«, stieß sie hervor, während ich sie nur schweigend ansah. »Wie geht es dir, Mylady Tory? Es war ein langer und trauriger Sommer ohne das Vergnügen deines fröhlichen Gesichts und deiner freudigen Gegenwart. Ich habe dich schrecklich vermisst. Hoffentlich hat dich diese abscheuliche Echse nicht zu sehr gequält, während wir nach dir gesucht haben. Ich schwöre, ich habe nicht ein Auge zugetan, seit ich realisiert habe, dass du von diesem räudigen Reptil entführt wurdest. Ich habe die Sterne inständig gebeten, dich zurückzubringen. Nacht für Nacht habe ich mir den Kopf zerbrochen und überlegt, was dir helfen könnte, wieder zur Vernunft zu kommen, und ich habe mich gefragt, ob ein buttriger Bagel am Morgen vielleicht etwas Hilfreiches auslösen könnte.« Sie stellte den Teller mit den Bagels auf meinen Tisch, um sich die Tränen aus den Augen zu wischen, bevor sie mich hoffnungsvoll ansah. Als hätte sie gerade erst bemerkt, dass sie mich noch gar nicht hatte sprechen hören.

»Du kannst dich jetzt verpissen«, sagte ich barsch, da mir klar wurde, dass sie nicht gehen würde, wenn ich es ihr nicht sagte.

»Ich kann … ich kann … Du willst, dass ich …« Sie starrte mich an, als hätte ich mich irgendwie nicht klar ausgedrückt, während sich weitere Tränen in ihren Augen sammelten. Sie umklammerte ihre Brust, als wäre sie tödlich verwundet.

Ich seufzte, schnippte mit den Fingern und beförderte sie mit einem Schwall Luftmagie mehrere Schritte zurück.

»Mylady!«, keuchte sie entsetzt, als ich meinen Atlas wieder anhob und mich dem Studium widmete. Mein König wollte, dass ich an dieser Academy lernte, also würde ich das tun. Ich würde die stärkste Wächterin werden, die er sich nur wünschen konnte, und dann würde ich vielleicht sein Liebling sein. Und nicht Clara.

Geraldine stotterte weiter hysterisch, sodass ich ernsthaft darüber nachdachte, stärkere Magie einzusetzen, um sie zum Schweigen zu bringen. Doch dann unterbrach eine dunkle Stimme ihre wirren Worte. Ich hob den Blick und sah Darius dort stehen; Schweiß bedeckte nun seine Haut, wo sie sichtbar war, und sein Atem ging schwerer als sonst, als wäre er gerannt. Ich schwieg, während ich ihn betrachtete, und ein schwaches Gefühl der Vertrautheit regte sich in mir, als sollte mich seine morgendliche Routine aus irgendeinem Grund interessieren.

»Jetzt ist nicht der richtige Zeitpunkt, Geraldine«, sagte Darius in einem Ton, der keine Widerrede zuließ, und ich legte den Kopf schief, um herauszufinden, was er wollte.

Sein Blick verfinsterte sich, als er mich ansah, und für einen Moment konnte ich den Schmerz in ihm schmecken, während die Schatten in mir aufstiegen und nach mehr verlangten.

Er stellte eine Tasse Kaffee vor mir ab, und ich betrachtete sie, als wäre sie eine Bombe, die kurz vor der Explosion stand, obwohl sie eigentlich ganz harmlos aussah.

»Ich weiß, dass du noch da drin bist, Roxy«, sagte er mit leiser Stimme, die meine Nackenhaare zu Berge stehen ließ. »Und eines Tages werde ich herausfinden, wie ich dich befreien kann.«

Darius drehte sich um, ohne dass ich etwas erwiderte, ergriff Geraldines Arm, als ihr Schluchzen hysterisch wurde, und führte sie durch den Raum.

Ich sah ihnen nach, und der schwache Drang, ihnen zu folgen, erwachte in mir, bevor die Schatten ihn erstickten und ich mich wieder zurücksinken ließ.

Doch als ich einen Schluck von dem Kaffee nahm, den Darius für mich zurückgelassen hatte, durchzuckte mich ein seltsames Gefühl. Und zum ersten Mal seit Monaten reichten selbst die Schatten nicht aus, um das Flüstern in meinem Kopf zu übertönen. Doch ich konnte weiterhin nicht hören, was es zu sagen versuchte.

Pisces
Scorpio
Gemini
Virgo
Cancer
Aries
Leo
Taurus
Sagittarius
Capricorn
Aquarius
Libra
Pisces

DARIUS

KAPITEL 5

Ich schwebte durch die Lüfte; immer wieder stieß ich Drachenfeuer aus, während ich versuchte, einen Teil der allgegenwärtigen Wut in meinem Herzen zu bändigen. Meine Flügel schlugen wie wild durch die kühle Luft.

Vater hatte sowohl mich als auch die anderen Erben für heute Abend in den Palast der Seelen einberufen, und ich wusste, dass er auch die anderen Ratsmitglieder eingeladen hatte. Ich konnte nur nicht einschätzen, ob uns jenes Ereignis bevorstand, vor dem wir uns alle fürchteten oder ob es sich lediglich um eine weitere Machtdemonstration handelte.

Ich hatte mich nach der Vorladung mit Darcy unterhalten, und sie hatte nicht gewusst, dass wir im Palast auftauchen würden, wo sie sich heute Abend ebenfalls aufhielt. Es war nicht gerade ungewöhnlich, dass Vater sich selbst überall dort einlud, wo er hinwollte, und tat, was er verdammt noch mal tun wollte, aber dieser Ort machte mich nervös.

Darcy war aufgebrochen, um mit Gabriel zu sprechen, und so blieb mir nichts anderes übrig, als in den Wolken zu kreisen, um mich so weit zu beruhigen, dass ich einen Abend in seiner Gesellschaft ertragen konnte. Ich hasste es, so zu tun, als hätte er mich mit dem, was er Roxy angetan hatte, und der Tatsache, dass er Lance im Gefängnis verrotten ließ, in meine Schranken gewiesen.

Ich stieß einen letzten Feuerschwall aus, begleitet von einem Brüllen, das laut genug war, um die Fenster in allen umliegenden Gebäuden zum Klirren zu bringen, bevor ich in Richtung Haus Ignis flog. Ich raste auf das offene, bodentiefe Fenster im obersten Stockwerk zu, wo sich mein Zimmer befand, legte meine Flügel an und verwandelte mich im letzten Moment wieder in meine Fae-Gestalt. Ich rannte ein paar Schritte über den Teppich, um meinen Schwung abzufangen, und ging dann zu meinem Kleiderschrank, um mich für das Zusammentreffen anzuziehen.

Was zum Teufel dieser Abend auch bringen würde – es war eine offizielle Angelegenheit, und das bedeutete, dass ich mich schick machen musste. Wenn ich nicht gut aussah, würde er mich sofort bestrafen, sobald wir hinter verschlossenen Türen waren. Im Laufe des Sommers hatte er mich mehr als einmal in sein Büro zitiert und mir unter Androhung von Roxys Leben befohlen, mich von ihm schlagen zu lassen.

Und ich hatte alles hinnehmen müssen, weil ich wusste, dass der verdammte Arsch zu allem fähig war. Nicht, dass ich mir sicher sein konnte, dass er ihr nicht trotzdem wehgetan hatte. Aber abgesehen von meinem Geburtstag hatte ich sie den ganzen Sommer über nicht einmal gesehen. Ich wusste zwar, dass sie im Anwesen festgehalten wurde, und ich hatte jeden verdammten Stein in dem Haus umgedreht und jeden möglichen Zauber angewendet, um ihr Versteck zu finden und den Verhüllungsschleier zu entfernen. Aber nichts. Die einzigen Anhaltspunkte, die ich hatte, waren die Male, in denen ich nachts aufgewacht war, weil ich überzeugt gewesen war, etwas gehört zu haben – ihre Schreie, ihre Rufe nach mir, ihr Flehen, sie zu finden. Aber sobald ich richtig wach gewesen war, hatte ich nichts mehr vernommen.

Ich wusste nicht, ob es nur meine grausame Fantasie war oder ob die Sterne mir tatsächlich einen Blick auf das gewährten, was ihr widerfuhr, aber ich hatte das schreckliche Gefühl, dass es Letzteres war. Dank der verdammten Schatten, die Gabriels Sicht trübten, blieb seine Suche nach ihr erfolglos, und ich erwog immer riskantere Schritte, um sie zu finden.

Ich zog einen anthrazitfarbenen Anzug mit einem schwarzen Hemd an und hielt einen Moment inne, als ich das Jackett über meine Schultern zog und feststellte, dass es an den Armen zu eng war. Das Teil war erst vor ein paar Monaten maßgeschneidert worden, und doch war ich bereits aus ihm herausgewachsen.

Ich warf einen Blick in den Spiegel. Der Stoff spannte über meinem Bizeps und über meinen Schuhen waren mehrere Zentimeter Haut zu sehen. Fluchend zog ich den Anzug wieder aus. Nicht, dass ich mich wirklich beschwerte. Zuletzt war ich auf Augenhöhe mit dem Mistkerl gewesen, den ich Vater nennen musste, aber da ich mich bemüht hatte, ihn nicht anzusehen, wenn ich in seiner Gesellschaft feststeckte, hatte ich meinen Wachstumsschub nicht bemerkt. Angesichts des Umfangs meines Trainings mit den anderen Erben, des Ringkampfs und des Erlernens des Umgangs mit der Axt, die Darcy mir geschenkt hatte, war es nicht allzu überraschend, dass meine Muskeln an Größe gewannen. Und wenn ich in meiner Fae-Gestalt wuchs, dann würde das in meiner Drachenform noch deutlicher zu sehen sein. Und ich hoffte ernsthaft, dass ich im Begriff war, der größte Drache Solarias zu werden, auch wenn es nur dazu diente, dass ich Vaters Kopf explodieren sehen konnte, wenn er bemerkte, dass sein eigener Sohn ihn vom ersten Platz verdrängt hatte.

Ein Klopfen an meiner Tür unterbrach meinen Anzugwechsel, und ich bat Xavier herein, da ich wusste, dass er ebenfalls für heute Abend in den Palast bestellt worden war.

Doch als die Tür aufschwang und ich im Spiegel einen Blick darauf erhaschte, stockte mein Atem.

»Roxy?« Ich wirbelte herum und ließ die Krawatte, die ich gerade hatte anlegen wollen, fallen.

Sie trug ein schwarzes Kleid, das die dunklen Ringe in ihren Augen betonte, und betrachtete mich teilnahmslos, während sie auf der Schwelle stehen blieb. Sie war wie immer atemberaubend schön. Aber von dem Mädchen, in das ich mich verliebt hatte, war in der Mannequin-Version, die vor mir stand, kaum noch etwas zu erkennen. In ihren Augen fehlte der Spott, auf ihrer Zunge der Scharfsinn, und selbst ihre Haltung war so verdammt steif, dass sie unnatürlich wirkte. Sie war wie ein Gemälde ihrer selbst, alles in perfekten Proportionen, aber ohne Leben, ohne etwas, das darauf hindeutete, dass sie mehr war als eine schöne Dekoration, die dazu bestimmt war, bewundert zu werden, und sonst nichts. Ich vermisste ihre scharfe Zunge und ihre Beleidigungen; ich wollte, dass sie mich dafür verurteilte, dass ich ein vergoldetes Bett und eine verdammte Whirlpool-Badewanne hatte. Verdammt, ich würde ihren Hass auf mich diesem … *Nichts* vorziehen, das an ihrer Stelle stand.

»Dein Vater hat gesagt, dass ich zusammen mit dir eintreffen soll«, sagte sie schlicht und blickte sich in meinem Zimmer um, als würde sie es nicht wiedererkennen.

»Du kommst auch mit?«, fragte ich, während ich zögerlich stehen blieb – trotz des verzweifelten Wunsches, zu ihr zu gehen.

Diese hilflose emotionale Leere in ihr schmerzte, aber solange ich nicht das Antiserum gegen das Mittel zur Unterdrückung ihrer Formgebung in die Finger bekam, das mein Vater ihr verabreichte, wusste ich nicht, wie ich sie zurückholen konnte. Wir mussten vorsichtig sein, wem wir die Beschaffung anvertrauten, und es dauerte viel zu lange, das Mittel selbst zu brauen. Also ließ sich Gabriel von seinen zwielichtigen Kontakten in Alestria helfen. Mir war im Grunde egal, woher wir das Mittel bekamen, ich wollte nur, dass mein Mädchen zu sich selbst zurückfand, denn alles andere war mein Verderben.

»Mein König will, dass ich mitkomme«, sagte sie, und ihre Augen funkelten, als sie ihren sogenannten *König* erwähnte. Ich musste die Zähne zusammenbeißen, um die Wut zu unterdrücken, die in mir hochkochte.

»Erinnerst du dich an deinen Anfang an der Academy?« Ich machte einen Schritt auf sie zu, blieb aber stehen, als sie zusammenzuckte.

Es war nur eine klitzekleine Bewegung, und sie hob augenblicklich ihr Kinn, um sie zu vertuschen, aber ich hatte die Regung gesehen, und es lief mir eiskalt den Rücken hinunter. Warum zum Teufel hatte sie Angst vor mir?

»Nicht wirklich«, antwortete sie kalt, und entferntes Donnergrollen erinnerte mich daran, dass es uns nicht erlaubt war, allein zu sein. Verfluchte Sterne. Ich hasste sie fast so sehr wie den Mann, der mich gezeugt hatte.

»Warum bist du zusammengezuckt, als ich auf dich zugegangen bin?«, fragte ich, und sie runzelte leicht die Stirn – so leicht, dass sie es vermutlich nicht einmal selbst bemerkt hatte. Oder vielleicht hatte sie es bemerkt, aber nicht gewollt, dass ich es sah.

»Du hast mir wehgetan«, antwortete sie ohne Umschweife, während ihre olivgrünen Augen die meinen trafen. »Das hast du immer getan und das wirst du immer tun.«

Fuck.

Warum verletzten mich diese Worte mehr, als jede Klinge es könnte? Vielleicht, weil ich wusste, dass sie der Wahrheit entsprachen. Vielleicht, weil das die eine Sache war, die ich mehr als alles andere fürchtete, und ich die Vorstellung hasste. Ich bereute alles, was ich ihr angetan hatte, mehr als ich es je in Worte fassen könnte, aber ich konnte nicht einmal leugnen, dass ich ihr nach wie vor wehtat. Mein Vater hätte in jener Nacht, in der er sie mit sich genommen hatte, durch meine Hand sterben sollen. Ich war so verdammt nah dran gewesen, sie und alle anderen vor ihm zu retten, aber ich hatte versagt. Und alles, was ihr in den Monaten danach passiert war, ging auf mein Konto.

»Es tut mir leid, Roxy«, flüsterte ich, aber sie schien meine Worte nicht einmal wahrzunehmen, sondern wandte den Blick ab, als weitere Schritte ertönten. Was würde ich dafür geben, von ihr dafür gerügt zu werden, sie beim falschen Namen genannt zu haben. Oder dafür, dass ich eine verdammte Echse oder ein arrogantes Arschloch war. Ich würde alles hinnehmen und ihr sogar dafür danken, wenn ich es nur ihrem Mund entlocken könnte.

»Oh, äh, hey ... Störe ich?« Xaviers Stimme ertönte hinter ihr, was wahrscheinlich ganz gut war, denn der Donner, der am Himmel grollte, wurde immer lauter. Ich wusste, dass ich nicht länger allein mit ihr bleiben konnte.

»Nein«, antwortete Roxy knapp, als hätte sie keinen Grund, unser Gespräch in die Länge zu ziehen. Ich versuchte, mir den Schmerz nicht anmerken zu lassen, aber es gelang mir nicht.

Xavier warf mir einen fragenden Blick zu, aber ich schüttelte nur den Kopf. Wir konnten im Moment nichts tun, da Vater auf uns wartete, aber ich war fest entschlossen, bald etwas zu unternehmen.

Wir drei verließen Haus Ignis und machten uns auf den Weg zum Tor, während Xavier Roxy Frage um Frage stellte, um sie aus der Reserve zu locken. Doch er bekam nur einsilbige Antworten, wenn sie überhaupt antwortete.

Ich versuchte, dicht neben ihr zu gehen, aber sie wich immer wieder aus, wenn ich mich ihr näherte. Beim dritten Versuch stieß ich gegen einen massiven Luftschild. Sie sah mich nicht einmal an, als ich versuchte, die Zurückweisung wegzustecken, aber das Ganze war so beschissen und die Situation so abgefuckt. Ich wusste nicht, wie ich es in Ordnung bringen sollte. Ich musste einfach hoffen, dass Darcy mit ihrer Vermutung, dass ihr Phönix der Schlüssel zu allem war, richtig lag. Denn wenn wir nicht bald eine Lösung fanden, würde ich noch den Verstand verlieren.

Wir schafften es durch das Tor, wo wir auf die anderen Erben trafen, und reisten mit Sternenstaub zum riesigen Innenhof vor dem Palast der Seelen, wo Vater bereits wartete.

Ich tauschte vielsagende Blicke mit meinen Freunden aus, aber ließ mir nichts anmerken, als ich die versammelte Menge betrachtete und darauf wartete, was er zu sagen hatte.

Roxy entfernte sich sofort von uns, als wir ankamen, und ihre Augen leuchteten zum ersten Mal, seit sie an meiner Tür aufgetaucht war. Schnurstracks lief sie auf meinen Vater zu, der mit Mom, Stella, Vard und Clara vor den Toren des Palastes stand.

»Immer mit der Ruhe. Denk dran, wir haben einen Plan«, murmelte Max, legte eine Hand auf meinen Arm und drängte mir seine Sirenengaben entgegen, während ich zusah, wie das Mädchen, das meine Gefährtin hätte sein sollen, meinen Vater umarmte und ihn vor allen Anwesenden an sich drückte.

Er fing meinen Blick über ihre Schulter hinweg auf und schenkte mir ein grausames Lächeln – als könnte er fühlen, wie mein Herz vor Schmerz zerriss, als er sie für einen Moment in die Arme schloss.

Zu seinem Glück ließ er sie los, bevor ich den Verstand verlor und mich auf ihn stürzte. Ich wollte seinen Tod mehr als alles andere, was ich je gewollt hatte, und die Art, wie er mich ansah, verriet mir, dass er sich dessen sehr wohl bewusst war. Aber das spielte keine Rolle, denn er hatte die einzige Frau, die ich je geliebt hatte, zwischen uns gestellt, und er wusste, dass mein Hass auf ihn niemals meine Liebe zu ihr überwiegen würde. Sie war ein Schutzschild, wie er ihn anders nie gegen mich hätte aufbauen können, und ich wurde durch seine Kontrolle über sie gebändigt, so wie sie durch die Schatten, die sie vergiftet hatten.

Langsam kehrte Ruhe ein. Vater trat von Roxy weg und stellte sich in die Mitte der Fläche, sodass er der Menge zugewandt war.

»Ihr fragt euch sicher alle, warum ich euch so kurzfristig heute Abend hierher bestellt habe«, rief er, und die anderen Ratsmitglieder tauschten Blicke aus. Sie standen ein Stück hinter ihm und hatten offensichtlich keine verdammte Ahnung, worum es ging.

Ich begegnete dem Blick meiner Mutter, die auf der anderen Seite des Innenhofs stand, aber sie war offensichtlich genauso ahnungslos wie wir anderen. Also richtete ich meine Aufmerksamkeit wieder auf den Mann, der die Show inszenierte, um zu erfahren, was er zu sagen hatte.

»Letzte Nacht bin ich mit den Worten der Sterne in meinen Ohren aufgewacht«, rief Vater laut in die totenstille Menge. »Sie haben mich aus meinem Bett geholt und mich zum See am Rande meines Landes geführt. Dort habe ich eine Vision in der Spiegelung auf der Wasseroberfläche gesehen.«

Ich runzelte die Stirn, während ich versuchte, herauszufinden, was zum Teufel er meinte. Aber die Umstehenden schienen ihm alle gebannt zuzuhören, sodass ich nichts weiter tun konnte, als abzuwarten. Ich bezweifelte ernsthaft, dass er eine verdammte Vision erhalten hatte. Es gab kein Fünkchen von der Gabe des Sehens in unserer Familie, und meines Wissens hatte er auch noch nie eine Vision gehabt.

Ich warf einen Blick auf Vard, den merkwürdigen neuen Seher meines Vaters, und fragte mich, ob er behaupten würde, etwas mit dieser offensichtlichen Vision zu tun zu haben. Aber er stand einfach nur da und schaute zu, seine ungleichen Augen auf die Show gerichtet, wobei das blutrote Auge mit Magie zu pulsieren schien.

»Ich habe Zerstörung, Verwüstung, Tod und das Ende der Welt, wie wir sie kennen, gesehen. Ich habe gesehen, wie wir diesen Krieg gegen die Nymphen verlieren.« Entsetzte Schreie gingen durch die Menge, und die Ratsmitglieder tauschten schockierte Blicke aus, die bestätigten, dass sie genauso im Dunkeln tappten wie wir alle. Aber sie schienen mehr daran interessiert, ihn ausreden zu lassen, als seine Rede zu unterbrechen. »Dann haben mir die Sterne einen

Handel angeboten. Einen, den ich annehmen musste, da er von der lenkenden Kraft des Himmels selbst präsentiert wurde. Den himmlischen Wesen, die uns alles gegeben haben, was wir in dieser Welt haben. Sie haben mir und den treuesten Anhängern der Sterne ein Geschenk gemacht – das Fünfte Element.«

Ein Raunen des Schocks und des Misstrauens ging durch die Menge, doch Vater war darauf vorbereitet und erhob seine Stimme, um sie wieder zum Schweigen zu bringen.

»Sie haben mir dies und die damit verbundene Macht für unser Königreich angeboten. Aber sie haben auch darauf hingewiesen, dass unser Königreich kein wirkliches Königreich ist, weil es von keinem Monarchen regiert wird, wie sie es beabsichtigt haben.«

Er hob die Hände, und mir wurde speiübel, als ich die dunkle Macht der Schatten spürte, die sich um uns herum auftürmten, noch bevor sie mit bloßem Auge sichtbar wurden. Vater hob langsam die Arme, und Schatten krochen an seinen Händen hinab, bedeckten seine Finger und sammelten sich in seinen Handflächen.

Mein Herz schlug mir bis zum Hals, als ich entsetzt zwischen den anderen Erben hin und her blickte. Das war es – sein Schachzug, sein Versuch, die Macht an sich zu reißen. Er würde den Thron für sich beanspruchen. Das bedeutete, dass er ihre Eltern offiziell herausfordern würde. Und wenn er seine Macht über sie vor dem gesamten Publikum und all den Kameras, die auf ihn gerichtet waren, unter Beweis stellte, würde es keine Zweifel mehr daran geben, dass er der mächtigste Fae in ganz Solaria war. Er würde seinen Platz an der Spitze der Hierarchie einfordern, und es gab nichts, was wir tun konnten, um ihn aufzuhalten. Fae nahmen sich ihre Macht und kämpften um ihren Platz, und wenn er der mächtigste Fae von allen war, dann stand ihm eine einzige Position zu.

Aber anstatt das zu tun und die Richtlinien für eine formelle Herausforderung zu befolgen, hob Vater einfach seine Hände höher. Die Schatten um ihn herum verdichteten sich, während immer mehr Leute schrien und einige der schwächsten Fae im Publikum davonliefen, als würden sie um ihr Leben fürchten. Und das sollten sie auch. Nichts Gutes entsprang der Dunkelheit der Schatten. Nichts lebte in ihnen außer Schmerz, Elend und einem Hunger, der nie gestillt werden konnte.

Ich wollte einen Schritt nach vorn machen, um ihn herauszufordern, um ihn zu zwingen, sich mir zu stellen, ohne Roxy zwischen uns zu bringen. Oder um etwas zu tun, um diese Horrorshow zu stoppen.

Doch als ich mich bewegen wollte, stellte ich fest, dass mein Körper in seiner Position erstarrt war. Die Schatten in mir fixierten mich an Ort und Stelle und lähmten meine Zunge genauso wie meine Gliedmaßen. Mein Blick fiel auf Clara, die auf der anderen Seite des Hofes in ihrem schwarzen, bodenlangen Kleid stand. Die Schatten bewegten sich in einem unnatürlichen Wind zwischen ihren Beinen und unter ihren Röcken, während sie mich mit schwarz geschminkten Lippen angrinste. Sie sah aus wie eine Hexe aus einem alten Märchen, nicht wie die Schwester des Mannes, den ich wie einen Bruder liebte.

»Ich bin ein williger Diener der Sterne und lasse mich gern vom Schicksal leiten, wenn es darum geht, unser Königreich zu schützen und über alle meine Untertanen zu herrschen!«, rief mein Vater, der entweder die unzähligen entsetzten und verängstigten Gesichter vor sich völlig ignorierte oder jede Sekunde ihrer Angst in vollen Zügen genoss. »Und ich bin hier, um meine Krone zu beanspruchen.«

Mit einer schnellen Abwärtsbewegung seiner Hände schossen Schatten wie eine dichte Decke aus purer Dunkelheit aus ihm heraus. Sie erstreckten sich in alle Richtungen und griffen nach jedem einzelnen Mitglied der uns umgebenden Menge.

Nachdem sie sich um jede Person gewickelt hatten, hielten sie diese fest und zwangen nacheinander alle Anwesenden in die Knie. Voller Entsetzen sah ich zu, wie sich auch die Ratsmitglieder verbeugen mussten.

Meine Knie landeten mit einem dumpfen Aufprall auf dem Kopfsteinpflaster; das Echo hallte durch sämtliche Knochen meines Körpers, während ich auf den einzigen Mann starrte, der noch stand. Ein siegessicheres Grinsen huschte über sein Gesicht.

Roxy kniete vor ihm, ihre Augen waren glasig, als sie ihn ergeben ansah. Eine der rechtmäßigen Königinnen unseres Königreichs wurde dazu gezwungen, sich vor einem Monster zu verbeugen, und zerstreute damit alle Zweifel, die noch darüber bestanden hatten, ob die Vegas versuchen würden, sich ihm entgegenzustellen. Es spielte keine Rolle, dass Darcy nicht hier war. Das würde nicht einmal Schlagzeilen machen. Alles, was die Leute sehen würden, war eine der Prinzessinnen und alle Ratsmitglieder, die wie ergebene Untertanen vor ihm knieten.

»Das ist dunkle Magie!«, donnerte Tiberius, und mein Blick wanderte zu Max' Vater, der gegen die Schatten ankämpfte, die seinen ganzen Körper bis auf sein Gesicht verschlungen hatten.

»Lass uns kämpfen!«, verlangte Melinda und zeigte ihre Reißzähne, während sie sich mit einem Knurren heftig gegen das wehrte, was geschah.

»Das *tut* ihr doch«, sagte Vater beiläufig. »Und doch könnt ihr euch nicht befreien. Das beweist meiner Meinung nach, dass ich bereits gewonnen habe.«

Tiberius fluchte, und Vater schnippte mit den Fingern, warf eine Stillekuppel über ihn und die anderen Ratsmitglieder und wandte sich wieder der Menge und den Kameras zu, die diese verdammte Farce im ganzen Königreich übertrugen.

»Ich weiß, dass das alles neu ist und zunächst besorgniserregend wirken kann. Aber ich kann beweisen, dass die Sterne in dieser Angelegenheit wissen, was sie tun«, rief er und hob erneut die Arme, während er in Richtung der Bäume winkte, die das Palastgelände umgaben, als erwartete er, dass etwas aus ihnen hervorkam.

Clara erlaubte mir, den Kopf zu drehen, und ich sah Calebs Augen, die sich vor Entsetzen weiteten.

»Nymphen«, hauchte er, der dank seiner Formgebung mehr hörte als ich. Fröstelnd versuchte ich, mich weiter zu den herannahenden Monstern umzudrehen.

Als sie unter der Führung von Drusilla, Miguel und Alejandro in ihren Fae-ähnlichen Gestalten aus dem Wald heraustraten, schrie mehr als ein Anwesender vor Entsetzen auf. Aber niemand floh, und ich konnte mir nur vorstellen, dass es der Einfluss der Schatten war, der sie an ihrem Platz hielt.

»Habt keine Angst!«, rief Vater und befahl Ruhe, als die Nymphen in gemächlichem Tempo den Hof betraten und sich hinter ihm aufstellten. Ihre grotesken Körper waren gewunden und rau, mit einer Haut wie Baumrinde, und ihre roten Augen glotzten auf die versammelte Menge der Fae herab und versprachen jedem Einzelnen einen langen und qualvollen Tod. Drusilla und Alejandro tauschten einen selbstgefälligen Blick aus, und Miguel betrachtete sie mit ausdrucksloser Miene, als hätte er keine Meinung zu den wilden Ereignissen, die sich um ihn herum abspielten.

»Die Schatten haben mir die Macht verliehen, ihre Art zu kontrollieren!«, rief mein Vater. »Der Krieg ist vorbei. Mit dem Geschenk der Sterne habe ich ihn in einer einzigen Nacht für uns gewonnen!«

Nach seiner Proklamation folgte eine lange, qualvolle Stille, doch dann brachen einige Mitglieder der Menge plötzlich in Jubel aus, während das Lächeln meines Vaters immer breiter wurde. Der Sprechchor »Lang lebe der König! Lang lebe der König! Lang lebe der König!« erklang.

Roxy und Clara standen langsam auf; sie waren die Einzigen, die dazu befähigt wurden. Clara zog eine eiserne Krone mit smaragdgrünen Drachenschuppen aus ihrem Rock und reichte sie dem Mädchen, das als

Prinzessin zur Welt gekommen war.

Roxy zögerte nicht, sondern hob die Krone an, setzte sie auf seinen Kopf, beugte sich vor und drückte einen Kuss auf seine Wange, der seinem Mund so nahe kam, dass der Drache in mir vor Wut fauchte und darum bettelte, losgelassen zu werden, um ihn in Stücke zu reißen.

Roxy und Clara traten an seine Seite, und Mom, Xavier und ich erhoben uns plötzlich ebenfalls und gesellten uns zu ihnen.

Ich landete direkt neben meinem Vater, als die Kameras ausgelöst wurden und die Leute dem neuen König Acrux zujubelten. Innerlich tat ich alles, um mich gegen die Schatten zu wehren, damit ich ihm den verdammten Kopf von den Schultern reißen konnte, aber äußerlich stand ich an seiner Seite – ganz der treue Sohn. Ich half dabei, das Bild der perfekten Familie zu kreieren, als die er uns in seinen Lügen darstellte.

Als die Menge sich beruhigt hatte, entfernte sich Vater von uns und stellte sich vor die drei Ratsmitglieder, die er auf die Knie gezwungen hatte.

»Werdet ihr in meinem Rat so dienen, wie wir es alle einst für den Grausamen König getan haben?«, fragte er mit dröhnender Stimme, die sich über die Menge erhob, und wieder trat Stille ein.

Er entfernte die Stillekuppel, die ihre Proteste zuvor unterbunden hatte, und die drei Ratsmitglieder tauschten resignierte Blicke aus.

»Ich schwöre der Krone meine Treue«, stimmte Melinda zu, und die Abneigung in ihrer Stimme war deutlich zu hören, als Vater ihre Hand nahm und sie zwang, diesen Eid vor den Sternen abzulegen, der sie an ihr Wort band.

»Ich schwöre der Krone meine Treue«, brachte auch Antonia mühsam hervor, und Seth ließ die Schultern hängen, als er sah, wie seine Mutter gezwungen wurde, sich so zu unterwerfen.

Tiberius hielt am längsten durch, und während mein Vater auf seinen Eid wartete, konnte ich sehen, wie sich seine Augen vor Schmerz verengten, weil die Schatten zweifellos mit mehr Kraft in ihn getrieben wurden, um eine Antwort von seinen Lippen zu erzwingen.

»Ich schwöre der Krone meine Treue«, presste er schließlich hervor, und mit dem magischen Klatschen, das den Eid besiegelte, war es vollbracht.

Solaria wurde nicht länger von einem Rat regiert. Wir hatten einen Monarchen. Einen König, der ohne Zweifel viel schlimmer sein würde, als es der Grausame König je gewesen war.

Vater drehte sich um und schritt auf das Tor zum Palast der Seelen zu; die Nymphen teilten sich wie das Meer, als er Besitz von diesem königlichen Ort, dem Volk, dem Königreich … und allem anderen ergriff. Und all unsere

Albträume wurden mit einem Schlag wahr.

Kurz gesagt: Solaria war am Arsch.

Scorpio
Gemini
Virgo
Aries
Cancer
Leo
Sagittarius
Taurus
Capricorn
Aquarius
Libra
Pisces

ORION

KAPITEL 6

Ich saß beim Frühstück im Kantinenraum, starrte auf den Matsch, den sie Haferbrei nannten, in meiner Schüssel und versuchte, mich davon zu überzeugen, ihn zu essen. Hier zu verkümmern war keine Option, wenn man überleben wollte. Täglich wurde gekämpft, und ohne Magie musste ich körperlich stark sein, um mich zu verteidigen, wann immer ich in einen Kampf verwickelt wurde. Und das war ziemlich oft, weil die Sterne mich in letzter Zeit ziemlich beschissen behandelten.

Die wenige Freizeit, die ich hatte, verbrachte ich entweder im Fitnessstudio oder in der Bibliothek. Bis zum Umfallen zu trainieren war das Einzige, was mein Elend erträglicher machte. Die restliche Zeit durchforstete ich jedes Buch in diesem Laden auf der Suche nach Hinweisen auf den Imperialen Stern und danach, wie man in ein verfluchtes altes Tagebuch eindrang, das mit einem magischen Passwort verschlossen war, das nicht zu erraten war. Nicht, dass es in den Wälzern der erbärmlichen Darkmore-Bibliothek viele Passagen zu diesen Themen gegeben hätte. Aber es gab eine alte Abteilung über die Royals, in der der Imperiale Stern ein- oder zweimal erwähnt wurde. Bisher war nichts Brauchbares dabei herausgekommen, nichts, was Darius und Darcy einen Vorteil verschaffen könnte, um ihn vor Lionel zu finden.

Jemand setzte sich neben mich, und ich drehte mich um. Ein Knurren drang warnend aus meiner Kehle. Ich entdeckte Roary Night neben mir, seine Muskeln angespannt, seine langen Haare im Gesicht.

»Ich habe dich beobachtet«, sagte er beiläufig, als hätten wir schon tausendmal miteinander gesprochen.

Ich grunzte und wandte mich wieder ab. »Du? Oder deine kleine Bande von Handlangern?« Er war keiner, der damit angab, aber jeder wusste, dass er eine der größten Gangs in Darkmore anführte. Im Gegensatz zu den anderen Gangs mussten die Schemen nicht herumposaunen, wie groß ihre Eier waren, um ihre Macht zu beweisen. Sie waren die Schatten in der Dunkelheit, die Bedrohung, die man nicht kommen sah. Es war schwer, überhaupt mit Sicherheit zu wissen, wer genau zu ihnen gehörte, aber sie sahen alles, was an diesem Ort vor sich ging. Jeder Einzelne von ihnen erstattete dem Mann, der das Sagen hatte, Bericht. Und vor einer Weile hatte ich seine Aufmerksamkeit erregt.

Er gluckste vor sich hin, drehte sich auf seinem Stuhl herum und stützte die Unterarme auf den Tisch. »Sowohl als auch.«

»Na prima. Ich hoffe, du hast die Show genossen.« Ich stopfte mir einen Löffel Haferbrei in den Mund, und er gähnte herzhaft, während er einen Arm um meine Schultern legte. Ich schluckte den geschmacklosen Brei und zog eine Augenbraue hoch.

»Ich habe mit meinem Bruder gesprochen. Und er hat mit Gabriel Nox gesprochen ...« Mit seinem Bruder Leon war ich gut genug befreundet, um Roary gegenüber zumindest kein Misstrauen zu empfinden, aber ich hatte auch nicht vor, hier Freunde zu finden – genauso wenig wie ich vorhatte, eine Acapella-Band zu gründen. Aber jetzt hatte er meine Aufmerksamkeit. Ich hatte Leon kennengelernt, nachdem er und einige seiner Kommilitonen im Rahmen eines Studentenaustauschs an die Zodiac Academy geschickt worden waren, als ich selbst noch Student gewesen war. Er hatte mir das Gesicht abgeleckt, was mich dazu veranlasst hatte, ihn zutiefst zu verabscheuen, aber schließlich hatte ich mich an den überfreundlichen Löwenwandler gewöhnt. Sein Bruder war jedoch etwas zwielichtiger.

Ich hielt inne und betrachtete Roary neugierig. »Und?«

»*Und* jetzt kenne ich die Wahrheit.«

Ich ließ den Löffel in meine Schüssel fallen und schüttelte seinen Arm von meinen Schultern. »Und was ist die Wahrheit?«, fragte ich dumpf.

»Du bist kein Perverser«, sagte er mit einem Grinsen und rieb seine Knöchel an meiner Wange. Ich schlug seine Hand mit einem warnenden Knurren weg, und er lachte leise. »Also können wir jetzt Freunde sein.«

Ein Knallen ertönte, als Ethan Shadowbrook, der Anführer der Lunar-Bruderschaft, sich auf den Stuhl gegenüber von uns fallen ließ und mit den Fäusten auf den Tisch schlug. »Hände weg, Löwe. Der gehört mir.«

»Ich wusste nicht, dass ich einen Harem zusammenstelle«, sagte ich trocken und widmete mich wieder meinem Frühstück.

Der ortsansässige Verrückte, Sin Wilder, sprang plötzlich auf den Tisch und setzte sich im Schneidersitz darauf. Mit einem psychotischen Gesichtsausdruck starrte er uns alle an. »Was ist ein Harem mit vier Schwertern und ohne Scheide?«

»Was?« Ethan kniff die Augen zusammen.

»Langweilig.« Sin sprang vom Tisch und lachte manisch, während er sich entfernte. Der Typ war ein absoluter Irrer, aber wenigstens ließ er mich die meiste Zeit in Ruhe.

»Erinnerst du dich an mein Angebot bezüglich der Pillen, die, du weißt schon …« Ethan beugte sich vor und fuhr mit den Fingern durch seine gestylten blonden Haare. »… das Wächterband unterdrücken.«

Ich kratzte die Stelle an meinem Arm, wo der Ärmel meines orangefarbenen Overalls nach oben gekrempelt war. Meine Haut kribbelte und ich sehnte mich – wie immer – nach Darius. Fuck, ich vermisste ihn.

»Ich habe Nein gesagt«, knurrte ich. Ich würde diesem Kerl nichts schulden. Ich hatte hart dafür gekämpft, hier drinnen als Einzelgänger zu bestehen, und dabei würde es auch bleiben. Ich würde mich genauso wenig mit einer der Gangs zusammentun, wie ich mich ausziehen und für den örtlichen Perversling – Plunger – bücken würde. Vergangene Woche hatte jemand einen Witz darüber gemacht, dass er Tee statt Kaffee trank, und Plunger hatte ihn mit dem Gesicht gegen eine Wand geschlagen, dann seine Hose runtergelassen und seine Eier in den weit aufgerissenen Mund des Typen gesteckt und wieder herausgezogen, während er »Wer mag hier Teebeutel?« geschrien hatte. Genau.

»Das ist ja die Sache. Gestern habe ich diese Pillen einem Kerl gegeben, der an Hämorrhoiden gelitten hat«, sagte Ethan und kratzte sich am Nacken. »Sie sind eine Art Allheilmittel, verstehst du?«

»Richtig«, murmelte ich, und Roary runzelte die Stirn.

Ethan beugte sich noch weiter vor und senkte die Stimme, als er fortfuhr: »Und im Grunde kann ich definitiv mehr davon besorgen, wenn du willst, aber der Typ hat einen so schlimmen Ausschlag an den Eiern bekommen, dass sie ihm abgeschnitten werden mussten.«

»Wow«, sagte ich mit ausdrucksloser Miene. »Ich nehme eine ganze Ladung.«

»Er war ziemlich gefühllos, während das alles passiert ist, falls dir das Wissen hilft. Und er wird jetzt Eunuch-Jim genannt. Er wollte schon immer einen Spitznamen haben«, sagte Ethan und Roary erhob sich von seinem Platz und warf mir einen Blick zu, der besagte, dass ich zu ihm kommen sollte, wenn der Werwolf mit der Ausgabe von Hodenausschlags-Pillen fertig war. Die Auswahl hier war wirklich hervorragend.

Eine Glocke läutete, um das Ende des Frühstücks zu verkünden, und ich rutschte von meinem Stuhl, um direkt in die Bibliothek zu gehen. Dabei stieß ich mit einem Arschloch hinter mir zusammen und als ich mich umdrehte, stand da Gustard, dem Saft über die ganze Brust lief. *Fantastisch.*

Der Typ hatte Tattoos im Gesicht und war der letzte Motherfucker, dem man in Darkmore in die Quere kommen wollte. Aber da die Sterne mich mit Pech verflucht hatten, weil ich mein Sternversprechen mit Darcy gebrochen hatte, schien ich ihm zehnmal am Tag über den Weg zu laufen und ihn verdammt noch mal zu verärgern. Wahrscheinlich wurde ich fünfmal öfter als jeder andere Fae hier in den Krankenflügel geschickt – und das hauptsächlich wegen dieses Arschlochs.

»Du schon wieder«, zischte er mit zusammengebissenen Zähnen, und ich presste die Kiefer aufeinander. Nicht, dass er allein eine Naturgewalt gewesen wäre, aber seine ganze Truppe verachtete die Art der Fae und überfiel ihre Gegner mit zehn Mann. »Hol mir einen neuen!«, knurrte er in dem Versuch, mich zu dominieren. Aber bei allen Sternen der Welt, ich war zu stolz, um mich wie ein kleines Miststück von irgendjemandem herumschubsen zu lassen.

»Hol ihn dir selbst!«, knurrte ich und ging an ihm vorbei in Richtung Tür.

Ich würde dafür später mit Blut bezahlen müssen, aber das war mir lieber, als meine Würde an diesem Ort zu verlieren. Es war so ziemlich alles, was ich noch hatte – und offen gestanden war selbst sie nicht wirklich intakt. Schließlich glaubte alle Welt, ich hätte eine Vega-Prinzessin mit Dunkler Manipulation dazu gebracht, mich zu ficken. In den Augen der meisten Leute war ich nichts weiter als ein degenerierter Perverser. Aber ich hatte aus dem besten Grund überhaupt so gehandelt. Für *sie.*

Ich ging in die Bibliothek, die wachsamen Augen der Wachen folgten mir zur Treppe. Nachdem ich durch die Milchglastüren getreten war, ging ich zu meinem Lieblingsplatz ganz hinten zwischen den Regalen, einem der wenigen Orte, an denen ich im Gefängnis meine Ruhe hatte.

Wie immer war der alte Mann, den alle Poltergeist nannten, dort. Er war uralt, mit grauem Bart und fahler Haut, und sagte nie viel. Er schlenderte zum Ende des Ganges, warf mir vorsichtige Blicke zu und verschwand dann hinter einem der Regale. Fast immer spukte er in diesem Teil der Bibliothek herum, aber er störte mich nie, und ich störte auch ihn nicht. Und das machte ihn zu meinem neuen besten Freund.

Ich nahm das Buch, das ich gestern gelesen hatte, schlug Seite fünfhundert auf und ließ mich an einem Schreibtisch nieder, um es durchzuarbeiten. Der heutige Tag hatte zumindest etwas Gutes – ein Besuch von Darius stand an. Es war irgendwie erbärmlich, wie sehr ich mich auf meinen Kontakt mit ihm verließ. Er besuchte mich, wann immer er konnte, aber jetzt, da er wieder an der Academy war, bezweifelte ich, dass er noch genauso oft würde kommen können. Wenn ich hier drinnen einen ständigen Begleiter hatte, dann war es die Einsamkeit. Und früher hätte mich das nicht so sehr gestört. Als Vampir hatte ich eine Vorliebe für die Einsamkeit. Aber verflucht, dieser Tage sehnte ich mich unglaublich nach Gesellschaft. Einer ganz bestimmten Art von Gesellschaft, um genau zu sein.

Das Wächterband, das mich zu Darius zog, flehte mich immer an, ihm nahe zu sein, und ich hatte einst gedacht, dass der Schmerz, von ihm getrennt zu sein, durch nichts zu übertreffen wäre. Aber seit ich Darcy kennengelernt hatte und nun ohne sie sein musste, verblasste dieser Schmerz im Vergleich dazu. Es verging kein Augenblick, in dem ich nicht an sie dachte; meine Erinnerungen an sie liefen in Endlosschleife in meinem Kopf ab. Zumindest gab es tagsüber Ablenkung, aber nachts kostete es mich all meine Kraft, die Schatten unter meiner Haut zu bekämpfen, die mir das süße Glück eines Rausches boten, der mir helfen sollte, der Brutalität des Herzschmerzes zu entkommen. Es war eine Wunde, die in meinem Inneren brannte und alle Farben der Welt verschlang, bis alles grau erschien. Sie war fort. Ich hatte sie vertrieben. Und ich konnte nichts tun, um das wieder in Ordnung zu bringen.

Ich verbrachte ein paar Stunden mit Lesen, fand aber nichts Brauchbares und gab schließlich auf, als mir klar wurde, dass die Besuchszeit bald beginnen würde. Ich *musste* Darius sehen. Und ich sehnte mich immer verzweifelt nach den Neuigkeiten, die er von draußen mitbrachte. Nach allem, was im Laufe des Sommers mit Lionel passiert war, lebte ich von Darius' Updates wie von einer Droge. Nachrichten erreichten dieses Gefängnis nur langsam; die Zeitungen, die ich bekam, waren immer eine Woche alt, sodass ich oft nicht wusste, was vor sich ging. Ich hatte mit der Angst gekämpft, dass mein Opfer umsonst gewesen war, nachdem Lionel Tory an sich gebunden und sich die Macht zu seinen Gunsten verschoben hatte. Aber jetzt musste ich mit dem zurechtkommen, was ich angerichtet hatte. Es war zu spät für Reue.

Das Anfechten meines Urteils würde nur beweisen, dass ich gelogen hatte, und dafür sorgen, dass Darcys Name in den Dreck gezogen wurde. Ihr Platz an der Zodiac Academy wäre in Gefahr, und sie musste stärker werden, um eine Chance zu haben, den Thron zu beanspruchen. Zumindest hatte sich eine gute Sache daraus ergeben. Blue – *verdammt, nein, nenn sie nicht so!* – hatte sich von den Schatten befreit und wurde nicht länger von ihnen gequält. Sie war so verdammt stark. So verdammt alles. Bei den Sternen, ich konnte nicht glauben, dass ich jemals versucht hatte, sie für mich zu beanspruchen. Sie spielte in einer ganz anderen Liga.

Obwohl ich das wusste, lag ich nachts wach. Nach allem, was geschehen war, konnte ich sie nicht trösten. Sie hatte ihre Schwester an Lionel verloren. Und ich kannte dieses verdammte Gefühl. Aber jetzt saß ich hier fest, nutzlos für sie und Darius und alle, die mir etwas bedeuteten. Mein einziger Trost war, dass Darcy ihren Platz an der Academy behalten würde, weil ich hier war. Und daran klammerte ich mich, um nicht verrückt zu werden.

Am Ende des Ganges wurden Bücher verschoben, und Poltergeists gelbliche Augen spähten durch die Lücke im Regal. Er mochte es, die Bücher anders anzuordnen. Er mochte es auch, mich zu beobachten. Und obwohl das ziemlich gruselig war, zog ich ihn den meisten anderen Insassen hier vor. Also ignorierte ich ihn einfach und ließ ihn sein gruseliges Ding machen.

Hinter mir knarrte eine Diele, und Poltergeist gab ein warnendes Keuchen von sich, kurz bevor eine riesige Faust meinen Kopf traf.

Ich drehte mich mit einem Brüllen um, als vier starke Hände meine Schultern packten und mich über den Schreibtisch stießen. Ich verfluchte Gustards Arschlöcher, die der Art der Fae so unglaublich trotzten, als sich noch mehr von ihnen näherten. Gustard befand sich hinter ihnen und sah zu.

Ich trat einem der Typen, die mich festhielten, in die Eier, und er jaulte auf, während er zurückwich und mit beiden Händen seine Kronjuwelen umklammerte. Ein anderer trat an seine Stelle, aber ich rappelte mich auf und verpasste jedem, der sich mir näherte, einen soliden Schlag ins Gesicht. Blut bedeckte meine Knöchel und ich ließ mich uneingeschränkt von meiner wilden Seite leiten. Ich hatte schnell gelernt, dass man hier um sein verdammtes Leben kämpfen und erst später Fragen stellen sollte.

Also brach ich Kiefer und Nasen und brüllte wie ein verdammter Höllendämon, während ich jeden verprügelte, der versuchte, mich zu ergreifen. Mein Herz pochte in meiner Brust, und ich genoss es, mich in den Schatten zu verlieren, die sich, angelockt von dem Schmerz, den ich verteilte, in mir aufbäumten und mir ihre Ermutigungen ins Ohr flüsterten.

Gustard lachte hämisch, und der Klang ließ Adrenalin durch meine Adern schießen.

»Haltet ihn fest!«, befahl er, und ich versuchte, durch die Reihen zu ihrem

Anführer zu gelangen; Entschlossenheit und Wut trieben mich an.

»Stell dich mir wie ein verdammter Fae!«, fauchte ich, als vier seiner Leute mich packten und mich auf den Tisch drückten.

Einer von ihnen rammte mir seine Faust gegen die Nase, und Blut strömte über mein Gesicht. Schmerzen peitschten durch meinen Schädel, als Knochen und Knorpel durch den Schlag brachen und splitterten. Ich hatte schon Schlimmeres erlebt, aber ich bezweifelte, dass es hier enden würde.

Ein großes Arschloch legte seine Hand auf meinen Mund und mein Arm wurde über die Tischkante gezogen. Meine Muskeln spannten sich an und ich wehrte mich gegen ihre Fesseln, während ich versuchte, mich zu befreien, aber sie waren einfach zu viele.

Gustard trat vor, packte mein Handgelenk und ich biss in die Hand, die meinen Mund bedeckte, als der Anführer der Bande meinen Arm mit Gewalt nach unten drückte und ihn in die entgegengesetzte Richtung bog. Sterne explodierten vor meinen Augen, als der Knochen brach, und mein schmerzvolles Brüllen wurde von dem Arschloch erstickt, das mein Gesicht umklammerte.

Ich blinzelte die Dunkelheit vor meinen Augen weg, als Gustard mir ins Ohr flüsterte: »Letzte Warnung.«

Sie ließen mich dort liegen und ich stöhnte, als ich Blut auf meiner Zunge schmeckte und das schwere und qualvolle Gewicht meines rechten Arms spürte, der vom Schreibtisch hing und sich nicht bewegen ließ.

Poltergeist erschien mit großen Augen, nahm meinen anderen Arm und half mir vom Tisch.

»Du musst zum Arzt«, krächzte er mit seiner uralten Stimme, aber ich schüttelte den Kopf und stöhnte, als ein weiterer Schmerz durch meinen Arm schoss. *Fuck!*

»Ich muss zum Besuchsraum«, knurrte ich und stolperte an ihm vorbei, während Blut aus meiner Nase auf den Teppich tropfte. Ich wischte es mit meinem Ärmel weg und presste dann meinen gebrochenen Arm an meine Brust, während ich mir auf die Zunge biss, um den stechenden Schmerz zu unterdrücken, der durch ihn schoss. Immerhin hatte ich sie auch zum Bluten gebracht.

Unter den Blicken der anderen anwesenden Insassen ging ich nach oben, um Darius zu treffen.

»Was zum Teufel ist passiert, Eins-Fünfzig?«, brüllte Officer Cain, als ich die oberste Treppenstufe erreichte. Er war ein großes Arschloch mit kurz geschorenen Haaren und lächelte nie.

»Gestolpert«, grunzte ich und versuchte, an ihm vorbei in den Flur zu den Besucherzimmern zu gelangen. Er stellte sich mir mit seiner Vampirgeschwindigkeit in den Weg, und ich knurrte bedrohlich. Ich wünschte, ich hätte meine eigenen Reißzähne, um diesem Arschloch mal die Meinung zu geigen.

»Der Krankenflügel ist in *dieser* Richtung.« Er grinste spöttisch und deutete die Treppe hinunter.

»Ich gehe in den Besuchsraum«, zischte ich, und er verschränkte die Arme vor der Brust.

»Ach ja?«, fragte er. »Du wirst deinen kleinen Lover von einem Erben erschrecken, wenn du dich ihm so präsentierst.«

Ich sah ihn abfällig an, ging dann an ihm vorbei, und dieses Mal ließ er mich gewähren. Ich erreichte die Reihe der Insassen, die darauf warteten, in einen Besucherraum gerufen zu werden, und stützte meine Schulter gegen die Wand. Mit zusammengebissenen Zähnen versuchte ich, den Schmerz in meinem zerschmetterten Arm zu ignorieren. *Dieser verdammte Gustard. Dieses verdammte Stück unFaeiger Scheiße.*

»Eins-Fünfzig!«, rief Officer Lucius vom Ende des Flurs. »Raum acht«, kommandierte sie mich, aber ihre Augen weiteten sich, als sie mein Gesicht sah, das Blut, das meinen Overall befleckte, und den Arm, den ich an meine Seite presste.

Sie griff nach dem Funkgerät an ihrer Hüfte. »Verdammt, du musst …«

»Ich muss jetzt sofort durch diese Tür gehen, also geh mir aus dem Weg!« Ich warf einen Blick in den Raum hinter ihr, wartete nicht auf ihre Zustimmung, sondern drückte mich an ihr vorbei und stieß die Tür auf.

Darius stand von seinem Platz an dem einzelnen Tisch auf und starrte mich entsetzt an.

»Fuck, Lance, was zum Teufel ist passiert?«

Ich stürzte auf ihn zu, zog ihn mit meinem gesunden Arm an mich und stöhnte vor Schmerz auf, während das Wächterband in mir fröhlich schnurrte. Ein tiefer Seufzer verließ mich. *Besser.*

Darius legte seine Finger auf meinen schmerzenden Arm und heilende Magie strömte in meine Adern. Der Knochen rastete wieder ein und ich stieß ein zischendes Geräusch aus, bevor der Schmerz endlich nachließ. Als Nächstes richtete er meine Nase und befreite mich mit seiner Wassermagie vom Blut. Ich zog ihn in eine heftige Umarmung, sobald er fertig war, denn ich brauchte seine Nähe und sehnte mich danach, ihn an mir zu spüren.

»Sag mir, was los ist!«, befahl er mit einem Drachenknurren, das seines

Vaters würdig war, und zog sich schließlich von mir zurück.

Wir setzten uns einander gegenüber an den Tisch, und ich zuckte mit den Schultern. Ich würde Gustard und seine Lakaien nicht vor den Kameras verpfeifen, aber es gab eine andere Gruppe von Arschlöchern, die dafür verantwortlich war und die ich öffentlich beschuldigen konnte. »Die verdammten Sterne haben es auf mich abgesehen.«

»So kannst du nicht weitermachen, du wirst noch draufgehen«, raunte Darius mit besorgter Miene.

»Schau mich nicht so an!«, forderte ich. »Es ist, wie es ist.«

Er schüttelte den Kopf, dann schwang er unauffällig einen Finger, und ein Kältehauch füllte den Raum. Er nutzte seine Wassermagie, um die Kameras zu manipulieren, und ließ sie einfrieren, damit wir in Ruhe reden konnten. »Lance, du musst hier weg. Mein Vater … Er hat den Thron bestiegen. Er …«

»Was?« Ich schnappte nach Luft, meine Lunge zog sich zusammen, und ein Gefühl des Grauens breitete sich in meiner Brust aus. Ich hatte gewusst, dass uns die Zeit davongelaufen war, aber doch gedacht, wir hätten noch eine Chance. Wie hatte das passieren können? Wie sollten wir ihn jetzt noch aufhalten?

Darius erzählte, wie Lionel die Ratsmitglieder dazu gebracht hatte, sich vor ihm zu verbeugen, und in den Palast der Seelen eingezogen war, und ich hörte nur mit stummer Bestürzung zu. Ich verlor jede noch verbliebene Hoffnung – und davon hatte ich kaum etwas besessen.

Ich fluchte, die Wände schienen sich um mich zu schließen. Ich war so verdammt nutzlos hier drin. Wie zum Teufel sollte ich hier etwas tun, um zu helfen?

»Es tut mir leid«, krächzte ich. »Es tut mir leid, dass ich nutzlos bin, es tut mir leid, dass ich alles versaut habe.«

Er seufzte und zog die Augenbrauen zusammen. »Dann leg Berufung ein.«

»Das würde die Sache nur noch schlimmer machen«, sagte ich leise. »Das weißt du.«

»Es muss einen Weg geben«, beharrte er. »Ich werde mit Nova sprechen und dafür sorgen, dass Darcy ihren Platz an der Academy behält.«

»Lionel hat Elaine Nova in der Tasche. Sie wird jede Ausrede nutzen, um Darcy loszuwerden«, entgegnete ich und Darius versuchte kurzzeitig, eine andere Idee zu finden.

»*Fuck!*« Darius schlug mit der Hand auf den Tisch. »Nun, dann löse wenigstens das Sternversprechen mit Darcy. Du wirst nie herausfinden, was im Tagebuch deines Vaters steht, wenn die Sterne nicht auf deiner Seite sind.«

Ich holte tief Luft, denn das konnte ich nicht leugnen. Aber das würde bedeuten, dass er Darcy wieder hierherbringen müsste. Ich würde sie sehen. Und ich würde sie dazu bringen müssen, das Letzte zu brechen, was uns noch verband. Trotz des Pechs, das mich verfolgte, wollte ein abgefuckter Teil meines Ichs diese Form von Strafe. Ich hatte sie gebrochen. Ich hatte ihr keine Wahl gelassen. Ich hatte sie verraten, nachdem ich geschworen hatte, genau das nie zu tun. Sie würde mir nie wieder vertrauen. Aber das alles war mir bewusst gewesen, als ich vor Gericht ausgesagt hatte. Denn trotz der Konsequenzen war es immer noch besser als die Alternative. Sie hätte ihren Anspruch auf den Thron verloren, wenn sie nicht ausgebildet werden würde. Nach der Lüftung unseres Geheimnisses war ich das Einzige gewesen, was ihr im Weg gestanden hatte. Das Einzige, das sie alles hätte kosten können. Und jetzt, da Lionel auf dem Thron saß, war es wichtiger denn je, dass sie in der Lage war, ihn zu bekämpfen.

»Wir haben keine andere Wahl. Wenn dein Vater etwas wusste, dann müssen wir das herausfinden. Astrums jüngste Tarotkarte hat gesagt, dass wir nach dem gefallenen Jäger suchen sollen. Und das muss einfach dein Dad sein«, beharrte Darius.

»Ja, vielleicht«, brummte ich und kratzte meinen Bart. »Oder vielleicht auch nicht.«

»Das Tagebuch ist garantiert von Wichtigkeit«, drängte Darius.

»Aber was, wenn es nur ein Tagebuch ist?«, krächzte ich, da ich wusste, dass all meine Bemühungen, das Passwort zu knacken, umsonst sein könnten. Und damit alle Hoffnungen, die wir in das Tagebuch gesetzt hatten.

»Das müssen wir herausfinden. Wir haben keine andere Möglichkeit«, sagte Darius, der müde klang, und ich stellte fest, dass er auch so aussah. Er ging durch seine eigene Hölle in der realen Welt, und es schmerzte mich, ihn so zu sehen.

»Na gut«, gab ich nach, und meine Brust zog sich bei dem Gedanken an das, was ich tun musste, zusammen. Aber ich hatte keine Wahl, denn Darius hatte recht. Solange die Sterne mich mit Pech belegten, würde ich nie herausfinden, wie ich das Tagebuch entsperren konnte. »Bring sie her.« *Fuck, warum fühlt sich meine Brust so eng an, als wäre sie kurz davor, zu platzen?*

Ich wollte Darcy mehr als alles andere auf der Welt wiedersehen. Und doch wusste ich, dass es mich wieder völlig fertigmachen würde.

Darius lächelte traurig und nickte.

»Sie vermisst dich, weißt du?«, meinte er düster. »Sie gibt es nicht zu, aber …«

»Nicht!«, knurrte ich, während mein Herz in meiner Brust zu Staub zerfiel. »Ich will das nicht hören. Sie sollte weiterziehen.«

»Ich glaube, das tut sie«, sagte er ernsthaft, und ich war nicht darauf vorbereitet gewesen, wie sehr mich das verletzen würde. Ich wollte es, ich hatte darauf gedrängt, ich wusste, dass es das war, was passieren musste. Aber der Gedanke, dass sie mich vergessen und jemand anderen finden würde, war einfach unerträglich.

»Aber das bedeutet nicht, dass sie dich nicht vermisst«, ergänzte Darius traurig.

Ich vermisse sie auch. Ich vermisse sie in jedem Moment, in jeder Minute, an jedem Tag. Ich werde sie immer vermissen.

»Geht es ihr gut?«, fragte ich mit belegter Stimme. Normalerweise vermied ich es, ausführlich mit ihm über sie zu sprechen, aber diese Frage stellte ich oft. Es beruhigte mich, zu wissen, dass Darius auf sie aufpasste und sie in Sicherheit war. Und mehr Frieden würde ich in Bezug auf sie wohl nie bekommen.

»Im Moment geht es niemandem gut, aber sie ist stark«, sagte er mit sorgenvollem Gesichtsausdruck. »Es gibt Hoffnung für Roxy. Ich werde es dich wissen lassen, sobald sich das bestätigt.«

Ich wusste, dass er mir – trotz der deaktivierten Kameras – nicht mehr sagen konnte, aber mein Herz machte einen Sprung. »Das ist gut. Sei nur vorsichtig.«

»Immer«, versprach er und erzählte mir dann alles über Xaviers Erwachen. Außerdem deutete er an, dass er, Darcy und die anderen Erben zusammenarbeiteten, um einen Weg zu finden, Lionel zu besiegen. Bei dem Gedanken wurde mir ganz warm ums Herz. Ich mochte gebrochen, verletzt und am Ende sein, weil ich uns verraten hatte. Aber das Opfer hatte sich gelohnt. Sie wurde zu der Königin, zu der sie bestimmt war. Es war nur schwer, zu akzeptieren, dass ich nie ihr König sein würde.

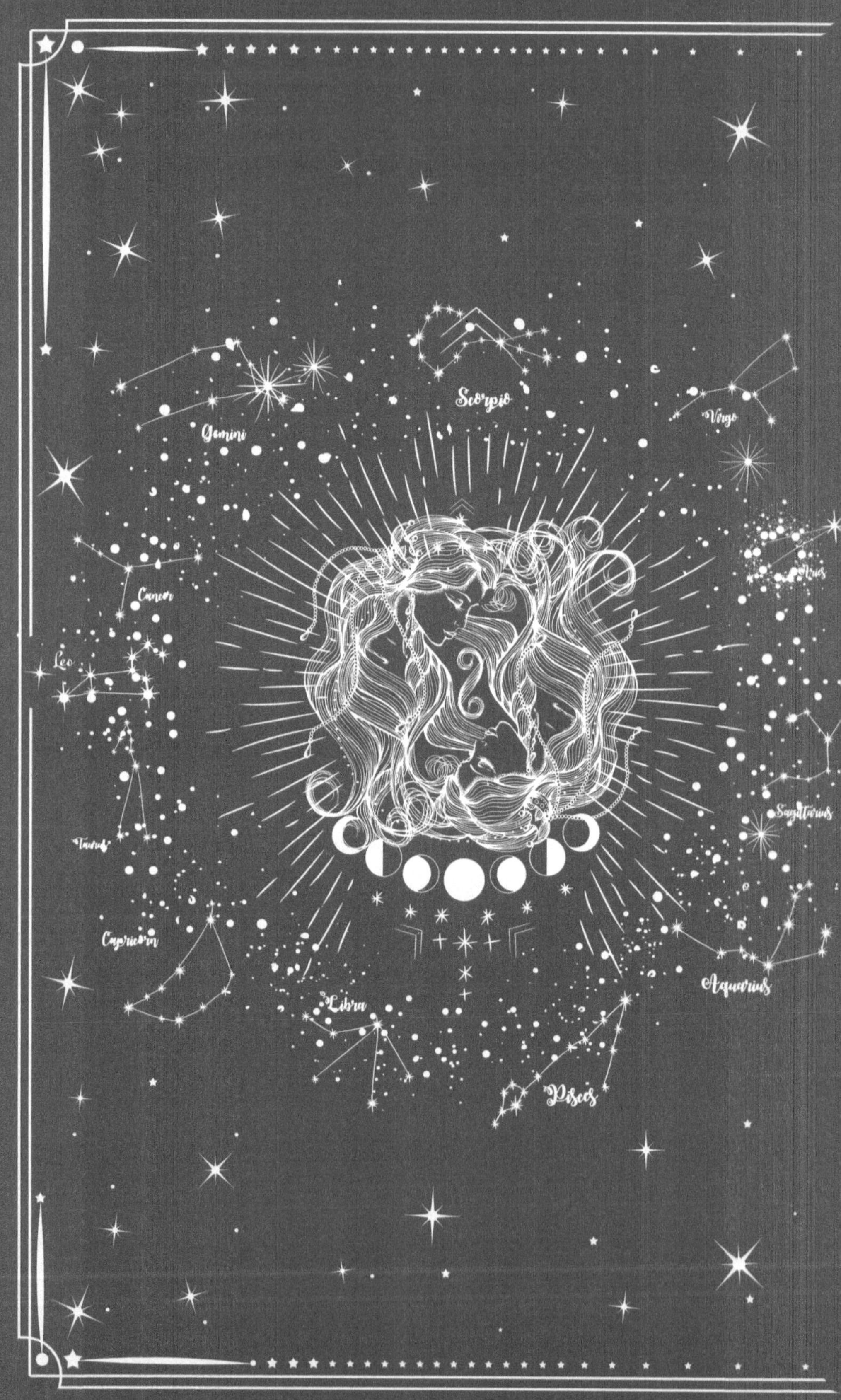

Pisces
Scorpio
Virgo
Gemini
Aries
Cancer
Leo
Taurus
Sagittarius
Capricorn
Aquarius
Libra
Pisces

DARCY

KAPITEL 7

Hoch lebe das verdammte Arschloch von einem König. Ich hatte wieder die halbe Nacht im Hollow damit verbracht, mit den Erben zu diskutieren, was Lionels Thronbesteigung bedeutete, und dabei versucht, nicht vor Angst den Verstand zu verlieren.

Jetzt lag ich auf der Couch, nach ein paar Stunden unruhigen Schlafes. Mein Kopf lehnte an einem warmen Arm, und ich atmete tief ein, als der Geruch von Rauch, Zedernholz und Kaffee meine Nase erreichte. Hinter dem Fenster färbte sich der Himmel rot, das Licht drang wie Blut durch die Wolken. Und ich konnte nicht anders, als zu denken, dass die Welt verwundet war.

Jeder wusste jetzt von den Schatten. Die Nachrichten waren in die ganze Welt übertragen worden, und Lionel hatte deutlich gemacht, dass auch Tory über diese Gabe verfügte. Niemand würde es wagen, ihn herauszufordern, solange er diese Art von Macht besaß. Und jetzt würde jeder an der Academy meine Schwester fast genauso sehr fürchten wie ihn.

Ich setzte mich auf und sah Darius an, der neben mir lag und aus dessen Nase Rauch aufstieg, während er schlief. Seine Stirn war in Falten gelegt – vermutlich plagten ihn wieder Albträume.

Geraldine hatte es sich in einem Sessel auf der anderen Seite des Raumes gemütlich gemacht, und Max lag zu ihren Füßen auf dem Teppich, den Arm über die Augen gelegt. Auf meiner anderen Seite lag Seth zusammengerollt wie ein Hund, obwohl er in seiner Fae-Gestalt war. Mein Blick fiel auf Caleb, der in der Küchenzeile stand und Kaffee eingoss. *Ah, Kaffee. Der Scheiß, der nichts lösen kann, aber alles für fünf Minuten besser erscheinen lässt.*

Caleb schoss in einer verschwommenen Bewegung durch den Raum und drückte mir eine Tasse in die Hand, wobei er schmunzelte, weil er keinen Tropfen verschüttet hatte. Er stellte die anderen Tassen neben den anderen ab, bevor er sich in einen Sessel fallen ließ und den Knöchel aufs Knie des anderen Beines legte. Seine Haare waren frisch gestylt, er trug seine Uniform, und ich schätzte, dass er schon eine Weile auf den Beinen war. Aber das konnte man bei Vampiren nie so genau sagen, da sie alles zehnmal so schnell wie normale Fae erledigen konnten. Wenn sie jemals zu spät kamen, dann mit voller Absicht. Und ein Vampir, den ich nicht beim Namen nennen würde, war die Art von Arschloch, die es liebte, Dinge wie diese mit voller Absicht zu tun. *Verdammt, warum vermisse ich das?*

»Wie spät ist es?«, fragte ich, während ich an meinem Kaffee nippte, dessen Koffein mich noch munterer machte.

»Halb sieben«, sagte Caleb. »Nova hat für acht Uhr eine Versammlung einberufen.« Er wedelte mit seinem Atlas herum, und ich tastete nach meinem, der unter Darius' Bein eingeklemmt war. Er riss die Augen auf, als ich ihn herauszog, atmete scharf ein und sah mich mit zusammengekniffenen Augen an. »Kneifst du mir in den Hintern, Gwen?«

Ich schnaubte. »Widerlich. Und nenn mich nicht Gwen!«

»Warum ist das widerlich?«, fragte Seth, der ebenfalls aufgewacht war, sich gähnend aufsetzte und sich in Wolfsmanier an meinen Hals schmiegte. Er machte das in letzter Zeit so oft, dass ich es meistens gar nicht mehr bemerkte. »Darius hat einen hübschen, knackigen Hintern.«

»Weil er meine Schwester liebt, was ihn für mich so ansprechend macht wie ein drei Tage altes Thunfischsandwich – nichts für ungut«, entgegnete ich und Darius grinste.

»Für mich bist du auch ein altes Thunfischsandwich, Gwen«, stimmte er zu, und ich verpasste ihm einen Schlag gegen die Schulter wegen des Namens. Gleichzeitig konnte ich das Grinsen nicht unterdrücken.

»Mmm, tollkühner Thunfisch«, murmelte Geraldine im Schlaf. »Was eine große Forelle du bist.«

»Das ist *meine* Forelle, von der sie da spricht«, rief Max selbstgefällig und stand auf. Geraldines Fuß schoss nach vorn und direkt in seinen Schritt. Er krümmte sich vor Schmerz und sie schob ihn beiseite, während sie tadelnd aufstand.

»Du stehst mir immer im Weg, Max Rigel. Wenn du nicht willst, dass mir dein Langschwert in die Quere kommt, zieh Leine.«

»Inwiefern ist das meine Schuld?«, fragte Max empört.

»Inwiefern ist es das nicht?« Sie begann mit ihren morgendlichen Dehnübungen, beugte sich nach unten, um ihre Zehen zu berühren, und wiegte ihre Hüften hin und her, während Max ihr bewundernd zusah und ihren Streit vergaß.

Das Erste, was ich sah, als ich meinen Atlas anhob, war mein Horoskop, und ich las es, während ich versuchte, mich darauf zu konzentrieren, aufzuwachen und mein Gehirn für den Tag in Gang zu bringen.

Guten Morgen, Zwilling!
Die Sterne haben deinen Tag vorausgesagt.
Hüte dich vor Veränderungen und Umwälzungen, die dich heute aus dem Gleichgewicht bringen könnten. Es mag so aussehen, als befänden wir uns in schwierigen Zeiten, aber vergiss nicht, dass alles immer noch schlimmer werden kann. Versuche also, in Zeiten der Not ruhig zu bleiben und langfristig zu denken, wenn du erfolgreich sein möchtest.

Großartig. Sogar mein Horoskop wusste, wie beschissen alles gerade war. Ich öffnete FaeBook, um einen Blick auf die Welt zu werfen, die gerade implodierte, und der erste Beitrag, der angezeigt wurde, stammte von Tyler.

Tyler Corbin:

Was. Zur. Hölle.
Braucht noch jemand eine Zusammenfassung?
Big L taucht am Palast auf – und ihm qualmt der Arsch. Eine Vega an einem und Clara Orion am anderen Arm. Letzte sieht übrigens so aus, als wäre sie gerade frisch von den Toten zurückgekehrt. Äh, hallo? Schon mal was von Sonnenlicht gehört, meine Liebe? Du bist so blass, dass jede einzelne deiner Adern sichtbar ist.
Wie auch immer, Big L hält eine Rede über Geschenke der Sterne und heilige Drachen und weiß der Teufel was noch. Aber Moment mal, hat eigentlich irgendjemand zu diesem Zeitpunkt Clara beachtet? Das Mädchen hat tatsächlich und ungelogen geschwebt – Screenshot unten.
Ich will damit nicht sagen, dass es sich um ein Zombiemädchen handelt, das aus den Tiefen der Hölle geholt und in ein langes –

wenn auch heißes – Kleid gesteckt wurde. Und dass ein Dämon ihren hübschen Körper in Besitz genommen hat. Okay, genau das tue ich. Was zum Teufel??

König Lionel hat gerade die Macht übernommen und die Presse hat KEIN EINZIGES WORT über die schwebende Tussi gedruckt, die vor Jahren »verschwunden« und kürzlich wie durch ein Wunder wieder aufgetaucht ist, als wäre sie gerade aus Lionels Arschritze gekrochen. Offen gesagt würde das die Durchsichtigkeit ein wenig erklären, aber nicht genug, um die Theorie hundertprozentig zu stützen. Ich schließe sie aber nicht völlig aus, denn Big L hat Arschbacken aus Stahl, und ich würde es ihm zutrauen, sie auf die Größe von Däumelinchen geschrumpft zu haben und sie als Strafe dafür, dass sie sein Hackfleisch gefuttert hat, dazwischen zu klemmen. Aber wovon hat sie all die Jahre in seinem Arsch gelebt – von Arschstaub?

Ich schweife ab. Können wir uns alle auf das größere Problem konzentrieren, als dass Lionel den Thron übernimmt? Nämlich auf die gruselige, durchsichtige Schlampe, die Big L Gerüchten zufolge Daddy nennt.

#nope #ohnemich #ichwillhierraus
#wiearschstaubwohlschmeckt #arschritzhure
#eintyphatdieganzeshowausihremhinterkopfmitangesehen
#diegeisterdieichrief

Kommentare
Toby Dongle:
Bei den Sternen! Sie ist #einclarafallvonzombie

Cat Vann:
Ich hätte nichts dagegen, in Lionels #knusprigespalte zu kriechen.

Lacey Ledlow:
Ich wünschte, ich könnte unseren neuen König zu #hackfleisch machen.

Gizelle Alea Oyelade:
Sprich nicht schlecht über unseren König oder seine wundervolle Wächterin! #derwahrekönigistda

Shabnam Hosseini:
Glaubt ihr, Big L hat einen großen D? #daddydödel

Cynthia Rodriguez:
Ich würde ihn auch Daddy nennen und mich jederzeit zwischen seine stählernen Backen klemmen lassen #wokannmansichanmelden #ichwillindeinenschützengraben

»*Gott*, ich bin so was von nicht bereit für diesen Tag«, sagte ich niedergeschlagen und brachte nicht mal ein Lächeln angesichts von Tylers Post zustande. Und das war eine verdammte Schande, denn der war zum Totlachen. Ich nahm an, dass er jetzt vermutlich die Wahrheit über Clara erfahren könnte, und beschloss, ihn aufzuklären. Schließlich hatte Lionel seinen zwielichtigen Mist sowieso schon der ganzen Welt verraten.

»Dein sterbliches Gerede ist so seltsam. Liegt das daran, dass die Menschen denken, dass sie alle von Zeus oder so regiert werden?«, fragte Seth und ich bemerkte, dass er an einer meiner Haarsträhnen knabberte. Ich schubste ihn weg und stand auf, während ich meine Tasse leerte.

»Oder so, genau«, erwiderte ich schnaubend und ging ins Badezimmer. Bevor die Tür ins Schloss fiel, folgte mir Geraldine, zog ihr Top aus und entblößte ihre großen Brüste. Dann ließ sie auch ihre Hose fallen und betrat die goldene Dusche, die nach Darius Acrux schrie.

Ich putzte mir die Zähne und tauschte dann mit Geraldine den Platz, sobald sie unter der Dusche fertig war. Als wir uns unsere Uniformen angezogen hatten, warteten die Jungs bereits im Wohnzimmer auf uns. Sie sahen ungezwungen gut aus und schienen für jede Herausforderung gewappnet zu sein. Ich hoffte nur, dass sie wirklich auf alles vorbereitet waren, denn ich hatte das Gefühl, dass uns die Welt, die uns außerhalb des Baumhauses erwartete, nicht gefallen würde. Ich hatte absolut keine Lust, mich ihr zu stellen, aber mit den anderen an meiner Seite schien alles einfacher zu sein.

Gemeinsam gingen wir die Treppe hinunter und machten uns auf den Weg zum Orb, wo die Versammlung stattfinden sollte. Darius zupfte an meinem Ärmel, zog mich hinter die Gruppe und wirkte eine Stillekuppel um uns herum.

Ich runzelte neugierig die Stirn. »Was ist los?«

»Also … ich muss dich etwas fragen.« Sein Adamsapfel wippte, während er mich anstarrte, und ich hatte das Gefühl, dass mir nicht gefallen würde, was er zu sagen hatte. Ganz ehrlich – alle Nachrichten, die uns dieser Tage erreichten, waren schlechte Nachrichten. Ich hätte mich inzwischen wahrscheinlich daran gewöhnen sollen.

»Was ist los? Du hast diesen unheilverkündenden Drachenblick aufgesetzt, und das gefällt mir nicht.«

»Es ist nicht so schlimm, es ist nur … Du musst Lance besuchen.«

»Was?«, zischte ich, und mein Herzschlag zählte plötzlich tausend Schläge pro Minute. »Nein«, platzte ich instinktiv hervor. Bei meinem letzten Besuch hatte er mich weggeschickt, mir befohlen, ihn in Ruhe zu lassen, und so getan, als wäre unsere Beziehung bedeutungslos. Er hatte mir das Herz herausgerissen und zugesehen, wie es für ihn geblutet hatte. Ich würde nicht dorthin zurückkehren. Was er außerdem auch gar nicht wollte. Und ich würde mich ganz sicher nicht aufs Neue in die Wüste schicken lassen.

»Er hat zugestimmt«, sagte Darius schnell, als würde das die Sache besser machen.

»Ach, *na dann*«, entgegnete ich sarkastisch. »Dann fliege ich sofort hin und springe ihm wie eine gehorsame Brieftaube in die Arme. O nein, warte, ich würde lieber Greifenscheiße fressen.«

»Darcy.« Darius seufzte. »Das Sternversprechen, das er gebrochen hat, ist gefährlich für ihn. Die Pechsträhne, die er hat, bedeutet, dass er immer wieder mit den übelsten Arschlöchern an diesem Ort konfrontiert wird. Ich musste gestern einen gebrochenen Arm und eine gebrochene Nase heilen.«

Ich blieb stehen, denn der Schrecken dieser Nachricht schnürte mir die Kehle zu und das tat höllisch weh.

Darius drehte sich mit ernstem Blick zu mir um. »Und es ist mehr als das. Wir müssen herausfinden, was in dem Tagebuch seines Vaters steht. Er wird nie die Chance dazu haben, solange er unter diesem Fluch steht.«

Ich holte tief Luft und versuchte, ihn durch die Wolke aus Wut und Verrat in meinem Kopf hindurch zu hören. Langsam und geschlagen nickte ich. Ich konnte Orion nicht einfach dort drin leiden lassen. Und obwohl ich es nie zugeben würde, brachte mich das Wissen, dass er verletzt wurde, dazu, die Wände dieses Gefängnisses durchbrechen und ihn so weit wie möglich wegbringen zu wollen. Ich wusste, dass ich das nicht tun konnte, aber ich konnte ihm trotzdem helfen … indem ich das Sternversprechen löste.

»Okay«, willigte ich widerwillig ein. »Rein und raus – fünf Minuten, mehr nicht.«

»Deal«, erklärte er mit grimmigem Blick. »Aber du *könntest* mit ihm reden.«

»Nein«, knurrte ich. »Ich habe ihm eine Chance gegeben, mit mir zu reden, und er hat mir befohlen, mich von ihm fernzuhalten. Ich bin fertig mit ihm, Darius.«

Er sah aus, als wollte er noch mehr sagen, nickte aber schließlich und löste die Stillekuppel auf. »Okay, heute Abend.«

Scheiße. Heute Abend?

»Klar«, sagte ich, als wäre es mir egal. Aber das war es nicht, verdammt, das war es wirklich nicht.

Wir gingen weiter und beeilten uns, die anderen einzuholen, während ich versuchte, angesichts der eben geplatzten Bombe nicht in Panik zu geraten. *Kein großes Ding. Rein und raus. Fünf Minuten.*

Auf dem Campus herrschte eine seltsame Stimmung. Mit uns gingen noch etliche andere Studenten in Richtung Orb, einige sichtlich überglücklich, andere bedrückt. Ich gehörte definitiv zur zweiten Gruppe. Dass Lionel den Thron bestiegen hatte, war das Schlimmste, was uns je hätte passieren können. Ich hatte keine Ahnung, wie wir ihn jetzt noch aufhalten sollten. Ich wusste nur, dass wir es mussten.

Wir erreichten den Orb und traten ein. Mein Herz schlug etwas schneller, als ich Nova sah, die am anderen Ende des Raumes vor dem Lehrkörper stand und ein breites, beunruhigendes Lächeln aufgesetzt hatte.

Ich wollte zum A. N. U. S.-Tisch gehen, aber Seth hielt meine Hand fest und zog mich in Richtung der Couch der Erben. Noch überraschender war, dass Max gleichzeitig die Hand nach Geraldine ausstreckte. Sie weigerte sich nicht, sondern ließ sich von ihm zur Couch führen. Vielleicht brauchten wir einander heute alle ein bisschen dringender.

Ich ließ mich zwischen Seth und Geraldine fallen, während Max sich auf ihre andere Seite setzte und Darius und Caleb auf den Armlehnen Platz nahmen. Mein Blick fiel auf Tory, die mit Mildred im vorderen Bereich des Raumes saß. Es war die Hölle, dass ich nicht einfach dorthin gehen, dieser Schnurrbart-Schlampe eine Ohrfeige geben und meine Schwester dorthin zurückbringen konnte, wo sie hingehörte. Natürlich *könnte* ich es, aber es war weder das Nachsitzen noch den Streit mit meiner Schwester wert. *Seufz.*

Seths Hand umschloss weiterhin die meine, auch als ich versuchte, ihn loszuwerden. Doch als ich den Mund öffnete, um ihn zurechtzuweisen, ergriff Nova das Wort. Ihre Stimme schallte durch den Raum.

»Ein neuer König hat den Thron erobert. Eine neue Ära hat begonnen. Eine Ära, in der wir die Fehler der Vergangenheit wiedergutmachen und zu den Fae heranreifen werden, die wir immer hätten sein sollen.« Einige Mitglieder der Belegschaft klatschten, viele taten es nicht.

Ich bemerkte, dass Gabriel starr auf seinem Platz saß, die Hände zu

Fäusten geballt auf dem Tisch vor ihm, während er Nova kühl in den Rücken starrte. Washer saß zu seiner Rechten, schüttelte den Kopf und raunte Gabriel etwas zu. Mein Bruder nickte, was bedeutete, dass sie sich ausnahmsweise einmal einig waren.

Ich warf Seth einen Blick zu, während sich mein Magen zusammenzog.

Nova fuhr fort: »König Acrux hat heute Morgen ein neues Gesetz erlassen und mir einen persönlichen Brief geschickt, in dem alle Einzelheiten für die Zodiac Academy erläutert werden.«

Mein Herz schlug unregelmäßig, und ich hörte auf, mich gegen Seths Umklammerung meiner Hand zu wehren. Stattdessen erwiderte ich den Druck sogar.

Ein Raunen ging durch die Menge, das Nova sofort zum Schweigen brachte. »Ab heute werden unterschiedliche Formgebungen nicht länger miteinander verkehren, sozialisieren oder sich kreuzen, es sei denn, sie haben die ausdrückliche Erlaubnis des Königs selbst.«

Die Luft wurde dick und das Atmen fiel mir schwerer, während um mich herum wütende Rufe ertönten.

»Auf keinen Fall!«, brüllte Max.

»Das ist ein Skandal!«, meinte Geraldine mit einem Keuchen. »Wir lassen uns nicht wie Farben auf einer Rechentafel trennen.«

»Setzen Sie sich!«, befahl Nova und hob drohend die Hände, woraufhin sich einige H. U. R. E. N. erhoben und ihr den Rücken stärkten. Tory war unter ihnen, und Schatten waberten aus ihren Händen, woraufhin einige Leute aus den vorderen Reihen flüchteten. »König Acrux hat mich gebeten, loyale Mitglieder der Studentenschaft zu beauftragen, die Einhaltung des Gesetzes zu gewährleisten. Die Auserwählten werden einen gewissen Spielraum haben und sich mit anderen Formgebungen zusammenschließen dürfen, solange es im Interesse des Königs ist. Auch Lehrer dürfen sich in begrenztem Umfang mit Studenten beschäftigen, die zusätzliche Aufmerksamkeit benötigen, solange sich ihre Gespräche ausschließlich auf akademische Themen konzentrieren. Sie dürfen wie gewohnt Unterricht und Nachsitzen abhalten, vorausgesetzt, sie halten sich an den neuen Verhaltenskodex, den ich ihnen heute Morgen per E-Mail geschickt habe.«

Nein. Fuck. Nein. Das konnten wir nicht zulassen.

Ich stand auf, und Seth und die anderen Erben folgten meinem Beispiel. Ich ließ Seths Hand los, um mich auf einen Kampf vorzubereiten, und bemerkte, dass die anderen A. N. U. S.-Mitglieder auf mich und Geraldine zustürmten, um uns Rückendeckung zu geben.

»Das werden wir nicht hinnehmen«, knurrte Caleb und drückte seine Schulter an meine. Darius hinter ihm ließ ein tiefes Knurren vernehmen.

»Es ist das Gesetz, Mr. Altair«, erwiderte Nova scharf.

Ein Mini-Tornado wütete in meiner linken Hand und Flammen züngelten um meine rechte, während ich Nova die Zähne zeigte. Ich war so voller Hass.

»Lionel Acrux wird nie mein König sein«, fauchte ich.

»Sie setzen sich jetzt alle oder es wird schlimme Konsequenzen geben«, warnte Nova, und Tory trat vor und hob die Hände, woraufhin Rauch aus ihnen strömte.

Ich keuchte und wirkte einen Luftschild, der sich mit Seths und Max' Schilden verband. Unsere Magie ging nahtlos ineinander über. Ich biss die Zähne zusammen, als die Schatten auf den Schild trafen und alle hinter uns vor der Explosion schützten, die wie eine Ölpest über die Kuppel hereinbrach.

Die Stärke ihrer dunklen Macht trieb mir Schweißperlen auf die Stirn, und ich zwang noch mehr Magie in den Schild, während ich alles um uns herum aus den Augen verlor, als die Schatten die Welt dahinter verschlangen. Schreie erklangen, und Adrenalin schoss durch meine Adern.

Plötzlich ließ der Druck nach, und mein Herz klopfte wie wild, als die Schatten verschwanden und ich alle Geschwister der Erben auf den Knien vor Tory sah. In ihren Augen wirbelte Dunkelheit.

»Genug!«, schrie Nova. »Der König hat beschlossen, dass jede notwendige Kraft eingesetzt werden darf, um sicherzustellen, dass sein neues Gesetz eingehalten wird. Sie werden jetzt alle zurücktreten oder die Strafe wird auf die Fae vor uns fallen. Dies ist Ihre letzte Warnung.«

Meine Kehle wurde eng, und als ich zu den anderen sah, entdeckte ich die Niederlage in ihren Blicken.

»Unsere Herzen sind aus Sonnenstahl und unser Wille kann nicht gebrochen werden!«, rief Geraldine.

»Wir haben keine verdammte Wahl«, knurrte Darius, während er ihren Arm packte. Seine Augen wurden zu goldenen Schlitzen, als sein Drachen herauszukommen verlangte.

Als er meinem Blick begegnete, zerbrach mein Herz, denn ich spürte, dass wir nachgeben mussten. Er hatte recht. Denn was konnten wir auch tun? Wenn wir uns widersetzten, würde Lionel uns verhaften lassen. Wir würden ihm den Vorwand liefern, den er benötigte, um uns loszuwerden. Und wir konnten nicht riskieren, dass die Geschwister der Erben verletzt wurden.

Ich ließ die Hände sinken, und die anderen folgten meinem Beispiel. Ein Lächeln huschte über Novas Gesicht, und Zorn durchströmte meine Brust wie eine Flutwelle.

»Mylady, wir werden kämpfen, wenn du das willst«, sagte Geraldine zu mir, und ich drehte mich zu den A. N. U. S.-Mitgliedern um, die hinter mir standen – bereit, in die Schlacht zu ziehen.

Ich schüttelte den Kopf. Niemals würde ich zulassen, dass sie sich für mich in Gefahr begaben. Lionel würde dafür sorgen, dass dieses Gesetz eingehalten wurde. Und es war noch nicht an der Zeit, unser Leben für einen Kampf aufs Spiel zu setzen, den wir verlieren würden.

»Bleibt zurück!«, befahl ich mit fester Stimme, und sie taten es sofort. Mich überraschte, wie bereitwillig sie auf mich hörten.

»Hinsetzen!«, gebot nun Nova, und wehmütig ließen wir uns wieder in unsere Sitze fallen. Nova drückte die Schultern zurück und blickte zu den wenigen Lehrern, die ebenfalls von ihren Stühlen aufgestanden waren, darunter Gabriel.

Langsam setzte er sich wieder neben Washer. Plötzlich glänzten seine Augen – eine Vision? Mein Herz stotterte. Konnte er einen Ausweg *sehen*? Ich musste mit ihm sprechen. Wenn wir etwas tun konnten, um das alles zu stoppen, musste ich es wissen. Wenn jemand jetzt eine Lösung finden konnte, dann er.

»Tory Vega wird die Majestätische Oberherrschaft für Elitäre Sonder-Einsätze in der Nation hier an der Academy leiten, und jeder, der auserwählt wird, darf sich mit anderen Formgebungen zusammentun, wann immer es nötig ist, um das neue Gesetz an der Zodiac Academy aufrechtzuerhalten. Die Mitglieder der Taskforce werden mir direkt Bericht erstatten, sollte es jemals zu einem Verstoß kommen.« Nova sprach in einem lockeren Tonfall, als wäre es nicht total verrückt, dass sie die Geschwister der Erben vor sich auf den Knien hatte.

»Moment … bei den Sternen, das sind die *Mösen*«, zischte Tyler hinter mir, aber selbst das brachte mich jetzt nicht zum Lachen.

Nova brachte die Menge erneut zum Schweigen. »Bitte begeben Sie sich nun in Ihre Klassen und achten dabei darauf, sich in Ihre Formgebungen zu verteilen. Die Lehrer der ersten Unterrichtsstunden werden Sie mit den neuen Gepflogenheiten der Academy vertraut machen und alle Ihre Fragen dazu beantworten. Bitte treten Sie beim Verlassen des Orbs nacheinander durch die Tür. Es wurde ein Zauber aktiviert, der Sie mit dem Symbol Ihrer Formgebung markiert. Genießen Sie diesen wunderbaren Tag.«

Wir werden markiert?

»Um Mitternacht im Hollow«, sagte Darius leise, und wir nickten alle, bevor wir uns aufteilten und zur Tür gingen.

»Ich werde es dieser krabbenköpfigen Kröte von Rektorin noch zeigen«, zischte Geraldine, als sie vor mir in Richtung Ausgang schritt. »Die Allmächtige Nationale Union der Souveränität wird das nicht hinnehmen.«

Ich reihte mich in die Schlange am Ausgang ein und fing Sofias Blick auf, als ich über die Schulter blickte. Sie stand dicht neben Tyler, und in ihren Augen funkelte Sorge. Direkt hinter ihnen standen Xavier und ein paar weitere Mitglieder der Pegasus-Formgebung, die ich vage wiedererkannte. Sein Unterkiefer pulsierte, und in seinen Augen stand die pure Wut. Eine Wut, die ich tief in meiner Seele spürte.

Ich trat durch die Tür und spürte, wie der Zauber über meine Haut glitt. Ein magisches Kribbeln durchströmte mich, und neben dem Wappen der Zodiac Academy auf meinem Blazer leuchtete ein magisches Symbol auf – ein in Flammen stehender Phönix. Ich strich mit den Fingern über das Zeichen, während ich die Nase rümpfte. Meine Schwester war der einzige andere existierende Phönix, also hatte Lionels kleines Gesetz eine doppelte Wirkung für mich. Ich war im Grunde von allen anderen abgeschnitten. Aber ich würde mich ohnehin nicht an seine Regeln halten.

Ich ging zur Jupiter Hall und reihte mich mit einem Knurren draußen auf, wo der Boden mit Linien in Abständen von mehreren Schritten markiert war, neben denen Symbole der einzelnen Formgebungen standen. Tyler und Sofia gesellten sich zu mir in die Pegasus-Reihe, und ich wich keinen Zentimeter zurück.

»Das ist doch Schwachsinn«, brummte Tyler, während der Rest der Klasse sich verteilte und die anderen Pegasus-Studenten sich hinter uns positionierten.

Kylie erschien schmollend und mit verschränkten Armen am Ende der Schlange, wo sie sich in den für sie bestimmten Abschnitt einreihte. Alle um sie herum ignorierten sie wie üblich, aber mein Herz machte einen Sprung, als Tory mit Schatten in den Augen auftauchte und direkt auf sie zuging.

»Du wurdest ausgewählt, der Majestätischen Oberherrschaft für Elitäre Sonder-Einsätze in der Nation beizutreten«, sagte sie mit ausdrucksloser Stimme und hielt ihr eine rechteckige goldene Anstecknadel mit der Aufschrift M. O. E. S. E. N. hin. Ich schnaubte.

Ein breites Grinsen erschien auf Kylies Gesicht, als sie die Anstecknadel ergriff und sich ansteckte. »Also kann ich allen sagen, was sie tun sollen?«, fragte sie aufgeregt.

»Du kannst dafür sorgen, dass das Gesetz eingehalten wird«, korrigierte Tory sie, dann drehte sich Kylie zu mir um und zeigte aufgeregt auf mich.

Kalte Wut durchströmte mein Blut.

»Darcy Vega steht im Pegasus-Bereich«, rief sie aus, und Tory blickte in meine Richtung. Ihre Haare bewegten sich gemeinsam mit den Schatten, die um sie herum wirbelten. Viele der Studenten wichen beim Anblick der Schatten zurück, und mein Herz klopfte laut, als sie auf mich zukam.

»Tory«, flüsterte ich, ohne die Hände zu heben. Ich würde sie niemals angreifen.

Ich wirkte keine Verteidigungsmaßnahmen, sondern sah ihr in die Augen und suchte nach einem Teil meiner echten Schwester, auf den ich mich verlassen konnte. Mein Magen zog sich zusammen, und Sofia griff nach meiner Hand, als wollte sie mich wegziehen, aber ich ging auf Tory zu, um zu sehen, ob sie sich mir wirklich entgegenstellen und mir etwas antun würde.

»Ich bin's, Tor«, flehte ich, verzweifelt bemüht, zu ihr durchzudringen. »Deine Schwester.«

»Clara ist jetzt meine einzige Schwester«, sagte sie leichthin, und ihre Worte fühlten sich an wie eine Giftinjektion. *Ihre verdammte Schwester? Niemals.* »Geh auf deinen Platz«, warnte sie, aber ich schüttelte den Kopf, während mein Herz vor Schmerz brannte.

Sie hob die Hand und Schatten schossen auf mich zu. Ich wehrte mich nicht, sondern betete, dass sie aufhören würde, sobald sie merkte, was sie tat. Aber das tat sie nicht. Die Schatten schnürten mir die Kehle zu und warfen mich zu Boden, wo ich hustend in den Phönix-Abschnitt fiel. Das Gewicht der Schatten drückte mich zu Boden, und ich biss die Zähne zusammen, als sie versuchten, unter meine Haut zu gelangen. Aber meine Phönixflammen brannten heißer und blockierten sie, als sie wie eine Feuerwand durch mich hindurchschossen. Das hielt sie zwar nicht davon ab, ihre Kraft einzusetzen, um mich bewegungsunfähig zu machen, aber die Schatten konnten nicht mehr in mich eindringen. Trotz all der Schmerzen tat nichts so weh wie die Tatsache, dass sie sich so gegen mich gewendet hatte.

Schließlich befreite sie mich aus ihrem Griff, und ich rappelte mich mit einem Knurren auf und sah ihr dabei zu, wie sie die Reihe abging und die Symbole aller überprüfte, um sicherzustellen, dass niemand mit jemandem zusammenstand, mit dem er nicht zusammenstehen sollte. Mein Herz schlug unregelmäßig, aber ich kümmerte mich nicht um den Krieg, der in meinem Körper tobte. Wir würden bald das Antiserum gegen das von Lionel verabreichte Formgebungsunterdrückungsmittel haben, und sobald ihr Phönix erwacht war, würde sie auch die Schatten abwehren können. Das wusste ich einfach.

Das laute Klackern hochhackiger Schuhe verriet mir, dass Professor Highspell eingetroffen war. Sie rauschte in einem eng anliegenden roten Kleid an mir vorbei; ihre dunklen Haare fielen in weichen Wellen über ihre Schultern. Sie nickte Tory zu, bevor sie in den Kursraum ging und uns hineinbat. Dabei warf sie einigen Jungen, die an ihr vorbeigingen, zuckersüße Lächeln zu. Als ich sie passierte, färbten sich ihre grünen Augen pechschwarz, und ich erwiderte ihren finsteren Blick.

»Es gibt jetzt einen neuen Sitzplan, an den sich alle halten müssen«, verkündete Highspell, bevor sich jemand setzen konnte, und ich stand mit verschränkten Armen da und betrachtete das neu arrangierte Zimmer. Über die Hälfte der Sitze war in Gruppen nach hinten gerückt worden. Die andere Hälfte – die im vorderen Teil – war gegen gepolsterte Stühle ausgetauscht worden. Auf ihren Tischen standen Gläser mit Wasser und daneben Mini-Muffins.

»Die folgenden Formgebungen nehmen hinten im Raum Platz«, rief Highspell, während sie zu ihrem Schreibtisch ging – Orions verdammtem Schreibtisch! – und ihren Atlas herausholte.

Meine Kehle wurde eng und ich teilte einen besorgten Blick mit Sofia.

»Heptianische Kröten, Tiberianische Ratten, Pegasus-Wandler, Minotauren, Sphinxe, Experianische Hirschwandler ...« Sie fuhr fort, und jede aufgerufene Formgebung ging vor sich hin murmelnd nach hinten, um sich gruppenweise zu setzen.

Als sie fertig war, lächelte sie hämisch, und ich hätte ihr am liebsten diesen Ausdruck aus ihrem abstoßend hübschen Gesicht geschlagen. Sie berührte die schimmernde Aquamarinkette an ihrem Hals, während ihr Blick über die übrigen Studenten wanderte, die darauf warteten, sich setzen zu dürfen. »Der Rest darf sich vorn hinsetzen.« Sie deutete auf die überwiegend mächtigen, raubtierhaften Formgebungen im Raum, und mein Herz schlug wie wild, als Harpyien, Nemëische Löwen, Mantikore, Vampire, Werwölfe, Sirenen und andere sich in Bewegung setzten, um ihre Plätze einzunehmen.

»Was ist das?«, fragte ich, während ich wie angewurzelt stehen blieb. Meine Kommilitonen waren unterdessen bereits im Begriff, die viel bequemeren Sitze in Beschlag zu nehmen, und einige von ihnen schienen dabei viel zu selbstzufrieden.

Highspell runzelte die Stirn und schien schockiert angesichts dieser Frage. »Das ist die neue Regelung«, sagte sie leichthin. »Die Klassen werden jetzt nach niederen und höheren Formgebungen aufgeteilt.«

»Niederen?«, fauchte ich. »Wer sind Sie, das zu beurteilen?«

»Ich bin eine bescheidene Dienerin unseres Königs«, sagte sie kühl und ihre Augen blitzten. »Und Sie werden die Methoden unseres neuen Herrschers nicht infrage stellen, Miss Vega.«

Mein Puls hämmerte in meinen Ohren, und ich weigerte mich, einen der vorderen Plätze einzunehmen.

»Das ist falsch«, knurrte ich, und mehrere Leute murmelten zustimmend.

»Wenn es Ihnen nicht gefällt, Miss Vega, dann können Sie sich mit den anderen niederen nach hinten setzen«, sagte Highspell mit einem Grinsen, das besagte, dass sie von mir erwartete, dass ich mich für einen bequemeren Platz entscheiden würde. »Aber da Ihre Noten im letzten Schuljahr miserabel waren, würde ich Ihnen empfehlen, die Vorteile zu nutzen, die Ihnen in der neuen Welt geboten werden.«

»Sie und Ihre neue Welt können mich mal«, knurrte ich, drehte ihr den Rücken zu und begab mich in den hinteren Teil des Klassenzimmers.

»Mr. Corbin, seien Sie ein guter Junge und machen Sie bitte einen Platz für Miss Vega frei, damit sie sich zu den anderen ihresgleichen nach hinten setzen kann«, höhnte Highspell, wohl wissend, dass ich außer Tory, die bereits gefühllos ihren Platz eingenommen hatte, niemanden hatte.

Tyler zeigte Highspell unbekümmert den Mittelfinger und brachte damit eine Gruppe von Studenten um ihn herum zum Lachen. Ich lächelte, ließ mich neben ihm nieder und warf Highspell einen herausfordernden Blick zu.

Ihre Augen wurden zu schlangengleichen Schlitzen, aus denen ihre Medusa-Formgebung hervorlugte.

»Das wird nicht toleriert«, zischte Highspell.

Tory erhob sich und wie ein braves kleines Schoßhündchen sprang auch Kylie auf.

»Aufstehen, Miss Vega!«, schnauzte Highspell mich an. Sie hob ihre Handflächen und ich errichtete schnell einen Luftschild um mich herum.

»Nein«, sagte ich, während meine Atmung immer hektischer wurde.

Hinter mir ertönte ein Murmeln, als sich Tory uns näherte, und ich hörte, wie einige von ihnen meinen »verwirrten Geist« erwähnten, was mich zusammenzucken ließ. Ich hatte genug. Genug von den Lügen, genug davon, dass alle glaubten, Tory hätte wirklich die Seiten gewechselt, und genug davon, als Verrückte abgestempelt zu werden, die in ihrer Freizeit mit Raben sprach. Und jetzt, da Lionel seine Manipulation der Schatten aufgedeckt hatte, gab es keinen Grund mehr, Darius und die anderen davor zu bewahren, als Besitzer des Fünften Elements enttarnt zu werden. Lionel würde nicht zulassen, dass sie dafür bestraft wurden. Schließlich hatte er jetzt die Oberhand und das

Fünfte Element als Geschenk der Sterne ausgezeichnet.

Ich sprang auf und hob mein Kinn. »Lionel Acrux kontrolliert meine Schwester mit den Schatten. Er hat uns gezwungen, an einem Ritual teilzunehmen, das …«

»Genug!«, schrie Highspell.

»… einen Meteor vom Himmel geholt hat. Lionel hat ihn mit seinem Drachenfeuer zu Sternenstaub zerfallen lassen und …«

Highspell wedelte mit der Hand, und ein Eissturm prallte auf meinen Luftschild.

Tory hob ihre Handflächen und stellte sich an Highspells Stelle, aber ich beschloss, einfach weiterzureden, bis sie mich zum Schweigen bringen konnten. Denn was hatte ich jetzt noch zu verlieren? »Er hat ein Portal zum Schattenreich geschaffen«, rief ich und bemerkte, dass mich eine Gruppe von Leuten mit ihren Atlassen aufzeichnete. »Er hat mich, Tory, Darius, Xavier und Lance Orion gezwungen, im Herzen des Meteoritenkraters niederzuknien und …«

Schatten schossen auf mich zu, und eine Gruppe von Studenten lief schreiend um mich herum, aber ich schirmte alle ab, die nah genug bei mir waren. Die Dunkelheit prallte auf meinen Schild, und ich fluchte, als ich mich zeitweise konzentrieren musste, um sie abzuwehren. Aber ich schaffte es, weiterzureden, damit alle, die die Wahrheit hören wollten, sie auch hören konnten. »Wir wurden ins Schattenreich geschleudert, und als wir zurückkehrten, wurde uns allen das Fünfte Element verliehen – auch Lionel Acrux und seinen Anhängern. Es war das gleiche Ritual, das er vor Jahren mit Clara Orion durchgeführt hat, und von dort war sie zurückgekehrt. Sie war all die Jahre im Schattenreich, und jetzt …« Ein Schwall von Energie blendete mich, als die volle Wucht von Torys Schatten auf mich einschlug und mein Luftschild schließlich nachgab.

Ich wurde zu Boden geworfen, und mein Phönix erhob sich, um mich vor ihrer Kraft zu schützen, bevor sich die Schatten um meinen Körper legten und mich durch den Raum schleiften. Ich wurde nach vorn gezerrt und auf einen Sitz katapultiert.

Als sich der Nebel der Dunkelheit lichtete, drangen Schreie an mein Ohr, die mir das Blut in den Adern gefrieren ließen.

Ich drehte mich auf meinem Stuhl um, der von meinen Mitschülern weggeschleift worden war, und sah, wie alle Mitglieder der Pegasus-Formgebung den Schatten zum Opfer fielen. Sie schrien und wieherten, während sie für das bezahlten, was ich getan hatte.

»Nein!«, schrie ich und versuchte, aufzustehen, aber die Schatten hielten mich weiterhin fest.

Highspell lächelte. Sie schien das Chaos sichtlich zu genießen. Als die Schreie endlich verstummten, wandte sie sich der Tafel zu, um die Klasse zu unterrichten, während ich mir leise vornahm, sie zu vernichten.

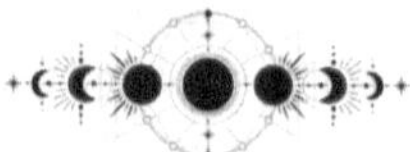

Ich flog mit Gabriel an meiner Seite und ließ alle Anspannung des Tages hinter mir, während wir uns durch die Wolken schlängelten und über ihnen flogen, um den Sonnenuntergang zu beobachten. Was wir taten, war nicht erlaubt, aber technisch gesehen brachte Gabriel mir das Fliegen bei, sodass er uns bei Bedarf decken könnte.

»Highspell hat mir eine Woche Nachsitzen aufgebrummt«, sagte ich, während wir nebeneinander schwebten, meine brennenden Flügel hinter mir schlagend, während sich seine ebenholzschwarzen Schwingen im Takt mit meinen bewegten.

Ich hatte ihm erzählt, was sie getan hatte. Nicht, dass er etwas dagegen unternehmen könnte, aber vielleicht war ihm eine Vision geschenkt worden, die uns in dieser Situation Hoffnung geben könnte. Ich hatte bis jetzt mit der Frage gewartet, weil ich einfach nur fliegen, frei sein und all den Mist vergessen wollte, der heute passiert war.

»Ich verachte diese Frau«, knurrte er.

»Ich nehme nicht an, dass du eine Möglichkeit *siehst*, sie feuern zu lassen, oder?«, fragte ich halb im Scherz, halb im Ernst.

»Ich fürchte, sie wird vorerst bleiben«, erwiderte er seufzend.

»Und was ist mit Lionel? Wird er bleiben?«, fragte ich, während sich meine Kehle zusammenzog, als ich mich ihm zuwandte.

Seine grauen Augen verdunkelten sich. »Ich habe den ganzen Tag die Sterne befragt«, gab er zu. »Es gibt noch Hoffnung. Aber sie ist abhängig vom Imperialen Stern.«

Ich nickte, und plötzlich verschwand er in den Wolken. Ich nahm die Verfolgung auf, klappte meine Flügel an und wich einer Herde Greifen aus, die unter uns dahinzog.

Gabriel flog weiter vor mir her, bis wir den Campus unter uns sahen, und ich folgte ihm in einiger Entfernung, bevor er durch sein Bürofenster flog. Ich umkreiste das Gebäude einmal, um sicherzugehen, dass die Luft rein war, und landete dann sanft in seinem Büro. Er könnte uns vielleicht bis zu einem gewissen Grad decken, aber ich wollte nicht, dass jemand zu genau darauf achtete, wie viel Zeit wir miteinander verbrachten. Soweit ich wusste, war seine Verbindung zu mir und Tory noch ein Geheimnis – solange Tory uns nicht verraten hatte. Aber da sie kaum zu wissen schien, wer wir waren, hofften wir, dass dies nicht der Fall war.

Er schob das Fenster zu und schuf eine Stillekuppel. Sein Büro war spärlich eingerichtet, und ich glaubte nicht, dass er hier viel Zeit verbrachte. Gabriel kehrte an den meisten Abenden per Sternenstaub nach Hause zu seiner Familie zurück, und obwohl er sagte, dass ich jederzeit mitkommen konnte, wusste ich, dass ich Zodiac nicht verlassen konnte, solange meine Schwester hier war. Sie brauchte mich, ohne es zu wissen. Und ich musste in ihrer Nähe sein, um ihr zu helfen, falls jemals etwas passieren sollte.

Gabriel ging zu seinem Schreibtisch und nahm ein Fläschchen sowie ein paar Spritzen aus der obersten Schublade. »Hier ist das Antiserum gegen das Mittel zur Unterdrückung von Formgebungen«, sagte er mit einem Halblächeln.

Mein Herz machte einen Sprung, und ich wollte es sofort an mich reißen, aber er schüttelte den Kopf. »Sie werden dich auf dem Weg zurück zum Aer-Turm aufhalten, und wenn sie das Mittel finden, werden sie es dir wegnehmen. Dann wird Nova dich für den Abend in Gewahrsam nehmen.«

Mein Mund öffnete sich, weil ich ihn auffordern wollte, es mir trotzdem zu geben. Ich würde schon einen Weg finden, es Tory zu verabreichen. Aber dann seufzte ich. Ich vertraute seiner Gabe. Ich musste lediglich den Drang unterdrücken, mir das Mittel zu schnappen, zu Tory zu fliegen und es ihr sofort zu injizieren.

»Wenn du diesen Gedanken weiterverfolgst, wirst du ebenfalls aufgehalten und durchsucht ... Ah, aber wenn du *diesen* Weg einschlägst, wirst du nicht in der Lage sein, es ihr zu geben. Nein, es wird heute Abend einfach nicht funktionieren.« Gabriel zuckte mitfühlend mit den Schultern.

Ich seufzte und meine Flügel lösten sich hinter mir auf. »Ich hasse es, wenn du das tust«, sagte ich, aber ein Grinsen huschte über mein Gesicht.

Er gluckste. »Ach, du liebst es.«

»Ja, das tue ich«, hauchte ich und lachte, doch dann verging mir das Lachen, als die Last dieses Tages wieder auf mich hereinbrach. Er ging auf mich zu und umarmte mich wortlos, wobei er sein Kinn auf meinen Kopf legte. Für einen Moment blieb die Welt stehen und alles war in Ordnung. Nur für einen Moment. Aber was für ein verdammt perfekter Moment es war.

»Also, der Imperiale Stern ...«, begann ich, als er mich losließ.

Ich setzte mich auf seinen Schreibtisch und verschränkte die Beine unter mir, während ich mit einer Haarsträhne spielte. Ich hatte mir für den Flug Leggings und ein bauchfreies Top angezogen, aber jetzt wärmten mich meine Flügel nicht mehr, und ich fröstelte. Also stachelte ich das Feuer in meinen Adern an, um die Kälte fernzuhalten.

Gabriels Flügel verschwanden, und ich betrachtete die Tätowierungen auf seiner Brust und fragte mich, welche Geheimnisse sich dahinter verbargen. Dinge, die geschehen waren, und Dinge, die noch geschehen würden. Seine Gabe war auf seine Haut geschrieben, Zukunft, Vergangenheit und Gegenwart. Über seinem Herzen befanden sich Sternzeichen, die in einem wunderschönen Kreis miteinander verbunden waren, und er kratzte genau diese Stelle, als er sich auf einen Stuhl vor mir fallen ließ.

»Ich kann nicht *sehen*, wo er ist«, sagte er mit einem Stirnrunzeln. »Aber ich kann *sehen*, dass Lance der Schlüssel ist, um ihn zu finden.«

Ich nickte langsam und biss auf meine Unterlippe. »Du weißt es wahrscheinlich schon, aber …«

»Du wirst ihn heute Abend sehen?«, fügte er mit einem Grinsen hinzu. »Er hat etwas sehr Wichtiges zu erledigen. Und du musst ihm dabei helfen.«

»Ich werde ihn von dem Versprechen befreien, das wir einander gegeben haben«, sagte ich. Meine Brust verkrampfte sich und plötzlich konnte ich seinem Blick nicht länger standhalten. Gabriel *sah* so viel – konnte er auch durch mich hindurchsehen und den Schmerz erkennen, den ich dieser Tage so sehr zu verbergen suchte? Die Liebe für Lance in mir, die so stark war wie eh und je?

»Es ist mehr als das«, sagte er vorsichtig, als könnte er nicht zu viel sagen. »Tu einfach, was du kannst, um ihm zu helfen.«

Ich runzelte die Stirn. »Was *siehst* du?«, drängte ich und die Geheimnisse, die in seinen Augen lauerten, ließen mein Herz schneller schlagen.

»So viele Wege«, sagte er mit einem gequälten Gesichtsausdruck, der mich beunruhigte, weil ich nicht wusste, wie viele davon schlecht waren. »Gib einfach dein Bestes, folge deinem Herzen und all dieser Scheiß.«

Ich lachte leise, aber es versiegte in meiner Kehle, während ich mein Kinn in meine Hand stützte und meinen Ellbogen auf mein Knie legte. »Ist einer dieser Wege gut? Gibt es in der Zukunft etwas, auf das man sich freuen kann, Gabriel?«

Eine Falte bildete sich zwischen seinen Augenbrauen, und er rückte seinen Stuhl näher zu mir heran. »Die Zukunft ist nichts weiter als ein Roulette-Rad, Darcy. Nur, dass jedes Ergebnis grau ist.«

»Das klingt nicht gerade prickelnd«, murmelte ich.

»Es ist gut und schlecht. So ist das Leben. Ich denke, das ist eine Sache, die ich durch meine Gabe klarer *sehe* als alles andere. Es geht um die Entscheidungen, die man trifft, und die Handlungen, die man ausführt. Ursache und Wirkung. Wenn man nichts tut, passiert nichts. Wenn man alles tut, passiert alles.«

»Das ist … seltsam tröstlich«, sinnierte ich. »Aber was ist mit den Sternen? Entscheiden sie nicht über all das? Ist nicht alles nur Schicksal und wir sind Sklaven dessen, was sie wünschen?«

»Die Sterne werden uns auf die Probe stellen. Und manchmal werden sie uns für die Entscheidungen, die wir treffen, bestrafen oder belohnen. Aber sie bestimmen nicht unser Schicksal. Das können nur wir. Also geh und gestalte dein Schicksal, Darcy. Du musst dich beeilen, wenn du rechtzeitig fertig sein willst.«

Ich rutschte seufzend vom Schreibtisch, und er stand auf, packte eine meiner Haarsträhne und zog neckisch daran. »Er wird sich in den Arsch beißen«, murmelte er, und ich verdrehte die Augen. »Ich hoffe, dass er das tut. Ich bin immer noch stinksauer, dass er meiner kleinen Schwester wehgetan hat. Tritt ihm für mich in die Eier, okay?«

Ich schmunzelte, während ich zum Fenster ging und es aufstieß, und er ließ die Stillekuppel fallen.

»Siehst du einen Tritt in seine Eier in seiner Zukunft?«, fragte ich grinsend.

»Auf jeden Fall«, erwiderte er.

»Hab dich lieb, Gabriel.« Und damit stürzte ich mich aus dem Fenster. Mein Magen kribbelte angesichts des freien Falls, bevor sich meine Flügel von meinem Rücken lösten und ich aufstieg, dem Himmel entgegen, auf direktem Weg zum Aer-Turm in der Ferne.

Ich wurde von einer zickigen M. O. E. S. E. N.-Harpyie angehalten und durchsucht, als ich zu nah an einem Mantikor vorbeiflog, aber sie ließ mich mit einer Verwarnung davonkommen. Und ich entzündete möglicherweise – und nicht ganz zufällig – ein kleines Feuer in ihren Haaren, das erst Wurzeln fassen würde, wenn ich weit weg war und nicht mehr zur Verantwortung gezogen werden konnte.

Ich erreichte mein Fenster, landete auf dem schmalen Sims und öffnete die große Scheibe, die zur Seite schwang, um mich hereinzulassen. Ich ließ mich in mein Zimmer fallen, und meine brennenden Flügel verglühten hinter mir mit einem lang anhaltenden Knistern.

Plötzlich wurden meine Bettdecken zurückgeschlagen, und Geraldine setzte sich kerzengerade auf.

»Mylady!«, jammerte sie. »Ich habe mich überaus heimlich hier reingeschlichen. Der widerspenstige weiße Wolf hat mich mithilfe eines Verhüllungszaubers, der mich als eines seiner Rudelmitglieder getarnt hat, nach oben gebracht. Das war eine unglaublich wilde Angelegenheit.«

Grinsend ging ich auf sie zu und zog sie in eine Umarmung, sobald sie aufgestanden war. Dann bemerkte ich die Tasche auf dem Bett.

»Was ist das?«, fragte ich.

Sie drehte sich um, schnappte sich die Tasche und drückte sie an ihre Brust. »Es ist ein Geschenk von deinem charmanten und teuflisch gut aussehenden Bruder. Er hat mich auf diese Mission geschickt, eine Aufgabe, die ich so ernst genommen habe wie eine Gurke auf einem Stück Treibholz.«

»Was für ein Geschenk?« Ich runzelte die Stirn, und sie drückte mir die Tasche mit dem strahlendsten Lächeln der Welt in die Hand.

Ich öffnete sie und fand darin ein blaues Maxikleid in der Farbe meiner Haare und eine Samtschachtel darauf. Ich nahm die Schachtel und öffnete sie, wobei ich fast genauso dramatisch keuchte wie Geraldine, als ich darin ein silbernes Armband mit einem Zwillingsanhänger fand.

»Ich habe strikte Anweisungen, dir nicht zu erlauben, etwas anderes zu tragen – außer natürlich Schlüpfer und Schuhe.« Sie lachte, und ich lachte auch, als sie das Armband nahm und es mir anlegte. Ich berührte den Anhänger und drehte ihn zwischen meinen Fingern, während ich mir ein Lächeln abrang.

Ich griff nach meinem Atlas, aber bevor ich ihm eine SMS schicken konnte, erhielt ich eine von ihm.

Gabriel:
Gern geschehen.

Ich schüttelte den Kopf und grinste. *Verdammter* sehender *Mistkerl.*

Geraldine half mir beim Schminken und zog mir das Kleid förmlich über den Kopf, als ich sagte, dass es für einen Ausflug ins Gefängnis etwas übertrieben sei.

»Du wirst es tragen und diesen Clown von Vampir sehen lassen, wie perfekt du ohne ihn bist. Er soll in seinen Gefühlen ertrinken und sein Herz tausend Tode sterben, wenn er dich so herausgeputzt sieht, wie es sich für ein Abendessen mit den Sternen gehört.«

»Ich will nicht, dass sein Herz tausend Tode stirbt. Höchstens einen«, erwiderte ich und betrachtete mich im Spiegel. *Das ist definitiv zu viel.*

»Unsinn«, tadelte sie mich.

Ich drehte mich zu ihr um, nachdem sie meine Haare über meine Schultern drapiert hatte. »Ich meine es ernst, Geraldine. Ich werde das Sternversprechen einfach lösen. Rein und raus. Fünf Minuten.«

Ihre Augen glänzten und ihre Unterlippe zitterte. »Oh, Donuts am Donnerstag, ich hatte mir vorgenommen, nicht zu weinen.« Sie tupfte sich die Augen und winkte ab, als ich sie trösten wollte.

»Ist es das Kleid?« Ich runzelte die Stirn und betrachtete es. »Es ist zu viel, nicht wahr?«

»Nein, es ist nicht das Kleid, es ist die verbotene Liebe, die zum Scheitern verurteilt ist. Honigtöpfe im Heuhaufen – so wütend ich auf diesen nervigen Professor auch bin, es bricht mir nach wie vor das Herz.«

»Das sollte es nicht. Ich bin darüber hinweg.« Ich schluckte den Kloß in meinem Hals hinunter, ging zu meinem Schrank und nahm einen Ledermantel heraus, den ich überstreifte. Geraldine kreischte und riss ihn mir von den Schultern, bevor ich ihn schließen konnte.

»Lass den Mantel hier! Du kannst dich von deinem Phönix wärmen lassen.« Sie schob mich zur Tür, drehte den Schlüssel im Schloss, öffnete die Tür und drückte mich hinaus. »Jetzt geh! Der draufgängerische Drache hat gesagt, dass er dich du-weißt-schon-wo treffen wird.«

»Herrlich. Danke für deine Hilfe. Aber nicht weinen, okay?« Ich umarmte sie zum Abschied, und sie nickte mehrmals.

»Werde ich nicht«, krächzte sie, und ich ging durch den Flur, während ihr trauriges Schluchzen mich verfolgte.

Ich rannte die Treppe hinunter und ging nach draußen, wo ich mich vor lauter Aufregung am liebsten übergeben hätte. *Fünf Minuten, mehr nicht. Fünf Minuten kann ich alles ertragen.*

Ich ignorierte die Sehnsucht in mir, die so viel mehr wollte. Aber ich konnte diesem Gefühl nicht nachgeben. Sein Verrat saß zu tief. Und als ich ihn bei meinem letzten Besuch um eine Erklärung gebeten hatte, war mir diese verweigert worden. Es spielte keine Rolle, dass Darius schwor, dass Orion so gehandelt hatte, um mich zu beschützen. Um mir zu ermöglichen, weiterhin die Academy zu besuchen. Selbst wenn das wahr wäre, hatte er nicht das Recht, diese Entscheidung so zu treffen, wie er es getan hatte. Und er hatte mir nicht einmal eine Antwort auf die eine verzweifelte Frage gegeben, die ich ihm gestellt hatte. *Warum? Warum tust du uns das an? Warum nimmst du uns alles?*

Und damit hatte ich ins Wespennest gestochen und die kleinen Mistkerle provoziert, die nun in meinem Kopf herumschwirrten. Ich näherte mich dem äußeren Zaun und spähte umher, um sicherzugehen, dass niemand zusah. Dann verließ ich den Weg und eilte durch die Bäume zu Darius, der dort wartete. Er musterte mein Kleid, und ich spürte, wie mir die Hitze in den Nacken stieg.

»Das war nicht meine Idee«, sagte ich entschlossen, bevor er den Mund aufmachen konnte. »Gabriel und Geraldine tragen die alleinige Schuld.«

Er lachte. »Ich sage ja gar nichts. *Außer*, dass er den verdammten Verstand verlieren wird.«

Ich verdrehte die Augen und trat einen Schritt zurück, damit wir durch die Illusion treten konnten, die Orion hier geschaffen hatte, um die Lücke im Zaun zu verbergen. Die war ihm jetzt scheißegal, weil er weitergezogen war, so wie ich es auch hätte tun sollen. Woran ich definitiv arbeitete. Und die meisten Leute waren ohnehin davon überzeugt – dank meiner neu entdeckten Fähigkeit, meine Gefühle so tief in mir zu vergraben, dass sie mich nicht verrieten. Also betrachtete ich das Unterfangen als erfolgreich.

Darius drehte mich mit einem finsteren Gesichtsausdruck zu sich um, sodass ich ihm auf der anderen Seite des Zauns gegenüberstand. »Da mein Vater jetzt die sozialen Interaktionen unter verschiedenen Formgebungen verboten hat, musste ich unsere Pläne kurzfristig ändern. Eigentlich dürfte ich Lance gar nicht besuchen, weil er ein Vampir ist, aber angesichts meines Wächterbands zu ihm hat Vater beschlossen, großzügig zu sein.« Sein Gesichtsausdruck verriet, was er davon hielt. »Aber offensichtlich kann ich dich nicht als Max tarnen. Ach, und mein Vater kann sich mal selbst ficken, nebenbei bemerkt.«

»Ja, und zwar mit einem Stachel-Dildo«, stimmte ich zu. »Also, wie lautet dein neuer Plan?«

»Es ist Gabriels Plan, wenn ich ehrlich bin. Er hat das Szenario gestern Abend vorhergesehen und mit Dante Oscura gesprochen. Der Sturmdrache hat dir die Erlaubnis erteilt, sein Abbild zu verwenden, um Darkmore zu betreten.«

Ich lächelte. »Perfekt.«

Darius trat vor, und ich hielt still, während er mich sorgfältig mit einem Verhüllungszauber belegte. Es war keine gute Idee, das jetzt zu riskieren, aber es war wichtig, das Versprechen zu lösen. Und seit Darius mir erzählt hatte, dass Orion bei seinem letzten Besuch blutend und verletzt aufgetaucht war, konnte ich nicht aufhören, daran zu denken. Ich hatte den Gedanken daran zuvor irgendwie verdrängt, wenn ich ehrlich war. An ihn zu denken, war schon gefährlich genug, aber mir sein Leid auszumalen, war unerträglich.

Die Illusion kroch über meine Haut, und Darius machte einen Schritt zurück und betrachtete sein Werk grinsend. »Okay, dann mal los.«

Er zog einen Beutel Sternenstaub aus der Tasche und ich wappnete mich für das, was mir bevorstand, als er eine Prise davon über uns warf. Wir wurden durch einen Tunnel aus Sternen getragen, und mir wurde schwindelig, als wir in einem anderen Teil der Welt wieder ausgespuckt wurden und meine Füße festen Boden unter sich spürten. Ich schaffte es sogar einigermaßen, die Balance zu halten, aber Darius stützte mich trotzdem, während ich den riesigen Komplex betrachtete, in dem Darkmore untergebracht war. Verdammt, ich wurde immer besser bei diesen Landungen.

Ein Auto holte uns ab, und es dauerte nicht lange, bis wir mit dem großen Aufzug in die Tiefen des Gefängnisses fuhren.

Mein Herz raste, und ich rang die Hände, während wir in die Tiefe befördert wurden.

Darius sah mich besorgt an. »Ist alles in Ordnung?«

»Mir geht es gut«, sagte ich bestimmt und spielte mit dem Armband an meinem Handgelenk. »Es wird nicht wie beim letzten Mal sein. Rein und raus, Darius.«

»Ja, ja, fünf Minuten, nicht wahr?« Er wandte sich grinsend wieder den Türen zu und mein Herz schlug noch schneller gegen meinen Brustkorb.

»Warum grinst du so?« Ich kniff die Augen zusammen, und er zuckte unschuldig mit den Schultern.

»Das ist mein normales Gesicht«, antwortete er und versuchte, sein Grinsen zu verbergen – was ihm nicht gelang.

»Nein, dein normales Gesicht sieht aus, als würdest du darüber nachdenken, ob du den Fae, der gerade vor dir steht, essen sollst oder nicht«, stellte ich fest. »Du grinst nur, wenn du dich entschieden hast, es tatsächlich zu tun.«

Er lachte leise. »Vielleicht habe ich Hunger.«

»Vielleicht hättest du einen Snack mitbringen sollen.«

»Vielleicht habe ich das ja.« Er knirschte mit den Zähnen, und ich schnaubte.

»Ich würde deinen Arsch braten, solltest du das versuchen.«

»Hmm, das ist ein Argument. Wie soll ich dich rösten, wenn du nicht brennst?«, sinnierte er, und ich lachte.

»Ist halt schon Scheiße, wenn man Scheiße ist, Darius«, meinte ich leichthin. »Ich bin un-köchlich.«

Die Türen öffneten sich und wir traten in den Warteraum. Wir saßen nur ein paar Minuten, bevor wir bereits aufgerufen wurden, aber diese Minuten kamen mir wie eine Ewigkeit vor, während ich meine Fingernägel so heftig in meine Handflächen bohrte, dass meine Haut aufzuplatzen drohte. Darius versuchte, mich mit ein paar Witzen darüber abzulenken, dass er mich roh wie Sushi essen würde, aber ich konnte mich nicht genug konzentrieren, um zu lachen.

Ich folgte Darius durch die Sicherheitstüren und den eintönigen Korridor hinunter, und mein Instinkt sagte mir, dass ich umkehren und nicht durch diese Tür gehen und den Mann dahinter sehen sollte. Denn an diesem Ort war ich schon einmal zugrunde gegangen, und das durfte ich nicht noch einmal erleben. Niemals.

Ich blieb wie angewurzelt stehen. Zweifel überrollten mich, und eine Stimme in meinem Hinterkopf rief mir zu, mich zu verpissen. Aber tief in meinem Inneren wusste ich, dass ich das nicht tun konnte. Für alle, die ich liebte, musste ich durch diese Tür gehen und Orion gegenübertreten. Wenn wir überhaupt eine Chance haben wollten, den Imperialen Stern zu finden, brauchten wir ihn. Und abgesehen davon litt er hier. Trotz allem, was zwischen uns vorgefallen war, würde ich ihm das niemals wünschen. Ich konnte ihn nicht einfach dem Zorn der Sterne überlassen. Wenn ich ihm nicht half, könnte er beim nächsten Angriff dieser Arschlöcher sterben.

Darius blieb an der Tür stehen und wartete mit geduldigem Gesichtsausdruck auf mich. »Bist du bereit?«

»Ich glaube nicht, dass ich jemals bereit sein werde«, gab ich zu und zwang mich, weiterzugehen und an seine Seite zu treten. »Aber bringen wir es hinter uns.«

Er drückte die Tür auf, und ich folgte ihm ins Innere. Der Raum war leer, und ich holte tief Luft, während ich die Tür hinter mir schloss. Darius schnippte mit den Fingern und überzog die Kameras mit einem Eisfilm, der uns vor Blicken schützte.

»Lasst euch Zeit. Ich habe alle bestochen, die uns heute Probleme bereiten könnten«, sagte Darius und warf mir einen vielsagenden Blick zu.

»Ich habe dir gesagt, dass ich nur fünf Minuten benötige, vielleicht sogar noch weniger«, entgegnete ich bestimmt.

Darius trat auf mich zu, löste den Zauber, der mich als Dante Oscura tarnte, und nahm meine Hand. Er drückte sie einmal und runzelte entschuldigend die Stirn. »Sorry, Spitzmaus.«

Er trat an mir vorbei, ging zur Tür hinaus und schlug sie vor meiner Nase zu, woraufhin sich Eis um den Türgriff legte, als ich danach griff und versuchte, sie zu öffnen. Ich versuchte, es mit meiner Feuermagie zu schmelzen, aber das

Arschloch hielt sie irgendwie verschlossen.

»Darius!«, schrie ich und schlug mit der Hand gegen das Holz. *Mistkerl!*

Die Tür hinter mir ging auf, und ich spürte, wie er den Raum betrat, noch bevor ich mich umdrehte. Meine Nackenhaare stellten sich auf, und ein Schauer lief mir über den Rücken, sodass ich die Augen schließen musste. *Wie kann er mich nach wie vor so beeinflussen? Wird es immer so schwer bleiben?*

Reiß dich zusammen, Darcy Vega! Bring es hinter dich!

Ich holte tief Luft, setzte eine emotionslose Maske auf und drehte mich um.

Orion stand in seinem orangefarbenen Overall da, die Ärmel hochgekrempelt, um seine dicken Unterarme und eine Vielzahl neuer Muskeln zu entblößen, die ihn überall zu bedecken schienen. Ich richtete meinen Blick auf sein Gesicht, während mein Puls wie wild schlug, und musterte den dichten Bart, die schmalen Lippen und die überlangen Haare.

Ich erwartete, in seinen Augen eine Mauer zu sehen, die mich wie beim letzten Mal abwehren würde, aber da war keine. Er sah … gebrochen aus. So gebrochen wie damals, nur dass sich dieses Mal all die scharfen Splitter in seinen Augen beruhigt hatten. Er hatte sein Schicksal akzeptiert, so wie ich meines, und in diesem Wissen lag eine schmerzhafte Erkenntnis, die mich innerlich zerfraß.

Er ließ seinen Blick langsam und hungrig über mich schweifen, als wollte er eine Ewigkeit damit verbringen, mich zu betrachten.

»Hallo«, sagte er schließlich; seine Stimme war tief und klang so verzweifelt, dass mein Herz für ihn brach.

»Hallo«, sagte ich steif, befeuchtete meine Lippen und trat einen Schritt näher. »Darius hat mich hier eingesperrt, also …«

»Arschloch«, murmelte er.

»Ja.« Mein Herz schlug schnell und voller Sehnsucht, während es mich bat, ihm näher zu kommen, die Hitze seines Körpers in der Luft zu spüren, seinen vertrauten Geruch zu riechen und mit meinen Fingern über die Konturen seines Gesichts zu fahren, das einzige Grübchen in seiner rechten Wange zu suchen. Aber ich würde nichts davon tun. Nicht jetzt, niemals.

Als ich ihm nah genug war, blieb ich stehen und versuchte, die Energie zu ignorieren, die jede Faser meines Körpers durchzuckte und mich zu ihm hinzog. »Ich weiß nicht, wie ich das Versprechen lösen soll, also wenn du mir zeigen könntest, wie …«, sagte ich mit scharfer Stimme.

Er griff nach meiner Hand, seine raue Handfläche berührte die meine und umklammerte sie fest. Ein kleiner, unwillkürlicher Seufzer entfuhr mir, als seine Berührung eine sanfte, aber kraftvolle Energie durch mich schickte. Es war süchtig machend, verlangend und schrecklich vertraut.

Sein Unterkiefer zuckte hektisch, bevor er mich näher zu sich zog, bis ich direkt vor ihm stand. Ich war gezwungen, zu ihm aufzuschauen, und mein Atem stockte in meiner Kehle.

»Lance«, warnte ich ihn, unsicher, wovor ich ihn überhaupt warnte.

Ich wollte einfach, dass es aufhörte. Alles. Ich konnte nicht glauben, dass ich nach all der Zeit immer noch so fühlte. So, als würde die Welt mit ihm beginnen und enden. So, als könnte ich nie einem anderen Mann gehören. *Aber das ist nicht mehr die Realität. Er gehört nicht mir und ich nicht ihm.*

»Fuck!«, knurrte er, kniff die Augen für einen Moment zusammen und sah mich dann wieder mit steinerner Miene an. »Wie geht es dir?«

Ich riss meine Hand aus seiner, und Wut durchzuckte meinen Körper wie lodernde Flammen. »Wie es mir geht?«, spottete ich. »Mehr hast du nicht zu sagen?«

Sein Unterkiefer wurde starr – und er sagte nichts. *Nichts.* Ich würde von ihm keine Erklärung mehr verlangen. Er hatte seine Chance gehabt, als ich das letzte Mal hier gewesen war. Aber er hatte mich abgewiesen und weggeschickt. Mir gesagt, dass es vorbei war und ich weiterziehen müsste. Und genau das hatte ich getan.

Jeder Teil meines Körpers war heiß, und ich ergriff erneut seine Hand. Das Feuer in meiner Handfläche loderte und ich musste mich zurückhalten, um ihn nicht zu verbrennen. »Wie löse ich das Versprechen?«, fragte ich.

»Sag einfach die Worte«, erklärte er niedergeschlagen. »Wiederhole das Versprechen und bitte die Sterne, mich davon zu befreien.«

Ich nickte und hielt seinen Blick weiterhin fest. Ich dachte an jenen Tag zurück, an dem wir einander dieses Versprechen gegeben hatten. Daran, dass wir damals, unabhängig aller Schwierigkeiten, mit denen wir konfrontiert worden waren, gewusst hatten, dass wir einander immer haben würden. Irgendwie hatte ich mir selbst vorgemacht, dass das stimmte. Ich hatte wirklich geglaubt, dass wir eine Zukunft hatten. Ich hätte sogar gegen die Sterne selbst gekämpft, um ihn zu behalten. Dieses Gefühl hatte er wohl nicht geteilt.

»Ich habe versprochen, für dich zu kämpfen, koste es, was es wolle. Und du hast mir das Gleiche versprochen«, sagte ich mit fester Stimme, während ich seinen Blick festhielt und ein Flackern von Reue in seinen Augen sah. Er empfand wahrscheinlich eine Menge Reue, wenn es um mich ging. »Ich befreie dich von diesem Schwur«, sagte ich energisch und achtete darauf, dass meine Maske nicht verrutschte.

Ich würde nicht zusammenbrechen, nicht weinen und ihm keinen einzigen Riss in meiner Fassade zeigen. Ich war jetzt stärker. Und kein Mann, nicht einmal er, würde mich je wieder verletzen können.

Magie knisterte zwischen uns, und das Gefühl von etwas Zerbrechendem drang zuerst an unsere Handflächen und durchströmte dann meinen ganzen Körper. Schließlich spürte ich, wie sich das Versprechen von meinem Herzen löste. Das Ganze hatte etwas so Endgültiges, als würden unsere Welten vollständig auseinandergerissen. Als würde eine Axt das letzte bestehende Band zwischen uns durchtrennen. Meine Hand blieb noch zwei Sekunden lang in seiner, dann zog ich sie zurück. Es war *vorbei*.

»Danke«, meinte er seufzend und ich nickte steif. Es fühlte sich an, als hingen tausend Worte zwischen uns in der Luft. Aber als ich mich Schritt für Schritt von ihm entfernte, schloss sich das Fenster der Gelegenheit, sie auszusprechen, für immer. Und als ich die gegenüberliegende Seite des Raumes erreichte – Orion immer noch zugewandt –, hätte es genauso gut ein ganzes Universum sein können, das uns trennte. Zwei Ebenen, auf denen wir nur getrennt voneinander existieren konnten.

Ich drehte den Türgriff hinter mir, aber er bewegte sich nicht, und Orion beobachtete mich mit gerunzelter Stirn. *Dieser verdammte Darius.*

»Ich gehe«, raunte Orion und wandte sich ab, um zurück ins Gefängnis zu gehen. Doch er hielt noch einmal inne und warf mir einen Blick zu, der mir ein Loch ins Herz bohrte. »Du siehst aus wie eine Königin, Darcy. Ich freue mich auf die Krönung.« Und damit ging er. Meine Lunge entleerte sich und die Wut in mir wuchs wie eine Flutwelle. Ich drehte mich um, schleuderte glühend heiße Luft in Richtung Schloss und schaffte es schließlich, es aufzubrechen und die Tür aufzustoßen. Ich trat in den Korridor hinaus, wo Darius mit verschränkten Armen an der Wand lehnte.

Ich ging auf ihn zu, boxte ihn zunächst und umarmte ihn dann fest, denn verdammt, ich brauchte ihn jetzt. »Dazu hattest du kein Recht.«

Er drückte mich fest an sich, und ich spürte, wie er mich erneut mit einem Verhüllungszauber bedeckte. »Ich weiß. Aber du hast Roxy und mich nicht aufgegeben. Mir geht es genauso in Bezug auf dich und meinen besten Freund.«

Ich wandte mich mit traurigem Blick von ihm ab. »Der Unterschied ist, dass ihr beide einander wirklich wollt.«

»Das ist kein Unterschied, Spitzmaus.«

»Nenn mich nicht Spitzmaus, Arschcrux.« Ich verdrehte die Augen, aber mein Magen zog sich zusammen, denn tief in mir wusste ich, dass ich immer nur Orion wollen würde – etwas, was ich nie zuzugeben plante. Ich würde dieses Gefühl unterdrücken, es so lange verdrängen, bis es eines Tages verschwand. Denn wenn mir die Sterne eines beigebracht hatten, dann, dass wir nicht füreinander bestimmt waren, egal, wie sehr es sich einmal so angefühlt hatte. *Und ich bin fertig damit, wegen Lance Orion zusammenzubrechen.*

Gemini
Scorpio
Virgo
Cancer
Aries
Leo
Sagittarius
Taurus
Capricorn
Aquarius
Libra
Pisces

TORY

KAPITEL 8

Ich saß in *Arkane Künste* am Ende meines Tisches und versuchte, mit dem Würfel, den Gabriel mir gegeben hatte, die Zukunft vorherzusagen – was mir immer wieder misslang. Ich war frustriert, weil ich nicht weiterkam, und die Schatten wanden sich unter meiner Haut, nährten sich von meinem Zorn und suchten nach einem Ventil.

»Tory, ich würde am Ende der Stunde gern mit Ihnen sprechen«, sagte Gabriel, der sich neben mich gestellt hatte. Ich hob den Blick, sah, wie er über mir thronte und meine Notizen mit missbilligendem Stirnrunzeln betrachtete.

»Warum?«, fragte ich verwundert. Warum interessierte er sich so für mich?

»Das Problem mit Ihren Vorhersagen ist, dass Sie sich voll und ganz auf Ihre Gefühle einlassen müssen, um Ihre Zukunft zu deuten. Stattdessen lassen Sie andere Dinge Ihre wahren Gefühle überlagern …«

»Ich weiß nicht, was Sie meinen«, antwortete ich barsch, und er seufzte frustriert.

Der Luftschild um mich herum erzitterte unter der Berührung seiner Magie, und ich stand abrupt auf, während ich meinen Schild, den ich immer in Position hielt, verstärkte.

»Entschuldigen Sie, ich wollte Sie nicht erschrecken.« Gabriel trat einen Schritt zurück, als ich ihn mit zusammengekniffenen Augen ansah.

Die Schatten in mir wurden unruhig und flüsterten mir zu, ihn dafür zu bestrafen, aber ich gab ihnen nicht nach. Mein Bauchgefühl drängte mich, ihn nicht zu verletzen, und obwohl ich nicht wusste, warum, war ich froh, dass ich mich nicht weiter verteidigen musste, weil er sich von selbst zurückzog.

»Ich habe keine Angst vor Ihnen«, antwortete ich.

Ich lehnte mich wieder zurück und Darcy, die auf der anderen Seite des Raumes saß, fing meinen Blick ein. Ich wandte mich nicht ab, sondern hielt ihren Blick mit ausdrucksloser Miene fest, was sie offenbar wütend machte. Ihre Stirn war gerunzelt, als sie mich anstarrte, und ihre Augen tränten, während sie die Hände auf dem Tisch vor sich zu Fäusten ballte.

Als die Glocke das Ende der Stunde einläutete, sprang sie auf. Mit einem Nicken in Gabriels Richtung verschwand sie aus dem Raum, bevor die anderen auch nur ihre Sachen zusammenpacken konnten.

Ich biss mir auf die Lippe, während ich überlegte, ob ich meinen König anrufen sollte, und strich mit den Fingern über das Wächtersymbol auf meinem Unterarm. Drei Tage waren vergangen, seitdem ich ihn gesehen hatte, und obwohl ich wusste, dass er mit den Reformen im Königreich beschäftigt war, zweifelte ich nicht daran, dass er mich auch vermisste. Zumindest hoffte ich das. Denn ohne ihn hatte ich nichts.

Aber er hatte mir auch aufgetragen, ihn nicht mehr so häufig anzurufen, und ich wollte ihn nicht verärgern.

Ich stieß einen frustrierten Seufzer aus, packte meine Sachen zusammen und wandte mich dem Ausgang zu.

Aber bevor ich mehr als ein paar Schritte machen konnte, stellte sich Gabriel mir in den Weg.

»Ich würde immer noch gern mit dir sprechen«, sagte er ernst und fixierte mich mit einem Blick, der mir zu verstehen gab, dass er nicht lockerlassen würde.

Ich zuckte mit den Schultern und kehrte zu meinem Stuhl zurück, aber er schüttelte den Kopf, schob sich die schwarzen Haare aus den Augen und betrachtete mich mit Interesse.

»Warum gehen wir nicht ein Stück?«, schlug er vor, und aus irgendeinem Grund gefiel mir der Gedanke, mehr Zeit mit ihm zu verbringen. Er hatte einfach etwas an sich, das mir ein Gefühl der Sicherheit gab. »Ich glaube, ein bisschen frische Luft würde uns beiden guttun.«

Eigentlich sollte ich mich nicht mit einer Harpyie herumtreiben, aber da es für Lehrer Ausnahmen gab und ich ohnehin über den Regeln stand, beschloss ich, kein Problem daraus zu machen.

»In Ordnung«, stimmte ich zu, denn im Grunde war es mir egal. Ich wollte nur, dass dieser Tag vorüberging. Am Freitag konnte ich zu meinem König zurückkehren, und bis dahin würde ich einfach lernen und schlafen, um mir die Zeit zu vertreiben. Aber je mehr Tage vergingen, desto mehr sehnte ich mich danach, zu ihm zurückzukehren, und desto schwerer fiel es mir, das Jucken des Bands zu ignorieren. Und trotzdem würde ich genau das tun. Für ihn. Wie ich es versprochen hatte.

Gabriel trat vor mir aus dem Gebäude, und ich folgte ihm, während ich meinen Luftschild stärkte, als wir in die kühle Luft hinaustraten. Lionel hatte mich gewarnt, dass Darcy mich jederzeit angreifen könnte, besonders wenn ich allein war, also musste ich immer auf der Hut sein. Obwohl ich aus irgendeinem Grund nicht wirklich glaubte, dass sie das tun würde. Aber ich würde trotzdem tun, was mein König mir sagte.

»Macht es dir etwas aus, wenn ich meine Flügel hervorhole?«, fragte Gabriel beiläufig. Er öffnete bereits die Knöpfe seines grauen Hemdes, ohne auf meine Antwort zu warten, sodass ich mir die Mühe sparen konnte, ihm eine zu geben. Er hatte sich offenbar entschieden.

Als er sein Hemd auszog, fiel mein Blick auf ein Tattoo über seiner rechten Hüfte, das zwei gemeinsam fliegende Phönixe zeigte. Ich runzelte die Stirn, als eine Erinnerung in den Vordergrund meines Geistes trat, bevor sie wieder von einer Flut von Schatten weggespült wurde.

Gabriel rollte die Schultern nach hinten, und ein riesiges Paar nachtschwarzer Flügel schoss aus seinem Rücken, als er sich verwandelte. Ich beobachtete neugierig, wie er sie hinter sich ausstreckte.

»Ich habe dich nicht mehr verwandeln sehen, seit das Semester begonnen hat«, kommentierte er und führte mich den Weg hinauf, der in den Wimmernden Wald führte. »Vielleicht können wir bald mal wieder zusammen fliegen?«

»Ich fliege nicht gern«, erwiderte ich automatisch, ohne zu wissen, woher die Worte kamen. Doch als ich den Mund öffnete, um diesen Kommentar zu widerlegen, durchzuckte ein immenser Schmerz meine Brust und ich keuchte auf.

Ich hasste das Fliegen. Es tat mir weh. Meine Flügel bereiteten mir Schmerzen, und ich wollte sie nie wieder benutzen.

»Was ist los?«, fragte Gabriel und griff nach meinem Arm, doch musste feststellen, dass mein Schild ihn weiterhin davon abhielt, mich zu berühren.

Ich wollte nicht, dass er mich berührte. Das wusste ich ganz genau, und ich warf ihm einen bösen Blick zu, als ich zur Seite trat und mehr Magie in meinen Schild fließen ließ, für den Fall, dass er es noch einmal versuchen würde. »Nichts.«

»Du sahst aus, als hättest du Schmerzen«, drängte er.

»Dann weißt du nicht viel von echtem Schmerz«, antwortete ich. Und ich hatte eine Menge Ahnung davon.

Gabriel gluckste dunkel und zuckte mit den Schultern. »Ich weiß eine ganze Menge. Ich habe in meiner Zeit mehr als nur ein paar Schlachten durchgemacht. Und ich habe auch einmal den Blitz eines Sturmdrachen in die Brust abbekommen.«

Ich erstarrte, als er das sagte, und ballte die Hände zu Fäusten, als ich mich an genau dieses Gefühl erinnerte. Und eine Stimme in meinem Ohr flüsterte: *»Das ist die geballte Kraft eines Sturmdrachens. Wessen Schuld ist es, dass du diesen Schmerz fühlen musst?«*

»Darius«, flüsterte ich. Fast hatte ich vergessen, dass Gabriel da war, als mich die Erinnerungen daran, von all dieser Elektrizität getroffen zu werden, für einen Moment überwältigten. Ich fühlte mich gezwungen, Trost in den Schatten zu suchen. All das hatte ich Darius zu verdanken, und ich musste ihn verdammt noch mal von mir fernhalten, wenn ich nicht wollte, dass es wieder passierte.

Ich warf einen Blick über meine Schulter, als könnte er im Dunkeln lauern und nur darauf warten, sich auf mich zu stürzen. Mein Puls raste, während ich noch mehr Schatten auf meine Haut zog, und ich seufzte, als die Angst nachließ und die Freude über ihre Macht an ihre Stelle trat.

»Was ist mit Darius?«, fragte Gabriel, aber ich schüttelte nur den Kopf. Ich sollte nicht mit ihm darüber sprechen. Nicht mit ihm, nicht mit jemand anderem. Nur mit meinem König, Vard und Clara. Ich würde mich nicht dazu überreden lassen, mit jemand anderem darüber zu sprechen.

»Er ist die schlimmste Art von Gift«, raunte ich. »Ein Gift, von dem man nicht merkt, dass es einen tötet, bis man schon zu viel davon genommen hat.«

»Darius ist kein Gift, Tory«, entgegnete Gabriel bestimmt und blieb an einer Abzweigung stehen, wo die Bäume um uns herum so dicht standen, dass ich kaum zwischen ihnen hindurchsehen konnte.

»Für mich ist er das«, antwortete ich. Aber das war alles, was ich zu diesem Thema zu sagen bereit war.

Gabriel wollte etwas erwidern, aber bevor er dazu kam, wurde mein Luftschild von einer Welle der Kraft getroffen, und ich keuchte, als ich ihn gerade so noch aufrechterhalten konnte.

Ich wirbelte herum und zog mehr Luft in den Schild, als ich sah, wie Seth aus den Bäumen hervorstürzte. Sein Gesicht wirkte hart und entschlossen und er schleuderte mir abermals Luft entgegen. Ich hatte Mühe, ihn davon abzuhalten, meinen Schild zu durchbrechen.

Ich biss die Zähne zusammen, als ein weiterer Angriff auf meinen Schild traf, und als ich mich umdrehte, sah ich Darius, der Wasser auf mich richtete. Seine Stirn war gerunzelt, während er versuchte, meine Verteidigung zu durchbrechen.

Mein Herz schlug schneller, als ich ihn auf mich zukommen sah, genau wie in meinen Albträumen, sein Gesicht zu einer grausamen Maske verzerrt und sein Körper von Entschlossenheit gezeichnet.

»Stopp!«, befahl ich und hob meine Hände zu beiden Seiten, während ich mehr Kraft in meinen Luftschild steckte. Der Boden unter meinen Füßen begann zu beben, als Caleb aus den Bäumen schoss und mich ebenfalls angriff.

»Tory!«, rief Darcy, die gerade auf den Weg trat, und Hitze durchströmte meine Glieder, als ich meine Zwillingsschwester sah, die ebenfalls an diesem Hinterhalt teilzunehmen schien. Sie waren alle gegen mich, genau wie mein König es mir prophezeit hatte. Sie würden mir wehtun, mich von ihm wegbringen und mir alles stehlen, was mir in dieser Welt wichtig war, wenn sie die Chance dazu bekämen. »Wir wollen dir nicht wehtun. Wir wollen dir nur helfen, die Kontrolle über deinen Phönix wiederzuerlangen. Du musst dich von den Schatten befreien und …«

»Was, wenn ich mich nicht von ihnen befreien will?«, knurrte ich und presste die Zähne zusammen, als der Druck der Magie meinen Schild fast zum Brechen brachte. Mein König brauchte meine Hilfe, um die Schatten zu kontrollieren. Ich würde sie nicht gegen seinen Willen gehen lassen. Ich würde ihn nicht so enttäuschen. Das war undenkbar.

»Ihr Schild wird gleich brechen«, verkündete Gabriel, während er seine eigene Wassermagie dem Angriff hinzufügte, und Max und Geraldine tauchten aus dem Wald auf, um ebenfalls zu helfen.

»Ich bin bereit«, rief Caleb, und ich sah eine Spritze in seiner Hand, die mir Angst einjagte. Ich konnte nicht zulassen, dass er mir mit diesem Ding zu nahe kam. Eher würde ich sterben.

Mein Herz pochte, und die Schatten flüsterten mir Versprechen vom Tod ins Ohr, während sie mich anflehten, sie zu benutzen.

Die Schatten waren immer so hungrig nach Blut, dass sie mich nachlässig werden ließen, wenn ich ihnen zu viel Freiheit gab. Ich musste sie kontrollieren, anstatt zuzulassen, dass sie *mich* beherrschten, aber ich verbrauchte meine Kraftreserven, und jeden Moment würden sie mich überwältigen.

»Seid vorsichtig!«, knurrte Darius. »Wenn ihr Roxy auch nur ein Haar krümmt, prügle ich euch persönlich windelweich.«

»Wir werden vorsichtig sein«, brummte Seth, während er den Druck seines Angriffs erhöhte, und ich spürte, wie mein Schild zu bersten drohte.

Ich holte scharf Luft und ließ meinen Schild einen Moment eher fallen, als er ohnehin zerbrochen wäre. Dann, als die Schatten in einer Explosion der Dunkelheit aus mir hervorschossen und die Welt verdunkelten, schrie ich auf.

Sie drangen in meine Angreifer ein, warfen alle zu Boden und schleuderten sie in verschiedene Richtungen gegen die Bäume. Das Geräusch ihrer Schreie entlockte mir ein wildes Lächeln, denn ihr Schmerz nährte meine Dunkelheit.

Ich rannte los, sobald die Luft rein war, und errichtete eine riesige Schattenwand hinter mir, während ich meinen Luftschild mit der wenigen mir verbliebenen Kraft wiederherstellte und einen Feuerball erzeugte, um das wieder aufzufüllen, was ich verloren hatte.

Seth heulte vor Schmerz in den Bäumen hinter mir, und ihre Schreie und Flüche verfolgten mich, während ich immer weiter rannte, bis ich es endlich zurück zu Haus Ignis und in mein Zimmer schaffte.

Ich schlug die Tür hinter mir zu und drückte mich heftig atmend mit dem Rücken dagegen. Die Schatten wanden sich unter meiner Haut, was mich vor Vergnügen aufstöhnen ließ – der Dank für den Schmerz, den ich ihnen geschenkt hatte.

Aber als mein rasender Herzschlag endlich zur Ruhe kam, zwang ich mich, sie zurückzudrängen, damit ich wieder klarer denken konnte. Gerade klar genug, um mich an die Befehle zu erinnern, die ich erhalten hatte, bevor ich an diesen Ort zurückgekehrt war.

Ich wusste, was ich zu tun hatte. Was ich versprochen hatte, zu tun, wenn ich jemals so dumm wäre, sie in meine Nähe zu lassen. Aber als ich das Einmachglas aus der Tasche unter meinem Bett holte, begann meine Hand vor Angst zu zittern.

Ich stellte es vor mir ab, bevor ich mit wackeligen Fingern meine Krawatte löste und mir als Nächstes Bluse und Blazer auszog.

Im Schneidersitz setzte ich mich auf den Boden, nur mit BH und Schulrock bekleidet, und betrachtete den knisternden Strom in dem Glas mit einem Gefühl der Angst, das nicht einmal die Schatten vertreiben konnten.

Zitternd ausatmend nahm ich meinen Atlas, rief meinen König an und stellte den Anruf auf laut, bevor ich das Gerät neben mir auf den Teppich legte.

»Was ist?«, antwortete er mit einem Knurren und ich zuckte zusammen, weil ich wusste, dass ich ihn verärgert hatte und außerdem im Begriff war, ihm schlechte Nachrichten zu überbringen. »Ich kümmere mich gerade um ein Nymphen-Problem auf Stellas Grundstück.«

»Kann ich helfen?«, fragte ich in der Hoffnung, dass er mich für etwas brauchen und an seine Seite rufen würde, wo ich hingehörte.

Lionel seufzte verärgert, bevor er antwortete: »Nein. Es sei denn, du kennst einen Weg, wie sie Magie erlangen können, ohne dass die Bevölkerung merkt, dass sie wieder töten.«

»Füttere sie mit Kindern«, hörte ich Claras Stimme im Hintergrund. »Niemand mag Kinder.«

»Geh und mach dich irgendwo nützlich, Clara!«, schnauzte Lionel sie an. »Ich habe keine Verwendung für deinen Unfug.«

Clara brach in lautes Weinen aus, und ein grausames Lächeln stahl sich auf meine Lippen, als ich hörte, wie sie davonrannte. *Wer ist jetzt sein Liebling, du Schlampe?*

»Ich weiß nicht mehr weiter, weder mit ihr noch mit ihrer nutzlosen Mutter«, knurrte Lionel. »Ich werde selbst eine Lösung für dieses Problem finden. Jetzt sag mir, warum du angerufen hast, bevor ich die Geduld verliere.«

»Es tut mir leid, mein König. Ich habe versprochen, anzurufen, sollte mich jemand angreifen«, sagte ich leise.

»Wer hat dich angegriffen?« Lionels Stimme klang plötzlich interessiert.

»Darcy. Die Erben. Und Gabriel«, sagte ich schnell. »Ich glaube, sie wollten mich gefangen nehmen, aber ich konnte ihnen mithilfe der Schatten entkommen.«

Es folgte eine lange Pause, und ich wartete mit pochendem Herzen auf seine Antwort.

»Gabriel Nox?«, fragte er neugierig. »Warum sollte er sich auf ihre törichten Bemühungen einlassen?«

Eine Antwort drängte sich auf meine Lippen, und ich hätte fast die Wahrheit gesagt, wer er für mich war. Aber einen Moment, bevor ich die Worte aussprechen konnte, entglitt mir das Wissen wieder, und ich konnte mich nicht mehr daran erinnern, was ich hatte sagen wollen. Gabriel war mir ohnehin egal. Nur mein König zählte. Ich liebte nur meinen König.

»Ich weiß es nicht«, flüsterte ich, und er grunzte verärgert.

»Nun, das Wichtigste ist, dass du entkommen bist. Aber du wirst bestraft werden müssen, weil du zugelassen hast, dass sie dich überhaupt erst in diese Lage bringen konnten«, grummelte Lionel.

»Ich weiß. Es tut mir leid.« Ich warf einen Blick auf das Glas mit dem Blitz und Angst überrollte mich.

»Wo bist du?«, fragte er.

»In meinem Zimmer«, antwortete ich.

»Ich schicke in ein paar Stunden jemanden vorbei, der dich heilt. Sobald du deine Lektion gelernt hast.« Seine Stimme war jetzt voller Eifer, und das tröstete mich ein wenig, denn ich wusste, dass ihm zumindest mein Leiden Freude bereiten würde.

»Danke«, murmelte ich und streckte die Hand nach dem Glas aus.

»Gib mir einen Moment, um an einen ungestörten Ort zu gelangen. Ich muss sicher sein, dass du alles genauso machst, wie du es versprochen hast«, forderte er, und ich nickte, obwohl er mich nicht sehen konnte.

Ich lauschte seinen Schritten und schloss die Augen, während ich ihm beim Atmen zuhörte und den Klang in mich aufnahm, als würde er mir Leben einhauchen.

»Los«, grunzte Lionel, als irgendwo eine Tür ins Schloss fiel, und ich biss mir auf die Lippe, als ein Schauer der Angst meinen Rücken hinunterlief.

Ich griff nach dem Glas, hob es an und spürte die Kraft der Runen, die den Blitz darin einschlossen, als ich sie entriegelte, wie er es mir beigebracht hatte. Das hatte ich verdient, weil ich Darcy und die anderen so nah an mich herangelassen hatte. Weil ich ihnen erlaubt hatte, den Versuch zu unternehmen, mich meinem König zu entreißen. Ich brauchte diese Strafe. Es war der einzige Weg, die Dinge wieder ins Lot zu bringen.

Ich biss die Zähne zusammen, als ich meine Magie in die Runen fließen ließ und sie entsicherte, während ich in derselben Bewegung den Deckel des Glases abnahm.

Der Blitz schlug mit solcher Wucht in meine Brust ein, dass ich den Schmerzensschrei nicht unterdrücken konnte, der mir entfuhr. Ich landete mit dem Rücken auf dem Boden und der elektrische Strom schoss in meinem Körper hin und her.

Er erhellte mich von innen, brannte, brutzelte und elektrisierte alles, was er berührte, bevor er zurücksprang und dieselben Stellen noch einmal doppelt so stark traf.

Mein Rücken wölbte sich, als ich so laut schrie, dass meine Kehle riss, und ein Schmerz, wie ich ihn noch nie zuvor erlebt hatte, erfasste mich und ließ mich nicht mehr los. Sie war endlos, diese blendende, alles verzehrende Qual, die mich durchdrang, bis ich völlig zerstört war und für meinen König blutete.

Als es endlich vorbei war, brach ich zitternd und weinend in einem Häufchen Elend zusammen. Der Geruch von Verbranntem lag in der Luft und das Klingeln in meinen Ohren wollte nicht aufhören.

Ich konnte hören, wie Lionel schwer atmete, während er meiner Folter lauschte, und ich klammerte mich an das Geräusch. Ein Stöhnen der Lust entwich ihm – das einzig Gute, das ich in diesem ewigen Feuer finden konnte, in dem ich brannte.

»Braves Mädchen«, grunzte er zwischen keuchenden Atemzügen, während ich einfach nur da lag, schluchzte und wimmerte, unfähig, mich zu bewegen oder etwas zu tun, um den Schmerz in meinem Körper zu lindern, der ewig anzudauern schien.

Die Schatten kamen näher und versprachen mir Vergessen, sollte ich mich in sie stürzen, aber ich wusste, dass ich das nicht tun konnte. Noch nicht. Nicht, bis er es mir erlaubte.

»Noch fünf Minuten, um sicherzugehen, dass du deine Lektion wirklich gelernt hast«, sagte Lionel mit rauer Stimme. »Und wenn ich dich das nächste Mal sehe, werde ich dich für deine Hingabe belohnen.«

Ich versuchte, eine Antwort über meine verbrannten Lippen zu bringen, aber ich brachte nur ein schmerzvolles Stöhnen zustande, während ich da lag und mir fast sicher war, dass ich sterben würde.

»Denk daran, denjenigen nicht zu töten, der kommt, um deine Wunden zu heilen«, fügte er schroff hinzu. »Ich brauche ihn lebend. Lass nicht zu, dass die Schatten ihn holen.«

Ein weiteres schmerzvolles Stöhnen entfuhr meinen Lippen, als ich zustimmte, und er wusste genau, dass ich ihn verstanden hatte. Er trennte die Verbindung und ließ mich dort liegen, um für meine Verfehlungen zu leiden.

Die Tränen, die über meine Wangen liefen, machten das Brennen noch schlimmer, aber in fünf Minuten würde ich in die Schatten fliehen können. Fünf Minuten, und ich würde nichts mehr spüren.

Und bald würde ich meinen König wiedersehen. Ich wusste, dass er stolz auf mich war. Das war alles, was wirklich zählte. Also würde ich mich mit aller Kraft daran festhalten und dafür sorgen, dass er immer stolz auf mich sein würde.

Gemini
Scorpio
Virgo
Cancer
Aries
Leo
Sagittarius
Taurus
Capricorn
Aquarius
Libra
Pisces

CALEB

KAPITEL 9

Ich rannte mit dem Jubel der Menge in den Ohren, dem Wasserball fest unter dem Arm und einem entschlossenen Gesicht zum Pit.

Es war das erste Spiel der Saison und die sechste Woche des Studienjahres. Lionel Acrux hatte den Thron bestiegen, wir waren verdammte Pechvögel, was das Finden des Imperialen Sterns anging – obwohl Darcy ihr Sternversprechen mit Orion gelöst hatte –, Tory war immer noch in den Schatten verloren, und Darius und Darcy waren so verdammt unglücklich, dass es mir regelrecht wehtat, sie zu sehen. Und zu allem Überfluss war ich heute Morgen auf der Jagd gewesen und hatte einen Blick auf Washers Mini-Seegürkchen erhascht, als er sich am See verwandelt hatte. Widerlich.

Aber egal, wie beschissen alles andere war, es gab eine Sache auf dieser Welt, die mich immer zum Lächeln und mich und meine Brüder zusammenbrachte. Und das war Pitball. Ja, wir hatten unseren Trainer verloren und mit Tory die unmotivierteste Cheerleaderin der Welt. Ein Sieg auf dem Spielfeld würde keines der echten Probleme lösen, mit denen wir konfrontiert waren. Aber es würde sich trotzdem verdammt gut anfühlen. Und genau das wollte ich. Einen Abend, an dem ich alles vergessen und so tun konnte, als wäre die Welt noch in Ordnung.

Der Boden unter mir bebte und zitterte, als die Spielführerin des Aurora-Academy-Teams ihre Magie gegen mich einsetzte. Mit einem Lächeln konterte ich ihren Angriff mit meiner eigenen Kontrolle über das Element. Rosalie lächelte wie eine wilde Bestie, während sie auf mich zurannte, um mich abzufangen. Ihr hübsches Gesicht war mit Schlamm bespritzt und die schwarzen Haare waren zu einem Zopf zusammengebunden.

Ich war fast am Pit, als sie mit mir zusammenstieß, und ließ mich von ihr mitreißen, wobei ich den Ball in Richtung Loch in der Mitte des Platzes warf. Darcy schaltete die Pit-Hüter des Aurora-Teams mit einem gewaltigen Feuerzauber aus, um sicherzustellen, dass ich den Punkt machte, und die Menge tobte, als der Ball sein Ziel erreichte.

Ich landete hart auf dem Boden unter dem Wolfsmädchen, und sie setzte sich knurrend auf mich; ihre Schenkel umklammerten meine Taille und brachten meinen Schwanz auf dumme Gedanken.

»Heb dir das für die Afterparty auf, Sweetheart«, neckte ich sie und grinste, als sie einen Moment mit gespreizten Schenkeln über meinen Hüften verharrte.

»Wirst du mich um einen Mitleidsfick bitten, wenn wir euch besiegt haben?«, stichelte sie, und ihr faetalienischer Akzent machte die Vorstellung nur noch verlockender. Sie würde nicht gewinnen, und das wussten wir beide. Das Spiel war eine Runde vom Ende entfernt, und Zodiac führte, auch wenn Aurora einen verdammt guten Kampf ablieferte.

»Wir verlieren nicht«, versprach ich ihr. »Aber wenn du Lust auf eine Runde mit dem besten Spieler von Zodiac hast …«

»Oh, hat Seth sich angeboten?«, fragte sie und sah sich nach ihm um. Ihre Ablenkung entlockte mir ein Knurren.

»Ich kann dich besser zum Kommen bringen als er«, versprach ich ihr, und sie lachte, warf ihren Zopf über die Schulter, stand auf und bot mir ihre Hand, um mich hochzuziehen.

»Nun, es gibt nur einen Weg, diese Theorie zu testen«, erwiderte sie und warf mir einen koketten Blick zu, bevor sie mit den Fingern schnippte und die Erde unter mir so stark erzittern ließ, dass ich abermals auf dem Hintern landete.

Seth, der am Luftloch stand, lachte laut auf, und ich schüttelte amüsiert den Kopf, während ich aufstand.

Rosalie joggte zurück zum Erdloch, und ich folgte ihr, wobei mein Blick mehr als nur einmal zu ihrem Arsch wanderte. Okay, er war ununterbrochen auf ihrem Arsch, aber das Mädchen hatte auch ein verdammt hübsches Exemplar. Und zu meiner Verteidigung musste gesagt sein, dass ich seit … Fuck, ich war mir nicht einmal sicher, wann ich zuletzt zum Zug gekommen war. Nicht seit Tory. Und das war verdammt lange her.

Ich musterte die Cheerleader. Tory vollführte brav ihre Choreografie, obwohl sie geistig kaum anwesend zu sein schien. Sie katapultierte sich bestimmt fünfundzwanzig Meter in die Luft und segelte in einer Wolke aus rosafarbenen Blüten wieder zu Boden, ohne auch nur ein Lächeln zu zeigen. Es war vollkommen abgefuckt.

Ich seufzte, während ich sie beobachtete, und meine Aufmerksamkeit fiel auf Darius, der sie ebenfalls beobachtete, wie ich es erwartet hatte. Ich hatte eine Weile gebraucht, um über sie hinwegzukommen. Aber seine Blicke zu sehen und seine Trauer über das, was ihr widerfuhr, zu spüren, half mir, zu erkennen, dass Tory und ich nie füreinander bestimmt gewesen waren. Es war nett gewesen, und ich bereute keine Sekunde, aber es war vorbei und damit konnte ich jetzt leben. Ich hatte damit abgeschlossen und war weitergezogen. Nur eben nicht körperlich. Aber als Rosalie Oscura jetzt zu mir aufsah und sich die Lippen leckte, kam mir der Gedanke, dass sich das bald ändern könnte.

Der Pfiff ertönte, und während ich von Rosalies Mund abgelenkt war, versäumte ich es, sie davon abzuhalten, einen Tonklumpen auf meinen Bauch zu schleudern. Ein zweites Mal wurde ich von ihr umgeworfen. Sie sprang mit einem Triumphschrei über mich hinweg, schnappte sich den schweren Erdball, der gerade aus unserem Loch geschossen war, und rannte damit über das Spielfeld.

»Zieh den Kopf aus den Muscheln, Caleb Altair!«, schimpfte Geraldine, während sie ihre Arme ausstreckte und eine Welle aus Erdmagie über den Boden schickte, wodurch Rosalie vom Kurs abkam und gezwungen war, sich vom Pit abzuwenden.

Ich stand fluchend auf, ignorierte Max, der mich anschrie, mich verdammt noch mal zusammenzureißen, und zeigte Seth den Mittelfinger, als ich ihn lachen hörte. *Ja, ja, ich habe mich von der sexy Wölfin ablenken lassen. Na und?*

Ich rannte übers Feld und jagte dem Wolfsmädchen nach, das mit wildem Gelächter davonlief, bevor sie den Ball zum Feuersturm ihres Teams warf.

Darius stellte sich ihm in die Quere, und schnitt dem armen Kerl mit einer Feuersalve den Weg ab, bevor er ihn zu Max schickte, der ihn wie ein Dampfzug überrollte. Max warf den Ball zu Seth, der brüllend zum Pit lief, während Rosalie mit gefletschten Zähnen hinter ihm herjagte.

Das Mädchen war verdammt hartnäckig und scheute sich nicht, auch mal zuzuschlagen. Überall um Seth herum schossen Steine aus dem Boden, die sie auf ihn schleuderte, woraufhin er sich mit seiner Luftmagie schützte. Die Steine prallten in alle Richtungen ab und hielten uns andere auf Abstand, während die tödlichen Geschosse auf uns zurasten.

Der Rest des Aurora-Teams schien ihr Manöver erkannt zu haben und stürmte auf uns zu, um uns zurückzuhalten, während Rosalie sich auf Seth konzentrierte.

Er rannte weiter, aber sie setzte noch mehr Erde in Bewegung und bespritzte seinen Schild mit Schlamm, sodass er nichts mehr sehen konnte. Ich fluchte, als er gezwungen war, ihn fallen zu lassen. In dem Moment, in dem er das tat, stürzte sich Rosalie auf ihn, riss ihn zu Boden und entriss ihm den Ball.

Er griff nach ihrem Bein, als sie versuchte, damit loszurennen, und brachte sie zu Fall, aber in dem Moment, in dem sie auf dem Boden aufkam, versank sie darunter und verschwand vollständig.

Fluchend stand Seth auf und wir alle schauten uns um, während wir darauf warteten, wo sie wieder auftauchen würde, während die Zeit auf der goldenen Tafel über uns runtertickte.

Ein plötzlicher Erdausbruch lockte uns alle auf die linke Seite des Spielfeldes, aber einen Moment später wurde mir klar, dass er nicht von Rosalie verursacht worden war und ihr Erdwall die Ablenkung verursacht hatte.

Sie schoss aus dem Boden rechts vom Pit und warf den Ball mit fünf Sekunden Restzeit ins Ziel, was das Spiel mit einem Freudengeheul der Aurora-Academy-Studenten beendete, das mit dem Jubel der Zodiac-Zuschauer angesichts unseres Sieges konkurrierte. Es war eines der knappsten Spiele seit Langem gewesen. Und das lag vorwiegend an der hübschen Team-Kapitänin, die gerade von einer Horde Werwölfe umringt wurde, die aus der Menge der Aurora-Studenten strömte, um ihr zu gratulieren.

Seth verpasste mir einen Klaps auf den Hintern, bevor er auf meinen Rücken sprang und mich anschrie, mit ihm eine Siegesrunde zu drehen. Ich setzte mich lachend in Bewegung, um jetzt, da das Spiel vorbei war, meine Vampirgeschwindigkeit zu demonstrieren. Wir rannten viermal ums Feld und das so schnell, dass alles um uns herum verschwamm.

Seth musste sich mit aller Kraft an mir festhalten, um nicht zu fallen, und ich grinste, als wir auf das restliche Team zurasten, das in einem Haufen neben dem Pit lag und feierte.

Ich fing Darcys Blick auf, die breit grinste, und lächelte zurück, während ich ihre schlammigen blauen Haare zerzauste und mich einfach nur darüber freute, dass sie diesen kleinen Moment des Glücks erleben konnte – auch wenn ich wusste, dass er nicht von Dauer sein würde.

Wir alle sprangen auf, und ich schlang meine Arme um Darius' Hals und drückte ihm einen Kuss auf die Wange, während er mir dieses gequälte

Lächeln schenkte, von dem ich wusste, dass es Bullshit war.

»Afterparty?«, fragte Seth hoffnungsvoll und sah dabei alle an. Aber Max zuckte nur mit den Schultern.

»Wir dürfen uns nicht mit Leuten außerhalb unserer Formgebung abgeben, schon vergessen? Wenn wir also feiern, dann wie immer zu sechst im Hollow«, sagte er. »Ich bin überrascht, dass wir überhaupt noch Pitball spielen dürfen, aber wenn Lionel uns das wegnehmen würde, gäbe es einen verdammten Aufstand.«

»Verdammt seien dieser Schurke und seine abstrusen Gesetze«, knurrte Geraldine und ihr Zerberus fletschte die Zähne. »Ich habe große Lust, die Nacht mit einer anderen Formgebung zu verbringen, nur um ihn zu ärgern.«

»Ach ja?«, fragte Max mit einem hoffnungsvollen Lächeln, das mich zum Lachen brachte.

Er war so verdammt verknallt ihn sie. Zweifellos würde er den Rest des Abends damit verbringen, sein Glück bei ihr zu versuchen. Und sie würde dabei zusehen, wie er sich abschuftete, während sie ihm Beleidigungen auf Fischbasis an den Kopf warf. Ich würde am nächsten Morgen entweder an seinem verdammt irritierenden Grinsen oder an seiner gereizten Reaktion erkennen, ob er erfolgreich gewesen war. Die Chancen standen ungefähr fünfzig zu fünfzig.

»Wenn es eine reine Wolfs-Party ist, könnte ich mein Rudel mitbringen«, hörte ich Rosalie sagen, die sich zwischen die Mitglieder unseres Teams schlängelte und mit einem koketten Lächeln vor Seth stehen blieb.

»Lust auf eine Rudelorgie, Babe?«, fragte er und zwinkerte ihr zu, während er mit der Hand durch seine langen Haare fuhr. Sein Blick wanderte jedoch zu mir, und es schien, als würde er etwas zögern, was ich nicht verstand.

»Nein. Rudelorgien sind nicht so mein Ding«, antwortete sie. »Ich stehe vorrangig auf Alphas. Hast du noch einen davon in deinem Rudel?«

»Unwahrscheinlich«, meinte Seth lachend, bevor er mir einen Arm um die Schultern legte. »Aber Cal hier ist durch und durch Alpha. Wenn es dir also nichts ausmacht, das Gesetz zu brechen …« Er ließ diesen Vorschlag in der Luft zwischen uns hängen, und obwohl ich mir ziemlich sicher war, dass es sich um einen Scherz handeln sollte, fand ich die Idee tatsächlich ziemlich ansprechend.

Rosalie lächelte, blickte zwischen uns beiden hin und her und beugte sich dann verschwörerisch vor. »Ist euch klar, dass meine Familie aus berüchtigten Kriminellen besteht?«, fragte sie leise, und ihre Augen funkelten amüsiert, als ich grinste.

»Du fragst, ob wir wissen, dass sich hinter dem Oscura-Clan eine Bande von Verbrechern und Mördern verbirgt?«, frotzelte ich, ohne zu wissen, warum ich das so lustig fand. Aber irgendwie gefiel mir der Gedanke, dass der unschuldige Thronfolger, den die Zeitungen in mir sahen, in Wirklichkeit gelegentlich mit Gesetzlosen verkehrte.

Der Oscura-Clan hatte sein Territorium zwar in Alestria, das im Süden des Landes lag, aber seine Mitglieder waren berüchtigt genug, dass ich genug über sie wusste – auch ohne über einige Ecken mit ihnen verwandt zu sein. Meine Mom hatte mir einmal erzählt, dass es für das Königreich durchaus sinnvoll war, Städte wie diese den Banden zu überlassen. Die mächtigsten Fae besetzten die Machtpositionen und hielten die anderen in Schach, ohne dass die Ratsmitglieder – jetzt wohl der König – durch das ganze Königreich reisen mussten, um ihre Macht durchzusetzen. Und ein bisschen kriminelle Aktivität war besser, als sich tatsächlich den Herausforderungen dieser Art von Fae stellen zu müssen. Letztlich waren Fae wie Rosalies Cousin Dante damit zufrieden, ihre Ecke des Königreichs zu beherrschen, und wagten sich nicht weiter vor. Solange sie wussten, wann sie sich vor denen, die die ultimative Macht hatten, verbeugen mussten, gab es keinen Grund, sie zu beseitigen.

»Wenn ihr schon von meinem Clan gehört habt, wisst ihr ja, dass ich nichts Gutes im Schilde führe«, sagte sie mit einem Achselzucken. »Die eigentliche Frage ist also, ob ihr euren Worten Taten folgen lassen und tatsächlich mit mir das Gesetz brechen werdet.«

In dem Moment ergriff Rektorin Nova das Wort. Ihre Stimme schallte über das Spielfeld, und sie forderte uns auf, uns vor ihr aufzustellen, damit sie den Fae des Spiels bekannt geben und uns die Medaillen für den Sieg überreichen konnte. Rosalie entfernte sich wieder von uns, um sich ihrem eigenen Team anzuschließen, und ich ging über das Spielfeld, um meinen Platz in der Aufstellung einzunehmen.

Schließlich stand ich neben Seth, und er beugte sich zu mir und wirkte eine Stillekuppel, damit unser Gespräch privat blieb.

»Wirst du mich wieder küssen, wenn es zum Dreier mit ihr kommen sollte, Cal?« Er drückte seine Schulter gegen meine und grinste wölfisch.

»Pah. Das hättest du wohl gern, was?«, neckte ich ihn. »Du bringst diesen Scheiß so oft zur Sprache, dass ich weiß, dass du davon träumst.«

Seth wandte den Blick ab, gab eine Mischung aus Husten und Lachen von sich und zuckte schließlich mit den Achseln. »Na ja, meine Titten sind wohl nicht groß genug für dich, also ist der Plan dahin.«

»Ich stehe tatsächlich mehr auf Ärsche«, antwortete ich, stieß mit meinem

Ellenbogen gegen seinen und grinste, als er schmunzelte.

»Ich habe einen verdammt schönen Arsch«, stellte er fest. »Vielleicht habe ich ja doch noch Glück bei dir. Was sagst du? Willst du meinen Schlüssel nehmen und in meinem Zimmer auf uns warten? Mal sehen, ob es die hübsche Alpha-Wölfin wirklich mit zwei Erben aufnehmen kann.«

Ich zuckte mit den Schultern, obwohl mein Schwanz schon bei dem bloßen Gedanken daran hart wurde. Das letzte Mal, als ich ein Mädchen geteilt hatte, war das Ganze verdammt heiß gewesen. Außerdem brauchte ich dringend Sex, sonst würde mein Schwanz noch vor lauter Nichtgebrauch abfallen. Ganz zu schweigen davon, dass Rosalie Oscura unglaublich heiß war und ich den Eindruck hatte, dass sie mehr als bereit war, sowohl mich als auch Seth zu befriedigen.

»Du willst mich also in dein Haus schmuggeln wie ein schmutziges kleines Geheimnis, was?«, neckte ich ihn.

»Ja. Stell dir vor, was für eine Schande das für meine Familie wäre, wenn sie wüssten, dass ich mit einem versauten Vampir angebandelt habe«, sagte er mit übertriebenem Schaudern.

»Das versaut kann ich nicht bestreiten«, murmelte ich und schenkte ihm ein Grinsen.

»Bei den Sternen, verarsch mich jetzt nicht, Cal! Die bloße Vorstellung macht mich steinhart, und wenn du mich nur aufziehst, glaube ich nicht, dass ich das aushalte«, stöhnte Seth, und ich musste schmunzeln, als mein Blick sofort auf seinen Schritt fiel. Tatsächlich konnte ich sehen, wie sich sein Schwanz wölbte, und mein Puls stieg, als ich meine Aufmerksamkeit dort verweilen ließ.

Als ich wieder zu ihm aufsah, bemerkte ich, dass er gerade auf die Beule in meiner Hose starrte, und ich musste laut lachen. »Checken wir uns gerade gegenseitig die Schwänze ab?«

Seth ließ seine erdig braunen Augen wieder nach oben schnellen, dabei grinste er wie ein Raubtier. »Wir ziehen das wirklich durch, was?«

In diesem Moment trat Nova vor mich und legte mir eine Medaille um den Hals, und ich war gezwungen, die Stillekuppel zu zerstören, um ihr zu danken. Dabei gab ich mir größte Mühe, meinen Ständer verschwinden zu lassen. Aber der Wichser war hartnäckig, und als ich die Reihe der Spieler absuchte, um Rosalies hübsches Gesicht zu finden, fuhren auch meine Reißzähne aus. Ja, wir würden das wirklich durchziehen.

Die Menge jubelte, als Rosalie zur Fae des Spiels gekürt wurde, und wir begaben uns alle in Richtung Publikum, um die Glückwünsche entgegenzunehmen.

Ich packte Seth am Arm, als er sich gerade wegdrehen wollte, und beugte mich vor: »Was ist mit dem Schlüssel?«, fragte ich und sein Bizeps verkrampfte sich in meiner Hand, während er mir einen erhitzten Blick zuwarf.

»Scheiße, das wird noch besser als damals, als ich auf dem Mond war und meinen Schwanz in den Krater gesteckt habe«, murmelte er. »Er ist ganz unten in meiner Tasche. Pass auf, dass niemand deinen Vampirarsch sieht, wenn du dich reinschleichst, sonst sterbe ich vor Scham.«

»Ha, ha. Als ob ich mich dabei erwischen lassen würde, mich durch die Gegend zu schleichen, um ein paar schmutzige Wölfe zu ficken«, scherzte ich und fuhr mit der Zunge über meine Reißzähne, bevor ich mich zwang, ihn loszulassen und mich vom Acker zu machen.

Fuck, ich hatte Durst. Das Spiel hatte meine magischen Reserven fast aufgebraucht, und ich brauchte den Geschmack von Blut auf meiner Zunge. Aber heute Abend würde mein Schwanz Vorrang haben. Der arme Kerl saß seit Monaten auf der Ersatzbank und brauchte dringend etwas Action.

Ich schoss in die Umkleidekabinen, bevor es jemand anderes dorthin schaffte, schnappte mir Seths Tasche und entdeckte seinen Schlüssel, der zwischen ein paar Socken ganz unten lag, bevor ich meine eigene Tasche über die Schulter warf und wieder aus dem Raum stürmte.

Ich entdeckte meinen kleinen Bruder, der am Rand der Tribüne wartete, um mir zu gratulieren, und zwang mich, stehen zu bleiben und mit ihm zu reden, obwohl ich eigentlich nur so schnell wie möglich von hier verschwinden wollte. Aber Seth und Rosalie würden ohnehin viel länger brauchen, um zum Aer-Turm zurückzulaufen, also hatte ich wohl Zeit, um mich kurz bei ihm blicken zu lassen.

»Hey, Hadley, hat dir das Spiel gefallen?«, fragte ich und bedachte die Mädchengruppe, die sich um ihn versammelt hatte, mit einem Grinsen. Ich ignorierte das aufgeregte Keuchen und Kreischen, um meinem Bruder meine volle Aufmerksamkeit zu schenken.

Er wusste genauso gut wie ich, dass diese Fangirls hauptsächlich wegen unseres Nachnamens und ihres Traumes, an einem mächtigen Ding zu lutschen, hier waren. Ohne Zweifel nutzte er sie voll aus, während er seine Gefühle konsequent außen vor ließ. Meiner Meinung nach verloren Fangirl-Pussys ziemlich schnell ihren Reiz, und ich hatte das Gefühl, dass ich mehr wollte als das, seit ich mit Tory Schluss gemacht hatte. Deshalb hatte ich meinen Schwanz seit der Trennung auch in keiner dieser Frauen mehr versenkt. Und nein, ich hatte nicht vor, eine große Romanze mit Rosalie Oscura zu beginnen, aber zumindest war sie nicht nur auf meinen Schwanz aus, sondern hatte

Charakter und die Hoffnung, einen mächtigen Ehemann zu finden.

»Ja, Mann, du hast dich gut geschlagen. Ich habe gesehen, wie dich diese Wolf-Tussi umgehauen hat«, spottete Hadley und ich grinste ihn an.

»Was soll ich sagen? Wir haben trotzdem gewonnen, also bin ich nicht allzu sehr beleidigt. Achtest du darauf, regelmäßig zu trinken?«, fragte ich, wohl wissend, dass ich mich wie Mom anhörte. Aber ich hatte meine Lektion gelernt und wusste, dass es nicht gut war, sich vom Blutrausch überwältigen zu lassen. Ich wollte nicht, dass er jemanden verletzte, so wie ich es getan hatte. Gelegentlich träumte ich immer noch davon.

»Ja …« Er verstummte und warf einen Blick auf die Gruppe Mädchen, die uns umringte. Ich runzelte die Stirn, legte einen Arm um seine Schulter und zog ihn mit mir mit.

Ich stellte sicher, dass mein Griff fest genug war, setzte dann zu Vampirgeschwindigkeit an und riss ihn mit mir.

Hadley lachte, als er neben mir zu rennen begann, und wir verließen das Stadion im schummrigen Licht der untergehenden Sonne. Erst auf dem Weg ließ ich ihn los. »Wer zuerst beim Aer-Turm ist«, rief ich, ohne ihm die Chance zu geben, abzulehnen, und verschwand.

Hadleys Gelächter folgte mir in den Wald, als er seine Gabe nutzte, um mich einzuholen, und ich grinste breit, als wir zusammen rannten. Wir hatten das schon mehr als einmal gemacht, seit seine Formgebung entfesselt worden war, und ich musste zugeben, dass ich es liebte, jemanden zu haben, der sich meinem Tempo anpassen konnte.

Wir schossen durch den Wimmernden Wald, und ich erklomm die Klippen in Richtung Aer-Turm, wobei er mir dicht auf den Fersen war.

Natürlich gewann ich, und er fluchte, als ich neben dem Eingang stehen blieb, mich mit dem Rücken an die Wand lehnte und einen Verhüllungszauber über uns aussprach sowie eine Stillekuppel bildete, um uns in den Schatten zu verstecken.

»Vor wem verstecken wir uns denn?«, fragte er neugierig und leicht außer Atem, während seine Augen vor Vergnügen glitzerten.

»Ich treffe mich hier mit ein paar Wölfen, also muss ich mich tarnen«, antwortete ich und verdrehte die Augen, weil ich diese neue Regel absurd fand. Er seufzte und nickte verständnisvoll. »Wie auch immer. Wir sind nicht hier, um darüber zu reden. Ich möchte wissen, warum du nicht gerade begeistert davon zu sein scheinst, Blut zu trinken, wo es doch so ziemlich das Beste ist, was es gibt.«

»Ich weiß nicht, wie ich es erklären soll. All diese Mädchen lassen es zu, dass ich sie beiße, und eigentlich sollte ich darauf stehen, aber etwas daran befriedigt mich einfach nicht. Selbst wenn meine Energiereserven voll aufgefüllt sind.« Hadley zuckte mit den Schultern, und ich grinste, weil ich genau wusste, was das Problem war.

»Ja, Bluthuren sind langweilig«, entgegnete ich trocken. »Vor allem die mit wenig eigener Kraft. Du musst deinen Geschmack weiterentwickeln, dir das stärkste Ziel aussuchen, das du finden kannst, und es dann überwältigen, um an sein Blut zu kommen. Du willst es nicht freiwillig angeboten bekommen, und du willst es nur, wenn es gut und stark ist.«

»Okay, von wem soll ich denn deiner Meinung nach trinken?«, fragte er, von der Idee fasziniert.

»Einer Vega«, scherzte ich. »Aber leider hast du keine Chance, eine von ihnen zu überwältigen. Also würde ich sagen, such dir eine Schwester oder einen Bruder der anderen Erben. Wenn du wirklich Qualität willst, meine ich. Oder jemanden mit einer Macht, die der deinen so nahe wie möglich kommt, solltest du die Erbengeschwister nicht überwältigen können – oder für den Fall, dass sie ein Problem damit haben und dir eure Freundschaft wichtiger ist als ihr süßes Blut.«

»Was ist mit Athena?«, meinte Hadley und seine Augen funkelten, als er von Seths jüngerer Schwester sprach. Ich lachte.

»Ja. Capella-Blut schmeckt hervorragend. Aber wenn sie nach ihrem Bruder kommt, wirst du dich anstrengen müssen, um an sie ranzukommen. Aber das ist ja der halbe Spaß.«

Er grinste viel zu breit, und ich fragte mich, ob mein kleiner Bruder auf Seths Schwester stand. Das sollte ich Seth wohl besser nicht erzählen, sonst würde er sich womöglich als Beschützer aufspielen und Hadleys Chancen ruinieren.

»Na gut. Ich werde es versuchen«, sagte er und grinste mich verschwörerisch an.

»Klingt nach einem Plan. Und jetzt verpiss dich und lass mich das Gesetz brechen.«

Hadley lachte und stieß mich mit seiner verstärkten Kraft spielerisch an, bevor er sich von mir entfernte. Ich knurrte nur zum Abschied.

Ich musste nicht lange warten, bis ein Mitglied von Haus Aer die Tür zum Turm öffnete, und in dem Moment, in dem sie weit aufschwang, rannte ich mit voller Geschwindigkeit und in einer Bewegung, die sich kaum verfolgen ließ, los und schlüpfte durch den Spalt, bevor sich die Tür wieder schloss.

Ich rannte ungebremst die Treppe hinauf und war dabei so schnell, dass mich niemand sah, bis ich schließlich den Schlüssel ins Schloss steckte und Seths Zimmer betrat.

Ich sah mich in seinem riesigen Zimmer um und musste grinsen, als ich das Bett sah, das groß genug für zehn Personen war. Der Vollmond hing tief am Himmel, und ich ging zum Fenster und öffnete die Fensterläden, um nach draußen zu schauen. Wenn man Wölfe noch mehr als sonst auf Touren bringen wollte, dann, indem man sie fickte, während der Mond zusah – und ich hatte nichts dagegen, von dem himmlischen Wesen beobachtet zu werden. Solange Seth das nicht als Vorwand nahm, um wieder von seiner verdammten Reise dorthin zu erzählen.

Im Ernst, ich hatte schon fast bereut, ihm das verdammte Ticket geschenkt zu haben. Abgesehen davon, dass es ihm natürlich ein breites Grinsen ins Gesicht gezaubert hatte. Das wollte ich nicht bereuen. Allerdings würde ich ihm wohl eine runterhauen müssen, wenn er in meiner Gegenwart noch einmal den Mond erwähnte.

Wie ein eingebildetes Arschloch grinsend, das wusste, dass es gleich Sex haben würde, ging ich durch Seths Zimmer zu seinem Bad. Ich zog meine Pitball-Uniform aus und stellte die Dusche an, um den Schlamm und Schweiß vom Spiel abzuwaschen, während ich auf ihn und Rosalie wartete.

Der riesige Duschkopf aus Metall ließ das Wasser wie ein heißes Gewitter in der offen gestalteten Nasszelle mit den weißen Fliesen auf mich prasseln, und ich klaute mir etwas von Seths Duschgel, um mich damit zu waschen.

Mit geschlossenen Augen verteilte ich das Zeug auf meinem Körper und atmete den vertrauten Duft von Seths Pflegeprodukten ein. Ich wurde schon wieder hart, als ich daran dachte, was wir tun würden, sobald sie hier ankamen. Was hoffentlich bald passieren würde, denn ich hatte das Warten satt.

Es dauerte nicht lange – und doch kam es mir viel zu lange vor –, bis ich hörte, wie die Tür zu Seths Zimmer geöffnet wurde, und Rosalies kehliges Lachen ertönte.

»Nicht dein Ernst«, schnurrte sie.

»Ich schwöre bei allen Sternen am Himmel«, antwortete Seth. »Der Mond hat tatsächlich mit mir gesprochen, als ich da oben war. Als hätte sich seine Seele mit meiner verbunden.«

Ich stöhnte innerlich auf, als mir klar wurde, dass er gerade eine neue bedauernswerte Person gefunden hatte, die er mit Geschichten über den verdammten Mond langweilen konnte, obwohl ich zugeben musste, dass Rosalie sich nicht im Geringsten gelangweilt anhörte.

»Ich würde alles geben, um einmal zum Mond zu reisen«, seufzte sie, und ihre Stimme klang so sexy, dass meine Hand über die dicke Länge meines Schwanzes glitt, während ich mit meinem geschulten Gehör ihren beschleunigten Herzschlag wahrnahm.

»Nun, ich kann dich nicht zum Mond bringen«, raunte Seth. »Aber wie wäre es, wenn Cal und ich dafür sorgen, dass du Sterne siehst?«

Rosalie lachte wieder, aber der Klang wurde einen Moment später unterbrochen, als die beiden im Türrahmen erschienen. Seth schob sie ins Badezimmer und presste seinen Mund auf ihren.

Ich beobachtete sie hungrig, während mein Herz anfing zu rasen, und Seth öffnete die Augen und sah mich über ihre Schulter hinweg an, während er sie küsste. Dabei ließ er seine Hände an ihrem Körper entlanggleiten.

Ich blieb unter dem Wasserstrahl stehen, als Rosalie den Kuss löste und mich mit einem Ausdruck der Lust ansah. Sie war verflucht schön, und ich beobachtete hungrig, wie sie ihr Shirt auszog und sich dann schnell auch ihrer restlichen Sachen entledigte, bis sie nackt vor mir stand und ich sie anhimmeln konnte.

Seth zog sich hinter ihr aus und die beiden gesellten sich zu mir in die Dusche, was meinen Puls in Erwartung des Bevorstehenden in die Höhe schnellen ließ.

»Komm her!«, befahl ich, zog Rosalie an mich und schäumte den Schwamm erneut ein, um den Schlamm von ihrem Körper zu waschen. Sie stöhnte vor Lust, als meine Hände ihre Haut erforschten.

Seth nahm mir den Schwamm aus der Hand, aber ich hörte nicht auf, sie zu waschen, sondern benutzte die Seife an meinen Händen, um ihre Brüste zu streicheln, was ihr ein weiteres Stöhnen entlockte. Mein Schwanz wurde hart an ihrem Arsch – eine klare Aufforderung. Seth machte sich schnell selbst sauber und half mir dann mit ihr. Er küsste sie erneut, während ich ihnen zusah, und ich führte meine Hand zwischen ihre Schenkel.

Rosalie stöhnte, als ich meine Finger in sie schob, lehnte ihren Kopf an meine Schulter und spreizte ihre Schenkel weiter.

»Du auch, Alphawolf!«, befahl sie, nahm Seths Handgelenk und führte seine Hand nach unten, bis sie die meine an ihrer Mitte berührte.

Ich gluckste dunkel angesichts der Tatsache, dass die kleine Wölfin gerade zwei der mächtigsten Fae des Königreichs herumkommandierte, als wären wir ihre Sexsklaven. Seth grinste mich an, als wüsste er genau, was ich dachte.

Er schob seine Finger neben meine in sie hinein, und es war so verdammt heiß, seine Hand neben meiner zu spüren, während wir sie verwöhnten. Sie stöhnte und keuchte für uns.

Ich beugte mich vor, um ihren Hals zu küssen. Meine Reißzähne streiften ihre Kehle, der Geruch ihres Blutes lockte mich an, und Seth beobachtete uns mit halb geschlossenen Augen.

»Nicht beißen, *vampiro*«, knurrte Rosalie warnend, und ich stöhnte, während ich mich zwang, zu gehorchen.

Ich hatte nichts dagegen, das Blut einer anderen Fae mit Gewalt zu nehmen, wenn ich es wollte, aber die einzige Ausnahme, die ich von dieser Regel machte, betraf Sex. Wenn ich jemanden fickte und er nicht wollte, dass ich ihn biss, dann akzeptierte ich das. Selbst wenn ich mich nach Blut verzehrte, so wie jetzt.

Seth lachte leise auf meine Kosten, dann erhöhte er das Tempo seiner Bewegungen in ihr und forderte mich auf, mit ihm mitzuhalten, während sie sich keuchend zwischen uns wand. Zusammen brachten wir sie immer näher in Richtung Abgrund. Innerhalb weniger Minuten umklammerte sie unsere Finger fester, und mit einem Aufschrei sackte sie gegen mich zurück. Gleichzeitig sah ich Seth dabei zu, wie er mit einem hungrigen Knurren an ihrer Brustwarze saugte.

Rosalie löste sich aus unserer Mitte und drehte sich zu uns um, wobei sie uns mit einem schelmischem Glitzern in ihren großen braunen Augen ansah. Dann forderte sie uns auf, uns nebeneinander mit dem Rücken zu den Fliesen zu stellen.

»*Ora voglio conoscere i tuoi cazzi*«, säuselte sie, und ich hatte keine verdammte Ahnung, was das bedeutete, aber ich war mir ziemlich sicher, dass das Wort »Schwänze« gefallen war. Ich hatte also keine Einwände gegen ihr Vorhaben – vor allem, als sie vor uns auf die Knie fiel.

Sie wickelte ihre Finger um die Basis meines Schwanzes, und ich stöhnte auf, als sie sich vorbeugte, um die Länge meines soliden Schafts zu lecken. Einen Moment später wiederholte sie das Gleiche bei Seth.

»Fuuuck«, stöhnte Seth, als sie noch etwas auf Faetalienisch sagte – ich könnte schwören, dass sie versprochen hatte, uns beide zu ihren Schlampen zu machen. Damit lag sie nicht ganz verkehrt, dachte ich, als sie ihren heißen Mund um mich schloss.

Ich warf den Kopf mit einem Stöhnen der Lust zurück und streichelte ihren nassen Hinterkopf, während sie mich bis zum Anschlag in sich aufnahm und dabei Seths Schwanz in ihrer Hand direkt neben uns bearbeitete.

Meine Fangzähne fuhren aus und ich stöhnte mit dem Verlangen, Blut zu trinken. In dem Moment fand Seths Mund meinen Hals und er ließ seine Zähne über meine Haut gleiten, was einen Rausch der Lust durch meinen

Körper schickte.

Mit schweren Augen sah ich ihn an. Rosalie nahm derweil meinen Schwanz aus ihrem Mund, um ihn gegen Seths auszutauschen. Auch Seth legte stöhnend den Kopf zurück und keuchte unter Rosalies gekonnten Bewegungen. Dabei zeigte er mir seine Kehle und ich konnte den Blick nicht von seinem Puls abwenden, während ich sah, wie er für sie die Kontrolle verlor.

»Hör auf, meine Halsschlagader anzustarren, und versenke endlich deine verdammten Reißzähne darin!«, knurrte Seth, und mein Herz machte einen Sprung, als mir klar wurde, dass er genau wusste, wonach ich mich sehnte. Und dass er es auch wollte.

Das musste er mir nicht zweimal sagen. Ich stürzte mich auf ihn, packte eine Handvoll seiner dunklen Haare und hielt sie fest, während ich meine Reißzähne in seinem Hals vergrub. Seth stöhnte laut auf, und Rosalie wechselte in dem Moment von seinem Schwanz zu meinem, als die Hitze seines Blutes und die köstlich reiche Kraft darin durch mich strömten.

Ich knurrte vor Wonne und zog Seth an mich. Seine Hände glitten über meine Brust, während Rosalie ihren Mund weiter zwischen uns hin und her bewegte. Unsere Schwänze stießen dabei mehr als einmal gegeneinander, und das machte mich irgendwie noch härter.

Als Rosalie Seth abermals in sich aufnahm, versteifte sich sein Körper und er stöhnte laut auf, als er kam. Das Geräusch ließ meinen Körper vor Vorfreude erzittern, denn ich wusste, dass es nicht mehr viel brauchte, um ihm zu folgen. Aber ich war noch nicht bereit, hier Schluss zu machen.

Ich löste meine Reißzähne aus seinem Hals und fuhr mit meiner Zunge über die Einstichwunde, um das Blut wegzulecken, das herausgelaufen war. Seth zog mich zu sich und schob seine Finger in meine Haare – als wollte er nicht, dass ich aufhörte.

Ich zog mich jedoch zurück, streckte die Hand nach Rosalie aus und half ihr auf die Beine, bevor sie mich auch über den Abgrund schicken konnte.

Mit einer schnellen Bewegung hob ich sie hoch und rannte zurück in Seths Zimmer, wo ich am Fußende des Bettes stehen blieb und sie stürmisch küsste. Sein Geschmack auf ihren Lippen entlockte mir ein besitzergreifendes Knurren, und ich küsste sie inniger und härter, um sie noch deutlicher für mich zu beanspruchen.

Seth folgte uns und schickte einen Schwall Luftmagie über uns, um uns abzutrocknen. Rosalie zitterte in meinen Armen und ein überraschter Laut kam über ihre Lippen. Ich setzte mich aufs Bett und drehte sie so, dass ihr Rücken an meiner Brust lag und wir beide Seth ansehen konnten. Schließlich zog ich sie auf meinen Schoß und stieß langsam in sie hinein, sodass sie laut aufstöhnte.

Seth raufte sich die Haare und knurrte kehlig, während er mir zusah, wie ich sie fickte. Und ich konnte nicht anders, als mich davon anturnen zu lassen, wie er uns beobachtete, während mein Blick immer wieder den seinen fand.

Er knurrte lauter, als wir anfingen, uns schneller zu bewegen, und ich massierte ihre Brust, während meine andere Hand ihre Klit fand. Der glühende Blick in Seths Augen, als er seine Hand an seinem Schwanz auf und ab gleiten ließ, spornte mich an, während sie schreiend nach mehr verlangte.

Ich bewegte mich so kraftvoll in Rosalie, dass sie schon bald auf meinem Schwanz kam und dabei so laut aufschrie, dass ich ihr fast in die Vergessenheit gefolgt wäre. Ich musste die Zähne zusammenbeißen, um mich zu zwingen, ihr nicht zu folgen. *Noch nicht.*

Heftig atmend lehnte sie sich an mich und winkte Seth näher zu sich.

»Ich bin gekommen, um zwei Erben zu ficken«, stichelte sie. »Und du bist mir im Moment nicht ernsthaft genug involviert.«

»Da hat sie nicht ganz unrecht«, bestätigte ich und musterte Seths pralle Länge, die vom Zusehen wieder hart geworden war. Er zuckte mit den Schultern. Arschloch.

»Na gut, wenn ihr darauf besteht«, antwortete er und rückte näher. »Aber um dir das volle Erlebnis zu bieten, denke ich wirklich, dass du uns beide auf einmal nehmen solltest. Also, bist du ein braves Mädchen und gehst für uns auf alle viere, kleine Alphawölfin?«

Rosalie knurrte in deutlicher Ablehnung, und ich lachte grimmig, bevor ich mich in Bewegung setzte und sie auf den Rücken auf die Matratze neben mir warf. Ihre Handgelenke fixierte ich über ihrem Kopf, damit Seth sich auf sie bewegen konnte.

Er küsste sie und ich stöhnte vor Sehnsucht, als ich sah, wie sie ihre Beine um seine Taille schlang. Ich wollte den Moment sehen, in dem er seinen Schwanz in sie trieb. Ich bekam einfach nicht genug von der Tatsache, dass wir sie beide fickten, und zu wissen, dass ich erst eben in ihr gewesen war und sie jetzt von ihm genommen wurde, machte mich total an. Hungrig sah ich zu, wie Seth sie auf die Matratze drückte und sich vor ihr positionierte, während sie einander hemmungslos küssten.

Er stieß hart zu und als sie aufschrie und den Rücken von der Matratze hob, ging mein Wunsch in Erfüllung.

»Fick sie hart, Seth«, knurrte ich, und meine Hand fand meinen Schwanz, während ich die beiden beim Sex beobachtete. Seths kraftvoller Körper dominierte den ihren und sie schrie ihre Lust heraus.

Mein Blick haftete auf den beiden – von der Härte ihrer Brustwarzen bis zum Schweiß, der über seine Bauchmuskeln rann. Und am besten gefiel mir die Stelle, an der ihre Körper verschmolzen, dort, wo der Schaft seines Schwanzes rein- und rausgetrieben wurde. Ich passte das Tempo meiner Hand an das seiner Hüften an, als diese sich gegen ihre bewegten.

Plötzlich bäumte sich Rosalie auf und rollte Seth und sich selbst herum, sodass sie oben lag. Sie krallte ihre Fingernägel in Seths Brust, um ihn unter sich zu fixieren, und warf mir dann erwartungsvoll einen Blick über die Schulter zu.

»Komm schon, *vampiro!*«, forderte sie mich auf, und ich nahm meine Hand mit einem schmutzigen Grinsen von meinem Schwanz, stand auf und stellte mich hinter sie.

»Oberste Schublade«, grunzte Seth und zeigte auf seinen Nachttisch.

Ich schoss darauf zu, schnappte mir die Gleitgel-Flasche und war in weniger als einer Sekunde wieder auf dem Bett, wo ich mich hinter Rosalie und links und rechts von Seths Beinen hinkniete. Ich benetzte sowohl meinen Schwanz als auch ihren Arsch mit dem nach Erdbeere duftenden Gleitgel – was sie stöhnend zur Kenntnis nahm. Dann, um mir den nötigen Zugang zu schaffen, beugte sie sich über Seth.

Seth verlangsamte das Tempo seiner Bewegungen, während ich mich an ihrem Arsch ausrichtete und mich langsam hineinschob. Die Enge entlockte mir ein Stöhnen und ich schloss die Augen, um mich ganz darauf zu konzentrieren. Ich hatte Seth vorhin nicht angelogen – ich stand wirklich auf Ärsche, und diese Enge bestärkte mich nur in dieser Tatsache.

Ich beugte mich vor, bis sie zwischen mir und Seth eingeklemmt war, und legte meine Handflächen flach auf die Kissen zu beiden Seiten seines Kopfes. Dann bewegte ich meine Hüften.

Rosalie gab lustvolle Laute von sich, während wir beide schnell einen gemeinsamen Rhythmus fanden und unsere Stöße synchronisierten. Ich sah über ihre Schulter auf Seth hinunter, während ich ihren Hals küsste, und tat knurrend mein eigenes Vergnügen kund.

Es war so verdammt heiß, genau das, was ich gebraucht hatte, und doch irgendwie noch besser als das.

Ich konnte seine Bewegungen in ihr spüren und stöhnte auf, als sie uns beide mit einem leisen Wimmern der puren Lust belohnte, das perfekt widerspiegelte, wie ich mich fühlte.

Rosalie fluchte, als sich ihr Körper um meinen Schwanz zu verkrampfen begann, und ich wusste, dass ich es nicht mehr zurückhalten konnte, mit ihr zu kommen. Meine Bewegungen wurden immer heftiger und tiefer, denn ich wollte, dass sie so kraftvoll kam, dass sie Sterne sah – genau, wie Seth es versprochen hatte.

Ich begegnete Seths Blick, als wir sie zum Orgasmus brachten, und stieß selbst einen lauten Fluch aus, als ich in ihr kam. Ich sah, wie Seths Augen vor Lust glühten, als er ebenfalls kam, und mein Herz hüpfte mir fast aus der Brust, so verdammt geil war das.

Wir ritten gemeinsam auf der Welle der Ekstase und fielen dann keuchend und verschwitzt aufs Bett, während Rosalie etwas auf Faetalienisch murmelte, das ich nicht verstand, aber dem ich absolut zustimmte. Das war echt etwas Besonderes gewesen.

Ich versuchte nicht einmal, mich zu bewegen, sondern blieb einfach liegen, schloss die Augen und fühlte, wie der Schlaf mich überwältigte, während meine Glieder zu Wackelpudding wurden und ich wie ein Idiot grinste.

Nach einer Weile, die sich wie eine gefühlte Ewigkeit anfühlte, aber vermutlich überhaupt nicht lange anhielt, stand Rosalie auf, und ich öffnete die Augen, um zu beobachten, wie sie sich am Fußende des Bettes aufrichtete.

»Das hat Spaß gemacht«, sagte sie grinsend, während sie ihren Blick anerkennend über Seth und mich gleiten ließ. Wie selbstverständlich ging sie zu seinem Kleiderschrank und nahm sich eine Jogginghose und ein T-Shirt.

»Bleib«, murmelte ich schläfrig, wälzte mich ein wenig im Bett hin und her und landete viel näher bei Seth. Aber wir hatten gerade zusammen ein Mädchen gefickt, also machte ich mir keine allzu großen Sorgen, ihm nackt zu nahe zu kommen. »Wir können das morgen früh wiederholen.«

»Das ist ein wirklich verlockendes Angebot, aber wir kehren noch heute Abend zur Aurora Academy zurück.«

»Na und? Ich gebe dir morgen etwas Sternenstaub«, bot ich an.

»Ne. Wenn ich Glück habe, ist mein Cousin Dante noch da und lässt mich mit ihm zurückfliegen«, sagte sie mit einem Achselzucken.

»Dante darf dich nicht durch die Gegend fliegen«, sagte ich, obwohl ich ernsthaft bezweifelte, dass der Sturmdrache sich um die von Lionel aufgestellten Regeln der Drachen-Gilde scherte.

»Dante ist ein von Wölfen geborener Drache – er macht, was er will, verdammt noch mal«, knurrte sie. »Außerdem bin ich ein Mondwolf, was bedeutet, dass ich alle möglichen seltsamen Fähigkeiten habe.«

»Ich wäre auch gern ein Mondwolf«, gab Seth seufzend zurück. »Der Mond und ich hatten eine so innige Verbindung, dass ich mich schon fast wie einer fühle. Als ich auf dem Mond war …«

»Was hat die Tatsache, dass du ein Mondwolf bist, damit zu tun, dass du uns hier hängen lässt?«, unterbrach ich ihn, bevor er abermals mit dieser Leier loslegen konnte.

»Ich sehe Dinge«, erwiderte sie schulterzuckend. »Unter anderem Verbindungen zwischen Fae. Ich habe es bei Dante und seiner Frau gesehen, genau wie bei anderen auch. Und obwohl ich gern der Belag eures Schwanz-Sandwiches war – im Ernst, ich werde diese Sache noch jahrelang als Futter für meine Selbstbefriedigung nutzen –, möchte ich nicht das fünfte Rad am Wagen sein.«

Rosalie zwinkerte mir zu, nahm ihre Pitball-Uniform, warf sie in eine teure Tasche, die sie aus Seths Kleiderschrank gestohlen hatte, und ging zur Tür.

»Bis bald, Jungs«, säuselte sie, warf uns einen Luftkuss zu und verschwand.

»Hast du eine Ahnung, wovon sie gesprochen hat?«, fragte ich und drehte mich zu Seth um, der sich ein Laken schnappte und es über uns beide zog.

»Keinen Schimmer«, murmelte er schläfrig. »Aber wenn du morgen früh immer noch geil bist, kann ich dir einen blasen.«

Ein Lachen entwich mir, aber mein Schwanz zuckte, als hätte er nichts gegen diese Idee einzuwenden. Mit einem Räuspern wandte ich den Blick ab.

»Wenn ich bleibe, wirst du dann einen auf großen Löffel machen?« Ich überlegte, ob ich ebenfalls gehen sollte, aber irgendwie gefiel mir dieser Gedanke nicht.

»Wahrscheinlich«, gestand Seth mit einem amüsierten Grunzen. »Aber ich will, dass du trotzdem bleibst.«

Ich musterte seine Haare, die so zerzaust waren, wie es nur bei jemandem, der gerade eine ordentliche Runde Matratzensport getrieben hatte, der Fall sein konnte, dann seine treuen Dackelaugen – und gab viel zu schnell nach.

»Na gut. Ich bleibe«, stimmte ich zu. Mein Puls schlug schneller, als er die Augen schloss und sich an mich drückte. »Aber wenn du dich an mich kuschelst, beiße ich dich morgen früh.«

»Klar. Wozu sind Freunde da?«, fragte er schläfrig, und ich beobachtete ihn im Mondlicht, während sich mein Magen angesichts seiner Wortwahl zusammenzog.

»Ja«, murmelte ich und schloss ebenfalls die Augen, wobei Falten meine Stirn zierten. *Freunde.*

Gemini
Scorpio
Virgo
Cancer
Aries
Leo
Taurus
Sagittarius
Capricorn
Aquarius
Libra
Pisces

ORION

KAPITEL 10

Was für ein abgefucktes Leben.

Ich stand im Magie-Zwinger, mit dem Rücken an der Mauer, die mittig durch den riesigen betonierten Bereich verlief. Er war vollständig eingezäunt, und alle Insassen befanden sich darin, während die Wachen von außen zusahen. Es war der einzige Ort in Darkmore, an dem wir unsere Magie einsetzen durften, und wir bekamen hier immer nur ein paar Stunden.

Ich erzeugte eine Eiskugel in meiner Handfläche. Die Erleichterung, meine Magie einsetzen zu können, wurde jedoch dadurch getrübt, dass ich die nächsten fünfundzwanzig Jahre in einer unterirdischen Hölle festsitzen würde. *Oh, welch Freude.*

Es war nicht alles schlecht, dachte ich. Jetzt, da Darcy das Sternversprechen zwischen uns aufgehoben hatte, geriet ich nicht mehr rund um die Uhr in Prügeleien. Und Gustard saß mir nicht mehr im Nacken. Ich hatte auch eine Art Freundschaft mit Roary Night geschlossen. Seine Schemen hatten mittlerweile ein Auge auf mich und ich musste zugeben, dass ich den Kerl mochte.

Ich bearbeitete das Eis in meiner Hand und verformte es gedankenverloren, bis es die Form eines Vogels annahm. Nein, nicht eines Vogels. Eines Phönix. *Natürlich.*

Ich dachte oft an Darcy — wie atemberaubend sie bei ihrem Besuch ausgesehen hatte, wie sehr ich sie in die Arme schließen und um Vergebung hatte bitten wollen. Ich kannte jedes Wort unseres Gesprächs auswendig und bereute mindestens achtzig Prozent davon. Aber in meinem Leben war kein Platz mehr für Reue. Ich hatte sie wegstoßen müssen. Anders ging es nicht. Und was hätte eine Entschuldigung gebracht? Ich wollte ihre Vergebung nicht. Ich verdiente sie nicht. Ich würde sie nie verdienen. Also hatte sie wieder gehen müssen. Einfach so. Eine kurze Begegnung, die mir mehr bedeutet hatte als jeder einzelne Tag, der seitdem vergangen war. Ich spielte sie immer wieder in meinem Kopf ab, meistens mit Stummschaltung, damit ich mir die kalte Distanziertheit ihrer Stimme nicht anhören musste. Aber die Erinnerung an sie, wie sie in einem Kleid vor mir gestanden hatte, das wie dafür gemacht gewesen war, meine dunkelsten und wildesten Sehnsüchte zu wecken, machte mich fertig.

Ja, suhle dich nur weiter in deinem Unglück, du Arschloch, das wird dich aufheitern.

Zumindest schien es ihr gutzugehen, obwohl ich davon ausging, dass nichts sie über das hinwegtrösten konnte, was mit ihrer Schwester geschah. Ich wünschte nur, ich könnte mehr tun.

Roary tauchte neben mir auf, nickte einmal und lehnte sich dann mit vor der Brust verschränkten Armen an die Wand neben mir. Dies war Ethans Revier – und damit das der Lunar-Bruderschaft –, während die andere Seite der Mauer hauptsächlich vom Oscura-Clan beherrscht wurde. Jeder, der keiner der beiden Banden angehörte, konnte sich relativ unbehelligt zwischen den beiden Seiten bewegen.

»Achtung, Crank dreht gleich so richtig durch«, warnte Roary und nickte in Richtung des mächtigen Vampirs, der noch nicht lange hier war. Er war für seine täglichen Wutausbrüche bekannt, während er an seinem Berufungsantrag gearbeitet hatte, um hier rauszukommen. Aber der Grund für sein Hiersein hatte längst die Runde gemacht. Er hatte seine ganze Familie ermordet und sie mit seiner Erdmagie fünfzehn Meter unter der Erde in seinem Garten begraben. *Verdammter Psycho.*

»Sein Antrag wurde heute Morgen abgelehnt«, murmelte Roary, während er sich mit dem Rücken an die Mauer drückte. »Was bedeutet, dass er völlig den Verstand verlieren wird.«

Bereits jetzt stieß Crank Leute zu Boden und schrie Obszönitäten. Die Wachen hinter dem Zaun wurden unruhig, und ich fluchte, als Crank zwei Holzklingen in seine Hände zauberte und zwei Fae in schneller Folge erstach.

»Hey!«, brüllte Officer Cain von jenseits des Zauns, bevor er seinen Taser auf Crank abfeuerte. Aber der Vampir reagierte schnell und erzeugte eine Peitsche aus Ranken, um den Taser abzuwehren. Er stürzte sich auf eine Gruppe schwächerer Fae und begann, auf sie einzustechen. Ich trat mit einem dunklen Knurren nach vorn und hob die Hände, um die Aufmerksamkeit des Arschlochs zu erregen.

»Crank!«, rief ich.

»Bist du verrückt?« Roary packte meinen Arm und riss mich zurück, aber ich schubste ihn knurrend weg und schickte eine Luftpeitsche gegen Cranks Rücken, die ihn zu Boden beförderte.

Roary fluchte, als Crank wieder aufsprang und sich auf uns stürzte, aber ich konnte es mit diesem Wichser aufnehmen. Ich wollte es, verdammt noch mal. Ich hatte jede Menge Wut in mir, die sich entladen musste, und die Sterne standen nicht mehr gegen mich. Warum also auch nicht, hm?

Ein Holzspeer schoss auf mich zu, und ich bewegte meine Hand, um einen Schild zu erzeugen, eine Sekunde zu spät. Roary zog mich zur Seite, und der Speer schlug dort in die Mauer ein, wo mein Kopf gewesen war. Ich revanchierte mich mit einer Salve von Eissplittern. Er schrie auf, als sie ihn durchbohrten, und entfachte einen Feuersturm. Mehrere Fae fingen Feuer und schrien im Versuch, wegzurennen, während andere verkohlt und verbrannt auf dem Boden zurückblieben. Ich zählte zwischenzeitlich acht Tote – es war ein verdammtes Massaker.

Wachen strömten in den Zwinger, und ich ließ mich von Roary wegzerren, während weitere Fae Cranks Angriffen zum Opfer fielen und die Wachen versuchten, ihn zu überwältigen.

Roary zog mich auf die andere Seite der Mauer und drückte mich tadelnd dagegen, wobei seine dunklen Haare über seine Schultern fielen.

»Was zum Teufel war das?«, fragte er. »Willst du dich umbringen?«

Ich stieß ihn knurrend von mir weg, sodass er stolperte. »Er hat die schwächsten Fae angegriffen.«

»Wie verdammt nobel von dir, sie retten zu wollen«, entgegnete er lachend. »Wenn du in Darkmore am Leben bleiben willst, musst du nur auf dich selbst und deine Verbündeten aufpassen. Das ist alles.«

»Ich werde nicht einfach zusehen, wie Leute sterben«, brummte ich.

»Es war Fae gegen Fae«, sagte Roary.

»Es war ein Verrückter auf einem Amoklauf. Ich habe nur seine Aufmerksamkeit auf mich gelenkt. Das verstößt nicht gegen das Fae-Gesetz.«

»Das Fae-Gesetz.« Er lachte trocken. »Gesetze gelten hier unten nicht. Und soweit ich weiß, wurdest du verurteilt, weil du dunkle Magie gegen die Prinzessin von Solaria eingesetzt hast. Seit wann hast du also einen moralischen Kompass?«

»Halt's Maul!« Ich schubste ihn, um ihn einen weiteren Schritt zurückzudrängen – ich war nach wie vor hungrig nach dem Kampf.

»Oder hast du es getan, um sowohl ihren hübschen Arsch als auch ihren Ruf zu retten?« Er grinste, und ich stieß ein Zischen aus.

»Halt's. Maul!«, warnte ich ihn.

»Gabriel Nox hat mir einen Brief geschickt«, erwiderte er herausfordernd. »Der war sehr aufschlussreich.«

»Was willst du von mir?«, fauchte ich und schob mich an ihm vorbei, aber er drehte sich einfach um und folgte mir. »Und warum zum Teufel schickt er dir Briefe?«

»Keine Ahnung, aber er hat eine kleine Notiz beigefügt, die ich dir geben soll.« Er griff in seine Tasche, und ich runzelte die Stirn, als mein Blick darauf fiel. Was zum Teufel hatte Gabriel vor?

»Dann her damit!«, drängte ich.

Wir drehten uns um und drückten die Schultern gegen die Mauer, wo er mir den Zettel unauffällig weiterreichte, aber er rutschte zwischen seinen Fingern hindurch und fiel zu Boden. Ich bückte mich schnell, um ihn aufzuheben.

»Fliegende Kackwurst!«, rief jemand, dann ertönte ein lautes Platschen, als etwas Nasses an der Wand über mir landete.

Roary riss mich mit einem angewiderten Laut weg, und ich stand mit dem Zettel in der Faust auf und starrte entsetzt auf die Scheiße, die an der Wand verteilt war.

»Große Güte, du hast gerade mein wohl spektakulärstes Kackwurst-Sandwich verpasst, Junge«, hörte ich Plunger sagen, und ich drehte mich um und sah, wie der grauhaarige Widerling seine Hose zurechtrückte. Ich verzog angewidert das Gesicht. Er hatte sich nicht mal den Arsch abgewischt. »Muss dein Glückstag sein.« Er drehte sich um und verschwand, während ich stirnrunzelnd zurückblieb. Glückstag? Vielleicht hatte er recht. Das waren jetzt zwei Geschosse, denen ich ausgewichen war. Und ich war mir ziemlich sicher, dass ich lieber den Holzsplitter ins Auge bekommen hätte, als von Plungers Scheiße getroffen zu werden.

»Was steht auf dem Zettel?«, fragte Roary, als hätte er ihn noch nicht gelesen. Als ich meinen Daumen darüber gleiten ließ, spürte ich, wie sich ein magisches Siegel öffnete, was bedeutete, dass er die Nachricht tatsächlich bislang nicht gelesen hatte.

Die meisten Wachen waren losgerannt, um Crank zu überwältigen und den Verwundeten zu helfen, sodass mich niemand beachtete, als ich den Zettel entfaltete und die Nachricht las.

Gern geschehen. Meine Vision hat mir gezeigt, wie dir der Scheißhaufen mitten ins Gesicht geflogen ist, Orio. Ich bin also heute deine gute Fae, denn Jupiter steht in deinem Horoskop und du bist im Begriff, großes Glück zu haben. Befolge die Liste unten genau! Weiche NICHT davon ab!
In Liebe, Noxy
PS: Du hast zwei Sekunden, bevor ein Wärter in deine Richtung schaut.

Ich hob den Blick, mein Herz schlug wie wild, und ich steckte den Zettel in dem Moment in meine Tasche, in dem Officer Lucius in mein Blickfeld trat und mich und Roary interessiert musterte.

»Und? Was steht in der Nachricht?«, flüsterte Roary.

»Da steht, dass du ein neugieriger Idiot bist«, sagte ich mit einem Grinsen, und er grinste zurück.

»Na gut, behalte deine Geheimnisse für dich, du zwielichtiges Arschloch.« Er lachte amüsiert.

Die Glocke ertönte, um die Session zu beenden, und ich verließ gemeinsam mit den anderen das Gelände. Dabei vermied ich es, in die Blutlachen auf dem Boden zu treten. Die Leichen waren bereits weggebracht worden und die Verwundeten längst verschwunden. Ich vermutete, dass die Wachen in Darkmore daran gewöhnt waren, einen Tatort schnell zu säubern – und das verdammt oft.

Mit pochendem Herzen verließ ich den Zwinger und wir wurden zum Abendessen nach oben geschickt. Ich steckte meine Hand in die Tasche, holte den Zettel heraus und bewegte mich in der Mitte der Menge, während ich die To-do-Liste studierte, die Gabriel für mich geschrieben hatte. Nicht, dass irgendetwas davon einen Sinn ergeben hätte. Aber ich vertraute ihm bedingungslos, also würde ich sicherstellen, dass ich jeden einzelnen Punkt erledigte. Wusste der Teufel, warum. Vielleicht, damit ich meinen Tag nicht in einem Leichensack abschloss. *Oh, so beruhigend.*

Ich las den ersten Punkt auf der Liste noch einmal.

Lass dich von den Wölfen in ihre Mitte holen.

Ich ging in die Kantine und stellte mich in die Schlange neben einer Gruppe von Mondwölfen, die einander leckten und putzten. Mit ausdrucksloser Miene starrte ich sie an, während sie mir im Weg standen, mich gelegentlich aus Versehen streichelten und einige sogar nach meinem verdammten Schwanz griffen. *Ist es das, was du willst, Gabriel? Dass ich in eine verdammte Werwolforgie hineingezogen werde?*

Plötzlich griff eine Hand nach meinem Hintern, und als ich mich umdrehte, sah ich Ethan Shadowbrook. Er lachte und legte einen Arm um meine Schultern. Ich kämpfte gegen den Drang, ihn wegzustoßen, und schluckte das Knurren in meiner Kehle hinunter, während ich Gabriels Worten Folge leistete.

Ich schwöre bei den Sternen, Noxy, wenn Ethan Shadowbrook mich in seine Höhle schleppt und versucht, sich an mir zu vergehen, bringe ich dich um.

»Hey, Großer, hast du Spaß mit meinem Rudel?« Er zeigte mir seine perlweißen Zähne, während einige seiner Wölfe an mir vorbeigingen und ihn streichelten. Er küsste sie immer wieder, als hätte er mich vergessen, aber behielt einen Arm um meine Schultern.

Ganz ruhig bleiben.

Ich hasste es, mich von jemandem berühren zu lassen. Außer von Darcy. Okay, und von Darius. Offenbar stand ich auf den Buchstaben D.

Ethan küsste ein großes Mädchen und drehte sich dann mit einem schiefen Lächeln wieder zu mir um. »Das macht Spaß. Willst du heute Abend in der Bibliothek noch einen draufsetzen? Sagen wir um acht?« Ich biss mir auf die Zunge, um nicht »Fuck, nein« zu sagen, und zwang mich stattdessen, zu nicken.

»In Ordnung«, grunzte ich, und Ethans Augenbrauen hoben sich.

»Wirklich?«, fragte er, und sein Rudel begann, um mich herumzutollen, aufgeregt zu kläffen und mich verdammt noch mal zu umarmen. Ein Kerl wollte mir an den Sack greifen, aber ich packte sein Handgelenk in letzter Sekunde, während ich schnell ein Grinsen aufsetzte, um meinen bösen Blick zu verbergen.

»Bis später«, knurrte ich. *Wehe, das ist nicht das, was Gabriel gemeint hat.*

Ethan warf mir einen prüfenden Blick zu und saugte kurz an seiner Unterlippe, bevor er mit seinem Rudel an mir vorbeischoss und eine Reihe anderer Insassen überholte, die sich an ihm vorbeigedrängt hatten. Ich atmete aus, rieb meinen Nacken und überprüfte den nächsten Punkt auf Gabriels Liste.

Benutze das Waschbecken am hinteren Ende und nimm, was zurückbleibt.

Ich runzelte die Stirn und steckte den Zettel zurück in meine Tasche, weil ich davon ausging, dass dieser Punkt aktuell noch nicht relevant war. Doch in dem Moment verspürte ich das dringende Bedürfnis, zu pinkeln. *Fuck.*

Ich verließ die Schlange, trat zur Tür hinaus und wurde von ein paar Wachen mürrisch beäugt, als ich zur Toilette im nächsten Stockwerk ging. Ich schlüpfte durch die Tür, benutzte das Urinal und ging dann zum Waschbecken ganz am Ende, wie Gabriel es gesagt hatte.

Plunger kam herein, ging direkt zum Waschbecken neben meinem und zog beiläufig seinen Overall aus, wobei er seine behaarte graue Brust entblößte und mir ein anzügliches Lächeln zuwarf.

Ich rümpfte die Nase, ignorierte ihn aber und beobachtete, wie er seine Unterwäsche in meiner Nähe fallen ließ. *Bei der verdammten Sonne!*

Er stellte ein Bein aufs Waschbecken und machte sich daran, seine Schamhaare mit einer Schere zu stutzen, die er wer weiß woher hatte.

»Ja, genau so. Oh, hallo, mein Hübscher, bist du nicht ein lockiger, silberner Schatz?«, schnurrte er.

Nope. Vergiss es.

Ich wollte gerade gehen, als mir Gabriels Nachricht einfiel, und mit einem Fluchen beschloss ich, zu bleiben und mir beim Händewaschen Zeit zu lassen. *Das. Ist. Die. Hölle.*

»Mmm ja, schnipp-schnapp, mein Süßer. Ich muss dich für meine abendlichen Aktivitäten auf Vordermann bringen.«

Stiefelgepolter ertönte, als jemand den Raum betrat, und ich sah auf. Officer Cain marschierte herein und setzte einen extrem wütenden Blick auf, als er Plunger mit seinem Schwanz in der Hand dort stehen sah.

»Vierundzwanzig!«, brüllte er wütend, und Plunger warf die kleine Schere in mein Waschbecken, wo sie im Seifenwasser vor meinen Augen verschwand. »Setz dich in Bewegung, verdammt noch mal! Dieses Mal wanderst du ins Loch. Ich habe die Schnauze voll von dem Scheiß.« Er stürzte sich mit Vampirgeschwindigkeit auf ihn, packte seinen Arm, und Plunger warf sich gegen ihn und rieb seinen Arsch an seinem Schritt.

»Oh, Officer, sei vorsichtig mit mir!«

»Zieh deine Scheißklamotten an!« Cain stieß ihn angewidert weg, und Plunger griff nach seinem Overall, wobei er seine schmutzige Unterhose auf dem Boden zurückließ.

Ich betrachtete das Wasser, dachte an die darin verborgene Schere und verfluchte die Sterne. Und Gabriel auch ein bisschen. *Fuck, Noxy, eine Schamhaarschere?*

Ich wusch sie extrem gründlich ab, steckte sie in die Tasche und ging zum nächsten Punkt auf der Liste über.

Sag dem Inkubus, dass er beschissen aussieht. Du wirst wissen, wann der richtige Zeitpunkt ist.

Fantastisch, das wird garantiert gut ankommen.

Ich ging zurück in die Kantine und holte mir etwas zu essen, um mir die Zeit zu vertreiben. Um fünf vor acht stand das Mondwolfs-Rudel auf und heulte aufgeregt, während es in Richtung Bibliothek loszog. Ein paar von ihnen warfen mir hungrige Blicke zu.

Ich überprüfte die letzten Punkte auf der Liste, um zu prüfen, ob Gabriel mich wegen dieser Orgie verarschen wollte. *Bist du sicher, dass du das geplant hast, Noxy?*

Aber ich würde ihm wohl oder übel vertrauen müssen. Also stand ich auf und ging zur Tür, wobei mein Blick auf Sin fiel, der den Poltergeist gegen die Wand drückte. »Du schuldest mir drei Wertmarken für den Kiosk, Geistermann«, knurrte er. »Heute ist Zahltag!«

Poltergeist schüttelte panisch den Kopf. »Ich … ich habe sie nicht. Aber wenn ich noch ein bisschen mehr Zeit hätte, dann …«

»Was dann? Wirst du sie rauskacken? Ich habe keine Zeit, darauf zu warten, dass deine Eingeweide das Zeug produzieren. Ich habe einen unstillbaren Schokoladenhunger. Und wenn ich keine Schokolade bekomme, werde ich wütend, und du willst doch nicht, dass ich wütend werde, oder, Geistermann?«

»N-nein. Bitte, nur noch ein bisschen länger«, flehte Poltergeist, und ich verlangsamte meinen Schritt und holte tief Luft.

Na, das scheint mir doch der perfekte Zeitpunkt, um ein Arschloch zu sein.

»Du siehst heute echt beschissen aus, Sin«, rief ich, und er wirbelte herum, als hätte ich ihn mit einem Baseballschläger getroffen.

»Kannst du das noch mal wiederholen, du Schönling von einem Vampir?«

»Du siehst beschissen aus«, wiederholte ich mit ausdrucksloser Miene und zuckte mit den Schultern, woraufhin er sich mit einem Brüllen auf mich stürzte. Er hieb mit der Faust auf mich, aber ich wich dem Schlag aus. Doch er griff mich erneut wie ein Wilder an, umrundete mich und sprang auf meinen Rücken. Seine Zähne gruben sich in meine Schulter, und ich knurrte, als ich ihn über mich warf, sodass er mit einem dumpfen Aufprall auf dem Boden landete.

»Ich kann auch beißen, Zuckerschnute«, sagte er mit blutigen Zähnen und wilden Augen. »Ich werde dich so heftig beißen, dass du nach deiner Momma rufen wirst.«

»Unwahrscheinlich.« Ich warf einen Blick über meine Schulter und sah, wie Poltergeist sich aus dem Staub machte. Während Sin sich aufrappelte, checkte ich wieder meine Liste.

Ertrage es wie ein Fae.

Ich betete, dass diese Worte nichts mit der Rudelorgie zu tun hatten, die Gabriel für mich geplant zu haben schien, aber dann landete Sins Faust in meinem Gesicht, und ich stolperte zurück und schmeckte Blut. Er lachte wahnsinnig und tätschelte dann meine Schulter, während ich fluchte.

»Schönen Abend noch, Zuckerschnute.« Er schlenderte davon, während ich meinen Unterkiefer rieb und dehnte. *Zuckerschnute?*

Ich trat zur Tür hinaus und machte mich dann auf den Weg zur Bibliothek, wo ich schließlich vor den Milchglastüren stehen blieb. Heulen, Stöhnen und Keuchen von Ethans Rudel drangen aus dem hinteren Teil des Raumes zu mir, und ich vermutete, dass sie ohne mich angefangen hatten. Ich las den letzten Punkt auf der Liste, während ich einen Gang hinunterging, und fragte mich, was zum Teufel Gabriel sich von all dem erhoffte.

Schnürsenkel.

Ich sah auf, während ich die Liste wegsteckte, und mein Blick fiel auf Gustard, der sich mit einigen seiner Kumpels um jemanden versammelt zu haben schien. Ich runzelte die Stirn, als ich erkannte, dass sie Poltergeist zwischen sich hin und her schoben und lachten.

»Fühlt ihr euch stark dabei, einen alten Mann zu schikanieren, ihr Arschlöcher?«, fragte ich.

Gustard drehte sich grinsend um und kam dann auf mich zu, während seine kleine Bande von Scheißern ihm sofort hinterherjagte.

»Es geht dich zwar nichts an, aber mir wurde etwas Wertvolles gestohlen. Ein Stängel Glücksgras«, schnurrte Gustard, während mein Blick über das Spinnentattoo an seiner Wange glitt. Er glättete seinen makellosen Overall und sah mich an, während ich ihn kühl musterte.

»Ich h-habe ihn nicht«, stotterte Poltergeist.

»Na bitte, er hat ihn nicht. Ich bin sicher, dass du, ein anständiger, aufrechter Fae, ihn jetzt gehen lässt«, entgegnete ich trocken und wollte gerade an Gustard vorbeigehen, als ein großer Kerl mit dickem Bauch eine Hand auf meine Brust legte, um mich aufzuhalten. Seine Uniform wies ihn als Minotaurus aus, und sein kuhartiges Gesicht bestätigte dies. Er schnaubte wütend.

»Nimm deine Hand von mir«, forderte ich ruhig, während meine Haut unter seiner Berührung prickelte.

»Oder was?« Er lachte, während sich nun auch der Rest der Gruppe um mich scharte und mich von allen Seiten umzingelte. Ein großes Mädchen mit vorstehenden Zähnen hielt derweil Poltergeist fest.

Meine Gesichtszüge verhärteten sich und während ich Gustard anfunkelte, ignorierte ich seine Schoßhunde gänzlich. »Ich fordere dich heraus, mich wie ein Fae zu bekämpfen.«

Gustard lachte, und der Rest seiner Crew tat es ihm gleich. »Habt ihr das gehört, Jungs? Der große böse Vampir will mich wie ein Fae bekämpfen.« Er trat vor und lächelte mich grausam an. »Wir sind aber keine Fae mehr. Hast du das Memo nicht bekommen? Wir sind Tiere. Und Tiere tun, was sie tun müssen, um zu überleben.«

»Was willst du?«, fuhr ich ihn an.

»Nun, irgendein kleiner Dieb hat mein Glücksgras gestohlen. Und wenn ich es mir recht überlege, scheinst du genau der Typ zu sein, der so etwas tun würde«, brummte Gustard.

»Einen Scheiß hab ich«, sagte ich abweisend.

Der Minotaurus zog meine Arme zurück, und ein Löwenwandler trat vor, um mich abzutasten. Ich schnaubte ungeduldig, dann stockte mir der Atem, als der Löwe die Schamhaarschere aus meiner Tasche zog und sie siegessicher schwenkte.

»Unser Vampir trägt eine Waffe?«, höhnte Gustard und nickte dann dem Minotaurus zu, der mich in einen Würgegriff nahm, während sich zwei weitere Arschlöcher auf mich stürzten, um mich ruhig zu halten. »Erteile ihm eine Lektion, Angus!«

Mein Herz schlug schneller, als der Löwe mit der Schere auf und ab sprang und gierig mein Gesicht fixierte. Mein Blick fiel auf seine Füße, seine Schnürsenkel waren offen, und ich schätzte, dass Noxy mir heute wirklich den Arsch rettete. Der Löwe stürzte sich auf mich, und ich trat auf seine Schnürsenkel, sodass er mit einem überraschten Aufschrei auf mich zugeflogen kam. Sein Angriff ging daneben, und der Minotaurus schrie auf, ließ mich los und stieß die anderen um, während ich davon stolperte. Ich rannte durch eine

Lücke in ihren Reihen, warf aber noch einen Blick zurück – und sah, wie der Minotaurus auf die Knie fiel und nach der Schere griff, die aus seiner Kehle ragte.

Gustard entfernte sich, während eine Wache schreiend dazukam, um zu sehen, was passiert war.

Ich packte Poltergeist am Arm, der regungslos auf das Chaos starrte, und zog ihn in den nächsten Gang, um so viel Abstand wie möglich zwischen uns und den blutenden Minotaurus zu bringen.

Wir bogen in einen dunklen Gang in der hinteren rechten Ecke der Bibliothek, und Poltergeist schnappte nach Luft. »Danke«, sagte er mit belegter Stimme.

»Nicht der Rede wert.« Ich winkte ab, aber er packte meinen Arm und zog mich zu sich, um mich dazu zu bringen, ihn anzusehen.

»Ich war mir nicht sicher, ob ich dir trauen kann«, flüsterte er hastig, während seine gelblichen Augen zwischen meinen hin und her huschten. »Ich habe so viele Feinde.«

Ich runzelte die Stirn. Vermutlich war er paranoid oder so. Aber dann krempelte er seinen Ärmel hoch und zeigte mir das verblasste Symbol des Sternzeichens Jungfrau an seiner Ellenbeuge.

»Du bist Teil eines Wächterbands?«, fragte ich überrascht. »Mit wem?«

»Mein Schützling ist tot«, hauchte er, während er näher rückte. Der kleine Mann musste auf Zehenspitzen stehen, um mir ins Ohr zu flüstern. »Ich habe einst Kraveen Dire gedient, einem Freund deines Vaters. Ich kannte Azriel Orion gut.«

Meine Kehle wurde eng und ich fröstelte schockiert.

»Ich habe dich einmal getroffen, als du noch ein Junge warst. Das war lange, bevor ich hier gelandet bin, weil ich meinen ewigen Schwur gebrochen habe«, fuhr er abwesend fort.

»Welchen Schwur?«, fragte ich verwirrt.

»Ich musste hier landen, es war mein Schicksal. Ich war ein königlicher Wächter, also habe ich den König bestohlen und damit mein Gelübde gegenüber den Royals gebrochen. Mein Verrat hat mich hierhergebracht.« Mit fast schon wahnsinnigen Augen kam er näher. »Ich wollte dir von dem Moment an vertrauen, als du das Gefängnis betreten hast, aber es kursieren so viele Gerüchte, dass du als Wächter an einen Acrux gebunden bist. Und einem Acrux darf man niemals trauen.«

»Darius ist anders als sein Vater«, sagte ich verteidigend, und Poltergeists Augen weiteten sich. Ich fuhr fort, bevor er versuchen konnte, mich dazu zu befragen: »Wie lautet dein richtiger Name?«

Hastig scannte er die Umgebung, bevor er antwortete: »Jasper Lumien. Hör zu!«, sagte er eindringlich und drückte meinen Arm fester. »Bevor Kraveen starb, hat dein Vater ihm eine sehr wichtige Nachricht von der Königin überbracht. Sie hat gesagt, dass das Schicksal seinen Lauf nimmt und sie nichts tun kann, um es aufzuhalten.«

»Was?«, platzte ich heraus, und er brachte mich zum Schweigen, indem er mich weiter den dunklen Gang entlang zog. »Königin Vega?«

Er nickte eindringlich. »Wir waren die Letzten, verstehst du?«

»Die Letzten von was?« Ich runzelte die Stirn.

Er befeuchtete seine Lippen, und seine Stimme erstarb zu einem kaum hörbaren Flüstern. »Die Letzten der Zodiac-Garde.«

»Du bist ein Mitglied?«, fragte ich überrascht, und er nickte erneut, hob seinen Daumen an den Mund und biss so lange darauf, bis Blut austrat. Ich runzelte die Stirn, als er den Blutstropfen auf seinem Unterarm verteilte, und mein Herz setzte einen Schlag aus, als ein Schwert auf der gesamten Länge erschien. Es schien unter seiner Haut zu schimmern, jede Sternkonstellation war in seine Oberfläche graviert. Ich hatte das Symbol schon einmal gesehen, und mir blieb die Luft weg, als mir klar wurde, was das bedeutete. Mein Dad war einer von ihnen gewesen. Ein Mitglied der Elitegesellschaft, die gegründet wurde, um den Adel zu schützen und ihm zu dienen.

»Eine der letzten Anweisungen, die uns König Vega gegeben hat, war es, den Imperialen Stern zu beschützen«, flüsterte Jasper.

Ich packte ihn und zog ihn verzweifelt an mich. »Wo ist er? Wo ist der Imperiale Stern?«, verlangte ich.

Er schüttelte heftig den Kopf. »Ich weiß es nicht. Ich war nicht sein Hüter. Unser Gardemeister Ling Astrum hatte ihn vom König persönlich erhalten. Die Königin hatte ihn angewiesen, ihn unserem Gardebruder Kraveen Dire anzuvertrauen, falls ihnen etwas zustoßen sollte. Kraveen hatte den Imperialen Stern einige Jahre lang, aber als er starb, wurde er an deinen Vater weitergegeben.«

»Aber der ist jetzt auch tot«, sagte ich und schüttelte den Kopf. »Und alles, was mir von ihm geblieben ist, ist sein Tagebuch. Aber ich kann es nicht lesen; es ist durch mächtige Magie verschlossen, und ich kenne das Wort nicht, mit dem es sich öffnen lässt.«

»Ich glaube, ich kenne es«, flüsterte er, und mein Herz hämmerte gegen meine Rippen.

»Wie?«, knurrte ich, während mein Atem immer schneller ging. Die

Antwort könnte so nah sein. Wenn dieser Kerl den Code kannte, könnte der Imperiale Stern noch vor Einbruch der Dunkelheit in den Händen von Darius und Darcy sein. *»Raus mit der Sprache!«*

»Als Astrum mit dem Imperialen Stern zu uns kam, haben wir uns verpflichtet«, krächzte er. »Wir vier haben ein Versprechen abgegeben. Königin Vega sah ein schreckliches Schicksal voraus, dass die Welt unter die Herrschaft eines grausamen und brutalen Acrux fallen würde, und es gab keinen anderen Weg, keine Möglichkeit, dies zu ändern. Solaria würde im Chaos versinken, die Formgebungen würden gespalten, die schwächeren würden mit der Zeit ausgelöscht werden. Jeder Fae würde überwacht und kontrolliert werden. Unsere Kinder und Kindeskinder würden sterben, wenn sie sich jemals zur Wehr setzen würden.«

»Komm zur Sache, Jasper!«, knurrte ich, und er nickte schnell.

»Wir haben uns mit den Sternen und den Schatten beraten«, hauchte er. »Und wir haben eine Antwort erhalten. Der einzige Weg, die einzige Hoffnung.«

»Und der wäre?«, drängte ich.

»Die Vega-Zwillinge. Sollten sie gerettet werden und der Imperiale Stern zu ihnen zurückkehren, bestünde die Chance, dass sie das Monster besiegen könnten, das ihren Thron an sich reißen wollte«, flüsterte er. »Aber der Preis war hoch«, brachte er nur mühsam hervor. »Der König und die Königin mussten fallen und die letzten Mitglieder der Zodiac-Garde ihr Leben geben, damit eine neue Prophezeiung entstehen konnte.«

Seine Hand zitterte an meinem Arm, aber seine Augen waren voller Hoffnung.

»Sag mir, was ich tun muss!«, flehte ich, denn ich war mir sicher, dass er die Antworten hatte, nach denen wir seit Monaten suchten.

»Ich fürchte, das ist das Ende meiner Reise«, flüsterte er und lächelte mich dabei seltsam an. »Wie man bei den Sternen schwören kann, so kann man auch bei den Schatten schwören. Kraveen, dein Vater, Astrum und ich haben genau das getan. Wir haben das Versprechen gegeben, zu sterben.«

»Wovon redest du? Bitte, du musst mir alles sagen, was du weißt. Du musst doch eine Ahnung haben, wo der Imperiale Stern versteckt sein könnte«, forderte ich ihn auf, aber er schüttelte den Kopf und lächelte immer noch dieses seltsame Lächeln.

»Die Sterne haben uns unseren wahren Weg gezeigt, die letzten Schritte, die wir gehen müssen, bevor unsere Schuld beglichen ist. Der Preis für die Informationen, die die Sterne uns gegeben haben. Meine Mission hat mich hierher nach Darkmore geführt, um auf Azriels Sohn zu warten und ihm alles zu erzählen, solange er reinen Herzens ist. Und jetzt, da ich weiß, dass du es bist, bleibt mir nur noch meine letzte Pflicht gegenüber der Garde.«

Meine Nackenhärchen stellten sich auf, als eine intensive Energie uns zu umgeben schien. Es fühlte sich an, als würden die Sterne selbst ihren Blick auf uns richten, und meine Lunge arbeitete immer angestrengter.

»Die Sterne haben mir ein einziges Wort zugeflüstert, ein Wort, das ich all die Jahre in mir getragen habe, in Erwartung deiner Ankunft. Und jetzt weiß ich, warum«, flüsterte Jasper.

Als ich schluckte, fühlte es sich etwa so an, als hätte ich eine Rasierklinge im Hals, und ich klammerte mich an diesen Mann, der alles verändern konnte.

»Wie lautet das Wort?«, fragte ich voller Verzweiflung und suchte in seinen Augen, als könnte ich es darin ablesen.

Er beugte sich wieder näher zu mir und flüsterte es mir mit langsamen, bedächtigen Atemzügen zu. »Ankaa.«

Meine Lippen öffneten sich, als ich das Wort wiedererkannte. »Das ist …«

»Der hellste Stern im Sternbild des Phönix«, antwortete er für mich und lächelte noch breiter. Er drückte mir eine Hand auf die Wange, und seine Augen waren voller Tränen. »Du siehst aus wie er, mein Junge. Es ist schön, ein letztes vertrautes Gesicht zu sehen.«

Plötzlich stöhnte er auf, und der Geruch von Blut erreichte meine Sinne, obwohl mein Vampir tief in mir eingeschlossen war. Ich keuchte auf, als er davon stolperte und mit einem Messer in der Hand immer wieder auf seinen Bauch einstach.

»Stopp!«, rief ich und stürzte auf ihn zu, um ihn zu halten, als er zu fallen drohte. Ich fing ihn auf, bevor er auf dem Boden aufschlug, aber er schien mich nicht zu sehen. Seine Augen blickten durch mich hindurch, und seine Lippen teilten sich, als würde er etwas Schönes hinter mir betrachten.

»Warte!«, flehte ich und drehte mich um. »Hilfe! Ich brauche einen Wärter! Hilfe!«

Jasper lag regungslos in meinen Armen, und ich starrte ungläubig auf sein friedliches Gesicht, als Schritte von beiden Seiten des Ganges zu hören waren.

Ich wurde von ihm weggezogen und fiel auf meinen Hintern, während ich Jasper anstarrte. Mein Kopf drehte sich angesichts all dessen, was er mir erzählt hatte.

Eine Sache hallte in meinen Gedanken nach wie eine immerzu läutende Glocke. Ich hatte das Passwort, um das Tagebuch zu öffnen, da war ich mir sicher. Mein Vater hatte gewusst, dass dieser Moment kommen würde. Und jetzt warteten seine Geheimnisse nur darauf, von mir entdeckt zu werden. Es spielte keine Rolle, dass Jasper nicht wusste, wo der Imperiale Stern war, denn mein Vater hatte es ganz sicher gewusst.

Nach einer Zyklopen-Befragung wurde bestätigt, dass ich nichts mit Jaspers Tod zu tun hatte. Und da die Wachen mich die ganze Nacht über in der Einzelzelle gelassen hatten, um auf die Ankunft des Zyklopen im Gefängnis zu warten, war ich in der Lage gewesen, meinen Geist zu schulen und die Geheimnisse zu verbergen, die diese nicht sehen sollten.

Als ich zurück in meine Zelle gebracht wurde, durchströmten mich Aufregung und Vorfreude. Sobald sich die Zellentür hinter mir geschlossen hatte, hängte ich ein Laken vor die Gitterstäbe und ging zu meinem Bett, wo ich das Tagebuch aus dem schmalen Loch in der Matratze zog, in dem ich es versteckt hatte.

Ich setzte mich auf meine Pritsche, schlug das Buch auf und atmete tief durch, während mein Herz laut in meiner Brust schlug.

»Ankaa«, flüsterte ich dem Tagebuch zu, und Worte breiteten sich vor mir aus, während eine handgeschriebene Notiz meines Vaters auf der ersten Seite erschien.

Mein liebster Lancelot,
wenn du dies liest, dann stehen die Sterne günstig und das Schicksal hat der
Welt eine Chance gegeben. Ich habe dieses Buch mit einem Wort versiegelt,
das ich in einer Vision gesehen habe, die mir Merissa Vega geschenkt hat.
Die Königin hat den Weg gesehen, der dich zur Wahrheit führen wird. Und er
liegt in diesem Tagebuch.
Zunächst möchte ich mich bei dir entschuldigen, mein Junge. Ich wollte dich
und Clara nie zurücklassen. Wenn es einen anderen Weg gegeben hätte, wäre
ich ihn gegangen. Aber mein Tod wird der Welt und dem Königreich, das
ich so sehr liebe, eine Chance geben. Merissa hat mir einen Einblick in dein
Leben gegeben, und ich bedaure, was du verloren hast, aber es gibt noch
eine Chance auf Glück. Und das ist alles, was ich mir je für dich und deine
Schwester gewünscht habe.
Mein Tod war eine Illusion für deine Mutter. Als ich später herausfand, dass
du ihn bezeugt hast, war ich untröstlich. Aber ich konnte mich dir nicht
offenbaren. Denn mein wirklicher Tod ist seit Jahren geplant, mein Junge,

und er wird eintreten, lange bevor diese Nachricht dich erreicht. Meine wahre Leiche wird eine wichtige Rolle in deinem Schicksal spielen, also bitte vergib mir den Schmerz, den ich dir zugefügt habe.

Mein Herz zerbrach, als ich an das Feuer dachte, in dem ich ihn hatte verbrennen sehen. Ich hatte geglaubt, dass er durch dunkle Magie ins Verderben gestürzt worden war. Ich war damals noch ein Kind gewesen und es hatte mich schwer mitgenommen. Wie konnte das nicht real gewesen sein? Und was meinte er damit, dass seine wahre Leiche von Wichtigkeit war?

Es bedrückt mich sehr, euch mit eurer Mutter zurückzulassen. Ich habe gesehen, was aus ihr werden wird, und es ist eine traurige und bedauerliche Tatsache, dass wir einander nicht besonders mögen. Es schmerzt mich, dir das zu sagen, aber unsere Ehe wurde vor vielen Jahren von Lionel Acrux arrangiert. Stella war und wird ihm immer eine enge Freundin sein, und ich vermute, dass ihr Herz immer ihm gehört hat. Aber bemitleide mich nicht, Lance. Du und Clara, ihr wart die wahre Liebe meines Lebens, und ich bereue nichts.

Es gibt viele Aspekte der Zukunft, die Merissa mir nicht zeigen konnte, aber sie hat mir diese Worte mitgegeben, die sie selbst nicht verstanden hat: »Du bist der Einzige, der Clara retten kann, und du wirst wissen, wie, wenn die Zeit gekommen ist.« Was auch immer ihr widerfahren mag, ich weiß, dass ihr einander immer beschützen werdet. Und ich glaube fest daran, dass ihr es schaffen könnt.

Deshalb vertraue ich dir meine Geheimnisse an, und mögen die Sterne immer zu deinem Vorteil scheinen. Der Rest dieses Tagebuchs ist unlesbar für die Untreuen. Es ist durch die Magie des Tenebris Lunae gebunden und kann daher nur im Licht des Vollmonds gelesen werden. Du musst diese Nachricht zerstören, um das Geheimnis zu bewahren.

Ich liebe dich, mein Sohn. Und ich weiß, dass du die Prüfungen, die auf dich warten, bestehen wirst. Wo auch immer ich sein mag, du sollst wissen, dass ich dich vermisse und hinter dem Schleier auf dich warten werde.

A. O.

PS: Mach Lionel Acrux die Hölle heiß für das, was er dir genommen hat und noch nehmen wird.

Ich umklammerte das Buch fester. Mein Atem ging unregelmäßig, während ich die restlichen Seiten überflog und fluchte, als ich feststellte, dass sie leer waren. Ich riss die Nachricht heraus, die mein Vater geschrieben hatte, und las sie noch zehnmal, bevor ich sie zum Waschbecken trug, in winzige Stücke zerriss und wegspülte. Die letzten Worte meines Vaters. Ein stechender, ewiger Schmerz zerrte an meiner Brust angesichts seines Verlustes. Ein Verlust, der nie ein magischer Unfall gewesen war. Er hatte sein Leben gegeben, um das Schicksal zu ändern. Er hatte den Vegas eine Chance gegeben, gegen Lionel zu gewinnen. Und ich musste dafür sorgen, ihn nicht zu enttäuschen.

Aber wie sollte ich das anstellen? Ich konnte das Tagebuch hier nicht lesen. Ich würde es einmal im Monat in den Hof schmuggeln und die Mondzyklen beobachten müssen … Das würde nicht einfach werden, und es bestand nach wie vor das Risiko, dass man das Buch bei mir fand. Die Chancen, dass ich tatsächlich bei Vollmond im Hof sein würde, waren gering. *Fuck, das ist nicht gut.*

»Eins-Fünfzig!«, rief Cain von außerhalb meiner Zelle, und ich stand auf, rollte das Buch und steckte es in meine Tasche, bevor er das Laken herunterzog, das die Gitter bedeckte. Er musterte mich misstrauisch, trat dann an die Tür und rief über Funk, dass meine Zelle aufgeschlossen werden sollte.

»Mitkommen!«, knurrte er, und ich runzelte die Stirn, als ich aus der Zelle trat. Es war noch früh am Morgen, und sie hatten bislang nicht einmal mit der Zählung begonnen.

»Was ist los?«, fragte ich.

»Dein Drachenfreund ist hier«, sagte er kühl und führte mich aus dem Zellenblock.

»Wie denn das? Es ist doch gar keine Besuchszeit.«

»Besondere Umstände«, höhnte er und starrte mich finster an. Das verdammte Arschloch hatte ein ernsthaftes Einstellungsproblem.

»Richtig, danke für die Klarstellung«, sagte ich trocken.

Er führte mich in den Besucherflur, aber anstatt mich in einen der Räume zu schicken, zog er mich zum Sicherheitstor am Ende, hielt seine Schlüsselkarte daran, übertrug seine magische Signatur und führte einen Netzhautscan durch.

Ich runzelte die Stirn, als er mich durch die Tür in einen kleinen Raum zog, in dem brummende Magie die Luft erfüllte. Als das Geräusch aufhörte, tippte Cain einen Code in eine dicke Metalltür uns gegenüber, die sich mit einem lauten Summen öffnete. Er führte mich nach draußen, nickte einem diensthabenden Beamten zu, als wir den Warteraum durchquerten und zum Aufzug gingen, wo uns zwei Kameras anstarrten.

»Du bringst mich nach oben?« Ich keuchte. »Wozu?«

»Ruhe!«, knurrte er. »Oder du kannst dich mit meinem verdammten Taser unterhalten.«

Er musste zwei Funksprüche absetzen und einen weiteren Code eingeben, um den Aufzug zu öffnen. Wir stiegen ein, sobald die Türen uns Einlass gewährten, und schossen nach oben. Mein Herz schlug wie wild, während ich darauf wartete, herauszufinden, was zum Teufel los war.

Die Türen öffneten sich abermals, und wir traten in einen großen weißen Raum, in dem sich hinter einer Nische eine Reihe von Sicherheitstüren befand.

»Hier.« Cain schob mich in Richtung des Schalters, und ich spähte zu Officer Lyle, der ein Formular unterschrieb und es dann durch einen Schlitz schob, damit auch ich unterschreiben konnte.

»Heute ist dein Glückstag, Kumpel«, sagte er fröhlich. »Du kommst hier raus.«

»Was?« Ich schnappte nach Luft und verschluckte mich fast an meiner eigenen verdammten Zunge. »Wie ist das möglich?«

Wie zum Teufel hatte Darius das geschafft?

Er gluckste, nahm ein Tablett mit einem Beutel mit meinen Kleidern und einen mit den persönlichen Gegenständen, die ich bei meiner Ankunft bei mir getragen hatte. Er schob sie durch den Schlitz und deutete mit dem Daumen auf eine Tür neben seiner Nische. »Geh da rein, um dich umzuziehen.«

Ich folgte seinen Anweisungen wie in Trance, trat durch die Tür und zog meinen Overall aus. Das musste ein Irrtum sein. Wie konnten sie mich einfach so gehen lassen? Was hatte Darius getan, um meine Freiheit zu erkaufen?

Ich begann, mir Sorgen über die Konsequenzen zu machen, die es haben würde, wenn ich diesen Ort verließ, und über alles, was ich geopfert hatte, um hier zu sein. Wenn ich ging, was würde das für Darcy bedeuten? Das konnte doch nicht stimmen. Niemand wurde einfach so aus Darkmore entlassen. Nicht ohne Berufung. *Etwas stimmt hier ganz und gar nicht.*

Ich zog den Anzug an, den ich an dem Tag getragen hatte, als ich von der Zodiac Academy weggeschleppt worden war, und wickelte mir das Freundschaftsarmband um, das Tory mir geschenkt hatte. Ich steckte mein Portemonnaie zusammen mit meinem Atlas in die eine Tasche und versteckte das Tagebuch meines Dads in der anderen. Mein Herz schlug wie wild in meiner Brust.

Ich drückte mich durch die Tür und hob meine Hände, um Cain die magischen Handschellen an meinen Handgelenken zu zeigen. »Kommen die weg?«

Cain lachte hämisch und schüttelte den Kopf. Mit einem sehr unguten Gefühl im Bauch wurde ich durch die Sicherheitstüren gezerrt. Er führte mich nach draußen, wo die frische Luft mich erwartete und die Sonne mir ins Gesicht schien. Ich neigte den Kopf in Richtung Sonne und stöhnte vor Glück, bevor Cain mich umdrehte und ich einen großen gepanzerten Wagen vor mir erblickte. Mein Herz fiel in einen Abgrund, durchschlug drei Glasdächer und landete mit einem gewaltigen Platsch auf dem Boden, bevor es zersprang.

Lionel Acrux stand mit verschränkten Armen vor mir und sein finsteres Grinsen sagte mir, dass mir jetzt verdammt viel Ärger ins Haus stand. Oh, und ich glaubte ihm.

Meine Freundin Francesca stieg in ihrem schwarzen FIB-Overall aus dem gepanzerten Wagen und zog die Stirn in Falten, als sie mich ansah. Sie ging auf mich zu und zog mich von Cain weg, der ohne ein weiteres Wort wieder ins Gebäude ging.

»Lance, du stehst jetzt unter Hausarrest. Das ist der Befehl des Königs«, flüsterte sie und warf einen Blick auf Lionel, der siegessicher grinste.

»Ich fahre hinten bei ihm mit«, verkündete Lionel, öffnete mir die Tür und bedeutete mir mit einer spöttischen Geste, einzusteigen.

Tief in meinem Inneren wusste ich, dass das schlimmer war, als in Darkmore zu bleiben. Mein Puls hämmerte gegen meine Trommelfelle, und ich überlegte, wie ich das ablehnen könnte. Aber Lionel war jetzt der König, wie zum Teufel sollte ich da rauskommen?

Fran packte mein Handgelenk und gab mir mit einem entschlossenen Blick zu verstehen, dass ich mich fügen sollte, bevor sie mich zum hinteren Teil des Trucks zog.

Ich funkelte Lionel böse an, als ich an ihm vorbeiging, dann stieg ich ein und ließ mich auf einen Sitz fallen. Lionel folgte mir, und Fran schloss die Tür für ihn, bevor sie sich hinters Steuer setzte.

»Guten Morgen, Lance«, säuselte Lionel, der mich wie ein selbstgefälliger Bastard ansah, während er eine Stillekuppel um uns herum erzeugte. »Wir haben viel zu besprechen.«

»Was zum Teufel willst du?«, fauchte ich, und er schnitt mir mit einer Handbewegung die Luft ab.

»Ich bin dein König. Wage es nicht, noch einmal so mit mir zu sprechen, sonst wird deine Schwester dafür bezahlen.«

Ich starrte ihn finster an, während meine Lunge zu brennen begann. Er hielt mein Leben weiterhin in seiner Hand, während er genau beobachtete, wie ich anfing, zu krampfen, und meine Augen in meinen Kopf nach hinten rollten.

Mit einer beiläufigen Bewegung seines Handgelenks gab er mir die Kontrolle über meine Lunge zurück, und ich hustete schwer, während ich tief einatmete. Dabei schluckte ich die Flüche, die ich ihm an den Kopf werfen wollte, hinunter. Ich würde nicht riskieren, dass er Clara etwas antat, und das wusste er. Das verdammte Arschloch.

»Jetzt hör mir gut zu«, knurrte Lionel, der sich vorbeugte und dabei den Geruch von teurem Eau de Cologne und Macht verströmte. »Du wirst genau das tun, was ich dir sage, denn ich habe dich offiziell in der Hand, Lance Orion. Du gehörst *mir*. Und wenn du auch nur einen Schritt zu weit gehst, wirst du es bereuen. Du bist nach wie vor ein verurteilter Verbrecher, und das gesamte FIB wird dich jagen, wenn du versuchst, vor mir davonzulaufen.«

Ich sagte nichts, während sich meine Hände vor Wut ballten. Alles, was ich wollte, war, ihm mit meinen Zähnen die Kehle herauszureißen und ihn ausbluten zu lassen, aber ich würde erst wieder Zugang zu meiner Formgebung haben, wenn das Unterdrückungsmittel in meinen Adern seine Wirkung verloren hatte.

Ich hasste diesen Mann. Ich hasste ihn mit der Hitze von tausend verdammten Sonnen.

»Was willst du?«, knurrte ich und er lächelte auf eine Weise, die mich nervös machte.

»Mein Seher hat mir heute Morgen interessante Informationen zukommen lassen. Es scheint, als wärst du der Schlüssel, um den Imperialen Stern zu finden. Du hast doch eine Art Tagebuch in deinem Besitz, richtig?«

Ich starrte ihn an und ich könnte schwören, meine eigene Seele schreien zu hören.

»Ich betrachte das als Bestätigung«, sagte er selbstgefällig. »Ich kann es dir nicht abnehmen, da du anscheinend der Einzige bist, der es entziffern kann. Aber du wirst daran arbeiten, seine Geheimnisse zu lüften, und sie mir dann übergeben. Hast du das verstanden?«

Francesca warf mir einen besorgten Blick zu, obwohl sie nicht hören konnte, was wir sagten. Aber ich ahnte, dass es unwahrscheinlich war, dass man einen vergnüglichen Tag im Zoo verbringen würde, wenn der König von Solaria einen aus einem Hochsicherheitsgefängnis entführte.

»Du wirst dem zustimmen, Lance«, knurrte er, während sein jadegrüner Drache aus seinen Augen spähte. »Du wirst bei den Sternen schwören, dass du alles tun wirst, um den Imperialen Stern zu finden.«

Mein Mund war zu trocken und mein Verstand arbeitete auf Hochtouren, während ich versuchte, einen Ausweg zu finden. Er wusste von dem verdammten Tagebuch. Er würde mich einsperren und mich zwingen, ihm seine Geheimnisse zu verraten.

Nur ... das hatte er nicht ausdrücklich gesagt. Er verlangte von mir, dass ich ihm versprach, den Stern zu finden. Und genau das hatte ich ohnehin vor. Ich mochte ein abgehalfterter Professor sein, aber ich war trotzdem ein gerissener Kerl.

Lionel zog einen Schlüssel aus der Tasche und drehte ihn spöttisch zwischen den Fingern. »Im Gegenzug bekommst du ein Haus auf meinem Grundstück und einen Anschein von Freiheit innerhalb diverser von Clara geschaffenen Schattenschutzbarrieren. Du darfst meinen Sohn regelmäßig sehen und natürlich hast du rund um die Uhr Zugang zu deiner Magie und deiner Formgebung.« Er schloss meine Handschellen auf, und Magie strömte in meine Fingerspitzen. Der Wille, ihn zu bekämpfen, überwältigte mich fast. Aber ich konnte Lionel Acrux nicht besiegen, selbst wenn es sich gelohnt hätte, ihm das Gesicht zu zerfetzen, bevor ich in einem Feuerball unterging.

Sobald ich meine Formgebung wieder hatte, könnte ich versuchen, wegzurennen, aber das würde nur bedeuten, vom gesamten FIB gejagt zu werden. Und wie groß waren die Chancen, dass ich es überhaupt schaffen würde, in einem Stück aus diesem Truck zu kommen? Selbst wenn es mir gelänge, was wäre ich dann noch wert? Ich konnte nicht lange von Darius getrennt sein, da mich das Wächterband an ihn fesselte, und Lionel würde in absehbarer Zeit seine Krallen in mich schlagen. Außerdem könnte es eine Weile dauern, bis die Wirkung des Unterdrückungsmittels nachließ und meine Formgebung erwachte.

Nein, das Arschloch hatte mich in die Enge getrieben.

Er streckte mir seine Hand entgegen und seine Augen funkelten siegessicher, als ich meine Handfläche in seine legte und meine Oberlippe zurückzog.

»Also, haben wir einen Deal?«, fragte er.

»Ich werde alles tun, um den Imperialen Stern zu finden«, schwor ich, und ein magisches Klatschen ertönte zwischen uns und band mich mit diesem Versprechen an ihn. *Und ich werde alles tun, um sicherzustellen, dass er nie in deine schmierigen Hände fallen wird, Onkel Lionel.*

Scorpio
Gemini
Virgo
Aries
Cancer
Leo
Sagittarius
Taurus
Capricorn
Aquarius
Libra
Pisces

DARIUS

KAPITEL 11

Ich materialisierte mich vor den Toren des Palastes der Seelen und eilte darauf zu. Die Journalisten, die dort kampierten, wurden sofort munter und sprangen auf, um mich abzufangen. Aber ich war heute Abend nicht in der Stimmung, die Presse zu unterhalten. Also beschleunigte ich meinen Schritt und hob das Kinn, während ich auf die Wachen an den goldenen Toren zusteuerte, die diese öffneten, um mich einzulassen.

»Soll ich Euch eine Kutsche rufen, Prinz Acrux?«, fragte einer von ihnen, und ich stockte angesichts dieses Titels. Ich fragte mich, in welchem verrückten Paralleluniversum ich hier gelandet war, schüttelte den Kopf und brummte verneinend.

Ich hatte bereits meinen Gürtel geöffnet und meine Schuhe ausgezogen, um mich zu verwandeln. Ich brauchte auf kein verdammtes Beförderungsmittel zu warten, um die lächerlich lange Fahrt zum Palast anzutreten. Einhändig zog ich mir mein Shirt über den Kopf und hinter mir klickten sofort die Kameras der Journalisten, die nun dicht an den Toren standen, um meine Strip-Show nicht zu verpassen.

»Wer meinen nackten Hintern ohne meine Erlaubnis fotografiert, ist noch vor Feierabend seinen Job los — und wird angezeigt«, knurrte ich und warf einen Blick über meine Schulter.

Ich warf meine Jeans als Letztes auf den Kleiderhaufen und verwandelte mich im nächsten Augenblick.

In dem Moment, in dem meine riesigen Füße den Boden berührten, spielten die Kameras abermals verrückt, als sie alle verzweifelt versuchten, ein gutes Foto von mir in meiner goldenen Drachenform zu schießen. Aber ich war nicht in der Stimmung, für sie zu posieren, also ließ ich sie meinen schuppigen Hintern fotografieren, schnappte mir den Kleiderhaufen vom Boden und hob eilig ab.

Ich schlug energisch mit den Flügeln, während ich auf den Palast zuraste – das gigantische Gebäude, das die Sicht vor mir beherrschte. Die unzähligen Türme ragten in die dunklen Wolken über mir, und das Mondlicht glitzerte auf den Mauern.

Ich wusste nicht, warum Vater mich so kurzfristig herbestellt hatte, aber ich wollte es hinter mich bringen. Wir wollten eigentlich an unseren Plänen arbeiten, um Roxy erneut von den M. O. E. S. E. N. wegzulocken, damit wir ihr das Gegenmittel verabreichen konnten, und ich hasste es, davon abgehalten zu werden. Zweifellos würden die anderen auch ohne mich etwas aushecken, aber alles, was Tory widerfahren war, ging auf das Konto meines Vaters, und ich fühlte mich auf eine Weise für sie verantwortlich, die mir Schmerzen bereitete.

Außerhalb der riesigen Tür, die in den Palast führte, landete ich wieder, ließ mein Klamottenbündel fallen und verwandelte mich zurück, während mich die Wachen an der Tür unruhig beobachteten. Ich zog meine Jeans wieder an und steckte meine Füße wieder in die Stiefel, aber ich kümmerte mich nicht um das Shirt, sondern nahm es in die Hand, bevor ich die Stufen hinaufstieg. Mein Unterkiefer zuckte vor Anspannung.

Jenkins zog die Tür bereits auf, bevor ich sie erreichte, verbeugte sich so knapp wie möglich und murmelte eine Begrüßung, die ich ignorierte. Der alte Sack verdiente nicht einmal die grundlegendsten Höflichkeiten von mir, und die würde er auch nicht bekommen.

»Wo ist er?«, fragte ich, ohne Rücksicht darauf zu nehmen, dass meine Stiefel Schlamm auf den perfekt polierten weißen Fliesen verteilten. Oder darauf, dass Jenkins meine nackte Brust mit Abscheu musterte, als ich durch die Eingangshalle schritt.

Der Palast war mir vertraut, da ich ihn im Sommer oft besucht hatte, um Darcy zu sehen. Wir hatten unermüdlich daran gearbeitet, die Schatten aus mir herauszubrennen, um mich dazu zu befähigen, meinen Vater herauszufordern und ihre Schwester zu retten. Aber keiner unserer Versuche hatte funktioniert. Nicht, dass uns das davon abgehalten hätte, es weiter zu probieren.

»Der König ist gerade in seinem Arbeitszimmer beschäftigt«, antwortete Jenkins hochmütig. »Er bittet Euch, auf ihn zu warten, um …«

Ich entfernte mich, stieg eine Treppe hinauf und bedeckte sie hinter mit einer glatten Eisschicht, um den neugierigen Butler davon abzuhalten, mir zu folgen, während ich mich auf den Weg zum Arbeitszimmer machte, das einst dem Grausamen König gehört hatte. Ein Knall und ein Aufschrei entlockten mir ein Grinsen – ich wusste, dass Jenkins versucht hatte, mir zu folgen, und gestürzt war.

Noch bevor ich das Arbeitszimmer erreichte, ging eine Tür auf, und ich lächelte, als meine Mom herauskam. Ihre dunklen Haare waren wie immer zu einer perfekten Frisur gestylt, und sie trug ein atemberaubendes schwarzes Abendkleid, das ihre Figur umschmeichelte.

»Darius«, gurrte sie und sah sich kurz um, bevor sie mich umarmte. Ich drückte sie lächelnd an mich. »Was machst du heute Abend hier?«

»Ich hatte gehofft, das könntest du mir sagen«, antwortete ich. »Der alte Mistkerl hat mich herbestellt. Ich wollte ihn gerade fragen, warum.«

Sie wich zurück. Ihre Augen flackerten nervös, während sie den Flur in Richtung Arbeitszimmer anvisierte.

»Er hat diese *Dinger* im Haus«, flüsterte sie, während sie unruhig an ihrem Rock zupfte.

»Nymphen?« Bei dem Gedanken lief es mir eiskalt den Rücken hinunter.

»Ja. Ich versuche, ihnen aus dem Weg zu gehen, wenn sie hier sind.«

Ich hatte das dringende Bedürfnis, herauszufinden, was er mit ihnen anstellte, aber ich zögerte noch einen Moment, um die kurze Zeit zu genießen, die ich mit meiner Mom allein verbringen konnte. »Wie ist er drauf?«, fragte ich sie. »Lässt er dich in Ruhe?«

»Nicht schlimmer als sonst«, antwortete sie und lächelte. Ich wusste, dass sie mich damit zu beruhigen versuchte.

»Also verdammt beschissen?«, vermutete ich und sie zuckte nur mit den Schultern.

»Clara beschäftigt ihn. Ich werde normalerweise nur für Fotoshootings und Partys gebraucht. Es ist ein großer Palast und ich kann ihm größtenteils aus dem Weg gehen.«

Ich seufzte schwer. Es gefiel mir nicht, dass sie so leben musste – versteckt und immer in der Hoffnung, nicht entdeckt zu werden. Es war eine einsame, elende Art von Existenz, und ich wünschte, ich könnte sie einfach von hier wegbringen, damit sie ein eigenes Leben führen konnte. Sie zur Witwe zu machen, schien mir ein guter Weg zu sein, um das zu erreichen.

»Ich gehe besser und finde heraus, warum er mich herbestellt hat«, sagte ich und zog sie noch einmal kurz an mich, woraufhin sie zufrieden seufzte.

»Hat sich Xavier gut eingelebt?«, raunte sie, während wir einen Moment dort verweilten und all die Umarmungen nachholten, die wir in den vergangenen Jahren versäumt hatten.

»Ja«, sagte ich und lachte leise. »Er hat die gesamte Pegasus-Herde in Aufruhr versetzt, und ich glaube nicht, dass er es überhaupt bemerkt hat. Alle Stuten traben um ihn herum und versuchen, seine Aufmerksamkeit zu erregen, während der Hengst jedes Mal, wenn er ihn erblickt, kurz davor zu sein scheint, die Beherrschung zu verlieren. Er wird die Herde in kürzester Zeit anführen.«

Ein erstickter Schluchzer entfuhr meiner Mom, und ich wich zurück und sah sie stirnrunzelnd an, während sie trotz ihrer Tränen lächelte.

»Ignoriere mich«, flüsterte sie und winkte ab. »Ich bin nur so erleichtert, dass er endlich er selbst sein kann.«

»Das kann er«, stimmte ich lächelnd zu – froh, dass ich mich wenigstens über diese eine Sache freuen konnte.

Doch mein Herz wurde schwer, als ich an das Mädchen dachte, das ihm diese Chance gegeben hatte. Roxy hatte meinen Vater gezwungen, Xaviers Formgebung zu akzeptieren, und damit die Fesseln gesprengt, die ihn ansonsten zweifellos an ein Leben hinter Gittern und außerhalb der Öffentlichkeit gebunden hätten. Und jetzt war sie diejenige, die an dieses Monster gekettet war, und ich konnte nichts tun, um sie zu befreien.

Meine Stimmung wurde schlechter, wie sie es dieser Tage immer zu werden schien, und ich gab meiner Mom einen Kuss auf den Scheitel, bevor ich mich wieder in Richtung Arbeitszimmer aufmachte.

Ich bildete eine Stillekuppel, während ich mich dem Arbeitszimmer näherte, und suchte dann vor mir nach den Aufspürzaubern, die Vater zweifellos entlang des Korridors positioniert hatte, um jeden zu bemerken, der sich ihm näherte.

Wie erwartet fand ich sie wie Stolperdrähte auf dem Boden verteilt und darauf eingestellt, ihn zu informieren, sobald jemand sie durchschritt.

Mit einer Handbewegung erzeugte ich Wasser unter meinen Füßen und erhob mich über die Zauber hinweg. Ich schwebte den Korridor entlang und stoppte erst vor der Tür neben seinem Arbeitszimmer. Er hatte ebenfalls eine Stillekuppel erzeugt, um die Tür von außen zu versiegeln, aber ich kannte ihn gut genug, um seine Gewohnheiten zu durchschauen.

Ich betrat den kleinen Rauchersalon neben seinem Arbeitszimmer, durchquerte den Raum und ging zur Tür, die die beiden Räume miteinander verband.

Ich stellte mich neben die Tür, schmunzelte, als ich wie erwartet den Rand seiner Stillekuppel fand, und drückte mein Ohr an die Tür. Mittels eines Verstärkungszaubers konnte ich hören, was drinnen gesprochen wurde.

»… so weitermachen«, erklang die raue Stimme einer Frau. »Unserer Art wurde ihre rechtmäßige Magie zu lange vorenthalten. Wir haben Euch die Treue geschworen, weil Ihr versprochen habt, unsere Bedürfnisse zu erfüllen. Damit wir nicht länger am Rande der Gesellschaft leiden müssen, sondern die Möglichkeit haben, zu gedeihen und zu wachsen. Und jetzt haben wir es auch noch mit skrupellosen Nymphenjägern zu tun, die meine Freunde zerstören, wann immer sie die Gelegenheit dazu bekommen.«

»Wie ich bereits sagte, Drusilla«, fuhr mein Vater mit scharfer Stimme fort, und ich konnte hören, dass er langsam die Geduld verlor. »Was du willst, ist nicht so einfach zu geben. Ich habe meinem Königreich mitgeteilt, dass deine Art unter Kontrolle ist. Wenn die Nymphen wieder anfangen, Fae anzugreifen, würde das meinen Einfluss auf die Leute untergraben. Und es hat immer Jäger deinesgleichen unter den Fae gegeben. Du hast dich bis jetzt mit ihnen auseinandergesetzt, also schlage ich vor, dass du auch jetzt einen Weg findest, mit ihnen umzugehen.«

»Sie sind hungrig, Daddy«, klagte Clara mit weinerlicher Stimme. »Es tut mir weh, sie hungern zu sehen.«

»Ich dachte, Ihr wollt eine starke Armee«, knurrte ein Mann. »Keine Bande von Ungläubigen, die nicht einmal Magie beherrschen.«

Vater seufzte frustriert, und ich stellte mir bildlich vor, wie er sich an der Nase kratzte, während er einen aussichtslosen Kampf mit seinem Jähzorn führte. Wenn Meetings derart schlecht für ihn verliefen, endete das meist blutig. Vielleicht hatte er mich deshalb nach Hause beordert. Er liebte es, mich zu zwingen, Prügel einzustecken, indem er Roxy als Druckmittel benutzte, um meine Kooperation zu erzwingen.

»Vielleicht fällt uns etwas ein«, sagte Stella als Nächstes, und ihr Tonfall klang beschwichtigend, als würde sie versuchen, die Friedensstifterin zu spielen. »Eine abgelegene Stadt, die niemand vermissen würde …«

»Oh, das ist eine tolle Idee!«, rief Clara und klatschte begeistert in die Hände.

»Vielleicht«, gab Vater nach, obwohl ich wusste, dass das keine wirkliche Zusage war. Worum es auch ging, er würde es in Betracht ziehen. »Ich werde mich darum kümmern. Aber ich möchte jetzt nicht weiter darüber sprechen. Begleite unsere Freunde hinaus, Clara.«

Der Mann und die Frau murrten, als sie entlassen wurden, aber sie gingen trotzdem. Ich hörte, wie eine Tür geöffnet und dann wieder geschlossen wurde, während Clara draußen im Flur fröhlich zu singen begann.

Ich wartete, bis sie an der Tür vorbeigegangen waren, die nach draußen führte, und öffnete sie dann einen Spaltbreit, um einen Blick auf sie zu werfen. Ich erkannte Drusilla und Alejandro, die verärgert vor sich hin murmelten, und Clara, die wie ein aufgeregtes Kind vor ihnen her stolzierte.

Stimmengewirr lenkte meine Aufmerksamkeit wieder auf das Arbeitszimmer. Ich schlüpfte in den Flur und stellte fest, dass Vater die Stillekuppel fallen gelassen hatte.

Ich stellte mich vor die Tür, da der Verstärkungszauber, den ich gewirkt hatte, noch immer aktiv war und ihre Worte klar durch die Tür zu hören waren.

»Ich vermisse dich, meine Bestie«, säuselte Stella verführerisch, und ich erschauderte bei den Kussgeräuschen, die folgten.

»Ja. Das machst du schmerzhaft offensichtlich«, murmelte Vater boshaft, aber offenbar reichte diese Zurechtweisung nicht aus, um sie zum Aufgeben zu bewegen.

»Lass mich dich schmecken«, hauchte sie. »Lass mich dich daran erinnern, wie gut wir zusammen waren.«

Vater seufzte, als der Reißverschluss seines Hosenschlitzes geöffnet wurde, und ich rümpfte die Nase und trat einen Schritt zurück, bevor er wieder sprach.

»Hab etwas Selbstachtung, Stella«, knurrte er. »Ich habe deine Tochter auf diesem Schreibtisch gefickt, bevor du hergekommen bist, und das weißt du. Verzweiflung steht dir nicht gut.«

Stella holte schockiert Luft, und dann hörte ich, wie er seine Hose wieder schloss.

»Sie kann unmöglich mit dem mithalten, was wir haben, Lion«, sagte sie, und bei dem letzten Wort hörte man, dass sie Krokodilstränen weinte. »Außerdem bist du ein König. Du kannst so viele Geliebte haben, wie du willst. Warum können wir nicht einfach …«

Ich beschloss, dass ich nichts Nützliches mehr aufschnappen würde, also riss ich die Tür auf, trat ein und tat so, als würde ich es nicht bemerken, dass sich die Mutter meines besten Freundes von ihren Knien erhob, während ich in die kalten Augen meines Vaters blickte.

»Du hast mich herbestellt«, sagte ich mit verächtlicher Stimme.

»Kein Grund für diese Tonlage, Junge«, knurrte er. »Ich möchte dir lediglich ein Geschenk machen.«

»Was für ein Geschenk?«, fragte ich skeptisch.

»Es wartet im Sommerhaus auf dich. Und sag nicht, dass ich dir nie Geschenke mache.«

Er winkte ab und da ich keine Lust hatte, mich länger in seiner Gesellschaft aufzuhalten, drehte ich mich um und verließ den Raum. Ich war erleichtert, dass ich es so kurz hatte halten können.

Doch als ich den langen Korridoren folgte und eine geschwungene Treppe hinunterstieg, pochte mein Herz vor Sorge darüber, was ich wohl vorfinden würde, wenn ich das Sommerhaus erreichte.

Früher hatte er mir oft teure Geschenke wie Autos oder Motorräder gemacht, um mich für besonders erwünschtes Verhalten zu belohnen. Mit zwölf hatte ich mich einmal mit ein paar Arschlöchern aus meiner Schule angelegt und die drei verprügelt. Die Schule hatte meinen Vater angerufen, um es ihm mitzuteilen, und er hatte mir ein millionenschweres Speedboat gekauft, das derzeit in der Skybour Bay angedockt war. Aber ich konnte mich nicht daran erinnern, dass ich in letzter Zeit eine seiner Erwartungen erfüllt hatte, also war ich mir nicht sicher, was mich jetzt erwarten würde.

Das Sommerhaus lag im Osten des rückwärtigen Palastgeländes, und meine Stiefel donnerten über den Weg, der zu dem kleinen Häuschen führte. Weiße Rosen rankten an den Wänden empor.

Als ich die Tür erreichte, zögerte ich einen Moment und brachte meine Magie in Stellung – für den Fall, dass dies ein dummer Test war –, bevor ich die Tür aufstieß.

Es war dunkel im Inneren; der offene Raum wurde nur von einer einzigen Lampe erhellt, die auf einem Schreibtisch in der hinteren Ecke stand. Mit gerunzelter Stirn trat ich in den scheinbar leeren Raum.

»Hallo?«, rief ich und schlug die Tür hinter mir zu. Ich fühlte mich wie ein Mädchen aus einem alten Horrorfilm, das auf den Psychopathen wartete, der sich im Schrank versteckt hatte.

Ich ging weiter, kam an einem Wohnbereich mit ein paar Sofas vorbei und blieb am Fußende des an der Wand stehenden Doppelbetts stehen.

Eine Bewegung in der Dunkelheit erregte meine Aufmerksamkeit, und ich wirbelte in dem Moment herum, als etwas mit mir zusammenstieß. Ich stürzte aufs Bett, ein harter Körper landete auf mir und ich hatte Mühe, zu atmen.

Der Geruch von Zimt stieg mir in die Nase, und ich hätte dem Arschloch auf mir fast eine verpasst, bevor sein tiefes Lachen ein Grinsen auf mein Gesicht zauberte. Ich lachte, als Lance mich in die Arme schloss.

»Heilige Scheiße! Wie ist das möglich?« Ich drückte ihn fest an mich, während sich der dumpfe Schmerz in meiner Brust durch das Gefühl seines

Körpers an meinem löste. Fuck, ich hatte ihn vermisst.

»Dieser Schwanz von einem König will, dass ich den Imperialen Stern für ihn finde. Angeblich hat er einen Seher, der weiß, dass ich der Schlüssel zu seiner Entdeckung bin«, sagte er an meinem Nacken, und ich zog ihn weiter hoch, damit wir mit den Köpfen auf den Kissen liegen und reden konnten.

»Vard«, zischte ich. »Vaters neues Schoßhündchen. Jetzt, da er König ist, hat er dieses Arschloch zu seinem königlichen Seher gemacht. Er benutzt diesen gläsernen Stuhl im Palast, um Dinge zu *sehen*, die seine Macht stärken.«

»Perfekt«, grummelte Orion. »Genau das, was wir brauchen – damit er vorhersehen kann, wann wir ihn angreifen.«

»Die Sterne stehen wie immer gegen uns«, stimmte ich seufzend zu, aber das Lächeln blieb auf meinem Gesicht, als ich meine Finger durch seine dunklen Haare schob. »Hast dir wohl nicht die Haare geschnitten, während du im Knast warst, hm?«, neckte ich ihn, und er verdrehte die Augen.

»Ich war zu sehr damit beschäftigt, mich nach dir zu sehnen, mein Großer«, scherzte er im Gegenzug und seine Finger folgten dem Muster der Tätowierungen auf meinem linken Bizeps. Es war irgendwie seltsam, wenn ich darüber nachdachte, aber unser Band verlangte, dass wir so oft wie möglich zusammen waren. Und nach den Monaten, in denen wir uns immer nur für eine halbe Stunde hatten sehen können, wusste ich verdammt gut, dass wir für ein paar Tage aneinanderkleben würden, während die Magie sich auftankte.

»Wie auch immer – du hast mich nicht zum besten Teil kommen lassen«, fuhr Lance fort. »Kurz bevor Lionel mich da rausgeholt hat, habe ich herausgefunden, wie man das Tagebuch entsperrt. Mein Vater hat mir eine Notiz hinterlassen, und ich glaube wirklich, dass sie uns zum Imperialen Stern führen wird.«

»Ernsthaft?« Ich hob die Augenbrauen, während sich in meiner Brust Hoffnung regte. »Was müssen wir tun? Müssen wir irgendwo hingehen oder ...«

Lance hielt meinen Arm fest, als ich mich aus dem Bett zu erheben versuchte, und schüttelte den Kopf. »Ich kann erst beim nächsten Vollmond weiterlesen«, sagte er mit enttäuschter Stimme. »Aber das ist es, Darius. Der Anfang vom Ende. Ich weiß es einfach.«

»Und wie kommen wir jetzt aus der Sache raus, dass du meinem Arschloch von Vater helfen musst?« Ich rutschte näher an ihn heran, bis meine Stirn an seiner lag. Ich war überrascht, als er zu lachen begann. »Was?«, fragte ich und lächelte ebenfalls, weil es verdammt ansteckend war.

»Der arrogante Wichser hat mich dazu gebracht, zu schwören, den Stern zu finden«, erklärte er. »Aber er hat kein Wort darüber verloren, dass ich ihn für ihn finden soll.«

Jetzt lachte ich auch, und die Erleichterung, nach so langer Zeit endlich etwas Gutes zu empfinden, ließ meine Brust vor Glück anschwellen. Ich wusste, dass dieses Gefühl nicht anhalten würde, aber für einen Moment würden wir nicht über die Vegas, Nymphen oder Drachenkönige sprechen. Ich wollte mich einfach nur in seiner Gesellschaft sonnen.

Orion legte den Kopf zurück aufs Kissen und ließ seinen Blick über mein Gesicht wandern, als wollte er es sich einprägen. Ich registrierte, wie er mit der Zunge über seine Zähne fuhr.

»Hast du Durst?«, fragte ich, und er stöhnte und nickte langsam.

»Aber ich habe auch Schwierigkeiten, meine Hände von dir zu lassen, und ich habe Angst, dass wir ficken, wenn ich dich beiße«, scherzte er, und ich musste wieder lachen.

»Wahrscheinlich unvermeidlich nach all der Zeit, was?« Ich fuhr mir mit der Hand durch meine dunklen Haare, während er meinen Hals hungrig betrachtete.

»Wenn du keinen großen Drachenschwanz zwischen den Schenkeln hättest, wären wir perfekt zusammen«, witzelte er.

»Pah, wir beide wissen, dass du in unserer Beziehung das Mädchen wärst«, entgegnete ich, und er verdrehte die Augen.

»Wie du meinst.« Lance fuhr mit der Zunge über seine Reißzähne, und ich sah ihn streng an, bevor ich den Kopf zur Seite neigte und ihm meinen Hals anbot.

Er wartete nur zwei Sekunden, bevor er sich auf mich stürzte, meine Handgelenke packte und sie auf die Kissen neben meinem Kopf drückte. Sein Gewicht zwang mich tiefer in die Matratze, und seine Reißzähne gruben sich in meinen Hals.

Ich knurrte, gefangen zwischen meinem natürlichen Wunsch, meine Dominanz zu behaupten, und meinem Bedürfnis, ihn glücklich zu sehen.

Nein, wir waren nicht glücklich. Nicht wirklich. Aber ich wollte dieses kleine bisschen Glück festhalten, solange ich konnte, denn ihn in dieser Hölle gefangen zu sehen, hatte mich innerlich zerrissen. Und obwohl das hier eindeutig keine Freiheit bedeutete, so war es eine Million Mal besser als Darkmore.

Schließlich zog Lance sich zurück. Mit einem blutigen Grinsen starrte er mich von oben herab an, während er mich weiter festhielt. Ich knurrte und stieß ihn von mir, sodass er auf der Seite lag und ich mich an ihn kuscheln konnte.

Er wehrte sich ein bisschen, gab dann aber auf, weil wir beide wussten, dass wir den Körperkontakt jetzt brauchten. Wie immer fanden wir uns einfach mit der Seltsamkeit des Ganzen ab.

»Erzähl mir alles, was du mir vorenthalten hast, während ich dort gefangen war«, bat er, während er sich an mich schmiegte und meinen Arm fest um seine Brust zog. Die Situation war lächerlich, aber auch das ignorierten wir.

»Okay. Dann musst du mir von den Arschlöchern erzählen, die dir dort wehgetan haben, damit ich sie mit meinen bloßen Händen umbringen kann«, antwortete ich.

»Vielleicht sollten wir uns zuerst auf deinen Vater konzentrieren?«, schlug er mit einem dunklen Glucksen vor.

»Na gut«, stimmte ich zu. »Aber dann werde ich da runtergehen und ein paar Arschtritte verteilen.«

»Du machst dir zu viele Sorgen um mich, Liebling«, scherzte er.

»Immer, Baby«, erwiderte ich lachend und drückte ihn fester an mich, während ich ihm alles erzählte, was ich ihm bisher noch nicht hatte sagen können.

Die Lage war zwar weiterhin ziemlich beschissen, aber jetzt, da ich ihn zurückhatte, musste ich mich dennoch fragen, ob die Sterne vielleicht endlich mal auf unserer Seite standen.

Gemini
Scorpio
Virgo
Cancer
Aries
Leo
Taurus
Sagittarius
Capricorn
Aquarius
Libra
Pisces

DARCY

KAPITEL 12

Ich stand unter der Dusche, wusch mir die Haare und dachte definitiv nicht an Orion. Ich dachte nicht an seine dunklen Augen oder an die Konturen seiner Muskeln in diesem Gefängnisoverall. Oder daran, dass er mich angesehen hatte wie ein sterbendes Tier, das nach Wasser lechzte. Nein, ich dachte definitiv an nichts von all dem, als ich meine Brüste einseifte, dann zuerst zu meinem Bauch überging und schließlich zwischen meine Schenkel.

Ein leises Stöhnen entfuhr mir, das ich zu unterdrücken versuchte, denn verdammt, ich dachte nicht an ihn und seinen harten Schwanz in mir …

»Hey, Babe!« Seth stürmte ins Badezimmer und ich schrie vor Schreck auf, ließ die Seife fallen, trat darauf und rutschte aus. Ich fing mich mit Luftmagie auf, bevor ich mit dem Kopf gegen die Scheibe knallen konnte, und Seth riss die Tür auf und hielt mir ein Handtuch hin.

»Raus!«, kreischte ich und schnappte mir das Handtuch, unsicher, was er gesehen oder gehört hatte. Nichts davon wäre gut.

Ich hüllte mich in das Handtuch, während er mich angrinste und auf und ab hüpfte wie ein aufgeregter Welpe.

»Was zum Teufel, du verrückter Köter?«, fuhr ich ihn an, hob die Hände und ließ einen Luftsturm zwischen meinen Fingern aufsteigen.

»Ich habe Neuigkeiten«, sagte er aufgeregt und hechelte fast, während er vor mir hin und her tänzelte. »Ich bin nicht dazu gekommen, mit dir darüber zu reden, und es hätte mich fast *umgebracht*, Babe.«

»Also bist du in mein Zimmer eingebrochen und ins Badezimmer spaziert, während die Dusche lief?« Ich kniff die Augen zusammen, und er nickte ein wenig schuldbewusst, während er außerdem winselte.

»Ja, aber ich habe nichts gesehen. Abgesehen von deinem Hintern, deinen Titten und der Seife, die du fallen gelassen hast. Aber ich habe nicht gesehen, was du damit gemacht hast.«

»Ich habe überhaupt nichts damit gemacht«, protestierte ich und schleuderte ihm einen Luftstoß entgegen, der ihn aus dem Badezimmer stolpern ließ. Ich drängte ihn immer weiter zurück, während mir die Hitze in die Wangen stieg.

»Okay.« Er grinste. »Ganz nebenbei, wann hattest du zuletzt Sex?«

»Das geht dich nichts an«, knurrte ich verlegen.

»Also mit Orion?«, vermutete er mit einem mitleidigen Blick.

Zischend schleuderte ich ihm einen weiteren Luftstoß entgegen, der ihn auf das Bett beförderte, und er lachte neckisch.

»Ich könnte dir in dieser Hinsicht Abhilfe schaffen. Weißt du, wie viele Jungs an dieser Academy auf dich stehen?«, fragte er, richtete sich auf und machte es sich auf meinen Kissen bequem.

Mir gefiel nicht, wie konfrontierend seine Worte plötzlich waren. Ich wusste, dass es einen Grund gab, warum ich seit Orion mit niemandem mehr zusammen gewesen war, und ich weigerte mich, mich dem zu stellen. Also beschloss ich, dieses Gespräch lieber nicht zu führen und das Thema verdammt noch mal zu wechseln. *Nein, ich werde nicht in dieser Wunde herumstochern.*

»Was wolltest du mir sagen?«, fragte ich und ging zum Spiegel, um meine Haare mit meiner Magie zu trocknen, während Seth mir in der Spiegelung ein Grinsen schenkte.

»Ich habe Caleb gefickt«, sagte er, und ich drehte mich mit einem Keuchen um, und all meine Wut verflog.

»Was? Im Ernst?«

»Na ja, nein«, ruderte er zurück. »Aber ich habe mit ihm *zusammen* ein Mädchen gefickt, und wir haben einander kaum aus den Augen gelassen.«

Das war so ziemlich die einzige gute Nachricht seit Langem, und ich wollte sie in mich aufsaugen und für eine Weile den ganzen Mist vergessen. Ich ging zum Bett, kniete mich an dessen Ende hin, lächelte ihn an und nahm das Glück in mich auf, das von ihm ausging. »Erzähl mir alles!«

»Du kennst doch Rosalie Oscura aus dem Aurora-Academy-Team?«

Ich nickte. »Sie ist süß.«

»Sie ist heiß. Und extrem fickbar. Aber es war verrückt, denn während sie meinen Schwanz gelutscht hat, habe ich nur Cal angesehen.« Er hüpfte auf der Matratze herum. »Und er hat mich gebissen, Babe. Er hat mich verdammt noch mal *gebissen*. Er hat mich mit seinen hungrigen Augen angestarrt. Es war wie in *Dirty Dancing* – aber statt Baby und Johnny ging es um mich und Cal, der an meinem Hals gelutscht und mein Arschloch gefingert hat.«

»Das hat er getan?« Ich keuchte.

»Na ja, nein«, korrigierte er sich wieder. »Aber er hat mich gebissen. Und als er Rosalie gefickt und sie zwischen uns wie eine Furie geschrien hat, galt sein Blick mir, als er gekommen ist. Nicht ihr. Das muss doch etwas bedeuten, oder?«

O mein Gott!

»Ähm … hast du danach mit ihm darüber gesprochen?«, fragte ich. »Blickkontakt ist nicht gerade ein Selbstläufer, Seth.«

»Ich weiß, ich weiß. Und nein, wir haben nicht darüber gesprochen. Aber er ist bei mir geblieben, auch nachdem Rosalie gegangen ist. Und am nächsten Morgen hat er sich nicht mal über meine Morgenlatte an seinem Arsch beschwert. Oder darüber, dass ich sein Gesicht geleckt habe, um ihn aufzuwecken. Ich habe tatsächlich darüber nachgedacht, ihm einen zu blasen. Gewissermaßen, um das Pflaster einfach abzureißen und ihm zu zeigen, was ich fühle. Meinst du, ich hätte das tun sollen?«

»Ähm, nein, das wäre ein bisschen zu direkt gewesen«, sagte ich. »Du musst mit ihm reden.«

»Ja, ich meine, ich habe es irgendwie versucht.« Er senkte den Kopf und wimmerte leise. »Ich habe erwähnt, wie gut es war, seinen Schwanz in Rosalie eindringen zu sehen, und ich wollte ihm außerdem sagen, dass ich ihn zu gern selbst in den Mund genommen hätte, aber …«

»Du könntest auch einfach versuchen, zu sagen: ›Hey Caleb, ich finde dich heiß, vielleicht könnten wir irgendwann mal zusammen ausgehen.‹« Ich lachte. »Du musst nicht gleich von null auf Blowjob wechseln.«

»Richtig … Ja, das ergibt Sinn«, sagte er nachdenklich. »Ich bin einfach so aufgeregt.«

»Es ist gut, dass du aufgeregt bist«, erwiderte ich grinsend. »Aber du musst zuerst herausfinden, ob ihr auf einer Wellenlänge seid, bevor du versuchst, ihm einen zu blasen.«

»Okay.« Er nickte ernst.

»Also, was hast du gesagt, als du versucht hast, mit ihm zu reden?«, fragte ich.

»Na ja, ich bin nicht weit gekommen, weil ich angefangen habe, ihm von meiner Zeit auf dem Mond zu erzählen, die ich mit dem Gefühl meines Schwanzes an seinen Arschbacken vergleichen wollte, als …«

»Du meinst die Story von deinem Kraterfick?« Ich spitzte die Lippen, und er nickte und sah mich unschuldig an.

»Ja. Er hat mich in die Eier geboxt und ist aus dem Zimmer gestürmt.« Er seufzte. »Es ist, als fände er gar keinen Gefallen an meinen Mondgeschichten.«

»Buchstäblich niemand findet Gefallen daran«, sagte ich, und er lachte, als hätte ich einen Witz gemacht.

»Also, was soll ich machen? Soll ich ihm einen Korb voller Gleitmitteltuben mit der Nachricht ›Steck ihn in mich rein‹ zukommen lassen?«

»Nein«, sagte ich entschieden. »Auf keinen Fall.«

Er sprang vom Bett, begann auf und ab zu gehen und raufte sich die Haare.

»Geht es nur um Sex oder ist es mehr als das?«, fragte ich ihn, und er hielt inne, legte den Kopf in den Nacken und heulte.

Ich bildete schnell eine Stillekuppel um uns herum. Ich wusste, dass wir uns nicht in einem Raum aufhalten durften, und wollte von keiner M. O. E. S. E. N.-Welle überrollt werden.

»Verdammt, es ist so viel mehr«, knurrte er. »Es ist wie damals … als ich auf dem Mond war und die Erde sehen konnte. Ich dachte daran, wie traurig es war, dass sie nie zusammen sein würden. Der Mond sieht die Erde in all ihrer wunderschönen grün-blauen Pracht, aber kann sie nie berühren. Und dabei musste ich an ihn denken.« Er senkte den Blick. »Alles erinnert mich an ihn.«

Mein Herz verkrampfte sich und ich nahm seine Hand, um ihn dazu zu bringen, mich anzusehen. »Du musst es ihm sagen.«

Er seufzte. »Das ist nicht so einfach.« Er senkte den Kopf. »Als Erben dürfen wir eigentlich keine Beziehung zu jemandem außerhalb unserer Formgebung eingehen. Wie sollten wir überhaupt selbst Erben in die Welt setzen? Ich meine, klar, wir könnten eine Leihmutter in Anspruch nehmen und zwei Kinder zeugen, die dann als Erben beider Sitze fungieren würden. Das würde sogar ganz gut funktionieren, also ist das vielleicht alles kein Problem … Aber unabhängig davon bleibt das Problem: Wenn er nicht genauso fühlt, könnte uns das entzweien. Er ist mein bester Freund, Darcy. Ich kann ihn nicht verlieren.«

Ich runzelte die Stirn und nickte verständnisvoll, während ich seine Hand losließ. »Vielleicht könnte ich versuchen, ihm ein bisschen auf den Zahn zu fühlen?«

Seine Augen leuchteten auf, und er wippte auf den Fußballen vor und zurück, während er aufgeregt nickte. »Ja!« Er sprang auf mich, drückte mich aufs Bett, und ich quietschte, als er mein Gesicht leckte und sich an meine Haare schmiegte.

»Ja, ja, ja!«, rief er und lehnte sich zurück, um mich mit schief gelegtem Kopf anzugrinsen. »Aber geh subtil vor!«

»Völlig subtil. Jetzt mach die Augen zu und steh auf, denn ich glaube, du hast gerade mein Handtuch verschoben«, sagte ich, und er gluckste.

»Jetzt habe ich alles gesehen, Babe. Zum Glück habe ich einen neuen Schwarm. Aber wenn er mich abblitzen lässt, können wir uns vielleicht gegenseitig mit einem Mitleidsfick wieder zur Normalität zurückbringen?«, fragte er und es klang, als würde er das ernst meinen.

»Träum weiter, Capella!« Ich stieß ihn zurück, und er sprang mit geschlossenen Augen auf, während ich mein Handtuch wieder zurechtzog, bevor ich ebenfalls aufstand.

Mein Atlas vibrierte und ich griff danach, in der Hoffnung, eine Nachricht von Darius vorzufinden. Er war die ganze letzte Nacht abwesend gewesen. Laut Caleb hatte Lionel ihn nach Hause beordert – und mit »nach Hause« meinte ich meinen und Torys verdammten Palast – und wir hatten seitdem nichts mehr von ihm gehört. Ich hatte einen Teil meiner Sachen auf den Campus gebracht, bevor Lionel die Macht übernommen hatte, aber der Rest befand sich in den Gemächern der Königin im Palast, und ich konnte nicht abschätzen, wann ich dorthin zurückgehen würde.

Seth drängte sich dicht hinter mich, um mitzulesen, und ich runzelte die Stirn, als ich sah, dass die Nachricht von meinem Bruder war.

Gabriel:
Triff mich am Zaun. Bring den Köter mit.
PS: Lösche ab jetzt alle Korrespondenz zwischen uns.

Mein Herz hämmerte schnell und ich sah Seth an, dessen Augenbrauen sich zusammenzogen. Vielleicht würde Gabriel uns endlich das Gegenmittel für Tory geben. Vielleicht hatte er eine Möglichkeit *gesehen*, es ihr zu injizieren. Er hatte das verdammte Ding seit unserem gescheiterten Versuch bei sich gebunkert und behauptet, auf die richtige Gelegenheit zu warten. Vor lauter Ungeduld verlor ich langsam den Verstand.

»Lass uns gehen«, drängte ich und ging zu meinem Kleiderschrank, um Jeans und einen Sport-BH herauszuholen. Ich zog mich im Badezimmer um und nahm mir einen Pullover, den ich mir um die Taille band, bevor ich zum Fenster ging.

»Wettrennen?«, fragte ich grinsend.

»Warte!«, sagte Seth, zog sich aus und warf mir seine Sachen zu. »Nimm die, Weibsstück!«

»Hey!«, rief ich, als er lauthals lachte, sich umdrehte und zur Tür hinausrannte.

Ich stieß ein Lachen aus, drückte dann das Fenster auf und sprang hinaus. Mein Herz schlug höher, als sich meine Flügel in einer feurigen Explosion von meinem Rücken lösten. Hitze durchströmte meine Glieder, während ich über den Campus flog und über den Wimmernden Wald hinwegsauste, dessen Blätter golden und bernsteinfarben an den Bäumen hingen.

Ein weißer Wolf stürzte aus der Tür am Fuße des Aer-Turms und rannte unter mir hindurch, wobei er ein paar Freshmen umwarf. Er heulte in Richtung Himmel, und ich imitierte ihn spöttisch, während ich heftig mit den Flügeln schlug und die Führung übernahm, seine Kleidung in meinen Armen gebündelt. Ich war halb entschlossen, sie dem Wind zu überlassen, aber ich wollte auch nicht den Morgen mit seinem nackten Arsch verbringen.

Ich landete in einer Baumgruppe in der Nähe des Zaunes, vergewisserte mich, dass niemand zusah, klappte meine Flügel zusammen und zog meinen Pullover an, während ich in Richtung Zaun lief. Ich schlüpfte durch die geheime Lücke und Seths nasse Schnauze berührte meinen Hinterkopf, als er ebenfalls ankam. Er verwandelte sich in seine Fae-Gestalt, und ich warf ihm seine Klamotten zu und grinste selbstgefällig.

»Ich habe gewonnen«, verkündete ich, während er sich anzog.

»Versuch es nächstes Mal mit einem Wettlauf«, stichelte er. »Dann wirst du mich nicht schlagen, kleiner Vogel.«

»Nein, danke«, erwiderte ich leichthin und er schubste mich spielerisch. Ich schubste ihn zurück und wir lieferten uns gerade eine kleine Rauferei, als Gabriel plötzlich aus dem Nichts auftauchte und eine Handvoll Sternenstaub in die Luft warf. Meine Hand war immer noch in Seths Haaren gefangen, als ich in die Sterne gezogen und die Luft aus meiner Lunge gepresst wurde. Ich keuchte angesichts der Abruptheit auf und nahm den Strudel endloser Schönheit um mich herum wahr, während ich durch die Welten transportiert wurde.

Ich landete unsanft, verlor meinen Halt an Seths Haaren und knallte schnaubend mit dem Hintern auf den Boden.

Seth lachte mich aus, und Gabriel schlug ihn mit seinem Flügel, als er an ihm vorbeiflog und mich auf die Beine zog.

»Wie prinzessinnenhaft von dir«, spottete Seth, während ich mir den Dreck vom Hintern abklopfte.

»Ich bin die Grausame Prinzessin, schon vergessen?« Ich stürzte mich auf ihn, aber Gabriel legte einen Arm um meine Taille und schob mich mit einem ernsten Blick zurück, der mich vor Sorge erstarren ließ.

»Was ist los?«, fragte ich und betrachtete die Baumgruppe, die uns umgab, aber ich erkannte diesen Ort nicht wieder. »Geht es um Tory? Geht es ihr gut? Ist etwas passiert?«

»Tory geht es gut«, sagte er bestimmt. »Na ja, wenn du es als gut bezeichnen kannst, von Schatten besessen und mit Lionel Acrux verbunden zu sein. Aber du weißt, was ich meine.«

Ich atmete erleichtert auf. »Können wir erneut versuchen, ihr das Gegenmittel zu geben? Ist es schon so weit?«

»Nein, aber bald«, versprach er, und mein Herz schlug wie wild, als ich seinen Arm umklammerte. »Ich habe *gesehen*, dass wir sie einfangen müssen, um Erfolg zu haben. Also arbeite ich daran, meine Freunde in Alestria dazu zu überreden, uns einen Nymphenkäfig zu besorgen.«

»Wird der Käfig sie halten können?«, fragte ich.

»Diese Käfige sind verdammt selten«, sagte Seth. »Wer zum Teufel sind deine Freunde?«

»Ja, sie sind selten, aber ich habe meine Kontakte. Und ja, er wird sie halten«, sagte Gabriel, ohne Seths Frage zu beantworten. Er hatte mir alles über die Leute erzählt, die er zu Hause kannte und die Gangmitglieder und Kriminelle waren. Ich war mir ziemlich sicher, dass er alles besorgen konnte, wenn er wollte.

»Wenn es nicht um Tory geht, worum geht es dann, Gabriel?«, fragte ich, als Seth mit einem Stirnrunzeln näher kam.

»Es geht um Lance«, sagte er, und mein Herz schlug noch schneller, während sich die Welt um mich herum zu verdunkeln schien.

»Was ist passiert?«, fragte ich panisch.

»Er ist draußen«, antwortete er ruhig, und mein Mund öffnete sich, ohne dass mir ein Wort über die Lippen kam. Diese Aussage traf mich wie ein Schlag in die Magengrube.

»Was meinst du damit, er ist draußen?« Ich keuchte.

»Er ist nicht frei«, sagte er grimmig. »Lionel Acrux hat ihn unter Hausarrest gestellt.«

Ich holte tief Luft, um mich zu beruhigen und zu versuchen, seine Worte zu begreifen. »Warum? Wie? Wann?«

»Gestern, und ich weiß noch nicht, warum, aber ich bin sicher, dass der Grund kein guter ist. Darius ist jetzt bei ihm. Und Lionel ist für ein paar Tage nach Celestia aufgebrochen, also haben wir etwas Zeit, um ihn zu besuchen.

Ich muss mit Lance sprechen, aber das kann ich nicht ohne deine Hilfe.«

»Was meinst du mit *ihn besuchen*? Wo?« Mein Kopf drehte sich, und Seth wimmerte und drückte sich eng an mich, als er meine Unruhe spürte.

»Lance wird auf dem Palastgelände festgehalten«, erklärte Gabriel und fuhr mit der Hand durch seine ebenholzschwarzen Haare. »Ich weiß, wie wir zu ihm gelangen können, aber du musst mich begleiten. Hilfst du mir?«

Ich zögerte, denn ich war mir nach wie vor nicht sicher, was das alles bedeutete. Aber wenn er mich brauchte, dann musste ich ihm helfen, so viel stand fest. »Natürlich. Was muss ich tun?«

»Folge mir«, sagte Gabriel und steckte seine Flügel weg. Eine einzelne schwarze Feder schwebte in der Brise hinter ihm. Er nahm sein Shirt, das er hinten in seine Jeans gestopft hatte, und zog es an, wobei er die Tätowierungen auf seinem Körper bedeckte.

Seth und ich folgten ihm durch den Wald und den Hügel hinunter. Unter unseren Füßen raschelten die goldenen und orangefarbenen Blätter. Der Herbst hatte bereits begonnen, und es würde nicht mehr lange dauern, bis die Wärme der Luft verschwunden sein würde.

Die Bäume rückten immer näher zusammen, bis das Morgenlicht blockiert war und die Schatten zwischen den Stämmen immer dichter wurden. Wir betraten eine Senke, in deren Mitte ein uralter Baum stand, dessen Rinde knorrig und gefurcht war und unter dem sich riesige Wurzeln ausbreiteten.

In die Rinde war das Symbol einer Hydra eingraviert, und Gabriel nahm meine Hand und führte mich darauf zu. »Lege deine Handfläche auf das Zeichen.«

Ich warf ihm einen verwirrten Blick zu, streckte aber die Hand aus und folgte seiner Anweisung. Ein Kribbeln magischer Energie durchfuhr mich, und das Zeichen leuchtete plötzlich weiß auf.

»Unter dem Palast der Seelen verlaufen diverse Gänge«, erklärte Gabriel schließlich. »Nur diejenigen mit königlichem Blut haben Zugang zu ihnen.«

»Warum kannst du sie dann nicht öffnen?«, fragte ich und trat einen Schritt zurück.

»Weil dein königliches Blut von deinem Vater stammt«, sagte er, und ich nickte und biss auf meine Lippe. In dem Moment teilte sich das Symbol und die Wurzeln dahinter ordneten sich neu, woraufhin eine Treppe entstand, die in die Dunkelheit hinabführte.

»Heilige Scheiße«, raunte Seth. »Das ist der Wahnsinn. Aber warum zum Teufel bin ich überhaupt hier?«

Ich sah Gabriel erwartungsvoll an, aber er lächelte nur geheimnisvoll und stieg die Stufen hinab. Ich hatte mich schon daran gewöhnt, dass Gabriel Erklärungen mied, was die Dinge betraf, die er *sah*, aber manchmal war es trotzdem frustrierend.

Ich zuckte mit den Schultern, und Seth bewegte sich hinter mich, während wir Gabriel folgten, der ein Fae-Licht wirkte, damit wir etwas sehen konnten. Wir erreichten einen feuchten Tunnel tief unter der Erde und als sich die Wurzeln über uns erneut verschoben, drehte ich mich um. Mein Herz schlug schneller. Der Boden über uns schloss sich und wir blieben im Dunkeln zurück.

Gabriel richtete seine schwebende Lichtkugel auf die Wand und wies auf ein weiteres Hydra-Symbol. »Hinauszukommen ist genauso unproblematisch.«

Ich nickte und betrachtete das alte Zeichen, während ich mich fragte, ob mein Vater diesen Durchgang einst benutzt hatte. War er genau hier gewesen, wo ich jetzt war, mit all seinen Plänen für die Zukunft? War meine Mutter mit ihm hierhergekommen? Wie lange hatte sie von ihrem bevorstehenden Tod gewusst?

Die Gabe eines Sehers musste in dieser Hinsicht ein Fluch sein. Sicherlich sahen sie ihren Tod kommen, lange bevor er eintrat.

Wir folgten Gabriel in die Dunkelheit, und unsere Schritte waren die einzigen Geräusche auf dem schmalen Gang.

Schließlich erreichten wir eine Weggabelung, und Gabriel bog ohne zu zögern nach rechts ab. Wir gingen weiter, bis der Boden unter uns anstieg.

Ich versuchte, angesichts der Tatsache, dass am Ende dieses Tunnels Orion wartete, nicht auszuflippen. Was mir auch gelang, hauptsächlich, weil ich noch keine Zeit hatte, mich mit diesem ganzen Mist auseinanderzusetzen. Ich musste mein Pokerface schulen, denn ich war gänzlich unvorbereitet auf ein Wiedersehen mit ihm.

»Warum hat Lionel ihn aus dem Gefängnis geholt?«, fragte ich Gabriel.

»Die Antwort wird dir nicht gefallen«, erwiderte er düster.

»Wann gefällt mir jemals etwas, was mit Lionel zu tun hat?«, fragte ich kalt, während die Sorge mein Herz durchbohrte.

»Touché«, sagte Gabriel. »Leider hat Lionel jetzt seinen eigenen Seher. Und dieser benutzt die Königliche Seherkammer. Seinetwegen weiß Lionel jetzt von Orions Tagebuch.«

»Was?«, fragte ich entsetzt. »Aber als du im Sommer versucht hast, die Kammer zu benutzen, hat es nicht funktioniert. Wie ist es ihm gelungen ...?«

»Vard wurde von Lionel in diese Position berufen. Und Lionel ist der König, ob es uns gefällt oder nicht. Und das bedeutet, dass er die Kammer so lange nutzen kann, bis du und Tory ihn entthronen könnt.«

»Und dieser Vard ist genauso mächtig wie du?«, fragte ich, und mein Magen zog sich vor Angst zusammen. Denn wenn das der Fall wäre, würden wir Lionel niemals angreifen können, ohne dass er es mitbekam.

»Unmöglich. Aber durch die Nutzung der Kammer wird er mehr sehen können, als uns lieb ist. Keine Sorge, ich werde trotzdem jeden genau beobachten. An mir kommt er nicht vorbei.«

»Also hat Lionel das Tagebuch an sich genommen?«, fragte Seth, dessen eigene Panik deutlich zu spüren war. Wir hatten unsere Hoffnungen in dieses Tagebuch gesetzt. Was blieb uns sonst noch?

»Nein, es scheint, als sei es noch in Lance' Besitz, aber ich kenne die Details nicht. Die Schatten verbergen Lionels Pläne vor mir, weil er so viel Zeit mit Clara verbringt, aber ich habe genug *gesehen*, um zu wissen, dass wir Lance gefahrlos besuchen können und er vielleicht einige Antworten für uns hat.«

»Okay«, sagte ich mit belegter Stimme, während ich versuchte, die Neuigkeiten zu verarbeiten. Mein Puls pochte so laut in meinen Ohren, dass ich kaum etwas anderes hören konnte.

Wir erreichten eine Steintreppe, und Gabriel schuf eine Stillekuppel, während wir die Stufen erklommen. Ein Lichtstrahl drang durch eine hölzerne Luke in der Decke, und als wir die oberste Stufe erreichten, mussten wir uns angesichts der niederen Decke bücken. Gabriel und Seth mussten sich wegen ihrer Größe fast hinknien.

»Darcy«, sagte Gabriel und deutete auf das Hydra-Zeichen, das in die Luke eingraviert war. Ich schluckte meine Nervosität hinunter, streckte die Hand aus und drückte meine Handfläche darauf.

Das Zeichen leuchtete auf und ein Klicken ertönte, als die Luke entriegelt wurde. Mithilfe meiner Luftmagie ließ ich sie aufschwingen. *Wahrscheinlich ist es besser, wenn wir die Sache schnell hinter uns bringen.*

Ich wirkte auch Luftmagie unter meine Füße und beförderte mich damit in eine weiße Küchenzeile mit blauen Blumen auf den Fliesen. Sonnenlicht strömte durch die Fenster. Seth und Gabriel kletterten hinter mir hoch, während ich mich bereits einem großen Wohnzimmer in Creme- und Sandbrauntönen zuwandte, das in hellem Glanz erstrahlte. An den Wänden hingen wunderschöne Gemälde von exotischen Stränden und Klippen, und der Boden war blau und schimmerte wie das Meer.

Orion lag in einem riesigen Bett am anderen Ende des Raumes und Darius kuschelte sich an ihn. Die beiden sahen verdammt gelassen aus, während sie schliefen. Es wäre lustig gewesen – wenn es nicht so traurig gewesen wäre.

Das verfluchte Wächterband, das sie aneinander kettete, hatte Darius in den vergangenen Monaten in den Wahnsinn getrieben. Er fühlte nicht alles so wie Orion, wie ich es verstanden hatte, aber er sehnte sich immer nach ihm. Als ich die beiden so liegen sah, hatte ich plötzlich das Bedürfnis, mich dazuzulegen und mich an sie zu kuscheln. *Ja, das wäre völlig rational.*

Mein Blick wanderte über Orions Gesicht, und mein Herz schmerzte vor Sehnsucht, die nie wieder gestillt werden würde. *Reiß dich zusammen!*

Gabriel löste die Stillekuppel auf und öffnete den Mund, um sie zu wecken, aber Seth rannte bereits durch den Raum und warf sich auf sie, bevor er dazu kam.

Darius brüllte fast so laut, als wäre er in seiner Formgebung, und Orion warf Seth mit der Kraft seiner Formgebung, woraufhin dieser hart auf dem Boden landete. Ich stand mit offenem Mund da und sah zu, wie Seth wieder auf die Beine sprang. Mit einem Keuchen heilte er sich selbst, bevor er auf Darius sprang und begann, ihn abzulecken.

Orion schoss aus dem Bett und plötzlich fiel sein Blick auf mich. Er atmete heftig. Seine Bauchmuskeln waren straff und glänzten, und seine Schultern waren noch muskulöser als zuvor. *Heilige Scheiße!*

Ich zwang meinen Blick auf sein Gesicht, und nahm seinen Bart und seine ungebändigten Haare wahr. Der Wolverine-Look war mir nicht komplett zuwider, aber ich vermisste sein Grübchen. *Argh!* Mein Herz drohte zu zerspringen, während die Temperatur im Raum um fünfzig Grad zu steigen schien. Er schoss auf Gabriel und mich zu, und ich keuchte, als er meine Hand ergriff und mich mit leuchtenden Augen an sich zog, als würde er mich umarmen oder etwas anderes ebenso Verrücktes tun. Ich schickte Feuer durch meine Adern, und er zischte, als er sich seine Finger an mir verbrannte. Sofort ließ er mich los und ich wich einen Schritt zurück. Er zog die Stirn in Falten, murmelte etwas über Instinkte und umarmte stattdessen Gabriel fest.

»Wie seid ihr hier reingekommen?«, fragte Orion.

»Die Königspassagen«, antwortete Gabriel, während er ihn losließ. »Darcy kann sie öffnen.«

»Das reicht«, fauchte Darius, und mein Blick wanderte zu den beiden. Darius hatte Seth mit der Hand auf der Kehle auf dem Bett fixiert, Seths Zunge hing aus seinem Mund und er keuchte laut. »Kein Lecken mehr!«

Darius ließ ihn los, und Seth winselte enttäuscht, griff Darius aber nicht abermals an, während sich dieser den Sabber aus dem Gesicht wischte.

Orion verschränkte die Arme vor seiner nackten Brust, der ich nach wie vor absolut keine Beachtung schenkte. »Ist das eine Art Rettungsmission? Ich fürchte nämlich, ich kann nirgendwohin.« Er hob die Handgelenke, und mein Herz stockte beim Anblick der schwarzen Ringe, die ihn wie Tattoos zierten. »Sie hindern mich daran, die Grenzen der Schatten zu überschreiten, die Clara um den Palast geworfen hat.«

Instinktiv streckte ich die Hand nach ihnen aus, krümmte dann aber meine Finger und schob sie stattdessen in meine Haare. *Geschmeidig.* Er trug Torys Freundschaftsarmband, dessen lederne Ranken in einem komplizierten Design miteinander verflochten waren. Ich war mir nicht sicher, was ich davon halten sollte. Ich wollte nicht denken, dass es süß war, aber verdammt, das tat ich. Orions dunkle Augen verweilten einen Moment auf mir, was mein Herz schneller schlagen ließ, aber ich bedachte ihn mit nichts als einem kühlen Blick. *Nein, du wirst nicht herausfinden, für wie süß ich diese Geste halte.*

Gabriel machte sich daran, die Ringe an Orions Handgelenken zu untersuchen, und ich runzelte die Stirn, als ich feststellte, dass es sich um Schatten handelte, die sich unter seiner Haut wanden.

»Mir war bewusst, dass wir dich nicht von hier wegbringen können. Aber ich konnte nicht *sehen*, warum. Ich kann diese verdammten Schatten nie *sehen*«, murmelte Gabriel. »Dieser verfluchte Lionel!«

»Vater hat offensichtlich nicht an alles gedacht«, sagte Darius mit entschlossenem Blick. »Ihr habt einen Weg gefunden, hier reinzukommen.«

»Und was bringt uns das?«, fragte ich, während ich abermals Orions Blicke auf mir spürte. Blicke, denen ich mich nicht stellen wollte.

Ich hatte das Gefühl, dass er versuchte, meine Seele zu erforschen, und das ließ mich frösteln. Ich mochte es nicht, dass er mich so ansah, aber ein Teil von mir wollte auch nicht, dass er damit aufhörte.

»Nun, ich habe weiterhin das Tagebuch meines Vaters. Und jetzt weiß ich, wie ich darauf zugreifen kann«, sagte Orion, und ich musste ihn einfach ansehen, als mein Herz schneller zu schlagen begann.

»Wirklich?«, fragte ich.

Er nickte. »Angeblich kann ich es im Licht des Vollmonds lesen.«

»Das war vor zwei Tagen, also müssen wir jetzt einen weiteren verdammten Mondzyklus warten«, sagte Darius, und Seth boxte ihm in den Arm. »Was zum Teufel?«

»Warum hast du uns nicht geschrieben, Arschloch? Wir haben uns Sorgen um dich gemacht«, knurrte Seth.

»Sorry, Bruder, ich habe meinen Atlas an der Academy vergessen. Und Vater hat mich bei Orion übernachten lassen, also …« Er räusperte sich, als die beiden einander einen peinlich berührten Blick zuwarfen. »Wir waren lange nicht in der Lage, die Bedürfnisse des Wächterbandes zu erfüllen.«

»Oh, ich verstehe. Mehr musst du nicht sagen.« Seth zwinkerte ihm zu, schlenderte lässig in meine Richtung und legte seinen Arm um meine Schultern. Er drehte seinen Kopf und flüsterte mir ins Ohr: »Arschsex.«

»*Seth*«, prustete ich, kurz bevor ein Güterzug mit uns kollidierte. Orion stieß Seth mit einem Knurren von mir und stellte sich zwischen uns.

»Was zum Henker?«, brachte ich hervor, als Orion einen auf Bestie machte und Seth mit gefletschten Zähnen anfunkelte, um ihm klarzumachen, dass er sich von mir fernzuhalten hatte.

Seth erwiderte seinen Blick mit einem spöttischen Grinsen, als wäre er der Herausforderung durchaus gewachsen. Aber ich würde nichts davon zulassen.

Ich drückte mich an Orion vorbei und warf ihm einen bösen Blick zu, während ich mich wieder neben Seth stellte.

»Er kämpft jetzt auf unserer Seite. Zwischen uns ist alles in Ordnung.« Ich stemmte die Hände in die Hüften. »Hat Darius dir das nicht erklärt?«

Orions Pupillen waren vollständig geweitet, und er sah abwechselnd zu mir und zu Seth, während er mit den Zähnen knirschte. »Er hat mir viel erklärt, aber ich bin nicht so schnell im Verzeihen«, zischte er.

»Glaub mir, ich bin auch nicht schnell im Verzeihen«, erwiderte ich kühl. »Aber zwischen Seth und mir hat sich einiges geändert. Seit deiner Verhaftung ist eine Menge passiert.«

»Eine *Menge*«, betonte Seth.

»Ich weiß«, knurrte Orion und versteifte seine Schultern. Gabriel stellte sich vor ihn, um mich und Seth aus seinem Blickfeld zu nehmen.

»Entspann dich, Orio. Und setz dich. Wir müssen über das Tagebuch sprechen«, sagte Gabriel, packte seinen Arm und beugte sich vor, um ihm etwas ins Ohr zu flüstern. »Oh, und wenn du meine Schwester noch einmal schubst, reiße ich dir einen Arm aus.« Er sagte es völlig ruhig, aber die Dunkelheit in seinen Augen verriet, dass er es absolut ernst meinte. *Oh, ich liebe meinen durchgeknallten großen Bruder.*

Orion schnaubte. »Ich habe sie nicht geschubst«, knurrte er und ging dann zu einer Schublade neben dem Bett, um ein ledergebundenes Tagebuch herauszuholen.

»Nein, du bist lediglich wie ein wildes Nashorn in mich rein gebrettert«, entgegnete ich amüsiert. Ich könnte schwören, Orion grinsen zu sehen, bevor er seine Lippen aufeinanderpresste und sich wieder abwandte.

Dieser winzige, verschwindend kleine Hoffnungsschimmer, der sich zwischen uns bildete, machte mich unruhig, und innerlich begann ich, auf jeden einzelnen Schmetterling einzutreten, der es wagte, sich blicken zu lassen.

Darius wirkte einen Verhüllungszauber an den Fenstern, damit es so aussah, als wäre er allein mit Orion. Lionel war zwar übers Wochenende weg, aber ich würde es jedem seiner Lakaien zutrauen, uns zu verraten, sollten sie den Verdacht hegen, dass hier etwas Seltsames vor sich ging.

Ich bewegte mich durch den Raum und warf einen Blick durch die bodenlangen Fenster an der gegenüberliegenden Wand. Sie öffneten sich zu einem L-förmigen Swimmingpool und einem Whirlpool. In der Ferne konnte ich den Palast erkennen, und bei dem Gedanken, dass Lionel dort wohnte, zog sich mein Herz zusammen. Er gehörte ihm nicht. Er gehörte Tory und mir, und ich hatte vor, Lionel so schnell wie möglich daraus zu entfernen. Am besten in einem Leichensack.

»Kannst du dich auf dem Gelände frei bewegen?«, fragte ich Orion.

»So ziemlich«, grunzte er. »Aber nur tagsüber. Lionel lässt mich von sechs Uhr abends bis zum Morgengrauen hier einschließen.«

Besser als Darkmore, oder? Ich wollte mich auf einen Stuhl setzen, aber Seth nahm meine Hand, zog mich neben sich auf die Couch und kuschelte sich an mich. Ich schob ihn gedankenverloren beiseite und konzentrierte mich auf das Tagebuch – und sonst nichts! –, während mein Blick immer wieder zu Orion und seinen straffen Bauchmuskeln wanderte. *Ernsthaft, kann der sich nichts anziehen?*

Du lässt dich doch auch nicht von Darius ablenken, der shirtlos durch die Gegend läuft.

Na ja, aber er ist eben ein verdammtes Thunfisch-Sandwich.

Orion erzählte uns von allem, was er von dem Gardemitglied erfahren hatte, dem er in Darkmore begegnet war. Als er das Passwort erwähnte, das ihm die geheime Nachricht in dem Tagebuch seines Vaters offenbart hatte, überschlugen sich meine Gedanken angesichts dessen, was das bedeutete. Hatten meine Mutter und sein Vater wirklich all das vorhergesehen? Waren sie befreundet gewesen?

»Was weiß Lionel denn nun genau?«, fragte Gabriel, der links von mir saß und die Ellbogen auf die Knie stützte.

»Soweit ich das beurteilen kann, weiß er nicht viel«, meinte Orion nachdenklich. »Nur, dass ich der Einzige bin, der das Tagebuch lesen und entziffern kann.«

»Wie lange wird er dich hier festhalten?«, fragte ich. Würde er gezwungen werden, nach Darkmore zurückzukehren, sobald Lionel mit ihm fertig war? Und wie sollten wir verhindern, dass Lionel Informationen erhielt, während Orion hier festsaß und das Tagebuch entschlüsselte? Obwohl ich erleichtert war, dass er den Psychos in Darkmore entkommen war, lebte er nun im Hinterhof eines Irren. Es war, als hätte man ihn aus einer Schachtel mit ätzenden Schnecken gezogen und dann in einen Tümpel mit Greifenscheiße geworfen.

»Ich weiß es nicht.« Er bedachte mich mit einem hoffnungslosen Blick und mein Herz zog sich zusammen. Ich hatte das Bedürfnis, ihn zu trösten und ihm zu sagen, dass wir einen Weg finden würden, alles wieder in Ordnung zu bringen, aber das stand mir nicht mehr zu. Und er hatte sowieso keinen Anspruch auf irgendetwas von mir. »Er hat mich zu dem Sternversprechen gezwungen, dass ich alles tun werde, um den Imperialen Stern zu finden. Aber das ist ziemlich vage, ich habe also einiges an Spielraum.«

Darius grinste. »Mein Vater ist so eingebildet, dass er nie in Betracht ziehen würde, dass du seinen Schwur umgehen könntest.«

»Das liegt daran, dass er denkt, dass es mich interessiert, was er mit mir macht, wenn er es herausfindet«, erwiderte Orion trocken, und mir wurde ganz anders.

»Er wird dir nichts antun«, knurrte Darius, doch die Stille, die auf seine Worte folgte, verriet, dass wir alle wussten, dass er so etwas nicht versprechen konnte. Und dieses Wissen machte mich krank.

»Hast du Clara gesehen?«, fragte Gabriel sanft, und Orion schüttelte den Kopf.

»Nein.« Er seufzte und wandte sich dann mit traurigem Blick an mich. »Ist Tory wie sie?«

»Sie ist nicht wirklich wie Clara, sie ist einfach nur … verloren«, sagte ich, während etwas in mir zerbrach.

»Es tut mir leid«, murmelte Orion. »Habt ihr Fortschritte in euren Bemühungen gemacht, sie von den Schatten zu befreien?«

Ich schüttelte den Kopf, und Darius stand abrupt auf.

»Versuch es jetzt, wir haben unsere Sitzung gestern Abend verpasst«, forderte er und winkte mich von meinem Platz zu sich. Ich runzelte die Stirn. Ich tat ihm jedes Mal weh, wenn ich etwas falsch machte, aber ich wusste, dass es der einzige Weg war, an die Lösung zu kommen.

»Vielleicht sollten wir warten, bis wir wieder an der Academy sind.«

»Ich will es sehen«, entgegnete Orion bestimmt. »Vielleicht kann ich helfen.«

»Du bist kein Professor mehr«, erinnerte Seth ihn auf wenig hilfreiche Weise, und Orion knurrte gefährlich.

»Er weiß aber etwas über dunkle Magie, du Idiot.« Ich verpasste Seth einen Klaps gegen die Stirn und er grinste mich an, als wäre er im Begriff, aufzuspringen und sich mit mir zu rangeln. »Bleib!«, forderte ich, als wäre er ein Hund und zeigte mit dem Finger auf ihn – woraufhin er natürlich grinsend an meiner Fingerspitze knabberte.

Ich schüttelte den Kopf und als ich mich umdrehte, stand Orion direkt hinter mir und überragte mich wie ein verdammter Turm.

»Komm schon, zeig mir diesen Schatten-Scheiß!«, drängte er.

»Musstest du dafür extra hier rüberkommen?«, murmelte ich und trat zur Seite. Ich spürte, wie er mir auf den Fersen blieb, als ich zu Darius ging. Die Härchen in meinem Nacken stellten sich auf und ich war mehr als froh über meine langen Haare, da sie diese Reaktion vor meinem einschüchternden Verfolger verbargen. *Was soll das Stalking?*

Ich streckte die Hand nach Darius aus, doch dann fiel mein Blick auf eine Ansammlung von Schmuck, Klingen, Metallgegenständen und farbigen Steinen, die auf einem Tisch hinter ihm lagen. »Was ist das alles?«

Orion warf Darius einen Blick zu. »Lionel lässt mir von seinen Nymphen alle möglichen Sachen bringen, hinter denen sich der Imperiale Stern verbergen könnte.«

Gabriel lachte laut auf – ja, es war geradezu ein Prusten –, und wir alle drehten uns zu ihm um, während er versuchte, sich zusammenzureißen.

»Was ist so lustig?«, fragte Seth grinsend.

Gabriel fand seine Fassung wieder und schüttelte den Kopf, während sein Gesicht wieder ernstere Züge annahm. »Ich kann es wirklich nicht sagen.«

»Ach komm schon«, drängte Seth. »Du kannst uns das nicht antun.«

Gabriel schüttelte den Kopf. »Wenn ich es sage, wird sich alles ändern.«

»Also, sind es gute Neuigkeiten?«, fragte ich hoffnungsvoll, aber Gabriel sagte nichts. Offensichtlich kämpfte er wieder gegen den Drang, zu lachen, an.

»Komm schon, lasst uns anfangen«, sagte Darius und drehte mich wieder zu sich. Orion stand neben uns und beobachtete alles genau. *Ja, mein großer, heißer Vampir-Ex-Freund steht direkt neben mir, was meiner Konzentration unglaublich zuträglich ist.*

Ich holte tief Luft, legte die Hände auf Darius' Schultern und schloss die Augen, um mich zu fokussieren. Meine Phönixflammen brannten heißer unter meiner Haut, während ich versuchte, die Schatten in Darius zu spüren. Er brachte sie an den Rand seines Körpers, und sie streiften meine Haut wie eine kalte Liebkosung. Sie riefen nicht mehr nach mir. Sie würden meine Abwehr unmöglich durchdringen. Ich wünschte nur, ich könnte das Gleiche für die tun, die ich liebte.

Ich ließ Flammen an meinen Armen entlang strömen, um die Dunkelheit in ihm zu treffen und sie zu verbrennen, aber ich konnte nur das zerstören, was sich außerhalb seines Körpers befand.

»Tu es!«, befahl Darius, und ich wusste, dass er sich in meine Flammen stürzen und von ihnen verzehren lassen würde, wenn das helfen würde, Tory zurückzubringen. Denn ich würde genau das Gleiche tun.

Ich biss die Zähne zusammen und zwang mich, meine Flammen in seinen Körper zu zwängen und sie dazu zu drängen, die Schatten in ihm aufzuspüren. Er stieß ein zischendes Geräusch aus, und meine Augen weiteten sich, als ich dem tödlichen Blick eines Drachen begegnete, der sich von meiner Macht verbrennen ließ. Seine Haut begann sich zu schwärzen, und ich stöhnte auf, als ich die Flammen tiefer in ihn hineinzwang. Ich hasste mich dafür, dass ich ihm wehtat, aber ich wusste, dass ich keine andere Wahl hatte.

Orion fluchte, zog mich dann plötzlich von Darius weg, zwang meine Arme auf den Rücken und verbrannte sich selbst in meinem Feuer, das sich um mich herum ausbreitete.

»Nein!«, schrie ich, aber er hielt mich fest, während er mich von Darius wegzog, und mir wurde klar, dass es ihr Wächterband war, das ihn antrieb. Das Band würde ihn nicht tatenlos zusehen lassen, wie ich seinen Schützling verletzte.

Orion presste mich fest an seine Brust, und ich löschte sofort die Flammen, während mein Herz vor Angst pochte. Seth eilte zu Darius, um ihn zu heilen, und ich drehte mich in Orions Armen, um den Schaden zu begutachten, den ich ihm zugefügt hatte. Meine Finger glitten über die Verbrennungen auf seiner Brust und seinen Armen, während ich schnell Heilmagie wirkte. Mein Atem ging schwer, genau wie seiner. Der Duft von Zimt hing in der Luft, und ich wollte mich darin verlieren. *O Gott, o Gott!*

»Hör auf!«, brummte Orion und packte meine Handgelenke, woraufhin ich zu ihm aufsah. Seine Augen waren ein Meer aus Schmerz, und ich war mir nicht sicher, ob das etwas mit den Verbrennungen zu tun hatte, die ich ihm zugefügt hatte.

Sein Unterkiefer spannte sich an, und er ließ mich los, schoss durch den Raum und stellte sich hinter Gabriel, der nach wie vor auf der Couch saß.

Ich straffte mein Rückgrat, wandte den Blick von ihm ab und stellte sicher, dass er nicht sah, wie erschüttert ich war. Ich war wütend, verletzt und erregt – und all diese Gefühle verbrannten mich. Plötzlich wurde mir klar, dass ich jedes Mal, wenn ich Darius verletzt hatte, um die Schatten aus ihm herauszubrennen, auch Orion verletzt hatte. Er teilte Darius' Schmerz, war dazu verdammt, ihn zu fühlen und zu wissen, dass sein Schützling in Schwierigkeiten steckte. Aber er war nie in der Lage gewesen, ihm zu helfen. Ich konnte die Art von Qual, die er hatte durchmachen müssen, vermutlich nicht annähernd verstehen. Die ganze Zeit über hatte ich ihn gequält und hatte es nicht einmal bemerkt. Mir wurde schlecht.

»Ihr könnt keinen weiteren Versuch starten, solange ich in der Nähe bin«, sagte Orion mit einem Seufzer, aber ich sah ihn nicht an. Ich konnte es nicht. Wenn ich es jetzt täte, würde er die tiefe, offene Wunde in meinem Herzen sehen, die er hinterlassen hatte und die immer noch nicht verheilt war. »Übt weiter an der Academy.«

»Ihr könnt es filmen«, sagte Gabriel zu Darius und mir, griff in seine Tasche und warf Orion einen Atlas zu. »Hier, da stehen alle unsere Nummern drin. Nein, versteck ihn nicht da«, ergänzte er, als Orion einen Schritt auf eine große blaue Kommode mit den kleinen Meerestierornamenten zumachte. »Versteck ihn im Schrank unter der Spüle!«

»Verstanden«, murmelte Orion und steckte ihn ein.

Ich runzelte die Stirn und fragte Darius stumm, ob alles in Ordnung war. Er nickte, aber sein Unterkiefer zuckte – er war sichtlich frustriert, dass ich wieder einmal versagt hatte. Obwohl ich weiterhin versuchen musste, die Schatten in Darius zu zerstören, verabscheute ich den Gedanken, sowohl ihn als auch Orion aufs Neue zu verletzen. Aber welche Wahl hatte ich?

Ich ging zu Darius und umarmte ihn. Dabei dachte ich an Tory und alles in mir schmerzte. Ich ließ nicht nur ihn im Stich, sondern auch sie. Ich wünschte nur, ich wüsste, was ich tun sollte.

Seth schloss sich unserer Umarmung an, schmiegte sich an Darius und wimmerte leise. »Wir werden eine Lösung finden«, sagte er, und ich wollte ihm glauben, das wollte ich wirklich. Ich musste herausfinden, was ich falsch machte, um es besser zu machen.

Seths Hand wanderte meinen Rücken hinab und landete auf meinem Hintern, den er fest drückte, während er Darius und mich näher an sich zog.

»Äh …«, begann ich, aber im nächsten Moment wurde er von einer Luftströmung erfasst und durch den Raum geschleudert. Er flog über einen Stuhl und sein Fuß verfing sich in einer Vase, die er gegen die Wand schmetterte, bevor er mit dem Gesicht voran gegen ein Fenster prallte.

Gabriel lachte sich kaputt, denn das war eindeutig genau das, was er bereits *gesehen* hatte.

»Was ist dein Problem?«, knurrte ich Orion an, während Seth aufsprang und zwei Holzspeere in seinen Händen formte.

»Komm schon, Arschloch!«, knurrte er. »Zeig mir, was du draufhast!«

»Seth«, warnte Darius, als Orion dem Wolf seine Zähne zeigte.

Ich stellte mich zwischen sie und funkelte Orion mit erhobenen Händen an, während sich auf meinen Handflächen Eissplitter bildeten. »Du willst kämpfen? Dann kämpf mit mir!«

»Ich kämpfe nicht mit dir«, fauchte Orion und versuchte, mir auszuweichen, um Seth ins Visier zu nehmen, aber ich stellte mich ihm erneut in den Weg.

»Wenn du etwas zu sagen hast, dann raus damit!«, forderte ich ihn auf, und Orions Augen blitzten wütend auf, als wir einander weiterhin anstarrten.

Die Stille zwischen uns dehnte sich aus, und mein Atem ging unregelmäßig, während ich darauf wartete, dass er endlich den Mund aufmachte. Er sah aus wie ein Raubtier auf der Jagd, aber ich würde ihm nicht zum Opfer fallen. Niemals. Nicht mehr.

Orion ließ die Hände fallen, schüttelte den Kopf und wandte sich mit hängenden Schultern von mir ab.

Gabriel stand mit einem Stirnrunzeln auf und warf einen Blick auf die Schiebetüren, die zum Pool führten. »Da kommt jemand. Wir müssen gehen.«

»Scheiße«, fluchte ich und rannte mit Gabriel und Seth in die Küchenzeile.

Als ich noch einen Blick über meine Schulter warf, sah ich, wie Darius eine Hand auf Orions Rücken legte und sie sich einen angespannten Blick zuwarfen, den ich nicht verstand.

»Ich bin am Montag wieder in der Schule«, erklärte Darius mit finsterer Miene.

»Ich habe ein paar Ideen, wie wir die Schatten loswerden können. Ich werde sie mit Darius besprechen«, sagte Orion, als würde er mit mir sprechen, aber er blickte nicht in meine Richtung.

»Schön«, sagte ich steif, während Seth meine Hand nahm und mich hinunterzog, um die Luke zu öffnen. In der Maserung des Holzes war eine schwache Markierung zu sehen, die aber kaum auffiel. Sie leuchtete auf, als ich sie berührte, woraufhin wir schnell hindurchschlüpften und die Luke hinter uns schlossen. Meine Brust zog sich zusammen, als wir in die Dunkelheit gingen.

Seth drückte meine Hand. »Vergiss ihn, Babe!«

»Er ist vergessen«, antwortete ich, als hätte mich sein Anblick nicht getroffen. Aber das hatte er. Und ich wusste, dass ich Orion erst an dem Tag vergessen würde, an dem die Sterne uns allen einen Gefallen tun und Lionel mit einem brennenden Meteoriten in Stücke reißen würden.

Na ja, man darf ja wohl noch träumen.

Scorpio
Gemini
Virgo
Aries
Cancer
Leo
Sagittarius
Taurus
Capricorn
Aquarius
Libra
Pisces

GERALDINE

KAPITEL 13

»Im Mondeslicht im blauen Küstensee, sang unser Narwal-Freund von seinem Leid, o weh: ›Mein letzter Wunsch auf Erden, ist es, geküsst zu werden.‹«

»Was ist das?«, fragte Angelica, während ich mein Liedchen als Geschenk für die Sterne in den Himmel sang – in der Hoffnung, uns nach einem langen Unterrichtstag etwas Glück zu bescheren.

Es war dunkel hier zwischen den Bäumen und niemand in der Nähe, um uns zu hören. Trotzdem hatte ich eine Stillekuppel gewirkt, um unser Voranschreiten zu verstecken.

»Nichts, liebste Angelica«, sagte ich. »Nur ein Ständchen, um die Sterne zu besänftigen – in dieser Nacht des großen A. N. U. S.-Rammens.«

»Bist du sicher, dass du bei diesem Namen bleiben willst?«, fragte Angelica mit diesem zweifelhaften Ton in der Stimme, den sie immer anschlug, wenn ich dieses Thema zur Sprache brachte.

»Angelica, meine Liebe«, begann ich seufzend. »Wird dies eine geheime, das Gesetz brechende, mehrere Formgebungen zusammenbringende Versammlung der großartigsten A. N. U. S.se, die du kennst?«

»Ja, aber …«

»Und werden wir diesen widerlichen M. O. E. S. E. N. nicht schon bald unsere Wahrheit in die Hälse rammen?«, fuhr ich fort.

»Ja. Aber …«

»Also ist es ein A. N. U. S.-Rammen, korrekt? Denn, so wahr mir der

Mond helfe, Angelica, ich kann mir keine einfachere Umschreibung für unsere noble Arbeit vorstellen.«

Sie schien kurz davor zu sein, weitere unsinnige Argumente vorzubringen, als wir um eine Biegung kamen und den Ort erreichten, an dem alles stattfinden sollte. Das erste offizielle A. N. U. S.-Treffen, seit dieses unwürdige Reptil seinen schuppigen Hintern auf den Thron meiner königlichen Damen gesetzt und ihn mit seiner abscheulichen Anwesenheit beschmutzt hatte.

Die Lichtung im Wimmernden Wald war der perfekte Ort für ein geheimes Treffen der treuesten Royalisten, die ich kannte, und heute Abend würden wir unsere Unterstützungsmission beginnen, in deren Verlauf unsere Ladys ihre Geburtsrechte zurückerlangen würden.

Ich stellte die Schachtel mit den buttrigen Bagels, die ich mitgebracht hatte, auf einen praktischen Baumstumpf und seufzte, als der süße Duft des Sieges mir in der Brise entgegenwehte.

Der Halbmond stand tief am Himmel, aber Justin war bereits eingetroffen, und wie ein fleißiger kleiner Mistkäfer verteilte er unermüdlich kleine Feuerkugeln in der Gegend.

»Hey, Grussy«, sagte er, sobald ich meine Stillekuppel erweiterte, um die gesamte Lichtung zu umschließen. Wie eine glückliche kleine Raupe lächelte er mich an.

»Was für ein grandioses Gehänge du doch hast«, lobte ich, und er öffnete und schloss mehrmals den Mund, bevor ich auf die Feuerkugeln zeigte, die er erschaffen hatte. Manchmal war er wirklich ziemlich schwer von Begriff.

»Oh … danke. Tatsächlich … wollte ich mit dir sprechen, Grussy«, sagte er und trat einen Schritt vor, während Angelica damit beschäftigt war, kleine Becher aus Eis zu formen, aus denen alle brav ihren Champagner trinken konnten. Es war schließlich ein Fest.

»Nun mach schnell, du Flatterwurm, ich habe viel zu tun und wenig Zeit«, sagte ich ungeduldig.

»Es geht um … unsere Vereinbarung«, erklärte er zögerlich und warf Angelica einen Blick zu, die wie eine neugierige Elster lauschte. Mit einem Keuchen warf ich eine zweite Stillekuppel, um sicherzustellen, dass mein größtes Geheimnis auch wirklich geheim blieb.

»Oh, was für ein Zeitpunkt, um so etwas zur Sprache zu bringen!«, rief ich. »An diesem wichtigsten aller Tage! Bei diesem wichtigsten aller Treffen! Während des A. N. U. S.-Rammens! Warum willst du mein A. N. U. S.-Rammen sabotieren?«

»Grussy«, drängte Justin, der meine Verzweiflung offenbar nicht zur

Kenntnis nahm. »Ich weiß, dass wir vereinbart haben, es bis zum Abschluss geheim zu halten und … uns umzuschauen.«

»Wo umschauen?«, fragte ich verwirrt.

»Ich meine … Du weißt schon … Wir haben entschieden, die Zeit vor unserer Ehe damit zu verbringen, sexuelle Beziehungen mit anderen einzugehen …«

Ich drückte meine Hand auf seinen vorlauten Mund und sah mich alarmiert um. Ich bemerkte, wie Angelica die Augenbrauen hochzog, obwohl sie uns nicht hören konnte. Aber sie hatte eine gute Intuition und mit dieser einzigen Augenbrauenbewegung signalisierte sie mir zweifellos, dass sie die Wahrheit herausgefunden hatte. Sie wusste, dass Justins Familie und meine Familie sich auf eine Verbindung geeinigt hatten. Sie wusste, dass wir beide nach dem Abschluss heiraten würden. Sie wusste, was wir vereinbart hatten und dass wir uns auch dafür entschieden hatten, unseren Rasen in der Zwischenzeit mit verschiedenen Schläuchen zu bewässern. »Uns umzuschauen« war eindeutig Justins äußerst verwirrende Art, zu sagen, dass ich Zeit damit verbrachte, den Schwertwal zu reiten, auf den Glücksfisch zu hüpfen, mich mit der glitschigen Seeschlange zu winden und den Lachs zu zähmen. Ja, diese Augenbraue verriet, dass sie nicht länger im Dunkeln tappte. Und jetzt würde die ganze Academy davon erfahren.

»Was in aller Welt bringt dich dazu, unseren Deal jetzt zur Sprache zu bringen, du quasselnde Qualle?«, fragte ich ihn ungläubig.

»Ich denke, dass wir aufhören sollten, uns mit anderen Leuten zu treffen. Wir könnten reinen Tisch machen«, entgegnete Justin, als wäre dies der richtige Ort für eine solche Ankündigung.

»Und du dachtest, jetzt wäre der beste Zeitpunkt, zu versuchen, Lady Petunia zu zähmen?« Ich schnappte nach Luft. »Gerade jetzt, wo ich sie für das Rammmanöver präpariert habe?«

»Deine Vagina ist präp…«

»Sir! Bitte sei nicht so ungehobelt. Ich kann diese Diskussion jetzt nicht führen. Und ich kann dem im Moment nicht zustimmen. Du kannst dem Rasen nicht mitten im Sommer mitteilen, dass er nur noch Regen schmecken soll. Mein Rasen muss auf mehr als nur eine Weise bewässert werden. Was ist mit dem Schlauch? Was ist mit dem brummigen Barrakuda?«

»Dem was?« Justin runzelte die Stirn und ich wurde rot, als mir Gedanken an meinen lieben, süßen, schlecht gezüchteten Riesenhai durch den Kopf schossen, und für einen Moment konnte ich nicht atmen.

Ich wurde gerettet, als der Rest der Allmächtigen Nationalen Union der

Souveränität zwischen den Bäumen auftauchte, und ich zog mich eilig zurück und löste die Stillekuppel über Justin und mir.

Ich hastete durch die Runde und vergewisserte mich, dass jeder einen Bagel aus meiner Schachtel ergatterte, bis in jeder Hand einer war – und auf jedem Gesicht der Ausdruck ehrfürchtiger Hingabe.

Ich wollte gerade anfangen, als Milton Hubert durchs Unterholz stapfte, ohne sich um seine Lautstärke zu kümmern.

»Setz dich, Milton«, ermutigte ich ihn und verzichtete darauf, einen Witz über Elefanten im Porzellanladen zu machen, obwohl mir der Gedanke kam und mir ein Schmunzeln auf die Lippen zauberte.

Er setzte sich neben eines von Justins winzigen Hängedingern, und ich keuchte auf, als das Feuer den prächtigen Ring erhellte, der nun von seinem Nasenansatz hing.

»Liebster Milton!«, rief ich, und meine Augen weiteten sich, als mir klar wurde, was das bedeutete. »Hast du dir eine Herde zugelegt?«

»Ich bin dabei«, sagte er stolz und hob sein Kinn, sodass sein Nasenring abermals im Licht erstrahlte. »Meine Familie hat sich im Sommer mit mehreren anderen Minotauren unterhalten, und am Wochenende habe ich alle anderen Bullen im Zentrum des Gelopian-Labyrinths geschlagen. Ich habe den Nasenring als Preis erhalten und werde mich bald mit einigen Kühen treffen, um meine Herde zusammenzustellen.«

»Oh, welch ein Freudentag!«, jubelte ich und umarmte ihn. »Wir müssen alle anstoßen, bevor das Rammen beginnt.«

Ich wandte mich ab, um mein Glas zu finden, aber während ich danach suchte, summte plötzlich mein Atlas in meiner Tasche.

Mit roten Wangen sah ich, dass Maxy-Boy auf dem Bildschirm aufblinkte.

Justin warf mir einen neugierigen Blick zu, und ich schaltete das Gerät schnell ab, bevor ich es wieder wegsteckte und mein Glas hob, damit es alle sehen konnten.

»Darauf, dass Milton seinen Nasenring bekommen hat!«, rief ich und Milton stampfte fröhlich mit dem Fuß auf, während alle ihr Glas zum Toast erhoben.

Wir nahmen einen Schluck von unseren Getränken und ich lächelte alle freundlich an, während die Bläschen in meinem Bauch kitzelten und ich voller Stolz auf die vielen verschiedenen und wunderbaren Formgebungen blickte, die alle an einem Ort versammelt waren.

»Es ist mir eine große Ehre, dieses gewissermaßen heimliche A. N. U. S.-Treffen abzuhalten – und das trotz der lächerlichen Gesetze des Halunken, der unseren holden Ladys die Krone gestohlen hat«, begann ich. »Ich bin so begeistert wie ein aufgeregtes Huhn, euch alle hier zu sehen. Wir alle haben uns über die ungeheuerlichen Einschränkungen hinweggesetzt, die er unserer Art auferlegen will. Und obwohl unsere Königinnen heute nicht hier sind, weiß ich, dass sie sich wirklich freuen würden, zu wissen, dass sich so viele hübsche Gesichter gegen diesen formgebungsfeindlichen Unsinn wehren.«

Unter den edlen A. N. U. S.-Mitgliedern ertönten Jubelrufe, und Stolz erleuchtete mich wie die Sonne die flauschigsten weißen Wolken.

»Wir alle hier sind vereint in unserem Glauben an die Blutlinie der Vegas. Wir stellen uns gegen Verfolgung, Ungleichheit und unwürdige Drachen-Schurken. Dies ist kein gewöhnliches Treffen der Allmächtigen Nationalen Union der Souveränität, sondern der Beginn der Rebellion.«

»Lang leben die Königinnen!«, rief Sofia, und weitere Teilnehmer stimmten ein, was mir ein Lächeln der größten Freude ins Gesicht zauberte.

»In der Tat!«, stimmte ich von ganzem Herzen zu. »Wir sind die Ersten, die das Licht sehen, und mein Vater hat noch mehr Gleichgesinnte unter den Massen gefunden. Lionel Acrux mag die Krone mit dunkler Magie und Täuschung gestohlen haben, aber seine Herrschaft wird nicht lange andauern. Er wird schon bald von unseren Ladys zerschmettert werden, und wir werden den Aufstieg der Vega-Blutlinie noch erleben. Wer schließt sich mir im Kampf gegen die M. O. E. S. E. N. an? Wer kämpft für das, was richtig ist?«

Freudige Rufe erklangen, und ich strahlte, als ich die volle Kraft des A. N. U. S.-Rammens spürte, das sich um mich herum aufbaute.

Ich öffnete den Mund, um weiterzureden, aber bevor ich dazu kam, spürte ich, wie ein magischer Druck auf die Schutzzauber einwirkte, die ich errichtet hatte, um unerwünschte Einfaltspinsel von unserem edlen Treffen fernzuhalten. Unruhig drehte ich mich um und suchte den Wald nach Hinweisen auf den Eindringling ab.

Ich hob die Hände und wehrte mich gegen die Magie, die versuchte, meine eigene zu durchbrechen. Ein Stöhnen entwich mir, als der Halunke, der uns hier überrascht hatte, rohe Gewalt anwendete und damit meine Schutzzauber durchbrach.

»Wir werden angegriffen!«, rief ich und spähte in die Dunkelheit. In dem Moment sah ich einen weißen Blitz auf uns zurasen.

Ich beschwor einen Speer in meine Hände, um mich zum Kampf zu rüsten, und auch die anderen A. N. U. S.-Mitglieder standen mir tapfer und unerschütterlich im Angesicht des drohenden Untergangs zur Seite.

»Gerry?«, rief Maxy-Boy, und obwohl ich einem Erben absolut nicht trauen sollte, machte sich ein Gefühl der Erleichterung in mir breit.

»Was fällt dir ein, in eine private Sitzung einzudringen, du missmutige Muschel?«, antwortete ich und schnappte nach Luft, als er auf dem Rücken eines stattlichen weißen Werwolfs durch die Bäume brach. Er sah wie ein Ritter aus, der herbei galoppiert kam, um uns alle zu retten.

»Die M. O. E. S. E. N. kommen«, rief er. »Wir haben Highspell belauscht. Sie hat von eurem Treffen erfahren und euch verpfiffen. Ihr müsst abhauen.«

Ich drückte mir die Hand aufs Herz und sah mich um. Die A. N. U. S. war bereit, zu kämpfen, wenn es nötig sein sollte.

»Haben wir noch Zeit, um zu fliehen?«, fragte ich, als Seth vor mir zum Stehen kam und Maxy-Boy von dessen Rücken auf mich herabblickte – shirtlos und schlüpfrig, was mich für einen Moment aus der Fassung brachte.

»Ja. Wenn sich jetzt alle aufteilen. Ich habe einen Fluss gewirkt, um sie aufzuhalten, aber meine Magie wird nicht mehr lange anhalten, und Nova wird euch alle von der Academy werfen, wenn sie euch erwischt«, brummte er, und ich bemerkte die Anspannung in seinen Muskeln. Ich erkannte, dass er tatsächlich mächtige Magie einsetzte, um uns in unserer Stunde der Not zu helfen.

»Ihr habt den Mann gehört!«, rief ich. »Verschwindet! Begebt euch in die Lüfte, aufs Land und aufs Meer, verschwindet von hier, bevor diese hirnlose Puppe und ihr Trupp von M. O. E. S. E. N. über uns herfallen!«

Die Anwesenden setzten sich in Bewegung, viele von ihnen wechselten die Gestalt, gruppierten sich in ihren Formgebungen und verschwanden in der Nacht. Die fliegenden Formgebungen erhoben sich in den Himmel, und die liebe Angelica hielt inne, um alle verbliebenen Kleidungsstücke mit ihrem Drachenfeuer zu verbrennen, bevor sie ihnen folgte.

»Komm schon, Grussy«, drängte Justin, während er seine kleinen Hängelichter löschte und sein Hemd abstreifte, um sich in seine Zerberus-Form zu verwandeln. Ich wusste, dass ich mit ihm gehen sollte, aber Maxy-Boy streckte mir die Hand entgegen, und in einem Moment der Verrücktheit wollte ich sie ergreifen.

Meine Unentschlossenheit ließ mich erstarren, und Highspells Stimme rief durch die Dunkelheit: »Ich will, dass jeder, der hier angetroffen wird, für ein Zyklopen-Verhör festgehalten wird! Wenn wir beweisen können, dass sie sich heimlich getroffen haben, können wir sie dem König melden!«

»Verschwindet, ihr Narren!«, zischte ich, verpasste Seth einen Klaps auf seinen haarigen Hintern und winkte sie alle fort, während ich mich der Lichtung zuwandte und mit Erdmagie neue Vegetation über die letzten

Beweise wachsen ließ.

Justin wimmerte, bevor er in den Wald floh, wie ich es verlangt hatte, und Seth rannte heulend davon.

Ich entriss meinem Körper noch mehr Macht, um jeden Beweis mit Grünzeug überwuchern zu lassen. Dann hörte ich Mildreds abscheuliche Stimme, als diese mich entdeckt hatte.

»Ich sehe jemanden!«, kreischte sie, während ihre hässliche Visage zwischen den Bäumen sichtbar wurde. Mit Knopfaugen funkelte sie mich an.

»Für die wahren Königinnen!«, rief ich und warf die Hände in die Luft, wodurch sich unter ihren Füßen ein riesiger Krater bildete, in den sie wie ein Stück Scheiße in der Toilette stürzte.

Ich war fest entschlossen, mich zu wehren und sie dafür büßen zu lassen, dass sie sich für den Drachen-Betrüger und gegen meine Ladys entschieden hatte, aber plötzlich wurde ich in einem Wirbelwind aus Luftmagie von den Füßen gerissen und die Welt um mich herum geriet völlig durcheinander.

Ich landete in starken Armen und mein Herz machte einen Sprung, als ich mich an meinem Maxy-Boy festhalten sah, während Seth unter uns herlief. Die beiden hatten kehrtgemacht, um mich zu holen, und Seth heulte vor Freude, als wir durch die Bäume rasten.

»Ich bin bei dir, Gerry«, flüsterte er an meinem Ohr.

»Oh, du kluger Kraken«, schnurrte ich. Entspannt schmiegte ich mich an ihn, während wir uns von den M. O. E. S. E. N. weg in Richtung King's Hollow entfernten.

Er gluckste hinter mir, während er mich festhielt, und obwohl er ein Erbe und ein Gauner war, musste ich lächeln. Für einen Mann, der behauptete, die wahren Königinnen nicht zu unterstützen, hatte er sich gerade einem großen Risiko für uns ausgesetzt, und das bedeutete mir mehr, als er je erfahren würde.

Vielleicht steckte also mehr in ihm, als auf den ersten Blick zu erkennen war. Er hatte sich gerade mit den Anhängern der königlichen Linie solidarisiert. Und vielleicht bedeutete das, dass es doch noch Hoffnung für ihn gab.

Scorpio
Gemini
Virgo
Cancer
Libra
Leo
Taurus
Capricorn
Sagittarius
Aquarius
Libra
Pisces

Darius

KAPITEL 14

Nach einer langen Schulwoche brachte uns der Sternenstaub in die Hofanlage direkt vor den Palasttoren, und ich tauschte einen Blick mit meinem Bruder, der mehr sagte als tausend Worte. Wir hatten bereits unsere Pokerfaces aufgesetzt, die kalten Masken, die der Name Acrux von uns verlangte. Aber als die Reporter uns entdeckten, wollte ich meine Position noch weniger als je zuvor. Ich hasste dieses Erbe. Ich wünschte, ich könnte meine Abstammung von meinem Körper abtrennen wie etwas Verrottetes. Und ich wünschte mir mehr als alles andere, nicht so viel von meinem Vater in mir zu tragen. Wenn ich nicht so gewesen wäre, wenn ich stärker gewesen wäre und gewillter, meine eigenen Entscheidungen zu treffen und an meinen Überzeugungen festzuhalten, dann wäre vielleicht nichts von dem passiert, was Roxy von mir weggedrängt hatte. Vielleicht hätte sie mich während unseres Göttlichen Moments dann nicht abgelehnt. Vielleicht hätte ich den ganzen Mist dann nicht verdient, den mir die Sterne entgegenschleuderten.

Ich hatte aufgehört, zu zählen, wie oft ich davon geträumt hatte, jene Nacht verändern zu können. Und von dem Mann, der ich für sie gewesen wäre, wenn sie mir die Chance gegeben hätte, mich zu beweisen. Aber einige Dinge hatte jene Nacht in mir hervorgebracht, die ich nicht missen wollte. Denn sie an den Mann zu verlieren, der seine Gene für meine Schöpfung zur Verfügung gestellt hatte, war der Tropfen, der das Fass zum Überlaufen gebracht und alle noch verbliebenen Bande zu ihm zerrissen hatte. Jede Loyalität, an der ich mich festgehalten hatte – genau wie der Wunsch, ihm zu gefallen und ihn stolz zu machen –, war mit jeder Sekunde, die seitdem vergangen war, schwächer geworden.

Was er ihr jetzt antat, ließ meinen Hass nur noch stärker brennen und meinen Durst nach seinem Tod wachsen. Wenn seine Zeit gekommen war, würde es blutig, brutal und qualvoll sein. Und selbst dann wäre es nicht Strafe genug für das, was er verursacht hatte. Aber ich würde jeden verdammten Moment genießen – egal, ob es in einem Augenblick geschah oder ob ich Monate Zeit hatte, um ihn langsam auseinanderzunehmen.

Ich ging mit Xavier an meiner Seite weiter und versuchte, die Blitzlichter der Kameras zu ignorieren, während uns unentwegt Fragen gestellt wurden – in der Hoffnung, ein paar Zeilen für die voreingenommenen Klatschblätter zu ergattern, für die sie berichteten.

»Fühlt Ihr Euch im Palast wohl?«

»Wie findet Ihr das neue Regime Eures Vaters?«

»Stimmt es, dass Lionel eine Trennung der Formgebungen im ganzen Königreich in Betracht zieht?«

»Glaubt Ihr an die Vision Eures Vaters für ein neues Solaria?«

»Prinz Darius, könnt Ihr uns sagen, wie es sich anfühlt, der nächste in der Thronfolge zu sein?«

Das brachte mich aus dem Konzept, und ich warf einen Blick auf Gus Vulpecula, den hinterhältigen kleinen Fuchswandler, der es immer schaffte, die Geschichte zu bekommen, die er wollte – egal, wie losgelöst seine Fakten von der Wahrheit waren.

»Wie hast du mich gerade genannt?«, knurrte ich, unfähig, mich zu beherrschen, obwohl Xavier ein leises pferdeartiges Schnauben ausstieß. Beim letzten Mal, als mich jemand einen Prinzen genannt hatte, war ich noch gnädig gewesen, aber ich wollte nicht, dass sich das herumsprach. Ich war ein Erbe, genau wie meine Brüder, und ich hatte nicht die Absicht, mich über sie zu erheben.

»Prinz Darius«, erwiderte Gus mit einem verschlagenen Lächeln, das verriet, dass er mich genau dort hatte, wo er mich haben wollte. »Euer Vater ist der König. Seine Erben wurden ebenfalls mit dem Fünften Element gesegnet, also ist es nur logisch, dass Ihr jetzt mächtiger seid als die anderen Erben. Genauso wie Euer Vater mächtiger ist als die Celestia-Ratsmitglieder. Es ist also eine einfache Annahme, dass sie einen Rat zu Eurer Unterstützung bilden werden, während Ihr nach Eurem Vater auf dem Thron sitzt, nicht wahr?«

Ein leises Knurren entrang sich mir bei dem Gedanken, dass ich meine Brüder so verraten könnte. Xavier trat einen Schritt vor, setzte ein falsches

Lächeln auf und verhinderte damit, dass ich Gus den Kopf abriss.

»Im Moment gewöhnen wir uns einfach an die Tatsache, dass Vater der König ist. Wir denken nicht im Geringsten daran, dass Darius oder sonst jemand seinen Platz einnehmen könnte, also sollten wir uns vielleicht erst einmal auf die gegenwärtige Situation konzentrieren, nicht wahr?«

Xavier schubste mich an, damit ich mich wieder in Bewegung setzte, und ich warf Gus einen bösen Blick zu, während er grinste, als hätte er gerade einen Punkt gemacht. Ich versprach ihm im Geiste einen schrecklichen Tod, wenn er mich weiterhin so bedrängte.

Die goldenen Tore des Palastes der Seelen öffneten sich, und eine verdammte Pferdekutsche hielt vor uns, um uns zum eigentlichen Palast zu bringen. Es war ein langer Weg, aber dieser Scheiß wirkte auf mich immer unnötig.

Xavier fing meinen Blick auf und verdrehte die Augen, ohne dass es jemand sehen konnte. Von Blitzlichtgewitter begleitet hüpfte ich geschlagen in das verdammte Ding.

Ich warf eine Stillekuppel über uns und seufzte laut, als wir losfuhren. »Ich weiß nicht, wie viel ich davon noch ertragen kann«, knurrte ich, während meine Handflächen heiß wurden, als mein Feuerelement an die Oberfläche meiner Haut wanderte.

»Ich weiß. Ich hasse es auch, ihn besuchen zu müssen, aber Mom ist hier ganz allein mit ihm, und ich mache mir Sorgen um sie«, sagte Xavier und erinnerte mich damit daran, dass ich eine weitere Person im Stich ließ, die mir wichtig war.

»Ich fühle mich so verdammt nutzlos. Warum gelingt uns aber auch so rein gar nichts?«, fragte ich bitter. »Wohin ich auch sehe, werden Fae, die ich liebe, von diesem Monster verletzt, und wir können uns nicht einmal öffentlich gegen ihn stellen. Er hat mich im Griff, und je länger das so weitergeht, desto rücksichtsloser werde ich. Vielleicht sollte ich einfach in den Palast gehen, mich auf seinen Psychoarsch stürzen und ihn in zwei Hälften beißen, bevor er überhaupt merkt, was passiert.«

»Du weißt, dass es nicht so ablaufen würde«, sagte Xavier traurig. »Tory würde dazwischengehen, genau wie Clara, und dann ...«

»Ich weiß«, entgegnete ich schnippisch und hasste mich dafür, dass ich mich jetzt auch noch wie ein Arschloch benahm, aber dieses nutzlose Gefühl trieb mich dazu, die schlechteste Version meiner selbst zu sein.

Xavier legte eine Hand auf meinen Arm, und ich seufzte, während ich mich zwang, mich zusammenzureißen.

Die Kutsche hielt vor dem Palast, und wir stiegen aus und betraten das Gebäude, nachdem zwei Pförtner die Türen weit geöffnet hatten. Wir folgten dem Butler meines Vaters, Jenkins, der eine formelle Begrüßung vorgebracht hatte.

Bei den Sternen, ich hasste diesen alten Bastard. Er hatte so viel von dem mitbekommen, was unser Vater uns über die Jahre angetan hatte, und ich könnte schwören, dass er sich daran aufgeilte oder so. Sein ausdrucksloses Gesicht verriet nicht die geringste Emotion, aber mehr als einmal, wenn er mich nach einer von Vaters Prügelorgien blutend auf dem Boden gefunden hatte, war da dieses wilde Leuchten in seinen Augen gewesen. Ich hatte ihn nie um Hilfe bitten können, dessen war ich mir immer bewusst gewesen. Es war mir schleierhaft, womit mein Vater sich diese unerschütterliche Loyalität verdient hatte. Vielleicht war es nichts weiter als Bewunderung für das kranke und sadistische Wesen, das die Verantwortung für meine Zeugung trug. Was auch immer es war, ich wünschte ihm nichts als Schlechtes.

Schließlich erreichten wir den weitläufigen Thronsaal, und ich musste mich zwingen, nicht zu reagieren, als ich Vater auf dem dunklen Steinthron sitzen sah, der mit fünfzig Hydraköpfen geschmückt war, die für die Formgebung des Grausamen Königs standen.

Roxy saß wie ein Hündchen auf der Stufe neben seinen verdammten Füßen und trug ein schwarzes, wallendes Kleid. Der Drache in mir wand sich vor Zorn. Sie zuckte ein wenig zusammen, als sie mich entdeckte, und mit knirschenden Zähnen versuchte ich, meine Wut zu unterdrücken.

Clara saß auf der Armlehne des Throns, streichelte Vaters Haare und küsste seinen Hals, während er sie kaum zu bemerken schien. Seine kalten Augen waren auf Xavier und mich gerichtet, als wir uns näherten. Mom stand auf der anderen Seite in einem smaragdgrünen Kleid, perfekt geschminkt wie immer, mit diesem Plastikpuppen-Gesichtsausdruck, den ich so sehr hasste. Lance' Mutter Stella stand neben ihr, ganz in Schwarz, wie eine Gothic-Barbie-Puppe, und mit einem grausamen Lächeln auf den Lippen, während sie Xavier und mich aufmerksam beobachtete.

»Ernsthaft?«, knurrte ich, sobald Jenkins den Raum verlassen hatte und die Tür hinter ihm ins Schloss gefallen war. »Reicht es nicht, den Thron zu beanspruchen? Musst du dir auch noch eine Vega vor die Füße setzen?«

»Nun, ich könnte sie meinen Schwanz lutschen lassen, wenn du denkst, dass das nicht ausreicht«, antwortete Vater mit einem grausamen Lächeln auf den Lippen, und es kostete mich all meine Selbstbeherrschung, nicht auf ihn loszugehen. Ich kochte vor Wut. »Würde dir das gefallen, Roxanya?«

Roxy hob den Kopf, um ihn anzusehen, blinzelte langsam und zuckte mit einer Schulter. Mein Mädchen hätte ihm dafür, dass er auch nur daran dachte, einen verdammten Tritt in die Eier verpasst. Es war schrecklich, sie so verdammt teilnahmslos zu sehen. Zumindest konnte ich froh sein, dass sie nicht zu begeistert zu sein schien, obwohl sich mein Magen bei dem Gedanken daran zusammenzog, dass er sie dazu bringen würde.

Clara zischte wie eine Schlange und bewegte ihre Hand besitzergreifend über Vaters Brust. »Daddy fickt die Hure nicht«, knurrte sie, und Stella schnalzte mit der Zunge und kniff die Augen zusammen. »Ich bin sein Liebling. *Ich* bin diejenige, die ihm auf diese Weise Gefallen bereiten darf.«

Es fühlte sich an, als würde sich meine Lunge bei diesen Worten entspannen, und Erleichterung durchströmte mich. Ich hatte mich selbst verrückt gemacht, indem ich mich jede Nacht gefragt hatte, ob er sie dazu zwang, ihm ihren Körper zu geben. Ich hatte mich so unglaublich tief verabscheut, weil ich sie nicht hatte retten können. Das war meine größte Angst gewesen, seit sie in seiner Gewalt war, und obwohl ich wusste, dass sie trotzdem etliche Grausamkeiten von ihm ertragen musste, war es eine enorme Erleichterung, dass er sie nicht vergewaltigte.

Ich schluckte schwer gegen die Emotionen an, die in mir hochkochten, als ich hilflos in Roxys Richtung sah. Der Drang, sie einfach zu packen und weit weg von diesem Ort zu bringen, war überwältigend. Ich würde alles dafür geben, sie einfach hochzuheben und mit ihr im Arm losrennen zu können, bis Solaria nur noch eine ferne Erinnerung an einen Albtraum wäre, dem wir entkommen waren. Bis ich endlich wüsste, dass sie in Sicherheit war.

»Fürs Erste«, fügte Vater trocken hinzu. »Mir ist bewusst geworden, dass die arme Roxanya mit dem neuen Regime Schwierigkeiten haben könnte. Da Kreuzungen verboten sind und es derzeit keine männlichen Phönixe gibt, kann sie sich nicht fortpflanzen. Ich habe in Betracht gezogen, eine Ausnahme für fast ausgestorbene Formgebungen wie die ihre zu machen. Und natürlich wäre ein Drache mit unserer Feuergabe, der Fähigkeit, zu fliegen, und unserer immensen Kraft ihr am ebenbürtigsten. Ein Kind, das eine der beiden Formgebungen erbt, wäre in jedem Fall mächtig, trotz seines gemischten Blutes.«

»Du kannst doch nicht ernsthaft darüber nachdenken, sie ein Kind austragen zu lassen«, rief Xavier, und ich versteifte mich, als Vaters hasserfüllter Blick auf ihn fiel.

»Pass auf, was du sagst, Kümmerling!«, zischte er. »Ich habe noch nicht entschieden, was ich mit Anomalien wie dir machen werde. Du besitzt

Drachenblut, das so rein ist wie Quellwasser, und trotzdem verwandelst du dich in ein verdammtes Pferd.«

Clara kicherte laut, und in Mutters Augen schimmerten die Emotionen, die sie nur mühsam zurückhielt. Aber Xavier trug den Kopf hocherhoben und nahm die Beleidigung hin wie ein Fae. Jeder konnte sehen, wie verdammt mächtig er in jeder Hinsicht war, und Vaters Schwachsinn konnte daran nichts ändern.

»Ich habe ein paar Möglichkeiten für dich, aber natürlich kann ich es nicht riskieren, eine Drachin mit guter Abstammung an dich zu verschwenden. Schließlich könntest du diese … Krankheit weitervererben. Also wirst du fürs Erste allein bleiben.«

Keiner von uns antwortete darauf, wahrscheinlich, weil wir einfach nur erleichtert waren, dass er keine verdammte Mildred gefunden hatte, an die er Xavier ketten konnte. Noch nicht.

Mutters Augen waren schmaler geworden, aber sie öffnete nicht den Mund und bewegte sich keinen Zentimeter. Ich fragte mich, ob Vater sie erneut mit Dunkler Manipulation unterdrückt hatte. Nein, ich brauchte mir diese Frage nicht zu stellen – ich wusste, dass der alte Bastard es ohne zu zögern getan hätte.

»Aber um deine Frage zu Roxanyas Fortpflanzungsmöglichkeiten zu beantworten: Ich bin noch unentschlossen. Vielleicht möchtest du ja die Bälger zeugen, Darius? Schließlich ist dein Blut nicht verunreinigt, und ich habe nichts dagegen, dass du Bastarde in die Welt setzt, solange du auch mit Mildred gute Drachenerben hervorbringst. Ich bin sicher, dass Roxanya dir entgegenkommen würde, wenn ich es ihr befehle. Oder nicht?«

Roxy richtete ihre dunklen Augen auf mich, und es war nicht zu übersehen, dass sie bei dem Gedanken daran erschauerte. Mein Herz zog sich zusammen, als ich das sah. Was hatte er getan, dass sie mich so fürchtete? Warum zuckte sie zusammen und wich vor mir zurück, als erwartete sie einen Angriff von mir?

»Du vergisst, dass die Sterne uns voneinander fernhalten«, fuhr ich ihn an. »Selbst wenn du uns dazu zwingen wolltest, würden die Sterne das niemals zulassen.«

»Du hast recht.« Vater seufzte, lehnte sich auf seinem Thron zurück und umklammerte die Köpfe der steinernen Hydras, die die Lehnen des Stuhls bildeten. »Wenn ich mich entscheide, diese Idee in die Tat umzusetzen, muss ich die Biester wohl selbst zeugen.«

Clara knurrte laut und Schatten erhoben sich im Raum, als sie sich auf

Roxy stürzte, als hätte sie selbst diesen Vorschlag gemacht. Doch Vater schaffte es, ihren Arm zu packen und sie aufzuhalten.

»Ich habe noch keine Entscheidung getroffen, meine Liebste«, sagte er bestimmt. »Du bist nach wie vor mein Liebling. Aber das wirst du nicht mehr sein, wenn du mein Haustier angreifst.«

»Ich kann dir Bastarde schenken, wenn du sie willst, Daddy«, meinte sie eifrig, und er lachte kalt, bevor er sie zur Seite schob und sich von ihr abwandte.

»Was soll ich mit Vampir-Bastarden anfangen? Deine Formgebung ist so gewöhnlich wie Kohle und viel weniger wert. Außerdem trägst du nichts als Dunkelheit in dir, Clara. Ich kann mir gut vorstellen, dass du ohnehin unfruchtbar bist.«

Claras Gesicht verzog sich vor Schmerz, und sie brach in Tränen aus, bevor sie aufstand und sich in einem Meer aus Schatten von uns entfernte. Sie rannte die Treppe an der Seite des riesigen Thronsaales hinauf; ihr Schluchzen hallte noch lange zu uns zurück.

Lange Zeit sagte niemand etwas, und ich hatte fast Mitleid mit Clara. Nicht, dass sie für ihre Beteiligung an all dem Bösen, das mein Vater über Solaria gebracht hatte, weniger als einen qualvollen Tod verdient hätte. Aber manchmal fragte ich mich, ob noch etwas von Orions Schwester in ihr steckte. Vor allem, da ich so sicher war, dass auch Roxy noch in dem leeren Gefäß steckte, das ich vor mir sah. Aber mein Mädchen hatte nicht Jahre allein im Schattenreich verbracht, sodass es viel wahrscheinlicher war, dass sie unter der korrumpierten Hülle noch immer im Wesentlichen sie selbst war.

»Ich werde sie später beruhigen, Hoheit«, meinte Stella lächelnd, während sie um den Thron herumtrat, die Stufen erklomm und schließlich Claras Platz an der linken Seite meines Vaters einnahm. Sie streckte die Hand aus, um seinen Arm zu berühren, und der Blick, den er ihr zuwarf, verleitete mich zu der Frage, ob er sie trotz der Art und Weise, wie er sie neulich hatte abblitzen lassen, immer noch vögelte. *Verdammt noch mal!*

»Ich habe euch nicht herbestellt, um diese fesselnde Diskussion zu führen«, sagte Vater, nachdem Claras Schluchzen verklungen war. »Heute möchte ich damit beginnen, Solaria von all seinen Problemen zu befreien. Und die Sterne haben mich auf die erste und wichtigste Sache hingewiesen, die meine Aufmerksamkeit erfordert.«

»Vor uns brauchst du deinen Sternenquatsch nicht abzuziehen«, sagte ich mit leiser Stimme und funkelte ihn an. »Wir alle wissen, dass du lediglich ein psychotischer Größenwahnsinniger bist, der so versessen auf Macht ist, dass du alles tun würdest, um sie an dich zu reißen.«

»Du wirst den König nicht so respektlos behandeln!«, rief Stella, aber Vater brachte sie mit einem Kopfschütteln zum Schweigen.

Vaters Finger krümmten sich zu einer Faust, während er mich anstarrte, aber anstatt mich selbst zu ohrfeigen, wie ich es erwartet hatte, nickte er Roxy einmal zu, die sofort aufstand.

Schatten trübten ihre Augen, bis ich darin nur noch Schwarz sah. Ein dichter Nebel dunkler Macht erhob sich um sie herum.

»Bitte nicht«, flehte Xavier und versuchte, sich vor mich zu stellen, aber ich schnippte mit den Fingern und erschuf ein Lasso aus Wassermagie, um ihn von mir wegzuziehen, bevor sie angreifen konnte.

Er hatte zwar drei Elemente, aber bisher nur wenig Kontrolle über sie – es war ihm also unmöglich, meine Magie abzuwehren.

Die Schatten, die Roxy auf mich abschoss, trafen mich genau in der Brust. Ich grunzte, wehrte mich aber nicht, sondern nahm den Schmerz, den sie mir zufügte, schweigend hin. Es war mir egal, was mit mir geschah. Ich wollte nur eins: alles tun, um sie vor ihm zu retten.

Dunkelheit verschleierte meine Sicht, als der Schmerz von tausend inneren Wunden meinen Körper erfüllte, und ich ging auf ein Knie, während ich darum kämpfte, bei Bewusstsein zu bleiben.

Gerade als ich sicher war, dass ich vor Schmerz ohnmächtig werden würde, landete eine Faust in meinem Gesicht. Ich wurde auf den Rücken geworfen, bevor ein schwerer Stiefel immer wieder gegen meine Seite und auch in mein Gesicht krachte.

Ich fluchte, während ich die Zähne gegen den Angriff meines Vaters zusammenbiss, und rollte mich auf die Seite, als Roxy die Schatten aus mir zurückzog.

»Heile ihn und sorge dafür, dass er vorzeigbar ist, bevor ihr euch uns auf dem Balkon anschließt!«, rief Vater aus vermeintlich weiter Ferne. Vor Schmerz stöhnend, bewegte ich mich auf Hände und Knie und spuckte eine ganze Ladung Blut. Ich hörte das Verhallen von mehreren Schritten und Stellas Gemurmel darüber, dass ich Respekt zu lernen hatte.

Eine weiche Hand ergriff mein Kinn, und als ich den Blick hob, sah ich Roxy vor mir – nicht Mom. Sie neigte neugierig den Kopf zur Seite, während heilende Magie aus ihren Fingern in meine Haut strömte.

»Erinnerst du dich wirklich an nichts?«, fragte ich, während der Geschmack meines eigenen Blutes auf meinen Lippen zurückblieb.

Ich sank vor ihr auf die Knie, denn ihre Berührung weckte jeden

Schmerzsplitter in mir erneut zum Leben. Aber als ich genauer hinsah, verriet nichts in ihrem Gesichtsausdruck, dass sie mich überhaupt kannte.

»Was meinst du?«, fragte sie mit kalten Augen und ausdruckslosem Gesicht. Abgesehen von den ängstlichen Blicken, die sie manchmal in meine Richtung warf, bekam ich nichts von ihr zu sehen. Und das war irgendwie schlimmer, als wenn sie auf offensichtliche Weise gebrochen gewesen wäre. Es fühlte sich an, als wäre sie nicht mehr sie selbst. Als wäre jeder sture, aufbrausende, abstoßende, süchtig machende, köstliche, wunderschöne Teil von ihr verschwunden. Als hätte sie genauso gut tot sein können. Und ich war derjenige, der sie getötet hatte. Vater kontrollierte sie eindeutig auch mit Dunkler Manipulation, nicht nur mit den Schatten. Und was auch immer er mit ihr gemacht hatte, um sie dazu zu bringen, mich zu fürchten, ich hatte keine Möglichkeit, es zu bekämpfen.

»Uns«, flüsterte ich, ergriff ihre Hand, als sie sie gerade zurückziehen wollte, und drückte ihre Finger an meine Wange, als könnte ich sie dazu zwingen, es zu fühlen, wenn ich sie einfach dort festhielte.

Sie versteifte sich, aber tat nichts, um mich aufzuhalten, während sie vor mir kauerte und mich intensiv musterte. Ich versuchte nicht, etwas vor ihr zu verbergen, sondern zeigte ihr jeden Aspekt meiner gebrochenen Seele, weil sie ohnehin ihr gehörte.

»Ich erinnere mich …« Für einen Moment war es, als würde sich eine Wolke von der Sonne wegbewegen. Als würde das Licht in ihr ungehindert scheinen können. Aber ich sah es kaum, bevor Schatten über ihre Augen fegten und sie sich mit einem scharfen Atemzug zurückzog. Mit einem kaum sichtbaren Zusammenzucken stand sie wieder auf und blickte dann auf mich herab. »Ich erinnere mich an all die Gründe, dich zu hassen. Und du hast Glück, dass mein König dich nicht tot sehen will, sonst würde ich dafür sorgen.«

»Du hasst mich nicht, Roxy«, knurrte ich, während ich ebenfalls aufstand. Aber als ich einen Schritt auf sie zu machen wollte, stellte ich fest, dass sie meine Füße am Boden festgefroren hatte.

Der Kronleuchter über unseren Köpfen klirrte laut. Ein Erdbeben erschütterte das Fundament des Palastes, weil wir allein gelassen worden waren, aber das war mir scheißegal. Ich musste mit ihr reden, und dieses Mal hatten die Sterne kein Mitspracherecht.

»Nein, ich hasse dich nicht«, stimmte sie zu, und ich schluckte schwer, als sie sich mir näherte und die Stiefelabdrücke meines Vaters von meinem Hemd wischte, bevor sie es für mich in meine Hose steckte. Ich atmete tief ein, als sie die Falten über meinen Schultern glättete und dann mit ihren Fingern über mein Kinn strich, während sie das Blut dort mit ihrer Wassermagie wegwusch. Sie ließ ihren dunklen Blick kritisch über mich gleiten und ging auf Zehenspitzen, um ihre Finger in meine Haare zu schieben. Der Schmerz in meinem Herzen entlockte mir ein Knurren und ich ließ meine Hände zu ihrer Taille gleiten, um sie an mich zu ziehen. »Du bist mir gänzlich egal.«

Ich erstarrte, als ich die Kälte dieser Worte spürte, und sie war verschwunden, bevor ich wirklich begriff, wie ernst sie es gemeint hatte. Das war die Wahrheit gewesen. Die nackte, brutale Realität der Person, die sie jetzt war. Sie kümmerte sich um nichts. Nicht um mich, nicht um Darcy, nicht um ihre Freunde und auch um sonst nichts. Außer dem verdammten Tier, das ihr den Thron gestohlen hatte, war ihr niemand wichtig.

Mein Blut schoss heiß und wütend durch meine Adern, und mein Herz brach erneut für sie. Aber ich hatte nicht den Luxus, die grausamen Worte zu verarbeiten, denn sie wickelte einen Strang aus Luftmagie um mein Handgelenk und zerrte mich hinter sich her zur Tür hinaus.

Der Kronleuchter beruhigte sich, als ich ihr folgte, und ich hatte Mühe, meine Maske wieder in Position zu bringen, während sie mich durch den Palast und einen langen Korridor in Richtung Westflügel führte.

»Wohin gehen wir?«, fragte ich, als sie keine Erklärung abgab. In den Fluren wuselten zahlreiche Mitarbeiter umher, sodass uns die Sterne zumindest für den Moment in Ruhe ließen.

»In den Audienzsaal«, antwortete Roxy kurz angebunden, ohne mich auch nur eines Blickes zu würdigen. »Mein König hat eine Ankündigung an seine Untertanen zu machen.«

»Was ist mit den Sälen und Ballräumen in diesem Teil des Palastes?«, murmelte ich, hauptsächlich, weil ich mir wie ein Trottel vorkam und sie verdammt noch mal mit mir reden sollte.

»Seit mein König den Palast in Besitz genommen hat, haben sich einige der Räume und Flügel selbst verriegelt. Bisher hatte er noch keine Gelegenheit, die Zaubersprüche zu finden, mit denen man sie wieder öffnen kann«, antwortete sie ohne jegliche Gefühlsregung in der Stimme.

»Warte – willst du mir sagen, dass der Palast sich selbst vor ihm verschlossen hat?«, fragte ich, und meine Stimmung hob sich bei dem Gedanken daran.

»Zum Teil«, antwortete sie. »Und für den Moment.«

Ein Grinsen huschte über mein Gesicht, als sie mir dieses Fünkchen Wahrheit schenkte, und ich speicherte es ab, während ich mich fragte, ob es eine Möglichkeit gab, dies gegen ihn zu verwenden. Der Palast war eindeutig mit einem Zauber belegt worden, um ihn vor Thronräubern zu schützen, und da ich mir sicher war, dass Darcy während ihres Aufenthalts hier keine Probleme dieser Art erlebt hatte, musste ich hoffen, dass hier etwas im Gange war, das sich speziell gegen meinen Vater richtete.

Wir erreichten eine schwere Holztür, und Roxy blickte kurz in meine Richtung, bevor sie sie aufstieß, hindurchtrat und mich hinter sich herzog.

Ich folgte ihr und bemühte mich, meine Gesichtszüge zu kontrollieren, während ich auf einen Balkon trat, auf dem Vater vor einer ganzen Horde von Anhängern stand, die ihn in einem riesigen Saal mit weißen Säulen an der Längsseite anfeuerten.

Mithilfe ihres Zaubers zog sie mich zu Mom, Stella und Xavier, die hinten auf dem weißen Steinbalkon standen und zusahen. Ich stand so nah bei ihr, dass sich unsere Arme berührten.

Ich sah auf das Mädchen hinab, das die Sterne für mich ausgewählt hatten, während ihr bewundernder Blick auf Vater gerichtet blieb. Der Schmerz wurde immer unerträglicher und ich stieß einen tiefen Atemzug aus, um mich zu beruhigen. Gabriel hatte zugesagt, uns den Nymphenkäfig innerhalb weniger Tage zu beschaffen, und ich hatte so sehr gehofft, dass wir sie zurückholen könnten, sobald wir ihren Phönix wiedererweckt hatten. Aber mit jeder Sekunde, die verging, fühlte ich mich, als würde meine Seele in immer kleinere Stücke gerissen. Und die Sterne lachten uns verdammt noch mal aus.

»Ich stehe heute vor euch, um über eine ernste Angelegenheit zu sprechen, die mir kürzlich zu Ohren gekommen ist«, rief Vater, als die Menge sich beruhigt hatte, um ihm zuzuhören. »Eine Angelegenheit, von der ich weiß, dass sie Fae im ganzen Land schon seit einiger Zeit beschäftigt. Natürlich spreche ich über den Mangel an Mitternachtsamethysten in unserem großen Königreich.«

Ich kämpfte gegen den Drang an, die Augenbrauen hochzuziehen, wandte meinen Blick von Roxy ab und sah meinen Vater an. Wovon zum Teufel redete er? Wen interessierte es, dass es in letzter Zeit schwierig gewesen war, an Mitternachtsamethysten zu kommen? Ja, es gab Geschichten darüber, dass die Steine, die in Solaria als Glücksbringer galten, in den vergangenen zehn Jahren immer seltener geworden waren. Aber ich hatte diesen Geschichten nie viel Aufmerksamkeit geschenkt.

Weniger mächtige Fae verließen sich auf Dinge wie Glückssteine, um im Leben zurechtzukommen, aber ich zog es vor, mir meinen Weg selbst zu bahnen. Außerdem schien es mir ziemlich offensichtlich, dass diese seltenen Steine ziemlich gefragt waren, wenn die Leute wirklich glaubten, dass sie ihr Leben verändern könnten. Fae, die in Besitz eines solchen Steins waren, hielten ihn sicherlich geheim und hüteten ihn mit größter Sorgfalt.

»Ich habe erfahren, dass sich direkt vor unserer Nase eine Verschwörung abspielt«, brummte Vater und ließ Rauch aus seinen Lippen entweichen, um seinen Drachen für die Menge und die Kameras, die ihn beobachteten, zu inszenieren. »Eine Gruppe von Fae hat diese wertvollen Steine gestohlen und hortet sie, um sicherzustellen, dass nur ihre Art von ihnen profitiert. Die Fae dieser Gruppe gehören alle einer bestimmten Formgebung an. Einer Beute-Formgebung. Einer Art, die unauffällig, unschuldig, ja sogar harmlos wirkt. Und doch haben viele Mitglieder ihrer Art – wenn nicht sogar *alle* – diese Steine heimlich gestohlen und benutzt, um Macht und Einfluss in ihren Gemeinschaften zu erlangen, während sie hart arbeitende, mächtigere Fae um ihren rechtmäßigen Platz über ihnen beraubt haben.«

Die Menge buhte und schrie nach Antworten, und ich warf einen Blick über Roxy hinweg zu Xavier und fragte mich, ob er eine Ahnung hatte, was zum Teufel hier vor sich ging. Denn ich hatte das schreckliche Gefühl, dass ich es vielleicht wusste – und ich wollte wirklich nicht recht haben. Die Augen meines Bruders weiteten sich ein wenig, und er zuckte mit den Schultern, bevor ich meinen Blick wieder auf Vater richtete, der die Menge aufhetzte.

»Diese Fae – nein, diese *Ratten* – arbeiten seit Jahren daran, Mitternachtsamethysten zu sammeln. Sie steigern langsam ihre Macht und ihren Einfluss, obwohl ihre Natur es verlangt, dass sie am unteren Ende der Rangordnung bleiben. Und um euch zu beweisen, dass ich mit meiner Entdeckung richtig liege, habe ich ihren Anführer hierhergebracht.«

Vater deutete auf eine Tür am anderen Ende des Balkons, und zwei Palastwachen zerrten einen Fae mit verängstigtem Gesichtsausdruck nach vorn, wo er vor meinem Vater niederknien musste. Seine Haare waren schneeweiß und seine Gesichtszüge spitz wie die eines Nagetiers, seine Haut wirkte dünn wie Papier und sein grauer Anzug war zerknittert. Ich hätte geschätzt, dass er ein paar Jahre älter war als ich, aber der Schnitt seines Anzugs wirkte teuer, und trotz seines deutlich verängstigten Ausdrucks verriet mir etwas an seiner Erscheinung, dass er wichtig war.

»Ich präsentiere euch Eugene Dipper, den Kopf des Solarischen Frevels der Tiberianischen Ratten«, rief Vater. »Und den Anstifter hinter diesem Verrat an unserer Nation.«

»Das bin ich nicht!«, quiekte Eugene. »Ich habe nichts gestohlen, ich schwöre. Ich bin Sammler – ich habe für alle meine Steine bezahlt und nie versucht, meinen Besitz zu verbergen ...«

»Du gibst also zu, dass wir in deinem Besitz einen Schatz von über achthundert dieser seltenen und wertvollen Steine gefunden haben?«, fragte Vater, und mir wurde klar, was hier vor sich ging. Er hetzte alle gegen diesen Mann und seine Artgenossen auf. Und, oh Wunder, Eugene Dipper war zufällig der Anführer einer der Formgebungen, die mein Vater am meisten hasste.

»W-wie ich schon sagte, ich habe nichts gestohlen«, stammelte Eugene und warf einen verängstigten Blick auf meinen Vater und zu meinem Entsetzen auch auf mich und Xavier – als wären wir an dieser Sache beteiligt.

»Nun, wir werden dem in absehbarer Zeit auf den Grund gehen«, antwortete mein Vater und seine Lippen verzogen sich zu einem abfälligen Lächeln, bevor er mit den Fingern schnippte und Eugene wieder weggezerrt wurde.

Die Menge buhte und pfiff dem Tiberianischen Rattenwandler nach. Sie alle hatten sich bereits ein Urteil über ihn gebildet, obwohl er meiner Meinung nach nichts Unrechtes getan hatte. Es gab kein Gesetz, das den Kauf seltener Gegenstände verbot, auch wenn sie Glück oder Wohlstand beeinflussen konnten. Aber mein Vater hatte ihn als eine Art Dieb abgestempelt, der andere Fae dieser Dinge beraubt hatte. Und die Arschlöcher in der Menge waren dumm genug, das zu schlucken.

Mir wurde übel, als Eugene brüllend aus unserem Blickfeld gezogen wurde, und mein Arm zuckte neben Roxys. Ihr Handrücken berührte meinen, was meine Haut kribbeln ließ. Und für einen kurzen Moment umschloss ihr kleiner Finger den meinen. Mit polterndem Herzen sah ich auf sie hinunter.

Sie erwiderte meinen Blick nicht, blinzelte nicht und reagierte auch sonst nicht, während unsere Hände für ein paar Sekunden verbunden blieben, bevor sie mich wieder losließ. Aber es war passiert. Ich wusste nur nicht, ob das der Beweis dafür war, dass ein Teil des Mädchens, das ich liebte, versuchte, sich zu befreien. Oder ob ich mir etwas vormachte, weil ich das so dringend glauben wollte.

»Ich schlage vor, dass wir eine Untersuchung in der Angelegenheit des Glücksdiebstahls am Volk von Solaria einleiten!«, brüllte Vater und erntete laute Schreie der Zustimmung aus der Menge, auf die er hinabblickte. »Jede Tiberianische Ratte im Königreich wird formell aufgefordert, sich im neuen Nebula-Inquisitionszentrum einzufinden, das ich im äußeren Caronis eröffnet habe. Es handelt sich um eine Verwahranstalt, in der sie von einem Zyklopen verhört werden, der diesen Anschuldigungen auf den Grund gehen wird. Wer unschuldig ist, hat kein Grund, diese Aufforderung abzulehnen, und natürlich folgt in diesem Fall eine umgehende Freilassung. Wer jedoch schuldig ist, wird dem Volk von Solaria eine Antwort liefern müssen – und ich werde eine

Entschädigung für diesen Diebstahl in Form von Blut fordern.«

Die Menge brüllte noch lauter und mein Vater stand einfach da, thronte über ihnen und grinste auf diese abgefuckte Art und Weise, von der ich seit jeher wusste, dass sie Gewalt prophezeite. Und das machte mir verdammt Angst.

Das würde keine Inquisition werden. Es würde keine Tiberianischen Ratten geben, die für unschuldig befunden wurden. Ich war kein verdammter Narr. Und sobald er sie alle für schuldig erklärt hatte, das Glück aller gestohlen zu haben, würde er die Bezahlung in Blut fordern.

Das bedeutete Völkermord. Und ich wusste ganz genau, dass die Ratten nur der Anfang sein würden.

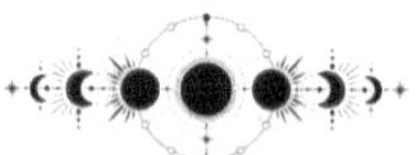

Das King's Hollow platzte aus allen Nähten. Geraldine wuselte wie eine Glucke herum, während Darcy im Sessel mir gegenüber am Kamin saß. Die anderen hatten viel zu erzählen, aber ich starrte nur mit gerunzelter Stirn in die Flammen und mein Herz schmerzte.

»Es wird funktionieren«, beteuerte Darcy, und ich hob den Blick und sah, dass sie mich beobachtete. Oder eher die Zweifel anstarrte, die mir deutlich ins Gesicht geschrieben standen.

»Ich weiß«, antwortete ich. »Sie wird nicht in der Lage sein, dem Käfig zu entschlüpfen oder Schatten außerhalb seiner Grenzen zu verbreiten. Aber …«

»Aber?«, wiederholte sie, und ich wusste, dass sie lediglich aufgewühlt war. Und wenn sie mich als Sandsack benutzen musste, dann konnte sie das tun.

»Ich kenne meinen Vater. Er ist niemand, der halbe Sachen macht. Ja, er hat sie dazu gebracht, sich den Schatten hinzugeben, und er hat sie an sich gebunden, damit sie ihm gegenüber Loyalität empfindet, selbst wenn die Schatten alles andere betäuben. Aber ich glaube nicht, dass das für ihn hieb- und stichfest genug wäre. Er muss wissen, dass wir alles versuchen werden, um sie zurückzuholen, sobald sie nicht an seiner Seite ist. Und trotzdem hat er sie allein hierhergeschickt. Da steckt mehr dahinter, als wir sehen, und ich mache mir Sorgen, dass es nicht ausreicht, ihren Phönix zu befreien, um sie nach Hause zu bringen.«

»Du irrst dich«, grummelte Darcy wütend und stand auf. »Ich kenne meine Schwester und weiß, dass sie noch immer da drin ist und für uns kämpft. Ich gebe sie nicht auf, und sobald ihr Phönix befreit ist, wird das ausreichen, um sie aus den Schatten zu befreien. Er mag sie mit tausend Dunklen Manipulationen belegt haben, aber das spielt keine Rolle, weil sie alle verbrannt werden, sobald sie ihre Formgebung wieder benutzen kann. Sobald sich der Griff der Schatten um sie lockert, werden wir den Rest regeln können.«

»Es gibt immer noch keine Möglichkeit, das Wächterband zu lösen«, murmelte ich verbittert, obwohl ich wusste, dass ich sie nur aufbrachte. Aber ich konnte nicht anders. Während der Zeit der Trennung, als Lance im Gefängnis gewesen war, hatte ich mich so sehr danach gesehnt, ihm nahe zu sein, dass es mich regelrecht aufgeschlitzt hatte. Und obwohl ich ihn jetzt häufiger besuchen konnte, war das immer noch nicht genug. Ich war fast täglich dort, und doch sehnte ich mich nach ihm, machte mir Sorgen um ihn, fühlte mit ihm. Wir konnten nichts tun, um Roxy davon abzuhalten, auch so für meinen Vater zu empfinden. Und für sie wäre es noch schlimmer, weil der Wächter alles fünfmal so stark empfand. Als Schützling hatte ich es leichter, und ich fühlte mich nur deshalb so, weil er so lange weg gewesen war.

»Oh, aber es gibt eine Möglichkeit, das Band zu lösen«, knurrte Darcy. »Wir müssen Lionel einfach den Kopf abhacken.«

»Angenommen, das tötet sie nicht auch«, meldete sich Seth hilfsbereit zu Wort. »Meine Mom hat mir mal erzählt, dass Wächter den Tod ihres Schützlings nicht überleben können. Angeblich würden sie sich zwischen ihren Schützling und den Tod werfen oder ihnen in den Tod folgen, wenn sie versagen, also …«

»Halt die Klappe, Seth, das ist Bullshit!«, fuhr ich ihn an.

Ich stand auf und funkelte ihn an. Sofort trat er vor, drückte seinen Oberkörper gegen meinen und antwortete mit einem Knurren auf die Herausforderung, die ich ausgesprochen hatte.

»Mach mal halblang, Alter!«, rief Max und versuchte, mich mit einer Hand an meinem Arm zurückzudrängen, während der Drache in mir vor Wut tobte.

Caleb packte Seth an der Schulter und zog ihn ebenfalls zurück. Seth murmelte etwas darüber, dass Reptilien verdammt verrückt seien, und wandte den Blick von mir ab. Ich stieß einen Mund voller Rauch aus, ging zur Küchenzeile und schüttelte auf dem Weg Max ab, der versucht hatte, mich mit seiner Gabe zu beruhigen.

»Hör auf damit!«, schnauzte ich ihn an, holte mir eine Flasche Whiskey aus dem Schrank und schenkte mir einen viel zu großen Drink ein, den ich in einem Zug leerte. Das Brennen des Alkohols fühlte sich gut in meiner Kehle an.

»Sie sollte den Orb bald verlassen«, meinte Darcy und stand auf. »Vielleicht sollten wir uns in Position bringen.«

»Ja«, stimmte ich zu, zog mein Shirt aus und rollte die Schultern zurück, als das Verlangen, mich zu verwandeln, meine Haut überzog. Wir waren im Begriff, das Mädchen, das ich liebte, in einen verdammten Käfig zu treiben – wie Hunde ein Schaf. Der Gedanke machte mich mehr als nur ein wenig nervös.

»Oh, magische Muskeln, schaut euch dieses Sixpack an!« Geraldine keuchte auf, als sie mich ansah. »Du bist wirklich ein bestialisches Exemplar von einem Mann, Darius Acrux. Kein Wunder, dass Mylady Tory so in deine gewaltige Banane vernarrt ist. Ich habe mich manchmal gefragt, ob sie vielleicht Elchblut getrunken hat, als sie in deinen Bann geraten ist, aber wenn ich mir dein Mannespaket aus nächster Nähe ansehe, bin ich wirklich ganz …«

»Hör auf, dir sein verfluchtes Mannespaket anzusehen!«, zischte Max, der sich hinter sie stellte und eine Hand über ihre Augen legte, während ich überrascht auflachte. Das Mädchen hatte wirklich nicht alle Bagels im Brotkorb, aber irgendwie wuchs sie mir trotzdem ans Herz. Der Kommentar über das bestialische Exemplar half wahrscheinlich.

»Sag einer Gans nicht, in welche Richtung sie gurren darf, du übergroßes Seepferdchen!«, schrie Geraldine und versuchte, Max' Arme abzuschütteln, der mich böse ansah, als wäre das Ganze irgendwie meine Schuld.

»Zieh dein verdammtes Shirt wieder an!«, schnauzte er mich an.

»Ich bin kurz davor, mich zu verwandeln«, antwortete ich und schüttelte den Kopf, während Caleb sich vor Lachen kaum noch halten konnte und Seth aussah, als wäre er nur noch einen Popcorn-Eimer davon entfernt, sich auf eine Show einzulassen.

»Lass mich los, du schlüpfriger Seeigel!«, schrie Geraldine, rammte Max eine Faust in den Bauch und stieß ihn mit einem Schwall Wassermagie von sich weg.

»Dann hör auf, auf Darius' Schwanz zu starren!«, knurrte er.

»Entschuldigung, Sir, aber das werde ich nicht! Erstens hat der köstliche Drache seinen Schinken nicht zur Begutachtung durch den Raum enthüllt, also habe ich lediglich den kraftvollen Körperbau bewundert, mit dem er Mylady erfreut. Und zweitens würde ich niemals auch nur ein Kinnbarthaar auf die Haut des Mannes bringen, den Mylady nach dem Willen aller Sterne am Himmel lieben soll. Ich drücke lediglich meine Anerkennung für seine Fähigkeit aus, sie körperlich zu befriedigen, auch wenn seine Persönlichkeit zu wünschen übrig lässt …«

»*Hey!*«, knurrte ich, während Darcy murmelte: »Sie hat nicht unrecht.« Aber weder Max noch Geraldine schenkten einem von uns noch irgendwelche Aufmerksamkeit.

»Wenn du ihn nicht willst, dann schau verdammt noch mal nicht hin!«, forderte Max. »Das gefällt mir nicht.«

»Und warum sollte es mich kümmern, was ein Flegel wie du denkt? Du glaubst ja nicht mal, dass ich in der Lage bin, die richtigen Entscheidungen für mein eigenes Leben zu treffen.«

»Das liegt daran, dass du dazu neigst, schreckliche Entscheidungen zu treffen, verdammt noch mal!«, schrie er, und meine Augenbrauen gingen hoch, als mir klar wurde, dass es bei diesem Streit um etwas viel Größeres ging als darum, dass sie mich abgecheckt hatte. Aber ich hatte keine verdammte Ahnung, worum.

»Leute, beruhigt euch mal wieder, ja?«, meinte Seth mit einem kleinen Wimmern, um zu zeigen, wie sehr ihm diese Streiterei missfiel. Aber Max und Geraldine schien das herzlich egal zu sein.

»Ich bin nicht derjenige, der sich wegen einer kleinen arrangierten Ehe in die Hose macht!«, schrie Geraldine. »Du scheinst den falschen Eindruck zu haben, dass ich dir gehöre, nur weil ich mich ein- oder zweimal in deinen Tentakeln verheddert habe. Aber du irrst dich gewaltig in dieser Annahme. Ich habe mich dir gegenüber klar ausgedrückt, als ich gesagt habe, dass ich meine Wahl getroffen habe. Du bist derjenige, der sich weigert, zuzuhören. Und wenn du mich jetzt entschuldigen würdest, ich muss eine Prinzessin retten.«

Geraldine drehte sich um, verließ den Raum, verschwand die Treppe hinunter und ließ uns alle in einer äußerst unangenehmen Situation zurück, während Max stöhnend sein Gesicht rieb.

»Fuck«, murmelte er, und ich warf einen Blick auf Seth und Cal und fragte mich, ob sie eine Ahnung hatten, was vor sich ging.

»Hat sie gerade arrangierte Ehe gesagt?«, fragte Darcy mit sanfter Stimme, während sie vortrat und Max' Hand von seinem Gesicht nahm.

»Ja«, antwortete er seufzend. »Sie hat es mir vor einer Weile erzählt, aber sie haben es geheim gehalten, um sich noch ein bisschen austoben zu können. Ich hatte gehofft, dass sie mich stattdessen auswählen würde. Und neulich Abend, nachdem ich sie vor Highspell gerettet habe, waren wir bei mir. Sie hat mich geküsst und ich dummerweise angenommen, dass das bedeutet, dass sie ihre Meinung geändert hat.«

Er sah so verdammt niedergeschlagen aus, dass ich nicht wusste, was ich sagen sollte. Darcy drehte sich um und warf einen Blick in die Richtung, in die Geraldine gegangen war. »Ich werde nach ihr sehen und sicherstellen, dass sie bereit ist, unseren Plan durchzuführen.« Sie machte ein paar Schritte in Richtung Tür, blieb dann stehen und warf Max ein mitfühlendes Lächeln zu. »Es tut mir leid, Max.«

Sobald sie weg war, trat Seth vor und umarmte Max, der so verdammt hoffnungslos aussah, dass es mir das Herz zerriss.

»Wen heiratet sie denn?«, fragte ich, weil ich es hasste, ihn so leiden zu sehen. Ernsthaft, es schien, als hätte im Moment keiner von uns Glück in der Liebe.

»Justin Masters«, brummte er und verzog angewidert das Gesicht. »Er ist ein elender royalistischer Arschkriecher, und ich schätze, das ist alles, was sie interessiert.«

»Soll ich ihn versehentlich grillen, wenn ich ihn das nächste Mal in meiner Drachenform sehe?«, fragte ich, und Max lachte.

»Ich habe gehört, dass er eine heiße Schwester hat, die ihren Abschluss gemacht hat, bevor wir hier angefangen haben«, fügte Caleb hinzu. »Ich könnte sie vögeln und das Ganze filmen. Seine Familie würde nicht mehr so königlich wirken, wenn alle wüssten, dass sie einem Erben einen geblasen hat.«

»Lasst uns nichts überstürzen«, meinte Seth irgendwie aggressiv und tätschelte Cals Schulter härter als nötig. »Du musst dich nicht prostituieren, Cal. Lass uns den Kerl einfach fertigmachen und ihm so lange drohen, bis er einwilligt, die Sache abzusagen. Kein Schwanzlutschen erforderlich.«

»Sicher«, meinte Caleb lachend, während er zunächst Seth ansah und dann schnell zu mir blickte. »Jedenfalls nicht von der Masters-Tussi.«

Seth grinste ihn an, und Max stöhnte laut auf. »Hört auf, zu flirten, ihr zwei. Das ist im Moment wirklich nicht das, was ich sehen will.«

»Flirten?« Ich musterte Seth, der unschuldig mit den Schultern zuckte.

»Ich kann nichts dafür, dass alle meine Freunde verdammt heiß sind und ich bisweilen gern mal einen Schwanz im Mund habe«, erklärte er arglos. »Aber wenn ihr jemals das Frauendrama hinter euch lassen und einen Harem voller Schwänze aufbauen wollt, dann würde ich nicht viel Überzeugungsarbeit benötigen«, sagte er, seinen Blick kurz auf meine nackte Brust gerichtet, bevor er wieder zu Cal sah und ihm zuzwinkerte.

»Richtig. Leider stehe ich vorrangig auf Schwarzhaarige. Eine, die wir jetzt in einen Käfig sperren und betäuben müssen. Seid ihr bereit?«, fragte ich und alle nickten.

»Ich schaue mal nach, ob Darcy und Geraldine in Position sind«, meinte Cal, bevor er losschoss, und ich nickte den anderen zu, während ich mich aus der Luke im Dach hievte.

Ich zog Schuhe und Jeans aus, warf alles ins Baumhaus, sprang dann vom Dach und verwandelte mich in meine gewaltige Drachenform. Meine goldenen Schuppen reflektierten das Licht der untergehenden Sonne.

Ich weigerte mich, an all die Dinge zu denken, die bei diesem Plan schiefgehen könnten, und konzentrierte mich stattdessen auf den kleinen Hoffnungsschimmer, dass alles glattlaufen könnte. Dass ich vielleicht gerade dabei war, mein Mädchen zurückzubekommen, und dass wir endlich einen Schlag gegen meinen Vater landen würden, der wirklich etwas bewirken könnte.

Denn wenn das schiefging, wusste ich wirklich nicht mehr weiter. Und ich wollte gar nicht daran denken, was das für Roxy bedeuten könnte.

Gemini
Scorpio
Virgo
Cancer
Aries
Leo
Sagittarius
Taurus
Capricorn
Aquarius
Libra
Pisces

TORY

KAPITEL 15

Nach dem Abendessen verließ ich den Orb, Mildred zu meiner Linken und Marguerite zu meiner Rechten. Die beiden plapperten über Brautkleider, und ich versuchte, mich nicht selbst zu bemitleiden, weil heute Sonntag war. Erst in fünf Tagen würde ich zu meinem König zurückkehren können. Ich wusste, dass es so sein musste, aber fünf Tage hatten sich noch nie so verdammt lang angefühlt.

»Ich lege mehr Wert auf Funktionalität als auf Extravaganz«, kommentierte Mildred spöttisch eine Bemerkung von Marguerite. »Das Wichtigste ist, dass es sich für unsere Hochzeitsnacht gut abnehmen lässt, damit ich einen würdigen Drachenerben für die nächste Acrux-Generation zeugen kann …«

Meine Faust schnellte so plötzlich hervor, dass ich nicht einmal sicher war, wann ich mich entschieden hatte, Mildred zu schlagen. Aber als meine Knöchel auf ihren borstigen Unterkiefer trafen, legte sich ein dunkles Lächeln auf meine Lippen, und die Schatten in mir erwachten hungrig zum Leben.

»Was zum …«, begann Mildred, rollte die Schultern zurück und spannte die Muskeln an. Ihr Drache funkelte mich an, als wollte er mir den Kopf abreißen.

»Geht und faselt woanders über Hochzeiten!«, knurrte ich, während die Schatten meine Arme hinunterglitten und sich um meine Fingerspitzen scharten. »Die Schatten sind hungrig. Und wenn ihr euch nicht verpisst, erlaube ich ihnen heute mal, sich an einem Drachen zu laben.«

»Bis später, Leute«, stieß Marguerite hervor, bevor sie davonhuschte, aber

Mildred war nicht so schlau.

»Du magst dem König wichtig sein, aber ich werde bald selbst zur Familie gehören. Vergiss nicht, dass ich …«

Mit einer schnellen Fingerbewegung beförderte ich sie rücklings von mir weg. Die Schatten drangen in ihre Brust ein und sie quiekte wie ein Schwein.

»Ich werde dem König davon erzählen«, japste sie.

»Der König schert sich nicht um dich«, knurrte ich und näherte mich ihr mit Augen voller Schatten und einem wohligen Kribbeln im Rücken. »Du bist nichts weiter als eine wandelnde Gebärmutter mit Drachenblut in deinen Adern. Und weißt du was? Man braucht keine Beine, um Kinder zu gebären. Also rate ich dir, auf mich zu hören, wenn ich dir sage, dass du dich verpissen sollst. Sonst wirst du dich ohne die Gliedmaßen wiederfinden, die nötig sind, um mir zu gehorchen.«

Mildred schrie vor Schmerz auf, als ich die Schatten tiefer in sie hineintrieb, aber bevor sie wirklich Besitz von ihr ergreifen konnten, verwandelte sie sich. Ihre Kleidung zerriss und sie wuchs so schnell, dass ich nichts weiter tun konnte, als zuzusehen.

Ihr schlammbrauner Drache brüllte mich an, schwang den Kopf herum und starrte mich mit ihren tief in den Schuppen ihres Kopfes sitzenden Knopfaugen an.

Die Schatten umhüllten mich, während ich standhaft blieb, mein Herz pochte wie wild, und ich fühlte mich zum ersten Mal seit langer Zeit wieder richtig wach.

Mildred spie eine Salve Drachenfeuer auf mich, und die Schatten erhoben sich in einer Wolke, um ihre Flammen zu empfangen. Meine Augen leuchteten vor Hunger, während ich versuchte, die Schatten, deren Macht mich beinahe überwältigte, wieder unter meine Kontrolle zu bringen.

Ein gewaltiges Brüllen erfüllte die Luft, und ich sah, wie ein goldener Drache, der fünfmal so groß war wie Mildred, vom Himmel herabkam und mit ihr kollidierte.

Ich holte erschrocken Luft, als mein Blick auf Darius fiel, und das Echo von tausend Qualen bohrte sich in meinen Körper. Erinnerungen an Schmerz und Leid stiegen in mir auf, als ich ihn sah, und jeglicher Kampfgeist verließ mich. Stattdessen zog ich die Schatten defensiv näher an mich heran.

Während die Drachen über den Weg wirbelten, erschienen etliche Studenten aus dem Orb, um zuzuschauen – und vor Schreck zu schreien –, also entfernte ich mich.

Die Schatten kräuselten sich zwischen meinen Fingern, und ich nahm den Weg in den Wimmernden Wald, um Mildred und den anderen Drachen hinter mir zu lassen. Ich warf mehr als nur einen Blick über meine Schulter, während sich meine Stirn vor Sorge über etwas, das ich nicht genau zuordnen konnte, in Falten legte.

Ich zog meinen Atlas aus der Tasche, um mir den Bildschirmschoner meines Königs kurz anzusehen, aber dann erschien eine Benachrichtigung, dass ich markiert worden war.

Tyler Corbin:

Sieht ganz so aus, als wäre nicht alles hold im Paradies der jungen Liebe. @DariusAcrux wurde gerade dabei gesehen, wie er sich auf seine Verlobte @MildredCanopus gestürzt hatte, um sie im Namen der Liebe für seine wahre Gefährtin @ToryVega zu vermöbeln – und das auf Drachenmanier. Ein junger Pegasus – ich – hat alles gesehen, und ich schwöre, dass Mildred selbst in Drachenform Schnurrbart und Schweineschnauze trägt. Wer denkt noch, dass sie die Abstammung von einer Schweinefamilie verheimlichen könnte? Bei all dem, was der große und ehrenwerte König Arschcrux über reine Blutlinien zu sagen hat, sollte man meinen, dass er bemerkt hat, dass die Canopus-Familie mit Nutztieren gevögelt hat ...
#schweinshaxe #keinesauereienmitdersau #mehrschweinalssein
#ciaodusau #derspeckmussweg #saudumm #baconandthebeast

Kommentare
Stacy Denny:

Jemand sollte dieses Schwein zu Wurst verarbeiten, es dann in einen Schlafrock stecken und von einer Klippe werfen!
#würstchenimschlafrock

Desinie Bass:

Sie ist einfach nur schrecklich. Wenn Darius Acrux sie heiraten muss, werde ich den Sternen nie vergeben ...

Alexandra Lanoville:

Das kleine Schweinchen hat sich ins Höschen gemacht, als der böse Drache sie erwischt hat!

Stacey Braum:
Old MacDonald hat 'ne Farm, I-A-I-A-O, und auf der Farm hat er 'ne Mildred, I-A-I-A-O, mit 'nem Barthaar hier, und 'ner fetten Warze da, hier ein Härchen, da ein Härchen, alles voller Bärchen-Härchen.

Jamie Turnip:
Sie ist so hässlich, dass ihre Mutter eine Strafe wegen Umweltverschmutzung zahlen musste, als sie sie an der Academy abgesetzt hat.

Jodie Fleming:
Mildred nimmt so viele Faeroide, dass sie wahrscheinlich diejenige sein wird, die Darius in der Hochzeitsnacht schwängert #peenqueen #dragomina

Ich prustete und runzelte dann die Stirn, während ich versuchte, herauszufinden, warum. Aber mein Atlas klingelte, bevor ich mir darüber allzu viele Gedanken machen konnte.

Ich schürzte die Lippen, als ich Claras Namen auf dem Display aufleuchten sah, ging aber trotzdem ran. Sie war nie weit von meinem König entfernt, sodass immer die Möglichkeit bestand, seine Stimme im Hintergrund des Anrufs zu hören, selbst wenn er nicht direkt mit mir sprechen wollte.

»Ja?«, fragte ich und ging weiter in den Wald hinein.

»Daddy hat eine Nachricht für dich«, sang Clara. »Wir bleiben die ganze Woche in der Stadt.«

»Warum?«, knurrte ich, und mir wurde ganz mulmig bei dem Gedanken, dass er noch weiter weg sein würde.

»Du stellst immer so viele Fragen«, meinte sie schnaubend. »Neugieriges Ding. Ich bin kurz davor, Daddy zu bitten, dass ich dich bestrafen darf, wenn du das nächste Mal zu Hause bist.«

Ich knirschte mit den Zähnen, als ich mich daran erinnerte, wie sehr Clara mich leiden ließ, wenn ich ihre Anweisungen in Bezug auf die Schatten nicht richtig ausführte, aber ich gab nicht nach. Es war zwar qualvoll, sie so tief in mich eindringen zu lassen, aber genau deshalb hatte ich auch so viel Macht über die Schatten. Außerdem sorgten die Bestrafungen immer für gute Laune bei meinem König, also würde ich leiden, wenn ich ihm damit gefällig sein konnte.

»Ich muss nur wissen, wo er ist«, stieß ich hervor. »Du weißt, wie sehr mich das Band leiden lässt, wenn ich nicht in seiner Nähe bin.«

Clara stieß einen Seufzer aus, aber in diesem Punkt waren wir uns immer einig, und so gab sie mir schließlich, was ich brauchte. »Er hat Informationen über ein Netzwerk Tiberianischer Ratten, die versucht haben, der Nebula-Taskforce zu entkommen, anstatt sich der Inquisition zu stellen. Wir gehen auf die Jagd.« Die Freude in ihrer Stimme war unverkennbar, und ich seufzte erleichtert.

»Okay«, stimmte ich zu. »Aber ihr werdet Freitag wieder im Palast sein, wenn ich zurückkomme?«

»Vielleicht«, stichelte sie, und mein Griff um den Atlas wurde so fest, dass er fast zerbrach.

»Clara!«, donnerte Lionel im Hintergrund, und mein Herz machte einen Sprung, als ich seine Stimme hörte – auch wenn sie vor Ärger rau klang. »Wir müssen los. Hast du die Nachricht überbracht?«

»Kann ich mit ihm sprechen?«, stammelte ich.

»Tut mir leid, Daddy möchte jetzt nicht mit dir sprechen«, sagte sie, und ich konnte das Lächeln auf ihren giftigen Lippen hören. »Aber sei unbesorgt – ich werde sicherstellen, dass er seine Zeit ohne dich so sehr genießt, dass er dich ganz sicher nicht vermissen wird.«

»Clara, lass mich ihm doch sagen, dass ich …«

Die Leitung wurde unterbrochen, nachdem sie auf meine Kosten gekichert hatte, und ich schrie frustriert auf, schleuderte den Atlas von mir weg und ließ die Schatten um mich herum in einer dichten Wolke aufblühen. Das tat ich, bis die Kraft ihrer Macht tief genug in meine Haut eingedrungen war, um meine Wut zu vertreiben. Stattdessen zitterte ich vor Glückseligkeit.

Ich schloss die Augen, stöhnte leise, während ich den Kopf in den Nacken legte und mich einfach kurzzeitig in ihnen sonnte.

»Fuck, Babe, wenn ich gewusst hätte, wie sehr dich die Schatten anmachen, hätte ich vielleicht verstanden, warum du sie so abartig liebst.« Seths Stimme durchbrach den berauschenden Nebel der dunklen Macht in mir. Genervt warf ich einen Blick nach rechts, wo er splitternackt zwischen den Bäumen stand und lediglich ein Blatt über seinen Schwanz hielt, das diesen nicht einmal annähernd verdeckte. »Ich habe dich dazu gebracht, hinzusehen«, höhnte er, aber bevor ich antworten konnte, krachte eine Welle roher Kraft von hinten gegen meinen permanenten Schild. Fluchend ging ich zu Boden und schaffte es nur mit Mühe, meinen Schild intakt zu halten.

Ich reckte den Hals, um einen Blick nach hinten zu werfen – und sah Darcy, die vielleicht einen Meter über dem Weg schwebte. Ihre Feuerflügel brannten hell auf ihrem Rücken und ihre blauen Haare wehten um sie herum.

»Du solltest wahrscheinlich weglaufen«, warnte sie. Einen Moment später traf erneut eine Druckwelle aus Luftmagie auf meinen Schild.

Mit einem Knurren schaffte ich es, wieder auf die Beine zu kommen, aber Seth schleuderte mir seine eigene Luftmagie entgegen und ich stolperte auf die linke Seite des Weges, während die vereinte Stärke ihrer Kräfte mit unbestreitbarer Wucht gegen meinen Schild prallte.

Max trat vor mir auf den Weg und als er ebenfalls Luftmagie auf mich richtete, blieb mir keine andere Wahl, als mich umzudrehen und in die Bäume zu meiner Linken zu rennen.

Ich stolperte zwischen den dicken Stämmen hindurch, während ihre Luftmagie an Druck zunahm. Die Bäume um mich herum bogen und schwankten wie wild in dem Strudel, den sie erzeugten.

Ich hatte große Lust, mich ihnen entgegenzustellen und die volle Kraft der Schatten auf sie loszulassen. Aber mein König hatte mir unmissverständlich klargemacht, dass ich weder die Erben noch Darcy angreifen sollte, solange sich das Land noch an die neue Führung gewöhnen musste. Abgesehen von der Durchsetzung der neuen Gesetze wollte er nicht, dass ich mich mit ihnen einließ, und ich konnte es nicht ertragen, ihn erneut zu enttäuschen. Also drehte ich mich wutentbrannt um und floh.

Meine Stiefel donnerten über Blätter und Äste, als ich durch den Wald rannte, und kurzzeitig glaubte ich, eine Bewegung zu meiner Rechten zu sehen. Dann zu meiner Linken. *Verdammter Vampir!*

Der Angriff der Luftmagie ließ jedoch nicht nach, sodass ich keine Zeit hatte, mich auf das vor mir Liegende zu konzentrieren. Mit jedem Moment, der verging, kam meine Magie ihren Grenzen ein Stückchen näher, da ich mit aller Kraft versuchte, meinen Schild aufrechtzuerhalten.

Die Bäume schienen sich vor mir zu teilen, und ein klarer Weg ohne Hindernisse auf dem Boden erschien und erlaubte es mir, schneller zu rennen.

Die Schatten wanden sich unter meiner Haut, aber ich konzentrierte mich weiter auf meine Elementarmagie – auch wenn ich immer mehr davon verbrauchte, während ich alles, was ich hatte, auf die Aufrechterhaltung meines Schildes konzentrierte. Der Wind drückte unerschütterlich dagegen.

Ich beschwor eine Feuerkugel, um meine Magie wieder aufzufüllen, aber in dem Moment, in dem ich das tat, bebte der Boden unter mir so stark, dass ich in die Luft geschleudert wurde. Ich schrie auf, vergaß die Flammen und konzentrierte all meine Magie darauf, mich davor zu bewahren, auf den ebenen Pfad vor mir zu fallen.

Meine Kräfte waren jetzt ernsthaft erschöpft, als ich es irgendwie schaffte, mich zu fangen. Laut fluchend folgte ich dem Weg weiter und auch dann noch, als er eine Linkskurve machte. Die Bäume und Büsche auf beiden Seiten waren viel zu dicht, um bei dieser Geschwindigkeit durchzubrechen.

Plötzlich befand ich mich auf dem Gipfel eines steilen Hügels. Doch bei meinem nächsten Schritt rutschte ich aus, als ich auf Eis statt auf Schlamm trat, und fiel auf den Hintern. Aber angesichts des steilen Abhangs vor, des rutschigen Eises unter und des unaufhörlichen Sturms hinter mir konnte ich die rasante Rutschpartie, die mich erwartete, nicht aufhalten.

Ich streckte die Arme vor mir aus, um meinen Fall mit Luftmagie zu verlangsamen, aber der dumpfe Schmerz in meiner Brust warnte mich, dass ich fast keine Reserven mehr hatte. Und ich wusste, dass ich die drei Arschlöcher hinter mir jetzt nicht mehr würde abwehren können.

Gerade als meine magischen Reserven versiegten, durchbrach ich eine Illusion, die den Weg verschleiert und mir den Eindruck vermittelt hatte, dass vor mir nichts war. Ich schrie auf, als ich direkt in einen schweren Metallkäfig geschleudert wurde.

Mit voller Wucht prallte ich auf die Gitterstäbe im hinteren Teil des Käfigs, knallte mit dem Gesicht dagegen und hörte, wie Knochen brachen, noch bevor ich die Schmerzen der Verletzung überhaupt spürte.

Ich rollte mich auf den Bauch und kroch mit blutüberströmtem Gesicht zur Tür zurück, aber bevor ich auch nur in ihre Nähe kam, tauchte Caleb auf, schlug die Tür zu und verriegelte sie mit einem metallischen Klirren, das bis in meine Seele hallte.

Ich schrie vor Wut, robbte weiter und hob die Hände in seine Richtung, während Geraldine ebenfalls aus dem Gebüsch trat. Sie hatte einen triumphierenden Gesichtsausdruck aufgesetzt, während gleichzeitig Tränen über ihre Wangen liefen.

Schatten quollen aus meinen Handflächen, die ich durch die Gitterstäbe des Käfigs, in dem sie mich gefangen hielten, lenkte. Doch in dem Moment, in dem der dunkle Nebel das Metall berührte, prallte er zurück und versetzte mir einen so tiefgreifenden Schmerz, dass ich laut aufheulte.

»Dieser Käfig ist aus Nachteisen. Die Schatten können ihn nicht durchdringen, und jedes Mal, wenn du versuchst, sie hindurchzudrängen, wird die Kraft, die du einsetzt, auf dich zurückfallen«, erklärte Darcy verbittert, während sie auf dem Weg vor mir landete. Geraldine hatte zwischenzeitlich das Eis wieder beseitigt.

Darcy ließ ihre Flügel verschwinden, verwandelte sich wieder in ihre Fae-

Gestalt und stellte damit sicher, dass ich keine Chance hatte, meine Magie an ihren Flammen zu nähren.

Als Nächstes erschien Seth, der jetzt eine Jogginghose trug, während Max mit entschlossenem Gesicht auf Darcys andere Seite trat. Er hielt meinen Atlas in der Hand.

»Wenn mein König davon erfährt, werdet ihr alle dafür bezahlen«, knurrte ich, während mein Blick zwischen meiner Schwester, Geraldine und den Erben hin und her wanderte, bis ich bemerkte, dass einer von ihnen fehlte.

»Das Risiko sind wir bereit, für dich einzugehen, Sweetheart«, sagte Caleb und legte den Kopf schief, während er mich zusammengekauert in diesem Käfig musterte.

Ich konnte in diesem Ding nicht einmal aufstehen, und als ich die Gitterstäbe berühren wollte, brannten sie auf meinen schattenbedeckten Händen, bis ich fühlte, wie die Haut meiner Handflächen schmolz. Wieder schrie ich vor Schmerz.

»Hör auf, Mylady!«, keuchte Geraldine entsetzt, als ich meine Hände zurückzog. Ich rang nach Luft und schwitzte, während mein Körper vor Schmerz zitterte.

»Lasst mich raus!«, forderte ich, aber Darcy schüttelte den Kopf. Ihre Augen waren glasig, aber ihr Gesichtsausdruck war fest und unnachgiebig.

»Du kommst hier nicht raus, bis du wieder du selbst bist«, knurrte sie, und bevor ich antworten konnte, ertönte von irgendwo über mir ein wehmütiges Brüllen.

Ich schrie vor Angst auf, als ich durch die Gitterstäbe meines Käfigs nach oben blickte und Darius in seiner goldenen Drachenform vom Himmel herabfliegen sah. Sein Blick war auf mich gerichtet, und die Angst, die ich immer in seiner Gegenwart verspürte, intensivierte sich, als ich mich ihm so gänzlich hilflos ausgeliefert sah.

Der Käfig wackelte, als er mit seinem Gewicht dagegen prallte, und ich fiel auf den Rücken, als er seine riesigen Klauen um die Metallstäbe über mir schlang und ich plötzlich in die Luft gehoben wurde.

Ich schrie, fluchte und schwor Rache an ihnen allen, während er mich über die Bäume flog. Ein Verhüllungszauber wurde über mich und meinen Käfig gelegt, um meine Entführung vor neugierigen Blicken zu verbergen.

Der Flug dauerte nicht lange, dann landete Darius ungeschickt auf dem Dach von King's Hollow, bevor er ein Loch hineinriss und meinen Käfig im Hauptraum vor dem dunklen Kamin abstellte.

Ich kämpfte mich zur Tür des Käfigs, nachdem er mich aus seinen goldenen

Klauen entlassen hatte, und schaffte es, die Schatten so weit zurückzudrängen, dass ich das Schloss bearbeiten konnte, ohne diesen unsäglichen Schmerz zu verspüren. Aber das Ding war auf eine Weise versiegelt, die ich nicht einmal ansatzweise verstehen konnte, und je länger ich daran arbeitete, desto stärker verbrannte meine Haut dort, wo ich die Metallstäbe berührte.

Darius ließ sich in seiner Fae-Gestalt ins Baumhaus fallen, und ich kletterte zurück in die Mitte des Käfigs, während ich ihn wachsam beobachtete. Mein Blick glitt über seinen muskulösen, nackten Körper. Was zum Teufel hatte er mit mir vor?

Er griff in einer Truhe auf der anderen Raumseite nach einer schwarzen Jogginghose und drehte sich dann zu mir um. Sein Gesicht war schmerzverzerrt, als wäre er nicht glücklich darüber, mich hier zu sehen. Aber das ergab überhaupt keinen Sinn.

»Was hast du vor?«, brummte ich und versuchte, ihm nicht zu zeigen, wie sehr ich litt, während das Blut aus meiner Nase über meine Lippen tropfte und meine Geschmacksknospen überflutete und der Geruch von verbrannter Haut meine Nase erfüllte.

»Darf ich dich heilen?«, fragte er mit belegter, rauer Stimme.

»Nein«, knurrte ich, denn wenn etwas meine Situation verschlimmern könnte, dann seine Berührung. Alles, was Darius Acrux mir je angetan hatte, war Schmerz, und allein sein Anblick reichte aus, um mir die Brust zu zerreißen. Denn er brachte mich dazu, mich an den Blitz zu erinnern, der in meinen Körper eingeschlagen und mich bei lebendigem Leib von innen heraus verbrannt hatte.

Caleb schoss in den Raum, bevor Darius noch etwas sagen konnte, und seufzte verärgert, als er das zerstörte Dach betrachtete. Dann hob er die Hände und setzte seine Erdmagie ein, um den Schaden zu beheben, den Darius angerichtet hatte, um meinen Käfig in den Raum zu transportieren.

»Ich nehme an, sie lässt sich nicht von dir heilen?«, fragte Caleb, als wäre ich gar nicht da. Ich kniff die Augen zusammen und überlegte, wie ich mich aus dieser Situation befreien konnte.

»Caleb«, flüsterte ich und sah durch die Gitterstäbe zu ihm auf, als er sich überrascht zu mir umdrehte. »Ich will ihn nicht in meiner Nähe haben«, sagte ich und warf einen Blick auf Darius, dessen Körper sich angesichts meiner Worte versteifte.

»Das sind die Schatten, die aus dir sprechen«, fauchte Caleb bestimmt und warf Darius einen Blick zu, den ich nicht deuten konnte. Aber der Drache konnte es eindeutig, denn er knirschte mit den Zähnen und stapfte dann auf mich zu.

Ich wich sofort zurück und nutzte Hände und Füße, um mich fortzubewegen, bis ich gegen die Rückseite des Käfigs stieß. Ich zischte vor Schmerz, als die Schatten dort brannten, wo die Gitterstäbe mich berührten. Der einzige Teil des Käfigs, der mich nicht verbrannte, war der massive Boden, aber als ich meine Handflächen flach dagegen presste, fühlte es sich an, als würde er versuchen, mir die Energie aus der Seele zu saugen. Ich hatte also kein Verlangen, ihr Energie zuzuführen, nur damit sie mir gestohlen wurde.

»Roxy«, knurrte Darius, ging in die Hocke und sah mich mit gerunzelter Stirn an. »Bitte hör auf, mich so anzusehen.«

»Wie denn?«, zischte ich, ohne mich einen Zentimeter zu bewegen, aber ich hasste es, wie verletzlich ich in diesem Moment war.

Mein ganzer Körper war angespannt, in Erwartung dessen, was er mir antun würde, jetzt, da er mich in seiner Gewalt hatte. Ich konnte mich nur mit Mühe beherrschen, nicht zusammenzuzucken, und hielt stattdessen starr seinen Blick fest.

»Als würdest du denken, dass ich dich angreifen will. Roxy, ich liebe dich, verdammt noch mal«, knurrte er. »Warum zum Teufel denkst du, dass ich dir etwas antun will?«

Ich versuchte, seine Worte zu verstehen, aber in dem Moment, in dem ich darüber nachdachte, hallten die scharfen Echos des Schmerzes, den er mir zugefügt hatte, in einem scharfen Impuls durch meinen Körper. Mir blieb nichts anderes übrig, als erneut zusammenzuzucken.

Darius versuchte, nach mir zu greifen, und ich kroch abermals zurück. Wieder gegen die Gitterstäbe des Käfigs gedrückt, fauchte ich ihn an. Er fluchte laut, stand auf und verschwand, wobei er die Couch umwarf, und ein Brüllen entrang sich seiner Kehle.

»Darius!«, rief Caleb, während meine Haut durch die Berührung mit den Gitterstäben vor Schmerz aufheulte, aber ich weigerte mich, ihm auch nur einen Zentimeter näher zu kommen. Ich wusste, dass er alles nur noch schlimmer machen würde. »Beruhige dich! Was zum Teufel ist los mit dir?«

Darius warf mir einen schmerzverzerrten Blick zu und schüttelte dann den Kopf, bevor er zur Tür stürmte. »Meine Anwesenheit macht alles nur noch schlimmer. Ich werde mal nachsehen, warum die anderen so lange brauchen.«

Caleb war hin- und hergerissen, ob er ihm folgen oder bei mir bleiben sollte, und ich löste mich langsam von den Gitterstäben, während ich beobachtete, wie er sich schließlich entschied, zu bleiben. Sein Blick war voller Mitleid, und die Schatten in mir erhoben sich erneut und flüsterten mir süße Versprechen ins Ohr, die mich daran erinnerten, dass dies meine Chance war, zu entkommen.

Unten wurde eine Tür zugeschlagen, und ich fühlte, wie sich die Anspannung in meinem Körper löste, als mir klar wurde, dass Darius wirklich gegangen war.

»Caleb?«, raunte ich leise, aber dank seiner Fähigkeiten konnte er mich problemlos hören. »Warum tust du mir das an?«

Er fixierte mich mit seinen dunkelblauen Augen und stellte die Couch wieder in Position, bevor er sich vor mich stellte.

»Ich weiß, dass das jetzt verwirrend ist, Tory, aber ich schwöre dir, dass es das Beste ist. Wenn du deinen Phönix zurückerlangst, wirst du in der Lage sein, die Schatten zu bekämpfen. Dann wirst du klarer denken und dich erinnern können ...«

»Lionel hat gesagt, dass die Dinge, die ich vergessen habe, mir Schmerzen bereiten«, hauchte ich, während ich auf ihn zukroch und zwischen den Stäben hindurchspähte. »Das stimmt doch, oder nicht?«

»So einfach ist das nicht«, stieß er zwischen zusammengebissenen Zähnen hervor.

Stille trat ein, aber ich konnte sehen, dass er ein wenig schwankte und mich genau beobachtete, als wüsste er nicht, was er denken sollte. Ich befeuchtete langsam meine Lippen, während ich versuchte, ihn dazu zu bringen, mir zu helfen. Wenn ich ihn nur dazu bringen könnte, zu sehen, wie ich mich jetzt fühlte, würde er sicher erkennen, dass das nicht richtig war. Sicher würde er mich nicht hier eingesperrt lassen.

»Bitte, Caleb, tu mir das nicht an«, flehte ich und ließ ihn sehen, wie sehr ich mich vor dem fürchtete, was sie planten. »Ich bin glücklich, jetzt, da ich mit meinem König verbunden bin. Und nichts, was ihr tut, wird dieses Band lösen. Außerdem will ich die Schatten. Ich brauche sie. Bitte lass nicht zu, dass sie sie mir wegnehmen!«

Caleb stöhnte und legte den Kopf in die Hände. »Du bist gerade nicht du selbst, Sweetheart«, sagte er. »Aber das wirst du wieder sein. Bald.«

Ein wilder Zorn durchzuckte mich, und ich stürzte mich auf die Gitterstäbe und schleuderte die Schatten mit aller Kraft auf ihn, sodass meine ganze Welt in einem dichten Nebel der Dunkelheit versank.

Der Zusammenstoß mit den Gitterstäben ließ mich innerhalb von Sekunden vor Schmerzen brüllen, aber ich weigerte mich, nachzugeben. Ich war in Leid und Schmerz wiedergeboren worden, und ich konnte mich durch diese Folter hindurchkämpfen, um dem Schicksal zu entkommen, das sie für mich vorgesehen hatten.

Ich heulte auf, als die Gitterstäbe hielten, und fiel auf den Rücken, als meine Kraft auf mich zurückprallte. Ich zuckte und krampfte, als die Magie, die ich ausgeübt hatte, in meinen Körper getrieben wurde. Der Schmerz floss wie Magma durch meine Adern.

Aber ich hörte nicht auf. Es wäre viel schlimmer, wenn ich aufhören würde. Wenn ich versagen sollte, wäre die Folter, die ich dann ertragen müsste, nichts im Vergleich zu dem, was ich jetzt durchmachte.

Erinnerungen an diesen steinernen Raum hallten in meinem Geist wider. An die Gläser mit Blitzen und die metallenen Werkzeuge, die sich immer wieder in mein Fleisch gruben. Darius hatte mir das angetan. Es war alles Darius gewesen. Jedes Mal, wenn ich an ihn gedacht, nachts nach ihm gerufen und seinen Namen geschrien hatte, um ihn um Hilfe zu bitten, war das die Antwort gewesen. Er war nie zu mir gekommen. Er hatte mich diesem Schicksal überlassen.

Ich konnte nicht zulassen, dass er mich jetzt in die Finger bekam. Das würde ich nicht zulassen.

Ich schleuderte so viel Kraft gegen den Käfig, dass das ganze Ding wackelte und rüttelte. Ich lag zuckend auf dem Rücken, bis mich die Dunkelheit, die mich umgab, mit sich riss und mich ganz verschlang.

Und endlich wurde ich von all dem befreit und ich fiel in eine Leere des Nichts.

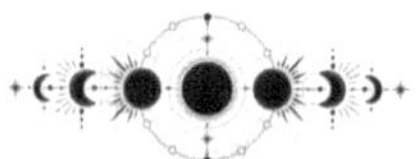

Hitze breitete sich in meinen Adern aus, heiß und mächtig und angefüllt mit mehr Erinnerungen, als dass ich sie hätte begreifen können.

Zuerst schreckte ich vor der Intensität der Flammen zurück und flüchtete mich in eine Ecke meines Geistes, die sicher, dunkel und in Schatten gehüllt war. Aber je stärker das Feuer wurde, desto schwieriger wurde es, mich davor zu schützen.

Als ich sicher war, dass ich in der Hitze verbrennen würde, riss ich die Augen auf und ein Schrei der Angst entrang sich meiner Kehle.

Keuchend versuchte ich, dem Feuer zu entkommen, aber es gab kein Ausweichen, kein Entkommen vor diesem Ding, das in mir zu leben schien. Ich zuckte zusammen und sah Darcy durch die Gitterstäbe auf mich herabblicken, während sie eine Spritze fest in ihrer geschlossenen Faust hielt. Ich blickte auf meinen Arm und sah eine kleine Einstichwunde in meinem Bizeps.

»Was hast du mit mir gemacht?«, rief ich, kroch zurück und schrie auf, als ich wieder gegen die Gitterstäbe des Käfigs stieß.

Meine Lippen teilten sich zu einem Schmerzenslaut, und ich schlug mit der Hand auf die Einstichstelle und sah mich mit rasendem Herz in dem Meer von Gesichtern um, die mich umgaben.

»Zurück!«, knurrte Max. Seine Hand landete auf Geraldines Arm, die laut schluchzte, und zog sie einen Schritt zurück. »Sie dreht durch und verliert gleich die Kontrolle über ihre Formgebung.«

»Scheiße«, fluchte Seth und packte Calebs Handgelenk, um ihn ebenfalls wegzuziehen.

»Sieh mich an, Roxy!«, knurrte Darius von meiner rechten Seite, und ein Schrei des Schreckens entrang sich mir, als ich sah, dass er verdammt nah an den Gitterstäben war, die mich einschlossen.

Eine Hitzewelle durchzuckte meine Schulterblätter, als Max panisch etwas schrie, und mehr Energie, als ich je hätte bändigen können, stieg in mir auf.

Mein Körper explodierte in einem Feuerball, Flügel brachen aus meinem Rücken und ließen den Käfig um mich herum explodieren, wobei die Metallstäbe in alle Richtungen geschleudert wurden und tödliche Geschosse bildeten.

Für einen Moment war ich wie gelähmt vor Angst und Panik, doch mitten in diesem Chaos zentrierte mich der Ruf des Phönixfeuers in meinem Blut. Ich fand ein Mädchen zwischen den Flammen, dessen Körper wie meiner von Feuer bedeckt war und das mir die Arme in einer stillen Bitte entgegenstreckte.

Ich stieß mit ihr zusammen, und ein Schluchzen entrang sich meiner Kehle, als sie mich an sich zog und mich so fest drückte, dass ich dachte, ich würde zerbrechen. Aber das tat ich nicht. Denn ich hatte sie. Und sie war alles, was ich je gebraucht hatte.

Mein Weinen wurde hysterisch, als ich mich an sie klammerte, und mein Gehirn war nicht mehr in der Lage, sich auf etwas anderes zu konzentrieren als darauf, wie sehr ich sie vermisst hatte, wie sehr ich sie brauchte und wie viel weniger ich ohne sie gewesen war.

Ich wusste nicht, wie lange wir uns so aneinanderklammerten, praktisch zu einem Körper wurden, zwei Hälften eines Ganzen. Das, wozu wir geboren worden waren.

Langsam wurde mir bewusst, dass das Feuer um uns herum erlosch, denn die Tränen auf meiner Haut zischten nicht länger. Mein Phönix zog sich in mich zurück, obwohl er dicht unter der Oberfläche blieb und die verbleibenden Schatten vertrieb.

»Es ist alles in Ordnung, Tor«, sagte Darcy immer wieder, während sie mich fest an sich drückte und mit den Fingern durch meine Haare strich.

»Hat sie sich wieder unter Kontrolle?« Seths Stimme erregte meine Aufmerksamkeit, und ich drehte den Kopf ein Stück, um ihn anzusehen. Er stand in einer Eiskuppel, die Max, Geraldine und Darius auf ihrer Seite des Baumhauses errichtet hatten, um alle zu schützen.

Hinter uns war alles in die Luft gesprengt worden, und in den Ästen der Bäume im Wald dahinter loderten noch immer Flammen.

»Du hast dich unter Kontrolle, nicht wahr, Tor?«, fragte Darcy, und ich blinzelte zu ihr hoch und wich ein wenig zurück, während mein Gehirn versuchte, die Ereignisse zu verarbeiten.

Ich hatte das Gefühl, als müsste ich durch eine Schicht Watte waten, um die Worte zu verstehen, die alle auf mich einprasselten.

»Mylady, du kannst meine Kleider haben«, verkündete Geraldine laut, während sie das Eis teilte und nach vorn trat, um ihr Shirt auszuziehen. Mir wurde klar, dass ich mir bei der Verwandlung sämtliche Klamotten vom Leib gebrannt hatte und nun nackt auf dem Boden kauerte, die Arme fest um mich geschlungen.

Darcy hatte offensichtlich die Geistesgegenwart besessen, ihr eigenes Outfit zu schützen, als sie sich verwandelt hatte, sodass ich das einzige nackte Geschöpf war, das jetzt alle anstarrten.

Scham überkam mich, und die Schatten glitten unter meine Haut und boten mir eine gewisse Erleichterung von diesem Gefühl, aber ich widerstand ihrem Ruf, sah meine Schwester an und fand in ihrem Blick alles, was ich brauchte, um mich zu sammeln.

Max packte Geraldines Handgelenk und zog sie zurück, bevor sie sich noch weiter ausziehen konnte. »Bedräng sie nicht!«, warnte er. »Sie könnte wieder explodieren.«

Meine Haut prickelte unter der Berührung seiner Sirenen-Gabe, und ich warf Darcy einen nervösen Blick zu, die mir aufmunternd zunickte. »Max wird dir helfen, wenn du ihn lässt?«

Ich zitterte vor Schwäche, verursacht durch die Verletzungen, die ich im Käfig erlitten hatte, und mein Gehirn war kurz davor, den Geist aufzugeben. Das Angebot war zu verlockend, aber als ich im Augenwinkel eine große Gestalt wahrnahm, wurde ich misstrauisch.

Darius machte einen Schritt auf mich zu, und ich schnappte nach Luft. Mein Phönix erhob sich schützend unter meiner Haut, während die Angst durch mich hindurchschoss. Augenblicklich versuchte ich, mich von ihm zu entfernen.

»Hier«, sagte er und zog einen Kapuzenpullover aus einer Kiste mit Kleidern, die durch den Eispanzer vor der Explosion geschützt worden war.

Meine Magie war durch die Flammen unserer Phönixe ein wenig aufgefüllt worden, und ich errichtete einen Luftschild, bevor Darius näher kommen konnte. Vor Angst wimmernd, suchte ich in Darcys Armen Schutz.

»Scheiße«, fluchte Max und warf einen Blick zwischen Darius und mir hin und her, während sich sein Gesicht vor Kummer verzog. »Darius ... ich denke, du solltest gehen.«

»Was?«, knurrte der Drache, seine Augen blitzten vor klarer Ablehnung und seine Muskeln spannten sich an, als würde er sich gleich verwandeln.

Ich holte ängstlich Luft, während ich mehr Magie in den Schild fließen ließ, und Darcy nahm mein Kinn und drehte mich zu sich um, während Heilmagie unter meine Haut glitt und einige der Schmerzen in meinem Körper lindern konnte.

»Du brauchst keine Angst vor Darius zu haben, Tory«, flüsterte sie. »Er ist nicht wie sein Vater. Er würde dir nie wehtun, wie Lionel es getan hat ...«

»Lionel tut mir nicht weh«, knurrte ich und befreite mich aus ihren Armen. »Er heilt mich. Er liebt mich. Er ist mein König.«

Eine bedrückende Stille folgte, und Geraldine begann laut zu weinen, während sie sich die Hände vor die Augen schlug.

»Oh, bei den Sternen! Erbarmt euch unser! Mylady wurde von einer lügenden Echse betört und auf die abscheulichste Weise getäuscht.«

»Nein, Tory, das stimmt nicht«, knurrte Darcy und sandte einen magischen Blitz auf den Schild, den ich erschaffen hatte. Sie zerschmetterte ihn und setzte dann Luftmagie ein, um Darius den Kapuzenpullover abzunehmen und ihn mir über den Kopf zu stülpen. Ich stand auf. Der Pulli hing mir bis zur Mitte der Oberschenkel, und der Geruch von Zedernholz und Rauch, der von dem Stoff ausging, gab mir ein wenig Sicherheit, während ich mich eilig weiter von Darius entfernte.

»Du hast deinen Phönix zurück. Du musst ihn benutzen, um die Dunkle Manipulation aus dir herauszubrennen«, sagte Darcy.

Mein Blick glitt zu ihr, und ich öffnete den Mund, um ihr zu sagen, dass ich nicht unter dem Einfluss irgendeiner Manipulation stand. Aber in dem Moment, in dem ich darüber nachdachte, erwachte der Phönix in mir abermals zum Leben, erhob und wand sich unter meiner Haut. Er brannte einen Pfad der Zerstörung durch die Befehle, die auf meinen Geist gelegt worden waren, bis ich wieder vor Erleichterung weinte, weil die Ketten von meiner Psyche genommen worden waren.

»Was zum Teufel hat er mit ihr gemacht?«, murmelte Caleb, während Seth ein Wimmern ausstieß. Mein Blick huschte zwischen ihnen hin und her, während ich mich von all dem völlig überwältigt fühlte.

»Roxy«, hauchte Darius und trat wieder näher, die Hand ausgestreckt, um mir Hilfe anzubieten. Doch in dem Moment, als ich ihn ansah, schlug mein Herz schneller. Es pochte vor Angst, als mich die Erinnerungen an all das Leid, das mir zugefügt worden war, überwältigten. Er. Er war an allem schuld.

»Bleib zurück!«, keuchte ich und rief beinahe wieder die Schatten herbei, weil ich mich abermals ohne Magie und der Gnade dieser wilden Kreatur vor mir ausgeliefert sah.

Darius' Gesicht verkrampfte sich, und etwas in seinen Augen schien zu zerbrechen, als ich ihn mit einer Angst in der Seele ansah, die so tief war, dass ich nicht sicher war, ob ich ihr jemals entkommen könnte.

»Alle raus hier!«, befahl Max plötzlich. »Cal, Seth und Gerry, repariert die Wände, bevor ihr geht, und stellt sicher, dass der Wald keine Anzeichen von Schäden durch die Flammen aufweist! Darius, du musst … von hier verschwinden. Es tut mir leid, aber sie kann nicht in deiner Nähe sein. Sie hat eine Scheißangst vor dir. Es überwältigt sie …«

»Ich werde sie nicht wieder im Stich lassen«, knurrte Darius wütend, und ein Stich des Schmerzes durchfuhr mich, als ich die Dunkelheit in seinem Tonfall hörte.

»Es tut mir leid, Mann«, sagte Max, drehte sich zu ihm um und packte sein Gesicht, um ihn zu zwingen, ihn anzusehen. »Aber dass du hier bist … tut ihr weh. Ich weiß nicht, was Lionel getan hat, aber jedes Mal, wenn sie dich ansieht, verspürt sie sowohl körperlichen Schmerz als auch Angst. Wenn ich eine Chance haben soll, das in Ordnung zu bringen, darfst du nicht hier sein. Ich sage dir das nur ungern, aber je öfter du in ihrer Nähe bist, desto schlimmer wird es für sie.«

Darius knirschte mit den Zähnen, als würde er den Schmerz selbst spüren, und richtete seine dunklen Augen auf mich. Ich versuchte, dieses Mal nicht zurückzuweichen, aber es gelang mir nicht.

»Ist das wahr, Roxy?«, fragte er und sah dabei so aus, als wollte er nichts lieber, als die Distanz zwischen uns zu verringern. Am liebsten hätte ich mich schreiend aus dem riesigen Loch katapultiert, das ich in die Wand gesprengt hatte, nur um ihm zu entkommen.

Ich antwortete nicht, aber ich stritt es auch nicht ab, und das schien auszureichen, um seine Entschlossenheit zu brechen. Mit traurigen Augen nickte er steif.

Er drehte sich um und ging zum Ausgang. Seth heulte, als er ihm nachjagte, und Caleb zögerte nur einen Moment länger, bevor er ihnen folgte. Ich entspannte mich ein wenig, als ihre dominierende Anwesenheit verschwand.

Geraldine schluchzte immer noch, während sie die Wand flickte, wie Max es ihr aufgetragen hatte, aber mein Blick wanderte zu der Sirene, die sich langsam auf mich zubewegte.

»Ich glaube, dass ich dir helfen kann, Tory«, sagte er sanft, und als er näher kam, durchströmte mich ein Gefühl der Ruhe und des Verständnisses. Seine Gaben erfüllten die Luft um ihn herum und zogen mich an wie eine sanfte Umarmung.

»Ich weiß nicht, ob …«, begann ich, doch Darcy fiel mir ins Wort.

»Du kannst ihm vertrauen, Tory. Er wird dir helfen. Bitte, lass ihn dir helfen.«

Ich fing den Blick meiner Zwillingsschwester auf und sah so viel Schmerz und Leid darin, dass ich nickte – einfach, weil ich etwas tun musste, um das zu lindern, was diesen Blick auslöste. Erinnerungen an unsere Kindheit stiegen in mir auf, bis ich das Gefühl hatte, dass sie mich überfluteten. Die guten, die schlechten, die verdammt beschissenen. Aber egal, was wir in all den Jahren erlebt hatten, sie war immer dieses eine brennende Licht direkt neben mir gewesen. Mein ganz eigener Stern, der mich immer nach Hause führen sollte. Darcy. Meine andere Hälfte. Meine einzige, wahre Liebe.

»Okay«, stimmte ich flüsternd zu, und Max nahm meine Hände in seine.

»Wir werden das schon hinkriegen, okay, kleine Vega?«, murmelte er und sah mich mit seinen tiefbraunen Augen an. Aus irgendeinem Grund vertraute ich ihm wirklich.

»In Ordnung«, stimmte ich zu.

»Dazu muss ich allein mit ihr sein«, sagte Max und ließ mich dabei nicht einen Moment aus den Augen. »Damit ich mich jederzeit uneingeschränkt auf ihre Gefühle konzentrieren kann.«

Darcy sah aus, als würde sie ablehnen wollen, und Geraldine hielt sich die Hände vor die Augen und schluchzte laut. »Du bringst mir Mylady besser zurück, du Prachtexemplar von einem Kugelfisch. Oder ich schneide dir die Flossen ab und werfe sie ins Feuer!«

Max verdrehte die Augen, lächelte mich aber warm an, während er meine Hand fester drückte und mir weiterhin beruhigende Emotionen einflößte.

»Ich will sie nicht verlassen«, knurrte Darcy trotzig.

»Okay, hör zu!«, sagte Max mit rauer Stimme, während er zuerst mich ansah und sich dann zu ihr umdrehte. »Deine Schwester hat etwas wirklich

Abgefucktes durchgemacht. Ich kann dir nicht einmal ansatzweise erklären, wie komplex die Gefühle sind, die sie gerade durchlebt. Aber wenn ich auch nur die geringste Chance haben soll, diese Scheiße wieder rückgängig zu machen, dann musst du jetzt verdammt noch mal verschwinden und mich dir zeigen lassen, warum Sirenen die beste Formgebung sind, die es gibt. Denn im Moment ist Zeit von entscheidender Bedeutung. Ihr Geist ist gebrochen und formbar, die Schatten sind zurückgedrängt und all die Dunkle Manipulation ist gebrochen. Aber mit jedem Moment, der vergeht, werden mehr und mehr der Dinge, die sie fühlt, fixiert. Willst du, dass ich ihr helfe, sich daran zu erinnern, wer sie war, bevor dieser Wichser sie in die Finger bekommen hat? Oder willst du einfach nur dastehen und ihre Chancen versauen?«

Darcy starrte ihn lange an und warf mir dann einen entschuldigenden Blick zu. »Ich komme zurück, Tor«, versprach sie. »Sobald du bereit bist, mich wiederzusehen, bin ich da.«

Ich nickte, während sie Geraldine am Arm packte und aus dem Zimmer zerrte. Ihre Schritte entfernten sich, während Max und ich einander einfach nur ansahen.

Er trat auf mich zu, holte tief Luft und legte seine großen Hände auf mein Gesicht.

»Kämpfe nicht dagegen an, Tory«, flüsterte er. »Lass es einfach zu, und ich verspreche dir, dass ich dir helfen werde, alles zu verstehen.«

Mein Herz raste vor Panik und Angst, und ich hatte das dringende Bedürfnis, wegzulaufen und meinen König zu sehen. Doch als ich in die Tiefen seiner braunen Augen blickte, beruhigte sich etwas in mir. Und obwohl Tränen über meine Wangen liefen, gelang es mir, einen zittrigen Atemzug auszustoßen, der das Gewicht der Welt zu tragen schien. Und dann gab ich mich seinen Fähigkeiten hin und ließ mich von ihm auf einer Welle aus Leid und Herzschmerz davontragen.

Pisces
Scorpio
Virgo
Gemini
Aries
Cancer
Leo
Taurus
Sagittarius
Capricorn
Aquarius
Libra
Pisces

MAX

KAPITEL 16

Ich hatte mehr als fünf Stunden gebraucht, um mich durch die Erinnerungen voller Schmerz und Angst zu arbeiten, die Torys Geist erfüllten, bevor ich überhaupt in der Lage gewesen war, die Wurzeln ausfindig zu machen. Lionel hatte verdammt gute Arbeit geleistet, indem er sie dazu gezwungen hatte, jeden Moment der Folter, den er ihr zugefügt hatte, mit einer Erinnerung an Darius zu verbinden.

Ich hatte so viel Folter in ihren Erinnerungen gesehen, dass es mir in der Seele wehtat. Mir stieg die Galle in der Kehle hoch, als ich sie mit meiner Fähigkeit nachempfand.

Ich hätte mich weigern können, das Schlimmste zu absorbieren, um mich davor zu schützen – aber sie benötigte dieses Ventil. Dessen war ich mir sicher. Sie musste jedes einzelne Erlebnis aufarbeiten. Jedes einzelne Mal, als er sie in den Raum unter dem Acrux-Anwesen gebracht und seine dunklen und perversen Fantasien an ihr ausgelebt hatte.

Wenn ich vorher noch Zweifel an der abgrundtiefen Verderbtheit von Lionel Acrux gehegt haben sollte, so waren diese nun endgültig zerstreut.

Er hatte Tory nicht nur verstümmelt, verbrannt und mit Stromschlägen gequält, bis sie nicht mehr hatte schreien können. Er hatte sich daran geweidet.

Tief in ihren Erinnerungen an den Schmerz verborgen waren mehr als genug Bilder seiner vor Erregung glänzenden Augen, während er sie dazu brachte, schreiend um Gnade zu flehen. Er hatte sie immer wieder dazu gezwungen, an Darius zu denken, bis sie diese Erinnerungen mit ihm verbunden und sich sicher gewesen war, dass er ihr das angetan hatte.

Ich verbrachte den Großteil des Tages damit, herauszufinden, dass er einen Zyklopen als Gehilfen für seine Grausamkeiten benutzt hatte. Er hatte jede dunkle und schmerzvolle Erinnerung, die sie seit ihrer Ankunft an der Academy in Bezug auf Darius hatte, genommen und den Schmerz, den sie deshalb empfand, noch weiter geschürt, bis sie innerlich geblutet hatte. Und dann hatte er auch all ihre guten Erinnerungen gefunden und sie so lange niedergeschlagen, bis sie diese Gedanken nicht mehr hatte schützen können. Allerdings stellte ich überrascht fest, dass in ihrem Geist nach wie vor ein paar Dinge verborgen waren.

Sie wehrte sich zwar immer noch gegen meine Versuche, sie dazu zu bringen, diese freizugeben, aber jedes Mal, wenn ich ihre Gedanken und Gefühle in diese Richtung lenkte, schien sie ein wenig bereitwilliger zu sein, sie anzusehen.

Wir waren in mein Schlafzimmer in King's Hollow gezogen, nachdem sie das erste Mal ohnmächtig geworden war, als sie sich an die erlittene Folter erinnert hatte. Gerade rechtzeitig hatte ich sie aufgefangen, bevor sie mit dem Kopf auf den harten Dielen aufgeschlagen war.

Ich hatte sie hierher getragen und auf das Bett neben dem Kamin gelegt, wo ich das Feuer jedes Mal, wenn es erlosch, sorgfältig wieder angezündet hatte. Indem ich meine Gaben auf diese Weise an ihr einsetzte, entzog ich ihr Magie, während ich mich daran nährte. Dementsprechend musste sie ihre Vorräte wieder auffüllen, um den Verbrauch durch mich während unserer Arbeit auszugleichen. Ich war berauscht von der Fülle ihrer Kraft und musste immer wieder Pausen einlegen, um mich zu leeren, indem ich einen heftigen Windstoß in den Wald draußen schickte oder einen Wasserschwall erzeugte – alles, nur damit ich weiter von ihr schöpfen konnte.

Sie lag in meinen Armen, ihr Kopf ruhte auf meiner Brust, während ihre Glieder in Erinnerung an den Schmerz zitterten, der sie immer wieder überfallen hatte.

Ich konnte nicht anders, als mich wie das Monster zu fühlen, das ihr das angetan hatte, während ich meine Gaben weiterhin dazu nutzte, diesen Schmerz aus ihr herauszuholen und sie dazu zu zwingen, mir alles zu geben. Aber ich wusste, dass es der einzige Weg war. Sie musste sich davon befreien, musste den Schmerz klar und ohne die Verfälschung durch Lionels Lügen betrachten, die ihn in Unwahrheiten hüllten, wenn sie jemals in der Lage sein wollte, darüber hinwegzukommen.

Ich wollte nicht einmal darüber nachdenken, was das mit mir machte.

Ich nutzte meine Gabe in vollem Umfang bei ihr, und sie öffnete sich mir und ließ mich vollständig in ihre Erinnerungen eintauchen, sodass ich sie tatsächlich selbst miterleben konnte. Ich drang selten so tief in den Geist einer anderen Person ein, aber wenn ich überhaupt eine Chance haben wollte, das zu beheben, was ihr angetan worden war, musste ich es tun.

Ich schloss die Augen, bevor ich meine Kraft erneut in sie hineinschickte, und sie krallte sich mit kalten Fingern an meinem Shirt fest. Ein Schmerzenslaut entwich ihr, und ich stöhnte, als ich den heftigen Stromschlag in meiner Brust spürte, als wäre ich selbst dort gewesen. Ich schmeckte Blut in meinem Mund, als sie sich auf die Zunge biss, während sie vor Schmerz zuckte und krampfte. Und das stechende Gefühl der Lederriemen, die ihre Arme und Handgelenke auf dem Holzstuhl fixierten, auf den man sie in ihrer Unterwäsche geschnallt hatte, versetzte mich in Panik.

»Wen liebst du?«, fragte Lionel kühl, während Clara an seinem Arm hing und ihr Reißzahnlächeln zeigte.

»Dich«, erwiderte ich, und meine Stimme klang wie Torys, als ich ihre Erinnerung durchlebte.

»Was ist mit meinem Sohn?«, fragte Lionel und trat zur Seite, sodass der Zyklop näher treten konnte. Ich schüttelte verzweifelt den Kopf. Er hatte dicke schwarze Haare, die ihm bis über die Schultern reichten, und ein runzliges Gesicht mit einer zackigen alten Narbe, die durch sein linkes Auge verlief und das Weiß blutrot färbte, obwohl die Wunde eindeutig alt war. Er nannte es sein Schattenauge und behauptete, damit Visionen aus dem Schattenreich sehen zu können, genau wie unsere eigenen. Und ganz offensichtlich glaubte Lionel ihm. Seine Pupillen waren so dunkel, dass sie schwarz aussahen, und als er mich fixierte, fröstelte ich vor Angst, denn ich wusste nur zu gut, wozu er fähig war.

»Ich hasse ihn«, sagte ich. »Ich hasse ihn mehr als jeden anderen, den ich je getroffen habe. Er tut nichts, als mir Schmerzen zuzufügen.« Aber ich fühlte diese Worte nicht. Ich fühlte Darius' Arme um mich – damals in seinem Bett, als er mich festgehalten hatte, als wollte er mich nie wieder loslassen. Ich fühlte, wie mein Herz pochte, wenn er mich ansah, und ich erinnerte mich daran, wie er versprochen hatte, für mich zu kämpfen.

»Lüge, Lüge«, schnurrte der Zyklop, streckte die Hand aus, fuhr mit einem Finger über meinen Hals und durch das Tal meiner Brüste, bevor er ihn im Zentrum meines BHs einhakte und leicht daran zog.

»Hände weg, Vard!«, knurrte Lionel, und ich zuckte erleichtert zusammen, als er mich vor den wandernden Händen des Zyklopen rettete. Er ließ mich

los, und ein Anflug von Irritation zeichnete sich auf seinem Gesicht ab. »Mach einfach deinen Job!«

Der Seher schnaubte leise, während er Lionels Befehl Folge leistete, und verrenkte seinen Hals, wie er es immer tat, bevor er sich verwandelte. Mein Puls schnellte vor Angst in die Höhe.

»Mir gefällt das hübsche Schmuckstück, das sie trägt, Daddy«, flüsterte Clara in Lionels Ohr, während sie ihre Hand in Lionels Hose schob. Er stieß ein leises Knurren aus.

»Jetzt, wo du es erwähnst, Clara ... Mir kommt diese Kette tatsächlich bekannt vor.« Mein Herz klopfte, als sie die rubinrote Kette betrachteten, die Darius mir geschenkt hatte, und ich rutschte auf meinem Stuhl zurück, obwohl ich wusste, dass es kein Entkommen gab. »Wenn sie dir gefällt, kannst du sie haben.«

Clara grinste aufgeregt, aber Vard stellte sich vor mich und erregte erneut meine Aufmerksamkeit, während ich versuchte, herauszufinden, wen in diesem Raum ich am meisten fürchten sollte.

Vard lächelte Zähne zeigend, während seine dunklen Augen langsam ineinanderflossen und in der Mitte seiner Stirn ein riesiges kugelrundes Auge bildeten. Ich kniff die Augen zusammen und versuchte, mich vor dem Eindringen seiner Gedanken in meine zu schützen.

Clara kicherte vor Freude, während sie auf die Lehne des Holzstuhls sprang, an den ich gefesselt war, und eine Handvoll meiner Haare packte. Sie zog so fest daran, dass ich vor Schmerz schrie, und riss mir dann mit ihren schmutzigen Fingernägeln die Augenlider auf, sodass ich blutete. Mit der anderen Hand zerrte sie an meiner Kette, bis sie den Verschluss erreichte. Ich spürte, wie sie ihn öffnete, gerade als ich den Kampf verlor und meine Augen nicht länger geschlossen halten konnte.

Vard sah mich an, und im nächsten Moment drang er in meinen Geist ein. Das schleimige, aufdringliche Gefühl überwältigte mich, und ich könnte schwören, dass ich seinen heißen Atem in meinem Nacken spürte, als er in meinen Gedanken sprach.

»Ich habe eine Zukunft gesehen, in der ich dich so oft berühren kann, wie ich möchte, kleine Taube«, säuselte er. »In der mein König dich mir schenkt und dich so oft in mein Bett schickt, wie ich es möchte. Gewissermaßen als Belohnung für all die Visionen, die ich ihm geschenkt habe. Wusstest du, dass dein Vater mir meine Narbe verpasst hat? Ich werde es genießen, es seiner Tochter heimzuzahlen – immer und immer wieder.«

Vard unterstrich diesen Gedanken mit mentalen Bildern, die mich würgen ließen, und wenn ich heute etwas gegessen hätte, wäre ich sicherlich kotzen gegangen. Gerade als ich anfing, angesichts des Szenarios, das sich in meinem Kopf abspielte, zu schreien, glitten Vards Gaben unter meine Haut, und er flüsterte einen einzigen Namen in meinen Kopf: »Darius Acrux.«

Bevor ich auch nur irgendetwas tun konnte, um es zu stoppen, erinnerte ich mich an den Moment, an den ich zuvor schon gedacht hatte – ich in Darius Armen in seinem Bett, seine warme Haut an meiner, dieses Gefühl der Sicherheit.

Doch als ich mich umdrehte, starrte mich Darius an, anstatt mich mit einem schläfrigen, halbherzigen Lächeln zu begrüßen, wie ich es fast erwartet hatte. Seine Hand schnellte hervor und er legte sie um meinen Hals, während er mich tiefer in die Matratze drückte. Er zerriss das Shirt, das ich trug, während ich mich unter ihm wand und krümmte. Ich konnte nicht schreien, sein Griff um meinen Hals schnürte mir die Luft ab und ließ nicht einmal das leiseste Geräusch an meine Lippen dringen, während er grausam lächelte und mir eine Faust in die Brust rammte.

In dem Moment, in dem der Schlag erfolgte, traf mich die Wucht eines Gewitters. Ich schrie vor Schmerz auf, als es mich von innen heraus verbrannte, während ich gegen die Vision von Darius in meinem Kopf und die Gurte, die mich in Wirklichkeit auf dem Stuhl hielten, ankämpfte. Mein Gehirn versuchte, Realität und Lüge auseinanderzuhalten, aber alles verschwamm, als Vard seine Kräfte einsetzte. Es wurde alles zu einer Einheit und die Grausamkeit in Darius' Augen war das Einzige, dessen ich mir neben der Qual in meinem Körper wirklich sicher war.

Ich fiel keuchend auf das Bett zurück, während ich die Erinnerung abschüttelte, und zog Tory, die in meinen Armen zitterte, näher an mich. Ich half ihr, zu erkennen, wie ihre Erinnerungen manipuliert worden waren, um sie gegen Darius aufzubringen, während ich versuchte, meine eigenen Emotionen zu kontrollieren, damit ich sie nicht versehentlich auf sie übertrug.

Mein Körper brannte vor Schmerz, weil ich die Folter, die sie erlitten hatte, noch immer in mir spürte, und ich konnte ihre Erschöpfung fühlen, als sie sich an meine Brust schmiegte. Ich schlang meine Arme fester um sie. Sie brauchte eine Pause. Und wenn ich ehrlich war, ging es mir genauso, denn diese Scheiße war wirklich abgefuckt. Ich hatte das Gefühl, dass es mich zerstören könnte, wenn ich nicht aufpasste, und ich musste mich immer wieder an all die Gründe erinnern, warum ich Darius liebte. Die Konditionierung, der sie ausgesetzt worden war, hatte sich zwischenzeitlich auch in meinen Kopf geschlichen.

Ich streichelte ihre Haare, nutzte meine Gaben, um sie noch müder zu machen, und versetzte sie in einen tiefen, traumlosen Schlaf, bevor ich ihr so viel glückliche, beruhigende Energie zuführte, wie ich aufbringen konnte.

Als ich sicher war, dass sie so schnell nicht wieder aufwachen würde, rollte ich sie vorsichtig von mir runter und deckte sie zu. Ich runzelte die Stirn, als ich sah, wie zerbrechlich sie allein in dem großen Bett aussah. Lionel Acrux würde für das bezahlen, was er ihr und Darius angetan hatte. Ganz zu schweigen von all den anderen Gründen, die ich hatte, ihn zu hassen.

Ich verließ das Zimmer, aber noch bevor ich Darius und Darcy rufen konnte, erschienen sie mit Gabriel zwischen sich. Die Harpyie warf mir einen wissenden Blick zu, an den ich mich wohl gewöhnen musste.

»Wie geht es ihr?«, fragte Darcy besorgt, und ich brachte ein schwaches Lächeln zustande, obwohl die Last all dessen, was ich gerade durch Torys Erinnerungen erfahren hatte, so schwer war, dass ich das Gefühl hatte, unter dem Druck zusammenzubrechen.

»Besser«, murmelte ich und rieb mir das Gesicht. »Ich glaube, sie sieht Lionel jetzt klarer, obwohl das Wächterband es ihr schwer macht, ihn wirklich zu hassen. Ich habe ihr geholfen, viele ihrer Traumata zu verarbeiten, aber …« Mein Blick wanderte zu Darius, und er nickte, als wüsste er bereits, was ich sagen wollte.

»Du musst ihr noch beweisen, dass du nicht das Monster bist, für das sie dich hält«, erklärte Gabriel mit fester Stimme, legte eine Hand auf Darius' Schulter und sah dann zu mir. »Du musst dich ausruhen, Max. Schlaf heute Nacht ein bisschen. Ich werde dem Lehrpersonal sagen, dass die Fae-Grippe umgeht, damit du und Tory morgen nicht zum Unterricht erscheinen müsst. Danach wird sie wieder so weit sein, dass sie zurückkehren kann.«

»Glaubst du wirklich, dass sie den Schein so überzeugend wahren kann, dass es sicher ist?«, knurrte ich und fühlte mich seltsam beschützend gegenüber diesem Mädchen. Einem Mädchen, das ich einst zu ruinieren geschworen hatte. Aber verdammt, ich würde sie nicht wieder in die Schusslinie dieses Monsters bringen.

»Im Moment ist das der einzige Weg nach vorn«, sagte Gabriel entschieden. »Jeder Versuch, sie zu verstecken oder ihr bei der Flucht zu helfen, wird scheitern, wenn wir es jetzt versuchen. Ich habe den ganzen Tag damit verbracht, einen Ausweg für sie zu suchen, aber angesichts des Wächterbands …« Er seufzte schwer. »Es ist noch nicht alles verloren. Sie wird so sicher wie möglich sein, wenn sie weiterhin vorgibt, ihre Rolle in seiner Gunst zu spielen. Aber wenn sie versucht, zu fliehen, wird das Band sie früher oder später zu ihm zurückbringen, und die Strafe für ihren Fluchtversuch wird unvorstellbar sein. Es gibt keine andere Möglichkeit.«

Ich kniff in meinen Nasenrücken, weil mir diese Vorstellung absolut nicht gefiel, aber ich wusste auch, dass Gabriel nicht darauf bestehen würde, wenn er eine andere Möglichkeit sähe. Es schien, als hätte das Schicksal uns noch nicht genug geärgert.

»Na gut«, murmelte ich, während Darius leise knurrte.

»Gabriel und ich werden heute Nacht bei ihr bleiben«, sagte Darcy leise und legte ihre Arme um meinen Hals und drückte mich fest an sich. »Danke, Max.«

Ich war so erschöpft, dass ich ihre Umarmung nicht einmal erwiderte, um nicht zuzulassen, dass die Gefühle, die ich zu unterdrücken versuchte, aus mir herausbrachen. Denn sie musste nicht die Details dessen erfahren, was ihre Schwester durch die Hand dieses Tyrannen durchgemacht hatte. Ich wollte nicht, dass sie davon verfolgt wurde, so wie ich wusste, dass es mich verfolgen würde.

Gabriel dankte mir, bevor er Darcy den Flur entlang folgte, aber Darius rührte sich nicht, als hätte er meinem Gesichtsausdruck bereits entnommen, dass er in diesem Raum nicht willkommen sein würde.

Er wartete, bis Darcy und Gabriel außer Sichtweite waren, schnippte mit den Fingern und erzeugte eine Stillekuppel um uns herum.

»Zeig es mir!«, verlangte er, und ich seufzte.

»Du willst das nicht sehen, Mann. Verdammt, ich will es auch nicht sehen, und ich liebe das Mädchen nicht«, antwortete ich, obwohl ich bereits sehen konnte, wie entschlossen er war, das Ausmaß zu erfahren.

»Es kann nicht schlimmer sein, als ich es mir bereits vorstelle«, knurrte er, und ich wischte mir mit der Hand übers Gesicht und schüttelte den Kopf.

»Es sich vorzustellen und es zu erleben sind zwei völlig verschiedene Dinge. Ich flehe dich an, es zu lassen. Vertrau mir, dass ich ihr helfen werde, das durchzustehen, wissend, dass es jetzt vorbei ist, und versuche ...«

»Zeig es mir!«, befahl er, packte meine Hand und unterlegte seine Stimme mit Manipulation, obwohl er wusste, dass ich den Impuls, zu gehorchen, abschütteln konnte, wenn ich wollte. Aber ich war verdammt müde und wusste, dass er nicht lockerlassen würde, also zeigte ich ihm, was er sehen wollte, obwohl ich wusste, dass ihn das mitten ins Herz treffen würde.

Ich schob ihm meine Gaben entgegen, und er ließ seine mentalen Barrieren fallen, damit ich ihm die Erinnerungen zeigen konnte, die ich in Torys Kopf miterlebt hatte. Darius' Griff um meine Hand wurde fester, und die Wut und

Trauer, die ich in ihm spürte, trafen mich wie eine Flutwelle, als er sah, was sein Vater ihr angetan hatte.

»Wie oft hat er das getan?«, raunte er, während er mich so fest umklammerte, dass er mir die Knochen in den Fingern brach, obwohl ich mir ziemlich sicher war, dass er das nicht einmal bemerkte.

»In letzter Zeit nicht mehr so oft. Das war fast alles in den ersten sechs Wochen«, murmelte ich. »Er hat aufgehört, als sie bei jeder Erwähnung deines Namens Angst gezeigt hat.«

Darius hielt mich mehrere Minuten lang fest, seine Magie umklammerte die meine, während er mich zwang, ihm so viel von dem zu zeigen, was Tory durchgemacht hatte, wie er ertragen konnte. Schließlich ließ er meine Hand los und wandte sich ab – Rauch stieg aus seinem Mund empor.

»Warte!«, rief ich ihm nach und versuchte, ihm meine Gaben aufzudrängen, um ihm etwas von seinem Schmerz zu nehmen, auch wenn mich die Erschöpfung nach dem fortwährenden Einsatz fast völlig überwältigte.

Darius antwortete nicht, riss sich das Shirt vom Leib und sprang aus dem Fenster, bevor ich noch ein weiteres Wort sagen konnte.

Das markerschütternde Gebrüll des verzweifelten Drachen ließ das gesamte Baumhaus erzittern, als er in den Himmel aufstieg, und ich fühlte, wie tief in mir etwas zerbrach, als meine eigene Trauer mich fast zu zerreißen drohte.

Ich schluckte schwer, nahm den leeren Raum um mich herum wahr und drehte mich dann in Richtung Tür um.

Obwohl ich in Torys Nähe bleiben wollte, um ihr zu helfen, wusste ich doch, dass ich, sobald ich schlief, all die Schrecken, die ich gerade erlebt hatte, an alle in der Nähe weitergeben würde. Nicht, dass ich davon überzeugt war, überhaupt schlafen zu können, nachdem ich all das durchlebt hatte. Es war der Fluch meiner Art. Wir nahmen die Gefühle anderer, aber es war mehr als nur ein Austausch von Magie. Wir behielten die Gefühle derer, denen wir sie entzogen. Ihr Schmerz und ihre Erinnerungen wurden zu unseren, wenn wir zu viel nahmen, und wir konnten die Schmerzen von hundert Fae in unseren Herzen tragen, wenn wir nicht darauf achteten, uns öfter von Glück als von Leid zu ernähren. Aber wenn man einem anderen Fae zu viel Glück nahm, dann ließ man ihn in Schmerz zurück, anstatt sich selbst, was nicht besser war, es sei denn, man war ein totales Arschloch. Was ich die meiste Zeit versuchte, nicht zu sein.

Seufzend trat ich in den Wimmernden Wald in Richtung Haus Aqua. Wann immer mir jemand entgegenkam, versuchte ich, kurze Glücksmomente aufzufangen, um das, was mich verzehrte, zu lindern.

Aber es half nicht. Jedes Mal, wenn ich die Augen schloss, durchlebte ich Torys Albträume erneut und ertrank in Darius' Gefühlen des Versagens. Da war so viel Schmerz, dass es mir die Kehle zuschnürte.

Ich bemerkte kaum, dass ich mein Haus erreicht hatte, bis ich den Schlüssel ins Schloss steckte und die Tür aufstieß.

Ich knipste nicht einmal das Licht an, sondern schlug die Tür hinter mir zu, entledigte mich meiner Schuhe und zog mein Shirt über meinen Kopf. Es war noch feucht von Torys Tränen, aber es hatte sich nicht richtig angefühlt, sie mit Magie zu trocknen. Sie waren zu schwer, um sie einfach so fortzuwünschen.

Ich bemerkte, dass die Tür hinter mir nicht ins Schloss gefallen war, und drehte mich um. Geraldine stand zögernd im Türrahmen.

»Es tut mir leid, Gerry«, murmelte ich. »Ich glaube nicht, dass ich das heute Abend noch einmal alles durchgehen kann. Ich brauche etwas Zeit, um ...«

»Ich bin nicht gekommen, um mich nach Mylady zu erkundigen, du blinder Beluga«, sagte sie mit sanfter Stimme, trat ein und schloss die Tür hinter sich. »Ich bin gekommen, um mich nach dir zu erkundigen.«

Ich war wie gelähmt, und in meinem Hals formte sich ein Klumpen, als ich das hörte.

»Ich dachte, ich bin dir egal?«, fragte ich etwas bitter, da mir unser anhaltender Streit über ihre Verlobung mit diesem verdammten arroganten Arschloch immer noch in den Knochen steckte.

Geraldine seufzte, zog ihre Schuhe aus und ließ ihren Blazer fallen, bevor sie mit Tränen in den Augen auf mich zukam.

»Lass uns heute Abend nicht streiten, Maxy-Boy«, hauchte sie. »Lass mich dich einfach festhalten. Wir können so tun, als gäbe es den Rest der Welt nicht.«

Ich schluckte schwer und nickte, als sie ihre Hände um meine Taille legte und mich sanft zurückdrückte, bis ich auf dem Bett zusammensackte.

Ihr Mund fand den meinen, als sie sich auf meinen Schoß senkte, und ich stöhnte leise, als ich unter ihr nach hinten fiel. Unser Kuss war langsam, tief und von Schmerz durchzogen, der durch nichts, was wir jetzt taten, behoben werden würde. Aber irgendwie half er trotzdem.

Ich zog sie an mich, und die Wärme ihres Körpers schien etwas in meiner Seele zu beruhigen. Irgendwie landeten wir zusammengekuschelt auf meinen Kissen, während ihre sanften Hände mich weiter streichelten und liebkosten.

Ich küsste sie erneut und verlor mich langsam in ihr, während mein Herz in einem quälenden Rhythmus schlug, der mich eine ganz andere Art von Schmerz spüren ließ.

»Ich hasse es, mit dir zu streiten, Gerry«, hauchte ich, während ich meine Hände in ihre Haare schob, etwas von meinem Herzschmerz entweichen ließ und sie mit jeder Bewegung meines Mundes auf dem ihren anbetete.

Alles fühlte sich einfach besser an, wenn ich bei ihr war. Sie konnte die schlimmsten Dämonen in meinem Kopf vertreiben und sie in Schach halten, indem sie einfach nur hier war.

»Dann hör auf, zu reden«, raunte sie. »Wir streiten nur, wenn du deine Klappe aufreißt.«

Ich musste zugeben, dass sie recht hatte, also klappte ich geschlagen den Mund zu und ließ mich von ihr in ihre Arme ziehen. Ich legte den Kopf an ihre Brust, wo das kräftige Pochen ihres Herzens unter meinem Ohr zu hören war, und ihre Gegenwart linderte den Schmerz in meiner Seele, wie nichts anderes es vermochte.

Ihre Finger glitten durch meine Haare, und es war dieses wunderbare Gefühl der Zufriedenheit, das von ihr ausging, das dazu beitrug, den Schmerz in meiner Seele zu lindern und den Kreislauf der schrecklichen Erinnerungen zu stoppen, die meinen Geist beherrschten.

Es reichte nicht aus, um alles Dunkle in mir zu vertreiben. Aber es war der Lichtstrahl, nach dem ich mich gesehnt hatte und der mich nach Hause rief.

Gemini
Scorpio
Virgo
Cancer
Aries
Leo
Sagittarius
Taurus
Capricorn
Aquarius
Libra
Pisces

DARGY

KAPITEL 17

Als Max am nächsten Morgen bei Tagesanbruch zurückgekommen war, hatte er mich und Gabriel weggeschickt, um Tory zu wecken. Ich hatte auch in der Nacht nicht mit ihr gesprochen, sondern mich einfach zwischen sie und Gabriel ins Bett gekuschelt, während sie geschlafen hatte. Mein Bruder und ich hatten die halbe Nacht wach gelegen und in einer Stillekuppel über Tory, den Imperialen Stern, Lionels furchtbare Formistenscheiße und … einfach über alles geredet.

Jetzt war ich draußen in den Wäldern in der Nähe des King's Hollow, ging auf und ab und übte meine Erdmagie. Ich ließ die Blätter eines ganzen Baumes wieder wachsen, als wäre es Hochsommer, bevor sie alle trocken und braun wurden und um mich herum durch die Lüfte flatterten. Gabriel war fliegen gegangen, um seine eigene Unruhe zu lindern, und gelegentlich zog ein Schatten über mir vorbei – ich wusste, dass er in der Nähe war.

Als Max uns eine Stunde später per SMS mitteilte, dass wir zurückkommen konnten, rannte ich so schnell ich konnte durch den Wald, um meine Schwester zu sehen. Die Warterei war die reinste Qual gewesen. Und ich hatte mich so lange danach gesehnt, sie wieder an meiner Seite zu haben. Ich wollte keine einzige Sekunde mehr ohne sie vergeuden.

Ich erreichte das Baumhaus und Gabriel landete vor mir. Ich rannte in ihn hinein, und er schloss mich in seine Arme und drückte mich fest an sich. Max trat durch die Tür, und wir trennten uns, woraufhin er uns ein kurzes Lächeln schenkte; seine Augen waren von Dunkelheit geprägt.

»Wie geht es ihr?«, fragte ich.

»Es geht ihr gut«, sagte er, aber in seiner Stimme schwang Sorge mit. »Zumindest glaube ich, dass sie auf einem guten Weg ist.«

Tränen brannten in meinen Augen, und ich schlang die Arme um seinen Hals. Seine Sirenengabe griff auf mich über und tröstete mich. Ich ließ meine Barrieren fallen und streichelte seinen Nacken, während ich heilende Energie in seinen Körper fließen ließ, um die Erschöpfung zu bekämpfen, die er sicherlich verspürte.

»Danke«, hauchte ich, als er mich einen Moment lang festhielt, bevor er sich wieder entfernte. Ich würde ihm das nie vergelten können. Ein Blick in seine Augen verriet mir, was es ihn gekostet hatte, und es gab keine Worte, die meine Dankbarkeit dafür zum Ausdruck bringen könnten.

Er bedeutete uns, reinzugehen, und ich rannte in den Baumstamm, dicht gefolgt von Gabriel. Wir liefen die Wendeltreppe hinauf, und ich stieß die Tür zum Wohnzimmer auf, bevor wir auf Max' Zimmer zugingen. Dort zwang ich mich, einen Moment innezuhalten. Ich konnte mir unmöglich vorstellen, was sie gerade durchmachte, und obwohl ich hoffte, dass sie mich in ihrer Nähe brauchte, könnte ich mich auch irren. Vielleicht wollte sie einfach nur ihre Ruhe haben. Auch wenn mir der Gedanke daran das Herz brach, wusste ich, dass ich ihr alles geben würde, was sie brauchte.

Ich klopfte leise an, und Gabriel schwieg, obwohl er wahrscheinlich genau sehen konnte, wie sich die Situation entwickeln würde.

»Tor?«, rief ich mit zittriger Stimme. *Bitte mach, dass es ihr gut geht.*

»Darcy?«, rief sie zurück, und Hoffnung schwang in ihrer Stimme mit. Tränen kullerten über meine Wangen.

»Gabriel ist bei mir.« Ich drückte meine Stirn gegen die Tür und ließ die Tränen ungehindert fließen, ohne auch nur zu versuchen, sie zurückzuhalten. »Können wir reinkommen?«

»Ja«, krächzte sie, und ich betätigte den Türgriff, schob die Tür auf und warf einen Blick in den abgedunkelten Raum, in dem lediglich eine Lampe neben dem Bett brannte. Sie hatte sich in der Mitte des Bettes zusammengerollt und richtete sich jetzt auf, um uns anzusehen. Ihr Gesicht war fleckig vom Weinen. Ich hatte meine Schwester selten so gesehen. Am liebsten hätte ich Lionel Acrux sofort aufgesucht und ihn dafür zur Rechenschaft gezogen, was er ihr angetan hatte.

Gabriels Schulter berührte meine, während wir darauf warteten, dass sie etwas sagte. Aber das tat sie nicht. Sie öffnete einfach nur die Arme und schluchzte. Ich rannte zu ihr, sprang aufs Bett und fiel auf sie, während ich sie fest drückte.

»Es tut mir so leid«, wimmerte sie, und ich drückte sie fester an mich, während ich mich neben sie legte, ihre Stirn küsste und sie einfach nur festhielt.

»Dir muss absolut gar nichts leidtun«, knurrte ich. »Das warst nicht du, sondern Lionel.«

Sie zuckte zusammen, als ich den Namen erwähnte, und ich umarmte sie nur noch inniger, während Gabriel sich zu uns ins Bett legte und seine starken Arme um uns schlang, bis sich unsere Seelen zu verbinden schienen. Wir hielten uns einfach nur umklammert, und ich spürte, wie die Liebe meiner Familie uns so eng miteinander verband, dass uns nichts mehr trennen konnte. Weder Lionel noch die Sterne. Sie mochten versucht haben, unseren Willen zu brechen und uns niederzutrampeln, aber sie würden niemals Erfolg haben. Wir würden immer wieder zusammenfinden. Genau, wie es sein sollte.

»Geht es dir gut?«, fragte ich und sie nickte.

»Ja, nichts ist perfekt, aber ich fühle mich besser«, sagte sie. »Besser als seit langer Zeit.«

Nach einer Weile legte sich eine Art stiller Frieden über uns alle, und die Wunde in meinem Herzen begann zu heilen. All das würde eine tiefe Narbe hinterlassen. Aber jetzt hatte ich Tory zurück, und ich würde dafür sorgen, dass ihr nie wieder etwas zustieß. Und dass sie das bekam, was sie verdiente. Ein verdammtes Happy End.

»Möchtest du darüber reden?«, flüsterte ich Tory zu, während unsere Köpfe auf einem Kissen lagen und wir einander ansahen, während Gabriel seine Arme von hinten um sie legte.

Sie schüttelte den Kopf, ihre Augen waren verweint, aber es flossen keine weiteren Tränen. Und wie ich Tor kannte, würde sie nach diesem Vorfall nie wieder eine Träne für Lionel Acrux vergießen.

»Noch nicht«, flüsterte sie, und ich nickte.

»Wenn du etwas brauchst, lass es mich wissen«, sagte ich, und ein Lächeln umspielte ihre Mundwinkel.

Gabriel stützte seinen Kopf auf ein Kissen hinter ihr und grinste schelmisch, als wüsste er genau, worum Tory bitten würde.

»Ich möchte fliegen«, sagte sie. »Ich möchte mit dir und Gabriel wegfliegen – weit weg von hier.«

»Heute Abend«, versprach Gabriel. »Wir können uns nach dem Unterricht vom Campus schleichen und zusammen eine Runde drehen.«

Ich drückte Torys Hand, und mein Herz schmerzte. »Noch etwas?«

»Kaffee«, sagte sie, während sie halb schnüffelte, halb lachte und mir damit ein Grinsen entlockte. »Und ein paar von Geraldines buttrigen Bagels.«

»Ich werde sie bitten, welche mitzubringen«, sagte ich und erwiderte ihr Lächeln, aber Tory hielt meine Hand fest, bevor ich aufstehen konnte.

»Und ich will, dass alles wieder normal wird, dass niemand so tut, als wäre ich aus Glas. Versprochen?« Das Feuer in ihren Augen sprach Bände, und ich verstand, dass sie das mehr als alles andere brauchte.

Ich nickte fest, und mein Herz zog sich vor Liebe zu ihr zusammen. »Versprochen.«

Ich nahm meinen Atlas, schickte Geraldine eine Nachricht und sie antwortete in Sekundenschnelle.

Geraldine:
Mylady wird augenblicklich die buttrigsten aller Bagels an ihre Tür geliefert bekommen!

Gabriel setzte sich auf, und Tory kuschelte sich an ihn und legte den Kopf auf seine Schulter.

»Darius bringt Kaffee«, sagte Gabriel, und Tory holte tief Luft, aber er fuhr fort, bevor sie etwas sagen konnte. »Max hat ihm gesagt, dass er draußen bleiben soll. Er wird dich nicht besuchen, bis du bereit bist.«

Sie nickte, und in ihren Augen spiegelten sich dunkle Emotionen, aber auch Liebe wider. Die schwarzen Ringe in ihren Augen waren ein ständiger Beweis dafür. Ihr Band war unvollkommen und grausam, aber es war dennoch ein Zeichen dafür, dass sie füreinander bestimmt waren. Und ich schwor bei allem, was mir heilig war, dass ich ihnen helfen würde, einen Weg zu finden, ihre Beziehung zueinander zu reparieren.

»Sag mir, dass die Zukunft gut ist, Gabriel«, flüsterte Tory, und ich sah ihn an, denn auch ich brauchte diese Gewissheit.

Gabriel runzelte nachdenklich die Stirn, nahm ihre Hand und drückte sie. »Die Zukunft kann gut sein.«

Es war kein Versprechen, aber es war Hoffnung. Und für den Moment reichte das.

Es dauerte nicht lange, bis Geraldine eintraf, und ich eilte nach unten, um die Bagels zu holen. Sie hatte einen ganzen Korb mitgebracht, der randvoll mit Bagels, Butter und einer ganzen Auswahl an Marmeladen, Toast, Gebäck und Saft gefüllt war.

Sie brach in Tränen aus, als sie mich sah, stellte den Korb zu meinen Füßen ab und kniete im Schlamm nieder. »Sag mir, dass es ihr gut geht! O

Darcy, ich muss hören, dass ihr quirliges Herz schlägt und ihre Zunge scharf und ihr Verstand klar ist. Mylady, bitte sag mir, dass Tory gesund und munter ist und dass die Sterne ihr tausend Hoffnungen und Freuden geschenkt haben. Ist sie mit einem Funkeln in den Augen und federndem Schritt aufgewacht?« Sie klammerte sich an meine Beine, legte den Kopf in den Nacken und heulte wie ein Jagdhund.

Ich ließ mich vor ihr auf den Boden fallen und umarmte sie fest, während ich fühlte, wie ihr Schmerz mich abermals zu zerreißen drohte. »Es wird ihr gut gehen. Es wird eine Weile dauern, aber sie ist wieder da, Geraldine. Und sie wird uns nie wieder verlassen. Dafür werde ich sorgen.«

Sie schluchzte einige Minuten lang an meiner Schulter, bevor sie sich schließlich zusammenriss und aufstand. »Nun, wir müssen uns am Riemen reißen, was? Sie darf nicht sehen, dass wir wie Hyänen heulen – mit Gesichtern so nass wie das eines Fisches.«

Ich nickte und lächelte sie an, während ich den Korb mit dem Essen nahm. »Danke.«

»Gern geschehen, und wenn du noch etwas brauchst, zögere nicht, nach mir zu schicken. Als eure treueste Freundin werde ich immer, immer kommen.« Sie drehte sich um und verschwand im Wald, und mein Blick fiel auf Darius, der mit der Schulter an einen Baumstamm gelehnt dastand und mit starrem Blick das Fenster von Max' Zimmer fixierte.

Er hatte eine Thermoskanne in der Hand und runzelte die Stirn, als er mich ansah. »Das ist für sie.« Er hielt mir die Kanne hin und zog dann ein Päckchen mit Torys Lieblingsschokoladenwaffeln aus der Tasche.

Ich ging auf ihn zu, um sie entgegenzunehmen, und er griff nach meinem Nacken und zog mich in eine feste Umarmung. Ernsthaft, ich war in meinem ganzen Leben noch nie so oft umarmt worden wie an diesem Morgen, aber ich wusste, dass wir das alle brauchten. Mein Blick fiel auf Caleb und Seth, die weiter hinten im Wald standen und uns mit besorgten Gesichtern beobachteten.

»Lass sie nie wieder gehen, Darius Acrux!«, knurrte ich an seinem Ohr. »Tu ihr nicht weh, lass sie nicht im Stich und bring sie nicht zum Weinen! Ich weiß nicht, wie wir das alles wieder in Ordnung bringen werden, aber wir werden es in Ordnung bringen. Und wenn wir das geschafft haben und ihr einander so lieben könnt, wie es euch bestimmt ist, werde ich mir von dir nichts mehr gefallen lassen.«

Er gluckste leise, ließ mich los und gab mir einen Stups auf die Nase. »Abgemacht, Gwen«, sagte er, und ich boxte ihn spielerisch, bevor ich mich mit einem Grinsen abwandte.

Ich ging wieder hinein und stellte fest, dass Tory und Gabriel im Wohnzimmer warteten. Ich gab Tory ihren Kaffee und sie betrachtete die Kanne lange, als ich ihr sagte, wer sie gebracht hatte. Aber sie sagte nichts.

Ich stellte den Korb mit dem Essen auf den Couchtisch, und wir setzten uns alle auf den Boden, um uns über das unglaubliche, frisch gebackene Essen herzumachen, bis wir nicht mehr konnten.

Nachdem Tory über alles informiert worden war, was sich in ihrer Abwesenheit ereignet hatte, unterhielten wir uns einfach und sprachen über das Gute in der Welt. Gabriel erzählte uns, dass sein kleiner Sohn fast jeden Monat aus seinen Kleidern herauswachse und seine Frau aufgrund ihrer Formgebung in lächerlich kurzer Zeit das Haus putzen, trainieren und ihn füttern könne.

Für eine Weile war der Rest der Welt einfach ausgeblendet, und zum ersten Mal seit Langem fühlte ich mich wirklich glücklich.

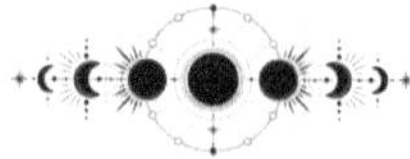

In meiner letzten Unterrichtsstunde des Tages stand ich bis zur Taille im warmen Wasser der Lagune im Wasserelementarkurs. Tory gab vor, an Fae-Grippe erkrankt zu sein, damit sie sich heute etwas erholen und auf die morgige Rückkehr zum Unterricht vorbereiten konnte. Gabriel hatte darauf bestanden, dass ich wie gewohnt meine Kurse besuchte, damit wir keine Aufmerksamkeit auf Tory lenkten.

Die Freude, sie wiederzuhaben, wurde dadurch getrübt, dass sie weiterhin zu Lionel gehen musste, wann immer er sie rief. Sie musste nach wie vor so tun, als wäre sie eine Sklavin der Schatten. Ich hatte versucht, mich dagegen zu wehren, und alle anderen Optionen in Betracht gezogen, die mir eingefallen waren, aber am Ende hatte Gabriel beharrlich darauf gepocht, dass es die einzige Möglichkeit war. Und ich konnte wirklich nicht mit ihm streiten – schließlich war er ein Seher.

»Genau so, Miss Vega«, rief Washer und watete auf mich zu. Er teilte das Wasser mit seiner Magie, sodass er auf trockenem Boden ging und mir einen uneingeschränkten Blick auf die Beule in seiner engen Speedo-Badehose gewährte, bevor das Wasser ihn wieder umspülte. War das wirklich nötig?

»Lassen Sie uns das noch einmal sehen!«, forderte er mich auf, und ich wandte meine Aufmerksamkeit dem Wasser zu, tauchte meine Hand hinein und verursachte einen Strudel, der sich immer schneller drehte, bis er meine Kommilitonen mit sich riss. Sie hatten Mühe, aus der Strömung herauszukommen.

»Wunderbar!«, jubelte Washer und tätschelte meinen Rücken, nur wenige Zentimeter von meinem Hintern entfernt. »Jetzt tun Sie sich mit Miss Grus zusammen und zeigen Sie uns das Erschaffen eines wirbelnden nassen Lochs.«

»Äh, Sir?«, rief Damian Evergile mit gespitzten Lippen. Er hatte sein M. O. E. S. E. N.-Badge wie ein Trottel an seine Badehose geheftet. »Sie sollten keine Leute aus verschiedenen Formgebungen zusammentun.«

Washer warf ihm einen bösen Blick zu. »Nun, Miss Vega ist gegenwärtig allein in ihrer Formgebung. Was erwarten Sie also von mir?«, keifte er, und ich hätte schwören können, ihn noch nie so wütend erlebt zu haben.

Plötzlich kam Max auf einer Welle übers Wasser gesurft und versetzte Damian einen Tritt gegen den Kopf. Geraldine jubelte und hüpfte auf und ab, sodass ihre Brüste in ihrem engen Badeanzug wippten.

»Hey Gerry, schau dir das an!«, rief Max und umkreiste den Typ, bis er direkt auf seinem Kopf zum Stehen kam. Er stützte sich lässig auf eine Wassersäule, die er neben sich im Wasser errichtet hatte.

»Wunderbare Arbeit, Mr. Rigel. Das sind zwanzig Punkte für Haus Aqua«, sagte Washer, während Damian herumfuchtelte und verzweifelt mit den Armen schlug, um Max loszuwerden.

Darius spazierte gerade über die Wasseroberfläche, als Max von Damians Kopf hüpfte und untertauchte. Als er wieder erschien, hatte er den Typen im Würgegriff, und Darius grinste finster.

»Wir werden ihm hier ein paar Nachhilfestunden geben, Sir«, rief Darius Washer zu, der sein Grinsen erwiderte.

»Ah ja, Mr. Acrux, das klingt nach einer großartigen Idee. Stellen Sie sicher, dass Sie immer gut feucht sind, das macht das Arbeiten mit dem Element Wasser viel einfacher.« Er beugte sich vor, schöpfte eine Handvoll Wasser und rieb sich damit die gebräunte, gewachste Brust, wobei er sich besonders ausgiebig seinen Nippeln widmete. *Igitt.*

Ich ging mit einem Schaudern zu Geraldine, um mit ihr an einem Whirlpool zu arbeiten, als hinter dem Wasserfall Damians Schreie ertönten. Ich lachte leise, und Geraldine kicherte wie eine Meerhexe. Max und Darius hatten sich nicht einmal die Mühe gemacht, eine Stillekuppel zu erschaffen, aber wahrscheinlich würde den Sohn von Lionel Acrux jetzt niemand mehr belangen. Die anderen M. O. E. S. E. N. des Kurses schwiegen – ich bezweifelte, dass sie das gleiche Schicksal erleiden wollten.

»Genau so, meine Lieben«, rief uns Washer aufmunternd zu. »Bringen Sie Ihre Hüften ins Spiel!« Er packte die Hüften eines ahnungslosen Freshman, presste seinen Schritt an dessen Hintern und bewegte dessen Hüften im Kreis, wobei er sie mit seinen eigenen Hüften führte. *O mein Gott!*

»Ja, kapiert«, sagte ich. »Eine Demonstration ist nicht nötig.«

Washer drückte sich noch ein paar Mal an die Hüften des Freshman, bevor er zurücktrat, dem Jungen die Haare zerzauste und ihn dann seines Weges schickte. Der Junge ging mit blassem Gesicht und sichtlich schockiert davon, was im Grunde auf die meisten Leute zutraf, denen Washer zu nahe gekommen war. Er war so widerlich.

Angelica gesellte sich zu uns, um in unserer Nähe zu arbeiten, und warf uns einen Blick zu, der von einem dünnen Lächeln begleitet wurde. »Ich habe gehört, dass er mit Nova Schluss gemacht hat«, flüsterte sie, während sie selbst einen Strudel erzeugte.

»Wieso?«, fragte ich überrascht.

»Er ist absolut Anti-Acrux«, hauchte sie. »Und Nova ist ein totaler Acrux-Fan, also hat das wohl nicht gepasst.«

Ich warf einen überraschten Blick auf Washer, der jetzt auf einem Felsen in der Mitte des Beckens stand und mit den Händen in den Hüften Ausfallschritte machte. Das steigerte mein Wohlwollen ihm gegenüber um ein Prozent — schade, dass er solch ein Widerling war.

»Angelica hat eine spektakuläre Tabelle erstellt«, sagte Geraldine stolz. »Sie arbeitet daran, herauszufinden, welche Lehrer für Acrux und welche gegen ihn sind.«

»Na ja, ich würde nicht sagen, dass die Tabelle spektakulär ist«, meinte Angelica lachend und winkte ab. »Aber es könnte für das Du-weißt-schon-was nützlich sein.« Sie zwinkerte Geraldine zu, und ich runzelte die Stirn.

»Was?«, flüsterte ich, und Geraldine wirkte schnell eine Stillekuppel, während sie sich hektisch umsah.

»Wir starten einen Aufstand, Darcy. Im Namen der rechtmäßigen Königinnen. Die A. N. U. S. wird einen unaufhaltsamen Wind durch diese Academy wehen lassen, der die ganzen Scheißhaufen rausblasen wird.«

Ich prustete vor Lachen, aber mir wurde klar, dass sie es todernst meinte und diese Analogie nicht beabsichtigt gewesen war. »Nun, ich bin natürlich für jede Art von Arschcrux-Rebellion zu haben.«

»Wir sammeln Waffen, Mylady. Ich habe viele unsere Mitglieder frühmorgens Greifenkot sammeln lassen und selbst ein oder zwei Chaos-Kristalle aus dem Elixierlabor entwendet.« Sie grinste breit. »Überlass das alles mir! Ich werde eine Untergrundarmee aufbauen, die bereit ist, dir und Tory in die Tiefen der Hölle und wieder zurück zu folgen. Ich habe außerdem so viele unserer lieben Tiberianischen Rattenfreunde wie möglich zu meinem

Vater geschickt, bevor sie der Inquisition übergeben werden konnten.«

»Hilft er ihnen?«, flüsterte ich hoffnungsvoll, und sie nickte.

»Er führt sie zu Geheimverstecken im Norden«, wisperte sie, obwohl uns dank der Stillekuppel ohnehin niemand hören konnte. »Außerdem baut er ein Netzwerk von Freunden und Verbündeten für unsere großartige und edle Sache auf, das euch unterstützen wird, sobald ihr bereit seid, um die Krone zu kämpfen.«

Mein Herz machte einen Sprung, und meine Stimmung hob sich. Ich war froh, zu hören, dass es Widerstand gab, dass sich das ganze Königreich nicht einfach hinlegte und sich von Lionel ficken ließ.

»In Ordnung, das reicht für heute!«, rief Washer. »Die Klasse ist entlassen.«

Wir gingen zurück in die Umkleideräume, und mit klopfendem Herzen beeilte ich mich, zu duschen und mich umzuziehen. Voller Aufregung dachte ich daran, heute endlich mit Tory und Gabriel fliegen zu gehen.

»Ich muss los.« Ich winkte Geraldine und Angelica zum Abschied zu und rannte in Jogginghose und meinem Croptop aus der Lagune. Den Wasserfall teilte ich mit einer lässigen Handbewegung, bevor ich meine Flügel hinter mir ausbreitete und mich in die Lüfte erhob. Das Feuer strömte durch meine Glieder, als ich durch die kalte Luft schoss und einen gewundenen Weg in Richtung des Außenzauns einschlug, wo ich unbemerkt an den Wachen vorbeikommen konnte. Ich achtete immer darauf, weit genug entfernt vom Zaun zu landen und die letzten Schritte zu Fuß zu gehen – nur für den Fall, dass ich beobachtet wurde.

Tory und Gabriel warteten auf der anderen Seite des Zauns auf mich, und ich umarmte Tory erneut, während sie lachte. Sie war dünner als zuvor und auch trauriger, aber ich wusste, dass das Mädchen, das ich liebte, noch hier war, und wir bald herausfinden würden, wie wir Lionel für alles, was er ihr angetan hatte, büßen lassen konnten. Ich hoffte nur, dass ich dazu beitragen konnte, den gequälten Ausdruck aus ihren Augen zu vertreiben, sobald sie bereit war, sich mir zu öffnen. Gabriel warf Sternenstaub über uns, und wir wurden durch einen Tunnel aus wirbelndem Licht durch die Sterne transportiert.

Wir gelangten zu der Schlucht, in der Gabriel uns einst das Fliegen beigebracht hatte und die sich im unglaublichen Dschungel von Baruvia befand. Tory nahm sowohl meine als auch Gabriels Hand und zog uns mit entschlossener Miene zum Rand. Mein Magen zog sich zusammen, und Adrenalin schoss durch meine Adern, als wir gemeinsam losrannten und uns über den Rand fallen ließen.

Wir stürzten mit hoher Geschwindigkeit in die Tiefe; unsere Schreie hallten durch die Schlucht und ließen einen Schwarm Vögel von den Bäumen weit unter uns auffliegen. Meine Flügel lösten sich gleichzeitig mit Torys, und Gabriel fiel noch ein paar Sekunden, bevor er sich in die Lüfte erhob.

Ich lachte, als Tory in Kreisen um mich herumflog, und das Lächeln auf ihrem Gesicht erfüllte mich mit reinstem Sonnenlicht. Ich hatte sie so sehr vermisst, und ich würde nie müde werden, ihr Lächeln zu sehen.

Gabriel stürzte zwischen uns hindurch und flog in Richtung des azurblauen Himmels hoch über uns. Tory und ich lächelten einander an, bevor wir ihm hinterherjagten. Wir stiegen höher und höher, und die Sonne auf meiner Haut fühlte sich wie Balsam auf meiner Seele an.

In all der Dunkelheit hatte ich endlich etwas Gutes gefunden, an das ich mich klammern konnte. Meinen Bruder, meine Schwester, meine Freunde. Ich würde sie nie als selbstverständlich betrachten. Und Lionel sollte seine Zeit auf dem Thron genießen, solange sie währte, denn die wahren Königinnen würden bald kommen, um ihn zurückzuerobern.

Gemini
Scorpio
Virgo
Cancer
Aries
Leo
Sagittarius
Taurus
Aquarius
Capricorn
Libra
Pisces

TORY

KAPITEL 18

Als ich an meinem ersten Schultag nach meiner Rückkehr zu mir selbst das King's Hollow verließ, fühlte es sich an, als würde ich von einer Realität in die andere schlüpfen. Ich konnte nicht mehr ich selbst sein. Aber ich war auch nicht mehr die Version von mir, die Lionel als Haustier gehalten hatte. Selbst meine Erinnerungen an die Zeit, in der ich Lionels Zielen gedient hatte, waren von einem Nebel aus Schatten umgeben, und es fiel mir schwer, mich an mein damaliges Verhalten zu erinnern. Ganz zu schweigen davon, dass mir bei dem Gedanken, an der Vollstreckung der neuen Gesetze durch die M. O. E. S. E. N.-Mitglieder teilzunehmen, ganz anders wurde. *Scheißleben.*

Ich zupfte an meinem Blazer, der sich klaustrophobisch eng anfühlte, während ich tief ein und wieder ausatmete.

»Bist du sicher, dass du bereit bist?«, flüsterte Darcy, nahm meine Hand und drückte meine Finger.

»Ich bin das Arschloch, das direkt in Lionels Falle gelaufen ist, schon vergessen?«, stichelte ich, obwohl sich mein Magen vor Angst zusammenzog. Nicht nur das, auch Diego war gestorben, und wenn ich etwas mehr Einsatz gezeigt und Darcys vermeintliches Verschwinden genauer überprüft hätte, wäre keiner von uns in diese Situation gerutscht. Vielleicht wäre ich dann nie in Lionels Fänge geraten und Diego noch am Leben. »Ich habe mir das selbst eingebrockt.«

»Sag das nicht, Tor«, flüsterte Darcy, und ich zuckte mit den Schultern.

»Zumindest bin ich jetzt in der perfekten Position, um ihn auszuspionieren.« Ich versuchte, mich an all die Gründe zu erinnern, mich dieser Rolle uneingeschränkt hinzugeben. »Außerdem war Schatten-Tory ein totales Miststück – es ist kein großer Gedankensprung, mich in ihre Rolle zu versetzen.«

»Hör auf damit«, entgegnete Darcy lachend und schlug mir auf den Arm, als ich sie angrinste. Es fühlte sich gut an, darüber zu scherzen, auch wenn ich innerlich vor Angst zitterte.

»Es ist die Wahrheit. Und vielleicht kann ich dieses Arschloch-Verhalten auf einige Leute kanalisieren, die es verdienen, während ich inkognito arbeite.«

»Geh einfach kein Risiko ein. Und denk dran, wir können uns heute Abend hier wieder treffen, du bist also nicht wirklich allein. Auch wenn es sich so anfühlen mag, während du diese Rolle spielst.«

»Mach dir keine Sorgen um mich«, sagte ich und schenkte ihr ein Lächeln, von dem ich wusste, dass es zu fröhlich war, bevor ich sie in eine Umarmung zog. »Ich gehe jetzt besser allein weiter. Es darf niemand sehen, dass wir uns unterhalten.«

»Stell dir den Skandal vor«, erwiderte sie trocken, während sie mich losließ, und ich lächelte sie noch einmal an, bevor ich mich umdrehte und in den Wald ging.

Ich passierte die verschiedenen Barrieren und Schutzzauber, die um das Baumhaus errichtet worden waren, um die schwächeren Studenten fernzuhalten, und versuchte, mich nicht von meiner Nervosität überwältigen zu lassen, während ich mich auf den Weg zum Orb machte.

Meine Stilettos klackerten über den Weg, und ich hob mein Kinn, kniff ein wenig die Augen zusammen und ließ mein Resting-Bitch-Face die Arbeit übernehmen, die anderen Studenten von mir fernzuhalten.

Ich schenkte niemandem besondere Aufmerksamkeit und zupfte an meiner Verbindung zu den Schatten, um mich zu beruhigen, als das goldene Gebäude vor mir zwischen den Bäumen auftauchte.

Als ich aus dem Wald trat, fixierte ich meinen Blick auf die Türen des Orbs und bemerkte fast nicht, dass Darius aufgetaucht war. Er lief auf dem Weg, der von Haus Ignis in Richtung Orb führte, und trug nichts außer schwarzen Shorts und Turnschuhen.

Mein Herz schlug schneller, als ich ihn erkannte, und ich nahm mir einen Moment Zeit, um mir all die Gründe ins Gedächtnis zu rufen, warum ich ihn nicht zu fürchten hatte. Max hatte mir geholfen, meine glücklichen Erinnerungen an ihn wiederzuerlangen, aber auch gesagt, dass die reflexartige

Angst, die ich bei Darius' Anblick empfand, nicht so leicht zu beheben sein würde. Ich war darauf konditioniert worden, den Anblick oder auch nur die Erwähnung seines Namens mit Schmerz und Gewalt zu verbinden. Der einzige Weg, das zu überwinden, war, mich ihm immer wieder auszusetzen, bis ich einfach aufhörte, diese Angst zu spüren. Leichter gesagt als getan. Vor allem, da ich bei seinem bloßen Anblick jedes bisschen Magie in meinem Körper mobilisieren wollte, um mich zu schützen, und meine Muskeln sich sofort verkrampften.

Ich schloss die Augen und versuchte, mich auf die echten Erinnerungen an meine Laufeinheiten mit Darius zu konzentrieren. Darauf, mich auf unsere gemeinsame Zeit gefreut zu haben. Als ich die Augen wieder öffnete, hatte ich das Gefühl, mich etwas besser unter Kontrolle zu haben, und atmete tief durch, während ich mich weiter auf den Orb zubewegte.

Wir erreichten die Tür fast gleichzeitig, und ich hielt den Atem an, als er eine Hand auf den Griff legte, um ihn festzuhalten. Dann warf er einen Blick über die Schulter, um sicherzugehen, dass niemand in der Nähe war.

»Morgen, Roxy«, sagte er mit seiner tiefen, rauen Stimme, und ich kaute auf meiner Unterlippe, während ich mich zwischen dem Drang, vor ihm wegzulaufen, und dem Wunsch, ihm näher zu kommen, hin- und hergerissen fühlte. Das Seltsame war, dass ich mir ziemlich sicher war, dass ich schon immer so für ihn empfunden hatte. Es hatte nichts mit dem zu tun, was Lionel mir angetan hatte.

Darius' Gesichtsausdruck war verhalten, als er auf mich herabblickte, und er schien zu versuchen, einzuschätzen, wie ich dieses unerwartete Treffen aufnahm. Ich war mir selbst nicht sicher, also konnte ich ihm auch nicht wirklich helfen.

Ich befeuchtete meine Lippen, während ich versuchte, meinen rasenden Puls zu bremsen, und suchte nach meiner Stimme, die sich irgendwo in meinem Hinterkopf versteckt hielt. Zusammen mit meinem Verstand, der vor einigen Wochen den Geist aufgegeben zu haben schien.

»Hi«, antwortete ich, weil ich nicht wusste, was ich sonst hätte sagen sollen. Und weil ich nicht einmal sicher war, wo ich anfangen sollte oder ob ich überhaupt in der Lage wäre, die richtigen Worte zu finden, sollte ich es versuchen.

Zwischen uns befand sich eine tiefe Kluft aus Zeit und unausgesprochenem Schmerz, und ich wusste nicht, wie ich sie überbrücken sollte, geschweige denn, ob wir das überhaupt schaffen könnten.

Er hielt inne und sah aus, als hätte er tausend Worte auf der Zunge, aber dann zog er einfach die Tür auf und hielt sie für mich offen, anstatt auch nur eines davon auszusprechen. Ich schaffte es, bei der Bewegung nicht zusammenzuzucken, aber es war ein harter Kampf, und ich war mir ziemlich sicher, dass er es bemerkt hatte.

Ich trat zögernd näher an ihn heran, und mein Puls beschleunigte sich, als ich von seinem männlichen Zedernholz- und Rauchgeruch eingehüllt wurde. Mein Blick fiel für einen Moment auf seinen tätowierten Oberkörper, und ich hielt inne, als ich ein neues Tattoo entdeckte, das sich über seinem linken Hüftknochen erstreckte und unter seiner Shorts verschwand.

Aber bevor ich es mir genauer ansehen konnte, zog er seine Shorts ein Stück höher und verbarg es vor meinen Blicken.

»Du wirst mich meiner Hose entledigen müssen, wenn du dir das ansehen möchtest, Roxy«, neckte er mich, und ich erwiderte etwas, bevor ich richtig darüber nachdenken konnte.

»Netter Versuch, Arschloch.«

Wir beide hielten einen Moment inne und sahen einander an, als wären wir irgendwie in der Zeit zurückversetzt worden. Ich schenkte ihm ein kurzes Lächeln, bevor ich nach drinnen ging, spürte aber noch lange Zeit seine Blicke in meinem Rücken.

Ich holte die Schatten näher zu mir, als ich die H. U. R. E. N. und M. O. E. S. E. N. sah, die auf mich warteten, und fragte mich, was zum Teufel aus meinem Leben geworden war, dass ich mich in ihre Gesellschaft begeben musste.

Ich nahm mir ein Tablett und steuerte auf das Frühstücksangebot zu. Mein Magen knurrte laut, als ich mir die süßen Backwaren ansah, und ich erinnerte mich an die faden Mahlzeiten, die ich in den vergangenen Monaten gegessen hatte. Die Schatten waren so überwältigend gewesen, dass sie mein Verlangen nach Essen verdrängt hatten. Die Hälfte der Zeit war es mir überhaupt nicht in den Sinn gekommen, zu essen. Aber jetzt, da ich sie zurückgedrängt hatte, kehrte mein Appetit mit aller Macht zurück.

Ich türmte vier Zimtschnecken auf meinem Teller und ging dann zur Kaffeemaschine, wo Darius bereits zwei Tassen füllte. Er stellte eine Tasse auf mein Tablett, nachdem ich mich ihm zögerlich genähert hatte. Angespannt starrte ich auf die Tasse. All die Erinnerungen an die vielen Morgen, an denen er mir Kaffee gebracht hatte, kamen auf einmal wieder hoch, und ich hatte das überwältigende Verlangen, die Hand nach ihm auszustrecken, während ich gleichzeitig den Wunsch unterdrücken musste, vor ihm zurückzuweichen.

Darius sagte nichts, da so viele Leute um uns herumstanden, und ich musste den Drang ignorieren, mich umzudrehen und ihm nachzusehen, als er wegging. Mit pochendem Herzen gesellte ich mich zu den am wenigsten erstrebenswerten Leuten im Raum.

»Hast du schon gehört?«, fragte Mildred mit krümeliger Aussprache, weil sie den Mund nicht leer gemacht hatte.

Ich antwortete nicht, da ich annahm, dass sie nicht mit mir sprach – schließlich saßen noch acht andere Leute am Tisch. Doch als ihre kleinen Knopfaugen in meine Richtung flogen, wurde mir klar, dass sie genau das getan hatte.

»Was?«, fragte ich und hob die erste Zimtschnecke an meine Lippen. Ich zwang mich, nicht zu stöhnen, als ich hineinbiss. Schatten-Schlampe Tory hatte an nichts Freude gehabt, außer daran, andere Leute mit den Schatten zu quälen. Ich musste also verschleiern, dass das Gebäckstück das Beste war, was ich seit Monaten gegessen hatte. Aber o mein Buttriger-Bagel-Gott, das war gut!

»Daddy war gestern Abend an einem Nymphen-Überfall auf ein Tiberianisches Rattennest beteiligt. Er hat sechs der kleinen Quietscher erwischt, als sie weglaufen wollten, und sie wie ein Lagerfeuer angezündet«, schwärmte sie aufgeregt, und plötzlich schmeckte mir das Essen nicht mehr ganz so gut.

»Er hat sie getötet?«, fragte ich, und mein Tonfall war schärfer, als er es hätte sein sollen. Ich griff hastig nach den Schatten, um die Wut zu dämpfen, die in mir aufloderte. Es fiel mir schwer, nicht aufzuspringen und sie anzuschreien.

»Natürlich! Meine Familie ist der Krone gegenüber absolut loyal, und als zukünftige Königin ermutige ich ihn immer, im Namen unseres Königs alles zu geben. Wenn mein Schatzipuh und ich erst verheiratet sind, werde ich ihm persönlich dabei helfen, alle Bedrohungen für den Thron und unsere königliche Linie zu beseitigen, um sicherzustellen, dass unsere Kinder einen ungehinderten Weg zu einer friedlichen Herrschaft haben«, sagte Mildred stolz.

Beim Gedanken an ihre bevorstehende Hochzeit mit Darius drehte sich mir der Magen um, und ich erinnerte mich lebhaft daran, wie ich ihr dummes Trollgesicht geschlagen hatte, bis sie nicht weit von hier auf dem Boden ohnmächtig geworden war. Ich hatte das tiefe und dringende Verlangen, jenen Moment zu wiederholen, und die Schatten in mir erhoben sich hungrig.

»Gut«, brummte ich, wohl wissend, dass ich mich über ihre kleine Ankündigung erfreut zeigen musste, auch wenn mir das Wort wie Säure auf der Zunge brannte.

Unter Aufbietung all meiner Willenskraft stand ich auf und entfernte mich von ihr, mein Gesicht eine Maske des Nichts, während die Schatten tiefer in mich vordrangen und ich mich allmählich zu vergessen begann. Aber das konnte ich mir nicht leisten. Ich konnte mich nicht zu sehr an die Schatten klammern, denn wenn ich mich wieder gehen ließe und nichts mehr fühlte, war ich praktisch wieder am Anfang.

Die M. O. E. S. E. N. fingen hinter mir an zu lachen, als Mildred begann, weitere Details ihrer Geschichte zu enthüllen, und ich kämpfte mich zur Toilette durch, bis ich in einer der Kabinen war.

Schatten flackerten hinter meinen Augenlidern, während ich in sie zu fallen drohte, und ich rief meinen Phönix an, damit er mir half, sie zurückzudrängen.

Ich musste mich zusammenreißen und den Rest der Woche mit diesen Leuten überstehen. Gabriel hatte gesagt, dass ich helfen könnte, gegen Lionel vorzugehen, wenn ich mein Pokerface aufsetzte, also musste ich mich darauf konzentrieren. Ich wollte mich an dem Mann rächen, der mir das angetan hatte, und ich war in der perfekten Position, um bei der Inszenierung zu helfen. Ich musste nur bei der Sache bleiben.

Außerdem hatte ich viel Übung darin, ein Miststück zu sein. Darin war ich gut. Ich musste nur meine Gefühle im Zaum und mein Gesicht neutral halten. Wenn Gabriel glaubte, dass dies das Beste war, was ich tun konnte, um uns im Kampf gegen Lionel zu helfen, dann würde ich es tun. Ich vertraute ihm. Ich musste lediglich auf die Schatten achten, damit sie sich nicht wieder zu tief in mich hineinbohrten, und versuchen, ihnen nicht nachzugeben, wenn ich es nicht musste.

Doch als Mildreds Worte in meinen Ohren widerhallten und mein Blut vor Verlangen kochte, nach draußen zu marschieren und sie dafür zu bestrafen, versank ich abermals in der Dunkelheit. Die Schatten waren mir nun vertraut, tröstend und riefen mich mit dem Versprechen der Vergessenheit zu sich zurück.

Vielleicht würden ein paar Minuten nicht schaden. Ich könnte mich einfach eine Weile von ihnen einnehmen lassen, diesen Schmerz wegwischen, meine Angst vertreiben …

Mein Atlas summte in meiner Tasche, und ich zuckte zusammen, weil das Geräusch meinen emotionalen Zusammenbruch unterbrochen hatte. Mit zitternden Fingern holte ich das Gerät hervor und runzelte dann die Stirn, als ich den Namen auf dem Bildschirm sah.

Darius:
Was trägst du gerade?

Einen Moment lang begriff ich nicht, warum er mich das fragte – er hatte mich doch vor zehn Minuten gesehen und wusste, dass ich meine Uniform trug. Doch dann lichtete sich der Nebel in meinem Kopf ein wenig und ich erinnerte mich daran, dass wir uns vor Lionels Übergriff oft Nachrichten geschickt hatten. Und seine seltsame Frage war eigentlich unser kleiner Gruß, der keine direkte Antwort erforderte. Es war nur ein Einstieg.

Ich kaute auf meiner Lippe, während mein Blick über die Worte wanderte, und das rasende Herzklopfen wurde etwas schwächer.

Ich wollte antworten, aber ein Schauer der Angst lief mir bei dem Gedanken über den Rücken, und ich verzog das Gesicht, weil ich einfach nicht die richtigen Worte fand.

Aber diese kleine Nachricht war genau das, was ich gebraucht hatte, um aus den Schatten zurückzufinden und klarer zu sehen. Ich konnte jetzt nicht in sie eintauchen. Ich musste einen klaren Kopf bewahren, um ich selbst zu bleiben. Mildred Canopus und diese anderen M. O. E. S. E. N. würden schon bald ihre gerechte Strafe erhalten, aber in der Zwischenzeit musste ich mich darauf konzentrieren, die Rolle zu spielen, in die ich gezwungen worden war. Wir konnten meine Position in der Nähe von Lionel und Clara zu unserem Vorteil nutzen, und ich musste mich auf dieses Ziel konzentrieren.

Die Tür außerhalb meiner Toilettenkabine wurde aufgestoßen, und ich holte erschrocken Luft, während ich meine Gefühle unter Kontrolle brachte. Dann entriegelte ich die Tür.

Ich trat heraus und stand plötzlich Xavier gegenüber, der den Mund aufriss, als er mich sah. Er wurde knallrot und sah sich entsetzt um.

»Verdammt, bin ich auf der Frauentoilette gelandet?« Er stöhnte, und ich konnte mir das Lachen nicht verkneifen, das mir trotz aller Anstrengungen, nicht in Tränen auszubrechen, über die Lippen kam.

Fuck, ich musste mich wirklich zusammenreißen, sonst würde ich diesen Plan noch ruinieren, bevor er überhaupt begonnen hatte.

»Geht es dir ... jetzt gut, Tory?«, fragte er zögerlich, als er bemerkte, dass ich kurz vor einer Art Gehirnfehlfunktion stand. Ich vermutete, dass Darius ihn über die ganze Situation mit den Schatten aufgeklärt hatte.

Ich warf einen Blick auf die Tür und wedelte mit den Fingern in ihre Richtung, um sie mit Luftmagie geschlossen zu halten, dann wirkte ich eine Stillekuppel um uns, bevor ich sprach.

»Ich weiß nicht, ob es mir gut geht. Aber ich funktioniere und fürs Erste reicht das«, meinte ich mit einem zögerlichen Lächeln.

»Das klingt nach mir und meiner Kontrolle über meine Elementarmagie«, scherzte er. »Alle erwarten von mir, dass ich so gut bin wie Darius. Und das, obwohl er schon vier Jahre lang unterrichtet wurde, bevor er überhaupt hierherkam. Es ist ein absoluter Albtraum.«

»Ich bin sicher, dass es nicht so schlimm ist«, sagte ich, und er schüttelte den Kopf, woraufhin Glitzer aus seinen dunklen Haaren rieselte.

»Es ist schon in Ordnung. Ich komme klar. Und in der Zwischenzeit muss ich nicht in diesem verdammten Haus sein – oder im Palast. Der Punkt ist, ich bin hier, ich habe eine Herde, ich bin frei. Oder zumindest freier, als ich es mir je erträumt habe.«

Ich lächelte ihn an und merkte, dass ich jetzt zu ihm aufsehen musste. Er war nicht nur gewachsen, sondern auch muskulöser geworden, und sein Gesicht hatte den Großteil seiner jungenhaften Züge verloren. Echte Freude durchströmte mich, und ich entspannte mich in seiner Gegenwart. »Ich freue mich so für dich«, sagte ich ehrlich.

»Ich hatte nie wirklich die Gelegenheit, dir dafür zu danken«, fügte er hinzu.

»Ich habe dich doch nur aus dem Fenster geschubst«, neckte ich, doch er schüttelte den Kopf, trat näher und zog mich in eine feste Umarmung.

»Nein, Tory. Du hast mir das Leben gerettet. Du hast mir alles gegeben. Ich hatte zu viel Angst, um das zu tun, wozu du mich gedrängt hast, aber jetzt bin ich aus dem Haus raus und weg von den Zwangssitzungen mit Gravebone. Ich kann endlich der Pegasus sein, der ich bin. Und eines Tages werde ich einen Weg finden, um diese Schuld bei dir zu begleichen.«

Ich lächelte an Xaviers Jackett, als er mich so fest drückte, dass meine Knochen knackten, und etwas in mir schien sich zu beruhigen. Er hatte recht, ich hatte etwas Gutes getan, indem ich der Welt gezeigt hatte, wer er war. Als ich ihn aus Lionels Fängen befreit hatte. Und solange ich an der Seite dieses Monsters sein konnte, hatte ich vielleicht die Chance, jemand anderem zu helfen. Ich könnte mir seine Geheimnisse anhören und sie alle gegen ihn verwenden. Mit jedem Leben, das ich retten konnte, und jedem Plan, den ich sabotierte, würde ich zurückschlagen. Stück für Stück.

Dieses Gefühl war es, auf das ich mich verlassen musste, um die Tage in der beschissenen Gesellschaft und die Zeit an Lionels Seite zu überstehen. Für jede abscheuliche, widerliche Sache, die ich mit anhören oder mit ansehen musste, würde ich einen Weg finden, ihr etwas Gutes entgegenzusetzen. Ich würde Mittel und Wege finden, um zu helfen. Und dann, eines Tages, würden wir bereit sein, uns zu erheben und ihn von seinem Thron zu stoßen.

»Danke, Xavier«, sagte ich, als ich mich aus seinen Armen löste und ihm ein entschlossenes Lächeln schenkte. »Das war genau das, was ich heute gebraucht habe.«

»Kein Problem«, erwiderte er, ohne zu wissen, was ich damit meinte, aber er musste es auch nicht verstehen. Der Punkt war, dass ich stark war. Ich konnte wieder da rausgehen und diese Rolle spielen, und niemand würde auch nur den Hauch einer Ahnung haben, wem meine wahre Loyalität galt, bis es zu spät war.

Ich ging zur Tür, aber Xavier rief mir nach, stehen zu bleiben, bevor ich die Tür aufziehen konnte.

»Darius hat dich nie aufgegeben, das weißt du doch, oder?«

»Was?«, flüsterte ich, und die verwirrenden Gefühle, die ich seinem Bruder gegenüber empfand, regten sich sofort wieder in mir.

»Ich dachte nur, dass du das wissen solltest. Während deiner Zeit in Vaters Gewalt hat Darius jede einzelne Minute damit verbracht, nach dir zu suchen, gegen die Nymphen zu kämpfen und sich von Darcy mit Phönixfeuer halb zu Tode verbrennen zu lassen. Sein Ziel war es, die Schatten aus seinem Körper zu vertreiben, damit er Vater herausfordern kann, ohne von Clara aufgehalten zu werden. Dich zu verlieren, hat ihn gebrochen. Ich denke, dass du ihm die Chance geben solltest, die Dinge zwischen euch beiden wieder ins Lot zu bringen. Er ist durch die Hölle gegangen, als er dich verloren hat, Tory. Bitte lass Vater nicht gewinnen, indem du dich jetzt von ihm fernhältst.«

Ich wollte etwas erwidern, aber ich wusste nicht, was ich sagen sollte, also nickte ich nur, bevor ich die Magie auflöste, mit der ich uns hier versteckt hatte, und mich wieder in den Orb begab.

Ich würde einige Zeit brauchen, um herauszufinden, was Darius jetzt für mich bedeutete. Und was er mir zuvor bedeutet hatte. Aber alles an ihm war so verwirrend, dass Angst und Schmerz sich mit Hoffnung und Sehnsucht vermischten. Ich konnte das jetzt nicht alles verarbeiten.

Im Moment würde ich mich einfach darauf konzentrieren, die Woche zu überstehen und die Schattenmaske zu perfektionieren, die ich tragen musste. Denn am Freitagabend würde ich zum Palast zurückkehren und das schlimmste Monster von allen täuschen müssen. Lionel Acrux hatte im Moment für mich Priorität.

Darius musste warten.

Scorpio
Gemini
Virgo
Cancer
Aries
Leo
Sagittarius
Taurus
Capricorn
Aquarius
Libra
Pisces

XAVIER

KAPITEL 19

Meine ersten Wochen an der Zodiac Academy waren verdammt intensiv gewesen. Ich hatte die Höllische Woche überstanden und musste mich bald der *Abrechnung* stellen, für die ich wie verrückt lernte. Ich hatte kaum Zeit, um mich zu entspannen, und die Tatsache, dass ich meine Xbox mit auf den Campus gebracht hatte, kam mir jetzt irgendwie lächerlich vor. Jede freie Minute verbrachte ich damit, mit meiner neuen Herde zu fliegen. Und verdammt, es war das Beste, was ich je erlebt hatte. Mit meinesgleichen zusammen zu sein, durch die Wolken zu fliegen und mich so frei wie ein Adler zu fühlen, war unglaublich. Wenn mein Vater nicht das Arschloch des Jahres gewesen wäre, das allen Formgebungen befahl, sich voneinander fernzuhalten, hätte ich die vergangenen Wochen als perfekt bezeichnet.

Es war mir egal, dass ich mich von morgens bis abends abrackern musste. Es war mir egal, dass ich erschöpft und das frühe Aufstehen echt brutal war – vor allem im Vergleich zu den Faulenzer-Vormittagen, die ich gewohnt war. Ich hatte jetzt ein Ziel. Und eine Freiheit, die mich dazu brachte, das Leben am Schopf packen zu wollen. Denn dieses Glück machte mir gleichzeitig Angst. Ich hatte nur vier Jahre an der Academy, und wer wusste schon, was Vater danach mit mir vorhatte? Ich hoffte nur, dass es nicht so weit kommen würde. Dass Darius, die Erben und die Zwillinge einen Weg finden würden, ihn zu Fall zu bringen, denn sonst wären wir alle am Arsch.

Es war schwierig, Zeit mit den anderen Ersatzerben zu verbringen, aber wir arrangierten uns. Bis auf Ellis, denn sie schien irgendwie mehr Probleme damit zu haben, das Gesetz zu brechen, als die anderen. Athena, Grayson, Hadley und ich hatten ein paar unbenutzte Höhlen im Erd-Territorium gefunden, in denen wir uns so oft wie möglich trafen. Athena und Grayson hatten Decken und Lumen-Kristalle als Lichtquelle hingeschleppt, um es gemütlicher zu machen, und Hadley und ich hatten mit unserer Erdmagie ein paar primitive Sitzgelegenheiten aus dem Fels gehauen.

Auf einem dieser Sitze saß ich nun, denn wir vier hatten es heute vorgezogen, hier zu Mittag zu essen anstatt im Orb, wo die M. O. E. S. E. N. jeden unserer Schritte beobachteten. Der Orb war dieser Tage nicht sehr belebt, und ich nahm an, dass viele der anderen Studenten ähnlich dachten wie wir. Ich hoffte, dass die meisten der Fae hier nicht dem neuen Gesetz meines Vaters folgten, aber das war schwer zu sagen. Das Problem war, dass ich niemandem trauen oder seine Loyalität einschätzen konnte. Also verbrachte ich meine Zeit nur mit den wenigen Leuten, denen ich definitiv vertraute. Und sobald ich hatte durchblicken lassen, dass ich nichts von dem Scheiß hielt, den mein Vater veranstaltete, hatten sich die anderen schnell auf meine Seite geschlagen.

Athena schwebte auf einer Luftwolke in der Nähe des Dachs der Höhle, während Hadley frustriert zu ihr hochblickte. Er hatte wieder versucht, sie zu beißen, und ich war mir ziemlich sicher, dass sie es genoss, ihm zu entwischen.

»Was, wenn du es mir zuliebe tust?«, rief Hadley ihr zu. »Ich werde dich nicht jagen. Es wäre lediglich ein Gefallen für einen Freund.«

»Beiß Gray, wenn du Appetit auf Wolf hast«, rief Athena, die jetzt kopfüber hing und sich in einer Spirale durch die Luft auf uns zubewegte.

Hadley knurrte, sprang auf, um sie an den Haaren zu packen, und nutzte seine Kraft, um sich in die Höhe zu katapultieren. Doch Athena drehte sich mit einem spöttischen Lachen wieder von ihm weg.

»Wenn du mich beißen willst, wirst du mich zunächst besiegen müssen«, sagte Grayson, der auf einer Decke lag und auf seinem Atlas herumtippte.

»Ich will dich nicht«, murmelte Hadley, der unter Athena auf und ab ging. »All ihre Sticheleien wecken den Hunger in mir.«

»Na, na, Had, du sollst dich doch nicht von der Jagd mitreißen lassen«, neckte Athena ihn.

»Komm runter und sag mir das ins Gesicht!«, forderte Hadley sie heraus, und Athena kam tatsächlich näher, als hätte sie genau das vor. Hadley schoss sofort auf sie zu, prallte jedoch auf einen Luftschild, der ihn zurückschleuderte, sodass er mit dem Hintern auf dem Boden landete. Ich stieß ein Lachen aus, das einem Wiehern ähnelte.

»Verdammt noch mal!«, knurrte Hadley, strich sich die dunklen Haare zurück und richtete sich auf. »Nur eine Kostprobe, Athena.« Er war praktisch schon am Sabbern, und ich mochte dieses durstige Funkeln in seinen Augen nicht.

»Nee«, erwiderte sie trocken, während sie auf mich zukam, um sich neben mich zu setzen.

»Halt sie fest, Xavier!«, knurrte Hadley, und ich schnaubte und ließ einen Ring aus Holzzacken um uns herum wachsen.

»Ich halte mich da raus, Alter«, meinte ich grinsend, und Hadley schnaubte, ließ sich neben Grayson nieder und beäugte seine Kehle, als würde er in Erwägung ziehen, seine Meinung zu ändern und stattdessen mit ihm um einen Drink zu kämpfen.

»Das würde ich nicht tun, Bro«, sagte Grayson lässig, während er seinen Blick weiterhin auf seinen Atlas richtete. »Mein Wolf ist jetzt fast so groß wie Seths.«

»Ich bin zwar stärker, aber du bist nicht der Snack, den ich will«, entgegnete Hadley.

Grayson stupste ihn mit der Nase an und hinterließ eine feuchte Spur an seiner Schläfe. »Sei nicht zu enttäuscht. Sie wird sich nie von dir beißen lassen, weil sie totale Angst davor hat.«

»Habe ich nicht«, tadelte Athena. »Ich hasse es nur, von Parasiten benutzt zu werden.«

»Von Parasiten?«, zischte Hadley, setzte sich aufrecht hin und starrte sie an.

Sie zuckte unschuldig mit den Schultern und drehte eine Strähne ihrer dunkelvioletten Haare um den Finger. »Es stimmt. Es ist, wie diese widerliche Schlampe Highspell in *Grundlagen der Magie* erwähnt hat: Du gehörst zu den parasitären Formgebungen.«

»Oh, jetzt forderst du es aber heraus«, warnte Hadley, sprang auf und hob eine Hand, um eine Holzkeule zu beschwören, mit der er schließlich meine Holzzacken zerschmetterte.

Athena saß da und sah zu, wie er sich einen Weg zu ihr bahnte, bevor er abermals gegen ihren Luftschild prallte.

Sie grinste spöttisch. »Was jetzt, Altair?«, säuselte sie.

Er schlug mit seiner Keule gegen ihren Schild, und sie starrte ihn finster an, als er seine Formgebungkraft einsetzte, um ihn in Stücke zu schlagen.

»Lass den Schild runter!«, knurrte er, und sie fing an zu lachen.

»Niemals!«, rief sie, sprang auf und begann, sich auszuziehen. Hadley blickte zu ihr auf, die Keule locker in der Hand, während er sie mit offenem Mund anstarrte. Als sie nur noch Unterwäsche trug und das Tattoo eines Halbmondes über ihrer Hüfte enthüllte, sprang sie über seinen Kopf. Sie verwandelte sich in ihre riesige schwarz-graue Wolfsgestalt, die an einen gigantischen Husky erinnerte, und rannte aus der Höhle. Hadley nahm mit der Geschwindigkeit seiner Formgebung die Verfolgung auf und fluchte dabei. Ich lachte und Grayson feuerte Athena mit einem Heulen an, während er sich aufrichtete.

Dann sah er mich lächelnd an. »Also, hast du etwas von dem verstanden, was Professor Zenith über Sternbande gesagt hat? Denn ich bin vollkommen verwirrt. Ich will nicht mit diesem Scheiß verflucht sein. Warum sollte ich darauf verzichten, jeden Abend von zehn Mädchen umkämpft zu werden, die mir alle einen blasen wollen? Und das für eine einzige Tussi?«

Er hatte innerhalb weniger Wochen seit unserer Ankunft hier eine Gruppe von Fangirls um sich geschart, die ihm alle wie gierige Hündchen hinterherliefen. Mir war nicht entgangen, dass alle anderen Ersatzerben regelmäßig Sex hatten. Ich hingegen vermied es, Aufmerksamkeit auf mich zu ziehen. Wenn das so weiterging, würde ich wahrscheinlich als dreißigjährige Jungfrau enden, die nur ein paar Hauskatzen als Gesellschaft hatte. Nein, halt, ich würde wahrscheinlich mit einer Hexe mit Knäckebrotgesicht verheiratet werden, um Drachen-Nachkommen zu zeugen. *Fuck, das kann nicht mein erstes Mal sein. Ich muss das in Angriff nehmen.*

Das Problem war, dass das einzige Mädchen, das ich wollte, vergeben war. Und jetzt, da ich zu ihrer Herde gehörte, war ihr Freund offiziell mein Dom. Und er legte Wert darauf, mir immer schön im Weg zu stehen. Außerdem war er ein echt guter Typ, was das Ganze nur noch frustrierender machte. Aber ich konnte nicht aufhören, Sofia anzusehen. Sie war das einzig Gute in meinem Leben gewesen, bevor ich hierhergekommen war, und jetzt war ich an der Zodiac Academy, dem unglaublichsten Ort überhaupt, und sie war *immer noch* das Beste in meinem Leben.

»Ich glaube, wir haben gegensätzliche Probleme«, sagte ich zu Grayson, und er zog die Augenbrauen hoch.

Er verschränkte seine muskulösen Arme vor seinen Beinen und rutschte mit neugierigem Blick näher an mich heran. »Wer ist sie?«

»Ein Mädchen, das ich nicht haben kann«, sagte ich und schob mir eine Haarsträhne aus dem Gesicht. Meine Haare waren mittlerweile ziemlich lang, aber ich hatte sie nicht geschnitten, seit Sofia vor ein paar Wochen die Finger hineingesteckt und gesagt hatte, dass ich damit wie ein echter Hengst aussähe.

»Spuck's aus, Acrux! Ich will alle Details, denn ich bin mir ziemlich sicher, dass mein Herz nur ein weiterer Schwanz ist. Ich muss herausfinden, ob es jemals etwas anderes als multiple Pussys will.«

Ich schnaubte und rieb meinen Nacken. »Sie ist in meiner Herde. Und sie ist älter als ich. Und sie gehört dem Herden-Dom.«

»Das ist so ähnlich wie ein Alpha-Wolf, oder?«, fragte er.

»Ja, so in etwa. Allerdings paaren sie sich mit dem fruchtbarsten Weibchen, sobald sie die Führung übernommen haben«, erklärte ich.

»Also ist sie das VHFW?«, grinste er. »Das verdammt heiße fruchtbare Weibchen?«

»Ja«, schnaubte ich und ignorierte die Hitze, die mir ins Gesicht stieg.

Er sprang auf und gab mir spielerisch einen Klaps auf die Wange. »Ist es nicht offensichtlich, Alter?«

»Nein?« Ich runzelte die Stirn.

»Du musst dem Dom einen Huftritt in den Arsch verpassen und seinen Platz einnehmen«, sagte Grayson mit seinem schiefen Lächeln.

Ich grinste bei dem Gedanken. Ich konnte nicht leugnen, dass ich immer öfter mit Tyler aneinandergeriet. Der Instinkt war da, aber ich wusste, dass ich mich wegen Sofia zurückhielt. Ich wollte ihren Dom nicht unter mich zwingen und sie ihm wegnehmen. Okay, das war genau das, was ich wollte. Sehr sogar. Ich träumte davon und wurde viel aggressiver, als ich es mir eingestehen wollte, wenn ich in ihrer Nähe war und Tyler wie Black Beauty auf Faeroiden zu ihr stolzierte. Aber ich wollte auch, dass sie mich um meinetwillen wählte, nicht nur, weil ich der Dom war.

Irgendwo in der Ferne läutete eine Glocke, und ich wusste, dass es Zeit war, zum Unterricht zu gehen. Ich stand auf und Grayson stieß beim Rausgehen aus den Höhlen mit der Schulter gegen meine.

»Hast du Schmetterlinge im Bauch, wenn du in ihrer Nähe bist?«, fragte er.

»Nein, es fühlt sich eher an wie ein Erdbeben in meiner Brust und ein Gewitter in meinem Kopf.«

»Süß«, sagte Grayson. »Das klingt schon mehr nach meinem Geschmack. Ich sollte mal einen oder zwei Typen an meinem Schwanz lutschen lassen, vielleicht stehe ich ja einfach nicht auf Mädchen.«

»Dein ganzes Rudel besteht aus Mädchen. Mädchen, die du jeden Tag fickst«, bemerkte ich.

»Stimmt, aber vielleicht brauche ich etwas Abwechslung.« Er musterte mich von oben bis unten, als wollte er herausfinden, ob ich für ihn attraktiv sein könnte, und ich versetzte ihm einen Ellbogenstoß in den Bauch.

Wir traten ins Freie und als wir den Pfad im Wald erreichten, kam ein Schwarm kreischender Mädchen auf uns zugelaufen. Sie stürzten sich auf Grayson und zerrten ihn von mir weg, während sie darum kämpften, ihn zu umarmen und zu küssen. Er grinste dämlich, ließ sich von ihnen mitziehen und hob die Hand zum Abschied. »Bis später, Alter.«

Ich schnaubte und blickte dann zum Himmel auf. Die Wolken weit über mir riefen mich, und ich biss mir auf die Wangen. Meine magischen Reserven waren selten erschöpft, weil ich bei jeder Gelegenheit durch sie hindurchflog. Ich war wie besessen davon. Nachdem ich so lange im Herrenhaus meines Vaters eingesperrt gewesen war, wollte ich keine einzige Gelegenheit verpassen, zu fliegen. Ich hatte sogar online einen Tempa-Pegobag gekauft, der sich dehnte und auf meinem Rücken blieb, wenn ich mich verwandelte.

Sobald die Wölfe außer Sichtweite waren, zog ich meine Schuhe aus und entledigte mich meiner Klamotten. Ich grinste, während ich alles in meine Tasche stopfte, die wie eine Wolke geformt war und weiß glitzerte – was verdammt cool war, vielen Dank auch.

Ich schnallte ihn mir wieder auf den Rücken, sobald ich nackt war, machte dann einen Sprung nach vorn und ließ meinen Pegasus frei. Ich wieherte laut, als meine Hufe den Boden berührten, und schüttelte den Kopf, woraufhin Glitzer aus meiner Mähne rieselte und meine lila Flügel sich zu beiden Seiten von mir ausstreckten. Mit dem Blick zum Himmel galoppierte ich den Weg hinunter, schlug mit den Flügeln und erhob mich in die Luft, um zu den wartenden Wolken aufzusteigen. Sobald ich durch sie hindurchraste, füllten sich meine magischen Reserven. Ich machte Überschläge und Drehungen, während ich über den Campus zur Feuer-Arena flog, wo meine nächste Unterrichtsstunde stattfand. Es war wirklich das beste Gefühl der Welt.

Als ich über dem riesigen Amphitheater ankam, kreiste ich wie ein Raubvogel. Meine Kommilitonen marschierten bereits in ihren eng anliegenden feuerfesten Uniformen in die sandige Arena. *Mist, ich bin zu spät.*

Ich stürzte aus der Luft und landete mitten im Amphitheater – sehr zum Missfallen von Professor Pyro.

»Meine Güte!«, rief sie. »Verwandeln Sie sich sofort zurück, Junge!« Sie hob die Hand und machte eine Fingerbewegung. Der Zauber traf mich in der Brust, woraufhin ich zurückgeschleudert wurde. Eine summende Energie strömte durch meine Adern.

Mein Schweif schnellte hervor und ich zuckte zusammen, als der

Zauber durch jeden Teil meines Körpers pulsierte und mich zwang, mich zu verwandeln.

Meine nackten Füße berührten den Boden und ich fluchte, als alle in der Klasse einen Blick auf meinen nackten Hintern erhaschten. Ich entdeckte Sofia und griff mit einem verlegenen Stöhnen an meinen Schwanz, woraufhin Pyros Augenbrauen fast bis zu ihrem Haaransatz hochschossen.

»Bei den Sternen, mir war nicht klar, dass Sie das sind, Prinz A-Acrux«, stotterte sie. »Bitte erwähnen Sie das nicht Ihrem Vater gegenüber.«

Mein Bruder stürmte mit qualmenden Nasenlöchern auf sie zu, woraufhin sie alarmiert zurückwich und sich entschuldigte, während er sie dafür zusammenstauchte. Was die ganze Sache nur noch schlimmer machte, da sich alle, die nicht schon vorher gestarrt hatten, jetzt umdrehten. Mir wurde immer heißer. Ich wusste, dass es normal war, dass sich alle auf dem Campus vor der Verwandlung auszogen, aber ich hatte mich immer noch nicht daran gewöhnt. Vor allem nicht an die Blicke. Ein paar Mädchen hinter mir fingen an zu kichern, und ich warf einen Blick über die Schulter und sah, dass sie Fotos von meinem Arsch machten. *Klasse.*

Sofia deutete in Richtung der Umkleidekabinen, und ich nickte verlegen, bevor ich losrannte. Ich beeilte mich, nach drinnen zu kommen, und atmete erleichtert auf, als ich eine Bank erreicht hatte. Sobald ich meine Tasche abgelegt hatte, zog ich meinen hautengen Feueranzug an. Er verbarg meinen Schwanz zwar nicht wirklich, aber vermutlich war es besser, als splitterfasernackt dazustehen.

Ich musste mich wirklich daran gewöhnen. Ich hatte einfach noch keine Gelegenheit gehabt, das Herdenleben kennenzulernen, bevor ich auf den Campus gezogen war. Die meisten anderen hatten schon viel Zeit mit ihresgleichen verbracht, bevor sie ihre magische Ausbildung begonnen hatten. Und immerhin hatte ich kein kleines Exemplar wie Dylan Pluto, der auch Mitglied meiner Herde war. Auch wenn ihm das offensichtlich herzlich egal war. Er hatte gestern ein zwanzigminütiges Gespräch mit mir geführt – die Hände in die Hüften gestemmt und sein Gehänge in der Brise wehend. Die meisten Herdenmitglieder hatten ihre Kronjuwelen mit Glitzer und Edelsteinen verziert, und ich könnte schwören, dass der große Diamant an der Spitze seines Schwanzes mir zugezwinkert hatte.

Ich hatte immer weggesehen, wenn Sofia sich ausgezogen hatte, aber neulich hatte ich gehört, wie sie mit einer ihrer Freundinnen über ihre neuesten Vajazzle-Methoden und die kleinen rosa Edelsteine gesprochen hatte, die sie über ihrer Klitoris trug. All dieser Scheiß war so neu für mich, und ich hatte noch nie wirklich darüber nachgedacht, mich dort zu schmücken. War das etwas, was von mir erwartet wurde? Musste mein Schwanz einen Diamanten tragen, der Dylans übertrumpfte, um zu beweisen, dass ich meines Platzes in der Herde würdig war? *Mindfuck.*

Ich verstaute meine Tasche in einem Spind und eilte zurück in die Arena, wo alle bereits mit ihren Übungen begonnen hatten. Tory stand mit Darcy zusammen, da Pyro nur innerhalb der Formgebungen arbeiten ließ, aber da Tory vorgab, noch unter dem Einfluss meines Vaters zu stehen, redeten sie nicht viel miteinander. Darcy sah jedoch zehnmal glücklicher aus als in den vergangenen Wochen. Auch mir war ein Stein vom Herzen gefallen. Ich wusste nicht, wie Tory ihm vollständig entkommen würde, aber es musste einen Weg geben, wie sie sich von ihm befreien konnte.

»Mr. Acrux, möchten Sie sich mit Miss Cygnus zusammentun? Ihre Feuermagie entwickelt sich gut – mal sehen, wie Sie sich mit fortgeschrittenen Formzaubern machen«, ermutigte Pyro, und ich warf einen Blick auf Sofia, nickte und schloss mich ihr an. »Helfen Sie Mr. Acrux«, sagte sie zu Sofia, und mir wurde klar, dass das Freshman-Zeug war, mit dem sie sie eigentlich nicht behelligen sollte. Es ärgerte mich, dass ich bevorzugt behandelt wurde. Vor allem, wenn es Sofias Arbeit beeinträchtigte.

»Du musst das nicht tun«, sagte ich zu ihr, und sie wirkte eine Stillekuppel und steckte sich eine Strähne ihrer kurzen goldenen Haare hinters Ohr.

»Es macht mir nichts aus«, meinte sie fröhlich. »Ich kann schon seit einer Weile Sand in Glas umwandeln«, sagte sie und nickte zu den anderen Sophomores, die genau das übten. »Das hat man davon, wenn man mit den Vegas befreundet ist. Ihre Übungsstunden sind ziemlich intensiv, und ich lerne manchmal mehr bei ihnen als bei Pyro.«

»Bist du sicher?«, fragte ich. »Ich kann nur einfache Formen erzeugen – Hadley dafür einen verdammten Rhombus machen.« Ich sah in seine Richtung, als er beiläufig eine Pyramide formte und dann Feuerfontänen aus der Spitze sprudeln ließ, als wäre sie ein Vulkan. *Verdammt, Hadley!* Das Mädchen, mit dem er arbeitete, war so damit beschäftigt, ihn anzustarren, dass es sich ständig an seinen eigenen Flammen verbrannte.

»Wenn du dreidimensionale Objekte erschaffen willst, musst du aufhören, dich so sehr darauf zu konzentrieren«, erklärte Sofia und hob ihre Hände, um ein Flammenquadrat zu erzeugen. Ihre Finger bewegten sich in geübten Bewegungen, während sie ein weiteres Quadrat daneben entstehen ließ und dann Flammenlinien bildete, die beide Flächen zu einem Würfel formten. »Je mehr man versucht, sie zu zwingen, desto weniger gehorchen die Flammen.

Stell dir vor, du pustest eine Kerze aus. Wenn du zu stark pustest, geht die Flamme aus, aber wenn du nur ein wenig pustest, biegt sie sich in die gewünschte Richtung.«

Ich stellte mich neben sie und warf einen verstohlenen Blick auf ihr hübsches Gesicht und ihre süße kleine Nase, während ich mit meiner Feuermagie ein Quadrat formte. Das war einfach – das Problem war, darauf etwas aufzubauen. Ich beobachtete ihre Magie, dann ihre Bewegungen, dann ihren Mund. Fuck, ihr Mund. Ihre Lippen waren rosa wie Zuckerwatte, und sie saugte leicht an ihrer Unterlippe, während sie sich konzentrierte.

Der Geruch von Verbranntem drang zu mir vor, und sie wirbelte keuchend zu mir herum. »Xavier!«

Ich sah an mir hinunter und stellte fest, dass ich tatsächlich in Flammen stand. »Fuck!« Ich stolperte von ihr weg, als die feuerfeste Uniform unter der Intensität meiner Flammen zu brennen begann und an meinem Arm hochkroch. Ich wedelte wild mit den Händen, was alles nur noch schlimmer machte, dann erinnerte ich mich, dass ich Wassermagie hatte, und richtete sie völlig unkontrolliert auf mich selbst. Ich schüttete so viel Wasser auf mich, dass ich umfiel und vollkommen durchnässt auf meinem Arsch landete.

»Bei den Sternen, er ist so verdammt süß«, flüsterte Nina Starstruck ihrer Freundin zu, und beide kicherten. »Er ist ein tollpatschiger kleiner Darius, der keine Ahnung hat, wie heiß er ist.«

Großartig.

Sofia bot mir ihre Hand an, um mir aufzuhelfen, aber ich war zu beschämt, um sie anzunehmen. Ich schlug ihre Hand weg, stand selbst auf und klopfte mir den Sand vom Hintern, der sich nicht vom Fleck rührte, weil ich klatschnass war. Mit einem frustrierten Schnauben wandte ich mich von Nina ab, die mit ihren langen Wimpern klimperte. Ich wusste, dass ich nicht wie mein Bruder war, aber das war immer in Ordnung gewesen, bis alle Welt angefangen hatte, darauf hinzuweisen.

Sofia stellte sich auf Zehenspitzen, streckte die Hand aus und schob mir die nassen Haare aus den Augen. Sie war so klein, was sie noch liebenswerter machte.

Sie ist vergeben, Bro. Kapier's doch endlich!

»Immerhin hast du das Feuer gelöscht.« Sie lachte leise, und ich konnte nicht anders, als zu grinsen, weil ich das Geräusch einfach liebte.

»Hm, ja«, murmelte ich, und sie stieß mich spielerisch an.

»Du wirst es schon noch hinbekommen. Eines Tages macht es einfach Klick.«

»Ich hoffe nur, dass dieses *Klick* noch vor der *Abrechnung* kommt. Sonst bin ich am Arsch«, sagte ich.

Ich durfte meinen Platz an der Academy nicht verlieren. Ich musste härter arbeiten und sicherstellen, dass ich bei der Beurteilung keine Dummheiten machte. Ich arbeitete nicht gut unter Druck, und Sofia verunsicherte mich immer so sehr, dass ich mich oft vor ihr blamierte. Erst gestern hatte ich einen perfekten Wasserzauber durchgeführt und einen Fluss geschaffen, der in die Richtung geflossen war, in die ich ihn gelenkt hatte. Hatte sie das mitbekommen? Nein. Aber sie bekam es natürlich mit, als ich mich verhielt, als wäre ich noch am ersten Tag meiner Ausbildung.

Ich konzentrierte mich für den Rest der Stunde darauf, einen Würfel zu kreieren, fest entschlossen, es zu schaffen und zu beweisen, dass ich kein nutzloser Trottel war. Und als Pyro die Stunde beendete, hatte ich den Würfel nicht nur perfektioniert, sondern auch eine Pyramide geformt, genau wie Hadley. Sicher, er hatte sich bereits daran gemacht, eine ganze Schar brennender Vögel um das Amphitheater herumfliegen zu lassen, aber ich war auf dem richtigen Weg.

Ich duschte gemeinsam mit Hadley und zog mir schließlich wieder meine Uniform an.

»Hast du Athena gefangen?«, fragte ich, und er stieß einen frustrierten Seufzer aus.

»Nein«, knurrte er. »Ich habe sie im Wald verloren und konnte sie nicht finden.« Seine Fangzähne fuhren aus, als er daran dachte, und ich packte seinen nackten Arm, um ihn dazu zu zwingen, mich anzusehen.

»Sei vorsichtig! Darius hat mir erzählt, was mit Caleb und Tory passiert ist, als er sie gejagt hat. Lass dich nicht provozieren!«

»Ich weiß.« Er schnaubte. »Ich werde ihr nicht wehtun. Ich halte mich mit leichterer Beute über Wasser. Ich will sie nur einmal fangen. Das Jagen fühlt sich so verdammt gut an.«

»Mach einfach keine Dummheiten«, drängte ich, und er nickte.

»Werde ich nicht, Mann.« Er zog sein Hemd an.

»Hey Hadley, bist du bereit?«, rief ein Typ, und ich entdeckte Trent, der von Kopf bis Fuß tätowiert war.

»Ja«, sagte Hadley und sah mich an. »Ich lasse mir einen Arm tätowieren.« Er zeigte auf seinen rechten Arm. »Alle Planeten, aber in Form von Schädeln. Trent ist ein echt kranker Künstler. Vielleicht solltest du dir auch eins stechen lassen.«

»Es gibt kein Motiv, das mich wirklich reizt. Aber viel Spaß!« Ich hängte mir meine glitzernde Wolkentasche über die Schulter, und er warf mir einen spöttischen Blick zu.

»Hübsche Tasche«, neckte er mich.

Ich zeigte ihm grinsend den Mittelfinger, und er schoss mit Trent, der offenbar auch ein Vampir war, davon.

Draußen sah ich Sofia an der Wand stehen. Ich ging auf sie zu und schob eine Hand durch meine Haare. Ihr Blick fiel auf meinen Bizeps und sie wurde rot. Bevor ich auch nur ein Wort sagen konnte, fiel ein riesiger silberner Pegasus vom Himmel, landete direkt vor ihr und schnaubte wütend in meine Richtung. Tyler umrundete sie und ließ seinen Schweif peitschen, um sein Revier zu markieren. Wut durchzuckte mich.

Ich stampfte mit dem Fuß auf, weil mich meine Pegasus-Instinkte dazu drängten, ihn herauszufordern.

»Bleib locker, Ty!« Sofia tätschelte seinen Hals und warf mir einen flüchtigen Blick zu, während sie sich wieder auf diese Weise auf die Lippe biss, dass mein Schwanz vor Erregung zuckte.

Tyler verwandelte sich in seine Fae-Gestalt, und Sofia holte eine Jogginghose aus ihrer Tasche und warf sie ihm zu. Er zog sie an, bevor er auf mich zukam und seinen Arm um meine Schultern legte.

»Hey, Kumpel, wie geht's?«, fragte er mit einem breiten Grinsen, als hätte er Sofia und mir gegenüber gerade nicht voll den Dom raushängen lassen. Er holte seinen Atlas hervor und machte ein Foto von uns, woraufhin er es mit der Überschrift *Chillen mit dem Dritten der Herde* auf FaeBook postete.

Ich hasste es, der Dritte zu sein. Drittbester. Das passte mir ganz und gar nicht.

Ich war schnell in der Rangordnung aufgestiegen, und jetzt waren die Einzigen, die über mir standen, Tyler und seine Gefährtin. Ich träumte immer wieder davon, gegen ihn zu kämpfen, meine Fäuste in seinen Bauch zu rammen oder mein Horn in seine Eingeweide zu stoßen, um Sofia zu beanspruchen und alle anderen in der Herde unter mein Kommando zu zwingen. Die Vorstellung machte mich richtig hart. Ich war schon so oft mit einem Ständer aufgewacht, seit ich hier angekommen war, dass ich allmählich glaubte, ein Problem zu haben.

Ich schubste Tyler etwas unsanfter weg, als es eigentlich freundlich gewesen wäre, und er stampfte mit dem Fuß auf, während ich ebenfalls mit dem Fuß stampfte und die Augen zusammenkniff.

Er lächelte nach wie vor und verschränkte dann die Arme vor der Brust. »Willst du mit uns abhängen, Xavier? Du, ich und mein Mädchen?« Als er *mein Mädchen* sagte, stieg meine Wut, und ich sah Sofia mit einem Verlangen an, das nicht nachließ.

»Klar«, sagte ich und hob mein Kinn, als er mich erneut abschätzend ansah. *Vielleicht sollte ich ihn einfach herausfordern? Warum nicht, ich bin stark genug. Ich kann es mit ihm aufnehmen.*

Mein Pegasus war genauso groß wie seiner, und mein Horn könnte sogar einen Hauch größer sein. *Ich sollte Sofia bitten, sie zu messen, denn mein Horn ist definitiv auch dicker. Und das muss doch etwas zählen.*

»Ich bin eigentlich auf dem Weg in die Bibliothek«, sagte Sofia. »Ich wollte dir nur das hier geben.« Sie trat auf Tyler zu und küsste ihn. Mein Herz fühlte sich an, als würde es von einer Granate getroffen, die in meiner Brust explodierte. Tyler packte sie an der Taille und zog sie besitzergreifend an sich, und ich stand einfach nur da und sah ihnen zu, während die Wut in mir brodelte.

Mein Instinkt erwachte in mir, und ein wütendes Wiehern entrang sich meiner Kehle, bevor ich Tyler von ihr wegstieß und mich vor ihm positionierte, sodass meine Stirn an seiner lag. Er drückte seine Stirn gegen meine, und ich trat nach hinten aus, weigerte mich aber weiterhin, mich zu bewegen.

»Willst du mich herausfordern, Alter?«, fragte Tyler mit einem wütenden Schnauben.

»Vielleicht«, erwiderte ich, während er versuchte, mich zurückzudrängen, aber ich rührte mich nicht von der Stelle.

»Das würdest du nicht tun«, knurrte Tyler. »Ich bin dein bester Freund.«

»Das behauptest du zumindest immer wieder.« Ich kniff die Augen zusammen, und er rammte seinen Fuß auf meinen.

Ich warf einen flüchtigen Blick auf Sofia, die sich auf die Lippe biss und zwischen uns hin und her schaute, ohne einzugreifen. Ich hatte schnell gelernt, dass das bei uns so üblich war. Die Jungs mussten um die beste Frau kämpfen, und sie musste sich vergewissern, dass sie mit dem richtigen Mann zusammen war. Mich anzustacheln, war also ein typischer Stuten-Trick. Und zu wissen, dass sie wollte, dass ich um sie kämpfte, gab mir ein gutes Gefühl.

Plötzlich zog sich Tyler zurück, ließ seine Finger herumwirbeln und schuf dabei eine Ranke, die mich zu Fall brachte. Sobald ich auf dem Boden aufschlug, hob ich die Hände, um mich mit einer Feuersalve zu wehren. Eine Erdwand flog hoch, um meinen Angriff zu blockieren, und ich wusste nicht, wie ich darauf reagieren sollte. Ich war einfach nicht gut genug trainiert.

Tyler trat um die Wand herum, streckte mir seine Hand entgegen und wieherte leise.

»Akzeptiere deinen Platz«, forderte er, und ich seufzte und ließ mich von ihm hochziehen. Ich biss die Zähne zusammen, als er versuchte, meine Fingerknochen zu brechen, und erwiderte den Gefallen. Er blieb einen Moment lang dicht neben mir stehen, und mein Blick fiel auf seine aufeinander gepressten Lippen, bevor ich mit enger Kehle seinen Blick auffing.

»Gut.« Tyler grinste breit. »Ich wusste, dass du mich nie hintergehen würdest, Xavier.«

»Wir sehen uns später«, rief Sofia und zwinkerte Tyler zu, was mich vor Wut fast platzen ließ. Verdammt, das war nicht das Ende meiner Bemühungen, sie zu erobern.

Sie trabte davon und ich blieb mit meinem Dom zurück, der jetzt, da er einen Punkt gegen mich gewonnen hatte, überglücklich aussah. Dieses Mal musste ich nachgeben, aber das bedeutete nicht, dass ich aufgab.

»Es ist nicht schlimm, der Dritte in der Herde zu sein«, sagte Tyler grinsend. »Du könntest mit jeder der Subs ausgehen. Oder mit allen, wenn du willst. Warum lädst du nicht mal ein paar von ihnen auf dein Zimmer ein?«

»Nein«, brummte ich, während sich meine Muskeln anspannten. Gemeinsam setzten wir uns in Bewegung.

Er musterte mich von der Seite, und ich konnte sehen, dass er versuchte, seine Schultern zurückzuziehen, um größer zu wirken als ich. Aber selbst dann waren wir ziemlich gleich groß. Wir waren einander einfach zu ebenbürtig.

»Sofia ist tabu«, warnte er mich mit einem lässigen Lächeln, aber seine Augen funkelten wie die eines Raubtiers. Er starrte mich an, bis ich den Blick abwandte – denn sein Status in der Herde zwang mich, nachzugeben. *Um der Sterne willen!*

»Na gut«, murmelte ich, und er tätschelte meinen Rücken.

»Gut. Jetzt komm – wie wäre es mit einem Regenbogenrausch? Am Wasserfall im Wasser-Territorium wimmelt es meistens davon. Und wenn wir Glück haben, wirken ein paar der Wasserelementare Regenschauer, sodass es noch mehr von ihnen gibt.«

»In Ordnung«, stimmte ich zu, weil das echt gut klang.

Er begann, sich auszuziehen und warf mir beiläufig seine Sachen zu. »Pack die in deinen Pegobag!«

Der direkte Befehl ärgerte mich maßlos, aber ich gehorchte. Ich war heute von ihm geschlagen worden und musste das wie ein Fae hinnehmen und an einem anderen Tag zurückkommen, um zu kämpfen. Mein Blick fiel auf seine muskulöse Brust, während ich mich selbst auszog, und plötzlich schienen wir uns in einer Art Wettrennen wiederzufinden. Die Herausforderung in seinem

Blick spornte mich an. Ich stopfte meine Klamotten unsanft in die Tasche, während er mir seinen Mist ebenfalls zuwarf. Ich wieherte wütend, weil ich das einfach so hinnehmen musste, aber er schnaubte mich nur an und warf den Kopf zurück.

Wütende Spannung lag in der Luft, als wir uns die letzten Kleidungsstücke vom Leib rissen und ich meine Tasche wieder anlegte. Er musterte meinen Körper abschätzig, als wollte er herausfinden, ob er größer war als ich, und mir wurde klar, dass es mich ausnahmsweise mal nicht störte, nackt zu sein. Nachdem ich mich vor allen Feuerelementaren der Schule entblößt hatte, war ich wohl über meine Angst hinweg.

Ich betrachtete seinen Körper ebenso prüfend, unfähig, seinen Schwanz zu ignorieren, der an der Basis mit silbernen Steinen verziert war. Über seinem Schambein prangte ein Regenbogen aus bunten Edelsteinen.

»Ist dieses Vajazzle-Ding etwas, das ich machen sollte?«, fragte ich, und er lachte schallend.

»Erstens heißt das bei Männern *Pejazzle*. Und zweitens, nein, du musst überhaupt nichts.« Er grinste. »Ein einfacher Schwanz hat auch was, Kumpel.«

Seine Worte klangen äußerst verdächtig – also würde ich jetzt ernsthaft darüber nachdenken müssen, mich untenrum zu schmücken. *Wie bringen die überhaupt all diese Edelsteine an? Und zählte nur das Design oder auch, wie viele Edelsteine ich um meinen Sack herum befestigen konnte? Bekam ich Punkte dafür, wenn ich die Eier einbezog?*

Was auch immer nötig war, um Sofias Aufmerksamkeit zu erregen, ich würde es tun. Ich würde mich nicht verstecken, wenn ich Tylers Mädchen haben wollte. Es wäre vielleicht verdammt zweifelhaft gewesen, wenn wir nur Freunde gewesen wären, aber das waren wir nicht. Wir waren Mitglieder einer Herde, und so funktionierte das. Also würde ich meine Instinkte nicht unterdrücken.

Tylers Blick blieb an meiner Brust hängen, als wollte er ihre Breite ausloten, dann verwandelte er sich in seine riesige silberne Pegasusform. Ich folgte seinem Beispiel, aber er galoppierte bereits davon, um seine Schnelligkeit zu beweisen. Ich nahm die Verfolgung auf und war bald Nase an Nase mit ihm. Während wir Seite an Seite den Pfad entlangdonnerten, fegten wir etliche unserer Kommilitonen aus dem Weg.

Ich versuchte, mich abzusetzen, aber er hielt das Tempo, egal, wie sehr ich mich anstrengte. Es war so verdammt frustrierend.

Schließlich drehte sich Tyler um, breitete die Flügel aus und erhob sich in die Lüfte. Ich war ihm dicht auf den Fersen, hetzte hinter ihm her und blinzelte gegen die grelle Sonne an, während ich heftig mit den Flügeln schlug, um mitzuhalten.

Ich war noch nie in meinem Leben der Erbe gewesen, aber in dieser Herde wollte ich unbedingt der König sein. Also würde ich meinen Dom entthronen und ihm seine Krone wegnehmen. Und dann würde Sofia mir gehören.

Gemini
Scorpio
Virgo
Cancer
Aries
Leo
Taurus
Sagittarius
Capricorn
Aquarius
Libra
Pisces

TORY

KAPITEL 20

Irgendwie gelang es mir die ganze Woche über, die Scharade meiner Schattenidentität und meiner Loyalität Lionel gegenüber aufrechtzuerhalten. Tagsüber ertrug ich die Gesellschaft der M. O. E. S. E. N. und bekämpfte den Schmerz in mir, der mich dazu trieb, so schnell wie möglich zu Lionel zurückzukehren.

Abends verbrachte ich Zeit mit Darcy und Geraldine in King's Hollow. Auch die Erben waren oft dabei.

Caleb war immer gut gelaunt und lachte viel, was meine Stimmung hob, wenn ich deprimiert war. Seth hingegen war übermäßig taktil, und obwohl er wusste, dass ich das nicht mochte, hörte er nicht auf. Der Wolf brachte mir auch gern Snacks wie Süßigkeiten und Schokolade mit, und ich hatte das Gefühl, dass er mich ein bisschen mästen wollte. Das einzige Problem war, dass er mir die Sachen einfach wieder wegnahm und selbst verputzte, wenn ich sie nicht sofort aß. Also versuchte ich, die Süßigkeiten zu verstecken, aber er schien das als Herausforderung zu sehen, sie zu erschnüffeln und zu klauen. *Verdammter Köter.*

Das Darius-Minenfeld wurde mit Max' Hilfe immer weniger beängstigend, aber ich fand es immer noch zu schwierig, mehr als ein paar Worte mit ihm zu wechseln. Darius schien zu akzeptieren, dass ich auf Distanz zu ihm bleiben musste, aber manchmal sah er mich mit so viel Schmerz in den Augen an, dass es auch mir wehtat. Ich wusste einfach nicht, wie ich das Problem lösen sollte.

Als der Freitagabend endlich kam, war ich gleichzeitig voller Angst und

Vorfreude, Lionel wiederzusehen. Ich hasste dieses verdammte Band dafür, dass es meinen Verstand dermaßen durcheinanderbrachte.

Es war mir unmöglich, meine echten Emotionen von denen zu trennen, die er in mir hervorrief. Ich hatte das Gefühl, als würde ich ständig ein schreckliches Geheimnis mit mir herumtragen. Immer wenn einer von den anderen davon sprach, wie sehr er Lionel hasste oder wie gern er ihm wehtun würde, sehnte sich ein Teil von mir danach, zu schreien oder sogar anzugreifen, um ihn zu verteidigen. Und ich wusste, dass ich so nicht empfunden hatte, bevor ich von ihm verflucht worden war, aber es wurde immer schwieriger, mich daran zu erinnern. Je länger ich von ihm getrennt war, desto mehr sehnte ich mich nach ihm.

Glücklicherweise hatte ich einen triftigen Grund, mich auf die Rückkehr in den Palast heute Abend zu freuen – abgesehen von meinem erbärmlichen Bedürfnis, den Mann zu sehen, der mich gequält und missbraucht hatte. Gabriel hatte gesehen, dass Darcy und ich etwas Wichtiges auf dem Palastgelände finden würden. Also schmiedeten wir in letzter Minute einen Plan, um sie durch die Königspassagen zu schmuggeln, damit sich das, was er gesehen hatte, erfüllen konnte. Ich musste nur dafür sorgen, dass Lionel abgelenkt war, während sie sich ins Sommerhaus schlich, in dem Orion festgehalten wurde. Sobald ich die Gelegenheit dazu sah, würde ich mich mit ihr treffen. Gabriel hatte gesagt, dass wir dann schon wissen würden, was zu tun war. Es klang vollkommen verrückt, aber ich hatte aufgehört, Gabriels Visionen infrage zu stellen, und würde es einfach auf mich zukommen lassen.

Sobald der Unterricht vorbei war, rannte ich in mein Zimmer, zog meine Uniform aus und schlüpfte in eines der Kleider, die Lionel mir für meine Rückkehr in seine Gesellschaft gegeben hatte. Es war ein bodenlanges blutrotes Kleid mit Schlitzen an den Beinen, wunderschön – und definitiv übertrieben. Aber Lionel hatte darauf bestanden, und es wäre ziemlich auffällig gewesen, wenn ich in Jeans und Tanktop aufgetaucht wäre. Deshalb würde ich keine Energie darauf verschwenden, mich darüber zu beschweren.

Eilig verließ ich mein Zimmer und hastete über den Campus zum Haupttor, in der Tasche den Beutel mit Sternenstaub, den ich für diese Reisen erhalten hatte.

Sobald ich die Grenze passiert hatte, warf ich den Sternenstaub über meinen Kopf. Im nächsten Moment stand ich vor dem Palasttor.

Sofort leuchteten die Blitzlichter der Kameras um mich herum auf, aber ich ignorierte die Journalisten, die hier immer campierten, einfach und stieg in die Kutsche, die geschickt worden war, um mich abzuholen.

Jenkins begrüßte mich, sobald ich durch die Palasttüren trat, und ich warf einen Blick auf sein verkniffenes Gesicht und die gespitzten Lippen, die kaum verborgene Abneigung zeigten. Ich hatte diesen Gesichtsausdruck »Katzenarschgesicht« getauft – weil sein Mund so aussah wie das Arschloch einer Katze. Außerdem war der Typ ein Arsch, es passte also gut zu ihm.

»Der König ist bislang nicht zurück«, informierte er mich mit einem leicht spöttischen Unterton. »Er hat darum gebeten, dass Sie sich amüsieren, während Sie auf seine Rückkehr um acht Uhr warten.«

Meine Enttäuschung war groß. Ich verpasste mir selbst eine mentale Ohrfeige, weil ich mich darüber ärgerte, Lionel nicht früher zu sehen, und erinnerte mich daran, dass ich mir genau das erhofft hatte. *Er ist ein riesiges, schuppiges Sackgesicht, das du mehr hasst als alles andere auf der Welt, also hör verdammt noch mal auf, daran zu denken, mit ihm zu kuscheln.*

Ich nickte, ohne Jenkins auch nur die Höflichkeit eines Wortes zu erweisen, und entfernte mich von ihm, um in die Tiefen des Palastes vorzudringen.

Ich hatte ein Ziel und würde keine Zeit damit verschwenden, Small Talk mit dem alten Mistkerl zu führen.

Ich folgte mehreren langen Korridoren, trat durch einen riesigen Wintergarten aus Glas und öffnete schließlich eine Tür auf der Rückseite des riesigen Gebäudes, die nach draußen führte.

Niemand stellte Fragen. Schließlich war ich Lionels kleiner Schoßhund, und er hatte mir deutlich zu verstehen gegeben, dass ich tun und lassen konnte, was ich wollte. Vor allem, weil ich bis vor Kurzem nur eines gewollt hatte: ihm zu dienen. Er hatte also keinen Grund, an meinen Beweggründen zu zweifeln.

Dieser Narr.

Das Sommerhaus befand sich im Osten des Palastgeländes. Das niedliche kleine Häuschen wurde teilweise von einer Ansammlung blühender Blumen verdeckt, die noch genauso hell und farbenfroh waren, als wäre es Hochsommer, obwohl der Winter bereits Einzug gehalten hatte. Vor dem Haus befand sich der Pool, der immer dampfte. Wenn Blätter auf die Oberfläche trieben, wurden sie von einem magischen Wind fortgetragen.

Ich ging zur Tür, warf einen Blick über meine Schulter, versuchte, so lässig wie möglich zu wirken, damit niemand Verdacht schöpfte, und zog dann die Tür weit auf, um einzutreten.

Orion sah überrascht von dem Buch auf, das er am Schreibtisch in der Ecke des Zimmers studiert hatte, und die Enge in meiner Brust löste sich, als ich ihn ansah. Scheiße, ich hatte das mürrische Arschloch wirklich vermisst, seit er nach Darkmore gebracht und ich aus meinem eigenen verdammten

Verstand gerissen und in eine psychopathische Schaufensterpuppe verwandelt worden war.

»Tory?«, fragte er langsam und stand zögernd auf. Seine Haare waren übermäßig lang und sein Bart musste dringend gestutzt werden. Darius hatte ihm zweifellos bereits gesagt, dass ich jetzt wieder fast ganz ich selbst war, aber er war trotzdem vorsichtig.

Ich trat näher und scannte gleichzeitig den Raum, um sicherzustellen, dass wir allein und die Jalousien vor den Fenstern heruntergelassen waren, um uns hier drinnen zu verstecken.

In dem Moment, in dem ich mir sicher sein konnte, dass niemand in der Nähe war, ließ ich meine Maske fallen und grinste Orion zur Begrüßung an. Er stürzte sich auf mich und lachte leise, als er mich in eine heftige Umarmung zog.

Ich lächelte wie blöd, als ich meine Arme um ihn schlang und ihn fest drückte, während er mich im Kreis herumwirbelte.

»Ich bin so froh, dass ihr Plan, dich zurückzubringen, funktioniert hat«, murmelte er.

»Scheiße, Alter, fang bloß nicht an zu heulen! Ich dachte, du bist dazu bestimmt, ein Arschloch zu sein?«, neckte ich ihn, und er lachte in meine Haare, während er mich noch fester drückte.

»Gib mir ein paar Minuten, um mich zu freuen, dass du wieder bei Verstand bist. Ich verspreche dir, dass ich dann sofort wieder zum Arschlochdasein zurückkehren werde«, scherzte Orion.

Ich gab nach und umarmte ihn fest, während wir uns einfach einen Moment Zeit nahmen, um die Tatsache zu würdigen, dass wir beide halbwegs von unseren Fesseln befreit waren. Dann stieß ich einen frustrierten Atemzug aus und trat ihm so fest ich konnte in die Eier.

Orion röchelte und fluchte überrascht. Ich versetzte ihm einen Stoß, sodass er auf die Couch neben uns fiel und sich die Eier hielt.

»Das ist dafür, dass du meiner Schwester das Herz gebrochen hast, Arschloch«, knurrte ich, zeigte mit dem Finger auf ihn und funkelte ihn an.

Einerseits war ich wirklich froh, ihn wiederzuhaben, aber andererseits hatte Darcy für mich oberste Priorität, und als ihre große Schwester – um ein paar Minuten, aber was soll's – war es meine Pflicht, ihm das Leben schwer zu machen. Und der Tritt in die Eier war schon lange überfällig.

»Fuck, Tory, warum zielst du immer auf die Eier?« Er stöhnte, kniff die Augen zusammen und umklammerte seinen Schritt, um den Schmerz zu ertragen.

»Du hast Glück, dass ich sie dir gelassen habe«, warnte ich ihn. »Du stehst auf meiner Abschussliste, du Trottel, vergiss das nicht. Ich freue mich zwar wirklich, dein haariges Gesicht zu sehen, aber ich werde es jedes Mal ohrfeigen, bis du diesen Schwachsinn in Ordnung bringst.«

»In Ordnung bringen?«, brummte er. »Da gibt es nichts in Ordnung zu bringen, Tory. Es ist zu spät für …«

Ich verpasste ihm eine Ohrfeige, die seinen Kopf zur Seite schnellen ließ, und er knurrte mich an und bleckte die Zähne.

»Hör auf!«, warnte er.

»Leck mich, Arschloch. Oder beiß mich – was auch immer dir lieber ist«, stichelte ich, und er starrte mich an. Sein Blick huschte zu meiner Kehle, als würde er halb in Betracht ziehen, es zu versuchen, bevor er ein hoffnungsloses Lachen ausstieß.

»Weißt du, deine Schwester ist wesentlich netter als du«, grummelte er.

»Ach echt, Sherlock? Deshalb trete ich dir ja in ihrem Namen in den Arsch. Sie ist zu gut, um dir in die Eier zu treten, aber ich schwöre dir, wenn du ihr noch einmal wehtust, dann hole ich mir deine Kronjuwelen mit einer Ladung Phönixfeuer. Verstanden?«

»Du bist ein verdammtes Tier«, sagte er, während er nach wie vor seinen Sack abschirmte und mir einen Blick zuwarf, der mir sagte, dass er wusste, dass ich es ernst meinte.

»Ja. Und vergiss das bloß nicht. Warum holst du mir nicht einen Drink? Dann können wir hier rumsitzen und uns zusammen selbst bemitleiden, während ich darauf warte, dass Lionel zurückkommt. Denn dann muss ich wieder so tun, als wäre ich ein seelenloser Schattencontainer.« Ich ließ mich neben ihn auf die Couch fallen, und er verdrehte die Augen, bevor er aufstand und eine Flasche Bourbon sowie zwei passende Gläser holte.

Ich nahm das Glas, das er mir hinhielt, und er schenkte mir eine ordentliche Portion ein, bevor er sein Glas bis zum Rand füllte.

»Wie ich sehe, trinkst du wieder«, bemerkte ich, obwohl ich es vorgeschlagen hatte. Aber ich war nicht derjenige, der bereits drei Viertel der Flasche geleert hatte, also war mein Argument durchaus stichhaltig.

»Nun, ich hatte in letzter Zeit wenig Grund, mich zurückzuhalten«, murmelte er.

»Darauf stoßen wir an«, meinte ich und stieß mit ihm an, bevor ich das Glas leerte und den brennenden Geschmack in meinem Rachen genoss. »Willst du dich mit mir betrinken und über Lionel lästern?«

»Nein. Das klingt furchtbar.«

»Ich weiß. Aber ich muss heute Nacht mit ihm und Clara in einem Bett schlafen, also ist es wohl besser, mich vorher bis zur Besinnungslosigkeit zu betrinken.«

»Vielleicht könntest du ihn im Schlaf erstechen«, schlug Orion vor.

»Wenn es nur so einfach wäre«, sagte ich, aber selbst diese Worte machten mich körperlich krank, und mein Herz raste vor Panik bei dem Gedanken, dass dem Mann, den ich mehr als alles andere auf der Welt tot sehen wollte, etwas zustoßen könnte.

Ich rieb an dem Widder-Symbol auf meinem Arm, um das Verlangen abzuschütteln, nachzusehen, ob es Lionel gut ging, und Orion streckte die Hand nach mir aus.

»Einmal war ich so wütend auf Darius, dass ich versucht habe, ihn zu schlagen, aber stattdessen habe ich mir selbst die Fresse poliert«, sagte Orion und drückte meine Finger. Stöhnend lehnte ich mich zurück – ich befand mich in Gesellschaft der einen Person, von der ich wusste, dass sie meine Gefühle in dieser Sache tatsächlich verstehen konnte.

Ich blickte in Orions dunkle Augen und fragte mich, ob ich ihm die verrückten Gedanken gestehen konnte, die mir immer wieder durch den Kopf gingen, wenn ich an den Mann dachte, der uns den Thron gestohlen hatte. Ich hatte das Gefühl, dass niemand sonst mich verstehen würde, und ich hatte es vermieden, darüber zu sprechen. Aber er wusste Bescheid. Er lebte schon seit Jahren mit diesem Band.

»Nachts liege ich im Bett und versuche, alle Gründe aufzulisten, warum ich Lionel hassen sollte«, murmelte ich, während mich die Scham über das, was ich gleich zugeben würde, zerfraß. »Aber am Ende denke ich immer daran, wie voll seine Haare sind und dass er nach der besten Mischung aus Eisen und Holzkohle riecht und … wie perfekt sein grimmiger Blick ist.« Ich fröstelte, als ich das sagte, aber gleichzeitig stellte ich mir diesen Blick vor und vermisste ihn so sehr, dass es wehtat. Es war abgefuckt.

»Sein grimmiger Blick?« Orion lachte, und ich lächelte auch ein wenig, obwohl ich wusste, wie verdammt verrückt das klang.

»Na ja … er lächelt nicht wirklich oft.« Ich zuckte mit den Schultern und schloss die Augen, weil es so verdammt demütigend war, so über einen Mann zu denken, den ich tief in meinem Inneren abgrundtief hasste. Aber irgendwie machte es mir bei Orion nichts aus. Ich wusste, dass er es verstehen würde, weil er ebenfalls zu einem Wächterband gezwungen worden war. Aber wenigstens liebte er den Kerl, mit dem er verbunden war.

»Ist dir schon mal aufgefallen, wie groß Darius ist? Und wie stark?«, fragte Orion und ein Schmunzeln umspielte seine Lippen. »Oder dass seine Augen kleine goldene Flecken haben, die sich mit dem Braun vermischen?«

»Ja«, sagte ich und biss mir auf die Lippe, während ich an ihn dachte. Ich hatte immer noch ein bisschen Angst, wenn ich an ihn dachte. Aber jetzt wurde diese Angst von Schmetterlingen begleitet, und es fiel mir schwer, genau zu bestimmen, was ich da fühlte. Aber an seinem Aussehen bestand kein Zweifel. »Er sieht verdammt gut aus.«

»Und er ist ein hervorragender Kuschler«, fügte Orion belustigt hinzu. »Einmal, als ich in Darkmore war, habe ich seine Tattoos aus dem Gedächtnis heraus gezeichnet, weil ich nicht aufhören konnte, an sie zu denken. Und dann habe ich die Bilder an die Wand neben meinem Bett geklebt, um ihn bei mir zu haben.«

Wir lachten beide auf eine hoffnungslose Art und Weise, und ich seufzte, lehnte meinen Kopf zurück und drehte mich in seine Richtung.

»Ich bin froh, dass jemand meine verkorksten Gedanken versteht«, sagte ich ehrlich, denn es war so schwer für mich, mit all diesen widersprüchlichen Gefühlen für Lionel umzugehen, während alle anderen ihn so wahnsinnig hassten. Und es war nicht so, dass ich anderer Meinung war, aber ich fühlte mich wie ein verdammter Freak, weil ich mich insgeheim darauf freute, ihn heute Abend zu sehen. Ich wusste, dass das verrückt war, aber ich wollte ihn trotzdem in meinen Armen halten.

»Wir werden das schon irgendwie hinkriegen, versprochen«, sagte Orion, und ich nickte, weil ich wusste, dass wir das würden. Entweder würden wir einen Weg finden, das Band zu lösen, oder Lionel würde sterben – egal, wie schlecht mir bei dem Gedanken daran wurde.

»Ich bin nicht nur zum Plaudern gekommen«, sagte ich und seufzte, während ich mich vorbeugte, um mein leeres Glas abzustellen. »Tatsächlich wollte ich dich warnen, dass du in Kürze Besuch durch den Tunnel erwarten kannst.«

»Wer kommt?«, fragte er, und mir entging der hoffnungsvolle Ton in seiner Stimme nicht.

»Darcy«, bestätigte ich. »Gabriel hat gesagt, dass es wichtig ist, dass wir beide heute Abend im Palast sind. Wenn Lionel und Clara schlafen, schleiche ich mich raus, um sie hier zu treffen.«

»Also ... kommt sie allein?«, fragte er, während er mit einem Räuspern in Richtung der Küchenzeile blickte. Dort, so hatte Darcy mir erzählt, war das Ende des Tunnels.

»Ja. Und wenn ich zurückkomme und sie weinend vorfinde, werde ich deine Eier abfackeln. Verstanden?«

Orion zuckte zusammen und legte schützend ein Kissen über seinen Schoß. »Du bist brutal.«

»Verdammt richtig. Glaub ja nicht, dass ich das nicht ernst meine. Außerdem solltest du dich vielleicht umziehen. Ich meine, es würde ihr vielleicht gefallen, zu sehen, wie sehr du dich gehen lässt. Aber ich schätze, du willst ihr nicht unbedingt offenbaren, was du zum Abendessen hattest.« Ich deutete auf die Tomatensaucenflecken auf seiner Jogginghose, und er knurrte frustriert.

»Ich lasse mich nicht gehen«, beschwerte er sich. »Ich habe nur fünf Minuten, bevor du hier aufgetaucht bist, etwas von meinem Essen fallen lassen.«

»Aha. Und womit rechtfertigst du, dass du dein Shirt verkehrt herum trägst?«

Er griff nach seinem Kragen und zog ihn nach vorn, um nachzusehen, und ich lachte ihn aus, als er die Augen ein wenig aufriss.

»Miststück«, murmelte er, als er merkte, dass ich ihn verarscht hatte.

»Aber mal im Ernst, hat Lionel dir keine Schere gegeben? Denn der Obdachlosen-Yeti-Look war noch nie in Mode, Alter. Und Darcy wird davon definitiv nicht beeindruckt sein«, sagte ich mit einem Grinsen.

»Okay, ich hab's kapiert. Ich bin ein Wrack«, knurrte er. »Aber ich brauche keine Beziehungsratschläge von dir. Du hast deinen eigenen Scheiß zu regeln.«

»Zum Beispiel?«, fragte ich und rückte mein voluminöses Kleid zurecht, während ich versuchte, Unwissenheit vorzutäuschen. Schnaubend stieß er mich an.

»Ich hatte Darius diese Woche jede Nacht in meinem Bett, und er hat ununterbrochen über dich geredet, verdammt noch mal«, antwortete er. Mein Magen zog sich zusammen, als ich mich fragte, ob er übertrieb oder nicht, und ich konnte mich nicht entscheiden, ob ich wollte, dass dem so war. »Vielleicht sollte ich dir auch in die Eier treten.«

»Vielleicht«, stimmte ich leise zu, nicht wirklich wissend, was ich über den Fae denken sollte, den die Sterne für mich ausgewählt hatten.

»Er ist ein guter Mann, Tory«, meinte Orion schroff. »Gib ihm eine Chance, dir das noch einmal zu beweisen!«

Ich seufzte, ohne ihm wirklich eine Antwort darauf zu geben, weil ich mir nicht sicher war, welche Art von Antwort ich geben könnte. Ich war so durcheinander wegen Darius, dass es mir unmöglich war, Entscheidungen in Bezug auf ihn zu treffen, ganz zu schweigen von der Tatsache, dass die Ringe in unseren Augen solche Entscheidungen ohnehin ziemlich irrelevant machten.

Ich warf einen Blick auf die Uhr und sah, dass es fünf Minuten vor acht war. Beim Gedanken daran, dass Lionel bald eintreffen würde, musste ich tatsächlich den Drang unterdrücken, vor Freude Luftsprünge zu machen.

»Ich muss los. Lionel wird um acht Uhr zurückerwartet, und ich habe genauso viel Angst davor, ihn zu sehen, wie ich mich darauf freue. Ich könnte kotzen.« Ich lachte düster, stand auf und umhüllte mich mit den Schatten, um meine Nervosität zu beruhigen. Wenn ich dieses Vorhaben in die Tat umsetzen wollte, musste ich dafür sorgen, dass meine Maske nicht verrutschte.

»Pass auf dich auf, Tory«, sagte Orion und ging mit mir zur Tür. Sein Gesichtsausdruck verriet, dass er mich eigentlich nicht gehen lassen wollte, obwohl wir beide wussten, dass er es musste.

»Konzentriere dich darauf, nett zu meiner Schwester zu sein. Ich werde das Abendessen mit dem König schon überstehen. Sobald er eingeschlafen ist, komme ich zurück – Darcy wird wahrscheinlich schon vorher da sein.«

Orions Gesicht wurde blass und er schaute mit einem Stirnrunzeln auf den Tomatensaucenfleck, was mich zum Lachen brachte, als ich mich zur Tür bewegte.

»Jetzt musst du dich nur noch entscheiden. Eine andere Jogginghose-T-Shirt-Kombination? Ein Shirt mit Jeans aufpeppen? Oder aufs Ganze gehen, Anzug tragen und so tun, als hättest du nur zufällig deine schicksten Sachen an und völlig vergessen, dass sie kommt?«, scherzte ich, und sein Gesichtsausdruck verfinsterte sich.

»Leck mich! Daran habe ich nicht mal gedacht, bis du es gesagt hast. Nächstes Mal, wenn du dich mit Darius triffst, werde ich mich auch in deine Outfit-Wahl einmischen.«

»Viel Glück dabei. Im Gegensatz zu dir ist es mir scheißegal, was ich trage. Wir sind nicht alle so eitel, weißt du?«, frotzelte ich, und er knurrte gereizt.

»Dann werde ich mir eine andere deiner Schwächen suchen und ausnutzen«, drohte er.

»Das ist einfach. Ich bin innerlich völlig abgefuckt. Du könntest einfach mit meinen Unsicherheiten spielen, ob ich überhaupt noch eine voll funktionsfähige Fae bin oder nicht.«

»Das ist nicht lustig«, murmelte Orion und schüttelte den Kopf.

»Ich muss lachen, wenn ich nicht weinen will, oder? Wenn es dir nichts ausmacht, verschwinde ich jetzt – ich muss mit dem Mann kuscheln, der mich eingesperrt und gefoltert hat.« Ich ging rückwärts zur Tür, aber er hielt meine Hand fest und fing meinen Blick auf.

»Wir sind alle ein bisschen abgefuckt, Tory«, sagte er in rauem Ton. »Aber denjenigen, die uns lieben, ist das scheißegal. Besser noch – sie lieben uns dafür umso mehr.«

Mein Blick blieb an dem Freundschaftsarmband hängen, das ich ihm vor all den Monaten gemacht hatte, und mein Herz fühlte sich voller an, als ich ihn anlächelte.

»Ich habe dich vermisst, Arschloch«, sagte ich mit leiser Stimme.

»Ich dich auch, du Brutalo.«

Wir tauschten einen Blick aus, der ein klares Versprechen war, nie wieder über diesen scheißkitschigen Moment zu sprechen, und er ließ meine Hand los, damit ich gehen konnte.

Ich verließ das Sommerhaus und ging zurück in den Palast, wo ich zum informellen Speisesaal spazierte, in dem Lionel gern aß. Es war ohnehin seine einzige Möglichkeit, da der Großteil des Palastes noch immer fest verschlossen war und er keine Ahnung hatte, wie er in einen der Räume einbrechen sollte. Was mir jetzt, da ich es voll und ganz zu schätzen wusste, verdammt amüsant vorkam.

Mein Herz schlug schneller, als ich mich dem Raum näherte, und als ich hinter der Tür das tiefe Grollen seiner Stimme hörte, rannte ich trotz meiner besten Vorsätze los und stürmte hinein.

Mein Blick schoss direkt zu meinem König, der an der Tür stand, und ich stürzte mich auf ihn, schlang meine Arme um seinen Hals und drückte ihn fest an mich.

»Ah, da ist es ja«, schnurrte er mit selbstgefälliger Stimme, während er einen Arm um mich legte und mich an sich zog. »Mein kleines Hündchen.«

Ein Schauer der Irritation durchfuhr mich, aber das Gefühl wurde durch die glückselige Erleichterung, wieder mit ihm vereint zu sein, gemildert. Für einige Augenblicke konnte ich nichts anderes tun, als mein Gesicht an seinen Hals zu schmiegen und seinen Geruch einzuatmen.

Jemand räusperte sich verärgert hinter uns, und ich drehte mich um und sah Darius am Tisch neben Xavier sitzen. Sie warteten darauf, dass wir uns zu ihnen gesellten. Mein Magen zog sich zusammen und Scham kroch in mir hoch, weil ich wusste, dass er alles gesehen hatte. Ich musste mich zusammenreißen, um nicht rot zu werden, und zog an den Schatten, um sie meine Emotionen abstumpfen zu lassen.

Clara saß auf dem Stuhl links vom Kopfende des Tisches, ganz in Schwarz gekleidet und wie immer grimmig dreinschauend. Ich hatte das Gefühl, dass sie Darius mit ihrer Kontrolle über seine Schatten auf seinem Stuhl festhielt, während sein Unterkiefer vor Wut zuckte.

»Siehst du, Darius?«, fragte Lionel mit einer Stimme, die mich dazu brachte, ihm sowohl eine knallen als auch sein hübsches Gesicht streicheln zu wollen. *Fuck!* »Roxanya ist mit ihrer untergeordneten Position vollkommen zufrieden. Nicht wahr, meine Liebe?«

Lionels kalter Blick fiel auf mich, und ich zwang mich, ihm in die Augen zu sehen, während ich die Hand ausstreckte, um sein Gesicht zu berühren – teils, um diesen Bullshit besser zu verkaufen, und teils, weil ich es aus irgendeinem verdrehten Grund wirklich wollte. Dann lächelte ich. »Ich bin immer glücklich mit meinem König«, säuselte ich, vielleicht etwas dick aufgetragen. Aber entweder das oder ich würde ihn sehen lassen, wie sehr mich dieses ekelhafte Band anwiderte, das er mir angelegt hatte.

Darius antwortete nicht, aber die Art, wie seine Augen blitzten, verriet mir, dass er es gern getan hätte. Ich hatte Clara für sein Schweigen zu danken.

»Komm und iss, Daddy«, bettelte Clara, tätschelte seinen Stuhl am Kopfende des Tisches und er schnaubte leise, während er mich mit dem Arm, der immer noch um meine Taille geschlungen war, zu sich zog, seine Hand nur knapp über meinem Hintern.

Ich wurde auf dem Stuhl neben Darius und rechts von Lionel abgeladen, bevor er sich selbst hinsetzte, und ich starrte auf meinen Teller, während mich Schuldgefühle beschlichen. Das Ganze war so beschissen. Darius hatte wochenlang mitansehen müssen, wie Lionel mich vorführte, während ich jedes Mal, wenn Darius in meine Nähe kam, zusammenzuckte. Und jetzt, da ich zurück war, musste ich diese Show weiterhin durchziehen. Teilweise *wollte* ich das sogar, aber zu wissen, wie sehr es ihn verletzte, stimmte mich elend.

Bevor jemand noch etwas sagen konnte, öffnete sich die Tür erneut, und Catalina kam herein. Ihr Gesicht war blass und Vard hielt ihren Arm. Ich versteifte mich auf meinem Stuhl, obwohl ich mich bemühte, nicht zu reagieren, aber jetzt, da ich mich wieder an alles erinnerte, was Lionel und sein Seher mir angetan hatten, war es schwer, in ihrer Gegenwart keine Angst zu zeigen. Mein Band zu Lionel machte es mir leichter, aber der Zyklop war eine andere Sache.

Clara schien Darius völlig zu vergessen, als Lionel sich neben sie setzte. Sie kletterte auf seinen Schoß und streichelte seine Haare, sodass ich ihr am liebsten in die Pussy getreten hätte, um ihren Platz einzunehmen. Andererseits war ich erleichtert, dass er abgelenkt war. Ich wusste, dass dieser Abend anstrengend werden würde, während ich mich durch dieses Wechselbad der Gefühle kämpfte, die ich in Bezug auf Daddy Acrux empfand, und ich musste ein Stöhnen unterdrücken, als ich auf meinen Schoß blickte.

Lionel schien es nicht zu bemerken, da er seine Aufmerksamkeit gerade auf das Bedienungspersonal richtete, das augenblicklich mit Tellern voller Essen erschien. Aber Darius' Finger fanden die meinen unter dem Tisch und er strich mit dem Daumen über meinen Handrücken.

Mein Herz machte einen Satz, und Angst schoss mir durch die Adern, aber als Darius seine Hand zurückziehen wollte, hielt ich seinen Daumen fest, um ihn aufzuhalten.

Meine Hand zitterte, teils vor Angst, teils vor etwas viel Aufregenderem, als ich ihn berührte. Ich ließ meine Fingerspitzen langsam über seine schwielige Handfläche gleiten, während ich den Kontakt zwischen uns intensivierte, und er streichelte mein Handgelenk, was eine regelrechte Hitzewelle durch meinen Körper sandte.

Sicherlich war das keine normale Reaktion auf jemanden, mit dem man halb Händchen hielt, aber ich konnte nicht leugnen, wie verdammt gut es sich anfühlte, in dieser Position zu bleiben. Zu wissen, dass er hinter mir stand.

Seine Berührung jagte einen Schauer der Sehnsucht durch mich, und ich musste gegen den Drang ankämpfen, ihn anzusehen, während sich meine Finger um seine schlossen und ihn festhielten, bis sich mein Puls etwas beruhigt hatte.

Suppenschüsseln und frisch gebackene Brötchen wurden aufgetischt, und ich riskierte einen Blick auf Darius, während sein Daumen abermals über mein Handgelenk glitt. Seine Augen waren auf mich gerichtet, aber die Wut darin galt ausschließlich seinem Vater. Mein Herz schlug schneller. Es war unmöglich, etwas anderes zu sehen als die gefährliche Kreatur, die in diesem Mann steckte, und doch hatte ich ausnahmsweise keine Angst.

Mein Mund fühlte sich plötzlich unendlich trocken an, und ich befeuchtete meine Lippen. Ich war in seinem Blick gefangen, während er mich stillschweigend zu fragen schien, was er tun sollte. Ich wusste, dass er auf mein Geheiß hin von seinem Stuhl aufspringen und sich für mich mit seinem Vater anlegen würde. Aber wir wussten auch, dass das keine Option war, da Claras Schatten in ihm wüteten und ich mich zwischen Lionel und den Tod stellen würde.

Gerade als ich mich in Darius' Augen und dem Gefühl seiner Hand auf meiner zu verlieren drohte, fluchte der Kellner hinter mir, als er die Schüssel mit kochend heißer Tomatensuppe fallen ließ, die er vor mir hatte abstellen wollen. Die Schüssel krachte in Darius' und meine Hände und schlug sie auseinander, wobei die leuchtend orangefarbene Suppe in alle Richtungen spritzte. Ich keuchte vor Schmerz, als ich mich daran erinnerte, so zu tun, als hätte ich mich verbrannt.

Darius sprang fluchend auf, als er ebenfalls eine Ladung abbekam, und Lionel knurrte wütend, schlug mit der Faust auf den Tisch und schnippte mit den Fingern, um dem Kellner den Sauerstoff aus der Lunge zu saugen.

»Was zum Teufel soll das? So serviert man doch kein Essen am königlichen Tisch!«, brüllte er, sodass alle Kellner vor Angst vor seinem nächsten Schritt zusammenzuckten.

Clara sprang auf und kicherte vor Freude, als der ungeschickte Kellner stolperte und gegen die Wand fiel, während er panisch an seinen Hals griff.

»Lass ihn los!«, forderte Darius und wedelte mit der Hand, um mit seiner Wassermagie die verschüttete Suppe zu sammeln und wieder in die Schüssel zu füllen. »Es war nicht seine Schuld, Vater. Ich habe ihn versehentlich angerempelt.«

»Das stimmt«, fügte Xavier schnell hinzu. »Der Kellner hat nichts falsch gemacht.«

»Wenn ich die Meinung des sprechenden Pferdes hören will, werde ich dich bitten, zu sprechen«, fuhr Lionel ihn an, warf Xavier einen angewiderten Blick zu und nahm dann seinen Suppenlöffel zur Hand, während der Kellner in der Ecke des Raumes weiter nach Luft rang.

»Ich habe gesagt, lass ihn los!«, schrie Darius, schlug mit der Faust auf den Tisch und brachte alle Teller zum Klappern.

Catalina quiekte vor Schreck, und Xavier gab ein ängstliches Wiehern von sich, während Vard lächelte, als hätte er bereits *gesehen*, wie sich die Sache entwickeln würde. Und wenn er sich darüber freute, dann wusste ich, dass uns nichts Gutes bevorstand.

Mit angstvollem Blick schaute ich zwischen dem sterbenden Kellner und Darius hin und her. Ich zwang mich, still zu sein, obwohl es mich alle Kraft kostete. Wenn ich jetzt die Wahrheit über meine Situation preisgäbe, würde das alles nur noch viel schlimmer machen. Aber wenn Darius das Leben des Mannes nicht retten konnte, blieben mir nicht viele Alternativen. Ich konnte ihn nicht sterben lassen. Er hatte die verdammte Suppe nur deshalb verschüttet, weil ich Darius' Hand gehalten hatte. Die Sterne hatten ihn benutzt, um uns auf ihre perverse Art und Weise auseinanderzubringen.

»Wenn dir das Leben eines Dieners so wichtig ist, dann melde dich doch freiwillig, um an seiner Stelle die Strafe zu empfangen«, fauchte Lionel und hielt mit dem Suppenlöffel in der Luft inne.

»In Ordnung«, knurrte Darius, der vor Wut zitterte.

Lionel lächelte grausam und ließ den Kellner los, ohne ihn auch nur eines Blickes zu würdigen. Sein Gesicht war blau angelaufen, und in seinen Augen waren die Blutgefäße geplatzt, aber ich war mir ziemlich sicher, dass er überleben würde, solange er schnell behandelt wurde. Zwei weitere Kellner eilten herbei, um ihn aus dem Raum zu zerren, und ich hielt den Atem an, als Vard leise lachte und Lionel wieder seine Suppe aß.

Darius ließ sich langsam auf seinen Stuhl sinken, und es wurde schnell klar, dass Lionel noch nicht die Absicht hatte, ihn zu bestrafen. Er zog die Anspannung in die Länge, indem er sich auf sein Essen konzentrierte.

Ich fing kurz Darius' Blick auf, um ihm zu zeigen, wie leid es mir tat, dass ich dieses Problem verursacht hatte, bevor ich mich zwang, meine eigene Suppe zu essen, die mir zwischenzeitlich gebracht worden war.

Lionel brach das Schweigen während der Vorspeise nicht und sprach erst wieder, als das Hauptgericht bereits in vollem Gange war und wir alle zutiefst verängstigt waren, was er wohl sagen würde.

»Vard hat heute etwas sehr Beunruhigendes vorhergesehen«, sagte Lionel schließlich und mir wurde ganz anders zumute. Was zum Teufel konnte sein durchtriebener Seher wohl gesehen haben? Beobachtete er mich etwa heimlich? Bestand die Möglichkeit, dass er wusste, dass ich nicht mehr vollständig unter seiner und seines Masters Kontrolle stand?

»Ja«, sagte Vard in seinem typischen weinerlichen Tonfall, der mir Übelkeit bereitete. »Ich hatte die Vision einer großen Bibliothek. Einer, die mehr vergessenes Wissen enthält, als wir uns vorstellen können.«

»Wo?«, fragte ich und versuchte, dabei so neutral wie möglich zu klingen.

»Das ist das Problem«, antwortete Lionel mit müder Stimme. »Sie wird von einer weiteren niederen Formgebung versteckt, die versucht, die ihnen Überlegenen zu bestehlen.«

»Was zum Teufel soll das bedeuten?«, knurrte Darius.

»Du weißt doch selbst, wie hinterhältig Sphinxe sind, nicht wahr, Darius?«, sinnierte Lionel. »Schließlich hast du vor nicht allzu langer Zeit eine gefickt.«

Ich musste mich beherrschen, um nicht die Nase zu rümpfen, als ich daran dachte, dass er mit Marguerite zusammen gewesen war. Stattdessen konzentrierte ich mich darauf, mein Essen auf dem Teller hin und her zu schieben, in der Hoffnung, dass niemand mir allzu viel Aufmerksamkeit schenkte.

»Sie hat versucht, sich eine Position als deine Braut zu sichern, wusstest du das?«, fragte Lionel mit einem angewiderten Lachen. »Ihr Vater hatte tatsächlich die Nerven, deswegen zu mir zu kommen. Er hat behauptet, ihr wärt verliebt, und wollte versuchen, eine Ehe für euch zu arrangieren. Als würde ich meine Abstammung mit ihrem Blut besudeln.«

»Wir sollten sie dafür bestrafen, dass sie es vorgeschlagen haben, Daddy«, sagte Clara aufgeregt, und er lächelte sie an.

»Ich habe sogar einen noch besseren Grund, sie zu bestrafen«, sagte er. »Diese Bibliothek, die Vard gesehen hat, beherbergt eine Vielzahl von unschätzbaren Büchern und Artefakten, Schriften und Wissen, das uns schon lange verloren gegangen ist. Alles wurde von Sphinxen gestohlen und mithilfe der Minotauren versteckt.«

»Minotauren?«, fragte Xavier verwirrt. »Warum sollten sie helfen, etwas zu verstecken …«

»Die Bibliothek befindet sich unter der Erde, im Zentrum eines Labyrinths, das von ihrer halb verwandelten Art geschaffen wurde«, zischte Lionel. »Und bald werde ich dieses Wissen dem Rest des Königreichs zugänglich machen. Solaria wird entscheiden, was wir mit diesen niederen Kreaturen tun sollen, die versuchen, Wissen zu horten und uns vorzuenthalten.«

»Und die Leute werden ihren König ermutigen, dieses Wissen zurückzuholen«, sagte Vard selbstsicher, während er mit der Hand durch seine langen Haare fuhr und sich über sein Weinglas beugte, um Catalina zu mustern. Sie unterdrückte ein Schaudern, und ich beobachtete sie mit einem leichten Stirnrunzeln, als mir klar wurde, dass ich seit meinem Wächterband nicht mehr zu ihr gegangen war, um Lionels Dunkle Manipulationen zu beseitigen. Der Gedanke ließ mich schuldbewusst zusammenzucken.

»Und was?«, fragte Darius. »Willst du jetzt etwa anfangen, noch weitere Formgebungen zu verfolgen? Nur, weil dieser verdammte Seher behauptet, in einer Vision eine geheime Bibliothek gesehen zu haben? Selbst wenn es stimmt, dass eine kleine Auswahl von Sphinxen und Minotauren an einer solchen Verschwörung beteiligt war – wie kannst du behaupten, dass ihre ganze Art die Schuld daran trägt? Und wie kommt es, dass es immer nur um die Formgebungen geht, die du am meisten verachtest? Die schwächsten und gewöhnlichsten Arten, auf die du schon immer so verdammt herabgeblickt hast? Das kommt mir sehr bequem vor.«

Lionel senkte langsam seine Gabel und lenkte seinen Blick von Darius auf mich.

»Ich denke, es ist an der Zeit, dass mein Sohn diese Lektion lernt, meinst du nicht auch, Roxanya?«, fragte er mit leiser Stimme, und Clara klatschte aufgeregt in die Hände, während sie auf ihren Stuhl kletterte, um besser sehen zu können.

»Bestrafe ihn, Daddy! Lass ihn bluten!«, schrie sie.

Mir gefror das Blut in den Adern, als mir klar wurde, dass er mich die Bestrafung ausführen lassen würde. Und ich musste daran denken, wie er mich im Thronsaal gezwungen hatte, Darius zu verletzen. Aber damals war es anders gewesen. Ich hatte durch einen Schleier aus Schatten zugesehen, unfähig, etwas zu fühlen, unfähig, mich zu kümmern. Das war zu viel verlangt, jetzt, da ich diese Rolle nur spielte, und ich glaubte nicht, dass ich dazu in der Lage sein würde.

»Warum machst du es nicht selbst?«, forderte Darius. Er stand auf und breitete die Arme aus, um sich selbst zu einem leichteren Ziel zu machen. »Oder hast du nicht mehr den Mumm dazu, alter Mann?«

Lionel schnaubte verächtlich, und ich sah Darius mit wütenden Augen an, während ich ihn stumm bat, aufzuhören. Ich wusste, warum er das tat – er versuchte, mich davor zu bewahren, ihn verletzen zu müssen. Aber ich wusste auch, dass Lionel es ihm umso schwerer machen würde, je mehr er redete, und das konnte ich verdammt noch mal nicht ertragen.

»Es schmerzt dich mehr, wenn sie es tut«, erklärte Lionel grausam, stand auf und legte eine Hand auf meine Schulter. »Vielleicht sollte ich sie dazu bringen, etwas Persönlicheres als die Schatten zu benutzen, um die Botschaft besser rüberzubringen?« Er hob sein Steakmesser und legte den Kopf nachdenklich schief, während er seinen Sohn ansah.

»Hör auf!«, flehte Xavier und wollte aufstehen, aber Clara schnippte mit den Fingern, griff nach den Schatten in ihm und stieß ihn wieder auf seinen Stuhl.

Lionel sah aus, als wollte er mir das Messer geben, und Panik stieg in mir auf. Aber bevor ich darüber nachdenken konnte, wie das zu verhindern war, schleuderte Clara Darius einen Schattenball entgegen und lachte hämisch.

Er fluchte, als er einen Schritt zurückgeworfen wurde, und ein Keuchen entrang sich mir, bevor ich es unterdrücken konnte. Zum Glück schien niemand etwas zu bemerken, denn Lionel nickte zustimmend, seine Augen auf seinen schmerzerfüllten Sohn gerichtet.

»Gib ihm mehr, Clara!«, knurrte Lionel und drückte meine Schulter fester.

Seine Erregung bereitete mir Bauchschmerzen, und die Magie unter meiner Haut drängte mich dazu, etwas zu tun, von dem ich wusste, dass es alles nur noch schlimmer machen würde.

Darius fiel zu Boden, als sie seinen Körper mit ihrer dunklen Macht überschwemmte. Seine Gliedmaßen zuckten, während er sich vor Schmerzen wand, und ein Schmerzensschrei entwich seinen Lippen, der mich frösteln ließ.

Plötzlich ließ Lionel mich los, und ich keuchte auf, als er einen Schritt nach vorn machte und sein Steakmesser direkt in Darius' Bauch rammte, was ihn vor Schmerz aufheulen ließ.

Ich taumelte einen Schritt nach vorn, doch in dem Moment wurde die Tür so heftig aufgerissen, dass sie gegen die Wand krachte und halb aus den Angeln fiel. Ich sah eine verschwommene Bewegung durch den Raum huschen, und plötzlich war Orion da und schleuderte eine gewaltige Ladung Luftmagie von sich, die Lionel mehrere Schritte zurückwarf, bevor es diesem gelang, seine eigene Magie einzusetzen, um sich und uns andere zu schützen.

Xavier hielt meinen Arm fest, um mich aufzuhalten, als ich vortreten wollte, und sein ängstlicher Blick traf den meinen. Er schüttelte stumm den Kopf, um mich zu warnen, während alle anderen wie gebannt zusahen, wie sich diese Horrorshow abspielte.

»Tritt zur Seite, Lance!«, knurrte Lionel frustriert.

»Du weißt, dass ich das nicht kann«, fauchte Orion und bleckte die Zähne, während Darius hinter ihm vor Schmerz fluchte, wo Clara ihn noch immer in den Klauen der Schatten hielt. Orions Haare waren feucht, er trug ein frisches weißes Hemd und Jeans, aber seine Füße waren nackt, was mich vermuten ließ, dass er sich gerade umgezogen hatte, als er Darius' Schmerz gespürt und durch das Wächterband hierhergezogen worden war, um ihn zu beschützen.

»Bring deinen Bruder zurück in seine Unterkunft, Clara!«, zischte Lionel, während sein vernichtender Blick immer noch auf seinem Sohn ruhte, der auf dem Boden hinter Orion verblutete.

»Nein!« Orion stürzte sich auf Darius. Grüne Heilmagie flammte in seiner Handfläche auf, kurz bevor Clara ihn mit einer Schockwelle aus Schatten attackierte, die so stark war, dass sie die Luft im Raum um uns herum zum Flimmern brachte und Orion selbst zurück schleuderte.

Die Schatten in mir versuchten automatisch, sich ihnen anzuschließen, und ich stöhnte unwillkürlich auf, als ein Gefühl der Lust meinen Rücken hinabglitt. Ich kämpfte mit aller Kraft dagegen an, um klar denken zu können. Catalina starrte ihren Sohn entsetzt an und schien nicht einmal in der Lage zu sein, nach ihm zu rufen, während sie an ihrem Platz gefesselt war.

Xaviers Griff um meinen Arm war das Einzige, was mich davon abhielt, ebenfalls zu helfen. Ich unterdrückte ein Schluchzen, das sich in meiner Kehle regte, während ich mit den Wünschen meines Herzens und dem verzweifelten Bedürfnis, meine Tarnung aufrechtzuerhalten, kämpfte.

Orion versuchte immer noch, Darius zu erreichen, und schrie vor Schmerz auf, während Clara hämisch grinste. Sie ließ ihn gerade nah genug heran, dass er das Messer berühren konnte, das aus Darius' Bauch ragte, bevor sie ihn wieder zurückzog und auf die Füße stellte.

»Lauf, lauf, kleiner Bruder«, säuselte Clara und ahmte die Bewegung mit zwei Fingern nach, während Orions Beine ihn zur Tür trugen, obwohl er sich sichtlich anstrengte, zu bleiben und Darius zu helfen.

Sein weißes Hemd war mit Darius' Blut befleckt, und sein verzweifelter Blick traf den meinen – zweifellos ein Flehen, das Leben seines Freundes zu retten.

Clara sprang auf den Tisch und rannte darüber, bevor sie über Vards Kopf sprang und hinter Orion aus dem Raum huschte, während sich Lionel erneut auf seinen Sohn stürzte.

»Vergiss deinen Platz nicht, Junge!«, knurrte Lionel, packte Darius am Hemd und zog ihn so weit vom Boden hoch, dass sie Nase an Nase waren. »Dank des widerlichen körperlichen Zustands deines Bruders habe ich zwar noch Verwendung für dich, aber sobald du Mildred einen Erben geschenkt hast, wird dein Wert stark sinken. Vielleicht solltest du dir überlegen, wie du dich dann als nützlich erweisen kannst.«

Darius biss die Zähne zusammen, um den Schmerz des Messers in seinem Bauch zu unterdrücken, und grunzte, als Lionel ihn zurück auf den Holzboden warf. Blut quoll aus der Wunde und sein blaues Hemd wurde noch röter.

Lionel verpasste Darius einen Tritt in die Seite, während er sein Rückgrat straffte, und nur Xaviers Griff an meinem Arm hielt mich zurück, während mir die Tränen in die Augen stiegen und ich mit aller Kraft gegen den Wunsch ankämpfte, laut aufzuschreien. Aber ich konnte nichts dagegen tun. Selbst jetzt konnte ich mich nicht dazu durchringen, Lionel wirklich wehzutun, und das Wissen darum bohrte sich in mich wie das Messer, das Darius' Fleisch durchbohrte. »Bring meinen Sohn in Ordnung und begleite ihn zu seinem Quartier, Roxanya. Sorge dafür, dass er die Nacht dort verbringt. Ich empfinde die gegenwärtige Gesellschaft nicht gerade als stimulierend«, höhnte Lionel, warf seine Serviette auf den Tisch und verließ den Raum. »Du kannst mich in meinen Gemächern treffen, wenn du sichergestellt hast, dass er sicher weggeschlossen ist.«

Vard stand ebenfalls auf, seufzte, als wären wir ihm zu langweilig, und verließ dann den Raum hinter seinem König, sodass wir ungestört waren.

Sobald sie fort waren, stürzte ich nach vorn, kniete mich hin und drückte meine zitternden Finger auf Darius' Bauch, während ich das Messer anstarrte, das aus seinem Bauch ragte. Auch Xavier beugte sich vor, aber ohne die nötige Ausbildung konnte er nichts tun.

»Ich kümmere mich darum«, grunzte Darius und griff nach dem Messer, als wollte er das verdammte Ding selbst herausreißen. Ich schlug seine Hand weg und schüttelte den Kopf.

»Ich mach das schon«, knurrte ich, umschloss das Messer mit meinen Fingern und fixierte seine dunklen Augen, während ich mich auf diese Aufgabe konzentrierte.

Darius nickte mir kurz zu, und ich hielt seinen Blick fest, während ich das Messer herauszog. Er fluchte laut und ich drückte meine Finger auf die Wunde, während ich heilende Magie unter seine Haut schob und die Verbindung zu seiner Magie suchte, um ihn so schnell wie möglich zu heilen.

Xavier wieherte vor Verzweiflung und stampfte mit dem Fuß auf, aber ich versuchte, ihn auszublenden, während sich die heilende Magie unter meinen Fingerspitzen ausbreitete.

Es dauerte weniger als eine Sekunde, bis sich meine Magie mit Darius' verband. Die gewaltige Vertrautheit seiner Kraft rief in der Dunkelheit nach mir, und ich gab ihm so schnell wie möglich von meiner Kraft.

Ich schloss die Augen, um mich zu konzentrieren, und nach wenigen Augenblicken zuckte ich zusammen, als er sich aufsetzte und seine Hand meine Wange berührte.

»Es tut mir leid«, hauchte ich und blinzelte die Tränen weg. Der Gedanke daran, wie er blutend auf dem Boden gelegen hatte, vernebelte kurzzeitig meine Sicht und versetzte mich in eine Art Trance.

»Mir geht es gut«, versicherte er, nahm mein Kinn und hob es an, sodass ich, als ich die Augen wieder öffnete, gezwungen war, ihn anzusehen und die Wahrheit in seinen Worten zu erkennen. »Ich lebe schon lange mit diesem Monster zusammen. Das ist nicht annähernd das Schlimmste, was er mir angetan hat.«

Ein verzweifeltes Wiehern lenkte meine Aufmerksamkeit von Darius ab, und ich entdeckte Xavier, der nach wie vor direkt hinter mir wartete, während Catalina auf der anderen Seite des Tisches stand. Sie hatte jedoch kein Wort gesagt, und ihre zurückhaltende Art ließ darauf schließen, dass sie erneut unter Lionels Einfluss stand.

Ich stand auf, trat um den Tisch herum, nahm ihre Hand und trieb Phönixfeuer unter ihre Haut. Ich suchte nach der Dunklen Manipulation, wie ich es all die Monate getan hatte, und fand neue Befehle, die ihren Geist an Lionels Willen banden. Ich zerstörte jeden einzelnen, und sie keuchte, als sie befreit war, schlang ihre Arme um mich und zog mich an sich, während ein erstickter Schluchzer aus ihr herausbrach.

»Es tut mir so leid, mein süßes Mädchen«, flüsterte sie. »Für alles, was er dir angetan hat, während ich gezwungen war, danebenzustehen.«

Ich sank in ihren Armen zusammen, unsicher, was ich mit der Umarmung einer Mutter anfangen sollte, und spürte das Gewicht bis in die Tiefen meiner Seele. So etwas hatte ich noch nie erlebt. Nicht einmal annähernd. Und etwas daran weckte einen verborgenen Wunsch in mir, den ich immer zu unterdrücken versucht hatte. Den Wunsch nach einer liebenden Mutter, nach einer Familie, die Darcy und ich unsere eigene nennen konnten.

»Wir haben keine Zeit«, sagte Darius ernst, und als ich mich umdrehte, stand er bereits wieder auf. Sein zerrissenes und blutverschmiertes Hemd klebte an seiner frisch verheilten Haut, während er sowohl seine Mutter als auch mich mit Bedauern in den Augen ansah. »Er hat dir gesagt, dass du mich wieder in meine Suite bringen sollst, und er wird es merken, wenn du zu lange brauchst.«

»Okay«, willigte ich ein, da ich keine andere Wahl hatte, aber mein Kopf schwirrte nach wie vor von dem, was gerade passiert war.

Darius warf einen besorgten Blick auf seine Mutter und Xavier, dann trat er auf den Flur und ließ die anderen mit dem halb gegessenen Essen im Speisesaal zurück.

Wir schwiegen, während wir durch den geschäftigen Palast zu den Suiten schritten, die Darius und Xavier im zweiten Stock des Turms des Königs zugewiesen worden waren. Überall wuselten Diener von einem Ort zum anderen und sorgten dafür, dass wir bis zu dem Moment, in dem wir sein Zimmer erreichten, nicht wirklich allein waren.

Als wir die prächtige Suite betraten, die Darius als sein Reich zur Verfügung gestellt worden war, warf er eine Stillekuppel, schlug die Tür zu, drückte mich dagegen und zischte leise. Aber ich hatte keine Angst. Trotz all der Gründe, die man mir genannt hatte, um ihn zu fürchten, glaubte ich in diesem Moment nicht, dass seine Wut auf mich gerichtet war.

»Ein Wort von dir und ich werde es jetzt sofort mit ihm aufnehmen«, fauchte er, seine Stimme rau und voller Schmerz, während er seinen Griff um meine Taille verstärkte und seine Stirn an meine drückte. Seine Präsenz überwältigte mich und raubte mir den Atem.

»Das geht nicht«, flüsterte ich, als die Lichter im Raum bedrohlich zu flackern begannen, zweifellos eine Warnung der Sterne, weil wir allein waren. »Bitte, Darius, tu nichts, was dich in Gefahr bringen könnte.«

»Ich lasse nicht zu, dass du zu ihm gehst«, knurrte er, und ich schüttelte den Kopf, denn ich sehnte mich danach, hierbleiben zu können, auch wenn mir diese Aussicht immer noch Angst machte.

»Ich muss«, antwortete ich knapp und streckte die Hand nach dem Türgriff hinter mir aus, während der Donner hinter den Fenstern grollte. Wenn ich hierblieb, würden die Sterne dafür sorgen, dass jeder im Palast davon erfuhr. Ganz zu schweigen davon, dass er zu nah war, seine Haut zu warm an meiner, seine Gegenwart zu überwältigend und meine Narben zu empfindlich, um herauszufinden, ob ich das wollte oder nicht. Besonders jetzt, nachdem ich miterlebt hatte, wie sein Vater mit dem Messer auf ihn losgegangen war. Es war zu viel. Er war zu viel. Und ich konnte das jetzt nicht verarbeiten, während Lionel auf mich wartete.

»Bleib hier!«, forderte Darius mit knurrender Stimme, die mich regelrecht durchbohrte, obwohl wir beide wussten, dass seine Bitte unmöglich war.

»Das geht nicht«, flüsterte ich, betätigte den Türgriff hinter mir und schluckte den Klumpen im Hals hinunter, bevor ich auf den Korridor trat und ihn allein zurückließ. Mein Herz donnerte in meiner Brust.

Er tat nichts, um mich am Gehen zu hindern, aber der Blick in seinen Augen brannte sich in mich, als ich die Tür zwischen uns schloss und mit Schatten versiegelte, wie Lionel es mir aufgetragen hatte.

Während sich die Dunkelheit unter meiner Haut wand und krümmte, ließ ich die Schatten tiefer vordringen, als ich es die ganze Woche über getan hatte. Ich musste mich mit einem Panzer aus Schatten umgeben, wenn ich den nächsten Teil dieses Abends überstehen wollte, ohne mich zu verraten.

Ich nahm mir einen Moment, um mich zu sammeln, und zwang meinen Puls, sich zu beruhigen, und meine Tränen, zu versiegen. Ich konnte das jetzt nicht fühlen. Nichts davon. Also versank ich mit einem Seufzen der Erleichterung tiefer in die Schatten und ließ sie jede Emotion, die mich durchströmte, verschlingen, bis ich nichts mehr davon fühlen konnte.

Ich stieg die gewundene Treppe des Königsturms hinauf, immer höher und höher, bis ich schließlich ganz oben ankam, wo mich hinter der Tür die vorhersehbaren Schreie einer ekstatischen Clara erreichten.

Ich atmete zitternd aus, zog die Schatten noch näher an mich heran, ließ sie meine Gliedmaßen liebkosen und sandte Schauer der Lust durch meinen Körper. Ich bewegte mich auf einem schmalen Grat und musste klar genug denken, um sicherzugehen, dass ich mich an unseren Plan halten konnte, während ich die Schatten dazu benutzte, alles andere zu betäuben. Aber wenn ich sichergehen wollte, dass Lionel mich nicht entdeckte, musste ich so emotionslos wie möglich sein, wenn er in der Nähe war.

Ich musste es nur zurück zu Darcy schaffen. Darauf musste ich mich konzentrieren.

»Gib's mir, Daddy!«, schrie Clara, und ich erschauderte und versuchte, nicht an die Zeiten im Sommer zu denken, als ich im selben Zimmer gewesen war, während er sie gefickt hatte.

Zu meinem Glück hatte Clara nie erlaubt, mich zu diesen Aktivitäten hinzuzuholen. Damals war ich dem gegenüber ziemlich gleichgültig gewesen, jetzt aber empfand ich große Dankbarkeit dafür. Lionel schien sie glücklich stellen zu wollen, und sie hatte deutlich gemacht, dass sie als sein Liebling die Einzige war, die ihn ficken durfte, was er zu akzeptieren schien, um ihre Wutanfälle über andere Themen zu besänftigen.

Da sie diejenige war, die die Nymphenarmee unter Kontrolle hatte, konnte ich mir nur vorstellen, dass es eine Gratwanderung war, Clara in Schach zu halten.

Ich wartete, bis ich Lionels Grunzen hörte, und gab ihnen noch ein paar Momente, um sich anzuziehen. Erst dann stieß ich die Tür auf und trat ein.

Lionel lag in der Mitte des Bettes. Er trug schwarze Boxershorts, während sich Claras seltsames Schattenkleid in eine Art Nachthemd verwandelt hatte. Ich hatte mir darüber keine Gedanken gemacht, solange ich unter Lionels Kontrolle gewesen war, aber jetzt, wo ich darüber nachdachte, schien sie nie richtige Kleidung zu tragen. Sogar ihre Haare schienen aus Schatten zu bestehen. Was war das? Und … sie duschte auch nie. Sie schien nur zu essen, wenn sie sich unserem König anschloss, wie heute Abend. *Was zum Teufel ist sie?*

Ich ging ins Badezimmer, nahm auf dem Weg ein Nachthemd aus dem Schrank und zog mich schnell um, bevor ich Kraft aus den Schatten schöpfte und ins Schlafzimmer zurückkehrte, wo Lionel bereits das Licht gelöscht hatte.

»Komm, Roxanya!«, knurrte er gereizt. »Das Band lässt mich heute Nacht ohne dich nicht zur Ruhe kommen.«

Ich wusste nur zu gut, wie sich das anfühlte, und ich kletterte mit einer Mischung aus Erleichterung und innerem Ekel über meine Situation ins Bett, bevor ich mich an seinen Körper schmiegte und mich ein wenig entspannte, als das Band durch den Körperkontakt endlich befriedigt war.

Lionel beugte sich über mich und nahm eine Spritze vom Nachttisch, bevor er meinen Arm ergriff und die Nadel darauf zubewegte. Ich zwang mich, ruhig zu bleiben, und verbannte die Schatten vollständig, als ich mich auf das vorbereitete, was ich schon kannte. Er bohrte die Nadel in meine Haut und verabreichte mir erneut das Mittel zur Unterdrückung meiner Formgebung. Mein Phönix wurde tief in mir vergraben, und ich fühlte mich so leer ohne ihn, dass es mir den Atem raubte und ich Mühe hatte, nicht zu reagieren.

Mildred hatte mich bereits unter der Woche mit dem Mittel versorgt, und jetzt, da ich wieder Zugang zu meinen Erinnerungen hatte, war mir klar, dass dies ein Routinevorgang war. Zweimal pro Woche. Dienstags und freitags. Nachdem Mildred es zum ersten Mal getan hatte, war ich fast in Panik geraten, aber Gabriel war wie aus dem Nichts aufgetaucht und hatte mir schnell das Gegenmittel verabreicht. Er hatte mir geschworen, dass er ein Auge darauf haben und auf jeden Fall jemand bereitstehen würde, um mir so schnell wie möglich das Gegenmittel zu verabreichen. In der Zwischenzeit musste ich nur aufpassen, den Schatten aus dem Weg zu gehen – dann sollte alles in Ordnung sein.

Aber als Lionel mich an sich zog, damit ich neben ihm lag, und Clara sich auf seiner anderen Seite an ihn kuschelte, musste ich zugeben, dass mir mein fehlender Phönix mehr als nur ein wenig Sorgen bereitete. Ich würde auf mein Treffen mit Darcy warten müssen, das stattfinden sollte, sobald die beiden eingeschlafen waren – dann würde ich meinen Phönix zurückbekommen. Fürs Erste musste ich also einfach nur mitspielen.

Ich legte meinen Kopf auf seine linke Brust, während Clara ihren auf seine rechte legte, und er umschlang uns beide mit seinen Armen und zog uns fest an sich. Meine Handfläche lag flach auf seiner Brust direkt über seinem Herzen, und während ich so dalag, konnte ich nicht anders, als daran zu denken, wie ich all unsere Probleme mit einem einzigen Zauber lösen könnte.

Aber je mehr ich versuchte, mich davon zu überzeugen, desto mehr Galle stieg in meiner Kehle auf, und ich erschauderte vor Entsetzen bei dem Gedanken an eine Welt ohne Lionel Acrux, bis ich mich praktisch daran verschluckte.

Ich war kaputt. Das wusste ich. Dieses Band, das er mir auferlegt hatte, war so abgefuckt, dass meine eigenen Gedanken und Gefühle nicht mehr ganz meine eigenen waren. Ich war eine Sklavin dieses Bandes. Und wenn ich genug von mir selbst behalten wollte, um eine Chance zu haben, ihm jemals zu entkommen, dann würde ich diese Seite vorerst akzeptieren müssen. Ich lag hier in einem Bett mit meinem Feind und träumte von dem Tag, an dem dieser Albtraum endete. Aber bis dahin würde ich Trost in seinen Armen suchen müssen, wieder und wieder und wieder.

Während er und Clara schnell einschliefen, lag ich einfach da und wartete auf den Moment, in dem ich unbemerkt verschwinden konnte. Und ich versuchte, nicht zu viel darüber nachzudenken, wie gut es sich anfühlte, in seinen Armen zu liegen, und wie sehr ich das gebraucht hatte.

Gemini
Scorpio
Virgo
Cancer
Aries
Leo
Sagittarius
Taurus
Capricorn
Aquarius
Libra
Pisces

DARGY

KAPITEL 21

Ich folgte dem dunklen Tunnel unter dem Palastgelände. Ein Fae-Licht schwebte vor mir, um den Weg zu beleuchten. Ich trug eng anliegende schwarze Leggings und einen gleichfarbigen Pullover, um nicht aufzufallen, wenn ich später herumschleichen würde. Ich arbeitete noch an der Perfektion meiner Verhüllungszauber, und dass Highspell als *Grundlagen-der-Magie-Professorin* so nützlich war wie ein Stück Scheiße, war nicht gerade von Vorteil. Ich konnte nur begrenzt viel aus Büchern lernen, und was ich wirklich brauchte, war ein guter Lehrer. Die Erben waren mit ihrer eigenen Arbeitslast beschäftigt und gaben mir bereits zusätzliche Kampftrainingseinheiten. Ich konnte ihnen nicht noch mehr Zeit stehlen.

Was für ein Glück, dass du auf dem Weg zu deinem alten Professor bist, was?

Der Gedanke kam aus dem Nichts und ich verwarf ihn sofort. Ich würde ihn nicht um Hilfe bitten. Aber andererseits … Ich wusste nicht, wie lange ich bei ihm würde warten müssen, bis Tory auftauchte. Ich würde definitiv mit ihm reden müssen. Also war es vielleicht gar keine so schlechte Idee, unser Gespräch auf die Arbeit zu beschränken. Das war definitiv besser, als Small Talk zu machen oder in unangenehmes Terrain vorzudringen – beispielsweise den Mist anzusprechen, der zwischen uns stand. Und es war definitiv besser, als in tödlicher Stille dazusitzen.

Bald erreichte ich die Luke, die den Ausgang des Tunnels kennzeichnete. Ich zögerte und versuchte, das mulmige Gefühl zu unterdrücken, das angesichts dessen, was mich erwartete, auf mir lastete. Das Schlimmste war, dass ich ihn sehen wollte. Und dafür hätte ich mir am liebsten einen Schlag gegen die Titten verpasst, weil ich schon vor langer Zeit aufhören sollte, ihm nachzutrauern.

Okay. Ich kann nicht für immer hierbleiben.

Ich seufzte und legte meine Hand auf das Hydra-Symbol auf dem Holz. Die Luke sprang auf, und ich drückte sie hoch. Orion erschien über mir, übernahm das Öffnen der Luke und starrte mich an. Es folgte ein Moment der Stille, in dem mein Blick auf ihm festzukleben schien, und meine Lunge beschloss, nicht mehr automatisch zu arbeiten. *Im Ernst, wie atmet man, verdammt noch mal?*

Er hatte seinen Bart bis auf Dreitagebartlänge gestutzt, seine Haare waren ordentlich geschnitten und nach hinten gekämmt. Er sah aus wie früher, bevor unsere ganze Welt implodiert war, und ich verspürte den Drang, ihm näher zu kommen. Aber keinesfalls konnte ich diesem Verlangen nachgeben.

»Hi«, sagte er mit seiner dunklen Stimme, die mir tief unter die Haut ging, und ich schenkte ihm ein knappes Lächeln.

»Wenn du zur Seite gehst, kann ich rauskommen«, sagte ich, und er runzelte die Stirn.

»Du kannst mir auch einfach deine Hand geben«, erwiderte er, und mein Herz machte Purzelbäume, während ich ihn mit geschürzten Lippen ansah.

Seufzend gab er nach, stand auf und entfernte sich von dem Schacht. Mittels Luftmagie katapultierte ich mich in die Küchenzeile und schloss dabei die Luke mit meinem Fuß.

Der Raum war dunkel, nur ein paar Lampen brannten in den Ecken, und mein Blick blieb an einem Buch hängen, das aufgeschlagen auf dem Arm eines Stuhls neben einer der Lampen lag. Daneben stand eine Flasche Bourbon, die fast leer war. Der Geruch von Alkohol hing in der Luft und erinnerte mich so stark an ihn, dass sich meine Lunge wieder zusammenzog. Whiskey und mein Ex waren offenbar eine tödliche Kombination. *Reiß dich zusammen, verdammt!*

Ich warf ihm einen Blick zu, als ich spürte, wie sich die Stille zwischen uns ausdehnte. Sein Unterkiefer zuckte, als er mich ansah. Hatte ich ihn verärgert? Wahrscheinlich. Kümmerte mich das einen feuchten Dreck? Absolut nicht.

Ich ging auf Abstand, um wieder atmen zu können, und wandte mich der großen blauen Kommode zu, die mit hübschen kleinen Dekorationsgegenständen bestückt war. Ich nahm ein zierliches, aus Stein gehauenes Seepferdchen in die Hand und ließ meinen Daumen über die Rippen seines Rückens gleiten. Ich fragte mich, wie lange ich es noch betrachten konnte, ohne wie eine Verrückte dazustehen.

»Möchtest du einen Kaffee?«, fragte er und ging zur Kaffeemaschine.

»Klar.« Ich zuckte mit den Schultern, warf ihm einen verstohlenen Blick zu und betrachtete das schicke blaue Hemd, das seine Muskeln umschmeichelte. Er hatte außerdem eine schicke Hose angezogen, als wäre er für die Arbeit gekleidet. Sein Arsch sah darin unglaublich aus ... *Schau nicht auf seinen Arsch, du Hirni!* »Milch und ...«

»Ein Stück Zucker, ich weiß«, knurrte er, ohne mich anzusehen, während er zwei Tassen aus dem Schrank holte, sie auf die Theke knallte und dann den Kaffee brühte, als wäre er der wütendste Mann der Welt. Ich könnte schwören, dass er die Kaffeemaschine zwischenzeitlich kaputt machte und mit einem Schlag wieder zum Laufen brachte.

Ich legte das Seepferdchen ab und bewegte mich durch den Raum, um mir die Sitzmöglichkeiten genauer anzusehen. Schließlich ließ ich mich unbeholfen auf der Couch nieder, halb liegend, halb sitzend, und wusste nicht, wohin mit meinen Armen. *Hängen die immer so herum?*

»Ist alles ... in Ordnung?«, fragte ich.

»Lionel hat Darius angegriffen und mit einem verdammten Steakmesser auf ihn eingestochen«, murmelte er, und mein Atem stockte.

»Geht es ihm gut?«, keuchte ich.

»Mittlerweile schon.« Er seufzte und mein Atem beruhigte sich ein wenig.

Gott, wir mussten uns um Lionel kümmern. Ich hasste es, dass so viele Leute, die mir wichtig waren, ständig in Gefahr gerieten. Immer wenn Tory oder Darius zu ihm gehen mussten, hätte ich am liebsten geschrien. Und jetzt war Darius verletzt worden – und das war nicht das erste Mal gewesen. Wahrscheinlich hatte er mir nicht einmal von der Hälfte der Angriffe seines Vaters auf ihn erzählt. Und obwohl Tory immer noch nicht mit mir über das gesprochen hatte, wie Lionel mit ihr umgesprungen war, verriet mir ihr gequälter Blick, dass es etwas Schreckliches gewesen sein musste. Das weckte ein Monster in mir, das kalte, harte Rache verlangte. Und ich würde nicht ruhen, bis ich diese bekommen hatte.

Ich richtete den Blick auf den Swimmingpool hinter den hohen Fenstern, auf dessen Oberfläche das Mondlicht glitzerte, während ich mit meinen Dämonen rang.

Die Stille zwischen uns währte so lange, dass ich schwören könnte, jeden Wassertropfen zu hören, der durch die Kaffeebohnen sickerte.

Schließlich gesellte sich Orion zu mir, reichte mir eine Tasse mit einer

Regenwolke darauf und stand viel zu nah, als dass ich hätte klar denken können.

»Wirst du dich jetzt ordentlich hinsetzen oder weiter dahocken wie eine Eule mit Verstopfung?«, fragte er trocken, und meine Lippen wagten es, zu zucken.

»Schu-huu«, imitierte ich eine Eule, und er presste die Zunge in die Wange, bevor er sich abwandte und aus dem Fenster starrte.

Ich umschloss die Kaffeetasse mit beiden Händen und wirkte etwas Eis in meine Handflächen, um den Kaffee abzukühlen, bevor ich einen Schluck nahm.

Draußen pfiff der Wind gegen das Sommerhaus und rüttelte an den Fenstern, während ich auf Orions Rücken starrte, bevor mein Blick wieder auf seinen Arsch fiel. *Fuck!*

»Kann ich dich etwas fragen?«, fragte Orion, und ich riss meinen Blick von seinem Hintern los.

»Das hast du gerade«, bemerkte ich.

Er warf mir einen seiner Professoren-Blicke zu, und mir war plötzlich wesentlich heißer als der Kaffee in meiner Tasse. Nicht, dass er eine Ahnung haben würde, wie sehr er mich in seinen Bann zog. Ich wusste mittlerweile, wie ich meine Gefühle unter Verschluss halten konnte. Und es war nicht nur das, ich konnte auch besser mit ihnen umgehen. Er hatte mich zwar zerstört, als er unsere Beziehung in den Abgrund gestürzt hatte, aber dadurch war ich stärker geworden. Manchmal musste man wohl einfach mit ansehen, wie die eigenen Mauern bröckelten und zerfielen, um herauszufinden, wie man ein besseres Königreich aufbauen konnte.

Ich verdrehte die Augen und zuckte mit den Schultern. »Na, dann mal los.«

Er drehte sich wieder zum Fenster und nahm einen großen Schluck Kaffee, bevor er sprach: »Wirst du mich immer hassen?«

Meine Brust fühlte sich an, als würde sie in zwei Hälften brechen, und ich ließ die Stille sich ausdehnen, während ich mir auf die Zunge biss, um nicht all das zu sagen, was ich am liebsten hätte sagen wollen. *Ich wünschte, ich könnte dich hassen, aber ich fühle etwas viel Schlimmeres als das. Eine Liebe, die nicht sterben will. Für den Mann, der mich gebrochen hat.*

Er drehte sich wieder zu mir um, gerade als die Wolken den Mond verdunkelten und entferntes Donnern zu hören war. Das Gewitter kam näher. Mein Herz setzte einen Schlag aus und ich versuchte, meine Gefühle zu unterdrücken, bevor er erahnen konnte, was in mir vorging.

»Ich hasse dich nicht, Lance«, gab ich zu.

Er stand im Schatten, sodass ich seinen Gesichtsausdruck nicht sehen konnte, aber er kam wieder näher, seine Schritte langsam und bedächtig, auf eine Art, die andeutete, dass er davor war, zu einem blutrünstigen Raubtier zu werden.

»Und warum nicht?«, fragte er mit einer so tödlichen Stimme, die darauf schließen ließ, dass ich ihn wütend machte. Wollte er, dass ich ihn hasste?

Ich überlegte, ob ich ihm irgendeine Bullshit-Antwort geben sollte, die nichts bedeutete, aber das wollte ich nicht. Ich hatte seit seiner Inhaftierung tausendmal in Gedanken mit ihm gesprochen. Gespräche geführt, die er mir schuldete. Mir selbst Erklärungen gegeben, die er mir verweigerte. Wenn er meine Wahrheit hören wollte, dann würde ich vielleicht auch seine hören. Und vielleicht würde ich endlich damit abschließen können. Denn ganz gleich, wie angestrengt ich versucht hatte, ihn hinter mir zu lassen, hatte ich mich doch kein Stück von meinem Verlangen nach ihm entfernt. Das Versprechen, das ich ihm gegeben hatte, war für mich eben tatsächlich von Bedeutung gewesen – im Gegensatz zu ihm.

»Ich hasse dich nicht, weil ich weiß, dass du nicht aus Boshaftigkeit gehandelt hast. Wenn ich dich nicht völlig falsch einschätze, nehme ich an, dass du dich nicht ins Gefängnis hast werfen lassen, um unserer Beziehung zu entkommen.« Mein Witz hörte sich irgendwie verbittert an, und ich konnte nicht sagen, dass ich mich deswegen schlecht fühlte.

Orion nickte. Er schien darüber nachzudenken, während er weiter an seinem Kaffee nippte und die Tasse schließlich auf einem verzierten Silbertisch abstellte. »Was glaubst du, warum ich es getan habe?«

Ich schüttelte schnaubend den Kopf. »Ich weiß es nicht, Lance, du hast mir nie die Höflichkeit einer Erklärung erwiesen.«

Er schoss mit Höchstgeschwindigkeit auf mich zu, und ich baute einen soliden Luftschild um mich herum auf, bevor er in meine Nähe kommen konnte. Er blieb kurz davor stehen, seine Hand streifte die Barriere, und er grunzte wütend.

»Eine Erklärung?« Er lachte – es klang kalt und freudlos. »Du kapierst es nicht, oder?«

»Was denn? Dass du unser Versprechen gebrochen hast? Dass du mir das Herz herausgerissen und in fünfzig Stücke zerfetzt hast? Oder dass du mir keine Wahl gelassen hast?« Meine Wut wuchs und ich schob meine Kaffeetasse zwischen die beiden Sofakissen hinter mir, damit sie nicht umfiel.

Er seufzte. »Glaubst du, ich wollte, dass es so kommt? Ich hatte keine verdammte Wahl.«

»Bullshit«, knurrte ich und ließ meinen Schild fallen, um ihm stattdessen mit einem Schwall Luft zu attackieren, als meine Wut überkochte. Ich hatte das nicht gewollt. Ich hatte geplant, mich während meines Besuches hier zurückzuhalten. Aber vielleicht hätte ich erkennen sollen, dass ich das in seiner Anwesenheit nie würde tun können. Und jetzt, da wir dieses Thema angeschnitten hatten, konnte ich meine Wut nicht mehr zurückhalten.

Er taumelte knurrend einen Schritt zurück, tat aber nichts, um der Luft entgegenzuwirken, die ich weiterhin auf ihn blies.

»Es gibt immer eine Wahl, und du hast dich dafür entschieden, uns zu vernichten.« Ich hatte all das so lange unterdrückt, aber warum sollte ich meine Meinung dazu nicht äußern?

Er bleckte die Zähne und spannte seine Muskeln an. »Glaubst du, ich wollte dich aufgeben? Glaubst du, irgendetwas davon war einfach für mich?«

»Du bist derjenige, der es schwer gemacht hat!«, schrie ich, während meine Phönixflammen auf meiner Haut brannten. »Du hattest nicht das Recht, diese Entscheidung für mich zu treffen.«

»Es war der einzige Weg«, drängte er, und ich gab es auf, ihn mit Magie zu bombardieren, und schlug stattdessen meine Handflächen gegen seine feste Brust.

»Du hast nicht das Recht, über mein Leben zu entscheiden, Lance«, fuhr ich ihn an. »Du hättest in diesem verdammten Gefängnis sterben können. Und wofür, zum Teufel?«

Er packte meine Handgelenke, bevor ich versuchen konnte, ihn abermals zurückzustoßen, und seine Augen blitzten. Seine Haut auf meiner war die verlockendste Art von Folter, die Hitze drang in mein Blut ein und zog mich zu ihm.

Er schwieg, und ich riss meine Hände aus seinem Griff, drehte ihm den Rücken zu und brachte wieder etwas Abstand zwischen uns, indem ich mich durch den Raum bewegte. Regen prasselte gegen die Fenster, und ich starrte auf die dunklen Tropfen auf dem Glas.

Nichts. Er gab mir nichts. Selbst nach all dieser Zeit wollte er mir nicht sagen, warum er es getan hatte. Es war egal, dass Darius versucht hatte, mich von dem einen oder anderen Grund zu überzeugen. Die einzige Person, von der ich es hören musste, war Orion. Und sein Schweigen sprach Bände.

Mein Atlas summte in meiner Tasche. Es war Tory, die geschrieben hatte, dass sie auf dem Weg sei, aber darauf warten müsse, dass Jenkins von der Treppe verschwand.

»Ist er das?«, brummte Orion, und ich drehte mich wieder um, sobald ich ihr geantwortet hatte.

»Wer?«, murmelte ich, ließ mich in einen Sessel fallen und beobachtete den Regen. Alles, um nicht den Kerl ansehen zu müssen, der der Grund dafür war, dass es sich anfühlte, als würde ein Messer in meinem Herz stecken und es aufschlitzen.

»Seth«, sagte er kühl. Sein Schatten tauchte in meinem Blickfeld auf, als er wieder näher kam.

»Was spielt das für eine Rolle?« Mein Blick folgte dem Weg eines Tropfens, der sich seinen Weg die Scheibe hinunterbahnte.

»Es spielt eine Rolle, weil er ein verdammtes Arschloch ist«, knurrte er.

»Dinge ändern sich«, entgegnete ich bestimmt.

Er schnaubte. »Wie? Der Typ hat dir die Haare abgeschnitten und uns *monatelang* schikaniert.«

»Er hat außerdem dein Leben gerettet und war für mich da, als du es nicht warst«, sagte ich verächtlich. Einerseits bedauerte ich den harten Schlag, aber andererseits wollte ich ihm genauso wehtun, wie er mir wehgetan hatte.

Er schwieg so lange, dass ich nicht widerstehen konnte, ihn anzusehen, und der Schmerz in seinen Augen schnürte mir die Luft ab.

»Er hat sich verändert«, fuhr ich fort, wobei mein Ton etwas weicher wurde.

»Bist du … glücklich?« Seine Stimme war rau.

»Glücklich?«, fragte ich spöttisch und starrte ihn an. »Nein, Lance, ich bin nicht glücklich. Ich werde nicht glücklich sein, bis Lionel tot ist und ich weiß, dass es allen, die mir wichtig sind, gut geht. Dass es allen im Königreich gut geht. Was er den Leuten antut, den Tiberianischen Ratten …« Ich schüttelte den Kopf, als die Emotionen in mir aufwallten und mich zu zerreißen drohten.

Er setzte sich auf den Stuhl mir gegenüber und fuhr mit der Hand über sein Gesicht, während er sich zurücklehnte.

»Ich weiß«, sagte er mit belegter Stimme. »Es ist schrecklich.«

»Ich fühle mich so hilflos«, flüsterte ich und ballte die Hände zu Fäusten. »Und darüber nachzudenken, macht es nur noch schlimmer.«

»Nun … vielleicht sollten wir über etwas anderes reden«, schlug Orion vor, und ich nickte, weil ich das brauchte. »Wie läuft es in der Schule?«

Ich runzelte die Stirn. »Ganz gut.«

»Lügnerin«, murmelte er, und ich seufzte.

»Na schön, es ist beschissen. Alle sind unglücklich, die verschiedenen Formgebungen dürfen sich nicht vermischen, ich verstehe die nächste Stufe der Verhüllungszauber nicht, weil Highspell nichts demonstriert und mich lediglich nachsitzen lässt, wenn ich versuche, ihr Fragen zu stellen. Sie beachtet uns *niederen* Formgebungen im hinteren Teil des Unterrichtsraumes praktisch gar nicht, und es überrascht nicht, dass wir wahrscheinlich alle durchfallen werden.«

»Warum zum Teufel sitzt du hinten?«, knurrte er.

»Weil ich mich geweigert habe, Lionels formistischen Mist mitzumachen«, sagte ich wütend, und ein Grinsen umspielte seine Lippen.

»Scheiß auf Honey Highspell, meine Schöne, ich helfe dir bei allem, was du brauchst«, sagte er, und meine Kehle wurde eng, als er mich so nannte. Er fuhr schnell fort, als wollte er diesen kleinen Ausrutscher überspielen, während ich den Atem anhielt. »Ich meine, wenn du das möchtest.« Er zuckte mit den Schultern, und ich zog die Unterlippe zwischen die Zähne, während ich nickte.

Alles war besser, als hier zu sitzen und vor Unbeholfenheit zu sterben. Seine dunklen Augen ruhten einen Moment auf meinem Mund, und die Welt um mich herum schien in einen verschwommenen grauen Schleier zu versinken.

Ich räusperte mich. »Ich weiß genau, wie die Illusion aussehen soll, aber das, was ich erschaffe, sieht immer völlig daneben aus«, erklärte ich.

»Lass mal sehen«, ermutigte er mich, und ich schnappte mir sein Buch von der Armlehne meines Stuhls und stellte fest, dass es ein alter Wälzer über dunkle Verhüllungszauber war. Ich legte es in meinen Schoß und konzentrierte mich auf den Ledereinband, wobei ich meine Finger darüber bewegte und mir ein anderes Cover vorstellte, bis König Artus und die Ritter der Tafelrunde darauf erschienen. Aber das Bild war nicht ganz richtig, die Gesichter passten nicht und die Farben stimmten nicht überein. Der schlechte Verhüllungszauber war offensichtlich, wenn man genau hinsah.

»Warum hast du dieses Buch ausgewählt?«, fragte er überrascht, und ich zuckte mit den Schultern.

»Es war das erste, das mir in den Sinn gekommen ist«, sagte ich, und er runzelte die Stirn, stand auf und ging durch den Raum zu einem Bücherregal, aus dem er ein weiteres Buch nahm.

Er kam zu mir zurück, kniete sich vor mir hin und legte das Buch auf mein Knie und damit neben das, das ich getarnt hatte.

»Du hast einen Schritt ausgelassen. Honey war in ihrer Ausbildung nie gut darin.« Er gluckste, und mein Mund verzog sich zu einem Grinsen.

»Aber sie versteckt sich doch hinter fünfzig Schönheitsillusionen – die

Frau strahlt wie der verdammte Mond«, sagte ich.

Er grinste düster und schüttelte den Kopf. »Alles bezahlt. Sie trägt die Zauber anderer in dieser hässlichen Kette.«

Ich musste lachen. »Bitte sag mir, dass sie in Wirklichkeit wie das Hinterteil eines Nashorns aussieht.«

»Ich weiß es nicht, ich habe sie noch nie ohne diese Kette gesehen, aber ich vermute, dass sie mindestens Warzen und einen Buckel hat«, sagte er.

»Vielleicht auch verfaulte Zähne und einen Schnabel statt einer Nase.«

Seine Hand glitt zum Buchrand, wobei seine Finger meinen Oberschenkel streiften. Er gluckste wieder. Das Geräusch brachte meine Zehen dazu, sich in meinen Schuhen zu krümmen, und ich unterdrückte schnell mein Lächeln und wandte mich wieder den Büchern zu. *Nope.*

»Was habe ich ausgelassen?«, fragte ich.

»Du musst das Speichern von Erinnerungen üben«, sagte er. »Je aktueller die Erinnerung, desto besser ist sie für die Erschaffung einer Illusion. Aber das ist sehr begrenzt. Wenn die Erinnerung nicht besonders klar ist, wirst du nie in der Lage sein, ein perfektes Bild ohne Erinnerungsspeicherung zu erzeugen.«

»Wie funktioniert die Erinnerungsspeicherung?«, fragte ich, und mein Herz schlug etwas schneller, als er meinen Blick erwiderte. Ich lehnte mich näher zu ihm, ohne dass ich mich wirklich dafür entschieden hatte. Im Geiste riss ich mich an den Haaren zurück, denn das war ganz und gar nicht akzeptabel.

»Du hast versucht, dir das Bild dieses Buches aus einer alten Erinnerung ins Gedächtnis zu rufen. Aber um wirklich gut zu werden, musst du anfangen, einen Erinnerungsspeicher aufzubauen, auf den du zugreifen kannst, wann immer du ihn brauchst.«

»Okay«, sagte ich langsam. »Zeig mir, was ich tun muss.«

Er streckte seine Hand nach der meinen aus, und mein Magen rebellierte, als er sie auf die Ausgabe von König Artus legte und mich aufforderte, mit den Fingern darüberzustreichen. Das war definitiv keine sexuelle Handlung, und doch breitete sich ein enormes Hitzegefühl zwischen meinen Schenkeln aus. Ich versuchte, mich davon zu überzeugen, dass es mit dem Kerl mit den Hasenzähnen auf dem Cover zu tun hatte, der ein Kettenhemd trug. *Ja, genau, er ist es, der mich anturnt. Nicht der Kerl, der mich gefickt hat, bis ich nicht mehr geradeaus gehen konnte und zehnmal gekommen bin, bevor er überhaupt daran gedacht hat, mit mir fertig zu sein.*

»Konzentriere dich auf das Bild. Lass deinen Geist entspannen«, wies er mich an und ließ meine Hand los. Ich folgte seiner Anweisung und versuchte, nicht daran zu denken, wie nah er mir war oder wie unregelmäßig mein Atem wurde. »Wenn du der Meinung bist, dir alles eingeprägt zu haben, schließe die Augen und bringe etwas Magie zu dem Bild. Lass die Magie keine Form annehmen, sondern ziehe sie einfach näher an das Bild in deinem Geist heran, bis sie damit verschmilzt.«

Ich nickte, schöpfte aus der Quelle der Kraft in mir und ermutigte etwas von dieser Magie, sich meinem Geist zuzuwenden. Um das Bild, das ich in meinem Kopf sah, schien ein Licht zu erstrahlen, und ich keuchte überrascht auf.

»Hast du es?«, fragte er mit tiefer Stimme, und ich nickte. »Jetzt lass das Bild los. Versuche, überhaupt nicht daran zu denken.«

Ich ließ meinen Geist dunkel werden, und das Bild schien wie ein Gummiband gegen mein Gehirn zu schnalzen. Ich holte tief Luft, bevor ich erneut danach griff, und das Bild erschien vor meinem geistigen Auge – so klar, als würde ich es erneut direkt betrachten. *Wow!*

»Augen auf!«, knurrte Orion, und als ich es tat, verlor ich mich sofort in seinen dunklen Augen und bemerkte, dass meine Finger nur wenige Zentimeter davon entfernt waren, die seinen auf dem Buch über König Artus zu berühren.

Ich ballte meine Hand zu einer Faust und versuchte, meinen staubtrockenen Mund zu befeuchten, während ich auf das Buch der dunklen Magie daneben blickte.

»Versuch es jetzt mit der Illusion«, ermutigte er mich und nahm das Exemplar von König Artus aus meinem Blickfeld.

Ich betrachtete das andere Buch und rief die Erinnerung ab, wie ich es im Unterricht gelernt hatte, bevor ich Zeigefinger und Daumen aneinander rieb, um den Verhüllungszauber zu wirken. Sofort veränderte sich der Einband und auch die Größe des Buches – alles passte genau zu dem echten Exemplar von König Artus.

Ich stieß einen Freudenschrei aus, nahm es in die Hand und suchte nach Fehlern. Aber es gab keine. Es war die beste Illusion, die ich je erzeugt hatte. *Heilige Scheiße!*

Ich hob meinen Blick zu Orion und sah, dass er mich mit einer Intensität beobachtete, die meine Wangen erröten ließ.

»Danke«, sagte ich aufrichtig.

»Jederzeit«, erwiderte er schroff und stand auf. »Im Ernst, schreib mir einfach oder ruf mich an, wenn du Hilfe bei irgendetwas benötigst.«

Ich antwortete nicht, da ich nicht sicher war, ob ich wirklich einen Kommunikationskanal zwischen uns eröffnen sollte. Aber andererseits geriet ich wegen Highspell in *Grundlagen der Magie* in Rückstand, und das konnte ich mir mit Lionel an der Macht wirklich nicht leisten. Ich musste dafür sorgen, dass ich meine Prüfungen bestand, und darüber hinaus wollte ich jeden Vorteil nutzen, den ich gegen den Drachenlord erlangen konnte. Aber es war Orion. Wenn ich wieder anfing, regelmäßig mit ihm zu kommunizieren, könnte mein Kopf durcheinandergeraten. Nein. Das konnte ich nicht riskieren.

Es klopfte gegen die Fensterscheibe, und ich sah Tory dort stehen, die mir zuwinkte, rauszukommen.

Ich schenkte Orion ein knappes Lächeln, und wenn ich nicht völlig verrückt war, dann sah er irgendwie deprimiert aus. Vielleicht war jede Gesellschaft besser als gar keine, während er hier rund um die Uhr eingesperrt war.

»Ich schätze, wir … sehen uns später«, sagte ich mit einem verlegenen Lächeln.

»Ich werde auf dich warten«, sagte er mit wippendem Kehlkopf.

Ich lief davon und ignorierte das Pochen und Stechen in meinem Herzen, als ich schnell zur Tür hinausschlüpfte. Ich drehte mich nicht um, als Tory meine Hand nahm, mich schnell mit sich zog, auf einen Weg zwischen zwei hohen Hecken führte und erst dort wieder langsamer wurde. Ihre Magie traf auf meine und verschmolz mühelos, als wir einen Luftschild um uns herum errichteten, um uns vor dem Regen zu schützen.

»Hat Lionel dir wieder eine Dosis des Mittels zur Unterdrückung deiner Formgebung gegeben?«, fragte ich, nachdem ich erfolglos versucht hatte, ihren Phönix zu erreichen.

»Ja.« Sie seufzte. »Und dann haben wir … gekuschelt. Du weißt schon, der übliche abgefuckte Scheiß.«

Ich drückte ihre Finger fest zusammen und versuchte, den Wahnsinn dieses verdammten Bandes zu begreifen, das er ihr auferlegt hatte. Zum millionsten Mal schwor ich mir, einen Weg zu finden, sie davon zu befreien.

Ich zog das Gegenmittel aus meiner Tasche, und Tory lächelte mich an, bevor sie mir die Spritze abnahm und sich schnell selbst damit injizierte.

Voller Erleichterung seufzte sie auf, als ihr Phönix zu ihr zurückkehrte, und ich entspannte mich, während wir weitergingen.

»Alles in Ordnung?«, fragte sie, und ich zuckte mit den Schultern.

»Es ist einfach nur seltsam mit ihm«, murmelte ich. »Egal, geht es Darius gut? Orion hat gesagt, Lionel hätte ihn niedergestochen.«

»Ja, mittlerweile schon. Lionel ist einfach nur durchgedreht, wie immer. Und ich konnte nichts tun. Ich musste einfach nur dastehen und zusehen«, sagte sie mit erstickter Stimme, und ich griff nach ihrem Arm.

»Es tut mir leid«, hauchte ich. »Das muss schrecklich gewesen sein.«

Sie seufzte und senkte den Blick. »Es macht mir einfach nur klar, wie wertvoll manche Dinge sind, weißt du? Wie schnell wir jene Leute verlieren können, die uns wichtig sind. Und schau, ich weiß, dass das nicht der richtige Zeitpunkt ist, um darüber zu reden, aber du und Orion ...«

»Bitte nicht, Tor«, flehte ich.

»Aber ihr seid füreinander bestimmt, Darcy. Und ihr beide seid so traurig, dass ich es nicht ertragen kann. Ich schwöre, ich habe euch zwei Sekunden lang gesehen und es war, als würde ich einen Trauerzug beobachten.«

Ein großer Klumpen bildete sich in meiner Kehle, und ich schüttelte den Kopf. »Er hat seine Wahl getroffen. Jetzt habe ich meine getroffen. Es gibt kein Zurück.«

Sie seufzte, drückte meine Finger und ließ sie dann los. »Komm schon, lass uns gehen.«

»Wo sollen wir deiner Meinung nach mit der Suche anfangen?«, fragte ich, als wir dem Weg durch den Rosengarten folgten, der vom Regen heimgesucht wurde. Die Flammen unter meiner Haut hielten die Kälte ab, aber mein Atem bildete nach wie vor Nebel in der Luft.

»Gabriel hat gesagt, wir würden es wissen.« Tory runzelte die Stirn und ein Lichtschimmer zog meinen Blick auf sich.

Mein Atem stockte, ich zupfte an Torys Ärmel und deutete auf den großen glänzenden Fußabdruck auf dem Weg. Er sah aus wie der Abdruck eines Männerstiefels, und mein Herzschlag beschleunigte sich. Der Regensturm ließ plötzlich nach, als hätte es ihn nie gegeben, und die Wolken teilten sich, woraufhin ein glitzerndes Sternenmeer erschien. Die Luft wurde dick, und ein kalter Schauer durchfuhr mich. Ich wusste, dass sie uns beobachteten und hofften, uns etwas zu zeigen, genau wie sie es schon einmal getan hatten.

Torys Hand glitt in meine und wir lösten schweigend den Luftschild um uns herum auf und gingen auf den Fußabdruck zu. Er verschwand, als wir ihn erreichten, aber weiter vorn erschien ein weiterer, der uns einen Weg durch die Gärten wies, den ich noch nie zuvor gegangen war. Wir bewegten uns zwischen Büschen hindurch, während wir über das Gelände geführt wurden, und kamen an einem Obstgarten vorbei, in dem das Gras nass glänzte. Dahinter tauchte ein riesiges steinernes Amphitheater aus dem Dunkeln auf, und der Pfad führte zu zwei riesigen silbernen Türen. Die Stiefelabdrücke lockten uns in die entsprechende Richtung, und ich umklammerte Torys Hand, als wir den Eingang erreichten. Die gewaltige geschwungene Mauer ragte hoch über uns auf, und meine Haut kribbelte – etwas an diesem Ort machte mich nervös.

Tory legte ihre Hand auf die Tür, die sich unter ihrer Berührung entriegelte und mittig öffnete, um uns Einlass zu gewähren. Auf der anderen Seite warteten Schatten auf uns; das einzige Licht stammte von einem weiteren glänzenden Fußabdruck, der uns im Dunkeln erwartete.

»Glaubst du, das ist sicher?«, flüsterte ich.

»Ja«, hauchte sie, und ich warf ihr einen Blick zu, der besagte, dass es ohnehin keinen Weg zurück gab. Dies war wichtig. Das spürte ich in der Luft.

Ich wirkte ein Fae-Licht, das uns den Weg erhellte, als wir uns ins Innere vorwagten. In dem Moment, in dem wir eintraten, schloss sich die Tür hinter uns mit einem lauten Knall, der in dem steinernen Gang widerhallte, in dem wir uns befanden. Mein Herz klopfte immer schneller.

Die Stiefelabdrücke führten nach rechts, und wir folgten ihnen, bis sie uns mehrere dunkle Steintreppen hinunterführten. Unten empfing uns eine offene Tür, und die kühle Nachtluft, die uns umwehte, verriet mir, dass wir wieder ins Freie gehen würden. Wir traten gemeinsam hindurch, und meine Füße trafen auf Sand, als wir in einer riesigen kreisförmigen Grube in der Mitte des Amphitheaters ankamen. Es sah aus wie ein Überrest aus dem Römischen Reich, aber hierbei handelte es sich um keine Ruine. Steinerne Bänke säumten die gesamte Arena, und hoch über und weit vor uns befand sich ein riesiger Thron, der in die Tribüne eingelassen worden war und an dessen Seiten mehrere kleinere Stühle standen. Ein Torbogen, in den die Symbole der vier Elemente und das Vega-Wappen eingraviert waren, überspannte sie alle. Am Rand der Grube befanden sich Nymphenkäfige, genau wie die, in denen wir Tory gefangen gehalten hatten, und der Gedanke, wozu sie hier gedient haben könnten, nahm mir die Luft.

Die Fußabdrücke bildeten einen Pfad im Sand, der bis zur Mitte der Grube führte, wo etwas auf dem Boden lag und auf uns wartete. Wir bewegten uns vorsichtig darauf zu; alles schien zu verharren und die Stille wurde immer drückender.

Wir blieben vor einem Schild aus poliertem Metall stehen, in dem sich unsere Spiegelbilder abzeichneten, und sofort wussten wir, was zu tun war. Wir berührten das Glas und warfen einander einen hoffnungsvollen Blick zu, bevor wir unsere Aufmerksamkeit auf das Metall richteten. Die Sterne hatten uns einst unsere Mutter gezeigt, was wollten sie uns noch zeigen?

Unsere Spiegelbilder veränderten sich und wichen einer Szene, die im hellen Tageslicht spielte und dieses Amphitheater aus der Vogelperspektive zeigte. Ein strenger und gut aussehender Mann saß auf dem Thron, seine Augen waren scharf und auf die Grube unter ihm gerichtet. Ich erkannte meinen

Vater, Hail Vega, der jünger aussah als in den Visionen, in denen er meine Mutter kennengelernt hatte. Zu seiner Rechten saß Lionel Acrux, und hinter ihm standen die anderen Ratsmitglieder, die alle angespannt dreinschauten, während sie auf die Grube blickten.

Ein Mann wurde in Lumpen in die Mitte der Arena gezerrt, seine Handgelenke waren gefesselt, um seine Magie zu blockieren. An den Rändern der Arena standen schwarze Metallkäfige, in denen Nymphen eingesperrt waren, die die Menge anbrüllten. Der bloße Anblick ließ meinen Puls in die Höhe schnellen.

»Mein König!«, rief der Mann in der Grube. »Ich bin unschuldig.«

Die Menge lachte höhnisch, und die Wache, die ihn festhielt, stieß ihn zu Boden, bevor sie sich zurückzog und sich vor unserem Vater verbeugte.

»Wer ist das?«, flüsterte der Grausame König zu Lionel.

»Ein Dieb, Eure Hoheit«, flüsterte er. »Die Ratte hat meinem Cousin Benjamin hundert Goldmünzen gestohlen.«

Hail schnaubte. »Benjamin Acrux ist ein Glücksspieler, der deinen Namen in Schande gebracht hat, Lionel.«

»Wie dem auch sei, das Wort eines Drachen ist mehr wert als das einer Ratte«, zischte Lionel, und mein Blut kochte.

»Unsinn«, erwiderte Hail und wedelte abweisend mit der Hand, bevor er den Mann unten ansprach: »Schildere deinen Fall!«

Die Tiberianische Ratte fuhr mit einer zittrigen Hand durch seine Haare. »Ich habe das Gold von Mr. Acrux in einem fairen Spiel Minojack gewonnen«, beteuerte er. »Lasst meine Erinnerungen von einem Zyklopen überprüfen.«

»Das ist eine Unverschämtheit!«, rief ein Mann, den ich aufgrund des finsteren Blickes der Ratte als Benjamin Acrux identifizierte.

Als er aufstand, wurde deutlich, dass er eine hässlichere Version Lionels war. Seine Augen waren blutunterlaufen und er schwankte ein wenig, was darauf hindeutete, dass er betrunken war.

Lionel beugte sich zu Hail und flüsterte: *»Ihr werdet keine Gnade zeigen, Sire. Das Wort eines Drachen ist Gesetz. Aber die Entscheidung kommt von Euch und jetzt vergesst meine Worte.«* Die Macht seiner Dunklen Manipulation schwang in seiner Stimme mit, und ich fröstelte.

Hail blinzelte und lehnte sich zurück, bevor er – zu meinem völligen Entsetzen – in Richtung der Menge rief: »Du wurdest für schuldig befunden. Du erhältst das Recht der Fae, um dein Leben zu kämpfen. Wenn du überlebst, wirst du zwölf Jahre in Darkmore verbringen.« Der König winkte mit der Hand, und ein Schwert wurde in die Grube geworfen, woraufhin sich die

Wache mit Luftmagie aus dem Loch katapultierte. Eine Handbewegung der Wache öffnete einen der Käfige, und eine Nymphe stürzte mit wütendem Gebrüll heraus. Der Hunger in ihren Augen war deutlich zu sehen, als sie auf den Rattenwandler zurannte. Er griff nach dem Schwert, aber noch bevor er auch nur in dessen Nähe kam, stieß ihn die Nymphe zur Seite, und das Knacken von Knochen erfüllte die Luft, gefolgt vom Jubel der Menge.

Mir stieg die Galle hoch, als die Nymphe auf die Brust der Ratte trat. Ein anhaltender Schrei erfüllte die Luft, während sie ihre Fühler in sein Herz stieß. Die Vision wechselte abrupt, und ich konnte den Blick nicht abwenden, während ich die Wahrheit verarbeitete, die sich mir offenbart hatte.

Hail stand auf einem riesigen Balkon im Licht der Sterne. Er schien mit seinen Händen zu sprechen – oder dem, was er darin festhielt. Plötzlich erhellte ein Lichtschein seine Finger. »Beende die Seuche in Maresh«, bat er. »Mein Volk stirbt.«

Ein Flüstern drang in meinen Kopf, als käme es von den Sternen selbst, und plötzlich wurde mir klar, was in seiner Handfläche lag. Der Imperiale Stern. *»Es ist vollbracht, Vater der Flammen.«*

Hail murmelte noch ein Wort, das ich nicht verstand, und sprach dann erneut mit dem Stern.

»Beschütze mein Volk vor Eindringlingen«, bat er, und die Antwort des Sterns ertönte in meinem Kopf.

»Sie sind geschützt«, flüsterte er.

Die Vision verschwand, und mein Atem ging schneller, als ich mich plötzlich inmitten eines Schlachtfelds wiederfand. Hail stand in blutverschmierter Rüstung da – vor ihm und seiner Armee lagen Hunderte von Leichen.

Lionel stand an seiner Seite, als Hail seinen Blick auf eine Stadt jenseits der Toten richtete, sich dann aber zum Gehen wandte. Lionel packte seinen Arm und flüsterte ihm etwas ins Ohr; und seine Stimme schwebte mit dem Wind zu mir.

»Lasst niemanden am Leben, alle in der Stadt müssen sterben! Und sie müssen durch Eure Hand sterben. Das ist Eure Entscheidung. Ihr sollt vergessen, dass es jemals meine war!«, knurrte er. Seine Stimme triefte von Dunkler Manipulation, und ich wollte aufschreien und die Macht daran hindern, in meinem Vater Wurzeln zu schlagen, aber seine Augen verdunkelten sich, und er wandte sich wieder der Stadt zu. Er rannte los, und seine riesige Formgebung brach aus ihm heraus.

Seine Hydraform war unglaublich groß – so hoch wie ein Gebäude –, und er erhob sich mit seinen lederartigen Flügeln in den Himmel, wobei alle Augen seiner vielen schlangenartigen Köpfe auf die Stadt gerichtet waren. Die Dorfbewohner schrien und der Himmel spiegelte all die Magie wider, als sie versuchten, sich zu verteidigen. Lionel aber sah mit neidischem Blick zu, wie der König die Stadt mit dem purpurfarbenen Feuer aus seiner Lunge in Schutt und Asche legte.

Tränen benetzten meine Wangen, als Frauen und Kinder unter seiner unmöglichen Macht zerstört wurden, und das wahre Monster stand da und beobachtete alles mit einem verzerrten Lächeln auf den Lippen.

Die Vision veränderte sich, und Hail kniete wieder auf dem riesigen Balkon hinter seinem Schlafzimmer, den Imperialen Stern in der Hand. Verzweifelt flüsterte er ihm zu: »Hilf mir, ich weiß nicht mehr, was ich tue. Ich weiß nicht, wer ich bin. Warum tue ich die Dinge, die ich tue? Ich muss wissen, was mit mir nicht stimmt. Lass mich die Dinge klar sehen«, flehte er den Stern in seiner Handfläche an, und mein Herz zog sich schmerzhaft zusammen, als ich sah, wie unser Vater innerlich zerbrach. Er sprach Worte, die ich kaum verstehen konnte, aber die Magie in ihnen war geradezu greifbar, als sie durch die Luft schwirrte. Der Stern leuchtete noch heller in seiner Handfläche.

Abermals war die Antwort ein Flüstern in meinem Kopf. *»Ich liege im Palast der Flammen. Wo der Boden tief ist und die Toten alt sind. Wo die Letzten ihrer Art liegen. Nur dort wirst du Frieden finden.«*

»Was soll das bedeuten?«, fragte Vater. »Bitte, lass den Wahnsinn aufhören.«

»Halte das gebrochene Versprechen«, antwortete der Stern.

»Was?«, knurrte er, aber das Licht in seiner Handfläche erlosch, und als er den Stern erneut in dieser fremden Sprache adressierte, pulsierte es mit Licht, antwortete ihm aber nur in Rätseln.

»Gib mir meinen Verstand zurück!«, keuchte er schließlich, während er den Stern verzweifelt an seine Brust drückte und zum Himmel aufblickte. »Niemand soll mehr durch meine Hand sterben.«

»Es sind nicht deine Hände«, flüsterte der Stern, und Hail stöhnte, weil er nicht verstand. Aber ich verstand und das fühlte sich schrecklich an. Ich kannte die Wahrheit, und es schien, als wäre er gestorben, ohne je davon erfahren zu haben.

Die Vision verschwand, und wir sahen plötzlich wieder unser eigenes Spiegelbild vor uns. Ich hob meinen Blick, um Torys zu begegnen, und auch über ihre Wangen kullerten Tränen.

»Er war gar nicht grausam«, krächzte sie, und ich umarmte sie fest.

»Es war Lionel, verdammt noch mal, Lionel«, knurrte ich, und sie verfluchte ihn mit jedem Schimpfwort, das sie kannte.

»Er muss sterben«, zischte sie, obgleich sie angesichts des Bandes, das er ihr auferlegt hatte, ein wenig mitgenommen wirkte. »Er muss für unsere Mutter und unseren Vater bezahlen.«

»Und er muss für das bezahlen, was er *dir* angetan hat«, sagte ich mit vernichtender Stimme, und sie zuckte zusammen, weil das Wächterband an ihr zerrte.

»Aber ich kann den Gedanken nicht ertragen, dass er stirbt«, krächzte sie, während sie eine Hand auf ihr Herz presste, und es tat mir weh, sie so zu sehen.

»Wenn er tot ist, wirst du frei sein«, versprach ich, und sie nickte, obwohl ich den Wunsch in ihr sah, mich dafür zu beißen. Und das brachte mich um. »Die Sterne wollten, dass wir das sehen«, fuhr ich fort, und ihre Gesichtszüge verhärteten sich.

»Wie können wir ihnen nach allem, was sie getan haben, noch vertrauen?«, zischte sie. Wir standen auf und ich musterte die Grube, die einst als Hinrichtungsstätte gedient hatte. Ein Schauer durchfuhr mich.

»Ich weiß es nicht«, gab ich zu. »Aber es muss einen Grund geben. Vielleicht sind sie in gewisser Weise auf unserer Seite.«

»Gabriel sagt, dass sie nicht Partei ergreifen«, murmelte sie, und ich nickte. Aber warum sollten uns die Sterne diese Informationen geben, wenn sie nicht wollten, dass wir gegen Lionel kämpften? Oder vielleicht war das alles nur Teil eines größeren, grausameren Plans, den ich bislang nicht durchschauen konnte. Ich wusste, dass die Sterne nicht lügen konnten, aber ich verstand immer noch nicht, warum sie uns das gezeigt hatten.

Vermutlich blieb uns nichts anderes übrig, als das, was uns gegeben wurde, so effektiv wie möglich gegen Lionel einzusetzen. Denn eines wussten wir jetzt mit Sicherheit: Der Imperiale Stern besaß unvorstellbare Macht. Und wenn Lionel ihn jemals in die Hände bekäme, wäre ganz Solaria dem Untergang geweiht.

Scorpio
Gemini
Virgo
Cancer
Aries
Leo
Sagittarius
Taurus
Capricorn
Aquarius
Libra
Pisces

DARIUS

KAPITEL 22

Ich saß in meinem Sessel neben dem Feuer im King's Hollow, die Ellbogen auf den Knien, während meine Hände nach unten hingen. Ich lehnte mich nach vorn, ließ den Kopf hängen und starrte auf den Raum zwischen meinen Füßen, während ich versuchte, mich auf die positiven Dinge zu konzentrieren. Aber verdammt, manchmal war es wirklich schwer, in einer Welt, in der mein Vater auf dem Thron saß und in der im Kampf gegen ihn nichts so zu laufen schien, wie wir es wollten, überhaupt etwas Positives zu sehen.

Der Unterrichtstag war noch nicht lange vorbei, und Roxy nahm seit ein paar Wochen daran teil, ohne dass jemand zu bemerken schien, dass sie nicht mehr vollständig unter Vaters Fuchtel stand. Wir mussten ihr immer wieder das Gegenmittel verabreichen, sobald Vater oder Mildred ihre Formgebung unterdrückten, aber ich war einfach nur froh, dass die Schatten sie nicht wieder in ihren Bann zogen, sobald sie den Kontakt zu ihrem Phönix verlor. Sie war wieder sie selbst, obwohl sie natürlich immer noch eine Gefangene war. Ich wusste, dass es unendlich viel besser war als vorher, aber ich hasste es dennoch, dass sie diese Rolle spielen musste.

Es bedeutete, dass sie den ganzen Tag allein war, sich abschottete, wenn sie mit den M. O. E. S. E. N. zusammen war, und ihre Tarnung aufrechterhielt. Es ging mir komplett gegen den Strich, dass sie das tun musste. Dass sie nach Monaten der Isolation immer noch so einsam war. Aber da sie durch das Band zu meinem Vater nach wie vor mit ihm verknüpft war, hatten wir im Moment keine andere Wahl. Ich wünschte nur, ich könnte mehr tun. Er hatte mich in die Ecke gedrängt, und ich wollte der Welt unbedingt beweisen, dass man einen Drachen nicht zähmen konnte.

Seit seiner Rückkehr aus Darkmore besuchte ich Lance fast jeden Abend, und wir verbrachten viel Zeit in der Palastbibliothek, in der es unzählige Bücher zu jedem erdenklichen Thema gab. Wir hatten begonnen, die Wälzer nach allem zu durchsuchen, was uns helfen könnte, ein Wächterband zu lösen. Ich wollte nicht negativ sein, aber ich hatte Schwierigkeiten, die Hoffnung aufrechtzuerhalten, dass wir etwas finden würden. Vor allem, weil Gabriel nicht in der Lage gewesen war, vorherzusehen, dass wir je etwas finden würden. Wir hatten in der Vergangenheit schon Jahre damit verbracht, mehr zu dem Thema zu finden.

Aber Lance hatte sich mit ganzem Herzen in die Sache gestürzt und schien froh über die Gelegenheit zu sein, produktive Arbeit für unsere Sache zu leisten, während er darauf wartete, dass der Vollmond ihm die Geheimnisse seines Vaters offenbarte. Und ich war froh, dass ich ihm eine Aufgabe gegeben hatte, wenn auch nur, weil er dringend eine Ablenkung von all dem brauchte, was in seinem Leben vor sich ging. Wir waren zwei bedauernswerte Idioten, und ich kannte nur zu gut den Schmerz, an einer Vega zu hängen, die nicht die eigene war.

Ich war gestern fast die ganze Nacht bei ihm geblieben, um zu recherchieren, und dann war ich zum Campus zurückgeflogen, anstatt Sternenstaub zu benutzen. Ich hatte es vorgezogen, meine Flügel für ein paar Stunden auszubreiten, anstatt zu früh in mein leeres Bett zurückzukehren. Ich schlief in diesen Tagen ohnehin nicht viel. Alles, was ich tat, war, in Träume von dem Mädchen zu versinken, das ich hätte mein nennen sollen, und mich mit den Fehlern zu beschäftigen, die ich in Bezug auf sie gemacht hatte.

Die Tür öffnete und schloss sich, aber ich sah nicht auf. Die anderen Erben würden alle irgendwann heute Abend hier auftauchen. Genau wie Darcy und Geraldine. Und vielleicht ...

Ich hob den Kopf und sah sie zögernd an der Tür stehen. Es schien, als hätte sie nicht erwartet, mich hier allein vorzufinden, und vermutlich wusste sie jetzt nicht, was sie tun sollte.

Ich sagte nichts. Das konnte ich nicht. Zu viele verdammte Worte steckten in meiner Kehle fest – und zu viele Bilder von dem, was sie durchgemacht hatte. Mein Vater hatte sie nicht an meiner Seite sehen wollen. Also hatte er alles getan, um sicherzugehen, dass sie nie dort sein würde. Es war meine Schuld. Alles.

Die Angst, die er ihr in Bezug auf mich eingeflößt hatte, spiegelte sich in ihren Augen wider, als sie mich ansah, und das Wissen darum brachte mich dazu, schreien zu wollen. Ich hatte halb erwartet, dass sie einfach weglaufen würde, aber Roxanya Vega war nicht so veranlagt. Stattdessen hob sie ihr Kinn, bereit, sich ihrem Dämon zu stellen. Und ich wünschte mir nichts sehnlicher, als in ihren Augen kein Dämon zu sein.

»Ich ... sollte mich bei dir entschuldigen«, sagte sie mit leiser Stimme, die nicht mit dem Mädchen vereinbar war, in das ich mich verliebt hatte. Diese Stimme sprach von Schmerz und Trauma – Dinge, die sie wegen meiner Familie und mir erlitten hatte.

»Warum?«, fragte ich und runzelte die Stirn, während über uns der Donner grollte. Die verdammten Sterne wollten uns nicht einmal das gönnen. Sie stand zehn Meter von mir entfernt, und mein Herz war vor Trauer um sie in tausend Stücke gerissen, aber trotzdem bekamen wir nicht einmal die Chance auf ein verdammtes Gespräch.

»Weil ich geglaubt habe, dass du ...« Sie verstummte und warf einen Blick zum Fenster, hinter dem nun auch Blitze zuckten.

Während sie den strömenden Regen beobachtete, beobachtete ich sie. Ich betrachtete die zerrissenen schwarzen Jeans, die ihre Figur umschmeichelten, und die nackte Haut ihrer Taille, um die ich meine Hände schlingen wollte. Ihre Haut war blasser als zuvor, ihr Körper schlanker, aber Roxanya Vega war von den Sternen dazu auserkoren worden, meinen Hunger anzuregen – egal, wie sie aussah. Auf ihrem schwarzen kurzen Pullover stand in geschwungener rosafarbener Schrift *Wild at Heart*, und ich war mir ziemlich sicher, dass das perfekt zu ihr passte. Ihre dunklen Haare fielen ihr über die Schultern, und ich sehnte mich danach, meine Finger zwischen die seidigen Strähnen zu schieben, während ich einen Kuss von ihren verführerischen Lippen stahl. Die Lippen, die mich verflucht, gestreichelt, geküsst und verspottet hatten. Die Lippen, die immer ihre Meinung gesagt hatten, ohne Rücksicht auf die Konsequenzen.

Sie war wild im Herzen, aber im Moment war ihr Feuer so schwach, dass ich sie kaum wiedererkannte. Und ich war am Boden zerstört angesichts dessen, was ich ihr angetan hatte. Denn all das mochte die Schuld meines Vaters sein, aber ich wusste, dass es auch meine war.

Bei ihrer Ankunft an der Academy hatte ich zugestimmt, alles zu tun, um sie loszuwerden. Um unseren Thron und unser Königreich vor diesen beiden dummen, praktisch sterblichen Mädchen zu schützen, von denen ich törichterweise angenommen hatte, dass sie niemals stark genug sein würden, um zu herrschen. Aber ein Blick auf sie, wie sie jetzt dastand, nach allem, was sie seit ihrer Rückkehr nach Solaria überlebt hatte, bewies, wie sehr ich mich geirrt hatte.

»Ich war ein verdammter Idiot«, sagte ich, stand auf und beobachtete vorsichtig, wie sie sich wieder zu mir umdrehte. Dieses Mal zuckte sie nicht zusammen, und ich hätte Max dafür küssen können, dass er ihr geholfen hatte, zu erkennen, was mit ihren Erinnerungen an mich geschehen war. Aber ich konnte dennoch die Angst in ihrem Blick sehen, als sie mich ansah, und das schmerzte mich zutiefst. Denn ich wusste, dass sie teilweise gute Gründe hatte, mich zu fürchten. Ich hatte ihr diese Angst mit jeder einzelnen beschissenen Aktion eingeflößt, die ich im Namen des Throns ausgeführt hatte. »Als du nach deinem Erwachen in den Orb spaziert bist, wusste ich sofort, dass du völlig anders bist als alles, was ich erwartet hatte. Mein Herz hat sich verdammt noch mal überschlagen, als ich dich gesehen habe. Meine Hände waren feucht, mein Mund war wie ausgedörrt.«

»Du meinst, als du uns gesehen hast, richtig? Darcy und mich?«, fragte sie neugierig. Auch sie schien ihren Blick in die Vergangenheit gerichtet zu haben.

»Nein. Deine Schwester habe ich zuerst gar nicht gesehen. Ich schwöre, ich habe nicht einmal daran gedacht, wer du bist. Für ein paar endlose Sekunden habe ich dich einfach nur gesehen und gewollt. Und als ich dann Darcy entdeckt und begriffen habe, wer ihr seid, war ich so verdammt wütend. Weil ich wusste, dass ich dich nicht haben konnte.«

Sie schnaubte leise und warf einen Blick nach draußen, wo der Sturm heulte, und ich wusste, dass wir das Glück der Sterne jetzt wirklich herausforderten. Aber ich konnte es nicht ertragen, von ihr wegzugehen. Denn dieses Geräusch, dieses abweisende Schnauben und die Tatsache, dass sich ihre Haltung ein klein wenig versteift hatte – das war sie. Nicht die abgefuckte Version, in die mein Vater sie zu verwandeln versucht hatte. Das war das Mädchen, das mich seit jeher herausforderte. Und ich konnte nicht anders, als vorsichtig zu lächeln, als ich einen kurzen Blick auf ihr wahres Ich erhaschte.

»Was?«, fragte ich.

»Das ist so typisch für dich«, sagte sie und sah mich an, während der Donner über uns grollte. »Du hast angenommen, dass du mich nicht haben kannst, weil ich Vega-Blut habe. Dir ist aber schon klar, dass du mich auch dann nicht einfach so hättest haben können, wenn ich eine x-beliebige Fae wäre, oder? Du solltest die Leute fragen, ob sie dir gehören wollen, und nicht einfach erwarten, dass sie dir zu Füßen fallen.«

»Ach ja?«, fragte ich, meine Stimme neckend, als würde ich darüber nachdenken. Als wäre das eine brandneue Information für mich.

Roxy lächelte fast, zuckte dann mit den Schultern und wandte sich zur Tür. »Ich sollte gehen, bevor die Sterne einen Blitz schicken und das Baumhaus zerstören«, sagte sie, aber sie warf mir einen Blick zu, als würde sie noch etwas sagen wollen, und ich trat näher.

Gerade als ich nach einer Ausrede suchte, um sie vom Gehen abzuhalten, ertönte ein aufgeregtes Heulen von der Treppe. Roxy wich zurück, als Seth in seiner Wolfsform hereingestürmt kam, gefolgt von einer verschwommenen Bewegung, als Caleb ihm folgte.

Die beiden stießen so hart gegen den Couchtisch, dass er unter ihrem Gewicht zerbrach, und ich stellte mich schützend vor Roxy. Seth verwandelte sich wieder in seine Fae-Gestalt und die beiden fingen an zu ringen.

Seth trat und schlug aggressiv knurrend um sich, während Cal es schaffte, sich auf ihn zu werfen. Er steckte einen Schlag ins Gesicht ein, bevor er Seths Faust erwischte und seine Zähne in dessen Handgelenk versenkte, damit dieser sich nicht zurückziehen konnte.

Seth knurrte, doch das Geräusch ähnelte mehr einem Stöhnen, als Caleb sich über ihn beugte, Seths Handgelenk mit einer Hand an seinen Mund hielt, während er mit der anderen Hand Seths Brust nach unten drückte, um ihn in Position zu halten.

»Du jagst also immer noch? Nachdem es mit Roxy das letzte Mal so schiefgelaufen ist?«, fragte ich und machte einen Schritt auf sie zu, doch Roxy hielt meinen Arm fest, und ich blieb stehen und sah sie überrascht an.

Caleb hob den Blick. Seine Augen waren voller Blutdurst, während er mit vollem Mund ein Knurren ausstieß. Seth stöhnte erneut und schüttelte den Kopf.

»Meine Schuld«, murmelte er. »Ich zwinge ihn immer wieder dazu. Sei nicht so fies zu ihm.«

Ich runzelte die Stirn, weil ich ihm das nicht abnahm, aber Roxys Finger bewegten sich über das Waage-Zeichen auf meinem Arm, und meine Aufmerksamkeit war ernsthaft in Gefahr.

Caleb beendete endlich seine verdammte Mahlzeit und nahm seine Reißzähne aus Seths Handgelenk, bevor er aufstand und mir einen reumütigen Blick zuwarf. Dabei leckte er sich Seths Blut von den Lippen.

»Es ist nicht wie damals«, murmelte er und warf Roxy einen verlegenen Blick zu, der mich wütend machte. »Seth ist stark genug, um es mit mir aufzunehmen. Und ich will keine schwächeren Fae mehr jagen. Das ist gefährlicher, als sich mit jemandem auf meinem Niveau anzulegen.«

»Du könntest einfach von willigen Opfern trinken, wie du es früher immer getan hast«, schlug ich vor.

Seth antwortete, bevor Caleb es konnte: »Ja, und ich könnte dich in Ketten legen und dich in kleinen Kreisen über den Campus fliegen lassen. Sei kein Spielverderber, Darius! Du versuchst, seine Formgebungs-Instinkte zu unterdrücken, und das ist Schwachsinn.« Er zog sich einen Trainingsanzug an und rückte seinen Sack darin zurecht, während er mir zugewandt die Stirn runzelte.

»Na schön«, brummte ich, meine Aufmerksamkeit mehr auf das Mädchen gerichtet, das jetzt meinen Arm berührte. Gleichzeitig nahm die Intensität des Sturms zu, und ich wusste, dass ich mich bald würde zurückziehen müssen. »Macht einfach keine Dummheiten.«

»Vielleicht könntest du mich dich mal jagen lassen und selbst herausfinden, was der ganze Wirbel soll?«, frotzelte Caleb, was Seth ein Knurren entlockte.

»Als ob sein Echsenblut so gut schmecken könnte wie mein Blut«, höhnte Seth und warf mir einen Blick zu, der mir ganz klar zu verstehen gab, mich zu verpissen. Als hätte ich diesen Vorschlag gemacht.

»Du wirst mich niemals dazu bringen, wie ein Beutetier für dich umherzutollen, Cal, also bleib ruhig bei Hundefutter«, stichelte ich und zog eine Augenbraue hoch, woraufhin Seth grinste, als hätte er gerade etwas gewonnen.

Caleb ließ sich samt Bierflasche auf die Couch fallen und hob sie an die Lippen, woraufhin Seth es sich an ihn gekuschelt bequem machte. Er hatte den Biss an seinem Handgelenk aus irgendeinem Grund nicht geheilt, aber ich hatte zu viel mit meinem eigenen Leben zu tun, um mich darüber zu wundern, was zum Teufel zwischen den beiden abging.

Roxy berührte ein weiteres Mal das Waage-Zeichen auf meinem Arm, und ich widmete mich ihr wieder ganz, als sie meine Aufmerksamkeit auf das Wächterband richtete.

»Sehnst du dich ständig nach Orion?«, murmelte Roxy, nahm ihre Hand von meinem Arm und berührte ihren eigenen, auf dem das Zeichen des Widders prangte.

Ich seufzte schwer, schüttelte den Kopf und zwang mich, einen Schritt zurückzutreten und etwas mehr Abstand zwischen uns zu bringen, bevor der Sturm draußen das verdammte Baumhaus wegblies.

»In dieser Hinsicht ist es für den Wächter schlimmer als für den Schützling«, sagte ich. »Ich sehne mich danach, Lance nahe zu sein, aber es scheint mich nicht so zu zerfressen wie ihn. Es war ziemlich schlimm, als er in

Darkmore war, aber hauptsächlich, weil wir uns so lange nicht gesehen haben und er so weit weg war. Normalerweise nagt es weniger an mir, wie es bei ihm der Fall zu sein scheint. Ich kann mich leichter von dem Drang ablenken und ich spüre seinen Schmerz nicht so wie er den meinen. Es wird für den Wächter schlimmer, je weiter er von seinem Schützling entfernt ist. Da Vater diese Woche in Kerendia ist, um diese Sphinxe zu jagen, spürst du das Band vermutlich intensiver als sonst. Der Sinn des Bandes ist es, sicherzustellen, dass der Wächter in der Nähe des Faes bleibt, den er beschützen soll, falls er gebraucht wird. Damals, als diese Magie erschaffen wurde, war der Gedanke, dass die Verbundenen stets zusammenbleiben, damit der Wächter jederzeit bereit ist, seinen Schützling zu verteidigen. Die Schützlinge galten als die mächtigeren Fae, die wichtigeren.« Ich zuckte zusammen, aber es war lediglich der Ursprung dieser Magie, nicht meine Einstellung gegenüber Lance. »Das bedeutet, dass der Schützling – mein Vater – mehr Freiheit hat und seine eigenen Entscheidungen treffen kann, während der Wächter ihm nur folgen und sein Leben ausschließlich dem Schutz des Schützlings widmen soll.«

Roxy runzelte die Stirn, kaute auf ihrem Daumen und dachte darüber nach, während ich darauf wartete, bis sie die Information verarbeitet hatte. »Ich weiß, dass ich ihn hasse«, sagte sie leise, während Seth und Caleb über das Pitballspiel sprachen, das sie sich heute Abend ansehen wollten. »Und ich weiß, dass er mir das ohne meine Zustimmung angetan hat. Ich weiß, dass er mich gequält und dich verletzt und unzählige andere schreckliche Dinge getan hat, aber …«

»Du willst ihn trotzdem ständig sehen?«, riet ich und seufzte schwer. Ich kannte diesen Fluch zu gut, um überrascht zu sein, dass sie immer noch nach ihm schmachtete. Aber gleichzeitig intensivierte dieses Geständnis das Verlangen in mir, ihn zu vernichten.

»Ich wünschte, ich könnte ihn nur fünf Minuten lang in Ruhe hassen«, murmelte sie.

»Ich bin mir nicht sicher, ob es einen Weg gibt, dir die Anziehungskraft zu ihm zu nehmen«, erwiderte ich bedrückt, obwohl ich wusste, dass sie das nicht hören wollte. »Lance konnte ihr nur widerstehen, als er dich und deine Schwester im Reich der Sterblichen gesucht hat.«

»Wirklich?«, fragte sie überrascht, und auch ich straffte mein Rückgrat, als mir bewusst wurde, was ich gerade gesagt hatte.

Als Lance sich bereit erklärt hatte, die Vega-Zwillinge aus dem Reich der Sterblichen zu holen, hatten wir beide uns gefragt, wie er so lange von mir fernbleiben sollte. Aber der Raum zwischen den Welten schien das Band für mich quasi stummgeschaltet zu haben. Und er war von der Last befreit worden, sich nach mir zu sehnen, wie er es normalerweise getan hätte, wenn so viel Distanz zwischen uns gewesen wäre. Als er zurückgekommen war, hatte er erklärt, dass das Bedürfnis, zu mir zurückzukehren, so viel schwächer gewesen war, dass er es tatsächlich die Hälfte der Zeit hatte vergessen können.

»Roxy«, sagte ich und trat einen Schritt auf sie zu, hielt aber inne, bevor ich ihr zu nahe kam und sie erschreckte. »Bei unserer ersten Begegnung habe ich alles falsch gemacht. Ich hätte nicht die Schachfigur sein sollen, die mein Vater aus mir hatte machen wollen. Ich war ein Feigling und ein verdammter Idiot, und was ich wirklich hätte machen sollen, war, meinem verdammten Herzen zu folgen und dich einfach zu bitten, Zeit mit mir zu verbringen. Also möchte ich, dass wir genau das versuchen. So, wie wir es von Anfang an hätten tun sollen.«

»Was versuchen?«, fragte sie mit einem kleinen Stirnrunzeln.

»Ein Date. Ich weiß, wohin wir gehen können, wo dich das Band nicht stört und wo es so viele Leute gibt, dass die Sterne nicht einmal andeuten können, dass wir allein sind.« Ich bot ihr meine Hand an und bemerkte das Aufflackern von Angst in ihrem Gesicht, als sie sie musterte.

»Wohin?«, fragte sie, und mein Herz schlug hoffnungsvoll, denn das war verdammt sicher kein Nein gewesen.

»Du musst mir vertrauen«, sagte ich und schenkte ihr ein angedeutetes Grinsen, als ich das Mädchen, das ich kannte, herausforderte, mit mir zu spielen.

»Das kannst du dir abschminken, Arschloch«, murmelte sie, und mein Lächeln wurde zehnmal breiter. Eigentlich sollte es mich nicht so anmachen, wenn mich ein Mädchen beleidigte. Aber ich würde mich lieber von Roxy Vega mit allen möglichen Schimpfwörtern beschimpfen lassen, als mir eine Million Komplimente von irgendjemand anderem anzuhören.

»Komm schon! Du hast gesagt, dass ich fragen muss, wenn ich will, dass du mein bist. Also frage ich dich. Lass mich dich ausführen!«

»Die Sterne werden das nicht zulassen«, sagte sie zögerlich und blickte auf den Sturm draußen, der sich auch trotz Seth und Caleb kaum gelegt hatte. »Und selbst wenn sie es täten, dürfen wir nicht zusammen gesehen werden.«

»Vertrau mir einfach, Prinzessin«, neckte ich sie und hoffte, dass es nicht allzu offensichtlich war, wie sehr ich ihr Ja brauchte. Aber es war ein langer, harter und furchtbar beschissener Sommer ohne sie gewesen. Ich brauchte das. Ich musste mir selbst beweisen, dass sie noch sie selbst war. Und ich musste ihr ein verdammtes Lächeln ins Gesicht zaubern, um all den Scheiß wiedergutzumachen, den sie erlebt hatte, während ich eigentlich an ihrer Seite hätte sein und sie beschützen sollen.

Sie biss sich auf die Lippe, während sie darüber nachdachte, und legte dann zögernd ihre Hand in meine.

Ich kämpfte gegen den Drang an, sie an mich zu ziehen, denn dieser winzige Körperkontakt sandte Feuer durch meine Adern. Aber ich wusste, dass es nicht von Dauer sein konnte.

»Wir gehen aus«, rief ich Seth und Cal zu, während ich sie zum bodenlangen Fenster an der Rückwand zog. »Wartet nicht auf uns.«

»Aber wie wollt ihr …«, begann Seth, woraufhin Caleb ihm die Hand auf den Mund klatschte.

»Tut nichts, was ich nicht auch tun würde«, scherzte er, und ich verdrehte die Augen, weil ich mir ziemlich sicher war, dass er keine verdammten Grenzen hatte, sodass es nur wenig gab, was nicht infrage kam.

Ich öffnete das Fenster. Der Wind heulte und der Regen prasselte auf uns ein, aber ich nutzte meine Wassermagie, um diesen zurückzudrängen, während ich Roxys Hand losließ und mein Hemd auszog.

»Wer zuerst am Zaun ist?«, forderte ich sie heraus, und ich sah, wie ihre Augen bei diesem Vorschlag aufleuchteten. Sie zog ihren Pullover aus, woraufhin ihr Sport-BH zum Vorschein kam, und ich unterdrückte den Drang, bei ihrem Anblick zu stöhnen.

Sie verwandelte sich halb, sodass ihre Flügel sichtbar wurden, ohne in Flammen aufzugehen. Stattdessen waren nur die bronzefarbenen Federn zu sehen. Ohne ein weiteres Wort zu sagen, trat sie über die Schwelle des Balkons und ließ sich fallen. Erst dann breitete sie ihre Flügel aus und flog durch die Bäume davon.

Ich schnappte mir eine Tasche aus der Truhe, wo wir unsere Klamotten aufbewahrten, zog mich schnell aus und stopfte meine Kleidung hinein, bevor ich den Riemen zwischen die Zähne nahm und Roxy in den Regen folgte.

Mit einem gewaltigen Ruck verwandelte ich mich in meinen Drachen. Meine Flügel entfalteten sich, als mein Körper an Größe zunahm, und ich erhob mich in die Wolken. Ich konnte zwar nicht wie sie zwischen den Bäumen hindurchfliegen, aber ich war fest entschlossen, die Grenze trotzdem vor ihr zu erreichen.

Ich raste in einem großen Kreis über die Baumkronen, während ich mich der Lichtung näherte, die ich immer benutzte, wenn ich diesen Weg nahm. Sobald ich festen Boden unter den Füßen hatte, zog ich mir schnell meine Klamotten wieder an.

Der Regen ließ nun, da wir nicht mehr zusammen waren, schnell nach, und ich machte mir nicht einmal die Mühe, meine Wassermagie einzusetzen, um ihn von mir fernzuhalten, als ich den Hügel hinauflief.

Roxy lehnte an einem Baum direkt außerhalb des Zaunes, aber sie schien mich nicht einmal zu bemerken, als ich mich ihr näherte. Ich ließ meine leere Tasche im Schatten unter einer Eiche zurück und schlüpfte durch die kleine Lücke im Zaun, um mich ihr anzuschließen.

Sie bewegte ihre Finger in einem langsamen Muster, und als ich näher kam, sah ich, wie die Schatten zwischen ihnen flackerten. Sobald sie mich entdeckte, zuckte sie zusammen und verbannte sie wieder.

»Roxy …«, begann ich vorsichtig, als sie ihren Blick hob und mir schuldbewusst in die Augen sah.

»Ich verliere mich nicht mehr in ihnen«, sagte sie und kaute auf ihrer Unterlippe. »Aber sie rufen ständig nach mir. Ich will sie nicht beschwören, aber dann habe ich sie plötzlich in den Händen. Und ich …« Sie verstummte und zog die Schultern hoch, woraufhin ich seufzend auf sie zuging.

»Es gefällt dir, wie sie sich anfühlen?«

Sie sagte nichts, aber als ihre Augen die meinen fanden, hob ich meine Hand und ließ die Schatten einen Moment lang über meine Haut gleiten. Ich spürte das Glück, das mir eine Gänsehaut auf den Körper zauberte, bevor es wieder verschwand.

»Ich weiß«, sagte ich schlicht, denn die dunkle Magie, die in mir wohnte, war alles andere als schrecklich, wenn ich sie einsetzte. Sie war süchtig machend – und genau das machte sie so gefährlich. Aber da die Schatten in mir lebten, war es verdammt schwer, ihnen immer zu widerstehen.

Roxy entspannte sich, und wieder donnerte es über uns. Ich begriff, dass sie einen Luftschild errichtet hatte und dieser das Einzige war, was uns vor dem Sturm schützte, jetzt, da wir wieder allein waren. *Verfluchte Sterne!*

Ich nahm den Sternenstaub aus meiner Tasche, ohne ein weiteres Wort zu sagen, und warf eine Prise über unsere Köpfe, während ich mich ganz auf unser Ziel konzentrierte.

Die Sterne wirbelten und tanzten um uns herum, und ich biss die Zähne zusammen, als ich uns durch die Kluft zwischen den Welten beförderte. Die Sterne spuckten uns schließlich in einer dunklen Gasse wieder aus, wo der Geruch von gebratenem Essen und Zigarettenrauch in unsere Nase stieg, begleitet vom Lärm vieler Menschen und geschäftigen Straßen.

Roxy umklammerte meinen Bizeps, um sich zu stabilisieren, und keuchte auf, als sie den Ärmel ihres Pullovers zurückzog und auf das Widderzeichen auf ihrem Arm starrte. Sie rieb es, als erwartete sie, dass es sich ablösen würde, und runzelte verwirrt die Stirn, als das nicht geschah.

»Ich kann ihn kaum spüren«, sagte sie und öffnete vor Erstaunen den Mund. »Wie ist das möglich?«

»Lance hat mir erzählt, dass ihn das Mal im Reich der Sterblichen nicht annähernd so sehr gestört hat. Wir vermuten, dass es vielleicht daran liegt, dass es unmöglich ist, die Entfernung tatsächlich zu messen. Die Magie wird dadurch verwirrt oder so etwas in der Art«, erklärte ich, während ich die Erleichterung in ihren Zügen wahrnahm. Sie berührte nach wie vor das Zeichen, das sie mit meinem Vater verband. »Warst du schon mal in New York City, Roxy?«

Sie riss die Augen auf, drehte sich im Kreis und sah sich um. Helle Lichter illuminierten das Ende der Gasse. Ich sah ihr einfach nur zu, während sich ein Lächeln auf ihre Lippen schlich.

»Das gibt's doch nicht«, murmelte sie, bevor sie so plötzlich losrannte, dass ich Mühe hatte, mitzuhalten.

Sie folgte der Gasse in Richtung des belebten Bürgersteigs, holte tief Luft und warf den Kopf zurück, um zu den hellen Lichtern und Leuchtreklamen des Times Square aufzuschauen.

Ein Mann lief fast direkt in sie hinein, prallte gegen einen Luftschild, den sie kurz vor dem Zusammenstoß errichtet hatte, und fluchte, als er stolperte.

»Aus dem Weg, du verdammte Schlampe!«, zischte er, und ein Knurren entfuhr mir, als er davonstolzierte, während Roxy genüsslich seufzte.

»Hast du das gehört, Darius?«, fragte sie und drehte sich zu mir um. Ihre Augen leuchteten vor Aufregung, was tief in meiner Seele etwas beruhigte. »Wütende Einheimische, die Leute beschimpfen, die nur versuchen, sich zu amüsieren – ist das nicht herrlich?«

Ich lachte schnaubend, und sie lächelte mich schüchtern an, bevor sie sich umdrehte und in der Menge verschwand.

Ich war größer als so ziemlich jeder andere hier, sodass es nicht allzu schwer war, sie im Auge zu behalten, aber ich fluchte trotzdem leise vor mich hin, als ich ihr die Straße entlang folgte. Sie navigierte durch die Menge, als wüsste sie genau, wohin sie wollte, obwohl ich mir fast sicher war, dass sie das nicht tat.

»Roxy!«, rief ich, als sie es schaffte, mich abzuhängen. Sie schlüpfte zwischen den Menschen hindurch, als wäre das ein Kinderspiel, während es mir fast unmöglich erschien, an ihnen vorbeizukommen.

Ich verlor sie aus den Augen, als eine johlende Gruppe von Touristen, die einem Guide folgten, meinen Weg kreuzte. Ich knirschte mit den Zähnen, als ich über die Köpfe der Menschen um mich herum hinwegblickte. Mein Herz klopfte immer schneller.

Gerade als ich die Leute, die mir am nächsten standen, anschreien wollte, mir aus dem Weg zu gehen, schob sich eine warme Hand in meine. Und als ich Roxy ansah, erwarteten mich ein Grinsen und strahlende Augen.

»Komm schon, Landei! Bleib einfach bei mir, ich lotse dich durchs Getümmel«, neckte sie mich, bevor sie mich mitten durch die Menge zerrte.

»Ich bin kein Landei«, knurrte ich, aber das Grinsen auf meinem Gesicht verschwand nicht. Und als sie über mich lachte, war es mir sogar egal, wie sie mich nannte.

»Sagt der Typ, der auf einem Anwesen aufgewachsen ist, das noch größer ist als meins – und das vier Menschen statt vierzigtausend beherbergt hat. Komm schon, Darius, tu nicht so, als wüsstest du, wie man auf der Straße überlebt. Wenn ich dich jetzt allein lasse, würdest du dich innerhalb von dreißig Minuten verlaufen und wahrscheinlich in drei Tagen ohne Schuhe unten am Hudson herumirren – mit wildem Blick, der von den Dingen zeugt, die du gesehen hast und nie wieder vergessen wirst.«

Sie lachte, und als ich abrupt stehen blieb, prallte sie plötzlich gegen meine Brust. Ihre Augen wurden groß vor Überraschung.

»Ich hoffe, du versuchst nicht, mich herauszufordern, Roxy«, sagte ich mit leiser Stimme, ohne mich um die Flut von Menschen zu kümmern, die Flüche murmelten, als sie gezwungen waren, um meinen breiten Körper herumzugehen, um ihren Weg die Straße hinunter fortzusetzen.

»Du kannst doch nicht ernsthaft glauben, dass du hier draußen ohne Magie oder Geld überleben könntest, oder, reicher Mann?«, frotzelte sie.

»Ich bin ein großer Junge. Die meisten Leute legen sich lieber nicht mit mir an«, versicherte ich ihr.

»Hmm.« Sie ließ ihren Blick langsam über meinen Körper wandern, und plötzlich wurde mir klar, dass ich immer noch ihre Hand hielt. Und bisher schienen die Sterne nichts dagegen zu unternehmen. Die Menschenmenge verbarg uns noch besser, als ich gehofft hatte, und was noch besser war: Im Reich der Sterblichen wusste niemand, wer wir waren. »Vielleicht würde sich niemand trauen, dich zu verprügeln«, gab sie langsam zu. »Aber du würdest trotzdem verhungern.«

»Und du etwa nicht?« Ich hob eine Augenbraue, und sie zuckte unschuldig mit den Schultern, bevor sie eine Handvoll zerknüllter Dollarscheine aus der Gesäßtasche ihrer Jeans zog. Ich zählte über hundert Dollar, während sie spöttisch mit den Dollarscheinen vor meinem Gesicht herumwedelte.

»Da waren diese Touristen, die mir angeboten haben, mein Abendessen zu bezahlen. Aber wenn ich ein Hotelzimmer benötige, muss ich mich wohl noch mehr ins Zeug legen – besonders hier in der Stadt.«

Ich hätte sie wahrscheinlich dafür tadeln sollen, all diese Fremden bestohlen zu haben, wo sie doch von jedem hätte gesehen werden können. Aber wir waren im Reich der Sterblichen, und vermutlich riskierte sie hier mit nichts, was sie tat, ihren Ruf. Nicht, dass ihr ihr Ruf jemals wichtig gewesen wäre. Und ich genoss es insgeheim, einen Blick auf das Mädchen zu werfen, das sie gewesen war, bevor sie herausgefunden hatte, eine Fae und eine Prinzessin zu sein – und alles, was mit dem Namen Vega einherging.

»Ich bin mir nicht sicher, ob du genug hast, um dir ein Abendessen in einem der schicken Restaurants hier zu kaufen«, neckte ich sie und lachte, als sie angewidert die Nase rümpfte.

»Ich bin wirklich nicht der High-Society-Typ«, sagte sie, und ich konnte sehen, dass sie das auf die denkbar ehrlichste Art und Weise meinte. Sie war kein verbittertes Mädchen, das vor einer großen Party stand, durch ein Fenster schaute und sich wünschte, mitmachen zu können. Egal, wie viel Reichtum und Prestige mit dem Namen ihrer Familie verbunden war, sie hatte wirklich keine Lust, eine Kopie der anderen geistlosen Erbinnen zu werden, die ich kennengelernt hatte. Roxanya Vega war ein Mädchen, das Taschendiebstahl beging, um zu überleben, und schnelle Motorräder fuhr, während sie fiese Arschlöcher zur Rede stellte und sich nicht dafür entschuldigte, wer sie war. Und ich war geradezu süchtig danach, alles über diese Person herauszufinden.

»Gut. Denn dein Hintern ist nicht dazu bestimmt, auf dem Thron zu sitzen. Komm also nicht auf verrückte Gedanken, über mir zu stehen oder so«, stichelte ich, und ihre Augenbrauen gingen nach oben, während sie den Kopf schüttelte.

»So anmaßend, Drachenjunge«, sagte sie, trat einen Schritt zurück und zerrte an ihrer Hand, als wollte sie sie mir entreißen. Aber ich hielt sie fest und ignorierte das erschreckte Keuchen, das ihren Lippen entwich, während ich sie die Straße entlang hinter mir herzog.

»Komm schon«, drängte ich, als sie zögerte. »Wenn ich dich nicht schnell füttere, wirst du mich weiter anschnauzen. Und dann werde ich dich daran erinnern müssen, wer von uns beiden mächtiger ist.«

Sie schnaubte empört, ließ sich aber von mir durch die Menge und weg von den Touristenfallen ziehen. Wir spazierten durch Seitenstraßen, während ich angestrengt versuchte, mich daran zu erinnern, wohin ich ging. Mein letzter

New-York-Besuch mit den anderen Erben war schon eine Weile her, aber wir hatten das früher ziemlich oft gemacht, einfach, um mal einen Abend lang nicht erkannt zu werden. Natürlich hatten Cal und Max immer dafür gesorgt, dass wir die besten und exklusivsten Läden der Stadt besucht hatten, aber ich hatte hier auch ein paar der interessanteren Lokalitäten gefunden.

Letztlich landeten wir vor einem mexikanischen Restaurant, das so voll war, dass die Leute mit Essen in der Hand auf die Straße strömten.

Roxy stöhnte sehnsüchtig, als ich sie zur Tür führte, und ich ließ ihre Hand erst los, als die ersten Regentropfen zu fallen und die Leute um uns herum frustriert zu fluchen begannen. Die Menschenmenge half uns zwar, uns zu verstecken, aber die Sterne nahmen uns jetzt eindeutig wahr, und ich hatte ihre Hand schon viel zu lange gehalten.

»Die Wartezeit beträgt über eine Stunde«, rief eine Kellnerin, die mit einem Tablett mit zwei großen Biergläsern und einem Teller Nachos an uns vorbeiging.

Ich warf Roxy einen Blick zu, die schmollend den halb gegessenen Burrito einer Frau anstarrte. Mein Mädchen würde keine Minute warten, geschweige denn eine verdammte Stunde.

»Nicht gut genug«, sagte ich und marschierte hinter der Kellnerin her durch das hell erleuchtete Restaurant.

Die Wände waren in einem dunklen Rot gestrichen und überall hingen Bilder von bunten Totenschädeln. Die Tische standen dicht an dicht und kleine Nischen säumten die hintere Wand, während laute Musik eine noch lautere Menge beschallte.

Als die Kellnerin ein Paar in der hinteren Ecke des Raumes erreichte und Bier und Nachos abstellte, packte ich ihren Arm.

»Das ist unser Essen«, sagte ich mit vor Manipulation nur so triefender Stimme, während sie mich mit großen Augen ansah. *»Diese Leute wollten gerade gehen«*, fügte ich hinzu und schaute zu dem Paar und bezog sie in meinen Befehl ein.

Sterbliche hatten so offene, formbare Gehirne, dass es überhaupt keine Mühe machte, sie dazu zu bringen, sich meinem Willen zu beugen. Vielleicht machte mich das zu einem Arschloch, aber das war kaum eine Neuigkeit und ich konnte mich nicht einmal dazu bringen, Mitleid mit ihnen zu haben. Mein Mädchen war hungrig und würde nicht wie ein Normalo Schlange stehen.

Ich warf einen Blick zur Tür und winkte sie herein, während sie die Augen verdrehte, als wäre ich ein totaler Depp. Jedes andere Mädchen wäre mir zu Füßen gefallen, wenn ich das für sie getan hätte, aber Roxanya Vega schaffte es irgendwie, mich mit einem Augenrollen als arroganten Arsch zu bezeichnen. Und ich fand Gefallen an jeder Sekunde ihrer Verachtung.

»Zwei Burritos mit Bohnen und Käse«, sagte ich zur Kellnerin, die erneut meine Aufmerksamkeit hatte, und bestellte, was Roxy zuvor zum Sabbern gebracht hatte. »Plus jede Beilage, die ihr im Angebot habt, und Tequila. *Lass uns nicht warten.*«

Die Kellnerin nickte und runzelte lediglich kurz verwirrt die Stirn, bevor sie sich eilig auf den Weg machte, um meine Bestellung auszuführen, und ich wandte mich wieder meinem Mädchen zu.

Ich entdeckte sie in der Mitte des Restaurants an einem Tisch voller betrunkener Arschlöcher. Einer von ihnen hielt ihr Handgelenk fest und zwang sie, mit ihnen zu reden. Das Blut brodelte unter meiner Haut.

Er musterte sie anzüglich und forderte sie lautstark auf, sich auf seinen Schoß zu setzen, während die Jungs um ihn herum lachten und ihn anfeuerten. Meine Wut kochte über, während ich schnellen Schrittes durchs Restaurant marschierte. Roxy erwiderte etwas, was seine Freunde zum Lachen brachte, aber ich scherte mich einen Dreck darum, dass sie der Situation gewachsen zu sein schien. Wenn er seine Hand nicht sofort von ihr nahm, würde ich sie ihm brechen.

Ein Kellner stellte sich mir in den Weg, aber ich schubste ihn einfach zur Seite, sodass er sein Tablett fallen ließ. Ich würdigte ihn keines Blickes, als ich über seine Beine stieg und endlich den Mann, der seine Hand auf meinem Mädchen hatte – und dessen letzte Stunde geschlagen hatte –, erreichte.

Einige seiner Freunde sahen mich kommen, setzten sich auf und zeigten auf mich. Das Arschloch drehte sich zu mir um, einen Moment, bevor meine Hände flach auf dem Tisch vor ihm landeten. Ich beugte mich vor, um ihn anzufunkeln, und war mir sicher, dass der Drache in mir deutlich zum Vorschein kam.

»Nimm sofort deine verdammte Hand von ihr!«, knurrte ich mit tiefer Stimme, woraufhin er sofort von ihrem Handgelenk abließ und mich stotternd um Entschuldigung bat – als wäre ich derjenige, dem er sie anbieten müsste. »Entschuldige dich bei meinem Mädchen dafür, dass du sie angefasst hast!«, fauchte ich, während sich einige der Leute um uns herum langsam zurückzogen, als wüssten sie, dass ich ihm gleich die Fresse polieren würde.

»Es tut mir leid. Ich wusste nicht, dass sie dir gehört«, keuchte er. »Sorry, Alter. Es tut mir leid …«

Ich streckte die Hand aus, packte ihn am Kragen, zog ihn halb von seinem Stuhl und drehte ihn in Roxys Richtung. »Sag es zu *ihr!*«

Roxy war still geworden, und jenseits des Blutrausches, der mich angesichts des idiotischen Verhaltens dieses Typen ergriffen hatte, wurde mir klar, dass sie wieder Angst vor mir hatte. *Fuck!*

»Es tut mir leid«, keuchte der Typ, und ich nutzte die Gelegenheit, um ihn zu Boden zu werfen, während ich versuchte, mich zu beherrschen. Mein Blick war auf das Mädchen gerichtet, das ich liebte, aber Roxy sah mich an, als fürchtete sie, ich könnte mich als Nächstes gegen sie wenden.

Doch dann nahm sie das Bierglas des Arschlochs, leerte es in seinen Schoß und schluckte schwer, bevor sie über ihn stieg und an meine Seite kam.

»Ich kann meine Kämpfe selbst austragen«, sagte sie bestimmt, während sie ihre Angst unterdrückte, die Arme vor der Brust verschränkte und mir trotzig in die Augen sah.

»Ich weiß«, antwortete ich, und sie ging nickend zu dem Tisch, den ich für uns ergattert hatte.

Ich folgte ihr langsam und versuchte, den Drachen in mir zurückzudrängen, während das Arschloch und seine Freunde aus dem Restaurant stürmten. Der Besitzer kam aus einer Tür neben der Küche gerannt und rief mir zu, zu verschwinden, aber es brauchte nur ein paar Worte durchtränkt von Manipulation, um ihn wieder davon abzubringen.

Ich setzte mich Roxy gegenüber an den Tisch, auf dem sich das Essen stapelte, das ich bestellt hatte, und sah sie zögernd an. Sie erwiderte den Blick genauso zögerlich.

»Du hast zu ihm gesagt, dass ich dein bin«, sagte sie und tunkte einen Nacho-Chip in Guacamole.

»Das bist du auch«, antwortete ich schlicht, und sie sah mich an, während sie darüber nachdachte.

»Das habe ich nie gesagt.«

»Nein, hast du nicht. Aber du bist seit dem Moment mein, in dem ich dich zum ersten Mal gesehen habe. Du bist nur zu stur, um es laut auszusprechen.«

Stille folgte, während sie mich finster ansah, und ich war froh, dass sie ihre Angst wieder verdrängt hatte.

»Vielleicht«, sagte sie schließlich, bevor sie sich wieder ihrem Essen widmete, und ich versuchte, nicht wie ein selbstgefälliger Wichser zu grinsen, als ich mich ihr anschloss.

Wir sagten nicht viel, während wir aßen. Ich genoss einfach ihre Gesellschaft, während sie vor Genuss so laut stöhnte, dass ich zu glauben begann, sie hätte das Ziel, mich steinhart zu machen.

Als wir endlich so viel gegessen hatten, dass wir keinen Bissen mehr runterbekamen, trank sie ihren Tequila ohne mit der Wimper zu zucken und beäugte mich herausfordernd.

»Und was jetzt?«, fragte sie. »Hast du einen großen Plan für unseren Problemfluchtabend? Oder improvisierst du?«

Ich zuckte mit den Schultern, weil ich definitiv nicht erwartet hatte, sie hierher auszuführen, und obwohl ich unbedingt mit ihr allein sein wollte, genoss ich es tatsächlich einfach, in ihrer Gesellschaft zu sein, ohne die Schatten in ihren Augen flackern zu sehen. Und in einer Menge voller Fremder zu sein, kam dem Alleinsein mit ihr nah genug – schließlich hatte ich ihre ungeteilte Aufmerksamkeit.

»Vielleicht sollten wir einfach hierbleiben«, neckte ich sie. »Uns vor all unseren Problemen verstecken und nie wieder zurückkehren.«

»So einfach wäre das also, hm?«, fragte sie und sah sich in dem Raum voller Menschen um, als würde sie es tatsächlich in Betracht ziehen.

»Nein«, antwortete ich ehrlich. »Sie würden uns aufspüren. Es gibt Wege, magische Signaturen zu verfolgen, die hier besonders effektiv sind, wo es kaum Fae gibt. Außerdem können Fae nicht lange in der Welt der Sterblichen leben, sobald ihre Magie erwacht ist. Hier stimmt das Kräfteverhältnis nicht. Dieser Ort zehrt langsam an unserer Magie, wenn wir zu lange hierbleiben. Selbst die Fae, die hier arbeiten und Waren in unser Reich importieren, bleiben selten länger als einen Monat am Stück, und selbst dafür zahlen sie den Preis. Wir gehören hier einfach nicht her.«

»Nein«, bestätigte sie und warf einen Blick auf die Menschen, die uns in mancher Hinsicht so ähnlich und doch ganz anders waren. »Was würde dann mit einem Sterblichen geschehen, der nach Solaria kommt?«, fragte sie neugierig.

»Er würde den Verstand verlieren«, antwortete ich. »Die Magie in unserem Reich ist zu mächtig.«

»Okay … und was ist mit einem Paar, das sich verliebt? Wie Romeo und Julia? Ein Fae und ein Sterblicher?«

»Dem Untergang geweiht«, erwiderte ich mit einem spöttischen Lächeln. »Sie können nicht einmal Kinder zeugen. Die Magie in unserem Blut und der Mangel im Blut der Menschen macht es unmöglich.«

»Gut, dass ich nicht romantisch veranlagt bin, sonst würde mir diese Vorstellung jetzt vielleicht das Herz brechen«, neckte sie mich, und wir beide schwiegen, während wir uns in die Augen sahen. Es fühlte sich so verdammt gut an, mit ihr hier zu sein, aber ich wusste, dass ich mir nur einredete, wir wären allein. Überall um uns herum wimmelte es nur so von Menschen, und die Sterne schienen uns auch hier noch zu beobachten. Aber es war trotzdem schön, so zu tun, als ob.

»Also, was machen wir als Nächstes?«, fragte sie, und ich zuckte mit den Schultern.

»Wenn das ein richtiges Date wäre und ich es tatsächlich organisiert hätte, dann würden wir jetzt wohl ein Rennen mit unseren Bikes fahren«, sagte ich. »Ich will nach wie vor eine Revanche für das letzte Mal.«

Sie lächelte, und mein Herz machte einen Sprung, als ich sie ansah. Sie war so wunderschön. Warum hatte ich das nicht schon früher gesehen? Ich war so sehr von der Idee eingenommen gewesen, lediglich Lust für sie zu empfinden und sie sowohl hassen als auch ficken zu wollen, dass ich nicht gesehen hatte, wie viel tiefer ihre Schönheit ging. Sie war alles, was ich nicht war, und alles, was ich wollte. Eine Prinzessin, die dazu geboren war, ihr Leben auf eine bestimmte Weise zu leben, genau wie ich. Und doch weigerte sie sich, blind einem Weg zu folgen. Zumindest bis mein Vater sie dazu gezwungen hatte.

»Nun, dann muss ich dieses kleine Problem wohl lösen, was?«, fragte sie, stand auf, zog das gestohlene Geld aus der Tasche und warf es auf den Tisch.

»Was zum Teufel machst du da?«, fragte ich, während ich ebenfalls aufstand. »Du wirst nicht bezahlen.«

»Ich sehe kein Sterblichen-Geld in diesen Jeans«, bemerkte sie trocken. »Also reiß dich zusammen und lass mich bezahlen. Du kannst dich morgen darüber aufregen, dass du entmannt wurdest, wenn ich nicht da bin, um deine Tränen zu sehen.«

Sie grinste mich spöttisch an, und ich war mir nicht sicher, ob ich lachen oder knurren sollte, aber ehe ich mich entscheiden konnte, drehte sie sich um und verließ das Restaurant.

Ich war gezwungen, ihr zu folgen, als sie mit wehenden Haaren die dunkle Straße hinauf stolzierte. Als ich ihr zurief, langsamer zu gehen, lachte sie nur und verschwand in einer Tiefgarage.

Leise fluchend, überwand ich die Schranke und trat in das schwach beleuchtete Parkhaus, aber sie war nicht zu sehen.

»Roxy?«, rief ich, und sie lachte irgendwo rechts von mir.

Ich eilte an den teuren Autos vorbei und suchte zwischen ihnen nach ihr, bis ich sie schließlich in einer dunklen Ecke neben einer leuchtend roten Ducati Panigale V2 hocken sah.

»Was machst du da?«, fragte ich, als sie sich nicht vom Boden neben dem Motorrad erhob, um mich anzusehen.

»Du hast mir eine Spritztour versprochen, mein Freund«, sagte sie, während sie leise fluchte und weiter am Motor herumfummelte. Ich konnte nicht wirklich sehen, was sie da trieb, aber es sah aus, als hätte sie sich mit Erdmagie ein paar Werkzeuge gebastelt.

»Was macht ihr da?«, rief jemand, und ich drehte mich um und sah einen Mann in einer grau-schwarzen Wachuniform, der eine Waffe auf uns richtete. Er hatte ein Funkgerät an der Hüfte, aber ich konnte nicht feststellen, ob er mit jemandem in Kontakt stand.

»*Nichts. Lass uns in Ruhe!*«, forderte ich ihn mit Manipulation in der Stimme auf. Er wandte sich sofort ab, senkte die Waffe und stapfte davon.

Ich drehte mich mit einem selbstgefälligen Grinsen zu Roxy um, aber sie deutete auf eine Kamera an der Decke, die direkt auf uns gerichtet war.

»Ah, Scheiße«, fluchte sie, kurz bevor ein lauter Alarm durchs Parkhaus schrillte, und ich hob eine Augenbraue. In dem Moment gelang es ihr, das Motorrad zum Laufen zu bringen.

»Das machst du also zur Entspannung?«, neckte ich sie, während sie aufs Motorrad sprang, ihr Bein darüber schwang und den Motor spöttisch aufheulen ließ.

»Spring rauf und ich zeige dir, was ich zur Entspannung mache«, lockte sie und tätschelte den Sitz hinter sich.

»Wie wäre es, wenn du deinen Arsch zurückbewegst und ich fahre?«, konterte ich, denn ich hatte nicht die Absicht, ihr Sozius zu sein.

»Du willst dir also selbst ein Bike klauen?« Sie schnaubte und ihre Augen funkelten vor Belustigung.

»Dann schmeiß halt eins für mich an«, knurrte ich, ohne ihr die Genugtuung einer Antwort zu geben.

»Nein«, antwortete sie mit diesem sturen Gesichtsausdruck, der mich immer so verdammt wütend machte. »Jetzt oder nie, Darius. Spring auf oder bleib hier und lass dich von den Bullen schnappen.«

»Warum habe ich das Gefühl, dass du wirklich einfach losfahren und mich hier zurücklassen würdest?«, fragte ich gereizt.

»Weil ich genau das tun würde.« Sie zuckte mit den Schultern, als würde kein Alarm über uns dröhnen und als hätte sie es überhaupt nicht eilig. »Jetzt spring auf und lass mich dir zeigen, wie eine echte Fae fährt!«

Ich fluchte, als ich mein Bein über den Rücksitz schwang, und Roxy ließ mir kaum Zeit, meine Arme um ihre Taille zu legen, bevor sie die Kupplung kommen ließ und den Gashebel betätigte.

Ich umklammerte sie fester, um nicht vom Rücksitz zu fallen, und sie lachte laut auf, als wir losfuhren.

Roxy fuhr wie ein Profi, schlängelte sich um geparkte Autos und zwängte sich durch den Fußgängereingang der Tiefgarage, bevor sie auf die Straße schoss.

Ihre Haare wehten im Wind und streiften meine Bartstoppeln, als ich meinen Kopf an ihren drückte, um die Straße zu beobachten. Der süße Duft ihrer Haut stieg mir in die Nase und erinnerte mich an die wenigen Male, in denen ich ihr so nah gekommen war. Meine Irritation darüber, dass sie mich zum Beifahrer gemacht hatte, verschwand, als ich meine Situation tatsächlich zu genießen begann.

Die Hitze ihres Körpers an meinem regte meine Fantasie an, und ich dachte an all die Dinge, die ich mit ihr tun wollte – und das so oft, dass ich sie nicht mehr zählen konnte. Ich hatte mir vorgestellt, sie auf jede erdenkliche Weise zu nehmen, und hatte so lange jede Nacht von ihr geträumt, dass ich mich nicht mehr daran erinnern konnte, wann es angefangen hatte. Und doch verblasste all das im Vergleich zu der Realität, sie tatsächlich in den Armen zu halten.

Plötzlich prasselte der Regen in Strömen vom Himmel, und ich legte den Kopf in den Nacken und sah die Sternzeichen Löwe und Zwillinge am Himmel über uns aufleuchten, bevor die Wolken sie wieder verdeckten.

Wir waren nicht frei von unserem Fluch. Nicht einmal hier. Aber Roxy schien ebenfalls nicht geneigt, anzuhalten und sich von mir zu entfernen.

Das Aufblitzen roter und blauer Lichter erregte meine Aufmerksamkeit, noch bevor ich die Sirenen hörte, und Roxy lachte hemmungslos, während sie noch mehr Gas gab.

Sie duckte und schlängelte sich durch den Verkehr und um Fußgänger herum, wobei sie nur knapp einen Zusammenstoß mit einem gelben Taxi vermied, das direkt vor uns über eine rote Ampel fuhr.

»Die Sterne versuchen, uns zu trennen«, rief ich über das Dröhnen des Motors, und sie nickte, lehnte sich in den Käfig meiner Arme und fuhr weiter.

Ihr Hintern ritt praktisch auf meinem Schwanz, als wir uns enger aneinanderschmiegten, und ich konnte nicht anders, als den Kopf zu drehen und meinen Mund auf die weiche Stelle unter ihrem Ohr zu pressen. Ein Schauer durchzuckte ihren Körper, und sie lehnte sich noch ein wenig mehr in mich, während wir so schnell durch die Straßen von New York City rasten, dass die Polizei keine Chance hatte, uns einzuholen.

Doch je weiter wir fuhren, desto stärker wurde der Regen, bis wir kaum noch etwas sehen konnten und die Gefahren der Straße immer größer wurden.

Ein Lkw hielt plötzlich direkt vor uns, und mein Herz machte einen

Sprung vor Angst um das Mädchen in meinen Armen, als sie ihm nur knapp auswich. Die Reifen drehten auf der nassen Straße durch, und nur ihr Geschick bewahrte uns davor, ins Schleudern zu geraten.

»Wir müssen anhalten«, rief ich ihr zu, obwohl ich die Fahrt nur ungern unterbrach, aber ich hatte Angst vor dem, was passieren würde, wenn wir einen Unfall bauten. Es war ja schön und gut, über heilende Magie zu verfügen, aber wenn wir beim Aufprall starben, würde das keinen Unterschied machen.

Roxy knurrte etwas, das ich wegen des Motorengeräuschs nicht verstehen konnte, aber sie bog von der Hauptstraße ab und nahm eine etwas ruhigere Straße.

Ich hielt sie noch ein bisschen fester, denn ich wusste, dass ich sie schon bald würde loslassen müssen. Dabei wünschte ich mir so sehr, dass es nicht so sein müsste.

Sie hielt scharf am Ufer in der Nähe der Brooklyn Bridge an, und ich stieg ab. Über uns grollte der Donner und der Himmel wurde für einen Moment von Blitzen erleuchtet.

»Gib's zu, dass es sich lohnt, wenn ich die Führung übernehme«, sagte sie, während sie zurücksetzte und etwas Abstand zwischen uns brachte.

Ich stöhnte laut auf, als ich sah, wie der Regen ihre Kleidung an ihren Körper klebte. Das Adrenalin der Fahrt pulsierte noch immer durch meine Glieder und verlangte nach einem Ventil, das ich nicht beanspruchen konnte.

»Oh, ich weiß, dass es sich lohnt. Definitiv seitdem du im Thronsaal auf meinen Schoß geklettert bist«, sagte ich, und ihre Augen weiteten sich angesichts dieser Erinnerung, während ich mit aller Kraft darum kämpfte, mich zu beherrschen. Aber ich wusste, dass das nicht reichte. Wir waren allein, und die Sterne würden nicht aufhören, bis sie uns auseinandergetrieben hatten.

Roxy biss sich auf die Lippe und ihr Blick wanderte zu meiner Brust, wo mein weißes T-Shirt die Konturen meines Oberkörpers betonte. »Zeig mir dein neues Tattoo!«, forderte sie mich auf, und ich grinste sie an, weil ich es großartig fand, dass sie daran gedacht hatte.

»Nein. Du musst schon herkommen und es dir ansehen«, neckte ich sie, und sie blickte besorgt zum Himmel, als der Sturm noch stärker wurde.

Sie schien versucht zu sein, näher zu kommen, aber der immer stärker werdende Sturm war eine deutliche Erinnerung daran, dass das keine gute Idee war.

»Ich denke, das ist unser Zeichen, zurückzugehen«, sagte sie, und die Enttäuschung in ihrem Gesicht reichte aus, um mich dazu zu bringen, mich verwandeln und riesige Kreise durch den Himmel ziehen zu wollen.

»Dann komm her«, rief ich, und sie warf dem Motorrad einen letzten, wehmütigen Blick zu, bevor sie es stehen ließ und sich zu mir gesellte, während ich den Sternenstaub aus meiner Tasche zog.

Ich warf ihn über uns, und wir wurden aus dem Sturm gerissen und in die Arme der Sterne gezogen, die noch energiegeladener als sonst zu sein schienen, als sie uns über die Grenze zwischen den Reichen hoben und uns wieder außerhalb der Zodiac Academy absetzten.

Die plötzliche Stille, die eintrat, als wir landeten, brachte die Energie zwischen uns zum Knistern, während ich zum wolkenlosen Himmel Solarias aufblickte, um mich zu orientieren.

Weiche Fingerspitzen landeten auf meinem Hosenbund, und ich atmete scharf ein, als ich sah, wie Roxy meinen Gürtel mit einem spöttischen Grinsen auf dem Gesicht öffnete. Ich hätte es wohl besser wissen sollen, als sie herauszufordern. Nicht, dass ich mich darüber beschwert hätte, dass sie mich meiner Hose entledigte. Ich sah zu, wie sie meine Jeans gerade so weit nach unten zog, dass sie das Tattoo sehen konnte, das sich über meine linke Hüfte spannte. Natürlich berührte sie dabei meinen Schwanz, der augenblicklich hart wurde. Nicht, dass es viel dazu bedurft hätte, aber ihre Hand unter meinem Hosenbund war ein todsicherer Weg, um das zu erreichen.

Ich sah zu, wie sie das Tattoo betrachtete, die Worte mit ihren Fingerspitzen nachzeichnete und sie in die Stille hauchte: »Es gibt nur sie.« Schließlich berührte sie die Linien, die die Sternbilder Zwillinge und Löwe darstellten, und ging dann zu dem geometrischen Muster über, das die Anordnung von Mond und Sternen in jener Nacht darstellte, in der sie mir einen Korb gegeben hatte. Es war ein ziemlich komplexes Muster aus Dreiecken und ineinandergreifenden Linien, das die Konstellation der Sterne veranschaulichte, die alles verändert hatte. Gabriel war derjenige, der in meinem Zimmer aufgetaucht war, mir zu dem Tattoo geraten und mir gesagt hatte, er habe es *gesehen*. In dem Moment, in dem ich das von ihm skizzierte Design erblickt hatte, war mir tief in meiner Seele klar gewesen, dass er recht hatte, dass es dazu bestimmt war, meine Haut zu markieren.

In der Ferne donnerte es, und ich wusste, dass wir uns bald in einem weiteren Sturm wiederfinden würden, wenn wir hierblieben, aber es war einfach zu schwer, mich von ihr zu lösen. Ich musste wissen, ob sie das auch fühlte. Ich musste die Worte hören, die sie nie zu mir gesagt hatte, obwohl ich wusste, dass ich sie nie verdienen würde.

»Hast du immer noch Angst vor mir, Roxy?«, fragte ich leise, während ihre Fingerspitzen immer noch die Tätowierung nachzeichneten und sie den

Linien der Tinte folgte.

»Ja«, flüsterte sie, hob den Blick und sah mir in die Augen. Ein Schmerz, der so scharf war, dass er mir den Atem raubte, starrte mir entgegen. »Aber es ist eine gute Art von Angst.«

Ich musterte sie mit klopfendem Herzen und wünschte mir nichts sehnlicher, als sie in meine Arme zu ziehen und die Süße ihrer Lippen auf meinen zu spüren, aber sie wich bereits zurück.

Und als der Donner erneut über uns dröhnte und die Erde unter unseren Füßen bebte, wusste ich, dass sie gehen musste.

Aber es schmerzte trotzdem nicht weniger, als ich sie davongehen sah.

Scorpio
Virgo
Gemini
Cancer
Aries
Leo
Sagittarius
Taurus
Capricorn
Aquarius
Libra
Pisces

SETH

KAPITEL 23

Orions neue Nummer zu haben, war fantastisch. Ich schickte ihm täglich Fotos von Darcy und mir und versah sie mit Bildunterschriften wie #werärgertsichjetztgrünundblue und #teamDeth. Er hatte meine Nummer blockiert, nachdem er gedroht hatte, mir die Eingeweide rauszureißen und mich damit zu erwürgen – zusammen mit anderen blutrünstigen Drohungen. Aber dann hatte ich eine magische App gefunden, die meine SMS über anonyme Nummern leitete, sodass er mich nicht mehr blockieren konnte. Es war zum Totlachen. Und sehr gut durchdacht. Denn es war der offizielle Beginn der Mission: Darion gehört zusammen!

Es war kein komplexer oder vielschichtiger Plan, sondern basierte auf diesem einfachen, kleinen Gefühl, das Fae verdammt verrückt machte: Eifersucht. Orion hatte seine Karten mehr als deutlich auf den Tisch gelegt, als ich ihn zusammen mit Darcy und Gabriel besucht hatte. Ich wusste, wie Eifersucht schmeckte, aussah und sich anfühlte. Erst gestern hatte ich ein Mädchen zum Weinen gebracht, nachdem ich zufällig mitbekommen hatte, dass es ihr Plan gewesen war, sich nackt, aber mit Glitzer bedeckt in Calebs Zimmer schleichen zu wollen. Erstens stand Cal meines Wissens nach nicht auf diesen Scheiß – aber ich wäre der Erste, der sich mit Glitzer bedecken und einen Dildo auf den Kopf schnallen würde, wenn er darauf stehen würde. Und zweitens: Nein, Bitch. Einfach nur Nein. Ich hatte sie eine Runde über den Campus laufen lassen, während einige aus meinem Rudel sie mit Stöcken gejagt hatten.

Als Orion mich also mit dem Gesicht voran gegen ein Fenster geworfen hatte, war ich mir ziemlich sicher gewesen, dass er Darcy nicht vergessen hatte.

In den frühen Morgenstunden rannte ich mit meinem Rudel. Das anhaltende Mondlicht wich der Morgendämmerung, als wir den Teich im Wimmernden Wald erreichten. Mein Rudel sprang ins Wasser, um zu baden, und ich schlich mich zwischen die Bäume, um allein zu sein. Sobald sie sich verwandelten, würde das gegenseitige Waschen in Sex übergehen, und diese Situationen mied ich schon seit einer ganzen Weile. Seither waren sie ganz verrückt nach mir, aber sie wussten, dass ich gern außerhalb unserer Formgebung fickte.

Jetzt gab es ein Gesetz, das das verbot, und ich fragte mich, wie lange es dauern würde, bis sie mich darauf ansprechen würden. Sie würden mich nie verpetzen, aber ich hatte schon seit Ewigkeiten mit niemand anderem mehr geschlafen. Seit ich Rosalie mit Cal geteilt hatte, verzehrte ich mich mehr nach ihm als je zuvor. Obwohl ich mich eigentlich nach der mächtigen Alpha-Wölfin sehnen sollte, die verdammt heiß war und alles hätte erfüllen können, was von mir erwartet wurde.

Ich war dazu verdammt, eines Tages jemanden aus meiner Art zu heiraten, der mir in seiner Macht so nahe wie möglich kam. Rosalie war eine ziemlich perfekte Wahl für diese Rolle, aber der Gedanke, mich an sie oder irgendjemand anderen als Cal zu binden, machte mich einfach nur nervös. Aber wahrscheinlich machte ich mir nur etwas vor und Caleb würde am Ende mit einer Vampirschlampe zusammenkommen, die ich für immer hassen würde. Es war ein beschissenes Schicksal, weshalb ich aktiv vorgab, dass es nie passieren würde. Verleugnung war meine beste Freundin, die mir die Haare flocht und mir Komplimente machte. Also ja, in meiner Vorstellung einer alternativen Realität – Calaria – könnte Cal mein sein.

Er war nicht meine erste Obsession. Ich liebte die Herausforderung. Scheiße, Darcy Vega war lange Zeit mein Objekt der Begierde gewesen. Aber bei ihr hatte ich nicht ganz so eindeutig gefühlt. Ich war hin- und hergerissen gewesen zwischen meiner Pflicht als Erbe und der Verbindung zwischen uns, die ich nicht hatte ignorieren können. Dann hatte ich sie versehentlich in mein Rudel aufgenommen, und das hatte völligen Mist mit meinem Verstand angestellt. Ich war von Natur aus beschützerisch ihr gegenüber. Ich wollte immer in ihrer Nähe sein. Und schließlich hatte ich erkannt, dass ich für sie genau das empfand, was ich für die Erben fühlte. Nur hatte ich das unter so vielen Schichten von Bullshit versteckt, dass es mich total verwirrt hatte. Sie war eine Vega. Und mir war mein ganzes Leben lang erzählt worden, dass die

Vegas die Ausgeburt des Bösen seien. Ich hatte sie übelst verarscht – und das würde ich nicht so schnell vergessen.

Aber jetzt hatte ich endlich die Möglichkeit, all den Rotz wiedergutzumachen, den ich ihr angetan hatte. Ich würde sie wieder mit der Liebe ihres Lebens zusammenbringen und Lance Orion dabei zu meinem besten Freund machen. Nicht auf Anhieb, denn er würde mich abgrundtief hassen. Aber auf lange Sicht war er definitiv Bestie-Material. Entweder das, oder ich würde wirklich von meinen eigenen Eingeweiden erdrosselt werden.

Ich rannte durch den Wald und heulte die Morgensonne an, die durch das Laub über mir brach. Adrenalin durchströmte meine Glieder und meine Ohren wandten sich nach links und rechts, während ich meine Umgebung auslotete. Ich konnte nichts Ungewöhnliches hören, aber mir standen die Haare zu Berge, und ich verlangsamte meinen Schritt, als ich einen Weg erreichte, in der Mitte stehen blieb und schnupperte.

Ein wölfisches Grinsen breitete sich auf meinem Gesicht aus, als mir ein männlicher und verführerischer Geruch in die Nase stieg. *Caleb.*

Ich trottete den Weg entlang und tat so, als hätte ich nichts bemerkt, während er mich zweifellos irgendwo in der Nähe beobachtete. Aber wenn er von mir trinken wollte, würde er dafür kämpfen müssen.

Ich gähnte herzhaft, bog vom Weg ab und verschwand wieder zwischen den Bäumen. Ich bewegte mich hinter den Stamm einer riesigen Eiche und duckte mich, bereit zum Sprung, wobei ich meinen riesigen Körper eng an den Baum schmiegte.

Eine Windböe ließ das Laub zu meinen Pfoten fliegen, als Caleb vor mir in den Wald schoss. Er blieb abrupt stehen, drehte den Kopf nach links und rechts, um nach mir zu lauschen. Aber ich bewegte mich nicht, presste die Ohren an den Kopf und bereitete mich darauf vor, mich auf ihn zu stürzen.

Ich verlagerte mein Gewicht auf meine Pfoten und warf mich dann auf ihn. Im letzten Moment wirbelte er herum und entdeckte mich. Er schoss davon, bevor ich ihn zu Boden werfen konnte, und meine Pfoten landeten im Schlamm.

Ich rannte los. Das Adrenalin rauschte durch meine Adern und ich preschte laut bellend durch den Wald. Plötzlich krachte er seitlich mit mir zusammen und warf mich zu Boden. Mir blieb die Luft weg. Ich biss ihm in den Arm, als er versuchte, mich festzuhalten, und er knurrte vor Schmerz, ließ aber nicht los, als ich um mich schlug. Ich drehte mich mit voller Wucht um und schleuderte ihn damit von mir, woraufhin er gegen einen Baum prallte. Ich grinste siegessicher, doch er schoss sofort wieder hoch und strich sich lässig über die Haare, während sein Arm blutete.

»Verdammtes Tier!«, meinte er spöttisch.

Er heilte die Bisswunde, und ich nutzte die Gelegenheit, um erneut auf ihn loszugehen. Meine großen Pranken trafen den Baum über seinem Kopf, als ich ihn einkesselte. Er versetzte mir einen Schlag in die Rippen, und ich taumelte jaulend zurück. Mit einer meiner Pranken zog ich ihn mit mir, sodass er mit mir zu Boden ging.

Ich sprang auf ihn, verwandelte mich wieder in meine Fae-Gestalt und drückte ihn mit meinem Körpergewicht zu Boden. Grinsend meinte ich: »Gib auf!«

Seine Faust landete auf meinem Unterkiefer und er wirbelte uns mit seiner Vampirstärke herum. Ich machte mir nicht mal die Mühe, mich zu wehren. Ich legte die Hände hinter den Kopf, als mein Rücken den Boden berührte, und er schlang seine Finger um meinen Hals. Seine Reißzähne schnappten hervor und er grinste, als er sich vorbeugte, um sich seinen Preis zu holen. Er zog seine Hand zurück und bohrte seine Zähne in meinen Hals.

Ich stöhnte hörbar auf und biss mir in die Zunge, als er seine Muskeln auf meine presste und ich für ihn steinhart wurde. *Fuck.*

Er drückte mich in den Boden und meine Magie wurde durch sein Gift gelähmt. Ich war definitiv nicht der unterwürfige Typ, aber wenn Caleb mich in den Schlamm zwingen und sich dort mit mir vergnügen wollte, war ich dabei. Natürlich wollte er nur mein Blut, sonst nichts. Ich dachte darüber nach, was Darcy gesagt hatte, und fragte mich, ob ich vielleicht wirklich mit ihm darüber reden sollte. Aber mein Schwanz führte gerade ein eigenes Gespräch mit ihm, denn er war nicht gerade subtil.

Er hob sein Gewicht halb von mir, holte tief Luft und zog sich dann zurück, sodass er über meinen Schenkeln kniete.

Er musterte meine Härte, und egal, wie viele Leute ihn schon gesehen hatten, nichts war so überwältigend wie sein Blick in diesem Moment. Denn es war offensichtlich, wie sehr ich ihn wollte. Mein Blick wanderte zu seinem Schritt, und als ich die Beule sah, die dort auf mich wartete, schlug mein Herz unregelmäßiger. Caleb sah mich verwirrt an, und eine unangenehme Stille breitete sich zwischen uns aus.

»Ähm«, begann ich, und er legte die Stirn in Falten.

»Wer zuerst am Baumhaus ist!« Er stand auf und schoss mit Vampirgeschwindigkeit davon, bevor ich ihn aufhalten konnte. Mein Herz hämmerte schmerzhaft, als er mich einfach im Dreck liegen ließ.

Ich verwandelte mich wieder in meinen Wolf und heulte ihm nach, um ihn zur Rückkehr zu bewegen. Aber er kam nicht zurück, und ich hatte das schreckliche Gefühl, gerade alles versaut zu haben.

Ich beugte meine Finger und bewunderte die Phönix-Kampfhandschuhe, die sie bedeckten. Ich hatte offensichtlich die coolste Waffe von allen Erben bekommen. Darcy hatte versucht, mich von etwas Einfachem zu überzeugen, aber ich hatte mir dieses Design selbst ausgedacht, nachdem ich davon geträumt hatte, flammende Todesklauen zu besitzen. Die Panzerhandschuhe waren so verzaubert, dass sie sich dehnten, wenn ich mich in meine Wolfsform verwandelte. Wenn ich in Fae-Gestalt war, konnten sie einen spektakulären Feuerhieb ausführen, und in meiner Formgebung wurden sie zu flammenden Klauen.

In den letzten Nächten hatten wir ein paar Nymphen in dieser Gegend aufgespürt. Es hatte eine ganze Reihe von Sichtungen gegeben, und wir hatten in den vergangenen zwei Tagen nur drei gefangen und getötet. Den Spuren nach zu urteilen, die wir heute Abend auf einem alten Bauernhof gefunden hatten, vermutete ich, dass wir auf ein verdammtes Nest stoßen würden.

Ich bewegte mich hinter Caleb durch das Maisfeld, die anderen gingen vor uns und folgten Tory und Darcy. Tory hatte eine Menge Wut aufgestaut, die sie loswerden musste, und obwohl es riskant war, sie auf diese Jagd mitzunehmen, tat es ihr verdammt gut. Sie musste ihren Phönix rauslassen und daran erinnert werden, wie furchtlos sie war, damit sie bei ihrer Rückkehr zu Lionel wenigstens etwas hatte, an dem sie sich festhalten konnte.

Ich wirkte eine Stillekuppel um Caleb und mich und begab mich an seine Seite. Er warf mir einen flüchtigen Blick zu, wandte sich dann aber schnell wieder ab und hob seine Doppelklingen. Ich wusste, dass jetzt nicht der richtige Zeitpunkt war, um darüber zu sprechen, aber er hatte mich seit dem Ständer-Vorfall gemieden, und das Letzte, was ich wollte, war, meinen Freund deswegen zu verlieren.

Ich räusperte mich und stieß ihn mit der Schulter an. Obwohl ich ausreichend Zeit gehabt hatte, mir zu überlegen, was ich sagen sollte, konnte ich mich jetzt an nichts davon erinnern. *Was hat Darcy mir geraten? Soll ich über meinen Ständer reden oder nicht?*

Ihr Plan, ihn auszuhorchen, war bisher nicht so gut gelaufen. Jedes Mal, wenn sie versucht hatte, das Gespräch in diese Richtung zu lenken, war Caleb vom Thema abgewichen. Vielleicht hatte ich mir ja nur etwas vorgemacht, als ich mir eingebildet hatte, dass er wirklich Gefühle für mich hegen könnte. Vielleicht war er nur hart geworden, weil er von meinem Blut getrunken hatte. Er war ein Vampir, das ergab Sinn. Ich würde mich also zusammenreißen, meine Gefühle mit einem Vorschlaghammer niederschlagen und sie dann für immer unter der Erde begraben müssen.

Mein Herz klopfte schneller, als ich einen Blick auf sein Gesicht erhaschte – seine perfekt gerade Nase, seine dunklen, intensiven Augen. Ich kannte ihn schon mein ganzes Leben lang und hatte bereits mit etwa zwölf Jahren gemerkt, dass er attraktiv war. Das war also nichts Neues. Aber irgendwie hatte ich es immer geschafft, das von meiner Freundschaft mit ihm zu trennen. Jetzt war alles zu einer Einheit verschmolzen, sodass ich nur noch sehen konnte, wie verdammt toll er war, wie sehr ich ihn wollte und dass er all das seit Jahren direkt vor meiner Nase gewesen war. Egal, wie sehr ich mich nach ihm sehnte, es sollte einfach nicht sein. Ich war mir nur nicht sicher, wie ich meinem Herzen das vermitteln sollte.

»Weißt du noch, wie wir als Kinder die Feuerkristalle deiner Mom gestohlen und aus Versehen ihren Rosengarten niedergebrannt haben?«, fragte ich, um mich selbst genauso wie ihn daran zu erinnern, dass wir trotz eines peinlichen Moments ein Leben lang Freunde sein würden. Nichts konnte uns auseinanderbringen. Nicht einmal unsere Schwänze.

Caleb gluckste. »Ja, und ich habe versucht, auf deinem Rücken zu reiten, damit wir schneller wegkommen.«

»Die dümmste Idee aller Zeiten.« Ich lachte und erinnerte mich daran, wie Melinda uns mit Vampirgeschwindigkeit gejagt und an den Ohren zurück ins Haus gezerrt hatte. Sie hatte uns gezwungen, die Säureschneckenplage in ihren Dachrinnen ohne jeglichen magischen Schutz zu beseitigen.

Caleb drehte sich zu mir um und packte meinen Arm, um mich am Weitergehen zu hindern. Er öffnete den Mund, schloss ihn dann wieder, und mein Herz klopfte schneller, während ich mich fragte, was zum Teufel er gerade dachte. Ich fand seine Hand in der Dunkelheit und schlang meine Finger instinktiv um seine.

»Seth«, sagte er mit einem leisen Knurren, das mich entweder warnen oder anlocken sollte. Ich entschied mich für Letzteres, machte einen weiteren Schritt nach vorn, atmete ihn ein und versuchte, mich selbst zu täuschen, indem ich mir einredete, dass da wirklich etwas zwischen uns sein könnte. Dass ich mir das nicht nur einbildete.

»Hör mal, was neulich im Wald vorgefallen ist …«, begann ich, aber in dem Moment stieß Tory einen Kampfschrei aus. Das Kreischen einer Nymphe erfüllte die Luft und unterbrach meinen Satz.

Ich keuchte auf und drehte mich um. Der Weg, den wir uns durch das Maisfeld gebahnt hatten, war leer.

»Scheiße!«, fluchte Cal, und wir rannten los, um sie einzuholen. Wir kämpften uns durch die Maisstängel und suchten im Dunkeln nach ihnen.

»Nutze deine Vampirschnelligkeit!«, forderte ich ihn auf, aber er warf mir einen Blick zu, der deutlich machte, dass er mich nicht zurücklassen würde.

Der Schrei einer weiteren Nymphe durchdrang die Luft und hundert Meter vor uns erhob sich eine Phönixfeuerfontäne in den Himmel. Wir rannten darauf zu, und ich stieß Caleb von hinten an, um ihn zu schnellerem Tempo zu ermutigen.

Ein riesiger Schatten fiel auf uns, und Caleb zog mich mit seiner Vampirgeschwindigkeit zur Seite – eine riesige Nymphe kam durch das Feld auf uns zugerannt. Ich sprang von Caleb weg, verwandelte mich in der Luft und zerfetzte dabei meine Klamotten. Aber die Kampfhandschuhe an meinen Händen dehnten sich und umschlossen meine Vorderpfoten, sodass zehn scharfe Metallkrallen in den Boden krachten, als ich landete. Flammen loderten um mich herum auf.

Ich wirbelte herum und stürmte mit gefletschten Zähnen und wachsendem Blutdurst auf die Nymphe zu.

Caleb lief in schnellen Kreisen um sie herum und hieb mit den Doppelklingen in seinen Händen auf sie ein, während das Feuer des Phönix auf der Haut des Monsters loderte. Die Nymphe hob eine Hand und schlug ihn weg, sodass er in den dichten Mais zurückgeschleudert wurde und außer Sichtweite geriet.

Ein Knurren der Wut entrang sich meiner Kehle, während ich auf den Rücken der Nymphe sprang, mit meinen flammenden Todesklauen an ihrer borkigen Haut zerrte und meine Zähne in ihrer Schulter versenkte. Sie streckte den Arm aus, um mich abzuschütteln, aber ich hielt mich fest und kroch sogar noch weiter hoch, bis ich über ihre Schulter sehen konnte, dass unsere Freunde fünf weitere Nymphen auf dem Feld bekämpften.

Die Nymphe schnappte nach meinem Schwanz, und ich schrie auf, als sie mich nach vorn schleuderte. Ich landete rücklings auf dem Boden und ein ungeheurer Schmerz durchzuckte mich. Sie drückte meine Kehle mit unglaublicher Kraft zusammen; ihre langen Fühler waren ausgefahren und bereit, mir meine Magie zu rauben. Angst erfüllte mich, als das Rasseln aus ihrer Brust die Quelle meiner Kraft in mir zum Versiegen brachte. Sie würde mir meine ganze Magie und mein Leben nehmen, wenn ich mich nicht befreien konnte.

Ich kämpfte verzweifelt, bereit, mich wieder in meine Fae-Gestalt zu verwandeln, obwohl ich wusste, dass ich dadurch verwundbar sein würde, aber es könnte mir gerade genug Raum für eine Flucht verschaffen.

In dem Moment sprang Caleb mit einem wütenden Schrei aus dem Maisfeld und durchschnitt den Arm der Nymphe, was mir Hoffnung gab. Der abgetrennte Arm fiel zu Boden, und ich rollte zur Seite und kroch auf allen vieren davon, aber die Bestie packte mein Bein und verdrehte es, bis es brach. Ich schrie vor Schmerz auf, schlug mit meinen Phönixklauen nach der Nymphe und schlitzte ihr Gesicht auf. Sie ließ mich mit einem Schrei los, und ich rannte weg, wobei ich mein Gewicht von meinem verletzten Bein nahm, während Caleb versuchte, die Nymphe in die Knie zu zwingen.

Das Brüllen eines Drachen ertönte, und Darius' riesige goldene Gestalt erschien über uns, kurz bevor er eine Feuersalve ausspie. Die Hitze wärmte mich, als er sie auf unseren Feind richtete, und die anderen jubelten, was mir verriet, dass dieser Kampf fast vorüber war.

Wir konnten bei diesen Kämpfen keine Nymphe am Leben lassen. Wenn Lionel von unseren Jagden erfuhr, würde er uns bis ans Ende der Welt verfolgen, weil wir uns ihm widersetzt hatten. Aber wir waren alle der Meinung, dass es das Risiko wert war. Wir mussten etwas unternehmen, uns ernsthaft gegen ihn wehren, während wir weiter nach dem Imperialen Stern suchten und eine spätere Rebellion planten.

Ich stürzte mich auf das Bein der Nymphe und schlug mit meinen Klauen zu, um sie zu Fall zu bringen. Und endlich stürzte sie, krachte rückwärts zu Boden und schlug mit einem markerschütternden Knall auf.

Caleb sprang auf sie und zeigte keine Gnade, als er ihr eins seiner Messer zwischen die Augen rammte. Die Nymphe zerbarst in einer Wolke aus Schatten, als sie starb.

Er schoss an meine Seite, und die Sorge stand ihm ins Gesicht geschrieben, als er mit seiner Hand über mein Hinterbein strich und den Bruch heilte.

Ich leckte sein Gesicht, und er lächelte mich an. Der Anblick ließ mich vor Aufregung aufheulen. Wir waren definitiv das perfekte Team. Und vielleicht musste ich akzeptieren, dass wir immer nur Freunde sein würden, denn ich würde es nicht überleben, ihn zu verlieren. Aber um so weiterzumachen wie bisher, würde mein Herz einen hohen Preis zahlen müssen. Und ich war mir ziemlich sicher, dass ich bereits fühlte, wie es brach.

Scorpio
Virgo
Gemini
Cancer
Aries
Leo
Sagittarius
Taurus
Capricorn
Aquarius
Libra
Pisces

TORY

KAPITEL 24

Der große Ballsaal im Palast, in dem wir vergangenes Jahr Weihnachten gefeiert hatten, blieb nach wie vor fest verschlossen – Lionels Versuche, ihn zu betreten, blieben erfolglos. Er fluchte und schimpfte über den Palast, verwendete alle möglichen Zaubersprüche und holte sogar Erdelementare mit Erfahrung in Bauwesen und Architektur, um die Magie zu durchbrechen, die ihn fernhielt. Aber nichts half. Er war nicht einmal in der Lage, sich mit Drachenfeuer einen Weg durch die Tür zu sprengen.

Also musste er, sehr zu seinem Missfallen, den riesigen Pavillon in den Ostgärten in Anspruch nehmen. Heute Abend fand die jährliche Vereidigungsfeier der Drachengilde statt, bei der, wie Clara mir erzählt hatte, jeder Drache in Solaria erwartet wurde, um seine Loyalität gegenüber der Gilde zu bekräftigen und seinen Eid unter dem wachsamen Blick der Sterne zu erneuern. Lionel hatte diesen letzten Aspekt dazu genutzt, die Location unter freiem Himmel zu erklären und die Vorstellung zu unterstreichen, dass die Sterne über die Veranstaltung wachten. Aber ich kannte die Wahrheit. Und wenn ich an den Wutanfall dachte, den er bekommen hatte, weil ihn der Palast nach wie vor ablehnte, musste ich tatsächlich schmunzeln.

Abgesehen von dem pompösen Eid-Schwachsinn hatte Darius mir erzählt, dass Lionel diesen Abend vor allem dazu nutzte, um sicherzustellen, dass seine treuesten Anhänger auch weiterhin uneingeschränkt hinter Team Arschcrux standen. Die Drachen schmiedeten dort gern Pläne zur Erlangung politischer Vorteile, dazu gehörten auch Eheverträge, Handelsabkommen und dergleichen. All der typische Bullshit, um vermögende Typen noch vermögender zu machen, der in schicken Vorstandsetagen überall auf der Welt abgezogen wurde, nur eben hübsch herausgeputzt.

Das Kleid, das ich heute Abend trug, hätte ich mir auch selbst ausgesucht. Dafür zollte ich Lionel allerdings keine Anerkennung, sondern vielmehr den Leuten, die es tatsächlich gekauft hatten. Es handelte sich um ein waldgrünes Samtkleid, das die Farbe meiner Augen betonte und rückenfrei war, während lange Ärmel meine Arme bedeckten.

Ich spazierte mit Clara an meiner Seite zum Ball, Lionel ging vor uns. Catalina hing an seinem Arm und sie sah atemberaubend aus wie immer – perfekt geschminkt und in einem silbernen Kleid, das ihre Kurven betonte. Clara schmollte, weil er ihr nicht seinen anderen Arm angeboten hatte. Heute Abend ging es darum, seine Stärke als Drache zu demonstrieren, und er wollte sich vor den anderen Drachen nur mit seiner reinblütigen Braut blicken lassen. Aber natürlich war Clara launisch und kindisch und wollte das nicht einfach so hinnehmen.

»Darf ich dich daran erinnern, dass Wächter nur aus Höflichkeit zu dieser Veranstaltung eingeladen werden?«, knurrte Lionel, als sie zum achten Mal dramatisch schnaubte, als wir an einem Fenster vorbeikamen, das hinaus auf den riesigen Holzpavillon blickte, in dem sich bereits etliche Drachenwandler tummelten.

Ich betrachtete das sechseckige Bauwerk mit dem weißen Dach und den mittelhohen Geländern, die es umgaben, und konnte nicht anders, als seine Schönheit zu bewundern. Offenbar war es für meine Mutter gebaut worden, um ihr zu ermöglichen, Musiker kommen zu lassen, die für sie spielten, wann immer sie wollte.

»Wenn du dich nicht benehmen kannst, schicke ich dich zurück auf meine Zimmer, und glaub mir, ich werde nicht freundlich gesinnt sein, wenn ich später dorthin zurückkehre«, grummelte Lionel.

»Aber *Daddy*«, jammerte Clara. »Ich verstehe nicht, warum ich nicht …«

Lionel ließ Catalinas Arm los und wirbelte blitzschnell zu uns herum. Eine Stillekuppel legte sich um unsere kleine Gruppe, kurz bevor er nach ihrer Kehle griff.

»Soll Roxanya etwa mein Liebling werden?«, drohte er, und ich kämpfte gegen ein Frösteln an, das die Implikationen dieser Drohung in mir auslösten.

Bevor ich wieder zur Besinnung gekommen war, hatte ich mir mehr als alles andere gewünscht, sein Liebling zu sein. Aber jetzt, da ich keine verfluchte rosafarbene Brille mehr trug, wusste ich, dass der einzige wirkliche

Unterschied zwischen Clara und mir darin bestand, dass er sie sein Liebling nannte – und sie fickte. Ich mochte das Bedürfnis haben, ihm zu gefallen und ihm nahe zu sein, aber glücklicherweise hatte ich nie sexuelle Begierde für ihn empfunden. Aber ich wusste, dass das anders gewesen wäre, wenn er es mir befohlen hätte. Ich wäre auf die Knie gegangen und hätte alles getan, um ihm zu gefallen. *Zum Glück gibt es besitzergreifende, verrückte Schattennutten.*

»Nein, Daddy«, protestierte Clara und warf mir einen Blick zu, der so säurehaltig war, dass er mir die Haut von den Knochen hätte schmelzen können.

»Dann geh zurück in meine Gemächer und warte dort auf mich. Ich komme, wenn ich hier fertig bin, und dann kannst du mir zeigen, wie leid es dir tut. Vielleicht werde ich gnädig sein, wenn du es schaffst, mich zu besänftigen.«

Clara wirkte sowohl begeistert angesichts dieser Aussicht als auch entsetzt über die Verbannung, doch als Lionels Blick härter wurde, stimmte sie zu und rannte dann schluchzend davon. Ihr Weinen hallte von den Palastmauern wider.

Lionels Blick fiel auf mich, und ich sah ein hungriges Verlangen in seinen Augen, das mir einen Schauer der Angst über den Rücken laufen ließ.

»Du wirst ein braves Mädchen sein, nicht wahr, Roxanya?«, fragte er mit leiser, tödlicher Stimme, während er seine Finger um meine Kehle legte, wie er es bei Clara getan hatte.

»Ja, mein König«, hauchte ich, als seine Nasenlöcher sich weiteten und Rauch aus ihnen quoll.

Lionels Griff um meinen Hals wurde schmerzhaft eng und ich musste gegen den Drang ankämpfen, seine Hände mit aller Kraft von meiner Kehle zu reißen, während Catalina ein Wimmern der Verzweiflung von sich gab.

»Manchmal kann ich so viel von deinem Vater in dir sehen«, murmelte er nachdenklich, und in mir baute sich Wut auf, als ich daran dachte, was die Sterne uns über das gezeigt hatten, wie er mit unserem Vater umgegangen war.

Dieses Königreich war nie von einem Grausamen König regiert worden – sondern von einem hasserfüllten Puppenspieler und seiner dunklen Magie. Er hatte schon damals Pläne geschmiedet, den Thron zu besteigen, und alles getan, um sich den nötigen Vorteil gegenüber den anderen Ratsmitgliedern zu verschaffen. Es machte mich krank, zu wissen, dass er all das erreicht hatte. Und dass mein Vater vielleicht nie erfahren hatte, dass er kein Monster gewesen war.

Sein Griff wurde so fest, dass ich keine Luft mehr bekam, und in seinen

Augen flammte ein Licht auf, bevor er mich genauso plötzlich losließ, wie er mich gepackt hatte, und erneut nach Catalinas Arm griff.

Ich biss mir auf die Zunge, um nichts von dem zu sagen, was ich diesem lügenden, intriganten Drecksack am liebsten an den Kopf geworfen hätte. Meine Zähne bohrten sich so tief, dass ich zu bluten begann, aber selbst das reichte nur gerade so, um mich ruhig zu halten.

Wir betraten die Gärten, deren Wege mit einer so herrlichen Feuerzauberkunst beleuchtet waren, dass ich mich allein durch ihren Anblick ablenken konnte und mich wieder zusammenriss. Die Flammen brannten in tausend verschiedenen komplizierten Formen und Mustern, und als wir den riesigen Pavillon erreichten, in dem der Ball stattfand, konnte ich nicht anders, als den lebensgroßen Drachen aus Flammen anzustarren, der auf dem Dach thronte.

Meine Magie loderte hungrig auf, als sie von all dem Feuer aufgeladen wurde, und ich folgte Lionel und Catalina in den Pavillon, wo ich mich dank der Ablenkung etwas beruhigt fühlte. Ich war froh, dass ich die Schatten nicht rufen musste.

Ein Herold kündigte Lionels Ankunft an, wie es sich für den anmaßenden Wichser gehörte, und zu meinem Entsetzen verbeugten sich alle Arschlöcher in der wunderschönen Holzkonstruktion tief vor ihrem König.

Lionel stolzierte wie ein aufgeblasener Pfau herum, während die ersten der schleimigen Arschkriecher herbeieilten, um sich uns anzuschließen. Mein Blick fiel auf einen riesigen Mann, der sich uns näherte. Tatsächlich waren alle Arschlöcher hier riesig – vermutlich, weil sie alle Drachen waren.

»Ah, Christopher«, begrüßte Lionel den großen Kerl herzlich. Dieser neigte den Kopf, um seinen König zu huldigen. »Ich hatte gehofft, später mit dir über die Minotauren sprechen zu können, die in deinem Teil des Königreichs leben.«

»Natürlich«, antwortete der Drache, leckte sich die Lippen und ließ seinen Blick ohne Scham über Catalina schweifen. »Ich würde mich freuen, dir dabei zu helfen, Solaria von dem Ungeziefer zu befreien, das uns schon so lange zurückhält.«

»Gut«, sagte Lionel. »Du kannst mir in vielerlei Hinsicht zur Seite stehen. Und es wäre sehr hilfreich, wenn du dafür sorgen könntest, dass das eher früher als später geschieht. Natürlich würde ich dich für deine Hilfe in dieser Angelegenheit großzügig belohnen.«

Christopher willigte ein, später mit ihm zu sprechen, und ein anderer Drache trat vor, der mich misstrauisch beäugte, während er sich vor Lionel verneigte.

»Eure Hoheit«, sagte er kurz angebunden, wobei sich sein schwarzer Bart nur so weit bewegte, dass man sehen konnte, dass er gesprochen hatte. Sein

Blick fiel abermals auf mich, und Lionel seufzte.

»Wir können später unter vier Augen sprechen, Tomas«, sagte er. »Sobald meine Wächterin anderweitig beschäftigt ist.«

Der bärtige Drache schien mit diesem Vorschlag einverstanden zu sein, verbeugte sich tief und entfernte sich dann. Lionel warf mir einen irritierten Blick zu, als wäre es meine Schuld, dass seine Untergebenen meine Anwesenheit hier nicht mochten. Eigentlich sollten nur Drachen anwesend sein, aber er hatte erklärt, die Anwesenheit von Wächtern sei üblich. Es schien nur nicht, als wären die anderen Drachen davon begeistert.

Ich warf einen Blick auf den nächsten Drachen, der auf uns zukam, und musste ein Lächeln unterdrücken, als ich Dante Oscura erkannte. Ich war froh, dass es hier wenigstens eine Person gab, die mir zumindest ansatzweise sympathisch war. Er war riesig wie alle anderen Fae hier, aber unterschied sich trotzdem von ihnen, mit seinem goldenen Schmuck, den lässig zurückgekämmten schwarzen Haaren, den offenen Knöpfen am Hals, die mehr von seinem muskulösen Körper zeigten, und einer generellen Aura, die verriet, dass er nicht hier sein wollte. Er stach auf die beste Art und Weise hervor, und ich war mir ziemlich sicher, dass er jemand war, den ich einen Freund nennen konnte. Oder zumindest hätte ich das tun können, bevor Lionel seine Krallen in mich geschlagen hatte.

»Guten Abend, *bella*«, säuselte Dante mit seinem faetalienischen Akzent. Er lächelte mich an und richtete dann seine Aufmerksamkeit auf Catalina. »Und die Drachenkönigin sieht wie immer bezaubernd aus.« Catalina lächelte gütig und dankte ihm, während Lionel sich darüber echauffierte, dass er zuletzt begrüßt wurde. »Und schließlich, mein Herr und Gebieter, König von ganz Solaria und der mächtigste Fae, den ich kenne«, sagte Dante schließlich. Seine Worte trieften vor Verachtung, und ich bemerkte, dass er sich auch nicht verbeugte.

»Ich höre, dass Glückwünsche angebracht sind, Sturmdrache«, knurrte Lionel. »Ich hoffe allerdings, dass du nicht davon ausgehst, dass deine Übereinkunft mit Juniper bedeutet, dass deine anderen Kinder von meiner Herrschaft ausgenommen sind. Wenn sie sich als unsere Art entpuppen, erwarte ich, dass sie sich der Gilde anschließen.«

Dante unterdrückte nicht einmal ein Knurren, während statische Elektrizität von ihm ausging. Die Härchen auf meinen Schultern stellten sich auf.

»Nun, wir hoffen tatsächlich, dass mein Wolfsblut durchkommt. Vergessen wir nicht, dass ich nur ein Drache bin, weil mir die Sterne dieses Geschenk gemacht haben. Ich bezweifle, dass ich das Drachengen weitergeben werde«, entgegnete Dante barsch.

»Wer kennt schon die Wege der Sterne«, widersprach Lionel. »Mein Blut ist so rein wie nur möglich, und doch haben sie meinen Jüngsten damit verflucht, ein Pegasus zu sein. Vielleicht korrigieren die Sterne diesen Fehler, indem sie dir die genetischen Anlagen geben, um eine ganze Armee von Sturmdrachen zu erschaffen, die seine Unzulänglichkeiten ausgleichen.«

»Ja, ohne Zweifel wurden mein Leben und meine Formgebung von den Sternen auserkoren, um Euren Zwecken zu dienen, mein König«, erwiderte Dante verächtlich. »Schließlich leben wir alle nur, um Euch zu dienen, *lucertola viscida.*«

Lionel tadelte ihn für seinen Tonfall, unternahm aber keine weiteren Versuche, ihn zurechtzuweisen.

»Ich erwarte bis Ende des Jahres ein weiteres Baby im Bauch Junipers«, meinte Lionel. »Sie ist hier irgendwo. *Ich schlage vor, du findest sie und pflanzt ihr noch vor Ende der Nacht eines ein.*«

Ich unterdrückte einen Aufschrei, als er Dante mit Dunkler Manipulation dazu zwang, seine Frau zu betrügen, und Dantes Augen blitzten vor Zorn auf, während er Lionel anfunkelte. Über uns donnerte es, und als ich einen Blick nach draußen wagte, hätte ich schwören können, dass ich einen riesigen federbesetzten Flügel vor dem tief stehenden Mond sah.

Ich erwartete halb, dass Dante sich auf Lionel stürzen und ihm mit der Wut, die in seinem Blick brannte, die Kehle herausreißen würde. Seine Haltung verkrampfte sich und die Muskeln in seinem teuren schwarzen Anzug zuckten, als stünden sie kurz davor, die Nähte zu sprengen.

Er knirschte mehrere Sekunden mit den Zähnen, und Lionel grinste ihn an, als hoffte er tatsächlich auf einen Angriff. Ich ballte meine Hand zu einer Faust, sammelte meine Magie darin und bereitete mich darauf vor, vor meinen König zu springen, sollte er verteidigt werden müssen. Ich hasste mich dafür, aber ich konnte nicht anders.

Dante knurrte und noch mehr statische Energie entwich ihm, aber anstatt anzugreifen, drehte er sich zu mir um und zwang sich zu einem Lächeln. »Möchtest du mit mir tanzen, *bella*?«, fragte er und streckte mir seine Hand entgegen. Ich hob überrascht und verwirrt über die plötzliche Wendung der Ereignisse eine Augenbraue.

»Ich freue mich, dich so aufgeschlossen zu sehen«, sagte Lionel triumphierend und sah dabei aus wie der eingebildetste, selbstgefälligste Mistkerl, den ich je gesehen hatte. »Und ja, ich denke, es wäre das Beste, wenn meine Wächterin eine Weile nicht in meiner Nähe wäre, damit ich mit meinen Untertanen unter vier Augen sprechen kann. Geh schon, Roxanya, tanz, iss und bleib mir einfach aus dem Weg!«

Ich stimmte sofort zu, reichte Dante die Hand und ließ mich von ihm zur Tanzfläche auf der anderen Seite des Pavillons führen. Als seine Haut die meine berührte, durchzuckte ein elektrischer Schlag meine Handfläche, und ich erschauderte bei der Erinnerung an die Folter, die ich erlitten hatte – obwohl die Spannung, die er jetzt verströmte, nichts mit der Qual zu tun hatte, die ich durch Lionels Hand erfahren hatte.

Zum Glück war Vard heute Abend nicht hier, da keine Zyklopen eingeladen waren. So frei war ich hier im Palast sonst nie.

Die Tänzer nahmen ihre Positionen auf der Tanzfläche ein. Sie waren alle elegant gekleidet und sahen äußerst entspannt aus, als jemand ausrief, dass es sich um einen Foxtrott handelte.

»Kann ich dir ein Geheimnis verraten, *bella*?«, fragte Dante, senkte seine Stimme verschwörerisch und grinste mich an, als wären wir enge Freunde, obwohl ich ihn nicht besonders gut kannte.

»Was?«, fragte ich mit monotoner Stimme.

»Ich kenne die Schritte für diesen Tanz nicht«, raunte er, und ich musste ein Lächeln unterdrücken.

»Nun, dann könnten wir ein Problem bekommen. Ich nämlich auch nicht«, gab ich zu. »Vielleicht ist es besser, wenn wir …«

»Unsinn.« Dante zog mich in seine starken Arme, und ich musste ein überraschtes Lachen unterdrücken, als meine Hand auf seine Schulter fiel und seine Hand meine Taille umschloss.

Die Musik setzte ein, und er zog mich mit sich auf die Tanzfläche. Wir wirbelten im Kreis herum, und es schien ihm scheißegal zu sein, dass wir die Schritte nicht kannten. Ich musste mir auf die Lippe beißen, um nicht laut loszulachen, als er mit den anderen Tänzern zusammenstieß, uns eine Schneise durch die Menge tanzte und mit seiner totalen Unbekümmertheit völliges Chaos anrichtete. Er war kein schlechter Tänzer, er tanzte nur nicht nach den Regeln, und ich hatte das Gefühl, dass er es genoss, alles auf den Kopf zu stellen. Es gab kein Gesetz, das besagte, dass wir den Tanz tanzen mussten, den alle anderen tanzten, und ich wünschte mir nur, ich könnte meine Maske fallen lassen und mich mit ihm durch diesen Tanz lachen.

»Vertraust du mir, *principessa*?«, fragte Dante, während er mich herumwirbelte, und ich schob meine Hand in seine, während ich an die Dunkle Manipulation dachte, die Lionel auf ihn ausübte.

»Warum fragst du, ob …«

»Gabby hat mir gesagt, dass ich dir vertrauen kann«, sagte er und lächelte mich an. »Und er hat gesagt, dass du mir helfen kannst.«

Meine Lippen teilten sich vor Verwirrung, während ich versuchte, herauszufinden, wer Gabby war. Dante wirbelte mich plötzlich unter seinem Arm hindurch und zwang zwei weitere Tänzer, von uns fortzustolpern, indem er mich fast in sie hineinstieß. Er zog mich wieder in seine Arme, und meine Augen weiteten sich, als ich eine Stillekuppel spürte, die unsere Unterhaltung abschirmte.

»Was machst du da?«, hauchte ich.

»Dubrauchstmirgegenübernichtden Schattentussi-Aktaufrechtzuerhalten, *principessa*«, neckte er mich. »Ich sehe das echte Mädchen in deinen großen grünen Augen.«

»Ich weiß nicht, was du …«

»Komm schon, *bella*. Gabby hat mir dein Geheimnis verraten. Also, vertraust du mir?«

Verwirrt versuchte ich, zu verstehen, was er sagte. Wer zum Teufel war Gabby? Ich kannte keinen Gabby.

»Sag bloß nicht, dass du ihn *Gabriel* nennen musst«, stöhnte Dante dramatisch. »Manchmal ist er ein echter *stronzo*.«

Endlich dämmerte es mir, und ich prustete los. »Du nennst ihn Gabby?«

»Ja. Er liebt es. Lass dir nichts anderes einreden. Also, kannst du mir bei meinem kleinen Drachen-Bitch-Problem helfen, *principessa*? Denn wenn mich diese Manipulation dazu bringt, sie zu ficken, wird mir meine Frau die Eier abschneiden. Und ich hänge extrem an ihnen.«

Ich musste ein Lächeln unterdrücken, damit es niemand sah. Aber ich nickte, und Erleichterung durchströmte mich bei dem Gedanken, dass ich das für ihn tun konnte. Wenn Gabriel ihn zu mir geschickt hatte, dann hatte ich keinerlei Zweifel an seiner Vertrauenswürdigkeit.

Ich drückte seine Finger. Mein Phönixfeuer prallte auf die Elektrizität in seinen Adern, als ich es unter seine Haut schob und die Dunkle Manipulation aufspürte, die ihn an Lionels Willen band. Ich verbrannte sie mühelos und Dante lachte laut auf, wirbelte mich herum und stieß dabei so hart gegen einen Typen, dass er auf den Hintern fiel.

»Was wirst du wegen Juniper unternehmen?«, fragte ich. »Wenn sie nicht schwanger wird, erfährt Lionel, dass du nicht mit ihr geschlafen hast …«

»Mach dir keine Sorgen. Gabby hat einen Plan und meine *famiglia* wird mir helfen, ihn auszuführen.« Dante grinste, während das Lied endete, und wirbelte mich dann herum, sodass ich plötzlich Darius gegenüberstand, der den Sturmdrachen anstarrte, als würde er sich am liebsten verwandeln und ihn angreifen. »Ah, da ist ja unser neuer Prinz«, höhnte Dante.

»Ihr zwei scheint euch ja köstlich zu amüsieren«, meinte Darius trocken, während sein Blick Dantes Hand in meiner fixierte und ihm ein leises Knurren entwich.

»Beruhige dich, *mio amico*, ich habe mein eigenes Mädchen, das mich mehr als genug beschäftigt. Ich habe nur mit deiner hübschen Gefährtin getanzt. Aber jetzt muss ich los, und sie ist auf der Suche nach einem neuen Tanzpartner.« Dante gab mir einen kleinen Schubs, und ich stolperte einen Schritt nach vorn, woraufhin Darius mich auffing.

Das Gefühl seiner Hände auf meiner Taille entfachte ein Feuer unter meiner Haut, und ich holte tief Luft, als er auf mich herabsah.

»Deine Verlobte wird etwas verspätet zur Party kommen. Ihr habt also Zeit für einen Tanz, bevor sie hier eintrifft«, fügte Dante mit einem Grinsen hinzu, das verriet, dass Gabriel ihm auch das gesagt hatte.

Darius blickte über mich hinweg zum Thron, auf dem Lionel Platz genommen hatte, um seine Untertanen zu empfangen, bevor er mich fester an sich zog.

Überrascht sah ich zu ihm auf, als er seine Hand um meinen Rücken legte. Seine raue Handfläche landete auf meiner nackten Haut und er zog mich in seine Arme.

»Bist du sicher, dass das eine gute Idee ist?«, fragte ich, ohne mich auch nur einen Zentimeter von ihm wegzubewegen. Und als ein Walzer angekündigt wurde, zog er mich in die Menge der anderen Tänzer.

Im Gegensatz zu Dante kannte Darius alle Schritte und führte mich mit solcher Sicherheit übers Parkett, dass es mir leichtfiel, ihm zu folgen und sie nachzuahmen.

»Mein Vater genießt es, mich deinetwegen leiden zu sehen«, sagte er und zog mich noch näher an sich, bis meine Brust seinen Oberkörper berührte. »Er wird also keine Einwände haben. Vor allem, sobald Mildred eintrifft und ich gezwungen bin, ihre Gesellschaft für den Rest des Abends zu ertragen. Außerdem könnte uns die Anwesenheit so vieler Gäste ein paar Minuten von den Sternen erkaufen.«

Ich hätte wahrscheinlich mehr sagen sollen, aber ich wollte nirgendwo anders sein, also gab ich einfach nach und ließ mich von ihm wie eine Märchenprinzessin herumwirbeln, obwohl wir beide wussten, dass ich nichts dergleichen war.

Wir tanzten und tanzten, mein Rock wirbelte um meine Knöchel und unsere Körper waren so eng aneinandergepresst, dass ich die harten Muskelstränge durch sein Hemd hindurch spüren konnte. Ich schnappte nach Luft, als mich sein Duft von Rauch und Zedernholz noch näher lockte.

Mein Herz schlug in einem gefährlichen Rhythmus, und ich war froh, dass er mich so fest hielt, denn sonst hätte jeder im Raum sehen können, dass ich in seinen Armen alles andere als die Hülle eines Mädchens war.

Die Musik wurde langsamer, und plötzlich lagen seine Hände auf meiner Taille. Er hob mich hoch, wirbelte mich im Einklang mit den anderen Tänzern herum und stellte mich wieder auf die Füße, wobei er mich an sich drückte.

»Wann hast du gelernt, so zu tanzen?«, fragte ich ihn, und er grinste, während wir aufs Neue über den Holzboden wirbelten, unsere Schritte so schnell, dass ich mir nicht sicher war, wie ich überhaupt mithalten konnte.

»Ungefähr zu der Zeit, als du gelernt hast, ein Motorrad kurzzuschließen«, neckte er mich. »Manche von uns wurden für dieses Leben ausgebildet.«

»Und manche von uns haben gelernt, wie man wirklich lebt«, konterte ich.

Darius lächelte belustigt und ich verlor mich in seinen dunklen Augen, während er uns erneut über die Tanzfläche führte.

»Hast du Spaß?«, flüsterte er.

»Ja«, hauchte ich, unfähig, zu leugnen, wie mein Herz gegen meinen Brustkorb hämmerte und meine Haut überall dort brannte, wo ich ihn berührte.

»Also fühlt es sich gut an, wenn ich die Führung übernehme?«, drängte er, und ich kniff die Augen zusammen.

»Glaub ja nicht, dass du das zur Gewohnheit machen kannst.«

Darius beugte sich vor, sodass seine Lippen mein Ohr berührten, als er seine nächsten Worte sprach, und ein Zittern durchfuhr mich, das er sicher auch spüren konnte. »Du würdest es lieben, von mir dominiert zu werden, Roxy«, versprach er. »Ich würde dich festhalten und so laut schreien lassen, dass du alles andere vergisst, während ich dich so gründlich als mein Eigentum markiere, dass du nie wieder daran zweifeln wirst, dass du mir gehörst.«

Ein Kribbeln der Sehnsucht durchströmte mich bei seinen Worten, und ich fragte mich, ob er wusste, wie sehr ich mir wünschte, das auszuprobieren. Ich sehnte mich nach seiner Berührung auf meiner Haut, meine Wangen waren rot und mein Höschen feucht, als er mich fast so fest hielt, dass es wehtat.

Aber bevor ich ihm eine Antwort auf diesen Vorschlag geben konnte, kündigte ein Brüllen, das sich nach dem Kampfschrei eines Schweines anhörte, das in den Krieg mit einem wütenden Schaf zog, Mildreds Ankunft an. Ich entzog mich Darius' Umarmung, als eine Explosion aus kotzgelbem Taft auf uns zustürmte.

»Hier bin ich, Schatzipuh!«, rief sie, bevor sie sich in seine Arme warf und mich zurückstieß. Mit einem Fluchen bemühte ich mich, stehen zu bleiben. »Du musst deine Zeit mit niemandem sonst hier verschwenden«, fügte sie hinzu und warf mir einen verächtlichen Blick zu, während sie Darius besitzergreifend umarmte.

Alles in mir schrie danach, ihr dummes Mopsgesicht zu verprügeln, und meine Muskeln spannten sich an, während ich versuchte, meine Wut zu kontrollieren. Stattdessen warf ich einen Blick auf Lionel auf seinem Thron.

Er beobachtete uns, seine Aufmerksamkeit vor allem auf Darius gerichtet, und ein amüsiertes Grinsen huschte über sein Gesicht. Ich zwang mich dazu, mich umzudrehen und wegzugehen. Allerdings ging ich nicht zu Lionel zurück. Er hatte mir aufgetragen, zu tanzen, zu essen und mich von seinen Drachenarschloch-Kumpels fernzuhalten, also wusste ich, dass er mich nicht in der Nähe seiner Drachenarschloch-Kumpels haben wollte.

Ich holte tief Luft, um mein pochendes Herz zu beruhigen, und ging zum Bankett, das neben dem Pavillon aufgebaut worden war. Es gab jede erdenkliche Art von Essen, wunderschön neben goldenen Tellern angerichtet, die von Dienern gefüllt werden sollten, die sofort parat standen, als ich mich ihnen näherte.

Ich erklärte dem Kerl, der mir etwas zu essen anbot, dass es mir egal war, was er aussuchte, und nahm den Teller dann mit auf die andere Seite des Pavillons, um mich dort im Schatten zu verstecken, bis ich später in Lionels Bett würde zurückkehren müssen.

Wow, mein Leben war so beschissen schmerzhaft. Ich fühlte mich gefangen in diesem endlosen Kreislauf aus Lügen über meine Identität, dem Vortäuschen von Gefühllosigkeit gegenüber allem, was mir wichtig war, und dem Stehlen von Momenten, in denen ich ich selbst sein konnte, während ich gleichzeitig über den Teil meiner selbst lügen musste, der sich danach sehnte, jede Minute eines jeden verdammten Tages mit Lionel zusammen zu sein.

Die Zeit verstrich, während ich allein dastand, mein Teller mit dem unberührten Essen auf dem Geländer neben mir, und versuchte, nicht zuzusehen, wie Mildred Darius betatschte, was mir kläglich misslang. Sie hing quasi an ihm, und es war mir egal, dass ich genau wusste, dass er kein Interesse an ihr hatte. Er war nach wie vor dazu bestimmt, ihr zu gehören. Und wenn wir Lionel nicht aufhalten konnten, bevor sie ihren Abschluss machten, dann würde er diese Ehe auch eingehen müssen.

»Du siehst so unglücklich aus, wie ich mich fühle.« Orions Stimme riss mich aus meinen Gedanken, und als ich mich umdrehte, sah ich, dass er sich nur wenige Schritte von mir entfernt ans Geländer lehnte.

»Scheiße, du hast mich erschreckt«, schalt ich ihn, als ich seinen blauen Anzug und die Krawatte betrachtete, während er die Arme vor der Brust verschränkte.

»Ja, na ja, ich bin ein Ausgestoßener, also kann ich auch genauso gut unsichtbar sein. Aber *Onkel Lionel* hat gesagt, dass der Wächter seines Erben anwesend sein muss, also bin ich hier.«

Ich nickte verständnisvoll, denn genau deshalb hatte auch ich diese Einladung erhalten.

»Bitte vertreib mir die Langeweile. Ich brauche etwas, um die Realität auszublenden, heute Abend noch mit diesem Wichser kuscheln zu müssen«, flehte ich, und Orions Lippen kräuselten sich ein wenig. Er reichte mir ein Glas Arucso-Wein, bevor er selbst einen großen Schluck aus seinem nahm.

»Wir beide wissen, dass du dich kopfüber in diese Kuschelnummer stürzen wirst«, höhnte er und lehnte sich zurück.

»Lass mich wenigstens so tun, als hätte ich noch etwas Würde«, murmelte ich.

»Schon gut. Ich werde mein Bett mit Darius teilen und ihm zweifellos dabei zuhören, wie er unaufhörlich über dich redet, während er mich zu seinem kleinen Löffel macht.«

»Ich hätte dich eher für den Typ Großer Löffel gehalten«, neckte ich, nicht sicher, was ich davon halten sollte, dass Darius so über mich sprach.

»Der wäre ich auch, wenn ich mein Mädchen bei mir im Bett hätte. Aber das Band bringt mich dazu, meinen Schützling zufriedenstellen zu wollen, und da Darius unter einem lebenslangen Überlegenheitskomplex leidet, will das herrschsüchtige Arschloch immer selbst der große Löffel sein.«

Ich lächelte bei der Vorstellung und nahm schnell einen Schluck von meinem Drink, um das zu vertuschen, falls uns jemand beobachtete. Aber sie schienen alle zu sehr in ihren Schwachsinn vertieft zu sein, um auf die unerwünschten Anwesenden zu achten.

»Du hast dein Mädchen gesagt«, bemerkte ich und warf ihm einen verstohlenen Blick zu, als er die Stirn runzelte, seufzte und mir einen hoffnungslosen Blick zuwarf.

»Scheiße, manchmal siehst du ihr so unglaublich ähnlich, weißt du das?« Orion atmete tief durch, rieb sein Gesicht und sah so verdammt müde und kaputt aus, dass ich ihn am liebsten umarmt hätte, obwohl so viele Leute in der Nähe waren.

»Ich sehe aus wie meine eineiige Zwillingsschwester? Wirklich? Unmöglich!« Ich schnaubte und er schüttelte den Kopf.

»Ja, nun, wenn du lächelst, erinnerst du mich mehr an sie als sonst. Zumindest daran, wie sie aussah, bevor ich …« Er verstummte und wandte seine Aufmerksamkeit in Richtung der Party. Mein Herz schmerzte, aber er hatte dieses verdammte Chaos zwischen ihnen selbst verursacht, also würde ich ihm keine leeren Phrasen anbieten. Er musste sich verdammt noch mal zusammenreißen und das in Ordnung bringen.

Ich krümmte meine Finger, wo er sie nicht sehen konnte, und formte Luftmagie zu einer Faust, die ich dann mindestens so fest auf seine Eier knallen ließ, wie ich es getan hätte, wenn wir keine Zuschauer gehabt hätten.

Orion fluchte, beugte sich vor und ließ sein Glas fallen, sodass es zerbrach und mehrere der Drachen ihn schockiert ansahen. Sie wandten sich schnell wieder ab, als würde er nicht existieren, und eine der Frauen mit verkniffenen Gesichtszügen sagte laut: »Welch eine Schande.«

Ich biss mir auf die Lippe, während ich langsam einen weiteren Schluck nahm, und verbarg mein Amüsement, als Orion versuchte, seine Eier mit Heilmagie zu behandeln, bevor er sich wieder aufrichtete.

»Warum?«, zischte er, und ich warf ihm einen Blick zu, der »Du weißt, warum« schrie. Daraufhin murmelte er etwas in der Art, dass ich eine verdammte Psychopathin sei und er Mitleid mit Darius hätte, sollte ich ihn auch so behandeln.

»Wenn du dich richtig erinnerst, habe ich dir eine einzige Chance gegeben, es nicht mit ihr zu versauen, und dir die Kastration versprochen, solltest du ihr wehtun«, sagte ich beiläufig. »Also kommst du noch ziemlich glimpflich davon.«

»Bei den Sternen, du bist ein Monster«, knurrte er.

»Verdammt richtig«, stimmte ich zu. »Also bring die Sache mit ihr in Ordnung, sonst muss ich deine Bestrafung erhöhen.«

»Erhöhen?«, fragte er, seine Stimme um eine Oktave anhebend, was mich abermals in mein Getränk grinsen ließ. »Wenn du sie erhöhst, werde ich nicht mehr funktionieren.«

Ich warf ihm einen flüchtigen Blick zu und bewegte meine Finger wie eine Schere, während er das Gesicht verzog und eine schützende Hand über seine Eier legte. Entsetzt schüttelte er den Kopf.

Darius und Mildred wirbelten über die Tanzfläche, und meine Belustigung verschwand, als ich sie beobachtete. Sie war zwar fast so groß wie er und hatte Füße, die offen gesagt noch größer aussahen als seine, aber sie hatte all diese ausgefallenen Gesellschaftstänze eindeutig gelernt. Die beiden bewegten sich in perfekter Synchronisation über die Tanzfläche, und während ich sie beobachtete, fragte ich mich, was wohl passieren würde, wenn wir den Imperialen Stern nicht in die Finger bekämen. Was, wenn all unsere Pläne, Ziele und Absichten, Lionel zu entmachten und zu entthronen, einfach nicht aufgehen würden?

Würde ich dann für immer dieses Leben leben? Darius mit diesem fiesen Troll von einem Mädchen zuschauen, wenn er auf Partys mit ihr tanzte, sie heiratete und mit ihr kleine reinrassige Drachenbabys zeugte? Und war ich dazu verdammt, die Nächte damit zu verbringen, Lionels Bett zu wärmen und seinen Befehlen zu folgen, in der vergeblichen Hoffnung, dass wir eines Tages einen Weg finden würden, dieses Band zu lösen, das er mir auferlegt hatte?

Meine Brust zog sich zusammen, als ich sah, wie Mildreds kotzgelbes Kleid hinter ihr her wehte und Darius' Hand auf ihrem haarigen Rücken ruhte. Er fing meinen Blick durch die Menge hindurch auf, und ich konnte den gleichen Schmerz darin sehen, die gleiche Sehnsucht nach einem anderen Leben, für das ich keinen Weg sah. Denn selbst wenn wir es schaffen würden, den Thron von seinem Vater zurückzuerobern, würde das nichts an dem Fluch ändern, den ich über uns verhängt hatte. Wir waren sternverflucht, dazu bestimmt, allein zu sein und uns für immer nacheinander zu sehnen.

War das alles, was meine Zukunft bereithielt? Ihn durch die Menge hindurch anzusehen und mir zu wünschen, ich hätte mich anders entschieden?

»Er liebt dich wirklich«, sagte Orion mit leiser Stimme, was mich aus meiner Starre riss, und ich räusperte mich, während ich den Blick zu Boden senkte.

»Ich bin nicht leicht zu lieben«, murmelte ich.

»Er auch nicht. Das ist wahrscheinlich der Grund, warum ihr so perfekt füreinander seid.«

Ich brummte leise, aber nicht, weil ich anderer Meinung war, sondern weil es mir sinnlos erschien, überhaupt darüber nachzudenken. Nichts konnte unser Schicksal jetzt noch ändern.

»Eigentlich habe ich mich in diese Ecke verdrückt, damit ich mich *weniger* beschissen fühle«, neckte ich ihn. »Du bist ein ziemlicher Miesmacher, weißt du das?«

»Ich bin ein verbitterter Krimineller, der mittlerweile zwei gescheiterte Karrieren vorzuweisen hat – und das vor seinem dreißigsten Geburtstag«, knurrte er. »Also solltest du dich nicht wirklich darüber wundern. Außerdem, was soll ich deiner Meinung nach dagegen tun?«

»Sei etwas lustiger«, scherzte ich, und er verdrehte die Augen.

»Na schön. Willst du ein Spiel spielen?«

»Was für ein Spiel?«, fragte ich.

»Das war ein Witz.«

»Deine Darbietung ist noch ausbaufähig. Komm schon, du hast mir ein Spiel versprochen. Warum rate ich nicht, was die aufgeblasenen Deppen zueinander sagen, und du kannst mir mit deinen Fledermausohren verraten, ob ich richtig liege?«

»Klar. Aber gib mir nicht die Schuld, wenn es nur leeres Geschwätz ist«, stimmte Orion zu, der von meiner Idee nicht gerade begeistert zu sein schien. Aber ihn begeisterte nur wenig, seit er seine Beziehung zu meiner Schwester versaut hatte, also war ich bereit, das zu ignorieren.

»Okay, also … Der große Kerl da drüben sagt: ›Ich habe mir neulich diesen Analplug besorgt, den du empfohlen hast, Brenda, und du hast recht, er hilft wirklich, den Stock noch weiter in meinen Arsch zu schieben.‹«

Orion schnaubte ein Lachen und nickte dann. »Zunächst einmal ist hier jeder Kerl ein ›großer Kerl‹, also brauche ich schon etwas Konkreteres. Aber ich habe definitiv gehört, dass einige der heute Anwesenden über die neuen Drachenschuppen-Analplugs gesprochen haben, die gerade der letzte Schrei sind, also bin ich sicher, dass du recht hast.«

»Und ich habe gehört, dass die Stöcke besonders viele Splitter haben, was erklärt, warum sie alle so muffelige Arschlöcher sind. Abgesehen von Dante – er hat seinen offensichtlich entfernen lassen.«

»Was ist mit Darius?«

»Darius hat vielleicht auf den Analplug verzichtet, aber der Stock steckt wahrscheinlich immer noch ziemlich fest da drin. Aber die Sterne erlauben mir nicht, ihn nackt zu sehen, um das zu überprüfen.«

»Ich werde ihm sagen, dass du ihn nackt sehen willst, wenn er heute Abend in mein Bett kriecht«, sagte Orion.

»Wenn du meinst. Das Loswerden von Klamotten war noch nie mein Problem. Sex ist viel einfacher als … all der andere Beziehungsmist. Aber jetzt konzentriere dich auf das Spiel und sag mir, was dieser Christopher-Typ zu Lionel sagt! Mein Tipp ist: ›Ich wünschte, ich könnte deinen Arsch lecken, o König der Drachen!‹«

Orion neigte den Kopf, während er seine Konzentration auf den großen glatzköpfigen Drachenwandler richtete, der mit Lionel auf dessen Thron sprach. Ich beobachtete das Gespräch ebenfalls und bemerkte, wie Christopher aufgeregt nickte, als Lionel etwas sagte und dabei seine Hand besitzergreifend auf Catalinas Oberschenkel legte.

Darius' Mom nickte roboterhaft, und Christopher grinste, als sie aufstand.

»Was zum Teufel …«, murmelte Orion, woraufhin ich mich ihm zuwandte. Er stand auf und starrte finster in Richtung Catalina, die mit Christopher an ihrer Seite aus dem Pavillon ging.

»Was?«, fragte ich. »Wohin gehen sie?«

Orion sah mehr als nur angewidert aus, während er zwischen ihnen und Darius hin und her blickte, der immer noch auf der Tanzfläche in Mildreds Griff gefangen war.

»Wir müssen ihnen folgen«, zischte er.

»Das können wir nicht«, erwiderte ich, und mein Puls beschleunigte sich, als ich mich vergewisserte, dass uns niemand beachtete.

»Lionel hat diesem großen Arschloch gerade gesagt, dass er Catalina für die Nacht haben kann«, knurrte er eindringlich. »Und dann hat er sie mit Dunkler Manipulation dazu gebracht, mit ihm zu gehen und zu tun, was immer er tun will.«

Mein Mund blieb offen stehen, und ich schüttelte den Kopf, obwohl ich nicht wusste, warum ich versuchte, es zu leugnen. Ich wusste genau, was für ein Monster Lionel Acrux war. Ich wusste, dass er seit Jahren alle um sich herum kontrollierte und missbrauchte, also hätte mich das nicht überraschen dürfen. Aber das tat es. Sie war seine Frau. Die Mutter seiner Söhne. Und er gab sie einfach so einem widerlichen alten Drecksack, damit der sie benutzen konnte, als wäre sie nichts?

Seitdem ich zu Sinnen gekommen war, beschäftigte mich Catalina sehr. Ich machte mir Sorgen um sie und ihre Situation – gefangen in diesem Haus. Aber ich hätte mir nie vorstellen können, dass sie so etwas durchmachen musste.

»Warte!«, knurrte ich, als Orion sich zum Gehen wandte. »Hörst du sie? Catalina und dieses verdammte Schwein, mit dem sie weggegangen ist?«

Er hielt einen Moment inne, sah sich um und konzentrierte sich. »Ja. Sie gehen immer noch in Richtung Palast. Er … erzählt ihr ziemlich anschaulich, was er mit ihr vorhat.«

»Aber er hat sie noch nicht berührt?« Ich versuchte, meine emotionslose Maske beizubehalten, während ich über das Meer der Drachen blickte.

»Lionel hat ihm gesagt, dass er subtil vorgehen soll. Er soll wohl warten, bis er hinter verschlossenen Türen ist.«

»Dann haben wir ein paar Minuten. Ich werde mich entschuldigen und mich dann davonmachen. Kannst du dich davonschleichen und mich am Ende des Weges treffen?«

»Was ist mit Darius?«, fragte Orion, und sein Blick wanderte zu seinem Freund, der immer noch mit Mildred beschäftigt war.

»Wir müssen das ohne ihn machen«, sagte ich. »Es kümmert niemanden, ob wir hier sind oder nicht, aber es fällt auf, wenn der Sohn des Königs fehlt.«

Orion fluchte, stimmte dann aber zu. Er schoss von mir weg, als ich mich durch den Pavillon in Richtung Thron bewegte, auf dem Lionel noch immer saß.

»Da bist du ja, Roxanya«, sagte er mit einem Lächeln, das meine Eingeweide in Aufruhr versetzte.

»Mein König«, begrüßte ich ihn und senkte den Kopf, obwohl es gegen jeden meiner Instinkte verstieß. »Ich vermisse dich.«

Er seufzte und schien erfreut und irritiert zugleich über das bedürftige Verhalten zu sein – genau, wie ich es von ihm erwartet hatte. Er stand auf und winkte mich zu sich. »Ich habe nicht vor, noch lange auf dieser Party zu bleiben. Warum gehst du nicht schon mal vor und versicherst dich, dass Clara keinen Unfug anstellt?«

Ich nickte eifrig und fühlte mich wie ein kleiner, geschlagener Hund, als er mein Gesicht umfasste und mir einen feuchten Kuss auf die Wange drückte, bevor er mich wegschickte. Eilig wandte ich mich ab und verließ die Party, ohne Aufmerksamkeit zu erregen.

Der Weg wirkte verlassen, als ich ihm zielstrebig folgte, aber als ich mich dem Palast näherte, erregte eine Bewegung meine Aufmerksamkeit. Plötzlich riss mich Orion von den Füßen und schoss auf den Palast zu.

Ich verlor fast die Orientierung, als er an den Bediensteten vorbeiraste, durch lange Korridore in den Gästeflügel des Palastes stürmte und vor einer verschlossenen Holztür zum Stehen kam.

Er stellte mich ab und trat die Tür auf, bevor er ins Zimmer schoss und einen Luftstoß auf Christophers Rücken schleuderte, noch bevor ich über die Schwelle getreten war.

Der Drachenwandler hatte bereits sein Hemd ausgezogen und Catalina lag in Unterwäsche auf dem Bett, ihre Augen weit aufgerissen, als sie uns entdeckte.

Christopher stolperte unter Orions Angriff zurück, erholte sich aber schnell, hob die Hände und schleuderte einen Schwall Drachenfeuer direkt auf Orion, der es gerade noch schaffte, sich rechtzeitig davor zu schützen.

Die Flammen prallten von seinem Schild ab und Catalina schrie, als sie auf das Bett gelenkt wurden, auf dem sie lag.

Fluchend wirkte ich Magie in ihre Richtung, vereinte Eis und Luft zu einem mächtigen Schild um sie herum und stöhnte vor Anstrengung, ihn aufrechtzuerhalten, als das Drachenfeuer das Bett mit einem gewaltigen Krachen auseinandersprengte.

In dem Moment, in dem die Flammen erloschen, traf Orion Christopher mit einem Luftstoß, und zwar so hart, dass er gegen die Wand geschleudert wurde, wo sein Kopf mit einem schrecklichen Knacken gegen die Backsteine prallte, bevor er bewusstlos zu Boden fiel.

»Scheiße!« Ich rang nach Luft, deaktivierte meinen Schild und atmete erleichtert auf, als ich Catalina darunter kauern sah.

Ich eilte an Orion vorbei, der sich vergewisserte, dass Christopher nicht im Begriff war, wieder aufzuwachen, packte ihre Hand, drückte Phönixfeuer unter ihre Haut und spürte die Dunkle Manipulation auf, die Lionel ihr erneut aufgezwungen hatte.

»Geht es dir gut?«, flüsterte ich, sah mich nach ihrer Kleidung um und entdeckte ihr Kleid auf den Überresten des brennenden Bettes. Es war zu Asche verkohlt.

Ich nahm ihre Hand und zog sie hoch, und sie warf einen Blick auf Orion und mich, der gleichermaßen von Erleichterung und Angst geprägt zu sein schien.

»Das hättet ihr nicht tun sollen«, flüsterte sie und schlang ihre Arme um sich. Orion zog sein Jackett aus und gab es ihr, damit sie sich bedecken konnte.

»Wir hätten nicht zugelassen, dass er dich missbraucht«, knurrte Orion angewidert.

»Es wäre nicht das erste Mal gewesen«, sagte sie und schüttelte verzweifelt den Kopf. »Lionel hat mich jahrelang benutzt, um ihm bei Geschäftsabschlüssen zu helfen. Anfangs war es nur ein Flirt, was ich bereitwillig zugelassen habe, aber dann ...«

»Du wurdest manipuliert, heute Abend mit ihm in dieses Zimmer zu kommen«, sagte ich wütend. »Das klingt nicht so, als hättest du es freiwillig getan.«

Catalina wurde blass. »Vor ein paar Jahren wollte einer seiner politischen Kontakte mehr als nur flirten, und als ich mich geweigert habe, hat er versucht, einen großen Deal platzen zu lassen, den Lionel abschließen wollte. Also hat er mir befohlen, mitzumachen, um den Deal zu retten, und als ich mich erneut weigern wollte, hat er einfach ...«

Mein Blut kochte vor Wut und Empörung über, und ich zog sie in eine feste Umarmung, während sie in meinen Armen zitterte.

»Ich weiß, dass ihr versucht habt, mir zu helfen, aber wenn Lionel herausfindet, was hier passiert ist, wird er uns alle umbringen«, flüsterte sie ängstlich, und ich sah Orion besorgt an und fragte mich, wie wir aus dieser Situation herauskommen sollten.

Ein Klopfen an der Tür ließ mich fast aus der Haut fahren, und in meiner Handfläche züngelten Flammen, als ich herumwirbelte – und Gabriel mit einem Grinsen im Gesicht vor mir stehen sah.

»Oh, gut, ich war mir nicht sicher, ob ich es rechtzeitig schaffe, bevor das Dach einstürzt, und dann hätte ich viel weniger Zeit gehabt«, sagte er, als wäre es keine große Sache, dass er gerade jetzt auftauchte. Und als läge kein halb toter Drache auf dem Boden, während der Raum in Flammen stand.

»Gabriel, was zum …«, wollte ich sagen, aber er winkte ab und warf Catalina einen Kapuzenpullover und eine Jogginghose zu.

»Hast du gesehen, was zu tun ist, Noxy?«, fragte Orion hoffnungsvoll.

»Ja, wir müssen etwas von Catalinas Blut in die Flammen auf dem Bett geben und dann schnell von hier verschwinden«, sagte Gabriel. »Lionel wird denken, dass Christopher sie im Eifer des Liebesgefechts versehentlich getötet hat, und ihn wegen Mordes nach Darkmore schicken. Ich werde sie wegfliegen, und er wird keinen Verdacht schöpfen.«

»Wohin bringst du mich?«, fragte Catalina ängstlich, während sie sich automatisch anzog und Orion sein Jackett zurückgab. »Ich kann meine Jungs nicht verlassen. Sie brauchen mich, ich …«

»Hamish Grus wird dich aufnehmen«, versprach Gabriel und ging mit einem kleinen Messer in der Hand auf sie zu. »Darius und Xavier werden dich bald besuchen können. Aber wir haben fünf Minuten, um hier rauszukommen, sonst ändert sich die Zukunft wieder. Aber zuvor brauchen wir noch ein paar Tropfen deines Blutes.«

Catalina sah völlig überfordert aus, aber sie nahm das Messer und schnitt sich in den Arm, sodass ihr Blut auf die verkohlten Überreste des Bettes spritzte. Gabriel hielt ihren Arm fest, als er der Meinung war, dass es reichte, und heilte sie.

Sie schien immer noch nicht ganz überzeugt zu sein, also gab ich ihr einen leichten Schubs in Richtung Tür und drängte sie nach draußen.

Die Flammen um uns herum wuchsen, fraßen sich durch die Wände und setzten die Vorhänge in Brand. Rauch füllte die Luft.

»Christopher wird die Wahrheit kennen, wenn er aufwacht«, sagte ich, aber Gabriel – dieser allwissende kleine Bastard – grinste nur und warf Orion eine kleine Flasche mit einem Trank zu.

»Gedächtnisauslöschung«, erklärte er. »Und ich musste eine ungestörte Nacht mit meiner Frau opfern, um an dieses Elixier zu kommen. Ich hoffe, du weißt, wie viel du mir dafür schuldest, Orio.«

»Und niemand wird infrage stellen, warum er einfach so sein Gedächtnis über das, was hier vorgefallen ist, verloren hat?«, fragte ich misstrauisch, als sich Orion in Bewegung setzte, um Christopher das Elixier einzuflößen.

»Nein. Und jetzt los!«, befahl Gabriel, ergriff Catalinas Arm und zerrte sie in den Flur.

Ich folgte ihnen, und ein berstender Knall ertönte von der Decke des Raumes hinter mir. In dem Moment kam Orion ebenfalls neben uns zum Stehen. Ein riesiger Balken stürzte mit einem gewaltigen Krachen von der Decke, und Steinbrocken bedeckten Christophers Körper.

»Siehst du? Niemand wird sich fragen, warum sich Christopher an nichts erinnert«, erklärte Gabriel beiläufig, schloss die Tür zum Zimmer der Zerstörung und zog Catalina mit sich den Korridor entlang. Er hob einen alten Wandteppich an und zeigte auf das Hydra-Symbol auf den Backsteinen dahinter.

Schnell legte ich meine Handfläche darauf, und die Steine ordneten sich neu, woraufhin ein Durchgang zum Vorschein kam. Eilig führte Gabriel uns in den versteckten Gang.

Sobald wir alle drinnen waren, zog Gabriel einen versteckten Hebel, der die in der Wand eingebettete Erdmagie aktivierte und den Eingang hinter uns verschloss. Wir verharrten regungslos, als Schritte ertönten – wahrscheinlich jemand, der auf die Lärmquelle aufmerksam geworden war. Orion warf eine Stillekuppel über uns, um sicherzustellen, dass wir nicht entdeckt wurden.

Gabriel entzündete eine Fae-Licht-Fackel vor uns und winkte uns in den kalten Gang, der in den Wänden verborgen war. Er führte uns einen steilen Abhang hinunter und immer weiter, bis wir schließlich an eine Weggabelung kamen.

Eine weitere Fae-Licht-Fackel beleuchtete den Gang zu unserer Rechten, und ich keuchte alarmiert auf, als ich die große Gestalt dort sah. Doch dann erkannte ich Dante.

»Komm schon, Gabby, ich will rechtzeitig zu Hause sein, um heute Abend noch etwas Schlaf zu bekommen«, rief er. Ich lächelte, während Gabriel die Stirn runzelte.

»Wie hast du mich gerade genannt?«, fragte er.

»Ich dachte, du fändest es vielleicht nett, wenn deine Schwester einen süßen Spitznamen für dich hätte«, sagte Dante und grinste breit. Gabriel schüttelte den Kopf.

»Nein. Auf keinen Fall.«

»Ich glaube, das könnte sich durchsetzen«, neckte Dante.

»Vergiss es! Ihr beide müsst diesen Gang nehmen«, sagte Gabriel und zeigte auf den Gang zu unserer Linken. »Folgt ihm bis zur Treppe, dann geht ein Stockwerk nach oben und dort nach draußen. Niemand wird je vermuten, dass ihr etwas mit Catalinas Verschwinden zu tun habt. Dante und ich werden dafür sorgen, dass sie sicher zu Hamish gelangt, sobald Darcy uns am anderen Ende des Tunnels wieder herauslässt.«

»Seid ihr sicher, dass es meinen Jungs gut gehen wird?«, fragte Catalina und starrte mich an, offenbar nicht sicher, was sie von Gabriel halten sollte.

»Du kannst ihm vertrauen«, schwor ich ihr. »Er hat die Gabe des Sehens. Wenn er sagt, dass es funktioniert, dann wird es das auch.«

»Okay«, stimmte sie zögernd zu.

»Es tut mir leid, Catalina«, brummte Orion und trat mit schmerzverzerrtem Blick auf sie zu. »Wenn ich gewusst hätte, was Lionel dir antut, hätte ich …«

»Shhh«, flüsterte sie, legte ihre Hand auf seine Wange und beruhigte ihn, als wäre er ihr Kind. »Ich möchte, dass du weißt, dass es mir auch leidtut. Dass ich mit dir geflirtet und dich so verlegen gemacht habe. Ich habe dich nie auf diese Weise gesehen, Lance. Du bist wie einer meiner Jungs.« Eine Träne kullerte über ihre Wange, als sie ihn an sich zog und ihre Arme um ihn legte. »Ich wollte dich nur vor Lionel warnen, aber die Zauber, mit denen er mich belegt hat, haben das fast unmöglich gemacht, und jetzt ist es zu spät …«

»Es ist nicht deine Schuld«, knurrte Orion und drückte sie fest an sich. »Es tut mir leid, dass ich es nicht gesehen habe, aber ich schwöre, dass wir ihn eines Tages dafür bezahlen lassen werden. Du bist jetzt frei. Das ist alles, was zählt.«

»Wir müssen los«, sagte Gabriel so bestimmt, dass keiner von uns etwas dagegen einzuwenden hatte, und Orion ließ sie los, sodass wir uns alle auf den Weg machen konnten.

Orion zündete ein Fae-Licht an, bevor wir den Gang entlangeilten, und ich blieb dicht neben ihm und zog meinen Rock hoch, damit ich mich in meinem Kleid und den High Heels schneller bewegen konnte.

Als wir das Ende des Ganges erreichten, den Gabriel erwähnt hatte, packte Orion plötzlich meinen Arm. Seine Augen waren voller Schmerz, als er mich ansah.

»Sie hat versucht, es mir zu sagen«, erklärte er in rauem Ton, während er seine Finger in meinen Arm grub.

»Was zu sagen?«, fragte ich verwirrt.

»Immer, wenn sie mich betatscht oder mit mir geflirtet hat. Sie hat immer die gleichen Worte benutzt. In der gleichen Reihenfolge. Aber ich war so entsetzt darüber, von der Mutter meines Freundes angemacht zu werden, dass ich nie darüber nachgedacht habe.«

»Was hat sie gesagt?«, fragte ich.

»Humorvoll, intelligent, liebenswert, fabelhaft. Und manchmal hat sie noch unglaublich, nobel und sexy hinzugefügt.«

»Also …«

»Der erste Buchstabe jedes dieser Wörter ergibt die Botschaft, die sie mir zu vermitteln versucht hat. ›Hilf uns!‹«

Meine Kehle wurde eng und Tränen stiegen mir in die Augen, als mir klar wurde, dass er recht hatte. Wie lange hatte sie schon unter der Kontrolle ihres Mannes gelitten? Wie lange war sie gezwungen gewesen, alles zu tun, was er wollte, während er die Kinder missbraucht hatte, denen sie nicht einmal Zuneigung hatte zeigen dürfen?

»Er ist ein verdammtes Monster«, zischte ich und warf meine Arme um Orion, als ich die Verzweiflung in seinem Gesicht sah, die mich noch mehr schmerzte.

»Wenn ich es früher verstanden hätte …«, flüsterte er entsetzt, aber ich schüttelte heftig den Kopf.

»Du hättest nichts tun können. Jetzt kannst du es«, sagte ich energisch. »Finde den Imperialen Stern! Wir sind so nah dran, Orion. Der Vollmond ist nur noch ein paar Tage entfernt, und dann kannst du das Tagebuch deines Vaters lesen, und wir können endlich den Stern finden. In ein paar Tagen haben wir, was wir brauchen, um ihn zu vernichten. Um unser aller willen.«

»Du hast recht«, stimmte er mit einem entschlossenen Knurren zu. »Nur noch ein paar Tage.«

Gemini
Scorpio
Virgo
Cancer
Aries
Leo
Sagittarius
Taurus
Capricorn
Aquarius
Libra
Pisces

ORION

KAPITEL 25

Catalinas Flucht hatte etwas Beruhigendes an sich. Trotzdem war ich voller Schuldgefühle und Scham der Frau gegenüber, die all die Jahre unterdrückt worden war. Sie hatte versucht, mich um Hilfe zu bitten, aber ich hatte den Wald vor lauter Bäumen nicht gesehen. Es war ein weiterer Schatten in meinem Leben. Ich fragte mich, ob die Königin meinem Vater erzählt hatte, was aus mir werden würde. Ein Nichts, ein Niemand, jemand, der zu viele falsche Entscheidungen treffen würde.

Jahrelang hatte ich versucht, Darius stark genug zu machen, um seinen Vater zu bekämpfen, und meinen eigenen Hunger nach Rache damit gestillt. Aber die Rückkehr der Vegas hatte alles verändert. Und in den Stunden, die ich jetzt allein war, begann ich, alle Entscheidungen, die ich getroffen hatte, zu überdenken und infrage zu stellen. Jede einzelne. Außer ihr. Sie konnte ich nicht bereuen.

Ich hätte mehr tun sollen, um Clara zu helfen.

Ich hätte Darius mehr unter Druck setzen sollen, ihn auf den Kampf gegen Lionel vorbereiten müssen, bevor all das passiert war.

Ich hätte den Vegas von Anfang an helfen sollen.

Andererseits war ich – das hatte zumindest Jasper gesagt – immer auf dem richtigen Weg gewesen. Ich war dazu bestimmt gewesen, im Gefängnis zu landen, um ihn zu treffen. Ich wünschte nur, das wäre möglich gewesen, ohne Darcy zu verlieren.

Ich rieb meine Augen, leerte mein Bourbonglas und seufzte, denn ich wusste, dass ich keinen Nachschub mehr hatte. Darius würde mir mehr bringen, auch wenn er mich jedes Mal dafür verfluchte. Ich verfiel schnell wieder in alte Gewohnheiten, aber während mir der Alkohol früher etwas Erleichterung von meinen Dämonen verschafft hatte, konnte mich nichts von dem Verlust meines Mädchens befreien. Ich hatte heute Abend schon hundertmal darüber nachgedacht, sie anzurufen, aber es mir immer wieder ausgeredet. Nur weil ich nicht länger im Knast saß, bedeutete das nicht, dass ich frei war. Ich war nach wie vor ein Ausgestoßener, ein Loser, jemand, der nie wieder irgendeine Position in der Gesellschaft innehaben würde. Und wenn Lionel mit mir fertig war, würde ich für den Rest meiner Strafe zurück hinter Gittern wandern.

Ich hatte darüber nachgedacht, wegzulaufen. Mit Darius hatte ich oft darüber gesprochen. Vielleicht könnte ich es auf die andere Seite der Barrieren schaffen, dann würde mich Darius mit Sternenstaub außer Reichweite bringen. Aber was wäre ich dann noch wert? Lionel würde mich bis ans Ende der Welt verfolgen. Er würde Darius überwachen und seine Erinnerungen anzapfen, sollte er mich jemals besuchen. Und das würde er. Denn solange wir unter der Kontrolle des Wächterbandes standen, würde er sich niemals von mir fernhalten können. Außerdem war morgen Vollmond. Und Lionel hatte keine Ahnung, dass ich bisher noch keinen Blick ins Tagebuch hatte werfen können. Also konnte er auch nicht wissen, wie wichtig der morgige Tag war.

Tory hatte Vards Gespräche mit Lionel belauscht und war sich sicher, dass er nicht die leiseste Idee hatte, was im Tagebuch stand oder wie ich es entzifferte. Er wusste nur, dass ich Zeit zum Arbeiten benötigte und es eine Weile dauern würde. Glücklicherweise bedeutete das, dass ich Darius und den Zwillingen möglicherweise das Versteck des Sterns würde mitteilen können, bevor Lionel überhaupt herausfand, dass ich wusste, wo er war.

Nur noch ein Tag – vielleicht würden wir in diesem Krieg dann endlich einen Vorteil erringen.

Mein Atlas summte, und ich zog ihn aus der Tasche, weil ich sofort an Darcy dachte. Ich hatte gehofft, dass sie mich gelegentlich um Hilfe mit ihrer Magiefertigkeit bitten würde, aber seit ihrem letzten Besuch hatte ich nichts mehr von ihr gehört.

Ich war stinksauer, dass Honey Highspell meinen *Grundlagen-der-Magie-*Kurs in den Sand setzte. Ich hätte nie gedacht, dass ich das Unterrichten vermissen würde, aber offenbar war es mir doch ans Herz gewachsen. Der Gedanke an diese Hexe, die hinter meinem Schreibtisch stand und meine Studenten wie Abschaum behandelte, machte mich fuchsteufelswild. Denn all das war allein mir vorbehalten.

Meine Stimmung sank noch weiter, als ich sah, dass mich eine Nachricht von Seth Capella erwartete. Es war ein Foto von Darcy, die am Seeufer stand und einen weißen Badeanzug trug, der ihre Brüste betonte. Ihre Haare waren tropfnass und glänzten im Sonnenlicht, vermutlich war es schon vor Stunden aufgenommen worden. Es waren noch andere Studenten im Wasser – Sportunterricht. Unter das Foto hatte Seth geschrieben: *Ständer-Material: 10/10*.

Meine Fangzähne wurden lang, und ich musste mich mächtig zusammenreißen, um den Atlas nicht in meiner Hand zu zerquetschen. Er war meine einzige Möglichkeit der Kommunikation. Fuck. Fuck, fuck, *fuck*.

Eine weitere Nachricht ploppte auf und ich fletschte die Zähne wie ein Tiger, als ich das Foto in Augenschein nahm. Seth stand hinter Darcy, ihr Körper war in ein Handtuch gehüllt. Er umarmte sie, während er das Selfie knipste, und legte dabei seinen Kopf auf ihren. Sie presste einen Finger auf ihre Lippen, ein Ausdruck unbändigen Übermuts im Gesicht, der mich dazu brachte, mir selbst die Augen auskratzen zu wollen.

Die Bildunterschrift darunter lautete: *Kein Gesetz kann mich von meinem Mädchen fernhalten.*

Fassungslos sprang ich auf und warf meinen Atlas durch den Raum, bevor ich etwas Unsinniges damit anstellen konnte. Ich ging auf und ab, raufte mir die Haare und atmete schwer. Ich würde ihn umbringen, ihm seinen verdammten Kopf abreißen, und zwar so langsam, dass er jeden einzelnen Knochen brechen spüren würde. Mit zusammengekniffenen Augen versuchte ich, die Bilder der beiden aus meinem Kopf zu verbannen. Küssend, umarmend, fickend.

»Nein!«, zischte ich, schnappte mir einen Holzstuhl und schleuderte ihn gegen die Wand.

Er zersplitterte in fünfzig Teile, aber das reichte nicht. Ich wollte Seth in fünfzig Teile zerfetzt sehen, nicht den verdammten Stuhl. Ich musste ihm wehtun, ihn zum Schreien bringen.

Die Schiebetür ging auf, und ich wirbelte knurrend herum, wobei mein Blick auf das Mädchen fiel, das hereinkam.

Mir stockte der Atem, und mein Herz flatterte in meiner Brust. Ich hatte auf ihren Besuch gewartet, seit ich hier angekommen war, aber sie war nie aufgetaucht. Selbst wenn Lionel mich besuchte, brachte er immer nur Tory mit. Niemals sie. Aber jetzt betrat meine Schwester mein Zimmer. Sie sah neugierig aus, aber alles andere als sie selbst. Ihre Haare waren ein dunkles Meer aus Schatten, ihren Körper umhüllten die Schatten wie ein Kleid. Endlich war ich mit ihr allein. Aber ich wusste nicht, wie zum Teufel ich mich verhalten sollte.

»Clara«, raunte ich, während ich auf sie zustürmte. Aber bevor ich sie erreichen konnte, griff sie nach den Schatten in mir und brachte mich dazu, ein paar Schritte vor ihr stehen zu bleiben. »Hallo, kleiner Bruder«, säuselte sie, während sie den Kopf zur Seite neigte und sich weiter ins Sommerhaus bewegte. »Ich sollte nicht hier sein.« Sie kicherte und sah sich schelmisch um. »Daddy will nicht, dass ich dich besuche.«

»Warum nicht?«, fragte ich forsch. Mir wurde heiß, als ich sah, dass sie wie ein Geist durch den Raum schwebte.

Mein Magen rebellierte, als ich sie genauer musterte. Sie war nicht sie selbst. Die Schatten hatten sie verzehrt. Aber ich hatte in ihren Augen schon Bruchstücke meiner Schwester gesehen, also konnte sie doch sicher zu mir zurückkehren, oder? Tory war es gelungen. Warum also nicht auch ihr?

»Weil du ein böser, böser Junge bist«, erklärte sie mit psychotischem Lächeln. Sie kletterte auf die Rückseite der Couch, balancierte darauf herum und starrte mich fasziniert an.

»Hör mir zu!«, presste ich hervor. »Lionel ist dein Feind. Du bist in den Schatten gefangen.«

Sie schnippte mit der Hand, und ich schrie auf, als die Schatten sich um meine Eingeweide legten und zudrückten, bis es sich anfühlte, als würden meine Organe platzen. Ich konnte nur stehen bleiben, weil sie mich mit ihrer Kraft aufrecht hielt. »Wage es ja nicht, auch nur ein böses Wort gegen Daddy zu sagen. Er kümmert sich um mich. Er liebt mich.«

»Er liebt nur sich selbst«, knurrte ich, und Clara kreischte auf, als hätte ich sie geschlagen.

Sie sprang von der Couch, landete direkt vor mir und nahm mein Gesicht zwischen ihre Hände. Ich betrachtete die vertrauten Sommersprossen auf ihrer Nase. Ihre Berührung war eiskalt, und ihre Augen waren von Schatten umhüllt. Doch darunter wartete meine Schwester darauf, freigelassen zu werden, dessen war ich mir sicher. *Ich weiß, dass du da drin bist.*

»Clara«, krächzte ich. »Erinnerst du dich nicht an mich?«

Sie ließ ihren Blick über mein Gesicht wandern; die Wut in ihren Zügen wich, bis Sehnsucht sie erfüllte. Tränen kullerten über ihre Wangen, und sie holte tief und hoffnungsvoll Luft.

»Lance«, hauchte sie, fiel nach vorn und klammerte sich an mich. Die Schatten verloren die Kontrolle über meinen Körper, und ich keuchte auf, während ich meine Arme um sie schlang und ihren zierlichen Körper an meinen drückte. Ihre Schultern bebten und ihre Fingernägel gruben sich verzweifelt in meinen Rücken. »Hilf mir«, schluchzte sie. »Lass mich nicht gehen. Lass es hier enden. Es reicht, es reicht, es reicht.«

Der Schmerz, den ihre Worte in mir auslösten, war unerträglich, und ich wünschte, ich wüsste, was zu tun war. Ich drückte sie an mich. Mein Herz schlug wie wild, als ich ihr Kinn ergriff und ihren Kopf anhob, um ihren Blick aufzufangen. Ihre Unterlippe zitterte, und der Nebel in ihren Augen lichtete sich, sodass ihre wunderschönen ebenholzfarbenen Iriden mich anstrahlten.

»Bist du es wirklich?«, fragte ich verzweifelt, und sie nickte.

»Ich bin hier. Ich bin immer hier«, sagte sie mit erstickter Stimme. »Aber *sie* ist es auch.«

»Was meinst du damit?«, fragte ich und hielt sie fest, während ich krampfhaft überlegte, was ich tun konnte. Wie zum Teufel sollte ich ihr helfen?

Plötzlich knurrte sie, riss sich von mir los und wedelte mit der Hand. Die Schatten zwangen mich auf den Boden, und ihr nackter Fuß bohrte sich in meinen Rücken. »Nutzloses kleines Biest, fass mich nicht an! Nur mein König darf mich berühren.«

Die Schatten gruben sich tiefer in meine Brust, während sich die Qual durch meine Glieder fraß. Sie sorgte dafür, dass ich weder meine Kiefer voneinander lösen noch etwas anderes fühlen konnte wie die Schatten, die sich um mein Herz wanden und es zerquetschten, zerquetschten, zerquetschten.

»Es wird gleich platzen, und dann wirst du Daddy und mich nie wieder ärgern können«, zischte sie, und ich versuchte, mich noch vehementer zu wehren, um ihr zu entkommen, aber ihre Kraft war allumfassend.

»Hör auf!«, schrie Tory. »Unser König will ihn lebend. Er wird dich hassen, wenn du ihn tötest.«

Clara hielt inne. Ihre Fersen bohrten sich in meinen Rücken, während sie so auf mir stand. »Mich hassen?«, keuchte sie.

»Ja, das hat er mir selbst gesagt«, entgegnete Tory bestimmt, und die Schatten lösten sich augenblicklich von mir, sodass ich erleichtert aufatmete. »Er sucht nach dir.«

»O Daddy, was habe ich getan?«, rief Clara und schoss mit vampirischer Geschwindigkeit zur Tür, bevor sie in der Dunkelheit verschwand.

Ich rappelte mich auf und heilte mich selbst. »Danke«, stöhnte ich, und Tory lächelte traurig, bevor sie die Tür hinter sich zuschlug.

Es verfolgte mich jeden Tag, zu wissen, dass meine Schwester von Lionel Acrux gefickt wurde. Dass sie von den Schatten gefangen gehalten wurde. Sie war nicht sie selbst. Aber ich wusste nicht weiter. Tory hatte ihren Phönix, der ihr half, die Schatten fernzuhalten, aber solange Darcy nicht herausfand, wie sie die Schatten aus uns allen verbannen konnte, schien Claras Rettung unendlich weit weg zu sein.

»Ich muss ihr helfen«, sagte ich mit belegter Stimme, und Tory runzelte die Stirn, was mich befürchten ließ, dass sie das Gleiche sagen würde wie zuvor. Dass Clara nicht zurückkommen konnte. Dass sie nicht mehr da war. Aber ich hatte es doch selbst gesehen. »Sag nicht, dass sie nicht gerettet werden kann!«, brummte ich und wandte mich von ihrem finsteren Gesichtsausdruck ab.

»Das wollte ich auch nicht«, versicherte sie mir aufrichtig. »Jetzt, wo ich selbst eine Sklavin der Schatten gewesen bin, glaube ich, dass du vielleicht recht haben könntest. Aber das erklärt weiterhin nicht, wie sie es geschafft hat, nach all dieser Zeit immer noch am Leben zu sein.«

»Ich weiß.« Ich rieb mir seufzend das Gesicht und warf dann einen Blick auf die leere Bourbonflasche. Mein Verlangen danach wurde einfach nicht weniger.

»Brauchst noch mehr davon, hm?«, höhnte Tory.

Ich drehte mich um und sah, wie sich eine Illusion an ihrer Seite auflöste und eine Flasche Bourbon zum Vorschein kam. Ich hatte etwas Zeit damit verbracht, ihr das beizubringen, was ich Darcy gezeigt hatte – und fuck, die beiden waren wirklich begabt.

»Es wird nicht mehr lange dauern, bis du und deine Schwester mich überholt.« Ich grinste, und sie spiegelte meinen Gesichtsausdruck wider, während sie mir die Flasche reichte.

Ich nahm sie entgegen und holte ihr dann ebenfalls ein Glas aus der Küche, um uns beiden einzuschenken – und das alles in weniger als zwei Sekunden. »Warum fütterst du meine schlechte Angewohnheit, Tory Vega?«, fragte ich misstrauisch.

»Na ja, da du dir deinen Leberschaden auch selbst heilen kannst, wann immer du willst, ist es wohl nicht *so* dramatisch«, sagte sie und nippte mit einem Grinsen an ihrem Glas.

»Prost.« Ich stieß mit ihr an, bevor ich die Hälfte der Flüssigkeit, die ich mir eingegossen hatte, leerte. Die Hitze, die sich in meinem Magen ausbreitete, linderte den erstickenden Schmerz, den ich empfand, wenn ich an meine Schwester dachte.

»Ich habe sogar noch ein Geschenk für dich«, sagte sie, während sie sich auf die Couch fallen ließ, und ich nahm den Stuhl gegenüber.

»Ich kann nicht glauben, dass du an meinen Geburtstag gedacht hast«, sagte ich überrascht, und ihre Lippen teilten sich.

»Ja ... natürlich habe ich daran gedacht, Alter«, erwiderte sie in einem

Versuch, die Situation zu retten. »Daher all die Geschenke, logisch.«

»Mein Geburtstag ist erst morgen.« Ich grinste spöttisch, und sie runzelte die Stirn.

»Okay, von mir aus, ich habe nicht daran gedacht. Aber ich bekomme eindeutig Pluspunkte, weil mich mein Unterbewusstsein dazu aufgefordert hat, dir ein paar coole Sachen vorbeizubringen. Und ich erlasse dir heute sogar den Schwanztritt, weil ich mich besonders großzügig fühle. Also, willst du dein Geschenk oder nicht?«

»Her damit! Aber wenn es nicht der Schlüssel zu meiner Freiheit ist – inklusive der Wiederherstellung meiner Machtposition in der Gesellschaft und deiner Schwester in Geschenkpapier eingewickelt und in der Stimmung, mir zu vergeben, hast du wahrscheinlich nicht meinen Geschmack getroffen.«

Sie kicherte. »Träum ruhig weiter vom zweiten. Aber was deinen ersten Wunsch angeht …« Sie wackelte mit den Augenbrauen und griff in ihre Tasche, aus der sie einen goldenen Ring mit rotem Stein holte. »Ich habe ihn heute im Zimmer des Königs gefunden«, flüsterte sie. »Ich glaube, er hat meinem Vater gehört.«

»Tory … den könnte ich nie tragen.«

Die Zwillinge hatten mir von der Vision erzählt, und seitdem ich wusste, dass Lionel ihren Vater mit Dunkler Manipulation zu seinen Handlungen gezwungen hatte, drehte sich mein Kopf unununterbrochen. Jahrelang hatte ich den Grausamen König aus Prinzip gehasst. Ich hatte mir mehr als alles andere gewünscht, Darius und die anderen Erben auf dem Thron zu sehen, damit die Vegas ihn ihnen nicht wieder wegnehmen konnten. Und das nur, weil ich befürchtet hatte, das Blut ihres Vaters könnte in ihren Adern fließen. Aber ich hatte mich so unglaublich geirrt. Nicht nur in Bezug auf sie, sondern auch in Bezug auf ihn. Das ganze Königreich hatte Hail Vega für die von ihm begangenen Gräueltaten verantwortlich gemacht, dabei hatte sein hinterhältiger Freund die Zügel in der Hand. Das änderte alles. Und nichts. Weil es geschehen war. Vergangenheit. Aber jetzt hatte ich tausend weitere Gründe, den Drachenkönig zu verachten. *Als hätte ich nicht schon genug davon.*

Es war ohnehin völlig heuchlerisch von mir gewesen, mir darüber Sorgen zu machen, dass die Vega-Zwillinge nach ihrem Vater kommen könnten. Ich hatte immer zu Darius gehalten – trotz seines Vaters. Vielleicht wurden schlechte Leute nicht dazu erzogen, sondern bereits so geboren.

»Du kannst und du wirst.« Tory sprang auf. »Gabriel und ich haben neulich einen dieser Ringe für ihn gemacht, und ich habe beschlossen, dir auch einen zu geben. Ich habe einen kleinen Zauber verwendet, um mein Blut in den Stein zu binden, und ihn außerdem mit etwas Magie belegt. Was im Grunde bedeutet, dass dies ein Schlüssel zu den Königspassagen ist.« Ihre Augen funkelten vor Aufregung, und ich musterte sie verlegen.

»Ich kann die Schattengrenze nicht überschreiten«, sagte ich und betrachtete den Ring.

»Möglicherweise kann ich dir dabei helfen«, sagte sie und kam auf mich zu, um nach meinen Handgelenken zu greifen. Sie legte ihre Finger um die dunklen Schattenringe, die sich unter meiner Haut wanden, und ich musterte sie besorgt.

»Was, wenn Clara das spürt?«, fragte ich.

»Wird sie nicht«, erwiderte Tory selbstbewusst. »Weil ich die Fesseln nicht brechen werde. Ich werde sie lediglich abblocken.« Schatten lösten sich aus ihren Handflächen, und ich spürte, wie sie mich anriefen und baten, mich in ihre hungrigen Arme zu begeben. Ein Seufzen entwich mir, als Tory sie unter meine Haut presste und ihre kühle Berührung meine Handgelenke umschloss. Die Fesseln waren jetzt etwas größer, aber das würde niemand bemerken. Tory schloss die Augen und flüsterte etwas, das ich nicht verstand. Ihre Stimme klang kaum durch, und mein Blut wurde bei dem Gedanken, dass die Schatten durch sie sprachen, eiskalt.

»So«, sagte sie und trat zurück, während Dunkelheit um ihre Iriden waberte. »Das sollte reichen.«

»Ich kann nicht weglaufen«, sagte ich und schüttelte den Kopf. »Selbst wenn das funktioniert, kann ich diesen Ort nicht verlassen. Lionel wird das FIB auf mich hetzen und mich bis ans Ende der Welt jagen. Ich könnte weder dir helfen noch Darcy oder …«

»Ich weiß«, sagte sie und legte die Stirn in Falten. »Aber du kannst kommen und gehen, ohne dass Lionel je davon erfährt. Und wenn es Zeit ist, zu fliehen, bist du dazu in der Lage. Das ist besser, als nach Darkmore zurückgeschickt zu werden, oder?«

Die Bedeutung dessen, was sie mir anbot, lastete auf meinem Herzen, und obwohl ich nur ungern den Rest meines Lebens auf der Flucht verbringen wollte, war es zumindest eine Option, solange Lionel an der Macht blieb. Und möglicherweise eine bessere, als fünfundzwanzig Jahre im Gefängnis zu verrotten. Wenn ich einen Weg gefunden hatte, Clara zu retten … wenn die Zwillinge den Imperialen Stern hatten … wenn alles nach Plan lief … dann könnte ich vielleicht gehen.

Ich wollte ihr danken, aber sie kam mir zuvor.

»Lass uns erst mal prüfen, ob es auch wirklich funktioniert«, meinte sie mit einem nervösen Lachen, zog mich von meinem Sitz und deutete auf die Geheimtür in der Küchenzeile.

Ich griff nach dem Ring, und sie reichte ihn mir. Als ich ihn auf meinen Daumen schob, hörte ich das magische Summen ihrer Magie, und ich fühlte mich ihr auf seltsame Weise nahe. Ich schenkte ihr ein Lächeln.

»Verdammt, du heulst gleich los, richtig?«, neckte sie mich. »Reiß dich zusammen, Alter, ich kann es nicht leiden, wenn du so emotional wirst.«

»Als ob«, spottete ich und drehte den Ring hin und her, während ich mich an das Gefühl gewöhnte, ihn zu tragen. »Aber Darius vielleicht, wenn er erkennt, dass ich eindeutig dein Liebling bin.«

»Aha. Du kannst ihm sagen, dass ich auf ein Knie gegangen bin, als ich ihn dir gegeben habe. Damit er etwas hat, worüber er sich so richtig schön aufregen kann.«

»Ich denke, ich ziehe es vor, meinen Kopf zu behalten«, scherzte ich, und sie nickte wieder in Richtung der Küchenzeile, um mich daran zu erinnern, was ich zu tun hatte.

Ich trat nach vorn, kniete mich hin und drückte meine Hand auf das schwache Hydra-Symbol, das im Muster der Bodenfliesen versteckt war. Es leuchtete auf, als ich es berührte, und ich sah mit pochendem Herzen zu Tory auf. »Na, leck mich am Arsch!«

»Nein, danke, Kumpel.« Sie grinste, als ich die Luke öffnete.

»Das war kein Angebot.« Ich grinste zurück.

»Meine Antwort bleibt die gleiche.« Sie nickte zur Luke. »Los, versuch, hier rauszukommen. Was kann schon passieren?«

»Lionel wird mich in seiner Drachenform fressen und dann wieder rausscheißen, damit ich weiter nach dem Imperialen Stern suchen kann«, entgegnete ich trocken und sie lachte.

»Wenn ein Alarm losgeht, bist du in null Komma nichts zurück. Und ich sage Lionel, dass ich dich beim Foltern aus Versehen über die Grenze geworfen habe. Er wird mich nicht in die Mangel nehmen, weil er mich für sein Schoßhündchen hält.«

»Okay, scheiß drauf.« Ich ließ mich in den Tunnel fallen und rannte los. Ich bog links ab, als sich der Weg teilte, und malte mir in Gedanken das Gelände über mir aus, während ich mit einem Jubelschrei durch die Dunkelheit rannte. Ich war schon lange nicht mehr so schnell gerannt und es fühlte sich verdammt gut an. Ich erreichte das andere Ende des Tunnels und wirkte ein Fae-Licht, während ich mit einem Stirnrunzeln die Sackgasse untersuchte.

Ein weiteres Hydra-Symbol erregte meine Aufmerksamkeit, und ich rannte darauf zu und drückte meine Hand darauf, woraufhin es wie ein Stern aufleuchtete. Mein Puls hämmerte in meinen Ohren, als sich die Wurzeln über mir in Bewegung setzten, nach unten wuchsen und schließlich eine Treppe bildeten, die nach oben führte. Ich eilte die Treppe hinauf und fand mich in einem dunklen Wald wieder, der sich außerhalb der Palastmauern befinden musste.

Ich lachte, rannte dann die Treppe zurück und schoss so schnell ich konnte durch die Tunnel bis zur Luke. Nachdem ich mich zurück in meine Küchenzeile befördert hatte, stand ich einer lächelnden Tory gegenüber.

»Und?«, fragte ich. »Kein Alarm?«

»Nichts«, bestätigte sie, griff in ihre Tasche und wedelte mit einem Beutel Sternenstaub vor meiner Nase herum. »Also, wenn du jemals flüchten musst, dann so schnell du verdammt noch mal kannst, verstanden?« Sie warf mir den Beutel zu, und ich fing ihn auf.

»Verstanden.« Grinsend steckte ich den Beutel weg und schloss die Luke wieder. »Woher hast du den Sternenstaub?«

»Ha, den habe ich Darius abgenommen. Er ist viel zu leicht zu beklauen für jemanden, der sich für allmächtig hält.«

Ich lachte laut auf und nahm mir vor, ihn später damit aufzuziehen. Tory warf einen Blick auf die Uhr und runzelte die Stirn.

»Ich muss zurück in den Palast«, seufzte sie, und mein Herz schmerzte für sie. »Du solltest dir etwas von dem Bourbon für deinen Geburtstag morgen aufheben.«

»Ne, morgen wird nicht getrunken. Es ist Vollmond.«

»Du wirst also die ganze Nacht in diesem Tagebuch stöbern wie ein völliger Nerd? Klingt nach deiner Vorstellung eines perfekten Abends«, sagte sie mit hoffnungsvollem Gesichtsausdruck, und ich lächelte nur.

Meine Vorstellung eines perfekten Abends würde nie wieder Wirklichkeit sein. Aber ich wollte mich nicht darüber beschweren und sie in meine anhaltende Selbstmitleidsorgie hineinziehen.

Sie ging zur Tür, winkte zum Abschied, bevor sie ihr Resting-Bitch-Face aufsetzte und nach draußen ging. Meine Brust zog sich zusammen, als ich ihr nachsah, und ich wusste, dass sie in die Arme von Lionel zurückkehren würde. Und es nichts gab, was ich tun konnte, um ihr oder meiner Schwester zu helfen. Zumindest noch nicht. Darcy würde einen Weg finden, die Schatten aus Darius zu vertreiben, und dann würde sie es für alle tun. Ich wusste, dass sie es schaffen würde. Und jedes Mal, wenn ich die Qualen spürte, die das

Feuer in Darius' Adern auch in mir hervorrief, wusste ich, dass es das wert war. Denn sie würde es schaffen, uns alle zu befreien.

Ich ging zurück zu meinem treuen Freund Mr. Bourbon und sah zu, wie die Uhr auf Mitternacht zusteuerte, während ich meinen Kummer ertränkte.

Happy Birthday.

Mit Sehnsucht dachte ich an meinen letzten Geburtstag zurück. Was das noch für Zeiten gewesen waren. Ich hatte immer noch einen von Darcys Gutscheinen in meinem Portemonnaie, und ich vermutete, dass er dortbleiben würde, bis er verrottet war. Sie schuldete mir einen Scheiß. Hatte sie nie getan und würde sie auch nie tun.

Mein Kopf wurde immer schwerer und ich war definitiv im Land der Besoffenen angekommen, als mein Atlas vibrierte.

Seth hatte mir ein weiteres Foto geschickt – und meine Wut war sofort zurück. Das Bild zeigte den Rosenquarz, den ich Darcy geschenkt hatte – ein Symbol meiner Liebe zu ihr, meiner verdammten Hingabe. Und jetzt hielt er ihn in der Hand.

Seth:

Macht es dir etwas aus, wenn ich den Stein heute Abend gravieren lasse, Lancey? Eine Art Recycling sozusagen? Ich bin so kurzfristig an keinen rangekommen, aber sie hat mir gerade den besten Blowjob meines Lebens gegeben, also muss ich wirklich sicherstellen, dass diese hübschen Lippen ganz allein mir gehören.

Ein weiteres Foto erreichte mich – er lag grinsend in Darcys Bett, eine Hand hinter dem Kopf verschränkt und den Rosenquarz zwischen den Zähnen.

»Dieser Wichser!«, fauchte ich, sprang auf und stolperte, als sich mein Kopf zu drehen begann. Die Bandbreite meiner Emotionen war geradezu blendend; der mächtige Zorn in mir hüllte meine Gedanken in eine schwarze Wolke.

Fuck, nein! Das konnte ich nicht auf mir sitzen lassen. Dieser Köter würde sie mir nicht wegnehmen.

Ich ignorierte die kleine Stimme in meinem Hinterkopf, die sagte, dass er nicht stehlen konnte, was ich bereits verloren hatte. Ich hatte genug von seinen Nachrichten. Er wollte mich verarschen. Darcy würde sich niemals auf dieses Stück Scheiße einlassen. Niemals!

Ich kann mich einfach aus dem Palast schleichen, mit Sternenstaub zur Zodiac Academy reisen und nach ihr sehen. Kein Problem. Ich will nur mal nach ihr schauen. Ich könnte in einer halben Stunde wieder zurück sein. Nur mal kurz nachsehen.

Ich warf einen Blick auf die Luke, die meinen Namen zu flüstern schien, dann auf den Ring an meinem Daumen, der mich anschrie: *Geh und töte Seth!* Die leblosen Objekte hatten echt gute Argumente.

Ich rannte zur Luke, öffnete sie, ließ mich in die Dunkelheit fallen, zog sie hinter mir zu und rannte in den Tunnel. Nur, dass ich stattdessen mit dem Kopf gegen eine Wand prallte und auf den Hintern fiel. *Verdammte besoffene Wand!*

Ich rappelte mich auf und schuf ein Fae-Licht, das vor mir her wackelte. Oder vielleicht war ich es, der wackelte. Ich rannte in die Dunkelheit, raste zum anderen Ende des Tunnels, schlug mit der Hand gegen die Wand, wo das Hydra-Zeichen zu sehen war, und löschte mein Fae-Licht, als es gegen meinen Kopf prallte.

Die Wurzeln verflochten sich, bis ich über die Treppe hinausklettern konnte. Sobald ich es an die Oberfläche geschafft hatte, nahm ich den Sternenstaub aus meiner Tasche und versuchte, mich zu konzentrieren. *Ich muss nur auf den Campus. Aber ich kann mich nicht einfach wie früher in mein Büro transportieren lassen. Muss zu diesem anderen Ort. Dem mit den Büschen und dem ganzen Mist.*

Ich warf den Sternenstaub in die Luft und wurde in den Äther gezogen, während ich weiterhin versuchte, mich auf mein Ziel zu konzentrieren. *Verfluchter Werwolf! Ich werde ihm die Beine brechen und seinen Kopf in den Arsch eines Greifs stecken.*

Die Sterne spuckten mich wieder aus und plötzlich fiel ich. Ich befand mich bestimmt hundert Meter über dem Boden und stürzte durch die Wolken. Der Aer-Turm erschien weit unter mir und ich versuchte fluchend, meine Luftmagie zu kontrollieren, um meinen Fall zu stoppen. Ich krachte in die Umzäunung der Academy und tausend elektrische Blitze zuckten durch meinen Körper, als ich von ihr weggeschleudert wurde. Ich schrie auf, während die Welt zu einer Masse aus Schwarz und Grau verschmolz. Wo war oben? Wo war unten? Mein Gehirn klapperte in meinem Kopf.

Ich schaffte es endlich, meine Luftmagie zu bändigen und mich aufzurichten. Der Mond blickte auf mich herab.

»Verurteile mich nicht«, lallte ich. »Es ist einfach, du zu sein, da oben mit deinem großen, leuchtenden Kopf und deinem selbstgefälligen kleinen Kratergesicht.« Ich warf noch eine Prise Sternenstaub und wurde wieder fortgetragen. Dieses Mal landete ich in einem Busch auf der anderen Seite des Zaunes. Und ich hatte das letzte Wort dem Mond gegenüber behalten. *Ha!*

Ich stand auf und ging schnell auf das falsche Zaunstück zu, das mich auf den Campus lassen würde. Meine Stirn kollidierte mit dem Metall und ein lautes Klingeln hallte durch meinen Schädel. *Nope. Falsches Zaunstück.*

Ich machte einen Schritt zur Seite, fand die Lücke und betrat das Gelände der Academy. *Definitiv eine gute Idee, das alles hier.*

Ich sollte mich aber wahrscheinlich mit einem Verhüllungszauber verstecken.

Ich hob eine Hand, strich mit der Handfläche über Brust und Gesicht und erzeugte eine Art Illusion, die mich als einen über den Campus streifenden Wolfswandler tarnte. Oder war es ein Pegasus? Wie auch immer, ich war definitiv getarnt, falls mich jemand entdeckte. Was niemand tun würde, denn ich konnte mich so schnell bewegen wie eine Harpyie mit brennenden Flügeln.

Ich erreichte den Weg, der zum Aer-Turm führte, blieb draußen stehen und reckte den Hals, um zu Darcys Zimmer hinaufzuschauen. *Was, wenn sie ihn gerade fickt? Dann werde ich auf jeden Fall irgendwas kaputt machen. Das Fenster. Seths Hals. Jeden Anschein von Respekt, den Darcy noch für mich hat.*

Fuck. Ich starrte in die Sterne und schüttelte den Kopf. *Das würdet ihr mir nicht antun. Kommt schon, ich habe genug gelitten, oder? Lasst nicht zu, dass sie ihn fickt. Ich mache euch einen Vorschlag – ihr könnt einen Körperteil haben. Egal, welchen. Sucht euch einfach einen aus.*

Die glitzernden Arschlöcher schwiegen, aber ich hatte das Gefühl, dass sie mich auslachten. Ja, die ganze Szene musste von dort verdammt lustig aussehen. Wahrscheinlich schlossen sie Wetten ab, welcher Fae zuerst unter ihrem Schwachsinn zusammenbrechen würde. *Nun, der Witz geht auf eure Kosten, ich bin schon vor langer Zeit zusammengebrochen.*

Warte ...

»Ahh!« Plötzlich kreischte ein Mädchen wie am Spieß und ich ließ den Kopf sinken, woraufhin ich Kylie Major aus dem Turm treten sah. Schlangenhaare schossen aus ihrem Kopf und standen vor Schreck zu Berge.

Mein Herz machte einen Satz, und ich riss reflexartig die Hand hoch, sodass sie von einer enormen Böe weggeweht wurde. Sie wurde in Richtung Wimmernder Wald geschleudert, und ihre Schreie verhallten in der Ferne, während sie durch die Luft flog.

Dabei hatte sie einen Spiegel fallen lassen, und eilig hob ich ihn auf, um mein Spiegelbild zu betrachten. *Fuck.* Ich sah aus wie ein durchgeknallter Yeti mit einem glitzernden Horn in der Mitte des Gesichts und riesigen Reißzähnen im Mund.

Ich starrte in die Richtung, in die ich Kylie geschleudert hatte, und war mir sicher, dass ich ihre Schreie noch hören konnte.

Ich bereue rein gar nichts.

Ich ließ den Spiegel fallen und rannte um den Turm herum, bevor ich mich mit Luftmagie mit achtzig Stundenkilometern nach oben schoss.

Ich landete mit überraschender Anmut auf Darcys Fensterbrett und spähte hinein, wobei ich mich in eine Illusion aus Schatten hüllte. Mein Blick fiel auf das Bett. Die Bettdecke war über ein Paar gezogen, das wie die Karnickel fickte, und mein Atem geriet außer Kontrolle, während ich zu einem fleischfressenden Biest wurde, das nach seiner nächsten Beute suchte. Ich war kurz davor, das Fenster aufzubrechen und Seth mit bloßen Händen zu töten, als die Bettdecke zurückgeschlagen wurde und ich erkannte, dass es gar nicht sie waren. Nur zwei Typen, die sich amüsierten. *Ups, falsches Zimmer.*

Ich schwang mich eine Etage höher, sah mich um und landete dann auf der nächsten Fensterbank.

Ich sah blaue Haare und mein Herz begann zu flattern. Sie lag zusammengerollt im Bett – zwischen den Pfoten eines weißen Wolfes. Mein Herz setzte aus und mein Körper erschlaffte, als ich sie zusammen sah. Ich ließ meinen Blick über ihr Gesicht gleiten – sie wirkte angespannt, als wäre sie in einem schmerzhaften Albtraum gefangen, aber dann schmiegte sich Seth im Schlaf an sie, und die Anspannung in ihrem Gesicht ließ nach.

»Blue …«, krächzte ich, trat einen Schritt nach vorn und drückte meine Hand gegen die Scheibe, während ich mich darauf vorbereitete, mich dort hineinzustürzen. Ich würde diesen Wolf blutig schlagen, bis er um Gnade flehte. Eine Gnade, die ich ihm niemals gewähren würde.

Aber dann erfasste mich ein Moment der Klarheit.

Ich konnte da nicht reingehen. Ich hatte das Recht dazu verloren, als ich sie aufgegeben hatte. Als ich alles aufgegeben hatte. Und egal, wie sehr ich Seth dafür zerstören wollte – und das wollte ich wirklich, verdammt noch mal –, ich konnte es nicht. Ich hatte sie vertrieben. Ihr befohlen, weiterzuziehen. Aber ich war nicht darauf vorbereitet gewesen, dass sie tatsächlich auf mich hören würde.

Ich hätte nicht gedacht, dass noch genug ganzes Herz übrig war, um zerbrechen zu können. Aber das war tatsächlich der Fall.

Ich wandte mich ab, sprang vom Fenstersims, ließ mich mit meiner Luftmagie nach unten fallen und rannte los, sobald ich den Boden erreichte. Es gab nur einen Ort, an dem ich jetzt sein wollte. Ich rannte zu Haus Ignis, ließ mich von einer Luftströmung zu Darius' Zimmer hinauftragen und spürte, wie ich durch seine Schutzzauber glitt, die mir Zugang gewährten. Ohne zu zögern, stieß ich sein Fenster auf und stürzte mich in sein Zimmer. Augenblicklich setzte er sich im Bett auf – Flammen loderten in seinen Handflächen.

»Wer bist du?!«, brüllte er, und sein Gesicht erstarrte vor Entsetzen, als er mich sah. Er schleuderte die Flammen auf mich, und ich antwortete mit einem Wasserstrahl, um sie zu löschen, bevor sie mich zu Staub verbrennen konnten.

»Darius«, fuhr ich ihn an. »Ich bin's.«

»Lance?«, keuchte er verwirrt, und ich nickte. »Bei der verdammten Sonne, was für eine Illusion ist das?«

»Oh, richtig«, murmelte ich und winkte mit der Hand, um sie aufzulösen.

»Wie bist du hierhergekommen? Bist du auf der Flucht? Müssen wir gehen?« Er sprang aus dem Bett und griff nach seinen Sachen. Ein Lächeln umspielte meinen Mund.

»Nein, Bruder.« Ich schoss auf ihn zu, warf ihn zurück aufs Bett und schlang meine Arme um ihn. Er zog mich mit einem Seufzer der Erleichterung an sich, sodass unsere Köpfe aneinanderstießen.

»Tory hat einen Weg gefunden, mich vom Gelände zu schmuggeln.« Ich zeigte ihm den Ring des Königs und erklärte ihm die Situation.

»Du bist betrunken«, meinte er anklagend, als ich fertig war, und ich zuckte mit den Schultern.

»Ich bin nicht *nicht* betrunken«, gab ich zu, und er drückte seine Finger auf meine Schläfe, um die Wirkung des Bourbons zu lindern. Je mehr sich mein Verstand klärte, desto mehr bereute ich, hierhergekommen zu sein. *Fuck, ich hätte nicht herkommen sollen.*

Ich stöhnte, rieb mir die Augen und rollte mich auf den Rücken. Mein Herz fühlte sich an, als wäre es durch einen Fleischwolf gedreht worden. Darius stützte sich auf den Ellbogen und sah mich stirnrunzelnd an.

»Was ist los?«, fragte er, und ich seufzte.

»Seth ist mit Darcy zusammen. Die beiden …« Ich presste die Lippen fest aufeinander, unfähig, den Satz zu beenden, da Wut und Besitzgier meine Kehle zuschnürten. Eifersucht war nicht annähernd das richtige Wort, um zu beschreiben, wie ich mich fühlte. Ich wurde von dem Bedürfnis, sie für mich zu beanspruchen, förmlich aufgefressen – oh, und von dem Wunsch, dem Wichser, der es *gewagt* hatte, seine schmutzigen Hände auf sie zu legen, das Genick zu brechen.

»Was? Sie sind nicht zusammen«, sagte er, und ich runzelte die Stirn.

»Sie liegen zusammen in einem Bett«, knurrte ich.

»Ja, Seth macht das mit allen seinen Freunden, wenn sie traurig sind«, sagte er mit einem Achselzucken, als würde es nichts bedeuten. Aber es bedeutete alles.

»Es ist mehr als das«, murmelte ich, nahm meinen Atlas heraus und zeigte ihm die Fotos, die Seth mir geschickt hatte.

»Was …«, flüsterte Darius, als er durch die Nachrichten scrollte. »Das stimmt nicht.«

»Vielleicht halten sie es geheim«, sagte ich, und mein Atem stockte, als ich daran dachte. Ich war ihr größtes Geheimnis, nicht er oder der Sex mit *ihm*. Zumindest … war ich das einst gewesen.

»Ich werde herausfinden, was da Sache ist«, versprach er, und ich nickte, obwohl ich wusste, dass es nicht genug war, es nur zu wissen. Ich würde mich nie wieder vollkommen fühlen, egal, ob sie mit diesem verdammten Seth oder einem anderen Kerl zusammen war. Es kümmerte mich nicht, wie irrational das war – ich wollte jeden verstümmeln, foltern und zerstören, der es wagte, ihr Herz zu beanspruchen. Ein Herz, das sie *mir* gegeben hatte.

»Ich habe ihr gesagt, dass sie mich hinter sich lassen soll, aber ich kann sie nicht loslassen, Darius«, presste ich hervor, meine Augen auf den hölzernen Baldachin über seinem Himmelbett gerichtet. »Ich habe diese Situation verursacht. Ich habe sie in die Flucht geschlagen. Ich dachte, ich könnte damit umgehen, aber das kann ich nicht. Ich dachte, es könnte nichts Schlimmeres geben, als sie zu verlieren, aber jetzt, nachdem ich sie mit *ihm* gesehen habe …« Es fühlte sich an, als hätte ich ein Messer im Herzen. *Ich werde es nicht überleben, sie zu verlieren. Es ist ein langer und qualvoller Tod, aber das Ende ist verdammt nah.*

»Schau, ich glaube wirklich nicht, dass sie zusammen sind, aber Lance … eines Tages wird sie jemanden finden«, folgerte Darius.

»Ich weiß«, zischte ich mit Wut in meinen Worten, Wut in meinem Körper. »Das weiß ich, verdammt noch mal. Und ich werde dafür lebenslänglich in Darkmore bekommen anstatt der fünfundzwanzig Jahre. Denn das wird derjenige nicht überleben.«

Darius packte mein Gesicht und riss meinen Kopf herum, sodass ich ihn ansehen musste. »Dann lass sie nicht gehen!«

Ich stieß ihn mit einem Knurren von mir. »Sie ist bereits weg. Und selbst wenn sie mir in einer hypothetischen Realität vergeben und mich zurücknehmen würde, könnte ich ihr doch überhaupt kein Leben geben. Ich bin in jeder Hinsicht am Arsch. Ich bin Lionels Gefangener, solange er mich als Gefangenen haben will, und dann werde ich für den Rest meiner Strafe nach Darkmore zurückgeschickt. Selbst wenn ich vorher fliehen kann, muss ich mich verstecken, bis wir Lionel besiegt haben. Ich kann mich nicht wieder in die Gesellschaft eingliedern, ich bin ein Ausgestoßener. Ein Loser. Ich habe keine Zukunft. Ich kann ihr nichts bieten.«

»Ich werde meinen Vater töten«, schwor Darius. »Und die anderen Erben und ich werden seinen Platz als Herrscher dieses Königreichs einnehmen und …«

»Warte, was? Als Berater der Vega-Königinnen, meinst du?« Ich sah ihn verwirrt an, und sein Gesichtsausdruck spiegelte Abscheu wider.

»Nein.« Er schnaubte. »Natürlich nicht. Ich habe nicht vor, ihnen den Thron zu überlassen, nur weil wir jetzt Freunde sind. Wie zum Teufel kommst du darauf?«

Ich stemmte mich mit einem Knurren hoch. »Willst du mich gerade verarschen? Du liebst eine Vega. Ihr alle arbeitet seit Monaten mit Darcy zusammen und …«

»Und was? Dachtest du, ich würde einfach zur Seite treten und ihnen freies Schussfeld auf meinen Vater geben? Sie den Thron übernehmen lassen, als wäre ich ein schwacher Fae, der ihn nicht selbst beanspruchen kann? Sie mögen mächtig sein, aber sie sind nicht stärker als die Erben. Also warum zum Teufel sollten wir ihnen den Thron überlassen? So funktioniert das nicht«, sagte er ungläubig.

»Es geht nicht um Schwäche«, knurrte ich ihn an. »Es geht darum, was das Beste für das Königreich ist.«

»Und du glaubst, dass *sie* das Beste sind?«, fragte er erstaunt. »Du bist derjenige, der mich all die Jahre darauf vorbereitet hat, den Platz meines Vaters einzunehmen. Und jetzt wechselst du einfach die Seiten?«

»Ich wechsle nicht die Seiten«, sagte ich ernst und packte ihn am Hinterkopf, damit er mir in die Augen sah. »Ich will dich an der Macht sehen, Darius. Aber sie sind die rechtmäßigen Königinnen. Mein Vater war Teil der Zodiac-Garde, er hat die Royals beschützt. Die Königin selbst hat ihm mit ihrer Vision den Pfad nach vorn gezeigt.«

»Das hast du mir alles schon erzählt«, brummte er. »Aber das ist das Wort eines toten alten Mannes, der jahrelang in Darkmore eingesperrt war.«

»Ich habe auch den Brief meines Vaters. Und du weißt, dass da noch mehr dahintersteckt. Die Zwillinge wurden mit Visionen von den Sternen gesegnet. Sie haben die Wahrheit *gesehen*. Der Grausame König war nicht der, für den wir ihn gehalten haben. Was Hail Vega getan hat, geschah aufgrund von Lionels Dunkler Manipulation. Er hat all die Jahre auf den richtigen Zeitpunkt gewartet. Das war alles inszeniert.«

»Ich habe mein Leben lang trainiert, um dieses Königreich zu regieren«, knurrte Darius und seine Augen wurden zu den goldenen Schlitzen seines Drachen, während Rauch zwischen seinen Zähnen aufstieg. »Ich werde meinen Vater stürzen und zusammen mit den anderen Erben regieren. Die Vegas werden nicht auf dem Thron sitzen.«

Ich verstummte, als ich die unerschütterliche Entschlossenheit in seinen Augen sah, eine Sturheit, die niemals weichen würde.

»Herrscht gemeinsam«, flehte ich, aber er schüttelte den Kopf.

»Nein«, zischte er. »Und die anderen Erben werden das auch niemals zulassen. Wir mögen mit den Vegas befreundet sein, Lance, aber wenn es um den Thron geht, *werden* wir sie bekämpfen, um ihn zu beanspruchen.«

Ich atmete schwer aus, da ich wusste, dass ich ihn nicht würde umstimmen können. Also stand ich auf, ging zum Fenster und raufte mir die Haare.

»Ich werde immer hinter dir stehen, Bruder«, schwor ich, und es wurde still zwischen uns.

»Ich komme morgen bei Mondaufgang nach Hause«, sagte er schließlich.

»Bis dann«, entgegnete ich nachdenklich, öffnete das Fenster, tarnte mich und sprang nach draußen.

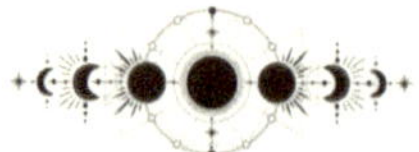

Den nächsten Tag verbrachte ich allein und wartete ängstlich auf den Sonnenuntergang, während Darius und Xavier an der prunkvollen Beerdigung teilnahmen, die Lionel für Catalina ausgerichtet hatte. Wie Gabriel es vorausgesagt hatte, gab es einen kurzen, aber sehr öffentlichen Prozess für Christopher, und er wurde wegen Entführung, Vergewaltigung und Mord an der Königin zu lebenslanger Haft in Darkmore verurteilt. Ich war überrascht, dass Lionel nicht auf eine Hinrichtung gedrängt hatte, aber vermutlich wollte er es einfach hinter sich bringen und damit abschließen.

Ich hatte ein wenig von der lächerlich übertriebenen Beerdigung im Fernsehen gesehen, aber die gespielte Trauer, die Lionel zur Schau gestellt hatte, war mehr als genug gewesen, um mir Magenschmerzen zu bereiten. Ich hatte den Fernseher ausgeschaltet, nachdem ich gesehen hatte, wie der von Pferden gezogene Leichenwagen eine riesige Prozession durch die Straßen angeführt hatte.

In den Zeitungen war ausführlich zu lesen, wie beliebt Catalina gewesen war und wie sehr sie vermisst werden würde, und ich fragte mich, was die Leute wohl denken würden, wenn sie die Wahrheit über das Leben wüssten, das Lionel ihr aufgezwungen hatte.

Geraldine hatte allen erzählt, dass Catalina gut bei ihrem Vater untergebracht sei und sich dort sehr wohlfühle, und versprochen, Darius und Xavier so bald wie möglich einen Besuch zu ermöglichen. Ich war einfach nur froh, dass sie der Hölle von Lionels Gesellschaft entkommen war.

Gabriel rief an, um mir zum Geburtstag zu gratulieren, und teilte mir mit, dass die Karten heute größtenteils zu unseren Gunsten ausgefallen waren. Die Nacht würde klar sein, der Mond hell, aber er konnte mir nicht die Details dessen mitteilen, was kommen würde, um nicht Gefahr zu laufen, etwas zu verändern. Alles sah jedoch relativ gut aus. Glücklicherweise würde Lionel heute Abend nicht zu Hause sein, um Catalinas Beerdigung bis zum Äußersten auszuschlachten. Darius und ich würden also ungestört im Tagebuch meines Vaters lesen können.

Als die letzten Sonnenstrahlen durch die Fenster des Sommerhauses fielen, schlug mein Puls schneller. Die Nacht brach herein und eine Sternendecke breitete sich am Himmel aus, während ich ungeduldig auf den Mond wartete.

Nach einer Weile tauchte einer von Lionels Handlangern auf, um das Sommerhaus mit einem Schutzkreis zu umgeben und mich für die Nacht einzusperren. Ich zeigte ihm lässig den Mittelfinger, während er arbeitete, und er starrte mich finster an, bevor er sich entfernte.

Bald tauchte der Mond über den Bäumen hinter dem Pool auf, und ich ging mit beschleunigtem Herzschlag zum Nachttisch, um das Tagebuch zu holen. Der Ledereinband war mit Sternen verziert, und ich ließ meinen Daumen darüber gleiten, was mich für einen Moment meinem Vater näher brachte. In letzter Zeit hatte ich viel an ihn gedacht. An all die Geheimnisse, die er verborgen, und an das Opfer, das er für das gesamte Königreich gebracht hatte.

Wenn ich in der Vergangenheit jemals Zweifel an ihm als guter Seele gehegt hatte, so waren sie jetzt vollständig ausgeräumt. Ich wünschte nur, ich hätte die Chance gehabt, ihn über meine Kindheit hinaus kennenzulernen. Ich wünschte, er wäre da gewesen, als ich ihn am meisten gebraucht hatte. Als Lionel mich an Darius gebunden hatte, als ich nicht gewusst hatte, welchen Weg ich einschlagen sollte.

Dieses Tagebuch war wohl Beweis genug, dass er an mich geglaubt hatte, und das war ein Trost. Aber es war nicht vergleichbar damit, einen Elternteil zu haben, auf den man sich verlassen konnte, jemanden, der einem Orientierung bieten konnte, wenn man sich verirrt hatte.

Ich hoffe, ich bin in deinen Augen kein Versager, Dad. Auch wenn der Rest der Welt das denkt.

Die Schiebetür ging auf, und ich drehte mich um. Darius kam in einem schwarzen T-Shirt und Jeans herein und hielt etwas in der Hand.

»Alles Gute zum Geburtstag, Lance«, sagte er mit einem schiefen Lächeln und hielt mir ein Geschenk hin, das aussah, als hätte es ein Kind verpackt. Ich grinste, als ich es entgegennahm, riss das Papier ab und fand darin eine kleine Schachtel. Darin befand sich ein kleines Glasei, in dem sich die Farben eines Sonnenuntergangs mischten.

Ich runzelte überrascht die Stirn. »Ist das ein Memento?«

»Ja.« Darius fuhr sich mit der Hand durch die Haare. »Hör zu, ich will mich nicht mit dir wegen der Vegas streiten. Mein Vater hat dich gezwungen, in jedem Fall auf meiner Seite zu stehen, indem er dich zu meinem Wächter gemacht hat, und ich werde dir kein schlechtes Gewissen einreden, weil du dir deine eigene Meinung über den Thron gebildet hast. Wir müssen uns einfach darauf einigen, uns nicht einig zu sein.« Er legte die Stirn in Falten. »Und obwohl meine Mom nicht wirklich tot ist, hat mich ihre Beerdigung heute daran erinnert, wie leicht man diejenigen verlieren kann, die man liebt. Ich werde dich nicht verlieren, weil mir deine Meinung zu etwas, das noch nicht einmal eingetreten ist, nicht gefällt.«

Ich drehte das Ei zwischen meinen Fingern, sah ihn an und stellte fest, dass er in letzter Zeit zu einem richtigen Mann geworden war. »Ich bin immer auf deiner Seite, Darius«, sagte ich ernst. »Und ich weiß, dass ich viel von dir verlange.«

»Dann verlangst du es also immer noch?«, stichelte er, und ich grinste.

»Es hat keinen Sinn, es zu leugnen.« Ich zuckte mit den Schultern, und er verschränkte die Arme und betrachtete das Memento.

»Willst du mein Ei nicht in den Mund nehmen?«, fragte er.

Ich lachte. »Na gut, aber nur, weil du so nett gefragt hast, Hübscher.« Ich griff nach dem Reißverschluss seiner Hose, und er schnaubte und schlug meine Hand weg.

»Mach schon, Arschloch!«, drängte er, und ich hob das Glasei an meine Lippen und schob es in meinen Mund.

Die Welt um mich herum veränderte sich. Plötzlich saß ich auf dem Rücken eines riesigen goldenen Drachen auf einem Berggipfel. Mein Herz schlug schneller, als ich den unglaublichen Sonnenuntergang über uns sah, der sich über einem Meer aus Wolken unter uns ausbreitete. Zarte Pastellfarben färbten den Himmel, doch alles war nur von kurzer Dauer, als die Sonne hinter dem Horizont verschwand. Darius stieß ein donnerndes Gebrüll aus und hob ab. Unter seinen Klauen zerbröckelte der Schnee, während er mich dem Sonnenuntergang entgegentrug. Ich spürte den Wind in meinem Gesicht und die anhaltende Hitze der Sonnenstrahlen auf meiner Haut. Die Erinnerung war perfekt eingefangen, die Magie überwältigend.

Darius entfernte sich von der Sonne, und ich betrachtete die Stelle am Himmel, wo die Nacht den Tag ablöste. Ein Sternenmeer vertrieb das Licht. Darius raste darauf zu, bis es sich anfühlte, als würde der Himmel uns verschlucken, und Frieden erfüllte mein Herz.

Ich nahm das Memento aus dem Mund, und die Erinnerung löste sich um mich herum auf, bis ich wieder meinen besten Freund vor mir hatte.

»Eines Tages werden wir dorthin zurückkehren«, versprach er. »Irgendwie werden wir diesen ganzen Mist schon auf die Reihe kriegen. Ich wollte dir nur ein Stück von etwas Gutem geben. Eine Zeit, in der die Dinge besser waren.«

Ich lächelte ihn traurig an, und er kam näher, um mich zu umarmen. Ich tätschelte seine Schulter, denn ich wusste mit absoluter Gewissheit, dass Darius Acrux, ob Wächterband oder nicht, ein Freund war, den mir die Sterne selbst geschickt hatten. Und nichts würde das je ändern.

»Sollen wir herausfinden, was mein Vater gewusst hat?«, fragte ich, und er zog sich nickend zurück, Anspannung zeichnete sein Gesicht.

Ich legte das Memento in die Schublade meines Nachttischs und ging dann zur Schiebetür, wo ich Darius nach draußen folgte. Wir setzten uns an einen Tisch neben dem Pool, und ich legte das Tagebuch vor uns, während Darius begann, Illusionen zu erzeugen, um uns zu verstecken. Obendrein hüllte er uns in eine Stillekuppel.

Der Vollmond war hinter einer kleinen Wolkengruppe verborgen, aber als ich die erste Seite des Tagebuchs aufschlug, veränderten sich die Wolken, und silbriges Licht sickerte wie Nebel über uns. Die Buchstaben leuchteten silbern auf, schimmerten wie Sternenstaub, während sie sich auf dem Papier wanden, und wurden dann in dunkler Tinte sichtbar, als das Licht verschwand. Ich hielt den Atem an, während ich meinen Blick über die Worte und das handgezeichnete Bild eines gefallenen Sterns am unteren Rand der Seite schweifen ließ. *Das ist es. Darauf haben wir gewartet.*

Deine erste und dringendste Aufgabe.

Liebster Lancelot,
es ist an der Zeit, dass du die Gepflogenheiten der Zodiac-Garde kennenlernst. Auch die Letzten von uns sind mittlerweile tot, aber ich bin

der Einzige, der ein Grab gefunden hat. Mein Tod wurde für diesen Zweck minutiös geplant. Und in meinem Tod kann ich nur hoffen, dass du der Mann bist, den Königin Vega in dir gesehen hat.

Es ist an der Zeit, dass du die Garde wiederbelebst. Du wirst Ling Astrums Position als Gardemeister einnehmen und deine vertrauenswürdigsten und treuesten Freunde in die Sache einweihen.

Der Imperiale Stern erwartet dich in meinem Grab auf dem Friedhof von Everhill. Du musst wissen, dass er nur von einem regierenden Herrscher benutzt werden kann, also darf er nicht in die Hände von Lionel Acrux gelangen, falls dieser den Thron bestiegen haben sollte.

Wenn alles nach Plan verlaufen ist, hast du Zugang zu den Ringen der Vega-Prinzessinnen. Beide werden benötigt, um das Grab zu öffnen, aber sei gewarnt, dieser alte Friedhof ist stark bewacht. Nur diejenigen, die sich in dunkler Magie auskennen, können ihn betreten.

Geh jetzt, solange die Sterne richtig stehen!

Du kannst das, mein Junge.

Heilige Scheiße. Mein Dad hatte ein Grab. Ich erinnerte mich daran, dass meine Mom mir erzählt hatte, dass er eingeäschert worden war. Sie hatte sogar eine Urne auf ihrem Kaminsims stehen. War das alles eine Farce gewesen?

»Tja, das war wohl Zeitverschwendung«, seufzte Darius, und ich sah ihn an.

»Was?«, fragte ich verdutzt.

»Der Mond hat uns im Stich gelassen«, sagte Darius und deutete mit einem Stirnrunzeln auf das Tagebuch. »Vielleicht muss das Buch eine Weile im Mondlicht liegen?«

»Du kannst es nicht sehen?«, fragte ich überrascht.

»Warte, du schon?«, keuchte er und rückte näher.

Ich nickte und ein Lachen entfuhr mir. »Ich schätze, diese Worte sind wirklich nur für meine Augen bestimmt. Mein Dad hat in seinem Brief an mich tatsächlich etwas darüber erwähnt ...«

»Was steht da, Arschloch?«, verlangte er.

»Hier steht, wo der Imperiale Stern ist«, flüsterte ich, während mein Herz vor Aufregung pochte. »Und wir müssen ihn sofort holen gehen, verdammt noch mal.«

Ich stand auf, steckte das Tagebuch in meine Tasche und Darius sprang mit einer dunklen, ungezügelten Wildheit in den Augen auf. Ich würde heute Abend weiterlesen, sobald wir den Imperialen Stern hatten.

»Fuck, ja!«

»Das einzige Problem ist, dass wir ihn offenbar nicht benutzen können. Es heißt, nur der regierende Herrscher kann ihn verwenden«, meinte ich seufzend.

»Nun, dann sollten wir ihn zumindest von meinem Vater fernhalten«, sagte Darius bestimmt, und ich nickte.

»Ich hoffe, du erinnerst dich an alles, was ich dir beigebracht habe. Mein Dad sagt, dass wir dunkle Magie benötigen, um den Stern in unsere Gewalt zu bringen. Hast du alle meine Artefakte aufbewahrt?«, fragte ich.

»Alle«, bestätigte er. »Sie sind auf dem Campus.«

»Wir brauchen auch die Ringe der Zwillinge, die ihre Mutter ihnen hinterlassen hat«, sagte ich, und Darius nickte mit gerunzelter Stirn. »In Ordnung. Weißt du, wohin wir müssen?«

»Ja, mein Dad hat ein Grab auf dem Everhill-Friedhof im Westen von Lacrovia. Dort ist der Imperiale Stern«, sagte ich grinsend, als ich mich daran erinnerte, wie ich diesen Ort als Junge besucht hatte. Mein Dad hatte mich dorthin mitgenommen, um Knochen zu stehlen, und seine Gaben eingesetzt, um Zugang zu einigen der weniger geschützten Grüfte und Gräber zu erhalten. Allerdings hatte er mich immer davor gewarnt, dies nachts zu versuchen. Und niemals allein. Aber wir hatten keine andere Wahl, als sofort loszugehen. Wir hatten keine Zeit zu verlieren, da Lionel nicht in der Stadt war und die Sterne günstig standen.

»Hammer. Dann ist die Academy unsere erste Station. Du kannst zum Baumhaus gehen – alle Artefakte befinden sich in der Truhe in meinem Zimmer. Zwischenzeitlich hole ich Roxys Ring«, sagte Darius.

»Okay«, stimmte ich zu, und zum ersten Mal seit Langem schlug mein Herz vor Aufregung schneller. »Dann los! Lass uns dem König gegenüber einen Vorteil an Land ziehen!«

Scorpio
Virgo
Gemini
Cancer
Aries
Leo
Taurus
Sagittarius
Capricorn
Aquarius
Libra
Pisces

DARCY

KAPITEL 26

»Ich kann eure Schadenfreude schon von Weitem spüren«, krächzte Max von seinem Sessel aus, während Geraldine und ich versuchten, uns mit einer schwebenden Wasserblase an ihn heranzuschleichen.

»Unmöglich, Maxy-Boy«, erwiderte Geraldine mit unschuldiger Miene. »Ich empfinde nichts als Verachtung für dich, du schamloser Seelöwe.«

»Bullshit.« Max drehte sich in seinem Sessel um, und Geraldine und ich ließen die Wasserblase auf seinen Kopf fallen.

Er streckte eine Hand aus, um sie in allerletzter Sekunde von sich wegzuschleudern, und wir warfen uns lachend auf den Boden, als das Wasser über unsere Köpfe schwappte. Caleb sprang zur Seite, aber Seth, der gerade hinter ihm durch die Tür gerannt kam, bekam die volle Wucht des Wassers ab und stolperte rückwärts die Treppe nach unten.

Wir brachen alle in Gelächter aus, und Seth kam mit einer Liane in der Hand zurück. Er schwang sie wie eine Peitsche und schlug damit sogar ein Loch in die Dielen. »Okay, wer von euch Wasserelementaren war das?« Er richtete seinen Blick auf Geraldine und mich auf dem Boden und dann auf Max, der sich lässig zurücklehnte, als wäre nichts passiert.

»Okay, komm her!« Seth ließ die Liane knallen, erwischte Geraldines Fußgelenk und zog sie zu sich.

Ich fing ihre Hand auf, während sie wie eine Todesfee kreischte, und wurde mit ihr über den Boden geschleift.

»Lass mich los, Mylady!«, schrie Geraldine. »Ich werde für dich in die ewige Nacht reisen. Du musst weiterleben, um viele Babys mit dem schönsten aller Könige zu zeugen.«

»Das wäre dann wohl ich.« Caleb schnellte nach vorn, warf sich auf meinen Rücken und klammerte sich an mir fest, woraufhin Seth nun uns alle über den Boden schleifte.

»*Caleb!*«, rief ich lachend, als er mich kitzelte, um mich dazu zu bringen, Geraldine loszulassen.

»Überlass sie dem Wolf!«, forderte Caleb dramatisch. Tatsächlich rutschte ihre Hand aus der meinen, sodass Seth Geraldine zu seinen Füßen zerren und mit weiteren Lianen fesseln konnte.

»Grässliche Girlanden!«, schrie sie. »Ich werde im Namen meiner Königinnen sterben! Man wird sich an mich als Grus die Große erinnern. Die treueste aller Freundinnen, die wildeste aller Verbündeten …«

»Nicht unter meiner Aufsicht, Gerry!« Max sprang über Caleb und mich hinweg und rannte Seth entgegen; der Boden zitterte unter seinen polternden Schritten.

Er blies Seth einen Luftstoß entgegen, der diesen zurücktaumeln ließ, und Seth heulte auf, während er Ranken nach Max' Beinen warf, um ihn zu Fall zu bringen.

»Ich bin dein wahrer Feind!«, schrie Max.

»*Du* warst das?« Seth tat überrascht, lachte dann aber laut auf, als Max ihn ansprang wie bei einem Pitballspiel, dabei über Geraldine hüpfte und sich schließlich mit Seth auf dem Boden wälzte.

Caleb stand auf und warf mich über seine Schulter, bevor er zu dem Haufen rannte, um mich hineinzuwerfen. Seths Zähne gruben sich in meinen Arm, und ich jaulte auf, während ich ihn lachend boxte.

Geraldine befreite sich aus ihren Fesseln, stürzte sich brüllend auf uns, packte Seth an den Haaren, schlang ihre Beine von hinten um seine Taille und ließ sich dann nach hinten fallen, um ihn von mir wegzureißen. Mein Bein blieb unter ihrem stecken, und Max landete mit dem Gesicht voran auf meinem Bauch, als Caleb ihm einen Tritt gegen den Kopf versetzte. Wir waren ein Knäuel aus Gliedmaßen und prusteten vor Lachen, während keiner von uns in der Lage war, aufzustehen.

Die Tür flog auf, und mein Lachen verebbte stotternd – wie ein Auto, dem der Sprit ausging –, als ich Orion im Türrahmen stehen sah. Schockiert starrte er uns an. *O mein Gott!*

»Was zum Teufel?«, stieß Max hervor. Er schaffte es, aufzustehen, und zog mich mit sich.

Ich wusste, dass Tory ihm die Möglichkeit gegeben hatte, den Palast zu verlassen, aber das änderte nichts an meiner Überraschung, ihn hier zu sehen. Was zum Teufel war hier los?

Geraldine sprang auf, hob ihr Kinn und zeigte auf Orion. »Verräterischer Lustmolch! Was wollen Sie hier?«, fragte sie.

»Vorsicht, Grus«, sagte Orion mit leiser Stimme, während er seinen Blick über uns schweifen ließ und schließlich bei mir hängen blieb.

»Was ist los?« Besorgt machte ich einen Schritt nach vorn. Ging es um Tory? Um Darius?

»Ich muss mit dir reden. Allein«, sagte er und musterte die anderen, als hoffte er, sie damit dazu zu bringen, sich zu verpissen.

»Nein«, sagte ich sofort. »Was auch immer es ist, du kannst es uns allen sagen. Wir haben keine Geheimnisse mehr.«

Sein Unterkiefer zuckte, und Max verschränkte die Arme vor der Brust – er würde nirgendwohin gehen.

»Sie hat recht, Alter«, sagte Caleb. »Raus mit der Sprache!«

»Oder bist du nur hier, um Darcy davon zu überzeugen, dich zurückzunehmen? Denn diese dramatische Ansage ist bisher eher schwach«, warf Seth ein, was meine verdammten Wangen erröten ließ.

»Halt den Mund!«, fauchte Orion ihn an. »Ich bin wegen des Imperialen Sterns hier.«

»Hast du im Tagebuch etwas gefunden?«, fragte ich. Mein Herz hämmerte in meiner Brust.

Er nickte, knirschte mit den Zähnen und warf den anderen einen Blick zu. Dann schien er zu dem Schluss zu kommen, dass er ihnen gezwungenermaßen vertrauen musste. »Ich weiß, wo er ist. Ich brauche deinen Ring und den deiner Schwester. Die Ringe, die eure Mutter euch hinterlassen hat. Darius ist auf dem Weg zu Tory.«

»Wozu?«, fragte ich verwirrt.

»Ich glaube, sie werden uns Zugang zum Grab meines Vaters gewähren«, erklärte Orion. »Dort befindet sich der Imperiale Stern. Aber es wird gefährlich sein ...«

Mein Herz machte einen Sprung. »Ich komme mit«, erklärte ich bestimmt, ohne Verhandlungsspielraum zu lassen.

»Nein. Darius und ich kümmern uns darum«, sagte er. »Niemand sonst muss sich in Gefahr begeben.«

»Ich komme auch – ob es dir gefällt oder nicht«, knurrte ich, und eine Falte bildete sich zwischen seinen Augen.

»Hast du das nicht gestern Abend auch zu mir gesagt, Babe?«, scherzte Seth, aber ich ignorierte ihn, während Orion die Zähne fletschte, mich aber nicht aus den Augen ließ.

»Es ist nicht sicher«, erwiderte er energisch.

Ich trat vor, hob mein Kinn und sah ihn an. »Ich bin ein Phönix, kann Nymphen vernichten, besitze vier Elemente, habe gegen die Schatten gekämpft und gewonnen. Und ich lasse mir von niemandem etwas verbieten, Lance Orion.«

Er räusperte sich, und es folgte ein Moment der Stille, bevor er meine Hand ergriff und mich mit sich zog. »Na schön, du kannst mitkommen.« Er führte mich durch den Korridor in Darius' Zimmer und trat die Tür zu – die sich eine Sekunde später öffnete, als Geraldine sie mit den Erben im Rücken weit aufstieß.

Ihre Brust war aufgebläht wie die eines Pfaus, und ihr Blick war der einer Kriegerin. »Du wirst uns nicht einfach so abspeisen, du verlogener Vampir! Ich bleibe an der Seite meiner Königin. Und auch wenn diese Männer verschlagen und unberechenbar erscheinen mögen, sind sie doch auch treu und standhaft. Wenn Gefahr droht, gibt es keine bessere Gruppe von Rittern als Gefolge der wahren Königin.«

»Ich folge niemandem irgendwohin«, knurrte Max. »Wir holen uns den Imperialen Stern, das ist alles.«

»Um Lionel aufzuhalten«, stimmte Caleb zu.

»Jepp«, fügte Seth hinzu, und Orion knurrte, seine Hand immer noch fest um mein Handgelenk geschlungen.

Ich befreite mich aus seinem Griff und funkelte ihn böse an, während meine Haut von seiner Berührung kribbelte. »Das steht nicht zur Debatte.«

»Fuck, *na schön*«, zischte Orion. »Aber ihr werdet alle genau das tun, was ich sage, denn dieser Ort wird von dunkler Magie geschützt und die Zauber, die wir brauchen werden, stehen nicht im verdammten Lehrplan.«

»Du kannst uns nicht mehr herumkommandieren«, höhnte Seth. »Du bist ein Niemand, ein Ausgestoßener. Du hast Glück, dass wir deine Existenz überhaupt anerkennen, und das weißt du.«

Orion öffnete den Mund, um ihn erneut anzuschnauzen, aber ich war schneller.

»Halt den Mund, Seth! Tut, was er sagt! Wir werden das nicht versauen. Wir müssen den Imperialen Stern finden«, befahl ich, und Seth knurrte mich an, sagte aber nichts.

Als ich mich wieder Orion zuwandte, war ich mir sicher, dass er grinste, aber einen Sekundenbruchteil später war seine Miene wieder ernst.

Orion sah mich eindringlich an. »Wir werden ihn nicht gegen Lionel einsetzen können.«

»Was? Warum nicht?« Enttäuschung machte sich in mir breit.

»Er kann nur von einem regierenden Herrscher benutzt werden«, sagte er, und die anderen fluchten.

»Nun, solange Lionel ihn nicht in die Finger bekommt, ist das egal«, sagte ich entschlossen, obwohl es mich wütend machte, dass wir so nah an so viel Macht waren und sie uns nicht würde helfen können.

Orion nickte, ging dann zu der massiven Goldtruhe im hinteren Teil von Darius' Zimmer, öffnete sie und nahm eine hölzerne Box mit Pitball-Karten heraus, die ich erkannte. Er entnahm ihr einen Aussaugenden Dolch, und ich versteifte mich. Ich hatte mitangesehen, wie Orion mit einer solchen Klinge erstochen worden war. Wegen eines solchen Dolches war Tory den Schatten unzählige Male zum Opfer gefallen. Ich wollte nicht, dass so ein Scheiß jemals wieder in die Nähe von jemandem kam, den ich liebte.

Er packte den Aussaugenden Dolch zusammen mit einigen Knochen und Werkzeugen in einen Rucksack, den er sich über die Schulter warf. Dann fing er meinen Blick auf, und ich trat auf ihn zu, wobei ich alle meine Ängste, dieses Zeug zu benutzen, unterdrückte. Wir mussten den Imperialen Stern finden. Und ich würde alles tun, um sicherzustellen, dass wir ihn vor Lionel in die Finger bekamen.

»Was müssen wir tun?«, fragte ich.

»Was ist aus unserem Plan geworden, allein zu gehen, Bruder?«, donnerte Darius, der gerade mit Tory im Schlepptau den Raum betrat.

Ich lächelte sie an, und sie grinste, drängte sich an den Erben vorbei und erreichte meine Seite.

»Im Ernst?«, stöhnte Orion.

»Du hast doch nicht wirklich erwartet, dass Darcy und ich einfach das Handtuch werfen, oder? Ich dachte, das hättest du schon vor langer Zeit gelernt«, sagte sie lässig.

Geraldine ließ ein aufgeregtes Quieken hören und klatschte in die Hände. »Die Vega-Prinzessinnen werden niemals vor irgendjemandem das Handtuch werfen!«

»Aha«, sagte Darius und murmelte dann etwas anderes vor sich hin, das verdächtig nach »Wir werden ja sehen« klang, bevor er mit lauterer Stimme fortfuhr: »Los geht's! Holt eure Waffen!« Er drehte sich um und ging zur Tür hinaus, wobei er die Axt auf seinem Rücken enthüllte, die dank der Flammen, die in ihr lebten, funkelte.

»Das erinnert mich an etwas.« Ich sah Geraldine aufgeregt an. »Tory und ich haben dir eine Waffe gemacht.«

»Meine Güte!«, keuchte sie. »Was habe ich nur getan, um ein solches Geschenk zu verdienen?«

»Du bist du, Geraldine«, erklärte ich mit ernstem Blick. »Das reicht.«

»Und ändere das nie«, fügte Tory lächelnd hinzu, ergriff ihre Hand und zog sie hinter den Erben aus dem Raum.

Ich wollte ihnen ebenfalls folgen, aber Orion hielt meinen Arm fest und drehte mich mit einem Blick der Unsicherheit zu sich um.

»Kann ich …?« Er hatte eine lange Schatulle im Arm und stellte sie mit einem Ausdruck der Sehnsucht auf das Bett. Das Holz war mit dem Sternbild des Orion verziert, das ich selbst eingraviert hatte. Mein Atem stockte, und ich ging an ihm vorbei, öffnete die Schatulle und nahm das wunderschöne Schwert heraus, das in Phönixfeuer geschmiedet worden war. Es war das Schwert, das ich ihm am Abend vor seiner Verhaftung geschenkt hatte. Ich hatte versucht, nicht an diesen Abend zu denken, aber er war in meine Seele gebrannt, so unauslöschlich wie die Sternbilder in die Sterne. Ich konnte dem nicht entkommen. Ich konnte nicht verbergen, wie viel mir dieser Abend bedeutet hatte. Aber dadurch wurde sein Verrat nur noch schmerzlicher.

Ich hielt ihm das Schwert mit angespanntem Gesichtsausdruck hin. »Es gehört dir. Für immer. Nur weil wir nicht mehr … Na ja, nimm es einfach, okay?« Ich gab es ihm, und seine Finger berührten die meinen, als er es entgegennahm. Ein elektrischer Impuls durchfuhr mich bei seiner Berührung.

»Tentakel an einem Thunfisch!«, rief Geraldine aus dem anderen Zimmer. »Seht mich nur an!«

Ich lächelte Orion unbeholfen an und rannte aus dem Zimmer. Geraldine hielt den Flegel, den wir für sie hergestellt hatten, in der Hand. Der Metallball mit den Stacheln baumelte an einer Kette am Ende des riesigen Stocks. Sie schwang ihn mit unglaublicher Geschicklichkeit um ihren Kopf, unter ihrem Bein hindurch, über ihre Schulter.

»Ich habe schon so manchen Flegel geschwungen«, verkündete sie. »Dieser hier ist absolut großartig. Ich könnte nicht dankbarer sein. Vielleicht ist ein Lied angebracht?«

»Wir haben keine Zeit für Lieder«, knurrte Caleb und warf Darius einen vielsagenden Blick zu. »Stimmt's?« Sein Blick wirkte flehend, und Seth legte einen Arm um seine Schultern, die Hände in seinen Kampfhandschuhen vergraben.

»Sei kein Spielverderber, Bro! Lass uns das Vega-Lied singen – das, in dem sie unsere Schwänze lutschen«, sagte Seth mit einem Grinsen, und Geraldine richtete ihren Flegel auf ihn.

»Beschmutze nie wieder meine wunderschönen Texte, du widerlicher Köter!«

Max lachte, und Geraldine stürzte sich knurrend auf ihn.

»Und was findest du so lustig, du übergroße Seegurke?«, zeterte sie.

»Beruhige dich, Gerry«, sagte er.

Sie sah so aus, als wäre sie im Begriff, zu explodieren, aber Orion schoss mit dem Schwert in der Scheide an seiner Hüfte in die Mitte der Gruppe. »Wir gehen jetzt. Hört auf, zu streiten, sonst bleibt ihr hier.«

»Pfft, als ob Darius einen von uns hier zurücklassen würde«, sagte Seth, aber Darius verschränkte die Arme vor der Brust. Er sah aus, als würde er das wirklich tun, und sofort verstummten alle.

Orion ging zur Tür, als mein Atlas summte, und ich nahm ihn heraus und stellte fest, dass eine Nachricht von meinem Bruder auf mich wartete.

Gabriel:

Die M. O. E. S. E. N. waren in großer Zahl unterwegs, als ich vor einer Stunde nach Hause gegangen bin. Die Vampire sollen dich und deine Schwester zur Grenze bringen. Die anderen werden nicht aufgehalten. Viel Glück heute Abend.

Er schickte mir eine Unmenge an Bildern von seinem Baby und seiner Familie, und mein Herz zog sich zusammen. Verdammt, das Baby war süß. Ich hätte so gern seine Pausbäckchen gedrückt und seinen runden Bauch gekitzelt und … *Oh. Richtig. Eine lebenswichtige Mission erfordert meine Aufmerksamkeit.*

»Lance«, rief ich, rannte ihm entgegen und zeigte ihm die Nachricht, bevor ich sie den anderen präsentierte.

»Caleb, nimm Tory!«, befahl Orion, dann packte er mich, bevor ich widersprechen konnte, und schoss zusammen mit mir die Treppe hinunter.

Ich klammerte mich an ihn, unterdrückte einen Schrei, als er mich an seine Brust drückte und sich mit Lichtgeschwindigkeit über den Campus bewegte – schneller als er es je zuvor mit mir getan hatte. Ich konnte erst richtig Luft holen, als wir anhielten, aber die Welt drehte sich immer noch. Wir befanden uns nun hinter dem Zaun der Academy und die kühle Nachtluft umspielte uns.

Ich schaute zu Orion auf, der mein Gesicht eingehend musterte, und meine

Zehen krümmten sich.

»Du kannst mich jetzt runterlassen!«, hauchte ich, während mein Herz wie wild schlug, und versuchte, mich davon zu überzeugen, dass das nur an der Geschwindigkeit lag, mit der wir uns bewegt hatten. Aber wem machte ich hier etwas vor?

Er stellte mich ab, und Stille breitete sich zwischen uns aus, während er seine Augen nicht von mir nahm.

»Happy Birthday«, brachte ich mühsam hervor.

Ich hatte den ganzen Tag überlegt, ihm eine Nachricht zu schicken, aber ich hatte mich nicht dazu überwinden können. Jetzt stand er direkt vor mir, und ich wollte nicht, dass er dachte, ich hätte ihn vergessen. Vielleicht hätte ich mich zickig verhalten sollen, aber er verbrachte diesen Tag bereits als Gefangener, der nichts tun und nirgendwohin gehen konnte. Nun, zumindest bis jetzt.

»Er ist nicht so glücklich wie mein letzter«, murmelte er, dann kam Caleb mit Tory an und stellte sie neben mich. Ich blieb in der glücklichen Erinnerung an die Vergangenheit gefangen und wünschte, ich könnte dorthin zurückkehren.

»Musstest du wirklich eine Runde um die ganze Academy drehen?« Tory schnaubte und strich sich die zerzausten Haare glatt.

»Ich musste mich aufwärmen, bevor wir in die Schlacht ziehen«, sagte Caleb mit einem Grinsen.

»Wir ziehen nicht in die Schlacht, wir gehen auf einen Friedhof, wo alle möglichen beschissenen Zaubersprüche auf uns warten«, sagte Orion.

»Na, dann habe ich mich eben für die gruseligen Zaubersprüche aufgewärmt.« Caleb zuckte mit den Schultern.

Seth erschien in Wolfsform mit Darius und Max auf dem Rücken, und sie schlüpften alle durch die Lücke im Zaun. Seth verwandelte sich zurück, zog sich eine Jogginghose und Turnschuhe an, die Max ihm zugeworfen hatte, und band seine Haare zu einem Knoten zusammen. Geraldine tauchte in ihrer Zerberusform auf, wobei einer ihrer drei großen braunen Hundeköpfe zwischen den Stäben stecken blieb, als sie versuchte, sich durch den Zaun zu quetschen. Sie war verdammt groß. Größer als Seth in seiner Wolfsform, und er passte kaum durch.

Sie verwandelte sich lachend wieder in ihre Fae-Gestalt, wobei ihre Brüste gegen die Stäbe gedrückt wurden, als sie sich durch die Lücke zwängte.

»Bei der Sonne, Gerry!«, schimpfte Max und trat vor, um sie vor Blicken zu schützen.

»Oh, hör auf, so besitzergreifend zu sein, Maxy-Boy! Das steht dir wirklich nicht.« Sie nahm ihm ihre Klamotten ab, zog sie an und schnappte sich dann ihren Flegel von Darius, der ihn für sie getragen hatte.

»Lasst uns in den Krieg ziehen!«, sagte Seth aufgeregt und rammte heulend seine Schulter in Calebs.

»Wir ziehen in keinen verdammten … Ach, vergiss es!«, sagte Orion und bewegte sich auf Tory und mich zu. »Habt ihr die Ringe?«

»Jepp. Hier, Alter.« Tory streckte ihm ihren Ring entgegen, aber ich schnappte ihn mir, bevor Orion ihn in die Finger bekam, und steckte ihn neben den anderen Ring auf meinen Finger.

»Wo immer diese Ringe sind, bin ich auch«, sagte ich mit herausfordernder Stimme. Wenn er dachte, dass er mich heute Abend zu meiner eigenen Sicherheit – oder aus irgendeinem anderen Grund im Stich lassen könnte –, dann hatte er sich geschnitten. Ich würde persönlich dafür sorgen, dass der Stern hierher zurückgebracht wurde, egal, was passierte.

»Verdammt«, murmelte er, und ich grinste triumphierend. *Ich wusste es.*

Tory lachte. »Du kannst ihr nichts mehr vormachen, Arschloch.«

»Ich wollte nicht …« Orion hielt mitten im Satz inne und schüttelte den Kopf. »Lasst uns einfach verdammt noch mal gehen.« Er holte etwas Sternenstaub hervor, warf ihn über uns, bevor jemand ein weiteres Wort sagen konnte, und schon wurden wir in die Sterne gezogen.

Meine Füße berührten den Boden, aber ich stolperte nicht. Blinzelnd sah ich meine Freunde an und dann den riesigen schwarzen Metallzaun, der sich vor uns auftürmte. Stille senkte sich über uns, und ich konnte die Kraft dieses Ortes in der Luft spüren, die mir ein Kribbeln der Vorfreude den Rücken hinunterjagte.

Hinter uns erstreckte sich ein dichter Wald, der so dunkel war wie die Nacht. Irgendwo zwischen den Bäumen ertönte ein tiefes, hundeartiges Heulen.

»Darius«, knurrte Orion, und in seiner Stimme lag eine Warnung, die ich nicht verstand.

»Was ist das?«, zischte Tory, während ich mich näher zu ihr schob.

»Hunde des Todes«, verriet Darius düster.

»Sie sind hier, um das Gebiet vor Eindringlingen zu schützen«, erklärte Orion und warf eine Stillekuppel um uns herum. »Schaut ihnen nicht in die Augen, sonst reißen sie euch die Seele aus dem Leib.«

»Was zum Teufel machen sie?«, kreischte Max.

»Sie reißen dir die Seele aus dem Leib, Maxy-Boy. Du musst zuhören«, sagte Geraldine und hob ihren Flegel. »Ihr solltet vorangehen, ich werde mich diesen schurkischen Unholden für meine Königinnen stellen. Ich werde in den dunklen Wald tauchen und diese Biester in die Hölle zurückschicken, aus der sie gekommen sind.«

»Nein, Geraldine«, keuchte ich. »Du gehst nirgendwo hin.«

»Korrekt. Und jetzt macht alle die Augen zu!«, befahl Orion, als in den Bäumen weitere Rufe ertönten und mein Herz vor Angst pochte. »Egal, was sie tun, ihr dürft nicht mit ihnen interagieren. Lasst die Augen zu, rennt nicht und kämpft *nicht*!«

»Und wenn sie mir den Arm abreißen?«, fragte Seth. »In dem Fall kann ich nichts versprechen.«

»Sie greifen nur an, wenn sie provoziert werden«, knurrte Orion. »Also, schlag ruhig einem aufs Maul, Capella. Aber tu es bitte in einiger Entfernung zu uns.«

Ein Knurren drang aus den Bäumen, und ich sah eine riesige schwarze Gestalt zwischen den Ästen umherhuschen, bevor ich die Augen schloss. Verdammt.

»Haltet euch an den Händen und folgt mir. Wir müssen zum Tor. Aufgrund der Barrieren konnten wir nicht näher landen«, sagte Orion und seine raue Hand umfasste die meine.

Meine andere Hand glitt in Torys, und wir gingen los, während weitere Heulgeräusche im Wald ertönten.

Mein Herz raste in meiner Brust, und die knackenden Äste unter unseren Füßen waren in der Stille so laut wie Gewehrschüsse. Ein Knurren ertönte direkt neben mir, und mein Atem beschleunigte sich, als zuerst ein Schnüffeln und dann das Scharren schwerer Pfoten in der Nähe zu hören waren.

Heißer, ranziger Atem wehte durch meine Haare und mein Gesicht wurde warm. Das Biest musste riesig sein, mindestens so groß wie ich, und der Geruch von Verwesung hing an ihm. Mir wurde schlecht.

»Wir sind fast da«, murmelte Orion.

»Wehe, du machst die Augen auf«, zischte ich, und er drückte meine Finger fester.

»Jemand muss es tun – warum nicht der ausgestoßene Niemand?«, fragte er leise, und ich krallte meine Nägel in seine Haut.

»Du bist kein Niemand«, knurrte ich ernst. *Du bist einer der wichtigsten Jemands, die ich kenne.*

»Bereit, Darius?«, rief er, ohne auf mich zu reagieren.

»Bereit«, bestätigte Darius, und hinter mir ertönte ein Knacken.

»Was macht er da?«, flüsterte ich, dann hörte ich ein weiteres Knurren an meinem Ohr und zuckte zusammen.

»Er belegt einen Fae-Knochen mit dunkler Magie«, raunte Orion. »Die Hunde des Todes können dem Gestank des Todes nicht widerstehen.«

Ein Rauschen drang an meine Ohren, als Darius den Knochen wegwarf, darauf folgte ein Heulen und Bellen. Es klang, als würde ein großes Rudel von uns wegrennen, und der Boden unter mir bebte, als sie losstürmten.

»Beeilung!«, dröhnte Orion. »Bleibt alle zusammen! Ihr könnt die Augen wieder aufmachen, aber wenn ihr sie zurückkommen seht, schließt sie sofort wieder!«

Ich riss die Augen auf, als Orion seine Hand von meiner nahm und Darius an mir vorbeirannte. Wir standen vor einem riesigen Tor, das oben mit tödlich aussehenden Spitzen versehen war. In das Eisen über der Mitte war der Schriftzug »Der Friedhof von Everhill« geritzt.

Orion reichte Darius einen Aussaugenden Dolch und behielt selbst einen in der Hand. Beide schlitzten sich die Handflächen auf, bevor sie begannen, die Waffen in perfekter Synchronisation zu bewegen, als würden sie die Luft selbst durchschneiden. Die Bewegungen waren komplex, und jeder Schnitt verringerte die magische Spannung in der Luft.

Ein wütendes Heulen durchzog die Nacht und ließ mich vor Angst erschauern.

»Ich glaube, sie haben den Trick durchschaut«, zischte Seth.

»Sie kommen zurück«, meinte Caleb eindringlich, aber Darius und Orion waren in Trance versunken, während sie versuchten, die Schutzzauber zu brechen.

»Haltet eure Waffen bereit!«, raunte Tory, und alle gehorchten, als die Hunde wieder näher zu kommen schienen.

Tory und ich hielten einander immer noch fest, streckten jetzt aber unsere freien Hände aus. Mein Phönixfeuer brannte heiß unter meiner Haut und unsere Kräfte vereinten sich instinktiv; es war ein Inferno, das zwischen uns tobte und nur darauf wartete, entfesselt zu werden.

Ich warf Tory einen flüchtigen Blick zu und schloss dann die Augen, als das Heulen immer näher kam.

Die Hunde donnerten in rasendem Tempo auf uns zu und angesichts des Zähnefletschens und der furchterregenden Knurrlaute glaubte ich, dass Seth recht hatte. Sie wussten, was wir vorhatten. Und sie wollten Blut sehen.

»Teufel des Todes, ich werde euch ins Jenseits prügeln!«, schrie Geraldine.

Ein Knurren ertönte, dann ein Aufschrei, als ein Schlag gegen eines der

Biester ausgeteilt wurde, und mein Herz stockte.

Ich hielt meine Handflächen erhoben; Flammen züngelten zwischen meinen Fingern, während ich darauf wartete, anzugreifen. Mittels der Erdmagie, die ich in den Boden leitete, versuchte ich, ihr Näherkommen zu erspüren.

Ein Knurren ertönte direkt vor uns, und ich fühlte, wie Tory näher an mich herantrat. Zusammen hoben wir auch unsere verbundenen Hände, dann entfernten wir uns von unseren Freunden, um sicherzustellen, dass wir sie nicht verletzten. Ich konnte den Atem des Hundes spüren, seinen fauligen Geruch in der Luft schmecken und durch meine Magie das Beben seiner Schritte im Boden fühlen. Adrenalin strömte durch meine Adern, als wir die Kraft unserer Phönixe in einer Feuerexplosion freiließen. Flammen loderten jenseits meiner geschlossenen Augenlider, und eines der Biester jaulte und kreischte.

»Ja!«, jubelte Tory, und ein Grinsen breitete sich auf meinem Gesicht aus.

Unser Sieg war jedoch nur von kurzer Dauer, denn aus dem Wald ertönten weitere Heultöne, die verrieten, dass noch mehr Biester im Dunkeln lauerten.

»Zurück!«, rief ich den anderen zu, und Tory und ich errichteten eine Feuerwand vor uns, um die Hunde in Schach zu halten.

Ich stieß mit Darius zusammen und plötzlich fiel ich, stolperte rückwärts und durch die Schutzbarrieren, die den Friedhof umgaben.

»Rein mit dir!«, brüllte Orion, packte meinen Arm und stützte mich, während er mich umdrehte und ich Tory hinter mir herzog. Das Geräusch von klirrendem Metall erfüllte die Luft, dann berührten meine Füße einen weicheren Boden. »Mach die Augen auf!«, befahl er, und ich tat es und sah zu ihm auf, seine Stirn war von Sorge gezeichnet.

Ich drehte den Kopf, um zu sehen, ob es allen gut ging, und wie durch ein Wunder tat es das. Ich tauschte einen erleichterten Blick mit Tory, bevor ich mich auf dem dunklen Friedhof umsah.

Vor uns erstreckten sich Grabsteine, alle alt und verwittert, mit Sternzeichen und den Namen der Toten. Es gab größere Grabstätten, die tiefer im Friedhof lagen und sich über einen riesigen Hügel erstreckten. Auf dem Gipfel stand ein großes steinernes Mausoleum, das von Bäumen umgeben war.

Ich realisierte, dass mich Orion nach wie vor festhielt, und löste mich schnell von ihm. Mein Puls raste, während meine Handfläche immer noch von seiner Berührung kribbelte.

»Schaut nicht zurück! Wir müssen die Erde salzen, um sie fernzuhalten. Es wird nicht ewig halten, aber es sollte uns genug Zeit verschaffen«, sagte Orion, woraufhin er und Darius sich zum Tor zurückzogen, während wir alle weiter nach vorn schauten. Als sie fertig waren, tauchten sie mit finsteren Mienen wieder auf und tuschelten leise miteinander.

»Und?«, fragte Tory. »Wie lautet der Plan?«

»Wir befinden uns im äußeren Ring«, sagte Orion und deutete auf die Lücke, die die äußeren Gräber von den weiter innen gelegenen trennte. »Hier ist der Widerstand schwächer. Je weiter wir nach innen gehen, desto dunkler werden die Zauber.«

»Und lass mich raten: Das Grab deines Vaters befindet sich irgendwo in der Mitte?«, fragte Seth mit hochgezogenen Augenbrauen.

»Die Gräber sind nach der Macht der darin ruhenden Fae angeordnet«, antwortete Orion kalt. »Also ja. Sein Grab wird irgendwo in der Mitte sein. Wenn du zu feige bist, kannst du gern hierbleiben.«

»Hast du mir etwas zu sagen, Arschloch?«, knurrte Seth und ging mit angespannten Schultern auf ihn zu. »Denn deine Einstellung ist Bullshit.«

»Dir habe ich nichts zu sagen«, zischte Orion.

»Ach ja?«, knurrte Seth. »Tja, dann bist du hier wohl der einzige Feigling.«

»Was zum Teufel soll das denn heißen?« Orions Reißzähne traten hervor, und ich stellte mich knurrend zwischen sie.

»Hört auf damit!«, fuhr ich sie an. »Wir müssen weiter.«

Seth sah mich an und zuckte unschuldig mit den Schultern. Orion fixierte uns mit einem Blick, den ich nicht verstand, sagte aber nichts mehr.

»Kommt schon«, knurrte Darius, und Orion schloss sich ihm an, um uns die erste Reihe der Gräber entlangzuführen.

Tory und ich liefen hinter ihnen, und ich spürte das Kribbeln der dunklen Magie, die die Luftpartikel um uns herum auflud. In dem Moment, in dem wir den inneren Kreis erreichten, sträubten sich meine Nackenhaare, und mein Atem stockte angesichts der Macht, die an diesem Ort herrschte.

»Spürt ihr das auch?«, knurrte Caleb hinter mir, und wir nickten alle.

Der Boden unter unseren Füßen begann zu beben, und ich warf einen besorgten Blick auf die Gräber, die uns umgaben. Geraldine schrie auf, als eine skelettierte Hand rechts von ihr aus dem Boden schoss, und instinktiv feuerte ich Feuer auf sie ab, das sie in Stücke sprengte. Doch immer mehr dieser skelettierten Hände kämpften sich aus ihren Gräbern und schließlich krochen Hunderte von Leichen aus dem Boden. Angst und Schrecken durchfuhren mich, als die Untoten sich erhoben, und ich stellte mich kampfbereit auf.

Darius schwang seine Axt, als eine knochige Gestalt auf ihn zustürmte, und zerschmetterte sie mit einem einzigen schweren Schlag. In dem Moment, in dem die Knochen auf dem Boden landeten, verbanden sie sich wieder und die Leiche erhob sich erneut.

»Was zum Teufel?« Tory blickte verwirrt drein und wir beide rückten näher zusammen, bereit, sie alle zurück in die Hölle zu schicken.

»Finde das Grab!«, keifte Darius Orion an.

Alle griffen zu ihren Waffen, um sie gegen die Skelette einzusetzen, während immer mehr von ihnen aus dem Boden krochen. Einige von ihnen sahen frischer aus als andere, ihre Körper waren sehnig und von Fäulnis befallen. Und als einer von ihnen die Arme hob, brach ein Feuerzauber aus ihnen hervor und sandte einen Feuerball in Seths Richtung.

Er verwandelte sich blitzschnell in seinen Wolf, landete auf allen vieren, wich dem Feuerball aus und zerstückelte das Skelett mit seinen Phönixfeuer-Klauen.

»Geh!«, befahl Darius, und Orion musterte mich nachdenklich.

»Warte …«, wollte ich sagen, aber er setzte sich bereits in Bewegung, warf mich über seine Schulter und jagte tiefer in den Friedhof hinein. Die anderen blieben hinter uns zurück.

Gemini
Scorpio
Virgo
Cancer
Aries
Leo
Taurus
Sagittarius
Capricorn
Aquarius
Libra
Pisces

CALEB

KAPITEL 27

Ein Gerippe grub sich vor mir aus der Erde, und ich rannte darauf zu, zog meine Doppelklingen und zerteilte es mit der Geschwindigkeit meiner Formgebung, woraufhin es zu einem Knochenhaufen zu meinen Füßen zerfiel.

Ich verbrannte die Überreste mit meiner Feuermagie, aber als die Flammen erloschen, waren die Knochen noch intakt, und die Magie in ihnen brachte sie bereits wieder zusammen, damit sie sich neu formieren konnten.

Fluchend bückte ich mich, entriss dem Skelett einen Arm und schleuderte ihn mit voller Wucht von mir, bevor ich ein Bein in die entgegengesetzte Richtung warf. Ich trennte den Schädel vom Hals, aber plötzlich gruben sich Zähne in meinen Finger, sodass ich aufschrie, bevor ich ihn von mir wegstieß wie einen Pitball in Richtung Pit.

Aber der Schädel landete nicht im Pit. Er traf einen weißen Werwolf am Hintern und biss zu, sodass dieser vor Schmerz aufjaulte.

Seth wirbelte herum und versuchte, sich mit seinen eigenen Zähnen davon zu befreien, aber das war in seiner Position unmöglich.

Ich wollte ihm zu Hilfe eilen, aber ein weiterer Kadaver tauchte vor mir auf. Er hatte noch mehr Haut auf den Knochen und in seinen seelenlosen Augen war noch etwas Intelligenz zu erkennen. Ich holte mit meinem Dolch aus und trennte einen Arm ab, aber der andere Arm war bereits erhoben, und eine Welle aus Wassermagie traf mich in der Brust.

Ich wurde von den Füßen gerissen und über den Friedhof geschleudert.

Schließlich schlug ich auf dem Rücken auf und rutschte durch den Schlamm, bis ich gegen einen riesigen Grabstein prallte.

Keuchend und hustend drehte ich mich auf den Bauch, aber bevor ich aufstehen konnte, schossen Hände aus dem Boden unter mir, und ich schrie, als ich in ein Erdloch gezogen wurde.

Ich trat und schlug um mich, während scharfe Zähne in meinen Arm bissen und ein Stück Fleisch herausrissen. Plötzlich prallte ich gegen einen Sarg. Erde rieselte auf mich herab, bedrängte mich von allen Seiten und ertränkte mich schließlich in der Dunkelheit.

Ich verlor einen meiner Dolche, konnte aber meinen Arm nicht benutzen, um den anderen zu schwingen. Und als sich nun auch Zähne in mein Bein gruben, schrie ich abermals vor Schmerz.

Ich rammte meine Hand in den Boden und beschwor die Erdmagie, sich meinem Willen zu unterwerfen. Und so füllte ich den Raum um mich herum mit messerscharfen Steinen und sprengte sie mit einer Welle gewaltiger Kraft von meinem Körper.

Die Gerippe wurden von mir fortgerissen, und ich machte mich grunzend und fluchend daran, die Erde beiseitezuschieben, um aus dem Grab zu klettern und wieder in den Kampf zu ziehen. Doch als ich mich an die Oberfläche hocharbeitete, sah ich, wie Seth von oben mit zwei weißen Pfoten nach mir grub.

Die Erde öffnete sich über mir und Seths Wolfsschnauze tauchte direkt vor meinem Gesicht auf. Er leckte mich eifrig, bevor er sich wieder in seine Fae-Gestalt verwandelte und mich auf die Beine zog.

»Scheiße, Alter, ich dachte echt kurz, du wärst weg vom Fenster.« Er schüttelte mich, als wollte er sich vergewissern, dass ich wirklich in Ordnung war, bevor er sich umdrehte und den Schädel von seiner Arschbacke riss, der nach wie vor dort hing.

Ich packte den Schädel und schleuderte ihn so kräftig ich konnte in Richtung des Zauns, wo die Hunde des Todes warteten. Vielleicht würden sie das Ding für mich erledigen.

»Tut mir leid«, meinte ich lachend. »Und du hättest dir keine Sorgen machen müssen. So einfach wirst du mich nicht los«, versprach ich ihm, bevor ich meine Hand auf die blutende Wunde an seinem Hintern legte und sie heilte.

»Das will ich auch hoffen«, knurrte Seth, verwandelte sich wieder in seinen Wolf und rannte den Hügel hinauf, um sich dem Kampf anzuschließen.

Ich hielt inne, streckte die Hand aus und suchte den Dolch, den ich unter der Erde verloren hatte, mit meiner Erdmagie, bevor ich ihn aus dem Boden schießen ließ und geschickt auffing. Ich folgte Seth den Hügel hinauf, und hielt dann mit ihm Schritt, während er sich mit Zähnen und Klauen über weitere Leichen hermachte.

Geraldine stand auf einem steinernen Sarkophag und wirbelte ihren brennenden Flegel wie einen verdammten Totschläger, während sie Schädel zerschmetterte und zum Mond schrie.

»Kommt und holt mich, ihr grässlichen Gecken!«, donnerte sie. »Denn ich bin reinen Herzens und aus Stahl geschmiedet. Ich führe eine Waffe, die von den wahren Königinnen Solarias geschaffen wurde, und niemand, der sich ihnen entgegenstellt, wird jemals siegen. Sie sind das Licht der aufgehenden Sonne, und ich bin der Schatten hinter ihnen – ihr werdet mich niemals bezwingen.«

Ein brennender Pfeil schoss an meinem Ohr vorbei, und ich wirbelte herum. Max hatte sich mittels eines Turms aus Luftmagie in die Höhe befördert und feuerte einen Schuss nach dem anderen ab. Er traf die Untoten in die Brust, wo ihre Herzen hätten sein sollen, und als sie fielen, standen sie nicht wieder auf. Das ergab wohl Sinn. Magie wohnte im Herzen, also mussten sie dort ihre Kraft geschöpft haben.

Ich grinste, sprang auf Seths pelzigen Rücken und stürzte mich auf den nächsten Untoten, um meinen Dolch in seine Brust zu rammen. Spröde Knochen brachen, Sehnen rissen, und das Licht erlosch in seinen untoten Augen, bevor er zu Boden sackte.

Seth heulte vor Aufregung, während er sich in die Schlacht stürzte. Er rannte in die Menge der Untoten, um zu Geraldine zu gelangen, und riss eine Gruppe von ihnen nieder, bevor er sich auf sie schmiss und ihre Oberkörper mit seinen riesigen flammenden Pranken zermalmte.

Darius und Tory kämpften weiter oben auf dem Hügel. Er schwang die riesige Doppelaxt mit der ganzen Kraft seiner Formgebung und zerteilte die Untoten, während sie Speere aus Phönixfeuer auf Ziele in größerer Entfernung schoss.

Ich entdeckte eine Gruppe dieser seltsamen Zombies den Weg hinaufstürmen, den Orion und Darcy genommen hatten, und rannte um die Grabsteine herum, um sie abzufangen.

Mit einem wilden, blutrünstigen Knurren und erhobenen Dolchen preschte ich direkt auf sie zu, doch einer von ihnen feuerte Luftmagie auf mich, bevor ich sie niederstrecken konnte, und ich wurde erneut weggeschleudert.

Dieser Friedhof war der prestigeträchtigste in ganz Solaria, und die Leichen hier waren einst mächtige Fae gewesen, und sie alle hatten ihre Stärke auch im Tod bewahrt.

Verdammt, ich kämpfte wahrscheinlich gerade gegen meinen Ururgroßvater.

Es gab einen Grund, warum die meisten Fae nach ihrem Tod eingeäschert wurden. Unsere Magie blieb in unseren Knochen, und es war für Grabräuber viel zu verlockend, Knochen zu stehlen, um sie für dunkle Magie zu verwenden. Daher die irrsinnigen Sicherheitsvorkehrungen an diesem Ort. Natürlich wäre es sinnvoller gewesen, alle Fae einzuäschern, aber mächtige Arschlöcher wie auch die Mitglieder meiner Familie bevorzugten es, schwere Geschütze aufzufahren, nur um zu beweisen, dass sie es konnten.

Ich stürzte mich mit einem Knurren der Entschlossenheit wieder in den Kampf, als die Truppe weiter den Hügel erklomm – als wüssten diese Skelettmonster genau, wohin Darcy und Orion unterwegs waren. Den Rest unserer Gruppe überließen sie den anderen.

Aber ich würde nicht zulassen, dass sie sie einholten. Sie mussten den Stern in ihre Gewalt bringen, und meine Aufgabe war klar: Diese Kreaturen mussten aufgehalten werden.

Ich packte einen meiner Dolche ein und brachte die Erde unter den Füßen der Zombies unter meine Kontrolle. Der Boden buckelte und die Skelette wurden in die Luft geschleudert, während ich in ihre Mitte rannte.

Mein Dolch fand in den Herzen von drei der Kreaturen ein Zuhause, bevor sie überhaupt bemerkten, dass ich da war. Dann traf mich ein weiterer heftiger Luftstoß, der mich abermals wegschleuderte.

Ich schlug hart auf dem Boden auf, rollte den Abhang hinunter und sprang direkt wieder auf, um meine Mission fortzuführen.

Vor mir entstand eine Feuerwand, und ich hechtete hinter einen hohen Grabstein, um Deckung zu suchen. Dann hob ich eine Hand und versuchte, die Kontrolle über das Element zu erlangen.

Das Feuer war ungezähmt und schien nur den Sinn zu haben, mir im Weg zu stehen. Doch ich brachte es schnell unter meine Kontrolle, lenkte es nach meinem Willen und schürte die Flammen, sodass sie sich in einem Feuerwirbel um mich herum drehten.

Ich ließ die Flammen höher und höher steigen und schickte sie dann den Weg hinunter, wo sie sich durch die Leichen fraßen und sie alle zu Boden warfen. Einer nach der anderen rammte ich meinen Dolch in die Brust.

In dem Moment, in dem sie alle kampfunfähig waren, wirbelte ich herum und kehrte zu den anderen zurück. Das Geräusch eines schmerzvollen Heulens drang durch die Luft und trieb mich an, mich noch schneller zu bewegen.

Seth lehnte an einem imposanten steinernen Mausoleum und kämpfte wie ein Verrückter gegen zwanzig der untoten Kreaturen, die sich zusammengetan hatten, um ihn zu überwältigen. Sie waren zu nah an ihm dran, als dass ich Feuer auf sie hätte richten können, also benutzte ich stattdessen das Element Erde und riss ihnen den Boden unter den Füßen weg, sodass einige von ihnen auf die Knie fielen.

Seth nutzte die Gelegenheit, um einige mit seinen Klauen endgültig außer Gefecht zu setzen. Drei von ihnen gelang es jedoch, auf seinen Rücken zu springen und ihre Zähne in ihn zu bohren.

Ich fluchte, als Seth vor Schmerz aufheulte, um sich trat und schlug, während er versuchte, sie abzuschütteln.

Schnell rammte ich meinen Dolch in drei der Typen vor mir, bevor eine gewaltige Feuerwelle uns alle erfasste und mich zu Boden warf.

Ich hob die Hände, um das Element zu übernehmen und es von mir fernzuhalten, aber zwischenzeitlich hatte ich Seth aus den Augen verloren, und als er vor Schmerzen aufheulte, war es, als würde mir das Herz aus der Brust gerissen.

Vor Wut brüllend, konzentrierte ich all meine Kraft darauf, die Flammen in meine Gewalt zu bringen, und suchte unter den Leichen nach Seth, um das Feuer so schnell wie möglich von ihm abzuwenden. Dann ließ ich das Feuer immer heißer werden, um es als Waffe gegen jeden einzelnen Knochenmann in unserer Nähe einzusetzen. Die Hitze der Flammen war fast unerträglich. Aber ich hörte nicht auf, sondern ließ sie immer stärker werden, während die Wut in mir so übermächtig wurde, dass sie mir alle Gedanken und Konzentration raubte. Und der einzige Wunsch, der mir blieb, war, Seth vor allem weiteren Schaden zu bewahren.

Die Flammen brannten heiß und wütend, während sie die Leichen verschlangen, und als ich sie erstickte, war ich fast am Ende meiner Kräfte.

Seth hatte wieder seine Fae-Gestalt angenommen und lag in einem Ring aus grünem Gras, umgeben von schwarzem Ruß. Im Nu war ich an seiner Seite.

Ich ließ mich neben ihm nieder und zuckte zusammen, als ich seine verbrannte und mit Blasen übersäte Haut sah. Er heulte vor Schmerz und ich nahm seine Hand in meine.

Meine Magie mit seiner zu verbinden, war so natürlich wie das Atmen selbst. Die Kraft eines Tornados durchströmte meine Adern, und die Wucht seiner Erdmagie verschmolz mit meiner, als wären sie eine Einheit und hätten sich schon immer auf diese Weise verbinden sollen.

Heilende Magie strömte von meinem Körper in seinen, und er stöhnte, als ich sie immer schneller in ihn hineindrückte, um jede Verbrennung und Blase so schnell wie möglich zu heilen, während er meine Finger fest umklammerte.

In dem Moment, in dem er geheilt war, ließ ich seine Hand los, umfasste sein Gesicht mit meinen Handflächen und küsste seine Stirn, bevor ich ihn an mich zog.

»Verdammt, Seth, tu mir das nie wieder an!«, knurrte ich, während mein Herz aus dem Takt geriet und ich mehrmals blinzeln musste, um das Bild seines verbrannten Körpers aus meinem Kopf zu verbannen.

»Deal – aber das gilt auch für dich«, entgegnete er lachend, und ich hätte ihn küssen können, als ich seinen spöttischen Tonfall hörte.

Er schlang seine Arme fest um meine Taille und hielt mich einen Moment lang fest, bevor ich auf die Beine sprang und ihn mit mir hochzog.

Meine Hände zitterten in Ermangelung von Magie in meinen Adern, und meine Reißzähne fuhren aus, als mein Blick auf den pochenden Puls an seinem Hals fiel.

»Hör auf, meinen Hals anzustarren, und beiß mich endlich, Cal«, sagte Seth, der bereits sein Kinn anhob und mich mit seinen erdbraunen Augen herausfordernd ansah. »Wir haben einen Kampf zu gewinnen, und ich bin die ganze Nacht bei Vollmond durch die Gegend spaziert. Meine Magie wird in fünf Sekunden wieder aufgefüllt sein, sobald ich mich verwandle, also mach schon.«

Er packte mein Shirt und zog mich mit Nachdruck an sich, und ich grinste, während ich mich auf seinen Hals stürzte.

Das Stöhnen, das ihm entwich, als ich ihn biss, veranlasste mich, meine Hände um seine Taille zu legen. Ich drückte ihn gegen die rauchgeschwärzte Wand des Mausoleums, und der Geschmack seiner Kraft auf meinen Lippen ließ ein Kribbeln der Lust durch meine Wirbelsäule wandern.

Er umklammerte den Stoff meines Shirts noch immer, während er mich so nah wie möglich an sich zog, und ich trank in vollen Zügen, während sich meine Finger in seine Haut bohrten und ich mich an der Tatsache festhielt, dass er hier war und neben mir stand – genau so, wie es sein sollte.

Ich zog mich zurück, als ich genug hatte. Die Stoppeln meines Kinns streiften seine, und mein Brustkorb hob und senkte sich heftig, als ich erneut seinen Blick auffing. In seinen Augen spiegelte sich der Mond wider, als würde er mich auch beobachten.

»Cal«, krächzte Seth, und sein Mund so nah an meinem, dass ich die Bewegung meines Namens auf seinen Lippen spürte.

»Ja?«

»Ich ...«

Er hielt mich immer noch fest, als fürchtete er, ich könnte weglaufen, wenn er losließe. Und auch ich hatte meinen Griff um seine Taille nicht gelöst; meine Daumen glitten über die harten Konturen seiner Bauchmuskeln.

Mein Herz pochte heftig und rhythmisch – ein Takt, der mich dazu bringen wollte, genau dazubleiben, wo ich war. Und für einen Moment hatte ich die verrückte Idee, mich einfach nach vorn zu lehnen und ...

Ein markerschütternder Schmerzensschrei drang von den anderen Kämpfern zu uns, und Max brüllte so laut, dass ich seine Angst und Wut spüren konnte, als seine Fähigkeit eine Flut seiner Emotionen über den gesamten Friedhof hinweg schickte.

»Geraldine«, keuchte ich, wandte mich von Seth ab und rannte los, um ihr zu helfen.

Doch als ich wieder in den Kampf zurückkehrte, spürte ich, wie mein Magen sich vor Enttäuschung zusammenzog, und ich fragte mich, was passiert wäre, wenn ich noch ein paar Augenblicke länger allein mit meinem besten Freund verbracht hätte.

Pisces
Scorpio
Virgo
Gemini
Cancer
Aries
Leo
Sagittarius
Taurus
Capricorn
Aquarius
Libra
Pisces

DARGY

KAPITEL 28

Ich trabte hinter Orion her und an den Gräbern vorbei, die das riesige steinerne Mausoleum im Herzen des Friedhofs säumten. Statuen der Sternzeichen schmückten den Bereich, und wir kamen an einem gruselig aussehenden Steinbock vorbei, während wir die großen steinernen Sarkophage betrachteten, die ihn einschlossen. Aus ihrem Inneren drang ein Rasseln, das uns verriet, dass die Toten darin versuchten, auszubrechen. Ich vermutete jedoch, dass sie die steinernen Deckel nicht anheben konnten. Die Schreie und Rufe unserer Freunde ließen darauf schließen, dass sie noch immer mit ihnen beschäftigt waren. Wir mussten uns beeilen.

»Sind wir bald da?«, flüsterte ich.

»Ich weiß es nicht«, murmelte Orion.

»Warst du noch nie an seinem Grab?«, fragte ich verwirrt.

»Nein, ich dachte, er wurde eingeäschert.« Er verzog das Gesicht.

»Oh … okay. Also das hier sind alles Steinböcke«, sagte ich, und er runzelte die Stirn, während er die nächstgelegenen Steinsärge begutachtete.

»Sie scheinen nach Sternzeichen angeordnet zu sein«, bemerkte er und packte mich. Ich fluchte, als er mich abermals in seine Arme zog und mit hoher Geschwindigkeit um das Mausoleum rannte. Er stellte mich neben der großen Statue einer Waage ab, und ich befreite mich aus seinem Griff.

»Eine kleine Warnung wäre nett gewesen«, zischte ich, aber mein Protest verhallte ungehört, als ich ins Rutschen geriet.

Ich wollte gerade Luftmagie wirken, um mich zu stützen, als er blitzschnell die Hand ausstreckte, um mich aufzufangen. Er zog mich an seine Brust, und ich hob das Kinn mit finsterer Miene.

»Hör auf damit!«, fauchte ich.

»Ich werde dich immer und überall auffangen«, knurrte er, und ich riss mich von ihm los, lief zu der Gruppe von Gräbern hinter der Statue und suchte nach dem Namen Orion.

»Ich hätte mich selbst aufgefangen«, erklärte ich bestimmt.

»Sicher hättest du das.«

Sein Blick glitt über mich hinweg, und ich öffnete gerade den Mund, um ihn zurechtzuweisen, als er rief: »Da ist es!« Und schon schoss er an mir vorbei.

Ich drehte mich um und sah, wie er auf ein riesiges Steingrab zulief, das unter einem überhängenden Weidenbaum stand. Der Name *Lancelot* war neben einem Waage-Symbol über einer runden Steintür eingraviert.

»Woher weißt du das?«, fragte ich, als wir davor stehen blieben.

»Weil mein Dad mich immer so genannt hat«, sagte er und strich mit den Fingern über zwei kleine Löcher in der Mitte der Tür, die sich wie ein Unendlichkeitssymbol überlappten.

Voller Aufregung nahm ich die Ringe von meinem Finger, trat vor, schob den ersten in das tiefere Loch und dann den anderen in das, das sich darüber befand.

Kein Klicken, das auf ein Entriegeln hätte schließen können, folgte, und ich warf Orion einen besorgten Blick zu. Er drückte dagegen, aber die Tür bewegte sich nicht. Konzentriert ließ er seine Finger über den Stein gleiten, und ich warf einen ängstlichen Blick über meine Schulter. Hoffentlich kamen die anderen klar.

»Was ist los? Wie kommen wir rein?«, fragte ich, und er seufzte und öffnete die Augen.

»Die Tür ist mit Blutmagie gesichert. Aber sie will nicht nur mein Blut …« Er berührte die Ringe. »Sie will auch das Blut einer Vega.«

»Glaubst du, meine Mutter hat das gesehen? Wie wir hier zusammenstehen?«, fragte ich schockiert.

Er schluckte und warf mir einen Blick zu. »Sieht ganz so aus.« Er drückte den Aussaugenden Dolch an seine Handfläche, schlitzte sie auf und drückte seine Hand gegen den Stein.

Ich nahm ihm den Dolch ab und spürte den Ruf der Schatten in ihm.

Aber ich wusste, was das bedeutete, und mein Phönix würde ohnehin nicht zulassen, dass diese Dunkelheit wieder in mich eindrang. Ich ritzte mir die Handfläche auf, und Orions Reißzähne schossen hervor, während er zusah. Ein leises Stöhnen entwich ihm.

Ich musterte ihn missbilligend und legte meine Hand neben seine auf die Tür; mein Atem ging schneller vor Erwartung. Es verunsicherte mich, zu wissen, dass meine Mutter uns zusammen gesehen und Orions Vater davon erzählt hatte. Hatten sie geglaubt, dass wir Verbündete waren? Oder gewusst, dass da mehr dahintersteckte?

Ein lautes Knirschen ertönte aus dem Inneren der Gruft, als Stein über Stein kratzte, und die runde Tür schwang nach innen. Magie strömte auf mich ein, und ich fühlte, wie etwas nach mir rief und mich bat, näher zu kommen. Ich keuchte auf und stürzte in die Gruft, um den Rufen zu folgen, Orion war direkt an meiner Seite. Was auch immer uns rief – es pulsierte wie ein zweites Herz und sehnte sich danach, in meinen Händen zu liegen.

Die Tür schlug mit einem lauten Knall zu, und ich zuckte zusammen. Die Magie in mir versiegte, als eine Kraft sie erstickte und mir den Zugang verwehrte. »Verdammt«, stieß ich aus und wirkte rote und blaue Flammen mit meinem Phönixfeuer in die Ecke der Gruft. Mein Blick fiel auf einen riesigen Sarkophag vor uns.

In den Steindeckel war das Abbild eines Mannes gemeißelt, der ein Schwert an seine Brust hielt, in dessen Oberfläche alle Sternbilder eingraviert waren. Seine Augen waren geschlossen, als würde er für die Ewigkeit schlafen, und ich war überrascht, wie sehr er seinem Sohn ähnelte.

Orion schoss darauf zu, hob den Deckel mit seiner vampirischen Kraft an und lehnte ihn gegen die Wand. In dem Steinsarg lag ein Leichnam, der nur noch aus Knochen bestand, und Orion beugte sich vor, um mit schmerzverzerrtem Blick auf seinen Vater hinabzublicken.

»Hey, Dad«, murmelte er.

»Es tut mir leid«, sagte ich sanft und trat näher, um selbst einen Blick in den Sarg zu werfen.

»Das muss es nicht«, seufzte er. »Er ist schon vor langer Zeit gestorben.«

»Das heißt nicht, dass es nicht mehr traurig ist«, sagte ich mit einem Stirnrunzeln und strich mit meinen Fingern über seinen Arm. Er sah mich an, und unsere Blicke trafen sich, die Luft zwischen uns wurde dick.

Er griff in den Sarg und untersuchte den Körper sorgfältig. Ich ging am Rand entlang, suchte den dunklen Raum ab und beschwor Phönixflammen in meinen Händen, um besser sehen zu können.

»Der Stern ist nicht hier«, knurrte Orion.

»Er muss hier sein«, beharrte ich und begann, mich in der Gruft umzusehen.

Orion suchte ebenfalls überall nach einem Versteck, aber da war nichts – nur vier kalte Steinwände.

»Warum sollte dich das Tagebuch hierherführen, wenn der Stern weg ist?«, fragte ich frustriert und suchte noch einmal sorgfältig in der Nähe der Leiche. »Könnte jemand vor uns hier gewesen sein?«

»Unmöglich«, knurrte er wütend. »Wie hätte er durch diese Tür kommen sollen?«

Ich schüttelte verwirrt und wütend den Kopf, während ich weitersuchte, aber da war kein Fach, keine Luke, kein Nichts. Nur eine Gruft, die bis auf den Sarkophag leer war.

»Wir müssen etwas übersehen haben«, sagte ich stur und sah Orion an, aber er hatte keine Antwort. »Vielleicht hättest du mit Tory hierherkommen sollen …«

»Nein«, knurrte Orion. »Du warst gemeint, da bin ich mir sicher.«

»Warum?« Ich schüttelte den Kopf, ging zur Tür, drückte meine Hände darauf und stemmte mich mit aller Kraft dagegen, aber ohne meine Luftmagie hatte ich keine Chance, sie zu öffnen. *Scheiße, wie zum Teufel kommen wir hier raus?* »Sie könnte genauso gut gemeint gewesen sein. Oder wir beide, oder …«

»Nein«, fuhr er mich an. »Du und ich. Das ist die Bestimmung.«

»Sagt der Typ, der mich im Stich gelassen hat«, meinte ich mit einem Schnauben. »Definitiv keine *Bestimmung* hier.«

»Ich habe dich nicht im Stich gelassen«, sagte er ungläubig, schoss an meine Seite und stemmte sich ebenfalls gegen die Tür, wobei er die Kraft seiner Formgebung hinzufügte. Aber sie gab nicht nach. *Scheiße.*

»Na klar«, entgegnete ich bitter. »Du bist also der Meinung, nach Darkmore zu gehen und mich mit den Trümmern unserer zerrütteten Beziehung allein zu lassen, zeugt von echter Unterstützung und ganz viel Gefühl?«

»Ich hatte keine Wahl«, knurrte er, und ich drehte mich zu ihm um.

»Wenn du das noch einmal sagst, werde ich dir den Kopf mit Phönixfeuer wegpusten.«

Seine Augen verdunkelten sich und wurden zu Schlitzen. »Du verstehst nicht«, zischte er.

»Ich verstehe sehr gut. Ich verstehe, dass du mich verraten und mein Vertrauen gebrochen hast. Obwohl du wusstest, dass es mir fast unmöglich war, dir das zu geben. Aber ich habe es dir gegeben, weil ich dachte, ich könnte mich auf dich verlassen. Weil ich dachte, dass du immer an meiner Seite sein würdest. Aber du hast aufgehört, für mich zu kämpfen, und ich bin die Idiotin, weil mich das tatsächlich überrascht hat.«

»Ich habe nie aufgehört, für dich zu kämpfen, Blue«, knurrte er und presste mich gegen die Wand. Mein Herz zog sich zusammen, als er diesen Namen benutzte. »Ich habe nur aufgehört, für *uns* zu kämpfen.«

»Das ist das Gleiche«, erwiderte ich kühl, während in meinen Handflächen warnende Flammen aufloderten, aber er blieb, wo er war.

»Falsch«, antwortete er in seinem verdammten Professorenton, und ich hielt den Atem an und fragte mich, ob er mir endlich eine Erklärung geben würde. »Ich habe das alles nur für dich getan. Und ich würde es immer wieder tun, denn obgleich es mich verdammt noch mal umbringt, bist du immer noch auf dem richtigen Weg, eine Königin Solarias zu werden. Wenn ich anders vorgegangen wäre, hättest du deinen Platz an der Zodiac Academy verloren, dein Name wäre durch deine Beziehung zu mir ruiniert worden. Ich wäre so oder so ins Gefängnis gekommen, aber ich habe einen Weg gefunden, dich nicht mit in den Abgrund zu reißen. Also habe ich ihn gewählt. Und wenn mich das zu einem Arschloch macht, dann ist mir das scheißegal. Wenn du mich für den Rest meines Lebens hasst, werde ich das in Kauf nehmen, denn ich werde *nicht* der Grund dafür sein, dass du deine Chance auf den Thron verlierst.«

Tränen trübten meine Sicht, aber ich blinzelte sie weg, als die Wut in mir aufwallte. »Du hattest kein Recht, diese Entscheidung für mich zu treffen.«

»Ich weiß«, sagte er mit düsterer Stimme. »Und ich habe keine Genugtuung empfunden. Aber ich würde es immer wieder tun.«

Ich schüttelte den Kopf und mein Herz hämmerte unkontrolliert gegen meine Rippen. »Und hast du auch einmal daran gedacht, was es für mich bedeutet hat, dich im Gefängnis zu wissen? Weißt du, wie sehr das wehgetan hat? Du hättest sterben können. Und jeder im Königreich hält dich für ein gottverdammtes Raubtier, das mich manipuliert hat.« Ich schubste ihn, um an ihm vorbeizukommen und durchzuatmen, aber er wich nicht zurück und weigerte sich, mich loszulassen. Und ich war kurz davor, ihn dazu zu zwingen.

Er packte mein Kinn, drückte mich mit dem Oberkörper gegen die Wand und plötzlich war die Luft dick und heiß, und irgendwo in der Gruft dröhnte ein weiterer Pulsschlag im Takt mit meinem. Aber ich konnte mich nicht darauf konzentrieren, weil mein Geist vernebelt war. Meine Hände glitten an seinem Bizeps hoch und umklammerten ihn, während mich die Wut mit eiserner Faust packte.

»Das ist mir egal«, sagte er, sein warmer Atem verführerisch an meinem Mund. »Ich wusste, dass ich dich nie würde für mich behalten können, Blue. Das wusste ich seit unserem ersten Kuss. Ich habe mir nur eine Weile vorgemacht, dass es anders sein könnte. Aber als ich mich für uns oder dich entscheiden musste, habe ich mich für dich entschieden. Weil ich in die Realität zurückgekehrt bin. Und das echte Leben ist nicht schön oder einfach, es ist verdammter Treibsand, der einen immer weiter nach unten zieht, je mehr man dagegen ankämpft. Liebe überwindet nicht alles, weil wir auf zwei verschiedenen Wegen sind. Du fliegst zu den Sternen, meine Schöne, und ich bleibe hier unten im Dreck. So ist es nun mal.«

»So hätte es nicht sein müssen«, zischte ich, ihn hassend, ihn liebend.

»Es ist zu spät für Reue«, sagte er düster. »Und ich bin sicher, du wirst die Aussicht dort oben genießen. Mit Seth Capella an deiner Seite.«

»Was?«, raunte ich, meine Gedanken durch diesen Kommentar völlig aus der Bahn geworfen. »Was hat Seth damit zu tun?«

»Ach, komm schon«, höhnte er, seine Reißzähne fletschend, als er sich zu mir herunterbeugte, und meine Hände wurden gefährlich heiß auf seinen Armen. »Willst du es etwa leugnen?«

»Was leugnen, Arschloch?«, fuhr ich ihn an. Meine Hände glühten jetzt, aber er rührte sich nicht, sondern nahm die Verbrennungen lieber in Kauf, als mich loszulassen.

»Dass ihr zusammen seid. Er schickt mir gern Updates, um es mir unter die Nase zu reiben«, erwiderte er und die Hitze wich aus meinen Händen, als ich den Schmerz in seinen Augen sah. »Dich mit einem anderen zu sehen, hätte mich immer gebrochen. Aber musstest du dir wirklich den einen Kerl aussuchen, der versucht hat, uns auseinanderzubringen?«

Ich streckte die Hand aus und strich mit den Fingern über seine Wange. Ich hasste den rohen Schmerz in seinen Augen, der mir ein Messer ins Herz zu bohren schien. »Ich bin nicht mit Seth zusammen, Lance. Das war ich nie und das werde ich nie sein. Er ist ein Freund. Das ist alles.«

Er schnaubte, als würde er mir nicht glauben, und ich runzelte die Stirn. Meine Wut wuchs aufs Neue. Mein Wort zählte jetzt also *nichts* mehr?

»Glaubst du wirklich, ich würde ihn ficken? Nach allem, was er mir angetan hat? Wir haben zwar unsere Differenzen beigelegt, aber ich werde niemals vergessen, dass er mir die Haare abgeschnitten hat und mich bei jeder Gelegenheit ruinieren wollte. Dass er uns sabotiert und unser Zusammensein so viel schwerer gemacht hat. Hältst du wirklich so wenig von mir, Lance Orion?«

Er legte die Stirn in Falten und ließ den Blick über mein Gesicht gleiten, bis er schließlich an meinem Mund hängen blieb. »Nein ... ich halte große Stücke auf dich, Darcy Vega.«

Er griff nach meinem T-Shirt, zog mich nach vorn und drückte mir plötzlich einen fordernden Kuss auf die Lippen. Er umschloss mich, verschlang mich.

Mein Herz drohte zu zerspringen, als ich den Mann schmeckte, nach dem ich mich so lange gesehnt hatte. Ich war wie erstarrt vor Schreck, hin- und hergerissen zwischen meinem Verlangen nach ihm und dem Bedürfnis, mich von ihm zu lösen. Aber ich gab nach und erlag der Versuchung, als ich einen Bissen von dem saftigsten Apfel nahm, der mir je präsentiert worden war. Ich krallte mich an ihm fest, als er mich gegen die Wand drückte, und das tiefe Stöhnen der Verzweiflung in seiner Kehle erschütterte mein Innerstes wie ein Erdbeben. Er schmeckte nach gebrochenen Versprechen, aber auch nach reinstem Sonnenlicht. Die Trümmer meines Herzens lagen wie Glasscherben auf meiner Zunge, und je länger ich ihn küsste, desto mehr schienen sich diese Scherben wieder zusammenzufügen. Aber dafür war es zu spät. Wir hatten unsere Chance gehabt. Er hatte mich verletzt. Und er hatte sich nicht einmal dafür entschuldigt.

Ich beendete den Kuss, wütend auf mich selbst, dass ich nachgegeben hatte. Sein Gesicht war in Schatten gehüllt, als ich zu ihm aufsah, meine Lippen waren wund und kribbelten.

»Das geht nicht«, hauchte ich.

»Fuck«, krächzte er und wich einen Schritt zurück. »Nein.«

Ich wusste nicht, was ich sagen sollte, aber ich wusste, dass dies das Letzte war, was wir jetzt tun sollten. Der magische Trommelschlag erklang wieder in meinem Kopf und Orion wich einen weiteren Schritt zurück, während seine Hand zu seiner Kehle wanderte.

»Darcy«, flehte er, und ich schüttelte den Kopf.

»Wir müssen herausfinden, wie wir hier rauskommen«, sagte ich. Meine Wangen brannten immer noch und meine Lippen schmerzten.

»Nein, *Blue*«, sagte er mit drohendem Unterton, und ich runzelte die Stirn, als ich bemerkte, dass seine Reißzähne in der Dunkelheit glitzerten. Die Macht dieses Ortes umschloss mich von allen Seiten, und ich drehte mich um, als ich bemerkte, dass er etwas über meinem Kopf fixierte. Worte leuchteten in glühenden blauen Buchstaben über der Tür auf, und mein Herz schlug vor Angst, als ich den Zauber spürte, der durch die Luft strömte.

Königliches Vega-Blut schmeckt am süßesten.

Ist das Monster oder der Mann in dir stärker?

»Verschwinde von hier!«, brüllte Orion, seine Pupillen weiteten sich, und ich fühlte, wie die Angst mich durchfuhr, als ich die Hände hob. Seine Oberlippe schälte sich zurück, und der Blutdurst in seinen Augen ließ sein Gesicht völlig animalisch erscheinen. »Darcy, lauf!«

Scorpio
Gemini
Virgo
Cancer
Aries
Leo
Taurus
Sagittarius
Capricorn
Aquarius
Libra
Pisces

GERALDINE

KAPITEL 29

»**K**ommt und holt mich, ihr wüsten Wilden!«, schrie ich und starrte auf die Horde untoter Schurken, die mich in die Unterwelt ziehen wollten.

Der Flegel des unendlichen himmlischen Karmas, wie ich ihn getauft hatte, war mir aus den Händen gerutscht, als der Steinsarkophag, auf dem ich gestanden hatte, wie ein nicht durchgebackener Mürbeteig zerbröckelt war. Wie ein Fisch auf einem Riesenrad war ich in die Tiefe gefallen und saß jetzt allein in dieser dunklen Kammer fest.

Diese Unholde stürzten sich auf mich, während ich mit hocherhobenem Kopf ausharrte und sie mit meiner Wassermagie auf Distanz hielt, als sie versuchten, mich zu überwältigen. Aber ich war keine unbeholfene Ulla und würde diesen Schurken nicht zum Opfer fallen.

Mit einem Kampfschrei, der laut genug war, um den Himmel in Flammen zu setzen, rannte ich zu meinem glorreichen Flegel, purzelte über den Boden wie ein Steppenläufer und griff nach meiner Waffe. Der nächste Teufel, der kam, um eine Kostprobe meines Fleisches zu ergattern, bekam das Ding gegen den Kopf.

»Nicht heute, mein Freund!«, brüllte ich. »Denn ich kämpfe mit dem Feuer der Gerechtigkeit unter meinen Flügeln. Das helle Licht meiner Königinnen wird mich zum Erfolg führen. Ich werde niemals von euresgleichen besiegt werden.«

Ich schwang die schwere, mit Stacheln besetzte Kugel meines Flegels über meinen Kopf und zerschmetterte den Schädel eines der Wichtigtuer, bevor ein anderer auf meinen Rücken sprang.

»Geraldine?!« Max' Stimme hallte von oben zu mir herab.

»Kämpfe weiter, du schlüpfriger Aal!«, rief ich ihm zu. »Verteidige Mylady Tory in dieser Stunde der Not und kümmere dich nicht um meine Anstrengungen.«

»Ich komme zu dir, halte durch!«, rief er, als könnte er den klaren und führenden Klang meiner Stimme nicht hören.

Aber ich hatte keine Zeit, ihn zu tadeln, da weitere seelenlose Strolche versuchten, eine Grus zu kosten.

»Oh, nein, ihr Knochengerüste!«, rief ich und schwang meinen Flegel. Die Flammen des Ruhmes ergossen sich aus ihm, als er mit der Kraft meiner Königinnen loderte, und ich wusste, dass das Glück eines solchen Schatzes mich nie im Stich lassen würde.

Ich kämpfte mit der Geschmeidigkeit meines Wasserelements und der Stärke der Erde, wie es mir mein lieber Papa beigebracht hatte, und lenkte den reinen Willen der Sterne durch jede meiner Bewegungen. Denn ich wusste, dass ich für das Gute kämpfte.

Wenn ich heute bei der Verteidigung meiner Königinnen sterben würde, dann könnte ich mich den Sternen in dem Wissen anschließen, ein würdiges Opfer erbracht zu haben. Und doch hatte ich nicht vor, sie jetzt zu verlassen. Ich würde dabei sein, wenn sie ihren Thron erklommen, und im Glanz ihrer ewigen Herrschaft baden.

Knochen splitterten, Magie loderte auf und verrottende Körper fielen um mich herum auseinander, während ich mit der Wut vergangener Krieger und dem festen Entschluss kämpfte, zu Tory zurückzukehren und ihr zur Seite zu stehen.

Gerade als der letzte Emporkömmling sein Schicksal durch meinen gewaltigen Ball der Wut fand, fiel ein schmutziger Salamander mit einem Ausdruck der Erleichterung in seinen tiefbraunen Augen in meine Höhle.

»Heilige Scheiße, Gerry, ich dachte …«

»Wir haben keine Zeit für Tändeleien!«, rief ich und legte meine flache Hand auf seine geschürzten Lippen, als er sich vorbeugte, als wäre dies der richtige Moment zum Knutschen. »Wir müssen zurück zu Mylady.«

Ich hob eine Hand, bezwang die Erde und schuf eine Plattform, die uns wieder zum Friedhof hinauftrug, wo die Schlacht weiter tobte.

»Ich habe mir wirklich Sorgen um dich gemacht, weißt du«, knurrte Maxy-Boy, als er näher kam, mein Kinn in seine Handfläche nahm und ein

Erdbeben auslöste, das bis in meine Lenden reichte.

»Ich folge dem wahren und gerechten Pfad der Allmächtigen Nationalen Union der Souveränität«, erwiderte ich knapp, während wir immer höher stiegen. »Es gibt keinen Grund, sich um mein Wohlergehen zu sorgen.«

Er schüttelte den Kopf, als könnte er mich nicht verstehen, und presste seinen Mund auf meinen, bevor ich wieder protestieren konnte.

Ich gab mich einen Moment lang geschlagen, während wir uns dem Boden näherten, und riss mich augenblicklich von ihm los, als das Mondlicht wieder unsere Haut berührte.

»Im Namen der wahren Königinnen!«, brüllte ich, während ich mich mit meinem fliegenden Flegel aufs Neue in den Kampf stürzte. »Mögen die Sterne immer auf sie scheinen!«

Scorpio
Gemini
Virgo
Cancer
Aries
Leo
Sagittarius
Taurus
Capricorn
Aquarius
Libra
Pisces

DARCY

KAPITEL 30

Orion stürzte sich immer wieder auf mich, während ich versuchte, ihn mit meinem Phönixfeuer zurückzuhalten. Aber ich wollte ihn nicht verletzen, also schleuderte ich ihm Feuerblitze vor die Füße, um ihn so weit zu bremsen, dass er mir nicht zu nahe kommen konnte. Ich konnte die Macht des Zaubers spüren, unter dem er stand, und es gab nichts, was ich tun konnte, um ihn aufzuhalten.

Es gab keinen Ausweg. Ich konnte nirgendwohin.

Ich stieß gegen die rückwärtige Wand und entfachte einen Feuerbogen vor mir, um ihn aufzuhalten.

»Lance, hör auf!«, schrie ich, als er ihn durchbrach, und löschte die Flammen schnell, um ihn nicht zu töten. Das Einzige, was noch schlimmer wäre, als selbst zu sterben, wäre, wenn er an meiner Stelle sterben würde.

Er schlang seine Hand um meinen Hals und drückte mich gegen die Wand. Seine Reißzähne waren lang und seine Augen nur noch von Hunger erfüllt. Er war nicht da. Er war ein Wesen, das nach Blut lechzte, und ich fürchtete, dass diese Situation nur einen möglichen Ausgang hatte.

Plötzlich stürzte er sich auf mich, um seine Zähne in mich zu schlagen, aber ich fiel zurück, als sich die Wand hinter mir bewegte. Ich stolperte in einen versteckten Gang und schaffte es, ihn mit einem Tritt von mir fernzuhalten.

Ich wirbelte herum und rannte eine steile Treppe hinunter, die sich in die Dunkelheit verlor.

Orion verfolgte mich, und ich schleuderte einen Feuerstrahl in seine

Richtung, woraufhin er wie eine Bestie knurrte und zurückfiel. Ich erreichte den Fuß der Treppe und rannte weiter, durch ein verwinkeltes Labyrinth aus unglaublich engen Gängen. Die Flammen in meinen Händen waren mein einziges Licht, als ich mich nach dem Zufallsprinzip vorwärts bewegte. Ein Zischen verriet mir, dass er mir in seiner Formgebung folgte, und ich warf Feuer in verschiedene Richtungen, um ihn in die Irre zu führen. Er knurrte vor Wut, als er falsche Abzweigungen nahm, aber er war so nah, dass ich seinen schweren Atem von der Wand rechts von mir aus hören konnte. Das Einzige, was mich am Leben hielt, war pures Glück, aber das würde irgendwann versiegen. Das musste es.

Ich rannte schneller, links, rechts, links, rechts, und mein Verstand drehte sich, während ich mich in den endlosen Gängen verirrte. Ich bewegte mich so leise wie möglich, aber jeder Schritt, den ich machte, klang in meinen Ohren wie ein Donnerschlag. Angst durchdrang mich und trübte meine Gedanken. *Lauf einfach weiter! Bleib nicht stehen!*

Ich bog gerade um eine Ecke, als das Zischen näher kam. Ich hatte eine Sekunde Zeit, um zu handeln, und rannte in die Mitte des Labyrinths – zumindest vermutete ich, dass das die Mitte war –, wo ich Reihen und Reihen von Statuen sah, die einen großen Sarkophag säumten. Die steinernen Statuen standen aufrecht und imposant in Gestalt von Kriegern da.

Das pulsierende, hämmernde Geräusch der Magie erfüllte abermals meinen Kopf, lauter als mein eigener Herzschlag, und ich wusste in meiner Seele, dass der Imperiale Stern nah war.

Ich duckte mich hinter einer der Statuen und hielt den Atem an, um mich so klein wie möglich zu machen und mich zu verstecken. Ich löschte meine Flammen und wurde in Dunkelheit getaucht, kurz bevor Orion in den Raum schoss.

Ich hörte, wie er sich durch die Statuen schlängelte, um mich zu jagen, und Angst durchströmte mich. Das Einzige, was mich schützte, war die donnernde Magie des Imperialen Sterns, die den Klang meines Herzschlags übertönen musste. Aber wenn ich keinen Weg finden würde, den Zauber zu brechen, unter dem er stand, würde er mich finden. Und ich würde zweifellos seinen Reißzähnen zum Opfer fallen, denn ich würde lieber sterben, als den Mann zu töten, den ich liebte.

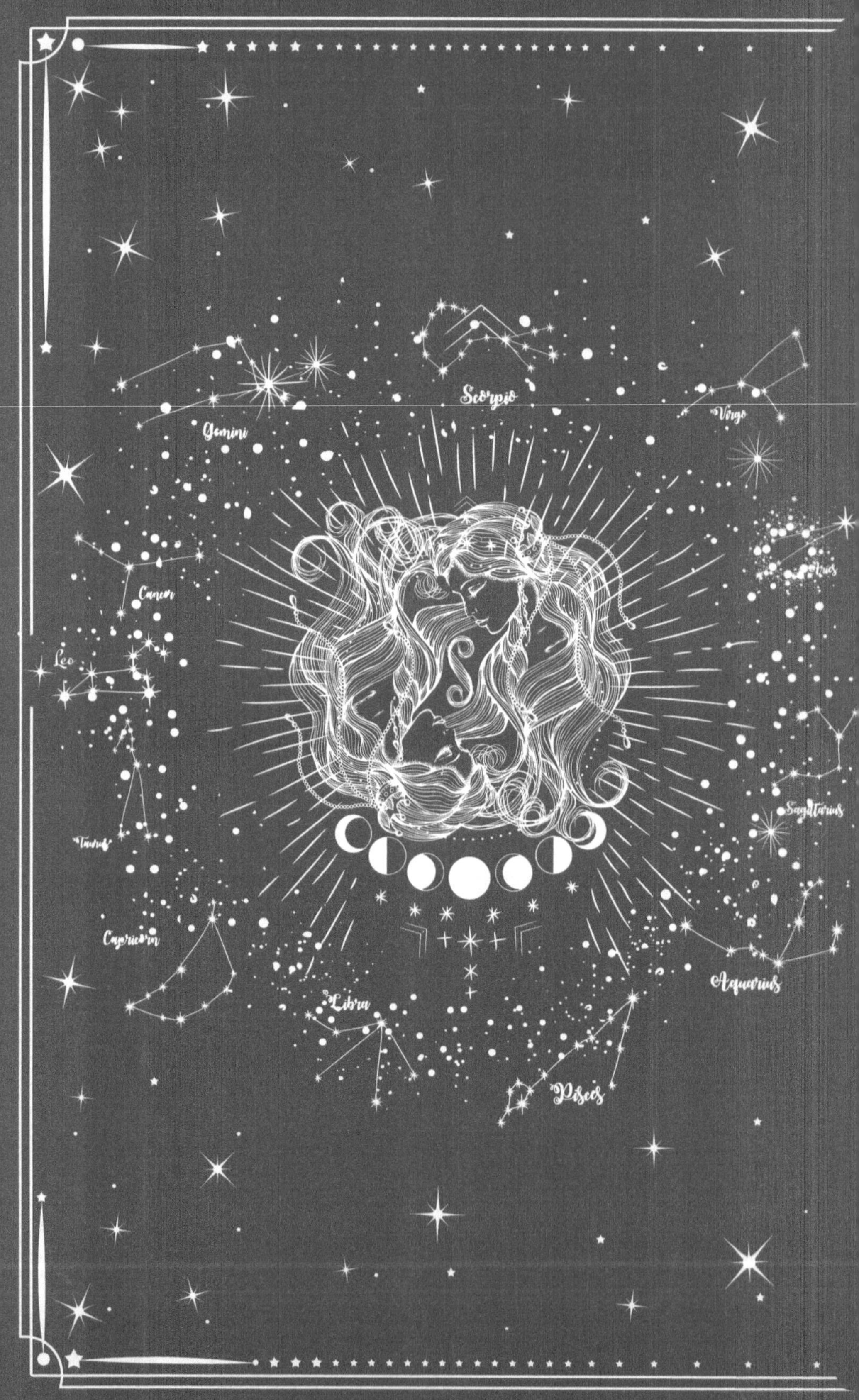

Gemini
Scorpio
Virgo
Cancer
Aries
Leo
Sagittarius
Taurus
Capricorn
Aquarius
Libra
Pisces

TORY

KAPITEL 31

Ich hatte mich seit Monaten nicht mehr so lebendig gefühlt. Die reine, unverfälschte Kraft meines Phönix brannte mit solcher Intensität durch meine Glieder, dass meine Adern vor Energie summten.

Gleißendes Feuer schoss in einer Mischung aus Rot und Blau aus meinen Händen, und ich genoss die Hitze der Flammen, die meine Magie nährten und mich bis zum Bersten füllten.

Darius kämpfte wie ein Krieger an meiner Seite – er schwang seine Axt mit beiden Händen und hieb durch die Körper der Toten, als würde er Bäume fällen. Sein muskulöser Körper dehnte sich unter der Kraft der Schläge, und mein Blick wanderte immer wieder zu ihm.

Ein wildes Heulen aus Richtung der Tore drang an meine Ohren, und ich erstarrte, als ich mich umdrehte und meinen Blick den Hügel hinunter schweifen ließ. *Das war nicht Seth.*

Mein Blut gefror zu Eis in meinen Adern, als ich die Gestalten sah, die den Weg zu uns heraufrannten, und das Gebell der Meute, die nach unserem Blut lechzte, lähmte mich vor Angst.

»Die Hunde des Todes haben gerade das Tor aufgebrochen!«, rief ich laut genug, dass mich alle hören konnten, und zeigte in ihre Richtung.

Sie waren noch zu weit weg, als dass ich mir Sorgen machen müsste, ihnen in die Augen zu sehen. Aber ihre riesigen schwarzen Körper hoben sich als dunklere Schatten auf dem Friedhof ab, und ihre monströse Größe war nicht zu übersehen, denn sie sahen eher aus wie Pferde und nicht wie Hunde.

»Wir müssen zur Gruft!«, befahl Darius mit einem Ton, der keine Widerrede duldete. »Dort können wir uns verbarrikadieren, wenn es sein muss, und ich werde uns hier rausfliegen, sobald Orion und Darcy mit dem Imperialen Stern zurückkehren.«

Die anderen kämpften immer noch gegen die Untoten, die weiterhin aus dem Boden krochen, und ich zwang meine Flügel, sich von meiner Haut zu lösen, damit ich abheben konnte.

»Was machst du da?«, fragte Darius, der nach mir griff, als ich über ihn hinwegflog, und ich deutete auf die Hundemeute, die auf uns zurannte.

»Ich werde es ihnen so schwer wie möglich machen, uns zu folgen«, sagte ich und ignorierte sein ablehnendes Kopfschütteln, während ich über die Köpfe unserer Freunde hinweg und weiter den Weg hinunterflog. Das Feuer brannte in meinen Gliedern.

In dem Moment, in dem ich an Max und Geraldine vorbeiflog, streckte ich meine Hände zu beiden Seiten aus und erschuf eine Wand aus loderndem Phönixfeuer, um die Hunde aufzuhalten.

Sobald sie stand, landete ich wieder auf dem Boden, formte ein Schwert aus reinem Phönixfeuer, verbannte meine Flügel und attackierte den nächstbesten Gerippetypen.

Seth rannte in seiner weißen Wolfsgestalt den Weg vor uns hinauf, und Caleb schoss zwischen Grabsteinen hindurch, stach mit seinen Dolchen auf die Untoten ein und beförderte sie zu Boden, bevor sie überhaupt realisierten, dass er da war.

Geraldine und Max gestellten sich an meine Seite, und wir stürmten mit gezückten Waffen durch die Menge der Untoten, wobei die Kraft unserer Angriffe die Luft zum Knistern brachte.

Ich hatte Darius aus den Augen verloren und suchte ihn in der Menge der Leichen, während wir uns den Hügel hinauf kämpften. Mein Herz raste, und ich sah mich ängstlich nach links und rechts um.

Ich hörte, wie die Hunde des Todes die Feuerwand hinter uns erreichten. Mein Puls raste, als sie ihre Wut in den Himmel heulten, und ich blickte über meine Schulter zurück. Mein Magen rebellierte, als einer der Hunde direkt durch die Flammen sprang und auf dem Weg am Fuße des Hügels landete.

»Fuck!«, keuchte ich, legte einen Sprint ein und ließ das Schwert fallen, das ich erschaffen hatte, um stattdessen die Luft um mich herum zu formen.

Ich bildete einen Schild um Max, Geraldine und mich und schob ihn dann mit der vollen Kraft meiner Formgebung von mir weg, sodass die Leichen um uns herum zurückgeschleudert wurden und wir freie Bahn den

Weg hinauf hatten.

»Habt Mut, Mylady!«, rief Geraldine. »Wir sind rechtschaffen und haben die Sterne im Rücken. Wir können nicht scheitern.«

»Die Sterne sind nie auf meiner Seite, Geraldine«, grunzte ich, während ich weiterlief. »Diese funkelnden Mistkerle bringen mir immer nur Pech.«

Geraldine hatte keine Gelegenheit, zu antworten, denn als wir den Hügel erklommen, sahen wir uns abermals von Untoten umzingelt.

»Achtung!«, brüllte Darius, und ich atmete erleichtert auf, als ich ihn auf einem steinernen Drachen stehen sah, der den Eingang zu einer Gruft bewachte.

Er hatte die Hände erhoben, und ich verstärkte den Luftschild, der uns drei schützte, kurz bevor er eine Flutwelle durch die Menge der Untoten schickte.

Die Leichen schrien nach unserem Blut, als sie fortgespült wurden, und ich jubelte triumphierend, als die Welle über meinen Schild hinwegfegte und uns drei unversehrt auf dem Weg zurückließ.

Ich riskierte einen Blick den Hügel hinunter – die Hunde des Todes stürzten sich auf die Skelettkreaturen, brachen Knochen und stritten sich knurrend und heulend um diese Mahlzeit.

Darius sprang auf den Pfad vor uns, und mein Blick fiel auf seine nackten Arme; seine Tattoos glänzten vor Schweiß, und mein Herz schlug schneller, als ich mir vorstellte, in seinem festen Griff gefangen zu sein. Da war immer noch etwas Angst, wenn ich in seiner Nähe war – danke, Lionel! –, aber ich begann, mich nach dem Rausch zu sehnen. Ich sehnte mich sogar nach den kleinen Adrenalinschüben, die mich ergriffen, wenn ich in der Nähe dieser gefährlichen Kreatur war.

Er nahm seine Axt vom Rücken, wartete, bis wir ihn eingeholt hatten, und musterte mich dann prüfend, woraufhin mein Herz schneller schlug. Gemeinsam machten wir uns auf die Suche nach Darcy und Orion.

»Hier drüben!«, rief Caleb, und ich entdeckte ihn und Seth, der wieder in seine Fae-Gestalt zurückgekehrt war und sich eine Jogginghose angezogen hatte. Max hatte immer Ersatzklamotten für seine Freunde dabei; er hatte wahrscheinlich auch ein komplettes Outfit für mich in seiner Tasche, falls ich es benötigte.

Sie standen alle vor einer riesigen Gruft unter einem gewölbten Weidenbaum, und wir rannten auf sie zu.

»Ein Wort von dir, und ich mache mich auf den Weg, um diese Biester aufzuhalten, Mylady«, sagte Geraldine und schwang ihren Flegel, während sie sich neben Seth in Position brachte.

»Niemand geht irgendwohin, Geraldine!«, befahl ich. »Bleib einfach bei mir und lass uns versuchen, unsere Seelen zu behalten, ja?«

Bei meinem Versuch, mich zu orientieren, entdeckte ich sowohl Darcys als auch meinen Ring in der runden Steintür des Grabes – sie markierten eindeutig den Weg, den Darcy und Orion genommen hatten. Die Tür schien fest verschlossen zu sein, und ich hörte keinen Mucks aus dem Inneren, aber sie mussten sich einfach innerhalb der Gruft befinden.

»Augen zu, Roxy!«, befahl Darius, als das heulende Gebell der Hunde des Todes anzeigte, dass sie die Fährte abermals aufgenommen hatten.

»Mach du die Augen zu«, entgegnete ich, als er sich mit erhobener Axt vor mich stellte. »Ich kann Luft- und Erdmagie einsetzen, um ihren Standort zu bestimmen, und Flammen scheinen sie nicht sonderlich zu stören. Vielleicht solltest du dich hinter mich stellen.«

»Kommt nicht infrage, meine Schöne«, sagte er und grinste mich spöttisch an, bevor er mir den Rücken zuwandte und die Axt erhob.

»Wenn ich sterbe, lasst meine Mom nicht mein Zimmer ausräumen«, murmelte Seth. »Unter meinem Bett stapeln sich die Pornoheftchen.«

Caleb prustete vor Lachen, während er die Augen schloss. Die Erdelementare nutzten alle ihre Verbindung zum Boden, um die Ankunft der Hunde des Todes zu erahnen.

»Beim Licht des Mondes! Ich weiß, dass wir bestehen werden«, versicherte uns Geraldine, die mit geschlossenen Augen ihren Flegel schwang. Mein Herz raste, als ich die Meute näher kommen hörte.

Als das erste der riesigen schwarzen Biester den Hügel erklomm, schloss ich schnell die Augen und nutzte meine Verbindung zur Erde, um den Boden unter ihren Füßen zum Schwanken zu bringen.

Caleb, Geraldine und Seth schlossen sich mir an. Wir fühlten jeden Punkt, an dem ihre Pfoten den Boden berührten, und stießen Speere aus Stein und Holz in die Laufwege der herannahenden Biester.

Der Geruch von Verwesung und Tod umhüllte uns, als sie näher kamen, und meine Freunde zogen schreiend in den Kampf gegen die Biester, die uns in die Hölle ziehen wollten.

Ich presste die Augen fest zusammen, während ich jede Bewegung des Bodens, jede Bewegung der Luft spürte, und schleuderte immer wieder tödliche Magie auf sie.

Darius schwang seine Axt mit wilden Schlägen, als diese Monster uns erreichten, und ich konnte spüren, wie die Schwingungen seiner Bewegungen durch die Luft hallten.

Das Bedürfnis, die Augen zu öffnen, war überwältigend, und ich musste es mit jeder Faser meiner Selbstbeherrschung bekämpfen. Aber als Darius vor Schmerz stöhnte, konnte ich nicht anders, als zu blinzeln, um zu sehen, was mit ihm geschehen war.

Mein Atem stockte, als er vor einem der Ungeheuer auf die Knie fiel. Er hatte die Augen weit aufgerissen und schien in den blutroten Abgründen der Augen der Kreatur versunken zu sein. Seine Axt fiel schlaff an seine Seite, und mein Herz zerbrach.

Ein Hund des Todes pirschte sich an uns heran, die Zähne gefletscht und Speichel aus seinem Maul rinnend. Alles an ihm roch faulig, während er ein höllisches Knurren von sich gab.

»Nein!«, brüllte ich und rannte auf ihn zu, als die roten Augen der Bestie intensiv funkelten. Ich riss Darius die Axt aus der Hand und schwang sie mit all meiner verbleibenden Kraft.

Die Axt traf den Nacken des Hundes, Knochen brachen und ein dumpfer Aufprall ertönte, als ich ihm mit einem wütenden Schrei den Kopf abtrennte. Ich würde Darius nicht an dieses Monster verlieren.

Darius keuchte und ließ sich auf die Fersen zurückfallen – plötzlich von der monströsen Gewalt der Kreatur befreit.

Max stieß ein Brüllen aus und schuf einen riesigen Luftschild um uns herum, während er nach wie vor darum kämpfte, die Wesen zurückzuhalten.

Seth hob ebenfalls die Hände und verstärkte die Magie, sodass die Hunde gegen den Schild prallten und wütend bellend und knurrend versuchten, ihn zu durchbrechen.

Ich stürzte mich auf Darius, ließ die Axt fallen und rammte ihn so hart, dass er auf den Hintern fiel und ich in seinem Schoß landete.

»Bist du das?«, fragte ich, fixierte seine dunklen Augen und packte sein Gesicht zwischen meine Hände, während ich nach dem Mann suchte, den die Sterne als meinen Gefährten auserkoren hatten. »Bist du noch du selbst?«

»Ich bin noch ich selbst«, erwiderte er mit rauer Stimme, während er seine Hände um meine Taille legte und mich ansah, als wäre ich die Antwort auf jede Frage, die er jemals an die Welt gestellt hatte.

Eine Welle der Erleichterung durchströmte mich, sodass ich mich nach vorn beugte und meine Stirn für einen kurzen Moment an seine drückte, bevor ich mich wieder aufrichtete.

»Du verdammter Idiot!«, fuhr ich ihn an und versetzte ihm einen Schlag gegen die Brust, sobald ich mir sicher sein konnte, dass es ihm gut ging. »Warum zum Teufel hast du die Augen aufgemacht?«

»Weil ich nicht riskieren wollte, dass sie an mir vorbeikommen und zu dir gelangen«, knurrte er, als wäre das die offensichtlichste Sache der Welt, und ich schlug ihn erneut.

»Und was würde ich ohne dich tun?«, fragte ich, woraufhin sich seine Augen vor Überraschung weiteten, bevor ich selbst realisierte, was ich gesagt hatte. Zu spät.

Ich wollte nicht einmal über die Antwort auf diese Frage oder die Auswirkungen meiner Frage nachdenken, also reckte ich mein Kinn in die Höhe, kletterte von ihm runter, schloss die Augen und hob die Hände, um meine Luftmagie dem Schild hinzuzufügen.

Ich fluchte, als die Hunde dagegen prallten und versuchten, sich den Weg zu uns zu erkämpfen. Das ganze Ding vibrierte unter ihrer Kraft.

»Wie lange könnt ihr den Schild halten?«, fragte Caleb von links.

»Länger, wenn wir unsere Kräfte teilen«, grunzte Max, und Darius ergriff sofort meinen linken Arm.

In dem Moment, in dem ich seine Magie gegen meine Barriere drängen fühlte, öffnete ich mich ihr, und als seine Kraft mit der meinen verschmolz, war das das natürlichste und berauschendste Gefühl der Welt.

Und trotzdem war es nichts im Vergleich zu dem, was passierte, als er seine Magie zuerst mit Calebs und dann mit Seths Magie verband und die Flut ihrer Magie in meinen Körper strömte. Die schiere Kraft riss mich fast von den Füßen.

Ich keuchte laut auf. Es war nicht einfach, so viel Macht auf einmal zu bändigen, und als Geraldine meinen anderen Arm nahm und sowohl ihre als auch Max' Macht mit der unseren verband, knickten meine Knie fast unter dem Gewicht all dessen ein.

»Hei-li-ge Scheiße!«, stöhnte Caleb.

»Das ist möglicherweise besser als Sex«, stöhnte Seth, und ich gab ein Geräusch von mir, das wie ein genüssliches Schnurren klang.

»Heilige Hummerschwänze!«, ächzte Geraldine, und ausnahmsweise wusste ich genau, was sie verdammt noch mal meinte.

Die Hunde des Todes warfen sich weiterhin gegen den Schild, und ich stöhnte angesichts der Anstrengung, sie zurückzuhalten, während wir alle unsere Magie zusammenfließen ließen, um den Schild aufrechtzuerhalten.

»Komm schon, Darcy«, knurrte ich und hoffte, dass ihre Zwillingsinstinkte ihr signalisierten, sich zu beeilen. Denn obwohl wir alle unsere Kräfte bündelten, um den Schild zu halten, wusste ich, dass er nicht ewig standhalten würde. Und ich war mir nicht sicher, ob wir eine Chance gegen die Hunde des

Todes hatten, wenn er erst einmal gebrochen war.

Scorpio
Virgo
Gemini
Aries
Cancer
Leo
Sagittarius
Taurus
Capricorn
Aquarius
Libra
Pisces

ORION

KAPITEL 32

Mein Verstand war von Blutdurst benebelt, als ich das blauhaarige Mädchen durch ein Meer aus Steinfiguren jagte. Der Ruf ihres Blutes war stärker als a-lles, was ich je zuvor erlebt hatte. Ich brauchte ihr Blut, musste es haben, in ihre Adern beißen und jeden einzelnen Tropfen trinken. In meinem Kopf war ein Dröhnen, das alle ihre Geräusche übertönte, aber sie musste in der Nähe sein. Ich konnte sie spüren, wusste, dass sie sich im Dunkeln versteckte.

Ich rannte so schnell ich konnte durch den Raum und dann – endlich! – entdeckte ich sie hinter einer Statue kauernd.

Ich packte sie und schleuderte sie gegen die Statue, um sie zu fixieren. Aber die Statue kippte nach hinten, zerbrach und ich verlor den Halt. Das blauhaarige Mädchen fiel auf den Boden zwischen die Trümmer und kroch davon. Sie umgab sich mit einem Ring aus blauem und rotem Feuer, um mich aufzuhalten. Aber nichts konnte mich aufhalten. Ich würde für sie brennen, das wusste ich tief in den Überresten meiner Vernunft. Ich würde in den Flammen der Hölle für das Blut dieses Mädchens sterben, aber zuerst würde ich diesen Durst in mir stillen, der mich von innen heraus verzehrte.

»Nein! Lance, hör auf!«, schrie sie, als ich durch die Flammen hechtete und sie mit meinem Gewicht auf den Boden drückte.

Der Geruch meines eigenen verbrannten Fleisches stieg mir in die Nase. Sie stemmte ihre Hände gegen meine Arme, um mich von ihr fernzuhalten, und ihre Haut glühte mit der Hitze der Sonne. Aber ich weigerte mich, vor dem Schmerz zurückzuweichen.

Ihre blauen Haare waren wie ein Fächer um sie herum ausgebreitet, und ich starrte auf den pochenden Puls an ihrem Halsansatz. Jetzt wusste ich mit absoluter Sicherheit, dass ich von ihr trinken würde. Meine Reißzähne gruben sich in meine Zunge, und sie krallte ihre Hände in mich, um mich aufzuhalten, aber ich war eines der stärksten Wesen auf dieser Welt. Sie konnte mir nicht entkommen. Sie würde mich zuerst töten müssen.

»Lance!«, schrie sie, und ich knurrte vor Schmerz angesichts der Verbrennungen, die sie auf meinen Armen hinterließ.

Ich packte ihr Kinn, zwang ihren Kopf zur Seite, um ihre Kehle zu entblößen, und senkte meinen Mund auf ihre Haut. Die Ader ihres Halses pulsierte im schnellen Takt ihres Herzens – verzweifelt darum bettelnd, dass ich meine Zähne in sie versenkte. Aber der Duft ihres Körpers ließ mich innehalten.

Es war der süßeste Geruch, den ich je wahrgenommen hatte. Honig und Zucker und alles, was gut war. Er erinnerte mich an einen Jahrmarkt, eine Schule, ein Geheimnis.

Ein weiteres Knurren kratzte an meiner Kehle, während das Biest in mir mich anflehte, zuzubeißen, aber ein anderer Teil meiner Seele hielt mich zurück.

Ich sah Erinnerungen an dieses Mädchen durch meinen Kopf schießen. Wie sie zum ersten Mal vor mir gestanden hatte, ihre Haare in Blau gedippt, die Augen groß und neugierig. Wie sie in meinem Unterricht gesessen und ich ihr Blicke zugeworfen hatte, die ich ihr nicht hätte zuwerfen dürfen. Der Geschmack ihrer Lippen auf meinen, als wir uns zum ersten Mal geküsst hatten, versteckt am Grund eines Pools. Dann ihr Blick, als sie tropfnass vor meiner Haustür gestanden hatte, mit einem einzigen Wort auf den Lippen. Einem Wort, das mir alles bedeutete. Weil es für sie stand. Mein Mädchen. Meine Königin.

»*Blue*«, stöhnte ich und ließ ihr Kinn los, woraufhin sie sich zu mir umdrehte. Ihre tiefgrünen Augen waren voller Angst.

Ich konnte es nicht ertragen, so von ihr angesehen zu werden, und im Nebel meiner Gedanken beugte ich mich vor, ohne wirklich die Entscheidung dazu zu treffen. Es war der Faden des Schicksals, der mich zu ihr zu ziehen schien. Wie gebannt presste ich meinen Mund auf den ihren.

Ihre Hand landete auf meiner Wange, und ich grunzte, als mein Kopf zur Seite geschleudert wurde.

»Was zum Teufel?«, fuhr sie mich an, während sie keuchend versuchte, mich zurückzustoßen.

Der Zauber ließ mich schließlich vollständig los, die Spannung in der Luft löste sich auf, befreite mich und gab mir meinen Verstand zurück. Und diese Klarheit war beschissen.

»Scheiße.« Ich kniete mich hin, zog sie hoch, damit sie sich aufsetzen konnte, und untersuchte sie besorgt auf Verletzungen. Als ich die blauen Flecken sah, knurrte ich laut.

»Habe ich dir wehgetan?«, fragte ich panisch. Ein Gewicht drückte meine Brust zusammen, als ich daran dachte, was ich gerade getan hatte.

Sie starrte mich an und schüttelte dann den Kopf. »Bist du … wieder du?«

»Ja«, brummte ich. »Es tut mir so verdammt leid.«

»Schon gut. Aber was zum Teufel ist passiert?«, hauchte sie, und ich schluckte den trockenen Klumpen in meinem Hals hinunter. Ein Pochen dröhnte in meinen Ohren, das Geräusch wie der Gesang einer Sirene. Aber nichts auf der Welt hätte mich dazu bringen können, mich in diesem Moment von Darcy abzuwenden.

»Ich weiß es nicht.«

»Du bist verletzt«, sagte sie mit erstickter Stimme und strich mit ihren Händen über die Verbrennungen auf meinen Armen.

»Das heilt wieder«, versprach ich. »Wir müssen nur hier raus und unsere Magie zurückerlangen.«

»Du hast den Test bestanden. Der neue Meister der Zodiac-Garde ist geboren«, durchdrang eine ätherische Stimme meinen Kopf und Darcy versteifte sich, als sie sie ebenfalls hörte. *»Beschützer der königlichen Linie, Hüter des Herzens.«*

Ein Licht flackerte unter dem Deckel des Sarkophags in der Mitte des Raumes. Es wurde immer heller, während ich mich aufrappelte und Darcy neben mir aufhalf. Gemeinsam gingen wir darauf zu, und als ich ihre Hand nahm, wehrte sie sich nicht. Ich warf ihr einen flüchtigen Blick zu und schob dann den Deckel des Sarkophags beiseite, um hineinzusehen. In dem leeren Grab lag ein Gegenstand, der von einem strahlenden Weiß umhüllt war. Ich streckte die Hand nach dem blendenden Licht aus und berührte den rauen Stein.

Meine Hand legte sich darum, und als nichts Schlimmes passierte, nahm ich ihn heraus. Ein Strom weiß glühender Energie durchfuhr mich. Ich sah schockiert auf meinen Unterarm und entdeckte ein schimmerndes Schwert, das unter meiner Haut aufflammte. Es entsprach genau dem Zeichen, das Jasper getragen hatte, und mir wurde klar, was das bedeutete. *Der neue Meister der*

Garde. Heilige Scheiße!

»*Vega-Prinzessin, Hälfte eines Ganzen. Suche den Palast in der Tiefe! Wo die Letzten ihrer Art liegen*«, sagte die Stimme nun.

»Bitte sag mir, dass du den sprechenden Stern auch gehört hast«, flüsterte Darcy, und ein leises Lachen entfuhr mir.

»Ja, ich höre ihn. Fuck, er ist hübsch.« Ich drehte ihn in meiner Handfläche, der Stein war rau und glitzerte wie Diamanten.

»*Sohn meines letzten Hüters*«, raunte er mir zu. »*Tu, was der König nicht tun konnte.*«

»Was konnte er nicht tun?«, fragte ich verwirrt.

»*Tu, was der König nicht tun konnte*«, wiederholte er, dann verblasste das Licht und der Stern ruhte friedlich in meiner Handfläche, als wäre er kein magischer, sprechender Stein, der vom Himmel gefallen war.

Ich hielt ihn Darcy hin, und ihre Augen weiteten sich.

»Es scheint, als wolle er *dich* als Hüter haben«, sagte sie.

»Ich kann ihn nicht mit auf Lionels Anwesen nehmen, meine Schöne«, sagte ich mit einem Grinsen, und meine Stimmung stieg ins Unermessliche, weil wir es tatsächlich geschafft hatten. Wir hatten es diesem verdammten Arschloch endlich gezeigt.

Sie streckte die Hand aus, nahm den Stern, strich mit dem Daumen darüber und steckte ihn dann in ihre Tasche.

»Wir müssen zu den anderen zurück«, sagte sie bestimmt, hielt aber abrupt inne, griff in den Sarkophag und nahm eine einzelne Tarotkarte heraus. *Der Wagen.*

Ein Schauer durchlief mich, als ich die schwungvolle silberne Schrift auf der Rückseite erkannte. Es war eine weitere Nachricht von Astrum. Darcy stellte sich neben mich, damit ich mitlesen konnte.

Ihr habt die letzte Karte gefunden.
Die Sterne haben sich neu ausgerichtet, meine Pflicht ist erfüllt.
Wenn alle Hoffnung schwindet, Vega-Prinzessinnen, findet Mut im Licht.

»Das ist sie«, keuchte sie. »Das ist die letzte Karte.«

»*Der Wagen* bedeutet, die Kontrolle zu übernehmen«, sagte ich hoffnungsvoll. »Die Zügel in die Hand zu nehmen und …«

»Den Weg zum Sieg zu beschreiten«, beendete sie mit einem breiten Grinsen und steckte die Karte in ihre Tasche. »Lass uns gehen.«

Ich hob sie hoch und schoss aus dem Raum, durch das Labyrinth von

Tunneln und die Treppe hinauf in die Gruft.

Das Geräusch von mahlendem Stein verriet mir, dass sich die Tür öffnete, und Darcy trieb mich an, als ich nach draußen stürmte.

Eine ohrenbetäubende Geräuschkulisse empfing uns, und ich entdeckte unsere Freunde, die direkt vor der Gruft eine Hundemeute in Schach hielten. Mein Herz setzte einen Schlag aus, und ich drückte meine Hand auf Darcys Augen, während ich meine eigenen schloss.

»Wir sind hier!«, schrie ich, und ein ohrenbetäubender Knall ertönte, bevor das Brüllen eines Drachen an meine Ohren drang.

»Die Ringe«, sagte Darcy eindringlich und versuchte, sich aus meinen Armen zu befreien, aber ich würde sie um nichts in der Welt loslassen.

Ich drehte mich um, riss die Augen auf und schnappte mir die silbernen Ringe aus der Tür der Gruft, woraufhin sich das Ding wieder schloss.

»Beeilt euch!«, schrie Tory, und ich schloss wieder die Augen, bevor ich mich dem Klang ihrer Stimme zuwandte. Sie legte ihre Hand um meinen Arm und zog mich und Darcy zu Darius.

»Mach deine verdammten Augen zu!«, fuhr ich sie an, während Darcy sie ebenfalls darum bat.

»Sie sind zu, ich habe sie für eine Millisekunde geöffnet«, knurrte Tory.

Ich schob Darcy vor mich auf Darius, legte eine Hand auf die heißen Schuppen meines Freundes und hob Tory hinter ihr hoch. Ich kletterte ebenfalls auf den Drachen und eine Hand fand die meine, von der ich wusste, dass sie Blue gehörte. Ich setzte mich hinter sie und fühlte, wie Geraldine hinter mir Platz nahm – zumindest erkannte ich das, als sie »Heilige Macadamianuss, ich sitze auf den Lenden einer Echse« murmelte.

Warme Magie strömte aus Darcys Hand und die Verbrennungen meines Körpers heilten. Ich schob meine eigene Magie augenblicklich in sie zurück und heilte alle Prellungen und Wunden, die ich ihr in der Gruft zugefügt hatte. Es machte mich krank, dass ich das getan hatte. Ich wusste, dass ich unter einem Bann gestanden hatte, aber verdammt, das machte es nicht besser.

Geraldine schlang ihre Arme um meine Taille, während Darius sich unter uns bewegte. »Heilige Bauchmuskeln, an wessen Oberkörper halte ich mich hier fest?«, rief sie mir ins Ohr, und ich schnaubte.

»An dem deines alten Lehrers«, rief ich ihr zu.

»Man ist nur so alt, wie man sich fühlt«, erwiderte sie. Als Darius abhob, heulte sie wie eine Todesfee. Ihre Hände glitten zu meinen Brustmuskeln, wo sie fest zudrückte.

»Bei den Sternen!«, fluchte ich und zog Darcy an mich, während Geraldine mir fast die Nippel zerkratzte.

Ich öffnete die Augen, als Darius über das Tor weit unter uns segelte und schließlich durch den Wald flog. Immer wütendere Schreie ertönten, als das Rudel uns verfolgte. Darcys nachtblaue Haare wehten in mein Gesicht, und ich drückte sie fester an mich. Erleichterung erfüllte mich, als wir diesen verdammten Friedhof endlich hinter uns ließen.

»Beim Licht des Mondes auf den Brüsten meiner Großtante Delia! Dies ist die grandioseste Fahrt meines Lebens!«, schrie Geraldine.

Seth jaulte auf, und Max und Caleb stimmten ein, während wir dem Vollmond entgegenflogen.

»Könntest du deinen Griff etwas lockern, Grus?«, knurrte ich, als ihre Finger sich immer fester um meine Brustwarzen schlossen.

»Ein stattlicher Mann wie Sie kann doch das zarte Drücken einer Damenhand aushalten«, insistierte sie, und Darcy streckte den Hals, um zu sehen, was los war. Als sie begriff, was vor sich ging, brach sie in Gelächter aus.

»Nehmen wir für den Rest der Strecke Sternenstaub?«, rief Max.

Ich veränderte meinen Griff um Darcy, steckte eine Hand in meine Tasche und zog einen Beutel heraus. »Bereit, Darius?«, rief ich ihm zu, und er nickte mit seinem großen Kopf.

Mithilfe meiner Luftmagie warf ich den Sternenstaub vor uns und Darius flog direkt hinein. Wir wurden in den Äther gerissen und flogen Hunderte von Kilometer durch Solaria, bis wir schließlich hinter dem Zaun der Academy wieder ausgespuckt wurden.

Darius verwandelte sich zurück, bevor wir landeten, und wir fielen alle zusammen ins Gras. Ich befreite mich aus dem Haufen, zog Darcy an der Hand hoch und holte auch ihre Schwester aus dem Chaos.

»Habt ihr ihn gefunden?«, fragte Tory besorgt, und Darcy griff in ihre Tasche und holte den Imperialen Stern heraus, um ihn ihr mit einem triumphierenden Lächeln zu zeigen. Alle drängten sich näher, um ihn zu sehen, und Stolz erfüllte mich. Wir hatten es verdammt noch mal geschafft.

»Habt Erbarmen!«, schluchzte Geraldine und heulte Rotz und Wasser, als sie ihn ansah. »Er ist schöner als der Sonnenuntergangs-Diamant von Tullissia.«

»Gib ihm ein Kommando!«, drängte Seth und hüpfte aufgeregt auf und ab.

Ich versuchte, ihn nicht zu verachten, aber es gelang mir nicht. Wenn Darcy die Wahrheit über sie gesagt hatte, dann hatte er verdammt viel zu erklären. Und ich war kein nachsichtiger Typ.

»Lieber nicht«, erwiderte Darcy und steckte den Stern ein. »Wir wissen nicht, wie er funktioniert, und mit Sternen herumzupfuschen hat uns schon entschieden zu viel Ärger bereitet.«

»Ganz meine Meinung. Lasst uns einfach nach King's Hollow gehen. Ich möchte nicht noch mehr himmlische Wesen verärgern, solange ich lebe«, sagte Tory und warf Darius einen flüchtigen Blick zu, während er sich wieder anzog.

»Schade, dass wir damit nicht den Kopf meines Vaters zum Platzen bringen können«, sagte Darius mit einem Stirnrunzeln.

»Das wäre ein zu schneller Tod«, argumentierte Max. »Er sollte dazu verflucht werden, ein Feld voller Dornenbüsche zu essen und dann in einem Greifenarschloch zu ersticken.«

»Oh, welch Spaß das wäre«, meinte Geraldine prustend und schlug sich auf die Schenkel. »Ich würde dieses abscheuliche Biest nur zu gern in ein Becken voller gefräßiger Fische werfen, die sich an seinem Hodensack und seinem Schniedelwutz laben, bis von seinen Lenden nichts mehr übrig ist außer seiner fragwürdigen Moral.«

Ich lachte laut auf, und sie grinste mich an. »Was würden Sie mit ihm machen, Professor?«

»Lance«, korrigierte ich sie entschieden. »Und ich wäre schon zufrieden, wenn ich ihn mit einem Pegasushorn totschlagen könnte.«

»Erzählt uns, was in der Gruft passiert ist, während wir alle gegen die Untoten gekämpft haben!«, forderte Caleb mich und Darcy auf.

Wir warfen uns einen vielsagenden Blick zu, bevor wir den verrückten Scheiß erklärten, der da unten passiert war – abgesehen von meinem wirklich schlecht getimten Kuss und den verrückten Gedanken, die ich seitdem hatte. Denn – wirklich? Was zum Teufel hatte ich mir dabei gedacht? Hatte ich ernsthaft geglaubt, all unsere Probleme einfach wegküssen zu können? Darcy hatte etwas Besseres verdient. Verdammt, sie hatte alles verdient. Und ich war das genaue Gegenteil von allem.

Ich musste mich selbst verletzen, um ihnen das Zeichen der Zodiac-Garde auf meinem Arm zu zeigen, genau wie Jasper es mir gezeigt hatte, und Geraldine wurde fast ohnmächtig, als ich es tat. Nicht, weil sie zimperlich war, sondern weil die Zodiac-Garde offenbar »die sensationellste Vereinigung aller Vereinigungen im Land« war und sie drei Gliedmaßen opfern würde, um ihr anzugehören.

»Ich muss zurück zum Palast«, murmelte ich elend, während ich zum

Himmel blickte.

Kurz nach Sonnenaufgang würde ein Wächter nach mir sehen und die Fesseln entfernen, die mich über Nacht im Sommerhaus gefangen hielten. Oder das zumindest sollten. Der Gedanke, von hier wegzugehen, schnürte mir die Kehle zu, aber wir hatten jetzt den Imperialen Stern. Und Lionel würde nicht in seine Nähe kommen. Das war ein Grund zur Freude.

Darius zog mich in eine Umarmung und flüsterte mir ins Ohr: »Nicht mehr lange, Bruder. Jetzt werden wir ihn endlich besiegen. Das Schicksal ist auf unserer Seite.«

Er ließ mich los, trat einen Schritt zurück, und Tory umarmte mich als Nächste, was mich überraschte. »Wir werden ihn genau da treffen, wo es wehtut.«

»Ich bin mir nicht sicher, ob einer deiner Tritte in die Eier helfen wird, aber wenn du den Imperialen Stern an deinen Schuhen befestigst, könntest du sie ihm zumindest abschneiden«, entgegnete ich trocken und sie lachte und ließ mich los.

Geraldine warf sich als Nächstes auf mich – und überraschte mich noch mehr. »Oh, du treuer Meister der Garde, du bist ein wahrer Royalist. Du hast immer nur im Wohl meiner Königinnen gehandelt. Das sehe ich jetzt«, meinte sie schluchzend und ich erntete dafür böse Blicke von den Erben. *Ach, Scheiße.*

Ich tätschelte unbeholfen ihre Schulter, aber sie klammerte sich fest an mich, als ich sie zurückdrängen wollte, und stieß einen klagenden Laut aus.

»Kannst du die Situation mit Mylady Darcy nicht wieder in Ordnung bringen?«, flüsterte sie mir viel zu laut und absolut unsubtil zu. *Bei den verdammten Sternen!*

Ich begegnete Blues Blick über ihren Kopf hinweg und mein Herz verkrampfte sich. Ich hatte ihr so verdammt viel zu sagen, aber ich wusste nicht, wann ich die Chance dazu bekommen oder ob sie mich überhaupt anhören würde. Ich hatte sie wie ein verdammter Idiot geküsst – *zweimal.* Immerhin hatte sie mich beim ersten Mal zurückgeküsst. Aber nicht lange. Und ich bezweifelte, dass sie es jemals wieder tun würde.

Ich entfernte mich von Geraldine und schenkte ihr ein angespanntes Lächeln, da ich wusste, dass dies das Letzte war, auf das ich mich jetzt konzentrieren durfte.

»Ich komme morgen nach Hause«, sagte Darius, bevor er durch den Zaun trat, und Max winkte mir zu, während Caleb sich einfach abwandte. Aufgrund unserer Formgebung würden wir immer Rivalen bleiben, aber ich würde keine Träne um verlorene Freunde vergießen. Es war ein Wunder, dass ich überhaupt mehr als drei zählen konnte.

»Pass auf dich auf«, sagte Darcy mit einem angespannten Lächeln, und ich ergriff ihre Hand, bevor sie sich losreißen konnte.

Sie drehte sich zu mir um und richtete ihren Blick fragend auf mich. Ich nahm die Ringe aus meiner Tasche und legte sie in ihre Handfläche, während ich mir wünschte, ich müsste sie nicht loslassen. Aber das musste ich. Das musste ich fortan immer, verdammt noch mal. Mein Herz schmerzte, denn ich wusste nicht, wann ich sie wiedersehen würde.

Ich ließ sie los, weil ich keine andere Wahl hatte, und sie drehte sich mit einem Wort des Dankes um und verschwand durch den Zaun, ohne sich umzudrehen.

Seth wollte ihr als Letzter folgen, aber ich packte ihn am Kragen und drehte ihn zu mir um, woraufhin er mir ein Knurren schenkte.

»Wir müssen reden«, zischte ich, als er sich aus meinem Griff befreit und die Arme vor der Brust verschränkt hatte.

»Worüber? Darüber, dass ich Darcy zum Aer-Turm bringen und sie besinnungslos ficken werde?«, fragte er beiläufig, und meine Faust schnellte hervor, traf ihn am Kinn und ließ ihn mit einem kläglichen Aufschrei nach hinten stolpern. Ich genoss den Schmerz, der durch meine Knöchel fuhr. Der Kampf gegen die Fae in Darkmore hatte mich gelehrt, körperliche Auseinandersetzungen zu genießen. Und wenn ich diesem Wichser Schmerzen zufügen würde, dann am liebsten mit meiner eigenen Hand.

Er fluchte, stürzte sich wie ein Tier auf mich, ergriff mein Shirt und riss mich nach vorn, bis ich Nase an Nase mit ihm stand. Ich bleckte unbeeindruckt die Zähne. Ich würde den Kampf genießen. Ich würde es genießen, seine Knochen unter meinen Fäusten brechen zu sehen.

»Eifersüchtig, Arschloch?«, höhnte er, und ich stieß ihn mit der Kraft meiner Formgebung einen Schritt zurück, sodass er fast umfiel, bevor er sich in letzter Sekunde mit einem Luftzug auffangen konnte.

Er lachte gehässig, neigte den Kopf nach vorn und knurrte.

»Du bist nicht mit ihr zusammen, das hat sie mir selbst gesagt«, sagte ich, und er lachte erneut.

»Natürlich hat sie das gesagt«, spottete er. »Ich weiß, dass ich viel wiedergutmachen muss, bevor ich ihr Vertrauen verdiene, aber das werde ich, *Professor.*«

»Ich bin nicht dein Professor, Seth, also habe ich kein Problem damit, deinen verhassten Arsch zu töten und deine Leiche zu begraben. Das würde mir den Tag versüßen. Und was sind jetzt schon ein paar Jahre mehr auf meiner Strafe, hm?«

Er grinste und sprang mich mit einem freudigen Bellen an. Ich versetzte ihm einen kräftigen Schlag in den Bauch, während er seine Arme um mich schlang und mir die Wange leckte, woraufhin er keuchend nach Luft schnappte.

»Was zum Teufel machst du da?«, blaffte ich ihn an und stieß ihn weg, aber er kam einfach wieder auf mich zu und versuchte, mich zu lecken und zu knuddeln, bis ich ihm einen Schlag ins Gesicht versetzte und mit Vampirgeschwindigkeit ein paar Schritte davonschoss.

Sein Man-Bun hatte sich gelöst, und er band ihn lässig wieder zusammen, während er mich angrinste und seine Prellungen heilte. »Okay, ich gehe dann mal, um dein Mädchen zu ficken. Oh, sorry, ich meinte *mein* Mädchen.«

Ich stürzte mich erneut auf ihn, traf aber dieses Mal nur einen Luftschild. »Sie fickt dich nicht. Sie hat mehr Klasse als das.«

»Die Sache ist die, Lancey – du magst das glauben wollen, aber ein kleiner Teil von dir zweifelt daran, nicht wahr? Immerhin hat sie ihre Beziehung zu dir lange genug geheim gehalten. Und offensichtlich verhalten wir uns angesichts der aktuellen Gesetze bedeckt. Sie könnte nicht riskieren, dass Lionel die Wahrheit von dir erfährt, falls er sich jemals dazu entschließen sollte, mit einem seiner Zyklopen-Kumpels in deinem Kopf herumzustöbern. Glaubst du, dass sie dir jemals wieder ein Geheimnis anvertrauen würde?«

Ich wollte nicht, dass seine Worte mir unter die Haut gingen, aber das taten sie. Sie fraßen sich in mein Herz wie Ratten. Aber wem sollte ich glauben? Darcy Vega oder diesem Stück Scheiße?

Aber verdammt, das Stück Scheiße ergibt irgendwie Sinn.

Er lächelte breit. »Okay, viel Spaß dabei, dir darüber Sorgen zu machen, dass ich sie vögeln könnte. Ich denke, heute Nacht werde ich dich endgültig aus ihr rausficken.« Er verschwand durch den Zaun und ich schleuderte ihm eine Ladung Eis hinterher, die seinen Luftschild erzittern ließ, aber nicht durchbrach.

Ich holte zweimal tief Luft, während ich überlegte, ob ich ihm nachgehen sollte. Aber es war fast schon Morgen und was zum Teufel sollte ich tun? *Ihn zu töten*, würde *mein Problem lösen ...*

Ich dachte an seine ausgedehnten Schmerzensschreie, bevor ich den Sternenstaub aus meiner Tasche zog. Wahrscheinlich war es den Zorn von Darcy und Darius nicht wert. Außerdem würde ich dafür nicht mehr Zeit in Darkmore verbringen müssen – sie würden mich auf der Stelle hinrichten.

Die Sterne trugen mich zurück in den Wald in der Nähe des Palastes, und ich rannte zu dem riesigen Baum, drückte meine Hand auf das Hydra-

Symbol und glitt die Treppe hinunter in den unterirdischen Gang. Ich schoss zurück zum Sommerhaus, öffnete die Luke, schob sie auf und schlüpfte in die Küchenzeile. Alles war ruhig, und ich holte tief Luft – einen Augenblick später wurde die Tür aufgeschoben. Mein Herz machte einen Sprung, und ich rannte schneller ins Badezimmer, als ich es je in meinem Leben getan hatte, riss mir die Kleider vom Leib und sprang unter die Dusche. Ich stellte das Wasser an und wusch alle Spuren der Nacht weg.

»Lance!«, donnerte Lionels Stimme.

Heilige Scheiße! Was, wenn er Bescheid weiß?

Voller Angst trat ich aus der Dusche, wickelte mir ein Handtuch um die Hüfte und setzte einen neutralen Gesichtsausdruck auf. Jetzt würde ich gut schauspielern müssen, denn ich konnte auf keinen Fall zulassen, dass er herausfand, dass wir den Imperialen Stern hatten.

Lionel trug einen smaragdgrünen Mantel und sah aus, als wäre er auf dem Weg in die Stadt.

Er warf mir einen finsteren Blick zu und ging mit zurückgeworfenen Schultern auf mich zu; seine Haltung verriet, wie wütend er war.

»Ich werde langsam ungeduldig«, zischte er. »Vard hat mir gesagt, dass ich dir Zeit geben soll, aber du hattest mehr als genug davon. Wo ist der Imperiale Stern? Du musst inzwischen etwas Handfestes haben.«

Erleichterung durchströmte mich, als ich erkannte, dass er nicht wusste, dass ich das Grundstück verlassen hatte. Es fühlte sich verdammt gut an, ihn zu übertrumpfen. Und mein Pokerface war unübertroffen. Außer vielleicht von Tory – dieses Mädchen war ein Profi darin, Leute zu verarschen.

»Ich habe heute etwas gefunden«, log ich und schoss zu der Schublade in der Küchenzeile, aus der ich die Nachbildung des Tagebuchs meines Vaters herausholte, die ich angefertigt hatte.

Die Nachbildung war mit sinnlosen Symbolen und Diagrammen gefüllt, die absolut überzeugend aussahen – und absolut nichts bedeuteten. Ich zeigte auf eine der Karten, die ich von Hand gezeichnet hatte. Ich hatte sie aus einem alten Kinderbuch kopiert, das ich in der Bibliothek gefunden hatte, und einige Details geändert, damit sie nicht sofort als solche zu erkennen war. Nicht, dass ich erwartet hätte, dass Lionel sich in nächster Zeit ein Exemplar von *Die Fae, die nach Flamoo flogen* zulegen würde. Aber man wusste ja nie, womit sich Psychopathen nachts in den Schlaf wiegten.

»Ich glaube, der Imperiale Stern könnte in diesem Berg versteckt sein, aber es ist nicht ganz klar, wo sich dieser befindet.« Ich deutete auf die sinnlosen Symbole darüber, die alle verwischt waren – mein Werk. »Der

Name ist nicht lesbar, aber ich arbeite mich durch alte Karten von Solaria, um ihn zu entschlüsseln.«

Lionel nahm das Tagebuch und runzelte die Stirn, während er versuchte, das Bild einzuordnen. »Er kommt mir bekannt vor ... Vielleicht kann Vard etwas *sehen*.«

Fuck, er könnte Flamoo sehen.

»Das bezweifle ich. Es heißt, es sei ein längst vergessener Ort, der durch dunkle Zauber geschützt wird, um seinen Standort zu verbergen«, stöhnte ich, und Lionel zog eine Augenbraue hoch. Ich verzog keine Miene und runzelte die Stirn, als würde ich selbst versuchen, die Lösung zu finden. Aber das Einzige, was ich wirklich herauszufinden versuchte, war, wie ich ihn am liebsten in Ungnade fallen sehen würde. Verbrannt im Feuer der Phönixe? Oder von den Fängen seines Sohnes in Stücke gerissen? In einen Bottich mit heißem Teer geworfen oder in einem Mixer zerkleinert? »Außerdem habe ich das gefunden.« Ich blätterte weiter und zeigte ihm ein Bild eines Zepters, das ich aus einem Buch über antike Artefakte abgepaust und mit ein paar Verzierungen versehen hatte – unter anderem mit einem Stein, der oben in das Zepter eingelassen war. Ich hatte das Zepter nach einer der vielen antiken Geschichten darüber gestaltet, wo der Imperiale Stern in der Vergangenheit aufbewahrt worden war, also war es ziemlich überzeugend. »Ich glaube, der Stern könnte in diesem Zepter versteckt sein.«

Er beäugte das Zepter, und ein hungriger Glanz trat in seinen Blick, als würde er sich vorstellen, es zu schwingen und Fae damit zu vernichten. *Ich frage mich, in welchem Alter Lionel zum vollwertigen Psychopathen mutiert ist. Oder wurde er bereits so gestört geboren?* »Ein Zepter ... ja, das macht Sinn. Such weiter! Ich will den Stern bald in meinem Besitz haben«, knurrte er, und sein Tonfall klang warnend.

Er wandte sich ab, als wollte er gehen, aber ich hielt seinen Arm fest, denn mir kam eine Idee.

Lionel sah mich mit einem Knurren an und betrachtete meine Hand auf seinem Arm. Ich zog sie schnell zurück, denn ich wollte heute Abend kein Körperteil verlieren.

»Onkel Lionel ...«, sagte ich dick auftragend. »Ich weiß, dass wir manchmal nicht einer Meinung sind, aber du warst immer gut zu meiner Familie.« Ich senkte den Blick und spürte, wie er mich genau musterte. Wenn ich das durchziehen konnte, würde ich dafür einen Goldenen Löwen bekommen. »Es bringt mich um, nicht in der Nähe meiner Schwester zu sein. Kann sie mich gelegentlich besuchen kommen?«

Wenn ich mehr Zeit mit ihr verbringen könnte, würde ich vielleicht einen Weg finden, sie zurückzubringen. Vielleicht könnte ich ihr helfen, sich an sich selbst zu erinnern.

Lionel schnaubte und trat von mir weg. »Nein.«

»Warum nicht?«, verlangte ich, während sich mein Blut erhitzte. »Ich habe alles getan, was du von mir verlangt hast. Lass mich doch auch etwas haben. Lass sie etwas verdammtes Glück erfahren.«

»Glück?«, fragte er lachend. »Das Mädchen ist glücklicher mit mir als mit jedem anderen Fae in Solaria. Sie würde keine Zeit mit dir verbringen wollen, Lance. Selbst wenn ich es erlauben würde. Was ich nicht tue.«

Ein Knurren bahnte sich seinen Weg durch meine Kehle, während ätzende Wut in meinem Körper brannte. Ich wusste, dass es eine schlechte Idee war, den Drachen zu reizen, aber ich war von Wert für ihn. Was konnte er mir schon antun? Mich einsperren? Das hatte ich schon hinter mir, ich hatte den »Ich habe Darkmore überlebt«-Anstecker bekommen.

»Sie ist nicht sie selbst«, fuhr ich ihn an. »Wie kannst du sie anrühren? Es sind die Schatten, die dich wollen, nicht sie. Sie würde dich nie anfassen.«

Ich erwartete seinen Schlag, aber er kam nicht. Er stieß lediglich ein kaltes, leeres Lachen aus. »Deine Schwester hat meinen Schwanz gelutscht, lange bevor sie in die Schatten gegangen ist, Junge. Sogar bevor ich sie durch das Wächterband an mich gebunden habe.«

»Lügner!«, schrie ich und stürzte mich auf ihn, nur von Hass getrieben, während ich eine Eisklinge in meiner Handfläche formte. Sie zersplitterte an seinem Luftschild, bevor ich überhaupt in seine Nähe kam, und seine Augen wurden dunkel und tödlich.

Er holte aus und schleuderte mich mit einem Luftstoß quer durch den Raum, sodass ich hart gegen die Wand prallte. Mein Kopf wäre vor Schmerz fast explodiert. Er legte eine Ranke aus Schatten um meinen Hals und hielt mich dort fest, während er langsam auf mich zukam und sich dabei sorgfältig die blonden Haare zurückstrich. Er war ein Monster. Ein mordlustiges Monster.

»Sie steht auf Macht, und ich habe sie daran teilhaben lassen, weil sie mir nützlich war. Versuch nicht, dir einzureden, dass ich sie gezwungen oder missbraucht habe. Willst du wissen, wie es angefangen hat? Ich habe sie eines Nachts nackt in meinem Bett vorgefunden, als Catalina und deine Mutter wegen einer Wohltätigkeitsveranstaltung in der Stadt waren. Ich gebe zu, dass ich überrascht war, aber sie ist ein hübsches Mädchen, und ich wollte sie nicht in Verlegenheit bringen, indem ich sie wegschicke. Und es hat nicht lange gedauert, bis ich gemerkt habe, wie nützlich sie für mich sein kann. Jetzt ist sie wieder nützlich, also werde ich sie ficken, benutzen und verzehren, wenn mir danach ist, Junge, denn sie gehört mir – und das ganz freiwillig. Sie interessiert sich nicht mehr für ihren Bruder, der nichts als Sauerstoffverschwendung ist und nichts anderes getan hat, als Schande über ihre Familie zu bringen. Du bist eine Schande für deine Eltern«, zischte er.

»Nur für meine Mutter«, krächzte ich, und seine Augen wurden schmal.

»Dein Vater war mir ein treuer Diener, auch wenn seine Frau sich nach mir verzehrt hat.« Er lachte wieder und erfreute sich an meinem Schmerz, aber er hatte keine Ahnung.

Mein Vater hatte ihn getäuscht und ihn glauben lassen, sein Verbündeter zu sein. Dabei war er ein Verbündeter der Royals gewesen. Seine Loyalität hatte ausschließlich ihnen gegolten. Und als es wirklich wichtig gewesen war, hatte er sich selbst geopfert, um dafür zu sorgen, dass das Drachenarschloch eine Schwachstelle hat. Der Imperiale Stern, die Zwillinge, ich. Vielleicht hatten sie sogar von Darius gewusst.

»Du solltest dem Mann, der die Ehe deiner Mutter und deines Vaters arrangiert hat, wirklich mehr Respekt entgegenbringen«, knurrte er und befreite mich aus den Schatten, sodass ich auf den Boden fiel. »Ohne mein Eingreifen würdest du nicht einmal existieren.«

»Ich Glückspilz«, presste ich hervor, während ich mich aufrappelte, und er hob sein Kinn.

»Es ist an der Zeit, dass du deinen Platz akzeptierst, Lance Orion. Du bist nichts mehr. Du hast alles aufgegeben, als du eine Vega gefickt hast und im Gefängnis gelandet bist. Wirklich erbärmlich. Wenn du den Stern gefunden hast, werde ich dich gern von deinem Elend erlösen, wenn du willst. Ich bin sicher, dass du schon bald um den Tod betteln wirst.«

»Fick dich!«, fauchte ich und er drehte mir den Rücken zu und ging zur Tür.

Er sagte nichts mehr, sondern schloss die Tür mit einer Handbewegung hinter sich.

Mein Herz zog sich in meiner Brust zusammen und ich brüllte meine Wut über Clara in die Welt hinaus. Aber ich musste mich darauf konzentrieren, dass wir jetzt den Imperialen Stern hatten. Und irgendwie würde Lionel eines Tages sein Ende finden, und ich würde verdammt noch mal dafür sorgen, dass ich dabei war, um es zu sehen.

Scorpio
Virgo
Gemini
Aries
Cancer
Leo
Sagittarius
Taurus
Capricorn
Aquarius
Libra
Pisces

TORY

KAPITEL 33

Zu siebt im King's Hollow hatten wir mit den zwei Sesseln und einem Dreisitzer-Sofa nicht genügend Platz, also zog ich mich in die Küchenzeile zurück. Ich wollte Kaffee für alle kochen, während Darcy und Seth sich darüber stritten, wer den Sessel zuerst in Anspruch genommen hatte, aber ich zögerte, als mir klar wurde, dass ich nicht genau wusste, wie das ging.

Obwohl ich ziemlich viel Zeit hier verbrachte, seit ich aus den Schatten zurückgekehrt war, wurde ich von den anderen wie eine waschechte Prinzessin behandelt. Alle waren darauf bedacht, sich um mich zu kümmern, nachdem ich so lange in Lionels netter Gesellschaft gefangen gewesen war. Und irgendwie störte mich das auch gar nicht so sehr, denn mir wurden nicht nur Getränke gebracht, sondern auch leckeres Essen und kuschelige Decken.

Caleb hatte mir ein Paar flauschige Hausschuhe gekauft, und Seth konnte es immer noch nicht lassen, mich zu füttern und mir ständig Süßigkeiten zu bringen. Natürlich versank ich tagtäglich in Geraldines Bagel-Bergen, und Max war im Wesentlichen meine emotionale Stütze. Er schlief oft bei mir im Bett, um mir bei meinen Albträumen zu helfen.

Darcy war meine andere Hälfte, also reichte es mir schon, dass sie bei mir war. Aber natürlich verwöhnte auch sie mich ununterbrochen und wir verbrachten so viel Zeit miteinander, wie wir konnten.

Und Darius … Na ja, Darius war einfach da, wann immer ich ihn brauchte. Ich konnte natürlich nicht mit ihm allein sein und wir schafften es nicht, uns über längere Zeit körperlich nahe zu kommen, aber er fand andere Wege, mir seine Nähe zu zeigen.

Zum Beispiel, indem er jeden Abend ein Feuer in meinem Zimmer entfachte, bevor ich überhaupt daran dachte, ins Bett zu gehen. Oder indem er jeden Morgen einen perfekt gebrühten Kaffee für mich bereitstellte – ohne Ausnahme, selbst wenn er im Palast bei Orion übernachtete. Er hatte mir sogar eine eigene Tasse gekauft. Nicht, dass er sie mir zum Auspacken gegeben hätte, wie es bei normalen Leuten üblich war. Nein, mein Kaffee erschien einfach jeden Morgen darin, ohne dass er ein Wort darüber verlor. Sie war babyrosa mit einem goldenen R darauf, einer Krone, die wie zufällig an der oberen Ecke des Buchstabens hing, und zwei Flügeln, die den Rest der Tasse zierten. Das Ding entsprach überhaupt nicht meinem Stil. Es war mädchenhaft, prinzessinnenhaft, übertrieben niedlich und trug die völlig falsche Initiale, als hätte er versucht, sicherzustellen, dass ich alles daran hasste. Und doch hatte ich irgendwie das Gefühl, dass ich jedem, der es wagte, daraus zu trinken, das Gesicht abfackeln würde – aus Angst, die Tasse könnte kaputtgehen. Vielleicht mochte ich sie also doch. Nicht, dass ich ihm das jemals sagen würde.

Tatsächlich war er so auf meinen Koffeinbedarf bedacht, dass ich mir in der ganzen Zeit, die ich hier verbracht hatte, nicht einmal selbst einen Kaffee gemacht hatte. Jetzt stand ich also da und betrachtete das übertechnisierte Stück Schrott, das sie Kaffeemaschine nannten, und fragte mich, was zum Teufel ich damit anstellen sollte, um meine Koffeinzufuhr zu sichern. Wo war das lösliche Kaffeepulver? Verdammt, wo waren die Tassen? Und der Zucker? Ich hatte die ganze Nacht nicht geschlafen und würde bald Zuckungen bekommen, wenn ich meine Sucht nicht befriedigen konnte.

Meine Haut prickelte plötzlich, und ich versteifte mich, als ich fühlte, wie sich ein großer Körper in meine Nähe schob.

»Ich kann dir helfen, wenn du nicht weißt, wie die Maschine funktioniert«, sagte Darius, beugte sich um mich herum und spielte mit einigen Knöpfen an der Maschine herum, während er seinen Oberkörper an meinen Rücken presste.

»Ähm, danke«, sagte ich und versuchte, mich auf das zu konzentrieren, was er tat, damit ich es mir fürs nächste Mal merken konnte, anstatt mich von seiner bloßen Anwesenheit völlig überwältigen zu lassen.

Er sagte etwas über Bohnen und bewegte ein seltsam aussehendes Hebelchen von einem Teil der Maschine zum anderen. Aber alles, woran ich denken konnte, war die Hitze seines Körpers auf meinem und seine Bartstoppeln, die meine Schläfe streiften, als er sich über mich beugte, während er sprach.

»Verstanden?«, fragte Darius, während er die aufgeschäumte Milch in den Kaffee goss. So viel zu dem Instant-Scheiß, den ich früher im Reich der Sterblichen gekauft hatte. Ich hatte mich schon gefragt, warum der Kaffee hier so viel besser schmeckte, und ich hatte meine Antwort wohl gerade bekommen. Aber ich hatte immer noch keine Ahnung, was er gerade getan hatte, also schüttelte ich den Kopf. *Nein, ich war abgelenkt, weil sich dein Körper verdammt gut an meinem anfühlt und ich deine Tattoos lecken möchte.* Verdammt, ich war schon lange nicht mehr flachgelegt worden.

»Vielleicht kümmerst du dich um die Zubereitung und ich verteile sie dann?«, schlug ich vor und er lachte.

»Soll ich es dir noch mal zeigen?« Er drückte sich näher an mich, sodass mein Hintern an seinen Schritt gepresst wurde, und ich biss mir auf die Lippe, um ein Aufstöhnen zu unterdrücken.

»Mach mir einen dreifachen, ich bin hundemüde!«, rief Seth, und ich sah gerade noch rechtzeitig in seine Richtung, um zu sehen, wie Max ihm einen Schlag auf den Bizeps versetzte. »Was? Verstehst du nicht? Hundemüde? Weil ich ein …«

»Du ruinierst den Moment, du Idiot«, knurrte Max, und ich duckte mich schnell aus der Lücke zwischen Darius und der Theke, schnappte mir den Kaffee, den er bereits gemacht hatte, und brachte ihn zu Geraldine.

»Bei den Sternen!«, keuchte sie. »Mylady, du solltest nicht zu einer Dienerin für einen Taugenichts wie mich degradiert werden. Überlass das Herumlaufen einem dieser niederen Erben! Sie sind viel besser für die Aufgaben der Dienerschaft geeignet …«

»Zum Teufel damit!«, knurrte Max, und ich winkte nur lachend, während ich mich zurückzog, um die nächste volle Tasse zu verteilen.

Jedes Mal, wenn er mir eine Tasse reichte, berührten sich unsere Finger, und ich konnte nicht anders, als mir auf die Lippe zu beißen, um dieses dämliche Grinsen zu unterdrücken. Es war, als würden wir ein Spiel gegen die Sterne spielen und versuchen, genau herauszufinden, wo die Grenze lag. Wann würden sie unsere Interaktionen bemerken und etwas unternehmen, um einzugreifen? Ich liebte dieses Spiel.

Als endlich alle Kaffee hatten und Max allen einen Energieschub verpasst hatte, um uns nach der langen Nacht in Schwung zu bringen, gesellten Darius und ich uns zu den anderen. Der einzige freie Platz befand sich am Ende des Sofas.

Seth und Caleb saßen auf den anderen beiden Sofasitzen, wobei Seth sich weit zurücklehnte und seinen Kopf an Caleb drückte, während seine Füße auf dem Couchtisch ruhten.

Darcy hatte den Sessel links vom Kamin eingenommen und Max saß ihr gegenüber, mit Geraldine auf der Armlehne, die ihre Füße in seinem Schoß hatte.

Ich machte einen Schritt auf Darcy zu, aber Darius erwischte meinen Arm und zog mich stattdessen auf die Couch, wo er mich vorsichtig zwischen seine Beine setzte, die er dabei so weit wie nur irgendwie möglich spreizte – in typischer Mein-Schwanz-ist-zu-groß-um-zu-funktionieren-Manier. Das bedeutete, dass wir uns im Grunde nicht berührten, aber ich gleichzeitig auf seinem Schoß saß.

Er legte einen Arm über die Lehne der Couch und nahm einen Schluck Kaffee, während er Augenkontakt mit mir hielt, als ich über meine Schulter zu ihm schaute. Er hob eine Augenbraue, als würde er mich herausfordern, eine Szene zu machen.

Ich entschied mich dagegen und drehte mich stattdessen zu den anderen um, als würde ich nicht bemerken, wie sie uns alle beobachteten, während ich an meinem Kaffee nippte.

»Also, dann zeig mal her«, sagte ich, als Darcy die Augenbrauen hochzog, um mir zu signalisieren, dass sie die Darius-Situation so schnell wie möglich mit mir besprechen wollte. Ich musterte sie ebenfalls erwartungsvoll, um ihr zu verstehen zu geben, dass ich alles darüber wissen wollte, was zwischen Orion und ihr vorgefallen war.

Sie warf den anderen einen verstohlenen Blick zu, nickte mir zu und zog dann den Imperialen Stern aus ihrer Tasche, um ihn uns allen zu zeigen.

Seth pfiff leise, beugte sich vor, um ihn ihr aus der Hand zu nehmen, und hielt ihn hoch, sodass er im Licht der aufgehenden Sonne, die durch das Fenster schien, funkelte.

»Der würde sich verdammt gut in einem Zepter machen«, sagte er und warf ihn ein paar Mal hoch und runter, sodass ein buntes Lichtspiel im Raum entstand. »Warum benutzt eigentlich niemand mehr Zepter? Vielleicht sollte ich die Dinger zurückbringen.«

»Nee«, sagte Caleb und beugte sich vor, um den Stern aus seinem Griff zu befreien. »Der gehört in eine fette Krone.«

»Du meinst, um deinen fetten Kopf zu schmücken?«, neckte Darius, beugte sich um mich herum, um seine Tasse auf den Tisch neben meine zu stellen, und griff dann nach dem Imperialen Stern, den Caleb ihm zuwarf.

Seth ließ sich zurückfallen, legte den Kopf in Calebs Schoß und winselte, während er ihn mit seinen treuen Hundeaugen ansah. Caleb begann, seine Finger durch Seths lange Haare gleiten zu lassen, während er den Kopf schüttelte, als hätte er eigentlich keine Lust dazu. Aber er hätte einfach Nein sagen können, also glaubte ich ihm nicht einen Moment.

Darius beugte sich vor und legte seinen Arm um meine Taille, während er mir den Stern überreichte. Ich holte tief Luft, als die Energie des Dings mich wie ein massives Gewicht in die Brust traf.

»Heilige Scheiße«, hauchte ich, als der Stern meine Finger kitzelte und meine Magie sich erhob, um ihn ebenfalls zu berühren. Fast so, als würde sie sich danach sehnen, ihn zu benutzen. »Das fühlt sich unglaublich an.«

»Nicht wahr?« Darcy grinste, während Seth verwirrt den Kopf schief legte.

»Für mich hat er sich wie ein Stein angefühlt«, sagte er und musterte Caleb, der zustimmend nickte.

Ich tauschte einen weiteren Blick mit meiner Schwester, bevor ich ihn an Geraldine weitergab, die vor mir auf die Knie fiel, um ihn entgegenzunehmen.

»Natürlich kann keiner von euch unwürdigen Clowns die Kraft in der königlichen Waffe spüren«, rief sie aus, während sie den Imperialen Stern über ihren Kopf hielt, als hätte sie Angst, dass er dem Boden zu nahe kommen könnte. »In euren Adern fließt kein königliches Blut, weshalb ihr nicht auf die Kraft zugreifen könnt, die in ihm steckt. Nur die wahren Königinnen können sie spüren!«

»Ich habe etwas gespürt«, warf Darius ein. »Es war nicht viel, aber es war mehr als nichts. Als wäre im Herzen des Sterns eine Kraft verborgen, die ich nicht ergründen konnte.«

Geraldine keuchte entsetzt auf und ließ den Stern beinahe fallen, während sie Darius böse anfunkelte.

»Dein unwürdiger Thronräuber von einem Vater hat seinen schuppigen Hintern auf den Thron gepflanzt und sich selbst zum König gekrönt. Sein Blut fließt in deinen Adern, was dich zu einem … einem … einem Prinzen der Dunkelheit machen muss.«

Alle anderen Erben zuckten bei dieser Ankündigung unbehaglich zusammen, und ich runzelte die Stirn, als mir klar wurde, dass etwas Wahres daran war. Sie waren möglicherweise alle ebenbürtig gewesen, bevor Lionel Darius die Schatten geschenkt hatte, aber jetzt, da er sie hatte, war er technisch gesehen stärker. Und da sein Vater auf dem Thron saß, war er der nächste in der Thronfolge …

»Beruhige dich, Geraldine, ich bin kein Prinz von irgendetwas«, knurrte

Darius. »Ich würde nie behaupten, der Thronerbe zu sein. Meine Absichten waren immer klar und haben nie geschwankt. Ich kämpfe an der Seite meiner Brüder.«

Die anderen Erben entspannten sich sichtlich, während Seth ein Lachen ausstieß. »Ich weiß, dass du dich nie gegen uns wenden würdest, Darius. Du hast schon jetzt viel zu wenig Freunde – ohne uns hättest du niemanden und nichts.«

»Außer einem bequemen Thron und einer glänzenden Krone«, scherzte Caleb, und Darius lachte abfällig, während Max sich vorbeugte, um Geraldine den Stern aus der Hand zu nehmen.

»Ich spüre nichts«, sagte er mit einem Achselzucken. »Aber wenn ihr Mädchen etwas spürt, könnt ihr ihn vielleicht doch benutzen?«

Er warf ihn über den Couchtisch, und Darcy fing ihn auf, während Geraldine vor Schreck aufschrie und sich die Hand über die Augen schlug.

Ich konnte mir das Lachen nicht verkneifen, und Max zog sie vom Boden hoch und setzte sie auf seinen Schoß, um sie zu beruhigen.

»Im Tagebuch steht, dass nur der regierende Herrscher ihn benutzen kann«, sagte Darius.

»Na ja, einen Versuch ist es wert. Also los!«, drängte ich, und Darcy runzelte die Stirn, als sie den schimmernden Stein in ihrer Handfläche betrachtete.

Wir alle schwiegen, während wir sie beobachteten, und ich zuckte überrascht zusammen, als Darius' Hand auf meinem Schulterblatt landete, bevor er genau die Stelle massierte, an der meine Flügel hervorschossen, wenn ich mich verwandelte.

Ein leises Stöhnen entwich mir, das ich hastig mit einem Husten übertönte, als die anderen uns ansahen. Darius lachte leise, bevor er es noch einmal tat.

Hei-li-ge Scheiße, warum fühlte sich das so unglaublich an? Er musste damit aufhören. Und durfte nie wieder damit aufhören. Und fuck, er tat es schon wieder …

Ich versuchte, zu ignorieren, was er tat, während Darcy den Stern noch eine Weile anstarrte, bevor sie mit einem Seufzer aufgab.

»Nichts«, sagte sie. »Ich spüre die Kraft, aber es ist irgendwie so, wie Darius gesagt hat: Etwas steht zwischen dem Stern und mir. Ich kann meine Magie nicht mit ihm verbinden oder ihn dazu bringen, überhaupt zu reagieren. Es klingt verrückt, aber in der Höhle hat er zu Lance und mir gesprochen. Er hat gesagt, dass wir den Palast in der Tiefe suchen müssen, wo die letzten ihrer Art liegen. Und … dass wir tun müssen, was der König nicht tun konnte.«

»Klingt nach Kauderwelsch«, sagte Seth, und Geraldine schnaubte.

»Die Stimme eines Sterns ist heilig. Er muss etwas von höchster Wichtigkeit gesagt haben«, rief sie aus.

»Wir haben den Stern in der Vision unseres Vaters sprechen hören«, sagte ich und versuchte, mich an alles zu erinnern, was er gesagt hatte. »Hat er da nicht auch einen Palast erwähnt?«

»Ja«, sagte Darcy. »Den Palast der Flammen.« Sie wandte sich an die Erben, in der Hoffnung, dass sie etwas Licht in die Sache bringen könnten, aber niemand hatte eine Antwort. Meine Schwester griff in ihre Tasche, holte eine Tarotkarte heraus, und mein Herz schlug schneller.

»Ist das …?«, fragte ich, und sie nickte und schickte sie mir mit einem Lufthauch zu. Ich betrachtete das Bild des Mannes, der in einem Streitwagen saß und von zwei Sphinxen begleitet wurde, und drehte die Karte, um die Botschaft zu lesen.

»Es ist die letzte Karte«, sagte Darcy, und ich lächelte und ließ meine Finger über die Buchstaben gleiten.

Wir hatten seine Aufgaben erfüllt. Wenn uns diese Garde-Leute wirklich den Weg zum Imperialen Stern hatten weisen wollen, ergab ihre frustrierend nervige Methode vielleicht doch einen Sinn. Egal. Endlich hatten wir ihn. Vielleicht hatte der alte Mann doch keine so schlechte Entscheidung getroffen, indem er uns nach seinem Tod eine Spur magischer Tarotkarten hinterlassen hatte. Völlig verrückt, aber auf lange Sicht doch sehr hilfreich.

Darcy betrachtete erneut den Stern in ihrer Handfläche. »Ich schätze, wir müssten den Thron wirklich einnehmen, um ihn zu benutzen.«

»Keine Chance«, murmelte Darius, und wir alle verstummten und warfen einander besorgte Blicke zu, als wir uns alle an die große Kluft erinnerten, die immer noch zwischen uns lag.

Wir mochten dieser Tage wie eine große glückliche Familie wirken, aber in Wirklichkeit waren wir nur in unserem Ziel vereint: Lionel zu entthronen. Danach war alles möglich.

»Ihr schäbigen, schmutzigen Schurken könnt doch nicht ernsthaft immer noch glauben, dass …«, begann Geraldine, wurde aber durch ein Klopfen am Fenster unterbrochen. Gabriel stand auf dem Balkon, seine schwarzen Flügel flatterten in der Brise.

Seth öffnete das Fenster mit seiner Luftmagie, und Gabriel hüpfte hinein, wobei seine Flügel verschwanden, als er sich wieder in seine Fae-Gestalt verwandelte.

»Gute Güte, ich werde nie verstehen, warum ich dein königliches Blut nicht schon früher vermutet habe, lieber Gabriel«, sagte Geraldine und fächelte sich mit der Hand Luft zu. »Du hast eindeutig die Statur eines echten Blaublüters. Allein schon die Breite deiner Brust ...«

»Zieh dir ein Shirt an, Alter! Du siehst aus, als wäre dir kalt«, schnauzte Max und holte mit seiner Luftmagie ein Shirt aus der Truhe, um es Gabriel ins Gesicht zu werfen.

Darius ließ seinen Daumen wieder über mein Schulterblatt gleiten, aber ich schüttelte ihn ab. Sein Thron-Kommentar irritierte mich und hatte mich an all die Gründe erinnert, warum ich es mir nicht so verdammt bequem mit ihm machen sollte. Argh, er war so frustrierend! Warum musste er so verdammt verlockend sein? Ich wusste doch, dass wir, wenn es darauf ankam, nie wirklich auf derselben Seite stehen würden. Wir würden immer darauf warten, den anderen zu unterwerfen, und das konnte nur in einem Kampf und mit einem Verlierer enden.

»Ich habe mich selbst herkommen *sehen*, aber ich weiß nicht, warum«, sagte Gabriel, warf das Shirt zur Seite und lehnte sich an den Kamin.

»Wir haben letzte Nacht den Imperialen Stern geborgen«, sagte ich und grinste ihn an, als er die Augenbrauen hochzog, woraufhin Darcy ihm den glitzernden Stern zeigte.

»Was? Wie? Ich habe *gesehen*, wie ihr den Campus verlassen habt, und mir war klar, dass ihr einen wichtigen Grund dafür hattet. Aber ich hatte keine Ahnung ...« Gabriel legte die Stirn in Falten. »Ein so wichtiges Erlebnis in eurer beiden Leben hätte mir den ganzen Tag lang Visionen bescheren müssen. Wie ist es möglich, dass ich nicht einmal bemerkt habe, dass ihr gestern Abend losgezogen seid, um ihn zu holen?«

»Tut mir leid, ich hätte es dir sagen sollen«, sagte ich. »Aber ich gehe irgendwie immer davon aus, dass du alles weißt, also habe ich nicht wirklich daran gedacht, dich einzuweihen ...«

»Ich weiß nicht *alles*«, sagte Gabriel mit einem schiefen Grinsen, das verriet, dass er so ziemlich alles wusste. »Aber ich habe einen verdammt guten Überblick über das, was wichtig ist. Und wenn meinen Schwestern etwas so Großes widerfährt ...«

»Was bedeutet das?«, unterbrach Seth ihn, und Gabriel neigte den Kopf, während er den Stern betrachtete.

»Ich bin mir nicht sicher. Darf ich ihn mir mal ansehen?«

Darcy reichte ihn ihm, und wir alle sahen zu, wie er ihn in den Händen drehte, mit dem Daumen über den rauen Stein strich und dann die Augen schloss, um sich zu konzentrieren.

»Ich spüre eine große Kraft in ihm, aber ich kann nicht darauf zugreifen«, sagte er.

»Warum zum Teufel kannst du sie spüren?«, fragte Caleb. »Ich dachte, das können nur Fae mit königlichem Blut. Und du bist nicht der Sohn des Grausamen Königs, also solltest du sie genauso wenig spüren können wie ich.«

»Unsere Mutter war eine Prinzessin in ihrer Heimat. Vielleicht hat Gabriel als ihr ältester Sohn einen Anspruch auf diesen Thron?«, schlug Darcy vor.

»Oh, was für ein Sinn das macht!«, rief Geraldine aus. »Ich habe schon lange bewundert, was für eine fesche und großmütige Figur du abgibst, und jetzt, da ich weiß, dass du tatsächlich ein Prinz bist ...«

»Lass uns nicht vom Thema abkommen«, unterbrach Gabriel, als Max etwas darüber murmelte, dass er gar nicht so fesch sei. »Ich bin zwar ein Mitglied der königlichen Familie, aber kein Prinz. Ich *sehe* keine Zukunft, in der ich in das Heimatland unserer Mutter reisen würde, geschweige denn daran interessiert wäre, einen fremden Thron zu besteigen. Mein Herz und meine Familie sind in Solaria, und ich habe vor, hierzubleiben und meinen Schwestern zur Seite zu stehen, wenn sie aufsteigen und den Thron beanspruchen. Dann werde ich ihnen als ihr königlicher Seher dienen. Das ist alles. Wie dem auch sei, zurück zum Thema – ich *sehe* nichts in Bezug auf diesen Stern. Null. Ich kann nicht einmal *sehen*, wer von euch ihn mir aus der Hand nehmen wird. Ich bin mir also fast sicher, dass er vor meinen Visionen geschützt ist, so wie alle Entscheidungen der Sterne es sind. Sie schenken mir die Gabe des Sehens, wenn es um Dinge geht, die Fae betreffen, die ich kenne oder liebe. Aber sie erlauben mir nicht, ihre Machenschaften zu durchschauen – zum Beispiel, wenn es um Sternenbande geht. Das hier fühlt sich genauso an.«

»Also sollte Vard den Stern auch nicht *sehen* können, richtig?«, fragte ich hoffnungsvoll.

Gabriels Gesicht verzog sich bei der Erwähnung von Lionels Wahl für einen königlichen Seher. »Nein. Dieser miese Betrüger hat nicht einmal ein Zehntel der Kontrolle über die Gabe des Sehens, die ich habe. Ich wette, dass er nur deshalb überhaupt etwas *sehen* kann, weil er seinen unwürdigen Arsch auf den Stuhl in der Königlichen Seherkammer setzt und die Kraft dort nutzt, um seine dürftigen Fähigkeiten um das Zehnfache zu verstärken.«

»Wenn dieser Stuhl so toll ist, warum hast du dich denn nicht darauf gesetzt und alles voraus*gesehen*? Du warst in dem Sommer, in dem Darcy noch im Palast gelebt hat, doch regelmäßig dort«, warf Seth vorwurfsvoll ein, woraufhin Gabriel seufzte.

»Das habe ich. Ich habe mehrmals versucht, ihn für mich zu aktivieren, aber er ist darauf programmiert, nur für den königlichen Seher zu funktionieren. Da ich das nicht bin und Darcy mir den Titel nicht geben konnte, solange sie nicht selbst den Thron beansprucht, war mir diese Möglichkeit nicht gegeben. Glaub mir, ich habe alles versucht, was mir eingefallen ist, um ihn für mich zu aktivieren, in der Hoffnung, einen Weg zu finden, zu Tory zu gelangen.«

Gabriels schmerzvoller Blick fiel auf mich, und mein Herz zog sich zusammen, als ich daran dachte, was sie alle durchgemacht hatten, während ich von Lionel festgehalten worden war. Ich wusste, dass sie alles in ihrer Macht Stehende getan hatten, und ich konnte mir nicht vorstellen, wie sehr es meine Geschwister verletzt haben musste. Sie waren völlig hilflos gewesen, während sie gleichzeitig das gefürchtet hatten, was mit mir geschah. Ich wäre an ihrer Stelle verrückt geworden.

»Wenn wir den Imperialen Stern also verstecken können, sollte Lionel keine Chance haben, jemals herauszufinden, dass wir ihn haben?«, fragte ich und Gabriel nickte.

»Lasst uns erst einmal meine Theorie testen, wonach ich ihn nicht *sehen* kann. Ich schließe die Augen und einer von euch wirft ihn in meine Richtung. Meine Gabe warnt mich immer, wenn etwas auf mich gerichtet wird, also wissen wir, dass er wirklich von den Sternen verschleiert wird, wenn ich ihn nicht *sehe*.«

Gabriel schloss die Augen und Seth entriss ihm den Stern mit einem Schwall Luftmagie, bevor er ihn mit voller Wucht gegen seine Brust schleuderte.

Ich holte erschrocken Luft, als der Stern seine Brust traf, und er stieß einen Fluch aus, als die raue Kante seine Haut aufschnitt, während Seth den Imperialen Stern mit seiner Magie vor dem Aufprall auf dem Boden bewahrte und ihn zurück auf den Tisch lenkte.

»Au!«, knurrte Gabriel, öffnete die Augen und funkelte Seth an.

»Wie können wir sicher sein, dass das etwas beweist?«, fragte Caleb. »Ich weiß, du denkst, dass du das hättest kommen *sehen* müssen, aber vielleicht *siehst* du nichts von dem, was wir auf dich werfen. Vielleicht ist der Imperiale Stern in dieser Hinsicht ja gar nichts Besonderes.«

Gabriel schnaubte, während er die Wunde an seiner Brust heilte, und warf Caleb einen verächtlichen Blick zu. »Wenn du willst, dass ich es beweise, dann nur zu«, stichelte er, schloss abermals die Augen und wartete.

Caleb grinste, beugte sich vor, hob die Hand und schuf runde Steine, die er nacheinander auf Gabriel schleuderte. Mein Bruder fing jeden einzelnen mit Leichtigkeit, ohne auch nur einmal die Augen zu öffnen, und irgendwie hatte er seine Hand immer genau an der richtigen Stelle, egal, aus welcher Richtung Caleb ihn angriff.

»Zufrieden?«, fragte Gabriel selbstgefällig und ich grinste ihn an. Das war echt cool gewesen. Ich hatte wirklich die besten Geschwister.

»Okay, dann müssen wir ihn nur noch verstecken«, sagte Darcy nachdenklich. »Sollen wir ihn hier im Baumhaus deponieren oder …«

»Oh, Mylady, ich glaube nicht, dass er jemals aus dem Blickfeld einer der Vega-Prinzessinnen verschwinden sollte. Er ist von größter Wichtigkeit im Kampf gegen unseren bösen Overlord«, sagte Geraldine hastig.

»Dann sollte ihn eine von euch bei sich tragen«, schlug Max vor.

»Ich habe eine Kette, an der ihr ihn befestigen könnt«, sagte Darius, hob mich kurz in seine Arme, um aufzustehen, und setzte mich dann wieder ab. Er schritt durch den Raum zu der Truhe, in der er seinen Schatz aufbewahrte.

»Du solltest ihn tragen, Darcy«, sagte ich. »Es ist zu riskant, ihn in Lionels Nähe zu bringen, wenn ich zurück in den Palast gehe.«

»Okay«, stimmte sie zu und nahm die silberne Kette, die Darius ihr hinhielt.

Er ließ sie jedoch nicht wirklich los, und ein leises Knurren entwich ihm, als er versuchte, seine Drachennatur zu bekämpfen, um seinen Schatz zu beschützen.

»Ich kann mir eine andere Kette suchen, wenn du mir die nicht geben willst«, meinte Darcy amüsiert, als sich seine Muskeln vor Anstrengung anspannten, als er versuchte, sich von der Kette zu trennen.

Ich stand auf, trat an seine Seite, nahm seine Hand in meine und fixierte seine dunklen Augen, während ich seine Finger langsam einen nach dem anderen aus seiner Faust löste.

»Böser Drache«, tadelte ich ihn und er grinste fast – bis ich ihm die Kette aus der Hand riss.

Plötzlich packte er mein Handgelenk, aber ich hatte die Kette bereits Darcy zugeworfen. Ich konnte spüren, wie uns alle unsere Freunde beobachteten, während er gegen seine Drachennatur ankämpfte und mich mit der Intensität des Feuers anstarrte, das in seiner Seele brannte.

»Das hättest du nicht tun sollen, Roxy«, knurrte er, und ein Schauer der Angst durchfuhr mich bei seinen Worten, die mich sowohl dazu brachten, weglaufen zu wollen, als auch dazu, mich der Gefahr in seinen Augen noch weiter zu nähern.

Ich zwang mich, die Angst zu überwinden, stellte mich auf Zehenspitzen und drückte ihm einen Kuss auf die rauen Stoppeln an seinem Kinn. Meine

Lippen berührten gerade so seine Mundwinkel, während mein Herz in meiner Brust galoppierte.

»Du wirst mir verzeihen«, neckte ich ihn, und seine Augen leuchteten vor Hitze, als er langsam seinen Griff um meinen Arm lockerte und mich losließ.

Ich trat mit pochendem Herzen zurück und drehte mich zu Darcy um, die ein Amulett aus Erdmagie fertigte, um den Stern an der Kette zu befestigen, bevor sie sie sich um den Hals hängte. Das Schmuckstück war wunderschön, aber verriet ihren wahren Inhalt nicht. Ich lächelte, als ich daran dachte, dass wir es endlich geschafft hatten, das Echsenarschloch zu überlisten, das unseren Thron gestohlen hatte.

»Und was jetzt?«, fragte Seth ungeduldig, und ich blickte fragend in die Runde, um auszuloten, ob jemand eine Antwort darauf hatte.

»Nun, Orion wird bis zum nächsten Vollmond nicht mehr in der Lage sein, das Tagebuch zu lesen«, sagte Darius. »Und wir können den Imperialen Stern nicht wirklich benutzen. Also sollten wir einfach weiter nach Möglichkeiten suchen, das Wächterband zu brechen, gegen Nymphen kämpfen und weitere Vorteile im Kampf gegen meinen Vater erlangen.«

»Nun, ich denke, in dem Fall ist es Zeit für mein Nickerchen«, verkündete Geraldine und stand auf. »Wir sollten alle versuchen, unsere Köpfe eine Weile auszuruhen, um uns vor dem Unterricht zu erfrischen.«

»Ich bringe dich zurück«, erklärte Max, stand auf und verließ mit ihr den Raum.

»Möchtest du bei mir übernachten?«, fragte ich Darcy. Wir hatten einiges an Redebedarf, sobald wir allein waren.

»Klar«, stimmte sie zu, und wir verabschiedeten uns von den anderen, bevor wir den Raum verließen und in das Schlafzimmer gingen, das ich mir hier im Hollow für mich reserviert hatte. Wir konnten nicht so oft zusammen hier schlafen, wie ich es mir gewünscht hätte, da sonst eine der M. O. E. S. E. N. ihre Abwesenheit bemerkt hätte. Sie musste viel zu oft in den Aer-Turm zurückkehren, und ich genoss die Gelegenheit, jetzt mit allen hierzubleiben.

Ich betrat Darius' Zimmer, während sich Darcy bereits in mein Schlafzimmer zurückzog, und sah mich einen Moment lang um, bevor ich mir einen seiner Kapuzenpullover vom Bettende schnappte. Ich wollte nicht zu viel darüber nachdenken, dass ich besser schlief, wenn ich in seine Klamotten gehüllt war. Sie waren einfach wärmer als meine. Und bequemer. Und rochen nach allen möglichen schönen Dingen.

Darcy duschte bereits, als ich ins Zimmer kam, und ich zog mich aus, benutzte meine Wassermagie, um mich zu waschen, anstatt auf die Dusche zu warten, und trocknete mich dann mit Luft ab, bevor ich Feuer durch meine Adern strömen ließ, um mich aufzuwärmen. Dann zog ich Darius' Kapuzenpullover an und bastelte für Darcy und mich kleine Kronen aus weißen Rosenranken – einfach, um all unsere Elemente zu nutzen, bevor ich ins Bett kroch und auf sie wartete. Es war verdammt cool, alle Elemente zu haben, und ich war in der Stimmung, unseren Sieg zu feiern.

Im Kamin brannte ein Feuer, und ich biss mir auf die Lippe, als ich es entdeckte. Wann hatte Darius es geschafft, sich hier hereinzuschleichen und es für mich in Gang zu bringen? Ich brauchte zwar eigentlich keine Hilfe beim Feuermachen, aber der Raum war immer so schön warm, nachdem das Feuer eine Weile gebrannt hatte, und die gleichmäßigen Flammen bedeuteten außerdem, dass ich jeden Morgen voller Energie aufwachte.

Als Darcy in einem meiner Pyjamas auftauchte, warf ich ihr grinsend die Krone entgegen, und sie lachte, bevor sie es sich im Bett gemütlich machte.

»Sieh uns an, wir sind praktisch schon Königinnen«, scherzte ich, griff nach dem riesigen Schokoriegel auf meinem Nachttisch und warf ihn ihr zu, bevor ich fluchend feststellte, dass der zweite Riegel weg war. Verdammter Seth. Ich wusste, dass er es gewesen war. Schnüffelte immer an meinen Snacks herum. Ich würde eine Art Snackfalle aufstellen müssen, um ihn von meinem Zeug fernzuhalten, wenn das so weiterging.

»Kannst du dir das tatsächlich vorstellen?«, fragte Darcy lachend. »Dass wir ein verdammtes Königreich regieren könnten?«

»Ich habe darüber nachgedacht und sogar schon ein paar Ideen«, erwiderte ich ernst. »Zum Beispiel könnten wir epische Rennen im Palast veranstalten, wenn wir eine Rennstrecke auf dem Gelände bauen. Und ich könnte Darius regelmäßig fertigmachen.«

»Klingt gut. Dann müssen wir uns nicht mehr mit dem ganzen politischen Mist herumschlagen.«

»Genau«, stimmte ich zu. »Wir machen die Erben zu unseren Ratsmitgliedern und lassen sie sich um diesen Quatsch kümmern. Ich bin glücklich als Königin der Party. Du kannst zusammen mit Orion den Palast mit kleinen Babyvampiren füllen, um den Bedarf des Königreichs an weiteren Erben zu decken.«

»Als ob«, widersprach Darcy. »Es gibt kein Orion und ich. Nicht mehr.«

»Aha. Warum wirst du dann rot? Willst du mir erzählen, was in der Gruft vorgefallen ist, oder soll ich raten?«, neckte ich.

Darcy stöhnte laut auf, lehnte sich zurück und biss in ihren Schokoriegel. »Ich weiß es nicht, Tor. Wir haben nach dem Imperialen Stern gesucht und dann haben wir über alles gestritten, was passiert ist, und ich war einfach wieder so wütend auf ihn, und plötzlich war er einfach da und er … ich …«

»Du willst mir also sagen, dass ihr im Dunkeln rumgemacht habt, während wir alle da draußen um unser Leben gekämpft haben?« Sie stöhnte, schnappte sich ein Kissen und drückte es auf ihr Gesicht.

»Nein, so war es nicht«, protestierte sie, ihre Stimme durch das Kissen gedämpft, und ich entriss es ihr wieder.

»Wie war es dann? Kommt ihr wieder zusammen?«, fragte ich hoffnungsvoll, und ihr Gesicht verfinsterte sich bei diesem Vorschlag.

»Fuck, nein. Er kann mir nicht einfach das Herz rausreißen, darauf herumtrampeln, es sechs Monate lang verrotten lassen, nur um es dann abzustauben und wieder zum Schlagen zu bringen. Wir sind nur … Er ist nur … Ich bin nur … nichts.«

Sie sah so gebrochen aus, dass es mir das Herz zerriss, und ich fühlte mit meiner Zwillingsschwester, als ich mich neben ihr unter die Bettdecke kuschelte.

»Vielleicht solltest du darüber nachdenken, ihm zu vergeben?«, schlug ich mit leiser Stimme vor.

»Was?«, keuchte sie, als hätte sie diese Meinung von mir nie erwartet. Auch ich verzog das Gesicht, blieb aber dabei.

»Ich weiß, dass ich immer die Erste bin, die andere zum Teufel schickt, wenn sie mich verletzen. Und ich bin die Erste, die einem Typen in den Schwanz tritt, wenn er auch nur daran denkt, dich zu verletzen – was ich übrigens bei Orion wiederholt getan habe. Aber meine Situation hat mich erkennen lassen, dass es sich manchmal lohnt, seinen Stolz zu vergessen und über Vergebung nachzudenken. Wenn ich nicht so stur gewesen wäre, was Darius angeht, dann hätte es vielleicht anders für uns ausgehen können. Aber ich weiß jetzt, wie es ist, sich nach einer Liebe zu sehnen, die man nie wirklich haben kann. Und das will ich nicht für dich. Ich weiß, dass Orion Mist gebaut hat und jede Strafe verdient, die du ihm auferlegen willst, und er sollte vor dir zu Kreuze kriechen müssen, bis er der König des Kriechens ist, aber …«

»Aber?« Sie sah mich an, als hoffte sie, dass ich die Antworten hätte, die sie brauchte. Dabei wussten wir beide, dass ich in diesen Dingen gänzlich unfähig war. Aber ich war wohl Expertin darin, was man *nicht* tun sollte, also konnte ich ihr zumindest in dieser Hinsicht Ratschläge geben.

»Aber wenn du denkst, dass eure Liebe vielleicht doch noch gerettet werden kann oder du ihm eines Tages vielleicht doch noch vergeben kannst, dann solltest du dich für diese Möglichkeit öffnen. Denn ich habe auch einmal gedacht, dass ich Darius nie vergeben könnte, was er mir angetan hat, und vielleicht habe ich das auch immer noch nicht getan. Aber ich wünschte, ich hätte die Möglichkeit, es zu versuchen. Und ich möchte nicht, dass du dich nach dem Mann verzehrst, den du liebst, wenn du die Chance hast, mit ihm glücklich zu werden – und sei es nur ein kleiner Hoffnungsschimmer. Denn zumindest besteht dann Hoffnung.«

Darcy hatte Tränen in den Augen, und ich lächelte traurig, als ich sie in meine Arme zog. Wir rutschten zusammen unter die Bettdecke, wie wir es als Kinder immer getan hatten.

»Ich bin mir nicht sicher, ob es noch Hoffnung gibt«, flüsterte Darcy in die Dunkelheit.

»Ich weiß«, sagte ich. »Aber das ist besser, als sicher zu sein, dass es keine Hoffnung mehr gibt. Also denk einfach darüber nach, ja?«

»Okay«, stimmte sie zu. »Ich werde darüber nachdenken.«

Scorpio
Gemini
Virgo
Aries
Cancer
Leo
Sagittarius
Taurus
Capricorn
Aquarius
Libra
Pisces

XAVIER

KAPITEL 34

Ich war auf dem Weg zum Erdterritorium, wo meine *Formgebung-für-Fortgeschrittene*-Stunde stattfinden sollte, und freute mich darauf, mit meiner Herde zu fliegen. Ich war heute in verdammt guter Stimmung. Seit ich die *Abrechnung* bestanden hatte, schien alles immer besser zu werden. Darius und die anderen hatten den Imperialen Stern gefunden, meine Mom war meinem Vater entkommen, und mein Horn war in der letzten Woche um zwei Zentimeter gewachsen. Das Leben war schön. Und als Krönung des Ganzen hatte ich gestern Abend meinen Schwanz mit glänzenden Topas-Strasssteinen und einem riesigen Diamanten verziert, der nun die Basis schmückte.

Ich war mir nicht sicher, ob ich alles richtig gemacht hatte, aber so hatte ich es in einem Artikel der *Zodiass Weekly* gesehen. Und ich konnte es kaum erwarten, damit anzugeben. Nackt zu sein, war mir mittlerweile in Fleisch und Blut übergegangen, und alle anderen Hengste zeigten ständig ihre glitzernden Kronjuwelen, um die Aufmerksamkeit der Weibchen auf sich zu ziehen. Also war es an der Zeit, dass ich mich traute und es auch tat. Der Schmuck fühlte sich noch etwas ungewohnt an, aber ich war mir sicher, dass ich mich mit der Zeit daran gewöhnen würde.

Ich eilte den Hügel hinauf, wo sich alle anderen bereits zum Unterricht versammelten. Professor Clip-Clop – eigentlich hieß er Clippard, aber er schien den Spitznamen seiner Studenten zu mögen – hatte lilafarbene Haare, ein kantiges Kinn und schmale Schultern. Außerdem war er bereits im Begriff, sich auszuziehen, um sich auf seine Verwandlung vorzubereiten.

»Morgen, Xavier!«, rief er fröhlich. »Bereit, abzuheben?«

»Ja, Sir.« Ich grinste und ging zu meiner Herde, aber meine Stimmung sank, als ich den oberkörperfreien Tyler sah, der Sofia Dinge ins Ohr flüsterte und ihren Hals küsste. Sie trug regenbogenfarbene Unterwäsche, die meinen Schwanz fröhlich zucken ließ, aber die Art, wie er sie berührte, machte mich wütend. Er war ein besitzergreifendes Arschloch, mit seinen Muskeln und seinen Haaren, die immer wie vom Wind zerzaust aussahen, als wäre er gerade durch die frischeste, flauschigste Wolke geflogen, die er hatte finden können. Ich wollte ihm einfach nur ins Gesicht schlagen.

Sofia winkte mich zu sich und ich zog mein Hemd aus und zeigte meine breite Brust, an der ich täglich im Lunar-Lounge-Freizeitzentrum arbeitete.

Bevor ich Sofia erreichte, sprang mir Liselle in den Weg. Ihre silbernen Haare flossen über ihren Rücken und ihre großen Augen waren mit blauem Glitzer geschmückt, der zu ihrem Pegasus passte.

»Hey Xavier, willst du heute neben mir fliegen?« Sie klimperte mit den Wimpern, und ich sah über ihren Kopf hinweg zu Sofia.

»Ja, klar«, murmelte ich, als sie mit dem Finger meine Bauchmuskeln nachfuhr.

Sofia schnaubte empört, und mein Herz machte einen Sprung, als sie Liselle böse anfunkelte. War sie etwa … eifersüchtig?

Liselle stellte sich auf Zehenspitzen, um meine Aufmerksamkeit wieder auf sich zu ziehen. Sie war wirklich hübsch, mit vollen Lippen, dunkler Haut und einem Duft, der mich an Zuckerstangen erinnerte. Aber es gab nur ein Mädchen, nach dem ich mich sehnte, und ich hatte vor, sie und diese Herde zu erobern, sobald ich konnte.

Liselle schob ihre Finger in meine Haare und neigte den Kopf zur Seite. »Eine lange Mähne würde dir gut stehen. Hast du schon mal daran gedacht, deine Haare wachsen zu lassen?«

Plötzlich wurde sie an den Haaren von mir weggerissen, und ich sah, wie Sofia sie zu Boden warf und sich umdrehte, um sie mit den Füßen mit Dreck zu bedecken. *Heilige Scheiße.*

»Brutal, Baby«, rief Tyler lachend und holte seinen Atlas heraus, um die Szene festzuhalten.

»Du klassenloses Flittchen!«, kreischte Liselle und stürzte sich auf Sofia, aber mein Mädchen war bereit, trat ihr hart in den Bauch und beförderte sie zurück auf den Boden. Sofia trabte siegessicher um sie herum, und mein Blick klebte an ihrem Arsch, während immer mehr Typen näher kamen.

Dylans Arm berührte den meinen, als er sich neben mich gesellte. Er war einen Kopf kleiner als ich, mit einer gewachsten Brust und einer bunten Tätowierung einer Fee über seinem rechten Brustmuskel. Er war nackt, sein kleiner, funkelnder Schwanz stolz zur Schau gestellt. Der verdammt steif wurde, als er Sofia anstarrte.

Ich schnaubte wütend und stieß ihn zu Boden, was ihn vor Wut auf mich schnauben ließ. Er stand nicht auf, als ich mich über ihn beugte, und drehte seinen Kopf unterwürfig nach unten.

»In den Himmel, Leute!«, rief Professor Clip-Clop, und ich wusste, dass der Zeitpunkt gekommen war, meinen neuen Pejazzle zu präsentieren. Mann, ich hätte nie gedacht, dass ich mal mehr Spaß daran haben würde, meinen Schwanz zu schmücken, anstatt Fortnite zu spielen, aber die Dinge hatten sich geändert.

Meine Nerven lagen blank, als ich Schuhe, Hose und Boxershorts auszog und meine Schultern zurückdrückte, während ich Sofia ansah. Sie war wieder an Tylers Seite, aber ihr Blick blieb fest auf mich gerichtet, und ihre Augen weiteten sich, als sie meinen funkelnden Schwanz entdeckte.

Ein paar der schwächeren Weibchen gurrten, aber ich hatte keine Augen für sie. Ich wollte nur Sofias Anerkennung, und als sie sich auf die Lippe biss und auf mich zukam, schlug mein Herz schneller.

»Du siehst gut aus, Xavier«, säuselte sie, und ich versuchte, nicht hart zu werden – aber Scheiße, ich war verrückt nach diesem Mädchen.

Tyler stampfte mit dem Fuß auf, als der Rest der Weibchen anfing, sich um mich zu scharen, und Liselle versuchte sogar, mich zu betatschen, bevor ich ihre Hand wegschlug.

Ich war kurz davor, vor Stolz zu platzen, als ich fühlte, wie sich einer der Edelsteine löste und ins Gras fiel. *O nein!*

Ein weiterer folgte, dann noch einer, bis eine Kaskade von Strasssteinen zwischen meinen Füßen landete und alle um mich herum schockiert dreinschauten. *Nein, nein, nein! Abbruch, Abbruch!*

Ich wieherte alarmiert, als der letzte von ihnen fiel und schließlich auch der Diamant zu Boden plumpste. Es wurde still, und ich könnte schwören, einen dieser nervigen Steppenläufer vorbeirollen zu hören. Tyler brach als Erster in Gelächter aus, und der Klang ließ mich vor Wut kochen.

»Was für einen nutzlosen Klebezauber hast du denn benutzt, Kumpel?«

Die Röte stieg mir in die Wangen, als ich versuchte, meine Würde zu bewahren, aber die anderen lachten jetzt, und ich war versucht, mit meiner Erdmagie ein Loch in den Boden zu öffnen und mich darin verschwinden zu lassen.

»Ich habe Begluezzle-Kleber benutzt«, murmelte ich und wünschte sofort, ich hätte es nicht getan, denn Tyler lachte nur noch lauter.

»Das Zeug ist wie Zuckerwasser.« Er gluckste, und ich stampfte wütend mit dem Fuß auf, während sich immer mehr Leute dem Gelächter anschlossen.

Tyler hob seinen Atlas, um das Ganze zu dokumentieren und mich zum Gespött der ganzen Schule zu machen. Zum Teufel damit! Ich stieß ein wütendes Wiehern aus und stürmte dann mit voller Wucht auf ihn zu. Er war nicht schnell genug, um mir aus dem Weg zu gehen, und ich warf ihn zu Boden und versetzte ihm einen harten Kopfstoß.

Ich schlug mit den Fäusten auf ihn ein, und er wehrte sich mit einem Schnauben und versuchte, uns umzudrehen. Seine Knöchel trafen meinen Unterkiefer, und ich drehte meinen Kopf, biss in seinen Arm. Ihm gelang es schließlich doch, mich auf den Rücken zu drehen. Ich spürte, wie ich mich in meinen lilafarbenen Pegasus verwandelte. Keinesfalls würde ich ihm die Oberhand überlassen. Ich trat ihn mit meinen Hufen weg, und auch er riss sich die Hose vom Leib, bevor er sich verwandelte und auf vier kräftigen silbernen Beinen landete.

Er kam mit gesenktem Kopf auf mich zu, und sein Horn schimmerte in der Sonne. Ich warf meinen Kopf in seine Richtung, und unsere Hörner kollidierten mit einem scharfen, klingelnden Geräusch. Ich wollte diesem Arschloch das Horn abreißen und ihn so lange schlagen, bis er sich mir unterwarf. Nichts würde mich dieses Mal aufhalten.

Ich bäumte mich auf und versuchte, ihn zu treten, aber er tat es mir gleich, und seine Hufe krachten gegen meine.

Sofia wieherte aufgeregt in der Nähe, klatschte in die Hände und hüpfte auf den Fußballen. Tylers Huf traf meine Schulter, und ich wieherte vor Wut und trat ihm hart gegen die Brust.

»Na los, ab in den Himmel!«, rief Clip-Clop, rannte los und klatschte mir auf die Flanke.

Ich schnaubte wütend, aber er fixierte mich mit einem Blick, der verriet, dass wir nachsitzen würden, wenn wir nicht gehorchten. Er wollte Tyler ebenfalls einen Klaps auf den Hintern geben, aber der galoppierte bereits davon und kommandierte den Rest der Herde, ihm zu folgen. Ich jagte ihm hinterher, und Sofias funkelnder pinkfarbener Pegasus holte mich bald ein.

Ich musste ihn gehen lassen, obwohl es mir gründlich gegen den Strich ging, dass dieser Kampf vorbei war. Aber der Krieg hatte gerade erst begonnen.

Sofia wieherte und drückte ihr Gesicht für einen Moment an meines, bevor sie losstürmte, um an Tylers Seite zu laufen. Gemischte Botschaften war definitiv ihr zweiter Vorname. Aber offenbar hatte der glitzernde Edelsteinregen, der von meinem Sack gefallen war, nicht zur Folge, dass das Spiel für uns schon vorbei war. Ich würde es also als Sieg verbuchen.

Ich saß in *Tarot*, mit Hadley zu meiner Rechten und Grayson zu meiner Linken. Es war einer der wenigen Kurse, in denen wir nicht nach Formgebungen getrennt waren, und Professor Nox sah in den Sternen bequemerweise jemandes Tod voraus, wenn eine der M. O. E. S. E. N. auch nur den geringsten Aufstand deswegen machte.

Dank Darius' Mentoring hatte ich endlich das Erschaffen von Stillekuppeln gemeistert, sodass die Jungs und ich ungestört darin reden konnten, während wir einander die Karten lasen. Athena saß mit Ellis am anderen Ende des Raumes und sah aus, als würde es sie höllisch langweilen, was Max' Schwester zu sagen hatte. Gelegentlich warf sie uns sehnsüchtige Blicke zu. Wir vier waren in letzter Zeit richtig eng zusammengewachsen und trafen uns jeden Mittag und jeden Abend in den Höhlen. Unser Versteck war jetzt mit allen möglichen Sachen gefüllt, die wir auf dem Campus gestohlen hatten. Grayson und Athena hatten es sogar geschafft, ein paar Betten dorthin zu schmuggeln, nachdem sie sie nachts mit ihrer Luftmagie aus dem Aer-Turm geholt hatten.

Trotz meiner Bemühungen schien Ellis nie geneigt zu sein, mit uns abzuhängen, und wir hatten uns damit abgefunden, dass sie kein Interesse daran hatte, mit uns befreundet zu sein. Oder vielleicht hatte sie einfach zu viel Angst vor Lionels Formistengesetz, um es zu sabotieren. Gelegentlich versuchte sie, mich in ein Gespräch über die Großartigkeit meines Vaters zu verwickeln, und ich fütterte sie mit ein paar Lügen, die andeuteten, dass ich ihr zustimmte, bevor ich mich hastig aus dem Staub machte. Vermutlich würde sie sich eines Tages den M. O. E. S. E. N. anschließen.

Grayson rammte mir einen Ellbogen in die Rippen, während er seinen Atlas herausholte. »Ich wusste es – diese Hexe hat Halloween verboten«, knurrte er und zeigte mir die Ankündigung auf dem Screen. Ich bemerkte, dass die meisten Leute gerade ihre Atlasse gezückt hatten. Sogar Gabriel Nox musterte seinen mit einem finsteren Blick, der Glas hätte zerbrechen können.

Alle Studenten werden daran erinnert, dass gesellschaftliche Veranstaltungen auf Formgebungen beschränkt sind und Partys nur von maximal drei Studenten gleichzeitig gefeiert werden dürfen. Halloween

ist ein heiliger Anlass, der dem Gedenken an die Verstorbenen gewidmet ist. Verbringen Sie Ihren Abend in Respekt denen gegenüber, die wir verloren haben. Kostüme sind strengstens verboten. Jeder Student, der sich verkleidet oder vorgibt, einer anderen Formgebung anzugehören, muss mit schwerwiegenden Konsequenzen rechnen.
Ich wünsche allen einen wundervollen Tag.
Ehre dem von den Sternen auserwählten König!
Rektorin Elaine Nova

Ein paar Studenten sahen in meine Richtung, einige mit hasserfülltem, andere mit ängstlichem, wieder andere mit bewunderndem Blick. Ich verachtete es, Lionels kleiner Prinz zu sein. Ich wünschte, ich könnte mich auflehnen, der Welt sagen, dass ich nichts mit ihm zu tun haben wollte, und alles, wofür er stand, öffentlich ablehnen. Aber das wäre in etwa so, als würde ich mir eine Schlinge um den Hals legen und von einer Brücke springen. Ich wollte nicht sterben. Und immerhin hatte ich ja Sofia und die anderen Ersatzerben, denen ich mich anvertrauen konnte. Aber ich konnte nie vorsichtig genug sein, wem ich meine Meinung mitteilte.

Der Kurs brach in Geplapper aus, und ich löste die Stillekuppel um meine Freunde herum auf.

Professor Nox steckte seinen Atlas in die Gesäßtasche und verschränkte die Arme vor der Brust. »Ruhe!«, sagte er in befehlendem Ton, und alle gehorchten. »Sie haben die Regeln gelesen. Jeglicher Spaß ist heute Abend gestrichen. Der Kurs ist beendet.«

Alle standen auf, und ich warf Hadley einen finsteren Blick zu, während er bereit schien, um sich zu schlagen.

»Es ist unser erstes verdammtes Studienjahr, und wir hatten buchstäblich noch keinen Spaß«, brummte Grayson.

»Capella-Zwillinge, Mr. Altair und Mr. Acrux, bleiben Sie bitte zurück«, sagte Professor Nox streng, und ich musterte mein halb ausgefülltes *Tarot*-Arbeitsblatt auf dem Schreibtisch. *Scheiße.*

Die anderen verließen grummelnd den Raum und beschwerten sich über den riesigen Scheißhaufen, zu dem Halloween gerade verkommen war.

»Das ist doch echt beschissen«, meinte Grayson und trat gegen einen Stuhl. Nox zog eine Augenbraue hoch, und er winselte wie ein Hund.

»Lassen Sie Ihre Wut an den Möbeln anderer aus, Grayson«, warnte Nox und verschränkte die Arme.

»Manchmal bist du echt ein Welpe, Gray«, neckte Athena ihn.

»Soll ich deine Mommy anrufen und ihr sagen, dass du nach Hause willst, um an ihren Zitzen zu nuckeln?«, stichelte Hadley, und Grayson stürzte sich mit gefletschten Zähnen auf ihn. Hadley wich ihm mit seiner Vampirfähigkeit mühelos aus und materialisierte sich plötzlich hinter Athena, die auf ihrem Schreibtisch saß. Er schoss mit entblößten Reißzähnen und vor Aufregung leuchtenden Augen auf sie zu, prallte jedoch gegen ihren undurchdringlichen Luftschild und stolperte fluchend zurück.

»Vergiss es, Hadley«, sagte sie kühl und er knurrte.

Professor Nox schloss die Tür und hüllte uns in eine Stillekuppel, was mir ein Stirnrunzeln entlockte.

»Was ist los?«, fragte ich verwirrt.

»Die Sterne haben mir eine Vision über Sie vier beschert«, sagte er mit einem Grinsen.

Darius hatte mir gesagt, dass ich diesem Typen vertrauen konnte, und ich wusste, dass er ein Freund von Lance war, also war ich mir ziemlich sicher, dass er auf unserer Seite war. Aber es war trotzdem seltsam, wenn ein Lehrer so freundlich war.

»Was haben Sie gesehen?«, fragte Athena und schaukelte aufgeregt mit den Beinen.

»Dass Sie heute Abend auf eine Party gehen werden.« Nox grinste verschwörerisch.

»Fuck! Ja, wo?«, fragte Grayson, der auf ihn zugerannt kam und keinerlei Vertrauensprobleme zu haben schien.

»Kennen Sie Geraldine Grus?«, fragte Nox.

»Die verrückte Arsch-Lady?« Hadley schnaubte, und ich stampfte mit dem Fuß auf.

»Nenn sie nicht so!«, befahl ich, und er hob überrascht die Augenbrauen.

Ich hatte ihnen nicht erzählen können, dass meine Mom nicht wirklich tot war, sondern bei Geraldines Vater Zuflucht gesucht hatte. Es war zu riskant, jemanden davon wissen zu lassen, aber ich würde auf keinen Fall zulassen, dass jemand schlecht über die Familie Grus redete. Sie hatten meine Mom aufgenommen und nicht ein Mal ihre Loyalität infrage gestellt. Dafür schuldete ich ihnen alles. Außerdem wusste ich, was verrückt war, und Geraldine war es sicherlich nicht. Mein Onkel Benjamin war eine andere Geschichte – er hatte den Verstand verloren, nachdem er von meinem Vater aus der Drachen-Gilde verbannt worden war. Angeblich hatte er über zweihundert Goldbarren und dreihundert Beutel Sternenstaub bei einer Partie Minojack verloren. Der Typ war im Laufe der Jahre ein paar Mal bei uns aufgetaucht, hatte zugedröhnt um Vergebung gebettelt und versprochen, meinem Vater die Welt zu Füßen zu legen, wenn er ihm nur ein paar Auren leihen würde.

»Hey, ganz ruhig, Bruder«, sagte Grayson grinsend.

»Geraldine sucht nach Rekruten für eine gute Sache«, erklärte Nox.

»Ich werde nicht Teil ihres verrückten Royalisten-Clubs«, sagte Hadley kühl.

»Das müssen Sie auch nicht. Ihre Sache geht viel tiefer«, erklärte Nox und senkte dann seine Stimme zu einem Flüstern. »Es ist eine Rebellion.«

Mein Herzschlag beschleunigte sich vor Aufregung, während ich meinen Freunden einen Blick zuwarf. »Gegen meinen Vater?«

»Korrekt«, sagte Nox mit schelmisch funkelnden Augen. »Und als Lehrkraft ist es mir strikt untersagt, mich zu beteiligen. Also bin ich natürlich mittendrin und arbeite hart daran, geeignete Rekruten zu finden.«

»Sind unsere Brüder auch involviert?«, fragte Athena.

»Ja«, sagte Nox, und ich schürzte die Lippen, weil ich nicht früher einbezogen worden war. »Sie schmeißen heute Abend eine Party. Gehen Sie um neunzehn Uhr zur Nordtür des Pitball-Stadions und sagen Sie Geraldine, dass Agent Foxy Sie geschickt hat.« Er seufzte, als wir lachten. »Ich habe mir den Namen nicht ausgesucht – das war Geraldine. Ich habe versucht, das Schicksal zu ändern, bevor sie sich dazu entschieden hat, aber sie ist ein sehr stures Mädchen.«

»Verdammt, ja!«, rief Grayson begeistert, und Athena heulte vor Aufregung.

Hadley beobachtete sie mit hungrigem Blick, bevor er zu meiner Seite eilte, und ich schenkte ihm ein spöttisches Lächeln. Wir verließen den Kursraum und teilten uns auf, um in unsere Häuser zurückzukehren. Die M. O. E. S. E. N. waren heute Abend in großer Zahl unterwegs, aber das spornte mich nur noch mehr an, mich später an ihnen vorbeizuschleichen. Ich wollte unbedingt das Gefühl haben, mich meinem Vater zu widersetzen, und das schien mir die bisher beste Gelegenheit zu sein.

Um halb sechs duschte ich, packte meinen Pegobag mit ein paar Klamotten für die Party und legte mich aufgeregt mit einem Handtuch um die Hüfte gewickelt auf mein Bett. Ich hatte meine Haare nach hinten gestylt und etwas schimmerndes Wachs hineingedrückt, das sie glitzern ließ.

Ich verbrachte meine Zeit damit, Pejazzling auf meinem Atlas zu faegeln – immer noch beschämt wie Sau über das, was gestern passiert war. Aber ich wollte nicht aufgeben. Ich wollte den bestaussehendsten Schwanz in der Herde haben, ich musste nur herausfinden, wie ich das anstellen sollte …

Ich öffnete einen Link zu den zehn heißesten Pejazzles des Jahres und meine Augenbrauen hoben sich, als ich zu Nummer acht scrollte. Anstatt mit Edelsteinen hatte der Typ seinen Schwanz mit Kristallen gepierct, und es sah verdammt geil aus.

Oben auf dem Bildschirm ploppte eine Nachricht auf, und mein Herz schlug schneller.

Sofia:
Ich bin ein bisschen betrunken.
Halloween ist mein Lieblingsfeiertag.
Ich bin gerade nackt.

Ich setzte mich sofort aufrecht hin und tippte meine Antwort ein. Zwei Wahrheiten und eine Lüge war unser Spiel, und obwohl ich mir wünschte, dass die dritte Option zutraf, glaubte ich nicht, dass ich so viel Glück hatte.

Xavier:
Der dritte Satz ist gelogen ...

Sofia:
Stimmt. Bist du enttäuscht?

Mein Schwanz zuckte bei ihren Worten, und ich lutschte an meiner Unterlippe, während ich versuchte, zu antworten. In dem Moment klatschte etwas gegen mein Fenster, gefolgt von einem Stöhnen.

»Was zum Teufel?« Ich sprang auf und sah Hadley draußen am Rahmen hängen.

»Ich hatte zu viel Schwung. Lass mich rein!«, rief er und rieb seine Nase. Prustend vor Lachen öffnete ich das Fenster.

Er fiel in einem gestärkten weißen Hemd und schicker Hose in mein Zimmer, seine dunklen Haare hatte er zurückgegelt. Er ähnelte heute Abend seinem Bruder Caleb noch mehr und alles an ihm triefte nur so vor Selbstgefälligkeit.

»Warum bist du nackt, Alter? Zieh dich an!«

»Ich werde fliegen.« Ich zeigte auf meinen Pegobag, aber Hadley runzelte die Stirn und schnappte sich die Tasche.

»Nein. Du musst heute Abend heiß aussehen.« Er schüttelte Jeans und T-Shirt aus der Tasche, schnalzte mit der Zunge und ging an mir vorbei zu meinem Kleiderschrank.

»Äh, warum?«, fragte ich verwirrt, während er meine Sachen durchwühlte und ein schwarzes Hemd und eine schicke Hose herausholte, die er mir zuwarf.

»Weil du deine Jungfräulichkeit verlieren musst«, sagte er grinsend, und ich runzelte die Stirn.

»Wer sagt, dass ich noch nicht …«

»Jeder«, entgegnete er trocken. »Wirklich jeder sagt, dass du noch Jungfrau bist, also solltest du das ändern. Und zwar sofort.«

Ich antwortete nicht, während mir die Hitze in den Nacken stieg und ich an den Kleidungsstücken zupfte, die er für mich ausgesucht hatte.

»Ja, damit sollte es klappen.« Er klopfte mir auf die Schulter. »Jetzt steig auf meinen Rücken, ich bin heute Abend dein Taxi, Süßer.«

Ich wieherte vor Lachen. »Du bist ein Arschloch.«

»Ja, aber Arschlöcher werden flachgelegt«, gab er zu bedenken, drehte sich um und tätschelte seine Schulter. »Komm schon, spring auf!«

»Es gibt nur ein Mädchen, das ich will, Mann«, murmelte ich, und er seufzte.

»Ich weiß, ich weiß, aber Sofia ist vergeben. Und wenn du sie dir angeln willst, dann solltest du sie auch im Bett beeindrucken können, oder?«

»Na ja, ja, aber …«

»Kein Aber, du musst so viele Mädchen wie möglich ficken, um zu üben«, sagte er ungezwungen, und ich musterte ihn skeptisch. »Dann kannst du deinen Charme spielen lassen, ihr deinen magischen Schwanz zeigen und bäm, sie gehört dir, solange du sie willst.«

»Ich will sie nicht nur ficken. Ich will, dass sie *mein* ist«, knurrte ich, und er warf mir einen spöttischen Blick zu.

»Im Ernst? Du möchtest dich auf dieses Mädchen festlegen, obwohl du noch keine andere Fae gevögelt hast?«, fragte er.

»Du hörst dich schon an wie Grayson«, sagte ich.

»Graysons Rudel von schwanzlutschenden Kötern interessiert mich nicht«, spottete er. »Ich mag Mädchen, die eine Herausforderung darstellen. Aber wenn ich sie erst einmal gefickt habe, ist es Zeit, sich neue Beute zu suchen. Vielleicht bist du ja auch so? Wenn du Sofia erst einmal flachgelegt hast und sie dich so lange gefickt hat, bis du Glitzer geschissen hast, wirst du über sie hinwegkommen.«

»So ist das mit ihr nicht«, sagte ich, und in meinem Ton lag ein Knurren, das fast schon an einen Drachen erinnerte.

»Woher willst du das wissen?« Er zog eine Augenbraue hoch, und verdammt, darauf hatte ich keine verdammte Antwort. »Siehst du? Du bist ein Alpha, es liegt dir im Blut, so wie mir. Aber im Schlafzimmer wirst du ein Omega sein, wenn du nicht mehrere Male zum Schuss kommst. Und das am besten, bevor du es bei einem Mädchen versuchst, das du wirklich magst.«

Vielleicht hatte er recht. Aber ich konnte mir auch nicht vorstellen, ein anderes Mädchen zu wollen. Sofia hatte einfach etwas an sich. Und immer, wenn ich sie in Tylers Armen sah, wollte ich ihn unter mich zwingen und sie ihm wegnehmen. Sie dazu bringen, mich zu wollen. Aber was, wenn Hadley recht hatte? Was, wenn ich tatsächlich zum Zug käme, aber keine Ahnung hätte, was ich mit ihrem Körper machen sollte? *Fuck, ich könnte alles vermasseln. Was, wenn ich ihn versehentlich in ihren Hintern stecke?*

»Lass uns einfach gehen«, murmelte ich und kletterte auf seinen Rücken.

»Ich werde mit Höchstgeschwindigkeit rennen«, warnte Hadley, bevor er aus dem Fenster kletterte und sich auf den kleinen Vorsprung stellte. Der drei Stockwerke tiefe Abgrund machte mich ein bisschen nervös, aber ich war mittlerweile an Höhen mehr als gewöhnt. »Bereit?«

»Bereit«, sagte ich mit einem Grinsen, dann sprang er los. Im freien Fall lockerte er die Erde unter uns, um seinen Sturz abzufedern, und rannte dann über den Campus.

Die Welt verschwamm um mich herum, und ich lachte, als das Adrenalin durch meine Adern schoss. Es war der *Wahnsinn*.

Ein Kribbeln durchfuhr mich, bevor er auf der Nordseite des Pitball-Stadions zum Stehen kam, einen Hügel hinunterstolperte und zusammen mit mir in den Schlamm krachte. Ich wieherte, als er sich aufrappelte und sich entsetzt ansah.

»*Fuck*«, zischte er.

»Schon gut, ich kümmere mich darum.« Ich sprang auf und ging auf ihn zu. »Ich habe diese Woche einen Reinigungszauber gelernt.« Ich streckte die Hand aus und machte mich daran, den Schlamm von seiner Kleidung zu entfernen. Seine Augen weiteten sich hoffnungsvoll. »Wen willst du beeindrucken?«, stichelte ich, als er seine Haare richtete und seine Muskeln anspannte.

»Niemanden. Aber wir werden nicht zum Schuss kommen, wenn wir beschissen aussehen«, knurrte er wütend. Sein hitziges Gemüt entlud sich täglich öfter, als ich zählen konnte, aber ich hatte mein ganzes Leben unter dem Dach des zornigsten Drachen von Solaria verbracht, also konnte ich damit umgehen.

»Richtig, deshalb siehst du auch so aus, als würdest du gleich jemandem den Hals umdrehen«, kommentierte ich mit einem schiefen Grinsen, und er zuckte mit den Schultern, sein finsterer Blick blieb unverändert.

Sobald wir vom Schlamm befreit waren, gingen wir zu der Metalltür, die in die hohe Stadionmauer eingelassen war. Ich klopfte mit den Knöcheln dagegen, und mein Herz hämmerte in meiner Brust, während wir auf eine Antwort warteten.

Schließlich öffnete sich in der Mitte ein Schlitz und zwei helle Augen schauten heraus. »Nennt eure Namen!«, rief Geraldine.

»Xavier Acrux«, sagte ich.

»Hadley Altair.«

»Ihr steht nicht auf der Liste, verschwindet, ihr Barbaren!«, zischte sie.

»Agent Foxy schickt uns«, sagte ich schnell, und ihre Augen wurden schmal.

Schließlich trat sie zurück und ließ ihre Finger durch den Schlitz gleiten. Ein Zauber traf mich in der Brust, genau wie Hadley, und wir wurden einen Schritt zurückgeworfen. Ein Schauer durchfuhr mich, und ich fröstelte.

»Was war das?«, fragte ich.

»Ein Zauber, der jede Illusion enthüllen würde, mit der ihr euch belegt haben könntet«, erklärte Geraldine. »Ihr habt den Test bestanden. Kommt rein!« Die Tür flog auf, und vor uns stand Geraldine. Eine Spitzenmaske bedeckte die obere Hälfte ihres Gesichts, und ihr wallendes kaugummirosafarbenes Kleid schmiegte sich an ihren Körper. »Oh, mein lieber Xavier!« Sie zog mich in eine feste Umarmung und drückte mich an sich. »Ich bin überglücklich, dass du dich uns endlich angeschlossen hast.«

»Danke«, sagte ich, als sie mich losließ, und schenkte ihr ein strahlendes Lächeln. Später würde ich sie unter vier Augen fragen, wie es meiner Mom ging, aber im Moment konnte ich nicht riskieren, etwas zu sagen.

Hadley zog die Tür hinter uns zu, und ich spähte in den langen Korridor, doch ich hörte nichts als Stille. Wo zum Teufel waren alle?

»Ihr seid die Letzten«, sagte Geraldine, trat vor und legte einen Zauber auf die Tür, der sie, wie ich vermutete, verriegeln sollte. »Ihr werdet die hier brauchen.« Sie zog ein paar Masken aus ihrem Dekolleté und verteilte sie. »Es betrübt mich ungemein, dass wir uns nicht alle in unseren abenteuerlichsten Kostümen verkleiden können. Aber der A. N. U. S.-Ausschuss war sich einig, dass es das Risiko nicht wert ist, heute Abend auf dem Campus in unseren Rüschenröcken erwischt zu werden.« Sie seufzte schwer. »Unsere Identitäten müssen verborgen bleiben, zum Schutz eines jeden Einzelnen. Also setzen wir unsere Masken auf und pfeifen auf den großen Mann, solange wir hier sind.«

»Ja, scheiß auf meinen Vater!«, sagte ich grinsend, während ich meine

Maske aufsetzte.

»All dieser Widerstand bringt meine feuchte Fiona auf Touren«, rief Geraldine aus, während sie uns durch dunkle Korridore führte, bevor sie durch eine Tür in ein Treppenhaus trat und uns ein paar Stockwerke nach unten brachte.

»Wie hast du es ins Pitball-Team geschafft, Geraldine?«, fragte Hadley. »Ich möchte es im nächsten Semester versuchen.«

»Du benötigst das Herz eines Löwen und die Eier eines Stiers, junger Altair«, sagte sie ernst und hob ihr Kinn, während Stolz in ihren Augen aufblitzte.

»Check und check«, sagte er grinsend, und ich verdrehte die Augen.

Wir traten durch eine weitere Tür, und mein Herz machte einen Sprung, als Geraldine uns in eine Stillekuppel treten ließ. Partylärm explodierte in meinen Ohren. Wir befanden uns in einem riesigen unterirdischen Raum, der so groß war wie das Pitball-Spielfeld, unter dem wir uns gerade zu befinden schienen. Erdmagie hatte den Raum zu einem Dschungel verwandelt, mit Moos und Ranken, die das Dach und den Boden bedeckten, und Bäumen, die mit kunstvollen Holzhockern umgeben waren.

Vor der Tanzfläche spielte eine Band, und an einer Seite befand sich eine lange Bar, in der sich die Alkoholvorräte türmten.

»Wow«, hauchte ich.

»Bis später, Jungs, ich schwinge mich jetzt auf die Tanzfläche.« Geraldine verschwand, gesellte sich zu Max Rigel und bewegte ihre Hüften, um ein Mädchen, das eng neben ihm tanzte, zur Seite zu schubsen. Die anderen Erben und, wie ich vermutete, Darcy, drängten sich hinter ihnen, tranken Shots und hüpften wild im Takt. Ich identifizierte die Erben nur, weil ich sie so gut kannte, aber sie hatten alle ihre Frisuren verändert und ihre Erscheinung verschleiert, um nicht aufzufallen.

»Das ist verdammt geil«, knurrte Hadley.

Plötzlich fiel mein Blick auf Sofia, die ein pastellblaues Kleid trug, ihr blonder Pixie-Cut war mit Glitzer überzogen. Ich wusste, dass sie es war, denn ich spürte eine tiefe Verbindung in meiner Brust, als ich sie erblickte. Sie stand mit einer Gruppe Mädchen an der Bar, und Tyler war ausnahmsweise nicht in Sicht. *Sie ist hier. Und sie sieht einfach traumhaft aus.*

»Ich werde Sofia begrüßen«, sagte ich zu Hadley, der gerade selbst jemanden entdeckt zu haben schien und die Stirn in Falten legte.

Ich erkannte Athena, die auf einem der Baumstumpf-Hocker neben dem nächstgelegenen Baum saß und ein schwarzes Kleid trug, das an einem

Oberschenkel aufgeschnitten war. Hadleys Freund Trent saß ohne Maske neben ihr, seine Hand auf ihrem Knie, und Grayson stand hinter ihnen und redete angeregt, während seine Weibchen bei jedem seiner Worte seufzten oder lachten.

»Alles klar?« Ich stieß Hadley an, und er grunzte.

»Bis gleich«, murmelte er, stürmte los, ließ sich neben Athena auf den Baumstumpffallen und straffte die Schulter. Wenn ich nicht völlig daneben lag, würde ich sagen, er war eifersüchtig. Oder vielleicht war es auch nur eine Blutsache. Er wollte unbedingt seine Zähne in Athena versenken, und Trent wahrscheinlich auch. Ich würde die Vampire nie verstehen. Allein der Gedanke, Blut zu trinken, machte mich krank. Mir waren glitzernde Regenbogenwolken tausendmal lieber.

Ich lief durch den Dschungel in Richtung Sofia, und mein Puls hämmerte gegen meine Trommelfelle. Hadleys Rat verfolgte mich auf Schritt und Tritt. Ich sollte mich auf ein paar Mädchen einlassen, nur damit ich nicht vollkommen unerfahren war, wenn es darum ging, Sofia zu erobern. Aber als ich näher an sie herankam, sah ich niemanden sonst. Wie sollte ich ein anderes Mädchen ficken, wenn es sich so anfühlte, als würde Sofia schon jeden Teil von mir besitzen? Ich wusste, dass es verdammt verrückt war. Aber ich bekam sie einfach nicht aus meinem Kopf. Sie war mein Glücksstern. Und vielleicht würde sie über die Tatsache hinwegkommen, dass ich nicht wie die anderen Jungs war, mit denen sie zusammen gewesen war, sobald ich den Titel des Doms stahl und den Rest der Herde unter meinen Hufen zermalmte.

Ich ging direkt auf sie zu, bevor ich es mir anders überlegen konnte, legte meine Hand auf die Bar und sah zu ihr hinunter, während die anderen Mädchen sich um mich herum zurückzogen.

»Hey«, sagte ich, und mein Blick fiel auf ihre Lippen, die sich überrascht öffneten.

»Xavier«, keuchte sie. »Du bist hier.«

»Ich schätze, ich bin jetzt Teil des Clubs«, sagte ich mit einem Grinsen, das Hadley würdig gewesen wäre. Ja, auch ich konnte die Rolle des coolen Kerls spielen. Obwohl ein oder zwei Drinks definitiv geholfen hätten.

»Ich schätze, das bist du.« Sie grinste.

Die anderen Mädchen kicherten, und ich erkannte Liselle, die verärgert mit dem Fuß aufstampfte, während sie versuchte, meinen Blick einzufangen. »Möchtest du einen Shot?«, fragte ich Sofia, die anderen ignorierend, denn meine ganze Welt drehte sich nur um diese Schönheit vor mir. Sie klimperte mit den Wimpern, die mit pinkfarbenem Glitzer verziert waren, und nickte.

Ich nahm mir eine Flasche Tequila und zwei hölzerne Schnapsgläser von einem Regal im hinteren Teil der Bar. Offenbar war Selbstbedienung angesagt, also würde ich mir so viel Alkohol nehmen, wie nötig war, um meine Nerven zu beruhigen.

Ich schenkte uns beiden ein, und wir leerten die Shots in einem Zug. Ich genehmigte mir noch zwei weitere, bevor ich mich allmählich entspannte, und ich lauschte der Rockmusik der Band, während ich einen Schritt auf Sofia zumachte.

»Ist Tyler nicht Mitglied des Clubs?«, fragte ich und legte meine Hand auf ihre Hüfte, woraufhin sie sich sofort an mich schmiegte. *Fuck, ja!*

»Doch, aber er ist vorhin mit Dylan und Brutus losgezogen«, sagte sie mit einem herausfordernden Lächeln.

Ich nickte langsam und kämpfte gegen den Drang an, mich nach ihm umzusehen. Wenn Tyler sauer wurde, weil ich mich wieder an sein Mädchen rangemacht hatte, würde er mich bekämpfen müssen. Denn mein Instinkt kochte, und ich würde nicht ignorieren, wie er mich zu ihr trieb. Als angehender Dom musste sie mein Interesse ernst nehmen; so war das bei den Stuten. Aber technisch gesehen hatte ich Tyler bisher nicht offiziell herausgefordert. Ich hatte mich erst in die Herde einfügen und sichergehen wollen, dass ich mir nichts vormachte. Aber ich glaubte nicht, dass es jetzt noch einen Sinn hatte, darauf zu warten. Ich würde alles tun, um sie zu erobern. Und mehr noch, ich wollte die Herde anführen. Das lag mir im Blut.

»Tanz mit mir!«, befahl ich ihr geradezu, ergriff ihre Hand, als sie nickte, und zog sie auf die Tanzfläche.

Wir bewegten uns durch die Menge, und sie schlang ihre Arme um meinen Hals, während ich sie näher zu mir zog und ihren Körper an meinen presste. Meinem Schwanz gefiel das ausgesprochen gut, und ich lächelte verschmitzt, als wir uns im Takt bewegten. Anmut war wohl schon immer in meiner Natur gewesen, und da ich jahrelang mit meiner Familie auf langweiligen Bällen gewesen war, wusste ich, wie man tanzte. Und Sofia auch.

Ihre Fingernägel glitten auf verführerische Weise über meinen Nacken, und meine Stirn sank auf ihre, während ihre Kurven sich an meine Muskeln schmiegten. Es fühlte sich so verdammt richtig an, dass ich sie am liebsten laut als mein deklariert hätte. Aber ich wusste, dass ich das nicht tun konnte, ohne Tyler vorher zu besiegen.

»Du hast meine Frage vorhin nicht beantwortet, Phillip«, frotzelte sie, indem sie den Namen benutzte, den Darius mir gegeben hatte, bevor sie über Monate hinweg mit mir geschrieben hatte.

Sie war ein Rettungsanker in meiner Einsamkeit gewesen. Der einzige Hoffnungsschimmer in einem Meer der Dunkelheit. Ich hatte nichts über meine Formgebung gewusst und mich nur verwandelt, wenn ich lange genug allein gewesen war. Geflogen war ich nie. Sie hatte mir alles über das Pegasus-Sein erzählt und mich dazu gebracht, meine Identität anzuerkennen und wertzuschätzen. Oh, wie ich mich gesehnt hatte, meine Fesseln zu sprengen und mich ihr am Himmel anzuschließen. Mein Wunsch war endlich wahr geworden. Und es war besser, als ich es mir je erträumt hatte.

»Was meinst du?«, fragte ich, während ich ihre Gesichtszüge von den geschwungenen Lippen bis zu den großen blauen Augen verfolgte. Sie war so zierlich und verdammt perfekt.

Sie senkte ihre Wimpern, wodurch ihre Augen einen Glitzerrahmen zu bekommen schienen, und lächelte. Auf Zehenspitzen stehend, flüsterte sie mir ins Ohr, und ihr Atem auf meiner Haut ließ mich erschauern. »Warst du enttäuscht, dass ich nicht nackt war, als ich dir geschrieben habe?«

Meine Kehle wurde eng, als ich den Kopf drehte und meine Lippen ihre nach Zuckerwatte duftende Haut berührten. »Nein«, gab ich zu. »Ich dachte, du wärst vielleicht mit *ihm* zusammen.«

Sie schob ihre Finger in meine Haare und wölbte ihren Körper gegen meinen, wodurch ihre Brüste an meinen Oberkörper gedrückt wurden. Ich wurde augenblicklich steinhart. *Fuck.*

»Und was, wenn ich mit dir nackt sein wollte?«, flüsterte sie.

Ich war erledigt. Mein Schwanz machte sich bemerkbar und sie lehnte sich mit einem kleinen Keuchen der Erregung zurück, während sie ihren Blick in meinen bohrte.

»Möchtest du irgendwo hingehen, wo es ruhiger ist?«, fragte sie, und ich nickte, weil ich das definitiv wollte. *Aber ... fuck, ich weiß nicht, was ich tue.*

Als sie meine Hand packte und mich von der Tanzfläche zog, fiel mein Blick auf ihren Arsch in diesem engen Kleid, und ich hätte mir fast in die Knöchel gebissen. Sie sah so lecker aus, dass ich Hadleys Geschmack vielleicht doch nachvollziehen konnte – denn im Moment wollte ich nichts anderes, als mich auf dieses Mädchen zu stürzen und sie zu probieren.

Wir schlüpften durch eine Seitentür in ein Treppenhaus und Sofia drückte ihren Rücken an die Wand und zog mich an der Hand mit sich. Ich beobachtete sie mit heftigem Verlangen, während ich mir jeden Zentimeter ihres heutigen Aussehens einprägte, und sie biss sich erwartungsvoll auf die Lippe.

Ich legte eine Hand an die Wand über ihrem Kopf und streichelte mit der anderen Hand ihr Kinn, während ich ihre Lippen in Richtung meiner eigenen lenkte. Ich hatte zwar noch nie mit einem Mädchen geschlafen, aber ich wusste, wie man küsste. Ich hatte schon mit Mädchen an meiner alten Schule rumgemacht, bevor Vater mich zu Hause behalten hatte, nachdem meine Formgebung aufgetaucht war.

Ihr Atem stockte und die Luft zwischen uns schien zu knistern. »Du bist das schönste Geschöpf, das ich je gesehen habe«, knurrte ich, und sie griff nach meinem Hemd. »Und du hast mir Hoffnung gegeben, als ich keine Zukunft gesehen habe. Ich habe jede Nacht davon geträumt, dich kennenzulernen, Sofia. Und diese Träume waren nicht annähernd so schön wie die Realität. Du bist mein Sonnenschein in der Dunkelheit.«

Sie zog mich näher zu sich heran, aber das war gar nicht nötig, denn ich bewegte mich bereits, drückte sie an die Wand und presste meine Lippen auf ihre. Ihr Mund öffnete sich für mich, und ich schob meine Zunge hinein, um sie zu schmecken. Ihre Zunge traf hungrig auf meine, während wir einander verschlangen.

Mein Ständer drückte gegen ihren Oberschenkel, und sie griff zwischen uns, rieb ihre Handfläche darüber und brachte mich dazu, vor Verlangen zu stöhnen. Ich wollte sie auch berühren, aber ich hatte Angst, es zu versauen. Was, wenn sie erkannte, wie unerfahren ich war? Aber wenn ich sie nicht berührte, was würde sie dann denken?

Ich konzentrierte mich darauf, sie zu küssen, bis sie keuchte, und ich war mir sicher, gleich in meiner Hose zu kommen, als ihre Finger meinen Schwanz umschlossen und streichelten. Mir wurde schwindelig vor Lust, aber ich brauchte mehr.

Ich griff nach unten, um ihren Oberschenkel über meine Hüfte zu ziehen, und sie seufzte meinen Namen. Es war das schönste Geräusch, das ich je gehört hatte.

»Gefällt dir das, Baby?« Tylers Stimme durchbrach den Nebel in meinem Kopf. Ich zuckte überrascht zusammen, löste meine Lippen von Sofias und wirbelte herum, um sie vor ihm abzuschirmen. Wütend stampfte ich mit dem Fuß auf.

»Bei den Sternen, Tyler, wie lange stehst du schon da?«, fragte Sofia, ohne sich im Geringsten daran zu stören, dass er sie gerade mit der Zunge im Mund eines anderen erwischt hatte.

Sie trat an meine Seite, strich ihren Rock glatt und verschränkte völlig ungerührt die Arme vor der Brust.

»Lange genug, um zu erkennen, dass unser Xavier noch Jungfrau ist«, erklärte Tyler mit einem boshaften Grinsen, und ich wieherte wütend. »Ich hatte schon länger den Verdacht, aber jetzt bin ich mir sicher.«

»Verpiss dich!«, fauchte ich.

»Ist doch keine große Sache«, beschwichtigte Tyler. »Es macht dir doch nichts aus, oder, Baby?« Er wandte sich an Sofia, und mir wurde heiß. Ich konnte sie nicht ansehen, es abstreiten oder etwas anderes tun, als einfach nur dazustehen und mich unbehaglich zu fühlen.

»Warum sollte es mir etwas ausmachen?«, antwortete sie, und mein Herz schlug wie wild angesichts der Überzeugung in ihren Worten.

Tyler baute sich vor ihr auf und zog Sofia an der Hüfte zu sich heran. »Ich schätze, das bedeutet, dass ich dich wieder für mich gewinnen muss, was?«

Sie nickte, ein Lächeln umspielte ihre Lippen. »Tut mir leid, Babe, Xavier ist einfach so …« Sie sah mich auf eine Weise an, die mein Inneres zum Zucken brachte, und es fühlte sich so verdammt gut an. »Und wir haben eine Verbindung.«

»Ich weiß«, schnurrte er, strich eine Haarsträhne hinter ihr Ohr und warf mir einen vernichtenden Blick zu. »Bis zu einem gewissen Grad macht es ja auch Spaß, die schwächeren Hengste zu besiegen.« Er senkte den Kopf und küsste sie leidenschaftlich, und ein wütendes Wiehern stieg in meiner Kehle auf, das ich nicht herausließ.

Sie stöhnte, als sie sich ihm entgegen wölbte, genau wie sie es bei mir getan hatte, und ich wurde noch härter. Mir war schleierhaft, warum, aber sie zusammen zu beobachten machte mich genauso geil wie wütend. Ich stieß Tyler von ihr weg, als ich es keine Sekunde länger aushielt, drehte Sofia zu mir um und zog sie für einen weiteren innigen Kuss zu mir. Ich konnte Tyler auf ihrem Mund schmecken, grunzte wütend, küsste sie härter und quetschte ihre Lippen. Tyler drängte sich dicht hinter sie, zog heftig an ihren Haaren, um uns voneinander zu lösen, und drehte ihren Kopf, damit sie ihn aufs Neue küssten konnte, während er mich herausfordernd anfunkelte. Eine Herausforderung, der ich mich nur zu gern stellte.

Er schob seine Hand über ihr Kleid und drückte ihre Brust. Mein Atem stockte, als sie aufstöhnte. Sofia griff nach meiner Hand, legte sie auf ihre andere Brust und mein Herz hämmerte wie verrückt. Ich war vollkommen überfordert, aber ich würde nicht weggehen. Keine Macht der Welt konnte mich dazu bringen. *Vermassle es einfach nicht!*

Ich musste Tyler übertreffen, das war das Einzige, woran ich denken konnte. Also schob ich ihr Kleid nach unten, befreite ihre Brust aus dem glitzernden BH und senkte meinen Kopf, um ihre Brustwarze zwischen meine Lippen zu nehmen und daran zu saugen. Sie schrie auf, krallte ihre Finger in meine Haare und zog fest daran. Erregung durchströmte mich. Ich hatte es nicht vermasselt. Es gefiel ihr. Es gefiel ihr tatsächlich!

Plötzlich stieß Tyler meinen Kopf weg, und ich richtete mich wutentbrannt auf. Sofia lehnte sich an seine Brust, während er seinen Arm besitzergreifend um sie legte.

»Ist das eine offizielle Herausforderung, Xavier?« Er kniff die Augen zusammen, und ich hob mein Kinn.

»Ja«, sagte ich, ohne Zweifel in meiner Stimme. »Das ist es.«

Sein Blick verdunkelte sich, und er nickte, während sich seine Miene mit Akzeptanz füllte. »Okay …« Er schmiegte sich an Sofias Hals, ließ seine Zähne über ihre Haut gleiten und brachte sie in seinen Armen zum Zittern. »Ich frage mich, ob die Jungfrau das mit dir machen kann, Baby.« Er ließ seine Hand erneut über ihren Körper gleiten, zog ihren Rock hoch, um ihr glitzerndes rosafarbenes Höschen zu enthüllen, und schob seine Finger hinein. Ich schluckte den rasiermesserscharfen Kloß in meinem Hals hinunter, während ich zusah, unsicher, was zum Teufel ich tun sollte, als er anfing, seine Hand zu bewegen. Sofia keuchte vor Vergnügen und ließ ihren Kopf gegen seine Schulter fallen.

Tyler starrte mich herausfordernd an, und ich kämpfte gegen den Drang an, meinen Schwanz durch meine Hose zusammenzudrücken, um den Druck, der sich in mir aufbaute, zu lindern. Das war so heiß und so frustrierend zugleich. Und ich war zwar noch Jungfrau, aber ich lernte auch schnell, also verdammt, ich würde hier nicht einfach nur herumstehen.

Sofias Augen weiteten sich hoffnungsvoll, als ich die Distanz zwischen uns überbrückte und meine Stirn über ihrer Schulter hinweg gegen Tylers drückte. Ich schob meine Hand in ihr Höschen, folgte dem Verlauf seiner Finger und traf auf ihre feuchte Mitte. *Bei den verdammten Sternen!*

Meine Finger glitten zwischen seine und ich schob zwei in sie, um mich Tylers anzuschließen. Sie stieß ein wimmerndes Wiehern aus. Ich grinste, lernte aus den Bewegungen von Tylers Hand und passte mich seinem Rhythmus an, während sie zwischen uns keuchte und nach Luft rang. Er drückte seine Stirn fest gegen meine, aber ich gab keinen Zentimeter nach und zwang ihn genauso hart zurück, während wir stur den Blick des jeweils anderen festhielten.

Mein Atem ging schwerer, weil ich selbst dringend Erleichterung brauchte, und Sofias Stöhnen ließ mich danach verlangen, sie zu nehmen.

»Komm für mich, Baby!«, forderte Tyler, drückte seinen Kopf gegen meinen, aber ich antwortete mit ebenso viel Kraft, sodass wir alle ein paar Schritte in seine Richtung stolperten.

»Komm für *mich*, Sofia!«, knurrte ich, und sie griff mit einer Hand nach meiner Brust, während sie mit der anderen Tylers Nacken umfasste.

»Bei den Sternen!«, keuchte sie.

Ihre Pussy zog sich um unsere Finger zusammen, und sie stöhnte laut auf, als sie kam. Mein Blick fiel auf ihr Gesicht und ich versank in ihren lusterfüllten Augen und bemerkte, dass ihre Haut tatsächlich funkelte. Fuck, war sie wunderschön.

Ich küsste sie, schmeckte ihre Hitze und ihre Haut, bevor ich meine Hand aus ihrem Höschen nahm, kurz bevor Tyler es tat. Sie keuchte zwischen uns, hielt uns beide fest und ich konzentrierte mich auf sie anstatt auf den Trottel hinter ihr.

»Herausforderung angenommen«, warnte Tyler, bevor er sie von mir wegzog. Mit einem leisen Lachen rückte sie ihren Rock zurecht.

»Warte!« Sie zog ihre Hand aus seiner, rannte zurück zu mir und presste ihren Mund auf meinen. Ich grinste gegen ihre Lippen, bevor ich sie langsam und innig küsste, um den Moment hinauszuzögern.

Tyler zerrte sie mit sich, woraufhin sie traurig schmollte. Ihre Hand hielt die meine, bevor er sie in Richtung Ausgang zog.

»Bis bald«, rief sie mir zu, biss sich auf die Lippe und Tyler schob sie zur Tür hinaus, bevor ich ihr folgen konnte.

Ich seufzte, betrachtete meine steinharte Länge und setzte mich schließlich auf die Treppe, um ihn loszuwerden, bevor ich wieder zur Party ging.

Mildreds haariger Rücken, Mildreds haariger Rücken, Mildreds haariger Rücken.

Ein Hochgefühl durchströmte mich. Mir wurde klar, dass ich nicht annähernd so sauer auf Tyler war, wie ich es hätte sein sollen. Etwas an dieser Herausforderung fühlte sich richtig und natürlich an. Und ich genoss die Vorstellung, ihn zu besiegen und sie offiziell und vor Augen der ganzen Herde als mein zu erobern.

Mein Ständer war extrem störrisch, vor allem, weil ich nicht aufhören konnte, in Gedanken immer wieder durchzuspielen, was wir gerade getan hatten. Ich hatte das Gefühl, ein Prozent weniger Jungfrau zu sein, was sehr traurig und gleichzeitig echt geil war.

Plötzlich flog die Tür auf, und Athena rauschte hindurch, bevor Hadley ihr nachsetzte und ihr Handgelenk packte, um sie zu sich umzudrehen.

»Was ist dein Problem?«, verlangte sie und riss sich von ihm los, während sie ihn böse anfunkelte.

»Er hat dich betatscht«, zischte Hadley.

»Na und? Was geht dich das an?«, fragte sie ungläubig.

»Er ist ein Vampir. Er versucht, dich als seine Quelle zu beanspruchen«, knurrte er. »Und das werde ich nicht zulassen. Wenn du jemandes Quelle sein wirst, dann *meine*.«

Sie kniff die Augen zusammen und wurde unheimlich still – so, wie sie es immer tat, wenn sie im Begriff war, ein bisschen unheimlich zu werden. Ich beschloss, dass es eine gute Idee war, hier im Schatten zu bleiben.

»Ich bin niemandes Quelle«, sagte sie mit gleichbleibender Stimme. »Ich bin keine Blutkonserve, über die du geifern kannst. Wir sind doch Freunde.«

Hadley trat von einem Fuß auf den anderen. Er wirkte aufgewühlt. »Du verstehst das nicht«, knurrte er.

»Dann erkläre es mir, Had, denn du bist nur eine Sekunde davon entfernt, für immer von mir verstoßen zu werden. Ich habe das alles so satt«, sagte sie ruhig, mit einem tödlichen Funkeln in ihren Augen.

»Ich muss dich schmecken. Nur einmal, Athena. Dann kann ich dich vielleicht aus meinem Kopf verbannen. Bitte. Ich tue alles, was du willst, als Gegenleistung«, flehte er und klang dabei völlig anders als sonst.

Sie musterte ihn mit zusammengekniffenen Augen. »Du tust alles, was ich will?«, fragte sie neugierig.

»Alles«, schwor er und trat näher an sie heran, als hätte er bereits gewonnen, aber sie drückte eine Hand auf seine Brust, um ihn zurückzuhalten, während sie überlegte, was sie als Nächstes sagen sollte.

»Du wirst eine Woche lang mein Sklave sein«, entschied sie mit einem spielerischen Lächeln. »Du wirst alles tun, was ich sage, meinen Mist tragen und alles holen, was ich mir wünsche.«

Hadley erstarrte und knurrte leise, dann stürzte er sich auf sie und prallte an dem dichten Luftschild ab, den sie errichtet hatte. Die Stille wurde immer drückender, und sie sah aus, als würde sie gleich weggehen und ihn für immer verlassen. Der Gedanke gefiel mir nicht. Ich liebte die Gruppe, die wir gebildet hatten.

»Na schön«, zischte Hadley schließlich. »Ich mache es. Aber du musst mich dich beißen lassen, wo ich will, sooft ich will. Genau hier, genau jetzt. Du gehörst mir, Athena.«

»Für fünf Minuten«, seufzte sie.

»Zehn«, knurrte er.

»Vier«, konterte sie mit einem Grinsen.

»Okay, fünf«, knurrte er und ging mit zu Fäusten geballten Händen auf und ab. »Lass deinen Schild fallen!«

Sie wirkte kurzzeitig nervös, holte tief Luft und schnippte dann mit den

Fingern, um den Zauber aufzulösen. Er stürzte sich auf sie, packte eine Handvoll ihrer dunkellila gesträhnten Haare und zog ihren Kopf zur Seite, um seine Reißzähne in ihre Kehle zu bohren. Sie keuchte auf, und er stöhnte, als würde er den besten Rausch seines Lebens erleben. Er hielt sie in seinen Armen, sodass sie ihm völlig ausgeliefert war.

Er knurrte wie eine Bestie, während er von ihr trank, und sie schloss die Augen. Einen Moment lang glaubte ich, sie könnte ohnmächtig werden, und ich hätte mich fast aufgerichtet, aber dann stieß sie ein hauchzartes Stöhnen aus, das alles veränderte.

Hadley lachte leise und geistesabwesend und drückte sie fester an sich. Dann zog er seine Reißzähne aus ihrer Kehle, ließ seinen Mund auf ihre Brüste sinken und trank erneut. Sie packte ihn an den Haaren, als er sie gegen die Wand drückte, und als er fertig war, kniete er sich hin, warf ihr Bein über seine Schulter und bohrte seine Reißzähne in ihren Innenschenkel. Ich wusste nicht, was ich tun sollte, also saß ich einfach da und hoffte, dass Hadley nicht auf meinen Herzschlag achtete. Aber ich nahm an, dass er gerade auf Wolke sieben schwebte und zu abgelenkt war, um mich zu bemerken.

»Verdammt, Hadley!«, knurrte Athena und lehnte ihren Kopf gegen die Wand. Für ein Mädchen, das es hasste, von sogenannten Parasiten ausgesaugt zu werden, schien sie sich verdammt gut zu amüsieren.

Schließlich stand Hadley auf, wischte sich das Blut von seinem Mundwinkel und saugte an seinen Fingern. Er beugte sich über sie, und sie hob trotzig das Kinn, um das Glücksgefühl auf ihrem Gesicht zu verbergen, das ich vor ein paar Sekunden gesehen hatte.

»Bist du fertig?«, fragte sie kühl, und er schüttelte den Kopf und sah auf seine Uhr.

»Ich habe noch eine ganze Minute.«

Mann, ich musste hier ganz dringend weg.

»Du schmeckst wie ein Sommertag«, sagte er atemlos.

»Nun, ich stelle mir vor, dass du wie der tiefste Winter schmeckst«, entgegnete sie mit einem Achselzucken.

»Willst du es herausfinden?«, murmelte er, senkte den Kopf, um ihren Blick aufzufangen, und drückte seine Hände links und rechts von ihr an die Wand, um sie dazwischen einzuschließen. »Du kannst mich schmecken, wenn du willst, Athena. Ich werde es niemandem erzählen.«

»Nein, danke«, sagte sie lässig. »Und du hast noch etwa zehn Sekunden, bevor du zu meinem kleinen Sklaven wirst. Also, bist du fertig, du kleiner Blutegel?«

Er knurrte, stürzte sich dann auf sie, nahm ihre Unterlippe zwischen die Zähne und trank davon. Sie zuckte zusammen, und als er ihre Lippe losließ, schluckte sie sichtbar. Ihre Münder streiften einander, und er presste seinen Körper gegen ihren. Sie sahen einander an, und für einen Moment entdeckte ich in Athenas Augen einen Hauch von … etwas anderem.

»Deine Zeit ist um«, sagte sie mit einem siegreichen Lächeln.

»Hat sich gelohnt«, erwiderte er mit belegter Stimme.

»Trag mich zurück zur Party, kleiner Sklave!«, befahl sie mit einem Grinsen, und er verdrehte die Augen, bevor er sie von den Füßen hob und durch die Tür schoss.

Mein Ständer war verschwunden, also stand ich auf und wartete ein paar Sekunden, bevor ich ihnen folgte. Ich hatte vor, für mich zu behalten, was ich gesehen hatte. Ich war keine Petze und mochte keine Dramen.

Mein Blick fiel wieder auf Sofia, die mit Tyler neben Darcy, Geraldine und den Erben in ihren Masken tanzte. Mein Bruder erhaschte meinen Blick, neigte den Kopf, um mich zu sich zu winken, und ich trat lächelnd an seine Seite.

»Nette Haare«, neckte ich ihn und musterte die langen goldenen Locken, die über seine Schultern fielen.

»Netter Lippenstift«, gab er zurück, und ich wischte mir schnell und mit einem wütenden Grunzen den Mund.

»Mach mit, Xavier!«, rief Darcy, und mir wurde klar, dass Geraldine ihr, Seth, Caleb und Max eine Art irren Tanz mit vielen seltsamen Handbewegungen beibrachte.

»Das ist der Crockenberry Jive«, verkündete Geraldine, als würde mich das in Versuchung führen. Und um fair zu sein, tat es genau das.

Sofia löste sich von Tyler, um die Tanzschritte ebenfalls zu lernen, und ich stürzte mich grinsend ins Getümmel und ahmte Geraldines Bewegungen nach, die mit den Händen wackelte und ihre Hüften kreisen ließ.

Darius trank sein Bier und schüttelte den Kopf über uns, aber ich sah auch das kleine Grinsen, das an seinen Mundwinkeln zupfte.

Sofias Hüfte berührte die meine, und ich lächelte sie an.

»Bist du sicher, dass du mithalten kannst, Xavier?«, fragte sie mit glitzernden Augen.

»Ja, kleine Stute«, neckte ich sie. »Ich kann mithalten.« Und das nicht nur in Bezug auf diesen Tanz, sondern auch auf Tyler. Schon bald würde ich unsere Herde leiten, und er würde sich vor mir verbeugen, während mein Mädchen an meiner Seite war. Und wenn ich Sofia erst einmal für mich gewonnen hatte, würde ich sie nie wieder gehen lassen.

Gemini
Scorpio
Virgo
Cancer
Aries
Leo
Taurus
Sagittarius
Capricorn
Aquarius
Libra
Pisces

MAX

KAPITEL 35

»**G**enau so!«, rief Washer, der durch das Wasser der Lagune watete, um unsere Fortschritte zu beobachten. »Aber wenn Sie sich noch mehr in die Bewegung lehnen und die Hüfte einsetzen, haben Sie mehr Schwung.«

Darius runzelte die Stirn, als Washer neben uns zum Stehen kam, sich in der Taille beugte, sodass sein Kopf fast im Wasser verschwand, und sich dann abrupt aufrichtete und die Hüfte nach vorn schob. Die Beule in seiner engen Badehose war deutlich zu sehen, als er die Hände ausstreckte und den Zauber wirkte. Ein Schauer des Ekels lief mir über den Rücken, was er dank seiner Sirenengaben auch deutlich spüren sollte. Ein Ruck ging durch die Wellen, bevor vier perfekt gestaltete Pferde aus der Wasseroberfläche emporschossen und von uns weg galoppierten.

Er hatte nicht ganz unrecht – Wassermagie war fließend und funktionierte am besten in Bewegung. Man konnte die Kraft eines Zaubers erhöhen, indem man sich bewegte, aber das war etwas, das schwächere Fae brauchten. Dank der Art von Kraft, die wir hatten, brauchten wir diese Hilfestellung nicht. Und wenn er glaubte, dass ich den Arsch rausstrecken und dann meinen Schwanz gen Himmel stoßen würde, während ich mich aufrichtete, dann hatte er sich geschnitten.

»Kommen Sie, ich zeig's Ihnen«, beharrte Washer und stellte sich hinter mich, die Hände ausgestreckt – als glaubte er tatsächlich, dass ich ihm erlauben würde, meine Hüften zu begrapschen, während er mir in seiner winzigen

Badehose zeigte, wie man seinen Schwanz nach vorn stieß.

»Ich glaube, ich hab's kapiert, danke. Ihre visuelle Anleitung hat mir wirklich geholfen«, sagte ich bestimmt, und er prallte schmollend mit dem Gesicht gegen den Luftschild, den ich zwischen uns errichtet hatte.

»Jeder braucht manchmal ein klitzekleines bisschen Hilfe, Max«, insistierte er und drückte seine Brust gegen meinen Luftschild, als wäre dieser eine Glasscheibe. Seine Brustwarzen wurden so gequetscht, dass sie aussahen wie zwei rosa Spiegeleier. »Selbst die Erben.«

»Ich glaube, ich komme klar«, erwiderte ich, und er seufzte dramatisch, bevor er davonstapfte und dabei aussah wie ein Delfin, der von einem Seehund geschlagen worden war.

»Bist du sicher, dass du die Nachhilfestunde nicht willst, Max?«, scherzte Darius. »Ich habe gehört, dass man mit einem solchen Superstoß richtig Power in seine Bewegungen bringen kann.«

»Ja, und ich habe gehört, dass Washer ein Foto von dir in seiner Brieftasche aufbewahrt und es als Bild seines kleinen frechen Luders bezeichnet«, warf ich zurück.

»Logo. Ich habe es sogar signiert. Wir alle wissen, dass der Feuererbe die meisten Fans hat.«

»Pah, das bezweifle ich. Ich habe diese Woche allein vierzehn Höschen zugeschickt bekommen«, antwortete ich beiläufig. Natürlich war es irgendwie eklig, aber trotzdem wahr.

»Deine Vorliebe für Unterwäsche interessiert mich nicht wirklich, Alter. Aber eine verrückte Tussi wurde verhaftet, weil sie letzten Sonntag in mein Auto eingebrochen ist und sich nackt auf den Rücksitz gelegt hat«, sagte Darius.

»Welches Auto?«, fragte ich mit einem amüsierten Grunzen.

»Der Faerarri, den ich nie fahre. Einer von Vaters Bediensteten fährt ihn wöchentlich aus, um sicherzustellen, dass der Motor nicht durch mangelnde Nutzung kaputtgeht, und ich vermute, dass sie ihn erkannt hat, als er ihn in der Stadt geparkt hat. Ich glaube nicht, dass sie damit gerechnet hat, von einem Mantikor mittleren Alters und mit Schnurrbart gefunden zu werden – angeblich hatte sie einen Tobsuchtsanfall und sich geweigert, aus dem Auto zu steigen, bis ich sie abhole.«

»Das ist echt abgefuckt.« Ich lachte leise. »War es wieder diese verrückte Stalkerin?«

»Ja, Cindy Lou irgendwas«, sagte er mit einem abwehrenden Achselzucken. »Das FIB hat gesagt, dass sie ihr einen Sender implantieren werden, wenn sie noch einmal versucht, mir zu nahe zu kommen. Aber ich mache mir keine allzu großen Sorgen wegen einer verwirrten Psychopathin. Wie auch immer, der Punkt ist, dass ich eine Stalkerin habe und du nicht. Wenn das kein Beweis dafür ist, dass ich beliebter bin, dann weiß ich auch nicht.«

Ich lachte laut auf und schleuderte ihm eine Handvoll Wasser ins Gesicht, das er mit einer Handbewegung zerstreute, bevor er ins Wasser tauchte und mich angriff.

Sein großer muskulöser Körper kollidierte mit meinem, und ich wurde unter die Wasseroberfläche gezogen, wo ich sofort meine Arme und Beine um ihn schlang und meine Kontrolle über das Element nutzte, um uns wie eine Art Torpedo zurück ans Ufer zu schießen.

Als wir den Sandstrand erreichten, der die Lagune umgab, katapultierte ich uns aus dem Wasser und schaffte es, uns so zu drehen, dass ich rittlings auf ihm im Sand landete. Darius lachte, als ich ihm knurrend einen Schlag in die Rippen versetzte, während mein Herz vor Adrenalin schneller schlug.

Darius fing den Schlag mit einem Grunzen ab, aber als meine Faust ein zweites Mal auf ihn niederging, trafen meine Knöchel auf eine Eisschicht, mit der er seine Haut bedeckt hatte. Ein ungemeiner Schmerz durchfuhr mich.

Ich schrie auf und schnellte zurück, und er sprang auf, warf mich unter sich und rang mich bis ans Ufer, wo die Wellen über uns hinweg brachen, während wir kämpften.

Darius drückte meinen Kopf unter die Wasseroberfläche, und ich lachte, als ich eine Wasserblase um seinen Kopf herum entstehen ließ. Ich hätte mich verwandeln oder Luftmagie einsetzen können, um besser atmen zu können, aber dies war der Wasserelementar-Unterricht, also tauchte ich einfach unter und hoffte, dass ich länger die Luft anhalten konnte.

Darius hielt mich fest, und wir starrten uns durch das trübe Wasser an, das uns trennte. Jeder Blick war eine Herausforderung an den anderen, zuerst aufzugeben.

Meine Lunge brannte, und Blasen quollen aus meinen Lippen, während die Sekunden verstrichen und keiner von uns auch nur einen Moment von seiner Position abwich.

Gerade als ich sicher war, dass einer von uns nachgeben musste, traf mich eine Wasserpeitsche so hart an den Oberschenkeln, dass der Schmerz meine Konzentration unterbrach und ich die Konzentration über die Wasserblase verlor, die Darius umgab. Er ließ mich im selben Moment los, und ich richtete mich auf und holte tief Luft, als ich Geraldine über uns stehen sah. Sie hielt eine Wasserpeitsche in der Hand und schien bereit zu sein, erneut zuzuschlagen.

»Ihr zwei nassen Nilpferde werdet euch noch umbringen, wenn ihr so weitermacht«, kündigte sie an und hob drohend die Peitsche.

»Dafür sollte ich dich übers Knie legen«, knurrte Darius, der aufstand, mir die Hand reichte und mich hochzog. Dabei bemerkte ich die rosafarbenen Peitschenstriemen auf seinem Rücken, wo sie auch ihn getroffen hatte.

»Das würde ich gern sehen«, höhnte sie und hob ihr Kinn. »Einige von uns passen im Unterricht tatsächlich auf, also bin ich mir sicher, dass ich schon bald über dir in der Rangordnung stehen werde. Wenn das nicht bereits der Fall ist.«

»Willst du deinen Worten Taten folgen lassen, Gerry?«, neckte ich sie und bespritzte mich mit Wasser, um den Sand von meiner Haut zu entfernen.

»Warum versuchst du immer, deine Tentakel um mich zu wickeln, Maxy-Boy?«, fragte sie.

»Ich dachte, das wäre inzwischen ziemlich offensichtlich«, sagte ich mit leiser Stimme.

»Was zum Teufel?«, knurrte Darius und lenkte meine Aufmerksamkeit auf das, was er auf der anderen Seite der Lagune entdeckt hatte.

Tory und Darcy arbeiteten daran, wirbelndes Wasser oberhalb der Oberfläche in Mini-Zyklone zu verwandeln, und Tory war völlig in die Bewegungsabläufe vertieft. Mithilfe ihrer Fingerspitzen erzeugte sie Wasserwirbel um ihre Beine herum, während sie sich im Kreis drehte, um es in ihre Gewalt zu bringen. In diesem Augenblick kam Washer auf sie zu, ließ seine Hüften kreisen, als würde er einen Hula-Hoop-Reifen benutzen, und rief: »Drehen! Drehen! Kreisen!«

Darius machte einen wütenden Schritt auf sie zu, aber Tory war schneller, versenkte ihre Finger im Wasser und trieb noch mehr Magie hinein, woraufhin der Zyklon in die Luft stieg, sie zurückließ und gegen Washer prallte. Er wurde hochgeschleudert und herumgewirbelt, während er etwas über den mächtigen Stoß brüllte, den sie erzeugt hatte. Dann wurde er von ihr weg in Richtung Lagunenmitte befördert.

Sie schaffte es, die Maske des arroganten Schattenmädchens aufrechtzuerhalten, aber als sie sich umdrehte und Darcy ansah, entwich ihr ein Grinsen, und die Spannung wich aus Darius' Gliedern.

Während ich abgelenkt gewesen war, hatte sich Geraldine von mir entfernt, und ich seufzte, als ich ihr nachsah. Mein Blick fiel auf ihren Hintern, der von einem knappen Badeanzug in Szene gesetzt wurde, und ich ließ geschlagen die Schultern hängen.

»Verdammt, warum läuft sie immer vor mir weg?«, brummte ich, aber

Darius hatte mich auch sitzen lassen und bewegte sich auf Tory zu. Wassermagie wirbelte um seine Arme und er ließ ein Feld aus flüssigen Blumen entstehen, das um sie herum erblühte.

Torys Lippen zuckten, als sie die Kontrolle über das Wasser übernahm und stattdessen eine Miniaturstadt erschuf, in deren Mitte das Empire State Building emporragte. Die Lust, die von den beiden ausging, war so stark, dass meine Haut zu kribbeln begann, und ich beschloss, sie in Ruhe zu lassen.

Ich wollte Geraldine nachstellen, aber bevor ich dazu kam, stellte sich mir meine kleine Schwester in den Weg, die Arme verschränkt und das Kinn herausfordernd erhoben. Ich seufzte, als ich die Predigt kommen fühlte, ohne meine Gaben einzusetzen. Sie war wirklich die Tochter ihrer Mutter.

»Was willst du, Ellis?«, fragte ich sie mit einem müden Tonfall.

»Mom hat gesagt, dass du mir helfen musst, meine Wassermagie zu meistern, Max«, erklärte sie hochmütig. »Und du hast mir noch nicht ein Mal geholfen. Muss ich sie anrufen und ihr sagen, dass du nur mit den anderen Erben rumhängst und immerzu faulenzt?«

»Mach, was du willst, Ellis. Ich muss dir einen Scheiß beibringen, vor allem, wenn du so ein kleiner Rotzlöffel bist. Geh und heul Mom darüber die Ohren voll, nur ein einziges Element zu besitzen und Nachhilfe zu brauchen. Es ist nicht meine Aufgabe, dir dabei zu helfen, etwas aus dir zu machen.«

Manchmal fühlte ich mich schlecht wegen der Beziehung zu meiner Schwester. Ihre Mutter hatte sie von Geburt an in eine Rivalität mit mir gedrängt, sie immer mit mehr Liebe und Lob überschüttet als mich, uns verglichen und mich als unzulänglich bezeichnet. Und dann diese Kommentare darüber, dass Ellis eine geborene Anführerin sei, nur um mich zu ärgern. Aber ich wusste, dass der wahre Grund für all das nichts mit der mangelnden Wertschätzung meiner sogenannten Mutter für ihren Sohn zu tun hatte. Es drehte sich alles um die Tatsache, dass sie nicht meine leibliche Mutter war. Es nagte an ihr, dass ihr eigen Fleisch und Blut nicht die Macht übernehmen würde, sobald mein Vater aus dem Rat ausschied.

Es hatte eine Zeit gegeben, in der mich das sehr beunruhigt hatte. Ich hatte mir wirklich Sorgen darüber gemacht, dass Ellis stärker sein könnte als ich, obwohl wir beide unsere Macht von unserem Vater geerbt hatten, da er der stärkere Elternteil war. Aber diese Angst war verschwunden – vor allem, da sie nur Wassermagie beherrschte. Der Gedanke, dass sie jetzt meinen Platz einnehmen könnte, war geradezu lächerlich.

»Lass mich nicht einfach so stehen, Max!«, knurrte Ellis, als ich mich umdrehte, um genau das zu tun.

Ich lachte leise, um sie zu ärgern, und ging weiter. Aber als das Wasser um meine Knöchel herum weggezogen wurde und ich ihren Zorn auf mich zukommen spürte, errichtete ich einen Luftschild hinter mir.

Eine Flutwelle brach über meinen Schild herein, als sie vor Zorn kreischte und ihre ganze Kraft in einem ungezügelten, wilden Akt der Wut auf mich richtete, der mein Blut zum Kochen brachte.

Für wen zum Teufel hielt sie sich, mich in aller Öffentlichkeit so anzugreifen?

»Willst du dieses Spiel wirklich mit mir spielen, Ellis?«, fragte ich, drehte mich zu ihr um und grinste sie herausfordernd an, während sich so ziemlich alle in der Lagune in unsere Richtung drehten.

Als Antwort ließ das kleine, eingebildete Gör ihre Hände durchs Wasser gleiten und schleuderte eine weitere riesige Welle auf mich zu – als wäre sie ernsthaft der Meinung, es mit mir aufnehmen zu können.

Ich lächelte noch breiter, schnippte mit den Fingern und teilte ihre Welle, bevor ich sie auf der Wasseroberfläche gehend durchquerte.

Ellis kreischte mich an, während sie mir mit roher Gewalt noch mehr unkontrolliertes Wasser entgegenschleuderte. Ich lachte, wischte es mit einer lässigen Geste beiseite und überschüttete sie dann mit einem Schwall eiskalten Wassers.

Ich hätte es dabei belassen, aber sie rannte auf mich zu, schrie wie am Spieß und ließ das Wasser um mich herum ansteigen, als wollte sie mich damit ertränken.

Mit einer einfachen Handbewegung fing ich den Rücken ihres Badeanzugs mit einem Seil aus Wasser ein und zog sie daran hoch. Der Stoff grub sich in ihren Arsch, und ich ließ sie an ihrem neuen Tanga hängend zum Sandstrand fliegen.

Ellis strampelte wild um sich und sah dabei aus wie ein Oktopus auf Killblaze, während sie versuchte, sich zu befreien. Aber ich ließ sie einfach mit dem Gesicht zuerst auf den Strand fallen und zwang ihren Kopf mit meiner Magie unter den Sand, sodass sie mit dem Arsch in der Luft liegen blieb. Sie erinnerte an eine Schildkröte beim Eierlegen.

Überall um mich herum ertönte Gelächter und ich sah ein paar Mädchen vor den Umkleidekabinen, die ihre Atlasse geholt hatten, um unseren Streit zu filmen. Vielleicht war das eine dumme Aktion gewesen, aber auch eine notwendige. Die einzigen Leute in Solaria, die mächtig genug waren, um es mit mir aufzunehmen, waren die Vegas, die Erben und ihre Geschwister.

Die Ersatzerben waren aufgrund ihres mangelnden Trainings

wahrscheinlich keine große Bedrohung, aber sie hatten genauso viel Magie in ihren Adern wie wir, und wenn sie unsere Plätze beanspruchen wollten, mussten sie uns nur herausfordern und gewinnen, um sie zu bekommen. Das war in der Geschichte des Rates nicht oft vorgekommen, ich würde nicht zulassen, dass auch nur ein Flüstern eines Gerüchts nach außen drang, das andeutete, dass Ellis eines Tages in der Lage sein könnte, mich zu schlagen.

Die Glocke läutete, um das Ende der Unterrichtsstunde zu signalisieren, und ich drehte mich um und verließ die Lagune, während meine kleine Schwester hustend und prustend aus dem Sand krabbelte und sich ihren Badeanzug aus der Poritze zog. Mein Selbstbewusstsein wuchs, als ich Belustigung und Schadenfreude in der umstehenden Menge spürte, und mit einem breiten Lächeln ging ich zum Umziehen.

Ich zog meine Uniform an, während mir die Jungs, die zugesehen hatten, wie ich sie in ihre Schranken gewiesen hatte, unterwürfiges Lob zuteilwerden ließen und versuchten, ihre Loyalität zu demonstrieren. Es war politischer Bullshit, aber ich genoss die Aufmerksamkeit trotzdem.

Als ich meinen Atlas öffnete und sah, dass ich in einem Post markiert worden war, der ein Video enthielt, in dem ich Ellis ihre Lektion erteilte, musste ich laut lachen.

Tyler Corbin:
Es sieht so aus, als hätten sich die Wassererben heute während des Unterrichts in die Haare gekriegt. Ich habe gerade dieses Video von einem anonymen Kommilitonen erhalten. @EllisRigel hat so richtig den ARSCH vollbekommen. Sie sah aus wie ein Strauß mit gerupftem Hintern, als @MaxRigel mit ihr fertig war. Sind wir sicher, dass sie eine Sirene ist? Denn sie könnte möglicherweise die Kontrolle über ihre Formgebung verloren haben – und ich bin mir ziemlich sicher, dass da ein Cameltoe zum Vorschein gekommen ist.
#vollmond #wasserschande #wasbildetsiesicheigentlichein
#himmelarschundzwirn #arschaufgrundeis
#ersatzerbeausgutemgrund #eigentlichkamelwandler

Kommentare
Lucy Burfoot:
Möchtest du etwas Käse auf deinem Arschcracker? Vielleicht ein Stück Camelbert? #höckervorhanden

Sophie Ruddock:
*Vielleicht ist am Hof von Camelot noch Platz für dich, Ellis!
#kameldertafelrunde*

Annemarie Mclaren:
*Pass auf, was du sagst, Corbin! Der Einzige, dem hier der Hintern
gerupft wird, bist du – kurz bevor der wahre König dich röstet und
zum Abendessen verspeist. #pegatrottel #niedererfae*

Tyler Corbin:
*Könntest du dem König für das Angebot danken? Aber wenn er
mich am Spieß braten will, sollte er meinen Arsch davor essen, nicht
danach. Außerdem stehe ich nicht so drauf, von seinem Monster-
Schwanz in zwei Hälften geteilt zu werden #lustmuskete #maxiking
#derbengelmitdemschwengel #dicktator*

Erica Collins:
*@TylerCorbin Auf keinen Fall! Sein Kopf ist so groß – damit muss
er definitiv seinen winzigen Schwanz überkompensieren #lümmelchen
#minime #injektionsnadel #strohhalm #kleinerlöwelionel*

Telisha Mortensen:
*@EricaCollins Sein Ding ist so klein, dass ein durchgesickertes
Lionel-Pimmel-Pic als Aktfoto eines Lagulischen Wurmwandlers
missverstanden wurde #hosenwurm #wirdseinwurmüberhauptsteif*

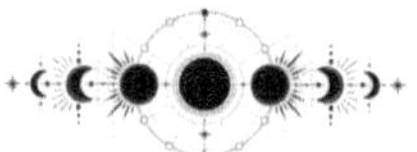

Ich wachte mitten in der Nacht im King's Hollow auf und spürte, wie Torys
Panik und Angst auf mich übersprangen. Fluchend stolperte ich zur Tür.

Sie schlief im Zimmer neben meinem, was zur Gewohnheit geworden
war, seit wir sie aus den Schatten zurückgeholt hatten. Ihre Albträume waren
der Grund dafür. Nachts war es für sie schwieriger, die Erinnerungen an ihre
Folter in Schach zu halten, und oftmals störten sie ihren Schlaf und verzögerten
ihre Genesung.

Ich stieß ihre Tür auf, gerade als Caleb gähnend und in weißer Jogginghose
aus seinem Zimmer kam. Ich gab ihm zu verstehen, dass ich mich um sie
kümmern würde. Aber als ich ihr Zimmer betrat, um sie mit meiner Fähigkeit

zu beruhigen, war er plötzlich hinter mir.

»Passiert das jede Nacht?«, flüsterte Caleb, während sich Tory in den Laken wälzte. Ihre Haut schimmerte vor Schweiß und sie stieß kleine Angstschreie aus.

»Nicht, wenn sie bei Lionel schläft«, murmelte ich und erzählte ihm, was sie mir erzählt hatte. »Er hat ihren Geist so trainiert, dass sie sich in seiner Gegenwart sicher fühlt. Je länger sie von ihm getrennt ist, desto schlimmer wird es.«

»Weiß Darius davon?«, fragte Caleb, als ich nach ihrer Hand griff, um ihr mehr beruhigende Energie einzuflößen. Sie umklammerte meine Finger, und mein Atem stockte, als ihre Kraft auf mich überschwappte und mir eine komplette Erinnerung aufzwang, obwohl ich nicht danach gesucht hatte.

»Wessen Schuld ist das?«, fragte Vard. Ich blickte durch Torys Augen in einen kalten, steinernen Raum mit beigefarbenen Wänden und einer einzelnen Glühbirne über mir.

Durch den Schmerz blinzelte ich zu ihm hoch, während ich mein eigenes Blut auf meinen Lippen schmeckte. Ich konnte den Blick nicht nach unten richten, um zu sehen, was sie mir angetan hatten. Denn das würde mir den Magen umdrehen, und wenn ich mich übergab, würde die Strafe nur noch schlimmer werden. Aber der Schmerz, der mich verzehrte, sagte mir deutlich genug, wie schlimm es war.

Meine Lippen öffneten sich, aber das Wort blieb mir im Hals stecken und Lionel schnaubte verärgert.

»Du bist stark im Geiste, das muss ich dir lassen, Roxanya«, kommentierte er, während er sich vor mich begab und Vard mit einer Verbeugung zur Seite trat. »Aber das verlängert den Prozess nur. Sag mir, wen du liebst!«

»Dich«, keuchte ich, als er die Hand ausstreckte, um meine Wange zu streicheln. Er lächelte, als wäre er stolz auf mich, dann strömte heilende Magie in meine Haut und ein Wimmern der Erleichterung entwich meinen Lippen.

»Braves Mädchen. Du weißt, wie sehr ich es hasse, dich so zu sehen, Roxanya. Ich möchte mich nur um dich kümmern, aber ich kann dir nicht helfen, bis du Vard gibst, was er benötigt. Willst du mir denn nicht gefallen?«

Ich nickte stumm, und seine sanfte Berührung an meiner Wange wurde fester. Er umfasste mein Kinn mit seiner großen Hand und drehte mein Gesicht, sodass ich gezwungen war, direkt und ohne Vorwarnung in Vards riesiges Zyklopenauge zu schauen.

»Darius Acrux«, sprach er in meinen Gedanken, und ich erinnerte mich

daran, wie ich ihn geküsst hatte, bevor ich mich dagegen wehren konnte.

In dem Moment, in dem sich meine Gedanken an die Erinnerung hefteten, bohrte sich der Schmerz so tief und schnell in meinen Körper, dass mir ein Schrei entrang, der meine Kehle aufriss.

Ich wurde ohnmächtig und fiel bereitwillig in die sanfte Umarmung des Vergessens. Ich flehte sie an, mich mit sich zu nehmen, aber wieder erwachte ich mit einem Keuchen, als eiskaltes Wasser über mich niederprasselte.

»Wessen Schuld ist das?«, fragte Vard, als ich vor Angst zusammenzuckte, denn die Ketten, mit denen ich an den Stuhl gefesselt war, ließen mir keine Chance, zu entkommen.

»Darius«, hauchte ich, und er nickte und trat zurück, damit Lionel näher kommen konnte.

»Es ist okay, Roxanya«, säuselte Lionel, legte seine Hände auf die blutigen Wunden an meinem Bauch und heilte mich, während ich vor Schmerz würgte. »Ich bin jetzt hier. Ich werde mich um dich kümmern.«

Die Ketten, die mich hielten, lösten sich, und ich sank in seine Arme, woraufhin er mich mühelos hochhob und an seine Brust drückte.

»Wen liebst du?«, flüsterte er, als meine Tränen versiegten und ich mich an ihn schmiegte.

»Dich, mein König«, flüsterte ich, während meine Glieder noch immer vor Schmerz zitterten. »Nur dich.«

Ich stieß einen Fluch aus, bevor ich mit meinen Gaben die Kontrolle über ihre Erinnerungen übernahm. Sanft erinnerte ich sie an die Wahrheit und trennte meine Psyche von ihrer, während ich ihre Angst und ihren Schmerz besänftigte, bis sich ihr Atem beruhigte.

Als ich mich wieder in mich zurückzog, bemerkte ich, dass Calebs Hand auf meiner Schulter lag, und ich drehte mich mit einem Stirnrunzeln zu ihm um. Sein Gesicht war blass, als er langsam zurücktrat.

»Hast du das gesehen?«, fragte ich, ein wenig verärgert, dass er das getan hatte, ohne mich zu fragen.

»Ja«, murmelte er. Sein Blick wanderte zu dem schlafenden Mädchen und er zog die Stirn in Falten. »Es tut mir leid. Aber du hast Bruchstücke davon übertragen, ohne dass ich dich berührt habe. Ich habe Schreie gehört und Schmerz gespürt und ich … Tut mir leid.«

»Ist schon in Ordnung«, sagte ich und seufzte schwer. »Aber vielleicht solltest du dich morgen früh bei ihr entschuldigen. Es waren nicht meine Erinnerungen, in denen du herumgeschnüffelt hast.«

Caleb nickte und sein Kehlkopf wippte. Er betrachtete sie erneut und ich rieb mir das Gesicht.

»Nimmst du ihr oft ihre Angst und den ganzen anderen Scheiß?«, fragte er und ich zuckte leicht zusammen.

»Ja … Na ja, wenn ich es nicht tue, wird es nur schlimmer und ich …«

»Das muss deine eigenen Emotionen komplett durcheinanderbringen«, sagte er, der nur zu gut wusste, wie meine Gaben funktionierten und wie ich von den Emotionen beeinflusst wurde, mit denen ich meine Kraft speiste.

»Ein bisschen«, gab ich zu. »Es ist nicht so schlimm, wenn ich das ein- oder zweimal pro Nacht mache, aber sie kommt nicht wirklich zur Ruhe, wenn ich nicht hier bei ihr schlafe. Und wenn ich das tue, nähre ich mich automatisch die ganze Nacht davon. Gut schlafen ist was anderes.« Ich zuckte mit den Schultern, bevor ich mich zu ihr ins Bett legte, aber Caleb hielt meinen Arm fest.

»Soll ich auch hierbleiben? Ich lache mir zwar nicht gerade einen Ast ab, aber ich habe wahrscheinlich ein paar angenehmere Emotionen in meinem Kopf, um dein Gleichgewicht zu halten.«

Meine Schultern entspannten sich, als sich ein Teil der Anspannung von mir löste, und ich nickte lächelnd. »Ja, du bist nicht annähernd so verbittert wie Tory. Also, wenn du noch etwas Magie übrig hast …«

»Ich hatte vorhin einen Snack«, sagte er mit einem Grinsen und schob eine Hand in seine blonden Locken. Ich konnte Freude und Lust an ihm wahrnehmen, als er darüber nachdachte, und ich grinste.

»Na, dann komm«, drängte ich, während ich die Bettdecke zurückzog und mich zu Tory ins Bett legte. Ich hob sie hoch und legte sie ein Stück weiter wieder ab, um Platz für uns zu schaffen. Sie war es inzwischen mehr als gewohnt, nachts von mir bewegt zu werden, also wachte sie nicht auf. Aber die Anspannung in ihrem Körper löste sich, als ich meinen Kopf auf das Kissen neben ihr legte und sie an meine Brust zog.

Caleb kletterte hinter mich und schlang ebenfalls einen Arm um mich, während ihm ein Hauch der Belustigung entglitt.

»Du bist mein kleiner Löffel, Maxi-Pad«, sagte er lachend, und der Geschmack seiner Freude, die Torys Angst entgegenwirkte, reichte aus, um mich diesen Namen vergessen zu lassen. Ich nutzte meine Gabe, um uns alle schläfrig zu machen, und wir glitten in den Schlaf.

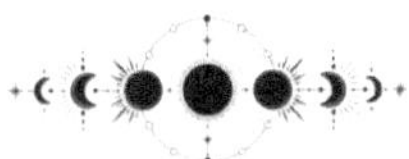

Ein unablässiges Summen an meinem Oberschenkel weckte mich, und ich stöhnte benommen auf, als ich den Traum, an dem ich gerade teilgenommen hatte, mit einem Stirnrunzeln betrachtete. Sowohl Calebs als auch Torys Unterbewusstsein hatten sich offenbar mit meinem verbunden und ein seltsames Durcheinander von Gedanken erzeugt. Ich musste lachen, als ich daran dachte, wie Mildred Canopus von Tory in den Hintern getreten worden war und ein halb nackter Seth jubelnd und johlend einen Striptease zu *Milkshake* von Kelis aufgeführt hatte. Caleb und ich hatten auf dem Rücken eines goldenen Drachen getanzt, während Gerry gelegentlich mit verführerischer Stimme verschiedene Fischarten aufgezählt hatte.

Ich stöhnte, zog meinen Atlas aus der Tasche und runzelte die Stirn, als ich die Nachrichten sah, die ich erhalten hatte – inklusive der Benachrichtigung, dass ich in mehreren Storys erwähnt worden war.

Tory murmelte schlaftrunken etwas, und ich kroch aus dem Bett, um sie nicht zu wecken. Calebs Knie landete in meiner Magengrube, bevor ich es schaffte, aus dem Bett zu kommen.

Ich hielt inne und übertrug noch mehr Schläfrigkeit auf die beiden, die sich einander zuwandten, bevor ich in den Wohnbereich schlüpfte und die Nachrichten auf meinem Atlas öffnete.

Ich hatte acht verpasste Anrufe von meinem Dad und eine Menge SMS, in denen er mich bat, ihn anzurufen. Schnell öffnete ich die Links zu diversen Zeitungsartikeln, um zu erfahren, was zum Teufel los war.

Eine Schlagzeile sprang mir sofort ins Auge.

Wassererbe Max Rigel ist gar kein richtiger Erbe.

Was zum Teufel? Ich folgte dem nächsten Link und mein Magen zog sich zusammen, als mir klar wurde, worum es ging.

Max Rigel – ein Bastard! Die Wahrheit über die verborgene Herkunft des Wassererben und alles, was man über seinen geheimen Minotaurus-Großvater wissen muss.

Scheiße. Das war nicht gut. Vor allem jetzt, wo Lionel das halbe Land glauben ließ, dass die Minotauren mit den Sphinxen unter einer Decke steckten, um Wissen vor dem Rest der Fae-Bevölkerung zu stehlen und zu verstecken.

Mein Atlas klingelte erneut, und ich nahm den Anruf meines Dads entgegen, während ich mich mit rasendem Herzen auf die Couch sinken ließ.

»Max? Ich nehme an, du hast es gesehen?«, fragte er.

»Ja, Dad«, sagte ich tonlos. »Wer zum Teufel hat das durchsickern lassen?«

Es folgte eine lange Pause, bevor er antwortete: »Du ... wusstest es bereits?«

»Ja. Ich habe es vor Jahren herausgefunden, also flippe ich deswegen nicht aus. Und glaub mir, ich bin nicht sauer darüber, dass die Schlampe, die du geheiratet hast, nicht meine Mutter ist, aber ... das ist ein echt beschissenes Timing, oder? Ich meine, es wäre schon vorher ein Skandal gewesen, aber jetzt, da Lionel hinter den Minotauren her ist ...«

»Ich habe bereits meine Leute darauf angesetzt«, knurrte er. »Mach dir keine Sorgen. Außerdem fließt nach wie vor mein Blut in deinen Adern, und das ist es, was wirklich zählt. Jeder vögelt durch die Gegend, bevor er heiratet, also ist die Vorstellung, dass ein Bastard ein Skandal ist, in der heutigen Zeit absurd. Für mich bist du mein Erbe, und du bist mehr als mächtig genug, um jeden zu bekämpfen, der deinen Platz infrage stellen will. Und darum geht es ja wirklich. Fae kämpfen um ihre Position, und niemand ist stark genug, um dich zu entthronen. Mach dir keine Sorgen, mein Sohn, wir werden diesen Sturm überstehen.«

Ich lächelte schwach und war meinem Vater unendlich dankbar, dass er mir so zur Seite stand. »Danke, Dad.«

»Du musst mir nicht danken. Jetzt müssen wir uns auf die Schadensbegrenzung konzentrieren. Wir werden die Minotaurus-Sache so weit wie möglich verharmlosen. Was ist mit den anderen Erben? Wie werden sie es aufnehmen?«

»Sie wissen bereits Bescheid, Dad«, gab ich zu. »Es ist ihnen scheißegal. Wir sind untereinander loyal.« Ich hatte die Angst, meinen Platz unter meinen Brüdern zu verlieren, in dem Moment überwunden, in dem sie die Wahrheit über mich als Bastard herausgefunden hatten. Sie interessierten sich nicht für meine Abstammung – sie interessierten sich für *mich*. Wir waren eine Familie, unzertrennlich, immer vereint. Und dieses Wissen nahm mir etwas von der Angst, mit dieser Scheiße fertig werden zu müssen.

»Das wird einiges vereinfachen«, sagte Dad entschlossen. »Vorausgesetzt, sie sind bereit, das öffentlich zu bezeugen?«

Ich wollte gerade sagen, dass ich keinen Zweifel daran hatte, aber dann hielt ich inne. »Ich bin mir ziemlich sicher, dass sie das tun würden, aber ich denke, es hängt davon ab, wie ihre Eltern damit umgehen ... Ich möchte glauben, dass Cal und Seth kein Problem darstellen werden, aber ich denke, wenn Lionel erklärt, dass er nicht will, dass Darius sich für jemanden mit

Minotaurusblut ausspricht …«

»Ich werde heute noch Hausbesuche bei Melinda und Antonia machen. Wenn wir zusammenhalten, wird unser König hoffentlich Vernunft walten lassen und dich ebenfalls unterstützen.« Ich konnte nicht umhin, daran zu zweifeln, und mir entging nicht, wie Dad das Wort *König* hervorwürgte.

»Weißt du, wer mich verraten hat?«, fragte ich, wohl wissend, dass es keinen Sinn hatte, dieses Thema jetzt zu vertiefen.

Es folgte eine Pause, dann seufzte Dad. »Nicht mit Sicherheit, aber … deine Mutter war …«

»Sie ist nicht meine Mutter«, knurrte ich, froh, dass ich wenigstens in dieser Hinsicht nicht mehr lügen musste, auch wenn sonst alles im Arsch war.

»Nein, das ist sie nicht, du hast recht. Nun, sie war sehr aufgebracht angesichts der Videos, die gestern von dir und Ellis im Umlauf waren«, erwiderte er mit schwerer Stimme. »Natürlich habe ich ihr gesagt, dass das nur das übliche Fae-Gehabe ist und Ellis herausfinden muss, wie sie damit umgehen soll, ohne heulend zu uns zu kommen. Aber Linda war damit nicht zufrieden. Sie wollte, dass ich dich zwinge, eine formelle Entschuldigung auszusprechen und Ellis täglich Privatunterricht zu geben, um ihre Magie schneller zu verbessern. Ich habe ihr aber erklärt, dass du dich auf dein eigenes Studium konzentrieren musst, und darauf hingewiesen, dass Ellis ohnehin nicht die Erbin ist, ganz zu schweigen von der Tatsache, dass sie nur ein Element beherrscht, also wirklich niemals …«

»Also hat diese Schlampe beschlossen, an die Öffentlichkeit zu gehen«, fasste ich zusammen. »Glaubst du, sie wird versuchen, Ellis dazu zu bringen, mich eines Tages herauszufordern?«

Dad grunzte zustimmend. »Sie hat sehr hohe Ambitionen für sich selbst, und natürlich liebe ich Ellis von ganzem Herzen. Aber das Mädchen ist einfach nicht aus demselben Holz geschnitzt wie du, mein Sohn. Du bist mein Ältester und mein Stärkster. Für mich gibt es keinen Zweifel daran, wer der Erbe ist. Wir müssen nur dafür sorgen, dass der Rest des Königreichs uns in dieser Sache zustimmt.«

»Okay.« Ich versuchte, nicht allzu hoffnungslos zu sein. »Ich werde versuchen, die anderen Erben dazu zu bringen, eine Erklärung zu meinen Gunsten abzugeben, damit du dich um die Schadensbegrenzung kümmern kannst.«

Ich wollte den Anruf gerade beenden, aber Dad hielt mich auf.

»Ich liebe dich, Max«, knurrte er. »Wir werden das in Ordnung bringen.«

Dann war er weg, und ich lächelte zaghaft – trotz der Panik hinsichtlich meines gelüfteten Geheimnisses. Eines war jedoch sicher: Ich würde Ellis definitiv nicht dabei helfen, etwas zu lernen. Wenn sie ernsthaft dachte, dass sie es mit einem Element mit mir aufnehmen könnte, dann sollte sie es ruhig versuchen.

Gegenwärtig musste ich mich um meinen Ruf kümmern und einfach hoffen, dass das nicht alles den Bach runterging.

Gemini
Scorpio
Virgo
Cancer
Aries
Leo
Taurus
Sagittarius
Capricorn
Aquarius
Libra
Pisces

DARIUS

KAPITEL 36

Ich flog eine kurze Runde über den Campus; der leichte Regen blieb an meinen Schuppen hängen und mein Atem bildete kleine Wölkchen, obwohl ich kein Feuer spie. Es war einer dieser deprimierend feuchten und kalten Wintertage, die man besser drinnen verbrachte, aber ich konnte nicht schlafen und war deshalb trotzdem draußen.

Ich blickte über das Meer zum Horizont, wo die Sonne aufging, und sehnte mich danach, die schützenden Mauern, die die Academy umgaben, zu verlassen und stundenlang zu fliegen, um meine Flügel zu strecken. Aber dazu hätte ich landen und durch das Tor gehen müssen, und Vater hätte erfahren, dass ich das Gelände verlassen hatte. Für einen riesigen goldenen Drachen war es ziemlich schwer, sich davonzuschleichen. Ich war mir ziemlich sicher, dass ich das einzige goldene Biest unserer Art war, das noch lebte, und die Leute gerieten in Aufregung, wenn sie glaubten, einen Erben gesehen zu haben.

Ich hatte Vater gefragt, warum die Schutzzäune nach wie vor in Stellung waren, jetzt, da er die Kontrolle über die Nymphen hatte und wir nicht mehr im Krieg waren. Er hatte geantwortet, dass er sich Sorgen über die Bedrohung im Norden mache. Gerüchten zufolge waren kleine Dörfer vollständig ausgelöscht worden, Häuser verlassen und voller Blut und ohne Anzeichen der Fae, die einst dort gelebt hatten.

Natürlich verdächtigte ich ihn. Er hatte Schwadronen seiner sogenannten gezähmten Nymphen dorthin geschickt, um der Bedrohung entgegenzuwirken, und ich traute ihm keinen Deut. Aber die Angriffe schienen willkürlich zu erfolgen. Überall wurden kleine Städte aus dem Nichts heraus angegriffen. Ich wunderte mich, dass keiner der Fae, die in den zerstörten Städten lebten, es geschafft hatte, einen Anruf zu tätigen. Aber ohne Überlebende, die man hätte fragen können, war es unmöglich, den Grund dafür zu verstehen. Und Vater hatte sicherlich wenig Interesse daran, mit mir darüber zu sprechen. Es gab auch so gut wie keine Zeitungsberichte darüber, was für mich nach einer Verschwörung roch. Aber ich konnte nicht viel tun, solange wir keinen Hinweis auf eine Stadt bekamen, die attackiert wurde, damit wir dorthin gehen und herausfinden konnten, was dahintersteckte. Gabriel suchte mit seiner Gabe nach Informationen, aber er hatte noch nichts Nützliches *gesehen*. Und da niemand, den er kannte, betroffen war, bestand wenig Hoffnung, dass er etwas herausfinden würde, vor allem, da er sich mit so vielen anderen Dingen beschäftigte, die sich in seiner Nähe abspielten.

Ich wollte in eine der zerstörten Städte reisen und sie untersuchen, aber bisher hatte ich aufgrund meiner Vorlesungen, meiner Verpflichtungen gegenüber meinem Vater, meiner Nachforschungen mit Orion und der Nymphenjagden, die wir immer heimlich durchführten, wenn wir die Gelegenheit dazu hatten, noch keine Zeit dafür gefunden.

Ich sah einen weißen Wolf in der Nähe des King's Hollow durch die Bäume rennen und legte die Flügel an, um in den Sinkflug zu gehen.

Lautlos schoss ich auf den Boden zu, und in dem Moment, in dem Seth auf eine grasbewachsene Lichtung sprang, streckte ich meine Klauen aus und packte ihn.

Seth jaulte überrascht auf, als er vom Boden gehoben wurde, und ich schnaubte ein Drachenlachen, als er zu strampeln und treten begann, bevor er seine Zähne in meinen Fuß bohrte. Woraufhin ich ihn fast hätte fallen lassen.

Ich hatte Mühe, ihn festzuhalten, und er verwandelte sich in meinem Griff. In seiner Fae-Gestalt gelang es ihm, zwischen meinen Klauen hindurchzurutschen, und er nutzte seine Luftmagie, um sicher auf dem Hügel unter uns zu landen.

Ich zog noch ein paar Kreise, bevor ich ebenfalls landete. Am Rande der Lichtung verwandelte ich mich und schenkte ihm ein spöttisches Lächeln.

»Willst du dich mit mir anlegen?«, rief er herausfordernd und klopfte sich auf die Brust wie ein Kerl, der zu viel Bier getrunken hatte und mit jedem in der Nähe kämpfen wollte.

»Nackt?«, stichelte ich, während ich mich durch das hohe Gras, das mir bis zur Hüfte reichte, auf ihn zubewegte. Er grinste und ließ seinen Blick über meinen Körper wandern.

»Ich meine ... ich habe schon schlimmere Angebote bekommen.«

»Lass uns erst mal was essen«, schlug ich vor. »Ich ziehe es vor, meine Gegner mit vollem Magen plattzumachen.«

»Wettrennen zurück zum Hollow?« Seth ließ mir keine Zeit zu antworten, bevor er im Wald verschwand, und ich jagte ihm fluchend nach.

In dem Moment, in dem ich die Lichtung verließ, stieß ich gegen einen Luftschild und lachte, als ich fast auf den Hintern fiel, bevor ich ihn mit Feuermagie zerstörte.

Das Arschloch schleuderte mir Ranken entgegen, die mich zu Fall bringen sollten, und Steine schossen aus dem Boden, als ich auf sie zustürmte. Plötzlich klaffte ein riesiges Loch unter mir auf, und ich stürzte hinein.

Ich schaffte es, Wasser unter mir zu erzeugen, bevor ich auf dem Boden aufschlug, und schuf damit eine Brücke nach oben. Ich entdeckte Seths nackten Arsch, als er gerade den Eingang zum Baumhaus erreichte.

Mit einer schnellen Bewegung meines Handgelenks setzte ich eine Feuerexplosion direkt vor ihm in Gang, und als er zurückwich und seine Kontrolle über das Element Luft benutzte, um der Flamme den Sauerstoff zu entziehen, fegte ich ihn mit einem Wasserstrahl von rechts zu Boden. Er heulte auf, als er durch die Bäume gespült wurde, und ich lachte auf meiner Wasserbrücke.

Ich streckte die Hand aus, um die Tür aufzureißen, aber traf abermals auf feste Luft, und meine Knöchel knirschten. Knurrend attackierte ich den Schild mit Feuer, während meine Instinkte mich warnten, dass er bereits direkt hinter mir war.

Seths Schulter kollidierte mit meiner, als er versuchte, mich zur Seite zu stoßen, um zur Tür zu gelangen, aber ich bewegte mich nicht, stellte mich breitbeinig hin und nutzte meine Drachenstärke, um meine Position zu halten, während er die Tür aufriss.

Gleichzeitig stürzten wir hindurch, unsere Schultern verkeilten sich im Rahmen, und wir brachen beide in Gelächter aus, bevor wir gemeinsam weiterrannten.

»Ich schätze, wir sind immer noch gleich stark«, scherzte Seth, während er sich liebevoll an meinen Arm schmiegte, und ich schubste ihn mit einem leisen Lachen von mir.

»Steck deinen Schwanz weg, bevor du anfängst, mich zu betatschen, du Köter«, antwortete ich spöttisch, öffnete den Schrank neben der Tür und warf ihm ein paar Kleidungsstücke zu, während ich mir eine cremefarbene Jogginghose und ein graues Tanktop anzog.

»Ich hoffe, Geraldine hat schon Bagels gebracht«, grummelte Seth und schnüffelte hoffnungsvoll in der Luft, aber da es wahrscheinlich noch nicht einmal sechs Uhr war, bezweifelte ich das.

»Tatsächlich wollte ich mit dir sprechen«, sagte ich. Mir war klar, dass das reichlich spät kam, nachdem ich Orion versprochen hatte, dieses Gespräch mit ihm zu führen, aber ich war verdammt beschäftigt gewesen. Außerdem bezweifelte ich ohnehin, dass an der Sache etwas dran war, und hatte es vergessen. Was mich vielleicht zu einem schlechten Freund machte, aber zumindest kam ich jetzt dazu.

»Ach ja?«, fragte Seth beiläufig.

»Ja. Was läuft da zwischen Gwen und dir? Lance scheint zu denken, dass ihr ein Paar seid, aber davon habe ich noch nichts bemerkt. Ist er ein eifersüchtiges, liebeskrankes Arschloch mit Halluzinationen?«

»Warte, ich zeige es dir«, sagte er geheimnisvoll, und ich hielt den Mund, während ich mich fragte, was zum Teufel er vorhatte.

Seth gluckste, als wir die Treppe zum Wohnzimmer des Baumhauses hinaufeilten, und ich schob etwas Brot in den Toaster, während er sich um den Kaffee kümmerte. Der Raum war dunkel, das Feuer im Kamin brannte nur noch schwach, aber ich erweckte es mit einem Fingerschnippen wieder zum Leben, während ich auf Seths Erklärung wartete.

Er öffnete eine Schublade, nahm seinen Atlas heraus, öffnete seinen Chatverlauf mit Orion und gab mir diesen zum Lesen.

Seth Capella:
*Ich habe sie noch nicht dazu gebracht, sich vor mir zu verbeugen, aber in die Knie gezwungen habe ich sie allemal. *Offener-Mund-Emoji* *Auberginen-Emoji**

Seth Capella:
Wie nennt man einen gescheiterten Professor ohne Job und ohne Freundin?

Seth Capella:
Nichts. Weil sie sich nicht an deinen Namen erinnern kann.

Es folgte ein Selfie von Seth, der neben Darcy in ihrem Bett lag, während sie schlief – mit der Bildunterschrift *#sexundfertig* versehen.

»Verstehst du?«, fragte Seth grinsend. »Fix und fertig, aber mit Sex, weil ich will, dass er denkt, ich hätte meinen Schwanz in sie gesteckt.«

»Aber das hast du nicht?«, hakte ich nach, unsicher, was zum Teufel das alles sollte.

»Nee, Mann. So läuft das nicht bei uns. Ich meine, klar, es gab eine Zeit, in der ich ein bisschen darüber nachgedacht habe, aber jetzt drehen sich meine Fantasien viel weniger um Phönixe und mehr um … Na ja, wenn sie mir einen Mitleidsfick spendieren wollte, wäre ich nicht total dagegen, weil meine Hoden in letzter Zeit so blau sind wie ihre Haare und es nicht so aussieht, als würde ich das bekommen, was ich wirklich will, also …«

»Spul mal zurück zu dem Teil, wo du gesagt hast, dass ihr nicht zusammen seid. Warum schickst du Lance trotzdem diesen Scheiß?«, fragte ich, unsicher, ob ich knurren oder lachen sollte. Ich fühlte mich bei der ganzen Sache völlig verloren.

»Richtig. Ja, also, ich verarsche ihn, um ihn in einen eifersüchtigen Rausch zu treiben, der ihn dazu zwingen wird, ihr zu sagen, was er fühlt, und sie dazu bringen wird, ihm zuzuhören und ihm zu vergeben. Mit Happy End und allem Drumherum. Ich erwarte, Trauzeuge zu sein − sorry, Alter, aber Lancey wird mich viel mehr lieben als dich, wenn ich hier fertig bin, und du wirst definitiv degradiert. Du könntest dir aber natürlich trotzdem eine süße kleine Fliege besorgen.«

Ich konnte nicht anders, als zu lachen, als ich mir noch ein paar seiner Nachrichten ansah, und warf ihm dann seinen Atlas zurück. »Du bist total verrückt, und er wird wahrscheinlich versuchen, dich deswegen zu erwürgen«, sagte ich.

»*Aber?*«, fügte er forschend hinzu.

»Aber ich bin dabei. Die beiden müssen das verdammt noch mal klären und wieder zusammenkommen. Wenn er mich also noch mal danach fragt, spiele ich mit.«

Seth grinste breit, und wir nahmen unsere Teller mit Toast, bevor wir uns zum Essen ins Wohnzimmer begaben.

Ich nahm meinen üblichen Sessel neben dem Kamin, und Seth ging zur Couch, aber sobald er saß, sprang er abrupt wieder auf, und ich musste lachen, als ich Max aus einem Haufen Decken auftauchen sah.

»Ah, Mist, bin ich eingeschlafen?«, krächzte er, griff nach Seths Kaffeetasse und trank sie aus, bevor Seth überhaupt mitbekam, was er getan hatte.

»Hey! Hast du mich gerade genötigt, großzügig zu sein?«, schimpfte Seth, und Max lächelte schwach, was so ziemlich alles sagte, bevor er sich mit der Hand übers Gesicht fuhr.

Ich erhöhte den Lichtpegel im Raum mit ein paar Fae-Lichtern, um ihn besser sehen zu können, und bemerkte seine Sorge, die sich über seine Gabe im Raum verteilte.

»Warum zum Teufel hast du hier draußen geschlafen?«, fragte ich ihn, und er stöhnte.

»Das war nicht geplant. Ich habe schlechte Nachrichten erhalten und meine Gaben genutzt, um mich zu beruhigen, damit ich über die beste Vorgehensweise nachdenken kann. Ich muss die Intensität zu hoch eingestellt haben und eingeschlafen sein.«

Seth schnaubte und ging in die Küche, um sich selbst einen Kaffee und eine zweite Tasse für Max zu holen, der sie offensichtlich brauchte.

»Was waren die schlechten Nachrichten?«, fragte ich und biss in meinen Toast, während Max das Gesicht verzog.

»Meine süße Schwester und meine böse Stiefmutter haben gestern Abend beschlossen, mich bloßzustellen – wahrscheinlich als Rache dafür, dass ich Ellis zum Narren gehalten habe. Die Story über mein uneheliches Blut und meinen Minotaurus-Großvater mütterlicherseits ist durchgesickert, und ich gehe davon aus, dass heute noch aller möglicher Scheiß auf mich einprasselt. Vor allem, da Lionel gerade die Hälfte des Königreichs dazu anstachelt, Minotauren zu hassen.«

»Fuck«, stieß Seth bedrückt hervor. »Aber andererseits ist das Geheimnis jetzt raus, und wir können uns damit auseinandersetzen und dann weitermachen. Ich meine, du wirst vielleicht eine Weile lang der Grund für einen kleinen politischen Skandal sein, aber letzten Endes bist du doch der Sohn deines Vaters. Es gibt kein Gesetz, das Bastarde daran hindert, ihren Platz zu beanspruchen, und du bist eine Million Mal stärker als Ellis. Also ist sie weder für dich noch für deine Position als Wassererbe eine Bedrohung.«

»Mit welchen Taktiken willst du dem Gerede entgegenwirken?«, fragte ich, und Max sah zwischen uns hin und her.

»Na ja, Dad meinte, dass es helfen würde, wenn ihr euch klar hinter mich stellen würdet. Eine Stellungnahme oder so. Aber ich weiß, dass Lionel das aufgrund seiner Haltung gegenüber Minotauren wahrscheinlich nicht will, Darius. Und ich verstehe, dass sowohl du, Seth als auch Cal das mit euren Eltern abklären müsst«, sagte er mit einem hilflosen Achselzucken.

»Scheiß auf meinen Vater«, knurrte ich. »Welche Loyalität hat er mir jemals gezeigt? Gib mir deinen Atlas und ich werde eine Erklärung zu deiner Unterstützung aufzeichnen. Wir werden klarstellen, dass wir schon lange davon wissen, und sagen, dass wir die Wahrheit nur deshalb geheim gehalten haben, um deine Stiefmutter vor einem Skandal zu schützen. Wir wollten verhindern, dass die ganze Welt davon erfährt, dass dein Dad sie betrogen hat. Ganz einfach.«

»Im Ernst?«, fragte Max und zog die Augenbrauen hoch. »Aber Lionel wird dich dafür bestrafen, wenn das nicht in seinem Sinne ist.«

»Na und? Scheiß auf ihn! Scheiß auf seinen Formisten-Bullshit und scheiß auf die Vorstellung, dass ich jemals jemanden denken lassen könnte, ich würde an sein abgefucktes Hassgerede glauben. Er wird mich nicht töten, ohne einen anderen Erben zu haben, der mich ersetzt, und ich habe genug von seinen Bestrafungen erlebt, um zu wissen, dass der Versuch, seine Regeln zu befolgen, mich nicht vor ihnen schützen wird. Also kann ich mir seine Prügel genauso gut verdienen, indem ich etwas tue, an das ich glaube.« Ich griff nach Max' Atlas, und er gab ihn mir zögerlich.

»Ich will nicht, dass du meinetwegen verletzt wirst«, sagte er, sichtlich hin- und hergerissen, was ich ihm da anbot.

»Hör zu, entweder mache ich die Aufnahme für dich, damit deine Leute sie so veröffentlichen können, wie sie es wollen. Oder ich gehe jetzt live auf FaeBook und erzähle es der Welt selbst«, sagte ich.

»Okay. Fuck, Mann, dafür schulde ich dir echt was«, sagte Max.

»Nein, tust du nicht. Wir sind Brüder, und das ist es, was wir für unsere Familie tun. Keine Frage. Keine Schulden. Wir sind füreinander da, wann immer es nötig ist.«

Ich nahm seinen Atlas und verfasste eine Aufnahme, in der ich klar und aufrichtig über meine Liebe und Unterstützung für ihn sprach und unmissverständlich zum Ausdruck brachte, dass die Hinzufügung von Minotaurusblut zu seinem Erbe für mich überhaupt keinen Unterschied machte. Max war der einzige echte Kandidat für die Rolle des Wasserratsmitglieds, sobald wir alle unsere Positionen eingenommen hatten, und ich würde nicht zulassen, dass jemand anderes den Job übernahm.

Ich beendete mein Frühstück, während Seth ebenfalls eine Stellungnahme abgab. Max sah wesentlich zuversichtlicher aus, als er fertig war.

»Wo ist Cal?«, fragte ich. »Wir werden seine Aussage aufnehmen, dann kannst du sie mit deiner eigenen an dein Team senden.«

»Noch im Bett«, murmelte Max und deutete vage in Richtung Flur, während er unsere Video-Stellungnahmen abspielte, um sie sich noch mal anzusehen. Seth sprang auf, als ich mich auf den Weg machte, um Caleb zu wecken.

»Wir sollten ihn wecken, indem wir uns auf ihn werfen«, bemerkte Seth schmunzelnd, und ich erwiderte sein Grinsen. Ich wirkte eine Stillekuppel um uns, während wir uns auf den Weg zu Calebs Zimmer machten.

Doch als Seth die Tür aufstieß, war das Zimmer leer.

»Wo ist er?«, fragte Seth, und ich runzelte verwirrt die Stirn, als ich mich im Flur umschaute und eine der Türen einen Spalt offen stehen sah. Roxys Tür.

Ein Kribbeln der Besorgnis lief mir den Rücken hinunter, und ein tiefes Knurren stieg in meiner Kehle auf, als mir ein Gedanke kam, den ich einfach nicht loswerden konnte. Sie war gestern Abend nicht in Haus Ignis gewesen, und ich wusste, dass sie oft hier schlief. Und da Caleb nicht in seinem Zimmer war …

Es fühlte sich an, als würden die Sterne mich zu dieser Tür schubsen und die Flammen der Eifersucht und Wut in mir schüren, obwohl ich noch kein Recht hatte, so etwas zu fühlen. Vielleicht würde ich dieses Recht auch nie haben. Sie gehörte mir nicht. Aber gleichzeitig gehörte sie eben doch mir. Und wenn er sie noch einmal angefasst hätte, würde ich ihm seinen Schwanz abreißen und ihn anzünden.

Ich presste die Kiefer zusammen, ging zu ihrem Zimmer und stieß die Tür auf, ohne zu klopfen oder die Stillekuppel aufzulösen, die mich und Seth verbarg, der dicht hinter mir blieb.

Die Welt blieb stehen, als mein Blick auf das Bett fiel, auf dem die beiden lagen, ihr Kopf auf seiner Brust und sein Arm um sie geschlungen. Irgendwo in den Tiefen meines Geistes ertönte ein dumpfes, hallendes Pochen, gefolgt von einem Klingeln in meinen Ohren, das einfach nicht aufhören wollte.

Ich konnte mich nicht bewegen. Die Wut brodelte in meinem Körper, und ich hatte Angst, in Flammen aufzugehen, sobald ich diese Wut entweichen ließ.

Seth ging wimmernd auf und ab und krallte die Hände in seine langen Haare, während er die beiden ansah, als wäre er genauso schockiert wie ich. Aber darauf konnte ich mich nicht konzentrieren. Ich war im Begriff, meinen besten Freund zu ermorden.

Die Schatten erhoben sich in mir, und ich ließ die Stillekuppel fallen, kurz bevor ein Brüllen der Wut aus mir herausbrach. Ich stürzte auf das Bett zu, um Caleb herauszuzerren und ihm die Fresse einzuschlagen, bis er aufhörte, sich zu bewegen.

Roxy wachte auf und stieß einen angsterfüllten Schrei aus, und ich stieß gegen einen Luftschild, bevor ich den Mistkerl erwischen konnte, der das angefasst hatte, was mir gehörte.

Der Drache in mir war auf Blut aus, und mein Körper brannte und juckte vor Verlangen, sich zu verwandeln. Aber ich kämpfte mit wütender Entschlossenheit dagegen an, denn ich wollte seinen Körper unter meinen Fäusten brechen spüren, nicht unter meinen Klauen.

»Was zum Teufel?«, schrie Caleb, als er sich neben meinem Mädchen aufrappelte, wobei die Decken zur Seite rutschten und seine Jogginghose zum Vorschein brachten. Aber mein Gehirn war mehr auf den Drang konzentriert, ihm den Kopf abzureißen, und kümmerte sich nicht um seine Klamotten. »Ich habe sie nicht angefasst«, fügte er hinzu, als er den Grund für meinen vernichtenden Blick erkannte.

»Bist du deshalb so drauf?« Roxy schob die Bettdecke beiseite, stand auf und starrte mich wütend an. Sie trug ein schwarzes Tanktop, das eindeutig für einen Mann geschnitten war und ihr bis zu den Oberschenkeln reichte. »Fick dich, Arschloch!«, zischte sie und zeigte auf mich. Ich schrie wieder etwas Unverständliches, während ich versuchte, mich an ihrer Magie vorbeizudrängen, indem ich meine Fäuste in Flammen tauchte und den Schild zwischen uns mit aller Kraft zerschlug.

»Hör auf, dich da drin zu verstecken, du verdammter Feigling!«, brüllte ich, meinen Blick auf Caleb gerichtet, während Seth neben mir knurrte und mir den Rücken zu stärken schien.

»Es ist doch gar nichts passiert!«, schrie Caleb. »Max war hier bei uns. Er hat ihr mit ihren Albträumen geholfen, und ich war hier, weil er damit zu kämpfen hat, immerzu so viel negative Energie zu absorbieren.«

»Ich wusste nicht einmal, dass er hier war«, fügte Roxy wütend hinzu, ihren Blick auf mich gerichtet. »Aber danke, dass du mir vertraust, du Stück Scheiße.«

»Du liegst in ihrem verdammten Bett!«, brüllte ich und richtete meine ganze Wut auf Caleb, weil ich es nicht ertragen könnte, sie anzugreifen. »Ihr seid halb nackt.«

»Es sieht verdammt verdächtig aus, Alter«, fügte Seth verbittert hinzu und verschränkte die Arme vor der Brust, während sein Unterkiefer zuckte, als würde er darauf warten, mehr zu sagen.

»Das ist es aber nicht«, blaffte Caleb und warf Seth einen schmerzverzerrten Blick zu, was mich wütend machte, weil er sich auf mich hätte konzentrieren sollen.

Ich kämpfte gegen die Mordlust und die Wut an, die durch meine Adern peitschten, während ich zwischen den beiden hin und her blickte. Schließlich blieb mein Blick bei ihr hängen, und eine hoffnungslose, verzweifelte

Sehnsucht erfüllte mich.

Der Drache unter meiner Haut war bereit, alles in Stücke zu reißen, vor allem Caleb, und ein heftiger, unerbittlicher Schmerz breitete sich in meiner Brust aus. Denn ich realisierte, dass sie eines Tages jemanden an ihrer Seite haben würde, wenn auch nicht unbedingt ihn. Sie würde nicht einfach zölibatär leben, nur weil wir nicht zusammen sein konnten. Wie konnte ich das von ihr erwarten? Ich wusste zwar, dass sie sich niemals verlieben würde, aber wir wussten bereits, dass es für sie trotz dieses Bandes durchaus möglich war, mit jemand anderem zu ficken. Mit jemand Bestimmtem sogar.

Mein Blick schoss zu Caleb zurück, und ich bleckte die Zähne, als eine gewaltige Wut meinen Körper durchflutete und meine Augen sich zu Drachenschlitzen verengten. Ich würde ihn verdammt noch mal umbringen, wenn er sie noch einmal anrührte. Wenn er ernsthaft glaubte, dass er mein Mädchen betatschen und seine verdammten Hände würde behalten können, dann hatte er sich geschnitten …

Roxy ging übers Bett, bis sie direkt vor mir stand. Ihre Position bedeutete, dass sie auf Augenhöhe mit mir war, während ihr eigener Zorn ihr hübsches Gesicht färbte, als sie ihren Luftschild fallen ließ und mir so fest sie konnte gegen die Brust stieß. Der Schlag reichte nicht aus, um mich zu bewegen, aber ich konnte die Wucht des Stoßes spüren und wusste, dass das ihre Absicht gewesen war.

»Krieg das in deinen dummen Schädel, Arschloch: Es ist nichts passiert. Zwischen ihm und mir ist nichts. Nicht mehr«, schrie sie.

»Warum zum Teufel kuschelt ihr dann zusammen in einem Bett?«, fragte ich, während Rauch zwischen meinen Lippen aufstieg. Der Drang, mich zu verwandeln, war fast überwältigend, und ich wandte meine Wut erneut in Richtung Caleb.

»Du bist der Einzige für mich, du Vollidiot«, fauchte Roxy und schubste mich erneut, sodass ich noch lauter knurrte. Warum zum Teufel dachte sie, es wäre eine gute Idee, die Bestie in mir zu wecken, wenn ich kurz davor war … »Du bist der Einzige für mich. Wir haben keine Zukunft, aber es ist trotzdem eine verdammte Tatsache.«

»Was?«, fragte ich, während sich meine Augenbrauen zusammenzogen, doch ihr Mund war schon auf meinem, bevor ich den Gedanken zu Ende denken konnte.

Die Hitze der Sonne flammte zwischen uns auf, als sie ihre Arme um meinen Hals legte, sich auf mich warf und ihre Beine um meine Taille schlang. Ein Stöhnen der puren, verdammten Lust entwich mir, und sie schob ihre

Zunge zwischen meine Lippen.

Ich knurrte hungrig, küsste sie fester und packte ihren Hintern, während ich sie an mich drückte. In diesem Kuss lag jeder Hauch von Eifersucht, den ich je ihretwegen empfunden hatte, jedes bisschen Schmerz, den ich erlitten hatte, weil ich sie wollte und wusste, dass ich sie nie haben würde.

Sie schob ihre Finger in meine Haare und zog so fest, dass es wehtat.

Ich biss in ihre volle Unterlippe und stieß ein Knurren aus, das ihr verriet, dass ich nach wie vor ein wildes Biest war und mich so schnell nicht einsperren lassen würde. Aber wenn jemand die Chance hatte, mich einzufangen, dann sie.

Ich drehte sie herum und drückte sie gegen die Wand, mein harter Schwanz stieß gegen den feuchten Stoff ihres Höschens, während ich für sie stöhnte. Nur vage nahm ich wahr, dass Seth und Caleb den Raum verließen. Aber sie waren mir scheißegal. Ich hatte sie und die verdammte krankhafte Eifersucht, die die Sterne mir unmissverständlich hatten einreden wollen, als sie mich in diesen Raum getrieben hatten, vergessen. Denn jetzt ging es nur um sie. Und sie war die Einzige für mich, genau wie ich der Einzige für sie war. Und die Sterne, die uns ständig auseinanderbringen wollten, konnten mich mal kreuzweise. Dafür, dass sie glaubten, uns aufhalten zu können. Es gab kein Aufhalten. Sie war mein Leben, und selbst wenn ich sie nie wirklich haben könnte, würde ich nie aufhören, sie zu wollen. Ich würde nie aufhören, ihr zu gehören.

Roxy küsste mich inniger und fordernder, während meine Haut mit dem Feuer meines Drachen brannte und meine Wut sich in etwas so viel Ursprünglicheres verwandelte.

Sie war mein. Von den Sternen dazu bestimmt, mein zu sein. Das Mädchen, das meine Elysische Gefährtin hätte sein sollen und so viel mehr war als das. Ich brauchte das. Ich brauchte sie. Ich war wie der Mond ohne das Licht der Sonne, wenn sie nicht bei mir war – kalt, blass und ohne Leben. Aber sie erfüllte mich mit Licht und Feuer. Und ich wollte nie mehr aufhören, mit ihr zu brennen.

Ich setzte sie auf eine Kommode, wobei alles Mögliche zu Boden fiel, während sie sich an meiner Brust festkrallte. Ein Donnerschlag ertönte über uns.

Aber ich konnte nicht loslassen. Ich wollte es nicht. Fuck, es war mir sogar egal, ob die Sterne mich dort, wo ich stand, erschlagen würden, solange ich in ihren Armen sterben konnte.

Sie schob meine Jogginghose nach unten und ließ ihre Finger über das

Tattoo gleiten, das ich mir für sie hatte stechen lassen. Ich knurrte noch lauter, als sie ihre Hand um meine Länge wickelte und ich ihr nasses Höschen beiseite schob.

»Ich kann nicht mehr ohne dich sein, Roxy. Es bringt mich um. Es wird mich umbringen«, stöhnte ich gegen ihren Mund, und sie wimmerte vor Verlangen und zog mich näher an sich, sodass ich an ihre weiche Mitte gedrückt wurde.

Aber bevor wir diese Absicht in die Tat umsetzen konnten, schlug ein Blitz in das Dach über uns ein, und sie schrie, als das gesamte Baumhaus zur Seite kippte, Flammen über das Holz züngelten und die Schreie unserer Freunde aus dem anderen Raum drangen.

»Fuck!«, brüllte ich, riss mich von ihr los und zog meine Jogginghose wieder hoch, bevor mein Verlangen nach ihr sie umbrachte.

»Darius«, knurrte Roxy, um mich dazu aufzufordern, nicht die Nerven zu verlieren, aber ich war so verdammt wütend, dass ich sie kaum hören konnte.

Ich schlug mit der Faust so fest gegen die Holzwand, dass ein Loch entstand, und ein Drachenbrüllen entwich meinen Lippen, als es abermals über uns donnerte.

Ich warf einen letzten, verzweifelten Blick auf das wunderschöne Mädchen, das mein Herz besaß, und wünschte mir mehr als alles andere auf der Welt, es nicht verlassen zu müssen. Meine Seele wurde in zwei Hälften gerissen, als ich genau das tat.

Die anderen Erben versuchten, mich zu beruhigen, als ich es zurück ins Wohnzimmer schaffte, aber ich konnte nicht zuhören, ließ meine Jogginghose fallen, während ich das Fenster aufstieß, und sprang stattdessen in den Sturm hinaus.

Mein Drache befreite sich, und ich flog schnell und kraftvoll auf die Lücke im Zaun zu, während Flammen aus meinen Lippen stoben. Der Verlust all dessen, was ich mit meinem Mädchen hätte haben sollen, verzehrte mich.

Als ich das Loch im Zaun erreichte, verwandelte ich mich, passierte die Absperrung und verwandelte mich zurück, bevor ich in Richtung Berge davonflog und mich in den Sturmwolken versteckte. Ich musste so weit wie möglich von allem und jedem weg sein, sonst würde ich jemanden angreifen, der es nicht verdient hatte.

Mit peitschenden Flügeln ließ ich den Campus hinter mir – mein Herz gleich mit. Mein Geist war erfüllt von Bildern eines wunderschönen Mädchens mit Augen voller Feuer und Lippen, die nach Sünde schmeckten. Aber das Schicksal würde sie für immer von mir fernhalten.

Der Sturm ließ nicht nach, während ich flog, ohne mich umzudrehen, immer weiter durch den Himmel raste und das Elend des eisigen Regens willkommen hieß, der auf meine brennend heißen Schuppen prasselte.

Ich dachte an all die schrecklichen Dinge, die ich ihr angetan hatte, und an all die Gründe, warum ich es verdiente, so zu leiden, bis Reue und Selbsthass mich gründlicher zu ertränken drohten als all das Wasser, das auf mich herabströmte.

Schließlich landete ich auf einer riesigen Lichtung zwischen zwei Bergen, wo der Regen auf die Ebene trommelte und meine Klauen sich in den feuchten Boden gruben.

Ich brüllte die Sterne an, obwohl ich sie zwischen den Wolken nicht sehen konnte, aber ich tat es trotzdem, verfluchte sie, genau wie sie mich verflucht hatten, und stieß eine riesige Rauchwolke aus Drachenfeuer aus, die sich zu einem riesigen Feuerball ausdehnte, der bis zum Himmel aufstieg.

Ich neigte den Kopf und sah zu, wie die Flammen langsam vor mir erloschen, und mein Herz klopfte, als ich eine Gestalt durch den sich lichtenden Rauch treten sah. Ihre langen Haare flogen um sie herum, und ihr finsterer Gesichtsausdruck verriet mir, dass sie stinksauer war.

»Renn nicht vor mir weg, Darius Acrux!«, knurrte Roxy und marschierte in dem Tanktop, das ich nun als mein Eigentum erkannte, direkt auf mich zu.

Ihre Füße waren nackt, und ihre goldenen Flügel spannten sich auf ihrem Rücken – trotz des peitschenden Regens glitzerten sie im Feuer ihrer Formgebung.

Ein Luftschild umgab mich, als es abermals zu donnern begann, und Blitze schlugen in die Kuppel ein, die sie geschaffen hatte. Roxy wurde vom Licht der Blitze erleuchtet, und es sah fast so aus, als würde sie das Gewitter lenken.

Ich verwandelte mich wieder in meine Fae-Gestalt, und meine Muskeln verkrampften sich, während ich hin- und hergerissen war zwischen dem Wunsch, zu ihr zu gehen, und dem Bedürfnis, sie vor dem Zorn der Sterne zu schützen.

Ich stand vollkommen still, als sie auf mich zukam; ihre Augen leuchteten vor Gefahr und Entschlossenheit.

»Weißt du, als ich aus meinem früheren Leben gerissen und in deine Welt gebracht wurde, hat man mir immer wieder erzählt, dass die Sterne unser Schicksal bestimmen. Mir wurde erklärt, dass unser Schicksal in Stein gemeißelt und von diesen funkelnden kleinen Lichtpunkten weit oben am Himmel besiegelt sei. Und ich habe geantwortet, dass ich nicht an das Schicksal glaube. Egal, wie oft sich Vorhersagen und Horoskope und all das als richtig erwiesen haben. Ich habe weiterhin darauf bestanden, nicht daran zu glauben.«

»Das überrascht mich nicht, Roxy. Du bist die sturste Fae, die ich je getroffen habe.«

»Wer im Glashaus sitzt, sollte nicht mit Steinen werfen«, knurrte sie, und in mir erhob sich eine Welle der Wut angesichts des Tons, den sie mir gegenüber anschlug. Selbst nach all der Zeit war sie immer noch genauso respektlos, genauso unhöflich, scharfzüngig und wild wie am ersten Tag. Vielleicht sogar noch mehr.

»Wenn du mich so unausstehlich findest, warum hast du mich dann verfolgt?«, fragte ich herausfordernd.

»Weil ich mir bei meiner Ankunft an der Academy geschworen habe, mein Schicksal nicht von anderen bestimmen zu lassen. Und obwohl du das unhöflichste, sturste und nervigste Arschloch bist, das ich *je* getroffen habe, will ich dich. Also, scheiß auf die Sterne! Scheiß auf den Mond und die Meteore und die verdammten Wolken! Soll der Himmel hören, wie ich ihm sage, dass er mich mal kann. Nichts da oben – oder hier unten – hat mir zu sagen, was ich tun soll. Du hast mir gesagt, dass ich dein bin, und ich glaube, dass du auch mein bist.«

»Du *glaubst*?«, fragte ich. »Ich habe dir gesagt, dass ich dich liebe. Ich habe es auf meine Haut tätowiert, Roxy. Ich glaube, ich habe meine Gefühle ziemlich deutlich gemacht. Du bist alles, was ich will. Die einzige Wahl, die ich treffen möchte, und die einzige, die ich nicht treffen kann. Also *glaubst* du gar nichts. Du *weißt*, dass ich dein bin. Du besitzt jedes verdammte bisschen von mir. Aber du hast mir nie gesagt, was du willst oder ob du auch mein sein möchtest.«

Donner grollte am Himmel, doch Roxy ignorierte ihn völlig, während sie ihren Luftschild in Position hielt und nicht einmal zusammenzuckte, als wiederholt Blitze darauf einschlugen.

»Ich bin das Mädchen, das niemand je geliebt hat, Darius«, sagte sie. »Niemand außer Darcy, mein ganzes Leben lang. Und obwohl ich es nie gezeigt habe, war es stets mein Traum, jemanden zu finden, der mich so liebt, wie es der Prinz in einem Märchen tun würde. Ich wollte die Prinzessin sein. Aber ich liebe dich nicht wie eine Prinzessin. Unsere Beziehung ist weder sanft noch süß oder einfach. Sie ist wild und unberechenbar. Sie schmerzt mehr als alles, was ich je gefühlt habe, und sie verzehrt mich auf eine Art und Weise, die völlig unvorhersehbar war. Durch dich schlägt mein Herz schneller vor lauter Angst, und mein Bauch zieht sich vor Wut zusammen, wie ich es noch nie erlebt habe. Ich habe dich mehr gehasst, als ich je für möglich gehalten hätte, und ich denke, wenn ich dich mit so viel Inbrunst liebe, werde ich darin verbrennen.«

»Also willst du dir selbst nicht erlauben, mich zu lieben?«, fragte ich und sah zu ihr hinunter. Sie stand kaum einen Schritt von mir entfernt, und der Himmel tobte vor Wut, weil wir uns ihm widersetzten.

»Vielleicht nicht«, stimmte sie zu, und mein Magen zog sich zusammen, aber dann hob sie den Saum meines Tanktops an, und mein Blick wurde von der Bewegung ihrer Hand angezogen, als sie ihren Daumen über die Vorderseite ihres Oberschenkels gleiten ließ und die Illusion entfernte, die sie dort gewirkt haben musste.

Ein Klumpen bildete sich in meiner Kehle, als mein Blick den Linien der Tinte auf ihrer Haut folgte. Ich kannte das Design, weil es das widerspiegelte, das Gabriel mir aufgetragen hatte, auf meine eigene Haut zu malen. Es waren die Linien, die die Position des Himmels in jener Nacht darstellten, in der sie mir einen Korb gegeben hatte. Jener Nacht, in der alles hätte anders sein können, wenn ich nur früher auf mein Herz gehört hätte. Die Worte, die in zarter Schrift ihren Oberschenkel zierten, entsprachen beinahe jenen auf meiner eigenen Haut. *Es gibt nur ihn.*

»Ich glaube, ich brenne bereits, Darius«, hauchte sie. »Und es ist Zeit, dass ich aufhöre, so zu tun, als wäre es nicht so.«

Ich trat vor, nahm ihr Gesicht zwischen meine Hände, küsste sie und bat sie mit einem harten und fordernden Kuss, dass dies die Wahrheit war. Denn wenn ich sie haben könnte, dann hätte ich alles. Und es war mir egal, ob wir wirklich die Sterne vom Himmel reißen müssten, um sie zu zwingen, uns eine Zukunft zu geben. Ich würde es tun. Ich würde jeden Preis zahlen, den sie von mir verlangen würden, nur damit dieses Gefühl anhielt. Nur um sie wirklich zu haben.

Gebt sie mir!, flehte ich sie an, während ich mich in dem Gefühl verlor, ihren Mund auf meinem zu spüren, ihre Hände auf meiner Haut. Ihr Puls schlug im gleichen berauschenden Rhythmus wie meiner. *Gebt sie mir, und ich werde jeden Preis zahlen, den ihr verlangt!*

Der Donner schien noch lauter zu krachen, als würde der Himmel meine Bitten ablehnen, aber bald vergaß ich die Sterne und ihre Launen, als ich Roxy in meine Arme hob und sie küsste, als wäre dies die einzige Chance, die wir hatten. Und vielleicht war es das verdammt noch mal auch. Denn offensichtlich hatte sie vor, den Sturm mit ihrer Magie so lange wie möglich aufzuhalten, und wer wusste schon, ob der Himmel uns noch einmal so nahe kommen lassen würde.

Wir standen mitten auf einem schlammigen Feld, was bedeutete, dass wir nur wenige Möglichkeiten hatten. Also kniete ich mich hin und setzte mich dann mit ihr auf dem Schoß auf den Boden.

Ihre Zunge jagte die meine, während sie mich immer heftiger küsste, und meine Magie tanzte auf meiner Haut und sehnte sich danach, sich mit ihrer zu vereinen. Meine Barrieren fielen und ihre folgten. Ein Stöhnen entwich ihr, als die Wucht des Aufeinanderprallens unserer Magien uns überwältigte.

Sie war so mächtig, dass es mir den Atem raubte – ein unaufhaltsamer Ozean der Kraft, der in einem Rhythmus rauschte, in dem ich mich zu verlieren wünschte.

Meine Hände bewegten sich an ihrer Wirbelsäule entlang und zerrten an dem Stoff meines Tanktops, das sie immer noch trug, aber er verfing sich in ihren bronzefarbenen Flügeln und weigerte sich, für mich zu weichen. Ich knurrte frustriert, bis meine Finger auf die seidig-weiche Textur ihrer Federn trafen.

Ein Schauer durchlief ihren Körper, und sie zuckte zusammen, als ich ihre Flügel berührte. Ihre Pupillen weiteten sich, als sie mich ansah.

»Mach das noch mal!«, befahl sie und ihre Augen blitzten. Ein Lächeln umspielte meine Lippen, als ich gehorchte und die Linien ihrer Flügel nachzeichnete, bevor ich mich der Stelle auf ihrem Rücken widmete, wo die Flügel in ihr Fleisch übergingen.

Sie stöhnte, als ich die Bewegung wiederholte, und ich beugte mich vor, um ihren Hals zu küssen. Ich schmeckte gerade ihre süße Haut, als der Boden unter uns zu beben begann – die nächste Welle der Verteidigung der Sterne.

Roxy stemmte ihre Knie auf beiden Seiten meiner Hüften in den Boden, und durch die Verbindung unserer Magie spürte ich, wie sie die Erde unter uns bändigte und sie mit einem magischen Feuerwerk erneut zum Stillstand brachte.

Ich ließ ihre Flügel los, breitete meine Hände um uns aus und ließ Flammen in einem Ring um uns herum entstehen, damit sie ihre Kraft wieder aufladen konnte, während wir in dieser Position blieben. Ich würde ihr alles geben, was sie brauchte, um uns vor unserem Schicksal abzuschirmen.

Während ich ihren Hals küsste, bewegte ich meine Hände an ihrem Körper hinab, spürte ihre harten Brustwarzen unterhalb meines Tanktops und legte stöhnend meinen Mund auf die eine, dann auf die andere.

Roxy stöhnte meinen Namen, und ernsthaft – es war der schönste Klang auf der ganzen Welt.

Sie stieß mich zurück, und ich ließ sie gewähren. Ich lag auf dem nassen, schlammigen Boden, griff nach ihrer Taille und zog sie über mein Gesicht, sodass ich die Tinte auf ihrem Oberschenkel küssen konnte. Ich folgte jeder einzelnen Linie dieser Tätowierung mit meiner Zunge, und mein Herz raste bei dem Gedanken, dass sie sie für mich für immer auf ihrer Haut tragen würde.

Meine Hände glitten über ihre Oberschenkel und über die runde Wölbung ihres Hinterns, während ich meinen Mund über das Tattoo gleiten ließ, bevor ich meine Finger in ihr Höschen schob und meine Hände in Flammen setzte, um den Stoff loszuwerden.

Roxy keuchte auf, als die Flammen ihre Haut küssten, aber der Phönix in ihr ließ nicht zu, dass sie sich verbrannte.

Ich lenkte meinen Kopf von ihrem Schenkel zu ihrer Mitte, packte ihren Hintern und zog sie über meinen Mund, woraufhin der süße Geschmack ihrer Lust meine Zunge berührte.

Der Donner grollte so laut, dass die Luft im Schutzschild knisterte, aber ihre Magie hielt stand und schützte uns, sodass wir den Sternen trotzen konnten.

Ich ließ meine Zunge über ihre Klit tanzen und genoss es, wie sie vor Lust unter meiner Berührung zitterte. Ihre bronzefarbenen Flügel breiteten sich zu beiden Seiten von uns aus, und die Blitze reflektierten sich in ihnen, sodass sie wie ein gefallener Engel aussah. Und ich war der Dämon, der sie ins Verderben gestürzt hatte. Aber ich würde es keine Sekunde lang bereuen.

Ich nutzte ihren Hintern, um ihre Hüften zu bewegen, und sie gehorchte meinen Anweisungen und ritt mein Gesicht, während ich sie verschlang. Meine rauen Bartstoppeln streiften ihre weiche Haut und meine Zunge glitt immer wieder durch ihre Mitte.

Sie war so feucht für mich, dass mein Schwanz vor Verlangen, sie zu füllen, zu pochen begann. Ich knurrte gegen ihre Pussy und entlockte ihr ein Keuchen, während sie ihre Hüften vor- und zurückbewegte und ich ihre Klitoris anbetete.

Sie kam mit einem Schreien und breitete ihre Flügel noch weiter aus. Das Feuer um uns herum brannte heller und wärmte meine Haut.

Ich konnte spüren, wie die Erde unter uns abermals bebte, und das Feld, auf dem wir lagen, schien unter der Wucht des Erdbebens zu wanken, das die Sterne geschickt hatten, um uns auseinanderzutreiben. Roxys Magie zog noch stärker an der meinen, während sie ihre Kontrolle über die Elemente einsetzte, um uns zu schützen, und ich konnte nicht anders, als über die Stärke in ihr zu staunen.

Der Regen prasselte so stark auf ihren Luftschild, dass ich nichts mehr sehen konnte, abgesehen von der konstanten Flut von Wasser, die über seine Oberfläche lief. Es fühlte sich an, als hätte sie dieses winzige Paradies für uns geschaffen, in dem es nichts außer uns beiden gab, und ich hatte vor, es in jedem Moment, den wir uns stehlen konnten, ausgiebig zu nutzen.

Ich packte Roxy an der Taille und drehte sie um, bis sie mit dem Rücken im Schlamm lag. Sie verbannte ihre Flügel mit einem schmutzigen Lachen, als ich mich auf ihr positionierte.

Mein Mund fand den ihren und sie küsste mich leidenschaftlich. Der Geschmack ihres Orgasmus tanzte zwischen unseren Lippen, während ich sie in den Schlamm unter mir drückte.

Ich suchte den Saum ihres – meines – Tanktops und riss es über ihren Kopf. Aber als das Material ihre Arme erreichte, drehte ich den Stoff, um sie darin gefangen zu halten, und fixierte ihre Arme grinsend über ihrem Kopf. Ihre grünen Augen blitzten vor Wut.

Sie wölbte den Rücken, als wollte sie sich gegen mich wehren, aber ich fand ihren Eingang, und als ich in sie eindrang, vergaß sie diesen Gedanken.

»Fuck, Darius«, stöhnte sie, als sich die perfekte Enge ihrer Pussy um meinen Schaft schloss und ich noch härter zustieß. Ich liebte das Geräusch, das sie von sich gab, als ich sie füllte, und die Art, wie sich ihr ganzer Körper gegen meinen wölbte.

Ich eroberte abermals ihre Lippen und küsste sie hungrig, während der Boden unter uns weiterhin heftig bebte und der Donner über uns die ganze Welt zum Vibrieren brachte.

In dem Moment, in dem sie in meinen Kuss schmolz, zog ich meine Hüften zurück und stieß erneut hart zu. Ich hielt ihre Hände über ihrem Kopf fest und beherrschte ihren Körper, während ich sie fickte. Und die ganze Zeit über brodelte in mir das verzweifelte Bedürfnis, sie unwiderlegbar als mein zu beanspruchen.

Drachen waren darauf programmiert, den wertvollsten Schatz zu finden, den es zu finden gab, und ihn sich anzueignen. Und sie war der wertvollste Besitz, den ich je zu besitzen gehofft hatte. Sie war Schönheit, Stärke, Mut und Hoffnung, und wenn ich jeden Tag für den Rest der Ewigkeit damit verbringen müsste, sie als mein zu markieren, dann würde ich das mit Freuden tun.

Ich würde meinen Namen in jeden Zentimeter ihrer Haut ficken, sie mit meinen Küssen brandmarken und sie mit meiner Liebe kennzeichnen, bis kein Fae auf der Welt es leugnen könnte und selbst die Sterne gezwungen wären, es zuzulassen.

Meine freie Hand glitt über die Kurven ihres Körpers, während ich meinen Schwanz immer wieder tief in sie hineinstieß. Ihre Haut war inzwischen mit schlammigen Handabdrücken bedeckt, von denen ich hoffte, sie würden für immer dortbleiben.

Jeder Schrei, der ihren Lippen entwich, trieb mich an, härter und tiefer vorzudringen. Ich wollte, dass sie immer wieder für mich kam, bis sie nicht mehr klar denken konnte und es auf der Welt nur noch sie und mich gab und sonst nichts.

Sie gab sich mir für mehrere ekstatische Minuten hin, während ich sie dominierte, was mich vor Lust knurren ließ. Ihr Körper beugte sich dem meinen, und es war genau so, wie ich mir ihre Unterwerfung immer gewünscht hatte.

Aber natürlich hatte sie nicht vor, es mir so einfach zu machen.

Mit einem scharfen Ruck befreite sie ihre Arme und bewegte ihre Hände zu meiner Brust, um zu versuchen, mich auf den Rücken zu rollen und mich unter sich zu drücken.

Ich knurrte sie an, weil ich das Gefühl, sie auf diese Weise zu besitzen, zu sehr mochte, um es aufzugeben. Ich hielt ihr Knie fest, damit ich sie noch tiefer ficken konnte, und sah zu, wie sie stöhnte und sich für mich wand, während ich immer härter in sie stieß. Gleichzeitig berührte sie ihre Brüste, quetschte ihre Nippel und bedeckte jeden Zentimeter ihrer Haut mit Schlamm.

Doch gerade als ich dachte, ich hätte sie in meiner Gewalt, wagte sie einen weiteren Versuch. Sie drückte ihre Hand auf meine Schulter und stieß mich mit den Schatten, die in ihr lebten, zurück.

Ich stöhnte, als die Dunkelheit in mir reagierte und meinen ganzen Körper mit Lust erfüllte. Die Schatten in uns verschmolzen und pulsierten mit dem starken Bedürfnis nach Vereinigung, und plötzlich fand ich mich auf dem Rücken unter ihr wieder.

Dunkelheit umgab uns, und ich grub meine Finger in Roxys Hüften, während ich meinen Schwanz in sie schob, und zwang sie, mich so tief zu nehmen, dass ihr bei jedem Stoß der Atem stockte.

Die Schatten flüsterten mir Worte zu, die mich danach verlangen ließen, mein eigenes Blut zu vergießen, um das Vergnügen zu steigern, das sie mir schenkten, während sie mich tiefer in ihren Griff zogen.

Aber während mein verhangener Blick auf dem Mädchen über mir ruhte, konzentrierte ich mich darauf, die Schatten zurückzuschlagen. Ich wusste, dass ich nie etwas so sehr brauchen würde, wie ich sie brauchte.

In Roxys Augen loderte Phönixfeuer, und die Schatten flohen von ihrem Körper. Die Flamme, die in mir lebte, stieg ebenfalls auf und half mir, die Dunkelheit zu vertreiben, während Roxy ihren Kopf vor Lust zurückwarf.

Ich umklammerte ihre Hüften fester und beugte mich vor, um sie erneut unter mich zu ziehen. Doch ihre Hände landeten auf meiner Brust, um mir das zu verweigern, also setzte ich mich stattdessen auf, küsste sie heftig und fickte sie tief.

Ich fand ihre Klitoris zwischen uns, und ihre Finger glitten in meine Haare, während ich sie im Takt meiner Stöße rieb, bis sie keuchte und schrie und so heftig auf mir kam, dass ich nicht anders konnte, als mit ihr zu kommen.

Ich drückte mich ein letztes Mal in sie hinein, ließ sie wimmernd ihre enge Pussy um mich herum zusammenziehen und ergoss mein heißes Sperma in ihr, während ich ihren Namen brüllte.

Der Donner, der über uns niederging, war voller Wut und unheilvoller Prophezeiungen. Ein Blitz nach dem anderen schlug in ihren Luftschild ein, und sie zuckte zusammen, während sie darum kämpfte, ihn aufrechtzuerhalten. Dabei nahm sie so viel von meiner Kraft, dass mir der Atem stockte.

Wir blieben dort, vereint und keuchend, küssten einander sanft und zärtlich, anstatt hungrig und verzweifelt, und ich strich mit meinen schlammigen Händen über ihre Wirbelsäule, wissend, dass dies das Ende war. Aber ich wollte nicht, dass sie ging. Ich wollte sie nirgendwo anders haben als in meinen Armen – und das für immer.

»Ich bin dein, Darius«, hauchte sie, ihre Stimme war über dem Sturm kaum zu hören. »Und du bist mein. Egal, was passiert.«

Ich küsste sie noch einmal, weil ich nicht wollte, dass es vorbei war. Es fühlte sich an, als würde es mich erneut zerbrechen, wenn ich zusehen müsste, wie sie sich aufs Neue von mir entfernte. Und doch wusste ich, dass wir nie mehr haben würden als heute. Es war so viel mehr gewesen, als ich für möglich gehalten hatte, aber gleichzeitig war es noch lange nicht genug.

Ich küsste ihre geschwollenen Lippen ein letztes Mal und sie ließ ihre Finger über meinen Unterkiefer gleiten, als wollte sie sich die Konturen einprägen, bevor sie sich schließlich zurückzog und aufstand.

In dem Moment, in dem unsere Körper nicht mehr miteinander verbunden waren, wurde der Fluss unserer gemeinsamen Magie unterbrochen. Ich stöhnte auf, als ich ihre Kraft verlor, während sie die Zähne zusammenbiss, um den Luftschild allein mit ihrer Kraft aufrechtzuerhalten.

Ich stand ebenfalls auf, stolperte jedoch ein wenig, als die Kraft des Erdbebens den Boden unter uns zum Wackeln brachte.

»Kannst du den Schild halten, während wir über den Sturm fliegen?«, fragte ich sie, während die Blitze, die in ihre Magie einschlugen, meine Haut mit einem unangenehmen Kribbeln überzogen.

»Ich denke schon«, antwortete sie und zog mein schmutziges Tanktop wieder an, bevor sie sich in ihre volle Phönixform verwandelte – den Körper umhüllt von blauen und roten Flammen.

Auch ich verwandelte mich, der Drache in mir brach aus meinem Körper hervor, und ich folgte Roxy, die in Richtung Himmel abhob.

Wir flogen schnell und entschlossen, Blitze schlugen immer wieder in Roxys Schild ein, und mein Herz schlug schneller bei dem Gedanken, was passieren könnte, wenn einer dieser Blitze seinen Weg zu ihr fand. Aber sie flog nur noch schneller und bahnte sich ihren Weg zwischen den Wolken hindurch, bis wir über ihnen aufstiegen und plötzlich in Sonnenlicht getaucht waren.

Der Luftschild, der uns umgeben hatte, verschwand, und wir warfen uns einen letzten Blick zu, bevor sie wieder in Richtung Academy flog. Ich sah ihr nach und mein Herz brach aufs Neue.

Aber dieses Mal war der Riss nicht so tief. Denn obwohl die Sterne uns trennen wollten, hatten wir es geschafft, uns zu wehren und uns ein Stück unseres eigenen Glücks direkt unter ihrer Nase zu sichern.

Ich hoffte nur, dass sie nicht zu den Typen gehörten, die nachtragend waren. Denn wenn sie es waren, würde sich das Schicksal jetzt gegen uns wenden – und wer zuletzt lachte, lachte bekanntlich am besten.

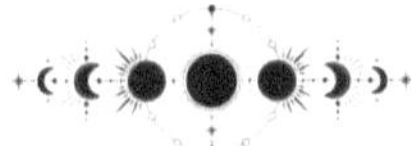

Am Ende des Unterrichtstages verließ ich die Jupiter Hall – meine Gedanken waren bei meinem Mädchen gewesen, statt bei den Lektionen, und ich bemerkte fast nicht die Goldmünze, die auf dem Weg vor mir lag, bis mein Fuß im Begriff war, darauf zu landen.

Rauch bedeckte meine Zunge, als ich auf sie hinunterblickte. Das war nicht irgendeine Münze. Es war eine vierhundertachtunddreißig Jahre alte massive Goldaure aus der Regierungszeit von König Agrien.

Grinsend bückte ich mich, um den Schatz zu bergen, und mein innerer Drache frohlockte, als ich ihn in Gedanken zu meinem Goldschatz hinzufügte. Eigentlich hätte ich mich bemühen sollen, den ursprünglichen Besitzer ausfindig zu machen und ihm die Münze zurückzugeben, aber scheiß drauf. Diese Münze gehörte mir. *Mir.*

Die anderen Erben waren bereits zum Orb aufgebrochen, und ich machte mich nun ebenfalls auf den Weg dorthin, wobei ich meinen Atlas aus der Tasche zog und Roxy eine Nachricht schickte. Wir hatten bislang nicht wirklich wieder damit angefangen, einander Nachrichten zu schicken, wie wir es früher getan hatten, aber nachdem wir den Sternen so heftig getrotzt hatten, hoffte ich, dass wir endlich wieder auf dem richtigen Weg waren.

Darius:
Was trägst du gerade?

Unser ungewöhnlicher Gesprächsbeginn ließ mein Herz schneller schlagen, als ich daran dachte, wie wenig sie draußen auf dem Feld bei dem Gewitter, das die Sterne geschickt hatten, um uns auseinanderzureißen, getragen hatte. Und ich bemerkte das goldene Glitzern am Rand des Weges zu meiner Rechten fast nicht. Aber der Drache in mir ließ sich keinen Schatz entgehen, und mein Kopf drehte sich fast wie von selbst, sodass ich eine weitere Münze entdeckte, die noch seltener war – eine Zehn-Auren-Münze aus der Regierungszeit von Königin Alanara.

Ich hob sie grinsend auf, rieb das Gold zwischen Daumen und Zeigefinger und genoss den kleinen magischen Kick, den ich dadurch bekam.

Gerade als ich mich vom Weg abwenden wollte, fiel mir ein tiefblauer Edelstein weiter hinten im Wald auf, und ich machte mich in die entsprechende Richtung auf.

Mein Atlas piepste, als ich den Saphir vom Boden aufhob, und der Drache in mir schmeckte den Hauch von Wassermagie, der in dem Stein steckte. Das war kein gewöhnlicher Saphir – es war ein Aquasaphir, verdammt selten. *Und verdammt noch mal mein.*

Ich fügte den Edelstein der Sammlung in der Tasche hinzu und nahm meinen Atlas, um Roxys Nachricht zu lesen.

Roxy:
Nur meine Uniform ;)

Es war ein Foto angehängt, und ich schluckte schwer, als ich das Bild öffnete – sie hatte ihren Rock ausgezogen und ihre Bluse aufgeknöpft, sodass ihre schwarze Unterwäsche neben ihren knielangen Schulsocken und den Stilettos, die sie in letzter Zeit auch im Unterricht trug, zu sehen war. Ihre Oberschenkel waren nackt, und sie hatte die Illusion von ihrer Haut entfernt, damit ich ihr Tattoo sehen konnte.

Ich wollte so verzweifelt zu ihr gehen, dass ich aufstöhnte und das Foto viel zu lange anstarrte, während ich mich fragte, ob ich sie überzeugen könnte, erneut zu einem abgelegenen Feld zu fliegen. Ich wusste, dass das eine schlechte Idee war. Wenn wir die Sterne weiter ärgerten und gegen das

Schicksal ankämpften, das sie uns zugedacht hatten, dann würden sie sich irgendwann rächen. Aber ich wusste auch, dass ich nicht aufhören konnte. Und ich hoffte leise, dass die Sterne eines Tages einsehen würden, dass sie uns eine zweite Chance geben mussten, wenn wir uns ihnen weiterhin widersetzten, auch wenn das total bescheuert war.

Roxy:
Du hast mir nie die Geschichte von Max, dir und eurem Fotoshooting am Strand erzählt ...

Ich seufzte, als mir klar wurde, dass ich meinen Schwanz im Zaum halten und die Tatsache vergessen musste, dass sie gerade wie ein feuchter Traum gekleidet war. Und zumindest hatte ich ihre Aufmerksamkeit, auch wenn mein Schwanz nicht zum Zug kam. Und diese Aufmerksamkeit würde ich nicht einfach so verspielen. Wenn das bedeutete, dass ich ihr Geschichten über Max und mich erzählen musste, wie wir von einer Gruppe geiler Frauen belästigt worden waren und uns mit Magie in den Ozean hatten davonmachen müssen, dann war ich mehr als glücklich, das zu tun.

Aber gerade als ich die Nachricht tippen wollte, fiel mir ein silberner Schimmer ins Auge, und ich ging weiter in den Wald, wo eine zierliche Halskette in der Brise wehte.

Es war nicht normal, dass man im Wald verstreute Schätze fand. Mit einem frustrierten Grunzen steckte ich meinen Atlas weg und betrachtete die Kette genauer, bevor ich mich anschickte, sie zu beanspruchen.

Wenn jemals eine Falle für einen Drachen aufgestellt werden sollte, dann definitiv auf diese Art und Weise. Aber als ich das einzigartige platinfarbene Schmuckstück vom Ast nahm, konnte ich mir ein Grinsen nicht verkneifen. *Mein.*

Weiter hinten im Wald entdeckte ich eine goldene Brosche mit dem Wappen der Familie Omega, die vor etwa hundertsechsundneunzig Jahren ausgestorben war. *Hübsch. Und mein.*

Wachsam ging ich weiter, während ich durch die Schatten schlich und einen Schatz nach dem anderen einsammelte. Ich konnte nicht anders, als bereits voller Vorfreude daran zu denken, alles in die Truhe am Fußende meines Bettes zu legen, wenn ich später in mein Zimmer zurückkehrte.

Schließlich betrat ich eine Lichtung, auf der eine goldene Tiara auf einem Felsen lag. Ein flüchtiger Blick verriet mir, dass sie über dreihundert Jahre alt war, mit Luftkristallen besetzt und mit geschickter Präzision gefertigt.

Wahrscheinlich aus der Regierungszeit von König Hector. *Atemberaubend. Mein.*

»Und mit einem einzigen Hieb wurden gleich zwei Acrux-Erben dahingerafft!«, rief Geraldine, während sie den Verhüllungszauber, der sie an der Seite der Lichtung verborgen hatte, fallen ließ und mit ihren Armen eine seltsam ausladende Bewegung machte.

»Was meinst du?«, fragte ich. In dem Moment entdeckte ich Xavier hinter ihr, der ein wenig verlegen dreinschaute, während ich dem Drang widerstand, mir die Tiara auf den Kopf zu setzen, und sie stattdessen der Sammlung in meiner Tasche hinzufügte. Sie würde verdammt noch mal nichts davon zurückbekommen.

»Ihr seid beide meinen Verlockungen zum Opfer gefallen«, sagte sie selbstgefällig. »Wenn ich böse Absichten gehabt hätte, wärt ihr wahrscheinlich beide tot.«

»*Unwahrscheinlich*«, widersprach ich. »Ich war mir sehr wohl bewusst, dass ich in eine Falle tappe – aber mehr als bereit, jeden zu bekämpfen, der sich einbildet, mich herausfordern zu können. Du vergisst, dass ich einer der mächtigsten Fae im Königreich bin, Grus.«

»Zweitmächtigsten«, sagte sie hochmütig.

»Was?«, fragte ich.

»Einer der *zweit*mächtigsten Fae im Königreich. Obwohl, wenn ich so darüber nachdenke, frage ich mich, ob du nicht doch an dritter Stelle stehst, da Myladys gemeinsam zwei Plätze an der Spitze beanspruchen.« Sie neigte den Kopf zum Himmel und legte einen Finger auf die Lippen, während sie darüber nachdachte, und ich zog eine Augenbraue hoch.

»Wir werden uns in dieser Hinsicht nicht einig, und das weißt du genau. Wenn die Vegas es schaffen, mich in die Knie zu zwingen und sich siegreich über mich zu stellen, könnte ich deinen Standpunkt als gültig betrachten. Aber da dieser Tag wohl nie kommen wird, werde ich nachts ruhig schlafen – wohl wissend, dass die anderen Erben und ich über ihnen stehen.«

Geraldine brach in schallendes Gelächter aus, krümmte sich und hielt sich den Bauch, während Xavier die Stirn runzelte. Wahrscheinlich fragte er sich, ob sie noch bei klarem Verstand war, und ich verschränkte wartend die Arme vor der Brust. Es dauerte eine ganze Weile.

Als sie sich endlich wieder aufrichtete, waren alle Anzeichen von Heiterkeit aus ihrem Gesicht verschwunden, und sie sah so grimmig aus, als würde sie gleich ihre Zerberusform annehmen und versuchen, mir den Kopf abzureißen.

»Der Tag naht schnellen Schrittes, Mr. Echse. Hüte dich vor der verhängnisvollen Glocke«, sagte sie ernst und funkelte mich an.

»Was?«, fragte Xavier. »Ist das eine Prophezeiung oder so was?«

»Nein, edles Ross, ich bin nicht mit der Gabe des Sehens gesegnet, aber ich habe einen unerschöpflichen Glauben und einen Berg von Vertrauen in meine Prinzessinnen. Jetzt hört auf herumzutrödeln und lasst uns aufbrechen.« Geraldine verschwand im Wald, und ich sah ihr stirnrunzelnd nach.

»Was denkst du, wohin sie uns bringt?«, fragte ich.

»Ich dachte, ihr wolltet eure Mutter besuchen«, rief sie zurück, ohne uns noch einmal anzusehen, und ich warf Xavier einen aufgeregteren Blick zu, bevor ich ihr in die Bäume folgte.

»Wirklich?«, fragte Xavier, der Geraldine eilig folgte und mich dazu brachte, mein Tempo zu beschleunigen.

»Natürlich. Mein liebster Papa erwartet uns, und er hat dafür gesorgt, dass sie während ihres Aufenthalts in unserem Haus gut versorgt ist. Ich bin sicher, dass es euch freuen wird, zu sehen, wie gut es ihr geht«, erklärte Geraldine, und ich hoffte wirklich, dass das stimmte. Unsere Mom verdiente es, glücklich zu sein – nach all den Jahren in der Kontrolle dieses Monsters.

Wir hielten mit Geraldine Schritt, als sie durch die Bäume auf die Lücke im Zaun zuging, und ich stupste meinen Bruder an, um seine Aufmerksamkeit zu erregen.

»Womit hat sie dich in die Bäume gelockt?«, fragte ich ihn, denn ich wusste, dass er nicht wie ich einem Schatz hinterhergelaufen wäre.

»Oh, ähm.« Xavier wurde rot, und ich war fies genug, ihn nicht vom Haken zu lassen, sondern wartete, bis die Stille sich ausdehnte. Schließlich gestand er die Wahrheit: »Karotten.«

Ich prustete vor Lachen, und er lachte mit, zog eine saftige orangefarbene Karotte aus seiner Tasche und grinste, als er einen großen Bissen davon nahm.

Als wir den Zaun hinter uns gelassen hatten, holte Geraldine etwas Sternenstaub aus ihrer Tasche und beförderte uns durch die Sterne, bis wir vor dem Anwesen ihrer Familie landeten. Es war ein riesiges weißes Herrenhaus, das von einem Garten mit allen nur erdenklichen Bäumen und Sträuchern umgeben war. Durch die Anwendung von erdmagischen Kräften blühten die Blumen auch im Winter, sodass der ganze Ort vor Farben und Leben nur so strotzte.

Geraldine führte uns durch das Tor, öffnete es mit ihrer magischen Signatur und erklärte uns, dass sie dem Personal freigegeben hatte, um unseren Besuch zu verbergen, während wir die Kiesauffahrt hinaufgingen.

Voller Vorfreude näherte ich mich dem Ort, an dem sich unsere Mom versteckt hatte, wünschte mir, ich wäre früher gekommen, und versuchte, mich nicht auf all den schrecklichen Scheiß zu konzentrieren, den sie durchgemacht hatte.

Wir betraten das Haus und ich war überrascht, dass es trotz seiner Größe gemütlich und heimelig war, voller warmer Details und mit dem Geruch von frisch gebackenem Brot in der Luft. Ich wusste, dass Hamish Grus seit dem Tod von Geraldines Mutter vor vielen Jahren allein lebte, also nahm ich an, dass er Küchenpersonal hatte, das das köstlich duftende Essen zubereitete. Ich hoffte, dass wir während unseres Aufenthalts hier etwas zu essen bekommen würden.

Geraldine zog ihre Schuhe aus und warf uns einen spitzen Blick zu, der uns dazu brachte, ihrem Beispiel zu folgen, bevor wir durch einen schmalen Flur in die Tiefen des Hauses vordrangen.

Der Duft von Essen wurde immer stärker, je weiter wir gingen, und ein lautes Lachen irgendwo im Haus zauberte ein Lächeln auf meine Lippen. Dieser Ort war nicht nur ein Haus, wie wir es gewohnt waren – es war ein verdammtes *Zuhause*. Und mir gefiel die Vorstellung, dass meine Mom hier war. Sehr sogar.

»Lass mich nicht warten, Kitty«, dröhnte Hamish Grus' Stimme aus einem Raum am Ende des Flurs. »Du machst mich hier ganz wuschig. Ich brauche ganz dringend eine Kostprobe.«

Ich runzelte die Stirn. Fickte Geraldines Dad gerade eine seiner Angestellten? Und warum zum Teufel ging Geraldine immer noch auf die Tür zu, hinter der die Stimmen zu hören waren?

»Du verdirbst die Vorfreude«, sagte plötzlich meine Mom, und mein Stirnrunzeln wurde tiefer.

»Du weißt, dass ich es kaum erwarten kann. Ich bin ein mehr als ungeduldiges Stachelschwein«, stöhnte Hamish.

»Dann mach den Mund auf«, sagte Mom mit einem leisen Lachen, und ich knurrte, schob mich an Geraldine vorbei und hatte die feste Absicht, ihrem Vater den Kopf abzureißen. Meine Mom war hier, um lüsternen alten Männern zu entkommen, nicht, um einem weiteren zum Opfer zu fallen.

Ich riss die Tür auf und knurrte laut – bis mein Blick auf meine Mom fiel, die neben dem Ofen stand, und auf Hamish Grus, der auf einem Stuhl an einem für fünf Personen gedeckten Holztisch saß. Er war ein großer muskulöser Mann mit einer glänzenden Glatze, einem schwarzen Schnurrbart und buschigen Koteletten, die zweifellos eine mutige Entscheidung gewesen waren. Irgendwie schaffte er es jedoch, den Look mit einer »Ist mir scheißegal«-Miene zu unterstreichen.

Er saß mit offenem Mund da, und Mom warf ihm einen Bissen Brot zu, den er wie ein Hund zwischen die Zähne nahm und breit grinsend kaute.

Während ich versuchte, herauszufinden, was zum Teufel hier vor sich ging, drehte sich Mom zu uns um. Sie stieß einen begeisterten Schrei aus und rannte durch den Raum, um mich in eine Umarmung zu ziehen.

Ich erinnerte mich einen Moment später daran, dass ich sie auch umarmen wollte, lächelte, als sie mich fest drückte, und versuchte, mich an den Unterschied in ihr zu gewöhnen, seit sie von Vaters Kontrolle befreit war. Mein Brustkorb wurde eng bei dem Gedanken an all die Jahre, die wir versäumt hatten. An all die Liebe, die mir gefehlt hatte, während er sie von mir ferngehalten hatte. Mein Herz schmerzte bei dem Gedanken daran.

Xavier erschien neben mir, und sie ließ mich los, um auch ihn zu umarmen, bevor sie in eine Tirade aus »Schaut, wie groß ihr beide seid!«, »Oh, und so muskulös!«, »Meine kleinen Babys sind jetzt größer als ich!«, »Wie perfekt du im Licht schimmerst, Xavier!« und so weiter verfiel. Wir genossen es einfach, grinsten sie an und erlaubten ihr, viel Aufhebens um uns zu machen. Verdammt, wir liebten es, auch wenn wir stöhnten und ihre Komplimente runterspielten.

Sie sah gut aus. Verdammt gut. Ihr Teint war satter, ihre Augen strahlten und waren voller Leben. Ihre langen dunklen Haare fielen in Wellen über ihren Rücken. Ich hatte sie noch nie anders als in der von Vater erwarteten Plastikperfektion gesehen, und das führte mir nur vor Augen, wie schlecht wir die Frau, die sie wirklich war, kannten. Sie war hier zu Hause, trug eine grüne Schürze über einem Strickkleid, flauschige Socken an den Füßen und ein Lächeln, das größer war, als ich es je bei ihr gesehen hatte.

Während wir ihre Aufmerksamkeit in Anspruch nahmen, machten sich Hamish und Geraldine daran, einen riesigen Topf Eintopf mit Brötchen und Butter zu servieren. Außerdem zogen sie Weinflaschen heraus mit eigenem Etikett, auf dem *Geniale Grus-Gärung* stand – was, so vermutete ich, darauf hinwies, dass es sich bei dem Wein um eigene Herstellung handelte.

Mom bat uns, am runden Holztisch Platz zu nehmen, und wir füllten selbst unsere Teller, da kein Diener in Sicht war. Und so wie Hamish sich in der Küche bewegte, hatte ich den Eindruck, dass das hier so üblich war. Es war offensichtlich nicht so, dass ihm das Geld für Personal fehlte, aber er schien zufrieden damit zu sein, sein Haus für seine Familie zu unterhalten, und das gefiel mir wirklich gut.

»Danke für dieses glorreiche und überaus köstliche Mahl, Kitty Cat«, sagte Hamish und lächelte meine Mom warm an, als sie sich neben ihn setzte und stolz strahlte.

»Du weißt, dass ich nur kochen kann, weil du es mir beigebracht hast, Hammy«, neckte sie ihn, tätschelte spielerisch seinen Arm und klimperte mit den Wimpern, bevor sie sich zu Xavier und mir umdrehte und uns bei unseren ersten Bissen beobachtete.

Es war nicht wie der prätentiöse Mist, den wir immer mit Vater aßen. Dieses Essen war warm, vollwertig und voller Liebe, und ich grinste meine Mom anerkennend an. »Das ist unglaublich«, sagte ich ehrlich.

»Verdammt perfekt«, stimmte Xavier zu, und sie strahlte, bevor sie sich über ihren eigenen Teller hermachte.

Wir blieben den ganzen Abend dort, aßen und hörten uns all die lustigen Dinge an, die Mom und *Hammy* erlebt hatten, seit sie zu ihm gezogen war.

Sie hatten eine Liste mit Fae erstellt, die mit Vaters Regierungsstil unzufrieden waren, was Hamish immer als *la rebellion* bezeichnete, ohne zu erklären, warum er das *la* hinzufügte.

Mom war wirklich sehr hilfreich, was die Frage betraf, wer die Feinde meines Vaters waren, da sie jahrelang an seiner Seite verbracht hatte, mit ihm auf Veranstaltungen gegangen war und die Beziehungen kennengelernt hatte, die er zu vielen mächtigen Fae unterhielt. Vater hörte gern seiner eigenen Stimme zu, also hatte er sich auch bei ihr über Fae ausgelassen, die er nicht mochte, und ihr reichlich Munition geliefert, die sie nun gegen ihn verwenden könnte, wenn Hamish sich ihnen jetzt näherte.

Sie legten Wert darauf, Moms Beteiligung an allem zu verheimlichen, und niemand außer ihm wusste, dass sie noch am Leben war. Ich begann, diesen Mann wirklich zu mögen. Er schuldete uns absolut nichts und doch hatte er sie aufgenommen, als sie Hilfe gebraucht hatte, ohne ihre Loyalität infrage zu stellen.

Die Rebellen hatten im ganzen Königreich Netzwerke errichtet, um die verfolgten Formgebungen zu verstecken und zu beschützen. Es gab sogar erste Pläne, die Tiberianischen Ratten, die mein Vater in seinen Nebula-Inquisitionszentren gefangen hielt, zu befreien.

Geraldine schwärmte von A. N. U. S. und ihren geheimen Treffen, und ich hatte wirklich den Eindruck, als wäre da eine starke Rebellion im Entstehen, die nur darauf wartete, sich gegen meinen Vater zu erheben, sobald wir bereit waren, zuzuschlagen. Klar, sie wollten den Vegas auf den Thron verhelfen, aber sie waren auch mit der Aussicht zufrieden, dass die anderen Erben und ich weiterhin als Ratsmitglieder fungieren würden. Sie mussten also nur noch akzeptieren, dass die Vegas keine Kronen tragen würden, wenn die Zeit für die neuen Herrscher des Königreichs gekommen war. Denn um den Thron zu beanspruchen, mussten sie beweisen, dass sie stärker waren als wir, und ich hatte Schwierigkeiten, zu glauben, dass dieser Tag jemals kommen würde.

Abgesehen von ihrer Arbeit gegen meinen Vater hatte Mom sich in die Hausarbeit gestürzt. Sie lernte, zu kochen und zu backen, und verbrachte Zeit mit Hamish, während sie an der Verfeinerung ihrer Erdmagie arbeiteten – daher all die wunderschönen Pflanzen überall. Kurz gesagt, sie war glücklich. Das Wissen darum linderte den Schmerz und den Kummer in meiner Seele auf gewisse Weise. Und von dieser Notwendigkeit hatte ich nicht einmal geahnt.

Sie schwärmte davon, dass sie morgens selbst entscheiden konnte, wann sie aufstehen wollte, und sie sich ihre Kleidung selbst aussuchen durfte. Und ihre Abende verbrachte sie damit, einfach zum Spaß ein Buch zu lesen. Mein Herz schmerzte bei dem Gedanken an das Leben, in dem sie gefangen gewesen war. Aber hier war sie endlich frei, und es fühlte sich so verdammt gut an, endlich einmal etwas zu haben, worüber man sich freuen konnte. Ich sonnte mich den ganzen Abend in dem Gefühl und hätte diesen kleinen Ort der Zufriedenheit am liebsten nie wieder verlassen.

Geraldine und Hamish Grus mochten manchmal verdammt seltsam sein, aber sie waren wirklich gute Fae, und ich stand in ihrer Schuld – einer Schuld, die ich nie würde begleichen können. Also musste ich mich damit zufriedengeben, meinen Vater zu töten und dafür zu sorgen, dass diese Blase des Friedens eines Tages über diese Mauern hinausreichen würde.

Gemini
Scorpio
Virgo
Cancer
Aries
Leo
Sagittarius
Taurus
Capricorn
Aquarius
Libra
Pisces

DARCY

KAPITEL 37

»**H**intern zusammenkneifen!«, rief Washer, während wir im Schlamm Kniebeugen machten. Der Regen prasselte unaufhörlich auf das Pitball-Feld nieder.

Wir schützten uns während des Trainings nie vor dem Wetter, sodass wir uns an alle Bedingungen während eines Spiels gewöhnten. Dafür durfte keine Magie verschwendet werden, wenn wir sie alle für den Kampf gegen die Gegner aufsparen mussten. Washer hatte zumindest ein Einsehen mit der Cheerleader-Gruppe, nachdem er sie im strömenden Regen hatte proben lassen, bis ihre Kostüme durchnässt gewesen waren, und sie schließlich in die Umkleidekabinen gehen lassen, um zu duschen.

»Müssen wir wirklich noch mehr von diesem Scheiß machen?«, herrschte Darius Washer an, der sich auf einem Klappstuhl in Lycra-Shorts und einem gelben Rollkragenpullover sitzend vor dem Regen schützte.

Er hatte das Pitball-Training übernommen, da Professor Prestos aufgrund der vielen zusätzlichen Kurse, die sie unterrichtete, überlastet gewesen war. Er konnte Pitball nicht ausstehen und hatte kaum Ahnung von den Regeln.

Nova war es offensichtlich gänzlich egal, ob unser Team den Bach runterging. Wahrscheinlich hatte sie es nicht einmal bemerkt, da sie dem König so tief in den Arsch gekrochen war. Ich hatte das Gefühl, dass sie Washer diese Rolle zugewiesen hatte, um ihn dafür zu bestrafen, dass er mit ihr Schluss gemacht hatte. Aber die Einzigen, die wirklich bestraft wurden, waren wir.

»Nein, Sie haben recht, Mr. Acrux«, rief Washer. »Bilden Sie Paare.

Jungs mit Mädchen. Sie können sich mit Mr. Capella zusammentun, Miss Vega«, wies Washer an, während er gierig seine Lippen befeuchtete. Ich zuckte angewidert zusammen. Er teilte den Rest des Teams ein und ließ sich dabei Zeit, zu entscheiden, wer mit wem zusammenarbeiten sollte – als spielte das wirklich eine Rolle. »Mmm, in Ordnung. Jetzt legen sich alle Mädchen auf den Rücken und strecken ein Bein so weit über den Kopf, wie es ihnen möglich ist. Jungs, Sie bringen Ihr ganzes Gewicht auf ihre Oberschenkel, um die Dehnung noch zu verstärken.«

»Wollen Sie mich verarschen?«, knurrte Caleb.

»Ruhe, Mr. Altair. Flexibilität ist ein wichtiger Bestandteil jeder Sportart«, erklärte Washer. »Und jetzt husch, husch – strecken Sie die Beine in die Luft, Mädels!«

Ich ließ mich mit einem Seufzen in den Schlamm fallen und streckte mein Bein so weit wie möglich über den Kopf, während Seth sich über mich beugte, um mich zu dehnen. Allerdings verzichtete er darauf, mir sein Gewicht zuzumuten, damit die Angelegenheit nicht zu seltsam wurde. Obwohl ich mir ziemlich sicher war, dass wir uns bereits in diesem Territorium befanden.

Geraldine lag neben mir im Schlamm und streckte beide Beine über den Kopf, ohne sich zu beklagen. »Na los, du nasse Nudel, hilf mir, meine Oberschenkel zu dehnen!«, forderte sie und hob den Kopf, um Max zwischen ihren Schenkeln hindurch anzuherrschen. Er grinste, ließ sich auf sie fallen, packte ihre Knöchel und drückte sie über ihrem Kopf in den Schlamm, während er seinen Schritt an ihrem rieb. *Himmel.*

Ich wandte mich mit einem Schnauben an Seth, der seinen Freund grinsend anstarrte.

»Fester, Jungs!«, rief Washer. »Setzen Sie Ihr Gewicht ein, um eine schöne *tiefe* Dehnung zu erreichen. Sie benutzen Ihr Gewicht nicht, Mr. Capella.« Ein Schwall Wasser traf Seth in den Rücken, und sein schwerer Körper fiel auf meinen. Ich zischte, als er mein Bein dazu zwang, sich wesentlich weiter zu strecken, als es das sollte, und auch ich wurde von dem eisigen Wasserstrom durchnässt.

»Au, au, au!« Ich stieß ihn zurück, und seine Hand rutschte im Schlamm aus, als er versuchte, aufzustehen.

»Ich werde ihn umbringen«, knurrte Seth, drehte den Kopf, um Washer die Zähne zu zeigen, und schaffte es, sich von mir zu lösen.

»Weniger Arroganz, Capella, oder Sie verlieren Ihren Bonus für dieses Semester«, warnte Washer.

»Verdammtes Arschloch«, knurrte er und drehte sich wieder zu mir um.

»Tut mir leid, Babe, du musst dich fürs Team opfern.«

Ich knurrte und versetzte ihm einen Stoß gegen die Brust. »Dann lass mich wenigstens die Beine tauschen, das hier ist offiziell hinüber.«

Er lachte, kniete sich wieder hin und ließ mich die Beine tauschen, bevor er sein Gewicht auf mich verlagerte, wobei er weiterhin Vorsicht walten ließ. Subtil wirkte er eine Stillekuppel um uns herum und ließ seinen Blick zu Caleb schweifen, der sich ein paar Meter weiter befand.

»Also … hast du noch mal mit Cal gesprochen?«, flüsterte er, während er meinen Knöchel über meinen Kopf zog und ich zusammenzuckte.

»Ja, aber immer, wenn ich versuche, das Gespräch auf dich zu lenken, wechselt er das Thema. Ich weiß nicht, wie ich ihn zum Reden bringen soll«, sagte ich mit einem Stirnrunzeln.

»Ich schwöre, er fühlt etwas«, murmelte er.

Wir hatten jedes Detail seit dem Vorfall auf dem Friedhof durchgekaut, wie Caleb ihm das Leben gerettet, sich dann vorgebeugt und Seths Mund angestarrt hatte – fast so, als hätte er ihn küssen wollen.

Seth hatte die Szene in allen Einzelheiten nachgespielt, sodass ich mir ein ziemlich gutes Bild davon gemacht hatte, obwohl der Wolf dazu neigte, Dinge zu dramatisieren, was bedeutete, dass ich mir nicht ganz sicher sein konnte, wie genau seine Version der Ereignisse war. Aber ein Funken Wahrheit musste schon dran sein.

»Vielleicht solltest du ihn einfach fragen«, schlug ich vor, obwohl ich wusste, dass ich mich wie eine kaputte Schallplatte anhörte. Aber welche andere Möglichkeit hatte er wirklich?

»*Oder* vielleicht sollten wir ihn eifersüchtig machen. Beobachte seine Reaktion!«, forderte er mich auf, ließ die Stillekuppel fallen, bevor ich zustimmen konnte, packte dann meine Handgelenke und drückte sie mit einer Hand über meinem Kopf zusammen.

»*Hey*«, zischte ich.

»Max, mach ein Foto von uns.« Seth kramte seinen Atlas aus der Tasche und warf ihn seinem Freund zu, der nun seine Hüften vor und zurück wiegte, während Geraldine seinen Kopf festhielt und ihn wild anfeuerte. Er sah aus, als hätte er gerade den größten Spaß seines Lebens.

Seths Atlas fiel in den Schlamm und Max sah uns benommen an. »Was?«

»Mach ein Foto!«, blaffte Seth ihn an.

»Ich will kein Foto.« Ich riss an meinen Handgelenken, öffnete meine Handflächen und machte mich bereit, ihn mit Luft wegzuschleudern, sollte er nicht gehorchen.

Max lachte, schnappte sich den Atlas und machte ein Foto, gerade als Seth sich vorbeugte und seine Lippen auf meine presste.

»Ah!« Ich stieß einen Luftstoß aus, der ihn von mir riss, woraufhin er mit einem dumpfen Klatschen im Schlamm landete.

Ich wischte mir den Mund mit dem Handrücken ab, setzte mich mit einem Knurren auf und stand dann auf. »Was zum Teufel, Seth?«

Er stand ebenfalls auf und hielt sich den Bauch vor Lachen, woraufhin ich ihm mit meiner Erdmagie riesige Schlammkugeln entgegenschleuderte. Die erste traf ihn mitten ins Gesicht und brachte ihn zum Verstummen, aber er baute einen Luftschild auf, bevor ihn die zweite treffen konnte.

Die Erde bebte unter meinen Füßen, und ich machte mich dazu bereit, ihn unter mir zu begraben. In dem Moment schoss Caleb auf uns zu, und Washer stieß einen Pfiff aus.

»Was ist los?«, fragte Caleb mich, als wäre es meine verdammte Schuld, dass Seth keine Grenzen kannte. Aber ich musste zugeben, dass Caleb tatsächlich ein bisschen eifersüchtig aussah.

»Er hat mich geküsst«, knurrte ich und zeigte mit dem Finger über Calebs Schulter auf den Köter.

Caleb drehte sich um, um ihn anzusehen, und ich konnte seinen Gesichtsausdruck nicht sehen, als Seth unschuldig mit den Schultern zuckte.

»Sie hat darum gebettelt«, sagte Seth mit einem Grinsen. »Sie hat immer wieder gesagt: ›Oh, du machst mich so feucht, schlepp mich in deine Wolfshöhle und steck ihn mir in den Arsch!‹«

Mit einem Knurren brachte ich die Erde abermals zum Beben und der Boden spaltete sich. *Ich werde ihn umbringen.*

Seth erhob sich in einer Wolke aus Luft, während Caleb dem sich auftuenden Loch im Boden auswich.

»Das reicht jetzt!«, rief Washer. »Ich weiß, dass dieses neue Formgebungsgesetz zu viel sexueller Frustration führt, Miss Vega, aber wir müssen uns alle zusammenreißen. Ich kann Ihnen gern helfen, etwas von dieser ungezügelten Energie loszuwerden, wenn Sie ein Ventil benötigen.«

Ich erschauderte und drehte mich zu Washer um, Seth und Caleb taten es mir gleich.

»Warum sind Sie so abartig pervers?«, fuhr ich ihn an, bevor ich mich zurückhalten konnte, und Washers Mund blieb offen stehen.

»Ich bitte um Verzeihung, Miss Vega?« Washer legte eine Hand auf sein Herz und sah völlig beleidigt aus.

»Nein, sie hat recht«, knurrte Seth. »Wenn Sie noch einmal so mit ihr reden, werde ich mich höchstpersönlich um Ihren Arsch kümmern.«

»Ich brauche deine Hilfe nicht«, fuhr ich Seth an, aber seine Solidarität war wohl auch irgendwie süß.

»Oh-ho!« Washer keuchte auf. »Sie werden sich also um meinen Arsch kümmern, was, Mr. Capella?«, fragte er, und plötzlich klang das Ganze nach einer völlig anderen Form der Drohung. Ich verzog angewidert das Gesicht.

»Ich sorge dafür, dass Sie gefeuert werden, wenn Sie nicht aufhören, Sie alter Widerling«, schrie Darius und kam mit Max im Schlepptau auf uns zu. Das Wasser tropfte von ihren Haaren und ihre Uniformen klebten an ihren muskulösen Körpern. Ich hatte mitbekommen, dass Darius sich kategorisch geweigert hatte, an der Stretching-Scheiße teilzunehmen, und ich wusste, dass das an Tory lag. Er ließ die Fangirls in letzter Zeit nicht einmal in seine Nähe kommen, und das hatte etwas albern Süßes.

Caleb lachte gehässig, während Washer schockiert in die Runde blickte. Schließlich trat er einen Schritt zurück und lachte nervös.

»Ich wollte niemandem wehtun. Das haben Sie völlig falsch verstanden«, stotterte er, während er sich unter unseren Blicken duckte.

»Gut«, knurrte Darius. »Dann – um es mit den Worten von Lance Orion auszudrücken, dem besten Pitball-Trainer, den dieses Team je hatte: Der Kurs ist verdammt noch mal für heute beendet.«

Wir wandten uns alle von Washer ab und gingen in Richtung der Umkleideräume. Geraldine prustete los, als sie an meiner Seite erschien.

»Das wird diesem schmierigen Sack zeigen, wo er sich seine Schreibwaren hinstecken kann«, sagte sie mit einem weiteren lauten Lachen, und ich grinste.

»Ich glaube nicht, dass er damit aufhören kann, ein Widerling zu sein.« Ich trieb Phönixfeuer in meine Adern, um mich zu wärmen.

Wir trennten uns von den Jungs, gingen in die Umkleidekabine der Mädchen und waren bald geduscht und in warme Klamotten gehüllt. Ich rückte die Kette, die den Imperialen Stern beherbergte, vorsichtig zurecht. Ich legte auch das Armband mit dem Zwillingsanhänger an, das mir mein Bruder geschenkt hatte. Dadurch fühlte ich mich ihm irgendwie näher, und das gefiel mir.

Ich hatte gehofft, heute Abend mit ihm und Tory fliegen gehen zu können, aber das Wetter wurde immer schlechter. Und als ich meinen Atlas überprüfte, erwartete mich eine SMS von meinem Bruder, in der stand, dass es im ganzen Königreich stürmte. Er schlug vor, das Fliegen auf morgen zu verlegen.

Ich zog eine dunkelblaue Kapuzenjacke über meinen Sport-BH und ließ den Reißverschluss offen, während ich meine Haare trocknete. Die letzten der anderen Mädchen verließen den Raum, und ich warf einen Blick auf Geraldine, die sich vor dem Spiegel schminkte.

»Gehst du heute Abend noch aus?«, fragte ich neugierig.

»Justin und ich treffen uns auf ein spätes Abendessen«, sagte sie und puderte ihre Nase.

»Oh, ein Date?«, hakte ich verwundert nach, und sie schüttelte den Kopf.

»O nein, meine süße Darcy, ich date nicht. Ich verteile meine Lady-Samen so weit und so breit, wie ich kann, bis meine Tage der unbeschwerten Balz vorüber sind. Meine Ehe mit Justin, dem kleinen Wurm, wird dem ein Ende setzen, aber manchmal …«

»Was?«, fragte ich, als sie schwer seufzte und die Schultern hängen ließ.

Ihre Augen wurden glasig, und ich legte mitfühlend eine Hand auf ihre Schulter.

»Nun, in letzter Zeit«, flüsterte sie, »will der Garten meiner Lady Petunia nur von einem einzigen verflixten Löwenzahn gegossen werden.«

»Max?«, flüsterte ich, und Aufregung erfasste mich. Ich wusste, dass Geraldines politische Einstellung sie davon abhielt, sich Max ganz hinzugeben, aber ich wünschte, es wäre anders. Sie waren wie Feuer und Wasser, aber irgendwie hatten sie ein Gleichgewicht gefunden, das einfach funktionierte.

Sie nickte, saugte an ihrer Unterlippe und fiel dann plötzlich auf die Knie und heulte. »Ach, meine Königin, ich habe dir mit diesem Geständnis Unrecht getan! Er ist ein Erbe – ein grässlicher *Erbe*! Und ich würde mich nie mit solch einem Rohling zusammentun. Niemals!«

»Schon gut, Geraldine.« Ich zog sie auf die Beine, während sie ein krächzendes Schluchzen ausstieß. »Max ist ein guter Kerl. Scheiß auf die Politik! Wenn du ihn magst, dann nimm ihn dir. Tory und Darius sind füreinander bestimmt, warum also nicht du und Max?«

»Oh, Mylady, wenn es nur so einfach wäre. Und Mylady Tory und ihr Darry-Mann sind eine Ausnahme, die von den Sternen selbst ausgesucht wurden. Er wird sich ihr früher oder später unweigerlich beugen, wenn sie seinen erstaunlich großen Kopf in die Schranken weist.« Sie schniefte. Es gefiel mir nicht, dass Politik ihr so viel bedeutete und sie fest davon überzeugt war, sich an eine arrangierte Verlobung halten zu müssen. Mir war es egal, mit wem sie zusammen war. Na gut, ich wäre nicht begeistert, wenn sie sich der Clara-Gruppe anschließen und Lionel daten und ihn Daddy nennen würde. Aber so ziemlich jeder andere in Solaria war erlaubt. *Außer Orion. Argh, verschwinde, du unerwünschter Gedanke!*

Die Tür wurde aufgestoßen, und Seth kam herein, als gehörte ihm die

Welt. Er trug nichts weiter als eine Jogginghose und hatte seine Tasche um die Schulter gehängt. »Laufen wir zusammen zurück zum Aer-Turm, Darcy?«, fragte er. »Die Jungs sind schon los.«

Ich musterte Geraldine, und sie nickte und winkte mich weg, während sie sich zum Spiegel drehte, um ihr Make-up aufzufrischen. »Wir sehen uns morgen. Ich werde im Morgengrauen ein Festmahl mit buttrigen Bagels im Hollow für dich bereithalten.«

»Das musst du nicht«, sagte ich wie immer, aber sie winkte wieder ab, wie sie es immer tat. Sie war eine verdammt gute Freundin.

Gemeinsam mit Seth verließ ich die Umkleide und ich genoss es heimlich, Lionels kleines Formistengesetz zu brechen. Seit Orion mir mit meinen Verhüllungszaubern geholfen hatte, wurde ich darin immer besser. Ich konnte mich jederzeit in einen flauschigen grauen Werwolf verwandeln, der an Seths Seite trottete, sodass es etwas einfacher geworden war, mit ihm und den anderen Erben auf dem Campus abzuhängen.

»Ich will noch eine Runde joggen, bevor wir zurückgehen. Ich dachte, du hättest vielleicht Lust, mitzukommen«, meinte Seth und ich runzelte die Stirn.

»Ich bin nach wie vor sauer auf dich«, erinnerte ich ihn.

»Oh, richtig.« Er legte den Kopf schief und schenkte mir einen treudoofen Blick. »Vergib mir, Babe. Ich wollte Cal eifersüchtig machen. Und hast du gesehen, wie er gerannt ist? Ich glaube, es hat funktioniert.«

»Ich finde nicht, dass du dich zu solchen Spielchen herablassen solltest«, erwiderte ich und knuffte ihn in die Schulter. »Das ist nicht cool.«

Er winselte leise. »Aber Eifersucht ist so verdammt effizient, wenn es darum geht, andere dazu zu bringen, ihre wahren Gefühle zu zeigen«, argumentierte er.

»Das stimmt, aber es ist dennoch ein falsches Spiel. Caleb hat das nicht verdient«, drängte ich, und er erwog meine Worte, bevor er nickte.

»Verdammt, du hast recht. Warum hast du immer recht?«

Ich warf lachend die Haare zurück. »Weil ich eine der wahren Königinnen bin.«

Er knurrte, und ich grinste, aber er biss nicht an. Wir alle vermieden es, darüber zu sprechen, dass wir eines Tages um den Thron würden kämpfen müssen. So war es einfacher. Außerdem schien diese Zukunft mit Lionel an der Macht so weit entfernt und unmöglich, dass wir leicht vergaßen, dass wir uns eines Tages auf gegensätzlichen Seiten befinden könnten.

Wir erreichten den Ausgang, und Seth zog seine Jogginghose aus und steckte sie in seine Sporttasche, die ich ihm abnahm und über meine Schulter hängte. Er öffnete die Tür, machte einen Satz und verwandelte sich in seine riesige Wolfsgestalt.

Ich kletterte auf seinen Rücken und hüllte mich schnell in eine Illusion, damit niemand etwas anderes als weißen Pelz an meiner Stelle sehen konnte. Dann errichtete ich einen Luftschild um uns herum, um uns vor dem Regen zu schützen, und er rannte über das nasse Gras, die Nase in der Luft, während er die Düfte des Abends einatmete.

Ich klammerte mich an sein Fell und blieb dicht an seinem Körper, während er immer schneller wurde, am Erd-Observatorium vorbeirannte und dann zum Wimmernden Wald abbog. Die Dunkelheit war zwischen den Bäumen dichter, und auch andere Formgebungen waren unterwegs und wanderten durch die Schatten.

Seth raste durch den Wald, schlängelte sich zwischen großen Ästen hindurch und mein Herz pochte vor Aufregung. Bald erreichten wir den Aer-Turm, und er verlangsamte seinen Schritt, tapste zur Tür, während ich eine Hand hob, um Luft auf das Elementsymbol über der Tür zu wirken. Seth stupste die Tür mit der Nase auf und rannte die Treppe hinauf, wobei er mehrere Stufen auf einmal nahm und dabei Leute zur Seite stieß.

An der Wand hingen Poster, die vor einer Art wildem Monster warnten, von dem Kylie ständig redete und behauptete, es hätte sie vor ein paar Wochen eines Nachts angegriffen. Ich vermutete, dass sie nur Aufmerksamkeit erregen wollte, aber es hatte nicht funktioniert. Die einzigen Fae, die ihr in diesen Tagen Beachtung schenkten, waren die anderen M. O. E. S. E. N. Und selbst *sie* verbrachten nicht wirklich Zeit mit ihr. Aber immer, wenn ich Mitleid mit ihr hatte, weil sie allein dasaß und sich nach einer Freundin zu sehnen schien, erinnerte ich mich lebhaft an ihre Aktion im Gerichtssaal – damals, als sie dem ganzen Königreich erzählt hatte, dass sie es gewesen war, die Orion und mich bei frischer Tat ertappt hatte. Das würde ich ihr nie verzeihen. Und wenn sie den Rest ihrer Zeit an der Zodiac Academy allein verbrachte, dann kam sie immer noch glimpflich davon.

Seth wurde langsamer, als er den Flur erreichte, der zu meinem Zimmer führte, und wartete darauf, dass die Studenten um uns herum sich entfernten, bevor er auf meine Tür zusteuerte. Ich glitt von seinem Rücken, schloss die Tür auf und wollte ihm gerade eine gute Nacht wünschen, als er sich in mein Zimmer drängte.

»Verdammter Wolf«, murmelte ich, während ich ihm nach drinnen folgte, die Tür hinter mir schloss und verriegelte, bevor ich eine Stillekuppel um uns herum erzeugte.

Seth verwandelte sich wieder in seine Fae-Gestalt, und ich warf ihm seine Tasche zu. Er nahm Boxershorts heraus, zog sie an und warf sich dann auf mein Bett, wo er es sich bequem machte. Er übernachtete nicht immer hier, aber ich musste zugeben, dass ich besser schlief, wenn er es tat. Da Tory so tun musste, als würde sie noch von den Schatten kontrolliert, konnte ich nicht bei ihr bleiben, es sei denn, wir schliefen im King's Hollow. Und ohne Gesellschaft bekam ich kaum ein paar Stunden Schlaf. So seltsam das Ganze auch war, ich würde ihn nicht wegschicken.

Ich zog meine Schuhe aus, nahm ein Haargummi von meinem Nachttisch und band meine Haare zu einem Pferdeschwanz zusammen, dann ließ ich mich neben ihm aufs Bett fallen.

»Vermisst du dein Rudel nicht, wenn du hier bist?«, fragte ich, während ich ein *Astrologie*-Buch unter meinem Kissen hervorholte und auf meinen Knien abstützte.

Professor Zenith wollte, dass wir alle das siebte Haus für einen Test, den sie für morgen angesetzt hatte, studierten. Wir hatten die ganze Woche darüber gesprochen, und da es von Waage und Venus – Orions Sternzeichen und der verdammte Liebesplanet – bestimmt wurde, waren meine Gedanken ständig bei ihm gewesen. Das siebte Haus wurde auch das Haus der Partnerschaft genannt – zu viele Zufälle, als dass ich sie jetzt hätte gebrauchen können.

»Nicht wirklich«, sagte er und blickte schuldbewusst drein, als er sich zu mir rollte und seinen Kopf auf meinen Arm legte. »Willst du etwas wissen, was ich bisher nur den anderen Erben erzählt habe?«

»Immer.« Ich legte mein Buch beiseite und sah ihn neugierig an.

Er blickte zu mir auf und grinste schief. »Sie sind mein echtes Rudel. Diejenigen, auf die ich mehr zähle als auf alle anderen. Ich bin für sie da, bevor ich für einen meiner Wölfe da bin. Ich weiß, dass das abgefuckt ist, und ich liebe meine Rudelmitglieder. Aber sie sind nicht meine Familie. Das sind die Erben. Und du gehörst jetzt auch dazu. Deine Schwester auch ... obwohl ich nicht glaube, dass sie mich sonderlich mag.«

»Na ja, du bringst ihr ständig Snacks und klaust sie ihr dann wieder.«

»Das ist unser Spiel«, sagte er abwehrend. »Als ich auf dem Mond war, haben die anderen Fae immer die besten Snacks für mich versteckt, damit ich sie aufspüren und stehlen konnte. Sie fanden das lustig.«

»Das klingt irgendwie, als hättest du ihnen ihr Essen gestohlen.«

»Glaub mir. Sie fanden es lustig. Genau wie Tory«, beharrte er.

»Äh, nein. Tory ist wie ein Tier, wenn es ums Essen geht. Sie teilt nicht oft und sie mag es definitiv nicht, wenn man ihr etwas wegnimmt«, sagte ich, aber er lachte nur.

»Sie liebt es«, beharrte er, obwohl ich genau wusste, dass er falschlag. »Aber abgesehen davon scheint sie weiterhin nicht viel mit mir kuscheln zu wollen, also muss es etwas anderes geben, das sie zurückhält.«

»Na ja, du hast sie mal angepinkelt«, wies ich ihn darauf hin. »Manche kommen nicht einfach so darüber hinweg, wenn man sie anpinkelt.«

»Ja ...«, antwortete er, und ein leises Wimmern entrang sich seiner Kehle.

Ich hatte Mitleid mit ihm und fuhr fort: »Sie hasst dich nicht mehr. Sie muss dich nur besser kennenlernen.« Er lachte leise.

»Vielleicht sollte ich daran arbeiten«, antwortete er und schob mein *Astrologie*-Buch beiseite, damit er sich besser an mich kuscheln konnte. Er gähnte wie ein müder Welpe.

Ich hatte noch nie einen Hund besessen, aber ich stellte mir vor, dass es in etwa so war. Völlig seltsam, aber irgendwie wirkte es ganz natürlich, wenn er sich auf mich oder die Erben legte. So war er eben, und er hatte eine so beruhigende Aura, wenn er nicht gerade ein Arschloch war. Was in letzter Zeit ziemlich oft vorkam. Zumindest für die in seinem inneren Kreis. Ich hätte nie gedacht, dass so viel Gutes in dem Kerl stecken könnte, den ich einst von ganzem Herzen gehasst hatte.

»Also, werden wir jemals darüber reden, was zwischen Orion und dir in dieser Gruft passiert ist?«, fragte er aus heiterem Himmel, und mein Herz machte einen Satz.

»Was?«, platzte ich heraus, und mir wurde heiß. »Nichts ist passiert.« Na toll, das klang wirklich überzeugend.

»Pah! Du sahst danach absolut schuldig und völlig verwirrt aus. Ich weiß, dass etwas passiert ist«, behauptete er. »Ich dachte, du würdest es eines Tages ansprechen, aber offensichtlich vertraust du mir immer noch nicht.«

Ich stöhnte und rieb mir die Augen. »Es spielt keine Rolle, es hat nichts bedeutet.«

Er keuchte auf, setzte sich aufrecht hin und schlug meine Hand von meinem Gesicht. »Heilige Scheiße! Ich wusste nicht, dass wirklich etwas passiert ist. Ich habe dich nur getestet. Erzähl mir alles!«

»Du Arschloch.« Ich schlug ihm auf den Arm, und er lachte, packte mein Handgelenk und grinste wie ein Verrückter. Ich seufzte dramatisch und gab nach, während ich meinen Arm aus seinem Griff zog. »*Na schön.* Es war nur ein dummer Kuss, das ist alles.« Tory war die Einzige, der ich davon erzählt hatte, und normalerweise würde ich es auch nur ihr erzählen. Also war das eine große Sache für mich.

Seine Augen leuchteten, als hätte ich ihm gerade erzählt, dass Weihnachten vorverlegt worden war, und ich runzelte verwirrt die Stirn.

»Warum freust du dich so verdammt darüber?«, fragte ich.

»Es ist einfach aufregend«, erklärte er mit einem Achselzucken, aber das kaufte ich ihm nicht ab.

»Seth«, warnte ich ihn, und er seufzte, rutschte an meine Seite und legte seinen Kopf an meinen.

»Na schön, ich will, dass ihr beide wieder zusammenkommt. Ist das ein Verbrechen?«

Ich drehte mich zu ihm um, überrascht, dass er das wiederholte, was meine Schwester gesagt hatte. »Du willst was?«

Er zuckte unschuldig mit den Schultern. »Ihr seid füreinander geschaffen, und komm schon, es ist Monate her, dass er weg war, und du bist nicht über ihn hinweg. Nicht mal ein Prozent.« Seine Stimme hatte einen flehenden Unterton angenommen, und ich hasste es, so von ihm bloßgestellt zu werden. Damit drängte er mich in die Defensive, und ich stotterte eine nichtssagende Antwort, während er mich nur mit einem geduldigen Blick bedachte, der ganz klar zum Ausdruck brachte, dass er darauf wartete, dass ich es zugab. Verdammt, manchmal war er echt nervig.

»Selbst wenn ich nicht über ihn hinweg wäre – was ich bin! –, könnte ich nie mit ihm zusammen sein. Nicht nach dem, was er getan hat«, sagte ich, aber schon während ich das sagte, wusste ich, dass es nicht mehr hundertprozentig stimmte. Seit Orion sich erklärt hatte, gingen mir seine Worte immer wieder durch den Kopf. Sie waren zu aufrichtig gewesen, zu verdammt süß.

»Du meinst, als er sich für dich geopfert hat, damit du eine Chance hast, Lionel zu stürzen? Damit du nicht alles verlierst, einschließlich deines Platzes an der einzigen Academy, die Fae deines Machtniveaus ausbildet und dir eine echte Chance auf den Thron geben kann? Bei den Sternen, was für ein Arschloch!«, knurrte er spöttisch, und ich schürzte die Lippen. »Nein, du hast recht, Darcy. Wie kann er nur? Wie kann er es wagen, sich an den gefährlichsten Ort in Solaria zu begeben und sich in Darkmore monatelanger Hölle auszusetzen, nur weil er dich so sehr liebt? Wie kann er es wagen, verdammt noch mal?«

»Hör auf damit!«, schnitt ich ihm ins Wort, aber er fuhr einfach fort.

»Wie kann er es *wagen*, sich selbst so sehr zu ruinieren, wie es ein Fae nur tun kann? Und das für dich?«

»Ich habe ihn nicht darum gebeten«, entgegnete ich aufgebracht. »Ich wollte das nie.«

»Ich weiß«, sagte er, und sein Lächeln verschwand, als er meine Hand nahm und drückte. »Und du hast das Recht, deswegen wütend auf ihn zu sein. Aber nicht für immer, Babe.«

Meine Kehle brannte, als die Emotionen in mir aufwallten. Ich senkte den Blick, unfähig, der glühenden Wahrheit in seinen Augen ins Gesicht zu sehen. »Es ist alles so verkorkst.«

»Aber es ist nicht unlösbar«, drängte er. »Ich bin gern mit dir zusammen, Darcy. Hier mit dir zu sein, nährt meinen Wolf. Aber ich bin nur hier, weil ich deinen Schmerz spüre. Nicht so wie Max, aber ...« Er streckte die Hand aus und strich mit den Fingerknöcheln über mein Schlüsselbein, während er die Stirn runzelte. »Es ist wohl Instinkt. Ich weiß einfach, dass du leidest. Und das hat sich nicht geändert, seit er weg ist. Torys Rückkehr hat dich etwas glücklicher gemacht, aber das reicht nicht. Und wenn ich ehrlich bin, glaube ich nicht, dass sich etwas ändern wird, wenn ihr beide das nicht in Ordnung bringt.«

»Ich weiß nicht, ob sich das in Ordnung bringen lässt, Seth.« Der Schmerz in mir schien meine Brust fast von innen heraus zu zerreißen.

Er legte seine Hand auf meine Wange und sah mich eindringlich an. »Wenn ihr beide es wirklich wollt, dann schon.«

Ich wandte den Blick ab, weil ich nicht wahrhaben wollte, was er von mir verlangte. Aber ich wusste, dass ich es musste. Ich war mir nur nicht sicher, ob ich jemals in der Lage sein würde, den Schmerz loszulassen, den Orion mir bereitet hatte. Ich konnte keine Realität sehen, in der ich ihm wieder vertraute, und wenn ich ihm nicht vertrauen konnte, gab es keine Hoffnung für uns.

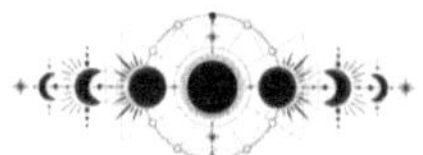

Es war der letzte Kurs des Tages und ich starrte Highspell finster an, als sie den »höheren« Formgebungen in der ersten Reihe saftige Schokoladenbrownies reichte. Sie unterhielt sich besonders lange mit den Jungs und fuhr ihnen lässig mit den Fingern durch die Haare. Ihr Rock war fast kurz genug, um ihr Schlangenloch zu offenbaren, und sie bückte sich absichtlich vor jedem Kerl, der ihr gefiel.

Ich hatte Mitleid mit Tory, die da vorn sitzen und so tun musste, als wäre sie eine Sklavin der Schatten. Wahrscheinlich kämpfte sie gerade mit ihrer Selbstbeherrschung, um Highspell keinen Hieb in die Titten zu verpassen. So erstaunlich es auch war, dass sie größtenteils von Lionels Kontrolle befreit war, so ärgerlich war es, dass ich nicht mehr Zeit mit ihr verbringen konnte.

Wir mussten immer auf der Hut sein, damit niemand Verdacht schöpfte. Und obwohl ich sie unglaublich vermisste, wollte ich nicht riskieren, dass Lionel herausfand, dass sie kein wandelnder Zombie mehr war.

Es gab jedoch eine Sache, die mich heute aufmunterte: Endlich war wieder Vollmond. Und Orion würde mehr im Tagebuch seines Vaters lesen können. Vielleicht hatte meine Mutter noch mehr von dem gesehen, was wir würden tun müssen, um Lionel gegenüberzutreten.

Ich versuchte, einen Levitationszauber auf das zwei Kilo schwere Gewicht auf meinem Schreibtisch zu wirken, und es erhob sich ein paar Zentimeter, bevor ich es wieder auf meinen Schreibtisch fallen ließ. Highspell ließ uns nichts über fünf Kilo heben, während die vorderen Reihen bereits bis zu zwanzig Kilo schweben ließen. Sie hatte der ganzen Klasse eine vage Erklärung gegeben, wie man den Zauber wirkte, und verbrachte den Rest der Zeit damit, zwischen den »höheren« Formgebungen hin und her zu springen und ihnen zu zeigen, wie man ihn ausführte. Und wie zu erwarten, schnitten alle hier hinten schlecht in ihrem Kurs ab.

Mein Atlas vibrierte, und ich nahm ihn heraus. Highspell schenkte uns in den hinteren Reihen selten Beachtung, also machte ich mir nicht die Mühe, ihn zu verstecken. Eine Nachricht von Darius wartete auf mich. Natürlich würde sie mir die Hölle heißmachen, wenn sie sich dazu entschließen sollte, in diese Richtung zu schauen. Aber das war mir egal.

Darius:
Kannst du heute Abend bei Lance vorbeischauen? Er könnte Hilfe gebrauchen und ich bin beschäftigt.

Mein Herz setzte einen Schlag aus.

Darcy:
Beschäftigt womit?

Darius:
Zeug und so. Sei um sieben dort, Spitzmaus!

Ich schickte ihm ein GIF mit einem wütenden Minotaurus, der »NEIN!« schrie, und er antwortete mit dem GIF einer Spitzmaus, die vor dem Feueratem eines Drachen floh.

Ich schürzte die Lippen und fragte mich, wo zum Teufel er genau das GIF gefunden hatte, bevor ich ihm eines mit einem Kalonischen Oktopuswandler schickte, der an jedem Tentakel Fae-Hände hatte, die den Mittelfinger in die Höhe streckten.

Darius:
Viel Spaß!

»Arschloch«, murmelte ich.

Okay, wenn ich Orion sehen müsste, brauchte ich definitiv einen Puffer. Ich wollte keinen Abend allein mit einem Kerl verbringen, nach dem ich mich wie nach einer Droge sehnte und der genauso schlecht für mich war. Also schrieb ich eine Nachricht in den Gruppenchat und bat um Hilfe.

Max:
Geht nicht, kleine Vega, Gerry schleicht sich heute Abend zu mir.

Darcy:
Wie hast du das angestellt?

Max:
Ich habe alle Bagels aus der Küche gestohlen und in meinem Zimmer versteckt. Wenn sie morgen frühstücken will, muss sie kommen. Im wahrsten Sinne des Wortes.

Ich musste lachen, aber das Lachen erstarb augenblicklich, als Seths Antwort eintraf.

Seth:
Kann heute Abend nicht. Cal jagt mich.

Caleb:
Ach ja?

Seth:
*Jepp. *Überkreuzte-Schwerter-Emoji**

Seth:
Scheiße, das war als Streitaxt-Emoji gedacht.

Caleb:

...

Seth:

*Wie auch immer, tut mir leid, Babe, wir sind raus. Viel Glück! Und wir
wollen alle pikanten Details ... des Tagesbuchinhalts.*

Ich knirschte verärgert mit den Zähnen und warf einen Blick auf Tory,
aber ich wusste, dass sie ebenfalls nicht würde mitkommen können. Sie ging
nur an den Wochenenden zu Lionel nach Hause, und ich würde sie auf keinen
Fall dazu zwingen, früher als nötig in den Palast zurückzukehren.

Mein Atlas vibrierte und ich erhielt eine Nachricht von der einzigen
anderen Person, die ich hätte fragen können.

Gabriel:

*Ich kann nicht, ich fahre heute Abend nach Hause, um den faetalienischen
Dienstag zu feiern. Ich koche. Ich friere dir was ein!*

Großartig. Es sah ganz so aus, als wäre ich auf mich allein gestellt.

Es war nicht so, dass ich Orion nicht sehen wollte. Verdammt, das war
alles, was ich wollte. Aber mit ihm allein zu sein, schien mir eine schreckliche
Idee zu sein. Vor allem, nachdem wir uns geküsst hatten. Ich hatte mir wirklich
eingehend eingeredet, dass es nichts bedeutet hatte, und ich wollte nicht, dass
sich das als falsch herausstellte.

Ich schob meinen Daumen auf Orions neue Nummer in meinen Kontakten
– ich hatte ihn wie früher als Starboy abgespeichert, um zu kaschieren, dass
wir miteinander sprachen. Einige Dinge würden sich wohl nie ändern. Ich
hatte ihm seit dem Erhalt seiner Nummer noch keine Nachricht geschickt,
aber ich fand, es war nur fair, ihm zu sagen, dass ich später vorbeikommen
würde.

Darcy:

*Hey, ich komme um sieben vorbei. Darius meinte, du könntest Unterstützung
gebraucht.
PS: Vollmond – wuhuu!*

Vollmond. Wuhuu??
Gott, warum hatte ich das geschrieben?

Drei kleine Punkte erschienen, um mir mitzuteilen, dass er eine Antwort tippte, und ich konnte nicht glauben, wie heftig mein Herz daraufhin hämmerte.

Starboy:
Und Darius hält dich für die beste Wahl?
PS: Ich glaube, du verbringst zu viel Zeit mit Werwölfen, wenn dich der Vollmond so begeistert ...

Ich verdrehte die Augen, aber ich hatte Mühe, mein Grinsen zu verbergen, als ich antwortete.

Darcy:
Er ist offenbar mit »Zeug und so« beschäftigt, was vermutlich bedeutet, dass er sein Gold zählt und alle Schlösser an seinen Türen überprüft, um sicherzustellen, dass es niemand stiehlt.
Du musst also mit mir vorliebnehmen.
PS: Nicht mehr Zeit als mit Sirenen, Vampiren, Zerberussen und Drachen.

Starboy:
Ich kann mir Schlimmeres vorstellen.
PS: Sie schlafen aber nicht in deinem Bett, oder?

Mein Herz rutschte mir in die Kehle, als ich diese Worte las. Woher zum Teufel wusste er, dass Seth in meinem Bett schlief? Hatte Darius ihm davon erzählt?

»Miss Vega!«, schrie Highspell, und ich sah überrascht auf. Sie stürmte auf mich zu wie eine Furie. Ihre Augen wurden zu grünen Schlitzen, und die Kette um ihren Hals leuchtete heller, als sie näher kam. »Wie können Sie es wagen, mich in meinem eigenen Klassenzimmer zu demütigen?«, zischte sie, und ich steckte meinen Atlas in die Tasche.

»Ich muss Sie nicht demütigen, Miss, das schaffen Sie ganz allein«, entgegnete ich ruhig – und ja, ich wusste, dass ich damit die Bestie provozierte.

Tory begegnete meinem Blick, und ein leichtes Grinsen umspielte ihre Mundwinkel. Ich sah, wie sie unauffällig die Finger bewegte, und plötzlich stolperte Highspell, als hätte ein Luftzug sie an den Beinen gepackt. Mit dem Hinterteil zuerst landete sie auf dem Boden. Alle brachen in Gelächter aus, auch ich. *Super gemacht, Tor!*

Die Glocke läutete das Ende der Stunde ein, und ich sprang von meinem

Platz auf und über Highspell hinweg, die sich mühsam aufrappelte und zur Tür stürmte.

»Darcy Vega, bleiben Sie sofort stehen!«, brüllte sie, und ich wusste, dass ich morgen dafür bezahlen würde, aber das war mir egal.

Heute war Vollmond, und ich würde definitiv nicht nachsitzen. Ich lachte, als ich den Korridor entlangrannte, aber plötzlich erschien eine Eisschicht über meinem Kopf. *Fuck!*

»Bleiben Sie sofort stehen oder Sie werden es bereuen!«, schrie Highspell, und in dem Moment sah ich Caleb die Treppe heraufkommen.

»Cal! Bring mich hier raus!«, rief ich, und er zögerte nicht, sondern rannte auf mich zu, warf mich über seine Schulter und lachte, als uns Highspell in ihren High Heels verfolgte.

Caleb zeigte ihr den Mittelfinger und rannte dann mit hoher Geschwindigkeit über den Campus, bis sich mein Kopf drehte. Wir mussten beide lachen, als er mich absetzte, und ich stellte fest, dass ich mich am Außenzaun des Campusgeländes befand.

»Du rennst besser weiter, Sweetheart. Sie wird jede M. O. E. S. E. der Schule auf dich hetzen.« Er warf mir schmunzelnd einen Beutel Sternenstaub zu.

»Danke«, erwiderte ich grinsend. »Was ist mit dir?«

»Sie steht auf mich.« Er zwinkerte mir zu und trat dann durch den Zaun zurück. »Ich werde mich einfach aus allem Ärger herausflirten. Oh, und ich werde ihr einen Erinnerungstrank geben, damit auch du aus dem Schneider bist. Bis später.« Er schoss davon und ich blieb lächelnd zurück, während ich eine Prise Sternenstaub zwischen meine Finger nahm. Es zahlte sich heutzutage wirklich aus, mit den Erben befreundet zu sein.

Mein Mund wurde trocken und ich betrachtete stirnrunzelnd meine Schuluniform. Nicht gerade das Traumoutfit für den heutigen Abend. Aber ich hatte jetzt nicht wirklich eine Wahl.

Ich warf den Sternenstaub über meinen Kopf und stellte mir den Wald außerhalb des Palastes vor, während ich durch die Sterne gezerrt wurde.

Ich landete im Schlamm – ohne auch nur einmal zu stolpern, vielen Dank – und rannte zu dem Baum, von dem aus ich den Durchgang zum Palast erreichen konnte. Ich landete nie näher am Anwesen, für den Fall, dass jemand hier draußen sein sollte, wenn ich auftauchte. Ich hielt es zwar für unwahrscheinlich, aber ich war immer vorsichtig. Sicher war sicher.

Ich ging auf den knorrigen Baum zu. Die Luft war so kühl, dass mein Atem kleine Nebelwölkchen vor mir bildete. Ich legte meine Hand auf das

Hydra-Zeichen, und es leuchtete unter meiner Handfläche.

Ich dachte an meinen Vater und wünschte mir, ich hätte ihn kennenlernen können. Aber noch mehr wünschte ich, dass er vor dem, was Lionel ihm angetan hatte, hätte gerettet werden können. Es quälte mich, sein Schicksal zu kennen. Ich hoffte nur, dass er wenigstens mit meiner Mutter glücklich gewesen war.

Ich nahm die Treppe, die die Wurzeln gebildet hatten, und betrat dann den Tunnel, woraufhin sich die Stufen zurückzogen und das letzte Tageslicht verschwand. Ich zog meinen Atlas aus der Tasche, um Orion mitzuteilen, dass ich früher dran war, aber ich hatte kein Netz. Ich fluchte leise, steckte den Atlas wieder ein und wirkte ein Fae-Licht, um zu sehen, wohin ich ging, während ich mich von innen heraus wärmte, um die Kälte zu bekämpfen.

Als ich die Luke erreichte, öffnete ich sie einen Spalt und spähte mit pochendem Herzen hervor. Ich hörte das Geräusch der laufenden Dusche, kletterte in den Raum, ließ die Luke vorsichtig wieder zufallen und ging ins Wohnzimmer. Die Badezimmertür stand halb offen, und mein Puls raste, als ich Orion entdeckte. Er stand mit dem Rücken zu mir, und Wasser rann über seine breiten Schultern und die Muskeln an der Wirbelsäule, bevor es über seinen Hintern lief.

Ich verharrte regungslos, wagte nicht einmal zu atmen, während er seine Haare einseifte.

Ich sollte mich bewegen.

Ich sollte irgendetwas anderes tun, als hier zu stehen und ihn anzustarren.

Die Hitze brannte sich einen Weg durch meinen Körper, bis ich mich fühlte, als würde ich schmelzen. Ich zwang mich, einen Schritt zurückzutreten, aber die Diele knarrte unter meinem Fuß. Er wirbelte herum, und ich verschluckte fast meine Zunge, als er meinen Blick auffing. *Scheiße, Scheiße, Scheiße.*

Ich geriet in Panik, alle rationalen Gedanken verschwanden aus meinem Kopf – und ich floh. Es war dumm und kindisch, aber das war mir egal, denn ich musste einfach nur zurück in den Tunnel und verschwinden, wenn nötig, später wiederkommen, aber zunächst würde ich mich einfach meinem inneren Feigling hingeben und wie eine Verrückte rennen, um zu entkommen.

Ich hatte es fast bis zur Luke geschafft, als Orion mit einem locker um seine Hüfte gewickelten Handtuch vor mir auftauchte. Sein nackter Körper tropfte, während er mich angrinste. Er grinste, *verdammt noch mal.* Mein Herz schlug mir bis zum Hals, und ich verschränkte die Arme vor der Brust, um meine Fassung wiederzuerlangen, aber ich war mir ziemlich sicher, dass ich sie in dem Moment verloren hatte, als ich ausgeflippt war und so getan hatte, als würde das Haus in Flammen stehen.

»Wohin willst du, Blue?«, fragte er mit dunkel funkelnden Augen, und ich spürte, wie sich alles zwischen meinen Schenkeln zusammenzog. Warum nannte er mich wieder so? Und warum gefiel mir das so gut?

»Ich bin früh dran«, stellte ich fest, denn das war offensichtlich eine großartige Idee gewesen.

»Das sehe ich«, sagte er, und seine Reißzähne glitzerten. Ich fragte mich, ob die kleine Verfolgungsjagd seinen Vampir geweckt hatte. Trotz aller jüngsten Anhaltspunkte, die das Gegenteil vermuten ließen, war ich in der Tat keine Beute. Und das musste ich ihm schnell klarmachen.

»Hast du mir nachspioniert?«, fragte er belustigt. Ich zog die Schultern zurück.

»Nein. Aber vielleicht solltest du nicht mit offener Tür duschen, du Idiot. Ich hatte nicht vor, heute zweimal den Mond aufgehen zu sehen«, entgegnete ich.

Er lachte laut auf, und das war so ansteckend, dass auch meine Mundwinkel zuckten. Sein Grübchen in der rechten Wange sah so verlockend aus, dass ich am liebsten mit dem Daumen darüber gefahren wäre. Ein Impuls, den ich schnell unterdrückte.

Er machte einen Schritt auf mich zu, und ich versuchte, seinen glänzenden Bauchmuskeln nicht zu viel Aufmerksamkeit zu schenken. »Geh nicht«, sagte er mit einem leisen Knurren, das meine Zehen dazu brachte, sich zu krümmen. »Ich ziehe mich an.«

Er schoss durch den Raum, und ich warf in dem Moment einen Blick über die Schulter, als er sein Handtuch vor der Kommode neben dem großen Bett fallen ließ. Ich drehte mich so schnell wieder um, dass ich mir fast den Hals verrenkte. »Bist du jetzt fertig damit, nackt zu sein?«

»Wenn *du* damit fertig bist«, antwortete er neckisch, und Hitze stieg mir in die Wangen.

»Ich bin schon lange fertig, Lance«, log ich, obwohl ich zu diesem Zeitpunkt wahrscheinlich längst nicht mehr unschuldig aussah. Ich hätte wirklich eine SMS schreiben sollen, bevor ich den Tunnel betreten hatte. Mein Horoskop hatte mich davor gewarnt, heute voreilige Entscheidungen zu treffen. *»Denk nach, bevor du handelst, Zwilling!«* Nun, das war in die Hose gegangen.

Er lief in einer grauen Jogginghose und einem weißen Tanktop an mir vorbei in die Küchenzeile und machte Kaffee.

»Der Mond geht noch eine ganze Weile nicht auf«, sagte er und warf mir einen skeptischen Blick zu. »Warum bist du so früh hier?«

Er schien sich irgendwie darüber zu freuen, dass ich so früh dran war, und diese Vorstellung gefiel mir. »Sagen wir einfach, ich bin auf der Flucht.«

»Vor wem?«, fragte er mit einem leisen Lachen.

»Highspell.« Ich verzog das Gesicht.

»Oh, du kannst dich hier jederzeit vor dieser Hexe verstecken«, murmelte er, während er den Kaffee aufbrühte und mir dann eine Tasse reichte. Auf der Tasse war ein kleiner Sonnenstrahl abgebildet, der durch eine Wolke lugte, und ich fragte mich, ob das Set meiner Mutter gehört hatte.

»Danke.« Ich pustete auf meinen Kaffee, um mich abzulenken, aber obwohl ich ihn splitternackt erwischt hatte, fühlte sich das irgendwie gar nicht so unangenehm an. Es war zumindest weniger seltsam als bei meinen letzten Besuchen hier.

Und dieses Mal hatte ich zumindest eine Vorstellung davon, was ich sagen konnte, um das Gespräch in Gang zu halten. Was fast schon traurig war, da wir uns früher nie schwergetan hatten, miteinander zu reden. Aber es fiel mir definitiv schwer, mich ihm zu öffnen, und ich war mir nicht sicher, ob ich überhaupt wollte, dass es wieder einfach wurde. Tory und Seth hatten mich jedoch völlig durcheinandergebracht und eine Art Samen in meinem Kopf gepflanzt, der jeden Tag ein wenig größer wurde. Wie konnte ich ihm angesichts all dessen, was ich über seine Gründe wusste, für immer böse sein? Vor allem nach dem, was er seither durchgemacht hatte. Er war reichlich bestraft worden. Aber der Gedanke, ihm zu vergeben, warf mehr Fragen auf, als ich bereit war, zu beantworten. Was würde passieren, wenn ich zugäbe, dass ich ihn nach wie vor liebte? Er hatte mir aufgetragen, ihn hinter mir zu lassen. Er sah keine Zukunft für uns. Das hatte er deutlich genug gemacht. *Argh, was für ein Schlamassel.*

»Hast du vielleicht Lust, mir bei einer weiteren Lektion zu helfen?«, fragte ich und hoffte, dass wir uns eine Weile darauf konzentrieren könnten, ohne uns mit unangenehmen Themen wie uns selbst zu beschäftigen.

»Klar«, sagte er, nippte an seinem Kaffee und sah mich dabei an. »Was hat dir Honey Highbitch dieses Mal nicht beigebracht?«

»Levitation«, erklärte ich seufzend. »Ich kann kleine Objekte schweben lassen, aber sie lässt mich im Unterricht an nichts üben, das schwerer als fünf Kilo ist, weil die Studenten hinten im Klassenzimmer nicht *fähig* genug sind. Aber selbst wenn ich es allein versuche, bekomme ich es nicht hin. Tory hat versprochen, mir zu erklären, was die Schlampe ihr gezeigt hat, sobald wir Zeit dafür haben. Aber Zeit ist wertvoll, da sie ja immerzu vortäuschen muss, nach wie vor von den Schatten gesteuert zu werden.«

Er runzelte wütend die Stirn, stellte seinen Kaffee auf den Tisch und winkte mich zu sich. »Komm her!«

Ich stellte meine Tasse ebenfalls ab und ging auf ihn zu. Der Duft von Zimt, der von seinem Körper ausging, ließ mir das Wasser im Mund zusammenlaufen. Ich vermisste diesen Geruch mit jedem Tag mehr. Einmal hatte mich Max schluchzend in meinem Zimmer im Palast gefunden – in einem Haufen von Orions Kleidern, die ich mir von Darius hatte geben lassen. Sein Geruch hatte sie schließlich verlassen, und ich war davon überzeugt gewesen, damit eine Art Ende erreicht zu haben. Das letzte Mal, dass ich ihn riechen würde. Aber jetzt stellte sich heraus, dass ich mich geirrt hatte. Und ich war mir nicht sicher, welches Schicksal schlimmer war. Ihn so nah bei mir zu haben, wissend, dass ich ihn nie wieder haben könnte, oder nie wieder in seiner Nähe zu sein.

»Dreh dich um!«, befahl er, und ich gehorchte, während er sich dicht hinter mich stellte. Er hob meine rechte Hand an und winkelte sie in Richtung der Couch an, und sein Atem auf meiner Schulter war definitiv nicht störend. »Levitation ist reine Kopfsache. Du kannst nur fünf Kilo heben, weil du glaubst, nur fünf Kilo heben zu können. Highspell hält dich mit Absicht zurück, indem sie diesen Zauber so lehrt«, fuhr er wütend fort.

Ich knurrte vor Wut, als ich das hörte.

»Glaubst du wirklich, dass eine Vega-Prinzessin nur fünf Kilo schweben lassen kann?«, fragte er an meinem Ohr, woraufhin ich fröstelte.

»Nein«, sagte ich voller Einsicht und hob mein Kinn.

»Du könntest einen ganzen Berg anheben, Blue«, murmelte er, und ich spürte, wie sein Glaube an diese Worte auch auf mich übergriff.

Er bewegte meine Hand in Richtung der Couch und ließ sie dann los, sodass ich den Zauber selbst wirken konnte. Ich legte meinen Daumen auf meine Handfläche, während ich die Magie an die Ränder meiner Haut drängte und mich auf die Möbel vor mir konzentrierte. Ich ließ mich von Orions Glauben an mich und meinem Glauben an mich selbst füllen, bis kein Raum mehr für Zweifel blieb.

Ich kann das.

Eine Welle der Magie verließ mich, und ich zog sie zu mir zurück, als sie auf die Couch traf, und hielt die Kraft so fest, wie ich es gelernt hatte, damit ich sie kontrollieren konnte. Die Couch hob ein ganzes Stück vom Boden ab, und ich keuchte vor Aufregung. Magie strömte aus mir heraus, und alle Möbel im Raum hoben sich, um sich der Couch anzuschließen. Das Bett, der Couchtisch, sogar die Bilder an den Wänden. Alles im Raum schwebte, und es war einfach – einfacher, als mich zu zwingen, ein winziges Gewicht nach dem anderen zu heben, voller Angst, dass ich nie mehr in der Lage sein würde, irgendetwas zu bewältigen. So sollte meine Magie eingesetzt werden. Frei und mit absolutem, totalem Glauben dahinter.

Ich drehte mich lachend um, warf meine Arme um Orions Hals und er zog mich fest an sich. Mein Herz versuchte, aus meiner Brust zu hüpfen, als ich mich daran erinnerte, wie es war, von ihm gehalten zu werden. Es war fast unmöglich, mich loszureißen. Aber ich tat es. Ich trat zurück, drehte mich um und stellte alles wieder an seinen Platz.

»Du hast meine Frage vorhin nicht beantwortet«, bemerkte Orion ernst, und ich setzte mich auf die Couch, nahm meinen Kaffee und sah ihn stirnrunzelnd an.

»Welche Frage?«

Er rieb die dicken Bartstoppeln an seinem Kinn und ließ sich auf dem Stuhl mir gegenüber nieder. »In Bezug auf den Wolf in deinem Bett.«

Mein Magen zog sich zusammen, und ich nippte weiter an meinem Kaffee, bevor ich antwortete. »Wer hat dir das erzählt?«

»Ist das wichtig?«, schoss es aus ihm heraus.

»Dieser verdammte Darius«, murmelte ich.

»Du hast gesagt, ihr wärt nicht zusammen«, drängte er, und ich seufzte, weil ich nicht schon wieder in einen Streit geraten wollte.

»Sind wir auch nicht. Er schläft nur manchmal bei mir«, erklärte ich, als wäre es ganz einfach, aber wahrscheinlich war es das nicht.

»Und küsst dich auf dem Pitball-Feld?«, knurrte er, und mir fiel buchstäblich die Kinnlade hinunter.

»Woher zum Teufel weißt du davon?«, keuchte ich, während er die Zähne fletschte. *Verdammt noch mal, Darius.* »Er hat mich geküsst, weil er versucht hat …« Ich hielt inne, um Seths Geheimnis nicht zu verraten. »Er wollte nur jemanden eifersüchtig machen, das ist alles.«

Sein Unterkiefer zuckte, während er seine Ellbogen auf die Knie stützte. »Musst du mich wirklich anlügen?«

»Ich lüge nicht«, sagte ich ungläubig, und mein Tonfall wurde schärfer. Ich schaffte es einfach nicht mehr, ruhig zu bleiben.

»Du hast in Bezug auf uns gelogen, warum also nicht auch in Bezug auf ihn?«, schleuderte er mir entgegen, und der Schock traf mich wie ein Schlag in die Brust.

»Ich *musste* in Bezug auf uns lügen«, knurrte ich, und er schnaubte.

»Verdammt, das kam jetzt falsch rüber. Ich meine, du hast auch Gründe, in Bezug auf ihn zu lügen. Es gibt ein Gesetz, das Fae verschiedener Formgebungen verbietet, zusammen zu sein, deine Schwester könnte ein Problem damit haben und ...«

Ich sprang wütend auf. »Ich sage das jetzt ein letztes Mal, Lance. Und wenn du mir nicht glaubst, ist das dein Problem. Aber ich bin nicht mit Seth Capella zusammen. Und ich würde nie wieder den Fehler machen, meine Schwester anzulügen.«

Mein Atlas piepte, bevor er antworten konnte, und ich nahm ihn aus der Tasche. Es war Gabriel. Besorgt ging ich ran.

»Hey, alles in Ordnung?«, fragte ich. Hatte er etwas Schlimmes *gesehen*?

»Es ist alles in Ordnung, Darcy. Kannst du mich auf Lautsprecher stellen? Lance muss das auch hören.«

Verdammter Hellseher! Ich fragte mich, wie viel er manchmal wirklich wusste. Konnte er einfach herausfinden, wo ich war, indem er sich auf mich konzentrierte? *Wahrscheinlich.*

Ich nahm den Atlas vom Ohr und betätigte das Lautsprecher-Symbol , woraufhin Orion neugierig die Stirn runzelte.

»Ich hatte eine Vision«, sagte Gabriel aufgeregt. »Es ist eine Gelegenheit. Eine, die wir wirklich nicht verpassen dürfen.«

»Worum geht es, Noxy?« Orion stand ebenfalls auf und stellte sich mir gegenüber, sodass der Atlas zwischen uns war.

»Lionel gibt am Weihnachtsabend eine Party im Palast«, sagte er. »Und es wird eine Chance für mich geben, an diesem Abend in die Königliche Seherkammer zu gelangen und den Stuhl zu benutzen. Die Sterne werden mir diese eine Gelegenheit geben, ihn zu gebrauchen, auch wenn ich diesen Titel offiziell nicht trage.«

Ich holte tief Luft. »Das ist großartig.«

»Ja«, sagte Gabriel. »Und ich glaube, wir haben gleichzeitig noch eine weitere Gelegenheit ...«

»Welche?«, fragte Orion.

»Stella wird die Party ebenfalls besuchen, was bedeutet, dass ihr zwei versuchen könntet, auf ihr Grundstück zu gelangen. Ich kann nicht sehen, ob ihr erfolgreich sein werdet. Leider hat sie immer noch Nymphen dort stationiert, die das Grundstück mithilfe der Schatten verbergen.«

»Warum wir?«, fragte ich und warf erst Orion einen Blick zu, dann wieder meinem Atlas.

»Weil ihr die Einzigen seid, die nicht zur Party eingeladen sind. Außerdem kannst du die Schutzbarrieren brechen, Orio, und Darcy, du weißt, wo du nach Diegos Mütze suchen musst.«

Mein Herz schlug schneller und Adrenalin durchströmte meine Adern, als ich mir eingestehen musste, dass er recht hatte. »Okay.« Ich grinste Orion an und er grinste zurück.

»Wir reden morgen weiter«, sagte Gabriel. »Der Mond ist aufgegangen.«

Er legte auf und ich wandte mich dem Fenster zu, mein Lächeln wurde breiter, als das Mondlicht auf die Terrasse fiel.

»Ja, verdammt!« Orion schoss davon, schnappte sich das Tagebuch aus der Schublade seines Nachttischs, und ich rannte zur Tür, die ich gerade noch rechtzeitig aufschieben konnte, bevor Orion an mir vorbeirannte, meine Hand ergriff und mich mit sich zog.

Er drückte mich auf einen Stuhl an einem Tisch auf der Terrasse und ließ sich neben mir nieder. Ich wirkte einen Verhüllungszauber um uns herum, und Orion half mir, bis wir vollständig verborgen waren. Dann schenkte er mir ein süchtig machendes Lächeln.

Er schlug das Tagebuch auf, und der Mond tauchte die Seiten in sein Licht. Licht flimmerte darüber, und Worte erschienen in dunkler wirbelnder Handschrift.

»Ist das der Imperiale Stern?«, flüsterte ich und deutete auf das Bild am unteren Rand der ersten Seite, während ich die Hand hob, um mit den Fingern über die Kette zu streichen. Orion wirbelte herum und sah mich an.

»Du kannst die Worte sehen?«, fragte er überrascht.

»Ja, du nicht?« Ich runzelte die Stirn.

»Natürlich«, sagte er. »Aber Darius konnte es nicht.«

»Oh«, hauchte ich. »Na ja, die Gruft hat uns beide reingelassen. Vielleicht ist es eine Vega-Orion-Sache.«

»Ja ... in der Nachricht meines Vaters stand tatsächlich, dass das Tagebuch für die Untreuen unlesbar sein würde. Er muss damit die Loyalität gegenüber den Royals gemeint haben«, murmelte er mit einem kleinen Grinsen, während er mich kurz ansah, dann wieder auf das Tagebuch blickte und eine Seite umblätterte. Ich vermutete, dass das der Beweis dafür war, dass er Tory und mir gegenüber loyal war. Bedeutete das, dass er Darius und die anderen Erben nicht mehr unterstützte? Er hatte mich schon früher ermutigt, aber als ich diese Wahrheit nun schwarz auf weiß vor mir sah, wurde mir ganz anders.

Ich beugte mich zu ihm, um den nächsten Eintrag zu lesen, und unsere Schultern berührten sich.

Herzlichen Glückwunsch, mein Sohn!
Wenn alles nach Plan verlaufen ist, hast du den Test bestanden, den wir dir in der Gruft auferlegt haben. Merissa Vega hat mir versichert, dass du ihre Tochter beschützen würdest, egal, unter welchem Zauber du stehst. Mein Stolz reicht nicht an das heran, was ich im Moment für dich empfinde. Wenn du den Imperialen Stern erhalten hast, dann weiß ich, dass du der Mann bist, der meine kühnsten Hoffnungen bewahrheitet.
Jetzt muss der Stern verborgen bleiben. Nur deine treuesten Freunde dürfen seinen Aufenthaltsort kennen. Ein Stern kann nicht von Sehern gesehen oder durch Arkane Künste geortet werden. Solange du das Wissen um sein Versteck schützt, kann er von Lionel Acrux nicht entdeckt werden.
Das bringt mich zu deiner nächsten Aufgabe. Du musst die Zodiac-Garde reformieren. Wähle diejenigen aus, die stark genug sind, um den Eid zu schwören, die königliche Vega-Familie zu beschützen. Sie werden eine starke Gefolgschaft brauchen, um aufsteigen zu können, Fae, denen sie ihr Leben anvertrauen können. Wähle mit Bedacht!
Um neue Mitglieder an die Garde zu binden, wirst du den Kelch der Flammen benötigen – ein Gegenstand, der sich seit Langem in meinem Besitz befindet.
Vergieße dein Blut im Licht des Vollmonds, um den Kelch zu beschwören.

Orion blätterte um, und auf der nächsten Seite war das Bild eines wunderschönen Kelchs zu sehen, darunter ein Nachsatz.

Der Kelch der Flammen enthält eine uralte Phönixflamme in seinem Kern. Er ist unzerstörbar, kann nicht anlaufen und muss vom Master der Zodiac-Garde beschützt werden. Alle, die das königliche Elixier aus diesem Kelch trinken und die Worte sprechen, die auf seiner Oberfläche eingraviert sind, werden an die Garde gebunden und schwören, die Königslinie der Vegas zu beschützen.

Orion führte einen Daumen an seinen Mund, bohrte seinen Reißzahn hinein und hielt ihn in das Mondlicht, das uns umgab. Licht flimmerte über seine Handfläche und ein schimmernder silberner Kelch erschien, woraufhin mein Mund ehrfürchtig offen stehen blieb. Die darauf eingravierten Worte waren in einer Schrift geschrieben, die an Latein erinnerte, und ich hatte keine Ahnung, was sie bedeuteten. Aber ich konnte die Kraft dieses Objekts spüren, das mich förmlich anzog.

»Darf ich ihn halten?«, flüsterte ich, und Orion reichte ihn mir ohne zu zögern. Das Metall war warm und küsste meine Handfläche. Ich schnappte nach Luft, als ich die Flamme darin spürte – eine lang verlorene Verbindung zu dem Phönix, der ihn dort platziert hatte.

»Er ist wunderschön«, seufzte ich und reichte ihn zurück an Orion, der ihn vor uns abstellte, während er die nächste Seite las. Ich beugte mich vor, um es ihm gleichzutun.

Das königliche Elixier ist auf der nächsten Seite beschrieben. Es wird sechs Wochen dauern, bis es gebraut ist, und während dieser Zeit trägst du die alleinige Verantwortung dafür, dass der Imperiale Stern in Sicherheit ist. Merissa hat mir erzählt, dass du mit der Hilfe eines guten Freundes einen Weg finden wirst, ihn zu schützen, bis die Garde neu formiert ist und deine Verbündeten dabei helfen können, sein Versteck zu sichern.

Ich lächelte, dachte an Gabriel und fühlte mich meiner Mutter näher als je zuvor. Zu wissen, dass sie uns gesehen hatte, spendete mir Trost, und es war, als hätten wir eine Verbindung zueinander. Als wären Tory und ich ihr als Erwachsene keine Fremden gewesen. Sie hatte uns durch ihre Visionen in gewissem Maße gekannt. Und ich wünschte, ich hätte sie auch gekannt.

Deine letzte Aufgabe ist die wichtigste von allen. Du musst dafür sorgen, dass die Vega-Zwillinge gekrönt werden. Sie müssen die wahren Königinnen werden, damit sie den Imperialen Stern einsetzen können. In der Zwischenzeit musst du das Wissen in diesem Tagebuch schützen. Jeder Zauber, den der Stern wirken kann, wird durch ein mächtiges Wort ausgelöst. Worte, die auf diesen Seiten enthalten sind. Du musst sie dir alle merken, dafür sorgen, dass die Vegas sie auswendig kennen und sie niemals vergessen. Du darfst nicht versuchen, sie selbst mit dem Imperialen Stern zu sprechen, und du darfst auch nicht zulassen, dass die Vegas es versuchen, bevor sie gekrönt sind. Nur ein regierender Herrscher kann den Imperialen Stern führen. Alle anderen werden sterben, wenn sie es versuchen.

Orion blätterte weiter, und in geschwungener Schrift erschien ein Wort über die Mitte der Seite.

Immunisia

Immunität

Dieser Zauber gewährt lebenslange Immunität gegen alle Krankheiten.

»Heilige Scheiße«, stieß Orion hervor, und ich drehte mich zu ihm um, während ich das Lachen kaum zurückhalten konnte.

»Das ist der Wahnsinn.«

Er fing meinen Blick auf und berührte meine Hand auf dem Tisch, was eine Welle der Erregung durch meinen Körper schickte. »Du wirst deine Krone polieren müssen, Blue«, neckte er mich.

Ich lachte leise, beugte mich ein Stück vor und flüsterte: »Zuerst muss ich sie dem Drachenkönig stehlen.«

Scorpio
Gemini
Virgo
Aries
Cancer
Leo
Sagittarius
Taurus
Capricorn
Aquarius
Libra
Pisces

TORY

KAPITEL 38

Ehe wir uns versahen, war Heiligabend, und ich hatte den Tag mit Lionel im Palast der Seelen verbracht und versucht, meine Nervosität über das, was wir heute Abend vorhatten, zu verbergen.

Gabriel war zuversichtlich gestimmt; trotz all der Gründe, die dafür sprachen, dass unser Vorhaben schiefgehen könnte, war er sich sicher, dass wir eine gute Chance haben würden, ihn während der Party in den Palast zu schmuggeln.

Dann mussten wir ihn nur noch in die Königliche Seherkammer schaffen und auf den Stuhl setzen, damit die Sterne ihm die versprochene Vision schenken konnten. Warum sie ein solches Theater machen und darauf bestehen mussten, dass er in den Palast kam, war mir nach wie vor ein Rätsel. Aber er schien zu denken, dass es völlig in Ordnung war, dass die funkelnden Mistkerle eine Herausforderung stellten, wenn wir mit Wissen aus dem Himmel belohnt werden wollten.

Ich persönlich hielt sie für rachsüchtige kleine Arschlöcher, aber vielleicht war ich auch voreingenommen und verbittert, weil sie mein Leben immer wieder aufs Neue vermurksten.

Ich hatte auch keine Ahnung, warum die Sterne beschlossen hatten, ihm heute Abend zu erlauben, von dem Stuhl Gebrauch zu machen, nachdem er es monatelang versucht hatte, während ich in Lionels Gewalt gefangen war – vielleicht mochten sie mich einfach nicht besonders –, aber ich vertraute darauf, dass er wusste, wovon er sprach. Und hoffentlich war dies der

Schlüssel, um unsere Pläne gegen den sogenannten König voranzutreiben. Ich war also mehr als bereit, diesen Versuch zu wagen.

Im vergangenen Monat hatten wir alle dabei geholfen, die Zutaten zu sammeln, die Orion für das königliche Elixier benötigte, um Mitglieder in die Zodiac-Garde aufzunehmen. Das Rezept war verdammt kompliziert und der blubbernde Trank in seinem Schrank verströmte einen seltsamen Mandelgeruch. Angeblich musste dieser nun eine ganze Woche lang im Dunkeln stehen, bevor wir die nächste Zutat hinzufügen konnten. Dabei handelte es sich um etwas, das sich Rothiumgras nannte und nur auf einem besonderen Berg wuchs, der offenbar vor Hunderten von Jahren von einem alten Vega-Prinzen gesegnet worden war. Ehrlich gesagt war mir die ganze Garde-Sache irgendwie unangenehm. Aber vielleicht lag das daran, dass ich davon ausging, dass alle Royalisten wie die A. N. U. S.-Mitglieder waren, die meine Schwester und mich gern anstarrten und Fotos machten, wenn sie dachten, dass wir es nicht mitbekamen. Ich wollte nicht, dass Leute mir seltsame Dinge schworen und Versprechungen auf die verdammten Sterne machten, die sie nicht zurücknehmen konnten. Vielleicht würde die Garde aber auch ganz anders funktionieren. Denn ich konnte mir nicht vorstellen, dass Orion plötzlich meine Füße küssen und in Gesang ausbrechen würde, wenn ich einen Raum betrat. *Bei Darcy war das eine andere Geschichte ...*

Verdammt, ich habe vergessen, ihm heute einen Tritt zu verpassen.

Das knöchellange Kleid, das ich heute Abend auf dem Ball tragen sollte, war golden und schimmerte, wenn das Licht darauffiel. Es sah aus wie flüssiges Metall, das über meine Kurven gegossen worden war. Meine Arme waren nackt und der Ausschnitt tief, was mich bei dem aktuellen Wetter vielleicht gestört hätte, wenn ich keine Feuermagie besäße, um mich zu wärmen.

Lionel hatte es geschafft, sich Zutritt zur großen Halle zu verschaffen – die mein Vater während seiner Herrschaft offenbar für Gerichtsprozesse genutzt hatte –, und beschlossen, die Party dort abzuhalten. Niemand wagte zu fragen, warum wir nicht den extravaganten Ballsaal nutzten, und es war eine Quelle stiller Freude, dass ich wusste, dass der Palast Lionel immer noch nicht alle Türen öffnen ließ.

Ich hatte bereits stillschweigend den Empfang über mich ergehen lassen – jeder Gast hatte Lionel seine Aufwartung machen und sich vor ihm auf seinem Thron verbeugen müssen. Eine Schar von Nymphen stand hinter ihm, nur damit er mit seiner Kontrolle über sie prahlen konnte. Aber jeder, der gekommen war, beäugte sie wachsam.

Die Nymphen hatten die ganze Zeit über ihre verwandelte Gestalt beibehalten und standen stoisch und statuenhaft hinter uns, aber ich hatte Mühe, ein Zittern zu unterdrücken. Ich traute ihnen nicht. Obwohl ich wusste, dass Clara die volle Kontrolle über sie hatte, hielt mich das nicht davon ab, jeden Moment mit einem Angriff zu rechnen. Das Wissen, dass Diego gut gewesen war, minderte meine Ängste nur um ein Prozent. Von allen Nymphen, mit denen ich in Kontakt gekommen war, hatte er als Einziger seiner Art kein Interesse daran gezeigt, meine Magie zu stehlen, und sogar versucht, uns zu helfen. Ich ging also davon aus, dass er eine Ausnahme gewesen war. *Ach, Diego.*

Clara war heute Abend in ihrem Element, tänzelte gurrend an Lionels Arm durch die Gegend und machte immer wieder Kommentare dazu, wie traurig sie über Catalinas Tod sei – während sie kaum verhohlene Andeutungen über ihren Wunsch machte, Lionels neue Königin zu werden.

Ich schwieg, antwortete nur denen, die mich direkt ansprachen, und ignorierte all die misstrauischen Blicke, die ich auf mich zog. Die Leute wussten ohnehin nicht, was sie von mir halten sollten, also hatten sie nie wirklich etwas zu sagen.

Die Erben und ihre Eltern waren heute Abend ebenfalls hier, und ich hatte ihre Blicke mehr als einmal aufgefangen, was mich ein wenig tröstete. Ich wusste, dass ich hier Freunde hatte, auch wenn ich nicht mit ihnen sprechen konnte.

Lionel strahlte eine Selbstgefälligkeit aus, die so erdrückend war, dass ich daran zu ersticken drohte, während ich an seinem Arm hing. Ich war nur froh, dass ich es mir zur Gewohnheit gemacht hatte, als Schatten-Bitch einen ausdruckslosen Gesichtsausdruck zu wahren, damit ich nicht gezwungen war, sein Gelaber mit einem falschen Lächeln zu quittieren.

Aber ich hörte zu. Ich hörte jedes Wort, das über seine Lippen kam, all die Lügen über Tiberianische Ratten, Minotauren und Sphinxe. Die Pläne, die er schmiedete, um sie unter Kontrolle zu bringen, verinnerlichte ich augenblicklich. Dann wurde alles, was man gegen seine abscheulichen Pläne verwenden könnte, an Hamish Grus und seine Rebellen weitergegeben, die vielleicht etwas dagegen unternehmen konnten.

Häufig hatte Lionel seine Gräueltaten bereits begangen, die Fae zusammengetrieben und in den Nebula-Inquisitionszentren eingesperrt, bevor irgendetwas, was ich weitergab, von Nutzen sein konnte. Aber gelegentlich halfen Hamish und die Fae, die er um sich versammelt hatte und die sich gegen Lionels Tyrannei stellen wollten, dabei, andere Fae in Sicherheit zu bringen, bevor der König sie erreichen konnte. Und jedes Mal, wenn ich hörte, dass etwas, das ich weitergegeben hatte, ein Leben gerettet hatte, machte das meine Rolle ein wenig erträglicher.

»Ah, wenn das nicht mein erstgeborener Sohn ist«, rief Lionel und riss mich aus meinen Gedanken, als Darius ganz in Schwarz gekleidet aus der Menge trat.

Schwarzer Anzug, schwarzes Hemd, schwarze Manschettenknöpfe. Die Dunkelheit des Outfits ließ ihn noch größer und einschüchternder wirken als sonst, betonte die schwarzen Ringe in seinen Augen und lenkte die Aufmerksamkeit auf seine ebenholzfarbenen Haare und die Bartstoppeln an seinem Kinn. Verdammt, er war zum Anbeißen. Unser Moment der Zweisamkeit, den wir uns von den Sternen gestohlen hatten, war schon zu lange her, und ich war ernsthaft versucht, ihn zu fragen, ob er nicht bald irgendwo eine zweite Runde mit mir versuchen wollte. Vielleicht irgendwo, wo es weniger matschig war, aber auf jeden Fall an einem offenen Ort … wie in der Wüste. Sonne, Sand, Sex … Aber dann wäre überall Sand, und das war nie lustig. Niemand wollte eine sandige Vagina. *Verdammt, Sterne, warum müsst ihr mir meinen Spaß verwehren?*

»Vater«, sagte Darius knapp, und sein Blick glitt für einen Moment zu mir, was mir die Hitze in die Wangen steigen ließ. Ich beschloss, dass ich für ihn eine sandige Arschritze riskieren würde, bevor er seinen Blick wieder abwandte.

»Wo ist deine bezaubernde Braut?«, fragte Lionel und sah sich neugierig um.

»Plötzlicher Anfall von Scheißerei«, antwortete Darius mit einem Grinsen, und ich wusste genau, wer dafür verantwortlich war. »Und bezeichne sie nicht als bezaubernd, Vater, wir wissen doch alle, dass sie aussieht wie das Hinterteil eines Warzenschweins, das von einem Bus überfahren wurde.«

Ich prustete ein Lachen, bevor ich es unterdrücken konnte, und versuchte, es mit einem Husten zu überspielen. Lionel musterte mich, und ich setzte augenblicklich meine neutrale Maske auf.

»Findest du das lustig, Roxanya?«, fragte er und kniff die Augen zusammen, was mich nicht sonderlich überraschte, da ich normalerweise nur lachte, wenn ich in meinem abgefuckten Schattenbitch-Zustand Leute quälte.

»Er hat nicht ganz unrecht«, antwortete ich, warf ihm einen bewundernden Blick zu und fuhr mit meiner Hand über seinen Arm. Das hatte den seltsamen Effekt, dass mir vor Glück über seine Nähe schwindelig wurde – und ich den Alkohol, den ich getrunken hatte, am liebsten wieder ausgekotzt hätte. Der auf leeren Magen ohnehin zu viel gewesen sein könnte.

Lionel ließ seinen Blick prüfend über meine Gesichtszüge gleiten, während ich ihn so albern wie nur möglich ansah, und er nickte leicht, bevor er sich wieder seinem Sohn zuwandte.

»Wenn du nicht mit deiner Braut beschäftigt bist, kannst du Roxanya zum Buffet begleiten. Sie hat die Angewohnheit, das Essen zu vergessen, wenn sie nicht daran erinnert wird, und ich bin heute Abend zu beschäftigt, um mich um sie zu kümmern.«

Darius' Gesicht wurde hart und er zuckte mit den Schultern. »Macht es dir Spaß, mich mit ihrer Gesellschaft zu quälen, Vater?«

»Ich hätte gedacht, dass du dich über die Gelegenheit freuen würdest, Zeit mit ihr zu verbringen. Schließlich warst du den ganzen Sommer über sehr gewissenhaft bei deiner Jagd nach ihr. Oder ist deine idealistische Liebesfantasie endgültig erschöpft? Hast du es vielleicht sogar aufgegeben, sie aus der Dunkelheit zu locken?«

»Niemals«, knurrte Darius und bot mir seinen Arm an. Ich warf Lionel einen Blick zu, um seine Zustimmung einzuholen, bevor ich ihn annahm.

»Dann sorge dafür, dass sie versorgt wird, und hör auf, dich über dein Schicksal zu beklagen. Ich werde dir schließlich eines Tages einen Thron überlassen. Deine undankbare Haltung kann und will ich jetzt nicht länger dulden.«

Darius machte eine spöttische Verbeugung, und ich trat vor, legte meine Hand auf seinen Unterarm und ließ mich von ihm wegziehen.

Meine Haut erwärmte sich an der Stelle, an der wir einander berührten, aber ich wagte es nicht, zu ihm aufzublicken, sondern ging einfach an seiner Seite weiter, bis wir das Buffet erreichten, das auf der anderen Seite des Raumes aufgebaut war. Ich könnte schwören, Lionels Blick die ganze Zeit über auf uns gerichtet zu spüren, und als ich mich umdrehte, um über meine Schulter zu ihm zurückzuschauen, fröstelte ich, als ich seine Augen sah.

»Iss, Roxy!«, befahl Darius, nahm einen Teller mit Kuchen und handgemachten Keksen von einem der Bediensteten entgegen und hielt ihn mir hin.

»So herrisch«, murmelte ich, schnappte mir den Teller und biss in einen Keks, wobei ich ein Stöhnen angesichts des köstlich süßen Geschmacks unterdrückte. »Meinst du, Lionel ahnt etwas?«

»Schwer zu sagen bei ihm. Er ist immer misstrauisch. Aber ich denke, wenn er Bescheid wüsste, hätte er dich sofort darauf angesprochen.« Er legte besorgt die Stirn in Falten und ich schenkte ihm ein kleines Lächeln.

»Ich bin sicher, dass alles in Ordnung ist. Max hat mir außerdem beigebracht, meine Gedanken vor Zyklopenverhören abzuschirmen, also, selbst wenn er Vard dazu bringt …«

»Wenn er oder dieser Psychopath noch einmal Hand an dich legen, werde ich sie mit meinen verdammten Zähnen in Stücke reißen«, knurrte Darius, packte mein Handgelenk und drückte so fest zu, dass ich blaue Flecken bekam.

»Ich komme damit klar«, erklärte ich entschlossen.

Es war nicht so, dass mir der Gedanke gefiel, in den Raum zurückgebracht zu werden, in dem sie mich gefoltert und zu Lionels Spielzeug gemacht hatten, aber ich war mir bewusst, dass es eines Tages geschehen würde. Ich versuchte, nicht daran zu denken, und bereitete mich mit Max' Hilfe so gut wie möglich darauf vor.

Lionel verschwand aus dem Blickfeld und ging mit einem Mann, von dem ich mir ziemlich sicher war, dass er ein weiterer Acrux war, in ein Vorzimmer auf der anderen Seite des Raumes und ich stupste Darius an, um ihn auf die beiden aufmerksam zu machen.

»Gabriel hat gesagt, dass sich der richtige Moment ergeben würde«, sagte ich, aß schnell noch einen weiteren Keks, weil sie einfach göttlich schmeckten, und entfernte mich dann vom Buffet.

»Wir treffen uns im Westkorridor«, murmelte Darius, und ich nickte und sah ihm nach, als er durch die Menge verschwand.

Ich verweilte noch ein paar Minuten, dann drehte ich mich ebenfalls um, entdeckte Seth und Caleb an einer der Seitentüren und ging mit zielstrebigen Schritten auf sie zu.

Seth warf Oliven in die Luft und fing sie mit dem Mund auf und Caleb zwinkerte mir zu, als ich an ihnen vorbeiging.

»Wir halten die Augen offen, Sweetheart«, versprach Caleb mit leiser Stimme, von der ich sicher war, dass sie niemand sonst gehört hatte, und ich nickte einmal, bevor ich den Raum verließ.

Mein Herz klopfte wie wild, als ich auf Darius zusteuerte, damit wir den Geheimgang öffnen konnten, um Gabriel in das Gebäude zu bringen.

Er war zuversichtlich, dass dieser Teil unseres Plans gelingen würde. Aber fortan waren wir auf uns allein gestellt – es gab zu viele Möglichkeiten, als dass Gabriel sicher sein konnte, welchen Kurs wir einschlagen würden.

Für den Moment vertraute ich also auf seine Vision. Und was alles andere anging, hoffte ich einfach das Beste.

Scorpio
Gemini
Virgo
Aries
Cancer
Leo
Sagittarius
Taurus
Capricorn
Aquarius
Libra
Pisces

ORION

KAPITEL 39

Darcy und ich reisten mit Sternenstaub zum äußeren Rand des Grundstücks meiner Mutter. Eisige Luft peitschte um uns herum, als wir im dunklen Wald landeten. Ich lauschte auf Geräusche aus der Nähe, aber alles war still. Darius hatte eine Nachricht geschickt, dass die Nymphen im Palast waren, weil sein Vater seinen frommen Anhängern zeigen wollte, dass er sie unter Kontrolle hatte. Ausnahmsweise war es also unser Glück, dass er ein eitler und stolzer Mistkerl war. Denn seine Prahlerei hatte uns ein Fenster der Gelegenheit geöffnet, durch das Blue und ich nun kletterten, um ihn anzupinkeln. Natürlich nur metaphorisch gesprochen. Aber ich hätte nichts dagegen, auf den Drachenkönig zu pissen, wenn ich jemals die Gelegenheit dazu bekommen sollte.

Wir waren beide schwarz gekleidet, aber das war nur eine zusätzliche Vorsichtsmaßnahme. Ich würde dafür sorgen, dass wir von Verhüllungszaubern umgeben waren, wenn wir uns bewegten. Es sollte eine schnelle Nummer sein. Keine Zeitverschwendung. Und als Vampir war das meine verdammte Stärke.

»Weißt du noch, wo du Diego zuletzt gesehen hast?«, fragte ich Darcy und sie runzelte nachdenklich die Stirn. Das Mondlicht illuminierte ihr Gesicht im Profil und mein Blick fiel auf ihre kleine Nase und ihre vollen Lippen. Lippen, über die ich mit meinem Daumen streichen wollte, bevor ich sie beanspruchte, markierte, biss … *Konzentriere dich, Arschloch!*

»Ich werde den Ort wiedererkennen, wenn wir näher am Haus sind. Irgendwo da drüben, glaube ich.« Sie zeigte auf die Bäume zu unserer Rechten und ich nickte.

Ich schritt auf die Schutzvorrichtungen zu und spürte, wie ihre Energie über meine Haut surrte, als ich meine Handflächen darauf richtete. Die Magie meiner Mutter war mächtig, aber ihr Blut floss in mir – zu meinem Pech –, sodass ich das Grundstück betreten konnte, solange sie mir den Zugang nicht verwehrte. Und da ich seit Monaten ein Gefangener war, wettete ich darauf, dass sie sich nicht die Mühe gemacht hatte. Als meine Hand durch die unsichtbare Barriere glitt, grinste ich triumphierend, presste meine Magie hinein und schuf eine Tür, durch die Darcy gehen konnte.

»Eure Kutsche wartet, Ma'am.« Ich winkte sie heran und sie trat durch die Lücke.

»Bist *du* meine Kutsche?«, fragte sie.

»Ja, ich habe meinen Sattel vergessen, aber du kannst mich auch ohne reiten, oder?« Der Witz entschlüpfte mir so mühelos, als wären wir immer noch ein Paar, und ich bereute ihn sofort.

Sie schlug mir auf den Arm, aber ein Lächeln umspielte ihre Lippen und mein Bedauern war sofort verflogen.

»War das ein Ja?«, spöttelte ich und sie rollte mit den Augen.

»Hör auf, Zeit zu verschwenden«, murmelte sie und lief los, aber sie versuchte eindeutig, ihr Lächeln vor mir zu verbergen. Und das gab mir ein sehr gutes Gefühl.

Ich warf einen Blick in den dunklen Wald. Ich musste das Gebiet markieren, damit wir es wiederfinden konnten. Ich wollte nichts zu Auffälliges zurücklassen, aber ich wollte auch kein Risiko eingehen. Wenn wir fliehen mussten oder getrennt wurden, musste Darcy den Weg zurück zu diesem Ort finden.

Ich benutzte meine Wassermagie, um glitzernde Eiszapfen an den nächstgelegenen Baum zu hängen. Das Mondlicht reflektierte sich auf ihnen, aber das sah man nur, wenn man tatsächlich danach suchte.

»Das ist dein Fluchtweg, wenn es schiefgeht«, erklärte ich und sie warf einen besorgten Blick auf die Eiszapfen. Aber ihr Gesichtsausdruck verhärtete sich schnell wieder. »Es wird nichts schiefgehen. Wir werden die Mütze finden und im Handumdrehen wieder abhauen.«

Ich begann, Verhüllungszauber zu sprechen, und sie half mir dabei, indem sie meine Magie verstärkte, bis wir von Dunkelheit verdeckt wurden.

»Okay, lass uns gehen«, hauchte sie, und ich drehte mich um.

»Hüpf rauf, meine Schöne!«, wies ich sie an, und sie sprang auf meinen Rücken und schlang ihre Beine um meine Taille. Die Wärme ihres Körpers an mir fühlte sich so verdammt gut an und ich konnte mich wirklich nicht darüber beschweren, heute Nacht ihr Reittier zu sein.

Ihr Knie stieß gegen das Tagebuch, das ich in meiner Tasche versteckt hatte, indem ich es verkleinert und mit einer Illusion als Silbermünze getarnt hatte. Es war zu wichtig, um es jemals aus den Augen zu lassen, und ich vergewisserte mich, dass es noch an seinem Platz war, bevor ich mich zum Laufen bereit machte. Ich hielt Blues Oberschenkel fest, während sie ihre Arme um meinen Hals legte und sich dicht an mich drückte, wobei ihr Atem meinen Hals streichelte – und die Hitze bis zu meinem Schwanz schickte. *Nicht jetzt, verdammt noch mal!*

Sie wirkte eine Stillekuppel um uns, und ich schoss durch den Wald und konzentrierte mich auf die bevorstehende Aufgabe.

Es dauerte nicht lange, bis wir den Waldrand erreichten, und ich verlangsamte mein Tempo und ließ Darcy absteigen, während wir uns in den Schatten versteckten und über den Hof auf mein altes Zuhause blickten. Das Haus war dunkel, kein einziges Licht brannte im Inneren und das beruhigte mich. Es war niemand hier.

Das Haus war offensichtlich renoviert worden, nachdem Lionel es halb dem Erdboden gleichgemacht hatte, und ich registrierte ein paar Details und Räume, die vorher nicht da gewesen waren. Ich hasste es, dass mein Zuhause für mich ruiniert worden war. Es war der Ort, an dem die meisten meiner Erinnerungen an meinen Dad lebten, und meine Mom hatte es geschafft, sie alle zu zerstören. Es war einmal ein Ort des Glücks gewesen, aber jetzt war es nur noch ein Gebäude, das eine böse Hexe und nichts als Elend beherbergte.

»Hier entlang«, sagte Darcy und ich folgte ihr durch den Wald. Meine Haut kribbelte, als ich lauschte und meine Ohren auf unsere Umgebung konzentrierte. Der Schrei einer weit entfernten Eule war wie eine Sirene in meinem Kopf und die Geräusche umher huschender nachtaktiver Kreaturen erreichten mich aus allen Richtungen. Aber das war gut so. Nichts war im Busch. Erst wenn die Tiere still wurden, würden wir uns Sorgen machen müssen.

Darcy hielt inne, als wir ein offenes Waldstück erreichten, und sah sich mit gerunzelter Stirn um.

»Es war hier«, hauchte sie traurig. »Hier hat Clara gegen uns gekämpft. Als sich Diego in eine Nymphe verwandelt hat, muss er seine Klamotten irgendwo gelassen haben.«

»Es tut mir leid, dass ich in dieser Nacht nicht für euch da war. Für euch alle«, beteuerte ich und meine Brust zog sich zusammen.

Es hatte mich verfolgt, seit ich davon erfahren hatte. Ich hatte in jener Nacht gewusst, dass etwas Schreckliches geschehen war, als ich Darius' Qualen im Kampf mit Lionel gespürt hatte. Das Bedürfnis, zu ihm zu gehen, hatte mich fast in den Wahnsinn getrieben. Ich hatte versucht, mich an fünf Wächtern vorbei zu kämpfen, und war schließlich in Isolationshaft gesperrt worden, wo ich vor Sorge nahezu verrückt geworden wäre. Ich hatte mir beide Hände gebrochen, als ich versucht hatte, mich durch die Stahltür zu schlagen, und war schließlich betäubt worden, um einem Heiler die Gelegenheit zu geben, mich zu flicken.

Meinen Schützling nicht beschützen zu können, war eine Qual, die ich nie wieder erleben wollte. Aber als ich herausgefunden hatte, dass Blue auch dort gewesen war, nachdem Darius mir von den Ereignissen erzählt hatte, war ich am Boden zerstört gewesen. Jener Tag war der Beginn einer der schlimmsten Wochen meines Lebens gewesen. Ich war von Reue geplagt gewesen, während ich mich dem Pech der Sterne gestellt hatte und in mehr Kämpfe verwickelt worden war, als ich zählen konnte. Ein paar von Gustards unwürdigen Arschlöchern hatten mich in der Dusche verprügelt und ich wäre fast verblutet. Es gab nichts Besseres, als fast auf dem kalten, dreckigen, nassen Boden eines Gefängnisses zu sterben, um das eigene Leben in die richtige Perspektive zu rücken.

Als ich Darcy jetzt ansah, war da so viel Schmerz in ihrem Blick, und ich wusste, dass ich nichts tun konnte, um ihn zu lindern. Ich hatte es vermasselt. Ich war nicht da gewesen, als sie mich am meisten gebraucht hatte. Ein Teil von ihr hasste mich wahrscheinlich dafür. Auch wenn sie es nie zugeben würde.

»Du hattest keine Ahnung«, sagte sie traurig, während sie in Richtung der Bäume blickte. »Lass uns anfangen.«

Sie machte sich auf die Suche und ich begann, den Boden zu durchwühlen, während ich versuchte, die Stimme in meinem Kopf zu verdrängen, die mich daran erinnerte, wie sehr ich sie enttäuscht hatte. Aber immerhin eine Sache konnte ich tun. Ich konnte diese verdammte Mütze finden. Wir konnten sie nicht beschwören, da sie an die verdammten Schatten gebunden war, aber sie musste hier irgendwo sein.

Wir bewegten uns methodisch vorwärts und durchforsteten Steine und Äste. Ich spürte, wie die Zeit verrann, und jedes entfernte Knacken eines Zweiges ließ meine Reißzähne länger werden und meine Nackenhaare in die Höhe schnellen.

Ich hatte Diego noch nicht so gut gekannt, aber ich hatte begonnen, ihn zu mögen. Immerhin war er heldenhaft gestorben, und zwar in den Armen eines Mädchens, das ihn bewunderte. Ich konnte mir keinen besseren Tod vorstellen. Und ich war auch schon einmal ziemlich nah dran gewesen. Abgesehen von dem heldenhaften Teil.

Als wir jeden Stein und jedes Blatt in der Gegend umgedreht hatten, warf Darcy mir einen frustrierten Blick zu und legte die Stirn in Falten.

»Sie könnte überall in diesen Wäldern sein. Was ist, wenn er sich einige Kilometer weiter verwandelt hat?« Sie machte schnaubend ihrem Frust Luft und richtete ihren Blick in die Ferne.

»Was genau hat er denn gesagt?«, fragte ich.

»Nichts … nur, dass ich die Mütze an mich nehmen soll.« Ihr Gesicht war schmerzverzerrt, während sie auf eine Stelle auf dem Boden blickte, als würde sie die Erinnerung an seinen Tod noch einmal durchleben.

Ich hasste es, diesen Kummer in ihren Augen zu sehen. Er weckte ein Monster in mir, das ihre Dämonen bekämpfen und sie ihr zu Füßen legen wollte. Darcy verdiente all diese Wunden in ihrem Herzen nicht. Sie verdiente Frieden, Glück und ein Leben ohne Schmerzen. Wenn ich mir etwas von den Sternen wünschen könnte, würde ich mir das wünschen. Na gut, und dass Lionel seine Kräfte verlor und von einer hundert Meter hohen Klippe gestoßen wurde. Kleine Träume und so weiter.

»Diese Mütze war ihm unglaublich wichtig. Vielleicht hat er sie an einem Ort versteckt, an dem er sie leicht wiederfindet«, meinte ich nachdenklich, und sie nickte und biss sich auf die Lippe, während sie darüber nachdachte.

»Vielleicht hat er sie aufgehängt.« Sie hob den Blick und ich nickte und ging zielstrebig weiter.

»Steig wieder auf! Wir drehen eine Runde. Hier ist niemand, und wenn wir ein Fae-Licht benutzen, finden wir sie vielleicht schneller.«

»In Ordnung«, stimmte sie zu, kletterte auf meinen Rücken und wirkte ein Fae-Licht in ihrer Handfläche. Ich schloss ihre Beine fest um meine Taille und rannte los, während sie das Licht auf die Bäume und den Boden richtete, um nach dieser Mütze zu suchen.

Komm schon Diego, wo hast du die verdammte Seelenmütze deiner abuela *versteckt?*

Scorpio
Gemini
Virgo
Cancer
Aries
Leo
Sagittarius
Taurus
Capricorn
Aquarius
Libra
Pisces

DARIUS

KAPITEL 40

Ich saß am Fuße der Treppe im zentralen Eingangsbereich des Palastes der Seelen und wartete auf mein Mädchen, während mein Herz in einem gleichmäßigen Rhythmus pochte und meine Sinne auf die unmittelbare Umgebung fixiert waren.

Ich hatte um uns herum Verhüllungs- und Abwehrzauber gewirkt, während Roxy in die alten Geheimgänge ihres Vaters gegangen war, um Gabriel zu treffen. Er hatte *gesehen*, dass wir es bis zur Königlichen Seherkammer schaffen würden, ohne entdeckt zu werden, aber die Sterne hatten sich nicht klar dazu geäußert, ob wir damit durchkommen würden oder nicht.

Ich strich mit der Hand über mein Gesicht und rieb die Stoppeln an meinem Kinn, während ich mich an das Geländer lehnte und das unscheinbare Stück Wand betrachtete, durch das Roxy verschwunden war. Ich hasste es, dass sie allein losgezogen war. Aber schon auf dem Weg hierher hatten die Mauern gezittert und die Bilder an den Wänden gewackelt. Ein Kellner hatte die Küchentür so schnell geöffnet, dass er in uns hineingestürzt war und sein ganzes Tablett mit Wein durch die Gegend geschleudert hatte. Ich hatte es geschafft, die Flüssigkeit mit meiner Wassermagie aufzufangen, bevor sie uns durchnässt hatte, und Roxy hatte mir einen bösen Blick zugeworfen, der meine Tirade gegen den Typen abgekürzt hatte.

Offensichtlich war es nicht cool, die Spielfiguren anzuschreien, die die Sterne benutzten, um uns auseinanderzutreiben, aber es war auch so ziemlich das einzige Ventil, das ich für meinen Frust hatte. Es fiel mir also schwer, das zu unterlassen.

Ich musste den Drang unterdrücken, auf und ab zu gehen, und richtete mich augenblicklich auf, als ich hinter der Tür, die zum Ostflügel des Palastes führte, Fae-Magie spürte, die gegen meine Abwehrzauber stieß.

Ein Murmeln erreichte mich und ich versteifte mich, als ich Jenkins erkannte – das Arschloch von Butler meines Vaters.

»Ich war mir sicher, dass ich hier entlanggehen muss ...« Er murmelte noch etwas und schien sich zu fragen, ob der König für seinen Sinneswandel verantwortlich war, und ich fluchte, als mir klar wurde, dass er meine Magie aufgespürt hatte. Grinsend verlieh ich dem Zauber noch mehr Kraft, sodass Jenkins den verzweifelten Drang verspürte, zu scheißen, und er machte sich mit einem Wimmern auf den Weg zur Toilette. Ich unterdrückte ein Lachen und hoffte, dass er sich in die Hose machte, bevor er dort ankam.

Das Geräusch von knirschendem Stein kündigte Roxys Rückkehr an. Ein Loch öffnete sich in der Wand und sie trat mit Gabriel an ihrer Seite hindurch.

Die beiden lachten und meine Haut kribbelte, als ich sie beobachtete. Ich sehnte mich danach, sie öfter so zum Lachen zu bringen. Die einzige andere Person, für die sie jemals ihre Barrieren wirklich fallen ließ, war Darcy, und obwohl ich wusste, dass Gabriel ihr Bruder war, ärgerte es mich immer noch, dass es Mauern gab, die für mich nach wie vor undurchdringlich waren.

Ich konnte auch nicht behaupten, dass ich ihr alles von mir gezeigt hatte, aber ich versuchte es. Und ich nahm an, dass sie das auch tat. Wenn die Sterne uns nicht mehr in die Quere kämen, dann hätten wir eine echte Chance.

»Hey«, sagte ich zu Gabriel und neigte zur Begrüßung das Kinn, während mein Blick an meinem Mädchen hängen blieb.

Sie sah berauschend aus in ihrem goldenen Kleid, und seit ich sie zum ersten Mal darin gesehen hatte, verlor ich mich in Fantasien, sie ein weiteres Mal in den Thronsaal zu entführen.

Es hatte etwas sehr Aufregendes, ausgerechnet dort mit ihr zusammen zu sein. Es war, als würden wir uns über die Sterne lustig machen, weil sie uns gegeneinander ausspielten, wenn es darum ging, wer letztlich seinen Arsch auf den Thron würde setzen dürfen. Natürlich hatten wir jetzt das Nachsehen, weil sie uns verflucht hatten.

»Wir müssen los«, sagte Gabriel, ohne mich zu begrüßen, und ich bemerkte, dass er sich auch schnell von mir abwandte, als hätte er wenig bis kein Interesse an meiner Anwesenheit.

»Hier entlang«, sagte Roxy, nahm seinen Arm und zog ihn in den Korridor zu unserer Linken.

Ich beäugte den beiläufigen Körperkontakt mit einem Anflug von Eifersucht. Ich war eifersüchtig auf jeden, der meinem Mädchen ohne Konsequenzen nahe sein konnte. Das bedeutete, dass ich im Grunde permanent ein Feuerwerk des Neides war, das bei der kleinsten Provokation zu explodieren drohte.

Ich folgte ihnen, und Roxy warf mir einen Blick über die Schulter zu – mit einem Lächeln, woraufhin mein Herz einen kleinen Hüpfer machte. Ich erwiderte ihr Lächeln wie ein glücklicher kleiner Weihnachtself. Wenn ich nicht aufpasste, würde mich dieses Mädchen verdammt weich machen. Das Problem war nur, dass ich nicht die geringste Lust hatte, sie aufzuhalten.

Wir erreichten die Tür zur Königlichen Seherkammer und Roxy öffnete sie vorsichtig.

Kühle Luft strömte aus dem dunklen Raum und ihre hohen Absätze klackerten über den Marmorboden, als sie eintrat.

Mit einer Handbewegung zündete Roxy eine Reihe von Leuchtern an den Wänden an und ein langer Raum offenbarte sich uns.

Ich trat hinter ihnen ein, während Gabriel zur linken Wand schlenderte und den Kopf zurücklegte, um das Porträt eines älteren Mannes zu betrachten, der eine Kristallkugel in der Hand hielt und mit glasigen Augen etwas voraussah.

An den Wänden hingen riesige Porträts vergangener königlicher Seher – Männer und Frauen, manche selbst Mitglieder der königlichen Familie, andere nur mächtige Fae, die mit der Gabe des Sehens gesegnet worden waren.

Roxy ging bis zum Ende des Saals und blieb vor dem Bild einer atemberaubenden Frau stehen, die mit einem silbernen Diadem auf dem Kopf in den Mitternachtshimmel starrte.

»Sie war fast so schön wie du«, murmelte ich, als ich mich hinter sie stellte und zu Königin Merissa, Roxys Mutter und der letzten großen Seherin, die gelebt hatte, aufblickte.

»Manchmal frage ich mich, wie es gewesen wäre, sie kennenzulernen«, sagte Roxy leise, und in ihrer Stimme schwang Bedauern mit. »Von Eltern geliebt, gewollt und umsorgt zu werden.«

»Wir wären zusammen aufgewachsen«, murmelte ich, weil ich wusste, dass das der Wahrheit entsprach. »Du und Darcy wärt von Anfang an mit uns vieren zusammen gewesen, Tag und Nacht. Eure Magie wäre ebenfalls frühzeitig erweckt und ihr zur Führung des Königreichs erzogen worden.«

Sie sah zu mir auf und wölbte eine Augenbraue. »Und in diesem Szenario wärst du damit einverstanden gewesen?«, fragte sie mich. »Dass wir eure Königinnen sind und es euer Schicksal ist, uns zu beraten?«

Ich sah sie einen spannungsgeladenen Moment lang an, während ich darüber nachdachte, und nickte dann. »Wenn deine Mutter und dein Vater noch am Leben wären, hätte es nie eine Alternative gegeben. Ihr wärt für diese Rolle erzogen worden. Ihr wärt perfekt für sie gewesen.«

»Aber weil dein Vater meine Eltern umgebracht und versucht hat, uns zu töten, und uns dem Pflegesystem der Sterblichen überlassen hat, sind wir in deinen Augen nur zwei dumme Mädchen, die nie zur Herrschaft taugen werden?« Sie hatte ein streitlustiges Funkeln in den Augen, das ich gleichermaßen liebte und hasste.

»Das habe ich nicht gesagt«, knurrte ich.

»Dann bist du also bereit, dich vor mir zu verbeugen?«, spöttelte sie und ich stellte mich gerade hin, um ihr eine klare Absage zu erteilen.

»Ich will nicht mit dir streiten«, sagte ich leise, und sie schnaubte.

»Aber solange das zwischen uns steht, werden wir doch genau das tun, oder nicht? Deine Familie hat die meine verraten. Dein Vater hat uns alles genommen. Die Chance, geliebt in der Welt aufzuwachsen, in die wir gehören, die Chance, früh an unsere Kräfte zu kommen und all die Dinge zu lernen, die dir einfach so geschenkt wurden. Und selbst nach allem, was vorgefallen ist, willst du uns immer noch bestehlen, nicht wahr? Du glaubst immer noch, dass du und die anderen Erben besser geeignet seid, auf dem Thron zu sitzen, als wir es sind. Obwohl es *unser* Geburtsrecht ist. Obwohl wir viel mächtiger sind als ihr. Obwohl wir alles verlieren mussten, um dahin zu kommen, wo wir jetzt sind.« In ihren Augen spiegelten sich Emotionen wider, die sie selten jemandem zeigte, und ich war hin- und hergerissen zwischen dem Wunsch, sie zu umarmen, und dem Impuls, sie zu schütteln.

»Roxy«, sagte ich mit rauer Stimme, trat vor und wollte ihren Arm ergreifen, weil mich ihre Vorwürfe wütend machten. Aber sie bewegte sich so, dass ich sie nicht berühren konnte. Meine Hand griff ins Leere, als sie sich zurückzog, und die Bestie in mir knurrte wütend. »Wenn ich zurückgehen und es ändern könnte, würde ich es tun. Aber das ändert nichts an der Realität, in der wir jetzt leben. Die Erben und ich haben das politische Wissen, die Charakterstärke und die magische Ausbildung. Wir sind die einzigen realistischen Kandidaten, um dieses Königreich zu regieren, sobald mein Vater entthront ist. Wenn du nicht so verdammt stur wärst und die Sache logisch betrachten würdest, könntest du sehen …«

»Genug!«, schnauzte Gabriel, trat zwischen uns und warf mir einen wütenden Blick zu, den ich ihm am liebsten aus dem Gesicht geschlagen hätte. »Wenn das so weitergeht, werden wir hier entdeckt, und euer Gezänk bringt gar nichts. Dafür seid ihr zu stur und dickköpfig.« Seine Worte hätten an uns beide gerichtet sein können, aber die Art, wie er mich anschaute, machte deutlich, wem sie wirklich galten.

»Haben wir ein Problem?«, fauchte ich, aber anstatt den Köder zu schlucken, den ich ihm ausgelegt hatte, seufzte er nur.

»Ich habe mit viel irritierenderen Männern als dir zu tun, Darius. Du wirst mich nicht in einen Kampf verwickeln, nur weil dein Stolz verletzt ist. Wir sind aus einem bestimmten Grund hier, und den müssen wir erfüllen.« Er warf einen schmerzhaften Blick auf das Porträt seiner Mutter und ging dann zu dem Stuhl, der in der Mitte des Raumes stand.

Er war ein regelrechter Thron, geschliffen aus Glas, das das Licht einfing und mit unendlicher Magie zu funkeln schien. Er war mit silbernen Edelsteinen besetzt, von denen ich sicher war, dass es sich um Fragmente von Meteoriten handelte, die alle Sternbilder abbildeten.

Roxy folgte ihm, ohne noch mehr Zeit auf mich zu verschwenden, und ich verfluchte sie und mich selbst in Gedanken, während ich ihnen nachlief. Je eher sie akzeptierte, dass sie sich vor uns verbeugen würde müssen, desto besser.

Gabriel blieb vor dem Glasthron stehen, streckte einen Finger aus, um die Armlehne zu berühren, und versteifte sich, als sein Blick für einige Sekunden von einer Vision vernebelt wurde, bevor er seine Hand zurückzog und den Kopf schüttelte, um sie zu verwerfen.

»Wir haben nicht viel Zeit«, murmelte Gabriel, und Roxy nahm seine Hand und drückte seine Finger, bevor er über seine Schulter zu mir sah. »Du solltest das filmen«, sagte er. »Ich weiß zwar nicht, was ich gleich sehen werde, aber ich weiß, dass es wahrscheinlich die wichtigste Vision ist, die ich in meinem ganzen Leben bekommen werde.«

Ich wölbte eine Augenbraue und nahm schweigend meinen Atlas aus der Tasche, um ihn aufzunehmen.

Gabriel drückte Roxy einen Kuss auf den Kopf und führte sie ein paar Schritte von dem gläsernen Stuhl weg, bevor er ihm den Rücken zuwandte und sich langsam darauf setzte.

Er atmete scharf ein und das Feuer in jeder Laterne im Raum erlosch unter einem übernatürlichen Wind, der meine Haut küsste und mich frösteln ließ. Als wir in Schatten getaucht waren, fand Roxys Hand in der Dunkelheit die meine und ich hielt sie fest und versuchte blinzelnd, durch die pechschwarze Nacht zu sehen. Ich zuckte zusammen, als tiefblaue Flammen in den Leuchtern aufloderten und den Raum in ein unheimliches Licht tauchten.

Alle Edelsteine, die in den Stuhl eingelassen waren, erstrahlten plötzlich mit einem inneren Licht und die Sternbilder, die sie bildeten, wurden auf die Wände, die Decke und den Boden projiziert. Es war, als würden wir selbst zwischen ihnen schweben.

Gabriel umklammerte die Armlehnen des Throns; seine Fingerknöchel wurden weiß, während seine Pupillen in goldenem Licht zu glühen schienen, bis ich in seinen Augen nur noch ein sattes Gold sehen konnte, als würde ich das Antlitz eines Sterns betrachten.

»Hört mich an, denn diese Prophezeiung könnte den Lauf des Schicksals verändern«, sagte er mit ätherischer Stimme, die gar nicht die seine war, und Roxy schloss ihre Finger fester um meine, während sie erschrocken einatmete.

»*Seht nach Osten in das Herz des aufgehenden Sterns, wenn der Wind euch ruft, und findet den Ursprung eures Vermächtnisses*«, sagte er energisch, bevor sich seine Stimme zu vervielfachen schien und von den Wänden des Raumes widerhallte. Und ich war mir sicher, dass der nächste Teil die Prophezeiung war, auf die er gewartet hatte.

»Zwei Phönixe, geboren im Feuer, erheben sich aus der Asche der Vergangenheit.
Das Rad des Schicksals dreht sich, und der Drache wartet darauf, anzugreifen.
Doch das Blut des Verräters kann den Lauf des Schicksals ändern.
Hütet euch vor dem Mann mit dem aufgemalten Lächeln an eurer Seite.
Bekehrt die Verschmähten. Befreit die Versklavten.
Fürchtet die geknechteten Männer. Viele müssen fallen, damit ein Einzelner aufsteigen kann.
Leidet unter dem Fluch. Der Jäger wird den Preis zahlen.
Wiederholt nicht die Fehler der Vergangenheit. Haltet das gebrochene Versprechen.
Repariert den Riss. Nicht alles, was sich im Schatten verbirgt, ist dunkel.
Blut wird fließen. Besiegelt euer Schicksal. Wählt euer Los.«

Das blaue Feuer erlosch wellenförmig, und auch das Licht der Kristalle im Thron verschwand. Gabriel atmete angestrengt.

»Gabriel?«, keuchte Roxy, ließ mich los und eilte auf ihn zu, während sie ein Feuer in ihrer Handfläche entzündete, dessen Licht hell genug war, um ihren Bruder, der halb zusammengesunken auf dem Thron saß, zu beleuchten.

Ich schaltete meinen Atlas aus und half ihr, ihn auf die Beine zu hieven.

»Wir müssen los. Vard ist auf dem Weg«, stöhnte Gabriel. Er schien kaum stehen zu können, während er in Richtung Tür stolperte.

»Was ist los? Soll ich dich heilen?«, fragte Roxy besorgt, aber Gabriel schüttelte den Kopf.

»Das ist es nicht. Gegenwärtig strömen einfach so viele Visionen auf mich ein, dass ich es kaum ertragen kann. Ich muss sie erst eindämmen und mich an einen Ort begeben, an dem ich sie auseinandernehmen und nacheinander betrachten kann«, erklärte er.

»Dann lasst uns von hier verschwinden«, sagte ich.

Ich schlang meinen Arm um seine Taille und warf seinen Arm über meine Schulter, bevor ich ihn aufrichtete und in Richtung Tür schob, wobei ich sein Gewicht fast ganz allein trug.

Roxy eilte uns voraus, zog die Tür auf und trat auf den Korridor, wobei sie ihre Feuermagie verpuffen ließ.

»Nicht da lang«, murmelte Gabriel, als ich nach rechts abbiegen wollte, und ich drehte uns um und hievte ihn in die andere Richtung.

Als wir um eine Ecke bogen, hörte ich Vards Stimme von hinten. Gabriel zeigte auf einen Wandteppich, der eine Hydra an einem Berghang zeigte. Roxy zog ihn beiseite und enthüllte die dahinter versteckte Treppe.

Ich zog Gabriel in die Gänge der Dienerschaft, in der Hoffnung, dass keiner von ihnen sie gerade benutzte, und Roxy legte eine Stillekuppel über uns, während wir uns in schnellem Tempo fortbewegten.

Wir nahmen eine Abzweigung und Gabriel streckte die Hand aus, um eine der Königspassagen mit dem Ring zu öffnen, den Roxy ihm gegeben hatte, damit wir in die sichereren Tunnel schlüpfen konnten, wo uns niemand finden würde.

»Du musst hier entlang, Tory«, sagte Gabriel und deutete auf einen kahlen Fleck an der Wand zu unserer Rechten. »Dann kannst du durch die Gärten zur Party zurückkehren. Darius wird einen anderen Weg zurücknehmen.«

»Bist du sicher?«, fragte sie und schaute mit von Sorge gezeichneten Augen von ihrem Bruder zu mir.

»Ja«, beharrte er. »*Jetzt*, Tory. Dieser Weg sollte funktionieren. Ich bin mir fast sicher.«

Sie sah nicht so aus, als wäre sie einverstanden, aber sie stimmte zu, bevor sie mich ansah und meinen Blick einfing.

»Pass auf dich auf!«, befahl sie mir. »Und auf meinen Bruder.«

»Keine Sorge, Roxy. Du kannst dich auf mich verlassen«, versprach ich ihr, und sie nickte entschlossen. So viel glaubte sie mir offensichtlich, auch wenn ich merkte, dass sie immer noch ein bisschen sauer war, weil wir uns wegen des Throns nicht einig werden konnten. Aber sie würde mir verzeihen. Sie hatte keine andere Wahl.

Sie trat vor und drückte Gabriel einen Kuss auf die Wange, bevor sie sich umdrehte und mir einen kurzen Kuss auf die Lippen gab.

Mein Herz machte einen überraschten Satz, und kaum hatte ich mich in den Kuss gelehnt, löste sie sich von mir und ging wieder auf die versteckte Tür zu.

»Wir können unseren Streit später beenden, Arschloch«, sagte sie und ihre Augen leuchteten, als würde sie der Gedanke erheitern. »In der Zwischenzeit musst du Gabriel hier rausschaffen.«

Ich grinste zustimmend und einen Atemzug später war sie weg.

»Hier entlang!«, befahl Gabriel und deutete auf den abschüssigen Tunnel. Ich setzte mich in Bewegung und half ihm, obwohl er sich schon weniger auf mich zu stützen schien.

Wir bogen mehrmals ab und schließlich blieb er vor einem weiteren leeren Fleck an der Wand stehen, nahm seinen Arm von meinen Schultern und atmete tief ein, während er sich aufrichtete.

»Alles klar?«, fragte ich ihn, und er nickte, bevor er mir einen finsteren Blick zuwarf.

»Ja. Aber ich wollte mit dir allein über Tory sprechen«, sagte Gabriel und rollte die Schultern zurück.

»Ach ja?«

»Du darfst das nicht versauen«, warnte er mich und musterte mich streng. »Ich sehe nämlich eine Reihe von Szenarien für euch beide, und in mindestens der Hälfte davon benimmst du dich wie ein verdammter Arsch. Wenn du ihr ein zweites Mal das Herz brichst, wird sie dir nie wieder die Chance geben, es zu erobern. Hast du mich verstanden?«

»Glaubst du ernsthaft, dass ich das nicht schon weiß?«, knurrte ich. »Ich will ihr nicht wehtun. Weder jetzt noch jemals. Aber du kannst nicht erwarten, dass ich ihr einfach so den Thron überlasse, nach allem, was …«

»Davon rede ich nicht«, sagte er und winkte ab. »Ich spreche von dir und ihr. Mach es einfach richtig. Und wenn du das nächste Mal den Sternen trotzen willst, um mit ihr zusammen zu sein, sag mir vielleicht Bescheid, damit ich einen Schlaftrunk oder Ähnliches nehmen kann«, fügte er mit einem angewiderten Blick hinzu.

»Was soll das denn bitte heißen?«, fragte ich.

»Dass ich zu viele Bilder von euch beiden im Schlamm gesehen habe. Meistens kann ich solche Dinge ausblenden, aber das war verdammt schwer, weil der Himmel so verdammt wütend auf euch beide war und seine ganze Aufmerksamkeit darauf gerichtet war, euch auseinanderzureißen.«

Ich lachte leise, als ich daran dachte, und zuckte mit den Schultern. »Nun, es war nicht gerade geplant.«

»Ich weiß. Aber wenn ihr beide entschlossen seid, euch gegen den Willen des Himmels zu stellen, dann solltet ihr wissen, dass ihr euch auf dem Weg dorthin viele Feinde machen werdet.«

»Sie ist es mehr als wert«, versicherte ich ihm, und seine verärgerte Maske verwandelte sich in ein Lächeln.

»Gut. Das ist alles, was ich hören wollte. Und jetzt geh zurück auf die Party, bevor dein Vater dich vermisst.« Gabriel benutzte seinen Ring, um die versteckte Tür zu öffnen, und ich klopfte ihm auf die Schulter, weil ich das Gefühl hatte, dass wir ausnahmsweise mal einer Meinung waren.

»Kommst du allein klar?«, fragte ich, und er nickte und runzelte leicht die Stirn.

»Mein Kopf ist im Moment so voller Visionen, dass ich kaum einen Sinn darin erkennen kann, aber meine Familie hat mir geholfen, einen Raum in unserer Winterhütte zu bauen, der mir hilft, mich zu konzentrieren. Im Moment kämpfe ich noch gegen die Visionen an, aber wenn ich erst einmal dort bin, werde ich sie sortieren und hoffentlich haben wir dann mehr, um weiterzumachen.«

»Ich kann bei dir bleiben und dafür sorgen, dass du sicher aus dem Palast kommst«, schlug ich vor, als sein Blick angesichts der Visionen, die auf ihn eindrangen, immer unschärfer zu werden schien, aber er schüttelte den Kopf.

»Ich komme schon zurecht. Ein anderer Drache wartet am Ende des Tunnels im Wald auf mich. Du musst zurück zur Gruppe gehen.«

Ich nickte und sah ihm nach, bis ich mir sicher war, dass er es allein schaffen würde, bevor ich durch die versteckte Tür schlüpfte und zurück in den Palast ging.

Bei der ersten Gelegenheit, die sich uns bot, würden wir alle versuchen müssen, die Bedeutung der Prophezeiung zu ergründen. Ich hoffte nur, dass es positive Informationen waren. Denn es hatte sich verdammt noch mal nicht gerade vielversprechend angehört.

Scorpio
Virgo
Gemini
Cancer
Aries
Leo
Sagittarius
Taurus
Capricorn
Aquarius
Libra
Pisces

DARCY

KAPITEL 41

Wir hatten fast jeden Zentimeter des Waldes abgesucht, als ich im Schein meines Fae-Lichts etwas entdeckte.

»Da!«, rief ich und zeigte darauf, woraufhin Orion losrannte und mich schließlich von seinem Rücken klettern ließ.

Er zupfte die Mütze von einem niedrig hängenden Ast, und mein Herz schlug höher, als er sie mir reichte.

Mein Fuß streifte etwas, und ich bückte mich, schob die Blätter beiseite und fand auch Diegos Kleidung dort. Mein Herz schmerzte, als ich sie aus dem Schlamm zog, und unendliche Trauer überfiel mich. Er hatte versucht, uns zu helfen. Und er war gestorben, um Clara von uns fernzuhalten. Ich würde ihm das nie vergelten können und ich vermisste ihn jeden Tag.

»Mach dein Fae-Licht aus!«, knurrte Orion und sein Ton ließ mich frösteln, während ich schnell gehorchte.

Ich stand auf und begegnete seinem besorgten Blick – er schien mit seinen Vampirsinnen etwas gehört zu haben.

»Steig auf meinen Rücken!«, zischte er, und ich beeilte mich, aufzuspringen, und hielt mich an seinen Schultern fest, während ich Diegos Mütze in meine Tasche steckte.

»Was ist los?«, hauchte ich, obwohl unsere Stillekuppel unsere Stimmen ohnehin verbarg.

»Ich bin mir nicht sicher«, antwortete er. »Aber wir müssen los.« Er sprintete durch die Bäume davon und rannte so schnell auf die Grenze zu, dass die Welt um mich herum schließlich nur noch ein verschwommener Fleck aus dunkelsten Grün- und Blautönen war.

Die glitzernden Eiszapfen tauchten vor uns auf und ich zog den Sternenstaub aus meiner Tasche, bereit, ihn über uns zu werfen, sobald wir die Grenze passiert hatten. Wir waren nur noch ein paar Meter davon entfernt …

Die Welt drehte sich, als Orion stürzte und ich mit einem Schrei von seinem Rücken geschleudert wurde. Ich stürzte über den harten Boden, schuf aber eine Wand aus Moos, um mich am Weiterrollen zu hindern. Ich hatte keine Zeit, mich mit meiner Panik zu beschäftigen. Ich musste handeln. Schnell.

Orion stöhnte gequält auf, und ich sprang auf und rannte voller Angst zu ihm zurück. Er lag auf dem Rücken und krümmte sich unter dem Angriff einer Kraft, die ich nicht sehen konnte, aber ein Hauch von Mondlicht ließ mich einen Blick auf seine Augen erhaschen, die von Schatten durchwirkt waren.

»Nein!« Ich keuchte entsetzt auf, packte seine Arme und zerrte ihn rückwärts zur Grenze.

Wir waren so nah dran. Ich konnte ihn da rausholen. Ich konnte es schaffen.

»*Lauf!*«, stieß er hervor, aber ich würde ihn auf keinen Fall zurücklassen.

Ich schnippte mit den Fingern, konzentrierte mich und wirkte den Levitationszauber, um ihn vom Boden zu heben, während mein Puls gegen die Innenseite meines Schädels pochte. Ich rannte los, zog ihn hinter mir her und zerrte an meiner Magie, um ihn in meiner Nähe zu halten, während ich auf die Lücke in der Schutzbarriere zustürmte.

Doch dann schlug etwas mit der Wucht eines Rammbocks auf mich ein und ich wurde auf den Rücken geworfen, ein Körper drückte mich zu Boden, während das Adrenalin durch meinen Körper schoss. Meine Magie wurde von Orion getrennt, sodass er irgendwo hinter mir auf dem Boden landete, und ich wusste, dass ich keine Zeit zu verlieren hatte.

Ich riss die Hände hoch, um zu kämpfen, während mein Herz wie verrückt schlug und das Phönixfeuer unter meiner Haut wie ein Inferno aufloderte.

»Ein Funke Magie und mein Bruder stirbt«, warnte Clara und lehnte sich zurück, damit ich ihr blasses Gesicht im Mondlicht und die Schatten sehen konnte, die sich unter ihrer Haut wanden. Sie roch nach Asche und Tod, und die Macht der Schatten durchdrang jeden Zentimeter von ihr. »Stell mich nicht auf die Probe, kleine Prinzessin!«, zischte sie und ein Dämon spähte aus ihren Augen, der mir Angst und Schrecken einflößte.

Orion schrie vor Schmerz auf und ich musste alles daransetzen, das Mädchen, das auf mir saß, nicht zu vernichten. Mein Atem ging schwer und ich ballte meine Hände zu Fäusten, um das Feuer in meinem Blut zu unterdrücken.

Verzweifelt warf ich einen Blick auf Orion, der unter Claras Gewalt auf dem Boden zuckte. *Was soll ich tun? Wie kann ich uns hier wegschaffen?*

»Vielleicht hättest du nicht so übermütig sein sollen, hierherzukommen«, fauchte Clara und verzog das Gesicht zu einem Grinsen. »Aber egal, lass uns ein bisschen Spaß haben, bevor Mommy zurückkommt. Sie wird ganz schön überrascht sein, wenn sie merkt, wer den Schattenalarm ausgelöst hat, den ich um unser Haus gewirkt habe.«

Ich knurrte. Kein Wunder, dass wir ihn mit unserer Magie nicht hatten entdecken können. Verdammt, wir mussten hier weg. Ich musste einen Weg finden, uns zu retten.

Clara stand auf, zog mich auf die Beine, strich mir ein Blatt von der Schulter und lächelte mich an, als wären wir beste Freundinnen. »Schau nicht so traurig! Es ist Zeit für ein Spiel. Wir werden eine Menge Spaß haben. Komm, kleiner Bruder, hoch mit dir!«

Orions Zuckungen verebbten und er erhob sich mit vor Wut verzerrtem Gesicht. Aber er sagte kein Wort und vielleicht konnte er es auch gar nicht, denn er starrte mich einfach nur mit angstvollen Augen an. Ich wollte ihm sagen, dass alles in Ordnung war, aber ich hatte Angst und wusste keinen Ausweg. Wenn ich Clara angriff, würde sie ihn umbringen. Und das konnte ich nicht riskieren. Auf keinen Fall.

Clara stürzte sich auf mich, hob mich hoch und warf mich über ihre Schulter. Ich keuchte auf, als sie in den Wald schoss, und hörte, wie Orion uns hinterherrannte.

Als ich erneut auf den Boden gelegt wurde, fanden wir uns in Stellas Küche wieder. Der Raum war groß, mit Deckenbalken und hölzernen Arbeitsflächen unter großen cremefarbenen Schränken. Clara sprang auf und setzte sich auf die Kante des großen Tisches in der Mitte des Raumes. Sie schnippte mit den Fingern, woraufhin Orion hinter mir auftauchte und eine Hand um meinen Hals legte. Ich erstarrte in seinem Griff und mein Atem wurde schwerer. Ich durfte nicht in Panik geraten. Ich musste klar denken. Einen Weg finden, um zu entkommen.

Bloß keine Panik!

Clara schaukelte mit den Beinen, während sie uns beobachtete, und ich funkelte sie hasserfüllt an.

»Wenn du Orion von dir stößt, stirbt er. Wenn du gegen mich kämpfst, stirbt er. Wenn du mich wütend machst, stirbt er«, sang sie. »Verstehst du das Spiel?«

»Ja«, zischte ich gereizt. »Was willst du?«

»Hmmm, das hat mich schon lange, lange, lange, lange niemand mehr gefragt«, sagte sie erfreut, während ihre Haare um sie herum schwebten, als würden sie von einem ätherischen Wind erfasst. »Ich nehme an, ich will das, was jede Prinzessin will. Was *du* auch willst, Vega-Mädchen.«

»Und was ist das?«, fragte ich forsch. Ich hielt es für das Beste, sie so lange am Reden zu halten, bis ich wusste, wie ich uns aus dieser Situation herausholen konnte.

Aber wenn ich sie nicht töten konnte, bevor sie Orion tötete, wusste ich nicht, was ich tun sollte. Und ein gescheiterter Versuch würde seinen Tod bedeuten. Sie war so mächtig, dass ich keine Ahnung hatte, was nötig wäre, um sie zu vernichten.

»Ich will Königin sein«, seufzte sie sehnsüchtig. »Daddy wird mich heiraten.«

Ich rümpfte die Nase und sie kreischte angesichts meines Ausdrucks. Orion zog mich zurück an seinen Körper und sein Griff um meine Kehle wurde schmerzhaft. Ich umklammerte seinen Arm und kämpfte gegen meinen Instinkt an, Magie einzusetzen und mich mit Gewalt zu befreien.

»Schau mich nicht so an!«, schrie sie und ihre Stimme hatte einen tiefen, dämonischen Klang, der mir die Haare auf den Armen zu Berge stehen ließ. »Ich bin zu Großem bestimmt. Daddy sagt es selbst. Er liebt mich. Genau wie mein Bruder *dich* liebt.«

Orion löste kurzzeitig seinen Griff, drehte mich in seinen Armen herum und schloss zwei Hände um meinen Hals. Die Angst in seinen Augen ließ mich fast zerbrechen.

Clara schoss auf uns zu und betrachtete mein Gesicht mit einem strahlenden Lächeln. Ich rang nach Luft und grub meine Nägel in seine Hand, während die Magie in meinen Fingerspitzen kribbelte und mich anflehte, sie gegen ihn einzusetzen. Aber das würde ich nicht tun. Keine Macht auf dieser Welt konnte mich dazu bringen, sein Leben zu riskieren.

Plötzlich ließ Orion mich los, und sie ergriff seine Hand und zwang ihn wie eine Marionette, mit ihr durch den Raum zu tanzen. Ich hielt meine schmerzende Kehle und schnappte nach Luft, während ich vornüberkippte.

Mein Phönix brüllte unter meiner Haut und wollte sie unbedingt vernichten, und es kostete mich alles, was ich hatte, um ihn im Zaum zu halten. *Ein Funke und sie wird ihn töten.*

»Wie bist du aus deinem Gefängnis entkommen?«, sinnierte Clara und nahm Orions Gesicht in ihre Hände. »Wie kurios. Daddy wird nicht erfreut sein. Aber er veranstaltet eine Party und ich darf ihn nicht stören. Mommy wird schon wissen, was zu tun ist. Ein richtiges Familientreffen!«

Plötzlich wandte sie sich von Orion ab und dirigierte ihn zu mir, woraufhin er blitzschnell nach vorn schoss und mich von hinten packte.

»Ich frage mich, wie sie schmeckt«, raunte Clara, und Orion packte meinen Arm und zwang ihn in Richtung seiner Schwester. Meine Muskeln spannten sich an, als sich der Hass durch meinen Körper wandte. Aber ich konnte mich nicht wehren.

»Bleib bloß weg von mir!«, knurrte ich, als Clara sich wie ein Phantom auf mich zubewegte und sich die Lippen leckte.

»Beweg dich nicht, kleine Prinzessin. Sonst ist er noch toter als tot.«

Ich biss mir auf die Zunge, als sie meinen Arm packte und mein Handgelenk zu ihrem Mund führte. Ihre Reißzähne schnappten hervor und ich erschauderte, als sie ihren kalten Mund auf meine Haut presste. Sie bohrte ihre Zähne mit voller Wucht in mich und ich keuchte vor Schmerz, als sie wie eine Wilde meine Adern aufriss und gierig trank.

Ich spürte, wie meine Magie in die Leere vor mir gesaugt wurde, während sie trank und trank und immer mehr von meiner Lebenskraft in sich aufsog. Mein Phönix kämpfte in mir, meine Haut wurde immer heißer, und ich konnte ihn kaum noch unter Kontrolle halten. Wie schnell konnte ich sie töten? Was, wenn ich versagte?

Ich kann es nicht riskieren.

Sie zog ihre Reißzähne heraus, nur um sie weiter oben am Arm in meine Haut zu reißen. Ich schrie auf, als sie die Haut wieder und wieder durchbrach und Blut aus den tiefen Wunden strömte. Die Rubinhalskette, die sie Tory gestohlen hatte, kratzte über meine Haut, und ihre Wärme rief nach mir, als würde sie mich anflehen, sie ihr vom Hals zu reißen. Ich wünschte, ich könnte es.

Clara ließ ihre Fingernägel über meine Kehle und mein Schlüsselbein kratzen. Sie war dem Imperialen Stern so nah, aber sie hatte keine Ahnung. Ich betete nur, dass sie sich das Amulett um meinen Hals nicht genauer ansah und nichts Außergewöhnliches spürte.

Ein weiterer Schrei entwich mir, als sie meine Haut abermals aufriss, sie beugte sich vor, um mit hungrigem Stöhnen das Blut von meiner Brust zu lecken. Ich presste meine Kiefer zusammen, während ich die Folter durchlitt. Ich konnte den Schmerz ertragen, solange sie Orion nicht verletzte, aber ich musste uns hier rausbringen, bevor sie uns beide tötete.

Mein Kopf drehte sich bereits, als Clara ihre Reißzähne in meine Kehle trieb und weiter trank und trank. Es war zu viel, sie nahm viel zu viel und meine magischen Reserven schwanden zusammen mit meiner eigenen Kraft.

Ich muss durchhalten.

Ich drückte mich in Orions Arme, und sein Körper umschloss meinen, während meine Atemzüge flacher wurden. Ich durfte nicht sterben. Nicht so. Ich musste uns beschützen. *Ich muss etwas tun. Irgendetwas!*

Die Tür flog auf und Stella kam mit Diegos Eltern, Drusilla und Miguel, in ihrem Gefolge in den Raum gestürmt. Sie waren nicht in ihrer Nymphenform, aber ihre Augen glitzerten rot, als sie mich verbluten sahen, und ihr Hunger nach meiner Magie war offensichtlich.

»Clara, was um Himmels willen ist hier los?« Stella keuchte auf und schaute geschockt von mir zu Orion.

Sie trug ein tailliertes violettfarbenes Kleid, ihre kurzen dunklen Haare waren gestylt, und der Duft von Rosenparfüm umwehte sie. Auch die Nymphen hatten sich herausgeputzt; Drusilla trug ein schwarzes Kleid und Miguel einen eleganten Anzug. Ich vermutete, dass sie ebenfalls auf Lionels Party gewesen waren.

»Ist das eine Vega?«, keifte Stella und streckte eine Hand aus, um die Eingangstür zuschlagen zu lassen.

Clara riss ihre Zähne aus meinem Hals und wischte sich das Blut aus dem Mundwinkel; ihr Gesicht sah monströs und entstellt aus. »Hallo, Mommy.«

Stella räusperte sich, näherte sich ihr vorsichtig und musterte ihren Sohn mit einem Flackern der Sorge in ihren Augen. »Das ist eine ziemliche Überraschung, Clara.«

»Sie sind unbefugt auf dein Grundstück eingedrungen. Ich habe auf Lionels Party gespürt, wie sie meinen Alarm ausgelöst haben. Bin ich kein braves Mädchen, weil ich sie gestellt habe?«, rief Clara, eilte auf Stella zu, um sie zu umarmen, und schmierte Blut auf deren Wange. Stella zog eine Grimasse und tätschelte den Rücken ihrer Tochter, während sie mitspielte, aber es war offensichtlich, dass selbst sie sich mit Claras Verhalten unwohl fühlte.

Während sie abgelenkt waren, presste ich meine Finger unauffällig auf meine Handflächen, ließ Heilmagie durch meine Adern fließen und kämpfte gegen die Benommenheit in meinem Kopf an. Meine Magie war am Ende, also würde ich mich auf meinen Phönix verlassen müssen, um uns zu schützen. Ich brauchte nur eine Gelegenheit, ihn zu benutzen, ohne Orions Leben zu riskieren.

»Ich habe dich in den Erinnerungen meines Sohnes gesehen«, sagte Drusilla, die mich mit zusammengekniffenen Augen ansah, als sie näher kam. »Du bist diejenige, die ihn gegen uns aufgebracht hat.«

»Nein, das hat Diego ganz allein geschafft«, knurrte ich mit schmerzendem Herzen, als ich an ihn dachte. Und an das, was er mir von seiner biestigen Mutter und seinem Onkel Alejandro gezeigt hatte.

Miguel sah sich mit ausdrucksloser Miene um und schien sich nicht sonderlich für die Geschehnisse zu interessieren.

»Was sollen wir mit ihr machen?«, fragte Clara Stella aufgeregt. »Backen wir sie in einen Kuchen und verfüttern sie an unsere Nymphenarmee?«

»Mach dich nicht lächerlich!«, schimpfte Stella. »Wir bringen sie zu Lionel; er wird wissen, was zu tun ist.«

»Daddy ist beschäftigt!«, kreischte Clara. »Wir dürfen ihn nicht stören, sonst wird er wütend.«

»Er wird davon wissen wollen«, erwiderte Stella, schritt an ihr vorbei und musterte mich mit kalten Augen. »Warum bist du hier in meinem Haus? Noch dazu mit meinem Sohn? Wie ist er rausgekommen?«, fragte sie.

Ich musste mir sofort eine Lüge ausdenken, um zu vertuschen, was wir hier wirklich gemacht hatten. Sie durften Diegos Mütze nicht finden.

»Lance hat gesagt, dass sein Vater hier etwas versteckt hat, was ihn von den Schatten befreien könnte. Etwas, das ihm helfen könnte, zu fliehen«, sagte ich und tat so, als wäre ich niedergeschlagen, damit sie die Wahrheit in meinen Worten erkannten. Ich täuschte sogar überzeugend ein Zittern meiner Lippen vor.

Stella hob neugierig die Augenbrauen. »Was genau?«

»Ich weiß es nicht«, sagte ich und schüttelte den Kopf. »Ich wollte nur helfen, ihn zu befreien.«

»Clara, lass meinen Sohn sprechen!«, forderte Stella, und ihre Tochter schnaubte dramatisch.

»Sie lügt, hörst du das denn nicht, Mommy?«, zischte Clara. »Nichts kann ihn von meinen Schatten befreien.« Clara kam wieder näher und starrte mich an, während mein Blut noch immer ihre Lippen benetzte. »Du hast sie mit deinen schmutzigen kleinen Phönix-Kräften vertrieben, aber bei ihm gelingt es dir nicht, was? Sonst hättest du es längst getan.« Sie schnaubte, schnippte mit den Fingern und holte mit einer Schattenranke ein scharfes Küchenmesser von einem Block auf der anderen Seite des Raumes. Sie drückte es Orion in die Hand, und der presste die Spitze sofort gegen mein Herz, sodass mein Körper starr wurde. »Die Schatten sind unbesiegbar«, flüsterte sie aufgeregt. »Ich könnte ihn dazu bringen, dein Herz rauszuschneiden und es in meine Hand zu legen, wenn ich wollte. Und vielleicht ist es genau das, was ich will …«

Ich zuckte zusammen, als Orion Druck ausübte und die Spitze des Messers in meine Haut bohrte.

»So viel leckeres Blut«, schnurrte Clara und leckte sich die Lippen. »Dein Herz wäre süßer als all die anderen, die meinen Bauch gefüllt haben. Und es steht mir zu, Rache an den Vegas zu üben, also wäre das vielleicht passend.«

Sie will mein verdammtes Herz essen??

Stella packte mich am Kinn und zog meinen Kopf zu sich heran, während mich Panik durchfuhr. »Du wirst mir sagen, warum du hier bist, oder ich werde meine Tochter mit dir machen lassen, was sie will. Sei ehrlich, und ich werde Gnade walten lassen!«

»Gnade«, höhnte Drusilla. »Sie ist eine Vega. Lass mich ihr die Macht entziehen, so wie mein Bruder Alejandro die ihres Vaters genommen hat. Ich will die Macht der Royals in meinen Adern.«

»Sei still!«, schnauzte Stella und ihre Nägel gruben sich in mein Kinn. *»Sag mir die Wahrheit!«* Ihre Stimme war geprägt von Dunkler Manipulation, aber das Phönixfeuer in meinen Adern loderte auf und brannte sie schnell weg.

»Okay«, sagte ich keuchend und tat so, als hätte ihre Macht Wirkung auf mich. Ich würde schauspielern müssen, um unsere Leben zu retten. »Es ist … der Imperiale Stern. Orion und ich glauben, dass er unter den Sachen seines Vaters ist. Wir dachten, er wäre vielleicht hier im Keller …«

Stellas Augen weiteten sich vor Freude. »Wo?«, verlangte sie und rückte noch näher, während ein unbändiger Hunger ihren Blick beherrschte.

»Er ist als Zepter getarnt«, log ich und hielt mich an die schwachsinnige Geschichte, die Orion Lionel aufgetischt hatte. »Mehr weiß ich auch nicht.«

Stella grinste wie ein kleines Kind an Heiligabend, drehte sich um und rannte aus dem Zimmer. Ich hatte gehofft, dass sie Clara mit sich ziehen würde, aber die blieb stehen und wickelte eine Schattenlocke um ihren Finger.

»Das ist doch albern, wir haben diese hinterhältige Vega in unserer Gewalt. Lass mich sie haben, Prinzessin! Bitte!«, flehte Drusilla und schritt hoffnungsvoll auf mich zu.

»Ein bisschen kannst du wohl haben, aber ich glaube nicht, dass noch viel Magie übrig ist«, sinnierte Clara und ich erschauderte, als Drusilla ihre rechte

Hand in lange Nymphen-Fühler verwandelte, während sie sich mir näherte. Ein Rasseln ging von ihr aus, das mein Blut in Wallung brachte.

»Bleib weg von mir!«, knurrte ich, als Orion die Klinge an meine Kehle schob. Drusillas Rasseln überspülte mich und meine Magie versiegte, als sie sich mir näherte.

Clara sang mittlerweile auf dem Küchentisch, ihr Lied war unmelodisch und wirr. Orions Muskeln verkrampften sich, und ich spürte, wie seine Hand zitterte, als er gegen die Macht ankämpfte, die ihn festhielt. Aber ich hatte selbst schon einmal unter ihrem Einfluss gestanden und wusste, dass Clara die absolute Kontrolle über seinen Körper hatte. Er hatte keine Chance.

Aber ich hatte damals eine Chance bekommen. Mein Phönix hatte die Schatten aus meinem Körper vertrieben. Ich hatte einen Weg gefunden, ihrer Kontrolle zu entkommen, und vielleicht konnte ich ihm das auch ermöglichen. Bei Darius hatte ich unzählige Male versagt, aber ich musste es versuchen.

Ich streckte die Hand aus, umklammerte Orions Arm und zwang meinen Phönix an den Rand meiner Haut. Ich musste unauffällig vorgehen, während ich mein Feuer unter seine Haut drückte. Drusilla drückte ihre scharfen Fühler in meine Brust, woraufhin ich vor Schmerz aufschrie.

Ich drückte mein Feuer tiefer in Orions Adern und versuchte, es überall zu verteilen und die Schatten zu verjagen. Aber genau wie bei Darius stießen sie immer wieder zurück.

»Warte!«, knurrte Clara plötzlich, drehte sich auf dem Absatz und starrte mich an.

Drusilla hörte nicht auf und leckte sich gierig die Lippen, während sie ihre Fühler tiefer in mich trieb und ein eiskalter Schmerz durch meine Brust zuckte. Meine Magie war völlig eingeschlafen und wartete darauf, genommen zu werden. Und das konnte ich nicht zulassen. Das konnte nicht mein Ende sein. Ungeachtet des Schmerzes, der Angst, gab ich nicht auf. Ich verweigerte mich diesem Schicksal.

Wieder kämpfte ich gegen die Schatten in Orion an, spürte, wie sie zurückwichen und die Klinge plötzlich von meiner Kehle genommen wurde. Er senkte die Hand und ich versteifte mich vor Angst, weil ich bereits damit rechnete, gleich mit dem Messer durchbohrt zu werden. Aber stattdessen zielte er auf Drusillas Fühler und trennte sie mit einem sauberen Schnitt ab.

Sie wimmerte vor Schmerz, stolperte zurück und presste entsetzt ihre blutverschmierte Hand an die Brust. Die Monsterfühler steckten immer noch in meiner Brust, der Schmerz war unerträglich, aber ihre Kraft war unterbrochen. Eilig drehte ich mich in Orions Armen herum, presste meine

Hände auf seine Brust und drückte mein Feuer tiefer in seinen Körper, sodass die Schatten aus seinem Herzen wichen, denn ich wusste, dass dies die einzige Chance war, die wir jetzt hatten.

»Er ist tot!«, schrie Clara. »Tot, tot, tot!«

Orion war noch immer größtenteils unter ihrer Kontrolle, und ich spürte, wie sich die Schatten gegen mein Feuer wehrten, als sie versuchten, ihn zu töten. Aber ich würde nicht zulassen, dass sie ihn verletzten. Ich brachte mein Feuer zwischen sie und sein Herz, um es vor ihrer Berührung zu schützen, während Clara versuchte, ihn zu zerstören.

»Töte sie!«, verlangte Clara. »Ersteche sie, schlitze sie auf und vergieße ihr Blut, kleiner Bruder!«

Seine Hand rammte meine Seite, und es dauerte zwei volle Sekunden, bis ich den Schmerz und den Schock der eiskalten Klinge spürte, die tief in meinem Fleisch steckte. Ich umklammerte sein Shirt mit einem gequälten Keuchen und weigerte mich, ihn loszulassen, weil ich die Schatten in ihm zurückschlagen musste. Aber meine Knie gaben nach und plötzlich fiel Orion auf mich, zog die Klinge aus mir und rammte sie mir erneut in die Seite, während er einen erstickten Schmerzenslaut von sich gab.

Ich schrie so laut, dass meine Kehle wund war, aber ich ließ nicht los. Ich hielt ihn mit aller Kraft fest, die ich noch hatte, und weigerte mich, zuzulassen, dass die Schatten in seine Brust krochen, während sie die Kontrolle über seine Gliedmaßen übernahmen und ihn gegen mich aufbrachten. Das Messer kam erneut auf mich zu, und das Feuer meines Phönix strömte in wütenden, wogenden Flammen aus mir heraus – Flammen, die alle gleichzeitig in seinen Körper schossen. Ich spürte, wie sich mein Phönix mit der tiefen Quelle der Macht in ihm verband, und plötzlich stieß er ein Stöhnen aus und die Klinge fiel aus seiner Hand. Mein Feuer verband sich mit diesem Teil von ihm und durchdrang seinen Körper. Seine Augen funkelten, als es sich wie ein Lauffeuer in ihm ausbreitete und jeden Schatten vertrieb, den es fand. *Bitte sei sicher. Bitte sei frei.*

Orion hielt mich fest, als wollte er mich vor etwas beschützen, und plötzlich entzündete sich ein wirbelnder Feuersturm aus uns, der durch den Raum schoss wie eine gezündete Bombe.

Clara schrie und schoss mit voller Geschwindigkeit davon, um dem Feuer zu entkommen, aber ich konnte nichts anderes sehen, weil die Flammen meine Sicht behinderten.

Als sie endlich erloschen waren, lehnte sich Orion zurück und sah mich an. Seine Augen klärten sich, bis sie wieder die seinen waren – tiefstes

Mitternachtsblau und voller Angst. Aber nicht um sich selbst. Sondern um mich.

Ich spürte den Schmerz nicht mehr. Eine Taubheit breitete sich in meinem Körper aus, aber die wachsende Hitze um mich herum verriet mir, dass da eine Menge Blut war. Und ich merkte plötzlich, dass ich keine Kraft mehr hatte.

Aber das war nicht schlimm. Denn ihm ging es gut. Die Schatten hatten keinen Einfluss mehr auf ihn, und das würden sie auch nie wieder.

Sein Mund formte meinen Namen, als er schrie, aber die Dunkelheit zog mich mit sich und der Tod flüsterte mir süße Versprechen ins Ohr. Es wäre so einfach gewesen, seine Hand zu nehmen und mich von ihm wegführen zu lassen, aber irgendwo in meinem Kopf spürte ich, wie etwas an meiner Seele zupfte und mich an ein Mädchen erinnerte, das meine andere Hälfte war. Ich konnte diese Welt nicht ohne sie verlassen. Oder ohne den Mann, der meinen Namen rief.

Das Licht in meinem Blickfeld veränderte sich. Rot, orange, golden …

»Blue!«

Wärme umfing mich, aber meine Augenlider wogen tausend Kilo. Es wäre vermutlich genauso unmöglich, sie zu öffnen, wie das Gewicht des Himmels auf meinem Rücken zu tragen. Aber ich tat es dennoch. Irgendwie schaffte ich es.

Und er war da und hielt mich in seinen Armen, während er in der ausgebrannten Ruine der Küche stand. Drusillas Körper war zu Asche zerfallen, die Reste ihrer Kleidung lagen in Fetzen auf dem Boden.

»Sie kommt zurück!«, rief Miguel vom Türrahmen aus. Eine Seite seines Gesichts brannte, als er uns anstarrte. So viel Emotion hatte ich noch nie in seinem Gesicht gesehen. Da waren Panik, Verzweiflung und ein seelenvolles Funkel, das in seinen Augen bisher gefehlt hatte. Ich verstand es nicht, und es war auch keine Zeit dafür.

Orion drückte mich an seine Brust wie ein Kind, schoss davon, riss die Haustür auf und sprintete in den Wald. Ich hielt mich an ihm fest und spürte, wie der Kuss seiner heilenden Magie noch immer unter meiner Haut kribbelte. Plötzlich war Clara an seiner Seite und hielt mit uns Schritt. Mit einem Schrei der Wut und Entschlossenheit streckte ich die Hände aus und meine Phönixflammen lösten sich in Form von Flügeln von mir.

Clara fiel zurück, um ihnen auszuweichen, aber ich konnte hören, dass sie uns immer noch verfolgte.

»Lance!«, schrie sie, ihre Stimme war kehlig und realer als zuvor. »Verschwinde! Lauf!«, flehte sie. »Ich kann sie nicht mehr lange aufhalten.«

Ich wusste nicht, ob das echt oder ein Trick war, aber sie griff uns nicht an und es tat mir weh, daran zu denken, dass sie noch da drin war, gefangen in den Schatten.

Orion drückte mich fester an sich und stöhnte verzweifelt, während er weiterrannte und wir plötzlich den Schutzwall erreichten. Meine Hand war klebrig, als ich sie in meine Tasche schob und nach dem Sternenstaub suchte, aber Orion war mir einen Schritt voraus, und schon fielen wir durch das Meer der Sterne.

Sie leuchteten heller denn je auf uns herab und ich spürte, wie mich etwas von ihrer Kraft erfüllte. Ein Flüstern hallte in meinem Kopf wider, und ich hätte schwören können, dass sie unsere Namen sagten.

Orions Füße trafen auf festen Boden, er hielt mich immer noch fest an sich gedrückt und als ich versuchte, mich von ihm zu lösen, weigerte er sich, mich loszulassen.

»Es ist okay, ich kann laufen«, sagte ich, aber sein Gesicht war hart und er sah mich nicht an, während er durch ein Tor marschierte. Ich spürte, wie ein Rinnsal von Magie über mich glitt. »Lance, es ist okay. Lass mich runter!«

Ich drehte den Kopf, um zu sehen, wo wir waren. Ein Weinberg erstreckte sich zu beiden Seiten von uns. Aber dann sprintete er wieder mit seiner Vampirgeschwindigkeit weiter und ich verlor die Welt aus den Augen.

Er blieb auf der Veranda eines riesigen Hauses stehen, das im Schatten eines großen Berges stand. Es hatte hellblaue Wände und an der Tür hing ein Weihnachtskranz. Orion drückte seine Hand auf die Tür und sie öffnete sich unter seiner Berührung. Ich wusste sofort, wo wir waren. Es war ein Ort des Glücks, der Familie und des Friedens.

Es war Gabriels Zuhause.

Scorpio
Virgo
Gemini
Aries
Cancer
Leo
Sagittarius
Taurus
Capricorn
Aquarius
Libra
Pisces

CALEB

KAPITEL 42

Ein goldenes Funkeln erregte meine Aufmerksamkeit, und ich stupste Seth an, als ich sah, wie Tory durch den Raum schlenderte. Schatten wirbelten um ihre Arme und ihr Blick war leer. Wenigstens hatten sie es zurückgeschafft, ohne dass wir für eine Art der Ablenkung hatten sorgen müssen.

»Liegt es an mir oder ist sie verdammt unheimlich, wenn sie sich in einen Schattenfreak verwandelt?«, murmelte Seth und ich schnaubte.

»Ein bisschen«, stimmte ich zu. »Aber sie kann auch ohne Schatten verdammt unheimlich sein.«

»Muss sie wohl auch, wenn sie Darius in Schach halten will«, scherzte er.

»Ach ja?« Darius' Stimme ertönte hinter uns, und ich drehte mich zu ihm um und zuckte unschuldig mit den Schultern.

»Du bist nicht gerade pflegeleicht, Alter. Das musst du selbst zugeben«, stichelte ich.

»Ja, jeder weiß, dass brummige Bad Boys Schwerstarbeit sind, wenn es um Beziehungen geht«, stimmte Seth zu. »Aber der ganze Wutsex macht das normalerweise wieder wett.«

»Normalerweise?«, fragte Darius und sah amüsiert aus.

»Na ja, ich habe keine eigene Erfahrung mit deinem Schwanz und kann das daher nicht beurteilen. Es sei denn, du willst irgendwo hingehen, wo wir ungestört sind?«, frotzelte Seth und meine Wirbelsäule prickelte.

»Wenn dich heute Abend jemand unter sich drückt, dann ich, Köter«, warnte ich ihn, ließ meine Reißzähne aufblitzen und beobachtete, wie Seths Lächeln breiter wurde.

»Willst du wetten?«, forderte Seth mich heraus. Er war immer so überheblich und glaubte, sich gegen mich wehren zu können, aber wann immer wir spielten, landeten meine Reißzähne in seiner Haut.

»Forderst du mich heraus, dich durch den Palast zu jagen, als wären wir eine Bande schlecht erzogener Kinder, die ihren Eltern auf der Nase herumtanzen?«, fragte ich.

»Nein, ich fordere dich heraus, mich durch den Palast zu jagen wie ein blutrünstiger Vampir, der seine Nächte damit verbringt, davon zu träumen, mich zu schmecken.« Seth leerte sein Getränk und warf grinsend einen Blick zur Tür.

»Spielst du mit?«, fragte ich Darius. »Du kannst mir bei der Jagd helfen, wenn du willst, aber die Beute gehört mir.«

»Nee«, antwortete er und nickte quer durch den Raum zu Max' Stiefmutter, die aussah, als hätte sie einen üblen Geruch in der Nase, während Max in ihrer Gesellschaft festsaß. »Ich denke, ich werde rübergehen und sie mit ihren Gaben meine Verachtung für sie spüren lassen. Dann werde ich Max entführen, um sich mit mir zu betrinken, während ich ein Auge auf Roxy habe.«

»Dann bis später, Alter.« Ich hob mein Getränk an die Lippen und ging mit Seth an meiner Seite davon, wobei wir einander flüchtige Blicke zuwarfen, während wir uns vom Staub machten. Mein Puls raste vor Aufregung bei der Vorstellung.

Wir verließen die muffige Party und schlenderten die hallenden Gänge entlang, bogen lässig nach links und rechts ab, bis wir uns in den Tiefen des Palastes verirrt hatten und ich nicht mehr wusste, wo zum Teufel wir überhaupt waren.

»Bist du bereit?«, neckte Seth und stupste mich so fest an, dass ich einen Schritt nach rechts machte und ihm meine Reißzähne zeigte, während ich ein animalisches Knurren ausstieß.

»Ich bin heute Abend wirklich durstig«, warnte ich, aber anstatt vor Angst zurückzuweichen, blitzten seine Augen vor Erregung.

»Lasst die Jagd beginnen!«, verkündete Seth mit einem spöttischen Lächeln. Meine Reißzähne kribbelten und ich leckte mir die Lippen. »Das wird schnell zu meiner Lieblingsbeschäftigung.«

»Bist du sicher?« Ich legte den Kopf schief, als er begann, sein graues Hemd aufzuknöpfen. »Es scheint, als würden sich die Spielregeln ändern.«

»Du kennst mich, Cal«, säuselte Seth, bevor er sein Hemd weit aufknöpfte und es von seinen breiten Schultern rutschen ließ, um seinen muskulösen Körper zu enthüllen. Ich fing es auf, als er es mir zuwarf, und steckte es hinten in meine Hose. »Ich habe mich noch nie an Regeln gehalten. Wenn du also die Grenzen, die du dir selbst auferlegt hast, ändern willst, bin ich dazu bereit.«

Ich schluckte schwer angesichts der Andeutung in seinem Tonfall, und mein Herz klopfte, als ich ihm dabei zusah, wie er seinen Gürtel öffnete.

»Warum verwandelst du dich überhaupt?«, forderte ich ihn heraus. »Du weißt doch, dass ich dich ohnehin erwische.«

»Ach wirklich?« Seth schnaubte grinsend und fing meinen Blick auf. »Dann komm und hol mich, wenn du denkst, dass ich solch leichte Beute bin.« Er machte ein paar Schritte zurück, schloss seinen Gürtel wieder und schenkte mir ein spöttisches Lächeln, was meinen Puls in die Höhe trieb vor lauter Verlangen, ihn zu jagen.

Ich zuckte mit den Schultern, als wäre ich kein Raubtier, das im Begriff war, anzugreifen, und stürzte mich auf ihn. Aber ich wurde abrupt abgebremst, als ich das Ende der Ranken erreichte, die er um mein Jackett geschlungen hatte. Fluchend riss ich meine Arme aus dem Stoff, bevor ich wieder nach vorn schoss – und gegen einen massiven Luftschild prallte. Ich hatte nicht einmal gesehen, wie das Arschloch diesen gewirkt hatte, und knurrte jetzt mit entblößten Reißzähnen, um ihm klarzumachen, was ich tun würde, wenn ich ihn in die Finger bekäme.

Seth lachte, drehte sich um und rannte in seiner Fae-Gestalt den Korridor hinunter. Er hob eine Hand, um mir über seiner Schulter den Mittelfinger zu zeigen, und verschwand mit einem Heulen um die nächste Ecke.

Ich brachte Feuer in meine Hände und schlug mit der Geschwindigkeit und Wildheit meiner Formgebung auf den Luftschild ein, bis er schließlich zerbrach und ich den Korridor hinunterschießen konnte.

Ich konzentrierte meine Gaben auf meinen Hörsinn und stellte irritiert fest, dass ich nichts hören konnte. Das verdammte Arschloch musste eine Stillekuppel gewirkt haben. Aber wenn er glaubte, das würde reichen, um mich aufzuhalten, dann hatte er sich geschnitten.

Ich folgte ihm so schnell, wie ich konnte, riss Türen auf und huschte durch die Räume, die ich auf meiner Jagd fand. Er mochte zwar hinterhältig sein, aber seine Geschwindigkeit stand in keinem Verhältnis zu meiner, und es gab nur wenige Orte, an denen er sich hier verstecken konnte.

Ich öffnete die Tür zu einem riesigen Musikzimmer und hielt inne. Die gewölbte Decke war mit Sternbildern geschmückt und im ganzen Raum standen Instrumente herum – viele Versteckmöglichkeiten für einen hinterhältigen Wolf.

Fast hätte ich mich wieder umgedreht, aber als ich zurück zur Tür blickte, verriet mir eine Bewegung im Augenwinkel seine Anwesenheit. Ich wirbelte herum, als er vom Flügel sprang, der in den Schatten stand. Ich schoss zur Seite, als er landete, auf seinen schicken Schuhen durch den Raum rutschte und sich dann lachend aufrichtete. Magie knisterte durch die Luft.

Ich rannte auf ihn zu, schleuderte Feuer auf seinen Schild und wich ihm aus, als er versuchte, mich mit einem Netz aus Luftmagie zu fangen.

»Ich glaube, du hast dich zu sehr daran gewöhnt, einen Drink von mir zu bekommen, wenn wir dieses Spiel spielen«, frotzelte Seth, während er meine Bewegungen aufmerksam verfolgte. Ich sauste durch den Raum, auf der Suche nach einer Gelegenheit.

»Ich glaube, du magst es, wenn ich dich beiße«, entgegnete ich. »Du liebst den Rausch.«

»Ach ja?« Er grinste, während die Luftmagie, die er einsetzte, seine langen Haare um seine Schultern wirbelte.

Ich huschte von einem Fleck zum anderen und richtete immer wieder Feuermagie auf ihn, während ich nach einer Schwachstelle in seiner Verteidigung Ausschau hielt. Schnell schuf ich eine Illusion meiner Selbst, während ich mein tatsächliches Ich hinter einem riesigen Horn versteckte.

Seth fiel darauf herein, als das falsche Ich auf ihn zuschoss. Als er seine Magie in dessen Richtung lenkte, kam ich aus meinem Versteck und warf einen Feuerspeer in den Rücken seines Schildes.

Er war nicht dumm genug, ihn zu schwächen, während er sich auf das falsche Ich konzentrierte. Aber da er seine Aufmerksamkeit von dem Bereich abgelenkt hatte, den ich angriff, und ich meine ganze Kraft in meinen Vorstoß steckte, gelang es mir, ihn zu durchbrechen.

Ich kollidierte mit ihm, warf ihn zu Boden und wir rollten uns lachend, schlagend und tretend durch den Raum, während wir beide darum kämpften, die Oberhand zu behalten.

Wir waren so in unseren Kampf vertieft, dass wir gar nicht bemerkten, dass wir direkt zu den sorgfältig aufgereihten Instrumenten gerollt waren. Wir stießen mit einem Cello zusammen, das in eine Tuba flog, und als Nächstes stürzte die gesamte Orchesteraufstellung wie eine Reihe Dominosteine um.

Wir hielten mit offen stehenden Mündern inne und starrten auf das Chaos, das wir angerichtet hatten, während Seth mich auf den Holzboden drückte. In der Ferne hörte ich die Schreie einer Wache.

»Wir müssen los«, zischte ich, stand auf und riss Seth auf meinen Rücken, bevor ich so schnell ich konnte aus dem Raum und durch die Palastkorridore rannte.

Als wir weit genug entfernt waren, wählte ich willkürlich eine Tür und stürzte in eine dunkle Küche, während wir uns vor Lachen fast überschlugen.

»Du hättest dein Gesicht sehen sollen«, höhnte Seth. »Du sahst aus, als hättest du dir vor Angst fast in die Hosen gemacht, Cal.«

»Ach ja?« Ich packte ihn, drehte ihn um, drückte ihn mit dem Rücken gegen die Arbeitsplatte und schob meine Hand in seine Haare, während ich seinen Kopf zur Seite neigte, um seine Kehle zu entblößen. »So wie du jetzt? Wenn du meiner Gnade ausgeliefert bist?«

Seth knurrte, packte mich an der Taille und schubste mich herum, bis er mich mit dem Rücken gegen die Küchentheke drückte, wobei er auch meine blonden Locken zu fassen bekam. »Vielleicht muss man dich daran erinnern, mit wem du hier spielst«, warnte er.

Ich schnaubte ein Lachen und stürzte mich auf seinen Hals, aber ich prallte gegen einen Luftschild, den er eng an seiner Haut gewirkt hatte, und er grinste mich an.

»Schummler«, brummelte ich und der Druck in meinen Reißzähnen wurde zu einem verzweifelten Pochen, während ich seinen Puls unter seiner Haut beobachtete.

»Keine Regeln, schon vergessen?«, spöttelte Seth.

Mein Blick wanderte von dem konstanten Pochen seines Pulses nach oben, glitt über seinen rauen Unterkiefer und verweilte einige lange Sekunden auf seinem Mund, bevor ich seine Augen musterte.

Seths Augen waren vom sattesten Braun, das ich je gesehen hatte – wie dunkle, warme Schokolade mit kleinen goldenen Flecken darin und einer Seele, die so voll und einfühlsam war.

»Weißt du …«, sagte ich langsam. »Die ganze Welt denkt, dass du ein Arschloch bist. Neunundneunzig Prozent der Fae, die du triffst, würden dem zustimmen, denn du kannst ein totaler Alpha-Mega-Arsch sein, wenn du willst.«

»Wenn du so weiterredest, Cal, fange ich noch an zu weinen«, stichelte er, aber ich schenkte ihm ein schmales Lächeln.

»Ich will damit nur sagen, dass du im Grunde der Beste von uns bist. Sobald du jemanden an dich heranlässt, fühlst du seinen Schmerz, als wäre es dein eigener. Ich habe gehört, wie du um Darius und Tory geheult hast, habe gesehen, wie du Nacht für Nacht bei Darcy geschlafen hast, nur weil du wusstest, dass sie ohne Orion traurig und allein ist. Und du hast mich dich jagen lassen, weil du weißt, dass ich schwach bin und nicht widerstehen kann. Weil du weißt, was es mit mir machen würde, sollte ich erneut jemanden so verletzen …«

»Vielleicht warst du damals auf der richtigen Spur«, stichelte er. Meine Komplimente schienen ihm unangenehm zu sein. »Vielleicht gefällt es mir einfach, wie es sich anfühlt, wenn du mich beißt, und ich bin nur ein egoistisches Arschloch, das den Vorwand nutzt, um deinen Mund auf meiner Haut zu spüren.«

Er schien es als Witz rüberbringen zu wollen, der aber irgendwie verpuffte, und mein Blick glitt langsam an seiner nackten Brust hinunter, bevor ich ihm wieder in die Augen sah.

»Vielleicht brauchst du keine Ausrede«, sagte ich vorsichtig. »Wenn es das ist, was du willst, solltest du es vielleicht einfach sagen.«

Seth schluckte schwer und ließ seine Augen zwischen meinen hin und her huschen, als würde er nach einer Antwort suchen, während ich genau wusste, dass ich keine hatte. Aber ich mochte es, wie sich seine Hände auf meiner Haut anfühlten, und ich mochte es, wie er schmeckte. Scheiße, ich mochte einfach alles an ihm und vielleicht war es verrückt, aber ich fragte mich langsam, ob …

Seth zog mich an den Haaren zu seinem Hals, entblößte seine Kehle und ließ seinen Luftschild fallen, sodass ich die Wärme seines Blutes, das durch sein Fleisch strömte, auf meinen Lippen spüren konnte.

Ich atmete langsam ein, biss nicht zu, sondern bewegte meinen Mund die Kurve seines Halses hinauf bis zu seinem Kinn.

Ich lockerte meinen Griff in seinen Haaren, schob meine Finger sanft hinein, anstatt grob daran zu ziehen, und ein Schauer durchlief seinen Körper, als ich meine Reißzähne abermals an seinen Hals brachte.

»Bei den Sternen, Cal, du bringst mich noch ins Grab, wenn du nicht bald zur Sache kommst«, sagte er mit rauer Stimme und ich lachte leise gegen seine Haut und knabberte ein wenig daran, ohne sie zu durchbohren.

»Und was ist die Sache?« Ich sehnte mich wesentlich mehr nach der Antwort, als ich es wahrscheinlich hätte tun sollen.

Seth zögerte und ein leises, hündisches Wimmern entrang sich seiner Kehle.

»Verarsch mich nicht, Caleb«, murmelte er. »Nicht, wenn du nicht wirklich …«

»Nicht wirklich was?« Die Bewegung meines Mundes an seinem Hals entlockte ihm ein leises Knurren, und ich spürte dieses Geräusch in meinem ganzen Körper.

Sein Griff in meinen Haaren wurde fester und er drückte meinen Kopf fester nach unten und verlangte, dass ich endlich anfing. Ich gab nach, versenkte meine Reißzähne in seiner Haut und stöhnte, als der köstliche Geschmack seines Blutes und seiner Magie über meine Zunge floss.

Er drückte mich immer noch mit dem Rücken gegen die Küchentheke und presste sich mit aller Kraft gegen mich, wobei die Härte in seiner Hose an meiner Hüfte rieb.

Er wollte zurückweichen, aber ich ließ meine Hand aus seinen Haaren gleiten und griff stattdessen in seinen Hosenbund, um ihn wieder an mich zu ziehen. Ich hielt ihn fest, spürte, wie sein harter Schwanz gegen mich drückte, und erkannte, dass mir das verdammt gut gefiel.

Meine andere Hand glitt über seine harte Brust und er holte scharf Luft, was meine Haut zum Kribbeln brachte.

»Oh, ähm, tut mir leid, ich wollte nicht stören.« Xaviers Stimme, gefolgt von einem verlegenen Schnauben, ertönte aus dem Türrahmen, und ich zog meine Reißzähne wieder aus Seths Hals, während ich einen irritierten Blick auf Darius' jüngeren Bruder warf.

Er stand an der Tür zur Küche und hatte ein halb aufgegessenes Sandwich auf einem Teller, mit dem er uns zuwinkte, während Seth leise knurrte.

»Leute, ich dachte schon, ich hätte euch bei etwas anderem erwischt«, sagte er lachend und betrachtete meine Reißzähne, während ich den letzten Rest von Seths Blut von meinen Lippen leckte und sie dann zurückzog. »Ich bin hier, um nach mehr Mayo zu suchen. In der Hauptküche ist nichts mehr. Und dann erwische ich euch beide hier im Dunkeln, halb angezogen und aneinandergepresst und ...« Er räusperte sich, als keiner von uns sprach, und schenkte uns ein verlegenes Lächeln. »Aber, äh, offensichtlich bist du gerade am Trinken. Gibt es ein Protokoll, von dem ich nichts weiß, in Bezug auf das Unterbrechen eines Vampirs beim Trinken oder ...«

»Nope«, sagte ich und setzte ein Grinsen auf, während ich Seths Haut heilte. »Wie du schon gesagt hast, war ich gerade am Trinken. Und Seth wollte sich vorhin verwandeln, deshalb trägt er kein Hemd.«

Ich fing Seths Blick auf und er wimmerte leise, bevor er sich umdrehte und Xavier ebenfalls angrinste, aber es sah irgendwie falsch aus und ich konnte mich des Gefühls nicht erwehren, dass ich gerade das Falsche gesagt hatte. Aber was wäre denn das Richtige gewesen? *Ja, ich habe ihn gerade gebissen, aber es hat sich nach wesentlich mehr angefühlt und wenn du uns zehn Minuten später unterbrochen hättest, bin ich mir nicht sicher, was du dann vorgefunden hättest.* Das war doch verrückt, oder nicht?

»Ja. Wenn du uns beim Ficken erwischt hättest, wäre Cal unter mir eingeklemmt gewesen und hätte in Ekstase meinen Namen geschrien«, scherzte Seth.

»Äh, ich glaube, Seth wäre auf den Knien und würde etwas stöhnen, das mein Name sein könnte. Aber du könntest dir nicht sicher sein, weil er den Mund voll hätte«, fügte ich mit einem finsteren Grinsen hinzu.

»Haha, ja«, sagte Xavier und lachte etwas zu laut, während seine Wangen rot wurden. »Einer von euch hätte gesagt: ›Baby, steck deinen Riesenschwanz in mein … Ohr, während ich das Alphabet aufsage, damit ich nicht zu schnell komme, und dann werde ich deine … Knie auf dem harten Boden zerschmettern …‹«

»Scheiße, Alter, sag das nie zu jemandem, den du ficken willst«, entgegnete ich lachend, während seine Gesichtsfarbe von erdbeerfarben zu scharlachrot wechselte. Schnell ging er zum Kühlschrank, um weiter nach seiner Mayo zu suchen.

Seth musterte mich fragend, und ich runzelte die Stirn, weil ich zum ersten Mal überhaupt nicht wusste, was er meinte. Ich zog sein Hemd aus meiner Hose und reichte es ihm, woraufhin er das Gesicht verzog.

Er entriss es mir ziemlich grob und schob seine Arme hinein, als hätte ihn das Ding beleidigt.

»Wollt ihr ein Sandwich?« Xavier hatte eine Tüte Karotten in der Hand, und ich wollte gerade etwas erwidern, aber bevor ich das tun konnte, ertönte ein schmerzerfüllter Schrei, der mich erstarren ließ.

»Habt ihr das auch gehört?«, fragte ich in einem scharfen Flüsterton.

»Was gehört?«, fragte Xavier. Seine Wangen nahmen langsam wieder ihre normale Farbe an, als er mich an der offen stehenden Kühlschranktür vorbei ansah.

»Jemand hat geschrien«, murmelte ich und richtete mein feines Gehör auf alles um uns herum, während ich konzentriert die Stirn runzelte.

»Als ich auf dem Mond war«, begann Seth, »war da manchmal ein Geräusch, das wie ein Schrei klang, wenn …«

Ich unterbrach ihn energisch, als ich es wieder hörte, aber dieses Mal war neben dem Schrei auch eine Männerstimme zu hören. Sie klang flehend und schien jemanden anzubetteln, mit dem aufzuhören, was er gerade tat.

»Kommt mit!«, befahl ich, rannte aus dem Zimmer und eilte den Korridor entlang, bevor ich die scharfe Kurve zu einer Dienstbotentreppe nahm, die in den unterirdischen Teil des Palastes führte.

»Wohin gehen wir?«, knurrte Seth. Er wirkte irgendwie angepisst, woraufhin ich in die Stirn in Falten legte.

Das vertrieb den gereizten Ausdruck aus seinem Gesicht und er beschleunigte seinen Schritt, während ich sie zum Fuß der Treppe führte. Dort hielten wir wieder inne, um zu lauschen.

»Bist du sicher?«, fragte Xavier, der angsterfüllt aussah, aber trotzdem entschlossen zu sein schien, uns zu begleiten. Er hatte immer noch ein halbes Karotten-Mayo-Sandwich in der Hand, das er schnell aß, als ich einen Blick darauf warf.

»Ja«, sagte ich und lauschte gespannt auf die nächsten Schreie, die nicht lange auf sich warten ließen. »Es kommt immer noch von unten.«

»Ich habe den Palast schon ein bisschen erkundet und keine Ebene unter dieser hier entdeckt«, meinte Xavier mit leiser Stimme, während er seinen Snack hinunterschluckte.

Ich sah mich skeptisch um, legte meine Hand auf die Steinwand am Fuß der Treppe und ignorierte den Impuls, wegzurennen und pinkeln zu gehen, der mich augenblicklich überkam.

»Ein Abwehrzauber«, grunzte ich und konzentrierte mich darauf, ihn zu durchbrechen, während das Bedürfnis zu pinkeln mir das Gefühl gab, dass ich mich gleich einpissen würde. »Wer auch immer ihn gewirkt hat, ist stark.«

»Vater?«, fragte Xavier alarmiert.

»Nein«, sagte ich, während ich meine Magie in den Zauber drückte und ihn mit einem kräftigen Stoß durchbrach. »Lionels Zauber wäre viel schwieriger zu durchbrechen gewesen. Ich kann jetzt einen Raum jenseits der Mauer spüren.«

Seth bewegte sich an meine Seite, und sein Arm streifte meinen, während er ebenfalls mit seiner Erdmagie die Wand abtastete. Ich stupste ihn an, so wie er es normalerweise tat, wenn er merkte, dass etwas nicht stimmte. Er schaute mich kurz an und ein Lächeln umspielte seine Lippen, als er die Geste erwiderte. Als er die Tür fand und den Stein in die Wand drückte, grinste er regelrecht.

Das Geräusch von mahlendem Stein folgte, als die Tür aufging. Flackerndes orangefarbenes Licht illuminierte eine geschwungene Treppe.

Ich wirkte eine Stillekuppel über uns drei und wandte mich dann an die anderen. »Was auch immer hier unten ist, es ist nicht gut. Letzte Chance, umzukehren.«

Seth schnaubte ablehnend, aber wir wussten beide, dass mein Angebot eigentlich für Xavier bestimmt gewesen war, der trotzig das Kinn hob.

»Ich komme mit«, sagte er und stampfte mit dem Fuß auf, als wäre es ein Huf, und ich erinnerte mich lebhaft daran, dass er genau das getan hatte, als wir als Kinder alle zusammen gespielt hatten. Warum damals niemand seine Pegasus-Natur bemerkt hatte, war mir im Nachhinein betrachtet ein Rätsel.

»Na gut, dann zeig mal, was du draufhast, Ponyboy«, scherzte Seth und ich grinste, während ich ihnen den Weg ins dunkle Treppenhaus wies.

Wir liefen die steinernen Stufen hinunter, die kalte Luft drang in meine Haut ein und zwang mich, Feuerzauber einzusetzen, um mich zu wärmen. Ich griff hinter mir nach Seths Arm und schenkte ihm ebenfalls etwas Feuer, da er der Einzige unter uns war, der das Element nicht besaß, und er beugte sich vor, um mir zum Dank die Wange zu lecken.

Ich wehrte ihn mit einem Lachen ab, vergaß aber schnell unseren spielerischen Unsinn, als ein weiterer Schrei ertönte – dieses Mal viel näher. Xavier und Seth keuchten erschrocken auf.

Wir rannten los zum Fuß der Treppe, wo das Feuer heller brannte und sich ein großer Raum vor uns auftat.

Seth legte einen Verhüllungszauber über uns, damit wir uns am Fuße der Treppe in den Schatten verstecken konnten, und wir betrachteten die Steinkammer, in der mehrere medizinische Tische mit chirurgischen Geräten aufgebaut waren.

Ein kleiner Mann in einem langen roten Gewand stand über einem Kerl, der auf dem Tisch in der Mitte des Raumes festgeschnallt war. Seine weißen Haare glänzten geradezu im Feuerschein, als ich seinen Hinterkopf betrachtete.

»Ich kenne ihn«, zischte Xavier und sein Tonfall war von Entsetzen durchzogen. »Er ist der Therapeut, der für Formgebungsumwandlungen zuständig ist. Vater hat ihn für mich eingestellt, nachdem sich meine Pegasusform gezeigt hat. Sein Name ist Gravebone.«

»Wer zum Teufel ist das?«, fragte Seth.

»Ein kranker Wichser, der mir weismachen wollte, ein Drache zu sein und kein Pegasus. Ich habe nie herausgefunden, was er damit bezwecken wollte, aber seine Methoden waren erschreckend effektiv. Zeitweise habe ich den Scheiß, den er mir erzählt hat, fast geglaubt.« Die Wut und der Ekel in seiner Stimme waren deutlich zu hören und ich legte beruhigend eine Hand auf seinen Arm, während ich vor Wut über die Art und Weise, wie er behandelt worden war, die Zähne zusammenbiss. In dem Moment ergriff Gravebone das Wort.

»Ratten sind furchtbar schmutzige Kreaturen«, säuselte er mit öliger Stimme und konzentrierte seine ganze Aufmerksamkeit auf den Mann auf dem Tisch, der sich gegen seine Fesseln wehrte. Ich erkannte magische Manschetten an den Handgelenken des Mannes, die eindeutig dazu dienten, ihn daran zu hindern, sich zur Wehr zu setzen. »Kleines, sinnloses und intrigantes *Ungeziefer*. Niemand möchte dieser niederen Formgebung angehören. Und *du* schon gar nicht.«

»Es ist keine Schande, eine Tiberianische Ratte zu sein!«, zischte der Mann auf dem Tisch. »Du wirst mich nicht davon überzeugen, eine verdammte Medusa zu sein, also hör auf, es zu versuchen!«

»Die Prozedur wird viel reibungsloser verlaufen, wenn du mitmachst«, sagte Gravebone und klang dabei resigniert. »Aber wenn du nicht einmal *versuchst*, dich an deine neue Realität anzupassen, sind die Erfolgsaussichten sehr viel geringer.«

»Fick dich!«, knurrte die Ratte und spuckte Gravebone direkt ins Gesicht.

Der Widerling wich zurück und knurrte laut, während er mit einem roten Ärmel über seine Wange strich, um die Spucke zu entfernen. »Versuchen wir's noch einmal!« Er hob ein Skalpell von dem kleinen Tisch neben sich, aber bevor er es benutzen konnte, streckte Seth eine Hand aus und ließ ein dichtes Netz aus Ranken entstehen, das sich fest um seine Hände schloss und seine Magie lähmte.

Im nächsten Atemzug schoss ich vorwärts; Erdmagie pulsierte in meinen Adern, als ich Gravebone mehrmals umkreiste und ihn mit meinen eigenen Ranken fesselte. Er kreischte panisch und schrie um Hilfe, bevor er mit einem harten Aufprall zu Boden fiel, aber da ihn meine Stillekuppel umgab, hatte er keine Chance.

»Bei den Sternen! Seid ihr hier, um uns zu retten?«, fragte der Kerl auf dem Tisch keuchend. Seine blonden Haare klebten an seiner Stirn, während er mich ansah, als wäre ich ein Held.

Und ich vermutete, dass wir vielleicht genau deswegen hier waren, auch wenn ich bis zu diesem Moment nicht viel darüber nachgedacht hatte.

»*Uns?*«, fragte Xavier, als er auf die Ratte zustürmte, um sie loszubinden. Aber ich streckte meinen Arm aus, um ihn aufzuhalten.

»Warte mal kurz«, sagte ich und schlug mit der Handfläche gegen Xaviers Brust, der mich alarmiert ansah. »Es darf nicht offensichtlich sein, dass wir hier waren.«

»Keine Chance!«, kreischte Gravebone vom Boden aus. »Ich habe eure Gesichter gesehen – dein Vater wird davon erfahren, Xavier!«

Xavier schnaubte wütend und trat nach Gravebones Kopf, der vor Schmerz aufschrie, als seine Nase zerschmettert wurde. Ich packte Xavier an der Schulter, um ihn aufzuhalten, bevor er noch mehr tun konnte, weil ich immer noch nicht wusste, wie wir am besten vorgehen sollten.

Ich füllte Gravebones Mund mit Dreck, um ihn am Sprechen zu hindern, und belächelte den Schrecken in seinen Augen, als er um das Hindernis herum zu atmen versuchte.

»Bindet mich los!«, flehte die Ratte. »Bitte, ich weiß, wer du bist. Du bist Caleb Altair …«

»Jeder weiß, wer er ist, Kumpel«, sagte Seth, der sich mit einem nachdenklichen Stirnrunzeln neben mich stellte.

»Ja, aber ich war mit Elise an der Aurora Academy. Bitte, mein Name ist Eugene. Eugene Dipper. Ich schwöre, dass ich nichts von dem getan habe, was mir vorgeworfen wird. Ich habe die Mitternachtsamethysten nicht gestohlen. Ich bin ein Sammler, das habe ich nie verheimlicht, ich schwöre.«

Ich tauschte einen Blick mit Seth aus. Der Typ auf dem Tisch hatte jetzt noch mehr meiner Aufmerksamkeit, und ich überlegte, ob ich versuchen sollte, seine Behauptungen zu prüfen und herauszufinden, ob etwas dran war. Wenn er Elise kannte, war das ein weiterer Grund für mich, ihm zu helfen. Obwohl ich ohnehin nicht vorhatte, ihn hierzulassen.

»Beruhige dich«, sagte ich. »Wir lassen dich nicht hier zurück. Wir müssen nur herausfinden, wie wir unsere Beteiligung an diesem kleinen Zwischenfall vertuschen können. Es muss so aussehen, als hättest du dich selbst befreit.«

»E-er … Gravebone hat den Schlüssel für die Handschellen in seiner Tasche«, keuchte Eugene. »Wenn es so aussieht, als hätte ich eine meiner Hände befreit, könnte es den Anschein erwecken, als hätte ich die Schlüssel in die Finger bekommen und mich und meine Magie ohne Hilfe befreit.«

»Das hilft uns aber nicht bei dem Zeugenproblem«, sinnierte Seth und verpasste Gravebone einen beiläufigen Tritt, der ihm ein dumpfes, schmerzhaftes Grunzen entlockte.

»Weshalb wir ihn töten müssen«, knurrte Eugene, und ich war überrascht, so viel Wildheit von dem kleinen Kerl zu hören. Aber er wollte Gravebone unbedingt tot sehen. Und wenn irgendein Verrückter mich auf einen Tisch geschnallt und gefoltert hätte, um mir weiszumachen, eine Medusa zu sein, wäre ich auch auf Blut aus gewesen.

»Was soll der ganze Scheiß überhaupt?«, fragte Xavier entrüstet.

»Selbst wenn du glauben würdest, eine Medusa zu sein, wärst du doch trotzdem keine …«

»Gravebone und V-Vard haben Experimente gemacht«, sagte Eugene, dem ein Schluchzen in der Kehle stecken blieb. »Sie haben Fae a-aufgeschnitten und versucht, ihre Formgebung zu stehlen, um sie dann durch eine andere zu ersetzen. Ich bin seit Wochen hier unten und habe zugesehen, wie sie unzählige Fae meiner Art mit ihren abgefuckten Experimenten getötet haben. Es hat noch nie auch nur annähernd funktioniert, aber sie fangen einfach wieder an, sobald sie scheitern. Sie sind krank.«

»Du bist nicht allein hier?«, fragte Seth entsetzt und Eugene neigte sein Kinn in Richtung einer Tür auf der anderen Seite des offenen Raumes.

»N-nein, hier sind mehr als ich zählen kann. Tiberianische Ratten, Sphinxe, Minotauren – alle Formgebungen, die der Drachenkönig als unwürdig erachtet. Ihr müsst uns helfen. Ihr müsst!«

»Das werden wir«, sagte Seth und sah mich an. Ich biss die Zähne zusammen, während ich überlegte, wie wir das am besten anstellen sollten.

»Wir müssen unsere Gesichter verhüllen, damit sie uns nicht sehen, falls einer von ihnen erwischt wird«, sagte ich mit einem Blick auf Eugene und wünschte, ich hätte früher daran gedacht. »Dann lassen wir sie raus und geben ihnen die Chance zur Flucht. Sie können Gravebone bestrafen, wie sie es für richtig halten.«

Gravebone fing an, auf dem Boden zu meinen Füßen zu strampeln und zu treten, weil er genau wusste, dass die Opfer seiner Folter nicht gnädig sein würden, wenn wir sie über sein Schicksal entscheiden ließen. Aber das war wirklich nicht mein Problem. Wenn sie sich an ihm für seine Taten rächen wollten, hatten sie das Recht dazu.

»Wenn wir sie einfach abhauen lassen, werden sie wieder geschnappt«, protestierte Xavier wütend und ich fuhr mir mit der Hand über den Kiefer, denn ich wusste, dass er mit großer Wahrscheinlichkeit recht hatte.

»Ich wüsste nicht, was wir sonst tun könnten«, sagte Seth. »Ich meine, die Ratten könnten sich verwandeln und möglicherweise einen Weg nach draußen finden, aber die Sphinxe und Minotauren …« Er zuckte mit den Schultern. »Auf diese Weise haben sie wenigstens eine Chance.«

»Das reicht nicht«, forderte Xavier und stampfte wütend mit dem Fuß auf. Ich wollte gerade etwas einwenden, als das Knirschen von Stein auf Stein ankündigte, dass sich hinter uns eine weitere Geheimtür öffnete.

Ich wirbelte herum und ließ Feuer in meinen Händen aufblühen. Seth legte einen Luftschild um uns herum, und mein Herz klopfte wie verrückt. Doch es war Gabriel, der durch die Tür in der Wand trat.

»Ich habe gesehen, dass ihr meine Hilfe braucht, um ein paar Leute hier rauszuholen«, sagte er mit einem überheblichen Grinsen, das er sich redlich verdient hatte.

»Verdammt, ja!«, brüllte Seth, und Xavier sackte vor Erleichterung zusammen, während ich mich darauf konzentrierte, die Fae zu befreien.

Ich bückte mich und kramte in Gravebones Taschen, während er unter mir bockte und kämpfte, aber er war so gut gefesselt, dass er keine Chance hatte, sich zu befreien. Mit einem genervten Grunzen drückte ich ihn zu Boden und stieß in seiner Tasche auf den Schlüssel für die magischen Fesseln, gefolgt von einem dicken Metallschlüssel, der vermutlich die Fae hinter der Tür befreien würde.

Ich rieb mein Gesicht, um meine Identität zu verbergen, und Seth tat das Gleiche für sich und Xavier. Gabriel folgte unserem Beispiel und als ich sicher war, dass uns niemand erkennen würde, griff ich nach der Ledermanschette, mit der Eugenes Handgelenk an den Tisch gefesselt war, und zerrte mit meiner Vampirkraft daran. Das verdammte Ding gab kaum nach, aber mit einem mühsamen Grunzen gelang es mir schließlich. Ich riss ich es auf und überließ es Eugene, den Rest seiner Gliedmaßen loszuschnallen, während ich zur Tür auf der anderen Seite des Raumes rannte.

Der Schlüssel, den ich von Gravebone gestohlen hatte, passte, und plötzlich stand ich vor etlichen Zellentüren. Fae standen hinter den Gitterstäben, kreischten und schreckten zurück, als ich eintrat.

»Ich bin hier, um euch zu befreien«, rief ich, meine Stimme durch den Verhüllungszauber verzerrt, während ich zur nächstgelegenen Zelle ging und sie schnell aufschloss.

Ich beschloss, dass es meine Identität nicht wirklich verraten würden, wenn sie wüssten, dass ich ein Vampir war, und schoss durch den Raum, um die anderen Zellen so schnell wie möglich aufzuschließen. Die Fae strömten heraus und bedankten sich. Einige von ihnen rannten schluchzend zum Ausgang und in eine Freiheit, von der sie wohl nicht erwartet hatten, sie jemals wiederzusehen.

Als ich in den Hauptraum zurückkehrte, hatte Seth die meisten ihrer Fesseln gelöst und Gravebone war tot. Sein Blut sickerte über den Boden und sein verstümmelter Körper war so zerfetzt, dass ich darauf wetten würde, dass sie ihn zu Tode geprügelt hatten, anstatt Magie an ihn zu verschwenden.

Ich löste die Ranken auf, mit denen ich ihn festgehalten hatte, und Gabriel trieb die Entflohenen in den dunklen Tunnel, aus dem er gekommen war.

»Geht jetzt!«, rief er uns zu. »Caleb muss euch innerhalb der nächsten dreißig Sekunden zur Party zurückbringen, sonst werdet ihr vermisst. Ich kann alle sicher von hier fortschaffen. Hamish wird ihnen helfen, sich zu verstecken.«

Das ließ ich mir nicht zweimal sagen, und ich nickte Gabriel zu, bevor ich mich in Bewegung setzte, jeweils einen Arm um Xavier und Seth legte und mit ihnen aus der verborgenen Kammer schoss.

Ich hielt nur kurz inne, um die verborgene Tür wieder zu schließen, dann hob ich die beiden an und trug sie zurück zur Party. An dem Seitenausgang, den wir benutzt hatten, um zu entkommen, blieb ich stehen.

Xavier sah aus, als müsste er kotzen, weil wir so schnell gerannt waren, und Seth schüttelte den Kopf, als müsste er ein Schwindelgefühl vertreiben. Ich löste die Verhüllungszauber, und wir stießen die Tür zum Ballsaal auf.

Mein Herz klopfte wie wild, als ich den Weg zum Buffet einschlug. Die Stimme meiner Mutter erregte meine Aufmerksamkeit.

»Ich habe dich schon gesucht!«, schimpfte sie halbherzig. »Komm schon – ich möchte, dass du mit dem Leiter der Firma Falhurst sprichst. Er macht ein paar wirklich beeindruckende Dinge mit Vorhersagetabellen, von denen du bestimmt gern hören würdest.«

Ich lächelte den Falhurst-Kerl höflich an, den Mom offensichtlich für einen Deal beeindrucken wollte, und setzte mein Erbengesicht auf, bevor ich mich an ihre Seite begab.

Hatten wir gerade einen Haufen Gefangener direkt vor Lionels schuppiger Nase befreit, ohne dass jemand gemerkt hatte, dass wir uns von der Party entfernt hatten?

Verdammt, ja, das hatten wir! Und es fühlte sich wirklich unglaublich an.

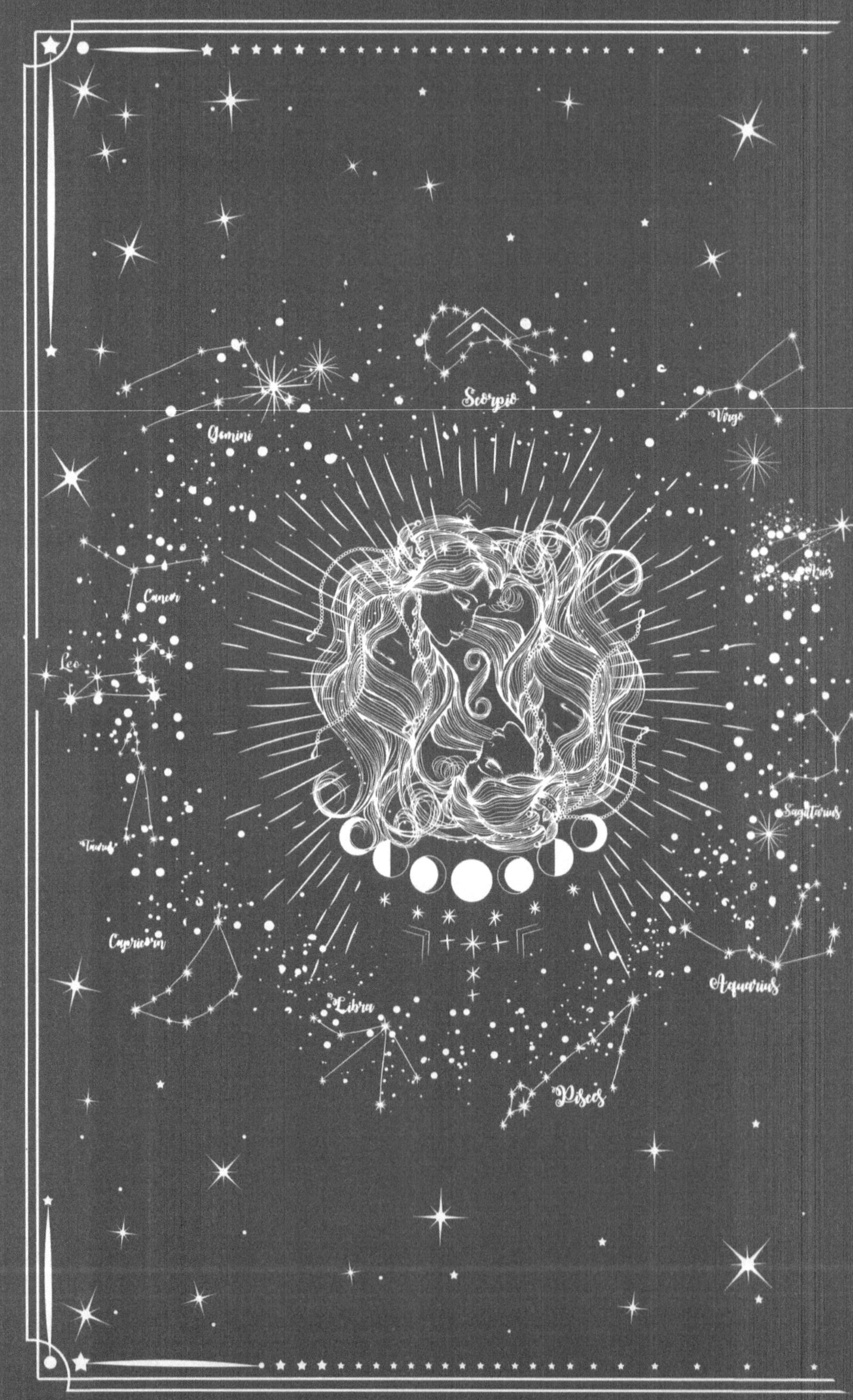

Pisces
Scorpio
Virgo
Gemini
Aries
Cancer
Leo
Sagittarius
Taurus
Capricorn
Aquarius
Libra
Pisces

DARGY

KAPITEL 43

Ich stand in einer riesigen Dusche, die groß genug für acht Personen wäre, wusch mir das Blut von der Haut und untersuchte die Stellen an meinem Bauch, wo das Messer mich aufgeschlitzt hatte. Nichts deutete darauf hin, dass es jemals passiert war, aber das eisige Gefühl hatte sich in meine Erinnerung gebrannt.

Fröstelnd stellte ich das Wasser ab und trat in das große Badezimmer und auf eine flauschige weiße Matte, wo ich mich mit meiner Luftmagie abtrocknete, bevor ich mich in ein Handtuch wickelte. Gabriels Familie war wie immer zu Weihnachten in ihrer Waldhütte und Gabriel würde nach dem heutigen Abend auch zu ihnen stoßen. Er hatte mir vor einiger Zeit Zutritt zu seinem Haus gewährt und mir die Erlaubnis gegeben, hierherzukommen, wenn ich in Schwierigkeiten war. Ich nahm an, dass er das Gleiche für Orion getan hatte.

Meine blutigen Klamotten lagen im Müll und Diegos Mütze lag zusammen mit meinem Atlas neben dem Doppelwaschbecken. Ich sah, dass Tory mir geschrieben hatte – ihre Antwort auf meine Nachricht, in der ich ihr mitgeteilt hatte, dass wir im Besitz der Mütze waren, es uns gut ging, wir aber hatten fliehen müssen, nachdem Stella und Clara aufgetaucht waren. Den Rest würde ich ihr erzählen, wenn wir uns wiedersahen. Schließlich waren wir zumindest fürs Erste in Sicherheit.

Tory:
Haltet euch bedeckt. Lionel wird das FIB losschicken, sobald er merkt, dass Orion geflohen ist. xx

Meine Kehle wurde eng, als ich daran dachte. Natürlich war ich froh, dass er von Lionel weg war, aber gleichzeitig war die Vorstellung, dass das FIB hinter ihm her sein würde, erschreckend. Was würden sie mit einem Sträfling auf der Flucht machen? Wie viele Jahre würden sie zu seiner Strafe hinzufügen, sollten sie ihn fassen? Wir hatten nur eine Option – sie durften ihn nicht erwischen. Niemals.

Ich zog mir eine weiche lilafarbene Jogginghose und ein weißes Croptop an – Sachen, die ich mir von Gabriels Frau geliehen hatte –, öffnete die Tür und steckte Diegos Mütze und meinen Atlas in meine Tasche. Orion stieß sich sofort von der Wand mir gegenüber ab, seine Augen waren voller Angst. Er hatte sich gewaschen und umgezogen und trug eine marineblaue Jogginghose, die vermutlich Gabriel gehörte. Er ließ sich vor mir auf die Knie fallen und presste seinen Mund auf meinen nackten Bauch. Überrascht keuchte ich auf und schob meine Hände in seine Haare, als mich die Sehnsucht nach ihm überrollte.

Er drückte mich an sich und sah mich mit schmerzverzerrtem Gesicht an.

»Es tut mir leid«, murmelte er mit einem verzweifelten Blick in den Augen, und mein Herz zog sich zusammen.

Ich kniete ebenfalls nieder und lehnte mich in seine Berührung, als er meine Wange streichelte. »Das warst nicht du.«

Er zog die Oberlippe zurück und fletschte die Zähne, während seine Augen vor Hass funkelten. Ich war mir nicht sicher, auf wen er gerichtet war, wusste aber, dass er definitiv nicht mir galt. Er streichelte meine Haare, als wollte er sich vergewissern, dass ich noch da war, und ich ließ mich von seinen Berührungen einlullen, obwohl ich wusste, dass es mir dadurch nur noch schwerer fallen würde, mich von ihm zu lösen.

»Mir geht es gut«, versprach ich, und sein Adamsapfel wippte.

»Mir nicht«, erwiderte er mit einem tiefen Knurren.

»Das tut mir leid«, hauchte ich, während sich der Schmerz in meiner Brust ausbreitete.

»Wage es ja nicht, dich bei mir zu entschuldigen!« Er musterte mich mit einer solchen Intensität, dass mein Atem stockte. »Du hast mich aus den Schatten befreit. Du hast uns gerettet. Ich bin derjenige, der …« Er legte seinen Mund auf meine Kehle, wo das Messer mein Fleisch geküsst hatte, und ein Schauer lief mir über den Rücken.

»Hör auf«, sagte ich, aber meine Stimme war heiser, und trotz meiner Worte schien ich ihn anzuflehen, weiterzumachen. Nachdem ich so kurz davor gewesen war, ihn wieder zu verlieren, wollte ich nichts anderes tun, als ihn zu spüren und nie wieder loszulassen. Wäre da nicht diese unüberwindbare Schlucht, die uns trennte.

»Es war nicht deine Schuld.«

Er stand auf, nahm meine Hand und zog mich ebenfalls auf die Beine; sein Gesicht hatte einen harten und distanzierten Ausdruck angenommen. Ich beäugte seine Handgelenke und bemerkte, dass die Schattenfesseln verschwunden waren. Und es fühlte sich verdammt gut an, endlich noch jemanden aus Claras dunkler Kontrolle befreit zu haben. Vielleicht würde es mir also wieder gelingen.

Wir liefen durch die großen, leeren Flure von Gabriels Haus und ich warf einen Blick in das wunderschöne Kinderzimmer mit den hellblauen Wänden und einer Reihe von Stofftieren im Kinderbett – von einer riesigen Schlange bis zu einem flauschigen Löwen mit dunkler Mähne war alles dabei. Orion war still und grüblerisch, sein Unterkiefer zuckte unaufhörlich, als würde er mit inneren Dämonen kämpfen. Wir gingen die Treppe hinunter in eine große Küche mit wunderschönem honigfarbenem Holz und cremefarbenen Beschlägen. Er führte mich zu einem der fünf Hocker an der Kücheninsel, hob mich hoch und setzte mich darauf, bevor er zum Kühlschrank ging. Überrascht runzelte ich die Stirn und betrachtete die straffen Muskeln seines Rückens, als er anfing, Lebensmittel herauszunehmen und auf der Theke zu stapeln.

»Ich habe keinen Hunger«, sagte ich, nahm Diegos Mütze aus meiner Tasche und legte meinen Atlas auf die Insel. »Wir müssen …«

»Du wirst etwas essen«, knurrte er in seinem herrischen Professorenton und ich schürzte die Lippen.

»Nein … Ich werde versuchen, herauszufinden, was Diego uns mit seiner Mütze zeigen wollte.« Ich wollte sie schon aufsetzen, aber er schoss auf mich zu, entriss sie mir und steckte sie hinten in seinen Hosenbund.

»Zuerst wirst du essen«, wiederholte er und legte seine Hände auf meine Oberschenkel, um mich auf meinem Platz festzuhalten. Wut und Lust wallten gleichermaßen in mir auf. Er war berauschend, wenn er mir so nahe war, und sein Atem auf meiner Haut machte mich schwindelig. Aber ich würde den heftigen Gefühlen in mir nicht nachgeben, denn wenn ich heute Abend auf ihre Verlockungen hereinfiele, würde ich nie wieder aufhören zu fallen.

Ich schob seine Hände weg und rutschte von meinem Sitz, aber er bewegte sich keinen Zentimeter, sodass ich zwischen seinen Armen gefangen war und von dem köstlichen Zimtduft seiner nackten Brust umweht wurde.

»Gib sie mir zurück!«, knurrte ich. Es fiel mir schwer, einen ruhigen Ton zu bewahren. Nach der ganzen Scheiße, die wir gerade durchgemacht hatten, war ich nicht in der Stimmung für einen Streit.

»Nein«, sagte er einfach, packte meine Hüften, hob mich hoch und drückte mich wieder auf den Stuhl, wobei er noch näher an mich heranrückte. Verdammt, ich wollte keinen Streit, aber er provozierte ihn.

»Lance«, warnte ich und streckte meine Hand aus. »Gib sie mir zurück!«

Er beugte sich nah an mein Gesicht heran, wobei sein Atem meine Lippen streifte. Er schmeckte wie die Todsünde höchstpersönlich. »Nicht. Bis. Du. Gegessen. Hast.«

Ich griff hinter seinen Rücken und versuchte, nach der Mütze zu greifen, aber er schoss mit seiner Vampirgeschwindigkeit davon. Sobald er stehen blieb, riss ich ihm die Mütze mit einer Peitsche aus Luftmagie aus dem Hosenbund.

Ich fing sie auf und wirkte eine Luftkuppel um mich herum, um seinen erneuten Versuch, sie mir zu entwenden, abzuwehren. Ich grinste, als er gegen meinen Schild prallte und ein Knurren ausstieß. Er öffnete den Mund, zweifellos, um mich auf irgendeine Weise herumzukommandieren, also nahm ich die Mütze und setzte sie trotzig auf.

Alles wurde dunkel, und ich war mir halb bewusst, dass ich von meinem Stuhl fiel, bevor ich in die Leere gesogen wurde. Eine Hand ergriff die meine, als die Macht der Schatten mich in ihren Bann nahm, und etwas in meiner Seele sagte mir, dass es Diego war, der mich hielt.

Eine ganze Reihe von Emotionen überfiel mich, und ich war hin- und hergerissen zwischen Traurigkeit und Freude darüber, seine Gegenwart zu spüren. Mein Freund. Ein Junge, der sein Leben für mich geopfert hatte, eigentlich für das ganze Königreich. Er hatte versucht, Clara aufzuhalten, und gezeigt, was wirklich in ihm steckte.

Die Schatten schlossen sich um mich, aber sie schafften es nicht, mir unter die Haut zu gehen, während sie mich in die ewige Dunkelheit trieben. Ich spürte Orions Anwesenheit und seinen Versuch, an meinem Bewusstsein zu zerren. Aber ich würde mich von ihm nicht aufhalten lassen, also zwang ich ihn, mich in die Dunkelheit zu begleiten. Plötzlich tat sich vor uns eine weiße Wolke auf, in der Erinnerungen an die Vergangenheit schlummerten.

Ich spürte ihr Gewicht in der Luft, tausend Leben, eine Kette von Vorfahren, die Hunderte von Jahren zurückreichte. Die Hand, die mich gehalten hatte, verschwand, und einen Moment später sah ich zwei dunkle Augen im Nebel, und mein Herz klopfte, als ich ihn erkannte.

»Diego«, sagte ich, aber der Name ertönte nur in meinem Kopf. Ich griff nach der Erinnerungswolke, als mich das tiefe Bedürfnis überkam, nach meinem Freund zu suchen.

Ich spürte, wie er seine Hand abermals um meine legte und mich zu sich zog. Und ich spürte sein Bedürfnis, mir zu zeigen, was im Nebel wartete.

Plötzlich stürzte ich in eine Erinnerung und sah durch die Augen einer Fae, die mit den Schatten in ihren Handflächen spielte und vor einem großen Feuer saß. Um das Feuer herum saßen Fae auf Holzscheiten und zu meiner Linken hockte eine alte Frau, die die Handflächen des Mädchens, in dessen Körper ich mich befand, ausrichtete. Schatten tänzelten auf ihrer Haut.

»Genau so, Lavinia«, sagte sie und zog ein Fell fester um ihre Schultern. »Du hast Talent dafür.«

»Ich kann sie immer noch nicht so führen wie Nisar«, beschwerte ich mich. Meine Stimme gehörte Lavinia, denn es war ihre Erinnerung, in der ich mich befand.

Ich musterte den Jungen, der mit seinen Talenten immer die Aufmerksamkeit aller auf sich zog, und bittere Eifersucht erfüllte mich.

»Du bist erst vierzehn, mit der Zeit wirst du sie besser beherrschen als jeder andere in unserem Stamm«, sagte die alte Frau. »Du bist zu Großem bestimmt.«

»Glaubst du das wirklich?«, fragte ich.

»Ich weiß es. Es steht in den Sternen geschrieben.«

»Erzähl ihr keine Märchen«, rief ein großer, bärtiger Mann mit finsterem Blick. »Meine Tochter ist dazu bestimmt, Kinder zu gebären und sich um ihren zukünftigen Mann zu kümmern. So wie alle Frauen in unserem Stamm.«

»Das will ich aber nicht, Vater«, knurrte ich kühl. »Ich will eine Kriegerin sein.«

»Du wirst das sein, was ich von dir verlange«, antwortete er, während er an seinem Ale nippte, und bitterer Hass erfüllte mich. Ich hasste diesen Mann, der meine Brüder stets bevorzugt hatte, schon lange. Für ihn war ich seit jeher ein Nichts.

Die Vision veränderte sich und ich spürte, dass ein paar Jahre vergangen waren, als ich wieder durch Lavinias Augen sah.

Mit einem Messer in der Hand schlich ich durch die Zelte des Stammes und gelangte schließlich in das, in dem mein Vater betrunken mit zwei Frauen in einem Bett lag. Ich schlich mich an das Bett aus Fellen und nutzte die Schatten, wie ich es Tag und Nacht geübt hatte. Meine Macht über sie war ins

Unermessliche gewachsen, und sobald ich sie in meinen Vater und die beiden Huren hatte eindringen lassen, schloss ich sie fest ein. Mein Vater wachte ruckartig auf, konnte sich aber nicht bewegen, da ich ihn von innen heraus festhielt. Ein Kribbeln durchfuhr mich, weil es so einfach war. Ich lächelte teuflisch, kletterte auf das Bett und spielte mit dem Messer in meiner Hand, während Vaters Augen vor Angst aufblitzten.

»Du hättest mich nie unterschätzen dürfen, Vater.« Ich beugte mich vor und hielt die Spitze der Klinge an seine Brust.

Er sträubte sich gegen die Macht der Schatten, aber ich war ungeheuer begabt. Begabter als jeder andere im Stamm. Ich rammte ihm das Messer in die Brust, immer und immer wieder, bevor ich auch die Frauen attackierte und ihren Schmerz genoss. Blut benetzte meine Haut und ich leckte es von meinen Lippen, nachdem ich den Mann vernichtet hatte, der mich unterdrückt und sich geweigert hatte, meine Größe anzuerkennen. Und als er starb, flüsterte ich ihm meinen tiefsten Wunsch ins Ohr: »Ich werde eine Königin sein.«

Die Vision änderte sich erneut. Mir wurde schlecht, weil ich nach wie vor Blut in meinem Mund schmeckte, und ich spürte, dass ich abermals in Lavinias Erinnerung geschlüpft war.

Ich ritt auf einem Pferd und stürmte mit erhobenen Händen über ein Schlachtfeld, während um mich herum die Schatten wüteten und die Herzen der anderen Fae zerfetzten, die ihre Elementarmagie gegen mich einsetzten. Ich drehte den Kopf und mein Herz schwoll an beim Anblick der riesigen Armee von prachtvollen Bestien, die hinter mir herliefen und unsere Feinde zerschlugen.

Entsetzen durchfuhr mich. Die Stammesmitglieder waren gar keine Fae, sondern Nymphen. Genau wie Lavinia auch.

Ich hetzte die Schatten auf die Fae vor mir und durchtrennte ihre Körper. Sie sahen arm aus, ihre Kleidung war abgenutzt und ihre Gesichter waren hager. Obwohl sie versuchten, sich zu wehren, konnte nichts meine Macht aufhalten, und bald bluteten sie und schrien um Gnade. Eine Gnade, die ich nicht gewähren würde. Ich war die ultimative Autorität in diesem Land, und ich würde alles tun, um meinen rechtmäßigen Platz als Königin einzufordern.

Die Fae wurden zur Kapitulation gezwungen, und die Nymphen verkündeten den Sieg, bevor sich die Vision erneut veränderte und zeigte, wie Lavinia und ihr Stamm in ihr neues Territorium vordrangen, die Stadt als ihr Eigentum beanspruchten und alle Überlebenden töteten. Ich sah durch Lavinias Augen, wie sie eine Familie, die sich in einer Scheune versteckt hatte, kaltblütig ermordete, und mein Magen rebellierte. Ich wünschte, ich müsste das nicht sehen.

Etliche Leichen landeten im Schlamm, und ein kaltes Lachen verließ meine Kehle, während die Nymphen um mich herum voller Angst und Respekt zusahen. Aber ich bekam gar nicht genug davon; Tod und Macht nährten den dunkelsten Teil meiner Seele und machten mich hungrig nach mehr.

Die Vision änderte sich erneut und ich saß auf einem Thron, der aus dem geschwungenen Ast eines Baumes gefertigt war und auf der Kuppe eines großen Hügels stand, auf dem ein kunstvoll verzierter Steinpavillon thronte.

Ein Mann wurde auf mich zugeführt, flankiert von zwei verwandelten Nymphen, während andere Wachen aufmerksam zusahen. Der Mann war groß und blond, seine Augen waren tiefgrün und ich erkannte ihn als den Drachenmaster Octavius Acrux. Er war gut aussehend. Ein Mann, den ich respektierte und den ich im Stillen und aus der Ferne begehrte.

»Prinzessin Lavinia.« Er verbeugte sich tief. »Ich bringe ein Geschenk von meiner Familie. Ein Friedensangebot der Drachen-Gilde.« Er trat zur Seite und ein großer rechteckiger Gegenstand glitt auf einem Luftstrom, den er gewirkt hatte, auf mich zu. Er stellte ihn aufrecht vor mir ab und entfernte den Seidenstoff, der ihn verdeckt hatte.

Ein wunderschöner Spiegel kam zum Vorschein, mit einem silbernen Rahmen, der sich wie eine Ranke um das Glas schlängelte und von zarten Rosen verziert wurde. Ich stand auf und betrachtete mein Spiegelbild.

Die Frau, die zu mir zurückstarrte, war atemberaubend, ihre Haare lang und rabenschwarz, ihre Augen zwei strahlend blaue Perlen. Sie war wunderschön, ihre Lippen waren voll und breit und ihre Gesichtszüge kräftig. Sie sah aus wie eine Kriegerin, ihr Körper war in eine Rüstung gehüllt, Narben zierten ihre Arme.

»Wir möchten Euch ein Bündnis anbieten«, sagte Octavius und stellte sich neben den Spiegel, während ich ihn bewunderte. »Ich weiß, dass Ihr den Vegas den Thron streitig machen wollt, aber Ihr seid nicht stark genug, um ihnen die Stirn zu bieten. Ein Zusammenschluss mit den Drachen würde uns dazu befähigen.«

Hoffnung regte sich in meiner Brust, als ich ihn ansah, aber auch Misstrauen. »Und warum sollte ich dir vertrauen?«

Der Mann ging lächelnd auf ein Knie, holte ein Holzkästchen heraus und bot mir einen Ring an. »Heiratet mich und gebt mir ein Sternenversprechen. Unsere Familien werden durch die Kräfte des Himmels aneinander gebunden. Acrux und Umbra. Unser Seher hatte eine große Prophezeiung. Seht in den Spiegel, um Euch ein eigenes Bild zu machen.« Mit einer Handbewegung forderte er mich auf, vorzutreten, und ich tat es vorsichtig. Mehr als alles andere auf der Welt wollte ich Königin sein. Aber ich hatte nie vor, meinen Thron zu teilen.

Ich trat vor den Spiegel und das Bild veränderte sich und zeigte mich auf einem großen Thron in einem Raum voller brennender Lampen. Der Thron war aus dunklem rubinroten Glas, das im Schein des Feuers glitzerte. Der Raum war wunderschön, mit hohen Wänden, die aus der Erde selbst gebaut zu sein schienen. Neben mir auf einem Thron in dunklem Saphirblau saß Octavius Acrux, dessen Gewand purpurrot war. Seine Augen waren reptilienhafte Schlitze und er sah mich anbetend an. Auf meinem Schoß lag ein wunderschönes Silberschwert mit einem glitzernden Stein im Griff. Ich sah glücklich und verliebt aus. Vielleicht war es gar nicht so abwegig, meinen Thron zu teilen. Wenn jemals ein Mann mein Herz erobern sollte, warum dann nicht er?

Die Vision im Spiegel verschwand und ich schaute Octavius voller Ehrfurcht an. »Ich werde den Imperialen Stern haben?«

»Er wird uns gehören«, knurrte er. »Wir werden den Palast der Flammen einnehmen und die letzten Phönixe vernichten.«

»Aber wie werden wir die Königin besiegen?«, fragte ich.

»Ich weiß von einem dunklen Fluch, den selbst ihre Macht nicht überwinden kann«, sagte er mit einem schiefen Lächeln. »Sobald ihre Armee besiegt ist, könnt Ihr die Macht der Schatten nutzen, um sicherzustellen, dass wir sie endgültig vernichten können.«

Aufregung erfüllte meine Brust, und ich nickte eifrig und nahm den Ring entgegen. Dann veränderte sich die Vision erneut.

Ich befand mich auf einem blutigen Schlachtfeld, und überall um mich herum fielen Nymphen, deren Körper von Phönixfeuer zerfetzt und zu Asche verwandelt wurden. Die Phönixe schossen mit flammenden Flügeln durch den Himmel und ließen Höllenfeuer auf ihre Feinde regnen. Ich kämpfte mit allem, was ich hatte, gegen die Fae auf dem Boden. Sie setzten nicht nur ihre Elemente ein, um meine Angriffe abzuwehren, sondern auch dunkle Magie. Sie bekämpften die Schatten meiner Nymphen mit der Macht der Knochen, um ihre natürliche Magie zu verstärken.

Hass durchflutete mich, als mein Blick auf die Phönixkönigin fiel, die über ihrer Armee schwebte. Ihre dunklen Haare wirbelten im Wind und ihr Gesicht war zornig. Sie trug eine silberne Krone auf dem Kopf und in ihrer Hand hielt sie das riesige Schwert mit dem Imperialen Stern, in dessen Oberfläche alle Sternbilder des Himmels eingraviert waren. Sie hob das Schwert an und sagte etwas zu ihm, das ich nicht hören konnte, und kurz darauf pulsierten Schockwellen durch die Luft.

Ein Drache flog auf sie zu, aber ein Phönixmann fegte an seiner Königin vorbei, um ihn aufzuhalten, und bekämpfte ihn mit riesigen Feuerstößen aus seinen Handflächen.

Obwohl es Tag war, leuchteten plötzlich alle Sterne am Himmel und strahlten hell auf die Welt herab, auf der Blut und Chaos herrschten.

Ich geriet in Panik, als eine riesige Welle der Macht vom Imperialen Stern ausging und über das gesamte Schlachtfeld fegte. Die Nymphen fielen der Macht zum Opfer und sanken auf die Knie, und auch ich fiel und griff mir an die Brust, als eine gewaltige Magie in mir Wurzeln schlug.

Auf Befehl der Phönixkönigin öffnete sich ein riesiger Riss im Himmel und die Schatten meiner Armee strömten hinein, während ihnen ihre dunkle Macht entrissen wurde. Ich schrie vor Schmerz, als man auch mir die Schatten nahm, sie aus dem Zentrum meiner Seele riss und an ihrer Stelle ein Loch in meiner Brust hinterließ, von dem ich fürchtete, dass es nie wieder gefüllt werden würde.

Als alle Schatten im Riss verschwunden waren, schloss es sich und das Leuchten des Imperialen Sterns versiegte.

»Der Krieg ist vorbei«, rief die Königin, und ihre Stimme war voller Verzweiflung, als sie über das stille Feld hallte. »Und es wird keine dunkle Magie und keine Schatten mehr in unserem Land geben. Fortan sind die Schatten geächtet. Und wer sie beschwört, wird meinen Zorn zu spüren bekommen.«

»Nein!«, schrie ich und rappelte mich auf. »Wir brauchen die Schatten zum Überleben, wir sind nicht wie ihr!«

»Ihr werdet einen Weg finden«, höhnte die Königin und rief ihre Leute zum Rückzug auf. Die Nymphen blieben kraftlos am Boden liegen.

Ein riesiger roter Drache fegte auf uns zu und mein Herz schlug höher, als ich sah, dass Octavius mir wie versprochen zu Hilfe kam, um mich bis zum Ende zu unterstützen und uns eine letzte Chance zu bieten, das Blatt zu wenden.

Doch anstatt mit Zähnen und Klauen anzugreifen, um mich zu retten, brüllte er seiner Armee einen Befehl zu. Seine Leute stürzten sich auf meine Nymphen und verbrannten sie mit riesigen Feuerstößen zu Ruß.

»Octavius!«, schrie ich entsetzt, als die Drachen meine Armee dezimierten, mich und unser Versprechen verrieten und mein Herz in zwei Teile brachen.

Wie hatte er das tun können? Er hatte mir die Welt versprochen, mit *mir geschlafen und immer wieder von all den Dingen gesprochen, die wir zusammen haben würden. Wie hatte er mich betrügen können, nachdem er mir gesagt hatte, dass er mich liebte? War das alles eine Lüge gewesen? Eine große Täuschung, um mich hierherzulocken und meine Art zu vernichten?*

Der Drachenmaster brachte seine Bestien dazu, unter der Phönixkönigin zu landen, und sie alle verbeugten sich brüllend vor ihr. Die Königin nickte ihnen zu, und mein Herz zerbrach, als ich sah, wie die Welt um mich herum zusammenfiel. Meine Chance auf wahre Macht war mir gestohlen worden.

Die Königin landete in ihrer goldenen Rüstung vor mir und faltete ihre flammenden Flügel, bevor sie mich ansah. »Dies ist das Ende deiner Schreckensherrschaft, Lavinia.«

»Du kannst mich nicht einfach töten«, keuchte ich. »Ich bin eine Prinzessin meiner Art. Es gibt keine andere mehr, die sie anführen kann.«

»Du bist nichts weiter als die Prinzessin der Schatten, also wirst du mit ihnen sterben«, knurrte die Königin, die den Imperialen Stern in ihrer Hand fester umklammerte, bevor sie ihm etwas zuflüsterte.

Ich rappelte mich auf und zog meinen Dolch, aber die Königin ließ ihn mit einer Handbewegung schmelzen. Mit einem weiteren Zucken ihrer Finger schleuderte sie eine Welle aus Luftmagie auf mich, und ich flog zurück und wurde durch den Spalt zwischen den Welten geschleudert, den der Imperiale Stern wieder geöffnet hatte.

Das dunkle Element umschloss meinen Körper und verschlang mich ganz, bis ich eins mit ihm wurde. Ich starb nicht, wie ich es erwartet hatte – wie es diese abscheuliche Königin erwartet hatte.

Und inmitten des Nebels und Dunstes aus Schmerz und Macht lechzte ich nach Rache und dem König, der mir in einem leeren, endlosen Land der Dunkelheit versprochen worden war. Ich schwor mir, eines Tages zurückzukehren und ihn einzufordern.

Ich wurde aus der Vision gerissen, aus der Wolke der Erinnerung, und plötzlich war ich hellwach, lag auf dem Rücken und Orion keuchte neben mir.

»O mein Gott«, hauchte ich. »Das ist sie. Die Schattenprinzessin.«

»Irgendwie ist sie an meine Schwester gebunden«, sagte Orion und fuhr mit der Hand über sein Gesicht.

Mein Herz raste immer noch wie verrückt, als ich mich aufrichtete und die Mütze abnahm, deren Macht sich nun beruhigt hatte. Ich steckte sie in meine Tasche und drehte mich zu Orion um, der angestrengt atmete.

»Sie versucht, ihre Prophezeiung zu erfüllen. Nach all dieser Zeit«, bemerkte ich schockiert, und er nickte mit gerunzelter Stirn.

»Ich habe so viele Fragen«, sagte er und seine Augen funkelten angesichts all der Informationen, die wir erhalten hatte.

Dunkle Magie war einst von allen Fae genutzt worden. Die Nymphenprinzessin und die Acrux-Drachen hatten sich bereits damals verbündet.

Ich stand auf und ging aufgeregt im Raum auf und ab.

Orion setzte sich auf, beobachtete mich mit einem hoffnungsvollen Lächeln und mein Blick blieb an dem Grübchen auf seiner rechten Wange hängen. »Es beweist, dass meine Schwester noch da drin ist. Sie wird von der Prinzessin kontrolliert.«

»Wir werden sie retten«, versprach ich, wie ich es schon einmal getan hatte. »Wir werden einen Weg finden. Vielleicht zeigt uns die Mütze noch mehr.«

»Blue«, sagte Orion, während ich weiterlief, aber ich konnte einfach nicht stehen bleiben.

»Vielleicht hat sie eine Antwort, etwas, das uns helfen kann. Hast du all diese Phönixe gesehen? Das müssen meine Vorfahren sein ...«

»Blue ...«

»Aber was ist mit ihnen passiert? Haben die Drachen sie schließlich vernichtet? Und wie?« Meine Gedanken überschlugen sich geradezu. Ich fühlte mich seltsam, als stünden wir kurz davor, etwas Lebensveränderndes zu erfahren – ohne zu wissen, was es war.

»*Blue!*« Orion stellte sich vor mich und griff nach dem Stoff meines Oberteils.

»Was?«, fragte ich forsch und schaute überrascht zu ihm auf, während mein Herz schneller schlug.

»Du wirst Königin sein«, knurrte er. »Genau wie deine Vorfahrin. Ich spüre es. Ich *weiß* es, verdammt noch mal.«

»Woher?«, fragte ich, während mich Zweifel durchzuckten.

Aber ich wusste, dass ich es wollte. Ich wollte, dass Lionel fiel, und in diesem Moment schien es möglicher denn je. Wir hatten den Imperialen Stern. Wir hatten eine Verbindung zu einem Meer von Erinnerungen, die Antworten darauf geben konnten, wie wir die Schattenprinzessin besiegen und die Macht, die Lionel derzeit im Königreich innehatte, brechen konnten.

»Ich weiß es, seit ich dich in meinem Auto gekrönt habe. Vergiss nur nie, dass du zuerst *meine* Königin warst.« Er zog mich an sich und sein Mund traf auf den meinen. Sein Kuss war eindringlich und heftig und ich konnte nicht anders, als ihm zwei Sekunden lang nachzugeben. Ich fühlte mich wie von den Sternen selbst zu ihm gedrängt und wurde daran erinnert, wie es war, ihn zu haben, während mein Wille Stück für Stück gebrochen wurde.

Aber dann zog ich mich zurück und schüttelte den Kopf, verunsichert von mir selbst, von ihm, von allem.

»Sag Nein. Sag es!«, knurrte er und meine Lippen teilten sich, aber es kam nicht heraus. Warum wollte es nicht herauskommen?

Ich wich zurück und versuchte, meinen Kopf zu klären. Aber er war benebelt.

Er kam langsam und mit zielstrebigen Schritten auf mich zu, und ich konnte nicht ignorieren, dass jede Faser meines Wesens für ihn brannte. »Ich dachte, du wärst mit mir fertig, Blue, das dachte ich wirklich. Ich habe es auch gehofft, obwohl mich dieses Wissen zerstört hätte. Aber dann habe ich herausgefunden, dass du mit diesem Hund schläfst.«

»Das Thema hatten wir doch schon …«, begann ich verzweifelt, aber er unterbrach mich.

»Ich hatte fast alle Hoffnung für uns verloren, meine Schöne, obwohl ich von Anfang an keine hätte haben sollen. Aber ich hatte sie, ich habe sie nur verdammt tief versteckt und vor mir selbst verleugnet, dass ich nach wie vor von einer Zukunft geträumt habe, in der du mir gehörst, egal, wie unmöglich das schien. Und seitdem ich weiß, dass du nicht sein bist, und du mich in dieser Gruft geküsst hast, kann ich an nichts anderes denken. An nichts anderes als an deinen Mund auf meinem und daran, wie du mich an dich gezogen hast. Aber ich habe mich trotzdem ferngehalten. Weil ich dir nichts geben kann. Es hat sich nichts geändert. Das weiß ich in meinem Herzen. Ich weiß es und ich kann es trotzdem nicht akzeptieren. Denn heute Nacht habe ich erfahren, wie es ist, dich sterbend in den Armen zu halten, und nichts hat mir je mehr Angst gemacht. *Nichts*, Blue.«

»Was willst du damit sagen?« Ich umrundete die Couch, um den Couchtisch zwischen uns zu bringen, während mein Herz wie verrückt hämmerte.

Er schoss auf mich zu und strich mit dem Daumen über meinen Wangenknochen. »Ich will damit sagen, dass ich alles verbockt habe. Und das kann ich auch nicht so schnell wiedergutmachen. Aber ich kann mich auch nicht länger von dir fernhalten.«

»Du kannst nicht einfach so beschließen, dass du mich wieder willst, und erwarten, dass wir einfach dort weitermachen, wo wir aufgehört haben.« Ein Knurren verließ meine Lippen und ich verpasste ihm einen Stoß gegen die Brust, aber er drängte sich an mich, packte meine Hüften und zog mich an seinen Körper.

»Ich weiß«, sagte er mit einem wütenden Schnauben. »Ich wünschte, es gäbe eine Zukunft, in der ich dir alles bieten könnte, was du verdienst, aber die gibt es nicht. Dieses Leben existiert für mich nicht. Das Schicksal hat mir den Weg versperrt, aber ein Teil versucht nach wie vor, das Hindernis zu überwinden.«

»Lance, du bist so verdammt dumm«, schnauzte ich, und er zog die Augenbrauen zusammen, als wüsste er das ganz genau. Aber ich bezweifelte, dass er es überhaupt so verstand, wie ich es meinte. Ich schob meine Finger in seine Haare, hob das Kinn und sah ihm in die Augen. »Du bist der beste Mann, den ich kenne, der beste, dümmste und frustrierendste Mann, den ich kenne. Egal, ob du ein Professor, ein Sträfling, ein Flüchtling, ein Fae ohne Macht oder all diese Dinge bist – es gibt nichts, was du sein könntest, was mich dazu bringen würde, dich nicht zu wollen. Aber ich kann dir einfach nicht mehr vertrauen.«

»Du willst mich also immer noch?«, fragte er, als hätte er nur das gehört.

Ich wollte mich wehren, ihn kratzen und schreien, um zu ihm durchzudringen, aber ich stand einfach nur da, gefangen im Blick des Mannes, der mein Herz so vollständig erobert hatte, dass es sich kaum noch so anfühlte, als gehörte es mir. Es war nie verheilt, als er gegangen war. Und jetzt verlangte er von mir, dass ich mich ihm für eine befristete Zeit hingab. Und das Schlimmste war, dass mein Herz genau das wollte.

Ich verdrängte alle Zweifel und Ängste, die ich unseretwegen hatte, und nahm mir einfach einen süßen Moment, in dem ich mich dieser Liebe hingab und mich von ihr verzehren ließ wie von Feuer. In der Sekunde, in der ich ihn an mich zog, stöhnte er verzweifelt auf und mein Herz schlug wie ein mächtiger Flügel, als er seinen Mund auf den meinen drückte. Ich wusste, dass nichts geregelt war, dass es vielleicht niemals geregelt sein würde, aber ich hatte mich so lange nach ihm gesehnt und konnte nicht mehr denken. Ich wollte, dass wir wieder wir waren. Nur noch ein einziges Mal.

Seine Zunge bewegte sich mit meiner und ich spürte, wie die Sterne über uns kollidierten, als er seine Hände auf mich legte und mit einem bedürftigen Knurren meinen Rücken streichelte. Seine Finger glitten zwischen meine Schulterblätter, und ich stöhnte auf und zitterte unter seinen festen und fordernden Berührungen.

Phönixfeuer loderte unter meiner Haut auf, und ich konnte es nicht kontrollieren, als er meine Hüften packte und die Wärme seiner Brust an meinen Körper drückte.

Ich wagte nicht, unseren Kuss zu unterbrechen, als er mich hochhob, also schlang ich meine Beine um seine Taille. Kleine Feuer loderten um uns herum auf und seine Hand schoss hervor, um sie zu löschen, bevor das ganze Haus in Flammen aufging. Er schoss durch den Raum und warf eine Lampe um, als er mich an eine Wand presste. Die Tapete ging in Flammen auf und er pausierte den Kuss. Er ließ seine Hand auf die Wand knallen, wirkte einen Eiszauber und verwandelte den ganzen Raum in ein glitzerndes Winterwunderland.

»Verflucht«, hauchte ich und betrachtete das Chaos, das wir in Gabriels Haus angerichtet hatten.

»Du kannst das Haus niederbrennen, wenn du willst, meine Schöne, ich baue es gern Stein für Stein wieder auf, wenn du mit mir fertig bist.« Er nahm mein Kinn und hob es an, damit ich ihn ansehen konnte, und mein Atem stockte, als ich in die endlosen Tiefen seiner Augen blickte. Die Wahrheit lag mir auf der Zunge, so schwer wie Blei. Dass ich nie mit ihm fertig sein würde. Ich liebte ihn zu sehr. In jeder Minute jeder Stunde bis hin zum Raum zwischen den Sekunden.

Das war eine schreckliche Idee mit einer Million Konsequenzen, die ich morgen zu spüren bekommen würde. Aber waren nicht alle guten Ideen so?

Ich packte seinen Nacken und zog ihn an mich. Meine Handfläche glitt hinunter zu seiner Brust, um das wütende, verzweifelte Schlagen seines Herzens zu spüren.

In dem Moment schien die ganze Welt um uns herum zusammenzubrechen. Das Dach über uns zerbrach, und ich wirkte erschrocken schreiend einen Luftschild, während Orion mich an seine Brust drückte und losrannte. Drachenfeuer erfüllte die Luft, fegte durch den Raum und umschloss uns mit einer Flamme, die die Möbel zum Schmelzen brachte. Orion wurde nicht langsamer, sondern rannte auf die Flammen zu, aber die Hitze, die auf uns zurollte, sagte mir, dass er sterben würde, wenn er versuchte, durchzukommen. Ich tat das Einzige, was mir einfiel, um ihn aufzuhalten, und riss ihm mit einem Luftstoß die Beine unter den Füßen weg. Er schlug auf dem Boden auf und wir taumelten auf das Feuer zu, bevor ich eine Luftwand errichten konnte, um uns aufzuhalten.

Orion zog einen Beutel mit Sternenstaub aus seiner Tasche und warf eine Prise über uns, aber er fiel in einer Glitzer-Kaskade um uns herum zu Boden, ohne dass wir uns bewegten. »Die Schutzbarrieren sind noch nicht ganz unten«, fluchte er.

Trümmer stürzten von oben herab, während ein riesiger Schatten das Licht des Mondes verdunkelte, und Lionels Drache fiel vom Himmel. Er landete auf dem zertrümmerten Dach und starrte mit weit aufgerissenem

Maul und loderndem Feuer in seiner Kehle auf uns herab. Panik durchströmte mich, als ich zur selben Zeit wie Orion Luft unter uns wirkte. Wir hielten uns aneinander fest, während wir uns aus den Flammen herauskatapultierten. Lionel schnappte nach uns und ich schleuderte ihm eine Salve Phönixfeuer entgegen, bevor wir auf dem Boden aufschlugen, sodass er zurückwich.

Orion hob mich abermals hoch und rannte los. Er sprengte ein Fenster vor uns und sprang hinaus. In dem weitläufigen Weinberg vor uns wartete eine riesige Schattenwand, die das gesamte Grundstück umgab – und uns damit einschloss.

»Nein«, keuchte ich.

Clara stand mit einem irren Lächeln auf den Lippen zwischen den Weinstöcken und der schreckliche Seher Vard befand sich direkt hinter ihr.

»Jetzt, mein König!«, rief er, und Lionel ließ einen riesigen Feuerschwall los, der über unserem gemeinsamen Luftschild niederging.

Ich schrie vor Anstrengung, als Orion und ich immer mehr unserer Kraft in die uns umgebende Kuppel warfen. Das Feuer verteilte sich überall, bis ich nichts anderes mehr sehen konnte.

Ich handelte schnell und erzeugte eine Illusion, die uns beide an unserem Platz stehend zeigte, dann sprengte ich den Boden in zwei Teile, während Orion half, das Loch zu verhüllen. Er sprang in den Tunnel, den ich gegraben hatte, während ich mich an seinem Rücken festhielt, gerade als das Feuer um uns herum verschwand. Die Illusion würde nicht lange anhalten, aber sie würde uns vielleicht genug Zeit geben, um die Schutzwälle zu überwinden, damit wir mithilfe von Sternenstaub verschwinden konnten. Lionel musste sie irgendwie durchbrochen haben, trotz ihrer Stärke.

Und mein Bauchgefühl sagte mir, dass Clara etwas damit zu tun hatte – ihre Macht war unvorstellbar. Der Gedanke, dass Vard uns hier gesehen hatte, machte mich krank. Genau wie die Tatsache, dass wir tatsächlich gedacht hatten, hier in Sicherheit zu sein.

Der Tunnel war gänzlich instabil und stürzte hinter uns ein, als ich unaufhörlich die Erde aufsprengte. Ein Fae-Licht wies uns den Weg, während wir uns immer schneller vorwärts bewegten. Ein Fehler und wir wären erledigt gewesen.

Ein gewaltiges Gebrüll über der Erde, gefolgt von einem ohrenbetäubenden Donnern verriet mir, dass Lionel hinter uns her war.

»Schneller!«, schrie ich und klammerte mich mit einem Arm an Orion, während ich mich immer tiefer grub.

Licht flutete in den Tunnel, als die Erde über uns aufgespalten wurde.

Schattenranken schlängelten sich durch die Risse und gruben uns aus.

Ein magisches Prickeln stupste mich an; die Schutzbarriere lag wahrscheinlich direkt vor uns. Doch etwas schlang sich um meine Taille, zog mich nach hinten und riss mich aus dem Boden.

Ich wurde in den Weinberg geschleudert, überschlug mich mit hoher Geschwindigkeit und krachte schließlich durch die Reben – die Erde weichte ich eine Sekunde zu spät auf. Mit drehendem Kopf kam ich auf die Beine und entdeckte Lionel in seiner Fae-Gestalt, eine dunkle Robe um sich gewickelt und die Hände erhoben, um mir einen Windstoß in Orkanstärke entgegenzuschleudern. Ich zögerte nicht, wirkte meine eigene Luftmagie und hielt sie fest, um nicht von ihm zurückgedrängt zu werden. Alles in mir verlangte danach, mich nach Orion umzudrehen. Aber ich konnte die Augen nicht von diesem Monster abwenden.

Vard trat von hinten an ihn heran und flüsterte Lionel etwas ins Ohr, was ihm einen Vorteil verschaffte. Aber ich würde alles tun, um den auszugleichen.

Mit einer Hand wirkte ich einen Schild, mit der anderen warf ich Phönixfeuer auf ihn und ließ einen Tunnel aus Flammen von mir wegschnellen. Clara stellte sich meinem Angriff entgegen und erzeugte eine Schattenwelle, die das Feuer verschluckte, bevor sie mit einem Schrei nach hinten geschleudert wurde.

»Kämpfe wie ein Fae!«, brüllte ich Lionel an.

»Jetzt, Sir!«, rief Vard, woraufhin eine Luftpeitsche meinen Schild angriff und ihn knackte wie eine Nuss.

Ich schrie auf und ließ noch mehr Phönixfeuer von mir wegschießen, während Clara Lionel in Schatten einhüllte. Ich konnte nicht sehen, wo meine Feinde waren, während ich weiter meine Kraft auf den Drachenkönig richtete. Ein weiterer Peitschenhieb erwischte meine Handgelenke und riss sie gewaltsam zur Seite, und ich schrie auf, als Lionel mir sämtliche Handknochen brach.

Orion stürzte plötzlich von der Seite auf mich zu und brachte mich so schnell er konnte wieder von ihnen weg.

»Heile mich!«, keuchte ich panisch, unfähig, meine Magie anzuwenden. Sofort streckte er die Hand aus und drückte sie auf meinen Arm.

Seine Kraft strömte in mich hinein und die Knochen kehrten an ihren Platz zurück. Aber dann ließ seine Magie nach und Panik erfüllte mich.

»Fuck!«, knurrte er.

Er hatte heute Abend zu viel Magie eingesetzt und nicht getrunken. Ich hätte niemals meine Deckung aufgeben dürfen. Ich hätte ihn im Haus trinken lassen sollen, sobald ich meine eigene Magie wieder aufgefüllt hatte.

Seine Kraft versiegte langsam und er gab noch ein letztes Mal Gas, um uns hinter den Schutzwall zu befördern.

Als wir die Schattenwand erreichten, hob ich meine Hände und schoss so viel Phönixfeuer wie möglich darauf, um ein Loch in sie zu schneiden.

Etwas prallte gegen Orions Rücken und warf uns in einem Gewirr von Gliedmaßen zu Boden, und ich stöhnte vor Schmerz auf, als ich unter ihm zerquetscht wurde. Clara stürzte sich mit einem Freudenschrei auf uns und etwas Scharfes bohrte sich in meinen Hals, bevor ich meine Flammen abermals auf sie richten konnte. Die Kraft schwand aus meinem Körper. Ich spürte, wie meine Wange in die feuchte Erde gedrückt wurde und mein Herzschlag sich verlangsamte. Meine Arme und Beine waren so schwer wie Felsbrocken.

Ein nackter Fuß stieß mich in die Seite, um mich auf den Rücken zu rollen, und ich sah zu Lionel auf, während mein Körper weiter abschaltete. Orions Hand berührte meine, aber ich konnte den Kopf nicht drehen, um zu sehen, ob es ihm gut ging.

»Medusa-Gift«, verkündete Clara mit einem Strahlen in den Augen. »Onkel Vards Idee. Ist er nicht ein schlauer kleiner Seher?«

Vard trat mit stolz geschwellter Brust ins Bild und Hass durchströmte mich.

»Deine Visionen zahlen sich endlich aus, Vard.« Lionel lächelte süffisant, aber sein Lächeln verwandelte sich in ein höhnisches Grinsen, als sein Blick auf mich fiel.

Er streckte die Hand aus, und das Blut in meinen Adern gefror. Ich war mir sicher, dass er mir den Imperialen Stern wegnehmen würde. Stattdessen legte er seine Finger um meine Kehle, und sein Blick verkündete meinen Tod. »Wirf einen letzten Blick in den Nachthimmel, Gwendalina. Wenn du die Sterne wieder siehst, wirst du bei ihnen sein.«

Pisces
Scorpio
Virgo
Gemini
Aries
Cancer
Leo
Sagittarius
Taurus
Capricorn
Aquarius
Libra
Pisces

TORY

KAPITEL 44

Ich saß auf einem Stuhl am Rande des weitläufigen Raumes, in dem die Party stattfand, und wusste nicht so recht, was ich tun sollte. Die Stunden verstrichen, und ich fragte mich, ob ich vergessen worden war. Lionel war vor einer Ewigkeit zusammen mit Clara und Vard verschwunden, ohne eine Erklärung abzugeben. Er hatte mir lediglich aufgetragen, hier zu warten, bis er zurückkam. Also saß ich mit meiner Schattenschlampe-Maske da, während die Erben und Xavier Small Talk machten. Die Fae, die gekommen waren, um den Weihnachtsabend mit dem König zu verbringen, mussten sich ohne ihn ihren politischen Plänen widmen.

Mehr als ein paar der Fae hier hatten sich mir immer wieder genähert, aber ich wehrte sie mit stumpfen Blicken und gelangweilten Mienen ab. Nur die Sterne wussten, wie ich sie jemals wieder dafür gewinnen sollte, meiner Herrschaft zu folgen, sollte es uns schließlich gelingen, Lionel zu stürzen. Ich konnte mir vorstellen, was sie von mir dachten – ich war eine unbedeutende Marionette, die er überwältigt hatte. Aber ich würde es ihnen zeigen. Bevor das hier vorbei war, würde ich ihnen zeigen, dass mich nichts auf Dauer zähmen konnte.

Mein Blick fiel auf die große Wanduhr, die gerade Mitternacht verkündete, und mein Herz zog sich zusammen. Ein Glockenschlag ertönte und die Gäste hielten in ihren politischen Intrigen inne, um den Weihnachtstag zu begrüßen.

Zum ersten Mal überhaupt würde ich den ersten Weihnachtsfeiertag ohne Darcy an meiner Seite verbringen. Solange ich mich erinnern konnte, hatten wir an Heiligabend immer zusammen in einem Bett geschlafen und sie hatte mich morgens geweckt, indem sie wie ein aufgeregter Hundewelpe herumgehüpft war. Obwohl es keine Geschenke zu öffnen gegeben hatte, wie es in den USA am Weihnachtsmorgen üblich war.

Der Weihnachtsmann tendierte dazu, die Pflegekinder zu vergessen, die niemand wollte. Wir hatten es aber trotzdem immer geschafft, einander etwas zu schenken. Darcy hatte meistens wochenlang an einem Geschenk für mich gebastelt, und weil ich so etwas nicht konnte, hatte ich einfach Sachen gestohlen, die sie brauchte – wie gute Socken oder neue Unterwäsche. Als wir fünfzehn Jahre alt waren, hatte ich ihr einen wunderschönen marineblauen Mantel von einer Schaufensterpuppe gestohlen. Er war gefüttert, weich und sehr warm gewesen, perfekt für den langen Schulweg im Winter. Sie hatte ihn nur ein einziges Mal getragen. Unsere damalige Pflegemutter hatte ihn gesehen, war ausgeflippt, hatte uns des Diebstahls beschuldigt und gedroht, die Polizei und den Sozialdienst zu rufen.

Das hatte sie nicht getan. Nein, sie hatte den Mantel zu ihrer eigenen Garderobe hinzugefügt und Darcy jeden Morgen frierend zur Schule laufen lassen. Verdammte Schlampe.

Ich war so in meine Gedanken vertieft, dass ich es nicht einmal bemerkte, wie Darius hinter mir auftauchte, bis er sich zu mir herunterbeugte und etwas an meinem Ohr flüsterte.

»Ein hübsches Mädchen wie du sollte an Weihnachten nicht allein sein«, murmelte Darius und ich drehte mich zu ihm um. Er hatte einen Stuhl zu mir gezogen und stellte zwei Gläser Champagner auf den Tisch.

»Willst du mich betrunken machen?«, stichelte ich, wobei ich keine Miene verzog, für den Fall, dass jemand in unsere Richtung schaute.

»Niemals«, widersprach er, nippte an seinem eigenen Glas und lehnte sich auf seinem Stuhl zurück, während er mich musterte. Ganz beiläufig wirkte er eine Stillekuppel um uns herum. »Ich hasse es, dich bei solchen Veranstaltungen allein zu sehen.«

»Es ist ein Unding, dass ich nicht auf den Tischen tanze, während ich versuche, nicht zu kotzen«, stimmte ich zu, wobei ich nach wie vor vollkommen neutral dreinschaute. »Du schuldest mir eine richtige Party, wenn das alles vorbei ist.«

»Und mit *das* meinst du die Schreckensherrschaft meines Vaters und die Tatsache, dass du ständig so tun musst, als wärst du sein kleines Haustier?«, fragte er mit einem Hauch von Bitterkeit in seinem Ton.

»Korrekt«, stimmte ich zu. »Es sollte nicht mehr lange dauern.«

Darius schnaubte ein humorloses Lachen und ich musste fast lächeln.

»Wie stehen die Chancen, dass ich dich morgen für eine Stunde entführen kann?«, fragte er.

»Willst du dich auf ein Feld mitten im Nirgendwo schleichen und versuchen, mit den Sternen um ein Schäferstündchen zu kämpfen?«, neckte ich ihn.

»Eigentlich wollte ich vorschlagen, dass Darcy sich in Orions Sommerhaus schleicht und wir vier eine kleine Weihnachtsfeier veranstalten. Aber dein Angebot hat schon einen gewissen Reiz.«

Ich biss mir auf die Lippe, um das Lächeln zu unterdrücken, das sich auf mein Gesicht schleichen wollte. Und Darius warf mir einen Blick zu, der mir signalisierte, dass er mich verschlingen würde, sollte er die Chance dazu bekommen. Wenn ich die Wahl hätte, würde ich ihm diese Chance nur zu gern geben. Aber die Sterne waren wie immer zum Kotzen und ich würde die Nacht stattdessen im Bett seines Vaters verbringen. *Widerlich.*

Plötzlich ging die Doppeltür auf der anderen Seite des Raumes auf, und Lionel kam herein, mit Clara und Vard an seiner Seite. Ein Grinsen umspielte seine Lippen. Wo immer er gewesen war – er hatte nichts Gutes im Schilde geführt. Stella folgte einen Schritt hinter ihnen und versuchte, nicht wie ein gekränktes Flittchen auszusehen, aber ich hatte genug Zeit mit ihr verbracht, um ihren Mist zu durchschauen. Sie hasste es, dass er sie gegen ihre Tochter ausgetauscht hatte. Und ganz ehrlich, sie hatte recht – es war ziemlich beschämend und absolut kotzenswert. Aber sie hungerte nach dem Platz an seiner Seite, und obwohl sie versuchte, es sich nicht anmerken zu lassen, durchschaute ich ihren Schwachsinn.

»Ich hoffe, ihr hattet alle einen schönen Abend«, rief Lionel und breitete die Arme aus, um alle im Raum mit dieser Aussage zu umarmen. »Aber es ist schon spät und ich bin mir sicher, dass ihr alle aufbrechen wollt, um Weihnachten im Kreis eurer Familie zu feiern.«

Die Musik wurde abrupt unterbrochen, und ich konnte es nicht unterdrücken, Darius einen Blick zuzuwerfen. Was war der Grund für dieses jähe Ende des Abends? Natürlich war es spät, aber Lionel war über eine Stunde weg gewesen, und es erschien mir seltsam, wieder aufzutauchen, nur um allen zu sagen, dass sie sich verpissen sollten.

Die Gäste verließen rasch den Saal, und die anderen Erben winkten uns zu, bevor sie ihren Familien nach draußen folgten. Darius setzte sich aufmerksam auf, als Lionel sich einen Weg durch die Menge bahnte, alle anderen ignorierte und direkt auf uns zusteuerte.

»Schmachtest du immer noch nach meiner Wächterin, Junge?« Lionel warf Darius einen verächtlichen Blick zu.

»Ich glaube, er liiiiiebt sie«, gurrte Clara, hüpfte auf den Tisch und stellte ihren nackten Fuß direkt auf einen Käsekuchen, der dort abgestellt worden war. Es schien sie nicht zu stören.

»*Liebe*«, höhnte Lionel und schürzte die Lippe. »Was für ein schwaches Konzept.«

»Sollte die Liebe nicht alles besiegen?«, fragte Darius beiläufig und schien sich nicht im Geringsten darum zu kümmern, dass er das Monster köderte.

Die letzten Gäste verschwanden, und Vard schloss die Doppeltüren, lehnte sich dagegen und beobachtete uns mit einem hungrigen Gesichtsausdruck, der nur Ärger bedeuten konnte.

»Lasst uns das auf die Probe stellen!«, kündigte Lionel an und bewegte sein Handgelenk, woraufhin ein Schattenspeer aus seiner Hand schoss, Darius in die Brust traf und ihn rücklings von seinem Stuhl warf.

Ich sprang erschrocken auf, schaffte es aber, mich nicht weiterzubewegen, als ich Lionels Blick auf mir spürte.

»Was ist los, Roxanya?«, fragte er mit sanfter Stimme, die mich dazu drängte, in seine Richtung zu schauen.

Aber ich wusste, dass mir meine Angst um Darius nur allzu deutlich ins Gesicht geschrieben stand, und mein Herz klopfte wie wild, als ich stattdessen ihn ansah und beobachtete, wie er sich auf dem Boden krümmte, während die Schatten ihn quälten.

»Ich habe dich etwas gefragt, Mädchen«, knurrte Lionel. Panik erfüllte mich, und ich griff nach den Schatten, um mich kopfüber in sie zu stürzen. Ich ließ zu, dass sie mich verschlangen, bevor ich mich umdrehte und ihn ansah. Dunkelheit verschleierte meinen Blick.

Meine Lippen verzogen sich zu einem grausamen Grinsen, als er mich beobachtete, und ich trat einen Schritt näher an ihn heran, während ich versuchte, die Antwort zu finden, die er hören wollte. All das, während mich der Kuss der Dunkelheit in meinem Inneren frösteln ließ.

»Ich habe nur seine Qualen verfolgt«, erklärte ich und ein Hauch von Belustigung färbte meine Worte, obwohl sie mir wie Galle auf der Zunge brannten.

Lionel beäugte mich prüfend, nahm dann mein Kinn zwischen Daumen und Zeigefinger, um mich dazu zu bringen, seinem Blick zu begegnen.

»Zögere nie wieder, wenn ich dich um etwas bitte!«, knurrte er.

»Nein, mein König«, antwortete ich.

Sein Blick wurde schmal, dann setzte er ein Lächeln auf, das mein Herz leichter machte – verfluchtes Band! Seine Aufmerksamkeit glitt von mir, und Erleichterung erfüllte mich.

»Steh auf!«, schnauzte Lionel Darius an, sobald er die Schatten von seinem Körper entfernt hatte. Sein Sohn ging auf alle viere, um seine Fassung wiederzufinden.

Ich wäre so gern an seine Seite gerannt, aber ich konnte es nicht, und ich hasste Lionel, Clara, Stella und Vard mit einer Wut, wie ich sie noch nie erlebt hatte. Eines Tages würde ich ihnen den Arsch aufreißen und sie alle zu Ruß verbrennen. Aber bis dahin hasste ich mich fast genauso sehr dafür, weil ich tatenlos zusah, wie sie andere verletzten.

Darius klammerte sich an die Tischkante, um aufzustehen, fletschte die Zähne seinem Vater gegenüber und ließ Rauch zwischen seinen Lippen aufsteigen.

»Du bist ein verdammter Feigling«, knurrte Darius. »Du versteckst dich hinter den Schatten und dem Mädchen, das du gegen ihren Willen an dich gebunden hast, und weigerst dich, wie ein echter Fae gegen mich zu kämpfen. Jeder hier weiß, dass ich dich besiegen würde. Und du hast so eine Scheißangst davor, dass dieser Tag kommen könnte, dass du immer neue Barrieren zwischen uns errichtest. Aber eines Tages werde ich sie durchbrechen und beweisen, dass deine Befürchtungen richtig sind.«

Lionel knurrte ebenfalls und der stechende Geruch seines Rauchs füllte die Luft. Er trat hinter mich, legte seine Hände auf meine Schultern und hielt mich fest.

»Ich glaube, es ist Zeit, dass du zu Bett gehst, Junge«, säuselte Lionel und ich runzelte die Stirn, weil er Darius mit keinem Wort für seine Äußerungen zurechtwies. »Du bist eindeutig betrunken und wir sind alle müde.«

Darius sah aus, als wollte er widersprechen, aber ich warf ihm einen flehenden Blick zu und bat ihn, es nicht zu tun. Ich konnte nicht zusehen, wie Lionel ihn quälte, und er schien zu verstehen, worum ich ihn bat, denn er murmelte ein paar Flüche und stakste von uns weg.

»Begleite meinen Sohn zurück in sein Zimmer, Stella!«, befahl Lionel. »Er ist offensichtlich betrunken und braucht etwas Zeit, um seinen Rausch auszuschlafen.«

»Ja, mein König«, gurrte sie und lächelte süßlich, bevor sie hinter Darius zur Tür trottete.

Vard trat zur Seite, damit Darius und Stella den Raum verlassen konnten, und Lionel drehte mich zu sich, sobald sich die Tür wieder schloss. Er lächelte wie ein liebevoller Vater, als er mit einem Finger über meine Wange strich.

»Du bist ein kluges kleines Ding, nicht wahr, Roxanya?«, fragte er leise und streichelte mich erneut. Ich hasste es, wie sehr es mir gefiel, dass er mich so lobte. Und wie sehr ich die Wärme seiner Hand auf meiner Haut genoss.

»Sie ist nicht so klug wie ich«, murmelte Clara, aber Lionel ignorierte sie, lächelte mich an, nahm meine Hand und führte mich zur Tür.

Gemeinsam näherten wir uns Vard, der mich angrinste, wobei sein blutrotes Schattenauge kurz aufzuflackern schien, sodass sich mein Magen verkrampfte.

»Ich bin immer noch dein Liebling, nicht wahr, Daddy?«, jammerte Clara, als sie uns hinterhereilte, und ich schnaubte gereizt und ließ meine Reaktion von dem dummen Band leiten, während Lionel mich durch den Palast zu seinen Gemächern führte.

»Willst du immer noch mein Liebling sein, Roxanya?«, fragte er leise und lehnte sich dicht an mein Ohr, wobei sein heißer Atem über meine Nase strich und meinen Mageninhalt durcheinanderbrachte.

»Ja«, presste ich hervor, aber selbst der Sog des Bandes trug nicht dazu bei, dass es mir leichter fiel, dieses Wort auszusprechen.

»Dann könnte heute dein Glückstag sein.«

Bei dieser Andeutung hätte ich fast meine Hand aus seinem Griff gerissen. Ich schaffte es zwar, mich davon abzuhalten, aber ich zuckte trotzdem so zusammen, dass er den Kopf schief legte, als er es bemerkte.

Ich zupfte an den Schatten, um bloß nicht erneut zu reagieren, und hoffte, dass er die unwillkürliche Bewegung als bloßen Muskelkrampf abtun würde.

Wir stiegen die Wendeltreppe zu seinen Gemächern hinauf, und mein Herz klopfte mit jedem Schritt, den wir in Richtung Turmspitze machten, heftiger. Ich hörte Claras Protestschreie, weil er mir mehr Aufmerksamkeit schenkte als ihr, und hoffte verzweifelt, dass sie ausreichen würden, um ihn zum Einlenken zu bewegen.

»Es ist Zeit, Eure Hoheit«, verkündete Vard, als wir seine Gemächer erreichten, und ich schaute mich verwirrt um, als Lionel mich in den riesigen Raum ganz oben im Königsturm zerrte.

Wahrscheinlich sollte es mich erleichtern, dass der Widerling uns nach drinnen folgte. Lionel stand nicht auf Voyeurismus, also bezweifelte ich, dass er vorhatte, jemanden zu ficken, während Vard im Raum war.

»Daddyyyy«, jammerte Clara laut, als Lionel mich in die Mitte des Raumes stellte und dann einen Schritt zurücktrat, um mich kritisch zu mustern.

»Clara, wenn du nicht still bist und lernst, wo dein Platz ist, werde ich gezwungen sein, dich zu bestrafen«, knurrte Lionel. »Und zwar nicht so, wie du es gern hättest.«

Clara sah aus, als würde sie gleich einen Wutanfall bekommen, und mein Blick verfolgte ihre Bewegungen, als sie sich umdrehte und zum Bett rannte, wo sie sich schluchzend fallen ließ.

»Zieh dein Kleid aus, Roxanya!«, knurrte Lionel, während er Clara völlig ignorierte und seine Aufmerksamkeit fest auf mich richtete.

»Was?« Ich schreckte zurück und mein Blick glitt zu Vard, der sich wieder an der Tür positionierte und ein grausames Grinsen aufsetzte.

»Dein Kleid. Willst du mir nicht gefallen?«, forderte Lionel mich heraus. Ich musste die Lippen aufeinanderpressen, um nicht mit offenem Mund dazustehen, während ich ihn viel zu lange ausdruckslos anstarrte. Rauch drang aus seinem Mund. »Gibt es einen Grund, den ich kennen sollte, warum du mir deine Liebe plötzlich nicht mehr zeigen willst?«, drängte er, und ich schüttelte schnell den Kopf.

Ich griff nach den Trägern meines goldenen Kleides und zerrte sie eilig von meinen Schultern, ohne zu antworten. In Unterwäsche vor ihm zu stehen, damit könnte ich leben, aber wenn er mich anfassen sollte, würde ich ihm den Schwanz abfackeln und über alle Berge rennen. Tarnung hin oder her – ich würde dieses verdammte Arschloch nicht ficken, egal was passierte.

Ich ließ mein Kleid los und es rutschte von meinem Körper, bis ich nur noch in meinen Stilettos und schwarzer Unterwäsche dastand. Vard gluckste wie ein ekliger alter Lustmolch in der Ecke des Raumes.

»Braves Mädchen«, säuselte Lionel. »Und jetzt komm her!«

Ich zögerte einen Moment, bevor ich auf ihn zuging. Phönixfeuer brannte in meinen Adern und versprach mir Sicherheit, auch wenn die Angst mich von innen heraus verbrannte.

Die Schatten glitten über meine Haut, während ich versuchte, meine Maske aufrechtzuerhalten, und ich blieb vor Lionel stehen. Was hatte er vor?

Er griff beiläufig nach meinen Haaren, schob seine Finger hinein und löste die Nadeln, die meine Frisur zusammenhielten. Grob strich er hindurch, als würde er nach etwas suchen.

Ich blieb ruhig und konzentrierte mich auf die Tatsache, dass er das noch nie vor dem Sex mit Clara gemacht hatte – alles, um zu versuchen, mein rasendes Herz zu beruhigen.

»Was ist los?«, hauchte ich, als er seine Hände zurückzog und seinen Blick kritisch über meine dünne Unterwäsche gleiten ließ.

»Dreh dich um!«, befahl er kalt und ich zwang mich, meine Klagen hinunterzuschlucken, als ich ihm den Rücken zuwandte.

Meine Hände ballten sich zu Fäusten, die nur darauf warteten, in Flammen aufzugehen, während ich durch das Fenster in den Sternenhimmel starrte und darauf wartete, herauszufinden, worum es hier ging.

Ein stechender Schmerz durchzuckte meinen Oberschenkel, und ich keuchte erschrocken auf, als das Feuer in meinem Körper schrumpfte, als hätte es jemand ausgeblasen. Mein Phönix verschwand in der Dunkelheit.

»Ich musste sicher gehen, dass du kein Gegenmittel bei dir hast, bevor ich dir eine neue Dosis verabreiche, um deine Formgebung zu unterdrücken«, erklärte er und warf die Spritze beiseite. Zu spät erkannte ich, dass ich in ernsthaften Schwierigkeiten steckte.

Lionels Hand umschlang meinen Hals, als ich versuchte, wegzulaufen, und mit festem Griff zog er mich an seine Brust. Panisch schrie ich auf.

Ich versuchte, meine Magie einzusetzen, um mich zu wehren, aber die Vorstellung, ihn zu verletzen, widerstrebte mir, und das Wächterband an meinem Arm brannte vor Empörung.

»So, so klug«, höhnte er in mein Ohr, während er meine Kehle zusammendrückte, bis ich nicht mehr atmen konnte. Selbst jetzt konnte ich meinen Körper nicht dazu zwingen, sich gegen ihn zu wehren.

Jemand griff nach meiner Hand und ich wandte meinen Blick nach links. Dort entdeckte ich Vard und schaffte es, ihn mit Feuermagie abzuwehren, bevor er mein Handgelenk in Fesseln legen konnte.

Lionel knurrte mich wütend von hinten an und drückte meine Kehle so fest zu, dass meine Sicht verschwamm. Meine High Heels schlitterten nutzlos über den Holzboden. Ich hob die Hand, um seinen Arm dort zu umklammern, wo er mich festhielt, aber ich konnte mich nicht einmal dazu zwingen, zu versuchen, seine Hand von mir zu entfernen, denn das Band zwang mich, ihn das tun zu lassen.

Die Sterne hinter dem Fenster schienen mich zu verhöhnen, als die Dunkelheit immer näher kam und ich spürte, wie sich die magischen Fesseln um meine Handgelenke schlossen. Ich war mir sicher, dass ich gleich ohnmächtig werden würde.

Doch bevor ich in die Vergessenheit entkommen konnte, schleuderte mich Lionel mit der ganzen Kraft seines Drachen von sich weg.

Auf dem Weg nach unten prallte ich mit der Stirn gegen die Ecke des Nachttischs, und der Schmerz machte mich fast blind, als ich nach Luft schnappend und mit blutüberströmtem Gesicht zu Boden stürzte.

Clara schrie triumphierend auf und sprang vom Bett, bevor sie mir mit ihrem nackten Fuß in die Seite trat und noch mehr Schmerz durch meinen Körper schickte.

Sie trat mich noch zweimal, bevor ich es schaffte, zu Atem zu kommen und mich zu wehren.

Ich erwischte ihren Knöchel, als sie mir einen weiteren Tritt verpasste, und riss sie aus dem Gleichgewicht, sodass sie mit einem Wutschrei zu Boden fiel.

Sie stürzte sich auf mich, und ich schlug ihr wutentbrannt in ihr dummes Schattengesicht – für alles, was sie und die Männer in diesem Raum mir angetan hatten. Etwas knackte unter der Wucht meines Hiebes, und sie schrie vor Schmerz auf, bevor sie die Schatten in mich rammte. Es fühlte sich an, als würden tausend Messer die Haut von meinen Knochen schälen, und ich wurde blind vor Schmerz.

Mein Rücken krachte gegen ein Hindernis, während ich schrie, und als sie die Schatten schließlich aus meinem Körper zog, fand ich mich an den Stuhl aus meinen Albträumen geschnallt – blutend, keuchend und von einer so puren Angst erfüllt, dass sie lähmend war.

»Mein törichter Sohn hat sich wieder in dein Herz geschlichen, nicht wahr?« Lionel thronte grinsend über mich, und ich hob mein Kinn, bevor ich ihm ins Gesicht spuckte. Es war jetzt ohnehin vorbei. Er wusste Bescheid. Also scheiß auf ihn und scheiß auf dieses beschissene Halbdasein, das ich unter ihm geführt hatte.

Lionel zuckte zusammen, als ihm Blut und Speichel übers Gesicht liefen, und knurrte mich an, bevor er meine Kehle erneut mit eisernem Griff umklammerte. Er strich mit einem Finger über meinen Oberschenkel und verbrannte den Verhüllungszauber, den ich auf meine Haut gelegt hatte, um mein Tattoo zu verstecken.

»Wie süß«, säuselte er, als er die Worte las, die mich als Darius' Gefährtin kennzeichneten, bevor er seine Hand über die Tinte legte und Drachenfeuer in seine Handfläche zog.

Ich konnte nicht anders, als zu schreien, als das Tattoo zusammen mit der Haut auf meinem Oberschenkel zerstört wurde. Der ekelerregende Geruch von brennender Haut erfüllte die Luft. Als er schließlich seine Hand zurücknahm, wurde ich vor Schmerz fast ohnmächtig.

Vard schob sich dicht hinter ihn, während Claras Lachen durch den Raum drang. Mein Blick fiel auf die Rubinhalskette, die sie trug. Die Kette, die Darius mir geschenkt hatte und die sie jetzt zwischen ihren Fingern drehte, um mich damit zu verspotten.

Ein Zittern durchlief meinen Körper, als ich versuchte, mich an alles zu erinnern, was Max mir darüber beigebracht hatte, wie man der Invasion eines Zyklopen entging. Aber angesichts all dieser Schmerzen war es mir fast unmöglich, meine Gedanken so zu ordnen, dass ich mich darauf vorbereiten konnte.

Vard leckte seine Lippen, während seine ungleichen Augen zusammen glitten, und Lionel packte mein Kinn, um mich dazu zu zwingen, seinen Seher anzusehen.

Ich biss die Zähne zusammen und zwang meinen Verstand, alle Geheimnisse, die ich hütete, in der Dunkelheit zu verschließen. Er würde sie nicht finden. Ich würde lieber sterben, bevor ich meine Schwester, meinen Bruder und meine Freunde verriet. Ich würde alles, was wir getan hatten, um gegen dieses Monster zu kämpfen, geheim halten und den Standort des Imperialen Sterns verbergen, egal, was passierte. Er würde mich nicht brechen. Aber er würde es definitiv versuchen.

Das Letzte, was ich hörte, bevor ich in den Abgrund von Vards Macht stürzte, war Lionels dicke und schwere Stimme in meinem Ohr: »Ich denke, es ist an der Zeit, dass du daran erinnert wirst, wen du wirklich liebst, Roxanya.«

Scorpio
Gemini
Virgo
Cancer
Aries
Leo
Sagittarius
Taurus
Capricorn
Aquarius
Libra
Pisces

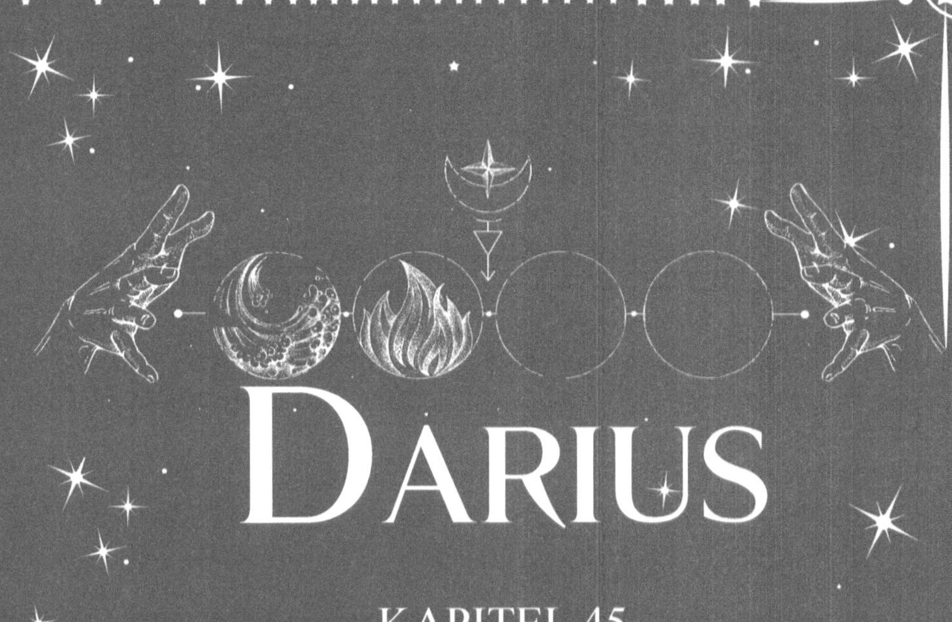

DARIUS

KAPITEL 45

Ich saß beim Frühstück an dem großen Esstisch neben Xavier und wartete nervös auf Roxy. Warum ließen sie sich alle so viel Zeit damit, hier aufzutauchen?

Ich war mir nicht sicher, wie lange ich diese List noch durchhalten würde. Ich hasste es. Ich hasste es, verdammt noch mal. Und wir hatten immer noch keinen einzigen Fortschritt gemacht, um etwas zu finden, das sie von dem Band befreien würde, das mein Vater ihr auferlegt hatte.

Als ich das letzte Mal mit Orion darüber gesprochen hatte, war sein Vorschlag gewesen, einen Weg zu finden, Roxy und Clara irgendwo einzusperren, um meinen Vater verwundbar zu machen und ihnen die Möglichkeit zu verwehren, ihm zu Hilfe zu eilen. Dann müsste er mir allein gegenübertreten. Es war keine schlechte Idee.

Das einzige Problem wäre, die beiden tatsächlich auszutricksen und lange genug festzuhalten, um den Plan durchzuziehen. Wir würden Roxy nicht einmal einweihen können, sonst würde das Band sie dazu zwingen, das Vorhaben zu vereiteln. Und der Gedanke, sie irgendwo einzusperren, ohne dass sie den Grund dafür kannte, bereitete mir ein mulmiges Gefühl. Aber ich wusste, dass sie es verstehen würde, wenn es erledigt war.

Clara war das Hauptproblem. Sie wich nie von Vaters Seite und schien nichts anderes zu wollen, als ihm zu gefallen. Es war fast unmöglich, sie einzusperren, ohne dass er etwas mitbekam. Und da er nach wie vor die Nymphen zu seinem Schutz hinzuziehen könnte, mussten wir wirklich sicherstellen, dass er allein war und sie nicht rechtzeitig zu seiner Rettung herbeirufen könnte.

Alles müsste genauestens geplant sein. Wir konnten es uns nicht leisten, erneut zu versagen.

Während ich hier saß, hatte ich Orion mehrmals angerufen, um mehr darüber zu erfahren, wie es mit Diegos Mütze gelaufen war, aber bei seinem Atlas ging nur die Mailbox ran. Und weil ich mir nach der Party gestern Abend eine Flasche Rum mit auf mein Zimmer genommen hatte, um mich in den Rausch zu trinken, war ich zu spät aufgewacht, um persönlich zum Sommerhaus zu gehen.

Vater hatte deutlich gemacht, dass er uns um acht zum Weihnachtsfrühstück erwartete, aber jetzt war es fast neun und er war immer noch nicht da.

Endlich ging die Tür auf, nachdem Jenkins sie mit einer lächelnden Verbeugung für meinen Vater aufgestoßen hatte, und der Mann, der mich gezeugt hatte, schritt in den Raum. Aber während normalerweise Roxy an seiner Seite war – wie immer, wenn sie im Palast war –, kam er allein. Sogar Clara war abwesend, und diese Tatsache machte mich sofort nervös.

»O nein, Jungs, steht nicht wegen eures Vaters auf«, sagte er verächtlich, als weder ich noch Xavier Anstalten machten, uns von unseren Plätzen vor unseren gefüllten Tellern zu erheben. »Ich bin schließlich nur der Mann, der euch das Leben geschenkt, euch in diese Welt gebracht, euch dazu erzogen hat, stark und furchtlos zu sein und euch das zu nehmen, was euch gehört – wie ein echter Fae. Ich bin derjenige, der euch die Schatten gegeben und über alle anderen erhoben hat. Der Mann, der dafür gesorgt hat, dass du eines Tages an meiner Stelle König sein wirst, Darius.«

»Wo ist Roxy?«, fragte ich und ignorierte seine blödsinnige Tirade. Ich hatte nichts von alledem von ihm verlangt, und das wusste er genau.

Xavier setzte sich aufrechter hin und legte mir warnend eine Hand auf die Schulter, aber es war mir egal, ob ich für meine Unverschämtheit bestraft wurde. Ich musste mein Mädchen sehen.

Vater schnalzte mit der Zunge und seufzte schwer, als er sich direkt mir gegenüber hinsetzte.

»Frohe Weihnachten, Darius«, sagte er mit einem grausamen Lächeln. »Willst du nicht wissen, was dein Geschenk ist?«

Ein Knurren bildete sich in meiner Kehle, als ich seinem Blick begegnete. Der Drache in mir zuckte unbehaglich zusammen, als hätte er bereits herausgefunden, wovon er sprach, während ich wie angewurzelt in meiner Position verharrte und keine Ahnung hatte.

»Ich will nichts von dir«, antwortete ich, aber sein Lächeln wurde nur noch breiter, als er langsam seinen Atlas aus der Tasche nahm, ihn auf den Tisch legte und mir zuschob.

»Die vergangene Nacht war äußerst interessant«, erklärte er beiläufig und wischte sich einen unsichtbaren Schmutzfleck von der Armmanschette, bevor er mich wieder mit diesem hungrigen Blick bedachte. »So viele Lügen wurden aufgedeckt. Und das hat mich dazu gebracht, über die Dinge nachzudenken, die ich tun muss, um meinen Anspruch auf den Thron zu sichern.«

»Zum Beispiel?«, flüsterte Xavier, und Vater warf ihm einen angewiderten Blick zu, als hätte er gerade erst gemerkt, dass sein zweiter Sohn überhaupt hier war.

»Sprich nicht, wenn du nicht angesprochen wirst, Pferd!«, knurrte er, bevor er seine Aufmerksamkeit wieder mir zuwandte.

»Sprich nicht so mit ihm!«, zischte ich, und meine Augen wurden kurz zu Reptilienschlitzen – die Bestie in mir hungerte nach seinem Blut.

»Schon in Ordnung«, beharrte Xavier und packte meinen Arm, als befürchtete er, ich würde mich über den Tisch hinweg und auf den Abschaum vor mir stürzen. Aber ich hatte die Kontrolle noch nicht ganz verloren.

»Du tust gut daran, dir in Erinnerung zu rufen, dass ich nicht vor Sohnesmord zurückschrecke. Das unansehnliche Exemplar neben dir ist nicht mein Erbe und wird es auch nie sein. In seinen Adern fließt zwar mein Blut, aber er hat seinen Wert durch diesen verkorksten Fluch der Sterne verloren. Kein Erbe von mir wird die Pferde-DNA weitergeben. Du kannst von Glück reden, dass du mein Sohn bist, Xavier, denn glaub mir, als ich es habe überprüfen lassen, war ich voller Hoffnung, dass du es nicht bist. Denn dann hätte ich dich ertränkt wie einen Schwächling.«

Mit einem lauten Knall landete meine Faust auf dem Tisch. Ich erhob mich von meinem Stuhl und knurrte ihn herausfordernd an.

»So sprichst du nicht über ihn!«, schnauzte ich, während Vater mich mit einem wilden Funkeln in den Augen musterte.

»Du hingegen, Darius, bist ein wahres Prachtexemplar, nicht wahr?«, kommentierte er, betrachtete meinen riesigen Körper und lächelte vor sich hin, als könnte er für alles, was ich war, die Verantwortung übernehmen und es als seine eigene Leistung bezeichnen.

»Entschuldige dich bei Xavier!«, forderte ich, aber ich hätte genauso gut mit mir selbst reden können, denn er fuhr einfach mit seinem verdammten Monolog fort.

»Groß, breit, physisch und magisch stärker als alle anderen Fae, wild und blutrünstig, zielstrebig und grausam«, zählte er auf, als könnten diese Worte alles zusammenfassen, was ich war. »Und vor allem: *mächtig*. Beinahe so mächtig, um mit mir zu konkurrieren.«

»Wir wissen beide, dass ich dir überlegen bin«, sagte ich in einem gefährlichen Tonfall, während ich mich über den Tisch beugte. »Du wärst durch meine Hand gestorben, wenn du Clara nicht benutzt hättest, um dein elendes Leben zu retten.«

»Macht hat viele Gesichter, mein Sohn«, antwortete er mit einem Achselzucken und schien nicht im Geringsten besorgt darüber zu sein, dass ich mich über ihn beugte und meine Augen gefährlich glitzerten. »Je eher du das zugibst, desto eher wirst du zu dem Mann, den ich brauche, und hörst mit diesem törichten Edelmut auf. Wir sind Fae, keine Feldmäuse. Wir erkennen, was wir wollen, und wir nehmen es uns, wenn wir können. Die Stärksten steigen natürlich an die Spitze. Du kannst nicht leugnen, dass das deiner Persönlichkeit entspricht. Es ist der Grund, warum du mich so vehement bekämpfst. Du willst Dinge, die mir gehören – meine Krone, meine Macht … sogar die hübsche kleine Roxanya Vega, die dein schwarzes Herz gestohlen und deine dunkle Seele mit diesem lähmenden Fluch korrumpiert hat.«

»Welcher Fluch?«, fragte ich spöttisch, weil ich ihm seinen Bullshit für keinen Moment abkaufte.

»*Liebe*«, antwortete er einfach, als wäre es ein schmutziges Wort, das seine Zunge befleckte. »Deshalb habe ich sie zu meiner Wächterin gemacht, verstehst du? Weil du sie so sehr wolltest. Der Fae in mir hat gesehen, wie wertvoll sie für dich ist, also ich habe sie mir genommen. Weil ich es konnte. Weil ich mächtiger bin als du, was aus einem einzigen, unbestreitbaren Grund stimmt.«

»Der da wäre?«, fragte ich.

»Du bist durch deine Gefühle geschwächt. Deine Liebe zu ihr macht dich schwach. Wenn du mich wirklich töten wolltest, hättest du es schon längst tun können – du müsstest sie lediglich töten, um zu mir zu gelangen. Aber das würdest du niemals tun, richtig?«

»Niemals«, stimmte ich zu. Ich machte mir nicht die Mühe, meine Gefühle für sie zu verbergen, weil er längst Bescheid wusste.

»Schade«, sagte er mit einem Seufzen. »Aber ich werde dir diese Schwäche mit der Zeit schon austreiben. Willst du dein Geschenk nicht auspacken?« Er deutete auf den Atlas, der vergessen zwischen uns auf dem Tisch lag, und ich knurrte, als ich auf den schwarzen Bildschirm hinunterblickte, in dessen Mitte das Play-Symbol leuchtete.

»Was ist das?«, fragte ich, während ich mich abermals wunderte, wo zum Teufel Roxy war. Die Angst in mir wuchs unaufhörlich.

»Eine Erinnerung«, entgegnete Vater achselzuckend. »Daran, wer ich bin und wozu ich fähig bin. Du musst möglicherweise daran arbeiten, deine Emotionen im Zaum zu halten, wenn du das Video abspielst – wenn du mich daraufhin auch nur anrührst, wird das schlimme Folgen für deinen Bruder haben.«

Ich warf einen Blick auf Xavier, der immer noch auf seinem Stuhl saß und unseren Vater mit trotzig erhobenem Kinn anstarrte, als wäre er bereit, jede Strafe zu ertragen, die er ihm auferlegen würde. Aber ich weigerte mich, der Verursacher seines Schmerzes zu sein.

Ich schnappte mir den Atlas vom Tisch und drückte auf Play, um das Video zu starten. Sofort erfüllten Roxys Schreie den stillen Raum, und die Kamera schwenkte zu ihr – sie saß in der Mitte der Kammer meines Vaters auf einen Holzstuhl geschnallt. Sie trug nichts als Unterwäsche, ihre Haut war von unzähligen Schnitten und Stichwunden gezeichnet und ihre Stirn schweißnass, sodass ihre dunklen Haare in ihrem Gesicht klebten.

»Noch mal«, ertönte Vaters Stimme, was deutlich machte, dass er derjenige war, der filmte. Clara schoss mit einem blutigen Messer in der Hand aus der Zimmerecke und rammte es Roxy in den Bauch.

Entsetzen durchströmte mich in einer so heftigen Welle, dass ich nicht atmen konnte. Meine Brust verkrampfte sich, und meine Muskeln zuckten vor Wut und dem verzweifelten Wunsch, zu ihr zu gehen, sie zu retten, die verdammte Zeit zurückzudrehen und das zu verhindern.

Clara stach wieder und wieder auf sie ein, und Roxy schrie vor Schmerzen, bevor Vard sich vor sie stellte und sein einzelnes Zyklopenauge in ihren glasigen Blick bohrte, während er sich hungrig über die Lippen leckte.

»Wer hat dich aus den Schatten befreit?«, säuselte er, und seine Stimme war so glatt und ölig, dass sich mir der Magen umdrehte.

»Fick dich!«, zischte Roxy mit zusammengepressten Zähnen und keuchte schwer, als sie zu bluten begann und gegen die Fesseln sackte, die sie auf dem Stuhl festhielten. »Ich habe mich selbst befreit.«

Clara verpasste ihr einen harten Schlag mit dem Handrücken, sodass sie mit einem weiteren Schmerzenslaut nach hinten gegen das Holz des Stuhles knallte. Das Video wurde in dem Moment unterbrochen, in dem mein Vater nach mehr verlangte.

»Wir hatten eine ziemlich lange Nacht«, sagte er und unterdrückte ein Gähnen, während ich mit aller Kraft dagegen ankämpfte, mich zu verwandeln und ihn anzugreifen. Mein Körper zitterte mit dem Bedürfnis, ihn zu vernichten. Aber ich musste ihn anhören, denn er hatte Roxy noch immer in seiner Gewalt, und ich wusste nicht, wo Vard und Clara waren und was mit ihr passieren würde, wenn ich jetzt über den Tisch springen und ihm seinen elenden Kopf von den Schultern reißen würde.

»Du bist ein verdammtes Monster«, hauchte Xavier, aber er wurde völlig ignoriert.

»Ich habe heute Morgen ein neues Gesetz erlassen«, fuhr Vater fort, als wäre das ein ganz normales Frühstücksgespräch. »Fae müssen nicht mehr bis zum Schulabschluss warten, um zu heiraten. Ich habe es satt, darauf zu warten, dass du dich benimmst, Darius, also vereinfache ich die Sache. Heute wirst du Mildred heiraten und dann wirst du sie ficken. Du wirst sie Tag und Nacht ficken, bis du ihr einen Erben geschenkt hast, um mein Vermächtnis und die Reinheit unserer Blutlinie zu sichern.«

»Mildred?«, stieß ich hervor und versuchte, meine Gedanken zu ordnen, während sie auf mein Mädchen und das verzweifelte Bedürfnis in mir gerichtet blieben, zu ihr zu gelangen und sie vor diesem verdammten Tier zu retten.

»Ja. Es ist mir egal, was du als Motivation benötigst, um deinen Schwanz für diesen Troll von einem Mädchen hart zu machen, aber glaube mir, du wirst es tun. Vielleicht hast du Glück und sie wird schnell schwanger von dir und gewährt dir eine Gnadenfrist von neun Monaten, bevor du einen weiteren Erben zeugst.«

»Ich werde sie nicht heiraten«, zischte ich. »Das werde ich nicht. Ich liebe Roxy und ich werde nie mit jemand anderem zusammen sein.«

Vater seufzte schwer, als würde ich seine Geduld auf die Probe stellen. »Das wirst du. Denn jede Nacht, in der dieser Troll nicht schwanger ist, bedeutet eine weitere Nacht, die deine süße Roxanya auf diese Weise verbringen darf.« Er deutete auf den Atlas in meinen Händen, und ich warf ihn angewidert weg, sodass er auf den Tisch knallte. »Und wenn das nicht Motivation genug ist … Nun, Vard giert nach einer Kostprobe von ihr. Vielleicht werde ich sie also künftig auch in sein Bett schicken.«

»Das kannst du nicht machen«, flüsterte Xavier entsetzt und Vater schnaubte nur, als wäre seine bloße Anwesenheit beleidigend.

»Natürlich kann ich das. Ich bin der König. Ich kann tun und lassen, was ich will. Aber ich kann auch gütig sein. Als Belohnung dafür, dass du einen Erben in den Canopus-Troll steckst, werde ich, wenn ich ihn finde, den Imperialen Stern benutzen, um zu verhindern, dass der Himmel jedes Mal in sich zusammenfällt, wenn du mit Roxanya allein bist. Dann kannst du auch sie haben, als Belohnung für gutes Benehmen.«

»Sie haben?«, fragte ich verwirrt, denn mein Gehirn hatte Mühe, mit diesem verdammten Chaos, das sich um uns herum entfaltete, Schritt zu halten.

»Phönixe sind nützlich und in ihrem Blut steckt eine große Macht. Ich denke, es lohnt sich, die Kreuzung in diesem einen Fall zu erlauben. Alle Kinder, die du mit ihr zeugst, können als Wächter an die Erben gebunden werden, die du mit Mildred hervorbringst. Auf diese Weise kannst du alles haben. Ich denke, ich bin mehr als fair.«

»Fair?«, presste ich hervor. »Du kannst doch nicht ernsthaft glauben …«

»Genug!«, brüllte Vater, und die Luft um uns herum vibrierte, als seine Kraft mit seiner Wut aufflammte. »Ich will keine weiteren Beschwerden oder Anmaßungen von dir hören, Darius. Du hast einer Hochzeit beizuwohnen, und wenn du das nicht tust, werde ich Roxanya persönlich das Herz aus der Brust reißen und es dir zu Füßen legen.«

Er stand abrupt auf und stürmte aus dem Zimmer, wobei er die Tür weit aufriss, die daraufhin laut gegen die Wand krachte. Mich ließ er zurück, um in Angst und der erschütternden Erkenntnis zu versinken, dass ich das wirklich würde tun müssen. Es gab keinen Ausweg.

»Darius?« Xaviers Stimme schien von weit herzukommen, und ich konnte mich nicht einmal dazu durchringen, ihn anzusehen, bis er anfing, mich zu schütteln und anzuschreien, ihm verdammt noch mal zuzuhören. »Es muss einen Ausweg geben«, sagte er mit Nachdruck. »Ich werde Lance holen. Wir werden eine Lösung finden. Das werden wir. Versprich mir, dass du nicht aufgibst!«

Für einige lange Sekunden fehlten mir die Worte. In meinem Kopf sah ich nur noch das Mädchen mit den langen schwarzen Haaren und den Augen, die direkt in meine dunkle Seele blicken konnten, ohne davor zurückzuschrecken. Ihr gehörte alles, was ich war, und ich wusste, dass ich jedes Opfer bringen würde, das ich bringen musste, um sie zu retten.

Eine Bewegung an der Tür lenkte meine Aufmerksamkeit auf sich, und ich hob den Blick. Vard marschierte herein, gefolgt von einer Gruppe von Dienern, die Kleidersäcke und Stylingprodukte trugen, und mein Magen verkrampfte sich, als mir klar wurde, dass es wirklich so weit war.

»Seine Majestät bittet darum, innerhalb einer halben Stunde zur Zeremonie in der Kapelle zu erscheinen«, sagte Vard höflich und kämmte sich mit den Fingern durch seine langen, fettigen schwarzen Haare. Ich stand auf und sah ihn an.

Xavier murmelte etwas davon, auf die Toilette zu müssen, und verließ fluchtartig den Raum. Er warf mir einen Blick zu, um mir zu verstehen zu geben, dass er Lance aufsuchen würde, und obwohl ich verzweifelt hoffte, dass mein bester Freund einen Ausweg für uns hatte, machte ich mir nicht viel Hoffnung.

Vard grinste grausam, als er sich verwandelte und seine Augen zu einem verschmolzen, um mich in seine Macht zu ziehen. Ich wehrte mich nicht, denn ich wusste, dass ich alles tun musste, was Vater befahl, bis ich herausgefunden hatte, wie ich Roxy vor ihm retten konnte.

»Deine Braut ist wunderschön«, ertönte seine Stimme in meinem Kopf und drängte mir ein Bild von Mildred auf, mit ihrem unförmigen Kiefer, ihrem Schnurrbart und ihren äußerst maskulinen Zügen. Ganz zu schweigen von ihrer abscheulichen Persönlichkeit. Sie war durch und durch hässlich und jeder wusste das. Aber Vard schaffte es, Bilder von Roxy in meinem Kopf aufzuspüren, und er versuchte, die beiden miteinander zu verschmelzen, als glaubte er ernsthaft, er könnte mich so manipulieren, dass ich Lust auf diese Hexe verspürte.

Er versuchte noch ein paar Minuten lang, mich gefügiger zu machen, aber in dem Moment, in dem er sich zurückzog, flammte der Phönix-Kuss, den Roxy mir geschenkt hatte, unter meiner Haut auf und brannte seine ganze Manipulation nieder.

Wer war er, mich dazu bringen zu wollen, mein Mädchen zu vergessen und diese verdammte Schlampe Mildred zu wollen? Aber das Schlimmste war, dass es nicht einmal wichtig war, dass er versagt hatte. Ich würde Mildred trotzdem heiraten. Ich musste es. Auch wenn es mich zerriss und ich befürchtete, dass es auch Roxy zerreißen würde.

Vater hatte nicht gelogen. Ich kannte ihn zu gut, um zu glauben, dass sie ihm wichtiger war als sein Wunsch, mich an meinen Platz zu erinnern. Er würde sie umbringen, dessen war ich mir sicher. Wahrscheinlich würde er mich sogar zwingen, dabei zuzusehen. Und das konnte ich nicht zulassen. Selbst wenn der Preis, sie zu beschützen, bedeutete, sie auf diese Weise zu verraten.

Ich schwieg und ließ mich von den Dienern für meine Hochzeit einkleiden – in einen perfekt geschnittenen schwarzen Anzug mit einem schwarzen Hemd und einer Krawatte. Jemand stylte meine Haare und ein anderer schnürte mir sogar die Schuhe. Ich ließ sie einfach machen, scherte mich einen Dreck darum und wünschte mir nur, Lance würde mit einer Antwort auftauchen, die ich selbst nicht finden konnte.

Doch als Xavier zurückkam, waren seine Augen voller Verzweiflung, und als er an meine Seite eilte, wusste ich schon, was er sagen wollte, bevor die Worte seine Lippen verließen.

»Er ist nicht da. Es sieht nicht so aus, als wäre er in der vergangenen Nacht überhaupt da gewesen. Glaubst du, Vater hat ihm etwas angetan?«

»Natürlich hat er das«, knurrte ich, rieb mit dem Daumen über das Waagezeichen auf meinem linken Arm und wünschte mir, dass Lance es über unser Band spüren könnte, auch wenn ich wusste, dass es sinnlos war.

Xavier sah völlig niedergeschlagen aus, und ich schloss einfach die Augen und versuchte, so zu tun, als wäre nichts von alledem passiert, während ich mir den Kopf über eine Idee zerbrach, die meinem Mädchen helfen könnte.

»Es ist Zeit!«, befahl Vard, und ich riss die Augen auf und warf ihm einen Blick zu, bei dem sich schwächere Männer in die Hose gemacht hätten.

»Eines Tages werde ich dich aufschlitzen und dir die Eingeweide rausreißen«, schwor ich ihm. »Und dann hänge ich dich an ihnen auf und lasse die Krähen die Arbeit zu Ende bringen.«

Vards Augen wurden glasig und die Blässe seines Gesichts verriet mir, dass er gerade einen Weg in eine Zukunft *gesehen* hatte, in der ich dieses Versprechen einlösen würde. Und ich hoffte wirklich, dass es so kommen würde.

Während er versuchte, die Angst, die über seine Züge flackerte, zu bekämpfen, drehte ich mich um und verließ den Raum. Ich wusste, wo die verdammte Kapelle war, und wollte nicht wie ein wehleidiger Feigling dorthin geschleppt werden.

Xavier eilte an meine Seite und gab ein gequältes Wiehern von sich, während er versuchte, meinen Blick zu erhaschen, aber ich konzentrierte mich nur auf mein Ziel. Ich hatte keine Wahl. Vater hatte diese Falle zu gut konstruiert.

Wir durchquerten zügig den Palast, und ich trat jenseits der Türen des hinteren Teils des Gebäudes in den frischen Schneefall hinaus, bevor ich in den Westen des Geländes abbog, wo die Kapelle lag.

Einen Moment lang betrachtete ich den Schnee und dachte daran, wie Roxy mir erzählt hatte, dass ihre einzige Weihnachtstradition eine Schneeballschlacht mit Darcy sei. Ich erinnerte mich daran, wie sie mit mir gelacht hatte, als wir vor genau einem Jahr auf dem Gelände dieses Ortes im Schnee gerungen hatten.

Ich hätte ihr damals sagen sollen, wie sehr ich sie wollte. Ich hätte ein echter Fae sein und zu der ganzen Scheiße stehen sollen, die ich ihr angetan hatte. Ich hätte zugeben sollen, wie sehr ich sie bewunderte, mich nach ihr sehnte und sie brauchte.

Aber ich hatte gewusst, dass ich nicht gut genug für sie war. Schon damals hatte ich es gewusst, aber anstatt ihr zu sagen, was ich empfand, hatte ich es versteckt. Und was hatte uns das gebracht?

Es tut mir so verdammt leid, Baby.

Mein Herz pochte in diesem schrecklichen Rhythmus, der sich wie ein verdammter Todesmarsch anfühlte, während ich meinem Schicksal entgegenging. Und alles, was ich tun konnte, war weiterzugehen.

Die Kapelle lag am Ufer des Flusses, der sich durch diesen Teil des Geländes schlängelte. Neben dem schönen Steingebäude stand eine riesige Eiche, die wie alles andere mit frischem Schnee bedeckt war. Es wäre umwerfend gewesen, wenn ich nicht aus einem so beschissenen Grund hier wäre.

Jemand hielt mir die Tür auf, als ich ankam, und Xavier schnaubte verzweifelt, als wir in das hübsche kleine Gebäude traten.

An jeder Seite der Kapelle befanden sich sechs Buntglasfenster, die jeweils ein anderes Sternzeichen darstellten, und mein Blick blieb kurz an dem Symbol der Zwillinge hängen, während sich mein Herz bei dem Gedanken an das, was ich gleich tun würde, heftig zusammenzog.

Der Pfarrer wartete bereits am Altar auf mich, und ich betrachtete seine glasigen Augen und seine weißen Haare, bevor ich ihn ignorierte. Er war nur ein weiteres Werkzeug, das mein Vater gegen mich einsetzte.

Mein Vater erhob sich von seinem Platz in der vorderen Kirchenbank und mein Herz machte einen Sprung, als er Roxy neben sich hoch und an seine Seite zog. Der Blick, mit dem er mich bedachte, signalisierte, dass er wusste, dass er gewonnen hatte.

Wir waren allein, und ich war mir nicht sicher, ob das daran lag, dass er sonst niemanden eingeladen hatte, oder ob er noch einen Moment wollte, um meinen Schmerz zu vergrößern, bevor er die anderen hereinließ.

Roxys Gesicht war blass, und in ihren großen Augen sah ich Angst und Schmerz. Der Nachhall dessen, was er ihr gestern Abend angetan hatte, war immer noch zu sehen, obwohl er sie zwischenzeitlich geheilt hatte. Er hatte sie in ein weißes Kleid gesteckt – nur, um mich zu verhöhnen –, und die Art, wie sich die Spitze an ihren Körper schmiegte, weckte den Wunsch in mir, mich in einer anderen Realität zu befinden. Ich wünschte mir nichts sehnlicher, als mit ihr hier vorn zu stehen und ihr alles zu versprechen, was ich zu geben hatte.

Sie war so atemberaubend, dass es wehtat, und wenn ich sie ansah, fühlte es sich an, als würde ein Messer mein Herz durchbohren, weil sie immer mir gehören würde und niemals mir gehören könnte.

»Roxy«, hauchte ich, fing ihren Blick auf und versuchte, ihr alles, was ich fühlte, ohne Worte zu vermitteln.

Ich wollte sie aus seinen Armen reißen, sie mit mir fortschleifen und einfach nur rennen, bis wir so weit weg waren, dass uns niemand mehr finden konnte.

»Darius, es tut mir leid«, begann sie, und ich war erleichtert, dass er es dieses Mal nicht geschafft hatte, sie mit den Schatten zu zerquetschen. Aber das bedeutete nur, dass sie jedes bisschen Schmerz spürte, den er ihr zufügte.

»Trink das, Roxanya!«, befahl mein Vater, hielt ihr ein Fläschchen mit einer roten Flüssigkeit hin und zwang sie, es entgegenzunehmen.

»Was ist das?«, knurrte ich. Am liebsten hätte ich es ihr entrissen und so weit wie möglich weggeworfen.

»Trink oder ich bringe Xavier um«, fügte Vater beiläufig hinzu und ich zischte laut, als ich zwischen ihn und meinen Bruder trat, der erschrocken wieherte, aber immer noch fest zu mir stand.

»Es ist okay, Darius«, sagte sie, obwohl wir beide wussten, dass es nicht okay war.

Ich griff danach, aber ich war nicht schnell genug, um Roxy daran zu hindern, den Verschluss der Flasche zu öffnen und den Inhalt zu leeren.

»Was war das?«, schrie ich, ohne mich darum zu kümmern, ob der verdammte Minister zusah oder nicht.

»Nur ein bisschen Herbstblütenessenz. Solange sie das Frühlingsglanz-Elixier, das ich zubereitet habe, innerhalb einer halben Stunde trinkt, wird es nicht tödlich sein. Ich wollte nur sichergehen, dass du nicht auf die theatralische Idee kommst, während der Zeremonie eine große Geste zu machen«, sagte Vater beiläufig, als hätte er sie nicht gerade gezwungen, einen tödlichen Trank zu schlucken.

Ich schüttelte den Kopf und versuchte zu leugnen, dass das hier wirklich passierte. Das Brauen des Frühlingsglanz-Elixiers dauerte ganze vier Tage, und ich wüsste nicht, wo ich schneller welches finden könnte. Er hatte mir den letzten Funken Hoffnung geraubt, an den ich mich geklammert hatte. Meinen einzigen Ausweg.

»Kopf hoch, Darius«, sagte Vater, und er sah mich an, als würde er meinen ganzen Schmerz verinnerlichen. »Ich gebe dir zwei Minuten mit Roxanya. Sag, was du sagen willst, bevor die anderen Gäste kommen. Denn dann will ich nichts mehr von diesem Unsinn hören. Wenn du sie wieder für dich haben willst, dann schwängere deine Braut und lerne, dich zu benehmen!«

Er gab Roxy einen Schubs in meine Richtung und ich nahm ihr Gesicht in meine Hände und schuf eine Stillekuppel, während mein Verstand mit dem verzweifelten Wunsch schwirrte, einen Ausweg aus dieser Situation zu finden.

»Sag mir, was ich tun soll, Baby«, hauchte ich, sah in ihre grünen Augen und hoffte, dass ihr etwas einfiel, was mir nicht eingefallen war.

Sie schluckte schwer und schüttelte den Kopf. »Es gibt nichts«, raunte sie und eine Träne lief über ihre Wange, als sie zu mir aufsah. »Es tut mir leid, Darius. Ich will nicht, dass du das für mich tun musst.«

»Ich würde alles für dich tun«, knurrte ich wütend und wischte die Träne weg, während ich das Gefühl hatte, dass mein ganzer Brustkorb in sich zusammenfiel. Ich versuchte, für immer in diesem Moment zu verweilen, weil ich nicht wollte, dass er endete und die Zukunft, der ich nicht entkommen konnte, eintrat.

»Ich gehöre dir«, sagte sie leise und ihr Mund berührte meinen mit ihren Worten. »Was auch immer du tun musst … Selbst wenn Mildred wirklich …«

»Ich kann so nicht mit ihr zusammen sein«, fauchte ich. »Ich kann mit niemandem außer dir so zusammen sein. Das würde mich umbringen, Roxy.«

Sie lächelte schwach und drückte meine Wange in ihre Hand, während ihre andere Hand mein Hemd über meinem Herzen festhielt.

»Du gehörst mir, wo es darauf ankommt, Darius. Und ich gehöre dir. Nichts kann das ändern.«

Ihre Lippen trafen auf meine, und ich schmeckte ihre Tränen und meinen Kummer zwischen uns – es war der süßeste und schmerzhafteste Moment, den ich je erlebt hatte.

Etwas Schweres prallte gegen mein Bein, und ich fluchte angesichts des Schmerzes und löste mich stolpernd von Roxy.

Ich warf einen Blick auf das umgestürzte Rednerpult, das mich getroffen hatte, während sich der Pfarrer dafür entschuldigte, es versehentlich umgeworfen zu haben.

Aber er war es nicht gewesen. Nicht wirklich. Es waren die verdammten Sterne gewesen, die sie mir abermals gestohlen hatten, und als Vater sie wegzog und in die Kirchenbank drückte, wusste ich, dass wir niemals wirklich zusammen sein würden. Und diese Tatsache, gepaart mit dem Wissen, dass ich sie nicht beschützen konnte, zerriss etwas in mir, das so weh tat, dass ich kaum noch atmen konnte.

Xavier nahm meinen Arm und drückte ihn fest, während er versuchte, mich zu beruhigen, und der Pfarrer wies mich an, mich neben den Traualter zu stellen, um auf meine Braut zu warten. Meine verdammte Braut! Was zum Teufel hatte ich den Sternen angetan, dass ich das verdient hatte? Waren sie wirklich so sauer darüber, dass Roxy und ich trotz ihrer Bemühungen, uns auseinanderzuhalten, zusammen waren, dass sie meinten, ich hätte dieses Schicksal verdient? An Weihnachten noch dazu? Wer zum Teufel unternahm etwas so Abgefucktes an Weihnachten?

Clara, Stella und Vard betraten die Kapelle als einige der wenigen Gäste, die Vater eingeladen hatte, zusammen mit einer Handvoll seiner Lieblingsdrachen. Traurig erkannte ich, dass er nicht einmal die Erben und Ratsmitglieder eingeladen hatte. Sie hatten keine Ahnung, was hier passierte. Und das war meine letzte Hoffnung auf Hilfe gewesen.

Als alle auf ihren Plätzen saßen, schwang die Tür erneut auf und Mildreds unverwechselbare Gestalt verdunkelte den Eingang.

Sie trug ein voluminöses weißes Kleid und einen Schleier – zum Glück –, der ihre entstellten Gesichtszüge verdeckte, aber das war kein großer Trost. Ich würde das Ding schließlich hochheben und in ihr verdammtes Gesicht schauen müssen, während ich schwor, ihr verdammter Ehemann zu sein.

Nur der Teufel wusste, wie ich einen Erben in ihren Bauch bekommen sollte. Aber wenn ich das nicht schaffte, wäre ich verantwortlich für Roxys Leiden. Und trotz allem, was sie sagte, wusste ich, dass dies uns auf eine Art und Weise brechen würde, die wir nicht reparieren konnten. Wir würden einander vielleicht nach wie vor gehören, aber wenn ich ein Kind mit diesem monströsen Mädchen hätte, wie könnte Roxy mich dann jemals auf die gleiche Weise ansehen?

Mildred ließ sich Zeit, auf mich zuzukommen, und stolperte mehr als einmal in ihren High Heels, bevor sie an meiner Seite stehen blieb.

Sie beugte sich zu mir, als erwartete sie, dass ich ihren Schleier lüftete, aber ich stand einfach nur da und blickte finster drein. Es war mir scheißegal, ob jeder sehen konnte, wie wenig Lust ich hatte, diese verdammte Frau zu heiraten. Es war, als steckte eine Eisenstange in meinem Rückgrat. Ich hatte keine andere Wahl, als mich diesem abgefuckten Schicksal zu fügen, während jeder Zentimeter meines Wesens die Sterne um ein anderes Los anflehte. Aber der Himmel hatte mich schon vor langer Zeit aufgegeben, und offensichtlich war er noch nicht damit fertig, mich zu bestrafen.

Mildred kicherte, hob den Schleier selbst an, grinste breit und zeigte mir den braunen Lippenstift, den sie sich auf Mund und Zähne geschmiert hatte. Ich hatte keine verdammte Ahnung, warum sie mit der Einnahme von Faeroiden begonnen hatte oder wann, aber die Wirkung, die sie auf ihren Körper hatten, war mehr als grotesk. Wer sagte denn, dass sie überhaupt schwanger werden konnte, wenn dieser ganze Scheiß sie so sehr beeinträchtigte?

Mein Schwanz würde in meinem Körper verschrumpeln, bevor er jemals in diesem verdammten Exemplar landen würde. Sie klimperte mit ihren spitzen Wimpern, und ich erschauderte, als ich mich von ihr abwandte und meinen Blick auf Roxy richtete, während ich tausend stumme Entschuldigungen in die Luft warf, die zwischen uns hing. Zeitgleich begann die Zeremonie.

Das Klingeln in meinen Ohren wurde zu laut, als dass ich mich auf die Worte konzentrieren konnte, die zu mir gesprochen wurden. Der Pfarrer verlas die Gelübde und Versprechen, und ich wurde erst aus meiner Träumerei gerissen, als er mich anstupste, damit ich Mildreds Hand ergriff.

Ihre haarigen Fingerknöchel berührten meine Finger, und ernsthaft, ihre verdammten Hände waren größer als meine. Sie drückte meine Hand so fest, dass ich spürte, wie meine Knochen knirschten, und mein Schwanz zog sich noch weiter zurück bei dem Gedanken, sie könnte ihn in ihrem Todesgriff haben.

»Ihr müsst jetzt beide die Worte des Bundes sprechen«, verkündete der Pfarrer, und die Worte schienen sich unaufgefordert in meinen Mund zu schieben, als ich sie im Gleichklang mit Mildred sprach.

»Ich möchte mich mit dir in der Ehe vereinen. Lass uns beide diesen Bund mit Klarheit und Aufrichtigkeit eingehen und für immer durch die Sterne verbunden sein.«

Die Endgültigkeit dieser Worte widerte mich so sehr an, dass ich nicht einmal das Klatschen der Magie spürte, das sie begleitet haben musste, um mich mit der Frau zu verheiraten, die ich geschworen hatte, niemals zu heiraten.

Mein Blick fand wieder Roxys, aber bevor ich wusste, was geschah, hatte sich Mildred auf mich gestürzt. Ihr Schnurrbart kratzte über meine Oberlippe und ihre dicke, feuchte Zunge strich über meinen Mund. Sie packte meinen Kopf so fest, dass es sich anfühlte, als würde sie mir den Schädel einschlagen, und ich konnte nichts anderes tun, als den Mund fest zuzudrücken und darauf zu warten, dass sie aufhörte.

Die Wichser, die dieser Farce zusahen, klatschten, als ich mich endlich von ihr losriss und mir mit einer Hand über den Mund fuhr, um den braunen Lippenstift aus meinem Gesicht zu entfernen.

»Ihr seid nun in einer Ehe verbunden, die in den Augen der Sterne ewig hält. Möge das Schicksal euch niemals auseinanderreißen und immer freundlich auf euch herabblicken«, verkündete der Pfarrer, und ich starrte erneut in Roxys Richtung, als sich eine Last auf mich legte, die schwerer war als alles, was ich je zuvor getragen hatte.

Vater lächelte breit, als ich ihn ansah, zog das Fläschchen mit dem Frühlingsglanz-Elixier aus seiner Tasche und reichte es Roxy, damit sie sich selbst heilen konnte, bevor die Herbstblüte in ihrem Herzen Wurzeln schlug und sie tötete.

Vater trat auf mich zu, als Mildred vor Freude quietschend an meinem Arm hing und für Fotografen posierte, die ich nicht einmal anschaute.

»Gut gemacht, Junge«, säuselte er und klopfte mir auf die Schulter. »Jetzt geh und fick sie, bevor du zu uns kommst und den Rest der Feierlichkeiten genießt! Ich will, dass mein Erbe so schnell wie möglich auf den Weg gebracht wird – und glaube nicht, dass ich es nicht mitbekomme, wenn du mich anlügst. Mildred ist noch Jungfrau, und wir werden dafür sorgen, dass das nicht mehr der Fall ist, sobald du deine ehelichen Pflichten erfüllt hast.«

»Welche Feierlichkeiten?«, fragte ich, wobei ich mich weigerte, die Schrecken dessen, was ich als Nächstes tun musste, zu kommentieren. Außerdem hatte ich bemerkt, wie aufgeregt er geworden war, als er diese erwähnt hatte.

»Das wirst du schon sehen«, antwortete er ausweichend. »Aber ich kann dir versichern, dass es ein denkwürdiger Tag für ganz Solaria werden wird.«

Bevor ich etwas erwidern konnte, riss mich Mildred von ihm weg, und ich stolperte gegen ihren muskulösen Körper, woraufhin sie meinen Schwanz mit ihrer riesigen Hand packte und zusammendrückte.

»Komm schon, Loverboy, ich werde deine Welt rocken«, versprach sie, als ich es schaffte, ihre verdammte Hand von mir wegzuschlagen.

Sie hielt immer noch meinen Arm fest und zerrte mich im Eiltempo zur Tür. Sie wollte unbedingt zum nächsten Teil der Sache übergehen, während mein Herz vor Entsetzen raste.

Ich konnte das nicht durchziehen. Wie sollte ich auch, verdammt noch mal? Sie war in jeder Hinsicht abscheulich und vulgär, und selbst wenn sie es nicht gewesen wäre, war sie nicht mein Mädchen. Ich wollte weder sie noch irgendjemand anderen. Nur Roxy. Immer nur sie.

Ich drehte mich um und sah mein Mädchen an, während Xavier an ihre Seite trat und seine Finger um die ihren schloss. Der Schmerz in ihren grünen Augen, als sie mich gehen sah, zerbrach etwas in mir, von dem ich nicht wusste, ob es jemals wieder heil werden würde. Ich hatte mir geschworen, sie nie wieder zu verletzen, und jetzt riss ich ihr das Herz heraus. Dabei war ich es gar nicht wert, es überhaupt zu besitzen.

Ich versuchte, stehen zu bleiben, und Roxys Name blieb mir im Hals stecken, als ich mich danach sehnte, nach ihr zu rufen, meinen Arm aus Mildreds Todesgriff zu reißen und zu ihr zurückzulaufen. Aber als Vater hinter sie trat und eine Hand auf ihre Schulter legte, wusste ich, dass es keinen Sinn hatte. Ich musste tun, was er sagte, wenn ich sie retten wollte. Aber wie konnte ich das tun, wenn ich sicher war, dass es uns zerstören würde?

Mildred teilte meine Bedenken offensichtlich nicht, als sie mich zurück in den Palast zerrte. Und als ich gezwungen war, mein Mädchen wieder einmal bei diesem Monster zu lassen, begann ich mich zu fragen, ob ich das wirklich würde durchziehen müssen.

Die Hochzeit war schrecklich gewesen, ja, aber ich hatte keine Ahnung, wie ich den Vollzug unserer Ehe überleben sollte.

Es tut mir so leid, Roxy.

Pisces
Scorpio
Virgo
Gemini
Aries
Cancer
Leo
Sagittarius
Taurus
Capricorn
Aquarius
Libra
Pisces

DARCY

KAPITEL 46

Ich hatte erwartet, zu sterben, und nicht, kalt und zitternd in einer feuchten, dunklen Zelle aufzuwachen. Stöhnend und mit halb geöffneten Augen zwang ich mich auf die Knie. Mein Herz wurde schwer, als ich feststellte, dass meine Handgelenke mit blau leuchtenden Magie blockierenden Handschellen gefesselt waren. Mein Phönix schlummerte fest und in meinem Arm befand sich eine Einstichwunde – vermutlich von dem Mittel zur Formgebungsunterdrückung, das mir verabreicht worden war.

Ein Blick durch den feuchten Raum – von den uralten Mauersteinen zu den Eisenstangen vor mir – verriet mir, dass es keinen Weg nach draußen gab.

Panisch griff ich mir an die Kehle, aber wie durch ein Wunder hing der Imperiale Stern immer noch dort. Lionel hatte ihn nicht gefunden. Er wusste nicht Bescheid.

»Blue?« Orions besorgte Stimme erreichte mich von jenseits der Wand zu meiner Rechten und ich drehte mich hoffnungsvoll um und eilte darauf zu. »Bist du wach?«

Einer der Mauersteine zwischen unseren Zellen fehlte, sodass ich in seine sehen konnte. Seine Hand schoss durch das Loch, umklammerte meine und zog sie auf seine Seite, damit er seinen Mund auf ihre Rückseite pressen konnte. Die Hitze seiner Lippen war wie ein Lagerfeuer und brannte sich durch die Kälte in meinen Knochen. Mittlerweile spürte ich Kälte nur noch selten, denn mein Phönix hielt mich immer warm, und ich hatte fast vergessen, wie es war, zu frieren.

Orions magische Fessel berührte meine, als sich unsere Finger verschränkten. Panik durchströmte mich. Ich hatte keine Ahnung, wie lang es her war, seitdem Lionel uns gefangen genommen hatte, wo wir waren oder was dieser Bastard geplant hatte. Und diese Ungewissheit war schlimmer als die Angst. Schlimmer noch als dieser Kerker, in dem wir eingesperrt waren.

Ich zog meine Hand zurück und schielte stattdessen durch den Spalt, um seinen Blick aufzufangen.

»Ich werde nicht zulassen, dass sie dir wehtun«, schwor er, aber was auch immer Lionel mit uns vorhatte, wir waren nicht in der Lage, zu kämpfen. Ohne unsere Magie und unsere Formgebungen hätten wir genauso gut Sterbliche sein können.

»Mach keine Versprechen, die du nicht halten kannst, Lance«, raunte ich hoffnungslos.

Er knurrte und rieb sein Gesicht; seine Züge wirkten angespannt. Er sah verzweifelt aus, verloren in einem Meer aus Angst, aber sein Blick verriet mir, dass diese Angst nicht ihm galt.

»Ich weiß, dass ich dein Vertrauen missbraucht habe«, sagte er mit schmerzverzerrter Stimme. »Aber nur, weil ich geglaubt habe, das Richtige zu tun. Ich breche ein Versprechen dir gegenüber nur, wenn die Alternative schlimmer ist. Damals war ich der Meinung, dass das der Fall war.«

Ich lehnte meine Stirn an die Wand über dem Loch und holte tief Luft. »Ich weiß«, gab ich zu.

Irgendwann während unserer gemeinsamen Zeit in den vergangenen Monaten hatte ich die Wahrheit in seiner Sicht der Dinge erkannt. Das machte es weder richtig noch besser. Aber die Verbitterung darüber, dass er mich im Stich gelassen hatte, war schwächer geworden. Jetzt saßen wir im Kerker des Drachenkönigs und warteten auf ein unausweichlich schreckliches Schicksal. Und es gab noch so viel zu sagen.

Warum wir noch nicht tot waren, war mir ein Rätsel, aber vielleicht hatte Lionel vor, uns zuerst zu foltern. Wenn er ahnte, dass wir den Aufenthaltsort des Imperialen Sterns kannten, dann vielleicht deshalb. Aber warum waren wir dann nicht in diesem Moment an ein Foltergerät geschnallt, wenn das der Fall war?

Ich berührte meine Halskette, und Orion kam näher und sah mich eindringlich an.

»Ich wünschte, du könntest ihn benutzen«, seufzte er.

»Dazu müsste ich Königin sein«, sagte ich traurig.

»Das bist du«, knurrte er, und die Heftigkeit in seiner Stimme veranlasste mich, meine Hand um den Imperialen Stern zu schlingen. Ein fernes Echo der Macht pulsierte in ihm, aber er könnte meinem Ruf nicht antworten.

»Du hattest immer so viel Vertrauen in mich«, sagte ich traurig. »Dafür bin ich dir sehr dankbar.«

»Einst wäre ich von mir selbst erschrocken gewesen, wenn ich gewusst hätte, dass ich zum Royalisten mutieren würde.« Er lachte humorlos. »Meister der Zodiac-Garde«, witzelte er. »Aber ich bereue nichts, was das angeht, meine Schöne.«

»Hast du das Tagebuch noch?«, fragte ich ihn und er nickte und tätschelte seine Tasche. Da er es als Münze getarnt hatte, war es Lionel wohl nicht in den Sinn gekommen, ihm das Objekt abzunehmen. Schnell schob ich meine Hand in meine Tasche und fand dort Diegos Mütze und ein Seufzer der Erleichterung verließ mich.

»Darcy, ich …« Er rückte näher an die Wand heran und griff noch einmal hindurch, woraufhin ich meine Finger mit seinen verschränkte. Mein Herz schmerzte. »Selbst wenn dies mein letztes Versprechen ist, sollst du wissen, dass ich es nicht brechen werde. Ich schwöre, dass ich dafür kämpfen werde, dich zu retten. Egal, was passiert.«

Tränen brannten in meinen Augen, als ich seine Hand fester umklammerte. »Ich werde auch für dich kämpfen«, schwor ich. So wie wir es vor all den Monaten getan hatten. Bevor ich alles verloren hatte.

»Ich weiß, dass das jetzt nichts bedeutet, aber wenn ich es nicht sage, werde ich mich hassen«, sagte er mit dunkler und rauer Stimme. Es folgte ein langer Moment des Schweigens, während ich darauf wartete, dass er fortfuhr. »Ich liebe dich, Blue. Ich habe dich damals geliebt, ich liebe dich jetzt und ich werde dich auch morgen noch lieben, selbst wenn ich nicht mehr auf dieser Erde bin. Es gibt keine Zeit, in der ich dich nicht lieben werde.«

»Lance, bitte verabschiede dich nicht von mir.« Die Worte blieben mir im Hals stecken, während sich der Schmerz in mein Inneres bohrte.

»Ich muss«, raunte er. »Nur für den Fall. Es tut mir so verdammt leid, was ich dir angetan habe. Uns. Ich habe alles ruiniert. Und ich weiß, dass es nicht wiedergutzumachen ist. Ich habe es dir fast unmöglich gemacht, mir zu vertrauen, als wir uns kennengelernt haben, und als du es schließlich getan hast und ich dein Herz verdient hatte, habe ich dieses Vertrauen unwiderruflich gebrochen.«

»Vielleicht war es schon immer so vorherbestimmt«, sagte ich mit schwerer Stimme und einem enormen Druck in der Brust. »Du hättest das Tagebuch nicht lesen können, wenn du nicht ins Gefängnis gegangen wärst.

Dein Vater wusste das. Du musstest dort landen, damit wir den Imperialen Stern bekommen.«

»Aber es hat mich dich gekostet«, sagte er voller Verlust und Bedauern.

Ich umklammerte seine Hand fester, während mir die Tränen über die Wangen liefen. Ich akzeptierte, dass ich mein Herz ein letztes Mal öffnen musste, weil ich vielleicht nie wieder die Chance dazu bekommen würde.

»Lance«, sagte ich mit brüchiger Stimme. Seine Worte waren das süßeste Gift, wie geschaffen, um mich zu töten. Ich wischte mir die Tränen weg und nahm den Mut zusammen, ihm zu sagen, was gesagt werden musste. Aber dann hörten wir das Geräusch einer sich öffnenden Tür und schwere Schritte kamen auf uns zu.

Orions Griff um meine Hand wurde fester, fast schon schmerzhaft, und ich spähte durch das Loch, als ein Fae-Licht seine Zelle erleuchtete und die Angst an meinem Herzen zerrte.

Ein Klirren ertönte, als seine Zellentür geöffnet wurde und zwei große Männer in den Uniformen der Sondereinsatz-Taskforce des Königs hereinkamen.

»Da ist ja der Prinzessinnenficker«, höhnte einer von ihnen und ein Knurren bildete sich in meiner Kehle. »Du stehst mal wieder vor Gericht, du machtbesessenes Stück Scheiße«, sagte der andere und lächelte grausam. »Ich wette darauf, dass der König keine Gnade zeigt. Verabschiede dich besser, nur für den Fall.«

Sie stürzten sich auf Orion, zerrten ihn auf die Beine und rissen seine Hand aus der meinen. Er versuchte, sich zu wehren, und schlug wütend um sich, konnte ohne Magie aber nichts ausrichten. Sie fesselten seine Hände schnell mit einer Ranke und zerrten ihn zur Tür. Einer von ihnen rammte ihm die Fingerknöchel in den Bauch, woraufhin er ein Knurren ausstieß. Mein Atem stockte.

»Wartet!«, schrie ich, als die Panik mit scharfen Krallen an meinem Herzen zerrte. »Nehmt mich mit! Ich will mitkommen!«

Sie lachten und ignorierten mich, während Orion den Kopf drehte und mich mit gequälter Miene ansah, während sie ihn wegschleppten.

Ich schrie verzweifelt seinen Namen, denn ich hatte das schreckliche, herzzerreißende Gefühl, dass ich ihn nie wieder sehen würde.

Scorpio
Gemini
Virgo
Cancer
Leo
Taurus
Sagittarius
Capricorn
Aquarius
Libra
Pisces

DARIUS

KAPITEL 47

Mildred zerrte mich praktisch durch den Palast, bis wir die Suite im Gästeflügel erreichten, die Vater ihr wohl zur Verfügung gestellt hatte.

Sie schloss die Tür auf und ich runzelte die Stirn, als sie mich durch magische Barrieren und eine Stillekuppel zerrte, bis wir eine riesige weiß-blaue Suite betraten, in deren Mitte ein riesiges Bett stand, das mit roten Rosenblättern bedeckt war.

»Ich habe eine Überraschung für dich«, hauchte sie mit einer Stimme, die wohl verführerisch klingen sollte, aber mehr an das Zischen einer Schlange erinnerte. Spucke flog zwischen ihren Zähnen hindurch und ließ mich zurückweichen.

»Vielleicht sollten wir es einfach hinter uns bringen«, grunzte ich ohne jegliche Lust, aber ich wusste nach wie vor nicht, wie ich aus der Sache herauskommen sollte.

Es sei denn … Vielleicht könnte ich sie einfach nach vorn beugen und ihr hässliches Gesicht in die Kissen drücken, damit sie nicht sehen konnte, was ich tat. Dann könnte ich eine magische Illusion eines Schwanzes erschaffen, um sie zu ficken. Sie würde nicht einmal merken, dass wir es nicht wirklich getan hatten.

Das würde mir zwar nicht bei der Sache mit den Erben helfen, aber ich wollte sowieso nicht, dass sie mein verdammtes Kind bekam. Und mit etwas Zeit könnten wir Roxy vielleicht aus den Klauen meines Vaters befreien.

Es war kein toller Plan, aber besser, als meinen Schwanz in sie zu stecken.

Mildred packte meine Hand und versuchte, mich durch den Raum zu ziehen, aber ich knurrte sie an und nutzte meine Kraft, um sie herumzuwirbeln und aufs Bett zu werfen.

Sie fiel federnd aufs Bett, und ihre Augen weiteten sich, als ich ihr entschlossen folgte.

»Warte – ich habe dir die Überraschung noch nicht gezeigt!«, keuchte sie und ihre Stimme klang noch männlicher als sonst. Aber ich musste das durchziehen und durfte mich nicht auf ein Gespräch mit ihr einlassen oder sie beschissene Überraschungen präsentieren lassen.

»Sei still!«, knurrte ich, packte ihre Taille und drehte ihr Gesicht nach unten, bevor ich ihre Hüften anhob und ihren flachen Hintern vor mir positionierte.

Ich zitterte, als ich mit Wassermagie Eis erzeugte, sodass ihre Arme am Kopfteil festgefroren wurden. Der Winkel, in dem ich sie streckte, zwang ihr Gesicht in die Kissen, wie ich es geplant hatte.

Ich schlug den weiten Rock hoch, den sie trug, und versuchte, nicht zu viel darüber nachzudenken, was ich unter all diesen Stoffschichten finden würde.

Zumindest ficke ich sie nicht wirklich. Ich wiederholte dieses Mantra immer wieder in meinem Kopf, während ich den Stoff nach ihrem Höschen durchforstete. Plötzlich streifte meine Hand eine Beule zwischen ihren Beinen und ich zuckte erschrocken zurück.

»Moment mal – du bist ein Kerl?«, stieß ich hervor, aber jetzt, wo ich darüber nachdachte, ergab das tatsächlich einen Sinn.

»Ist das deine verdammte Überraschung?« *Heilige Scheiße, vielleicht ist das mein Ausweg. Ich kann keinen Mann schwängern.*

Plötzlich knallte ihr verflucht großer Fuß gegen meine Brust und katapultierte mich rücklings gegen den Tisch am Fußende des Bettes.

»Was zum Teufel?«, brüllte ich sie an, und mein Temperament kochte über, als sie die Eisfesseln von ihren Armen löste und sich umdrehte.

Doch statt Mildred stand *Gabriel* vor mir, der mich wie ein verrücktes Arschloch angrinste, als er die Verhüllungszauber entfernte, mit denen er sich in Mildred verwandelt hatte.

»Hey, Ehemann«, stichelte er, während er den Stoff des Hochzeitskleides zerriss, damit er hinausklettern konnte. »Wolltest du mich wirklich ficken, ohne mir zu sagen, dass du mich liebst?«

»Was ... Wie ... Ich habe dich gerade geheiratet!«

»Nicht ganz«, widersprach er. »Ich bin schon verheiratet genug, auch wenn es süß ist, dass du es als Möglichkeit in Betracht gezogen hast.« Er winkte mir mit seinem Ehering zu, und ich starrte ihn verwirrt an, während mein Gehirn versuchte, mit meinen Augen Schritt zu halten.

»Ich verstehe nicht«, sagte ich knurrend. War ich etwa *nicht* verheiratet? Verdammte Scheiße, war das möglich?

Gabriel verdrehte die Augen, stand auf, zog die Stilettos aus und durchquerte – nur in Boxershorts bekleidet – den Raum, wobei er seine Tätowierungen zur Schau stellte. Mein Blick blieb an dem Drachen hängen, der sich über sein Schulterblatt wölbte und verdächtig nach mir aussah.

»Ich habe *gesehen*, was heute passieren würde, und das war unsere einzige Chance, um es zu verhindern. Und da du geschworen hast, Mildred in ›Klarheit und Aufrichtigkeit‹ zu heiraten, ich aber in Wirklichkeit ein verkleideter Kerl in einem Kleid war, bedeuten diese Schwüre einen Scheißdreck. Hast du nicht gemerkt, dass kein magischer Bund entstanden ist, nachdem du deinen Schwur abgelegt hast?«, fragte er, zog eine Schublade auf und zog Jeans und einen schwarzen Pullover an.

»Ich schätze, ich war mehr damit beschäftigt, gezwungen zu werden, diese Bestie zu heiraten, während das Mädchen, das ich wirklich liebe, dabei zusehen musste«, knurrte ich, aber obwohl ich stinksauer war, wurden seine Worte langsam verständlich. »Warte, also … bin ich nicht wirklich verheiratet?«

»Nope. Und so fantastisch du im Bett auch sein magst, habe ich doch strenge Regeln, mich nicht von einem Drachen ficken zu lassen. Ich musste dich also aufhalten«, scherzte er.

»Wie zum Teufel hast du das geschafft?«, fragte ich und ein Grinsen breitete sich auf meinen Zügen aus, als mir klar wurde, dass er mich gerade vor einem Schicksal bewahrt hatte, aus dem ich selbst kein Entkommen gesehen hatte. Allerdings hatte ich immer noch keine Ahnung, wie ich auf Dauer damit durchkommen sollte.

»Wenn du mich dir die Überraschung hättest zeigen lassen, anstatt meinen Schwanz zu betatschen, wüsstest du Bescheid.« Gabriel schritt durch den Raum, wischte mit dem Handrücken den braunen Lippenstift von seinem Mund, und ich nahm mir vor, ihm eines Tages in den Arsch zu treten, weil er sich so verdammt viel Mühe mit der Rolle gegeben hatte. Aber fürs Erste könnte ich diesen ekelhaften Kuss vor lauter Dankbarkeit und Neugierde vergessen.

Er ging zur Schranktür, riss sie auf und trat mit einem breiten Grinsen zur Seite. Mildred saß geknebelt und mit blau leuchtenden Magie blockierenden Handschellen gefesselt da. Sie grunzte und fluchte unverständlich, und ich musste lachen, als sie mich mit ihren kleinen runden Augen anstarrte.

»Ich bin in den frühen Morgenstunden hier angekommen. Mit der Hilfe eines Freundes ist es mir gelungen, sie davon zu überzeugen, die Schutzvorrichtungen zu entfernen, die verhindern sollten, dass sich jemand für sie ausgibt. Zum Glück hatte er zufällig Seile, die Handschellen und den Knebel dabei … und ich habe ihm versprochen, Ersatz zu kaufen, denn die will er jetzt bestimmt nicht mehr zurück. Ich gebe ihr jetzt einen Erinnerungstrank, damit sie den ganzen Scheiß vergisst, und dann müssen wir los«, sagte Gabriel und ging in die Knie, um den Knebel zu lösen, bevor er Mildred ein Fläschchen an den Mund drückte.

Sie kämpfte und quiekte wie ein Schwein, und ich lachte leise, als Gabriel seine Wassermagie einsetzte, um ihr den Zaubertrank in den Hals zu zwingen. Ihre Augen wurden glasig, als die Wirkung eintrat, und er positionierte den Knebel wieder, bevor er die Tür hinter ihr schloss und sich wieder zu mir umdrehte.

»Willst du mir erklären, warum du dich entschieden hast, mich zu küssen und meinen Schwanz zu betatschen?« Ich konnte das Gefühl nicht abschütteln, Mildreds Schnurrbart auf meinen Lippen zu spüren – obwohl ich jetzt wusste, dass das er in Verkleidung gewesen war.

Gabriel grinste und trat vor, um mir direkt in die Augen zu sehen. Ich war überrascht, dass er genauso groß war wie ich, denn es gab nicht viele Männer, die das von sich behaupten konnten.

»Weißt du noch, als meine kleine Schwester aus dem Reich der Sterblichen zurückgekehrt ist und du ihr das Leben zur Hölle gemacht hast?«, fragte er mich mit einem leisen Knurren, wobei seine Augen dunkler wurden. »Weißt du noch, wie du ihr alle Kleider vom Leib gebrannt, das ganze Königreich von ihrer vermeintlichen Sexsucht überzeugt und sie fast in diesem verdammten Schwimmbad ertränkt hast?«

»Du wolltest mich bestrafen?«, fragte ich und zog die Brauen hoch, als ich seinen selbstgefälligen Gesichtsausdruck sah.

»Definitiv verdient, meinst du nicht auch?« Gabriel schlug mir ein paar Mal auf die Wange, woraufhin ich knurrend zurückwich, aber er blieb standhaft. Er schien sich so sicher zu sein, dass ich ihm zustimmen würde, dass er keine Angst vor einem Gegenschlag von mir hatte. Und vielleicht hatte er damit verdammt noch mal recht.

»Verstanden. Ich hab's kapiert. Ich habe Mist gebaut und du wirst es mich nicht vergessen lassen«, murmelte ich und er nickte.

»Aber wir haben Wichtigeres zu besprechen als das.«

»Was?«, fragte ich, als ich die Veränderung in seinem Tonfall bemerkte und er die Stirn runzelte.

»Als ich gestern Abend endlich das Winterhaus meiner Familie erreicht habe, bin ich in meine Verstärkerkammer gegangen. Ich habe viele Dinge *gesehen*, die mir meine Zeit auf dem königlichen Seherstuhl eröffnet hat. Und für eine Prophezeiung gab es nur einen Ausweg – diesen.«

»Worum geht es?«, fragte ich besorgt und sah ihn stirnrunzelnd an. Auch er hatte die Stirn in Falten gelegt.

»Eine meiner Schwestern wird heute sterben. Und ich kann sie nur retten, indem ich dich zu den Höhlen der Vergessenen bringe.«

»Der was?«, fragte ich und mein Herz raste bei dem Gedanken, dass Roxy oder Darcy den Tag nicht überleben könnten, während ich versuchte, herauszufinden, was zum Teufel passieren musste, um das zu verursachen.

»Das sind uralte Höhlen im Süden von Solaria, die in einem Dschungel versteckt sind und von unserer Art schon lange vergessen wurden. Meine Visionen haben mich schon einmal dorthin geführt und ich habe einen Ring gefunden, der mir das Leben gerettet hat. Die Sterne verraten mir nicht, was passieren wird, wenn wir dort ankommen, und sie flüstern mir nur zu, dass es die einzige Chance ist, um das Überleben beider Vega-Prinzessinnen zu sichern. Also, bist du dabei?«, fragte er eindringlich und ich konnte sehen, wie ernst es ihm war, als ich nickte.

»Du bist sicher, dass es das Beste für Roxy ist, wenn ich jetzt mit dir gehe?«, fragte ich. »Und was hat Darcy mit der Sache zu tun?«

»Dein Vater hat sie und Lance letzte Nacht gefangen genommen. Ich war so vertieft in die Visionen, mit denen mich die Sterne überflutet hatten, dass ich das erst gesehen habe, als es schon passiert war. Das tut mir unendlich leid. Ich habe die anderen Erben angerufen und ihnen gesagt, was passiert ist. Aber wenn du und ich jetzt nicht zu den Höhlen gehen, dann wird eine meiner Schwestern sterben.«

»Warum?«, fragte ich zähneknirschend, trat vor und packte sein Shirt, um ihn zu mir zu ziehen. »Wie? Wo? Lass uns einfach gehen und sie jetzt holen und …«

»Nein!«, schnauzte Gabriel und schubste mich von sich weg, woraufhin meine Panik in Wut umschlug. »Ich habe dir gesagt, dass wir zu den Höhlen gehen müssen, wenn wir sie retten wollen. Das ist die einzige Chance, die wir haben. Wenn du dich von deinem Starrsinn überwältigen lässt und versuchst, sie zu retten, wirst du ihren Tod herbeiführen. Ich will, dass du freiwillig mitkommst, aber wenn ich dich verprügeln und wie Mildred gefesselt dorthin schleifen muss, werde ich das tun. Denn ich werde nicht zulassen, dass ihnen etwas zustößt. Also, bist du dabei oder nicht?«

Ich starrte ihn einen langen Moment lang an, während ich diese Worte zu verstehen versuchte, und atmete schwer, als ich sie akzeptierte. Natürlich wollte ich zu Roxy – aber wenn ich sie aus den Armen meines Vaters hätte reißen können, hätte ich das bereits getan. Gabriel war bei Weitem der beste Seher, den ich je getroffen hatte, und obwohl er mich oft nervte, vertraute ich ihm, vor allem, wenn es um die Vegas ging.

»In Ordnung«, stimmte ich entschlossen zu, da ich genug über seine Visionen wusste, um darauf zu vertrauen, dass er wirklich wusste, wovon er sprach. »Lass uns gehen.«

Gabriel nickte entschlossen, bevor er zu einem an der Wand stehenden Bücherregal ging und den Ring benutzte, den Roxy für ihn gemacht hatte, um die Königspassagen zu öffnen.

Ich trat hinter ihm in die Dunkelheit und setzte mein ganzes Vertrauen in ihn, als ich Roxy zurückließ und ihm aus dem Palast folgte. Aber wenn das nötig war, um sie oder Darcy zu retten, dann würde ich es tun. Ungeachtet der Konsequenzen.

Scorpio
Virgo
Gemini
Aries
Cancer
Leo
Sagittarius
Taurus
Capricorn
Aquarius
Libra
Pisces

ORION

KAPITEL 48

Die beiden Arschlöcher, die mich aus meiner Zelle gezerrt hatten, brachten mich durch dunkle Tunnel in einen steinernen Raum mit einer Tür vor und hinter mir. Das einzige Licht war der blaue Schein der Handschellen, die meine Magie blockierten. Bevor sie gingen, steckte mir einer von ihnen eine Nadel in den Nacken und kurz darauf erwachte meine Formgebung. Ich versuchte, mich zu befreien, aber die Magie um mich herum war mächtig und ohne meine eigenen Kräfte war ich aufgeschmissen.

Alles war still, viel zu still für meine geschärften Sinne, und ich vermutete, dass ich in einer verdammten Stillekuppel gefangen war. Ich rechnete damit, dass Lionel bald auftauchen würde – mit einem Plan oder einer Erklärung für das, was passieren würde. Aber das tat er nicht.

Die Angst, von Darcy getrennt zu werden, war erdrückend. Nicht zu wissen, ob ich sie jemals wiedersehen würde, ließ mich vor Elend, Sorge und Panik den Verstand verlieren. Ich musste da raus. Ich musste sie vor dem retten, was auch immer geschehen mochte.

Ich warf mein Gewicht immer wieder gegen die Steintür vor mir, um sie zum Nachgeben zu zwingen, und plötzlich schwang sie auf und ich stolperte nach draußen. Meine Füße trafen auf Sand, und als ich eine magische Barriere passierte, schallte mir unglaublicher Lärm entgegen. Nach so langer Zeit in der Dunkelheit war die Sonne viel zu hell, und ich hob eine Hand, um meine Augen abzuschirmen, während mich der wilde Jubel der Menge umgab.

»Lance Orion!«, rief Lionel, als meine Sicht besser wurde und ich mich in der Grube eines riesigen Amphitheaters befand.

Käfige aus Nachteisen säumten den kreisrunden Platz, jeder von ihnen barg eine Nymphe in ihrer verwandelten Form. Ihre rot glänzenden Augen beobachteten mich hungrig.

Entsetzen machte sich in mir breit, als ich Lionel auf einem großen Thron auf der Tribüne entdeckte, mit Tory auf der einen und Clara auf seiner anderen Seite. Xavier stand hinter Tory, Vard mit einem blutrünstigen Lächeln auf den Lippen neben ihm.

Mit kalter Gewissheit wurde mir klar, wo ich mich befand. Dies war das Amphitheater, das während der Herrschaft des Grausamen Königs für Prozesse und Todeskämpfe genutzt worden war. Ein Ort, den die Ratsmitglieder geschlossen, geächtet und vergessen hatten. Aber natürlich hatte dieses Monster ihn wieder in Gebrauch genommen. Wahrscheinlich waren mehr als die Hälfte der Fae, die während der Herrschaft von Hail Vega hier gestorben waren, seinetwegen umgekommen.

Mein Puls hämmerte in meinem Kopf, als ich die Menge der Fae in ihren feinen Roben und Gewändern betrachtete. Ich konnte ihr Verlangen nach meinem Leid förmlich schmecken.

Tory machte einen Satz nach vorn, aber ein Blick meiner Schwester zwang sie zurück. Xaviers starrer Körperhaltung nach zu urteilen, vermutete ich, dass auch er von den Schatten festgehalten wurde. Aber wo war Darius?

»Du stehst vor Gericht, weil du aus meinem Gewahrsam geflohen bist, deine Gefängnisstrafe umgangen und mit einem Feind der Acrux-Familie konspiriert hast«, verkündete Lionel und Buhrufe ertönten aus dem Theater. »Hast du zu deiner Verteidigung etwas zu sagen?«

»Fick dich!«, knurrte ich und spuckte auf den Sand zu meinen Füßen, woraufhin Pfiffe aus der Menge ertönten.

Lionel betrachtete mich mit einer Grimasse. »Nun gut. Zur Strafe wirst du um dein Leben kämpfen. Du hast deine Formgebung zurückbekommen und darfst jede der Waffen benutzen, die dir im Ring zur Verfügung stehen.« Er deutete auf die Mitte der Grube, wo ein rostiges Schwert, ein Messer und ein Holzschläger auf dem Boden lagen.

Aufgeregtes Gelächter ertönte von den zuschauenden Mistkerlen und mein ganzer Körper kribbelte. Wut und Hass kochten in meiner Brust hoch und nahmen jeden Zentimeter von mir ein.

Ich schoss auf die Waffen zu, hob das rostige Scheißschwert auf und schleuderte es mit der ganzen Kraft meiner Formgebung auf Lionel Acrux' selbstgefälliges Gesicht. Es prallte gegen einen magischen Schild, der die

Menge schützte, und ein Keuchen ertönte, bevor alle anfingen, zu klatschen und zu lachen.

Lionel setzte einen finsteren und wütenden Blick auf, der meinen Trotz widerspiegelte. Er hasste es, dass er mich nie wirklich in den Griff bekommen hatte. Aber er wusste weder, dass wir den Imperialen Stern hatten, noch, dass ich ihm seit Monaten Lügen auftischte. Wenn er wirklich vorhatte, mich jetzt zu töten, hatte er dann die Hoffnung aufgegeben, ihn zu finden?

»Du wirst für deine Verbrechen gegen mich büßen«, knurrte Lionel, und die Menge verstummte, um zuzuhören.

»Dann töte mich!«, brüllte ich. »Nimm dir, was du willst, du Stück Scheiße!«

Er betrachtete mich mit einem wissenden Blick, der mir einen Schauer über den Rücken jagte. »Du bist es nicht, den ich begehre.«

Hinter mir ertönte ein Knirschen, und ich drehte mich um, als Darcy in Jogginghose und Croptop aus der Tür trat.

Die Menge keuchte und klatschte und zeigte zwischen uns hin und her, während sie die Lügen diskutierten, die sie über uns zu wissen glaubten. Aber sie wussten nichts.

»Gwendalina Vega hat letzte Nacht einen Anschlag auf mein Leben verübt«, rief Lionel der Menge zu, die wütend aufschrie.

Mein Herz schlug mir bis zum Hals, als Darcy trotzig ihr Kinn hob und den wertlosen Mann, der es wagte, sich König zu nennen, anfunkelte. Ich schoss an ihre Seite und unsere Hände verschränkten sich automatisch, was die schimpfende und buhende Menge noch wütender zu machen schien.

»Heute wird diese Verräterin an der Krone sterben!«, brüllte Lionel, und Tory zuckte abermals nach vorn, ihre Augen weit vor Schrecken, aber Clara drängte sie wieder zurück. »Wagst du es, zu deiner Verteidigung zu sprechen, Gwendalina Vega?«

Sie hielt meine Hand fester und fletschte die Zähne. Ihr Gesichtsausdruck war der einer furchtlosen Kriegerin. Ich platzte fast vor Stolz, neben ihr zu stehen. Wenn sie heute sterben würde, dann mit mir gemeinsam. Ich würde ohne sie keine einzige Sekunde länger auf dieser Welt bleiben. Aber selbst der Gedanke an dieses Schicksal war unerträglich. Und ich würde alles in meiner Macht Stehende tun, um es zu verhindern.

»Du bist unFae und unwürdig, auf dem Thron meines Vaters zu sitzen«, rief Darcy und ihre Stimme hallte durch das Amphitheater. »Ich weiß, was du getan hast. Ich weiß, dass du Hail Vega mit Dunkler Manipulation belegt, seinen Geist vergiftet und ihn gegen sein eigenes Volk aufgebracht hast.«

Die Menge raunte und tauschte neugierige Blicke aus, während Lionel sein Rückgrat straffte.

»Dein Vater war ein herzloser, hirnloser Narr, und kein wahrer Fae würde sich jemals wieder vor seiner schmutzigen Blutlinie verbeugen«, knurrte Lionel.

»Es lebe der Drachenkönig!«, rief Vard, und jeder auf der Tribüne stimmte in den Ruf mit ein.

»Hoch leben die Vega-Königinnen!«, antwortete ich und fiel auf die Knie, um mich vor meinen Königinnen zu verbeugen – ein Akt der Rebellion, der wahrscheinlich mein letzter sein würde.

»Lasst die Nymphen frei!«, brüllte Lionel und die Käfige öffneten sich klirrend um uns herum. Darcy zerrte an meinem Ärmel, um mich dazu zu bringen, aufzustehen, und ich stand auf und zog sie näher an mich heran, während mein Herz gegen meinen Brustkorb donnerte.

»Haben sie zufällig auch deine Formgebung aufgeweckt, meine Schöne?«, murmelte ich und sie schüttelte den Kopf. *Fuck!* »Dann steigst du besser auf.«

Sie stürzte auf mich zu, stellte sich auf Zehenspitzen und küsste mich zwei kurze, süße Sekunden lang heftig, bevor sie um mich herumlief und auf meinen Rücken kletterte. Und etwas sagte mir, dass das mein letzter guter Moment auf dieser Welt sein könnte.

»Ich liebe dich, Lance«, flüsterte sie an meinem Ohr, und ihre Worte gaben mir die Kraft, die ich benötigte, um mich den fünf Nymphen zu stellen, die auf uns zukamen.

Ich schoss in die Mitte der Arena, hob den Schläger auf und steckte das Messer in meinen Hosenbund. Ich wusste, dass die Chancen in diesem Spiel deutlich gegen uns standen. Aber ich würde bis zu meinem letzten Atemzug kämpfen, um mein Mädchen zu beschützen. Der Tod würde versuchen müssen, sie aus meinen Armen zu reißen, wenn er sie haben wollte – und selbst dann würde ich nicht loslassen.

Scorpio
Gemini
Virgo
Aries
Cancer
Leo
Taurus
Sagittarius
Capricorn
Aquarius
Libra
Pisces

DARIUS

KAPITEL 49

Die Sterne spuckten uns inmitten des schwülen Dschungels aus, und ich atmete die feuchte Luft ein, während Gabriel sich in schnellem Tempo durch das Gehölz bewegte.

»Hier gibt es immer noch uralte Schutzwälle«, sagte er, ohne sich nach mir umzudrehen. »Aber sie haben mir erlaubt, sie zu passieren, und ich habe gesehen, dass du sie auch betreten hast. Ich dachte nur, ich sollte dich warnen, denn du wirst es merken, wenn du sie durchschreitest.«

»Okay«, meinte ich und lief hinter ihm her, während er sein Erdelement einsetzte, um das Blattwerk für uns zu teilen und einen Weg durch den dichten Dschungel zu schaffen.

Im Gehen zog ich mein schweres Jackett aus und warf es achtlos beiseite, bevor ich mir auch die verdammte Krawatte vom Leib riss. Es war brütend heiß hier, und ich wollte das verdammte Ding ohnehin nicht tragen – es erinnerte mich nur an das perverse Schicksal, dem ich gerade entkommen war.

»Bist du sicher, dass wir hier richtig sind?«, fragte ich nervös. Ich war nur ungern so weit von denjenigen entfernt, die ich am meisten liebte, wenn sie offensichtlich gerade meine Hilfe brauchten.

»Es war eine der klarsten Visionen, die ich je hatte. Die einzige Chance, die wir haben, um meine beiden Schwestern zu retten, besteht in unserem Hiersein. Für beide führen heute so viele Wege in den Tod, dass ich ständig Bilder vor Augen habe, wie die eine oder die andere stirbt. So können wir sie retten«, sagte Gabriel entschlossen und ich konnte sehen, wie sehr ihn die

Angst vor dem Eintreffen dieser Visionen belastete.

»Dann sollten wir uns beeilen.« Ich musste mich auf die anstehende Aufgabe konzentrieren, ohne mich von der Sorge um sie überwältigen zu lassen. Wenn es das war, was ich tun musste, dann würde ich es tun.

Gabriel beschleunigte sein Tempo und plötzlich schien die Luft um uns herum vor Energie nur so zu strotzen. Ich schnappte nach Luft, als winzige Lichtpunkte aufleuchteten und meine Haut durch den Kontakt mit der uralten Magie, die mich berührte, vibrierte.

»*Acrux*«, sprach eine Stimme in meinem Kopf, die sanft und weiblich, aber auch kraftvoll und energisch war. »*Nachkomme des Schwurbrechers. Vorbote des Unheils. Das Blut in deinen Adern ist voller Lügen und Verrat.*«

Die Macht, die mich umgab, wurde dichter, mächtiger und geradezu lähmend, während ich um Luft rang. Die Energieimpulse brannten auf meiner Haut.

»*Ich sehe zwei Wege vor dir, Blut des Betrügers. Wähle weise!*«

Die Macht ließ mich so plötzlich los, dass ich auf die Knie fiel und zittrig einatmete. Mein ganzer Körper schlotterte, während ich versuchte, die Fassung wiederzuerlangen.

»Ich habe dir doch gesagt, dass du es spüren wirst«, sagte Gabriel, als er über mir stehen blieb und ich mich mit einem schmerzhaften Grunzen auf die Beine zwang.

»Was zum Teufel war das?«, knurrte ich.

»Etwas sehr Altes«, sagte er, bevor er sich umdrehte und mich weiter durch die Bäume führte.

Ich eilte ihm nach und riss die Hemdknöpfe an meiner Kehle auf. Schweiß benetzte meine Haut, und ich setzte meine Wassermagie ein, um mich abzukühlen.

Als Gabriel durch die Bäume vor mir trat und ich einen Blick auf meine Füße warf, bemerkte ich plötzlich den bronzefarbenen Weg, der zwischen den Blättern hervorlugte. Ich folgte ihm und stand plötzlich vor dem Eingang einer riesigen Höhle.

»Bist du bereit, Darius?«, fragte er mich ernst und ich zuckte mit den Schultern.

»Ich denke, das werden wir gleich herausfinden.«

Wir betraten die Dunkelheit der Höhle, aber bevor ich ein Fae-Licht wirken konnte, um etwas zu sehen, leuchteten riesige silberne Runen an der Wand auf. Gabriel nickte mir zu, als ich ihn fragend ansah.

Ich trat vor, strich mit den Fingern über die Runen und keuchte auf, als eine Welle der Macht unter meine Haut strömte, meine Magie suchte und ihren Wert abzuwägen schien, bevor sie sich wieder zurückzog.

Bevor ich fragen konnte, was wir als Nächstes tun sollten, leuchteten weitere uralte Runen an der Wand auf und wiesen den Weg durch einen Gang, der nach rechts abbog.

»Sie werden uns den Weg zeigen«, sagte Gabriel und ich rannte los, um ihnen zu folgen.

Unsere Schritte hallten in den breiten steinernen Tunneln wider und ich entdeckte uralte Relikte und Schätze am Wegesrand, einige so wertvoll, dass der Drache in mir am liebsten stehen geblieben wäre und sie für sich beansprucht hätte. Aber es gab keinen einzigen Schatz auf dieser Welt, der wertvoller war als das Mädchen, das ich liebte, und ich würde mich nicht von dem ablenken lassen, was ich hier zu tun hatte.

Die Tunnel führten in die Tiefe, und je weiter wir in die Höhlen vordrangen, desto stärker schien die Magie dieses Ortes um mich herum zu summen. Er war wunderschön, schrecklich und mir aus einem unbekannten Grund auch gespenstisch vertraut.

Plötzlich tat sich um uns herum eine Höhle auf, und als die Runen die Wände illuminierten, entdeckte ich überall blühendes Leben und Grünzeug.

Ein kleiner plätschernder Wasserfall rann von irgendwo hoch über uns die Höhlenwand zu unserer Linken hinunter, und daneben war ein wunderschöner Baum gewachsen, dessen Wurzeln sich über die ganze Höhle ausbreiteten. Überall blühten kleine weiße Blumen an dicken grünen Lianen, die die Steinwände bedeckten, und ich fragte mich staunend, wie zum Teufel das alles in der Dunkelheit unter der Erde so gut gedeihen konnte.

War die Magie hier so stark, dass sie sich verselbstständigt hatte? Dass sie nicht die Hand eines Faes benötigte, um gelenkt zu werden? Oder war dies eine Schöpfung aus vergangenen Jahrhunderten, mit einer Magie so stark, dass sie nach wie vor Macht innehatte?

Die Runen pulsierten und flackerten, und mein Blick wurde auf die andere Seite der Höhle gelenkt, wo eine runde Steintür wartete. Um sie herum leuchteten das Rad des Tierkreises und jedes der Sternzeichen in Silber.

Ich trat vorsichtig näher. Aus Angst, die Stille zu brechen, hielt ich den Atem an. Mit einer unglaublich tiefgreifenden Gewissheit wusste ich, dass mein Schicksal dahinter lag.

»Weiter kann ich nicht gehen«, sagte Gabriel geheimnisvoll und griff nach meiner Schulter, um mich ihm zuzuwenden. »Ich weiß nicht, was du hinter dieser Tür vorfinden wirst, Darius. Ich weiß nur, dass, sich – egal, was passiert – das Rad des Schicksals auf eine fundamentale Weise drehen wird, die viele Dinge verändern könnte. So viele, dass ich sie unmöglich alle *sehen* kann.«

»Aber wenn ich da drinnen etwas richtig mache, werden die Vegas überleben?«, fragte ich, weil ich das zweifellos wissen musste.

Gabriel zögerte und streckte seine Finger aus, um über die Steintür zu streichen, sodass sie erzitterte und für einen Moment mit seinem Sternzeichen aufleuchtete, bevor er sich zurückzog. »Ja. Du kannst sie retten, indem du da reingehst. Aber mehr kann ich nicht *sehen*. Dieser Test ist allein für dich.«

»Dann werde ich dafür sorgen, nicht zu versagen«, schwor ich, klopfte ihm auf die Schulter und trat vor, um die Tür zu betrachten.

Ich legte meine Hand auf den rauen Stein und das Symbol des Löwen leuchtete heller als alle anderen. Magie rauschte durch meine Glieder, als sich das Tierkreisrad zu drehen begann, bis mein Sternzeichen über dem Eingang stand und die Tür aufschwang.

Hinter der Tür war es dunkel, aber ich ließ mich nicht beirren, hob mein Kinn und trat ein.

»*Acrux*«, sprach die ätherische Stimme aufs Neue in meinem Kopf. »*Dein Schicksal wartet auf dich.*«

Gemini
Scorpio
Virgo
Cancer
Aries
Leo
Sagittarius
Taurus
Capricorn
Aquarius
Libra
Pisces

DARCY

KAPITEL 50

Orion schoss durch die Arena und stürzte sich gerade auf den Rücken einer Nymphe, als eine weitere Nymphe in einer Explosion unkontrollierter Kraft Feuer auf uns schleuderte. Das Feuer traf die Bestie, gegen die wir kämpften, genau in die Brust, sodass sie kreischend rückwärts stolperte und zu fallen drohte.

Ich riss das Messer aus Orions Hosenbund, während er sich an den Hals der Nymphe klammerte, und rammte es der Kreatur mit aller Kraft in den Hinterkopf. Sie zerfiel zu Schatten, und ich ließ Orion los, bevor wir auf dem Boden aufschlugen, weil sein Gewicht mir den Atem raubte.

Wir hatten bereits zwei Nymphen ausgeschaltet, aber für jede, die wir zerstörten, wurde eine weitere auf uns losgelassen, und ich wusste, dass wir nicht ewig so würden weitermachen können.

Aus den Händen der nächstgelegenen Nymphe, die große geschwungene Hörner auf dem Kopf und einen schwärzlichen Stern zwischen den Augen hatte, quoll ein Feuerstrahl. Sie war erschreckend stark, die gestohlene Fae-Kraft in ihren Adern war furchterregend, und der einzige Vorteil, den wir hatten, war, dass sie nicht sehr geschickt damit umgehen konnte.

Orion hob mich hoch und raste davon, während das Feuer über den Boden flammte, auf dem wir gerade noch gelegen hatten. Wir schafften es auf die andere Seite der Grube, und ich sprang aus seinen Armen und hechtete auf seinen Rücken, als eine Nymphe von rechts auf uns zukam. Ich behielt das Messer in der Hand, während Orion den Schläger knurrend erhob und die

Menge den Bestien, die auf uns zusteuerten, Mut zusprach und uns den Tod wünschte.

Orion atmete schwer, und ich wünschte, ich könnte ihm Heilzauber anbieten, aber ich war nutzlos. Ich konnte nichts tun, als mich an ihm festzuhalten und mein Bestes tun, um sicherzustellen, dass wir überlebten. Aber je länger das so weiterging, desto mehr fürchtete ich, dass wir unserem Ende näher kamen. Es war ein Wunder, dass wir so lange überlebt hatten.

»Festhalten«, knurrte Orion und hob seinen Schläger höher, während unsere Feinde uns umkreisten.

»Wir können das nicht ewig durchhalten«, sagte ich und warf einen Blick zur Tribüne, wo Lionel uns mit amüsierter Miene beobachtete.

Tory starrte mich mit verzweifelten Augen an, während Clara sie in ihrer Position festhielt. Stumm teilte ich ihr mit, dass ich nicht aufgeben würde. Niemals.

Eine Nymphe schickte einen Wasserzauber auf uns, Eissplitter schossen in alle Richtungen, und Orion raste zischend davon, als sich einer von ihnen in seinen Arm bohrte. Ich keuchte auf und umklammerte die Wunde, wobei meine Finger blutig wurden.

»Lauf weiter!«, flehte ich in meiner Angst.

Er rannte weiter um die Grube herum, während von allen Seiten Magie auf uns geworfen wurde, und ich setzte mein ganzes Vertrauen in Orion, dass er uns da durchbringen würde.

Er tauchte hinter der Wassermagie ausübenden Nymphe auf und verpasste ihr einen harten Schlag auf die Beine, woraufhin die Kreatur mit einem Brüllen auf die Knie fiel.

Orion wirbelte herum, hob den Schläger über seinen Kopf und ließ ihn mit einem wütenden Schlag auf den Schädel der Nymphe niedergehen. Die Kreatur schlug mit einem sterbenden Stöhnen auf dem Boden auf und zerfiel in Asche und Schatten um uns herum.

»Ja«, zischte ich und küsste Orions Wange.

Weitere Nymphen strömten durch die uns gegenüberliegenden Steintüren in die Arena, und Orion rannte mit voller Geschwindigkeit auf sie zu, um zu versuchen, jene Türen zu durchdringen. Aber gerade als wir sie erreicht hatten, stießen wir gegen eine magische Barriere und wurden rücklings gegen vier der riesigen Bestien geschleudert und rollten voneinander weg durch den Sand.

Mein Herz hämmerte in meiner Brust, als ich mich aufrichtete, das Messer hob und die Beine der nächstbesten Nymphe aufschlitzte, bevor ich es in den

Magen einer anderen stieß.

Eine riesige Fühlerhand rammte mich, sodass ich noch weiter von Orion wegflog und hart genug auf dem Sand aufschlug, um mir die Wirbelsäule zu verletzen. Angst und Entschlossenheit prallten in mir aufeinander, als ich mich mit einem Knurren abermals aufrappelte und meinen Griff um das Messer veränderte, während ich zurück zu Orion rannte, der den Schläger wild gegen drei der Monster schwang.

Er kämpfte mit wütenden, unnachgiebigen Schlägen, aber sie gewannen bald die Oberhand und eine der Nymphen warf ihn zu Boden, setzte einen Fuß auf seine Brust und griff mit ihren ausgestreckten Fühlern nach seinem Herzen.

»Nein!« Das Grauen packte mich, und ich stürzte mich mit einem gellenden Schrei auf ihn und rammte der Nymphe das Messer immer und immer wieder in den Rücken, sodass sie sich erschrocken umdrehte und mich ansah. Eine andere Bestie packte meine Taille und warf mich neben Orion zu Boden, wobei mir das Messer aus der Hand geschlagen wurde und über den Sand flog. Mein Herz pochte, meine Hoffnung schwand.

Ein Meer von grotesken Nymphengesichtern starrte auf uns herab, während sie uns festhielten, und Orion kämpfte mit allem, was er hatte, um aufzustehen, schaffte es aber nur bis zur Hälfte, um dann von immer mehr Nymphenhänden wieder zu Boden gedrückt zu werden. Sie schienen jetzt gegeneinander zu kämpfen, um zu bestimmen, wer ihre Fühler in ihn rammen durfte.

»Verschwindet!«, schrie ich und griff nach ihm, während scharfe Fühler an meinem Körper entlangschrammten und mir der Geruch meines eigenen Blutes in die Nase stieg.

Ich musste zu Orion gelangen. Ich würde nicht aufhören, bis ich bei ihm war.

Wenn wir schon sterben müssen, dann wenigstens zusammen.

»Darcy!« Ein spitzer Schrei kam von meiner Schwester, und der Schmerz, der sich bei diesem Geräusch in mir ausbreitete, bestätigte, was ich bereits wusste. Es war vorbei. Die Nymphen kämpften darum, welche von ihnen unsere Magie stehlen würde. Jetzt, da sie uns umzingelt hatten, konnten wir uns nicht mehr befreien.

Es tut mir leid. Ich liebe dich.

Die Menge schrie aufgeregt, skandierte unseren Tod und mein Leben schien sich auf ein paar letzte Momente zu beschränken.

Meine Hand fand Orions, und er zog mich fest an sich und versuchte mit aller Kraft, sich zu befreien. Aber die Nymphen drängten sich an ihn heran, und als er es auf die Knie schaffte, griff eine von ihnen nach seinem Kopf. Ich bäumte mich auf und bohrte meine Fingernägel in die Hände des Wesens, versenkte meine Zähne in seinen Fühler und biss in die harte Rinde seiner Haut, bis ich Blut schmeckte.

Die Nymphe wich mit einem Kreischen zurück, aber eine andere nahm ihren Platz ein und hielt Orion fest. Orions Augen trafen meine, ohne zu blinzeln, als ob er in seinen letzten Momenten nichts anderes als mich zu sehen wagte. Und ich wagte es auch nicht, die Augen zu schließen. Trauer durchzuckte meinen Körper, als eine andere Nymphe mich packte und Orion und ich enger zusammengedrängt wurden, während sie nach wie vor versuchten, ihre Fühler in uns zu stecken.

Tränen liefen über meine Wangen, und ich spürte den Schmerz meiner Verletzungen kaum noch, als ich meinen Gefährten vor mir ansah. Den Mann, den ich mir selbst ausgesucht hatte, ungeachtet der Sterne, des Schicksals und der Gesetze. Er gehörte mir und ich gehörte ihm. Jetzt und für immer. Letztlich hatte er sein Versprechen mir gegenüber gehalten und ich das meine. Wir hatten füreinander gekämpft, bis wir nicht mehr hatten kämpfen können.

Ich atmete ihn ein und verfluchte die Welt dafür, dass sie uns keine Chance gegeben hatte. Oder vielleicht hatten wir eine bekommen, und das war der Preis dafür, dass wir sie versaut hatten.

»Lass mich nicht los«, flehte ich gegen seinen Mund.

Er drückte mich fester an sich und versuchte abermals, aufzustehen, aber die Nymphen waren in der Überzahl. »Wir sehen uns in den Sternen, Blue«, versprach er und seine Lippen streiften meine.

Donner krachte über uns und ein Blitz erhellte die Tribüne, bevor ein lautes Poltern ertönte, als etwas getroffen wurde. Ich spürte, wie sich der Tod näherte und uns wie ein Mantel umgab.

»Argggggghhhh!«, schrie eine Frau irgendwo hinter uns und die Menge keuchte und kreischte auf, als vier riesige weiße Pranken auf die Nymphen einschlugen, die uns niederhielten. Die vorderen beiden waren mit Phönixmetall ummantelt und aus den Klauen loderte Feuer, das zwei Nymphen kurz nacheinander tötete.

Wir wurden überrollt, und Orion zog mich an seine Brust und umschloss mich mit seinem Körper, während Seth über uns sprang und eine weitere Nymphe allein mit seinen Zähnen zerriss. Geraldine ritt auf ihm, gekleidet in eine Art schimmernde bronzene Kriegerrüstung mit spitzen Silberbrüsten.

Sie schwang ihren Flegel um ihren Kopf und zertrümmerte die Schädel der Nymphen, während Schatten und Staub von den fallenden Nymphen aufstoben. Durch den Schmerz und die Schwäche in meinem Körper konnte ich kaum die Kraft aufbringen, zu hoffen.

»Für meine glorreichen Majestäten!«, rief sie. »Die Gefahr ruft meinen Namen, und mein Name ist Geraldine Gundellifus Gabolia Gundestria Grus! Hört. Meinen. Schrei!«

Caleb tauchte auf, komplett in Schwarz gekleidet, ließ sich vor uns in den Sand fallen und drückte seine Hände auf meinen Rücken, wo die Fühler der Nymphe in mich eingedrungen waren. Ich wimmerte vor Schmerz, als er mich heilte, bevor er sich um Orion kümmerte, dessen Finger meine umschlossen. Als er fertig war, rammte mir Caleb wortlos eine Nadel in den Arm, und ich keuchte auf, als das Gegengift für das Formgebungsunterdrückungsmittel in meine Adern floss.

»Es wird alles gut«, knurrte er und löste meine Handschellen mit einem Schlüssel, bevor er ihn Orion zuwarf.

»Danke«, sagte ich atemlos.

»Aufstehen, kämpfen, fliehen, das ist der Plan – ach ja, und nicht sterben!«, erklärte Caleb und nahm ein riesiges Schwert von seinem Rücken, das ich als das Schwert erkannte, das ich für Orion gemacht hatte. Er reichte es ihm, bevor er verschwommen davonrannte.

Magie strömte in meine Fingerspitzen, und ich zog Orion näher an mich heran, während die Nymphen von unseren Freunden abgelenkt waren, und drückte seinen Mund fest an meinen Hals. Seit wir in Stellas Haus gewesen waren, hatte er nicht mehr getrunken – er musste völlig ausgebrannt sein.

»Trink!«, befahl ich, während ich einen Luftschild um uns wirkte. Er gehorchte.

Ich hatte kaum Zeit, erleichtert zu sein, als um uns herum Chaos ausbrach und der Schatten eines riesigen Sturmdrachens über uns hinwegflog. Die Menge schrie und der Tod schwang sich auf wütenden, gefräßigen Schwingen durch das Amphitheater, während Dantes Blitzkräfte die Tribünen verwüsteten und mehr und mehr unserer Freunde erschienen.

»Für die wahren Königinnen!« Hamish rannte durch die Menge, zog sich aus, verwandelte sich in einen riesigen schwarzen Zerberus und schnappte nach den Fae, die gekommen waren, um uns sterben zu sehen. Da waren Tiberianische Ratten, Minotauren und Wölfe. Es war ein wunderschönes, furchterregendes Durcheinander. Und ich saugte alles in mich auf, während die Hoffnung in meiner Brust wuchs und meine Kraft in einer wütenden Welle zurückkehrte. Ich konnte Lionel hinter dem Schwarm von Schatten nicht sehen, den Clara beschworen hatte, um jeden, der es wagte, sich ihm zu nähern, abzuwehren. Aber meine Schwester war da oben. Und ich musste zu ihr gelangen.

Als Orion fertig war, beeilten wir uns, aufzustehen und unsere Wunden zu heilen, und ich hob die Hände, als Phönixfeuer durch mein Wesen strömte. Ein dunkles, rachsüchtiges Lächeln umspielte meinen Mund. Der Schild, der die Arena von den Tribünen abgeriegelt hatte, war verschwunden und unsere Freunde waren gekommen, um uns zu retten. Das Schicksal hatte uns eine zweite Chance gegeben. Und ich würde das Beste aus jeder Sekunde machen.

Während sich Seth und Geraldine durch die Nymphen vor uns schlugen und Orion losschoss, um weitere mit seinem Schwert zu töten, streckte ich meine Handflächen aus und ließ einen riesigen Schwall Phönixfeuer los, der eine Nymphe nach der anderen vernichtete, bis die Hälfte von ihnen versuchte zu fliehen. Aber ich würde keine Gnade zeigen. Es war an der Zeit, dass der König und seine Armee fielen. Und die Vega-Königinnen sich erhoben.

Gemini
Scorpio
Virgo
Cancer
Aries
Leo
Taurus
Sagittarius
Capricorn
Aquarius
Libra
Pisces

MAX

KAPITEL 51

Meine tiefblauen Schuppen überzogen meinen Körper, als ich mich mit einem Windstoß über das Amphitheater erhob und über der Menge der schreienden, kämpfenden Fae schwebte.

Die Drachen brüllten, als sie sich verwandelten und in den Himmel stiegen, um ihren König zu verteidigen, und ich schöpfte aus der tiefen Quelle der Macht, die meine Fähigkeiten enthielt, und spürte jeden einzelnen von ihnen mit meiner Psyche auf.

Ich schnappte mir einen Geist nach dem anderen, ihre verwandelten Formen machten es noch einfacher, sie zu erfassen, da ihre Magie dann nicht im Spiel war, beschwor die tiefsten, dunkelsten Gefühle von Angst, Hoffnungslosigkeit und Schrecken herauf und trieb sie mit aller Kraft in sie hinein.

Die Männer schrien in Panik, als die Macht meiner Gaben über sie hereinbrach, und je mehr sie sich vor mir fürchteten, desto stärker wurde meine eigene Macht.

Lionel war immer noch unter einem Schattenschleier auf der Tribüne unter mir versteckt, und ich verfluchte ihn, als ich Caleb entdeckte, der versuchte, sich einen Weg durch die Menge zu bahnen, um zu ihm zu gelangen.

Dante Oscura fegte wild brüllend in seiner dunkelblauen Drachenform über uns hinweg und entfachte die Macht eines Sturms unter sich. Blitze schlugen mit tödlicher Präzision in Lionels Anhänger ein und löschten sie aus.

Er steuerte auf den Boden hinter dem riesigen Steingebäude zu, in dem

Lionels kranke Spiele stattgefunden hatten, und ich nutzte meine Luftmagie, um dem Sturmdrachen durch den Himmel zu folgen. Ich näherte mich ihm und pumpte Mut und Zuversicht in die Rebellen, die sich an seinen Rücken klammerten, als er landete, um sie abzusetzen, damit sie sich dem Kampf anschließen konnten.

Als sie von seinem Rücken sprangen, verwandelten sie sich in ein Rudel riesiger Wölfe, und ein gigantischer Nemëischer Löwe stürzte sich in den Kampf und brüllte so laut, dass der Himmel zu erbeben schien.

Ein Magiestoß traf den Schild, den ich um mich herum errichtet hatte, und ich knurrte vor Wut, als ich meinen Blick von den Rebellen abwandte und Vard entdeckte, der unter mir an der Mauer stand, die die Tribüne umgab.

Ich riss den Bogen von meinem Rücken und zielte auf ihn. Mit einem wilden Lächeln erlaubte ich ihm, seinen Schlag auszuführen, woraufhin die ganze Kraft seiner Magie gegen meinen Schild prallte und ihn durch die Wucht, die er eingesetzt hatte, zum Vibrieren brachte.

Aber ich war ein Erbe des Celestia-Rates, einer der mächtigsten Fae der Welt – er hätte es wirklich besser wissen müssen, als sich mit mir anzulegen.

Ich ließ meinen Schild einen halben Atemzug lang flackern, bevor ich meinen Pfeil fliegen ließ. Er zog eine Feuerfahne hinter sich her, bevor er auf mein Ziel – Vards Herz – zusteuerte.

Vard riss die Hände hoch und schleuderte seine Feuermagie mit aller Kraft auf den Pfeil, der genau in dem Moment aus der Bahn geriet, als der Luftstoß, den ich vorbereitet hatte, seinen Bauch traf.

Mit einem ängstlichen Schrei stürzte er von der Mauer, aber ich konnte nicht sicher gehen, dass er sich das Genick gebrochen hatte, denn ein rostroter Drache stürzte mit einem wütenden Brüllen vom Himmel auf mich zu und beanspruchte meine ganze Aufmerksamkeit.

Ich schoss zur Seite, als der Drache einen Feuerball auf mich richtete, und kanalisierte all meine Kräfte, um ihn bei meinem Anblick vor Angst erzittern zu lassen.

Der Drache brüllte und versuchte, gegen den Schrecken anzukämpfen, den ich in seiner Seele erweckte, und ich schoss Eisspeere in seine Seite, als er eine Sekunde zu lange von der Angst gelähmt war.

Das Biest brüllte vor Schmerz, als sein Flügel zerfetzt wurde und Blut aus den Wunden floss. Seine Augen weiteten sich vor Panik, als er vom Himmel stürzte und sich in seine Fae-Gestalt zurückverwandelte, bevor er mit einem unangenehmen Knall auf dem Boden aufschlug, der sein Ende ankündigte.

Das tiefe Röcheln der Nymphen lenkte meine Aufmerksamkeit wieder auf die Grube in der Mitte des Amphitheaters, und ich eilte in diese Richtung zurück, wobei ich den Pfeil, den ich auf Vard geschossen hatte, mit Luftmagie in meine Hand zurückholte.

Geraldine kämpfte unter mir und grölte vor Wut, während sie ihren Flegel immer wieder um ihren Kopf schwang, die Nymphen herausfordernd anbrüllte und mit der ganzen Zuversicht der Sonne strahlte.

»Ich bin die holde Dämonin, die euch in euren Albträumen heimsucht, ihr Schattengeister! Spürt den Kuss der Gerechtigkeit, wenn ich euch niederschlage und in die Tiefen der Unterwelt verbanne!«, rief sie, stürmte furchtlos vor und schleuderte die stachelige Kugel am Ende ihres Flegels gegen den Schädel einer der Kreaturen.

Die Nymphe kreischte vor Schmerz, als das Phönixfeuer, das in der Waffe steckte, sie in Brand setzte, und Geraldine lachte laut, bevor sie zu ihrem nächsten Ziel rannte.

Sie war so verdammt schön, dass mein Herz heftiger schlug, und ich verfolgte sie durch den Himmel, um ihr dabei zu helfen, die Nymphen zu bekämpfen, als sie sich erneut ins Getümmel stürzte.

Ich drängte meinen Freunden Zuversicht und Mut auf, während sie kämpften, aber das brauchten sie gar nicht, denn jeder von ihnen kämpfte mit der puren Wut der Gerechtigkeit, während wir um unser Leben und das derer, die wir liebten, rangen.

Doch als ich abermals meinem Bogen spannen wollte, ertönte ein nur allzu vertrautes, schmerzhaftes Heulen, das mein Herz in Panik versetzte. Ich wirbelte herum, um Seth zwischen den kämpfenden Körpern zu suchen, und mein Herz setzte aus, als ich ihn nicht fand.

Als ich ihn wieder hörte, sprach ich einen Verstärkungszauber und ließ mich auf den Boden fallen, bevor ich in die Richtung rannte, aus der sein Heulen zu hören gewesen war. Ich hoffte nur, dass ich nicht zu spät kam.

Scorpio
Virgo
Gemini
Aries
Cancer
Leo
Sagittarius
Taurus
Capricorn
Aquarius
Libra
Pisces

SETH

KAPITEL 52

Zwei Nymphen drängten mich gegen eine Wand und hielten mich dort fest, während ich krampfhaft versuchte, mich zu befreien. Die eine mit den geschwungenen Hörnern schleuderte Feuer auf mich und verbrannte meine Seite mit einem sadistischen, hämischen Lachen, während ich vor Schmerzen heulte.

Ich schlug mit den Pfoten nach ihnen, aber die Mistviecher hörten nicht auf, selbst als ich mit Phönixfeuer auf sie einschlug.

Ich hörte, wie Darcy meinen Namen rief, und von irgendwo auf der anderen Seite der Grube schossen rote und blaue Feuerfontänen in den Himmel, die mir sagten, dass sie es nicht mehr rechtzeitig schaffen würde. Eine Lücke tat sich zwischen den beiden Nymphen auf und ich stürzte nach vorn, um mich mit einem entschlossenen Bellen zu befreien, aber eine andere Nymphe versperrte mir den Weg. Sie rammte mir ihre riesige Fühlerhand ins Gesicht und warf mich zu Boden.

Das Rasseln der Nymphen war tief und hungrig, während die drei darum kämpften, mich festzuhalten – jede von ihnen verzweifelt darauf bedacht, diejenige zu sein, die mir meine Kraft stahl, während sie mich tötete. Angst überkam mich, als sie mich auf den Rücken in den Sand zwangen und die riesige Nymphe mit den Hörnern nach unten griff, um meine Magie aus meinem Herzen zu reißen. *Scheiße, nein, ich habe noch zu viel Leben vor mir. Ich habe Cal nie gesagt, was ich fühle.*

Ein Pfeil schlug in den Schädel derjenigen Nymphe ein, die meine

Pfoten festhielt, und sie explodierte zu Schatten, während ein zweiter Pfeil die gehörnte Nymphe über mir nur knapp verfehlte. Die große Bestie brüllte herausfordernd, sprang über mich hinweg, rannte auf Max zu, der vom Himmel herabkam, und ließ einen riesigen Feuerstrahl aus ihren Händen strömen.

Max schirmte sich mit Luft ab, während ich aufstand und wegen der schmerzenden Verbrennungen an meiner Seite aufjaulte.

Ich stürzte mich wie wild auf die letzte Nymphe, riss ihr die Kehle auf und schüttelte sie heftig, während sie in meinem Maul schrie und kreischte.

Meine Muskeln zitterten, als der Schmerz meiner Verletzungen mich zu überwältigen begann, und mein Griff um die Nymphe erlahmte für einen Moment, als ich fast ohnmächtig wurde. Aber mit einem entschlossenen Knurren schaffte ich es, das Gefühl zu bekämpfen und durchzuhalten.

Mit einem heftigen Kopfruck brach das Genick der Nymphe, und sie löste sich in Schatten auf, während ich taumelte und meine Vorderbeine nachgaben. Ich versuchte, mich aufzurichten, aber Dunkelheit verschleierte meine Sicht und ich stolperte stattdessen und krachte mit einem schmerzhaften Wimmern in den Sand.

Eine verschwommene Bewegung kam auf mich zu und mein Herz schlug höher, als ich die Schnauze hob und mich bereit machte, Caleb zu begrüßen. Aber es war Orion, der vor mir langsamer wurde, sich zu Boden fallen ließ und seine Hände auf die Brandwunden an meinem Körper drückte. Der Schmerz ließ nach, während er arbeitete, und ich stieß ein leises Winseln aus, als ich meinen Kopf drehte, um sein Gesicht zu lecken, was ihn verärgert grunzen ließ. *Lance Orion ist meinetwegen gekommen. Er liebt mich wie ein Rudelmitglied.*

»Nur, weil Blue mich hassen würde, wenn ich dich sterben ließe«, knurrte er und ich schenkte ihm ein Wolfsgrinsen, wobei mein Schwanz gegen den Sand hämmerte. *Aber sicher doch.*

Als er damit fertig war, mich zu heilen, sprang ich auf und warf den Kopf nach hinten, um ihm anzubieten, aufzusteigen.

»Nie im Leben, Köter.« Er schoss davon und streckte eine Nymphe mit einem wütenden Schwerthieb nieder. Ich seufzte innerlich. *Mein zukünftiger bester Freund.*

Ich rannte über den Sand, während sich einige Nymphen zu einem breiten Tor unter dem Amphitheater zurückzogen und Max versuchte, den Schild zu durchbrechen, der ihn daran hinderte, ihnen zu folgen.

Darcy kämpfte mit der Grausamkeit ihres Vaters gegen die gehörnte Nymphe, und ich heulte vor Freude, bevor ich mich umdrehte und aus der

Grube auf die Tribüne sprang.

Ich heftete mich an die Fersen der fliehenden Menge, schlug sie mit meinen riesigen Pfoten nieder und entdeckte Rosalies wunderschöne silberne Gestalt vor mir. Sie führte ein Rudel Oscura-Wölfe an, und ich heulte ihr zur Begrüßung zu, woraufhin sie den Kopf drehte und mir bellend antwortete.

Ich sprintete durch ihr Rudel, bis ich sie erreichte, und wir rannten Seite an Seite und zertrampelten jedes unglückliche Stück Scheiße, das sich uns in den Weg stellte.

Ich suchte in dem Wahnsinn nach Caleb, aber es war viel zu chaotisch hier. Es war unmöglich, ihn zu finden. Ich hoffte nur, dass er es bereits zu Tory geschafft hatte, denn wir mussten sie von Lionel wegbringen. Dann würde vielleicht einer von uns die Chance haben, ihn zu töten.

Scorpio
Virgo
Gemini
Cancer
Leo
Taurus
Capricorn
Libra
Pisces
Aquarius
Sagittarius

TORY

KAPITEL 53

Ich stand an Claras Seite, festgehalten von den Schatten, mit denen sie jeden davon abhielt, sich uns zu nähern oder uns anzugreifen. Lionel schritt vor uns auf und ab und beobachtete den Kampf in der Grube, während das Geräusch der Rebellen und Drachen, die draußen aufeinandertrafen, zu uns in die königliche Loge drang.

Meine Muskeln waren starr vor Anspannung, während sie mich zwang, absolut still zu halten. Sogar meine Kiefer waren aufeinandergepresst, um kein Wort nach außen dringen zu lassen, während Xavier auf der anderen Seite die gleiche Behandlung erfuhr.

»Wie lange dauert es, bis meine Nymphenarmee eintrifft, um diese Verräter zu vernichten?«, forderte Lionel.

»Sie kommen, Daddy«, versicherte ihm Clara, während sich die Schatten unruhig um sie schlängelten. »Einige werden bald hier sein. Andere sind sehr, sehr, sehr, sehr, sehr, sehr weit weg …«

»*Du* hast mir doch gesagt, dass sie frische Opfer benötigen. Ich habe sie nur nach Norden geschickt, weil du darauf bestanden hast, dass sie Magie für sich beanspruchen müssen, und jetzt sind sie nicht da, wenn ich sie brauche«, knurrte er und zeigte mit dem Finger anklagend auf sie. »Wenn sie mich jetzt im Stich lassen, bist du diejenige, der ich die Schuld dafür geben werde.«

Clara wimmerte erbärmlich, drehte sich zu mir um und schlug mir so fest sie konnte ins Gesicht, dass mein Kopf zur Seite kippte und meine Lippe aufplatzte. Aber die Schatten hinderten mich daran, mich zu wehren.

»Deine Schwester macht Daddy traurig!«, rief sie und zeigte mir ins Gesicht. Ich lächelte sie nur an, um ihr zu zeigen, wie ich mich dabei fühlte, während sie sich nach wie vor weigerte, mich sprechen zu lassen.

Clara stürzte sich kreischend auf mich, aber Lionel hielt sie am hinteren Teil ihres Kleides fest, bevor sie mich erreichen konnte.

»Das ist inakzeptabel«, schnauzte Lionel. »Ich werde das nicht länger hinnehmen. Wenn die Nymphen den Job da unten nicht zu Ende bringen, dann werde ich es selbst tun. Jeder Einzelne, der heute hier aufgetaucht ist, um das Vega-Mädchen zu verteidigen, hat bewiesen, dass er der Krone gegenüber untreu ist. Sie sind Verräter und dies ist ein Akt des Verrats, der nur mit dem Tod bestraft werden kann.«

Seine Worte machten mich kribbelig, aber ich ließ nicht zu, dass sie mich mit Angst erfüllten. Die Erben waren hier, die Rebellen auch. Darcy würde es hier rausschaffen – ich glaubte an sie.

Clara teilte die Schatten, sodass wir die Schlacht unter uns beobachten konnten. Orion schoss gerade über die sandige Grube unter uns und schwang sein Schwert mit einem wilden Brüllen. Meine Lippen zuckten triumphierend, als die Nymphe, die er getroffen hatte, mit einem Schmerzensschrei in Schatten zerfiel und starb.

»Genug!«, schrie Lionel, und seine Stimme hallte von den Tribünen wider, als der Drache in ihm zum Vorschein kam. »Clara, geh da runter und setz dem Ganzen ein Ende! Ich werde nicht länger zusehen.«

»Ja, mein König«, schnurrte sie aufgeregt, ging geradewegs auf die Mauer zu, die die Tribüne säumte, hüpfte darauf und sprang über den Rand.

Um sie herum stiegen Schatten auf, die sie nutzte, um mitten in die Schlacht zu schweben, und ich blieb mit Lionel und Xavier allein zurück.

Mein Blick blieb auf meine Schwester gerichtet, die verbissen kämpfte, und die Schattenhure bewegte sich direkt auf sie zu, mit einem furchterregenden Grinsen auf dem Gesicht, während sich die Dunkelheit um sie herum formte und ausbreitete.

Die Schatten lösten ihren Griff um mich, als Clara sich auf den Kampf konzentrierte, und ich trat keuchend einige Schritte von Lionel weg, ergriff Xaviers Arm und zerrte ihn zur Tür an der Seite der Königsloge.

»Du kannst mich nicht allein lassen, Roxanya«, höhnte Lionel, unternahm aber nicht einmal den Versuch, mich aufzuhalten. »Wir befinden uns mitten in einer Schlacht. Mein Leben ist in Gefahr. Das Band wird dich an meiner Seite halten. Du wirst für mich sterben, ob du willst oder nicht.«

»Dann hoffe ich, dass ich sterbe«, fauchte ich ihn an. »Und ich hoffe, dass das Letzte, was ich sehe, meine Schwester ist, die dir den Kopf abschlägt.«

Lionel schnaubte, während der Geschmack dieser Worte auf meiner Zunge mir Übelkeit bereitete. Ich verfluchte das Band, das zwischen uns pulsierte und mich näher zu ihm drängte, obwohl ich in meinem Herzen wusste, dass ich das eigentlich gar nicht wollte.

Ich versuchte, einen weiteren Schritt von ihm weg zu machen, konnte es aber nicht, weil das Bedürfnis, ihn zu beschützen, in mir immer stärker wurde, bis ich keinen anderen Gedanken mehr fassen konnte.

»Tory, komm schon«, drängte Xavier und zerrte an meinem Arm, aber ich schüttelte den Kopf, während ich einen Schutzschild über Lionel errichtete. Die Forderungen des Bandes ließen nach, als ich ihm nachgab.

»Geh du«, würgte ich hervor, und der Druck in meinem Schädel ließ ein wenig nach, als ich zu Lionel zurückstolperte und er mich triumphierend angrinste.

»Ich lasse dich nicht hier«, knurrte Xavier, aber bevor ich darauf bestehen konnte, brachte mich eine verschwommene Bewegung in meinem Augenwinkel dazu, herumzuwirbeln.

Caleb sprang in die Loge und schoss so schnell auf Lionel zu, dass ich die Bewegung kaum wahrnehmen konnte. Er prallte im letzten Moment gegen meinen Luftschild und stolperte mit einem wütenden Knurren zurück, während mein Herz vor Panik um meinen König schneller klopfte.

»Hey, Sweetheart«, sagte Caleb und hielt einen seiner flammenden Dolche in der Hand, während er Lionel und mich musterte. »Willst du für mich zur Seite gehen?«

»Das kann ich nicht«, grunzte ich und versperrte ihm die Sicht auf Lionel, während der Bastard hinter mir lachte.

»Deine Mutter wird so enttäuscht sein, wenn ich ihr deinen Kopf schicke, Caleb«, höhnte er. »Was wird sie wohl denken, wenn sie erfährt, dass du ein Verräter an dem Königreich bist, für dessen Herrschaft du erzogen wurdest?«

Caleb verschwendete keine Zeit damit, sich mit ihm zu unterhalten, und schoss stattdessen um mich herum. Er riss mit seiner Erdmagie einen Steinbrocken von den Sitzen über uns und ließ die schweren Mauerbrocken auf Lionels Luftschild regnen.

Bevor ich auch nur daran denken konnte, mich zurückzuhalten, holte ich aus und schleuderte einen Feuerball auf Caleb, der gegen die Wand prallte, vor der er gestanden hatte.

»Netter Versuch, Sweetheart«, stichelte Caleb, als er hinter mich sprang, und ich holte scharf Luft, bevor ich mich zu ihm umdrehte.

»Ich kann nicht zulassen, dass du ihm wehtust, Caleb«, warnte ich und hob erneut meine Hände und umhüllte sie mit Luft – in der Hoffnung, dass ich ihn wenigstens nicht anzündete, wenn er sich nicht zurückhielt.

Ein Schwall Luftmagie schoss an mir vorbei, als Lionel über meine Schulter hinweg zielte, und Caleb raste abermals davon und warf Feuer in einem wilden Bogen gegen Lionels Schild.

»Kämpfe wie ein Fae!«, brüllte Xavier seinen Vater an und ließ das Gestein um uns herum erbeben, als er Erdmagie einsetzte. »Hör auf, dich hinter ihr zu verstecken, und stell dich deinen Feinden selbst!«

»Als wüsste ein Herdenwesen wie du überhaupt, was wahre Macht bedeutet«, fauchte Lionel, während ich gezwungen war, Caleb einen Luftstoß entgegenzuschießen, um seinen erneuten Angriff zu stoppen. »Roxanya zu benutzen bedeutet, Fae zu sein. Wenn du nicht einmal das erkennen kannst, dann weiß ich, dass es keine Hoffnung für dich gibt. Du bist nichts weiter als ein Fehler, mit dem ich mich schon vor langer Zeit hätte befassen sollen.«

Xavier brüllte herausfordernd, während er mit erhobenen Händen losrannte, und ich schrie ihm eine Warnung entgegen, als er eine Explosion aus reiner Feuermagie freisetzte, die so heiß war, dass sie die Luft um uns herum in Brand zu setzen schien. Er traf meinen Schild so heftig, dass dieser zitterte, aber er hielt stand und ich fluchte und wünschte, ich hätte mich einfach dazu zwingen können, ihn fallen zu lassen.

Ich konnte nichts tun, um mich aufzuhalten, und schleuderte ihm einen Luftstoß entgegen. Und weil er nicht trainiert war, hatte Xavier nicht einmal einen Schutzschild gegen mich aktiviert.

Ich schrie auf, als der Luftstoß ihn mit der Wucht eines Meteors traf, ihn von den Füßen hob und mit einem ekelhaften Knall gegen die Wand schleuderte. Blut spritzte und er fiel unbeweglich zu Boden, während sich ein Schluchzen in meiner Brust ausbreitete.

In dem Moment sah ich eine weitere blitzschnelle Bewegung, und ich kämpfte mit allem, was ich hatte, gegen das Band an. Um Lionel nicht zu beschützen, klammerte ich mich an jeden Grund, ihn zu hassen.

Ein Feuerstrahl schoss aus Calebs Händen, und ich sprang davor, ohne mich abzuschirmen, denn ich setzte all meine Magie ein, um Lionel zu schützen, und meine Haut verbrannte, weil mein Phönix nicht da war, um mich zu schützen.

Mit einem Schmerzensschrei fiel ich zu Boden und konnte nur noch den Blitz von Lionels Feuermagie sehen, der über meinen Kopf hinwegfegte, während ich schnell die Flammen erstickte, die sich in mein weißes Kleid brannten.

Ich stöhnte, als ich mich selbst heilte, und kam wieder auf die Beine, noch bevor ich fertig war, wobei ich einen Strudel aus Wassermagie um Lionel und mich herum erzeugte, um Caleb von uns fernzuhalten.

»So ist es gut, Roxanya«, ermutigte Lionel mich, strich mir die Haare über die Schulter und trat so nah an mich heran, dass sein Atem mir einen Schauer über den Rücken jagte. »Jetzt beweise ihnen, wo deine wahre Loyalität liegt, und töte ihn für mich!«

Der Befehl war wie ein Pfeil, der mein Herz durchbohrte und gleichzeitig ein Feuer in meiner Seele entfachte.

Das Band wollte ihm mehr als alles andere gefallen und drängte mich, Caleb zu vernichten, weil er es gewagt hatte, sich gegen meinen Schützling zu stellen. Gleichzeitig zerbrach mein Herz bei dem Gedanken, ihn zu verletzen.

»Das werde ich nicht tun«, murmelte ich trotzig, als der Strudel auf mein Kommando hin verschwand.

Doch als ich mich Caleb abermals zuwandte, hielt ich einen aus Eis geschmiedeten Dolch in der Hand und war von dem Wunsch erfüllt, ihn in sein Herz zu stoßen.

Caleb beäugte mich misstrauisch, als ich mich zwischen ihn und meinen König stellte. Eine Träne glitt über meine Wange, als das Bedürfnis, ihn zu töten, in mir aufflammte. Stumm flehte ich meinen Freund an, sich einfach umzudrehen und wegzulaufen.

Aber das tat er natürlich nicht. Er war ein Erbe. Und die waren dazu erzogen worden, bis zum Ende eingebildet und selbstsicher zu sein. Ich betete nur, dass ich nicht dieses Ende sein musste.

»Oh, ich glaube, das wirst du«, säuselte Lionel, und ich hatte das schreckliche Gefühl, dass er recht haben könnte.

Gemini
Scorpio
Virgo
Cancer
Aries
Leo
Sagittarius
Taurus
Capricorn
Aquarius
Libra
Pisces

DARIUS

KAPITEL 54

Die Kammer, in der ich mich befand, war dunkel und kalt, aber irgendwo vor mir fiel goldenes Licht in die Dunkelheit und lockte mich an.

Meine Haut kribbelte von der Macht dieses Ortes, und mein Puls schlug in einem feurigen Rhythmus, der mich noch tiefer in die Höhle zu treiben schien.

Als ich einen Schritt nach vorn machte, leuchtete eine goldene Rune unter meinem Fuß auf. Das Symbol war verschlungen und schön und schien mir seine Bedeutung ins Ohr zu flüstern.

»Wahrheit.«

Ich machte einen weiteren Schritt und eine zweite Rune leuchtete unter mir auf, die *»Glück«* murmelte. Als ich weiterging, leuchteten andere Runen auf und flüsterten mir ihre Bedeutungen zu.

»Ehrlichkeit. Tugend. Leben. Wachstum. Stärke. Aufopferung. Macht. Tod. Schicksal. Bestimmung.«

Als das Echo des letzten Wortes verklungen war und ich wieder in die Stille eintauchte, stand ich vor einem riesigen Stein, der schwach in der Dunkelheit leuchtete.

Er summte mit einer so starken Kraft, dass mir die Härchen im Nacken zu Berge standen.

Zögernd streckte ich die Hand aus, und meine Fingerspitzen berührten den rauen Stein, bevor mir ein Energiestoß in die Brust fuhr und ich unweigerlich näher herangezogen wurde.

Ich holte tief Luft, als das ganze Ding in einem tiefen goldenen Licht zu leuchten begann, das mich an die Schuppen meines Drachens erinnerte, wenn die untergehende Sonne sie genau richtig traf. Das Leuchten war intensiv, lebendig und so voller Kraft, dass es mir den Atem raubte.

Der Stein schien mit einer so uralten Macht zu summen, dass ich mich vollkommen unbedeutend fühlte, als er jeden dunklen Winkel meiner Seele unter die Lupe nahm.

»*Acrux*«, raunte er. Seine Stimme war jetzt, da ich ihn berührte, tiefer, und mein Puls raste, weil ich das Gefühl hatte, dass er mich wirklich kannte.

In der Mitte des Steins befand sich ein perfekt rundes Loch und ich ließ meine Hand hinuntergleiten, um es zu berühren. Dabei fand ich Münzen, Juwelen und andere kleine Wertgegenstände, die dort vor so langer Zeit als Opfergabe hinterlassen worden waren, dass sich selbst die Erde unter meinen Füßen kaum noch an den Fae erinnern konnte, der sie hinterlassen hatte. Aber mir war klar, dass dies einst ein Ort der Verehrung gewesen und diese Reliquie mit der tiefen und uralten Magie hergestellt worden war, die unsere Art schon lange vergessen hatte.

Die Luft knisterte erwartungsvoll, aber als die Stimme nicht weitersprach, verspürte ich das Bedürfnis, etwas von mir selbst als Gegenleistung für ihre Worte anzubieten. So wie es andere vor mir getan hatten.

Vergeblich suchte ich in meinen Taschen und stieß einen Fluch aus, als ich außer den Kleidern auf meinem Rücken nichts fand, was ich anbieten könnte. Und ein Anzug, der für eine Hochzeit angefertigt worden war, an der ich nicht einmal hatte teilnehmen wollen, schien mir kein großes Opfer zu sein.

Ich legte die Stirn in Falten, als ich versuchte, mir etwas einfallen zu lassen, und ging all die Geschichten durch, die Orion mir über alte Magie erzählt hatte, als er mir beigebracht hatte, wie ich meinen Dolch führen und Blutmagie wirken konnte. Die Dinge, die er wusste, waren laut seines Vaters Relikte der Magie aus längst vergangenen Zeiten. So viel Wissen war im Laufe der Zeit verloren gegangen, und mit dem Verbot der dunklen Magie war noch mehr davon aus dem allgemeinen Gedächtnis verschwunden.

Aber einiges Wissen war geblieben. Etwa die Macht des Blutes.

Ich bewegte meine Finger in einem raffinierten Muster und formte mit meiner Eismagie eine Klinge, bevor ich meine andere Hand anhob und sie in das Loch in der Mitte des Steins legte.

Ich schloss für einen Moment die Augen, hielt den Dolch fest und hoffte, dass ich nicht den Verstand verlor, bevor ich ihn quer über meine Handfläche zog und tief einschnitt.

Blut quoll aus der Wunde und spritzte in das Loch und ich keuchte auf, als die gesamte Höhle von einem hellen goldenen Licht erleuchtet und mein Arm durch eine unirdische Magie tiefer in den Stein gezogen wurde.

»Der Preis des Wissens ist Macht. Der Preis der Macht ist hoch. Jedes Geschäft hat seinen Preis. Was wirst du für ein anderes Schicksal eintauschen?«

Die Stimme hallte von den Wänden wider und bohrte sich in meinen Schädel, bis ich aufschrie und verzweifelt versuchte, meine Hand wieder aus dem Loch zu ziehen, während der Stein immer mehr Blut aus meinem Körper zog und ich spürte, wie er sich auch von meiner Kraft ernährte.

Fluchend versuchte ich, mich zu befreien, und schlug mit meiner freien Hand auf den Stein ein. Ich war nicht in der Lage, Magie einzusetzen, als wäre der Stein ein Vampir, der mich mit seinem Gift kampfunfähig machte.

Allmählich verließ die Kraft meine Glieder, und ich kniff die Augen zusammen, während ich auf den Stein einschlug, bis meine Knöchel aufplatzten und sich das Bild von dem Mädchen, das ich liebte, in meinem Kopf festsetzte.

Sie lag in meinen Armen, eng an mich gekuschelt in meinem Bett, ihre Augen voller Lachen und ihre Hände auf meiner Haut. Sie streichelte mein Kinn und sah mir in die Augen. Die Wärme in ihrem Blick verzehrte mich und gab mir ein Gefühl der Zufriedenheit, wie ich es noch nie erlebt hatte. Roxy zog das weiße Laken über unsere Köpfe und wir versanken in einem Kokon aus Weiß.

»Ich liebe dich, Darius«, hauchte sie und ihre Worte waren so rein und echt, dass meine Brust vor lauter Sehnsucht danach schmerzte, sie wirklich aus ihrem Mund zu hören. »Ich liebe dich, Roxy«, knurrte ich als Antwort, und meine Worte hallten in der Höhle wider, als ich sie laut aussprach und nicht nur in der Vision. Sie beugte sich vor und drückte mir einen süßen Kuss auf die Lippen, während meine Hand über die Wölbung ihres Bauches wanderte und mich ein Schmerz überkam, wie ich ihn noch nie zuvor gespürt hatte.

Die Vision verschwand, und die Stimme sprach wieder: *»Du wünschst dir Liebe mit dem Mädchen, das dich zurückgewiesen hat. Aber das Schicksal hat etwas anderes im Sinn.«*

Ich wurde in eine Reihe von Visionen gestoßen – manche nur blitzartig, andere länger anhaltend, während ich die Fae, die ich am meisten auf dieser Welt liebte, in einer Schlacht im Amphitheater auf dem Palastgelände sah. Mein Herz hämmerte verzweifelt, als ich beobachtete, wie jeder der Erben verletzt wurde oder starb. Orion wurde von einer Nymphe aufgespießt, Darcy schrie, als Clara sie mit ihren Zähnen zerriss. Da war so viel Blut – zu viel, als dass sie es hätte überleben können. Ich sah, wie mein Bruder mit Magie gegen eine Steinmauer geschleudert wurde, und schließlich Roxy, die gegen ihren Willen kämpfte, um das Leben meines Vaters zu retten, um in dem Moment, in dem der Kampf gewonnen war, von ihm hinterrücks erstochen zu werden.

Die Vision verweilte auf ihrem Gesicht, als sie auf die Knie sank, meinen Namen auf den Lippen, als das Leuchten aus ihren Augen schwand und sie unter ihm zu Boden sank. Rotes Blut befleckte ihr weißes Kleid, als meine ganze Welt von mir weggerissen wurde.

»Was würdest du für sie geben, Darius Acrux? Was würdest du opfern, damit sie überleben?«

Scorpio
Virgo
Gemini
Cancer
Aries
Leo
Sagittarius
Taurus
Capricorn
Aquarius
Libra
Pisces

ORION

KAPITEL 55

Eine Nymphe fiel unter der Wucht meines Schwertes, und ich wandte mich ab, um nach Darcy zu sehen. Aber mein Blick blieb an Clara hängen, die auf uns zuraste. Schatten lösten sich von meiner Schwester und verschlangen Blue und mich. Mein Puls hämmerte in meinen Ohren.

Ich konnte nichts mehr sehen. Ich hatte den Kampf aus den Augen verloren, mein Mädchen, alles. Ein Flüstern erfüllte meinen Kopf, und alle Geräusche gingen in der dunklen Magie unter, die die Welt um mich herum verschlang. Das einzige Licht war das glitzernde Feuer, das auf den Klingen meines Schwertes brannte.

»Clara!«, rief ich in die Dunkelheit. »Zeig dich!«

Die Dunkelheit wogte um mich herum, bis ich mich in einer Kuppel aus Schatten wiederfand, die sich über mir erstreckte. Clara kniete in der Mitte, hielt sich die Brust und schluchzte.

»Clara?«, flüsterte ich hoffnungsvoll und trat vorsichtig näher an sie heran.

»Ach, Lance«, sagte sie mit brüchiger Stimme. »Bitte hilf mir.«

Ich griff nach ihrer Schulter und sie drehte den Kopf. Ihre Augen waren schwarz wie Pech und sie stürzte sich mit gefletschten Zähnen auf mich. Mein Herz setzte einen Schlag aus, und ich warf sie mit der Kraft meiner Formgebung von mir weg. Aber eine Schattenranke erfasste meine Beine und schleuderte mich auf den Rücken.

Sie sprang auf meine Brust, woraufhin ich ein Knurren ausstieß und sie abermals von mir wegschleuderte, sodass sie über den Sand purzelte. Ich sprang auf, um zu kämpfen, und hob meine Waffe zur Verteidigung. Aber wie konnte ich sie angreifen, wo ich doch wusste, dass meine Schwester da drin war?

»Lance!« Darcys Stimme drang aus den Schatten zu mir und meine Brust zog sich zusammen.

»Blue! Bleib weg!«, brüllte ich, aber sie rief wieder meinen Namen, als könnte sie mich nicht hören.

»Ich könnte sie zerquetschen, kleiner Bruder«, sagte Clara sanft, während sie sich auf einem Schattenturm mehrere Meter über mir erhob und mich mit giftigen Augen anfunkelte. »Ich könnte sie mit den Schatten zerdrücken, bis ihr Kopf explodiert.«

Ich biss die Zähne zusammen, rannte los und stieß das Schwert durch die Schatten unter ihr. Sie schrie auf, fiel und schlug auf dem Boden auf. Ich stürzte mich auf sie und versuchte, sie an den Haaren zu packen, aber meine Hand durchdrang nichts als Dunkelheit.

»Du kannst ihr nicht wehtun, sie ist stärker als du«, schnauzte ich und sie winkte mit der Hand.

Darcys Schreie hallten in meinem Kopf wider und Angst durchfuhr meinen Körper.

Ich rannte auf Clara zu, aber sie verschwand in den Schatten, und ich jagte sie, um sie einzuholen.

»Blue!«, brüllte ich, aber es kam keine Antwort. Wieder war ich in der Dunkelheit verloren, rannte durch ein endloses Meer der Schwärze, wo ich weder meine Königin noch meine Schwester finden konnte.

»Blue!«, erklang das Echo meiner Stimme durch den Nebel und mein Herz schlug panisch.

»Ich komme!«, antwortete Darcy.

»Nein! Das bin ich nicht«, rief ich, aber das Geräusch dröhnte in meine eigenen Ohren zurück und schien sie nicht zu erreichen.

Claras schrilles Lachen erfüllte meinen Kopf, und ich rannte schneller durch die Schatten, während ich nach Darcy suchte.

»Du warst sehr gemein zu mir, kleiner Bruder.« Claras Stimme verfolgte mich überallhin. Ich sprintete und meine Arme schwangen neben mir, während ich immer schneller rannte. »Und jetzt hast du diese dreckige kleine Vega über mich und meine Schatten gestellt. Sie waren ein Geschenk. Wie konntest du es zulassen, dass sie sie vertreibt?«

»Halt die Klappe!«, brüllte ich. »Du bist nicht meine Schwester. Du bist Lavinia. Eine Nymphenprinzessin.«

»Ohhh!«, rief sie vergnügt. »Lavinia, ja, ja, ja. Ich hatte meinen Namen vergessen. Wie schön er doch ist. La-vi-ni-a. Ich liebe ihn, ich liebe ihn. Danke, kleiner Bruder.«

»Ich bin nicht dein Bruder«, knurrte ich bissig.

»Ja, da hast du wohl recht. Aber Daddy ist auch nicht mein Daddy, und ich mag es, ihn so zu nennen. Ich glaube, deiner Schwester hat es auch mal gefallen.« Sie kicherte grausam. »Clara ist hier. Willst du Hallo sagen?«

Mein Atem stotterte und ich verlangsamte meinen Schritt. »Ja, lass sie raus! Lass sie frei sein, Lavinia. Bitte! Sie hat nichts damit zu tun.«

»Lance«, schluchzte Clara. »Bitte beende es. Rette mich!«

Ich knurrte wütend und drehte mich um, als die Stimme meiner Schwester direkt hinter mir ertönte. Zwei vertraute Augen begegneten mir zwischen den Schatten und ich stürzte mich auf meine wahre Schwester und griff nach ihrer Hand, aber sie löste sich sofort im Nebel auf.

Lavinias dunkles Lachen ertönte erneut und erschütterte meinen Schädel.

Darcy schrie irgendwo im Nebel und Panik machte sich in mir breit. *Was soll ich tun? Wie kann ich sie finden?*

»Daddy will dich lebendig«, gurrte Lavinia. »Aber du kannst nicht am Leben bleiben, ohne bestraft zu werden. Also werde ich dafür sorgen, dass dein Leben sehr schmerzhaft wird, kleiner Bruder. Du wirst leiden und leiden und leiden, bis du mich anflehst, dir den Schmerz zu nehmen. Du wirst in die Schatten zurückkehren und für immer an meiner Seite sein wollen. Du und ich. Familie. Hört sich das nicht wunderbar an?«

»Na schön«, knurrte ich. »Tu mir weh, bestrafe mich, mach was du willst – aber lass Darcy gehen!«

»Und warum sollte ich das tun?«, gluckste sie. »Schmerz lässt dich im Jetzt leiden, aber ich will, dass du im Immer leidest.«

»Blue!«, rief ich erneut verzweifelt und meine Stimme hallte überall wider.

Es kam keine Antwort und das Schicksal schien sich zu verdichten, bis es nur noch einen Weg gab, dem ich folgen konnte. Und der würde nicht zu meinen Gunsten enden.

»Lass sie gehen!«, forderte ich.

»Na gut.« Lavinia kicherte. »Dann entscheide dich! Deine Schwester oder die Vega-Prinzessin?«

»Beide«, zischte ich und mein Herz schlug heftig.

»Ah, du kleine Hexe!«, schrie Lavinia plötzlich und die Schatten wurden enger, erstickend dicht. Ich wurde von Schattenranken gefesselt und mitgezogen, während ich immer wieder mit meinem Schwert nach ihnen schlug, um mich zu befreien.

»Fick dich!«, knurrte Darcy und Clara kreischte wieder.

»Aua, aua, aua! Du tust mir weh. Das Feuer macht Autschi«, jammerte Lavinia zuerst, woraufhin sie in Gelächter ausbrach. »Bleib da drin im Dunkeln, ich rede mit deinem Loverboy.«

»Lance!«, schrie Darcy, aber der Klang war gedämpft und als sie wieder zu schreien begann, verhallte ihre Stimme.

Ich kämpfte gegen die Schatten, die mich festhielten. Immer mehr wickelten sich um meinen Körper und einige umschlossen meinen Arm, um zu versuchen, mir das Schwert aus der Hand zu reißen. Aber ich ließ nicht los.

Lavinia tauchte vor mir auf und schaute mich aus den Augen meiner Schwester an. Sie neigte den Kopf zur Seite, als sie mich betrachtete, und ich versuchte, mich auf sie zu stürzen, konnte mich aber nicht bewegen.

»Ich brauche einen Gefallen«, sagte sie grinsend, schwebte auf mich zu und griff nach meinem Kinn. »Du bist ein schlaues Ding, kennst du dich mit Schattenflüchen aus?«

»Nein«, sagte ich mit belegter Stimme. Wenn ich nur an Flüche dachte, wurde mir schon ganz anders zumute.

Sie griff nach meiner Kehle, und ich kämpfte wieder mit aller Kraft gegen die Schatten an und versuchte, mich von ihnen loszureißen. Ihre Berührung war eiskalt, als ihre Hand über meine Haut glitt und ihre Fingernägel sich in mein Fleisch bohrten. »Dafür benötigt man Blut. Und ich habe gerade keins.« Eine Eisklinge schlitzte meinen Arm auf, ich knurrte vor Schmerz und stieß sie weg, aber nicht bevor sie ihre Hand mit dem Blut aus meiner Wunde benetzt hatte.

»Clara«, hauchte ich und versuchte, die Aufmerksamkeit meiner Schwester zu bekommen, indem ich sie in den Augen dieses Monsters suchte. »Ich werde dich retten. Ich werde einen Weg finden.«

Sie grinste, aber dann veränderte sich ihr Gesichtsausdruck und ich war mir sicher, dass ich meine wahre Schwester vor mir hatte. Ihre ebenholzschwarzen Augen waren von unendlichem Schmerz erfüllt, und es brach mir das Herz, sie leiden zu sehen.

»Ich bin hier, sieh mich an! Du kannst sie abwehren. Ich werde dir helfen. Darcy wird dir helfen«, versprach ich und sie ließ ein Schluchzen verlauten, das mir in der Seele wehtat.

»Ich kann nicht zurückkommen«, würgte sie. »Bitte erlöse mich!« Dann verschwand sie wieder in der Dunkelheit.

Scorpio
Gemini
Virgo
Cancer
Aries
Leo
Taurus
Sagittarius
Capricorn
Aquarius
Libra
Pisces

CALEB

KAPITEL 56

Ich schoss zum gefühlt hundertsten Mal über den Balkon, der die Königsloge beherbergte, und meine Magie begann zu schwinden, weil ich sie immer wieder auf Lionel schleuderte.

Tory warf sich meistens dazwischen, und selbst wenn sie es nicht tat, lenkte sein Schild, auf dessen Aufrechterhaltung er sich konzentrierte, meine Schläge ab. Jedes Mal, wenn Tory Feuer ausgesetzt war, lud sich ihre Magie auf. Aber Lionels Magie hatte ein Limit, genau wie meine. Und obwohl die goldene Krone auf seinem Kopf ihm Kraft schenkte, wusste ich, dass Drachen mit einem einzigen Schmuckstück wie diesem nicht schnell viel erreichen konnten.

Ich musste ihn also einfach nur mürbe machen – und überleben. Dann würde ich ihm beweisen, dass ein Acrux nicht mächtiger war als ein Altair.

Torys Augen waren voller Schmerz, weil sie gezwungen war, immer wieder gegen mich zu kämpfen, und ich entschuldigte mich im Stillen bei ihr, während ich weitermachte. Dies war mein Platz in diesem Kampf, und obwohl ich ihr den Kampf gegen mich gern erspart hätte, konnte ich jetzt, wo ich hier war, nicht mehr umkehren.

Lionel brüllte, als er einen Feuerball mit so viel Wucht auf mich warf, dass ich es vorzog, wegzuschießen, anstatt zu versuchen, ihn abzuwehren. Erst in letzter Sekunde merkte ich, dass der Feuerball direkt auf Xaviers bewusstlosen Körper zusteuerte.

Ich raste in die entsprechende Richtung, errichtete einen Erdwall um uns herum und hob Xavier über meine Schulter, während die Flammen über mir aufeinandertrafen.

Sobald die Flammen erloschen waren, rannte ich los, sprang vom Balkon und warf ein paar Holzspeere über meine Schulter, um Lionel zurückzuhalten.

Ich schoss die Treppe des Amphitheaters hinauf und wirkte einen Verhüllungszauber, um uns vor den Drachen und Nymphen zu verstecken, die auf Lionels Seite kämpften. Ich legte Xavier auf eine der Steinbänke und drückte meine Finger auf seinen Kopf, um die blutende Wunde dort zu heilen. Meine Kraft näherte sich dem Ende zu. Ich brauchte Blut – und zwar sofort.

Eine Explosion aus Feuer und Blitzen entlud sich über mir, als einer von Lionels violettfarbenen Drachen gegen den Sturmdrachen antrat. Ich konnte nicht anders, als den Kopf zum Himmel zu neigen, als sie in einem wilden Gewirr aus Klauen und Zähnen aufeinandertrafen.

Dante brüllte wütend und versenkte seine Zähne im Hals des anderen Drachens, während er einen Blitz aus seinem Maul schießen ließ, der seinen Gegner von innen heraus grillte.

Xavier schrie alarmiert auf, als er zu sich kam und den violettfarbenen Drachen entdeckte, der vom Himmel direkt auf uns zustürzte. Ich griff erneut nach ihm, um uns aus der Gefahrenzone zu bringen.

Der tote Drache schlug mit so viel Wucht auf der Tribüne auf, dass das ganze Gebäude wackelte, und ich hielt inne, bevor ich mich umdrehte und die Leiche musterte. Der Drache hatte sich in seinem Tod in seine Fae-Gestalt zurückverwandelt; jetzt lag ein nackter Mann an seiner Stelle.

Überall waren jetzt Rebellen, und meine Cousine schoss an mir vorbei und in die entgegengesetzte Richtung, während sie dem Sturmdrachen zujubelte. Dante stürzte sich in die Tiefe, als er ihren Ruf hörte, und sie nutzte einen Luftzauber, um sich in die Höhe zu katapultieren, damit sie auf seinem Rücken landen konnte.

Zusammen mit Xavier rannte ich weiter und kam schließlich am Rand der Grube zum Stehen, wobei ich kurz einen Blick in den tobenden Kampf warf, bevor ich Xavier meine volle Aufmerksamkeit schenkte.

»Ich muss zurück zu Tory«, erklärte ich.

»Okay, dann lass uns …«

»Nein. Du solltest da runtergehen und diesen Wichsern zeigen, warum sie einen Pegasus nicht unterschätzen sollten. Aber zuerst … brauche ich einen Drink.« Ich stürzte mich auf ihn und er fluchte, als ich meine Reißzähne in seinen Hals bohrte und die Kraft seines Blutes über meine Zunge gleiten ließ, während ich gierig schluckte.

»Arschloch«, murmelte er gefügig. »Ich habe gehört, dass du auf Hörner stehst, aber ich wusste bis jetzt nicht, dass das wahr ist.«

Ich riss fast meine Zähne aus seinem Nacken, als ich ein Lachen ausstieß, das ich schnell mit einem Knurren überspielte. Ich hasste dieses verdammte Gerücht – aber in diesem einen Fall war es vielleicht tatsächlich lustig.

Xavier Acrux schmeckte verdammt gut. Aber er war kein Alphawolf, und ich zog mich so schnell wie möglich zurück, um mich wieder dem Kampf mit Lionel zu widmen.

»Komm schon, verwandle dich!«, befahl ich, und Xavier nickte entschlossen.

»Viel Glück, Caleb«, sagte er ernst und zog sein Shirt über den Kopf, während seine Haut bereits lilafarben zu schimmern begann.

»Ich brauche kein Glück«, stichelte ich. »Ich bin unbesiegbar.«

Xaviers Augenbrauen zogen sich zusammen, als wollte er mich dafür schelten, dass ich das Schicksal so herausgefordert hatte, aber ich lachte nur und schoss davon, um es mit seinem Vater aufzunehmen.

Er war nur ein teuflischer Drachenherrscher, der dunkle Schattenmagie beherrschte und zwei mächtige Wächterinnen an seiner Seite hatte.

Ich könnte ihm auf jeden Fall in den Arsch treten.

Vielleicht.

Gemini
Scorpio
Virgo
Aries
Cancer
Leo
Taurus
Sagittarius
Capricorn
Aquarius
Libra
Pisces

DARCY

KAPITEL 57

»L ance!«, rief ich erneut und nutzte mein Feuer, um die Schatten zu verbrennen, während ich ihn in dem endlosen Ring der Dunkelheit suchte, in dem ich mich verloren hatte.

»Lance, Lance, Lance!« Claras Stimme verhöhnte mich, und ich knurrte, hob die Handflächen und brannte mehr von ihrer Kraft zurück.

Ich konnte es nicht riskieren, direkt durch den Nebel der Schatten zu brechen, um Orion nicht zu treffen, aber sobald ich diese Schlampe entdeckte, würde ich sie direkt aus ihr herausbrennen.

»Du bist hübsch, genau wie *sie* es einmal war«, gurrte Clara hinter mir, und ich wirbelte herum. »Aber alle Vegas sind böse, böse. Du bist genau wie sie, diese böse Königin, die mich in die Dunkelheit geworfen hat.«

»Ich habe gesehen, was du warst«, rief ich. »Ich weiß, was sie dir angetan hat.«

»Ach, du weißt Bescheid, ja? Du weißt also, dass die Nymphen von dieser bösen Feuerkönigin gejagt wurden?«

»Sie hat nur versucht, den Krieg zu beenden«, knurrte ich.

Clara fauchte wütend. »Sie hat meine Art ruiniert, uns zu Monstern gemacht und die ganze Welt gegen uns aufgebracht.«

»Was meinst du?«, fragte ich, während ich einen Ring aus Feuer um mich herum bildete, um die sich nähernden Schatten zurückzuhalten.

»Wir sind Schwestern, verstehst du?«, meinte sie verzweifelt. »Schwestern sind so wertvoll. Aber die Königin hat alle ihre Schwestern verraten.«

»Das verstehe ich nicht. Warst du mit ihr verwandt?«

»Nicht auf diese Weise, erkennst du es denn nicht, kleine Vega-Prinzessin? Wie naiv du bist. Und wie arrogant.«

»Lance!«, rief ich erneut und sie lachte schrill.

»Liebende in meinem Spinnennetz«, sang sie. »Nun, ich mache besser weiter, bevor das Blut auf meiner Handfläche trocknet. Jetzt tut es ein bisschen weh, aber später wird es richtig wehtun.«

»Wovon sprichst du?«, zischte ich und drückte das Feuer weiter von mir weg, während ich versuchte, mir einen Weg zu bahnen, um etwas zu sehen.

Die Zeit verging hier drinnen wie im Flug, und ich fürchtete mich vor dem, was jenseits der Schatten lag. Wie ging es meiner Schwester und meinen Freunden? Was passierte draußen in der Schlacht?

»Ich werde mit dir machen, was ich mit ihr machen wollte«, gackerte sie. »Ich habe so lange damit verbracht, diesen Zauber zu lernen, aber ich hatte nie die Chance, sie so zu verfluchen, wie ich es wollte. Es ist ziemlich aufregend, um ehrlich zu sein. Wie viele, viele, viele Jahre habe ich auf meine Rache gewartet und ich werde sie langsam und lange und ach so süß auskosten.«

Ich drängte mein Feuer tiefer in die Schatten und mein Puls beschleunigte sich bei ihren Worten.

»Komm raus und stell dich mir!«, forderte ich und machte mich bereit, um mein Leben zu kämpfen.

»Ich werde das Ganze noch ein bisschen interessanter gestalten«, fuhr sie fort, als hätte ich nichts gesagt. »Oh, es wird so viel Spaß machen, euch beide zusammenbrechen zu sehen, wenn ihr herausfindet, worum es geht. Ich werde dafür sorgen, dass ihr lange genug lebt, um mich aufsteigen zu sehen. Daddy wird wütend sein, aber ich werde seine Königin sein und vielleicht ist es an der Zeit, dass ich meine eigenen Regeln aufstelle.«

»Kämpfe gegen mich!«, brüllte ich und ließ mein Feuer auflodern und ein Loch in die Schatten über mir brennen. Ich brachte Luft unter meine Füße und schoss zu dem Stückchen Himmel, das sich auftat, aber es schloss sich wieder, während die Dunkelheit auf mich drückte und mich zurückzwang. Ich landete auf dem Boden und rannte knurrend los, wobei ich Feuersalven vor mir herschickte.

»Lance, wo bist du?!«

»Darcy!«, rief er in meiner Nähe und doch ganz weit weg.

Ich rannte noch schneller und atmete verzweifelt. Ich musste ihn unbedingt erreichen. Sobald ich in seiner Nähe war, könnte ich dieses Netz aus Schatten wegsprengen und uns befreien.

Schwere Magie berührte meine Haut und Clara begann, Worte zu singen, die mir die Haare zu Berge stehen ließen. Ich konnte die dunkle Sprache, die sie benutzte, nicht verstehen, aber ich hatte sie einst in den Schatten gehört und sie jagte mir einen Schauer über den Rücken.

»Ambres tenus avilias mortalium avar«, zischte sie. *»Irexus tu neverendum.«*

Ich brannte mich durch die Schatten, die versuchten, sich an mich zu klammern, und rannte immer schneller, während der Fluch auf mich drückte, meinen Körper einhüllte und immer tiefer in mich eindrang, um dort seine Wurzeln zu schlagen.

Ich trieb Phönixfeuer durch meine Adern und versuchte, es wegzubrennen, aber die dunkle Magie glitt daran vorbei. Ich konnte sie nicht aufhalten, als sie sich tief in mir vergrub. Diese Magie war etwas, das ich nicht bekämpfen konnte – und allein der Gedanke daran machte mir Angst.

»Novus estris envum magicae«, hauchte sie. *»Avilias avar!«*

Eine eiskalte Hand packte mich am Arm, und ich wirbelte herum und schoss Feuer auf Clara, bevor sie mit einem schrillen Gackern wieder in der Dunkelheit verschwand.

Ich warf einen ängstlichen Blick auf meinen Arm und entdeckte den blutigen Handabdruck, der sich um meinen Bizeps wand. Der Abdruck färbte sich schwarz, und mein Kopf drehte sich, als die Macht des Abdrucks wie ein Tsunami über mich hereinbrach.

Ich stolperte und meine Sicht verschwamm, als die Macht mich erfasste und ich mich nicht mehr gegen das Geschehen wehren konnte. Ich setzte mein Phönixfeuer mit allem, was ich hatte, dagegen ein, aber es half nichts. Und in den tiefsten Regionen meines Herzens wusste ich, dass ich nichts tun konnte. Ich fiel auf die Knie und ließ mich von dem Ozean der Dunkelheit mitreißen.

Scorpio
Virgo
Gemini
Aries
Cancer
Leo
Sagittarius
Taurus
Aquarius
Capricorn
Libra
Pisces

ORION

KAPITEL 58

Lavinias Lachen war allgegenwärtig, während ich mich durch das Meer der Schatten drängte. Ich spürte, wie sie an mir zerrten, als würde ich durch den dicksten Sumpf waten. Keine Magie konnte sie aufhalten, nur die Macht des Schwertes, also schnitt und kämpfte ich mich mit ihm vorwärts, um Darcy zu finden, auch wenn meine Muskeln brannten und meine Kraft an ihre Grenzen stieß.

»Blue!«, rief ich, meine Stimme vom Rufen nach ihr heiser.

Plötzlich öffneten sich die Schatten und zeigten mir den Weg zu Darcy, die erschreckend still auf dem Boden lag – ihre dunkelblauen Haare fächerförmig um sie herum ausgebreitet. Panisch und verzweifelt schreiend rannte ich auf sie zu, aber bevor ich sie erreichte, schlossen sich die Schatten wieder und sie verschwand in der Dunkelheit.

»Lavinia!«, brüllte ich. »Was hast du mit ihr gemacht?!«

Um mich herum ertönte höhnisches Gelächter und ich fröstelte am ganzen Körper. Angestrengt atmend schnitt ich mich verbissen durch die Schatten, um zu meinem Mädchen zu gelangen. *Sie ist nicht tot. Sie ist verdammt noch mal nicht tot.*

»Beruhige dich, es ist nur ein kleiner Fluch«, sagte sie mit einem Lachen, das mir das Blut in den Adern gefrieren ließ.

»Was für ein Fluch?«, brüllte ich und wirbelte herum, aber ich entdeckte sie nicht. *Was hat sie mit ihr gemacht?*

»Meine Armee ist hier«, flüsterte Lavinia ganz in der Nähe und ich wandte mich mit einem Knurren der Stimme zu. »Deine Freunde sterben.« Die drückende Stille der Schatten hob sich für einen Moment, und Schreie und Schreckensrufe ertönten um mich herum. Mein Herz stotterte vor Sorge.

Ich hörte Geraldines schmerzerfüllte Schreie, und Angst durchzuckte mich, bevor das Geräusch wieder von der Dunkelheit gestohlen wurde.

Zwei grausame Augen tauchten in der Schwärze auf, und ich hieb mein Schwert warnend in ihre Richtung, um Lavinia zurückzuhalten. Lavinia kreischte und stieß dann ein gehauchtes Schluchzen aus, das an meinen Gefühlen zerrte.

»*Lance*«, sprach sie, und ich wusste, dass es dieses Mal meine Schwester war. »Sie wird zu stark. Du musst das beenden. Bitte! Töte mich. Ich bin ohnehin schon tot. Ich kann nicht mehr zurückkommen, das musst du doch wissen.«

»Nein«, knurrte ich verzweifelt und griff in der Dunkelheit nach ihr. Ihre kalten Finger fanden die meinen, obwohl ich sie immer noch nicht sehen konnte.

Ich versuchte, sie aus dem Nebel zu mir zu ziehen, aber ich konnte sie nicht bewegen.

»Es tut mir so leid«, sagte sie weinend. »Alles. Aber du musst die Wahrheit sehen. Du kennst sie in deinem Herzen.«

»Bitte sag das nicht«, flehte ich. Der Gedanke, sie noch einmal zu verlieren, war zu viel für mich. Mit schmerzendem Herzen versuchte ich, ihre Worte zu verleugnen.

Die Schatten schlossen sich um mich herum, und Bilder tauchten in meinem Kopf auf, bis die Erinnerungen an jene Nacht, in der ich meine Schwester verloren hatte, zurückkamen.

Clara stand nackt und durchgefroren in der Einöde des Schattenreichs, ihr Arm war noch blutig von dem Opfer, das Lionel von ihr verlangt hatte, bevor sie vom dunklen Sternenstaub verschlungen worden war.

»Sscchh!«, ertönte Lavinias Stimme, und Schatten schlängelten sich um sie herum und verhüllten ihren Körper. »Ich bin hier.« Sie zogen sich immer enger zusammen, und Clara keuchte vor Angst, als sie sich in ihren Körper bohrten und dort Wurzeln schlugen. »Geh leise, Fae-Mädchen, dein Körper gehört mir.«

Clara schrie und schlug um sich, als die Schatten von ihr Besitz ergriffen, bis sie auf die Knie gezwungen wurde. Blut rann aus ihrem Mund, als Lavinias Schattengeist sich in ihren Körper fraß.

Mir wurde schlecht, und ich war mir halb bewusst, dass ich einen Schrei ausstieß, den ich nicht hören konnte.

Wunden öffneten sich auf ihrer Haut, und Blut strömte in Wellen aus ihr heraus, schwemmte über den Boden und floss durch einen Spalt zurück, der in die Luft gerissen worden war. Ein Portal, das Lionel Acrux als Teil des Rituals geöffnet hatte, das er uns vor all den Jahren zu bezeugen gezwungen und für das er meine Schwester geopfert hatte.

Clara kroch verzweifelt dorthin zurück, während sie einen grässlichen Schrei ausstieß, der mein ganzes Wesen vor Kummer erstarren ließ.

Sie erstarrte, bevor sie das Portal erreichte, und die Schatten ließen sich in ihr nieder und nahmen ihren Körper und ihre Seele in Besitz. Lavinia übernahm die Kontrolle über Clara, als die Wunden auf ihrem Körper heilten. Ihre Gesichtszüge veränderten sich, als sie die Sanftheit meiner Schwester verloren und die Wildheit einer Nymphenprinzessin annahmen.

Sie rappelte sich auf und eilte auf das Portal zu, aber es schloss sich, bevor sie es erreichte, und Lavinia stieß einen unmenschlichen Schrei aus, der in meinem Schädel widerhallte. Dann fiel sie zu Boden und leckte wie ein Monster an dem Blut, das sich dort gesammelt hatte, bis mein Magen rebellierte und meine Brust hohl wurde.

Ich wurde von der Vision befreit und stieß einen Laut der unglaublichen Trauer aus, als das Gewicht der Wahrheit über mich hereinbrach.

»Ich war in dem Moment tot, als sie mich gefunden hat«, flüsterte Clara in meinem Ohr, und ich spürte, wie ihr Daumen meine Hand berührte, während ihre Finger meine immer noch umklammerten. »Meine Seele ist gefangen, unfähig, sich den Sternen anzuschließen. Und wenn du sie nicht vernichtest, werde ich nie frei sein. Bitte, Lance. Bitte tu das für mich.«

Ihre Hand wurde mir entrissen, und Lavinia knurrte und schleuderte die Schatten auf mich, sodass ich zu Boden geworfen wurde. Ich wirkte Luft unter mich, um mich aufzurichten, und rannte los, um mir einen Weg tiefer in die Dunkelheit zu bahnen, während sich meine Gedanken drehten und mir eine schreckliche Entscheidung präsentierten.

»Ich habe gesehen, wozu sie fähig ist«, keuchte Clara, als hätte sie Schmerzen.

»Halt die Klappe!«, brüllte Lavinia.

»Ich habe ihre Pläne gesehen«, rief Clara mit fester Stimme. »Du musst sie vernichten, bevor sie den Fluch vollendet.«

»Es ist noch Zeit?«, keuchte ich voller Hoffnung.

»Genug!«, brüllte Lavinia, und ich spürte, wie sich ihre Wut in der Luft entlud.

Mein Fuß blieb an etwas Weichem hängen, und ich fiel zu Boden. Ich kroch zurück, und mein Herz schlug wie wild, als ich das Schwert durch die Luft schnitt, um die Dunkelheit zu vertreiben. Darcy lag mit geschlossenen Augen da, ihr Blick war friedlich und ihre Haut warm.

»Den Sternen sei Dank«, sagte ich angestrengt, als ich ihren Herzschlag kräftig in meinen Ohren klopfen hörte.

Ich wollte sie gerade in meine Arme ziehen, als sich die Schatten entfernten. Vor mir stand Lavinia, die mit gebleckten Zähnen auf uns herabschaute. Die Feuerrubin-Halskette, die Tory gehörte, leuchtete an ihrem Hals und sah auf ihrer fast durchsichtigen Haut besonders rot aus.

Wutentbrannt stand ich auf und stellte mich vor Darcy, während ich das Schwert höher hielt und mit den Zähnen knirschte.

»Bleib stehen!«, knurrte Lavinia und befeuchtete ihre Lippen. »Du hast mir nicht genug Blut gegeben.« Sie stürzte sich auf mich, und ich hielt das Schwert fest, während mein Puls in meinen Ohren raste.

Ich konnte sie nicht zu Darcy durchlassen; mein Beschützerinstinkt lenkte meine Aktionen. Ich wollte schon mit dem Schwert ausholen, aber dann dachte ich an meine Schwester, die als Kind mit mir im Garten gespielt, gelacht und gescherzt hatte. Wir hatten einander mit jedem Stückchen unserer selbst geliebt. Wir waren unzertrennlich gewesen. Lionel hatte uns auseinandergerissen, aber selbst wenn nur noch ein Teil von ihr in diesem Körper war, wie könnte ich ihr wehtun?

Lavinia kollidierte mit mir, stieß mich einen Schritt zurück und krallte sich an mich.

Ich knurrte und versuchte, sie wegzuschieben, als sich ihre Reißzähne in meinen Arm bohrten. Sie biss und riss an meiner Haut, woraufhin heißes Blut darüber lief.

»Lance! Jetzt! Tu es jetzt!«, schrie Clara mit schmerzverzerrter und verzweifelter Stimme, und mein Herz zersprang in der Mitte.

Meine Hände zitterten um den Griff des Schwertes, und ihre Augen trafen die meinen, als sie es schaffte, sich von mir zu entfernen. Ich konnte sehen, wie sie versuchte, sich zu behaupten, während Lavinia ebenfalls um die Kontrolle kämpfte. Ich hatte nur Sekunden, um zu handeln. Sekunden, um sie zu schlagen, Sekunden, um meine Schwester zu befreien, um Blue zu retten.

»Es tut mir leid.« Ich traf die Entscheidung mit einem erstickenden Schmerz in der Brust – und holte aus. Das Schwert bohrte sich durch Haut, Fleisch, Knochen und Schatten, als ich sie aufspießte, und Lavinia und Clara schrien gemeinsam auf.

Die Schatten umschlangen mich, umklammerten meine Kehle, meine Brust, meinen Magen und drückten mir die Luft ab, als sie versuchten, mich zu töten, mich zu zerquetschen wie eine Ratte im Griff einer Python. Aber ich ließ das Schwert nicht los und stieß es mit einem Schrei voller Wut und Trauer tiefer.

Plötzlich loderte Phönixfeuer um mich herum auf und brannte die Schatten zurück – es war Darcy, die mich von hinten unterstützte.

Die Schatten wichen zurück und strömten in einer riesigen wirbelnden Wolke zurück in Claras Körper, während das Feuer sie wegbrannte. Ein Tornado aus Flammen umgab uns und die Kraft meines Mädchens explodierte in einer endlosen Welle der Zerstörung und verschlang jeden Schatten, den sie fand.

Die Geräusche des Kampfes erreichten mich erneut, Tageslicht erhellte uns und brannte auf meiner Netzhaut.

Ich zog das Schwert heraus, und meine Schwester sackte unter mir zu Boden. Schatten bedeckten ihren Körper. Ich fiel auf die Knie, zog sie an mich und umfasste ihr Gesicht, während sie mich mit einem seligen Lächeln anschaute. Sie strich mit den Fingern über meine Wange und wischte mir die Tränen weg. Mit schmerzendem Herzen musste ich mich von ihr verabschieden, wie ich es beim ersten Mal, als ich sie verloren hatte, nicht hatte tun können. Es war ein Abschied, den ich nie hatte erleben wollen.

»Danke«, seufzte sie und schaute zum Himmel, als könnte sie die Sterne sehen, die ihr entgegen leuchteten. Ich hoffte, dass sie unseren Vater sehen konnte, dass sie wieder mit ihm vereint sein würde und die beiden jenseits des Schleiers auf mich warten würden, bis meine Zeit gekommen war, zu ihnen zu gehen. Und ich hoffte, dass Dad wusste, wie leid es mir tat, dass ich meine Schwester nicht hatte retten können.

»Ich liebe dich«, raunte ich und drückte sie fester an mich. Ihre Lippen bewegten sich und wiederholten die Worte, aber es kam kein Ton heraus.

Ihre Augen fielen zu, und ich drückte sie in einer letzten, herzzerreißenden Umarmung, bevor ihr Körper zu Staub zerfiel und die Schatten sich endlich von ihm entfernten. Torys Halskette lag auf dem Boden, wo Claras Körper gewesen war, und ich nahm sie an mich und steckte sie in meine Tasche, während ich vor Kummer zusammenzuckte.

»Lance?« Darcys Stimme ertönte hinter mir und ich drehte mich zu dem Mädchen um, das meine Existenz auf der Erde wertvoll gemacht hatte.

Doch mein Herz machte einen erschrockenen Satz, als sich die Schatten hinter ihr sammelten und neu formierten, bis ein Mädchen aus ihnen hervortrat, dessen Dunkelheit die Luft vor Kraft knistern ließ. *»Quendus novlia andrenis«*, sprach sie in einem befehlenden Ton und Darcy stöhnte, unfähig aufzustehen, als sie unter der dunklen Macht dieser Worte zusammenbrach.

»Nein!« Ich schoss auf sie zu, um sie in Sicherheit zu bringen, aber Ranken aus Schatten brachen aus Lavinia hervor, zwangen mich zu Boden und fesselten meine Glieder.

Lavinia schaute auf ihre eigenen Arme hinunter und bewunderte ihre wahre Gestalt, während sie mit ihren langen schwarzen Fingernägeln über ihre blasse Haut kratzte. Ihre langen Haare waren voller Schatten und tanzten um sie herum; ihre Augen waren böse und rot, als ihr Blick auf mich und das Mädchen, das ich liebte, fiel. Ich hatte das Gefühl, von einem Lastwagen überfahren worden zu sein, als ich die Schattenprinzessin anstarrte, die irgendwie immer noch da war. Verdammt noch mal, sie lebte noch. Und ich hatte das schreckliche Gefühl, dass sie jetzt, da sie von Claras Körper befreit war, mächtiger war als je zuvor.

Lavinia stürmte mit unnatürlicher Geschwindigkeit vorwärts, packte Darcys Arme und beschmierte sie mit Blut. Meinem Blut.

»Stopp!«, brüllte ich und schlug um mich, aber die Macht, die mich hielt, war immens.

»Nevellius combra asticious levellium mortus!«, rief Lavinia, als ich das Schwert in meinem Griff drehte und es durch die Schatten schnitt, die mich banden. Feuer loderte auf der Schneide des Schwerts, durchtrennte die Schatten und plötzlich war ich frei. Ich stand auf und rannte los. Mein Atem ging rasend schnell, während ich mit meinem Schwert auf die beiden zustürmte – bereit, zu töten.

Darcy schrie auf, als sie von Lavinias dunklem Fluch gepackt wurde. Ihr Phönixfeuer flackerte nur noch schwach an ihren Fingerspitzen.

»Schau zu, wie ich als Königin regiere, kleine Vega-Prinzessin!«, rief Lavinia lachend, während sie Darcy zu mir schob. »Ich werde dir den Tod gewähren, wenn du mich darum anflehst.«

Mit einem lauten Schrei schleuderte ich das Schwert auf Lavinia, wobei ich meine ganze Kraft einsetzte, und es wirbelte auf die Schattenprinzessin zu. Sie löste sich in einer Schattenwolke auf und riss sich von uns los, um sich der Schlacht anzuschließen, während mein Schwert nutzlos im Sand landete. Ich zerrte Darcy auf die Beine, und sie fiel mit einem zitternden Keuchen gegen mich.

Ich hielt sie fest und füllte ihren Körper mit Heilmagie, während ich einen Luftschild um uns herum errichtete, um uns zu schützen, während die

Schlacht weiter tobte und die Hoffnung überall schwand, wohin ich sah. Die Nymphenarmee strömte in das Amphitheater und erdrückte die Rebellen mit ihrer schieren Zahl.

Darcy stabilisierte sich und trat einen Schritt zurück. Die Stärke kehrte in ihre Augen zurück und gab mir etwas, woran ich mich festhalten konnte. Mein Blick fiel auf den schwarzen Handabdruck auf ihrem Arm und ich keuchte auf.

»Was hat sie mit dir gemacht?« Ich zog sie an mich, um den Abdruck zu untersuchen, aber Darcy griff nach den Wunden an meinen Armen und schickte heilende Magie in meinen Körper. Die Angst lastete schwer auf mir, während ich sie anstarrte. Was hatte diese teuflische Hexe ihr angetan?

Ich musste mich auf die Tatsache konzentrieren, dass sie am Leben und hier war. Welcher Fluch ihr auch immer auferlegt worden war, ich würde ihn brechen. Ich schwor es auf jede Konstellation, jede Galaxie, das ganze Universum.

»Ich weiß es nicht, aber wir müssen hier raus.« Sie suchte auf der Tribüne nach ihrer Schwester; ihre Augen waren voller Sorge, als ein Schwarm Nymphen auf uns zustürmte.

Ich bereitete mich auf einen letzten Kampf vor, schickte Heilmagie durch meine Adern und hielt sie in meiner Nähe, während ich mir mein Schwert schnappte.

Ich war erschöpft, hatte Schmerzen und war am Ende meiner Kräfte. Aber ich würde nicht aufgeben. Clara war zwar nicht mehr da, aber sie war jetzt in den Sternen. Und ich würde später um sie trauern, wenn das hier erledigt war.

Gegenwärtig musste ich dafür sorgen, dass wir nicht noch mehr unserer Liebsten an unsere Feinde verloren.

Scorpio
Virgo
Gemini
Cancer
Aries
Leo
Taurus
Sagittarius
Capricorn
Aquarius
Libra
Pisces

DARIUS

KAPITEL 59

Mein Verstand war erfüllt von Visionen über all die Leute, die ich auf dieser Welt liebte und die einem schrecklichen Schicksal zum Opfer fallen sollten. Mein Herzschlag donnerte in meinen Ohren, während die tiefe Magie dieses Ortes sich direkt in meine Seele zu bohren schien.

»Sag es mir!«, knurrte ich. »Was wird nötig sein, um sie zu retten?«

»*Ein Opfer*«, hauchte die Stimme und ließ die Luft um mich herum erzittern, während unzählige Runen an den Wänden um mich herum aufleuchteten.

Das Loch im Fels löste plötzlich seinen Griff um meinen Arm, und ich stolperte ein paar Schritte zurück, sodass ich meine blutende Hand zurückziehen konnte. Meine Magie kehrte zu mir zurück, als ich keuchend vor dem riesigen Stein stand, und ich fühlte mich, als wäre ich einen Marathon gelaufen.

»Wirst du sie retten?«, forderte ich, und ein Rascheln ging durch den Raum, das sich fast wie ein entferntes Lachen anhörte. Meine Haut kribbelte, als wären hundert Augen auf mich gerichtet, aber ich konnte meinen Blick nicht von dem glühenden Stein vor mir losreißen.

»*Das Leben eines oder einer Fae bedeutet den Sternen wenig. Das Schicksal ändert sich, die Bestimmung ist nicht immer in Stein gemeißelt. Das angebotene Geschenk ist nicht das Leben. Es ist die Freiheit. Eine Chance. Eine Möglichkeit, die Sterne wieder zu verändern.*«

Ich wollte schon fragen, was das zu bedeuten hatte, als eine andere Vision in meinem Kopf auftauchte.

Roxy kämpfte für meinen Vater, gezwungen, alles zu geben, um ihn zu verteidigen, weil er sie dazu gezwungen hatte. Doch während ich sie beobachtete, erstarrte sie, das Widderzeichen auf ihrem Arm verschwand und ihr Geist löste sich von der Kontrolle der Fesseln.

In ihren Augen blitzten Macht und Rache auf, aber die Vision verschwand, bevor ich sehen konnte, wie es weiterging. Ich war mir jedoch sicher: Wenn das geschah, würde er sie nicht von hinten erstechen können. Diese Möglichkeit wäre vorbei und ihr Leben gerettet. Sie würde zumindest diesen Tag überleben, und im Moment war ich mir nicht sicher, wie viel mehr ich mir noch erhoffen konnte.

»Ein Jahr«, raunte die Stimme. *»Um sie so zu lieben, wie du es willst. Um das Beste aus dir zu machen. Ein Jahr und nicht mehr.«*

»Du willst, dass ich ihr Leben mit meinem Tod erkaufe?«, fragte ich mit rauer Stimme, als mir klar wurde, dass das der Preis war. Nur so konnte ich die Sterne neu ordnen, ihr Leben retten und sie aus den Klauen meines Vaters befreien.

Mein Herz pochte verzweifelt in meiner Brust, als würde ich gerade meinem eigenen Tod ins Auge blicken, und ein Schauer der Angst durchfuhr mich bei dem Gedanken. Ich wollte nicht sterben. Ich wollte leben. Mit ihr.

Aber wenn ihr Schicksal bereits entschieden und dies ihre einzige Chance war – welche andere Wahl hatte ich dann? Wenn sie jetzt starb, könnte ich genauso gut auch sterben, denn ich wusste, dass es für mich keine Freude auf der Welt gab, wenn sie nicht mehr existierte.

Solaria brauchte starke Herrscher, aber Xavier könnte meinen Platz im Rat einnehmen. Und sie wäre nicht allein. Sie hatte ihre Schwester.

»Was ist mit den Banden?«, hakte ich nach, als die Visionen von ihrem Tod wieder auf mich eindrangen und mich warnten, dass ihr die Zeit davonlief und ich diese Entscheidung schnell treffen musste.

»Ein Neuanfang«, bestätigte die Stimme. *»Jedes Band, das die Sterne euch beiden auferlegt haben, wird aufgehoben.«*

»Aber ich bekomme nur ein Jahr?« Mein Herz pochte jetzt verzweifelt. Das Adrenalin in meinen Adern flehte mich an, etwas zu tun, um mich zu retten, aber das war kein Feind, den ich bekämpfen konnte. Es war das Schicksal.

»Ein Jahr, um das Leben zu leben, nach dem du dich sehnst. Ein Jahr, um herauszufinden, ob du wirklich der Mann bist, der du sein willst.«

Meine Lippen teilten sich zu einer Antwort, aber die Luft vor mir flirrte und ich sah mich in einer Zukunftsvision. Ich stand mit Roxy unter einem riesigen

Weihnachtsbaum und presste meine Lippen in einem letzten, verzweifelten Kuss auf ihre, bevor meine Zeit ablief.

Sie schlang ihre Arme um meinen Hals und zog mich näher zu sich, während ich sie so fest umarmte, dass ich sicher war, dass nicht einmal die Sterne uns auseinanderreißen könnten.

Doch als die Uhr Mittag schlug, verkrampften sich meine Muskeln und die Magie in mir erstarrte. Und obwohl ich mit aller Kraft darum kämpfte, bei ihr zu bleiben, war mein Schicksal bereits besiegelt und riss mich fort.

Roxy schrie, als ich vor ihr auf die Knie fiel und die Macht der Sterne den Preis einforderte, den ich zu zahlen versprochen hatte. Der Klang ihres Leids war unerträglich, und der Gedanke, ihr so viel Schmerz zuzufügen, weckte den verzweifelten Wunsch in mir, sie davor zu schützen. Aber es gab keine Alternative. Sie könnte ein Leben ohne mich haben – oder gar kein Leben. Und ich konnte den Gedanken nicht ertragen, dass sie vor ihrer Zeit aus dieser Welt genommen wurde. Egal, welchen Preis ich dafür zahlen musste.

In der Vision fiel ich zu Boden, aber Roxy weigerte sich, mich loszulassen. Sie ließ sich auf mich sinken, drückte mir einen weiteren Kuss auf den Mund und flehte die Sterne an, es sich anders zu überlegen.

Ihre Tränen liefen über meine Wangen, als mein letzter Atemzug über meine Lippen glitt und ich gezwungen wurde, sie zurückzulassen. Ich versuchte, sie festzuhalten, während ich weggerissen wurde, und der Gedanke, sie allein zu lassen, zerriss mir das Herz. Denn wenn es nach mir ginge, würde ich sie nie wieder verlassen.

Aber als ich in die dunkle Umarmung des Todes fiel, war mein Herz leicht von der Liebe, die ich in diesem Jahr empfunden hatte. Weil ich die Zeit mit ihr bekommen hatte, die mein größter Wunsch gewesen war.

Es war nicht genug Zeit. Aber keine Tage, Monate oder Jahre mit ihr würden jemals genug sein. Und ich wusste, dass alle Zeit der Welt ohne sie für mich leer wäre, wenn sie jetzt sterben würde.

Der Preis war zu hoch. Aber für sie würde ich ihn doppelt bezahlen.

Ich schloss die Augen und dachte an sie, als ich meine blutende Hand wieder auf die Oberfläche des glühenden Steins legte. Seine Magie rief nach mir, als ich die einzige Wahl traf, die ich treffen konnte. Es war ein Opfer, das ich mir von ganzem Herzen wünschte, nicht bringen zu müssen. Aber ich wusste schon seit Langem, dass ich mein Leben für mein Mädchen geben würde. Die Entscheidung war also eine leichte gewesen.

»Blut des Eidbrechers«, ertönte die Stimme erneut, jetzt mit noch mehr Kraft. Die Energie in der Höhle ließ meinen ganzen Körper kribbeln.

»Nachfahre des Betrügers. Sohn des Zerstörers. Bietest du dein Leben als Bezahlung für das Brechen der Bande an?«

Meine Hand zitterte an der Stelle, wo sie auf den Stein drückte, und ich kniff die Augen fester zusammen, um sie gegen das goldene Leuchten zu schützen, das von ihm ausging, während ich an das Mädchen dachte, für das ich alles aufgeben würde. Im Stillen entschuldigte ich mich bei ihr dafür, dass ich so egoistisch war, diese Entscheidung zu treffen. Obwohl ich wusste, dass es keine Alternative gab.

Es gab kein Ich ohne sie. Und ich hätte mein Leben für das ihre gegeben, selbst wenn ich jetzt sofort sterben müsste. Ich würde dieses Jahr zu etwas Besonderem machen. Ich würde alles wiedergutmachen, was ich ihr je angetan hatte, und ich würde meinen Vater vernichten, um sicherzustellen, dass sie vor seiner Tyrannei sicher war, wenn ich nicht mehr lebte.

Letztlich gab es nur sie für mich. Das hatte ich mir auf die Haut geschrieben und es war in mein Herz eingebrannt. Sie gehörte mir ganz und gar und ich würde nie eine andere Wahl treffen.

»Ich akzeptiere deine Bedingungen«, knurrte ich mit tiefer Stimme, die endgültig klang. »Und ich biete dir mein Leben als Bezahlung.«

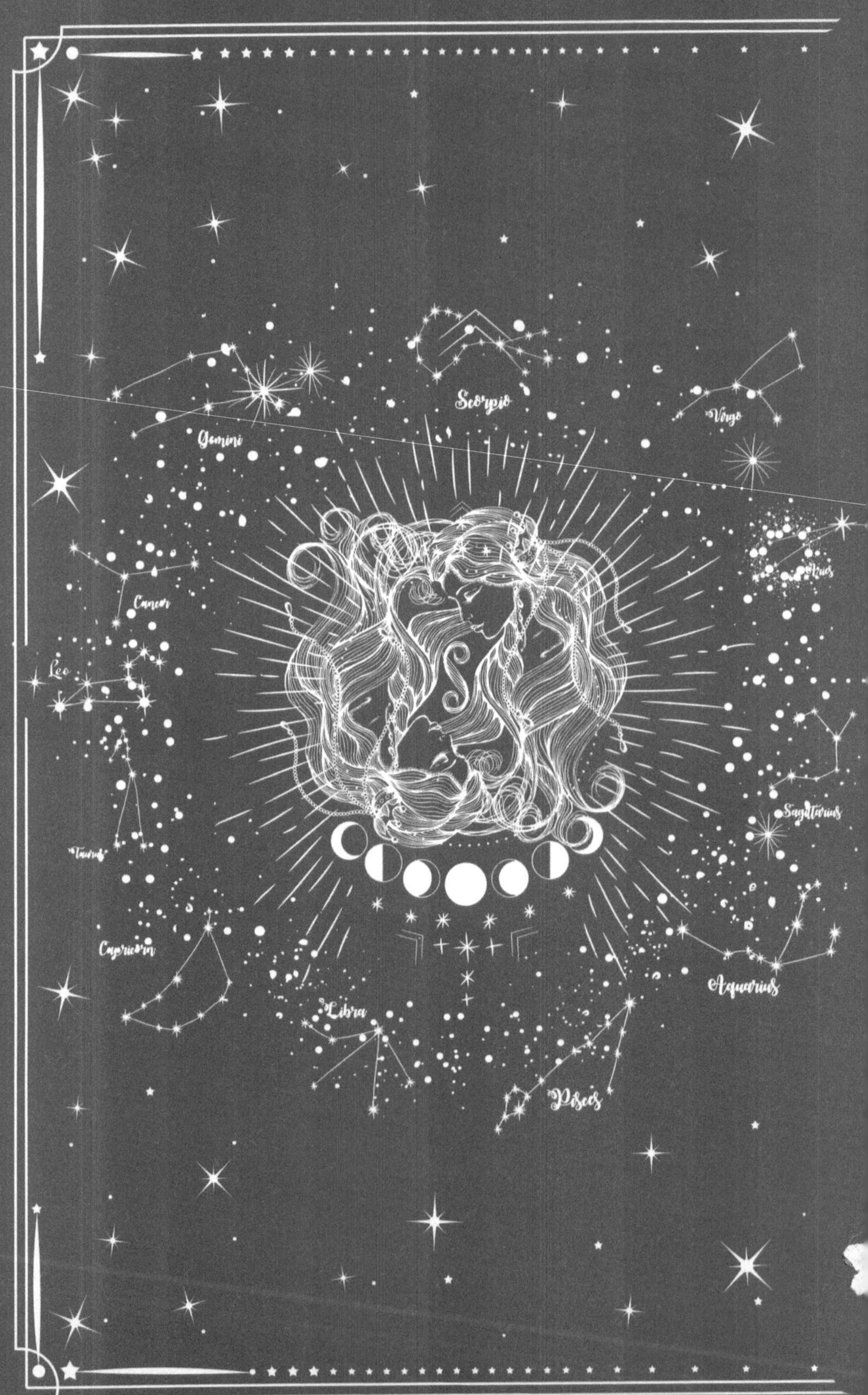

Scorpio
Virgo
Gemini
Aries
Cancer
Leo
Sagittarius
Taurus
Capricorn
Aquarius
Libra
Pisces

TORY

KAPITEL 60

Feuer umringte mich, als ich vor Lionel stand und verzweifelt mit den Zähnen knirschte, während ich versuchte, mich davon abzuhalten, Caleb anzugreifen. Aber es war sinnlos. Das Band zwang mich zum Handeln, egal, wie sehr ich mich dagegen wehrte.

Ich schirmte Lionel und mich mit einem Luftschild ab, und das Pochen meines Pulses in meinen Ohren reichte aus, um mich schwindelig zu machen.

Caleb schoss mit einem entschlossenen Schrei auf mich zu, und ich hob die Hände, um ihn mit Wassermagie zu beschießen, aber gerade als die Kraft meine Fingerspitzen erreichte, warf mich ein gewaltiger Energiestoß fast von den Füßen.

Ich taumelte einen Schritt zurück, während ich scharf einatmete. Meine Magie pulsierte in einer ungewohnten Welle durch meine Haut. Sie fühlte sich an wie das Sonnenlicht an einem hellen Sommertag auf meiner Haut und wie das Echo von etwas Dunklem und Vergessenem.

Mein linker Arm brannte auf eine Art und Weise, die mir Schauer der Freude über die Haut jagte, und als ich auf ihn hinunterblickte, stellte ich fest, dass das Widderzeichen, das Lionel mir eingebrannt hatte, verblasste, während die Fesseln in meinem Kopf zu fallen begannen.

Ich atmete überrascht ein, als meine Kraft in mir wuchs, und drehte den Kopf, um den Mann anzusehen, der meine Krone gestohlen hatte.

Der Schild, mit dem ich uns beschützt hatte, löste sich auf, als der Zwang, ihn zu verteidigen, mich verließ. Lionel packte mein Handgelenk und schrie etwas, das ich nicht verstehen konnte, während ich meine Augen auf ihn richtete und schließlich nichts anderes mehr empfand als Hass auf dieses Monster, das mich eingesperrt und gefoltert hatte.

Aus den Augenwinkeln sah ich eine verschwommene Bewegung, die es ausnutzte, dass ich zum ersten Mal meinen Schild fallen ließ, und ich keuchte auf, als mich etwas Spitzes am Arm traf.

Caleb war so schnell verschwunden, wie er aufgetaucht war, aber die Wirkung des Gegenmittels, das er mir gerade verabreicht hatte, schoss wie ein Lauffeuer durch meinen Körper. Mein Phönix erwachte und das Feuer in meiner Seele tanzte.

»Was zum Teufel hast du getan?«, brüllte Lionel. Sein Griff um mich wurde fester, als er ebenfalls spürte, dass das Band zwischen uns verschwand.

Aber er hatte offensichtlich noch nicht begriffen, was gerade geschah, und dieser eine Moment war der einzige, den ich brauchte.

Mit einem wütenden Brüllen befreite sich mein Phönix aus seinem Käfig, und ich wurde in Flammen gehüllt, die heißer brannten als die Oberfläche der Sonne, als ich mich verwandelte.

Lionel schrie auf, als seine Hand, mit der er mich festhielt, von den Flammen verschlungen wurde, und ein Stoß von Luftmagie traf mich so hart in die Brust, dass ich aus der königlichen Loge geschleudert wurde und in die Grube weit unter uns stürzte.

Der Gestank von brennender Haut begleitete mich, während ich fiel. Seine Magie war so stark, dass ich auf den Sand in der Grube knallte, bevor ich versuchen konnte, mich zu wehren.

Der Sand war hart wie Stein, als ich aufschlug, und meine Flügel wurden unter mir zerquetscht, während die Flammen um mich herum aufloderten. Der Schmerz hallte in meiner gesamten Wirbelsäule wider.

Ich keuchte auf und heilte mich vom Schlimmsten, bevor ich feststellte, dass ich mich inmitten des Kampfes befand. Allerdings hatte noch keine der Nymphen ihre Aufmerksamkeit auf mich gerichtet.

Fluchend stand ich auf. Eine verkohlte, geschwärzte Hand fiel von meinem Handgelenk, wo seine Finger mich umschlungen hatten, und landete im Sand. Ein wildes und grausames Lächeln huschte über mein Gesicht, als ich zu Lionel aufblickte, der von der königlichen Loge aus auf mich herab schrie – mit einem von Blasen übersäten Stumpf an der Stelle, an der eigentlich seine rechte Hand hätte sein sollen. Sein Ausdruck wirkte panisch, als er den verkohlten Fleischklumpen vor mir entdeckte.

Er schleuderte mir eine Ladung Magie entgegen, aber ich war viel schneller, da er Mühe zu haben schien, sein Element einhändig und durch den blendenden Schmerz der Verletzung hindurch zu steuern. Sein Angriff prallte an meinem Luftschild ab, ohne Wirkung zu zeigen.

Als ich zu ihm aufblickte, sah ich meine Chance, die Sache ein für alle Mal zu beenden. Die Flammen, die meinen Körper umhüllten, bauten sich zu einem glühenden Inferno um mich herum auf und sammelten sich in meinen Handflächen, während ich mich darauf vorbereitete, ihn zu vernichten.

Doch bevor ich ihn auslöschen konnte, sprang eine in Schatten gehüllte Frau zwischen uns. Sie schrie wütend meinen Namen, als sie mich entdeckte, und zerrte an den Schatten, die sich an meine Seele hefteten, um mich wieder unter ihre Kontrolle zu bringen.

Aber ich hatte es satt, ein Spielball für die Schatten und diesen verdammten Drachenbastard zu sein. Und während sich die Schatten in meinen Adern sammelten und versuchten, mich unter ihre Macht zu zwingen, flammte der Phönix in mir heller und heller auf. Meine ganze Seele war aus Feuer geschmiedet, und als ich mich der Hitze der Flammen hingab, wühlten sie sich unter meine Haut und jagten die dunkle Macht, die mir eigentlich nie hätte gehören dürfen. Die Flammen verbrannten einen Schatten nach dem anderen und befreiten mich von jeder einzelnen ihrer Fesseln, bis sämtliche Dunkelheit in mir verbannt war.

Ich keuchte auf, als der letzte Schatten meine Seele verließ. Die Last der Dunkelheit fiel von mir ab und ich war wieder ich selbst.

Ich war frei.

Mein Lächeln wurde breiter und die Schattenschlampe schrie wütend auf, als sie realisierte, was ich getan hatte. Mit gefletschten Zähnen schoss sie auf mich zu, als wollte sie mich in Stücke reißen.

Ich schleuderte einen Phönixfeuerstrahl auf sie und zwang sie, ihren Vormarsch zu stoppen, während sie immer mehr Schatten zur Verteidigung herbeirief. Aber sie hörte nicht auf. Dunkelheit strömte in einer Kaskade endloser Schatten aus ihrem Körper, wickelte sich um sie und knisterte mit dunkler Macht, die alle Freude aus der Luft zu saugen schien. Die Rebellen, die ihr am nächsten waren, fielen in den Sand und schrien vor Schmerz.

Ich suchte nach Darcy und meinen Freunden, aber meine Aufmerksamkeit wurde schnell wieder auf die Schattenprinzessin gelenkt. Es gelang ihr, meine Flammen abzuwehren und noch mehr dunkle Magie in sich aufzunehmen.

Die schwarze Rauchwolke drehte sich in einem Strudel um sie herum, der immer höher und höher stieg, während sie böse lächelte und sich anschickte, uns alle mit der ganzen Kraft ihrer Macht zu vernichten.

»Hol meine Hand!«, brüllte Lionel, während er Caleb, der erneut gegen ihn kämpfte, mit einem Magiestoß attackierte, der ihn weit genug zurückwarf, um ihm eine Chance zur Flucht zu geben.

Lionel wirkte einen Feuerstrahl hinter sich, um Caleb zurückzuhalten, und sprang mit Luftmagie aus der königlichen Loge. Währenddessen warf ich meine Flammen auf die Schattenschlampe und versuchte, die Schatten zu durchbrechen, bevor sie tun konnte, was auch immer sie zu tun plante.

Ach, scheiß drauf! Lionel würde diese Wunde nicht heilen können, wenn ich ein Wörtchen mitzureden hatte.

Ich hatte versprochen, ihm all die Qualen, die er mir bereitet hatte, in Blut und Fleisch zurückzuzahlen, und das war erst der Anfang.

Mit einer Welle des Phönixfeuers in meiner Seele sprengte ich die geschwärzte Hand, die auf dem Sand lag, löschte sie mit einem Schrei der Wut aus und genoss das gequälte Brüllen Lionels, als er sah, was ich getan hatte.

Ein Glied wieder anzunähen und zu heilen war möglich. Aber ein neues Glied wachsen zu lassen? Keine verdammte Chance.

Die Schattenschlampe schrie so laut, dass ich schwören könnte, dass der ganze Himmel zersprang. Sie schleuderte die Schatten in einem tödlichen Bogen von sich weg und traf damit die Rebellen, die vor Schmerz laut aufschrien.

Ein markerschütterndes Gebrüll durchbrach die Wolken über uns und ich hob den Blick. Der Sturmdrache stürzte auf uns zu und schleuderte Lionel mit einem gewaltigen Blitz zurück in die wirbelnden Schatten, die die andere Seite des Amphitheaters verschlangen.

Dante machte kehrt, um ihn zu verfolgen, aber die gehörnte Nymphe stürzte sich von der Tribüne aus auf ihn, schlitzte sein Bein auf und riss sich durch Schuppen und Fleisch, während der Drache vor Schmerz brüllte und dann durch die Lüfte verschwand.

Ich hatte Lionel in den Schatten aus den Augen verloren und schleuderte einen wilden Feuerzauber auf die Nymphe, um sie zurückzudrängen, während ich mich zu orientieren versuchte.

Ich warf einen Schild über mich, drehte mich verzweifelt um und suchte in dem Gemetzel nach meiner Schwester. Wenn wir eine Chance haben sollten, das hier zu überleben, dann nur gemeinsam.

Ihre blauen Haare waren das Erste, was ich sah. Sie erledigte gerade eine Nymphe mit einem wütenden Brüllen und drehte sich dann zu mir um, als hätte sie meinen Blick auf sich gespürt.

Ich verwandelte mich zurück in meine Fae-Gestalt, als wir aufeinander zurannten, und mein Herz schmerzte vor Verlangen, mit meiner anderen Hälfte wiedervereint zu sein. Wenn sich unsere Kräfte vereinigten, würde uns nichts auf der Welt aufhalten können. Weder böse Drachen noch psychotische, schattenschwingende Schlampen.

Dieser Kampf war noch nicht vorbei. Aber wir würden ihn gemeinsam beenden.

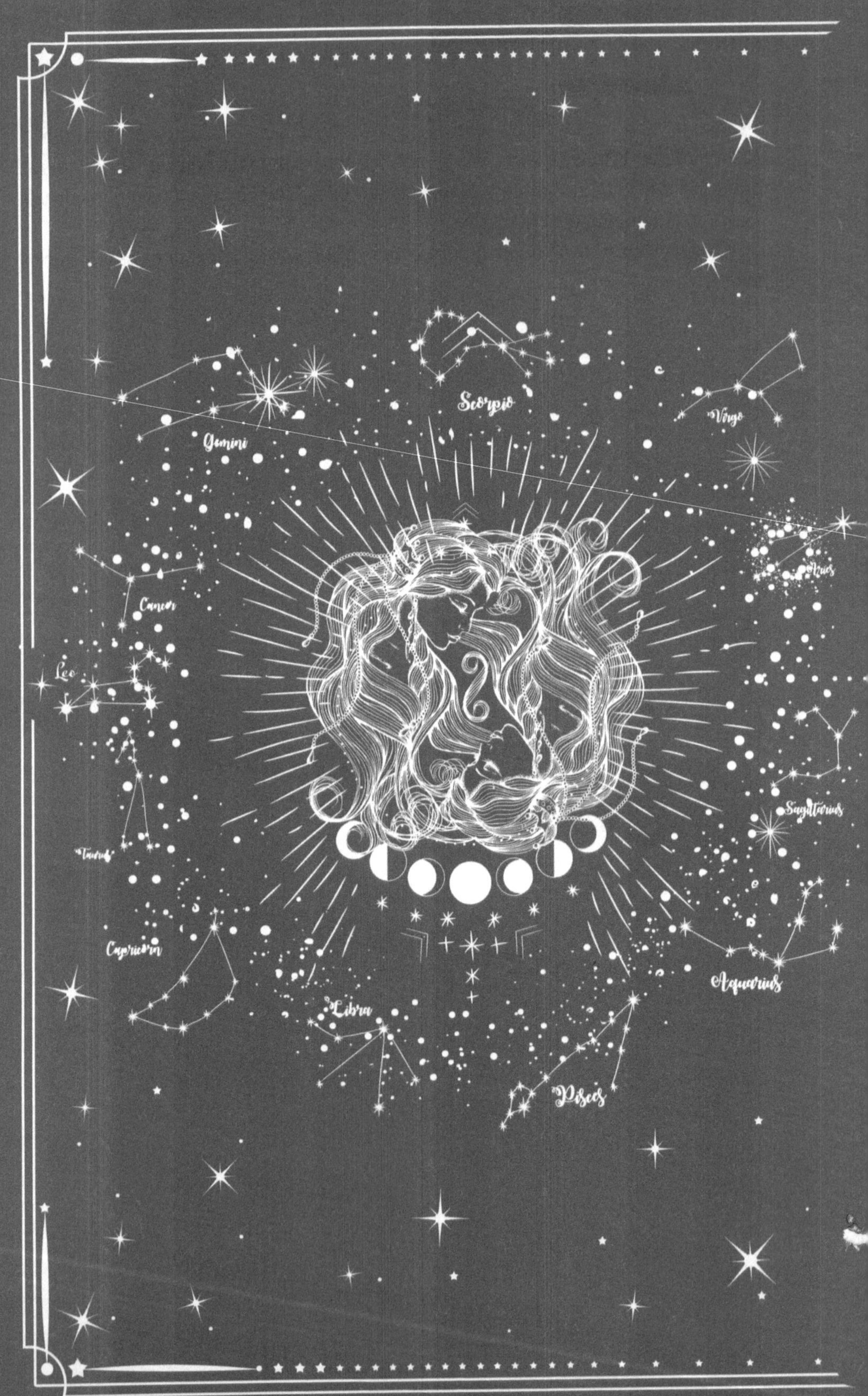

Scorpio
Virgo
Gemini
Aries
Cancer
Leo
Sagittarius
Taurus
Capricorn
Aquarius
Libra
Pisces

DARCY

KAPITEL 61

Ich rannte zu meiner Schwester und ergriff ihre Hände. Sie sah mich an und merkte, dass etwas nicht stimmte, als mein Phönix nicht sofort auf den ihren zustürmte. Die anhaltende Kraft des Fluches erschöpfte und schwächte mich. Verwirrt stellte ich fest, dass ihre Augen klar, hell und grün waren und die schwarzen Ringe um ihre Pupillen verschwunden waren.

»Was …«, begann ich, aber ein riesiger marineblauer Drache landete mit einem lauten Brüllen neben mir. Seine Haut sandte Stromimpulse aus, als er den Kopf drehte und uns ansah.

»Dante«, keuchte Tory, rannte auf ihn zu und heilte eine klaffende Wunde an seinem Bein.

»Lance!«, rief ich und er schoss blitzschnell an meine Seite und sah mich bestürzt an, während er das Schwert in seinem Griff senkte.

»Wir müssen gehen«, sagte er dringend. »Die Nymphenarmee ist hier. Wir werden alle sterben, wenn wir bleiben. Du musst den Rückzug anordnen, bevor wir überrannt werden.«

»Ich?«, fragte ich schnaubend.

»Ja. Das ist deine Armee. Sie werden nur auf dich oder Tory hören«, sagte er mit fester Stimme und seine Augen leuchteten voller Glauben daran. Ich war mir dessen zwar nicht so sicher, aber einen Versuch war es wohl wert. Ich wollte nicht, dass heute noch jemand starb.

Er streckte die Hand aus, um einen Zauber über meine Kehle zu sprechen, und ich tauschte einen Blick mit Tory aus, die zustimmend nickte.

Ich warf den Kopf zurück und schrie »Rückzug!«, wobei der Ton durch seinen Zauber um das Zehnfache verstärkt wurde.

Hamish grölte auf der Tribüne und rief seine Freunde zu sich. Er wies ihnen den Weg durch ein Loch in der Seite des Amphitheaters, wandte sich vom Kampf ab und floh.

»Myladys, ihr müsst beide sofort verschwinden!« Geraldine kam auf uns zugerannt, Max neben ihr und Seth, der sich gerade in seine Fae-Gestalt zurückverwandelte, folgte ihnen.

Schatten wirbelten durch das Stadion, während sich Lavinia durch die sich zurückziehenden Rebellen kämpfte und sie mit ihrer wilden Kraft niedermähte. Sie schien stärker zu sein als je zuvor und ließ den Boden unter unseren Füßen erbeben.

Plötzlich hob Lionel in seiner Drachenform in die Lüfte ab, wobei er ein stummeliges Vorderbein an seine Brust presste. Eine Schar von Drachen folgte ihm, um ihn zu beschützen. Bei ihrem Flug über die Menge entließen sie ganze Feuersalven auf ihre Feinde.

Orion errichtete einen Schild, und ich stieß meine Magie mit einer Anstrengung aus mir heraus, die meine Beine zum Zittern brachte. Caleb schoss aus den Schatten auf uns zu und wir ließen ihn unter den Schild, bevor sich dieser schloss.

»Wo zum Teufel ist Darius?«, fragte Tory, während auch Orion auf der Tribüne nach ihm zu suchen schien.

»Er ist nicht hier. Er ist mit Gabriel unterwegs«, erklärte Seth und bedeckte seine Beine mit Erdmagie, um sein Gemächt mit einer Blätterhose zu bedecken.

»Kommt, holde Krieger, wir müssen uns zurückziehen, um an einem anderen Tag weiterzukämpfen!«, forderte Geraldine.

Xavier wieherte uns vom Himmel aus zu, als er über uns hinwegflog. Er schlug hektisch mit den Flügeln, sein Horn war blutig und sein Blick wild.

Dante knurrte uns einen Befehl zu, warf den Kopf in den Nacken und befahl uns, aufzusteigen. Wir kletterten auf seinen Rücken und Orion drückte mich an seine Brust, während ich meine Arme um Tory vor mir schlang.

Dante hob ab, während wir ihn alle weiter abschirmten, und ich blickte völlig verzweifelt auf das Gemetzel unter uns. Das Amphitheater brannte, und die Rebellen rannten um ihr Leben.

Rosalie Oscura führte ihre Wölfe heulend über das Palastgelände; ein riesiger goldener Löwe rannte in ihrer Mitte und eine Gruppe von Fae klammerte sich an seinen Rücken.

Schatten verzehrten das gesamte Stadion unter uns in einem gewaltigen Kraftakt.

»Was hat Darius getan?«, fragte Orion mit belegter Stimme und beugte sich vor, um mir seinen linken Arm zu zeigen. Das Zeichen des Löwen war verschwunden.

Ich keuchte und klammerte mich noch fester an ihn und meine Schwester.

»Ich habe keine Ahnung«, antwortete Tory und zeigte uns den nackten Fleck auf ihrem Arm, an dem einst auch Lionels Sternzeichen eingebrannt gewesen war. Tränen der Hoffnung füllten meine Augen, während ich betete, dass dieser Tag zumindest etwas Gutes bringen möge.

Ein Energieimpuls durchzuckte den Handabdruck, den Lavinia auf meinem Bizeps hinterlassen hatte, und ich unterdrückte ein Keuchen, umklammerte ihn und biss mir auf die Lippe, als das unheilvolle Gefühl des Fluches mich durchströmte.

Orion drückte seinen Mund an meine Schläfe und sprach dann an meinem Ohr: »Was auch immer sie getan hat, ich werde alles in meiner Macht Stehende tun, um es wieder in Ordnung zu bringen, Blue.« Mein Herz zog sich zusammen, als ich mich in seine Berührung lehnte, und ich konnte kaum glauben, dass wir beide lebend aus dieser Grube herausgekommen waren.

Lionel schoss brüllend auf uns zu, als er uns entdeckte. Er nahm die Verfolgung auf, während Lavinia auf seinem Rücken ritt und eine endlose Wolke von Schatten mit sich zog.

Ich fluchte, während ich all meine Magie in unseren gemeinsamen Schild warf, bereit, zu kämpfen, wenn es sein musste. Gleichzeitig betete ich, dass wir ihnen entkommen konnten.

Xavier flog neben uns und schlug wild mit seinen Flügeln, während er Dantes Tempo hielt und im Schutz unseres Schildes blieb.

Drachenfeuer ergoss sich über uns, als sich Lionels treue Drachen hinter ihm formierten. Wir flohen nun von einer ganzen Drachenarmee, und nur unser gemeinsamer Schild stand zwischen uns und dem Tod.

»Wir müssen die Schutzwälle des Palastes hinter uns bringen!«, rief Tory aufmunternd, während Dante weiterflog. Drachenfeuer floss über unseren Schild, der bebte und zitterte, während wir alle gemeinsam versuchten, ihn zu halten.

Ein magisches Kribbeln signalisierte uns, dass wir es hinter die Barrieren geschafft hatten, und als ich den Kopf drehte, sah ich, dass Caleb bereits einen Beutel Sternenstaub in der Hand hielt.

Er warf den Sternenstaub mithilfe seiner Luftmagie vor uns, und Lionel brüllte wütend, als Dante uns in die Partikel flog und wir von den Sternen weggezerrt wurden.

Dante ließ sich mehrere Meter fallen, als wir in einem anderen, herrlich stillen Himmel weit weg vom Palast ankamen. Erleichtert klammerte ich mich an meine Schwester, die meine Hand drückte.

Wir rasten durch die Wolken, Xavier flog neben uns, und Dante stieß ein klagendes Brüllen aus, das ich bis in die Tiefe meiner Seele spürte.

Tränen trübten meine Sicht für alle, die wir heute verloren hatten. Und als wir in den endlosen blauen Himmel stiegen, wusste ich nicht, wohin wir flogen. Aber mir war klar, dass wir nicht zur Zodiac Academy zurückkehren konnten. Wir konnten nirgendwo hingehen, wo Lionel uns finden würde. Die Erben hatten sich gegen ihn gestellt, wir hatten alle unsere Karten aufgedeckt. Und der Drachenkönig würde bis zum Einbruch der Nacht alle loyalen Fae und Nymphen Solarias auf die Jagd nach uns schicken.

Wir waren jetzt Flüchtlinge.

Und sollte einer von uns jemals geschnappt werden, würde der Preis dafür der Tod sein.

NACHRICHT DER AUTORINNEN

Heeeeeey, wie war das? Fühlt ihr euch entspannt und ausgeglichen? Habt ihr gerade tief durchgeatmet, in den Himmel geschaut und den Sternen gedankt, dass all eure Lieblinge noch leben? Bis jetzt. Als Caleb sein Schicksal herausgefordert hat, habt ihr da gedacht, dass er gleich zu Vampir-Sushi wird? Ich hoffe, ihr habt nicht aufgegeben. Ihr wisst, dass wir euch niemals so hintergehen würden … oder?

Auf einer Skala von null wie das Stolpern über eine Bordsteinkante bis zehn wie der Fall in den Abgrund des Untergangs – wie haben wir uns geschlagen? Betonplumps aus dem dritten Stock? Vor den Augen aller Gleichaltrigen gestürzt und mit dem Gesicht voran im Kuchen gelandet? Irgendwo dazwischen?

Aber es hat auch Spaß gemacht, oder? Wir hatten beim Schreiben dieses Buches unglaublich viel Spaß – und ja, wir haben auch ein bisschen geweint, aber das ist okay. Wer will einen Pejazzle in natura sehen? Habt ihr mit dem armen Xavier mitgefiebert, als die Steinchen auf den Boden gefallen sind? Was denkt ihr, sollte er in Zukunft ein Bananenpiercing rocken? Das müsste ihm doch ein paar Dom-Punkte einbringen, oder?

Und wir haben euch auch eine Hochzeit geschenkt. Wer mag schließlich keine Hochzeiten? Wir wussten, dass das Thema auf eurer Wunschliste ganz oben stand – und jetzt könnt ihr nicht behaupten, wir würden eure Wünsche nicht erfüllen.

Seht ihr, wie nett wir zu euch sind? Also verzeiht uns den Herzschmerz, die Flüche, die Schattenschlampe, die Folterszenen, das emotionale Trauma, Catalinas verkorkstes Leben, Lionel, die Daddy-Sache, die sternverfluchten Liebenden, Geraldines Verlobten, dass Orion niedergestochen wird, dass Tory niedergestochen wird, dass Darius niedergestochen wird, dass Darcy niedergestochen wird … und Washer.

Ähm.

Aber jetzt mal ganz im Ernst: Wir möchten uns bei euch bedanken, dass ihr euch aufs Neue mit uns auf fiktionales Terrain begeben habt. Ich gehe davon aus, dass dies nicht euer erstes Buch von uns war, denn Buch sechs in einer Serie zu wählen, wäre ein ziemlicher Mindfuck. Aber falls doch, will ich euch nicht verurteilen. Der Weg zu diesem Punkt in unserer Karriere war ein wirklich verrückter Trip, und wir hätten es ohne eure Unterstützung und eure anhaltende Liebe zu unseren Geschichten nicht geschafft. Ihr bedeutet uns alle so viel.

2020 war für uns alle ein interessantes Jahr, und ich hoffe, dass wir euch mit der Flucht in unsere Bücher geholfen haben. Und dass wir nicht zu viel Herzschmerz verursacht haben.

Falls doch, könnt ihr uns gern in unserer Lesergruppe anschreien. Im Ernst: Wir freuen uns über Beschimpfungen, denn je mehr wir davon bekommen, desto mehr Munition haben wir, um unsere Figuren zu attackieren – Win-win! Es sei denn, ihr habt etwas dagegen, dass wir fiktive Leute umbringen oder so …

Wie immer bleibt hier noch zu sagen, dass wir euch lieben und hoffen, dass ihr uns auch ein bisschen sympathisch findet. Buch sieben wird nicht mehr lange auf sich warten lassen, also genehmigt euch einen buttrigen Bagel und entspannt euch, solange ihr noch könnt …

In Liebe
Susanne & Caroline

IHR WOLLT MEHR?

Um mehr zu erfahren, kostenloses Lesefutter zu erhalten und unserer Lesergruppe beizutreten, scannt einfach den QR-Code unten!